2666

Roberto Bolaño

ロベルト・ボラーニョ
野谷文昭・内田兆史・久野量一　訳

白水社

2666

2666
by Roberto Bolaño

Japanese edition published by arrangement through The Sakai Agency

アレクサンドラ・ボラーニョとラウタロ・ボラーニョへ

倦怠の砂漠のなかの　恐怖のオアシス

シャルル・ボードレール

2666　目次

著者の遺族による注記

死期が近づいたのを悟ったロベルトは、小説『２６６６』に関する遺言を残していました。そのなかで彼は、この本の一つの部が一冊の本に相当する五巻本として出版するよう指示し、刊行の順番と時期（一年に一冊）、さらには出版社との契約金まで明確に記していました。死の数日前に彼が自らホルヘ・エラルデに伝えたこの決定によって、子供たちが将来、経済的に保障されたと考えたのです。

ロベルトの死後、イグナシオ・エチェバリア（文学的な問題について助言を依頼すべき人物として彼が指定した友人）によって、残された作品や資料の読みと研究が行なわれた結果、必ずしも実利的でない別の見方がなされることになりました。すなわち、作品の文学的価値を尊重して、私たちはホルヘ・エラルデとともに、ロベルトの決定を変更し、『２６６６』全体を一冊の本として出版することにしたのです。病状が悪化して最悪の事態に至らなければ、彼はきっとそうしていたことでしょう。

装丁
緒方修一

カバー画
ジュール・ド・バランクール
“Neither Day or Night”
Courtesy of galerie thaddaeus ropac, Paris - Salzburg. Private collection.

1

批評家たちの部

ジャン゠クロード・ペルチエが初めてベンノ・フォン・アルチンボルディを読んだのは、一九八〇年のクリスマスのことだった。当時、彼は十九歳で、パリの大学でドイツ文学を学んでいた。件の本とは『ダルソンヴァル』である。若きペルチエはそのとき、その小説が三部作（イギリスを舞台にした『庭園』、ポーランドを舞台にした『革の仮面』、そして見るからにフランスを舞台にした『ダルソンヴァル』から成る）の一つであることを知らなかった。だが、彼の無知、空白もしくは書誌的な怠慢は単に彼が若すぎたせいであり、その小説が彼にもたらした眩惑と感嘆は少しも損なわれはしなかった。

その日から（あるいはその本を初めて読み終えた夜更けから）、彼はアルチンボルディの熱狂的なファンとなり、この作家のさらなる作品を求めて遍歴を開始した。それは容易な作業ではなかった。一九八〇年代にベンノ・フォン・アルチンボルディの本を手に入れることは、パリにおいてさえ数々の困難を伴わないわけにはいかない仕事だった。彼の大学の独文科図書室には、アルチンボルディに関する文献はほとんど見当たらなかった。教師たちは、その人物について聞いたことすらなかった。教師の一人が、名前には聞き覚えがあるとペルチエに言った。十分もすると、その教師が名前を覚えていると思った人物はイタリアの画家だったことが判明し、ペルチエは怒り（驚き）を覚えたが、彼にしたところで、同じくその画家のことを知っているわけではまったくなかった。

彼はハンブルクにある『ダルソンヴァル』の出版社へ手紙を書き送ってみたが、なしのつぶてだった。パリで見つけた数少ないドイツ系書店を片端から訪ねて回ってもみた。アルチンボルディの名前は、あるドイツ文学事典と、冗談なのか真面目なのかは分からずじまいだったが、プロイセン文学の専門誌であるベルギーのある雑誌に載っていた。一九八一年、彼は大学の友人三人と一緒にバイエルン地方を旅行したとき、ミュンヘンのフォアアルム通りにある小さな書店で、別の二冊の本に出会った。一冊は『ミッツィの宝』というタイトルの百ページ足らずの薄い本で、もう一冊は、先に挙げたイギリスが舞台の『庭園』だった。

この新たな二冊を読んだことで、彼がアルチンボルディについてすでに抱いていた考えはもはや確固たるものとなった。一九八三年、二十二歳の彼は『ダルソンヴァル』の翻訳作業に取りかかった。誰に頼まれたわけでもなかった。そのころフランスには、この奇妙な名前のドイツ人作家の本を出すことに興味を示す出版社は皆無だった。そもそもペルチエが翻訳を始めたのは、何よりもその作品が好きだったからであり、翻訳することが楽しかったからだが、いっぽうでその翻訳を、巻頭にアルチンボルディに関する研究論文を付して、可能性はともかく、いずれ取得するであろう博士号の礎石として発表できるのではないかと考えてもいた。

一九八四年に翻訳の決定稿が完成すると、パリのある出版社が、曖昧かつ相反する評価を何度か下したのちに出版を引き受け、アルチンボルディの作品が刊行される運びとなった。もともと千部も売れはしないと見なされていたその小説は、矛盾し合う、好意的な、褒めすぎとさえ言える書評がいくつか出たのちに初版の三千部が完売し、第二、第三、第四刷への扉が開かれたのだった。

そのころまでに、ペルチエはこのドイツ人作家の作品を十五冊読み、翻訳もさらに二冊こなし、フランス中でベンノ・フォン・アルチンボルディのもっとも優れた研究者であると目されるようになっていた。

そのころ、ペルチエは初めてアルチンボルディを読んだ日のことを思い出した。彼の目に浮かぶのは、屋根裏部屋で暮らしていた若く貧しい自分の姿で、顔を洗ったり歯を磨いたりする洗面台を、その薄暗い屋根裏に住むほかの十五人と共同で使い、おぞましい、おそろしく不潔な、便器というよりは汚物溜めか下水でしかないトイレで用を足し、それもまた屋根裏部屋の十五人の住人たちと共同で使っていた。そのうちの何人かはそれぞれ学位を得て、すでに故郷に帰ったり、同じパリ市内でもう少し住み心地がましな場所に移ったりしていたが、なかにはわずかながらそこに留まり、無為な生活を送ったり、不快さのあまりゆっくりと死んでゆく者もいた。

すでに述べたように、彼の目には自分の姿が浮かんだが、それはまるで苦行僧のようで、複数のドイツ語の辞書の上に覆いかぶさり、裸電球の弱々しい光に照らされて、痩せこけ、頑固で、あたかも脂肪のない肉と骨と筋肉をまとった意志を思わせる、目的を達することを心に誓った狂信者、つまりパリの学生のごくありふれた姿だった。だが、そのイメージは彼に、涙を誘う麻薬、十九世紀オランダの気どった詩人が言ったように、感情をほとばしらせ、一見したところ自己憐憫に見えるがそうではない何か（ならばそれは何か？　憤怒？　たぶんそうだろう）をあふれ出させる麻薬のような効果をもたらし、それが彼に、言葉ではなく痛々しいイメージを通じて、若き日の修行時代のことをくり返し考えさせ、そしておそらく無益だった長い夜のあとで、彼は次の二つの結論を導かざるをえなかった。一つは、それまでに生きてきたような人生は終わったということ、もう一つは、輝かしいキャリアが目の前に開けていて、それが輝きを失わないよう、あの屋根裏部屋の唯一の記憶として、自分の意思を貫かなければならないということだった。彼にとってそれはたやすいことに思えた。

ジャン＝クロード・ペルチエは一九六一年生まれで、一九八六年にはすでにパリでドイツ語の専任教授になっていた。ピエロ・モリーニは一九五六年にナポリ近郊の村で生まれ、ベンノ・フォン・アルチンボルディを初めて読んだのは一九七六年、すなわちペルチエより四年早かったものの、そのドイツ人作家の小説を最初に翻訳するのは一九八八年になってからのことだった。『分岐する分岐《ビフルカリア・ビフルカータ》』というその作品のイタリアの書店での売れ行きは、輝かしいというよりは惨憺たるものだった。

イタリアにおけるアルチンボルディの紹介状況は、フランスとは大きく異なっていたことを指摘しておかなければならない。実のところ、モリーニはイタリアにおけるこの作家の最初の翻訳者というわけではなかった。それどころか、モリーニが手にした最初のアルチンボルディの小説は、一九六九年にエイナウディ社から出た、コロッシモという名の人物による『革の仮面』のイタリア語訳だった。イタリアでは、『革の仮面』のあと、一九七一年に『ヨーロッパの河川』、一九七三年に『遺産』、一九七五年に『鉄道の完成』が出版され、それに先立つ一九六四年には、ローマの出版社から『ベルリンの暗黒街』というタイトルの、戦争にまつわる物語を多数収めた短篇選集が出版されていた。したがって、アルチンボルディはイタリアでまったくの無名というわけではなかったが、売れている作家というわけでもなければ、それなりに売れている作家でも、いくらか売れている作家でもなく、むしろまったく売れていない作家であり、彼の本は書店のもっとも黴臭い棚で古びていくか、二束三文で叩き売られるか、出版社の倉庫で忘れ去られていて、いずれは断裁される運命にあった。

もちろんモリーニは、アルチンボルディの作品がイタリアの読者の期待をさして集めなかったからといって臆することなく、『分岐する分岐《ビフルカリア・ビフルカータ》』を翻訳したあとで、ミラノとパレルモの雑誌にアルチンボルディに関するそれぞれ異なる二つの論文を寄稿した。一つは『鉄道の完成』における運命について、もう一つは『レタイア』と『ビッツィウス』における良心と罪悪感のさまざまな様態について論じたものだった。ちなみに『レタイア』は官能小説風の作品で、『ビッツィウス』のほうは、ペルチエがミュンヘンの古い書店で見つけた『ミッツィの宝』にいくらか似た百ページ足らずの小説で、ベルン州リュッツェルフリューの牧師にして説教師、イェレミアス・ゴットヘルフという筆名の作家でもあったアルベルト・ビツィウスの生涯を描いたものだった。モリーニの論文は二つとも掲載され、アルチンボルディの人物像を紹介する際に彼が発揮した雄弁家ぶり、あるいは読者を惹きつける力はあまたの障害を乗り越えて、一九九一年にはピエロ・モリーニによる二冊目の翻訳、『聖トマス』がイタリアで日の目を見ることになった。当時、モリーニはトリノ大学でドイツ文学を講じていたが、すでに複数の医師から多発性硬化症と診断されていたうえ、奇妙かつ甚だしい発作に見舞われ、死ぬまで車椅子から離れることのできない身となっていた。

マヌエル・エスピノーサは別の道からアルチンボルディにたどり着いた。モリーニやペルチエよりも若いエスピノーサは、少なくとも大学の最初の二年間は、いくつかの悲しい理由からドイツ文学ではなくスペイン文学を学んでいた。彼は作家になることを夢見ていたのだ。ドイツ文学に関しては、古典作家を三人知っているだけだった(しかもよく知っていたわけではない)。ヘルダーリンを知ったのは、十六歳のときに自分の運命は詩人になることだと思い込み、手当たり次第に詩集を読み漁ったからで、ゲーテの場合は、高校の最終学年に、あるユーモアのセンスに富んだ教師に『若きウェルテルの悩み』を薦められ、主人公に自分と双子の魂を見いだしたから、そしてシラーは、戯曲を一つ読んだことがあったからだった。その後、現代作家ユンガーの作品をさかんに読むことになるのだが、それはとにもかくにも周囲に合わせてのことで、彼が崇拝しながらも本当は心底憎んでいたマドリードの作家たちが、ユンガーのことをのべつ話題にしていたからだった。したがって、エスピノーサがよく知っていたドイツ人作家は一人だけで、その作家とはユンガーだったということになる。当初、彼はユンガーの作品をすばらしいと思い、ほとんどがすでにスペイン語に訳されていたので、どの本も難なく見つけて読むことができた。彼としては、それほど容易でないほうがよかったのかもしれない。いっぽう、エスピノーサの知り合いたちは、ユンガーに傾倒していただけでなく、ユンガーを翻訳してもいたのだが、彼にはどうでもいいことだった。というのも、彼が欲していたのは、翻訳者の栄光ではなく作家の栄光だったからである。

年月というのは静かに残酷に過ぎていくもので、時の経過は彼にいくつかの不幸をもたらし、彼は考えを変えざるをえなかった。たとえば、ユンガー派の連中は彼が思っていたほどユンガーを信奉していたわけではなく、すべての文学的派閥と同様、季節の移り変わりに左右されるものだと気づくのにそれほど時間はかからなかった。秋にはたしかにユンガー派だったのが、冬になると不意にピオ・バロッハ派に変わり、春はオルテガ派になり、夏になるといつも集まっていたバルに背を向けて街にくり出し、カミロ・ホセ・セラを称えて田園詩を歌うという具合だった。根は愛国者だった若きエスピノーサは、その種の示威行動にもっと陽気で祝祭的な精神が存在したならそれを無条件に受け入れただろうが、似非《えせ》ユンガー派の連中のようにそれを真面目に受け取ることはとてもできなかった。

さらに問題だったのは、彼の習作に対する仲間内の評判を知ったことだった。それがあまりに否定的だったので、あるときなど夜眠れぬままに、彼らが自分に対し、グループから出ていってくれ、我々を不快にさせないでほしい、二度と姿を見せるなど言外に匂わせているのではないかと真剣に考えたほどだった。

それ以上に問題だったのは、ユンガー自身がマドリードにやってきて、ユンガー派のグループが彼のためにエル・エスコリアル詣でを企画したときのことだった。エル・エスコリアルを訪れるというのは巨匠の奇妙な気まぐれだったが、エスピノーサが、どんな役回りであろうと一行に加わろうとしたところ、その栄誉に浴することを却下されてしまった。まるで似非ユンガー派は、彼がドイツ人の近衛隊に加わるには不相応であると見なしているか、あるいは彼、エスピノーサが若気の至りで何かわけの分からないことを口走り、自分たちを困らせるのを恐れているかのようだったが、彼が公式に受けた説明（おそらく慈悲深い出来心から言い渡したのだろう）は、彼はドイツ語ができず、ユンガーとピクニックに出かける者たちは全員ドイツ語ができるからということだった。

こうして、エスピノーサとユンガー派の関係は終わりを迎えた。ここから彼の孤独が始まり、しばしば矛盾し合うか実現不可能な決意の数々が、雨（か嵐）のごとく降り注ぐようになった。安眠できる夜はなく、ましてや愉快な夜などなかったが、エスピノーサは二つのことを発見し、最初のころそれは彼にとって大きな助けとなった。すなわち、自分は決して小説家にはなれないだろうということ、そして自分は自分なりに勇敢な若者だということである。

さらに彼は、自分が恨みを抱きやすい若者であること、孤独とが恨みの感情に満ちていて、恨みが化膿していること、マドリードの雨と寒さを和らげることができるなら、誰彼かまわず簡単に殺せるだろうということに気づいた。だが、こちらの発見は闇に葬ることにして、決して作家にはなれないことを受け入れ、発見したばかりの自分の勇気をありとあらゆる手段を使って引き出すことに全力を傾けることにした。

そんなわけで、彼は大学でスペイン文学の勉強を続けたが、同時に、ドイツ文学の課程も専攻した。毎日の睡眠時間は四、五時間で、残りの時間は勉学に励んだ。ウェルテルと音楽の関係について二十ページの評論を書いて学位を取り、その評論はドイツ文学の課程を終える前に、マドリードの文芸誌とゲッティンゲン大学の紀要に掲載された。二十五歳になるころにはスペイン文学でも学位を修めていた。一九九〇年、彼はベンノ・フォン・アルチンボルディに関する論文でドイツ文学の博士号を取得し、翌年、バルセロナの出版社がその論文を刊行することになる。そのころまでにエスピノーサは、ドイツ文学の学会やシンポジウムの常連となっていた。ドイツ語の能力は、すばらしいとは言えないまでも、並よりは上だった。英語とフランス語も話すことができた。モリーニやペルチエと同様、立派な勤め口があり、かなりの収入を得ていて、学生からも同僚からも（これ以上はないというほど）尊敬を集めていた。彼はアルチンボルディも他のドイツ人作家も翻訳はしていなかった。

モリーニ、ペルチエ、エスピノーサには、アルチンボルディ以外にも共通点があった。三人とも鉄の意志の持ち主だったことである。実はもう一つ共通点があったのだが、それについては後述することにしよう。

それにひきかえ、リズ・ノートンは、一般に意欲的と呼ばれるような女性ではなかった。すなわち、中期的あるいは長期的な計画を立てたり、目標を達成するために全力を傾けたりするたちではなかった。彼女は意欲という属性など持ち合わせてはいなかった。苦しんでいるときには傍目にもそれが分かり、幸せなときには、彼女が味わっている幸福が周囲に伝染した。彼女は決まった目標を明確に描くことも、それに向かってたゆまぬ努力を続けることもできなかった。そうでなくとも、彼女がまっしぐらに目指すに値するほど魅力的な、もしくは望ましい目標などはなかった。個人的な事柄において、「目標を達成する」という表現は、彼女にとってはさもしい罠のように思えた。「目標を達成する」という言葉よりも「生きる」という言葉を、まれに「幸福」という言葉を優先した。ウィリアム・ジェイムズが信じたように、もしも意欲が社会的要請と関係があるなら、そしてそれゆえ禁煙するより戦争に行くほうがたやすいとしたら、リズ・ノートンに関しては、戦争に行くよりも禁煙することのほうがたやすいと考える女性であると言えただろう。

あるとき大学で誰かにそう言われ、彼女は喜んだが、だからと言ってウィリアム・ジェイムズを読み始めたりすることはあとにも先にもなかった。彼女にとって、読書は快楽と直結しているのであって、モリーニやエスピノーサ、ペルチエが信じていたように、知識や謎、言葉の構造や迷宮と結びついているわけではなかった。

彼女のアルチンボルディ発見は、四人のなかでもっとも衝撃的でもなければ詩的でもなかった。一九八八年、二十歳のときにベルリンに三か月滞在し、そのあいだにドイツ人の友人から彼女の知らない作家の小説を借りた。名前に違和感を覚え、イタリア人のような姓なのに、その前に貴族の家柄を示す「フォン」がつくドイツ人の作家がなぜいるのかと友人に尋ねた。そのドイツ人の友人は答えに窮した。きっとペンネームだろう、と彼は言った。そして、ドイツ語には母音で終わる固有名詞はめったにないと言い添えたので、違和感は募った。女性の名前ならありうる。でも男性の名前ではまずない。その小説は『盲目の女』といい、彼女は気に入ったものの、書店に走ってベンノ・フォン・アルチンボルディのほかの本を買い込むほどではなかった。

五か月後、イギリスに戻ったリズ・ノートンのもとに、ドイツ人の友人から郵便でプレゼントが送られてきた。容易に予想がついたが、中身はアルチンボルディの別の小説だった。彼女はそれを読んで気に入り、大学の図書館でイタリア人の名前をもつそのドイツ人の本を探してみると、二冊見つかった。そのうち一冊はすでにベルリンで読んだもので、もう一冊は『ビッィウス』だった。この本を読み終えると、今度は彼女もたまらず外に走り出た。四方を建物に囲まれた中庭には雨が降り注ぎ、四角い空はまるでロボットか我々に似せて作られた神の歪んだ笑顔のようで、芝生の上では雨粒が下に向かって斜線状に滑り落ちていたが、それが上に向かって滑っていたとしても大して違いはなく、そのあと斜線状（の雨粒）が球状（の雨粒）になり、芝生を支える地面に飲み込まれ、芝生と地面が話しているように、いや、話しているのではなく口論しているように見え、その理解しがたい言葉は、まるで結晶化したクモの巣か結晶化した一瞬の吐瀉物のようであり、かすかに聞き取ることのできるきしりであり、あたかもノートンはその日の午後、紅茶のかわりにペヨーテのお茶を飲んだかのようだった。

だが実際には、彼女は紅茶を飲んだだけであり、打ちのめされた気分で、まるで耳のなかで一つの声がおどろおどろしい祈禱をくり返しているようだったが、その言葉は大学の校舎から遠ざかるにつれてぼやけていき、雨が彼女のグレーのスカートと骨ばった膝と美しいくるぶしとそのほかわずかな部分を濡らした。というのもリズ・ノートンは、芝生に駆け出していく前に傘をつかむのを忘れなかったからである。

ペルチエ、モリーニ、エスピノーサ、ノートンが初めて出会ったのは、一九九四年にブレーメンで開催された現代ドイツ文学学会でのことだった。それ以前、ペルチエとモリーニは、東ドイツが瀕死の状態にあった一九八九年にライプツィヒで開かれたドイツ文学学会の場で知り合い、その後、同じ年の十二月にマンハイムで開かれた、（ホテルも食事もお粗末で、段取りは最悪の）ドイツ文学シンポジウムで再会していた。一九九〇年にチューリヒで開かれた現代ドイツ文学フォーラムで、ペルチエとモリーニはエスピノーサと出くわした。一九九一年にマーストリヒトで開かれた二十世紀ヨーロッパ比較文学学会で、エスピノーサはペルチエに再会し（ペルチエは「ハイネとアルチンボルディ――収斂する道」と題する報告を、エスピノーサは「エルンスト・ユンガーとベンノ・フォン・アルチンボルディ――分岐する道」と題する報告を携えていた）、それ以来、学会誌で互いの文章を読み合うようになっただけでなく、友人同士となったか、二人のあいだで友情に似たものが育っていったと言ってもさして間違いではない。一九九二年、アウクスブルクでのドイツ文学学会で、ペルチエ、エスピノーサ、モリーニはふたたび顔を合わせた。三人はそれぞれアルチンボルディに関する研究を発表した。それに先立つ数か月のあいだ、常連のドイツ文学者のほかにドイツの作家や詩人が多数集まるこの重要な学会に、ベンノ・フォン・アルチンボルディ自身が参加する意向であるという噂が立っていたが、いざふたを開けてみると、会議の二日前になってアルチンボルディの版元であるハンブルクの出版社から、彼の出席を取り消す旨を伝える電報が届いたのだった。それはともかく、学会は失敗に終わった。ペルチエの意見によれば、興味深かったのはベルリンの老教授によるアルノー・シュミット（母音で終わるドイツ語の男性名があるではないか）の作品に関する講演くらいのものだった。エスピノーサも、そしてモリーニも多少はこの意見に同意した。

空いた時間には、これはかなりあったのだが、彼らはもっぱらアウクスブルクの、ペルチエの意見ではぱっとしないが面白い場所を散策した。エスピノーサにとってもこの街はぱっとせず、モリーニにとってはわずかにぱっとしないという程度だったが、いずれにせよぱっとしないことに変わりはなかった。エスピノーサとペルチエは交代でイタリア人の車椅子を押した。というのも、そのとき彼の健康状態はあまりよくなかったというよりもむしろぱっとしなかったためで、友人であり同業者である二人は、新鮮な空気に少しあたるのは彼の身体に悪くないどころかむしろいいだろうと考えたのだった。

アウクスブルクに続き、一九九二年一月にパリで開かれたドイツ文学学会には、ペルチエとエスピノーサしか参加しなかった。モリーニも招請されていたのだが、そのときは普段にもまして体調が思わしくなく、そのため医者は、たとえ短期間であっても、とりわけ旅行は控えるようにと彼に申し渡した。学会の内容は悪くなく、ペルチエとエスピノーサは、予定がぎっしりと詰まっていたにもかかわらず、時間を見つけて、サン・ジュリアン・ル・ポーヴル教会に近いギャランド通りの小さなレストランで食事をともにし、互いの仕事や趣味について話しただけでなく、デザートを食べながら、あの憂鬱なイタリア人の健康状態に思いを馳せた。悪しき体調、思わしくない体調、忌まわしい体調ではあったが、それでもアルチンボルディに関する本の執筆に取りかかるのを妨げることはなく、モリーニが電話の向こうで言っていたとペルチエが説明したところによると、真面目な話なのか冗談なのかは分からなかったが、それはアルチンボルディに関する偉大な本に、そのドイツ人作家の全作品という巨大な黒い鮫の脇腹で長い時間泳いでいく水先案内の魚になるかもしれないとのことだった。ペルチエもエスピノーサもモリーニの研究に一目置いていたが、ペルチエの言葉（古城のなかか、古城の堀の下に造られた地下牢のなかで発せられたような言葉）は、ギャランド通りの穏やかなレストランのなかで脅しのように響き渡り、そのせいもあって、慇懃で満ち足りた雰囲気のもとで始まった夜の集いはお開きとなった。

そのことによってペルチエ、エスピノーサとモリーニの関係が気まずくなることはなかった。

三人は、一九九三年にボローニャで開かれたドイツ語文学学会でふたたび顔を合わせた。そして、アルチンボルディを特集したベルリンの雑誌「文学研究」の四十六号にそろって寄稿した。彼らがその雑誌に寄稿するのはそれが初めてではなかった。四十四号には、アルチンボルディとウナムノの作品における神の概念に関するエスピノーサの論文が載っていた。三十八号にはモリーニが、イタリアにおけるドイツ文学の教育状況についての論考を発表していた。さらに三十七号にはペルチエが、フランスとヨーロッパにおいてもっとも重要な二十世紀のドイツ人作家についての展望を載せていて、ちなみにそのテクストは複数の抗議を受けたばかりか、ある人物の逆鱗に触れさえした。

とはいえ、四十六号が我々にとって重要なのは、そこにペルチエ、モリーニ、エスピノーサのグループと、シュヴァルツ、ボルフマイヤー、ポールのそれという対立する二つのアルチンボルディ研究者の派閥が形成されたからというだけでなく、その号には、ペルチエによれば実に卓越した、エスピノーサによれば見事に論証された、モリーニによれば興味深い、リズ・ノートンのテクストが掲載されていたからである。しかもそのテクストには、件のフランス人、スペイン人、イタリア人の文章がくり返し引用され、筆者は専門誌に載ったり小出版社から発行されたりした彼らの論文や研究書の内容に精通しているのは明らかで、(誰かに頼まれたわけでもなく)三人の論に与していた。

ペルチエは彼女に手紙を書こうかと考えたが、結局書かなかった。エスピノーサはペルチエに電話し、彼女に連絡を取るのは適切なことだろうかと尋ねた。二人は確信がもてなかったので、モリーニに訊くことにした。モリーニは返事を控えた。リズ・ノートンについて三人が唯一知っていたのは、彼女がロンドンのある大学でドイツ文学を教えていること、彼らと異なり正教授ではないということだけだった。

ブレーメンで開かれたドイツ文学学会は波瀾に満ちたものとなった。モリーニとエスピノーサの後方支援を受けたペルチエが、ドイツのアルチンボルディ研究者たちの意表をついて、さながらイエナにおけるナポレオンのように攻撃を仕掛けたのだ。敗れたポール、シュヴァルツ、ボルフマイヤーの陣営が、ブレーメンの喫茶店や居酒屋に向かって敗走するのに時間はかからなかった。学会に参加したドイツの若手教授たちは、初めのうちは当惑していたものの、やがておそるおそるではあるが、ペルチエとその友人たちの側についた。ゲッティンゲンから列車か小型バンでやってきた学生たちが大部分を占めていた聴衆も、こちらはいささかもためらうことなく、ペルチエの激しく確固たる解釈の側につき、ペルチエとエスピノーサが擁護した、最後の(あるいは最後から二番目の)カーニバルという解釈のディオニュソス的で祝祭的な観点を熱狂的に支持した。二日後、シュヴァルツとその仲間が反撃に出た。彼らはアルチンボルディをハインリヒ・ベルと対比し、責任について論じた。アルチンボルディをウーヴェ・ヨーンゾンと対比し、苦悩について論じた。アルチンボルディをギュンター・グラスと対比し、市民としての義務について論じた。さらにボルフマイヤーはアルチンボルディをフリードリヒ・ドゥレンマットと対比して、ユーモアについて論じ、モリーニにはその行為が破廉恥の極みに思えた。そのとき、思いがけなくリズ・ノートンが登場し、あたかもナポレオンの将軍ドゼーのごとく、ランヌのごとく彼らの反撃を粉砕した。この金髪のアマゾネスは、早口すぎたかもしれないがこのうえなく正確なドイツ語を話し、グリンメルスハウゼンやグリューフィウスやその他大勢に言及したうえ、パラケルススという名でよく知られるテオフラストゥス・ボンバストゥス・フォン・ホーヘンハイムについてさえも論じたのである。

その日の夜、彼ら四人は河の近くにあるうなぎの寝床のような居酒屋で夕食をともにした。店のある暗い通りにはハンザ同盟時代の古い建物が並び、いくつかはうち捨てられたナチの官公庁らしかった。四人は小ぬか雨に濡れた階段を下りて居酒屋に着いた。

こんなひどい店はありえないとリズ・ノートンは思ったが、夜の集いは長く続き、楽しかった。それに、ペルチエ、モリーニ、エスピノーサの態度には傲慢なところが少しもなかったおかげで、ノートンはくつろげた。当然のことながら、彼女は三人の研究の大部分を知っていたが、嬉しいことに彼女を驚かせたのは、三人もまた彼女の研究のいくつかを知っていたことだった。会話は四段階を経て盛り上がりを見せた。彼らはまず、ノートンがボルフマイヤーに浴びせかけた酷評のことと、次第に容赦のないものになっていったノートンの攻撃を前にみるみる狼狽したボルフマイヤーの表情のことで大笑いし、それから今後の学会について、なかでもミネソタ大学で開かれることになっているきわめて奇妙な学会について話し合った。それには五百人を超す学者、翻訳者、ドイツ文学の専門家が参加を予定していたが、モリーニはその情報が眉唾ではないかと疑っていた。続いて彼らは、ベンノ・フォン・アルチンボルディと彼のほとんど知られていない人生について語り合った。ペルチエから始まり、普段はもっとも寡黙でありながらその夜は口数が多かったモリーニで終わるまで、全員が逸話や噂話を披露し、すでに知られている曖昧な情報を何度目か分からなくなるくらい比較検討し、お気に入りの映画をめぐってあれこれ蘊蓄を傾ける者のように、偉大な作家の所在と人生の謎について憶測した。最後に、濡れて輝く街を歩きながら（そう、断続的に輝いていて、ブレーメンはまるで短く鮮やかな放電を絶えず起こす機械のようだった）、彼らは自分たち自身の話をした。

四人とも独身であり、彼らにとってその事実は、自分たちを励ますしるしのように思われた。四人ともひとり暮らしだったが、リズ・ノートンは、ＮＧＯの仕事で世界各地を飛び回っていてイギリスには年に数回しか帰ってこない兄とロンドンのアパートをときどき共有していた。四人とも職に就いていたが、ペルチエ、エスピノーサ、モリーニは博士号を持ち、しかもモリーニを除く二人はそれぞれ学科長だったのに対し、ノートンは博士論文の準備を始めたばかりで、自分の勤める大学のドイツ文学科の長になれる見込みはなかった。

その夜、眠りに落ちる前にペルチエが思い出したのは、学会での小競り合いではなく、河沿いの通りを歩いている自分自身と、その隣を歩くリズ・ノートンの姿で、エスピノーサはモリーニの車椅子を押し、四人はブレーメンの音楽隊のことで笑い合っていて、動物たちは仲良く、無邪気に、それぞれの背中に乗って、彼らを、あるいはアスファルトに映った彼らの影を見ていた。

その日の昼夜からというもの、四人が定期的に電話をかけ合わない週はなく、料金を気にもせず、場合によってはもっとも間の悪い時間にかかってくることもあった。

ときにリズ・ノートンがエスピノーサに電話をかけ、前日モリーニと話したときにいくらかふさぎ込んでいるのに気づいたのだがどうしたのだろうかとエスピノーサに尋ねることがあった。するとエスピノーサはその日のうちにペルチエに電話し、ノートンによるとモリーニの体調が悪化したらしい旨を告げ、ペルチエはそれに応じてただちにモリーニに電話を入れ、彼の体調について単刀直入に尋ねたが、結局二人で笑い合うばかりで（というのもモリーニは自分の健康について決して深刻な話はしないことにしていたので）、仕事に関する瑣末な情報を交換したのち、質素だが美味な夕食を取り、通話の喜びに浸るのを先延ばしにして、たとえば夜の十二時にノートンに電話して、モリーニは元気かつ正常であり、安定している、そしてノートンがふさぎこんでいると思ったのは勘違いで、気候の変化に敏感なあのイタリア人の普通の状態にすぎないと請け合い（きっとトリノは天気が悪かったんだろう、きっと前の晩、モリーニは何か恐ろしい夢でも見たんだろう）、こうしてひとつのサイクルが終わったが、その翌日か翌々日にはモリーニが、とくに理由もなく、エスピノーサにご機嫌伺いの電話を入れたことで再開された。電話と言っても単に少し話したかっただけで、およそどうでもいいこと、天気の話（モリーニと当のエスピノーサまでもがイギリス流の会話の習慣を身につけつつあるかのようだった）、お勧めの映画、最近出た本についての客観的意見、とどのつまりがどちらかというと眠気を誘うような、少なくとも気乗りがしない電話での会話に時間が費やされたが、エスピノーサは奇妙に興奮して、あるいは興奮を装い、あるいはいとおしそうに、いずれにせよ礼儀にかなった興味を示しながら耳を傾け、モリーニはあたかも自分の人生がかかっているかのようにしゃべりまくり、その二日後か数時間後に、エスピノーサがノートンに同じような調子で電話し、続いてノートンがペルチエに電話する、するとペルチエがモリーニに電話をかけ、何日か経つとまたもや再開される通話は極度に専門的なコードとなり、アルチンボルディにおけるシニフィアンとシニフィエ、テクスト、サブテクスト、パラテクスト、『ビツィウス』の最後の数ページにおける言語・身体的領土権の奪還という具合で、そうなるともはや話題は、映画であろうとドイツ語科の問題であろうと、朝な夕なにそれぞれが住む都市をひっきりなしに通り過ぎていく雲と同じだった。

一九九四年の終わりに、アヴィニョンで開かれた戦後ヨーロッパ文学に関するシンポジウムで四人は再会した。ノートンとモリーニは聴衆として、ただし旅費はそれぞれ大学から支給されて参加し、ペルチエとエスピノーサはアルチンボルディ作品の重要性について批評的研究を発表した。ペルチエの研究は島嶼性に焦点を当てたもので、アルチンボルディの全著作を彩るかに見えるドイツ的伝統との断絶（ただしある種のヨーロッパ的伝統とはつながりがある）を論じていた。エスピノーサの研究は、これまで彼が書いたなかでももっとも面白いもののひとつで、アルチンボルディを包む神秘のベールをめぐって展開されていた。この人物については実際のところ誰も、彼の担当編集者でさえも何ひとつ知らなかった。彼の本には見返しにも裏表紙にも著者の写真がなく、経歴については最小限の情報（一九二〇年、プロイセン生まれのドイツ人作家）しかなく、あるとき担当編集者がシュピーゲル紙の女性記者に対してうっかり口を滑らせ、シチリアから原稿が届いたことがあると告白したものの、どこに住んでいるかは謎だった。同世代の存命作家たちでさえ本人に会ったことがなく、ドイツ語で彼の経歴を記したものがまったく存在しなかったにもかかわらず、著作の販売部数はドイツでもヨーロッパでも、また行方不明の（行方不明か大富豪の）作家や行方不明の作家の伝説を好むアメリカでもうなぎ上りで、彼の作品はもはや大学のドイツ語科ばかりではなく、大学のキャンパスでもキャンパスの外でも、口承芸術や視覚芸術が愛好される大都市でもさかんに読まれ始めていた。

夜になると、ペルチエ、モリーニ、エスピノーサ、ノートンは連れ立って夕食に出かけ、ときにはかねてからの知り合いのドイツ語教師を一人二人伴うこともあった。ドイツ語の教師たちは、まだ宵の口に自分たちのホテルに戻ることもあれば、夜の集まりが終わるまで留まることもあったが、その場合はアルチンボルディ研究者たちが形作る四角形には入り込めないこと、そして夜もそのくらいの時間になると、いかなる外部の人間の干渉に対しても激しい反論が加えられる可能性があることを知っているかのように、でしゃばることなく後景に控えていた。最後は決まって彼ら四人だけになり、アヴィニョンの街を、黒ずんだ官庁街のようなブレーメンの街を歩いたときのように、そして未来が彼らのために用意してあるさまざまな通りをのちに歩くときのように、満ち足りてのんびりと歩くのだった。モリーニは車椅子をノートンに押してもらい、その左側にはペルチエが、右側にはエスピノーサが控え、あるいはペルチエがモリーニの車椅子を押し、エスピノーサは左に控えていることもあり、ノートンは彼らの前にいて、二十六歳の笑顔を満面に浮かべながら後ろ向きに歩いている。このすばらしい笑顔をほかの三人もすぐさま真似るものの、本当のところ彼らは笑いたかったわけではなく、ただ彼女を見つめていたかっただけなのだ。あるいは四人が並んで、歴史で名高い河、すなわち今はもう荒々しくない河の岸にたたずみ、自分たちのドイツ狂いについて、互いに相手の言葉を遮ることなく語り合いながら、ほかの誰かの知性を試したり、吟味したりするのだったが、その合間の長い沈黙は、雨でさえ乱すことはできなかった。

一九九四年の終わりにペルチエがアヴィニョンから戻ったとき、パリのアパルトマンのドアを開け、スーツケースを床に置いてドアを閉めたとき、ウイスキーをグラスに注ぎ、カーテンを開けて、いつもの景色、ブルトゥイユ広場の一部と奥に見えるユネスコの建物を目にしたとき、ジャケットを脱ぎ、ウイスキーのグラスをキッチンに置いて留守番電話のメッセージを聞いたとき、眠気を感じ、目蓋が重くなったが、ベッドに入って眠るかわりに、裸になってシャワーを浴びたとき、くるぶしまで届きそうな白いバスローブを着て、パソコンを立ち上げたとき、そのときになって初めて、彼はリズ・ノートンを恋しく思っていること、この瞬間彼女と一緒にいて、話をするだけでなく、ベッドをともにして、彼女を愛していると言い、彼女も彼を愛していると言うのを本人の口から聞けるなら、自分が持っているすべてをひきかえにしても構わないと思っていることに気づいた。

それと幾分似たことをエスピノーサも経験したが、わずかな違いが二つあった。一つは、リズ・ノートンと一緒にいる必要性を感じたのが、マドリードの自宅のマンションに着く前だったことである。早くも飛行機のなかで、彼女が理想の女性、自分がつねに探し求めていた女性であることに気づき、苦しみが始まったのだった。もう一つの違いは、彼の乗った飛行機がスペインに向かって時速七百キロの速度で飛んでいるあいだ、彼の頭のなかを超音速で通り過ぎるノートンの理想的イメージには、セックスの場面が、必ずしも多くはないが、ペルチエが思い浮かべたよりも多く現われたことである。

いっぽう、アヴィニョンからトリノまで列車で帰ったモリーニは、移動する時間をイル・マニフェスト紙の文化欄を読むことに費やし、その後眠り込んで、二人の検札係（彼が車椅子に乗ったままホームに降りるのを手伝ってくれることになる）に到着を知らされたのだった。

リズ・ノートンの脳裏をよぎったことについては、何も言わずにおこう。

しかしながら、アルチンボルディ研究者たちの友情は、いつもと変わらず磐石に見え、四人が従うさらに大きな運命の力に支配されているようだった。だがそのために、彼らはそれぞれの個人的欲望を二の次にしていたかもしれない。

一九九五年、彼らはアムステルダムで開かれた現代ドイツ文学に関するシンポジウムに参加した。それは、同じ建物のなかで（ただし別々の教室で）開かれた、フランス文学、イギリス文学、イタリア文学を含むより大きな討論会の一環だった。

この大いに好奇心をそそられる討論会に出席した人々の大半が、現代イギリス文学について議論が交わされる会場に殺到したことは言うまでもない。そこはドイツ文学の会場と隣り合わせで、両者を隔てていたのは、昔のような石造りの壁ではなく、脆い煉瓦に薄く漆喰を塗った壁であるのは明らかだったため、イギリス文学が引き起こす叫び声やうなり声、とりわけ拍手喝采がドイツ文学の部屋に筒抜けで、あたかも双方の講演や討論が合わせてひとつであるか、イギリス文学の側がドイツ文学の側を絶え間なく妨害していたのでなければイギリス側に愚弄されているかのようだった。聴衆については言うまでもなく、彼らは大挙してイギリス文学（あるいはインド系英語文学）の討論会に詰めかけ、その人数はドイツ文学の討論会に馳せつけた、数こそ少ないものの真面目な聴衆を著しく上回っていた。そのことは結局のところ大いに役立った。というのも、よく知られているように、少人数の会話では、全員が互いの言うことに耳を傾け、じっくり考え、誰ひとり叫んだりしないので、大人数の会話というものがつねに集会と化したり、参加の度合いが必然的に少なくなるために言葉にしたとたん消えてしまうスローガンの連続になりがちなのに比べ、より生産的であり、最悪の場合でも、よりくつろいだものになるのが普通だからである。

しかし、問題の核心というか討論会の核心に入る前に、その結果に関わるささやかならざることを明らかにしておかなければならない。時間あるいは資金の不足を理由に現代スペイン文学や現代ポーランド文学や現代スウェーデン文学を除外した連中にほかならない主催者たちは、間際になって気まぐれから、予算の大部分をイギリス文学のスターたちを招くのに惜しみなく割き、残った予算でフランスの小説家を三人、イタリアの詩人と短篇作家を一人ずつ、ドイツの作家を三人呼んだのだが、ドイツの作家のうち二人は、今はひとつに統一された西ベルリンと東ベルリンの小説家で、いずれも知名度があるのかどうかはよく分からず（しかも列車でアムステルダムに到着し、たった星三つのホテルに泊まることになっても不平ひとつ言わなかった）、三人目は、誰も聞いたことのない影のうすい人物で、現代ドイツ文学のことなら、討論の参加者であろうがなかろうがかなり詳しいモリーニでさえも知らないほどだった。

そしてシュヴァーベン地方出身だったこの曖昧模糊とした作

家は、講演（あるいは討論）のあいだ、ジャーナリストとして、文化欄担当の編集者として、インタビュー嫌いのあらゆるタイプの作家や芸術家のインタビュアーとして長らく働いた時期のことを回想し始め、続いて辺鄙な、あるいはもはや完全に忘れ去られてはいるが、文化に関心を寄せる町や村で文化振興を担当していたころのことを思い出し始め、すると突然、アルチンボルディの名前が浮上した（おそらくエスピノーサとペルチエに導かれた先の会話に影響されたのだろう）。彼がその人物を知ったのは、まさにフリースラントのある町役場で文化振興を担当していたときのことで、ヴィルヘルムスハーフェンの北、北海沿岸と東フリースラント諸島に面したその土地は、寒いがうえにもなお寒いばかりか、寒さにもまして湿気がひどく、塩分を含んだその湿気が骨の髄まで染みるので、冬をやり過ごすには二つの方法しかなかった。一つは肝硬変になるまで酒を飲み続けること、もう一つは、町の催事場で（たいていはアマチュア四重奏団による）音楽を聴くか、ごくわずかな報酬とひきかえに他所からやってくる作家たちと話をすることだった。彼らには町に一軒しかない民宿の部屋があてがわれ、行き帰りの列車の運賃に足りる程度のマルクが支払われるだけで、その列車といっても今のドイツの列車とはずいぶん違い、乗客はたぶんもっとよくしゃべり、もっと行儀がよく、もっと隣人に関心をもっていただろう。ともかく、報酬が支払われると、作家は交通費を引いたわずかな金を手にそうした土地をあとにして、我が家（ときにはフランクフルトかケルンのホテルの一室にすぎなかった）へと帰っていくが、本がいくらか売れた可能性もあった。というのも、その手の作家や詩人の場合、とりわけ詩人がそうだが、何ページか朗読して土地の人々の質問に答えたあと、自分の本を並べて売り、何マルクか余分に稼ぐのだ。それは当時よく行なわれていたことで、作家が朗読するものを人々が気に入れば、あるいは朗読が人々を感動させるか、楽しませるか、何かを考えさせることができれば、人々は本を一冊買い求めることもあったからで、その快い夜の催しの記念として、フリースラントの町の路地という路地で身を切るような冷たい風がうなり声を上げているときに思い返すことができるように、また、催しが終わって一週間後、今度は自分の家で詩か物語のどれかを読んだり読み返したりするために買うこともあり、ときには石油ランプの明かりでそれを読むかもしれない。なぜならつねに電気があるとはかぎらないからだ。ご存じのように、戦争が終わってまもないころで、社会や経済の傷口は開いたままだったから、つまるところ、今日の文学の朗読会とやり方は似たり寄ったりだったわけだが、ただしあのころ詩人や作家が並べていたのが私家版の本だったのに対して、今は本を並べるのが出版社であるところが違う。そしてシュヴァーベン出身の男が文化振興を担当していた町にある日やってきたその手の作家の一人がベンノ・フォン・アルチンボルディだった。グスタフ・ヘラーかライナー・クールかヴィルヘルム・フライン（あとでモリーニが自分のドイツ人作家事典で探そうとするが見つからなかった）と同列の作家で、その場で売るための本は持ち込まず、まだ書きかけだった二作目の小説から二章を朗読したのだった。最初の小説は、とシュヴァーベン人は回想した。その年ハンブルクで出たものだったが、私はそれをまったく読んでいなかった。しかしその最初の小説は存在していて、とシュヴァーベン人は言った。そしてアルチンボルディは相手の疑いを見越すように、自分で一冊持ち歩いていたよ、百ページか、もう少し長かったかもしれない、百二十ページ、百二十五ページくらいの短い小説で、彼はその本をジャケットのポケットに突っ込んでいた。奇妙なことに、シュヴァーベン人は、小説よりもポケットに本を突っ込んだアルチンボルディのジャケットのことをより鮮明に覚えていた。その本の表紙は汚れ、しわがあり、かつては濃いアイボリー色か、うすい小麦色か、消えかかった金色だったが、もはや何色でもなくなり、小説のタイトルと作者名と出版社のロゴが残っているだけだった。それにひきかえジャケットのほうは忘れがたかった。黒い革製で、雪や雨、寒さをしっかり防ぐことのできる高い襟がついていて、ゆったりしているので下に厚手のセーターを着ていてもセーターを二枚重ねていても分からなかった。両側には平行にポケットがつき、四つ並んだボタンは大きくも小さくもなく、釣り糸らしきもので縫いつけてあって、なぜかそのジャケットを見てゲシュタポの警官が着ていたものを連想したが、あのころ、黒い革のジャケットは流行していて、一着買えるだけのお金を持っている者や親から一着譲り受けた者は、そのジャケットが何を連想させるかを考えてみることもなく、それを着ていたんだ。そしてそのフリースラントの町にやってきた作家がベンノ・フォン・アルチンボルディ、二十九歳か三十歳の若きベンノ・フォン・アルチンボルディで、駅に彼を迎えに行き、悪天候の話をしながら宿へと案内したのがこのシュヴァーベン人だった。彼はそのあと町役場の催事場まで作家に付き添ったのだが、この作家は本も売らず、まだ書き終えていない小説から二章を読み、そのあと町の居酒屋でシュヴァーベン人と一緒に、女教師と未亡人、文学よりも音楽や絵画を好むが、音楽も絵画もない状況では文学の夕べも決して厭わないという未亡人の隣で夕食を食べたのだった。しかもどういうわけか、夕食（ソーセージとジャガイモにビール、時期的にも、役場の予算の面でも、それ以上の出費は不可能だった、とシュヴァーベン人は思い起こした）のあいだ、会話を仕切っていたのが、仕切るというのがあまり適切でなければ、指揮棒、舵を握っていたのがまさにこの未亡人で、テーブルの周りにいた男性陣、町長の秘書、塩漬けの魚を売っている男、フォークを握っているときでさえ居眠りしている老いた教師、そして役場の職員、とても感じのよい若者で、シュヴァーベン人の親友であるフリッツという名の男は、相槌を打つか、その恐るべき未亡人に逆らわないように気をつけていた。彼女は芸術について誰よりも詳しく、シュヴァーベン人自身を上回っていたし、イタリアとフランスを旅したこともあり、あるときは、忘れがたい船旅で、ブエノスアイレスまで行ったこともあった。一九二七年か一九二八年のことだったが、当時この都市は食肉輸出の中心地で、冷蔵船が肉を積んで港を出ていく有様は実に壮観だった。何百隻という空っぽの船がやってきて、何トンもの肉を積み込み、全世界に向けて出航していくのだ。そして彼女すなわち夫人は、夜、たとえばうつらうつらしながら、あるいは船酔いで、あるいは痛みを覚えてデッキに出てみると、手すりにもたれて闇に目を慣らすだけでよく、すると港の光景は身の毛もよだつものとなり、残っていた眠気も船酔いも痛みも吹き飛び、その光景に神経系が無条件に降伏してしまうばかりで、あたかも蟻のように無数の牛の屍を船倉に運んでいく移民たちの行列、畜殺された無数の子牛の肉を積んだ運搬台の動き、それに夜明けから日暮れまで、さらには夜勤のあいだもずっと、港の隅々を染めていく薄もやのかかった色、レア・ステーキの赤、Tボーン・ステーキの赤、ヒレ・ステーキの赤、網でさっとあぶっただけのスペアリブの赤、なんというおぞましさ、だが幸いなことに、当時はまだ未亡人でなかった夫人は、その光景を最初の晩に目にしただけだった。その後、乗客たちは船を下り、ブエノスアイレスの最高級ホテルに泊まり、そしてオペラ見物に繰り出し、そのあと大牧場に出かけた。乗馬の達人だった彼女の夫は、そこで牧場主の息子とのレースを受けて立ち、息子を負かしたあと、息子の右腕として牧場で働くガウチョも負かし、その次はガウチョの息子が相手になった。十六歳だったそのガウチョの少年は葦のように細い身体で、鋭い目をしていて、あまりに鋭い目だったので夫人が目を向けると、少年はうつむいてから少し顔を上げ、彼女を悪賢そうな目で見つめ、それが夫人の気に障った。それにしてもなんてふてぶてしい洟垂れ小僧なんだろう、いっぽう、夫は笑いながら、彼女にドイツ語で、その子はお前に惚れたのさ、と夫人にとっては面白くもなんともない冗談を言った。やがてガウチョの少年が馬に乗ると、二人はスタートした。少年は実に見事に馬を走らせ、あんまりぴったり馬にしがみついているので、まるで馬の首に貼りついてるみたいだったわ、彼は汗をかき、馬に鞭を入れ、でもそのレースでも最後に勝ったのは夫だった、かつて騎馬隊の連隊長だったことは無駄じゃなかったのね、すると牧場主とその息子は椅子から立ち上がり、拍手喝采してくれた、負けた人たちは潔かった、そして他の招待客も拍手喝采してくれた、このドイツ人はすばらしい乗り手だ、手綱捌きが実に見事だ、けれどもガウチョの少年がゴールつまり牧場のポーチの近くに着いたとき、彼の表情は潔く負けを認めてはいなかった。それどころかがっくりうなだれて、むしろ不愉快そうで、そのあと男たちがフランス語でしゃべりながら三々五々、よく冷えたシャンパンを飲もうとポーチのほうに向かうあいだに、夫人は、左手で馬を押さえながらひとりでいるガウチョの少年に近づいて——

彼の父親はドイツ人が乗っていた馬を引き、広い中庭の奥を通って厩に向かっていた——何か分からない言葉でもって、悲しがらないで、あなたの走りはとてもすばらしかった、ただ夫のほうも見事な走りだったし、経験が豊かなのだからと言い聞かせると、その言葉は少年の耳に、まるで月のように、月を覆っていた雲が通り過ぎるように、ゆっくりと進む嵐のように響いた。すると少年は猛禽類のような目で夫人を上目遣いで見ると、ナイフを彼女の臍のあたりに突き立ててから胸の高さまで引き上げて、今にも身体を真っ二つに切り裂かんばかりだった。そのいっぽうで、未熟な肉屋の眼差しは奇妙な輝きを帯びたのだが、夫人の記憶によると、それでも、少年が彼女の手を取り、屋敷の反対側に連れていこうとしたときに、拒むことなくついていったのだった。そこには細工を施した鉄製の日陰棚と花壇があり、そこに植わっていた花や木は、夫人がそれまで見たことのない、あるいは見たことがないとそのとき思ったほどのもので、庭園には噴水まであった。それは石造りの噴水で、真ん中では、ヨーロッパ人と食人種の混血のクリオーリョの智天使が微笑をたたえ、足元から絶えず噴き出る三筋の水に濡れながら片足で踊っていた。一つの黒い大理石から彫り出されたその天使の像に夫人と少年が長いこと見とれていると、牧場主の遠縁の従妹（あるいは牧場主の数多い記憶の襞のうちに紛れてしまった愛人）がやってきて、冷ややかな調子のきっぱりとした英語で、ご主人がさっきあなたを探していたと告げた。夫人は遠縁の従妹の腕を取り、魔法の庭園をあとにしようとした。すると少年は夫人を呼び止め、あるいは呼び止められた気がして彼女がふり向くと、少年はシュッシュッという音が混じる発音で二言三言何か言った。夫人は彼の頭を撫でてやり、従妹にこの少年は何と言ったのかと尋ね、指を少年のごわごわした分厚い髪の毛に埋めた。従妹は迷ったようだったが、嘘や中途半端な真実を許さない夫人が、すぐさま正確に訳してほしいと頼むと、従妹はこう言った。この子によると……この子によると……親方はあなたのご主人があとの二回のレースに勝つようすべてお膳立てしたんだそうよ。そう言うと彼女は口をつぐみ、少年は自分の馬の手綱を引きずりながら庭園の奥へ遠ざかっていった。夫人はパーティーに戻ったものの、少年が最後の瞬間に打ち明けたことが頭から離れなかった。お人よしね。どんなに考えても少年の言葉は謎のままで、パーティーのあいだもずっと謎であり続けたばかりか、眠れずにベッドで寝返りを打つ彼女を苦しめ、次の日、長い時間馬に乗って散歩するあいだも、バーベキュー・パーティーのあいだも、心ここにあらずという有様だった。ブエノスアイレスに戻るときも謎は謎のままで、ホテルに泊まっているあいだも、ドイツ大使館やイギリス大使館やエクアドル大使館でのレセプションに出かけても変わらず、そしてヨーロッパに戻る船が港を出てから何日か経ったころ、ようやくその謎が解けた。ある夜、午前四時に、夫人はデッキに出て散歩した。船は一億六百二十万平方キロの塩水に囲まれて、というか半ば囲まれていたのだが、彼女は自分が今いる位置の緯度も経度も分からず、またどこにいようが気にも留めていなかった。まさにそのとき、一等船室の船客用のメインデッキで、目では分からないが耳で分かる海の広がりをじっと見つめながら煙草に火を点けようとしていたときに、奇跡的に謎が解けたのだ。そして物語のまさにこの一点までできたとき、とシュヴァーベン人は言った。かつては富と権力、(少なくともそれなりの)知性の持ち主だったフリースラントの夫人は口をつぐんでしまった。すると宗教的な、あるいはもっとたちの悪い、迷信がかった静けさが、戦後ドイツのうらぶれた居酒屋を支配し、そこに居合わせた人々の誰もが次第に居心地が悪くなり始め、まるで今にも夫人が復讐の女神のようにうなり声を上げ始めるのを恐れて、このへんで引き上げて、我が家に着くまでお腹を満たして寒さに立ち向かう用意をするほうが賢明であると判断したかのように急いで自分のソーセージとジャガイモの残りを平らげ、ジョッキに残っていた最後のビールを飲み干した。

そのとき夫人が口を開いた。彼女は言った。

「どなたか謎を解ける方がいるかしら?」

彼女はそう言ったが、町の人々の誰を見ているわけでも、誰に話しかけているわけでもなかった。

「謎の答えが分かる方はいる? 謎解きができる方は? ひょっとして、こっそりとでもいいから、謎の答えをわたしに教えてくれる人はこの町にいるのかしら?」

彼女はこうしたことすべてを自分の皿を見つめたまま口にしたが、皿のなかのソーセージとジャガイモにはほとんど手をつけていなかった。

するとそのとき、夫人がしゃべっているあいだうつむいて食事をしていたアルチンボルディが、声を上げることもなく言った。それは相手をもてなす行為だったんです。牧場主とその息子は、最初のレースでご主人が負けると信じていた。だから二度目と三度目のレースでは、騎馬隊の元連隊長が勝つよう手心を加えたんです。すると夫人は彼の目を見つめて笑い、なぜ夫は最初のレースで勝ったのかと訊いた。

「なぜ? どうしてなの?」と夫人は尋ねた。

「なぜなら、牧場主の息子は」とアルチンボルディは言った。「ご主人よりも手綱さばきがうまく、いい馬に乗っていたに違いない。でも、最後の瞬間に、我々が情けとして知っているものを感じたんです。つまり、彼と父親が用意した余興の勢いで、突飛な行動に出た。彼がレースで勝つこともそうです。すべては蕩尽されなければならなかった。彼がレースで勝つこともそうです。そして誰もが何らかの形でそうすべきであると分かっていた。夫人を迎えに庭園に行った女性もそうです。ただしガウチョの少年を除いてね」

「それがすべてなの?」と夫人が訊いた。

「少年にとってはそうじゃなかった。僕の考えだと、あなたがもっと長く少年と一緒にいたら、彼に殺されていたでしょう。それはそれでやはり蕩尽を意味する行為になったと思います。ただそれは、牧場主とその息子が意図していたものとはきっと違っていたはずです」

それを聞くと夫人は椅子から立ち上がり、夕食会の礼を言うと、帰っていった。

「二、三分して」とシュヴァーベン人は言った。「私はアルチンボルディを宿まで送っていった。翌朝、彼を列車に乗せようと迎えに行くと、もういなくなっていたんです」

大したシュヴァーベン人だ、とエスピノーサが言った。ひとり占めにしたいところだよ、とペルチエ。疲れさせてはまずい、あまり興味津々に見えすぎないようにしないと、とモリーニ。この人はピンセットで扱わなくちゃ、とノートンが言った。つまり大切に扱わなくちゃということよ。

とはいえ、シュヴァーベン人は、言うべきことはすでに言い尽くしてしまったので、皆が彼をちやほやし、アムステルダム一のレストランに食事に誘い、ほめそやし、歓待について、蕩尽について、地方の小さな役場の今は存在しない文化振興担当の運命について彼と話しても、面白いことは何ひとつ引き出しようがなかったが、四人は、あたかも自分たちのモーセを見つけたかのごとく、彼の言葉をひとつ残らず録音するように努め、シュヴァーベン人がそれに気づかないわけがなかったばかりか、そのせいでますます用心深くなり（エスピノーサとペルチエによれば、町の元文化振興担当にしては普通ではないことで、彼らはシュヴァーベン人のことをもともとペテン師に違いないと考えた）、慎重になり、口が重くなり、その様子は年老いたナチの沈黙の掟と紙一重の危険な匂いがした。

二週間後、エスピノーサとペルチエは二日間の休暇を取ってハンブルクに出かけ、アルチンボルディの版元を訪れた。二人を迎えたのは編集長を務めるシュネルという名の、ひょろりと背の高い六十歳くらいの男だった。シュネルというのは速いという意味だが、当のシュネルの動きはむしろ緩慢だった。髪はまっすぐでこげ茶色、こめかみのあたりにいくらか白髪が混じり、それが見かけの若さを強調していた。彼が握手しようと立ち上がったとき、エスピノーサもペルチエも、この男は同性愛者に違いないと思った。

「あのおかま、ウナギみたいな奴だったな」と、そのあとハンブルクの街をぶらつきながらエスピノーサが言った。

ペルチエは、あからさまに同性愛嫌いを示すエスピノーサの発言を諌めたが、心の底では彼も同感で、シュネルにはどこかウナギ的なところ、真っ黒な泥水のなかでうごめく魚みたいなところがあった。

もちろん、彼らがまだ知らないことでシュネルに語れることはほとんどなかった。シュネルはアルチンボルディに会ったことがなく、彼の著書とその翻訳書が生む収入は増えるいっぽうで、それはあるスイスの銀行の口座に預けてあった。二年に一度、彼からの指示が手紙で送られてきて、たいていはイタリアの消印が押されていたが、出版社に保管されている手紙のなかには、ギリシアやスペイン、モロッコの切手が貼られたものもあった。そのうえ、手紙は出版社の社長であるブービス夫人宛てなので、当然ながらシュネルは読んだことがなかった。

「ベンノ・フォン・アルチンボルディを直接知っている人間は、ブービス夫人はもちろんですが、彼女を別にすれば、たった二人しかいません」とシュネルは彼らに言った。「広報部長と校閲部長です。私がここで働くようになったころは、アルチンボルディが姿を消してからかなり経っていました」

ペルチエとエスピノーサはその二人の女性と話したいと頼んだ。広報部長の部屋は写真で埋めつくされ、出版社と縁のある作家の写真ばかりでなく、観葉植物もたくさんあった。彼女が消えた作家について話したのは、彼がいい人だったということだけだった。

「背の高い人ですよ、ものすごく背が高いの」と彼女は言った。「亡くなったブービスさんと並んで歩くと、*ti* か *li* みたいでした」

エスピノーサとペルチエには、彼女が何を言いたいのか分からなかった。すると広報部長は紙の切れ端に *l* と *i* という文字を並べて書いた。それか *le* のほうがぴったりかしらね。こんな具合に。

そして同じ切れ端に、次のように書いた。

Le

「*l* がアルチンボルディで、*e* が今は亡きブービスさんよ」

そう言うと広報部長は笑い、自分の回転椅子にもたれたまま黙って二人をしばらく見つめた。その後、二人は校閲部長と話をした。年齢は広報部長と同じくらいだったが、性格はそれほど陽気ではなかった。

彼女は二人に、たしかに何年も前にアルチンボルディに会ったことはあるが、もう顔も覚えていないし、彼の態度も、彼について語れるほどのエピソードも覚えていないと言った。彼女は、最後に作家が出版社に来たときのことも覚えていなかった。彼女は二人に、ブービス夫人と話すよう勧めると、断りもせずにゲラの校正に没頭し、他の校正係の質問に答えたり、エスピノーサとペルチエが同情交じりにおそらく翻訳者ではないかと思った人々と電話でやりとりした。辞去する前に、二人はめげることなく、シュネルの部屋をもう一度訪ね、今後開催される予定のアルチンボルディ関係の学会やシンポジウムについて彼と話した。シュネルは、親切にも温かい言葉で、自分が協力できることがあれば何なりと申し付けてくれと二人に言った。

パリとマドリードに帰る飛行機の出発を待つこと以外することがなかったので、ペルチエとエスピノーサは、ハンブルクの街をもっぱらそぞろ歩いた。ぶらつくうちに、例によって娼館やピープショーの店がある地区へ行き着いてしまい、わびしくなってきた二人は、それぞれの恋愛と幻滅の話をさかんに語り合った。もちろん、名前も時期も伏せたまま、いわば抽象的表現で話したのだが、それはともかく、うわべはそれぞれの不運を淡々と披露し合っていたにもかかわらず、会話も散歩も二人のわびしさを募らせるばかりで、二時間後には二人とも、まるで窒息しそうな気がしたほどだった。

二人はタクシーに乗り、無言でホテルに戻った。

そこには思いがけないことが待っていた。フロントにシュネルのサインが入った二人宛てのメモがあり、午前の話し合いのあと、意を決してブービス夫人に話したところ、二人に会ってみてもよいという返事だったとあった。翌朝、エスピノーサとペルチエは、ハンブルクの高級地区に建つ古い建物の三階にある、出版社主の住まいを訪ねた。待たされているあいだ、二人は壁の一つに掛かった額入りの写真をしげしげと眺めた。他の二つの壁にはスーティンとカンディンスキーの絵が一枚ずつと、ジョージ・グロス、ココシュカ、アンソールの素描がいくつもあった。だがエスピノーサとペルチエは、写真のほうにはるかに関心があるようで、そこには彼らが軽蔑しているか感服しているか、ともかく作品を読んだことのある誰かが、必ずと言っていいほど写っていた。ブービスと一緒のトーマス・マン、ブービスと一緒のハインリヒ・マン、ブービスと一緒のクラウス・マン、ブービスと一緒のアルフレート・デーブリーン、ブービスと一緒のヘルマン・ヘッセ、ブービスと一緒のヴァルター・ベンヤミン、ブービスと一緒のアンナ・ゼーガース、ブービスと一緒のシュテファン・ツヴァイク、ブービスと一緒のベルトルト・ブレヒト、ブービスと一緒のフォイヒトヴァンガー、ブービスと一緒のヨハネス・ベッヒャー、ブービスと一緒のアルノルト・ツヴァイク、ブービスと一緒のリカルダ・フッフ、ブービスと一緒のオスカル・マリア・グラーフ、全身と顔とぼんやりとした背景が見事に額に収まっていた。写真のなかの人々は、もはや眺められても平気な死者の無垢な眼差しで、大学教授たちの抑えきれない興奮ぶりを眺めていた。ブービス夫人が現われたとき、二人は頭を寄せ合って、ブービスと一緒に写っている人物がハンス・ファラダかどうかを決めにかかっていた。

そのとおり、それはファラダよ、とブービス夫人が言った。ペルチエとエスピノーサがふり向くと、白いブラウスに黒いスカート姿の年配の女性がいた。ずっとのちにペルチエが告白したところによれば、姿形がマレーネ・ディートリヒにそっくりで、その年齢にもかかわらず、決断力はまったく衰えを見せない女性、奈落の淵にしがみつくことをせず、むしろ好奇心をもって優美に奈落へ落ち込む女性だった。彼女は座ったまま奈落に落ち込む女性だった。

「夫はドイツのあらゆる作家と知り合いだったわ。それにドイツの作家たちに愛され、敬われていたの。でも、あとになってひどいことを言う人もちらほらいたわ。全部当たっていたわけじゃないけれど」とブービス夫人は微笑みながら言った。

アルチンボルディの話になると、ブービス夫人はクッキーと紅茶を出させたが、彼女自身はウォッカを飲み、エスピノーサとペルチエを驚かせた。夫人があまりに早い時間から飲み始めたからではなく、二人には勧めなかったからだが、もっとも勧められても断っていただろう。

「我が社でアルチンボルディの作品を完璧に理解していたのはブービスだけよ」とブービス夫人は言った。「彼の本を全部手がけたの」

だが彼女は、人はどこまで他人の作品が理解できるのだろうかと自問した（そしてついでに二人にも尋ねた）。

「たとえばわたしの場合、グロスの作品はすごく好きだけれど」と彼女は壁に掛かったグロスの素描を指さしながら言った。「でも本当に彼の作品が分かっているかしら？　グロスの描く物語には笑わせられるわ。グロスはわたしを笑わせるために描いたんじゃないかって思うことはよくあるし、くすくす笑いがだんだん大きくなって、突然げらげら笑い出すこともあるくらい。だけど、ある美術評論家と知り合いになったの。もちろんグロス好きの人よ。なのにその人、グロスの回顧展に行ったせいか、油絵か素描のどれかを仕事のために研究しなくちゃいけなかったせいで、ひどく落ち込んでしまったのよ。で、その落ち込んだ状態というか、気持ちが滅入る時期というのが、決まって何週間も続くの。その美術評論家とは友人だったけれど、二人でグロスの話をしたことはなかった。ところがあるとき、その人に、わたしの場合どうなるかを話してみたの。最初、彼はわたしの言うことが信じられなかった。それから首を左右に振り始めた。そしてわたしのことを、知らない人間でも見るみたいに、上から下までじろじろ見るのよ。彼が狂ってしまったんだと思ったわ。で、彼はわたしとの友情を永遠に終わらせたというわけ。少し前に人から聞いたんだけど、あいつはグロスのことを何も知らない、あいつの審美眼は牛並みだって言ってるらしいの。もちろん、こっちは何を言われても平気。わたしはグロスで笑う、向こうはグロスで落ち込む。本当にグロスが分かってるのはどちらかしら？」

「こういう場面を想像してみてちょうだい」とブービス夫人は続けた。「今この瞬間にドアをノックする音がして、古くからの友人で美術評論家の彼が現われるの。彼はこのソファのわたしの隣に座る。するとあなたたちのうちのどちらかが、無署名のデッサンを取り出して、グロスのだと太鼓判を押してから、これを売りたいと言う。わたしはその絵を見てにこっと笑う。それから小切手帳を出して、それを買うの。美術評論家のほうはその絵を見るけれど落ち込まない、そこでわたしに考え直させようとする。彼にとってそれはグロスの絵じゃない。わたしにとってはグロスの絵よ。二人のうち、どちらが正しいのかしら?」

「あるいはこの話を別の形にしてみましょう。あなたは」とブービス夫人はエスピノーサを指さして言った。「無署名の絵を取り出すと、これはグロスのだと言って、売ろうとする。わたしは笑わず、冷めた目でその絵を眺め、線の描き方、確かな技術、風刺性を褒める。けれどその絵に悦びを感じない。美術評論家はその絵を注意深く観察すると、いかにも彼らしく気が滅入ってしまい、その場ですぐに買い取りを申し出るけれど、その金額は彼の貯金の額を超えている。で、取引が成立すると、彼は日ごと午後の長い時間を憂鬱に浸って過ごすことになるというわけ。わたしは思いとどまらせようとする。その絵はどうも怪しい気がする。なぜなら笑いたくならないからだと彼に言うの。評論家は、ついにわたしがグロスの作品を大人の目で見るようになったと答え、おめでとうと言う。二人のうち、どちらが正しいのかしら?」

それから彼らはアルチンボルディの話に戻り、ブービス夫人は、アルチンボルディの最初の小説『リューディケ』の刊行後にベルリンの新聞に載った、なんとも奇妙な書評を見せてくれた。シュライエルマッハーという署名の入ったその書評は、この小説家の人格を短い言葉で要約しようとしていた。

知性——平均的。

性格——癲癇症的。

教養——いい加減。

物語る力——支離滅裂。

韻律——支離滅裂。

ドイツ語の語法——支離滅裂。

平均的知性といい加減な教養というのは分かりやすい。しかしながら、癲癇症的性格の持ち主というのはどういうことだろう?　アルチンボルディは癲癇を患っていたのか、頭がおかしかったのか、神秘的な発作に襲われていたのか、ドストエフスキー中毒の読者だったのか?　その人物素描には、作家の身体的特徴に関する記述はひとつもなかった。

「そのシュライエルマッハーというのが何者かはまったく分からなかったの」とブービス夫人は言った。「亡くなった夫が冗談で、その書評を書いたのはアルチンボルディ本人だなんて言っていたこともあるくらい。だけど彼もわたしも、そうじゃないことは分かっていたわ」

正午が近づき、そろそろ辞去するほうが賢明と思われたころ、ペルチエとエスピノーサは、二人が重要だと見なしていた唯一のことをあえて尋ねた。自分たちがアルチンボルディと接触するのを助けてくれるだろうか。ブービス夫人の目が輝いた。まるで火事でも見ているかのようだったと、ペルチエはのちにノートンに語っている。だがそれは燃えさかる火事だった。彼女はなく、何か月も燃えたのちに消えかけている火事だった。彼女はわずかに首を横に振った。エスピノーサとペルチエは、それが否定を意味し、自分たちの依頼が無駄だったことをすぐに悟った。

それでも二人はまだしばらくそこにいた。建物のどこかからイタリア民謡のくぐもったメロディーが聞こえていた。エスピノーサは、彼女が夫の生前にアルチンボルディと知り合いだったか、直接会ったことがあるかと尋ねた。ブービス夫人はあると答えると、カンツォーネの最後のリフレインを口ずさんだ。二人の友人によると、彼女のイタリア語は見事だった。

「アルチンボルディはどんな人なのですか?」とエスピノーサが訊いた。

「すごく背が高いの」とブービス夫人は答えた。「ものすごくね、まさに雲衝く大男。今の時代に生まれていたら、たぶんバスケットボールをやっていたでしょうね」

だが彼女の口ぶりは、アルチンボルディが小男だったとしてもまったく変わらなかっただろう。ホテルに向かうタクシーのなかで、二人の友人はグロスのこと、ブービス夫人の透明で非情な笑いのこと、写真だらけだが、彼らの関心の的であるただ一人の作家の写真が欠けている部屋から受けた印象のことを考えた。それに、二人とも認めたがらなかったが、歓楽街で垣間見た閃光のほうが、どんなものであれブービス夫人の家で感じ取った啓示よりも大事なのだと考えて(あるいは直感的に感じて)いた。

要するに、乱暴な言い方をすれば、ペルチエとエスピノーサはザンクト・パウリのあたりをぶらついていたときに、アルチンボルディの調査を行なっても自分たちの人生は決して満たされないだろうということに気づいたのだった。彼の作品を読むことはできる。彼を研究することもできる。細かく検討することもできる。だがアルチンボルディで死ぬほど笑ったり落ち込んだりすることはできないのだ。ひとつにはアルチンボルディがつねに遠くにいたからであり、またひとつには、彼の作品は、深く入り込むにつれ、探究者たちを憔悴させるからだった。要するに、ペルチエとエスピノーサはザンクト・パウリで、そしてその後、亡きブービス氏と作家たちの写真が飾られたブービス夫人の家で、自分たちがしたいのは愛を交わすことであって、戦うことではないと悟ったのである。

その日の午後、本当に必要な打ち明け話、つまり一般的な打ち明け話、すなわち抽象的な打ち明け話以外は互いに許さず、二人は一緒にタクシーに乗って空港に行き、それぞれの飛行機を待つあいだ、愛と愛の必要性について語り合った。先に出発したのはペルチエだった。ひとりになったエスピノーサは、飛行機が出るのは三十分後だったので、リズ・ノートンのことや、実際に彼女を口説ける可能性について考え始めた。彼女のことを想像し、続いて自分のことを想像した。二人で一緒にマドリードのマンションに住み、スーパーに買物に行き、一緒にドイツ語科に勤める。彼は自分の研究室と彼女の研究室を想像した。二つの部屋は壁ひとつで仕切られている。彼女の隣で過ごすマドリードの夜。友人たちとともに高級レストランで食事をし、そして帰宅する。巨大な浴室、巨大なベッド。

だが、ペルチエは先を行った。アルチンボルディの出版社を訪ねてから三日後に、予告なしにロンドンに現われ、リズ・ノートンに最新の話題を語ったあとで、ハマースミスのレストランでのディナーに彼女を誘ったのだ。そこは大学のロシア語科の同僚に薦められた店で、二人はグラーシュ、ビーツを添えたひよこ豆のピュレ、ヨーグルトを添えた魚のレモンマリネを食べた。テーブルにはキャンドルが点り、バイオリンの演奏があり、正真正銘のロシア人とロシア人に扮したアイルランド人が給仕するという具合で、どこから見ても大げさなディナーだったが、美食の観点からはむしろ貧弱でいかがわしかった。二人は食事に合わせて、ウォッカのグラスとボルドーワインを一本取った。このディナーはペルチエにとって目の玉が飛び出るほど高くついたのだが、その甲斐はあった。というのもそのあとで、表向きはアルチンボルディのことや彼についてブービス夫人がわずかながら明かしてくれたことについて話し合うためにノートンが自宅に招いてくれたからで、ペルチエは、アルチンボルディの最初の本について批評家のシュライエルマッハーが書いた軽蔑的な言葉のことも忘れずに話した。そのあと二人は笑い出し、ペルチエはノートンの唇にそつなくキスをした。すると彼女は、おそらくディナーとウォッカとボルドーの効果だろうが、ペルチエにとっては期待をもたせる、はるかに熱いキスで応えた。それから二人は横になり、彼女が眠り込むまで一時間ばかり交わったのだった。

その夜、リズ・ノートンが眠っているあいだ、ペルチエは、エスピノーサと一緒にドイツのホテルの部屋でホラー映画を観たあの遠い日の午後を思い出した。

それは日本の映画で、最初のシーンに二人の少女が現われる。一人がもう一人にこんな話を聞かせている。一人の少年が神戸で休暇を過ごしている。彼は友達と外に遊びに出かけようとするが、その時間にお気に入りのテレビ番組が始まることになっている。そこで少年は、番組を録画できるようにビデオテープをセットして、外に遊びに行く。ところが問題は、少年は東京の子で、東京ではその番組は34チャンネルで放映されるのだが、神戸では34チャンネルには何もない、つまり画面には白い雪以外何も映らないということだ。

少年は帰宅し、テレビの前に座ってビデオを再生する。すると、お気に入りの番組ではなく真っ白な顔をした女が現われ、少年に向かってお前は死ぬだろうと言う。

だが、それだけだった。

そのとき電話が鳴り、少年が出ると、同じ女の声が聞こえ、さっき言ったことを冗談だと思っているのかと訊く。一週間後、庭で少年が死んでいるのが見つかる。

この話を最初から最後まで語るのは一人目の少女で、何か一言しゃべるたびに笑い転げるかに見える。二人目の少女は傍目にも分かるほど怖がっている。だが一人目の少女、その話を語っているほうは、今にも床で笑い転げそうな気配だ。

ここでペルチエは、エスピノーサが言ったことを思い出していた。一人目の少女はつまらない精神病質者で、二人目はバカ娘だ。泣きべそをかいたり顔を歪めたり実存的不安顔をしたりするかわりに一人目の少女にお黙りと言っていたら、出来のいい映画になっていたかもしれない。それも優しく言ったり、お行儀よく言ったりするんじゃなく、むしろこんな具合だ。「うるさいんだよ、このあばずれが、何がおかしいんだよ、死んだガキの話をすると興奮してくるのかよ、死んだガキの話をしてるとイクっていうのかよ、このあばずれが」

さらにその類のことを口にしたのだった。そしてペルチエは、エスピノーサが激しくまくしたて、二人目の少女が一人目の少女に対して取るべき態度や声の調子まで真似てみせたこと、その場に一番ふさわしいのはテレビを消して、彼と一緒にバーに行き、一杯引っかけたらそれぞれの部屋に引き上げることだと思ったのを思い出した。また、そのときエスピノーサに対して優しい気持ちになったこと、思春期のころのことや、向こう見ずな冒険をともにしたこと、田舎の午後を呼び覚ますような気持ちを覚えたことも思い出していた。


その週、リズ・ノートンの自宅の電話は毎日午後になると三、四回鳴り、携帯電話は毎日午前中に二、三回鳴った。電話の主はペルチエとエスピノーサで、二人ともアルチンボルディの話を口実にして慎重に装ってはいたが、その話題も一分で尽きてしまい、二人の教授はたちまちにして本来話したかったことを直接持ち出すのだった。

ペルチエは、ドイツ語科の同僚たちのこと、奨学金を出すよう彼にしつこくせがむスイス人の若い教師兼詩人のこと、（ボードレールやヴェルレーヌ、バンヴィルを思い起こさせる）パリの空のこと、夕暮れに早くもライトを点けて家路を急ぐ車の列のことを話した。エスピノーサは、極度の孤独のなかで点検している自分の蔵書のこと、彼が思うにアフリカのミュージシャンのバンドが泊まっているらしい、同じ通りの部屋からときおり聞こえてくる遠い太鼓の音のこと、ラバピエス、マラサーニャといったマドリードの諸々の地区、夜何時でもぶらつけるグラン・ビア周辺のことを話すのだった。

このころ、エスピノーサもペルチエも、モリーニのことをすっかり忘れていた。ノートンだけが、ときたま彼に電話して、いつもの会話を維持していた。モリーニはモリーニで、まったく人目に触れない状態になっていた。

ペルチエはたちまち、気が向くたびにロンドンに行くことに慣れてしまった。もっとも、距離が近いことや交通手段がいくつかある点で、彼が一番恵まれていたことを強調しておかなければならない。

こうした訪問は一晩だけのものだった。ペルチエは午後九時ちょっと過ぎに到着し、パリから予約を入れておいたレストランで十時にノートンと一緒にテーブルにつき、午前一時には二人そろってベッドのなかにいた。

リズ・ノートンの愛し方は情熱的だった。ただしその情熱は限られた時間しか続かなかった。創意工夫を凝らすことはあまりなく、愛を交わすあいだは、相手がそれとなく提案するすべての技巧に身を任せ、自分からイニシアチブを取ろうとしたり、そうすべきだと考えたりはしなかった。こうした営みが三時間を越えることはめったになく、それがときにペルチエを悲しませた。彼としては、夜明けの光が見えるまで交わるつもりでいたからだ。

セックスのあとで、そしてこれがペルチエをもっとも欲求不満にさせたのだが、ノートンは、二人のあいだに育ちつつあるものに対して面と向き合うかわりに、学問的なテーマについて話すのを好んだ。ノートンの冷淡さは、自分の身を守るためのきわめて女性的な方法なのだとペルチエは考えた。壁を打ち破るために、彼はある晩、自分の恋愛体験を話すことにした。自分が知り合った女たちの長いリストを作り、それをリズ・ノートンの氷のように冷たい、あるいは無関心な眼差しにさらしたのだ。彼女はとくに心を動かされた様子もなく、お返しに同じような告白をしようともしなかった。

朝、タクシーを呼んだあと、ペルチエは彼女を起こさないよう音を立てずに服を着て、空港に向かった。部屋を出る前に、シーツにくるまっている彼女を少しのあいだ眺めると、ひどく愛しい気持ちで胸がいっぱいになり、その場で涙が出そうになることもあった。

一時間後、目覚まし時計が鳴り出し、リズ・ノートンは飛び起きる。彼女はシャワーを浴び、湯を沸かし、ミルクティーを淹れて飲み、髪を乾かすと、夜の訪問客に何か貴重品を盗まれたのではないかといわんばかりに、ゆっくりと部屋の点検を始める。居間と自分の部屋は必ずと言っていいほど乱れたままになっていて、彼女はそれが不愉快だった。いらいらしながら、使ったグラスを片づけ、灰皿を空にし、シーツをはがして新しいのと取り替え、ペルチエが引っぱり出して床に置きっぱなしにした本を本棚に戻し、ボトルをキッチンの棚にしまい、それから服を着て、大学に出かけるのだった。学科会議があれば出席し、なければ図書館にこもり、次の授業の時間になるまで仕事をしたり本を読んだりした。

ある土曜日、エスピノーサは彼女に、マドリードにぜひ来てほしい、君を招待する、一年のうちでもこの時期のマドリードは世界一美しい街になる、おまけにフランシス・ベーコンの回顧展は必見だと伝えた。

「明日行くわ」とノートンは答えたが、それはエスピノーサにとって思いがけない返事だった。彼が招待したのは、彼女が実際に応じてくれる可能性よりも、彼自身の欲求からだったからだ。

翌日彼女が我が家に確実に現われるというので、エスピノーサが高まる興奮に身を預けるいっぽう、激しい不安に襲われたことは言うまでもない。それでも二人はすばらしい日曜日を過ごし（そのためにエスピノーサは精一杯尽くした）、夜になるとベッドをともにして、隣人の太鼓の音を聞こうとしたのだが、まるでアフリカのバンドがまさにその日、スペインの別の町に巡業に出てしまったかのようで、何も聞こえなかった。エスピノーサが訊きたいと思っていたことはたくさんあったにもかかわらず、いざとなると何ひとつ訊けなかった。その必要がなかったのだ。ノートンは自分がペルチエと恋人関係にあることを話したが、恋人ではなく、友情のようなもっと曖昧な別の言葉を使ったか、あるいは関係を続けているとかそんな類のことを言ったようだった。

エスピノーサは、二人がいつから恋人関係にあるのかを訊きたかったのだが、口からはため息しか出なかった。ノートンは、自分には友人がたくさんいると言い、それがただの友達なのか友達兼恋人なのかを明らかにせず、十六歳のとき、ポタリー・レーンの三十四歳の、彼女はミュージシャンくずれだと思い込んでいた男と初めて寝て以来、ずっとそんな状態なのだと言った。エスピノーサは、女性とドイツ語で愛（またはセックス）について語ったことは一度もなく、二人が裸でベッドをともにしている今、彼女が自分のことをどう見ているのか知りたかった。というのもそこのところが彼には分からなかったからなのだが、結局、ただ頷くばかりだった。

そのあと、驚くべきことが起きた。ノートンが彼の目を見つめ、わたしのことを知っていると思うかと訊いたのだ。エスピノーサは、分からない、たぶんいくつかの面は知っているが、それ以外は知らない、でもアルチンボルディ作品の研究者として、また批評家としての仕事に敬意を抱いているし、彼女を大いに尊敬していると答えた。するとノートンは、自分は以前結婚していたが、その後離婚したと言った。

「そんな話は初耳だ」

「でも本当なの」とノートンは言った。「私はバツイチなのよ」

リズ・ノートンがロンドンに帰ってしまうと、エスピノーサは、ノートンがマドリードに滞在した二日間にもまして神経質になった。いっぽうで、ことが最高にうまく運んだことは疑う余地がなかった。とりわけベッドでは相性がよく、昔からの知り合いのような、しっくりといくよいカップルに思えた。だが、セックスが終わり、ノートンが自分の話をしたがると、すべては一変した。彼女は一種の催眠状態に陥ってしまう、まるで話し相手になる女友達がいないみたいだ、とエスピノーサは思った。この種の告白は、男ではなくほかの女性に聞いてもらうべきものだと、彼は心の底で思い込んでいたのだ。ノートンは、たとえば月経の周期についてしゃべり、月や白黒映画についてしゃべり、それらの映画はいつ何時ひどく気の滅入るホラー映画になるともかぎらない。だから打ち明け話が終わったら、服を着て、ノートンと腕を組み、よく考えてみるとぞっとするペルチエの件を持ち出さずに、夕食を食べに出るか友人たちとのくだけた集まりに出かけるために、エスピノーサは超人的努力をしなければならなかった。それにしても誰が今、彼がリズと寝ていることをペルチエに言うというのか？　何もかもがエスピノーサを落ち着かなくさせ、また彼ひとりのときには腹痛をもたらし、トイレに駆け込みたい気持ちにさせるのだが、その現象はノートンから聞いたのとちょうど同じで（だがなぜ自分はそんな話を彼女にさせたのだろう！）、身長一メートル九十センチで職業不詳の別れた夫に会うと彼女もそんな気持ちになるという。その男は、潜在的自殺者というか潜在的殺人者で軽犯罪者、またはどこかのパブで幼なじみの悪友と歌う流行歌にその教養が集約されているフーリガン、テレビに映っているものを信じるバカ、その萎縮したちっぽけな精神はあらゆる宗教的原理主義者さながらで、いずれにせよ、女が引き当てる可能性があるなかでも最悪の夫だったのは間違いない。

そしてエスピノーサはこれ以上関係を深めないことにして気持ちを落ち着けたにもかかわらず、四日後、気持ちが落ち着くと、ノートンに電話をかけ、会いたいと言った。ノートンは、ロンドンで、それともマドリードで、と訊いた。エスピノーサは、どちらでも彼女が好きなところでと答えた。ノートンはマドリードを選んだ。エスピノーサは自分が世界一の幸せ者だという気がした。

ノートンは土曜日の夜にやってきて、日曜日の夜に帰った。エスピノーサは車でエル・エスコリアルに案内し、そのあと一緒にフラメンコのショーを観にタブラオに行った。ノートンが楽しそうにしているので、彼は嬉しかった。土曜日の深夜から日曜日の未明にかけて、二人は三時間愛を交わした。ことが終わるとノートンは、前回のようにしゃべり出すかわりに、疲れたと言って、眠ってしまった。翌日、シャワーを浴びたあと、二人はもう一度愛し合い、エル・エスコリアルに出かけた。帰りの道すがら、エスピノーサは車のなかで、ペルチエに会ったかとノートンに訊いた。彼女は会ったと答え、ジャン＝クロードはロンドンに来たと言った。

「どんな様子だった?」とエスピノーサは尋ねた。

「元気よ」とノートンは答えた。「彼にわたしたちのことを話したわ」

エスピノーサは緊張したが、運転に集中した。

「で、何て言ってた?」と彼は訊いた。

「それはわたしの問題だって」とノートンは答えた。「だけど、いずれ君は決心しなければならないと言われたわ」

エスピノーサは何も言わなかったが、ペルチエの取った態度に感心した。あいつときたら寛大な男みたいに振る舞うんだな、と彼は思った。するとノートンが、あなたはどう思うのと尋ねた。

「まあ似たり寄ったりだ」エスピノーサは彼女を見ずに嘘をついた。

二人はしばらく黙りこんでいたが、やがてノートンは夫のことを話し始めた。今度は彼女が語る悲惨な話にも、エスピノーサの心は少しも動じなかった。


日曜日の夜、ペルチエはエスピノーサに電話をかけた。まさにエスピノーサがノートンを空港に送り届けた直後だった。彼はいきなり核心を突いた。エスピノーサがすでに知っていることを自分も知っていると言ったのだ。エスピノーサは電話をくれたことに対して礼を言い、信じてもらえるかどうか分からないが、今晩、自分も電話しようと思っていた、だがそうしなかったのは単にペルチエに先を越されてしまったからだと言った。ペルチエは君の言葉を信じると言った。

「それで、これから僕たちはどうしたらいいだろう?」とエスピノーサが言った。

「すべてを時の手に委ねることだ」とペルチエは答えた。

それから二人は、ギリシアのテッサロニキで開かれたばかりの、モリーニだけが招かれたなんとも奇妙な学会の話を始め、しかも大いに笑ったのだった。


テッサロニキで、モリーニは発作に襲われた。ある朝、ホテルの部屋で目覚めると、何も見えなくなっていたのだ。彼は失明していた。最初はうろたえたが、しばらくすると落ち着きを取り戻した。彼はベッドの上でじっと横になり、もう一度眠ろうとした。楽しいことを考え始め、子供時代の光景や、いくつかの映画、静止した顔を思い浮かべようとしたが、うまくいかなかった。ベッドの上で身体を起こすと、自分の車椅子を手探りで見つけた。折りたたみ式の車椅子を広げると、思ったほど手間取らずにそれに座った。それから、部屋に一つだけある窓のほうへそろそろと向かおうとした。窓の外にはバルコニーがあり、そこからは草木の生えていない黄土色の丘陵や、テッサロニキの近くにあるらしい地区の別荘を宣伝する不動産会社のネオンサインを掲げたオフィスビルを臨むことができた。

この新興の〈まだ建設されていない〉別荘地は、〈アポロ・レジデンス〉という名を誇示していて、前の晩、モリーニはバルコニーからウイスキーのグラスを片手に、そのネオンが点滅するのを眺めたのだった。ようやく窓のところにたどり着いて、窓を開けることができたとき、めまいがして、すぐに気を失ってしまいそうな気がした。真っ先に考えたのは、廊下に通じるドアを探すこと、そして場合によっては助けを呼ぶか、廊下の真ん中で崩れ落ちることだった。そのあと、ベッドに戻るのが一番だと決めた。一時間後、開けっ放しの窓から差し込む光と自分の汗のせいで目が覚めた。フロントに電話し、彼宛てのメッセージがないかどうか尋ねた。ないという答えが返ってきた。ベッドの上で服を脱ぎ、脇に止めてあった車椅子にふたたび座った。三十分かけてシャワーを浴び、着替えをした。それから外を見ずに窓を閉め、部屋を出ると、学会へと向かったのだった。

一九九六年にザルツブルクで開かれた現代ドイツ文学に関するシンポジウムで、四人はふたたび顔を揃えた。エスピノーサとペルチエは実に嬉しそうだった。それにひきかえ、ザルツブルクにやってきたノートンは氷の女王のようで、この街の文化にも美しさにも関心を示さなかった。モリーニは、調べ直す必要のある本と書類を山ほど抱えて現われた。まるでザルツブルクの会議が仕事の真っ最中にある彼をいきなり捕まえたかのようだった。

四人は同じホテルをあてがわれた。モリーニとノートンは三階の三〇五号室と三一一号室をそれぞれ割り振られた。エスピノーサは五階の五〇九号室。そしてペルチエは六階の六〇二号室だった。ホテルはドイツの管弦楽団とロシアの合唱団に文字どおり占拠され、廊下でも階段でも、音楽がときに高く、ときに低く、まるで鬨の声のように聞こえ、あたかも音楽家たちが序曲を絶え間なくハミングしているか、精神的（および音楽的）静止状態がホテルに居座ってしまったかのようだった。エスピノーサとペルチエにとっては少しも迷惑ではなく、モリーニに至っては気づいてもいないようだったが、ノートンは別で、ザルツブルクは、こういうことばかりでなく、口にしたくもないことがいろいろあるからろくでもない街なのだと叫んだのだった。

当然のことながら、ペルチエもエスピノーサも、ノートンの部屋を一度たりとも訪れなかった。それどころか、エスピノーサがただ一度訪ねたのはペルチエの部屋であり、ペルチエが二度訪ねたのはエスピノーサの部屋で、二人とも、廊下を、学会の小委員会《プチ・コミテ》を、あっという間に、原爆のように走り抜けたニュースに子供みたいに興奮していた。アルチンボルディがその年のノーベル賞候補になったのだ。そのニュースは世界中のアルチンボルディ研究者たちに計り知れない喜びをもたらしただけでなく、勝利と報復をも意味していた。そのためザルツブルクでは、ほかならぬビアホール〈赤い牛〉で一晩中乾杯が続くなかで、アルチンボルディ研究者の二大派閥、すなわちペルチエとエスピノーサのグループとポールとシュヴァルツのグループのあいだで和平条約が結ばれ、彼らはそれ以後互いの相違や解釈の方法を尊重し、力を合わせること、二度と相手の足をすくったりしないことを誓い合った。それは、要するにペルチエが一定の影響力をもつ雑誌でシュヴァルツの評論を拒否しないこと、そしてシュヴァルツは、自分が神と見なされている刊行物でペルチエの仕事を拒否しないということを意味していた。

モリーニは、ペルチエとエスピノーサの興奮を分かち合ってはいなかったが、アルチンボルディがこれまで、少なくとも彼の知るかぎり、ドイツで書店賞も受賞していなければ批評家賞も、読者賞も、出版社賞も、もっとも最後の賞についてはそんな賞が存在するとしてだが、重要な賞は何ひとつ受けていないという事実を指摘した最初の人物だった。そこから当然ながら予想できるのは、アルチンボルディが世界最高の文学賞の候補であることを知ったドイツ人たちは、たとえ先手を打つためにすぎないとしても、彼に国民賞か、記念賞か、名誉賞か、少なくともテレビの一時間番組くらいは与えるだろうということだった。だがいずれも与えられなかったので、(今回は連帯した)アルチンボルディ研究者たちは憤懣やるかたなく、アルチンボルディが相変わらず軽視されていることで意気消沈するかわりに、その悔しさをばねに、文明国が(彼らの意見では)ドイツ最大の存命作家であるだけでなくヨーロッパ最高の存命作家を不当に扱っていることに発奮して、さらなる努力を重ねた。その結果、アルチンボルディの作品、さらにはアルチンボルディ自身(まったくとは言わないまでも彼についてはほとんど知られていなかった)に関する仕事さえもが雪崩のように生まれ、それはそれで読者の数を増やすことになった。その大半はアルチンボルディの作品に惹かれたのではなく、そのきわめて風変わりな作家の人生あるいは非-人生に惹かれたのだったが、その魅力が今度は口伝えで広まっていき、ドイツ国内での売れ行きをかなり伸ばし(シュヴァルツ、ボルフマイヤー、ポールの派閥の最近の掘り出し物であるディーター・ヘルフェルトの存在と無関係ではなかった)、それが今度は翻訳や既訳の再版を新たに後押しすることになった。これによってアルチンボルディがベストセラー作家になることはなかったものの、イタリアでは二週間にわたってフィクション部門で売上ベスト十の九位、フランスでもやはり二週間にわたってベスト二十のうちの十二位を占めるまでに至った。スペインではこのような上位リストに登場することこそなかったものの、ある出版社がスペインのほかの出版社がまだ持っていたわずかな数の小説の版権と、まだスペイン語に翻訳されていなかった彼のすべての本の版権を取得し、このようにして一種のアルチンボルディ叢書がスタートしたのだが、それは悪い商売ではなかった。

ブリテン諸島では、アルチンボルディは紛れもなくマイナーな作家であり続けた、と言わざるをえない。

その熱っぽい日々に、ペルチエは、アムステルダムで知り合ったシュヴァーベン出身の作家によって書かれたテクストを見つけた。そのなかでシュヴァーベン人は、基本的にはすでに彼らに披露した、アルチンボルディがフリースラントの町を訪れたときのことと、ブエノスアイレスに旅したことのある夫人とその後夕食をともにしたことをふたたび語っていた。そのテクストはロートリンゲン紙の朝刊に掲載されたもので、以前聞いた話とは内容の異なるところがあった。シュヴァーベン人はそこで、夫人とアルチンボルディのあいだで交わされた嘲笑的なユーモアを含む会話を再現していたのだ。まず夫人が、彼にどこの出身かと尋ねる。アルチンボルディはプロイセン出身だと答える。夫人は彼の名がプロイセンの地方貴族の名前なのかと訊く。アルチンボルディはそれは大いにありうると答える。すると夫人は、金貨を本物かどうか確かめるためにかじるような調子で、ベンノ・フォン・アルチンボルディという名前をつぶやく。そしてすぐさま、聞いたことがないと言い、ついでに彼が知っているかどうか、別の名前をいくつか口にする。彼は知らないと答え、プロイセンのことで知っているのは森だけだと言うのだ。

「だけどあなたの名前はイタリア起源だわ」と夫人は言った。「フランス起源です」とアルチンボルディは答えた。「ユグノーの名前なんですよ」

その答えを聞くと、夫人は笑った。昔はとびきりの美人だった、とシュヴァーベン人は書いていた。そのときも、ほの暗い居酒屋のなかでは美しく見えたが、笑うと入れ歯が動くので、手で戻さなければならなかった。それでも、彼女のその仕草は実にしとやかだった。夫人は漁師や農民ともごく自然に付き合うことができ、その自然なさまはただ敬意と親愛の情を呼び起こすばかりだった。夫を亡くしてから長い年月が経っていた。彼女はときおり外に出て、馬で砂丘を散歩した。また、北海の風が吹きつける近隣の道をさまようこともあった。

ザルツブルクの街を発つ前に、ペルチエが三人の友人たちとホテルで朝食をとりながらシュヴァーベン人の記事について話し合ったとき、それぞれの意見や解釈には大きなばらつきがあった。

エスピノーサとペルチエの意見では、アルチンボルディが講演に訪れたころ、シュヴァーベン人はおそらく夫人の恋人だった。ノートンによれば、シュヴァーベン人にはあの出来事について、そのときの気分や聞き手次第で異なるバージョンがあり、その記憶すべき機会に本当に言われたことや起きたことを、彼自身ですら覚えていないという。モリーニによれば、シュヴァーベン人はアルチンボルディの恐るべき分身、彼の双子の兄弟であり、そのイメージは時間と偶然によって、現像した写真のネガに変わっていく。その写真はだんだん大きく、力強くなり、圧倒的な重量感を得るものの、そのためにそのネガ（逆の過程をたどる）とのつながりを失うことはない。だが、それは現像された写真と本質的には同じだ。すなわち、どちらもヒトラーの恐怖と野蛮の時代に青春を送り、どちらも第二次世界大戦の帰還兵であり、どちらも作家であり、どちらも破綻した国の市民であり、どちらもしがない存在としてあてどなくさまよっていた。そのとき二人は遭遇し、アルチンボルディは飢えた作家として、シュヴァーベン人は、間違いなく文化が重要事項の最下位にある町の「文化振興役」として、（驚愕しつつも）互いを認めたのだという。

あの下劣で（当然ながら）卑しむべきシュヴァーベン人が本当はアルチンボルディであると考えることなど可能なのだろうか？　この問いを立てたのは、モリーニではなくノートンだった。そして答えはノーだった。というのも、そもそもシュヴァーベン人は背が低く、虚弱体質であり、アルチンボルディの身体的特徴とはまったく一致していなかったからだ。ペルチエとエスピノーサの説のほうがずっと真実味があった。封建領主夫人はシュヴァーベン人の祖母であってもおかしくない年齢だったにもかかわらず、彼は夫人の恋人だったという説だ。毎日午後になると、ブエノスアイレスを訪れたことのある夫人の家に行き、冷たいソーセージとビスケット、それに紅茶でお腹を満たすシュヴァーベン人。騎兵隊の元連隊長の未亡人の肩を揉むシュヴァーベン人。そのあいだ、窓ガラスの向こうでは雨が渦を巻く。泣きたい気持ちにさせるフリースラントの悲しい雨。それはシュヴァーベン人を泣かせはしないが彼の顔を蒼白にし、すぐそばの窓辺に近づかせる。彼はそこにたたずみ、狂ったように降っている雨のカーテンのさらに向こうにあるものを見ている。すると夫人が有無を言わさぬ調子で彼を呼び、シュヴァーベン人は窓に背を向ける。彼はなぜ自分が窓辺に行ったのか分からなかったし、何を見たいのかも分からなかった。だが彼が求めていたものはまさにそのとき、もう窓辺には誰もいなくなり、部屋の奥の小さな色つきガラスのランプの明かりが瞬いているだけになったときに現われるのだった。

というわけで、ザルツブルクでの日々はおおむね快適だった。そしてアルチンボルディはその年のノーベル賞を受賞できなかったのだが、友人四人組の生活は、ヨーロッパの大学のドイツ語科という穏やかな川をゆるやかに、よどみなく流れ続けた。ときには新たな驚きもなくはなかったが、それも結局は彼らの、表面的には秩序立った、あるいは外からはそう見える生活に、少量の胡椒、少量の辛子、少量の酢を加えたにすぎなかった。もっとも各人は、普通の人々と同様、それぞれの十字架を引きずっていて、ノートンの場合、その十字架は青光りがする奇妙で幽霊じみたものだった。彼女は一度ならず、ときに不快感をにじませながら元夫の話をしたが、そんなときは彼を潜在的な脅威として扱い、怪物に特有のものと思われる悪癖や欠点の数々を付与するのだった。粗暴きわまりない怪物ではあるが、姿を現わすことはなく、言葉だけで、行動には訴えることのない、エスピノーサもペルチエも一度も見たことがないその人物に、ノートンは語ることによって実体を与えたが、まるでその男は夢のなかにしか存在しないかのようなので、エスピノーサよりも鋭いペルチエは、その無自覚で退屈な長話、果てしなく続く一枚つづりの被害届が、そんな愚かな男に恋をして結婚してしまったことをどうやら恥じているらしいノートンの、自責の念によるものだと理解した。もちろん、ペルチエは間違っていた。

そのころ、ペルチエとエスピノーサは、共通の恋人の現状を気遣い、二度にわたって電話で長い会話を交わした。

最初に電話をかけたのはペルチエで、通話時間は一時間十五分だった。二度目の電話はエスピノーサが三日後にかけ、通話時間は二時間十五分だった。二人の話がすでに一時間半続いたところで、ペルチエは相手に、電話を切ってほしい、通話料がひどく高くつくだろうからこちらから折り返しかけると言ったが、エスピノーサはきっぱりと断った。

ペルチエがかけた最初の電話での会話は、出だしからうまくいかなかった。エスピノーサは彼からの電話を待ち受けていたにもかかわらず、二人にとって、いずれ言わなければならないことを口に出して言うのが困難であるかのようだった。最初の二十分間は悲劇的な調子で、運命という言葉が十回使われ、友情という言葉が二十四回使われた。リズ・ノートンの名は五十回口にされ、そのうち九回は無駄になった。パリという言葉が七回使われ、マドリードという言葉が八回使われた。愛という言葉が各人一回ずつ、計二回口にされた。恐怖という言葉が六回、幸福という言葉が一回使われた（エスピノーサ）。解決という言葉が十二回使われた。唯我論という言葉が七回使われた。婉曲語法という言葉が十回使われた。範疇という言葉が単数複数合わせて九回使われた。構造主義という言葉が一回使われた（ペルチエ）。アメリカ文学という用語が三回使われた。夕食および夕食を食べる、朝食、サンドイッチという言葉が合わせて十九回使われた。目、手、髪という言葉が十四回。その後、会話はよりなめらかになった。ペルチエはエスピノーサにドイツ語の笑い話を聞かせ、エスピノーサは笑った。エスピノーサがペルチエにドイツ語で笑い話を聞かせると、ペルチエも笑った。実際には、電波、あるいはそれが何であれ、真っ暗な野と風とピレネーの雪、河川、寂しい道路、パリとマドリードをそれぞれ取り巻く果てしない郊外を越えて彼らの声と耳を結ぶものに包まれながら、二人は笑っていた。

二度目の通話は、一度目とはうって変わって和やかになり、それまで見過ごしてきたかもしれないありとあらゆる曖昧な点をも明らかにしようとする友人同士の会話になった。だが、だからと言って専門的あるいは記号論理学的な会話にならないように気を配り、むしろノートンとはほとんど関係のない話題、感情の揺れ動きとは無関係な話題、話題にするのもやめるのも容易で、本題であるリズ・ノートンの話に戻るのが少しも難しくない話題が目立った。二度目の通話がほぼ終わりかけたころ、二人は彼女のことを、彼らの友情を終わらせてしまう復讐の女神、血まみれの翼を持つ喪服の女としてではなく、オペアとして子供たちを世話し始めたが魔術を習得し、最後には動物に化けたヘカテとしてでもなく、彼らが疑っていたこと、合意済みと見なしているが全面的に信じてはいないこと、すなわち自分たちが文明人で、高貴な感情を味わえる存在であること、日々の決まった仕事と規則的な座り仕事に惨めに浸りきっている愚か者ではないことを二人に気づかせることによって、その友情を強めてくれる天使として認めた。その晩、ペルチエとエスピノーサは、自分たちがむしろ寛大であることを知り、それもあまりに寛大であることを知ったため、自らの美徳の輝き、きっと長続きはしない輝き（というのも、いかなる美徳も、それが認知される一瞬を除けば、輝くこともなく、危険極まりない者も住む暗い洞窟に潜んでいるからだ）に目がくらみ、二人が一緒にいたなら、そのことを祝しに出かけたかもしれないほどだった。だが、祝賀も派手な騒ぎもなかったので、永遠の友情を暗黙のうちに誓うことで通話を締めくくった。そして二人は本で埋めつくされたそれぞれの部屋でそれぞれ受話器を置いたあと、誓いを確認し、ウイスキーをちびちびやりながら窓の向こうの闇を見やった。もしかすると無意識のうちに、シュヴァーベン人が未亡人の家の窓の向こうに探し求めて見つからなかったものを探そうとしていたのかもしれない。

事情を最後に知らされたのはモリーニだった。モリーニの場合は恋愛の数学がいつも機能するとはかぎらなかったが、それでもそうとしかなりようがなかった。

ノートンが初めてペルチエと寝る前に、モリーニはすでにその可能性を予感していた。その理由は、ペルチエがノートンの前で見せる態度からではなく、彼女が超然としていたこと、どこか超然としていたことだった。ボードレールなら憂鬱と呼び、ネルヴァルなら憂愁と呼んだであろうその超然とした態度は、相手が誰であれ彼女を、親密な関係を始めるのにまたとない状態にさせたのだった。

エスピノーサとのことは、もちろん予想外だった。ノートンから電話があり、彼ら二人と関係したと聞かされたとき、モリーニは驚いた（もっとも、ノートンがペルチエと、そしてロンドン大学の同僚と、さらには自分の学生とも関係したと言われても、驚きはしなかっただろう）。だが、彼はうまくごまかした。それから別のことを考えようとしたが、できなかった。

彼はノートンに、幸せかと訊いた。ノートンは幸せだと答えた。彼はボルフマイヤーから新しい情報を知らせるEメールをもらったことを話した。ノートンはさして興味を示さなかった。それからモリーニは彼女に、夫の消息を何か知っているかと尋ねた。

「元夫よ」とノートンは言った。

いいえ、何も知らない、ただ、古い女友達が電話をかけてきて、元夫は別の古い女友達と一緒に暮らしていると教えてくれた。その友達は親友だったのかとモリーニは訊いた。ノートンは質問の意味が理解できなかった。

「親友だったって、誰のこと?」

「君の元夫と暮らしている人だよ」とモリーニは答えた。

「彼と暮らしてるんじゃなく、彼を養っているの。それとこれとは別よ」

「なるほど」とモリーニは答え、話題を変えようとしたが、何も思いつかなかった。

たぶん僕の病気の話をすべきなんだろう、と彼は苦々しげに考えた。だが、決してその話題に触れることはなかった。

そのころ、ソノラ州の連続殺人事件に関する記事を最初に読んだのは、四人のなかでモリーニが最初だった。イル・マニフェスト紙に載ったその記事には、サパティスタのゲリラ闘争について記事を書くためにメキシコに行ったイタリアの女性記者の署名があった。モリーニはそれを読んでぞっとした。イタリアでも連続殺人事件はあったが、犠牲者の数が十人を越えることはめったになかった。それに対し、ソノラ州の場合は数が跳ね上がり、百人を越えていた。

そのあと彼は、イル・マニフェスト紙の女性記者のことを考えた。彼女は国の南端にあるチアパスに行ったのに、ソノラ州の事件について書くことになったのが奇妙に思えた。地理に関する彼の知識が間違っていなければ、ソノラ州はメキシコの北、北西部にあり、アメリカとの国境に位置しているはずだった。モリーニは彼女がメキシコシティから北部の砂漠地帯までバスで長旅をするところを想像した。彼女がマルコス副司令官と話しているところを想像した。彼女がメキシコの首都にいるところを想像した。誰かがそこで、ソノラ州で起きていることを彼女に話しただろう。すると彼女はイタリア行きの次の便に乗るかわりに、バスの切符を買い、ソノラ州に向かって長いバスの旅をすることに決める。モリーニは一瞬、その旅をその記者とともにしたいという抑えがたい欲求に駆られた。

僕は死ぬまで彼女に恋するだろう、と彼は思った。一時間後、彼はそのことをもうすっかり忘れていた。

それからまもなくして、ノートンからメールが届いた。彼女がメールをよこし、電話をかけてこないのは変だと彼は思った。しかし、メールを読み始めてすぐ、ノートンは自分の考えを可能なかぎり正確に表現する必要があり、それでメールを書くほうを選んだのだと分かった。ノートンはメールのなかで、彼女がエゴイズムと呼ぶもののことを詫びていた。そのエゴイズムは自らの実際の、あるいは想像上の不幸について深く考えるうちにはっきりしたものだという。次に、元夫とのあいだで続いていた訴訟が、ついに（！）解決したと書いてあった。わたしの生活から黒雲が消え去った。今は幸せになりたい、そして歌いたい（原文ママ）気持ち。また、たぶん先週までは彼をまだ愛していたけれど、自分の歴史のなかのその部分は完全に過去のものとなったと今は言えます、とも書かれていた。また情熱が湧いてきたので、仕事に、そして人々を幸せにする日常のささやかなことに、もう一度集中します、とノートンは書いていた。さらにこうも書いていた。わたしの我慢強いピエロ、このことをあなたに真っ先に知ってほしいのです。

モリーニはメールを三回読み直した。彼女の愛も元夫も彼と経験したあらゆることは過去のものになったと言い切るとき、彼女は誤りを犯していると思い、彼はがっかりした。何も過去のものになっていない。

いっぽう、ペルチエとエスピノーサは、この類の秘密を何も打ち明けられてはいなかった。だが、ペルチエは、エスピノーサが気づいていなかったあることに気づいていた。ロンドンからパリへの移動は、パリからロンドンへの移動よりも頻繁に行なわれるようになっていた。そしてノートンは、二回に一回はプレゼント持参で現われ、それはエッセー集だったり、美術書や彼が見たことがないはずの展覧会のカタログ、シャツかハンカチのときさえあるという具合で、それまでになかったことだった。

それ以外は、すべていつもどおりだった。セックスをし、一緒に夕食に出かけ、アルチンボルディに関連する最新情報について意見を交わしたが、カップルとしての二人の将来について語り合うことはなく、会話のなかにエスピノーサが出てきても（出てこないことはあまりなかった）、二人の話しぶりはきわめて公平で、慎重で、何よりも友好的だった。ときにはセックスなしで、互いの腕のなかで眠ってしまう夜もあったが、ペルチエは、エスピノーサとならばありえないことだと思っていた。だが彼は間違っていた。というのも、ノートンとエスピノーサの関係は、ペルチエとの関係をしばしば忠実に模倣していたからである。

食事に関しては違っていて、パリのほうが上だった。舞台も道具立ても違っていて、パリのほうがモダンだった。言語も違っていた。エスピノーサとはたいていドイツ語で話したのに対し、ペルチエとはたいてい英語で話したからだが、大筋において、違いよりも似ているところのほうが多かった。もちろん、エスピノーサともセックスをしない夜はあった。

もし女性の親友（彼女にはいなかった）から、二人の男友達のうち、ベッドでよりうまくいく相手はどちらかと訊かれたら、ノートンは何と答えればいいか分からなかっただろう。

ペルチエのほうが上手だと思うときもあれば、エスピノーサのほうが上手だと思うときもあった。問題を外側から、すなわち厳密に学術的な領域から見れば、ペルチエはエスピノーサよりも長い参考文献リストを持っていたと言えるだろう。エスピノーサは、こうした事柄に関しては知性よりも本能を信頼するのが常だったが、スペイン人であることの不利、すなわち、しばしばエロティシズムとスカトロジーを混同し、ポルノグラフィーと食糞《コプロファジー》を混同する文化に属しているという不利を負っていた。この取り違えは、エスピノーサの頭のなかの蔵書において（欠落によって）明白だった。彼は、『ジュスティーヌ』および『閨房の哲学』と一九五〇年代に書かれたアルチンボルディのある小説のあいだに関係性を見るポールの論文を検証する（そして反駁する）ために読むまで、マルキ・ド・サドを読んだことがなかったのだ。

いっぽう、ペルチエは、聖侯爵を十六歳で読み、十八歳のときには大学の親しい二人の女子学生と三人でのセックス《メナージュ・ア・トロワ》を経験し、思春期の成人漫画趣味は、十七、八世紀の退廃的文学作品の、大人らしい、妥当な、節度ある収集癖へと変化していた。比喩的な言い方をすれば、ムネモシュネ、山の女神にして九人のミューズの母親は、エスピノーサよりもペルチエの近くにいた。単刀直入に言えば、ペルチエは参考文献のおかげで、六時間（達することなく）耐え抜くことができたのに対し、エスピノーサは、気力と体力のおかげで（二回達して、ときには三回達して、半死の状態になりながら）同じことができた。

ここでギリシア人に言及した以上、エスピノーサとペルチエが自分たちをあたかもユリシーズのように見なしていたこと（それも誤った方法で）、そして二人ともモリーニのことを、あたかもこのイタリア人が『オデュッセイア』で、性格の異なる二つの武勇伝が語られる忠実な友エウリュロコスであるかのように見なしていたことにも触れておかなくてはならない。彼の手柄の一つ目は、賢明にも豚に変身しなかったことで、それは彼の孤独で個人主義的な意識、体系的な懐疑、老水夫の底意をそれとなく示している。いっぽう、二つ目は、不敬かつ冒瀆的な冒険を語っている。ゼウスあるいは別の強力な神のものである牛たちが、太陽の島でのんびり草を食んでいる。その光景はエウリュロコスの食欲を猛烈にそそり、彼は言葉巧みに、その牛を殺して全員に振る舞おうと仲間たちをそそのかす。そのことがゼウスあるいは誰であれ別の神の逆鱗に触れ、エウリュロコスを開化した人間、あるいは無神論者、あるいはプロメテウス的人間と見なし、罵倒した。というのも、この神は、エウリュロコスの態度、彼の空腹の論理よりも、自分の牛が食べられたという事実そのものに腹を立てたからであり、この行為すなわちこの饗宴のせいでエウリュロコスが乗っていた船は難破し、船員は全員死ぬ。ペルチエとエスピノーサは、これと同じことがモリーニにも起きるのではないかと思った。もちろんはっきりとではなく、まとまりのない、確信のような形でもって、あるいは直感的に、二人の心のなかの肉眼では見えないほど微少な暗い部分に潜む、肉眼では見えないほど微少な暗い思考の形で、あるいは記号の形で、そう思ったのだった。

一九九六年が終わるころ、モリーニは悪夢に襲われた。ノートンがプールに浸かっていて、ペルチエとエスピノーサと彼は石のテーブルを囲んでカードゲームをやっている夢を見たのだ。エスピノーサとペルチエはプールに背を向けていて、それは最初、どこにでもありそうなホテルのプールのように見えた。ゲームをしながら、モリーニは四方のプールサイドに並ぶほかのテーブルやパラソル、デッキチェアを眺めていた。さらに向こうには公園があり、深緑の生垣が雨上がりのように輝いていた。人々は少しずつプールを去り、外の空間とバーや客室またはこぢんまりした長期滞在用の部屋をつないでいるさまざまなドアの向こうへと姿を消していった。モリーニの想像では、長期滞在用の部屋は、二つの部屋と簡易キッチン、バスルームから成っていた。しばらくすると外にはもう人影がなく、先ほどまでうようよいたはずの退屈そうなウェイターたちすらいなかった。ペルチエとエスピノーサはまだゲームに没頭していた。ペルチエのそばには、さまざまな国のコインに加えてチップが山と積んであったので、どうやら彼のほうが優勢らしかった。それにもかかわらず、エスピノーサは敗者の顔をしていなかった。モリーニは自分の手札を見て、もはや手詰まりであることを悟った。彼はカードを捨て、四枚要求すると、それを見もせずに石のテーブルの上に伏せて置いた。それからいくらか苦労して車椅子を動かした。ペルチエとエスピノーサは、どこへ行くのかとすら尋ねなかった。彼はプールの縁まで車椅子を進めた。そのとき初めて、プールがいかに大きいかということに気づいた。幅は少なくとも三百メートルはあり、長さは三キロはあるに違いない、とモリーニは思った。水は暗く、港に浮いているような油の皮膜がところどころに浮いているのが見えた。ノートンの姿は影も形もなかった。モリーニは叫んだ。

「リズ」

彼はプールの反対側の端に影が見えたと思い、車椅子をその方向に動かした。そこまでは遠かった。途中で一度ふり返ると、ペルチエもエスピノーサももはや見えなかった。テラスのそのあたりは、もやに包まれていた。彼は前に進んだ。プールの水は縁を這い上がってきそうに見え、まるでどこかで嵐かそれよりひどい何かが生じつつあるようだったが、モリーニが進むあたりは穏やかに凪いでいて、嵐の気配はまったく見られない。まもなくモリーニはもやに包まれてしまう。最初のうち彼は進もうとするのだが、やがて車椅子ごとプールのなかに落ち込む危険を冒していることに気づき、危険を避けようとする。目が慣れてくると、プールから突き出た、黒くて虹色に輝く岩礁のような岩が見えた。彼はそれを奇妙とも思わなかった。彼は縁に近づき、もはや二度と会えないのではないかと思いながら、もう一度リズの名を叫ぶ。ちょっと車輪を動かせば水のなかに落ちてしまいそうだった。そのとき、プールの水が空になっていること、そして途方もなく深いことに気づく。まるで彼の足下に、水のせいで黴が生えた黒いタイルの絶壁が現われたかのようだった。その底に女性の姿が見えた（が確実にそうだとは言えない）。彼女は岩の裾のほうへ向かって進んでいる。モリーニはまた叫びそうになり、彼女に合図を送ろうとしたとき、背後に誰かの気配を感じた。そのとたん、彼は二つのことを確信した。後ろにいるのは邪悪な人間だ。その邪悪な人間はモリーニがふり向いて自分の顔を見ることを欲している。彼は注意深く後退し、追っ手の顔を見ないようにしながら、プールの縁に沿って進み、底にたどり着くための梯子を探した。だがもちろん、どこか隅にあるはずの梯子は決して見つからなかった。二、三メートルほど滑るように進んでから、モリーニは車椅子を止め、後ろをふり向くと、恐怖をこらえながら、正体不明の何者かの顔と向き合った。その恐怖は、モリーニを追い、耐えがたい邪悪の匂いを放っているその人物の正体を彼が知っていることが確実になるにつれ、ますます大きくなっていた。そのとき、もやのなかに、リズ・ノートンの顔が現われた。それは今よりも若いノートンで、おそらく二十歳かそれよりも下で、こちらを真剣にじっと見つめているので、モリーニは目をそらさざるをえなかった。プールの底を歩き回っているのはいったい誰なのだろう？　モリーニにはその人物がまだ見えていた。それは小さな染みになり、今は山となっていた岩をよじ登ろうとしていた。はるか彼方のその光景に彼は涙ぐみ、深くやるせない悲しみを覚えた。まるで初恋の人が迷宮をさまよっているのを見ているようだった。あるいは、足がまだ使えるのに、まったくもって無駄な登山で遭難した自分自身を見ているようでもあった。そして、そう思うことは避けられず、避けないことは正解だったのだが、その光景は、ギュスターヴ・モローかオディロン・ルドンの絵に似ているとも思った。そこでもう一度ノートンのほうを見ると、彼女はこう言った。

「あと戻りはできないわ」

その言葉を彼は耳ではなく、頭のなかで直接聞いた。ノートンはテレパシーの能力を身につけたのだ、とモリーニは思った。彼女は善人だ、悪人じゃない。僕が感じ取ったのは悪意ではなく、テレパシーだ。彼はそうつぶやくと、動かすこともできなければ避けることもできないと心のなかでは分かっている夢の行方の向きを変えようとした。するとノートンはドイツ語でもう一度、あと戻りはできないわ、と言った。そして矛盾したことに、彼に背を向けるとプールとは反対の方向に遠ざかっていき、もやがかかって輪郭のはっきりしない森のなかへ姿を消した。その森は赤い輝きを放ち、その輝きのなかへとノートンは姿を消したのだ。

一週間後、その夢を少なくとも四つの異なる方法で解釈したあと、モリーニはロンドンに出かけた。この旅に出る決心をしたことで、彼は航空券とホテル代を主催者が負担してくれる会議やシンポジウムに行くためだけの旅行というお定まりの行動から、完全に逃れることができた。それどころか、今回は仕事上の理由は何もなく、ホテル代も交通費も自分のポケットから出ていた。またリズ・ノートンの助けを求める電話に応じての旅というわけでもない。単に四日前に彼女と話し、もう長いこと訪れていない街、ロンドンに行くつもりだと伝えたにすぎなかった。

ノートンはこの計画を聞いて喜び、自分の家に泊まるよう誘ったが、モリーニは、すでにホテルを予約してあると嘘をついた。ガトウィック空港に着くと、ノートンが待っていた。その日は、モリーニの泊まるホテルの近くのレストランで朝食をともにし、夕食はノートンの家で食べた。不味かったにもかかわらずモリーニが礼儀正しく褒めた夕食のあいだ、二人はアルチンボルディについて、その高まる名声について、まだ明らかにされていない無数の空白について話した。だがそのあと、デザートの時間になると、会話の内容は個人的なものになり、思い出話へと移っていった。二人は夜更けまで語り合い、タクシーを呼んだときにはすでに午前三時になっていた。ノートンはモリーニがアパートの古いエレベーターで下りたあと、さらに六段ある階段を下りるのを手伝った。モリーニが要約したところによると、何もかもが予想よりもはるかに快適だった。

朝食から夕食までのあいだ、モリーニはひとりきりで過ごした。最初のうちは自分の部屋から出てみようとはしなかったが、そのうち退屈さのあまり、散歩に出ることにした。その散歩はハイドパークにまで及び、公園のなかをあてどもなくさまよっているうちに、彼は物思いにふけり、ほかの人々が気にならなくなり、誰の姿も目に入らなくなった。それほど決然として、ペースを落とさずに動いている半身不随の障害者を見ためしがなかったため、彼を好奇の眼差しで見る者もいた。ようやく車椅子を止めたとき、彼はイタリア庭園と呼ばれる場所の前にいた。どう見てもイタリアらしくなかったが、本当のところは分からない、と彼は心のなかでつぶやいた。人は鼻先にあるものが何か見当もつかないことだってある。

彼は上着のポケットから本を取り出し、ひと休みして元気を取り戻すあいだ、それを読み始めた。それからまもなく、誰かがやあと言う声がし、続いて巨体の男が木のベンチにどっかと腰を下ろす音がした。モリーニは挨拶を返した。その見知らぬ男は、藁のように黄色い髪で、白髪になりかけていて、よく洗っていないらしく、体重は少なくとも百十キロはあるに違いなかった。二人はしばらく顔を見合わせていたが、その見知らぬ男が彼に外国人かと訊いた。モリーニはイタリア人だと答えた。その男は、彼がロンドンに住んでいるのかどうか知りたがり、さらに何というタイトルの本を読んでいるのか知りたがった。モリーニは、自分はロンドンに住んではいないと答え、読んでいたのはアンジェロ・モリーノの『ファナ・イネス・デ・ラ・クルスの料理の本』で、メキシコの尼僧のことを扱っているが、もちろんイタリア語で書かれていると言った。その修道女の人生と料理のレシピのいくつかについて書いてあります。

「そのメキシコの尼さんは料理が好きだったのかい?」とその男が訊いた。

「ある程度はね。でも詩も書いたんですよ」とモリーニは答えた。

「尼さんなんて信用できないな」と男は言った。

「でもこの修道女は偉大な詩人だったんです」とモリーニは言った。

「料理の本に倣って食べる連中なんて信用できないな」と男は相手の言葉を聞かなかったかのごとく言った。

「どんな人なら信用できるんですか?」とモリーニは尋ねた。

「腹が減ったら食べる連中かな」と男は答えた。

それから男は説明を始めた。昔、彼はマグカップを作る会社で働いていた。そこの製品はマグカップだけで、カップには普通のと、何らかのスローガンやモットーやジョークが書かれたものとがあった。たとえばこんな具合だ。「ハハハ、コーヒーブレイクだ」とか、「パパはママが好き」とか、「最後の一杯か、それとも最初の一杯か」とか、そんな類のつまらない文句だったが、ある日、きっと要望があったに違いない、カップのモットーがすっかり変わってしまい、そのうえ一緒に絵も入れられるようになった。絵は最初のうち白黒だったが、やがてこのアイデアが成功したおかげで、色がつき、笑えるが同時にみだらな絵がついたものも作られるようになった。

「給料まで上がったよ」とその男は言った。「イタリアにはそういうカップがあるかい?」とそのあと彼は訊いた。

「ええ」とモリーニは答えた。「英語のフレーズが入ったものもあれば、イタリア語のフレーズが入ったのもあります」

「で、何もかもうまくいってたんだ」と男は言った。「俺たち労働者は喜んで働いてた。担当者たちも喜んで働いてたし、ボスは嬉しそうだった。ところが、その手のカップを作り続けて二か月経つころ、俺は自分の幸せが不自然だと気づいたんだ。自分が幸せな気がするのは、ほかの幸せな連中を見ていたからで、幸せだと思わなくちゃならないと知ってたからだ。でも、実際には幸せじゃなかった。正反対だったのさ。俺は給料が上がる前より不幸な気がしてた。自分が悪い時期にいるんだと思って、そのことを考えないようにした。でも三か月もすると、何でもないふりをしていられなくなった。俺は不機嫌になって、前よりも乱暴になったし、どんなくだらないことにも腹を立てて、酒を飲み始めた。そこで、問題とまともに向き合うようにしたら、ついに、その手の決まった種類のカップを作るのはいやだという結論に達したんだ。本当に、夜になると悲惨な気分だったよ。俺は気が狂いかけてると思った。自分が何をしてるのか、何を考えてるのか分からなかった。あのころ考えてたことを思い出すと、今でもぞっとするよ。ある日、担当者の一人に面と向かって言ってやった。こんなバカらしいものを作るのはもう飽き飽きだってね。そいつはいい奴だった、アンディって名前で、いつも労働者と話し合おうとしてた。俺は、昔作ってたカップを作るほうがいいのかと訊かれた。そうだと答えた。すると奴は、ディック、お前本気で言ってるのか？　と訊くんだ。本気も本気だ、と俺は答えた。新しいカップのせいで仕事が増えたのかね？　俺は、全然、と答えてから、仕事は同じだが、昔はいまいましいカップに今みたいに傷つけられることはなかったと言ってやった。どういう意味かな？　とアンディは言った。つまりだな、前はクソいまいましいカップが俺を傷つけることなんてなかったのに、今じゃ俺の内側をずたずたにするんだよ。でも何がそんなに違うっていうんだ？　今のほうがずっとモダンだってこと以外に、とアンディは訊いた。まさにそのせいだ、と俺は答えた。前はカップはこんなにモダンじゃなかったし、たとえ俺を傷つけようとしたにせよ、傷つけられることはなかったし、そいつらに刺されたところで俺は痛くもかゆくもなかった。なのに今はいまいましいカップどもがサムライのしょうもない刀で武装しているみたいで、俺は頭がおかしくなりそうなんだ。結局、長い話し合いになった」と男は言った。「担当者は俺の言葉に耳を貸してくれたが、一言も理解しちゃいなかった。次の日、俺は解雇手当をくれと言って、会社を辞めたんだ。それ以来働いてない。どう思う？」

モリーニは、返事をするのをためらった。しまいにこう言った。

「分かりませんね」

「ほとんどの連中がそう言うよ。分からないってね」と男は言った。

「今は何をしているんですか？」とモリーニは尋ねた。

「何も。もう働いちゃいない。俺はロンドンの乞食さ」と男は答えた。

まるで観光名所を教えてくれているみたいだな、とモリーニは思ったが、声に出して言わないように気をつけた。

「で、その本の感想は？」と男は訊いた。

「どの本ですか？」とモリーニは言った。

男は太い指で、モリーニが片手でそっと持っていた、パレルモのセッレリオ社から出た本を指さした。

「ああ、とてもいい本ですよ」と彼は答えた。

「レシピをいくつか読んでくれないか？」と男は言ったが、モリーニにはその声の調子がまるで脅しのように響いた。

「時間があるかどうか」とモリーニは答えた。「友人と会う約束があるので、行かなくてはならないんです」

「その友達は何ていう名前だ?」と男は同じ調子で尋ねた。

「リズ・ノートンです」とモリーニは答えた。

「リズか、かわいい名前だ」と男は言った。「で、あんたの名前は? 失礼でなければだが」

「ピエロ・モリーニです」とモリーニは答えた。

「そりゃ面白い」と男は言った。「あんたの名前はその本を書いた奴とそっくりだ」

「いえ」とモリーニは言った。「僕はピエロ・モリーニで、この本の著者はアンジェロ・モリーノです」

「もし迷惑でなければ」と男は言った。「せめていくつかレシピの名前を読んでくれないかな。こっちは目をつぶって想像するから」

「いいですよ」とモリーニは言った。

男は目を閉じ、モリーニはゆっくりと、俳優のような抑揚をつけて、ソル・フアナ・イネス・デ・ラ・クルスが考案したレシピのタイトルを読み上げ始めた。

ズゴンフィオッティ・アル・フォルマッジョ
ズゴンフィオッティ・アッラ・リコッタ
ズゴンフィオッティ・ディ・ヴェント
クレスペッレ
ドルチェ・ディ・トゥオルリ・ディ・ウオヴォ
ウオヴァ・レガーリ
ドルチェ・アッラ・パンナ
ドルチェ・アッレ・ノーチ
ドルチェ・ディ・テストリーネ・ディ・モーロ
ドルチェ・アッレ・バルバビエートレ
ドルチェ・ディ・ブッロ・エ・ツッケロ
ドルチェ・アッラ・クレーマ
ドルチェ・ディ・マメイ

ドルチェ・ディ・マメイまで来たとき、男が眠ってしまったようだったので、モリーニはイタリア庭園をあとにした。


次の日も一日目と似たり寄ったりだった。今回はノートンが彼をホテルに迎えに行き、モリーニが宿泊代を払っているあいだに、彼の唯一のスーツケースを車のトランクに入れた。通りに出ると、二人は彼が前日ハイドパークへ行くのに通ったのと同じ道筋をたどった。

モリーニはそれに気づき、黙って通りを眺めていた。すると公園が現われたが、彼には間違った色の、ひどく寂しい、感情を高ぶらせるジャングル映画のように見えた。やがて車は角を曲がり、別の通りへ消えていった。

二人はノートンが見つけた地区で食事した。そこは河に近く、かつては工場と造船所がいくつかあったのだが、現在は改装した住宅のなかに、ブティックや食料品店、流行りのレストランが入っていた。小さなブティック一軒あたりの床面積は、モリーニが見積もったところでは、労働者の家四戸分に相当した。レストランは十二戸分か十六戸分あった。リズ・ノートンの声は、この地区とそこをふたたび浮き上がらせようとしている人々を賞賛した。

モリーニは、浮き上がるという言葉が、海を思わせる雰囲気ではあるが、適切ではないと思った。それどころか、デザートを食べているあいだ、またもや泣きたい気分に襲われ、いやむしろ気を失って、ノートンの顔を見つめたまま自分の椅子からそっと落ちてしまうほうがいい、そして二度と意識を取り戻したくないと思った。だが今、ノートンは、この地区にやってきて最初に住みついた画家の話をしていた。

それは三十三歳ぐらいの若い男で、そのあたりでは知られていたが、いわゆる有名人というわけではなかった。実際、彼がここにやってきて住みついたのは、アトリエがほかの地区よりも安く借りられるからだった。その当時、この界隈は今のように活気に満ちてはいなかった。年金暮らしの老いた労働者はまだそこに住んでいたが、若者や子供はもういなくなっていた。女性の不在が目立っていたのは、亡くなってしまったか、家のなかにこもっていて外には決して出てこなかったからだ。パブが一軒だけあったものの、その地区のほかの場所と同様、荒れ果てていた。要するに、衰退しきった寂しい場所だった。だが、そのことが画家の想像力と仕事への意欲をかき立てたようだった。彼もどちらかというと寂しい人間だったのだ。あるいは、彼にとっては孤独でいるほうが快適だった。

そんなわけで、彼はこの地区に怯えたりするどころか、むしろ惚れ込んだのだった。夜中に帰ってきて、いろいろな通りを、誰に会うこともなく歩くのが好きだった。街灯の色や家々の正面から散らばる明かりが好きだった。彼の動きに合わせて動く影。灰と煤の色をした夜明け。パブに集まる口数の少ない人々。彼もそこの常連になった。この界隈では、痛みや痛みの記憶は、名前のない何かに文字どおり吸い取られていき、その後、無に姿を変えてしまう。苦しみは無に変わるという方程式が成り立つという意識。この方程式はすべて、あるいはほとんどすべてのことに当てはまるという意識。

というわけで、彼はそれまでになく、意欲に満ちて仕事に取りかかった。一年後、ワッピングにある多目的スペース、エマ・ウォーターソン画廊で個展を開いたところ、大成功を収めた。彼は、のちにニュー・デカダンスあるいは英国アニマリズムとして知られることになるものを創始した。この流派の最初の展覧会に出品された絵はいずれも縦三メートル、横二メートルという大作で、何種類もの灰色を混ぜ合わせたなかに、その地区にある難破船の残骸が描かれていた。あたかも画家とその地区のあいだに共生関係が生まれたかのようだった。すなわち、画家がその地区を描いているように見えることもあれば、その地区が陰鬱で野性的なタッチで画家を描いているように見えることもあった。絵はどれも悪くなかった。それにもかかわらず、目玉作品がなかったら、展覧会はそれほどの成功を収めもしなければ、反響を呼びもしなかっただろう。ほかの作品よりもはるかに小さなその傑作は後年、多くのイギリスのアーティストたちにニュー・デカダンスの道を歩ませることになった。その絵は、縦二メートル、横一メートルで、よく見ると(もっとも、よく見ているかどうか誰も確信をもてなかった)、複数の自画像の省略であり、あるときは(見る角度によって)複数の自画像が螺旋状になったものでもあり、その中心には画家のミイラ化した右手がぶら下がっていた。

出来事は次のような形で生じた。ある朝、それまで二日にわたって自画像の制作に没頭していた画家は、絵を描くほうの手を切り落とした。彼はただちに包帯で腕を縛り、その手を知り合いの剥製師のところへ持っていった。剥製師は自分が請け負う新たな仕事の性格をすでに知らされていた。その後、画家が病院に行くと、医師たちは止血を施し、腕の縫合に取りかかった。途中で誰かが、どうしてそんな事故が起きたのかと訊いた。彼は、仕事中にうっかり山刀で手を切断してしまったのだと答えた。医師たちは、接合できる可能性はつねにあるので切断した手はどこにあるのかと訊いた。彼は、怒りと痛みにまかせて、病院に来る途中、河に投げ捨てたと答えた。

彼の絵の価格はとてつもなく跳ね上がっていたにもかかわらず、展覧会に出された作品はすべて売り切れた。最高傑作とされる作品は、大作のうちの四点と同様、シティで働くアラブ人の手に渡った。それからまもなくして、彼は発狂し、妻は(そのとき彼はすでに結婚していた)やむなくローザンヌかモントルー近郊の保養所の収容施設に彼を入れてしまった。

今も彼はそこにいる。

いっぽう、画家たちがその地区に住み着き始めた。何と言ってもそこは物価が安かったからだが、近年もっとも過激な自画像を描いた画家の伝説に惹かれてのことでもあった。その後、建築家たちがやってきて、改築されたり改修されたりした家屋を購入した何組かの家族がそれに続いた。やがてブティックや劇団の稽古場、以前の建物を利用したレストランが出現し、ついにここは、噂によればロンドンでもっとも安くファッショナブルな地区となった。

「この話、どう思う?」

「まったく驚きだ」とモリーニは答えた。

泣き出したい気持ち、さもなければ失神したい気持ちに襲われかけたが、彼はこらえた。

二人はノートンの家でお茶を飲んだ。彼女はこのとき初めてエスピノーサとペルチエのことを話し始めたのだが、ごく気軽な調子だったため、まるでこの二人の話が、すでに分かりきったことなので、彼女にとってすら、またモリーニにとっても(彼の不安そうな様子に彼女が気づかないはずはなかったが、訊いたところで苦痛が和らぐことはまずないと知っていたので、何も訊かないよう気遣ったのだった）面白くもなければ適切な話でもないかのようだった。

気持ちのいい午後だった。モリーニが座っている肘掛け椅子からはノートンの部屋を眺めることができた。そこには、本や白壁に掛かっている額入りの複製画、謎めいた写真と土産物があり、座り心地がよく派手なところがまったくない、趣味のよい家具を選ぶというようなごく単純なことに彼女の姿勢が見てとれるだけでなく、彼女が毎朝家を出る前に眺めるはずの樹木の茂った通りの一部も覗くことができて、彼は気分がよくなり始めていた。まるで彼女の多様な存在が彼を包んでくれるようだった。その存在もまた彼を肯定してくれているようで、その言葉は赤ん坊の言葉同様、何を言っているのかは分からなかったが、彼を元気づけてくれた。

いとまを告げる直前に、彼は今話を聞いたばかりの画家の名前と、その成功を収めた恐ろしい展覧会の図録を持っているかどうかを彼女に尋ねた。エドウィン・ジョーンズという名前よ、とノートンは答えた。そして立ち上がると、本で埋めつくされた書架の一つを探した。彼女は分厚い図録を見つけ、それをモリーニに差し出した。彼はそれを開く前に、気分がすっかりよくなったまさに今、その画家の話にこだわっていていいものかと自問した。でもそうしないと僕は死んでしまうと彼は心のなかでつぶやき、図録を開いたが、それは図録というよりもむしろジョーンズの画家としての全業績を網羅した、あるいは網羅しようとした画集だった。最初のページに彼の写真があったが、それは自分の手を切断する前の写真で、二十五歳くらいの若者がカメラを正面から見据え、はにかんでいるともばかにしているとも取れる薄笑いを浮かべているところが写っていた。髪は黒く、まっすぐだった。

「プレゼントするわ」とノートンが言うのが彼の耳に聞こえた。

「どうもありがとう」と答える自分の声が聞こえた。

一時間後、二人は一緒に空港に行き、その一時間後、モリーニはイタリアに向けて飛び立っていた。

そのころ、それまでは取るに足りないセルビア人の批評家だったベオグラード大学のあるドイツ語教師が、ペルチエが協力していた雑誌に奇妙な論文を発表した。その論文はある意味で、何年も前にあるフランスの批評家が活字にしたマルキ・ド・サドについてのごく小さな発見を思い出させるものだった。そのフランスの批評家の論文とは、聖侯爵が洗濯屋に通っていたこと、さる演劇人との交友関係についての覚書、処方された薬の名を記した医者の請求書、ボタンや色を指定した胴着を買ったことなどを漠然と示す、綴じられていない一連の資料の複写から成り、すべてに長々しい注が施されていて、それらの注から導き出される唯一の結論は以下のことだった。すなわち、サドは存在し、サドは衣類を洗濯し、新しい服を買い、時間とともに完全に消え去ってしまった人々と交流していた。

セルビア人のテクストはそれとよく似ていた。ただし今回、調査の対象となっている人物はサドではなくアルチンボルディであり、その論文は、綿密だがしばしば期待はずれの調査にもとづいていた。調査が行なわれた場所はドイツを皮切りにフランス、スイス、イタリア、ギリシア、ふたたびイタリアと移っていき、最後はパレルモの旅行代理店で終わっている。どうやらアルチンボルディはその旅行社でモロッコ行きの航空券を買ったようだ。ドイツ人の老人、とセルビア人は呼んでいた。ドイツ人と老人という言葉は区別なく、秘密を暴く魔法の杖のように、同時に具体的批評文学の例のように使われていたが、それは思索に欠けた文学、肯定も否定もなく、疑いもなく、導き手になろうとする野心もなく、支持することも反対することもなく、ただ確実な要素を求め、それを見定めるのではなく冷淡に陳列する眼差ししかそこにはなく、複写の考古学、まさにそれゆえに複写機の考古学とでも呼ぶべきものだった。

ペルチエはそのテクストに興味をもった。彼はそれを掲載する前に、エスピノーサとモリーニとノートンにコピーを送った。エスピノーサは、それは何かにつながるかもしれないと言った。そんな手法で調査したり書いたりするのは本の虫、下っ端の人間の仕事のように思えるが、彼の考えでは、アルチンボルディのブームがこの手の思想のないファンも含んでいるのはいいことだった。ノートンは、自分はいつも、アルチンボルディが早晩マグレブのどこかで死ぬだろうと直感的に（女の勘で）思っていた、だからセルビア人のテクストで唯一価値があるのは、イタリアの飛行機がラバトへ向かって飛び立つ一週間前にベンノ・フォン・アルチンボルディの名前で予約されたチケットの部分だと言った。これからは、彼がアトラス山脈の洞窟に姿を消したと想像することができる、と彼女は言った。いっぽう、モリーニは何も言わなかった。

ここでテクストを十分に理解する（あるいは誤解する）ために、明らかにすべきことがある。ベンノ・フォン・アルチンボルディの名前で予約があったことは事実である。ところが、その予約は果たされず、出発時刻になってもベンノ・フォン・アルチンボルディという名の人物は誰も空港に現われなかった。セルビア人にとって、事情は明白だった。事実、アルチンボルディは自分で予約していた。我々は、彼がホテルにいるところを想像できる。何らかの理由で動揺しているのかもしれないし、酔っぱらっているのかもしれないし、あるいは寝ぼけている可能性もある。深遠な時間にむっとする臭いのなかで、アリタリア航空の係の女性と電話で話しながら、パスポートに記載されている名前で予約するかわりに誤ってペンネームを使ってしまい、きわめて重要な決定がなされ、その誤りを、彼はその後、翌日になって、自ら旅行社に出向き、本名でチケットを購入することで正したのだろう。これでモロッコ行きのフライトにアルチンボルディなる人物が乗っていなかったことの説明がつく。もちろん、別の可能性もある。ぎりぎりの時間に、二度（あるいは四度）考え直し、アルチンボルディは旅に出ないことにした。あるいはぎりぎりになって旅に出ることにしたが、行き先はモロッコではなく、たとえばアメリカだった。あるいはすべては冗談か誤解にすぎなかったのかもしれない。

セルビア人のテクストにはアルチンボルディの身体的特徴が述べられていた。その記述が、シュヴァーベン人の説明に基づいていることは容易に見て取れた。もちろん、シュヴァーベン人の描写のなかでは、アルチンボルディは若い戦後作家だった。それに対してセルビア人がしたことは、それまでに出版された唯一の自分の本を携えて一九四九年にフリースラントに現われたその若者に歳をとらせたことだけで、それによって作家は背後に分厚い書誌を持つ七十五歳から八十歳の老人に変化したものの、基本的に特徴は同じであり、大多数の人とは違って、あたかもアルチンボルディはまったく変化していないかのようだった。我らの作家はその作品から判断すると、間違いなく頑固な人物で、ラバのように頑固、厚皮動物のように頑固である、とセルビア人は述べていた。もしもシチリアの午後の憂鬱な時間にモロッコへの旅を企図したとすれば、法律上の名前ではなくアルチンボルディという名前で予約するという間違いを犯しはしたが、翌日考えを変え、今度は法律上の名前と合法のパスポートでチケットを買いに自ら旅行代理店に赴き、北アフリカのいずれかの国に向けて毎日孤独に空を渡っていくドイツの多くの独り身の老人に混じって搭乗したのではあるまいかと我々に期待させせない理由はどこにもない。

独り身の老人、とペルチエは考えた。ドイツの何千人という独居老人の一人。独身者の機械のようだ。たちまち老いる独身者、あるいは旅から光速で戻り、ほかの独身者たちが老いていたり塩の像になっていたりするのを目の当たりにする独身者のようだ。何千、何十万という独身者の機械が日ごとアリタリア航空で羊水の海を渡り、トマトソースのスパゲッティを食べ、キャンティ・ワインかリンゴのリキュールを飲み、目を半ば閉じて、年金生活者の楽園はイタリアにはない（したがってヨーロッパのいかなる場所にもありえない）と確信し、象がいるアフリカやアメリカ大陸の混沌とした空港に飛んでいく。巨大な光速の墓場。なぜ自分はこんなことを考えているのだろう？とペルチエは思った。壁にも染み、手にも染み、とペルチエは自分の両手を見ながら思った。いまいましいセルビア人め。

例の論文が掲載されてしまうと、結局、エスピノーサもペルチエも、セルビア人の説は成立しえないことを認めざるをえなかった。手がけるべきは調査、文芸批評、解釈の試み、必要とあらば一般向きのパンフレットでもいいが、この空想科学と未完の暗黒小説のごった煮ではない、とエスピノーサは言い、ペルチエは友人の意見に全面的に賛成した。

一九九七年初めのそのころ、ノートンは何かを変えたいと思った。休暇を取るのだ。アイルランドかニューヨークを訪れる。今すぐエスピノーサとペルチエから離れるのだ。彼女は二人をロンドンに呼んだ。ペルチエは、重大なことや取り返しのつかないことは何も起きないだろうと感じて、聞き役に回り自分からはあまり話さないつもりで落ち着いて約束の場所に向かった。それにひきかえエスピノーサは、最悪の事態（ノートンが二人を呼んで、自分はペルチエのほうが好きだが、あなたとの友情は変わらないとエスピノーサに約束し、ひいては彼を新婦の付き添い人として目前に迫った婚礼に招待しさえするかもしれない）が起きるのではないかと恐れていた。

ノートンのアパートに先に現われたのはペルチエだった。彼は何か重大なことが起きたのかと尋ねた。ノートンは、この件についてはエスピノーサが来てから話したい、そうすれば同じ話をくり返す手間が省けるからと答えた。ほかに重要な話は何もなかったので、二人は天気の話を始めた。ペルチエはすぐにそれに逆らい、話題を変えた。するとノートンはアルチンボルディのことを話し始めた。この新たな話題にペルチエは気分を害するところだった。彼はセルビア人のことを思い返し、おそらく人間嫌いであるあの孤独な老作家（アルチンボルディ）のことを思い返し、ノートンが現われるまでの自らの人生の失われた歳月のことを思い返した。

エスピノーサはなかなか来なかった。人生なんて何から何までくだらない、とペルチエは驚きを覚えながら思った。それからこう思った。僕たちが一つのチームを作っていなかったら、ここで彼女を得るのは僕だろう。それからこう思った。親近感や友情、心の通い合いや結びつきがなかったら、ここで彼女を得るのは僕だろう。その少しあとでこう思った。もし何もなかったら、彼女を知ることもなかっただろう。さらにこう思った。彼女と知り合っていたかもしれない、というのもアルチンボルディに対する僕たちの関心はそれぞれ個々のものであって、僕たちの友情全体から生まれたわけではないからだ。さらにこう思った。ことによると彼女は僕を嫌っていたかもしれない、僕が学者ぶっていて、あまりにも冷淡で、傲慢なナルシスト、排他的なインテリだと思った可能性もある。排他的インテリという言葉を彼は面白いと思った。エスピノーサはなかなか来なかった。ノートンは落ち着き払っているように見えた。実のところ、ペルチエも落ち着き払っているように見えたのだが、その心境からは程遠かった。

エスピノーサが遅れても別におかしくはないとノートンは言った。飛行機は遅れることがあるから、と彼女は言った。ペルチエは、エスピノーサの乗った飛行機が、金属がよじれる凄まじい音とともにマドリードの空港の滑走路で炎に包まれて崩れ落ちるところを想像した。

「テレビをつけたほうがいいんじゃないか」と彼は言った。

ノートンは彼を見て微笑んだ。テレビは全然見ないの、と、ペルチエがまだそのことを知らなかったのを不思議がりながら、彼女は笑顔で言った。もちろん、ペルチエは知っていた。だが、こう言うだけの勇気がなかった。ニュースを見よう、画面に事故機が映らないかどうか見てみよう、と。

「つけてもいいかい?」と彼は訊いた。

「もちろん」とノートンが答えると、ペルチエはテレビのスイッチの上に身を屈めながら、彼女を横目で見た。彼女は光り輝き、実に自然で、お茶の用意をしたり、部屋から部屋へ動き回ったり、見せてくれたばかりの本を元に戻したり、エスピノーサではない誰かからの電話に出て話したりしていた。

彼はテレビをつけた。いろいろなチャンネルに合わせてみた。貧しい身なりをした髭面の男が映った。黒人の集団が舗装されていない道を歩いているのが映った。スーツにネクタイ姿の男二人がゆっくりした調子で話しているのが映った。二人とも足を組み、背後に見え隠れする地図をひっきりなしに見やっていた。でっぷりした女性がこう言っているところが映った。娘が……工場……集会……医者……仕方がないんです、それから彼女はかすかに微笑むと、目を伏せた。ベルギーの閣僚の顔が映った。着陸用滑走路の脇で、救急車と消防車に囲まれて煙を上げている飛行機の残骸が映った。彼は大声でノートンを呼んだ。彼女はまだ電話中だった。

エスピノーサの飛行機が墜落した、とペルチエは、今度は大声を上げることなく言った。するとノートンはテレビの画面を見るかわりに彼を見た。炎に包まれた飛行機がスペインの飛行機ではないことに気づくのに、数秒とかからなかった。消防士や救急隊のそばに、退避する乗客が見えた。足を引きずっている者もいれば、毛布にくるまった者もいて、恐怖か驚きで形相が変わっていたが、無傷であることは明らかだった。

エスピノーサは二十分後に到着した。食事のあいだ、ノートンは、ペルチエはエスピノーサが事故機に乗っていると思ったという話をした。エスピノーサは笑ったが、ペルチエをいぶかしげに見やり、ノートンは気づかなかったが、ペルチエはすぐさまそれに気づいた。それはともかく、陰気な食事だった。だが、ノートンの態度はまったく自然で、まるで偶然二人に会ったかのようであり、彼らをわざわざロンドンに来させたとは思えなかった。彼女が何も言わないうちに、二人には彼女が言わなければならないことが予想できた。ノートンは、少なくとも一定期間、二人とのあいだに保ってきた恋愛関係を断つつもりなのだ。じっくり考えてみる必要があるの、というのが彼女の言い分で、それから、二人のどちらとも友情を壊したくないの、と言った。考える必要がある、それがすべてだった。

エスピノーサは何も訊かずにノートンの説明を受け入れた。それに対してペルチエは、この決断は彼女の元夫と何か関係があるのか訊いてみたかったのだが、エスピノーサに倣って、黙っていることにした。食事のあと、彼らはノートンの車でロンドン散策に出かけた。ペルチエは後ろの座席に座ると言い張ったが、ノートンの目に突如皮肉の色が浮かんだのを見て取ったので、どこに座っても構わないと言ったところ、まさに後ろの座席があてがわれたのだった。

クロムウェル・ロードを走りながら、ノートンは二人に、あの晩もっともふさわしかったのはあなたたちと寝ることだったかもしれないと言った。エスピノーサは笑い、冗談の延長として何か可笑しなことを言ったが、ペルチエはノートンが冗談を言ったのかどうか確信がもてず、果たして自分がメナージュ・ア・トロワに参加するつもりがあるのかどうかとなるとさらに確信がもてなかった。それから三人は、ケンジントン公園にあるピーター・パン像のそばで日が落ちるのを待つことにした。彼らはオークの大木の脇のベンチに座った。そこはノートンが小さいころからずっと魅力を感じてきたお気に入りの場所だった。初めのうちは芝生に寝転がっている人もちらほらいたが、次第にそのあたりは人気がなくなっていった。それなりに趣味のよい身なりをしたカップルや女性だけのグループは、サーペンタイン・ギャラリーかアルバート公記念碑の方角に向かって歩を急がせ、くしゃくしゃの新聞を持った男たちや乳母車を押す母親たちは、ベイズウォーター・ロードの方角に向かっていた。

薄闇が広がり始めたころ、スペイン語で話す若いカップルがピーター・パン像に近づいていくのが見えた。女のほうは黒い髪のとびきりの美人で、ピーター・パンの脚に触ろうとするかのように手を伸ばしていた。連れの男のほうは、背が高く、顎と口の周りに髭を生やし、ポケットからメモ帳を取り出すと、何かを書きつけた。それから大声で言った。

「ケンジントン公園だ」

女はもう像ではなく池を、いやむしろ細道と池を隔てる草むらと茂みのなかで動いている何かを見ていた。

「彼女は何を見ているのかしら?」とノートンはドイツ語で訊いた。

「蛇らしいな」とエスピノーサが答えた。

「ここに蛇なんかいないわよ!」とノートンは言った。

すると女は男を呼んだ。ロドリーゴ、ちょっと見に来てちょうだい、と彼女は言った。若者には彼女の声が聞こえないようだった。革のジャケットのポケットにメモ帳をしまうと、彼は黙ってピーター・パン像を眺めていた。女が身を屈めると、草の葉の下を何かが池のほうへ這っていた。

「どうやら本当に蛇らしいな」とペルチエは言った。

「僕はさっきそう言ったよ」とエスピノーサは言った。

ノートンは答えなかったが、もっとよく見ようと立ち上がった。

その夜、ペルチエとエスピノーサはノートンの家の居間で二、三時間しか眠れなかった。ソファベッドとカーペットが自由に使えたものの、どうしても眠るに眠れなかったのだ。ペルチエはエスピノーサに話しかけ、事故機のことを説明しようとした。しかしエスピノーサは、何も説明する必要はない、すべて分かっていると言った。

午前四時に、二人は互いの同意のもとに明かりを点け、本を読み始めた。ペルチエは、印象派に属した最初の女性であるベルト・モリゾの作品に関する本を開いたものの、しばらくすると本を壁に投げつけたくなった。いっぽう、エスピノーサは、アルチンボルディが出した最後の小説『頭』を鞄から取り出すと、ページの余白に書き込んだメモを読み返し始めた。それらのメモは、ボルフマイヤーが主宰する雑誌に寄稿するつもりの論文の核となるものだった。

エスピノーサの説は、ペルチエの主張とも共通し、この小説をもってアルチンボルディの作家としての活動は終わったと見なしていた。『頭』以後、もはやアルチンボルディ作品は書籍市場に出ていない、とエスピノーサは言った。もう一人の著名なアルチンボルディ研究者ディーター・ヘルフェルトは、作家の年齢にのみ基づくその意見はあまりに危険だと見ていた。なぜなら、アルチンボルディについてかつて同じことが言われたときに、この作家は『鉄道の完成』を上梓したし、ベルリンの何人かの教授たちが同じことを唱えたときすら、『ビツィウス』が出版されたからだ。午前五時にペルチエはシャワーを浴び、そのあとでコーヒーの用意をした。六時の時点で、エスピノーサはふたたび眠ったが、六時半になると不機嫌そうにまた目を覚ました。彼らは六時四十五分に電話でタクシーを呼び、居間を片づけた。

エスピノーサは別れの言葉をメモに残した。ペルチエはちらっとそれを見ると、二、三秒考えてから、やはり別れの言葉を記したメモを残すことにした。家を出る前に、彼はエスピノーサにシャワーを浴びたくないかと訊いた。マドリードで浴びる、とエスピノーサは答えた。向こうのほうが水がいい。たしかに、とペルチエは言ったが、彼には、エスピノーサの答えは間が抜けていて、場を和ませてくれるように思えた。それから二人は、音も立てずに家を出て、それまで何度となくくり返してきたように、空港で朝食をとった。

パリに帰る飛行機に運ばれているあいだ、ペルチエは、前の晩、壁に投げつけたいと思ったベルト・モリゾについての本のことをなぜか考え始めた。なぜだろう？　とペルチエは自問した。ベルト・モリゾ、あるいは彼女がある時期表現しえたことが好きでなかったからだろうか？　本当はベルト・モリゾが好きだった。突然、その本はノートンではなく自分が買ったものであることに気がついた。プレゼント用の包装紙で包んだこの本を持ってパリからロンドンへ旅したのは彼であること、ノートンが初めて見たベルト・モリゾの複製画はその本に載っているものであることを思い出した。ペルチエは彼女の隣でうなじを撫でてやりながら、ベルト・モリゾの絵のそれぞれに解説を加えたのだった。今、その本を彼女にプレゼントしたことを後悔しているのだろうか？　いや、もちろん違う。印象派の女流画家と、自分たちが別れることのあいだには何か関係があるのだろうか？　それはばかげた考えだった。だったらなぜその本を壁に投げつけたくなったのだろう？　そしてさらに重要なこと。なぜ自分はベルト・モリゾのこと、本のこと、ノートンのうなじのことを考えていて、あの夜、彼女の部屋で、遠吠えするインディオのまじない師のように、決して具体的な形を取ることなく彼女の部屋を漂う、メナージュ・ア・トロワの真の可能性のことは考えないのだろうか？

マドリードに帰る飛行機に運ばれているあいだ、エスピノーサは、ペルチエとは反対に、彼がアルチンボルディの最後の小説であると信じる本のことを考え、もし自分が思っているとおりであれば、アルチンボルディの小説はこの先出ないだろうということと、それが意味するすべてのことについて考えた。彼はさらに、炎上する飛行機のこと、ペルチエ（あのいまいましい若造はえらくモダンだが、自分に都合のいいときだけだ）の秘められた願望のことも考えた。そしてときおり窓の外を眺め、エンジンに目をやり、無性にマドリードへ帰りたいと思った。

ペルチエとエスピノーサは、しばらくのあいだ電話のやりとりをしなかった。ペルチエはときたまノートンに電話したが、ノートンとの会話は回を追うごとに、何と言ったらいいか、ぎこちなくなっていき、二人の関係はあたかも礼儀によってのみ支えられているかのようだった。モリーニには以前と同様、頻繁に電話をかけ、彼との付き合いはまったく変わらなかった。

エスピノーサにも同じことが起きたが、彼の場合、ノートンが本気だと分かるのに、もう少し時間がかかった。もちろん、モリーニは、友人たちに何かが起きたことに感づいてはいたが、慎み深さゆえに、あるいは鈍さ、ときに彼を苦しめる不器用でしばしば痛ましくもある鈍さゆえに、気づかずにいることを選び、ペルチエとエスピノーサはその態度に感謝した。

スペイン人とフランス人の二人組をどこか恐れていたボルフマイヤーでさえも、それぞれとやりとりするうちに何らかの変化が生じたことに気づいた。それは隠されたほのめかし、ささやかな発言撤回、それまで共有していた方法論に対するほんのわずかな、しかし彼らのことだからきわめて雄弁な疑念といった形で現われていた。

その後、ベルリンでドイツ研究者の大会が、シュトゥットガルトで二十世紀ドイツ文学学会が、ハンブルクでドイツ文学についてのシンポジウムが、マインツでドイツ文学の未来をテーマとする会合がそれぞれ開かれた。ベルリンの大会にはノートン、モリーニ、ペルチエ、エスピノーサが出席したが、あれこれ理由があって、四人が顔を合わせることができたのは、朝食の席で一度だけ、それもバターとジャムを求めて果敢に闘っているほかのドイツ研究者たちに囲まれてのことだった。学会にはペルチエ、エスピノーサ、ノートンが出席し、ペルチエは（エスピノーサがシュヴァルツと意見を交換しているあいだに）ノートンと二人だけで話せたものの、エスピノーサがノートンと話し始めると、ペルチエはディーター・ヘルフェルトとともにそっとその場を離れた。

このときはノートンも、友人たちが互いに話したがらず、ときには顔を合わせるのも避けていることに気づいた。二人のあいだに溝ができたことに何らかの責任を感じていた彼女は、動揺せずにはいられなかった。

シンポジウムにはエスピノーサとモリーニだけが出席した。二人は退屈しないように努め、ハンブルクにいるからにはブービス社を訪れて、シュネルを表敬訪問することにした。しかし、バラの花束を買っていったにもかかわらず、ブービス夫人に会うことはできなかった。モスクワを旅行中だったからだ。

あの方は、どこからあれほどのエネルギーが出てくるのでしょうね、とシュネルは二人に言った。そして満足げに笑ったが、エスピノーサとモリーニはいささか笑いすぎではないかと思った。出版社を辞去する前に、二人はバラの花束をシュネルに手渡した。

会合にはペルチエとエスピノーサだけが出席した。こうなると二人はもはや顔を合わせて、テーブルの上に名札を置かないわけにはいかなかった。初めのうちは当然ながら、たいていは丁重に、たまに無愛想に互いを避けていたが、しまいには口をきかざるをえなくなった。事件は深夜、ホテルのバーで起きた。そのときバーには、ウェイターのなかで一番若く、眠そうにしている背の高い金髪の若者しかいなかった。

ペルチエはカウンターの一方の端に座り、エスピノーサはもう一方の端に座っていた。やがてバーから少しずつ客がいなくなり、ついに二人だけになったとき、ペルチエは席を立ち、エスピノーサの隣に座った。二人は会合の話をしようとしたが、数分と経たないうちに、話をその方向に進めること、あるいは進めているふりをすることのばかばかしさに気づいた。歩み寄りと打ち明け話の技術により長けていたのはペルチエで、彼はまたしても最初の一歩を踏み出した。ノートンのことを訊いたのだ。何も知らないとエスピノーサは告白した。それから、彼女にはときおり電話するが、まるで知らない女と話しているようだと言った。知らない女というのはペルチエの推測だった。というのもエスピノーサはときどき、理解不能な省略によって自分の考えを表現することがあるからで、彼はノートンを知らない女と呼んだのではなく、話し中だったという言葉を使い、そのあとで不在だったと言ったのだった。ノートンのアパートの電話のことは、しばらくのあいだ二人の会話の話題となった。白い手が握っている白い受話器、知らない女の白い腕。だが彼女は知らない女ではなかった。二人とも彼女と寝たことがあるかぎり。ああ、白い牝鹿、小鹿、白鹿よ、とエスピノーサはつぶやいた。ペルチエは彼が古典を引用しているのだろうと思ったが、それについては触れず、僕たちは敵同士となってしまうのかと尋ねた。この問いはエスピノーサを驚かせたらしく、彼はそんな可能性について一度も考えたことがないかのようだった。

「そんなのばかげてるよ、ジャン＝クロード」とエスピノーサは答えたが、彼がしばらく考えてからそう言ったことに、ペルチエは気づいていた。

その夜の終わりには、二人はすっかり酔っていて、若いウェイターは彼らがバーを引き上げるのを手伝わなければならなかった。その夜の集いの終わり方についてペルチエが覚えていたのはとりわけウェイターの怪力ぶりで、小脇に一人ずつ抱きかかえ、ロビーのエレベーターまで連れていったこと、エスピノーサと彼はまるで十五そこそこの少年、そのドイツ人の若いウェイターの力強い腕のなかに捕まった二人の痩せた少年のようだったこと、ベテランのウェイターたちが全員帰宅してしまっても、顔と体つきからすると田舎出か労働者を思わせるその若者が、最後まで残っていたことだった。それからペルチエは、つぶやきのようなものも記憶していたのだが、あとになってそれは一種の笑い、田舎出のウェイターに運ばれていくときにエスピノーサが漏らした笑いだったことに気づいた。そのかすかな笑いは、あたかもその状況が単に滑稽であるばかりか、口に出せない苦悩を発散しているかのようだった。

ノートンのもとを訪れなくなってすでに三か月以上経ったある日、二人のうちの一人がもう一人に電話して、週末をロンドンで過ごさないかとそれとなく提案した。電話をかけたのがペルチエだったのかエスピノーサだったのかは分からない。理屈からすれば、電話をかけたのは忠誠心をもっとも重んじるに違いない人物、あるいは、本質的には同じものだが、友情をもっとも重んじる人物に違いなかったはずなのだが、実はペルチエもエスピノーサもそのような美徳をきわめて重要視していたわけではなかった。言葉の上では、ニュアンスの違いはあったものの、もちろんそれを認めていた。ところが行動においては、二人はいずれも、友情も忠誠心も信じてはいなかった。彼らは情熱を信じ、社会あるいは公共の幸福の入り混じったものを信じていたし——二人とも、ときおり棄権はするものの、社会党に投票していた——、自己実現の可能性を信じていた。

しかし、確かなのは、二人のうちの一人が電話をかけ、もう一人が応じ、ある金曜日の午後にロンドンの空港で落ち合い、タクシーを拾い、まずホテルに行き、そのあと、すでに夕食の時間が迫るころ（彼らは前もってジェーン＆クロエに三人分の席を予約していた）、別のタクシーでノートンのアパートに向かったことである。

運転手に料金を払ったあと、二人は歩道から明かりの点いた窓を見上げた。その後、タクシーが走り去っていくあいだ、二人はリズの影、深く愛する影を見た。すると、あたかも悪臭のする空気が生理用品のコマーシャルに吹き込んだかのように、一人の男の影が二人をすくませた。エスピノーサは花束を手に、ペルチエは最高級の包装紙に包んだサー・ジェイコブ・エプスタインの本を持って立ちつくしていた。だが、空中影絵劇場はそこで終わらなかった。窓の一つで、ノートンの影が、対話の相手が理解したがらない何かについて説明しようとするかのように、両腕を動かした。別の窓では、男の影が、呆然とする二人だけの観客がぞっとしたことに、フラフープを思わせる、あるいはペルチエとエスピノーサにはフラフープの動きのように見える動作を行ない、まず腰を、続いて脚、胴体、さらにはなんと首まで動かした。男がカーテンの向こうで服を脱いでいるか、あるいは溶けかかっているのでなければ、そんなことはおよそありえなかったが、その動きには皮肉と愚弄が垣間見えた。というよりむしろその一つの動き、または一連の動きからは、皮肉だけでなく悪意、確信と悪意、明らかな確信が見て取れた。というのも、その家では彼はもっとも背が高く、もっとも筋骨たくましく、フラフープができる人間だったからである。

ところが、二人が知るかぎり、リズの影の様子にはどこか奇妙なところがあった。二人が知るかぎり、そして熟知していると思っているかぎり、彼女は横柄な態度を許すような女性ではなかったし、自分の家でならなおのことだった。したがって、男の影は、結局のところフラフープで遊んでいるわけでも、リズを罵っているわけでもなく、むしろ笑っている、それも彼女をではなく、彼女と笑っているのだ、と彼らは結論を下した。しかしノートンの影は笑っているようには見えなかった。やがて男の影は消えてしまった。おそらく本を見に行ったか、トイレかキッチンに行ったのだろう。おそらくソファにどっかと座り込み、まだ笑っているのだろう。すると突然、ノートンの影が窓に近づき、小さくなったかと思うと、カーテンを片側に寄せ、窓を開けた。彼女はロンドンの夜の空気を吸う必要があるとでもいうように目を閉じていたが、やがて目を開け、下のほうを、奈落を見下ろし、そして二人を見た。

二人は今そこでタクシーから降りてきたばかりであるかのように、彼女に挨拶した。エスピノーサは花束を振り、ペルチエは本を振ると、ノートンの戸惑った顔を見ようともせずに建物の入口に向かい、リズがドアを開けてくれるのを待った。

二人は何もかもが失われたと思っていた。無言で階段を上っていくと、部屋のドアが開く音がして、姿は見えなかったが、踊り場にいるノートンのまばゆい存在を二人は早くも感じた。部屋はオランダ煙草の匂いがした。ノートンは戸口にもたれ、二人がまるではるか昔に死んだ友人で、その幽霊が海から帰ってきたかのように、彼らをじっと見た。居間で待っていた男は、二人よりも若く、おそらく七〇年代、それも七〇年代半ばの生まれで、六〇年代生まれではなさそうだった。首のあたりがたるんだタートルネックのセーターに色あせたジーンズ、スニーカーという格好だった。印象からすると、彼女の生徒か代用教員らしかった。

アレックス・プリチャードよ、とノートンは言った。友達なの。ペルチエとエスピノーサは彼と握手し、微笑んでみせたものの、その微笑みが痛ましいものであることを二人は自覚していた。プリチャードのほうは微笑まなかった。二分後、四人は揃って居間に座り、口もきかずにウイスキーを飲んでいた。オレンジジュースを飲んでいたプリチャードは、ノートンの隣に座って、彼女の肩に腕を回した。彼女は、最初はその振る舞いを気にしていないようだった（事実、プリチャードの長い腕はソファの背に置かれていて、蜘蛛の足かピアニストの指のように長い指だけが、ときおりノートンのブラウスに触れていた）が、時間が経つにつれ、ノートンは次第に落ち着きをなくしていき、席を立ってキッチンや自分の寝室に行く回数が増えていった。

ペルチエはいくつか話題を振ってみた。映画、音楽、最近の演劇について無理に話してみたものの、エスピノーサは合の手を入れもしなかった。エスピノーサは黙り込んだまま、プリチャードと張り合っているように見えた。しかしプリチャードの沈黙は少なくとも、上の空でありながら関心があるという、傍観者の沈黙だったが、エスピノーサの沈黙は不運と恥辱がこたえている、傍観される側の沈黙だった。突然、誰が始めたかは定かではないが、アルチンボルディ研究の話になった。共通の仕事の話を持ち出したのは、たぶんキッチンにいたノートンだろう。プリチャードは彼女が戻るのを待ってから、ふたたび腕をソファの背に這わせ、蜘蛛の足に似た指で彼女の肩に触りながら、ドイツ文学は詐欺だと言った。

ノートンは、誰かがジョークを飛ばしたかのように笑った。ペルチエは、彼、プリチャードはドイツ文学のことをどれだけ知っているのかと訊いた。

「実を言うと、ほとんど知りません」と若者は答えた。

「だったら君は大バカだ」とエスピノーサは言った。

「あるいは、ものを知らないかだ。少なくともね」とペルチエが言った。

「いずれにしても、間抜け《バドゥラーケ》だよ」とエスピノーサは言った。

プリチャードには、エスピノーサがスペイン語で言ったバドゥラーケという言葉の意味が分からなかった。ノートンにも分からず、彼女はどういう意味なのか知りたがった。

「バドゥラーケというのは」とエスピノーサは言った。「首尾一貫しない人間のことだ。またこの言葉は無知な人間にも使われる。だがたとえ無知でも一貫性のある人間がいるのに対し、バドゥラーケというのは一貫性のない人間にのみ使われるんだ」

「僕を侮辱しているんですか?」とプリチャードは訊いた。

「侮辱された気がするのか?」と言うと、エスピノーサは大汗をかき始めた。

プリチャードはオレンジジュースを一口飲むと、そうだ、実際、侮辱された気がすると答えた。

「だとすると、君には問題があるよ」とエスピノーサは言った。

「それこそ間抜け《バドゥラーケ》の典型的な反応なんだ」とペルチエが言い足した。

プリチャードはソファから立ち上がった。エスピノーサは肘掛け椅子から立ち上がった。ノートンは、もうたくさん、あんたたちがやってることって、まるでバカな子供みたいだわ、と言った。ペルチエは笑い出した。プリチャードはエスピノーサに詰め寄ると、中指ほどの長さのある人差し指で相手の胸を小突いた。一回、二回、三回、四回と胸を小突きながら、彼はこう言った。

「ひとつ、僕は侮辱されるのが嫌いだ。ふたつ、無知と思われるのが嫌いだ。みっつ、スペイン人のクソ野郎にバカにされるのが嫌いだ。よっつ、もっと言いたいことがあるなら、表に出よう」

エスピノーサはペルチエを見て、もちろんドイツ語で、どうしたらいいかと訊いた。

「表に出るな」とペルチエは答えた。

「アレックス、ここから出てって」とノートンは言った。

そしてプリチャードは内心では誰のことも殴るつもりはなかったので、ノートンの頬にキスをすると、二人には挨拶もせずに出ていった。


その晩、三人はジェーン&クロエで夕食をともにした。最初のうちはいくらか元気がなかったが、夕食とワインに元気づけられ、しまいには笑いながら家に戻った。しかし、二人はプリチャードが何者なのかとノートンに訊こうとせず、彼女は彼女で、あの怒りっぽい若者のひょろ長い姿に光を当てるようなことをいっさい言わなかった。逆に彼らは、夕食が終わりかけたころ、状況説明として、自分たちのことについて、互いにそれぞれ感じている友情を、おそらく修復不可能なほど破壊しかねなかったことについて話し合った。

彼らの意見は一致した。セックスはあまりにもすばらしい(もっとも、この形容詞を使ったことを彼らはただちに後悔した）ので、感情的かつ知的類似性の上に築かれた友情の妨げになりかねない。とはいえペルチエとエスピノーサは、彼らにとって、また彼らの想像ではノートンにとっても理想的なことを、その場で、互いの前ではっきりさせておこうとした。理想的なのは、トラウマにならない形で（軟着陸《ソフトランディング》、とペルチエは言った）、彼女がきっぱりと二人のどちらか一人を選ぶか、あるいはどちらも選ばないと決めることだ、とエスピノーサは言った。いずれにせよ決断は彼女、ノートンの手に握られていて、彼女はその決断を、彼女の都合がいいときに、好きなときにいつでも下すことができる、決断しないことも、後回しにし、延期し、先送りにし、遅らせ、長引かせ、死の床に就くまで延期することもできる、僕たちにとっては同じことだ、というのもリズが二人を宙ぶらりんの状態に留めている今も、二人が彼女の恋人あるいは共通の恋人であった以前も、彼女が一人を選んだあと、あるいはもしそうしたいならどちらも選ばなかったあと（つらさはほんの少し増すかもしれないが、共有されることでいくらかそのつらさが和らいだあと）も、二人は変わらず愛し続けるからなのだ。この意見に対してノートンは一つの問いをもって答えた。いくらか修辞的ではあるが、つまるところもっともらしい問いだった。もしも彼女が悠長にしているあいだに、二人のうちの一人、たとえばペルチエが、彼女よりも若く、もっと美人で、しかももっと裕福で、はるかに魅力的な学生に突然恋をしたら、どうなるのか？　彼女は協定が破棄されたものと見なし、自動的にエスピノーサを捨てなければならないのか？　それとも逆に、ほかに一緒にいられる相手がいないので、エスピノーサと一緒になるべきなのか？　この問いに対し、ペルチエとエスピノーサは、そのような例が現実に起きる可能性はありえないし、そんなことがあろうがなかろうが、自分がしたいようにすればいい、何なら尼僧になっても構わないのだと答えた。

「僕たちがそれぞれ望んでいるのは、君と結婚して、一緒に暮らし、子供を作り、君と一緒に歳をとることだ、けれど今、僕たちが生きている今この瞬間、僕たちの唯一の望みは君との友情を保つことなんだ」

その夜以来、ロンドンへの空の旅は再開した。エスピノーサが現われることもあれば、ペルチエが現われることもあり、ときには二人とも現われることもあった。そのような場合は、常宿にしているフォーリー・ストリートの、ミドルセックス病院の近くにある小さくて居心地の悪いホテルに泊まった。ノートンの家をあとにすると、二人はときどきホテルの周囲をぶらつくことがあった。たいていは無言で、失望し、そうしてともに彼女のもとを訪ねるあいだに好意と喜びを無理に示さなければならないことに疲れきっていた。角の街灯の下にじっとたたずみ、救急車が病院に出入りするのを眺めていることも少なからずあった。イギリス人の看護師たちが大声で話していたが、その朗々とした声は、彼らの耳にはミュートがかかって聞こえるのだった。

ある夜、珍しく人気のない病院の入口を眺めながら、二人は、自分たちが両方ともロンドンに来たとき、どちらもリズのアパートに残らないのはなぜだろうと自問した。たぶん礼儀からだろうと二人は思った。だが、二人とももはやその種の礼儀を信じてはいなかった。それから、最初はいやいやながら、しまいには激しく、三人で寝ないのはなぜなのかと自問した。その夜、緑色の病的な光が病院のドアから漏れていて、それはプールの光のような澄んだ緑色をしていた。そして看護師が一人、歩道に立ったまま煙草を吸っていた。そして駐車中の車のなかに、ライトが点いたままの車が一台あった。シェルターの明かりのような黄色い光、だがどこにでもあるシェルターではなく、核戦争後のシェルター、もはや確実さはなく、寒さと衰弱と無感情だけがそこにあるシェルターの光だった。

ある夜、パリかマドリードから電話でノートンと話していたとき、二人のどちらかがその話を持ち出した。驚いたことに、ノートンは自分もずっと前からその可能性を考えていたと言った。

「僕たちの側からこのことを持ちかけたことは一度もないはずだ」と電話をかけたほうは言った。

「分かってる」とノートンは答えた。「あなたたちは怖がってるのよ。最初の一歩を踏み出すのがわたしであってほしいと思ってるんだわ」

「どうだろう」と電話をかけたほうは答えた。「たぶん、ことはそんなに単純じゃない」

二人はそれぞれもう一度プリチャードに出くわした。鉢合わせだったことは確かだが、のっぽの若者は、もう前のように怒りっぽくなく、横柄な態度を取ったり暴力に訴えたりする間もなかった。エスピノーサがノートンのアパートに着いたとき、プリチャードは帰るところで、ペルチエのほうは一度、階段で彼とすれ違った。それでもこの二度目の遭遇は、束の間だったにもかかわらず、意義のあるものとなった。ペルチエが挨拶すると、プリチャードも挨拶を返し、二人ともすでに背を向けていたとき、プリチャードがふり向き、ペルチエを呼び止めたのだ。

「忠告してやろうか」と彼は言った。ペルチエは驚いて彼を見つめた。「忠告なんかいらないのは分かってるよ。だけど、まあいい、教えてやるよ。気をつけることだな」とプリチャードは言った。

「気をつけるって、何に?」ペルチエはやっとのことで尋ねた。

「メドゥーサにだよ」とプリチャードは答えた。「メドゥーサには用心することだ」

そして、階段を下りていく前に、こう言い足した。

「あいつをものにすると、爆破されるぞ」

ペルチエは、プリチャードが階段を下りていく足音と、そのあと表のドアが開いて閉まる音を聞きながら、しばらく立ちつくしていた。静けさが耐えがたいほどになって初めて、彼は暗い階段を、物思いにふけりながらふたたび上り始めた。

彼はプリチャードとの出来事についてノートンには一言も言わなかったが、パリに戻ってから、ただちにエスピノーサに電話をかけ、この謎めいた遭遇のことを話した。

「奇妙だな」とエスピノーサは言った。「警告のようでもあり、脅しのようでもある」

「それに」とペルチエは言った。「メドゥーサはポルキュースとケートーの三人娘、ゴルゴーンと呼ばれる三海獣の一人だ。ヘシオドスによれば、ほかの二人の姉妹であるステンノーとエウリュアレーは不死身なんだ。ところがメドゥーサは不死身じゃない」

「ギリシア神話を読んでいたのか?」とエスピノーサは訊いた。

「家に着いて真っ先に読んだよ」とペルチエは答えた。「聞いてくれ。ペルセウスがメドゥーサの首を切り落としたとき、怪物ゲーリュオーンの父となるクリューサーオールと天馬ペガソスが生まれたんだ」

「ペガソスはメドゥーサの身体から生まれたって? なんてこった」とエスピノーサは言った。

「そう、ペガソス、翼の生えた馬は、僕にとって愛の象徴なんだ」

「君にとってペガソスは愛の象徴だって?」とエスピノーサは言った。

「まあね」

「そいつは妙だな」とエスピノーサは言った。

「フランスじゃ高校で習うことさ」とペルチエは言った。

「で、君はプリチャードがそういうことを知っていると思うのか?」

「それはありえない」とペルチエは答えた。「そういうこともあるかもしれないが、そうは思えない」

「だったら、どういう結論になるんだ?」

「思うに、プリチャードは僕に、僕たちに、僕たちには見えない危険を知らせたんだ。あるいは、プリチャードは、ノートンが死んだあとで初めて僕は、僕たちは、真実の愛を見つけるだろうと言おうとした」

「ノートンが死んだあとだって?」とエスピノーサが言った。

「もちろんだ。分からないのか? プリチャードは自分のことを、メドゥーサを殺したペルセウスに見立てているんだ」

エスピノーサとペルチエは、しばらくのあいだ、まるで何かに憑かれたかのような様子だった。ふたたび紛れもないノーベル賞候補と目されていたアルチンボルディも、彼らの興味をそそらなかった。大学の仕事、世界のさまざまなドイツ語科の雑誌への定期的な寄稿、授業、夢遊病者か麻薬中毒の探偵のような状態で出席する学会は、破綻しかかっていた。彼らはそこにいても、いなかった。話をしても、上の空。本当に関心があるのはプリチャードのことだけだった。四六時中ノートンにつきまとう、憎むべきプリチャードの存在。ノートンをメドゥーサと、ゴルゴーンと同一視するプリチャード。あまりにも控えめな傍観者である彼らが何も知らないに等しいプリチャード。

その埋め合わせに、二人は何らかの答えがもらえそうな唯一の人物に、彼のことを尋ね始めた。最初のうち、ノートンはあまり話したがらなかった。二人が想像したとおり、彼は教師だったが、大学ではなく、中学校で教えていた。ロンドンではなく、ボーンマスに近い町の出だった。オクスフォードで一年間学んだのち、エスピノーサとペルチエにとっては不可解なことに、ロンドンに移り、そこの大学で学業を終えたのだった。彼は左翼、それも実際的な左翼に属し、ノートンによれば、あるとき彼は自分たちの計画について語ったが、労働党に入党するというその計画が、明確な行動に具体化することはなかった。彼が教えていた学校は、移民の家庭出身の生徒がかなりの比率を占めるパブリックスクールだった。彼は衝動的でありながら寛大で、ペルチエとエスピノーサの予想どおり、あまり想像力がなかった。しかし、だからといって二人は気が楽になったわけではなかった。

「バカというのは想像力が欠けていても平気なくせに、まさかというときにかぎって想像力を働かせるんだ」とエスピノーサは言った。

「イギリスにはその手のブタがうようよいるよ」というのがペルチエの意見だった。

ある夜、マドリードからパリにかけられた電話の最中に、二人ともプリチャードを憎んでいて、その憎しみが次第に募っていることが分かったが、二人は別に驚きはしなかった（本当のところは微塵も驚かなかった）。

二人が出席した次の学会（「二十世紀を映し出す鏡としてのベンノ・フォン・アルチンボルディの作品」という、ボローニャで二日間にわたって開かれた学会で、イタリアの若いアルチンボルディ研究者とヨーロッパ各国からやってきた新構造主義のアルチンボルディ研究者のグループが詰めかけた）のあいだ、彼らは、ここ数か月のあいだに自分たちに起きたことや、ノートンとプリチャードに関して抱いている恐れについて、何もかもモリーニに話すことにした。

最後に会ったときよりもやや体調が悪化していた（がエスピノーサもペルチエも気づかなかった）モリーニは、ホテルのバーで、学会の本部に近いイタリア料理店で、旧市街にある目の玉が飛び出るほど値段の高いレストランで、そしてひっきりなしにしゃべり続ける二人に車椅子を押されて行き当たりばったりに散歩しながら、彼らの言葉に辛抱強く耳を傾けた。しまいに、自分たちが巻き込まれている恋愛のもつれ、現実のあるいは想像上の難しい状況について二人が意見を求めると、モリーニは、二人のうちのどちらか、あるいは両方が、ノートンに、プリチャードを愛しているか、あるいは彼に魅かれているのかと尋ねたことはあるかとだけ訊いた。二人は、いやない、ノートンへの思いやりゆえに、機転ゆえに、礼儀ゆえに、配慮ゆえに、結局のところ彼女にそのことを尋ねてはいないと認めざるをえなかった。

「だったら君たちはそこから始めるべきだったな」とモリーニは言った。もともと体調がすぐれなかったうえに、あちこち連れ回されたせいでめまいがしていたにもかかわらず、彼はため息ひとつ漏らさなかった。

（ここに至ると、次の諺が言うことは正しいと認めざるをえない。すなわち、功成り名遂げれば、あとの暮らしは左団扇《うちわ》。というのも、「二十世紀を映し出す鏡としてのベンノ・フォン・アルチンボルディの作品」という学会へのエスピノーサとペルチエの参加は、もはや寄与とも言えないが、よく言って無価値、悪く言えば精神分裂症的だったからだ。二人はまるで突然疲弊してしまったか放心したかのような状態で、早まって、あるいは何らかのショックによって老け込んだかのようだった。二人がこの種のイベントでつねに、ときには容赦なく見せてきたエネルギーに慣れ親しんだ出席者の一部が、それに気づかないわけがなかった。また最近のアルチンボルディ研究者の一群、大学を出たての男女の若者たち、まだ取りたてほやほやの博士号を腕に抱え、手段をいとわず、神への信仰を押しつけようとする宣教師よろしく、たとえそのためには悪魔と手を結ぶ必要があるとしても、自分独自のアルチンボルディ作品の読みを押しつけようとする若者たちにも、気づかれないわけがなかった。彼らは概して、いわば言葉の哲学的意味ではなく、軽蔑的であるのが普通の文学的意味において合理主義的な人々で、彼らに言わせれば——あるいは彼らの一部に言わせれば——革命がいまだ可能な唯一の場である文学にも文学批評にも関心がなく、金持ちと成金がいるのと同じように、ある意味で若者としてではなく成り上がりの若者として振る舞っていて、くり返せば、概して、頭脳明晰ではあるが、ときとしてまったくの役立たずである彼らですら、ペルチエとエスピノーサの存在と不在、短いボローニャ滞在で、二人が出席しながら不在であることには気づいたものの、真に重要なことには気づくことができなかった。すなわち、その学会でアルチンボルディについて言われていることのすべてに対して二人が退屈しきっていたことに、他者からの視線に対して無防備で、機敏さを欠いている点で食人種の餌食の動きを思わせることに、熱狂的にしてつねに飢えた食人種である二人にそのことが見えていないことに、二人の成功によって三十代にして呆けた顔に、不快から狂気までを表わす歪んだ顔つきに、たったひとつの文句すなわち〈愛してほしい〉、またはふたつの文句すなわち〈愛してほしい、愛させてほしい〉だけをくり返す明らかに誰も理解できない吃音に気づきはしなかった。）

したがって、二人の幽霊のようにボローニャをさまよったペルチエとエスピノーサは、次にロンドンを訪れたとき、あたかも、夢のなかで、あるいは現実に、馬のように走るのをやめられなかったかのごとく、それこそ喘ぎながら、ボローニャには行けなかった愛するリズに、プリチャードを愛しているか、あるいは欲しているかと尋ねた。

するとノートンは、ノーと答えた。だがそのあとで、イエスかもしれないが、それについて決定的な返事をするのは難しいと言った。するとペルチエとエスピノーサは、自分たちはそれを知る必要がある、つまりきちんと確かめる必要があるのだと彼女に言った。するとノートンは、ところで二人はなぜ今プリチャードに関心があるのかと訊いた。

するとペルチエとエスピノーサは、ほとんど泣きそうになりながら、今でなければいつだというのかと尋ねた。

するとノートンは、二人は嫉妬しているのかと訊いた。すると二人は、それはいくらなんでもあんまりだ、嫉妬などでは決してない、三人が友情を保ってきたことを考えれば、自分たちを嫉妬していると非難することは、侮辱に等しいと答えた。

するとノートンは、今のは単なる質問だと言った。するとペルチエとエスピノーサは、そんなに辛辣な、揚げ足を取るような、悪意のある質問に答える用意はできていないと言った。そのあと彼らは夕食を食べに出かけ、三人とも酒を飲みすぎるほど飲んで、子供みたいに幸せな気持ちになり、嫉妬とその不幸な結果について語り合った。そして嫉妬の避けがたさについても話し合った。それから、まるで真夜中には嫉妬が必要だとでもいうかのように、嫉妬の必要性についても話し合った。優しさや、ある種の眼差しの下では誘惑となることもある開いた傷口については言うまでもない。そして彼らは店を出るとタクシーに乗り、話し合いを続けた。

パキスタン人の運転手は、最初の何分間かは自分の耳を疑うかのように、バックミラーに映った彼らを黙って見ていたが、やがて自分の国の言葉で何か言った。そしてタクシーはハームズワース公園、帝国戦争博物館、ブルック・ドライブ、それからオーストラル・ストリート、さらにジェラルディン・ストリートを過ぎ、公園の周りを回ったが、それはどう見ても不必要な運転だった。そしてノートンが、道が違うと言って、正しい方向に向かうためにはどの通りを行けばいいかを指示すると、運転手は理解不能な言葉でつぶやくのをやめてまた黙り込み、やがて、たしかにロンドンは迷宮だと言って、道に迷ったことを認めた。

それを聞いたエスピノーサは、何たることだ、運転手が、もちろんそのつもりもなく、かつてロンドンを迷宮に譬えたボルヘスを引用したと言った。それに対してノートンは、ボルヘスよりはるかに前に、ディケンズとスティーヴンソンがロンドンのことを語るのにその比喩を使っていると言い返した。すると運転手はどうやら我慢できなくなったらしい。というのも彼はすぐさま、パキスタン人の自分は、そのボルヘスとやらを知らないかもしれないし、ディケンズ氏やスティーヴンソン氏を読んだことがないかもしれない、それにもしかしたらロンドンとその通りをまだよく知らないかもしれない、だからこそロンドンを迷宮に譬えたのだ、だが自分は慎みや品位がどんなものかはよく知っている、今聞いたところでは、そこの女性、すなわちノートンには、慎みと品位が欠けている、自分の国ではそういうのはこう呼んでいる、偶然にも、ロンドンでも同じように売女と呼ぶ、だがメスイヌともメギツネともメスブタとも呼ぶ、それにそこの殿方、訛りからするとイギリス人ではないあなたがたの国でも呼び名がある、ヒモやぽん引きや美人局や女衒といった名前がね。

この演説に、アルチンボルディ研究者たちは面食らったと言ってもいい過言ではない。彼らはなかなか言い返すことができず、言うなれば、運転手の罵詈雑言が放たれたのはジェラルディン・ストリートだったのに、彼らが口を開くことができたのはセント・ジョージズ・ロードでのことだった。そして彼らがようやく口にすることができた言葉というのはこうだった。降りるからすぐにタクシーを停めてくれ。あるいは、僕たちは降りたいので、この汚らしい車を停めてくれ。パキスタン人はすぐにそのとおりにし、車を道路の脇に寄せながらメーターを止めて、客たちに払うべき料金を告げた。そのダメ押しの行為、ラストシーンあるいは捨て台詞は、屈辱的な不意打ちにおそらくまだ身体がすくんでいたノートンとペルチエにとってはことさら異常とは思えなかったが、エスピノーサはついに堪忍袋の緒が切れ、車から降りるなり、前のドアを開け、運転手をむりやり引きずり下ろした。運転手のほうは、これほど身なりのよい紳士がまさかそのような行動に出るとは予想もしていなかったうえに、イベリア人の足蹴の雨が降り注ぐとは思ってもみなかった。最初はエスピノーサだけが蹴っていたが、そのうち彼が蹴るのに疲れると、二人を止めようとするノートンの叫び声にも耳を貸さず、今度はペルチエが蹴り始めた。ノートンはこう言っていた。暴力を振るっても何の解決にもならないわ、それどころか、このパキスタン人はめった打ちにされてから、イギリス人をもっと憎むようになるわよ。だがそれは、イギリス人ではないペルチエにとってはどうでもいいことらしく、エスピノーサにとってはなおさらどうでもよかった。にもかかわらず二人は、パキスタン人の身体を蹴りつけながら英語で罵り、相手が地面に倒れて身を縮めていることなど少しも構わず、踏んだり蹴ったりし続けた。イスラム教なんか尻に突っ込んでおけ、それが相応だ。この蹴りはサルマン・ラシュディから（この作家に対する二人の評価はどちらかというと低かったのだが、ここで彼の名前を出しておくのは適切に思えた）、この蹴りはパリのフェミニストから（二人とも今すぐやめて、とノートンが叫んだ）、この蹴りはニューヨークのフェミニストから（死んでしまうわ、とノートンが叫んだ）、この蹴りはヴァレリー・ソラナスの幽霊からだ、この野郎。こうしてパキスタン人は、目以外の顔の穴という穴から血を流して意識を失った。

蹴るのをやめたとき、二人は何秒かのあいだ、かつて経験したことのない奇妙な穏やかさに浸っていた。まるで、彼らがあれほど夢見ていたメナージュ・ア・トロワをついに実践したかのようだった。

ペルチエはオーガズムに達したときのような気分を味わっていた。多少の違いはあったものの、エスピノーサも同じ気分だった。闇のなかで見えない二人の姿を見つめていたノートンは、複合的なオーガズムを体験したようだった。セント・ジョージズ・ロードを車が何台か走り過ぎたが、その時間に車に乗って走る誰からも三人の姿は見えなかった。空には星ひとつなかった。それでも夜は明るかった。何もかもが細かいところまで見え、まるで天使が突然彼らの目に暗視用の眼鏡をかけたかのように、もっとも小さなものの輪郭さえも見えた。彼らの肌はなめらかだった。実際には三人とも汗をかいていたのだが、触れると実になめらかだった。一瞬、エスピノーサとペルチエはパキスタン人を殺してしまったのだと思った。ノートンにも同じような考えが頭をよぎったに違いない。運転手の上に身を乗り出し、脈を探ったからだ。動いても、しゃがんでも、足の節々が脱臼してしまったかのように痛んだ。

何人かのグループが歌いながらガーデン・ロウから出てきた。皆、笑っていた。男が三人に女が二人だった。エスピノーサとペルチエとノートンは動かずに、グループのほうに顔を向けて待った。彼らは三人がいるほうに向かって歩いてきた。

「タクシーだ」とペルチエが言った。「タクシーがいるから来るんだ」

三人はそのとき初めて、タクシーの車内灯が点けっぱなしだったことに気がついた。

「行こう」とエスピノーサが言った。

ペルチエはノートンの肩を支えて立ち上がるのを手伝ってやった。エスピノーサは早くも運転席に座っていて、二人を急がせた。ペルチエはノートンを後ろの席に押し込むと、自分も乗り込んだ。ガーデン・ロウから出てきたグループは、運転手が倒れている一角に向かって進んできた。

「まだ生きてるわ、息をしてた」とノートンは言った。

エスピノーサは車を発進させ、三人はその場をあとにした。テムズ河の対岸にあるオールド・マリルボーンに近い路地でタクシーを乗り捨て、しばらく歩いた。二人はノートンと話して、何が起きたのかを説明しようとしたが、彼女は二人が家までついてくることさえ許さなかった。

翌日、二人はホテルでたっぷりした朝食をとりながら、新聞にパキスタン人のタクシー運転手に関する記事が出ていないか探したが、どこにも載っていなかった。朝食のあと、二人は外に出て、タブロイド紙を買いに行った。そこにも記事は見つからなかった。

ノートンに電話すると、もう前の晩ほど怒ってはいないようだった。二人は彼女に、その日の午後どうしても会う必要があると訴えた。伝えなくてはならない大事なことがある。ノートンは、自分にも伝えなくてはならない大事なことがあると答えた。時間をつぶすために、二人は外に出て近所を歩いてみた。数分のあいだ、ミドルセックス病院を出たり入ったりする救急車を眺めて暇つぶしをした。病人や怪我人が担ぎ込まれるたびにどきりとし、その一人一人に自分たちが叩きのめしたパキスタン人の容貌が見える気がしたが、やがて飽きてしまい、穏やかな心持ちでチャリング・クロスからストランドに向かって歩いていった。自然と二人は胸襟を開き、互いの心の内を包み隠さず語り合った。二人にとっての最大の気がかりは、警察が自分たちを捜し、最後には捕まってしまうのではないかということだった。

「実はタクシーを乗り捨てる前に」とエスピノーサは打ち明けた。「ハンカチで自分の指紋を消したんだ」

「知ってるよ」とペルチエは言った。「それを見て、僕も同じことをした。自分とリズの指紋を消したのさ」

二人は次第に声をひそめながら、最終的に自分たちをタクシー運転手への暴行に駆り立てたことの次第を要約した。間違いない、プリチャードだった。そしてゴルゴーン、あの無垢で、不死身の姉たちとは違って死を免れないメドゥーサ。隠された、あるいはそれほど隠されてはいない脅し。そして不安。そしてあの無知な田舎者による侮辱。二人は、ラジオがなくて最新ニュースを聞くことができないのを残念がった。倒れた身体を蹴りつけているあいだに自分たちが感じたことを話し合った。夢と性欲が入り混じったもの。あの情けないろくでなしと交わりたい気分か？　まさか！　むしろ自分自身と交わっているような気分。自分自身を掘るような気分。長い爪と素手で。ただし、もし長い爪が生えていれば、必ずしも素手とは言えない。だがその夢見心地の状態で二人は掘りに掘り、組織を破り、血管をずたずたにし、はらわたを傷つけた。何を探していたのか？　彼らには分からなかった。その時点では興味もなかった。

午後、二人はノートンに会い、自分たちがプリチャードについて知っていることや彼に関する懸念をすべて彼女に伝えた。ゴルゴーン、ゴルゴーンの死。食いものにする女。彼女は二人に言葉が尽きるまで話させておいた。それから彼らをなだめた。プリチャードは蠅一匹殺せない、と彼女は言った。二人はアンソニー・パーキンスのことを考えた。彼は蠅一匹傷つけられないと言っていたが、そのあと何が起きたか？　しかし異議は唱えないことにして、納得できないまま彼女の主張を受け入れた。するとノートンは腰を下ろし、説明できないのは前の晩に起きたことだと言った。

二人は自分たちの罪を棚に上げようとしてか、あのパキスタン人のことで何か知っているのかと彼女に尋ねた。知っているとノートンは答えた。テレビのローカルニュース番組で報道されていた。ある友人グループ、おそらくガーデン・ロウから出てくるところを彼らが見た人々が、タクシー運転手が倒れているのを見つけ、警察に通報した。肋骨が四本折れ、脳震盪を起こし、鼻骨にはひびが入り、上の歯がすべてなくなっていた。今は病院にいる。

「僕のせいだ」とエスピノーサが言った。「あいつに罵られてかっとなったんだ」

「わたしたち、しばらく会わないほうがいいわ」とノートンが言った。「この件については慎重に考える必要がある」

ペルチエは同意したが、エスピノーサは自分を責め続けた。ノートンが自分と会うのをやめるのは当然だが、ペルチエと会わないのはおかしいというのだ。

「バカな話はもうたくさんだ」とペルチエは小声で言い、エスピノーサはそのとき初めて、自分が実際たわごとを言っていることに気づいたのだった。

その夜、二人はそれぞれの家に帰った。

マドリードに着くと、エスピノーサは軽い神経の発作に襲われた。家に向かうタクシーのなかでひそかに泣き出したのだ。片手で目を覆っていたが、運転手は彼が泣いていることに気づき、どうしたのか、気分が悪いのかと訊いた。

「大丈夫」とエスピノーサは答えた。「ちょっと気持ちが高ぶっただけです」

「あんたはここの人間かね？」と運転手は訊いた。

「ええ」とエスピノーサは答えた。「マドリード生まれです」

しばらくのあいだ、二人は口をきかなかった。やがて運転手は攻撃を再開し、サッカーに興味があるかと訊いた。エスピノーサはないと答え、サッカーだけでなくほかのスポーツにも興味はないと言った。そして、会話を突然終わらせまいとするかのように、昨夜、人をひとり殺しかけたと言った。

「まさか」と運転手は言った。

「それが本当なんです」とエスピノーサは言った。「殺すところでした」

「でもなぜそんなことを？」と運転手は尋ねた。

「発作的にやったんです」とエスピノーサは答えた。

「外国で？」と運転手は訊いた。

「ええ」とエスピノーサは初めて笑いながら答えた。「ここじゃなく外国で。それに相手の男の職業はひどく変わっていました」

いっぽう、ペルチエは軽い神経発作に襲われることもなければ、自宅のアパルトマンへ帰るタクシーのなかで運転手と口をきくこともなかった。家に着くとシャワーを浴び、オリーブ油とチーズのパスタを少しばかり作って食べた。それからメールをチェックし、返信メールをいくつか送り、フランスの若い作家が書いたさして重要ではないが面白い小説と、文学研究の雑誌を持って寝室に行った。まもなく彼は眠りに落ち、次のような奇妙奇天烈な夢を見た。彼はノートンと結婚し、崖のそばの広い家に住んでいる。そこからは水着を着た人々で埋まった海水浴場が見える。彼らは日光浴をしたり、浜辺からあまり離れずに泳いだりしている。

一日は短い。窓からはひっきりなしに日の出と日の入りが見える。ときどきノートンが彼のところに近づいてきて何か言うが、決して部屋の敷居はまたがない。海岸の人々はつねにそこにいる。ときに彼らは夜になっても家に帰らないか、暗くなると全員揃って立ち去り、まだ夜が明けないうちに長い行列を作って戻ってくるように思えることもある。また、彼が目を閉じると、カモメのように海岸の上を飛び、海水浴客を間近で見られることもある。海水浴客にはありとあらゆるタイプがいて、大人、すなわち三十代、四十代、五十代が多かったが、誰も彼もが身体にオイルを塗ったり、サンドイッチを食べたり、興味よりも礼儀から友人や親類や近くの人々の会話に耳を傾けるといったささいな行為に集中しているようだった。だがときどき、はっきりとは分からなかったが、海水浴客が立ち上がり、ほんの一、二秒、水平線、それも穏やかで、雲ひとつなく、抜けるように青い水平線を眺めることもあった。

ペルチエは目を開けると、海水浴客の行動についてじっくり考えた。彼らが何かを待っていることは明らかだったが、ひたすら待ちわびているとは言いがたかった。ただ単に、ときどきより注意深い態度を見せ、一、二秒、水平線を注視するだけで、やがてふたたび海岸の時間の流れの一部となって、途切れやためらいを窺わせることはなかった。海水浴客たちについてじっと考え込んでいるうちに、ペルチエはノートンのことを忘れていた。彼女は家にいるとおそらく確信していたからで、彼女が家にいることは、ときどき家のなかから、窓のない部屋から、または窓が野か山に面し、海にも人でごった返す海岸にも面していない部屋から聞こえる物音で分かった。彼は仕事机と窓のそばの椅子で眠っていたのだが、そのことに気づいたのはすでに眠りがかなり深くなってからだった。それに眠ったと言ってもわずかな時間に違いなく、日が落ちるころは、できるだけ長いあいだ起きていて、今は黒いキャンバスか井戸の底となった海岸をじっと見つめ、何らかの光、懐中電灯の光跡、揺らめく焚き火の炎を見つけようとした。彼は時間の観念を失っていた。そして自分を恥じ入らせ、興奮させもするぼんやりした情景を漠然と思い出していた。机の上に置いておいた書類はアルチンボルディの手稿か、あるいは彼がそう言われて買ったものだったが、調べてみると、ドイツ語ではなくフランス語で書かれていることに気がついた。彼の脇には決して鳴らない電話機があった。日ごとに暑くなっていた。

ある日の正午近く、海水浴客たちが動きを止めて、全員同時にいつものごとく水平線を眺めた。何も起こらなかった。だがそのとき初めて、海水浴客たちは向き直ると海岸から立ち去り始めた。二つの丘のあいだを通る舗装されていない道を進んでいく者もいれば、灌木や岩につかまりながら野を進む者もいた。少数だが隘路のほうへ消えていく者もいて、姿は見えなかったがペルチエには彼らがゆっくりと坂を登り始めたことが分かっていた。海岸には塊がひとつ残っているだけだった。それは黄色い穴から突き出た黒い染みだった。ペルチエは一瞬、海岸へ下りていって、できるかぎり用心しながら、塊を穴の底に埋めてしまおうかと考えた。しかし、海岸に着くためにたどらなければならない長い道のりのことを想像しただけで汗をかき始め、まるで一度開けた栓は二度と閉じることができないかのように、汗の量は増えていった。

するとそのとき、彼は、海が震動しているのに気づいた。さながら水も汗をかいているか、水が沸騰し始めたかのようだった。沸騰と言ってもほとんど分からない程度だったが、それは波動となって広がっていき、ついには波に乗って走り、海岸で尽きる。するとそのとき、ペルチエはめまいがし、蜂の羽音が外から近づいてきた。そして蜂の羽音がやむと、家のなかやあたり一帯をさらにたちの悪い静けさが支配した。ペルチエはノートンの名を叫び、彼女を呼んだが、返事はなく、まるで静けさが助けを求める彼の声を飲み込んでしまったかのようだった。ペルチエは泣き出した。するとそのとき、金属をかぶせたような海の底から、崩れかけた彫像が姿を現わすのが見えた。石の塊は巨大で、時と海水によってすり減り、形は定かではなかったが、そこにはまだ片方の手、手首、前腕の一部がはっきりと見て取れた。そしてその彫像は海から出てくると、海岸の上に上がった。その姿は恐ろしいと同時に実に美しかった。

数日のあいだ、ペルチエとエスピノーサは、パキスタン人運転手に暴力を振るったことをそれぞれに悔やみ、運転手は幽霊か発電機のように、彼らの罪の意識の周囲をぐるぐると回っていた。

エスピノーサは、自分の取った行動が真の自分、すなわち外国人嫌いで暴力的な右翼を露呈してはいないかと自問した。いっぽう、ペルチエが罪の意識を感じたのは、すでに地面に倒れていたパキスタン人を蹴りつけたことで、それは明らかにスポーツマンシップに反していた。どんな必要があってそんなことをしたのだろうかと彼は自問した。運転手はすでに当然の報いを受けていたのだから、暴力に暴力の上塗りをする必要はなかったのだ。

　ある晩、二人は電話で長話をした。それぞれの不安を吐露することで、励まし合おうとした。しかし、たとえ心の底では、真に外国人嫌いの右翼はあのパキスタン人だと、暴力的なのはあのパキスタン人だと、不寛容で無礼なのはあのパキスタン人だと、災いを自ら招いたのはあのパキスタン人だと、二人は信じて疑わなかったとしても、何分も経たないうちに、ふたたび例の出来事についてくり返し愚痴をこぼしていた。実際、こんなときにあの運転手が彼らの前に現われたら、二人は間違いなく殺していただろう。


　長いこと二人は毎週ロンドンに出かけるのを忘れていた。プリチャードのことも、ゴルゴーンのことも忘れていた。彼らの知らぬ間に名声が高まっていたアルチンボルディのことも忘れていた。自分たちが型どおりに書いた無味乾燥な論文のことも忘れていた。しかもそれは自分たちが書いたのではなく、それぞれの学科にいる、正式契約か昇給の漠然とした約束を餌にアルチンボルディ研究者の二人に取り込まれた彼らの弟子か助手が書いたものだった。

　ある学会の開期中、アルチンボルディと戦後ドイツ文学における羞恥についてポールが見事な講演を行なっているあいだに、二人はベルリンの売春宿を訪れ、そこで非常に背が高く、足の長い金髪女二人と寝た。夜半近くに店を出た彼らは、あまりに満足していたので、土砂降りのなかを子供みたいに歌い出した。娼婦と交わる経験は、二人の人生においては目新しく、その後ヨーロッパのさまざまな都市で何度もくり返され、ついには、彼らのそれぞれが住む街で日常の一部になった。ほかの連中なら学生と寝たかもしれない。二人は、恋愛関係になることを、あるいはノートンを愛さなくなることを恐れ、娼婦を相手にすることにしたのだった。

　ペルチエはパリでインターネットを通じて娼婦を探し、ほとんどの場合よい結果が得られた。エスピノーサはマドリードでエル・パイス紙の風俗案内欄を読んで見つけた。この新聞は少なくともその欄に関しては信頼に足るとともに実用的であり、ABC紙の文芸欄と同じくらいアルチンボルディはほとんど取り上げられず、ポルトガルの英雄たちが目立つ文芸付録とは違っていた。

「あーあ」と、ペルチエとの会話の最中に、何らかの慰めを求めようとしていたらしいエスピノーサは嘆いた。「僕たちスペイン人はいつだって田舎者さ」

「そのとおり」と、答えをきっかり二秒間考えたあとで、ペルチエは言った。

　いっぽう、二人は、娼婦との冒険から無傷で抜け出せたわけではなかった。

　ペルチエはヴァネッサという名の若い女と知り合った。彼女は結婚していて、男の子が一人いた。ときには何週間も家族と会わないことがあった。彼女によれば、夫は聖人のような人物だった。いくつか欠点はあった。たとえば、彼はアラブ人で、具体的にはモロッコ人であり、そのうえ無気力でもあったが、大ざっぱに言って、ヴァネッサによると善良で、何に対しても腹を立てることはまずなく、腹を立てたとしても、ほかの男たちと違って、暴力を振るったり無作法になったりせず、突然大きく、理解できないものに変わった世界を前に、憂鬱で悲しく、気が重くなるのだった。ペルチエが、そのアラブ人は妻が娼婦であることを知っているのかと訊くと、ヴァネッサは、知っている、でも個人の自由を信じているから大したことだとは思っていないと答えた。

「それじゃあヒモじゃないか」とペルチエは言った。

この決めつけに対しヴァネッサは、そうかもしれない、よく考えてみるとたしかに彼はヒモだ、でも女に過剰な要求をするほかのヒモたちとは違うと答えた。そのモロッコ人は彼女に何も要求しないのだ。ヴァネッサが言うには、彼女にも一種の怠惰が習慣になり、無気力が慢性化した時期があって、一家三人は経済的に逼迫した。そんなとき、夫のモロッコ人はあるもので満足し、わずかな元手で、三人がなんとか暮らしていけるように片手間仕事を見つけようとした。彼はイスラム教徒で、ときおりメッカの方角にひれ伏して祈りを捧げているが、普通のイスラム教徒ではないことは明らかだった。彼によると、アラーはすべてを、またはほとんどすべてを許してくれる。誰かが子供を意図的に傷つけるのは許さない。誰かが子供を虐待したり、殺したり。子供を確実な死の手に委ねること、それは禁じられている。そのほかのことはそれほど重大ではなく、結局は許されるのだ。

あるときヴァネッサはペルチエに、皆でスペイン旅行をしたという話をした。彼女と息子とモロッコ人の三人だ。バルセロナでは、モロッコ人の弟に会った。彼は、背の高い太ったフランス人の女と暮らしていた。二人はミュージシャンだとモロッコ人はヴァネッサに言ったが、実際は物乞いだった。その旅行のときほどモロッコ人が幸せそうだったのを彼女は見たことがなかった。絶えず笑い、何か話を聞かせ、バルセロナのいろんな地区を飽きることなく歩き回り、ついには郊外か、街全体と地中海の輝きが見晴らせる丘にまで足を伸ばした。ヴァネッサによれば、あれほど元気な男は見たことがなかった。あんなふうに元気な子供なら見たことがあった。たくさんではないが、何人も見たことがある。だが、あんな大人は見たことがなかった。

ペルチエがヴァネッサに、彼女の子供はモロッコ人の子供でもあるのかと訊くと、娼婦は違うと答え、その口調からは、彼女にはペルチエの問いが、まるで自分の子供を軽蔑しているように、侮辱的で人を傷つけるものに感じられたことが分かった。うちの子は肌が白いし、ほとんど金髪よ、と彼女は言った、それにモロッコ人と知り合ったとき、わたしの記憶が正しければ、息子はもう六歳だった。わたしの人生でひどい時期だった、と彼女は言ったが、詳しく語ろうとはしなかった。モロッコ人の出現を、幸運な巡り合わせと呼ぶこともできない。彼女にとって、彼と出会ったのは悪い時期ではあったが、彼のほうは文字どおり餓死寸前だったのだ。

　ペルチエはヴァネッサが気に入り、二人はたびたび会った。彼女は若くて背が高く、ギリシア人のように鼻筋が通り、眼差しは厳しく尊大だった。文化、とりわけ書物の文化に対する彼女の無関心ぶりには、どこか小中学生みたいなところ、無邪気さと優雅さが入り混じったような、ペルチエが信じるところによれば、ヴァネッサには誰にもそうと気づかせずにでたらめなことを言ってのけることができるほど無垢なところがあった。ある晩、交わったあとで、ペルチエは裸のまま起き上がると、自分の蔵書からアルチンボルディの小説を探した。しばらく迷ったのち、『革の仮面』を選んだ。ヴァネッサがそれをホラー小説として読み、もっとも忌まわしい箇所に興味をもつかもしれないと考えたのだ。彼女は最初、そのプレゼントにびっくりしたが、そのあとで感動した。というのも客から服や靴や下着を贈られることに慣れていたからだった。実際、彼女は本をもらって大喜びし、アルチンボルディが何者であるか、そしてこのドイツ人作家が自分の人生において果たしている役割についてペルチエが説明すると、さらに喜んだのだった。

「あなたの一部をプレゼントしてもらったみたい」とヴァネッサは言った。

　この言葉はペルチエを大いに困惑させた。なぜなら、ある意味ではまさにそのとおりだったからだ。アルチンボルディはもはや彼の一部であり、彼がほかの何人かとともに、このドイツ人作家の異なる読み方、長持ちする読み方、アルチンボルディが書いたものと同じくらい野心的で、長期にわたってアルチンボルディの作品に寄り添う読み方を開始したというかぎりでは、その読み方の可能性が尽きるまで、あるいはアルチンボルディの筆力、アルチンボルディの作品の感動と啓示をもたらす力が尽きる（だがペルチエはそうなるとは信じてはいなかった）までは、彼に属していた。もっとも、別の意味ではそのとおりではなかった。というのも、ときに、わけても彼とエスピノーサがロンドンに飛行機で通うのをやめ、ノートンに会わなくなってからというもの、アルチンボルディの作品すなわち彼の長篇および短篇は、彼とは無縁の、形のはっきりしない謎めいた言葉の塊か何か、あまりに気まぐれに現われては消えていく何か、文字どおりの作品以前《プレテクスト》、偽のドア、暗殺者の別名、羊水で満たされたホテルの浴槽で、そこで彼、ジャン＝クロード・ペルチエは、理由もなく、不当にも当惑しながら、そうなるべくして自死を遂げるのだ。

　思ったとおり、ヴァネッサは本の感想を決して言わなかった。ある朝、彼はヴァネッサを家まで送っていった。彼女は移民の多い労働者階級が住む地区に住んでいた。二人が着いたとき、ヴァネッサの息子はテレビを見ていた。学校に行かなかったことで、彼女は息子を叱った。息子がお腹の具合が悪かったと言うので、彼女はすぐにハーブティーを用意した。ペルチエは彼女が台所で立ち働くのを観察した。ヴァネッサはエネルギーを出し惜しみせず、九〇パーセントは無駄な動きに費やしていた。家はめちゃくちゃに散らかっていて、部分的には息子とモロッコ人のせいだったが、基本的にはヴァネッサのせいだった。

まもなく、台所の物音（スプーンが床に落ちる音、コップが割れる音、ハーブはいったいどこにあるのと誰に向かってでもなく叫ぶ声）に誘われて、モロッコ人が現われた。誰にも紹介されないまま、二人は握手を交わした。モロッコ人は背が低く、痩せていた。息子はたちまち彼より背が高くなり、たくましくなるだろう。口髭は濃かったが、髪は薄くなりかけていた。彼はペルチエに挨拶すると、まだ寝ぼけたまま、ソファに座り、息子と一緒にテレビでアニメを見始めた。ヴァネッサが台所から出てくると、ペルチエは帰らなければならないと言った。

「ちっとも構わないわ」と彼女は答えた。

その返事にはいくらか攻撃的なところが感じられたが、すぐにヴァネッサはそういう女であることを思い出した。息子はハーブティーを一口飲んで、砂糖が入っていないと言うと、ペルチエの目には奇妙で怪しく見える葉が浮いた、湯気を立てているカップにもはや触れようとはしなかった。

その朝、大学にいるあいだ、彼はヴァネッサのことを考えていたずらに時間を過ごした。ふたたび彼女に会ったとき、交わることはしなかったが、ことを行なったかのように彼女に報酬を払い、何時間も話をした。眠りにつく前に、ペルチエはいくつかの結論を出すに至った。ヴァネッサは、精神的にも肉体的にも、中世の時代でも十分生きていける。彼女にとって、〈近代的生活〉という概念は意味をもたない。彼女はマスメディアよりも自分の目で見たことのほうをはるかに信用している。彼女は疑い深く勇敢だが、その勇気ゆえに、矛盾したことに、ウェイターや列車の車掌、困窮している友達を信用し、それらの連中からほぼつねに裏切られるか、彼らに託した信頼を反故にされる。そうした裏切りのせいで彼女は我を忘れ、思いもよらないような暴力的状況に陥る。彼女はまた恨みっぽく、物事を面と向かって歯に衣着せず言うことを誇りにしている。自分を自由な女と見なしていて、あらゆることに答えてみせる。分からないことには興味をもたない。未来のことは考えず、息子についてさえ、未来ではなく、現在、それも永遠の現在のことを考える。美人なのに、自分では美人だと思ってはいない。友人の半数以上がマグレブからの移民でありながら、移民にフランスの危機を見ている。それでも、ル・ペンには決して投票しない。

「娼婦というのは」とエスピノーサは、ペルチエがヴァネッサのことを話した夜に言った。「やるものであって、精神分析医として奉仕するもんじゃない」

エスピノーサは友人とは違い、どの女の名前も覚えていなかった。一方に身体と顔があり、もう一方では一種の送風管のなかを、ロレーナ、ロラ、マルタ、パウラ、スサーナといった身体を欠いた名前、名前を欠いた顔がぐるぐる巡っていた。

彼は同じ女とは二度と寝なかった。ドミニカ女を一人、ブラジル女を一人、アンダルシア女を三人、カタルーニャ女を一人知った。彼は初回から、無口な男、身なりがよくて、報酬を払い、自分が望むことをときには身ぶりで指示し、終わると服を着て、まるでそこには一度も来たことがなかったかのように立ち去る男になる方法を学んだ。彼は、まるで国籍によって魅力が増すかのようにチリ人とかコロンビア人と自称する女を知った。彼が相手にした娼婦には、フランス女が一人、ポーランド女が二人、ロシア女が一人、ウクライナ女が一人、ドイツ女が一人いた。ある夜、一人のメキシコ女と寝たところ、彼女は最高だった。

いつものとおり、ホテルにしけ込み、翌朝目を覚ますと、そのメキシコ女はすでにいなかった。その日は不思議だった。彼のなかで何かが破裂したようだった。彼は長いこと裸のまま、足を床に下ろしてベッドに腰掛け、曖昧な何かを思い出そうとしていた。シャワーを浴びようとしたとき、鼠径部の下に痣があるのに気がついた。誰かが口で吸った痕か、あるいは左脚に蛭を這わせたように見えた。赤紫色の痣は子供の握りこぶしほどの大きさだった。最初に考えたのは、娼婦が強く吸ったということだったが、思い出そうとしても思い出せなかった。わずかに覚えているのは、彼が女の上にのしかかっているところと、女の脚が彼の肩の上にあるところ、それに曖昧で意味不明ないくつかの言葉くらいなもので、おそらく卑猥な言葉だったのだろうが、それを口にしたのが彼だったのか、それともメキシコ女だったのかは分からなかった。

二、三日のあいだは彼女のことを忘れたと思っていたが、ある夜、娼婦が頻繁に出没するマドリードの通りやカサ・デ・カンポのあたりを、自分が彼女を求めてうろついていることに気づいた。ある夜、彼女を見つけたと思ってあとを追い、肩を叩いた。ふり向いた女性はスペイン人で、メキシコ人娼婦とは似ても似つかなかった。また別の夜には、夢のなかで、彼女が言ったことを思い出した気がした。自分が夢を見ていることが分かり、その夢がよくない終わり方をすることに気づき、自分が彼女の言葉を忘れてしまう可能性が高いこと、そしておそらくそのほうがいいということにも気づいたが、目が覚めたあとでそれを思い出せるように、できるかぎりのことをした。しかも、空がスローモーションで撮った渦巻きのように動く夢のなかでさえ、彼はむりやり自分を目覚めさせようとし、明かりを点けようとし、自分を不眠にさせるような叫び声を上げようとしたが、家の電球は切れているらしく、叫び声のかわりに聞こえたのは、隔離された部屋に匿われた男の子か女の子か動物のような、遠いうめき声にすぎなかった。

目を覚ますと、もちろん何も覚えていなかった。唯一覚えていたのは、メキシコ女の夢を見たこと、彼女が照明の乏しい長い廊下の中ほどに立っていたこと、気づかれないようにして彼女を眺めていたことだった。メキシコ女は壁の上の何か、フェルトペンで書かれた卑猥な落書きかメッセージを読んでいるようだった。彼女は黙読できないかのように、それを一文字ずつ声に出して読んでいた。エスピノーサは二、三日彼女を探し続けたが、そのうち探し疲れてしまい、ハンガリー女一人、スペイン女二人、ガンビア女一人、セネガル女一人、アルゼンチン女一人と寝た。それからは彼女の夢を二度と見ることはなく、ついに彼女を忘れることができた。

時間はすべてを和らげ、ついに二人の意識から、ロンドンでの暴力事件によって植えつけられた罪悪感を消し去ってくれた。ある日、二人はレタスのようにみずみずしくなって、それぞれの仕事に戻った。まるで娼婦たちと過ごした時期が休息のための地中海クルーズであったかのように、異常な精力で執筆や講演を再開した。モリーニと連絡を取る回数も増えた。二人はモリーニを、初めのうちはある意味で彼らの冒険の傍観者として扱っていたが、やがてすっかり忘れていた。二人が会ってみると、モリーニはいつもよりもいくらかやつれてはいたが、相変わらず心温かく、知的で、慎み深く、つまり、このトリノ大学の教授は二人にいっさい質問せず、打ち明け話を強いることもなかったのだった。ある晩、ペルチエはエスピノーサに、モリーニは贈り物みたいだと言い、二人は少なからず驚いた。ペルチエは神々が二人に与えてくれた贈り物だと言った。そのような主張は説得力がなく、そう論じることは俗悪さの泥沼に足をじかに踏み入れるようなものだったが、言葉は違っていたものの同じことを考えていたエスピノーサはすぐさま同意した。人生はふたたび彼らに微笑んだ。彼らはいくつかの学会に出張した。美食の楽しみを味わった。本を読み、心が軽くなった。周囲で滞り、きしみ、錆びついていたもののすべてがまた動き出した。他人の生活がある程度見えるようになった。良心の呵責は春の夜の笑い声のように消え失せた。彼らはふたたびノートンに電話をかけた。

再会できることの喜びに浸りながら、ペルチエ、エスピノーサ、ノートンは、普通のバーよりもわずかに大きいだけの非正統派の画廊のバーというか極小カフェ（実際、小人国《リリパット》並みで、テーブルは二つ、カウンターは客が肩を寄せ合っても四人で満席だった）で待ち合わせた。ハイドパーク・ゲートにあるその画廊は絵の展示を専門にしていたが、古本や、古着や、中古の靴も売っていて、民主主義が徹底していると三人が口を揃えて誉めそやす国、オランダ大使館のすぐ近くにあった。

ノートンによれば、そこはロンドン一のマルガリータを出す店だった。二人はマルガリータなどどうでもよかったが、大いに気に入ったふりをした。店の客はもちろん彼らだけで、唯一の店員あるいはオーナーは、どう見てもその時間は寝ているかあるいは起きたばかりという感じで、彼の表情はペルチエやエスピノーサとは対照的だった。二人のほうは朝七時に起きて飛行機に乗り、それぞれフライトの遅れに耐えなければならなかったにもかかわらず、元気潑剌、ロンドンでの週末をめいっぱい有意義に過ごすつもりだった。

最初のうちはさすがに、話をするのに骨が折れた。ペルチエとエスピノーサは沈黙のあいだにノートンを観察した。彼女はいつものように、実にきれいで魅力的だった。ときおり、彼らは画廊のオーナーの蟻みたいな足取りに気をとられた。彼はフックに掛けてあった服を外し、奥の部屋へ持っていくと、今度はそれと同じかそっくりの服を持って出てきて、前のが掛かっていた場所に吊すのだった。

ペルチエとエスピノーサにとって必ずしも心地悪くはなかったその沈黙が、ノートンにとっては耐えがたく感じられたので、彼女は早口かつ幾分猛烈な調子で、三人が会わなかった期間の自分の教育活動についてまくし立てた。話題自体は退屈で、たちまち尽きてしまったので、ノートンは前の日にしたことと前の前の日にしたことをすべて話したが、ふたたび話題が尽きてしまった。しばらくのあいだ、三人はリスみたいに微笑みながらマルガリータを飲んでいたものの、沈黙はますます耐えがたくなっていき、あたかも沈黙のなかで、沈黙の合間に、人を傷つける辛辣な言葉、辛辣な考えがゆっくりと形作られていくかのようだった。それは無関心に眺めるのにふさわしい見世物や踊りではなかった。そこでエスピノーサは、スイス旅行の土産話をするのがいいだろうと考えた。その旅行にはノートンは参加しなかったので、その話をすればたぶん彼女を楽しませることができるだろうと思ったのだ。

エスピノーサはその土産話から、整然とした街並みや瞑想へと誘う河川、春には緑の衣に覆われる山肌のことを省いたりはしなかった。それから列車の旅のことを話した。三人の友人が揃って参加した仕事が終わると、彼らは田舎に出かけ、モントルーとベルン・アルプスの支脈のあいだにある村に向かった。その村でタクシーを一台雇い、曲がりくねっているがきちんと舗装された小道をたどり、オーギュスト・ドゥマール療養所という、十九世紀末の政治家だか財界人だかの名を冠した療養施設を訪れた。だがその立派な名前の背後には、文化的で慎ましやかな精神病院が隠れていた。

ほかならぬその病院に行くことを思いついたのは、ペルチエでもエスピノーサでもなくモリーニだった。このイタリア人は、そこに二十世紀末で最大の不穏分子の一人と彼が見なす画家が暮らしていることをなぜか知っていたのだ。いや違う。モリーニはそんなことは言わなかったかもしれない。いずれにせよ、その画家はエドウィン・ジョーンズという名で、自分の右手、絵を描くほうの手を切り落とし、防腐処理を施すと、一種の多重自画像にそれをくっつけたのだった。

「あなたたちはなぜわたしにその話を一度もしてくれなかったの?」とノートンが口を挟んだ。

エスピノーサは肩をすくめた。

「話したと思うよ」とペルチエは言った。

だが何秒かののち、彼は実際話していなかったことに気づいた。

二人が驚いたことに、ノートンは彼女らしくもなく大声で笑うと、マルガリータをもう一杯頼んだ。相変わらず服を外したり吊したりしていたオーナーが、カクテルをなかなか運んでこないので、三人はしばらく黙って待っていた。その後、ノートンにせがまれて、エスピノーサは先ほどの話を続けなくてはならなかった。だが、エスピノーサは話したがらなかった。

「君が話せよ」と彼はペルチエに言った。「君もあそこに行ったんだから」

するとペルチエは、三人のアルチンボルディ研究者が、オーギュスト・ドゥマール精神病院にやってきた人を歓迎するため、あるいはそこから出ていくのを(そして不都合な訪問者の侵入を)防ぐために立ちはだかっている黒い鉄の門を眺めているところから話を始めた。いやむしろ、話の始まりはその二、三秒前、エスピノーサと、すでに車椅子に乗ったモリーニが、鉄の門と手入れの行き届いた古木の鬱蒼とした林に隠れている左右の鉄柵を観察し、ペルチエはタクシーのなかに半分身体を入れたまま運転手に料金を払いながら、適当な時間に村から迎えに来てもらえるよう取り決めをしているところだった。それから三人は、道の突き当たりに一部が見えている精神病院の威容と向き合った。まるで十五世紀の要塞のように見えたが、それは建築そのものがというのではなく、建物がもつ鈍重さが見る者に与える何かのせいだった。

では何を与えるのか? それは奇妙な感覚だ。譬えて言うなら、アメリカ大陸は発見されなかった、すなわちアメリカ大陸はかつて一度も存在しなかったという確信、そしてそのことが持続的な経済成長や標準的な人口増加やヘルベティア共和国の民主主義の発達の妨げとはならなかったという類の確信だ。などのつまりが、とペルチエは言った。旅のあいだに仲間内で芽ばえる奇妙で無意味な思いつきのひとつで、しかもその旅が、おそらくあのときがそうだったように、明らかに無意味であれば、思いつきはますます奇妙で無意味なものとなるんだ。

続いて三人は、スイスの精神病院のあらゆる形式主義と官僚主義を突破しにかかった。ついに、施設で療養中の精神病患者をひとりも見かけないまま、謎めいた顔をした中年の看護婦に、病棟の裏庭にある小さな別棟に案内された。その裏庭はだだっ広く、すばらしい眺めだったが、地面が下り坂になっていたので、モリーニの車椅子を押していたペルチエの意見によれば、病が重い患者、またはきわめて重い患者にとって、あまり心安まる場所ではなさそうだった。

三人の予想に反して、別棟は松の木に囲まれ、柵に沿ってバラの植え込みがある快適な場所だった。建物のなかにはイギリスのカントリーハウスの家具を模した肘掛け椅子、暖炉、オーク材のテーブル、半分空っぽの書架（そこにある本のタイトルは、英語のものも若干あったがほとんどがドイツ語とフランス語だった）、モデムがついたコンピュータを載せた専用の机、ほかの家具とはそぐわないトルコ風の寝椅子、それにトイレ、洗面台、硬質プラスチック製のシャワーカーテンを備えた浴室があった。

「悪くない生活だ」とエスピノーサは言った。

ペルチエは、窓辺に寄って景色を眺めた。彼は山裾に町が見えたと思った。たぶんモントルーだろう、と彼は思った。あるいはタクシーを拾った村かもしれない。湖はまったく見えなかった。エスピノーサは窓に近づくと、あの家々は村であって、モントルーであるはずがないと意見を述べた。モリーニは車椅子に座ったまま、じっとドアを眺めていた。

ドアが開いたとき、彼の姿を最初に見たのはモリーニだった。エドウィン・ジョーンズは、まっすぐな髪をしていたが、頭のてっぺんは薄くなりかけていて、肌は青白かった。背は極端に高いというほどではなかったが、相変わらず痩せていて、灰色のタートルネックのセーターに細身の革のジャケットを着ていた。彼が最初に目を留めたのはモリーニの車椅子で、まさかそのような具体的なものが突然現われることを明らかに予期していなかったかのように、嬉しい驚きを示した。いっぽう、モリーニはジョーンズの手のない右腕を見ずにはいられなかった。だが、こちらの驚きは少しも嬉しいものではなく、ジャケットの空っぽのはずの袖口から手が出ているのに気づいたモリーニは仰天した。プラスチック製であることは明らかだったが、実によくできていたので、注意深く観察しなければそれが義手であるとは分からなかっただろう。

ジョーンズのあとから看護婦が入ってきた。三人に応対したのとは別の女性で、もう少し若く、もっと鮮やかな金髪だった。彼女は窓の近くにある椅子に座ると、分厚いペーパーバックの本を取り出し、ジョーンズや訪問客など気にもせず読み始めた。モリーニは、自分はトリノ大学から来た文学研究者でジョーンズの作品のファンであると自己紹介をし、続いて友人たちの紹介に移った。そのあいだじっと立ったままだったジョーンズは、エスピノーサとペルチエに手を差し出し、二人はおそるおそる彼と握手した。それからジョーンズはテーブルの脇の椅子に座り、まるでその別棟には彼ら二人しかいないかのように、ひたすらモリーニを見つめていた。

ジョーンズは最初、会話を始めようと、かろうじてそれと分かるほどのかすかな努力を見せた。彼は、モリーニが自分の作品のどれかを持っているかと尋ねた。モリーニの返事は否定的だった。彼はいいえと答えてから、ジョーンズの作品は自分の懐具合ではとても手が届かないと言い添えた。そのときエスピノーサは、看護婦が夢中になっている本が二十世紀ドイツ文学のアンソロジーであることに気づいた。ペルチエに肘でつついて知らせると、ペルチエは看護婦に、好奇心からというより雰囲気を和ませるため、アンソロジーのなかにベンノ・フォン・アルチンボルディという作家が含まれているかと尋ねてみた。そのとき全員がカラスの鳴き声か呼び声を聞いた。看護婦はええと答えた。ジョーンズは目くばせしてから目を閉じ、義手で顔を撫でた。

「その本は私のだ」と彼は言った。「彼女に貸したんだ」

「信じられない」とモリーニは言った。「なんという偶然だ」

「だがもちろん私は読んでいない。ドイツ語が分からないのでね」

ならばなぜその本を買ったのかとエスピノーサは尋ねた。

「表紙だよ」とジョーンズは答えた。「ハンス・ヴェッテの絵を使ってる。いい画家だ。それはそれとして」とジョーンズは言った。「偶然というのは信じるとか信じないという問題じゃない。この世界全体が偶然でできてるんだ。こんなふうに考えるのは間違いだと言う友人がいた。友人が言うには、列車で旅をする者にとって世界は偶然ではない、たとえその列車が旅人にとって見知らぬ土地、それっきり二度と目にすることがないであろう土地を仕事に行くために通っていくとしてもだ。朝の六時に眠くてたまらないのに起き出す者にとっても偶然じゃない。仕方なく起きて、すでに溜まっている苦痛の上にさらに苦痛を味わう者にとっては。苦痛というのは溜まるものだ、と友人は言う。それは事実だ、それに苦痛が増せば増すほど、偶然は減る」

「偶然が贅沢であるかのように?」とモリーニが訊いた。

そのとき、ジョーンズの独白をじっと聞いていたエスピノーサは、ペルチエが看護婦の隣で窓の縁に肘をつき、もう片方の手で、彼女がアルチンボルディの短篇が載っているページを探すのを慇懃な仕草で手伝っているところを見た。金髪の看護婦は椅子に座って膝の上に本を置き、ペルチエは彼女の脇に立っていて、その態度は落ち着きを失ってはいなかった。窓の外にはバラが、その先には芝生と木々が見え、険しい岩山と谷間、ひっそりとそそり立つ大きな岩々のあいだを、午後の時間は過ぎ去っていった。別棟のなかを影がかすかに移ろい、前にはなかった場所に角が生じ、突然、壁に不明瞭なスケッチが現われ、音のない爆発のようにいくつもの輪がぼんやりと浮かんだ。

「偶然は贅沢ではない。宿命のもうひとつの顔であり、それ以上の何かでもある」とジョーンズは言った。

「その何かとは?」とモリーニは尋ねた。

「実に素朴で分かりやすい理由で、私の友人には理解できなかったものだ。友人は(いまだにそう呼ぶのは、こちらの思い上がりかもしれないが)、人間性というものを信じていた。したがって絵の秩序を、そして言葉の秩序を信じていた、絵はまさに言葉によって描かれるものだから。彼は贖罪を信じていた。心の底では進歩を信じてさえいたかもしれない。ところが、偶然とは、我々が自らの本性によって運命づけられている完全な自由なのだ。偶然は法則に従わないし、仮に従うとしても我々はその法則を知らない。偶然とは、譬えて言うなら、この地球において絶えず意思表示を行なう神のようなものだ。不可解な自分の創造物に向かって不可解な身ぶりを行なう不可解な神だ。あのハリケーン、あの内に向かう爆発のなかで執り行なわれる霊的交わりなのだ。偶然とその痕跡との、そしてその痕跡と我々との霊的交わりなのだ」

そのとき、まさにその瞬間、エスピノーサとペルチエはモリーニが身を乗り出し、車椅子から落ちてしまうのではないかと二人を不安にさせる姿勢で、先ほどから質問しようとしていたことを小声で口にするのを聞いたというか直感した。

「自分の手を切り落としたのはなぜですか?」

モリーニの顔を、精神病院の庭を照らす最後の陽光が突き抜けているように見えた。ジョーンズは彼の質問を聞いても平然としていた。その態度は、この車椅子の男が自分を訪ねてきたのは、それまでやってきた多くの人々と同様、ひとつの答えを得るためであることを知っているかのようだった。するとジョーンズは微笑み、別の質問で応じた。

「このインタビューを活字にするつもりかな?」

「いいえ、そんなつもりは」とモリーニは答えた。

「だったら、私にそれを訊くことにどんな意味がある?」

「あなたの口から直接聞きたいんです」とモリーニは言った。

ペルチエには何度も練習を重ねたように見えたゆっくりとした仕草で、ジョーンズは右手を挙げると、彼の答えを待ち受けているモリーニの顔のわずか数センチ手前でその手を止めた。

「あんたは私に似ていると思わないかね?」とジョーンズは言った。

「いいえ、僕は芸術家ではありません」とモリーニは答えた。

「私も芸術家じゃない」とジョーンズは言った。「あんたは私に似ていると思わないかね?」

モリーニは首を左右に振り、車椅子も左右に振れた。何秒かのあいだ、ジョーンズはおそろしく薄くて血の気のない唇にかすかな微笑みを浮かべて彼を見つめた。

「なぜ私がこんなことをしたと思う?」と彼は訊いた。

「分かりません。正直に言って分からないのです」とモリーニは彼の目を見て答えた。

モリーニとジョーンズは、今や暗がりに包まれていた。看護婦は明かりを点けるために立ち上がるそぶりを見せたが、ペルチエは自分の口に指を当てて制止した。看護婦は椅子に座り直した。看護婦の靴の色は白だった。ペルチエとエスピノーサの靴は黒だった。モリーニのは茶色だった。ジョーンズの靴は白で、街の舗装された道路やクロスカントリーで、長距離を走るために作られたものだった。ペルチエが最後に目にしたのはそのじっと動かない靴の色と形で、やがて宵闇がアルプスの冷やかな無のなかにそれらを浸した。

「私がなぜこんなことをしたか話そう」とジョーンズは言った。そこで彼は初めて身体の緊張を緩め、直立不動の姿勢を崩した。そして身を屈めるとモリーニに顔を寄せ、何か耳打ちした。

それから身体を起こしてエスピノーサのそばに行き、きちんと握手すると、ペルチエにも同じことをした。そして別棟から出ていき、看護婦があとに続いた。

エスピノーサは明かりを点けると、あとの二人がもしかすると気がつかなかったのではと、ジョーンズが面会の最初にも最後にもモリーニとは握手しなかったことを指摘した。ペルチエは、自分は気づいていたと答えた。モリーニは何も言わなかった。しばらくすると、最初の看護婦がやってきて、出口まで彼らに付き添った。庭を歩いているとき、彼女はタクシーが門のところで待っていると言った。

タクシーは三人をモントルーまで運び、彼らはそこの〈ホテル・ヘルヴェティア〉に一晩泊まった。三人ともひどく疲れていたので、外に夕食を食べに行くのはやめることにした。ところが二時間経ったころ、エスピノーサがペルチエの部屋に電話をかけ、空腹なので、どこか開いている店がないか、ホテルの外をひと回りしてくると言った。ペルチエは、自分も一緒に行くから待っていてくれと言った。ロビーで落ち合ったとき、ペルチエはエスピノーサに、モリーニに電話したかと尋ねた。

「電話した」とエスピノーサは答えた。「だけど誰も出なかったよ」

二人はモリーニがもう寝ていると思うことにした。その夜、二人は遅い時間にほろ酔い加減でホテルに戻った。翌朝、モリーニを迎えに部屋に行くと、彼はいなかった。ホテルのフロント係に訊いてみると、コンピュータの記録によれば、ピエロ・モリーニという名の客は宿泊代を精算し、昨日の夜十二時に(ペルチエとエスピノーサがイタリア料理店で夕食を食べているあいだに)ホテルを出たという。彼はその時間にロビーに下り、タクシーを呼ぶようフロントに頼んだ。

「夜中の十二時にホテルを出たって？　行き先は？」

フロント係はもちろん知らなかった。

その朝、モリーニがモントルーとその周辺のどの病院にもいないことを確かめてから、ペルチエとエスピノーサは列車でジュネーヴまで行った。二人はジュネーヴ空港からトリノのモリーニの家に電話した。留守番電話の声が聞こえただけだったので、二人は罵りの言葉を激しく浴びせた。その後、それぞれ飛行機に乗り、それぞれの街に向かった。

マドリードに着くやいなや、エスピノーサはペルチエに電話した。すでに一時間前から自宅にいたペルチエは、モリーニに関するニュースは何もないと言った。その日は一日中、エスピノーサもペルチエも、モリーニに何度も電話をかけては留守電に短い伝言を残したが、次第に諦めの気持ちが募っていった。二日目になると、二人は本当に心配になり、すぐにでもトリノに飛んでいき、モリーニが見つからない場合は警察の手に委ねようと考えたほどだった。しかし、慌てたりばかな真似をしたくなかったので、二人は動かなかった。

三日目も二日目と同じだった。二人はモリーニに電話し、互いに電話をかけ合い、取るべきさまざまな形の行動について検討し、モリーニの精神状態について考えたが、彼の分別や常識には非の打ちどころがなかったので、何もしなかった。四日目にペルチエは、トリノ大学に直接電話した。そしてドイツ語科で臨時職員として働いていたオーストリア人の青年と話した。そのオーストリア人は、モリーニがいそうな場所が思い当たらなかった。ペルチエは彼に、学科の秘書を電話に出してくれるよう頼んだ。そのオーストリア人は、秘書は朝食を食べに出ていて、まだ戻ってきていないと言った。ペルチエはすぐさまエスピノーサに電話をかけ、通話の内容について事細かに話した。エスピノーサは、今度は自分にかけさせてくれと言った。

次に電話に出たのはオーストリア人ではなく、ドイツ文学科の学生だった。学生のドイツ語は見事とは言えなかったので、エスピノーサはイタリア語に切り替えて話し始めた。まず、学科の秘書が戻ってきているかどうかを尋ねた。学生は、研究室にいるのは自分ひとりで、全員が朝食を食べに出払っているらしく、ほかに誰もいないと答えた。エスピノーサは、トリノ大学では何時に朝食をとり、朝食にはいつもどのくらい時間がかかるのか教えてくれと言った。学生はエスピノーサの下手なイタリア語が理解できず、エスピノーサは質問をもう二回くり返さなければならなかったので、しまいにはいささか攻撃的な調子になった。

学生は彼に、たとえば自分はめったに朝食をとらないが、それが皆に当てはまるわけではない、好みは人それぞれだからだと言った。分かりますか、それとも分かりませんか?

「分かるよ」とエスピノーサは歯ぎしりしながら答えた。「だが誰か学科の責任者と話す必要があるんだ」

「私と話してください」と学生は言った。

そこでエスピノーサは、モリーニ先生は休講したことがあるかと尋ねた。

「えーと、ちょっと考えさせてください」と学生は答えた。

それから、誰かが、ほかならぬその学生が、モリーニ……モリーニ……モリーニとつぶやくのが聞こえた。その声は学生ではなくむしろ魔術師の声、あるいはもっと具体的に言えば、女魔術師、ローマ帝国時代の女占い師の声のようで、玄武岩の泉に滴ると、たちまち大きくなってあふれ出し、耳をつんざくような音、何千という声からなる音、あらゆる声の運命が暗号化されて含まれている川床から流れ出した大河の轟音となってエスピノーサに届いた。

「昨日はひとつ講義があるはずだったんですが、休講でした」とその学生は、しばらく考えてから答えた。

エスピノーサは礼を言って、電話を切った。その日の午後、彼はモリーニの自宅にもう一度電話し、続いてペルチエに電話した。どちらも不在だったので、それぞれの留守電に伝言を残すしかなかった。それからじっくり考え始めた。しかし、今起こったばかりのこと、厳然たる過去、見かけのうえでは現在とほとんど変わらない過去にしか考えが及ばなかった。彼は留守電のモリーニの声、すなわちその番号がピエロ・モリーニの番号であり、伝言を残してほしいと、簡潔だが慇懃に告げる、録音されたモリーニ自身の声を思い出し、次にペルチエの声、それがペルチエの番号であると言うかわりに、疑念の余地がないように彼の番号をくり返し、あとでかけ直すという曖昧な約束をしつつ、かけてきた相手に名前と電話番号を残すよう促すペルチエの声を思い出した。

その夜、ペルチエはエスピノーサに電話をかけ、二人は自分たちに取りついていたいやな予感を互いに解消し合ったあと、二、三日様子を見ること、俗悪なヒステリーに陥らないこと、何をしようがモリーニはまったくもって自由であり、その点で自分たちは彼を妨げることはできない（し、すべきでない）ことを心に留めておくことで意見が一致した。その夜、二人は、スイスから戻ってきて以来初めて安らかに眠ることができた。

翌朝、二人は、身体も休まり穏やかな心で、それぞれの仕事に向かったが、十一時ごろ、同僚たちと昼食を食べに出かける寸前に、エスピノーサは我慢できなくなり、トリノ大学のドイツ語科にふたたび電話した。だが、それまでと同じく不毛な結果に終わった。その後、パリのペルチエから電話があり、ノートンに事情を知らせるべきかと相談された。

二人はメリットとデメリットを検討し、少なくともモリーニについてもっと具体的なことが分かるまで、彼の私生活のことは沈黙のベールの陰に隠しておくことにした。二日後、ペルチエが、ほとんど反射運動のようにモリーニのアパートに電話をかけると、今度は誰かが受話器を取った。最初にペルチエの口をついて出た言葉は、電話線の向こうから友人の声が聞こえたことに対する驚きを表わしていた。

「まさか」とペルチエは叫んだ。「どうしてそんなことが？ありえない」

モリーニの声はいつもと変わらなかった。その後、喜び、安堵、悪いばかりか不可解な夢からの目覚めがやってきた。会話の最中にペルチエは、さっそくエスピノーサに知らせなければとモリーニに言った。

「どこにも行かないだろうね？」と彼は電話を切る前に訊いた。

「どこに行くというんだい？」とモリーニは言った。

しかし、ペルチエはエスピノーサに電話しなかった。ウイスキーをグラスに注ぐとキッチンに向かい、そのあとバスルームに行き、そのあと書斎に行って、家中の明かりを点けた。それからやっとエスピノーサに電話をかけ、モリーニが無事だったこと、彼と電話で話したばかりであること、だが自分はもうこれ以上話ができないことを伝えた。電話を切ると、ペルチエはもう一杯ウイスキーを飲んだ。三十分後、マドリードのエスピノーサから電話がかかってきた。たしかにモリーニは元気だった。ここ数日間どこにいたのかは教えたがらなかった。休息する必要があると言っていた。考えをまとめるためだ。エスピノーサによれば、自分は質問攻めにしたくなかったが、モリーニは何かを隠そうとしているようだった。だが、どうしてだろう？　エスピノーサにはまるで見当がつかなかった。

「実際、僕たちは彼のことをほとんど知らないな」とペルチエは言った。彼はモリーニにも、エスピノーサにも、電話にもうんざりしかけていた。

「体調のことは訊いたか？」とペルチエは尋ねた。

エスピノーサは、ああ、と答え、モリーニは自分の体調は万全そのものだと請け合ったと言った。

「もはや僕たちにできることはないな」とペルチエは、エスピノーサにも分かるほど悲しげな調子でしめくくった。

まもなく二人は受話器を置き、エスピノーサは本を手に取って読もうとしたが、読めなかった。


するとノートンは、画廊の店員だかオーナーだかが服を外したり吊したりしているあいだ、モリーニは姿を消していたその何日かのあいだロンドンにいたと二人に言った。

「最初の二日間はひとりで過ごしていて、わたしに一度も電話をよこさなかったの」

モリーニに会ったとき、彼はもっぱら美術館巡りをしたり、ロンドンの知らない地区をあてもなくぶらついていたと言ったの。チェスタートンの短篇を何となく思い出させるけれど、もはやチェスタートンとは何の関係もない地区だと言ってた。それでも、そこにはブラウン神父の影がまだ残っている、宗教的にではなくて、とモリーニは言ったわ。まるで自分がひとりで街をさすらうことには深い意味などないんだと思わせたいみたいだった。だがむしろ彼女の想像では、モリーニは本当はホテルに閉じこもり、カーテンを開け放ち、ビルの裏のぱっとしない風景を何時間も眺め、本を読んでいたのだろう。それから彼はノートンに電話し、食事に誘ったのだ。

もちろん、ノートンは電話で彼がロンドンにいると聞いて喜び、待ち合わせの時間にホテルのロビーにやってきた。そこでは、車椅子に座り、膝の上に包みを載せたモリーニが、あたりを騒々しく行き来する宿泊客や訪問者の流れを、無関心な様子で辛抱強く耐えていた。絶えず変化するスーツケースの見本市、疲れた顔また顔、流星のような速さで動く身体のあとに残る香水の匂い、険しい表情をした神経質そうなボーイたち、目の下に哲学的な隈のできたフロントの支配人または副支配人、つねに彼らの傍らにいる二人のスタッフが放つさわやかさ、それと同じ犠牲をいとわないさわやかさを（気取った哄笑の形をして）発散している何人かの若い女、モリーニは努めてそちらを見ないようにしていた。ノートンが着くと、二人はノッティング・ヒルにある、彼女が最近見つけたベジタリアンのブラジル料理店に行った。

モリーニがロンドンですでに二日間過ごしていたことを知ると、ノートンは、いったい何をしていたの、どうしてわたしに電話をくれなかったのと尋ねた。するとモリーニは、例のチェスタートンのことを話し、もっぱら散策していたと言って、車椅子の妨げとなるものばかりのトリノとは違って障害者が楽に動き回れるようになっている街の造りを絶賛した。古書店を何軒か覗き、本を何冊か買ったと言ったが、タイトルは明かさなかった。また、シャーロック・ホームズの家を二度訪れたと言った。ベーカー街は彼の好きな通りのひとつであり、中年のイタリア人で、教養人で障害者で探偵小説の読者である彼にとっては、時間の外にあるというか時間を超越した通りで、ワトソン医師の書いた本のなかに愛情たっぷりに（モリーニの使った言葉は「愛情たっぷりに」ではなく「巧みに」だったのだが）保存されているのだ。そのあと二人はノートンの家に行き、モリーニは彼女のために買ったプレゼントを渡した。それはブルネレスキに関する本で、このルネサンスの偉大な建築家による同じ建築を四人の異なる国籍の写真家が撮った優れた写真が載っていた。

「それぞれが解釈なんだ」とモリーニは言った。「一番いいのはフランス人の写真家だ」と彼は言った。「一番気に入らないのがアメリカ人の写真家。大げさすぎるんだ。ブルネレスキを発見しようとはりきりすぎている。彼はブルネレスキになりたいんだ。ドイツ人の写真家は悪くないが、僕の考えじゃ、フランス人のが一番だ。今度は君の意見を聞かせてくれ」

ノートンは、紙といい装丁といい、それだけでもはや宝石のようなその本を見るのは初めてだったが、その本はどこか見知ったもののような気がした。翌日、二人は劇場の前で会った。モリーニはホテルで買ったチケットを二枚持っていて、二人は俗悪なコメディーを観た。二人は笑ったが、ロンドン訛りで話されるいくつかの言い回しの意味が分からなかったモリーニよりもノートンのほうがもっと笑った。その晩、二人は夕食をともにし、モリーニが昼間は何をしていたのかノートンが知りたがると、彼はケンジントン公園とハイドパークのイタリア庭園を訪れ、とくにあてもなくぶらついていたと打ち明けた。だが、ノートンはなぜか、彼が公園でずっと同じところにいて、ときどき首を伸ばして彼の姿勢からは見えない何かを確認しようとする以外は目をつぶって眠っているふりをしている姿を想像した。夕食をとりながら、ノートンはコメディーで彼が理解できなかったところを説明した。そのとき初めて、モリーニはそのコメディーが彼が思っていた以上に俗悪だったことに気づいた。しかしながら、役者たちの演技に対する評価は彼の内で大いに高まり、ホテルに戻ると、車椅子に乗ったまま、電源の入っていないテレビの前で服を脱ぎかけているとき、テレビの画面に映った彼と部屋のなかが、まるで思慮分別と恐怖の念が決して上演すべきでないと教えているある演劇の幽霊じみた舞台のように見えた。彼は、あのコメディーもそれほど悪くはなかった、いい舞台だった、自分も笑ったし、役者たちはよかった、座席は座り心地がよかったし、チケット代が高すぎることはなかった、と結論づけた。

翌日、彼はノートンに帰らなくてはと言った。ノートンは彼を空港まで送っていった。出発を待つあいだ、モリーニは、さりげなく、なぜジョーンズが右手を切り落としたか分かる気がすると彼女に言った。

「どのジョーンズ？」とノートンは訊いた。

「エドウィン・ジョーンズ、君が教えてくれた画家だよ」とモリーニは答えた。

「ああ、エドウィン・ジョーンズね」とノートンは言った。「なぜなの？」

「お金のためさ」とモリーニは答えた。

「お金のため？」

「彼は投資、資本の流れというものを信じていたからだ。投資せざる者利益を得ず、といった類のことだ」

ノートンは少し考え込むような顔をしてから言った。そうかもしれない。

「お金のためにやったのさ」とモリーニは言った。

するとノートンは（初めて）ペルチエとエスピノーサのことを訊いた。

「できれば二人には僕がここに来たことを知られたくない」とモリーニは答えた。

ノートンはもの問いたげに彼を見ると、心配しないで、秘密は守るからと言った。それから彼に、トリノに着いたら電話をくれるかと訊いた。

「もちろんだ」とモリーニは答えた。

スチュワーデスが近づいてきて彼らと話し、二、三分もすると微笑みながら去っていった。乗客の列が動き出した。ノートンはモリーニの頬にキスをするとその場をあとにした。

三人が意気消沈してというより物思いにふけりながら画廊を出る前に、そこのオーナーにして唯一の店員は、もうじき施設をたたむことになっていると彼らに打ち明けた。ラメのドレスを腕に掛けた彼は、一角が画廊になっているその家は、実に立派で進歩的な女性だった祖母のものだったと言った。祖母が亡くなると、その家は三人の孫が、建前としては三等分して相続した。だが、そのころ、孫の一人である彼はカリブに住んでいて、そこでマルガリータの作り方を学ぶいっぽう、スパイ活動に携わっていた。こうした事情のために彼は行方不明者同然だった。どちらかというと放蕩者のヒッピーのスパイだった、というのが彼の言だった。イギリスに戻ると、従兄弟たちに家をすべて乗っ取られてしまうという事実に直面した。そのときから彼らとの裁判が始まった。だが弁護士費用は高くつき、結局、三部屋で満足せざるをえず、そこに今の画廊を開いたのだった。しかし、商売はうまくいかなかった。絵は売れず、古着も売れず、彼のカクテルを飲みに来る客もほとんどいなかった。この界隈は私の客には洗練されすぎている、と彼は言った、今じゃ画廊はどこも再開発されたかつての労働者が住んでいた地区にあるし、バーは昔ながらのパブが立ち並ぶ界隈にある。それにここの連中は古着なんか買わないんだ。ノートンとペルチエ、エスピノーサがすでに立ち上がり、外に通じる金属製の階段を下りようとしていたとき、画廊のオーナーは三人に、おまけに最近は祖母の幽霊が出るようになったと言った。この告白は、ノートンと彼女の同伴者たちの興味をかき立てた。

見たんですか？　と三人は尋ねた。見たんですよ、と画廊のオーナーは答えた。最初は水みたいな、水の泡がぶくぶくいうみたいな、奇妙な物音が聞こえただけだった。この家で彼が聞いたことのない音だった。もっとも、その家は部屋を売りに出すために分割し、新しいトイレを作ったので、たとえ彼が以前その音を聞いたことがなかったとしても、物音については何らかの合理的説明がつくかもしれない。だが、物音に続いてうめき声が聞こえた。正確には苦痛というより困惑や失望から発せられた声で、まるで祖母の幽霊がかつての自分の家を歩き回り、それが自分の家であると認められずにいるかのようだった。実際、家はいくつかのもっと小さな家に分割され、壁は彼女の記憶にないもので、モダンな家具は彼女には安っぽく見えたに違いなく、以前は鏡が決して掛けられたことのない場所に鏡が掛かっていた。

オーナーはときおりひどく落ち込むことがあり、そんなときは店に寝泊まりしていた。落ち込むのは、もちろん幽霊が立てる物音やうめき声のせいではなく、破綻寸前の店の経営のせいだった。そんな夜には、祖母の足音やうめき声がはっきりと聞こえるのだった。彼女は、死者の世界のことも生者の世界のことも何も分からないとでもいうように、上の階を歩き回った。ある晩、画廊を閉める前に、隅に一枚あるだけの鏡に祖母が映っているのが見えた。それはヴィクトリア朝時代の古い姿見で、客が服を試着できるようにそこに掛けてあった。祖母は壁に掛かった絵の一つを眺めてから、ハンガーに吊された服に目を移し、今度は店に二つしかないテーブルを、もはや我慢がならないと言わんばかりに、やはりじっと眺めた。

ぞっとしていた様子でした、とオーナーは言った。彼が祖母を見たのはそれが最初で最後だったが、それからもときどき上の階を歩き回る足音が聞こえ、前にはなかったいくつもの壁を通り抜けて移動しているに違いなかった。エスピノーサが、カリブでの仕事がどんなものだったのかと尋ねると、オーナーは悲しげに微笑み、誰もがそう思ったかもしれないが、自分は頭がおかしかったわけではないときっぱり言った。私はスパイでした、と彼は言った。ほかの人間が人口調査局や何かの統計をとる部署で働くのと少しも変わりませんよ。画廊のオーナーの言葉は、なぜだか分からないが、彼らをひどく悲しい気持ちにさせた。


トゥールーズでのセミナーのあいだに、彼らはロドルフォ・アラトーレという若いメキシコ人と知り合った。彼が読んだことのある雑多な本のなかにはアルチンボルディの作品が含まれていた。創作のための奨学金をもらい、今風の小説を書こうとして毎日を無駄に費やしているらしいこのメキシコ人は、いくつかの講演に顔を出したあとでノートンとエスピノーサに自己紹介したものの、彼に対して二人はまるでそっけなかった。アラトーレは続いてペルチエにも同じことをしたが、アラトーレは、アルチンボルディの使徒たちの周りにたむろする鬱陶しいヨーロッパの若い大学生たちの群れと大して変わらなかったため、完全に無視された。しかもさらに不名誉なことに、アラトーレはドイツ語がまったく話せず、そのため端から信用されなかった。そのいっぽうで、トゥールーズのセミナーは大成功を収め、それまでの学会で知り合いになり、少なくとも表面的には再会を喜び、以前交わした議論を続けたがっているように見える批評家や専門家のグループのなかで、メキシコ人は家に帰るよりほかなかったのだが、彼の家とは奨学生用の殺風景な部屋で、待っているのは本と原稿だけという有様だったので、彼としてはまだ帰りたくなかった。となると、会場の隅のほうにいて、哲学的な問題に集中しているふりをしながら四方八方に微笑を振りまいているしかなく、結局彼はそうしていた。しかしながら、その場所というか場所の選択のおかげで、彼は偶然、車椅子に窮屈そうに座り、他人の挨拶に上の空で答えているモリーニの姿が目に留まった。モリーニの姿にアラトーレは、自分と似た寄る辺なさを見た。あるいは見たような気がした。それからまもなくモリーニに自己紹介したあと、二人は一緒にトゥールーズの街をぶらついていた。

二人はまず、モリーニがそこそこ知っていたアルフォンソ・レイエスについて話し、次にソル・フアナの話をした。モリーニは、モリーノによって書かれた例の本のこと、まるで彼自身のような気がするモリーノが書いた、メキシコの修道女による料理のレシピが載っていた本のことを忘れられなかった。続いて話は、アラトーレの小説について、彼が書こうとしている小説にしてすでに書き上げた今のところ唯一の小説について、そしてトゥールーズにいる若いメキシコ人学生の暮らしぶり、短いにもかかわらず果てしなく長く感じられる冬の日々、数少ないフランス人の友人（図書館員の女性、たまにしか会わないエクアドル国籍の別の奨学生、メキシコについてアラトーレには半ば突飛、半ば侮辱的に思える考えをもつバーの店員）、彼が進行中の小説と憂鬱のことばかり書き連ねた長いメールを送るメキシコシティに残してきた友人たちにまで及んだ。

アラトーレによれば、彼はマイナー作家にありがちなあまり賢いとは言えない虚栄心から無邪気に打ち明けたのだが、メキシコシティの友人の一人が、つい最近アルチンボルディに会ったという。

初めのうち、モリーニは彼の話にあまり注意を払わずに聞いていて、アラトーレが興味に値すると見なす場所に次々と引きずられていくままになっていた。そうして連れていかれた場所は実際、観光客が必ず訪れるスポットというのではなくて、たしかに興味深い場所ばかりで、アラトーレの真の天職は小説家ではなく観光ガイドではないかと思えるほどだった。それはともかく、モリーニは、アルチンボルディの小説を二つしか読んでいないこのメキシコ人はほらを吹いているか、勘違いしているか、あるいはアルチンボルディが長いこと行方不明であることを知らないのだと思った。

アラトーレが語った話のあらましはこうだ。アルメンドロという名の友人で、エッセイストにして小説家かつ詩人、友人たちのあいだでは本名よりも豚《エル・セルド》というあだ名で知られる四十代の男に、夜更けに電話がかかってきた。エル・セルドは、しばらくドイツ語で話したあと、着替えて自分の車でメキシコシティの空港近くのホテルに向かった。その時間は交通量がそれほど多くなかったにもかかわらず、ホテルに着いたときには午前一時を過ぎていた。ホテルのロビーにはフロント係と警官がいた。エル・セルドは政府高官の身分証を取り出すと、警官と一緒に三階の部屋に上がっていった。そこに警官がもう二人とドイツ人の老人がいた。ベッドに腰掛けた老人は髪が乱れていて、グレーのTシャツにジーンズという格好、そして裸足で、さながら警察に寝込みを襲われたかのようだった。このドイツ人は、服を着たまま寝ていたに違いない、とエル・セルドは思った。警官の一人はテレビを見ていた。もう一人は壁にもたれて煙草を吸っていた。エル・セルドと一緒に上がってきた警官は、テレビを消し、二人についてくるように命じた。壁にもたれていた警官は説明を求めたが、エル・セルドと一緒に上がってきた警官は、黙っていろと言った。警官たちが部屋を立ち去る前に、エル・セルドは老人にドイツ語で、何か盗まれなかったかと訊いた。いいえ、と老人は答えた。連中は金を要求したが、何も盗んではいない。

「それはよかった」とエル・セルドはドイツ語で言った。「この国もどうやらましになってきたようです」

それから彼は警官たちにどこの警察署の所属かと尋ね、帰らせてやった。警官たちがいなくなると、エル・セルドはテレビのそばに座り、老人に申し訳なかったと言った。ドイツ人の老人は何も言わずにベッドから立ち上がり、トイレに入った。おそろしく大きな男だった、とエル・セルドはアラトーレ宛てのメールに書いていた。身長二メートルはあった。それか一メートル九十五センチだ。いずれにせよ、並外れて大きく、堂々としていた。老人がトイレから出てきたとき、エル・セルドは彼が今度は靴を履いていることに気づき、外に出て街をぶらつくか、何か飲みに行かないかと尋ねた。

「もしお疲れでしたら」と彼は付け加えた。「そうおっしゃってください。私はすぐに失礼しますから」

「朝七時半の飛行機に乗ることになっているんだ」と老人は言った。

エル・セルドは時計に目をやった。午前二時を過ぎていた。言葉がなかった。彼はアラトーレ同様、老人の書いたものをほとんど知らなかった。彼はアラトーレ同様、老人の書いたものをほとんど知らなかった。スペイン語に翻訳された彼の本はスペインで出版されていたので、メキシコに届くのは遅かった。三年前、まだ新政府の文化部門の責任者になる前、出版社を経営していたときに、『ベルリンの暗黒街』を出版しようとしたことがあったが、版権はすでにバルセロナの出版社が持っていた。それにしても誰が、どうやってこの老人に俺の電話番号を教えたのだろう? とエル・セルドは疑問に思った。その答えはまったく思いつかなかったが、そうした疑問が浮んできただけで彼は早くも嬉しくなり、自分が何らかの形で重要人物として、作家として認められたことの喜びがこみ上げてきた。

「出かけられますよ」と老人は言った。「用意はできています」

老人はグレーのTシャツの上に革のジャケットを羽織り、彼のあとに続いた。彼は老人をガリバルディ広場に連れていった。広場に着くと、人はまばらで、観光客の大半は自分のホテルに戻っていたので、そこにまだいたのは酔っぱらいや夜型の人、これから夕食を食べる人々、それに最近見たサッカーの試合のことを話しているマリアッチの楽団くらいのものだった。通りが広場に通じるあたりを、人影が滑るように動き、ときおり立ち止まっては彼らの様子を窺っている。エル・セルドは政府の仕事を始めてからいつも持ち歩いているピストルを手で確かめた。二人は一軒のバーに入り、エル・セルドはビールを注文した。老人はテキーラを飲み、エル・セルドは豚肉のタコスを注文した。老人が食べているあいだ、エル・セルドは人生がもたらしたさまざまな変化について考え始めた。たった十年前でも、もし彼が同じバーに入り、今一緒にいるのと同じようなひょろっと背の高い老人とドイツ語で話し出したりしたら、彼を罵ったり、およそ筋の通らない理由で腹立たしく思ったりする人間がいたことだろう。そうして今にもひと騒動もち上がりそうになったときは、エル・セルドが相手の赦しを乞うか、事情を説明して、テキーラをおごることで始末がつくのだった。今は、彼に喧嘩を売る者はひとりもいない。まるで俺がシャツの下にピストルを忍ばせていることや政府の高官を務めていることが、喧嘩っ早い者や酔っぱらいには遠くからでも感じ取れる神聖なオーラとなっているかのようだ。しょうもないろくでなしの腰抜けどもめが、とエル・セルドは思った。臭うぞ、ぷんぷん臭うぞ、奴らはズボンのなかでクソを漏らしてるんだ。それからヴォルテール(なんでヴォルテールなんだ、畜生め)のことを考え始め、それから、以前から温めていた古いアイデア、ヨーロッパのどこかの大使か少なくとも文化担当官にしてくれるように頼むという思いつきについて考え始めたが、彼の手持ちのコネでは、大使の職は望めそうになかった。難点は、大使館だと収入が大使の給料だけになってしまうことだった。ドイツ人が食べているあいだ、エル・セルドはメキシコを離れることのメリットとデメリットを秤にかけてみた。メリットとしては、もちろん、作家としての仕事を再開できるということがあった。イタリアかイタリアの近くに住み、トスカーナやローマで長期滞在し、ピラネージについて、彼がメキシコの実際の牢獄というよりも、メキシコの牢獄の空想やイメージに同じものを見ている、ピラネージの空想の牢獄についてエッセーを書くというのは魅力的な考えだった。デメリットとしては、もちろん、権力から物理的に遠くなるということがあった。権力から遠ざかるのは決してよいことではない。彼はそのことをごく早いうちに、実際に権力の座に就く前、出版社を経営し、アルチンボルディの本を出そうとしたときに知ったのだった。

「そういえば」と彼は突然老人に言った。「あなたは行方不明になったと言われていたのではありませんか？」

老人は彼を見て、品よく微笑を浮かべた。

同じ夜、ペルチエとエスピノーサとノートンは、アラトーレの口からドイツ人に関する同じ話を聞いたあと、エル・セルドことアルメンドロに電話をかけた。彼は、アラトーレがすでにおおむね話したことをエスピノーサに語るのを、少しも嫌がらなかった。エル・セルドとアラトーレの関係は、ある意味で師弟もしくは兄弟の関係だった。実際、アラトーレのためにトゥールーズでの奨学金を手に入れてやったのはエル・セルドで、それはある意味でエル・セルドの自分の弟分に対する評価がいかほどのものかを示していた。というのも彼の権力をもってすれば、アテネかカラカスの文化担当官のポストは言うに及ばず、トゥールーズよりも名高い場所の、より華々しい奨学金を獲得することができたからである。そうした奨学金であれば、大した額でなくとも箔がつくし、アラトーレは心底喜んだだろうが、実を言えば、アラトーレにしてみればトゥールーズのささやかな奨学金でもありがたかったのだ。次の機会には間違いなく、エル・セルドは彼に対してもっと気前がよくなるはずだった。いっぽう、アルメンドロはまだ五十手前で、彼の作品はメキシコシティの外ではまったくと言っていいほど知られていなかった。だが、メキシコシティと、公正を期すために言うならアメリカ合衆国のいくつかの大学では、彼の名は、知られているというほどに知られていた。とすると、アルチンボルディは、例のドイツ人の老人がふざけていたのではなく本物のアルチンボルディだったとして、いかにして彼の電話番号を知ったのだろう？　エル・セルドの考えでは、電話番号は彼のドイツの出版社の社長である、ブービス夫人が提供したのだ。エスピノーサはいささか当惑しながら、彼にその著名な女性を知っているのかと尋ねた。

「もちろんですよ」とエル・セルドは答えた。「ベルリンであるパーティー、ドイツの出版関係者何人かとの文化的集まり《チャレアーダ》に出たとき、そこで挨拶したんです」

（文化的チャレアーダって何のこと？）とエスピノーサは紙に書き、皆はそれを見たが、その言葉の意味が分かったのは、エスピノーサがその質問を向けていたアラトーレだけだった。

「彼女に名刺を渡したはずです」とエル・セルドはメキシコシティから言った。

「で、その名刺に自宅の電話番号が書いてあったんですね？」

「そうなんです」とエル・セルドは言った。「きっと名刺Aを渡したんでしょう。名刺Bには職場の電話番号しか書いていないのです。それに名刺Cには秘書の電話番号しか書いていない」

「なるほど」とエスピノーサは辛抱強く言った。

「名刺Dには何も書いてありません、私の名前だけで、あとは白紙です」とエル・セルドは笑いながら言った。

「そうですか」とエスピノーサは言った。「名刺Dにはあなたの名前だけ」

「そのとおり」とエル・セルドは言った。「私の名前だけです。電話番号も、職業も、自宅の住所も、いっさいなし。お分かりですか？」

「分かります」とエスピノーサは答えた。

「ブービス夫人に渡したのは、間違いなく名刺Aです」

「で、彼女がそれをアルチンボルディに渡したに違いないと」とエスピノーサは言った。

「そのとおりです」とエル・セルドは答えた。

朝の五時まで、エル・セルドはドイツ人の老人と一緒にいた。食事のあと（空腹だった老人はさらにタコスとテキーラを注文し、エル・セルドのほうはそのあいだ、ダチョウのように頭を隠して憂鬱と権力について深く考え込んでいた）、二人は中央広場《ソカロ》のあたりを散歩しに出かけ、エル・セルドの表現によれば、荒れ地に咲くライラックの花みたいに姿を現わしていたアステカ時代の遺跡を訪れた。それは石の花のなかのもうひとつの石の花、間違いなくどうしようもない無秩序、その先にあるのは無秩序だけという無秩序です、とエル・セルドは言った。そうして彼とドイツ人は、ソカロ周辺の通りを歩き、サント・ドミンゴ広場に着いた。そこでは日中、代書屋たちがアーケードの下にタイプライターを出して座っていて、手紙や法的文書、裁判関係の請願書を作成するのだった。それから二人はレフォルマ通りの天使像を見に行ったが、その夜は天使像の灯が消えていたので、ロータリーの周囲を車で回りながら、エル・セルドは、車のウィンドウを開けて上を見上げているドイツ人にそのことを説明するしかなかった。

二人は午前五時にホテルに戻った。エル・セルドはロビーで煙草を吸いながら老人を待った。エレベーターから出てきた老人は、スーツケースをひとつ持っているだけで、前と同じグレーのTシャツにジーンズという格好だった。空港に通じる大通りはどこも空いていて、エル・セルドは何度も赤信号を無視した。彼は話題を探そうとしたが、見つからなかった。一緒に食事をしたときに、メキシコに来たことはあるかどうかはすでに訊いてしまい、老人はないと答えたのだったが、ヨーロッパのほとんどすべての作家が、何らかの折に来たことがあったのでそれは奇妙なことだった。しかし、老人は今回が初めてだと言った。空港に近づくと、車の数が増え、渋滞になった。駐車場に入ると、老人はそこで別れようとしたが、エル・セルドは付き添うと言い張った。

「スーツケースをお持ちしますよ」と彼は言った。

スーツケースはキャスター付きで、少しも重くなかった。老人は飛行機でメキシコシティからエルモシージョに行った。

「エルモシージョ?」とエスピノーサは言った。「それはどこにあるんですか?」

「ソノラ州です」とエル・セルドは答えた。「ソノラの州都で、メキシコの北西部、アメリカとの国境にあります」

「ソノラで何をなさるんですか?」とエル・セルドは訊いた。

老人は答える前に、口のきき方を忘れでもしたかのように、一瞬ためらった。

「それを知りに行くんだ」と彼は言った。

だが、エル・セルドにはよく分からなかった。たぶん、知る、ではなくて、学ぶ、と言ったのだろう。

「エルモシージョですか?」とエル・セルドは訊いた。

「いや、サンタテレサだ」と老人は答えた。「あんたは行ったことがあるのかね?」

「いいえ」とエル・セルドは答えた。「エルモシージョにはずっと前に二度ばかり、文学について講演をしに行きましたが、サンタテレサには一度も行ったことがありません」

「大きな街だと思うが」と老人は言った。

「ええ、大きいです」とエル・セルドは答えた。「工場があります。でも厄介な問題もあります。きれいな場所だとは思えませんね」

エル・セルドは身分証を提示し、搭乗口まで老人を送っていくことができた。別れる前に、老人に名刺を渡した。名刺Aだ。

「何か困ったことが起きたら、ご遠慮なく」と彼は言った。
「ありがとう」と老人は言った。
それから二人は握手を交わし、以後二度と会うことはなかった。

彼らは、自分たちが知っていることを誰にも話さないことにした。黙っていることは、誰に対する裏切りでもなく、この場合にふさわしい、用心深く慎重な振る舞いだと彼らは判断した。誤った期待は抱かないほうがいいと彼らはすぐに了解した。ボルフマイヤーによると、その年のノーベル賞候補としてアルチンボルディの名前がふたたび挙がっていた。前の年にも彼の名前は受賞者を予想する賭けの対象になっていた。誤った期待だった。ディーター・ヘルフェルトによれば、あるスウェーデン・アカデミーの会員、あるいはアカデミー会員の秘書が、受賞した場合に作家がどう反応するかを探るために、彼の出版社と接触した。八十歳を過ぎた人間に何が言えるだろう? 家族もなく、子供も孫もいない、顔も知られていない八十過ぎの人間にとって、ノーベル賞をもらうことがどれだけ重要だろうか? 彼は喜ぶでしょう、とブービス夫人は答えた。おそらく誰に相談することもなく、受賞によって売れるはずの本のことを考えていたのだろう。だが、夫人はそれまで売れた本のこと、ハンブルクのブービス社の倉庫に積んである本のことを気にしていたのだろうか? いや、違うだろう、とディーター・ヘルフェルトは言った。夫人は九十歳に近く、在庫状況のことは気にしていなかった。彼女はミラノ、パリ、フランクフルトをさかんに訪れた。フランクフルト・ブックフェアのブービス社のブースでは、ときどきセッレリオ夫人と話をしているのを目撃された。あるいはモスクワのドイツ大使館で、シャネルのスーツを着て、ロシアの詩人二人を引き連れて、ブルガーコフや冬に凍りつく前の秋のロシアの河川の（比類のない！）美しさについて論じていた。ときにはブービス夫人がアルチンボルディの存在を忘れてしまっているように思えることもある、とペルチエは言った。それはメキシコではごく普通のことです、と若いアラトーレが言った。とにかく、シュヴァルツによれば、候補者のリストに載っているからには可能性があった。それに、おそらくスウェーデン・アカデミーはある種の変化を望んでいるのだろう。帰還兵、今も逃亡を続けている第二次世界大戦の脱走兵は、ヨーロッパの激動の時代を思い出させる存在だった。状況主義者《シチュアシオニスト》さえも一目置く左翼作家。折り合えないことは折り合おうとしない人間。今はそれが流行になっている。想像してごらん、とペルチエは言った。アルチンボルディがノーベル賞を獲得する。まさにそのとき、僕たちが彼の手を引いて現われるんだ。

彼らには説明がつかなかったのが、アルチンボルディはメキシコで何をしているのかということである。なぜ八十過ぎの人間が、それまで一度も訪れたことのない国に行ったのか？　突然興味が湧いたのだろうか？　執筆中の小説の舞台を取材するためか？　ほかの理由はともかく、それだけはありえない、と四人は思った。なぜなら彼らはアルチンボルディの新作はもう出ないはずだと思っていたからだ。

　四人は暗黙のうちに、もっとも安易だがもっとも突飛でもある答えへと気持ちが傾いた。アルチンボルディは、多くの高齢のドイツ人やヨーロッパ人のように、メキシコに観光に行ったというものだ。その説明は根拠に乏しかった。彼らは、プロイセンの人間嫌いの老人がある朝目覚めたら気が狂っていたと想像してみた。老年性痴呆症の可能性を考えてみた。彼らは仮説を放棄し、エル・セルドの言ったことにこだわった。もしアルチンボルディが逃亡しているとしたら？　もしアルチンボルディが、突如として、ふたたび逃げなくてはならない理由を見つけたとしたら？

　最初のうちノートンは、アルチンボルディを探しに行くことをもっとも渋っていた。アルチンボルディの手を引いてヨーロッパに戻ってくる彼らのイメージは、彼女には誘拐犯グループのように思えた。もちろん、誰もアルチンボルディを誘拐するつもりなどなかった。まして彼を質問攻めにすることなど彼らは思いもしなかった。エスピノーサは、アルチンボルディに会えれば満足だった。ペルチエは、彼のある小説のタイトルになっている革の仮面が誰の皮膚でできているのか訊ければ満足だった。モリーニは、彼らがソノラで撮った彼の写真が見られれば満足だった。

　アラトーレは、誰からも意見を求められなかったものの、ペルチエ、エスピノーサ、モリーニ、ノートンと文通する仲になり、もし迷惑でなければ、ときおりそれぞれが住む都市に訪ねていければ満足だった。ノートンだけは煮えきらなかった。だが結局、彼女も行くことにした。アルチンボルディはギリシアに住んでいると思う、とディーター・ヘルフェルトは言った。それか、もしくは死んでいるかだ。第三の可能性もある、とディーター・ヘルフェルトは言った。アルチンボルディという名前で我々が知っている作家は、実はブービス夫人であるという可能性。

「そう、それだ」と我らが四人の友人たちは言った。「ブービス夫人だ」

　出発間際になって、モリーニは行かないことにした。体調がよくなくて、行けなくなったと彼は言った。やはり身体の弱かったマルセル・シュウォッブは、一九〇一年に、最悪の健康状態で、太平洋に浮かぶ島にあるスティーヴンソンの墓を訪ねる旅に出た。シュウォッブの旅は何十日も続き、最初にヴィル・ド・ラ・シオタ、次にポリネシア、そのあとマナポウリに寄港した。一九〇二年一月、肺炎に罹り、危うく死ぬところだった。シュウォッブは丁《ティン》という名の中国人の召使を連れて旅したが、この召使はたちまち船に酔ってしまった。あるいは、海が荒れたときだけ船酔いになったのかもしれない。いずれにせよ、航海は絶えず時化《しけ》と船酔いに見舞われた。あるとき、船室で横になり、死期が近いことを感じていたシュウォッブは、誰かが隣に横たわっているのに気づいた。その闖入者は誰だろうとふり向くと、それは彼の東洋人の召使だった。彼の肌はレタスのように青かった。そのとき初めてシュウォッブは自分の企てがいかなるものであったのかを悟ったのだろう。苦労を重ねた末にサモアに着くと、彼はスティーヴンソンの墓参りをしなかった。ひとつには、病があまりに重かったためで、もうひとつには、死んでいない人間の墓参りをする必要はないという理由からだった。スティーヴンソンは（そしてこの単純な事実を発見したのは旅のおかげだった）、彼の内に生きていたのだ。

シュウォッブを賞賛していた（賞賛するというよりむしろ愛着を感じていた）モリーニは、初めのうち、自分たちのソノラへの旅が、ささやかながらこのフランスの作家および彼が詣でた墓の主であるイギリスの作家に対する一種のオマージュを示す行為になりうると考えた。しかし、トリノに戻ると、旅行はできないと気づいた。そこで友人たちに電話して、その種の無理は禁物だと医者に言われたと嘘をついた。ペルチエとエスピノーサは彼の説明を受け入れ、定期的に電話して自分たちが行なう捜索の進捗を知らせると約束した。

ノートンに電話したときの様子は違っていた。モリーニは旅には出ないとくり返し伝えた。医者に止められているんだ。毎日メールを書くから。彼は笑い、あえてばかばかしい冗談を言いさえしたが、ノートンには通じなかった。イタリア人のジョークだった。パラシュートが二つしかない飛行機に、イタリア人とフランス人とイギリス人が乗っている。ノートンは政治的なジョークだと思った。たとえ飛行機（まずエンジンがひとつ故障し、その後もうひとつも故障し、そのあと機首が地表に向かって下がり始める）に乗っているイタリア人が、モリーニのジョークを語る調子からベルルスコーニを思わせるとしても、実際は子供のジョークにすぎなかった。実際、ノートンは、ほとんど口を開かず、相槌を打っていただけだった。それから、実に優しい、あるいはモリーニには耐えがたく思えたほど甘ったるい英語で、おやすみなさい、ピエロ、と言って受話器を置いた。

ノートンは、モリーニから皆と行動をともにしないと言われ、何となく侮辱された気がした。その後、二人はどちらからも電話をかけなかった。モリーニのほうはかけることができたかもしれないが、彼は彼なりの方法で、友人たちがアルチンボルディの捜索に着手する前に、サモアを訪れたシュウォッブのように、すでに旅を開始していた。それは勇者の墓を巡るのではなく、一種の諦め、ある意味で新たな経験を巡る旅だった。それというのも、この諦めは一般に諦めと呼ばれるものでも、まして忍耐や忍従でもなく、むしろ従順である状態、甘美で理解不能な謙虚さであったからで、彼を理由もなく涙させ、彼のイメージ、モリーニがモリーニとして認識するものがそのなかで次第にとめどもなくなり、溶けていった。あたかも川であることをやめた川、あるいは自らが燃えていることを知らずに地平線で燃えている木のように。

ペルチエ、エスピノーサ、ノートンは、パリからエル・セルドが待つメキシコシティへ行った。メキシコシティではホテルに一泊し、翌朝、飛行機でエルモシージョに向かった。ことの次第をほとんど理解していなかったエル・セルドは、ヨーロッパのきわめて著名な学者たちを迎えることで喜んでいたが、彼にとって当てが外れたのは、三人が国立芸術院かメキシコ国立自治大学かメキシコ大学院大学で講演を行なうのを固辞したことだった。

メキシコシティで過ごした夜、エスピノーサとペルチエはエル・セルドと一緒に、アルチンボルディが泊まったホテルに行った。フロント係はうるさいことひとつ言わず彼らにパソコンを見せてくれた。エル・セルドはマウスを動かし、点灯した画面に現われる宿泊客の名前のなかから、彼がアルチンボルディと会った日に相当するものをチェックした。ペルチエはエル・セルドの爪が汚いのに気づき、そのあだ名がついた理由を理解した。

「あった」とエル・セルドは言った。「これだ」

ペルチエとエスピノーサはメキシコ人が指した名前に目をやった。ハンス・ライター。一泊。現金払い。クレジットカードは使わず、部屋の冷蔵庫も使っていなかった。それから彼らはそのホテルをあとにして、自分たちのホテルに向かった。エル・セルドは二人に、どこか観光名所に行ってみたくないかと訊いたが、エスピノーサとペルチエは、いいえ、興味ありません、と答えた。

その間ノートンはホテルに残り、眠くはなかったが明かりを消して、音量を下げたテレビだけをつけていた。開け放った部屋の窓から遠いブーンという音が聞こえてきて、まるでそこから何キロも離れた場所で、スラム街から人々を立ち退かせているかのようだった。テレビの音だと思って彼女はテレビを消してみたが、物音はまだ聞こえていた。彼女は窓にもたれ、街を眺めた。ちらちら揺れる光の海が南に向かって広がっていた。窓から身を乗り出すと、うなりは聞こえなくなった。ひんやりした空気が心地よかった。

ホテルの玄関で、二人のドアマンが客とタクシーの運転手を相手に口論していた。客は酔っていた。ドアマンの一人は客の肩を支え、もう一人は、大げさな身ぶりから判断すると、次第に興奮してきたらしい運転手の言い分をじっと聞いていた。まもなく、ホテルの前に一台の車が停まり、まずエスピノーサとペルチエが降り、続いてメキシコ人が降りるのをノートンは見た。上からでは、自分の友人たちかどうか必ずしも確信はもてなかった。いずれにせよ、もし友人たちだとしたら、いつもと違って見え、歩き方も違っていて、もしそんなことがありうるならはるかに男らしく見えた。とはいえ、彼女にとって男らしさという言葉は、とりわけ歩き方を指すときにはグロテスクで、途方もなくばかばかしく思えた。メキシコ人がドアマンの一人に車のキーを渡すと、三人はホテルに入っていった。エル・セルドからキーを受け取ったドアマンは車に乗り込んだ。するとタクシーの運転手は、酔っぱらいを支えているドアマンに向かって何か身ぶりをした。ノートンは、運転手が料金の不足分を要求しているのに対し、酔ったホテル客のほうは払おうとしていないという印象を受けた。今いる位置から見ると、酔っぱらいはアメリカ人だろうとノートンは思った。その男は白いシャツを着ていて、カプチーノかコーヒーシェイクのようなカーキ色のキャンバス地らしきズボンからシャツの裾が出ていた。年齢はよく分からなかった。もう一人のドアマンが戻ってくると、タクシーの運転手は二歩退いて、二人に何か言った。

あの態度は脅迫しているのだ、とノートンは思った。するとドアマンの一人、酔っぱらいを支えていたほうが飛びかかり、運転手の首を摑んだ。運転手は不意をつかれて、なんとか後ずさりはしたものの、ドアマンを払いのけることはできなかった。汚染物質を含んだ黒雲に覆われているはずの空に、飛行機のライトが現われた。ノートンはびっくりして顔を上げた。そのとき、まるで何百万匹もの蜂がホテルを取り囲んだかのように、空気全体がうなり出したのだ。一瞬、自爆テロか飛行機事故があったのではという考えがよぎった。ホテルの玄関では二人のドアマンが、地面に倒れた運転手を痛い目に遭わせていた。続けざまに蹴ったわけではなかった。つまり、四回か六回蹴りつけ、そこで止めて、口をきくか逃げ出す機会を与えたのだが、運転手は身体を折り曲げながらも、口を動かし、彼らを罵った。するとドアマンたちは続けざまに足蹴りを喰らわせた。

飛行機は闇のなかでさらに高度を下げ、ノートンは飛行機の窓越しに乗客の無表情な顔が見えた気がした。やがて機体は旋回するとふたたび上昇し、数秒と経たないうちにもう一度雲の腹部に入っていった。尾翼のライトの赤と青のきらめきが、飛行機が見えなくなる前に彼女が最後に見たものだった。窓の下を見下ろすと、ホテルのフロント係が一人出てきて、足元のおぼつかない酔っぱらいをまるで負傷者のように運んでいき、二人のドアマンは運転手を、タクシーのほうではなく地下駐車場のほうへ引きずっていった。

彼女がとっさにしようとしたのは、バーに下りていき、メキシコ人としゃべっているはずのペルチエとエスピノーサを見つけることだった。だが結局、窓を閉め、ベッドに潜ることにした。うなりはまだ聞こえていて、ノートンはそれをエアコンが立てる音に違いないと思った。

「タクシーの運転手とドアマンとのあいだで、一種の戦争が起きているんです」とエル・セルドは言った。「宣戦布告なしの戦争です。状況は急激に変わり、緊張が高まることもあれば、停戦状態になることもあります」

「それでこれからどうなるんでしょう?」とエスピノーサは訊いた。

彼らはホテルのバーの、通りに面した大きな窓のそばに座っていた。外の空気は液体のような感触だった。手を伸ばして触れたいという気にさせる、黒い、漆黒の水。

「ドアマンたちはあの運転手に焼きを入れる、運転手がホテルに戻ってこられるようになるには相当時間がかかるでしょうね」とエル・セルドは言った。「チップが原因です」

それからエル・セルドは住所録の入った電子手帳を取り出し、彼らはそれぞれの手帳にサンタテレサ大学の学長の電話番号を書き写した。

「今日、学長と話しました」とエル・セルドは言った。「で、あなたがたをできるかぎり手助けするよう頼んでおきました」

「あの運転手は誰がここから連れ出すんでしょうか?」とペルチエが訊いた。

「自分の足で出ていきますよ」とエル・セルドは答えた。「駐車場でめった打ちにしたあとバケツで水を浴びせ、目を覚まさせるんです。そうすれば自分の車に乗って、逃げていきますよ」

「ドアマンとタクシーの運転手が戦争中なら、客は、タクシーが必要なときどうしたらいいんですか?」とエスピノーサは訊いた。

「ああ、そのときはホテルが無線タクシーを呼んでくれますよ。無線タクシーは誰ともトラブルを起こしません」とエル・セルドは答えた。

彼を見送るためにホテルの玄関に出ていくと、二人は運転手が足を引きずりながら駐車場から出てくるのを見た。顔は無傷で、服は濡れていないようだった。

「きっと取引したんです」とエル・セルドは言った。

「取引?」

「ドアマンたちとの取引ですよ。金です」とエル・セルドは答えた。「金をやったに違いありません」

ペルチエとエスピノーサは一瞬、エル・セルドがタクシーで引き上げるのではないかと想像した。タクシーはそこからわずか数メートル先、道の反対側に、ぽつんと停まっていた。だが、エル・セルドは頭を動かして合図し、ドアマンの一人に彼の車を回すよう命じた。

翌朝、彼らはエルモシージョに飛行機で移動し、空港からサンタテレサ大学の学長に電話をかけたあと、レンタカーを借り、国境に向かって出発した。空港を出ると、三人はソノラ州の明るさを感じ取った。それはあたかも光が空中に巨大な湾曲を描きながら太平洋に沈んでいくかのようだった。その光の下で移動すると空腹を感じるけれど、同時にもっと有無を言わせないかたちで、その空腹をどこまでも我慢したい気にさせられる、とノートンは思った。

三人がサンタテレサに南側から入ると、街は、ほんのかすかな合図でも動き出しかねないジプシーか難民の巨大なキャンプに見えた。彼らは〈ホテル・メキシコ〉の四階に部屋を三つ取った。部屋は三つとも同じだったが、実際には違いを感じさせる細部がたくさんあった。エスピノーサの部屋には大きな絵が一枚掛かっていて、砂漠と、左側には軍隊か乗馬クラブのようなベージュ色のシャツを着た騎馬の男たちの一団が描かれていた。ノートンの部屋には、鏡が一枚ではなく二枚あった。一枚は、ほかの部屋と同様ドアの脇にあったが、もう一枚は、奥の壁の通りに面した窓のそばにあり、ある位置に立てば双方の鏡に映る、合わせ鏡のようになっていた。ペルチエの部屋では、トイレの便器の一部が欠けていた。一見しただけでは分からないのだが、便器の蓋を上げると、欠けている部分がまるで犬の吠え声のように突然現われる。いったいなぜ誰も修理しなかったのだろう、とペルチエは思った。ノートンはそんな状態の便器を見たことがなかった。欠けた部分は二十センチほどもあった。白い磁器の下には、石膏を塗ったビスケットの形をした、陶土のような赤い物質がのぞいていた。足りない箇所は半月の形をしていた。あたかもハンマーでこそげたように見えた。あるいは誰かが、すでに床に倒れていた別の人を起き上がらせ、そのとき頭を便器に打ちつけたみたいだとノートンは思った。

サンタテレサ大学の学長は、親切で気が弱そうな人物に見えた。非常に背が高く、毎日キャンパスを思索にふけりながら長い時間散歩してでもいるかのように、肌は軽く日焼けしていた。彼は三人にコーヒーを振る舞い、彼らの説明に辛抱強く、本物というよりは見せかけの興味を示しながら耳を傾けた。そのあと彼らを連れてキャンパスを回り、あれこれ建物を指さして、それぞれがどの学部に属しているかを教えた。ペルチエが、話題を変えるためにソノラの光のことを話すと、学長は砂漠の日没について長々と話し、ソノラや隣のアリゾナに住み着いた、彼らの知らない何人かの画家たちの名前を挙げた。

学長室に戻ると、学長は、ふたたび三人にコーヒーを勧め、どのホテルに泊まっているのかと尋ねた。彼らがホテルの名を挙げると、学長は紙にホテルの名前を書き留め、その紙を上着の胸ポケットにしまってから、自宅での夕食に招待すると言った。それからまもなく、三人はその場をあとにした。学長室から駐車場まで歩いていくとき、男女の学生の一団が芝生の上を歩いているのが見え、まさにそのとき、スプリンクラーが動き出した。学生たちは悲鳴を上げて走り出し、そこから離れていった。

ホテルに戻る前に、三人は車で街をひと回りした。街があまりに無秩序に見えるので、彼らは笑い出してしまった。そのときまで、彼らがそれほど上機嫌だったことはなかった。物事を観察し、自分たちの助けとなりそうな人々の言葉に耳を傾けたものの、それも単により大きな戦略の一部でしかなかった。ホテルに戻るあいだに、敵対的な環境にいるという感覚は消え失せてしまった。と言っても、敵対的というのは彼らの言葉ではなく、彼らがその言葉遣いを認識するのを拒否している環境、彼らとパラレルに存在していて、そこでは力まかせに、大声を上げ、異議を唱えることでしか自分たちの存在を主張することができない環境ということであり、彼らにはそうするつもりはなかった。

彼らはホテルでサンタテレサ大学の哲文学部長アウグスト・ゲーラからの文書を見つけた。その文書は彼の「同僚」エスピノーサ、ペルチエ、ノートンに宛てられていた。親愛なる同僚の皆さま、と彼はいささかの皮肉も込めずに書き出していた。それを見ていた三人はさらに笑ったが、たちまち悲しい気分に襲われた。というのも「同僚」という言葉の滑稽さは、ある意味で、ヨーロッパとその移動放牧の一隅のあいだに、鉄筋コンクリート製の橋を架けていたからだ。子供の泣き声を聞いている気分、とノートンは言った。その文書でアウグスト・ゲーラは、彼らが自分の街で快適に楽しく過ごすことを願っていただけでなく、「ベンノ・フォン・アルチンボルディの専門家」、アマルフィターノという教授のことを語っていた。彼はほかならぬその日の午後、直々にホテルに現われて、できるかぎりのお手伝いをさせていただくことになるでしょう。書面の最後は、砂漠を石化した庭園にたとえる詩的な文言でしめくくられていた。

ベンノ・フォン・アルチンボルディの専門家を待つあいだ、三人はホテルから出ないことにした。バーの窓越しに見えたところからすると、アメリカ人観光客のグループも彼らと同じく外に出ないことにしたらしく、高さが三メートル近いものもある、何種類もの驚くべきサボテンで飾られたテラスで、わざとらしく酔っぱらっていた。ときおり観光客の一人がテーブルを立ち、枯れかけの植物に覆われた手すりに近づいて通りを見やった。それから、よろめきながら仲間のところへ戻り、しばらくすると、先ほどテーブルを立った男がひどく可笑しい冗談を言ったかのように、全員が笑った。彼らのなかに若者はいなかったが、老人もおらず、四十代から五十代の観光客からなるグループで、どうやらその日にアメリカに帰るらしかった。ホテルのテラスは次第に人で埋まっていき、ついに満席になった。日が落ちて東から暗くなり始めると、テラスのスピーカーからウィリー・ネルソンの歌の出だしが聞こえてきた。

酔っぱらいの一人がそれに気づき、叫び声を上げて立ち上がった。エスピノーサ、ペルチエ、ノートンは、その男が踊り出すのだろうと思ったが、男は踊るかわりにテラスの手すりに近づき、首を突き出して上下を見やり、それから落ち着き払って妻や仲間たちのところへ戻って座った。この連中はイカレてる、とエスピノーサとペルチエは言った。だがノートンは、何か奇妙なことが起きていると思った。通りで、テラスで、ホテルの部屋で、メキシコシティにおいてさえも、あの非現実的な、少なくとも論理的には理解しがたいタクシーの運転手やドアマンに、それにヨーロッパでも、三人が集合したパリの空港でも何もかもがおかしかったし、そしておそらくその前に、彼らと一緒に行くのを拒んだモリーニにも、トゥールーズで知り合った、いささか嫌悪感を抱かせる若者にも、突然アルチンボルディのことを知らせてきたディーター・ヘルフェルトにも、何か奇妙な、彼女の理解を超えたことが起こっていると思った。さらに、アルチンボルディとアルチンボルディが書いたことのすべてに、そしてアルチンボルディの本を読み、ノートを取り、解釈を行なう彼女自身にも、自分では分からないが、間欠的ではあったものの、何か奇妙なことが起こりつつあった。

「君の部屋のトイレを修理してもらうように頼んだかい?」とエスピノーサが訊いた。

「ああ、何とかしてくれと言ったよ」とペルチエは答えた。

「だけど、フロントには部屋を替えたほうがいいのではと言われた。向こうは僕を三階に移したかったんだ。そこで僕は、このままで結構だ、僕は自分の部屋に留まるつもりなので、僕がチェックアウトしたら修理してくれ、と言ってやった。僕たちはくっついていたいんだってね」とペルチエは笑顔で言った。

「それはよかった」とエスピノーサは言った。

「フロント係は、トイレの便器は交換するつもりだが、ちょうどいいのが見つからないのだと言っていた。ホテルに悪い印象を抱いたまま帰らないでほしいって。いずれにせよ、親切だったよ」とペルチエは言った。

彼ら批評家たちがアマルフィターノに抱いた第一印象はどちらかというと否定的で、土地の凡庸さに似つかわしかった。ただ、この土地、砂漠のなかのだだっ広い街は、典型的なもの、地方色に富んだ何か、人間の風景の、しばしば残虐でもある人間の風景の豊かさを示すひとつの証拠であるのに対し、アマルフィターノのほうは難船した人間のようにしか見えず、服装がいい加減な男、ないも同然の大学のいないも同然の教授、野蛮に対しあらかじめ敗北した戦いを試みる一兵卒、あるいはより通俗的でなく感傷的でない言葉で言えば、結局あるがままの人間なのだが、自分の牧場で草を食んでいる憂鬱な哲学教授、ハイデガーが運悪くメキシコとアメリカの国境で生まれていたとしたらハイデガーをたった一口で飲み込んでしまったであろう、気まぐれで子供じみた動物の背中にしか見えなかった。エスピノーサとペルチエは彼のなかに、挫折した男、なかんずくヨーロッパで暮らし、教えたために挫折した男、硬い殻で身を守ろうとするものの、内面の繊細さがその事実を暴いてしまう男を見た。それに対し、ノートンの印象は、急速に生命力が衰えつつあり、彼らにその街を案内する役目を果たすことが最後の望みであるという、なんとも悲しい男というものだった。

その夜、三人の批評家たちは比較的早く床に就いた。ペルチエは自分の部屋の便器の夢を見た。鈍い音が聞こえて目が覚め、裸のまま起き上がると、ドアの下の隙間から誰かが浴室の明かりを点けたのが見えた。最初はノートンか、いやエスピノーサだろうとさえ思ったが、近づいていくときにはもう、二人のどちらでもないことが分かっていた。ドアを開けると、浴室には誰もいなかった。床に大きな血の染みがいくつかできていた。浴槽とシャワーカーテンには何かまだ固まりきっていない汚れが付着していて、ペルチエは最初、泥か吐瀉物だと思ったが、すぐにそれが大便であることに気づいた。大便が催す不快感は血液を見て感じた恐怖に勝った。彼は吐き気がこみ上げ、そのとたん目が覚めた。

エスピノーサは、砂漠を描いた絵の夢を見た。夢のなかで、エスピノーサはベッドの上で上体を起こして座っていて、そこからはまるで縦横一・五メートル以上のテレビの画面を見るようにして、静かな、目が痛くなるほど陽光に黄色く輝く砂漠と、馬に乗った人々の姿を眺めることができた。人と馬の動きはまるで我々とは異なる世界の住人であるかのようで、ほとんど感じ取れなかった。その世界では速さも異なっていて、エスピノーサにとっては速さというより遅さに思えたが、その遅さのおかげで、誰であろうとその絵を眺める者は頭がおかしくならずにすむということが彼には分かっていた。それから声がした。エスピノーサはその声を聞いた。かろうじて聞こえるその声は、初めは音素だけ、砂漠の上に、そしてホテルの部屋と夢のなかの空間の上に隕石のように放たれた短いうめきだけだった。彼は断片的な言葉をいくつか聞き取ることができた。速さ、緊急、速度、軽快さ。言葉は、死肉のなかのウイルスの根のように、絵のなかの希薄な空気のなかを突き進んでいた。我々の文化、とある声が言った。我々の自由。自由という言葉は、エスピノーサには誰もいない教室で振るった鞭の音のように聞こえた。目覚めると、汗をかいていた。

ノートンは夢のなかで、二枚の鏡に映っている自分の姿を見た。一枚は正面に、もう一枚は背後にあった。身体は軽く傾いていた。自分が前に進もうとしているのか後戻りしようとしているのか、どちらとも言えないことは確かだった。部屋の光は淡く、イギリスの日暮れ時のような色合いを帯びていた。明かりは点いていなかった。鏡に映った彼女の姿は、外出するときのような格好で、グレーのスーツを着ていたが、ノートンは、一九五〇年代のファッション雑誌を思わせるような小さなグレーの帽子を合わせてその服を着ることはめったになかったので奇妙なことだった。彼女には見えなかったが、たぶん黒いハイヒールを履いていただろう。身体は動かず、身体のなかの何かが無気力さや無防備さについて考えさせ、こう自問させた。自分は出発するために何を待っているのだろう？　二つの鏡が互いに見つめ合っている場所を離れ、ドアを開けて姿を消すために、どんな合図を待っているのだろう？　廊下で物音がしたのではないだろうか？　通りがかった誰かがドアを開けようとしたのではないだろうか？　うっかり者の泊まり客だろうか？　従業員、フロントから派遣された誰か、清掃係？　しかしながら、あたりは静まり返っていて、しかもその静けさにはある種の穏やかさが、夜に先立つ長い静寂のようなところがあった。突然、ノートンは鏡に映っている女性が自分ではないことに気づいた。彼女は恐怖を覚えながらも好奇心を抱き、じっとしたまま、鏡のなかの像をできるかぎり注意深く観察した。客観的には、わたしとまったく同じだし、わたしでないと考える理由はまったくない、と彼女は思った。あれはわたしなのだ。だがそのあとで、鏡のなかの女性の首に目を留めた。今にも破裂しそうに膨れ上がった血管が、耳から肩甲骨まで走っていた。その血管は本物ではなく描いたもののように見えた。そこでノートンは考えた。ここから出なくては。そして、その女性がいる正確な位置を見つけようと、部屋中に目を走らせたが、彼女の姿を見つけることはできなかった。両方の鏡に映るためには、と彼女は思った。入口の小さな通路と部屋の真ん中にいなければならない。しかしその女性は見えなかった。二つの鏡のなかの女性を見ると、変化に気づいた。女性の首がほんのわずかだが動いているのだ。わたしも二つの鏡に映っている、とノートンは思った。もし彼女が動き続ければ、しまいにわたしたちはお互いの姿を見ることになる。互いに相手の顔を見ることになる。ノートンは両手を握りしめ、待った。鏡のなかの女性も、超人的努力をしているかのように、両手を握りしめた。部屋に入ってくる光が灰色になった。ノートンは、外の通りで火事が起きたのだという気がした。汗が出てきた。うつむいて目を閉じた。ふたたび二つの鏡を見ると、女性の血管はさらに膨らみ、横顔が次第に見え始めた。逃げなくては、と彼女は思った。そしてこうも思った。ジャン＝クロードとマヌエルはどこにいるのかしら？　彼女はモリーニのことも考えた。彼女に見えたのは空っぽの車椅子だけで、その後ろには黒に近い緑色の、人を寄せつけない、深く巨大な森があり、しばらくするとそれがハイドパークであることが分かった。目を開けると、鏡のなかの女性の眼差しと彼女の眼差しが、部屋のどこかの一点で交差した。女性は彼女と同じ目をしていた。頬、唇、額、鼻。ノートンは、悲しみか恐怖がこみ上げ、泣き出した。あるいは泣いたと思った。わたしと同じだわ、と彼女は思った。でも向こうは死んでいる。女性は微笑みを浮かべ、ほとんど間を置かずに、恐怖に顔を歪めた。ノートンはぎょっとしてふり向いたが、後ろには壁があるだけで、誰もいなかった。女性はまた彼女に微笑んでみせた。今度は微笑んだあと顔を歪めるのではなく、深く沈んだ表情を浮かべた。そして女性はふたたび彼女に微笑んでみせ、それから心配そうな表情を浮かべ、それから無表情になり、それから不安そうな表情になり、それから諦めた表情になり、そのあとあらゆる狂気の表情を浮かべては、その都度微笑むのだった。その間ノートンは、落ち着きを取り戻すと、手帳を取り出し、今起きていることをすべて、まるでそのなかに自分の運命かこの世で考えられる幸福が暗号化されているとでもいうように、猛烈な速さで書き留めていた。そうしているうちに目が覚めた。

アマルフィターノが、一九七四年にアルゼンチンのある出版社のために『無限の薔薇』を翻訳したと言ったとき、三人の批評家たちの見方が変わった。彼がどこでドイツ語を学んだのか、いかにしてアルチンボルディの作品を知ったのか、どの本を読んだことがあるか、この作家についてどう考えているかを三人は知りたがった。アマルフィターノは、ドイツ語は小さいころから通っていたチリのドイツ人学校で習ったが、十五歳になったときに、取るに足りない理由によって公立高校に入学したと答えた。彼の記憶によれば、アルチンボルディの作品に初めて触れたのはたぶん二十歳のときで、そのころにサンティアゴの図書館から借りた『無限の薔薇』と『革の仮面』、『ヨーロッパの河川』をドイツ語で読んだのだった。その図書館にはその三冊と『分岐する分岐《ビフルカリア・ビフルカータ》』しかなく、後者は読み始めたものの読み終えることができなかった。その図書館は公立で、あるドイツ人男性の蔵書のおかげで所蔵図書が豊かになった。その人物はドイツ語の本を大量に収集し、亡くなる前に、サンティアゴのニュニョア地区にある自分の住んでいた自治体にそれを寄贈したのだ。

もちろん、アマルフィターノはアルチンボルディを評価していたが、このドイツ人作家に対する三人の批評家の傾倒ぶりとのあいだには、大きな隔たりがあった。たとえば、アマルフィターノは、アルチンボルディはギュンター・グラスやアルノー・シュミットと同じように優れた作家と見なしていた。批評家たちが、『無限の薔薇』の翻訳は彼自身の思いつきだったのか、それとも出版社からの依頼だったのか知りたがると、アマルフィターノは、自分の記憶では、その翻訳を思いついたのはアルゼンチンの出版社の編集部だったと思うと答えた。あのころ私は、と彼は言った。訳せるものはすべて訳していましたし、そのうえ、校正の仕事もしていたんです。彼が知るかぎり、その本は海賊版だったのだが、そう思い当たったのはずっとあとのことであり、それを確かめることはできなかった。

彼の登場に対して今やはるかに好意的になったころ、批評家たちが、一九七四年にアルゼンチンで何をしていたのかと尋ねると、アマルフィターノは彼らを見つめ、そのあと自分のマルガリータを見つめ、これまで何度となく同じ話をしてきたかのように、前の年にチリでクーデターが起きたので、一九七四年にはアルゼンチンにいた、政変が起きたために亡命の道を選ばざるをえなくなったからだと答えた。そして、そのように大げさに自分の話をすることを詫びた。すっかり癖になっているものですから、と彼は言ったが、批評家たちはこの最後の言葉にさして注意を払わなかった。

「亡命というのは過酷なことに違いないわ」とノートンは思いやるように言った。

「実のところ」とアマルフィターノは言った。「今はそれが自然な動きのように思えるんです。それはそれで、運命、あるいは普通、運命と見なされているものを無効にしてしまう何かなのだと」

「だが、亡命とは」とペルチエは言った。「不都合なことや急激な変化や断絶に満ちていて、その種のことは何度だって起こるし、人がやろうとするどんな重要なことも困難にしてしまうんだ」

「まさしくそこにあるんです」とアマルフィターノは言った。「運命の無効化というのは。またしても大げさですみません」

翌朝、三人がホテルのロビーに出るとアマルフィターノが待っていた。そこにチリ人教授がいなければ、彼らはきっと前の晩に見た悪夢を披露し合ったに違いなく、そこでどんなことが明るみに出たものやら知れなかった。しかし、そこにはアマルフィターノがいたので、四人で一緒に朝食をとりながら、その日の計画を立てることにした。彼らは複数の可能性を検討した。まず第一に、アルチンボルディが大学に現われなかったことは明らかだった。少なくとも哲文学部には現われなかった。サンタテレサにドイツ領事はいなかったので、その方面での動きも初めから除外された。三人はアマルフィターノに、街にはホテルがいくつあるかと尋ねた。アマルフィターノは、自分は知らないが、朝食を済ませたらすぐにも調べられると答えた。

「どうやって？」とエスピノーサは知りたがった。

「フロントで訊くんです」とアマルフィターノは答えた。「あそこには、この周辺のすべてのホテルとモーテルのリストがあるはずです」

「なるほど」とペルチエとノートンが言った。

朝食を終えながら、彼らは、アルチンボルディがはるばるこの土地まで来ることになった理由は何だろうかとあれこれ考えてみた。アマルフィターノはそのとき、アルチンボルディに直接会ったことのある者がひとりもいないということを知った。なぜかははっきりとは言えないが、愉快な話だと思った彼は、アルチンボルディが人と会うのを望んでいないことは明らかなのに、あなたがたはなぜ彼に会いたがっているのかと尋ねた。彼の作品を研究しているからだ、と批評家たちは答えた。彼は死にかけているし、二十世紀最高のドイツの作家が、彼の小説のもっとも優れた読み手たちと話す機会がないまま死ぬのは、正しいことではないからだ。彼にヨーロッパに戻るよう説得したいのだ、と三人は言った。

「私は」とアマルフィターノは言った。「二十世紀最高のドイツ語作家はカフカだと思っていました」

なるほど、それならアルチンボルディは戦後ドイツ最高の作家、あるいは二十世紀後半ドイツの最高の作家だ、と批評家たちは言った。

「ペーター・ハントケは読みましたか?」とアマルフィターノは訊いた。「それからトーマス・ベルンハルトは?」

ああもう、と批評家たちは言い、そのときから朝食を終えるまで、アマルフィターノは真っ二つにされ羽がひとつもなくなった一種の疥癬病みの鸚鵡小僧《ペリキーリョ・サルニエント》になるまで、攻撃にさらされたのだった。

彼らはフロントで街のホテルのリストをもらった。アマルフィターノは、大学から電話がかけられるはずだと教えた。見たところ、ゲーラと批評家たちの関係はすこぶる良好というか、あるいはゲーラが批評家たちに抱いている敬意はその身ぶるいするほどの畏怖の念であって、その身ぶるいというのは見栄や媚を含んでいるが、その媚というか身ぶるいの背後には狡賢さが潜んでいたことを言い添えなければならない。というのも、ゲーラが協力的なのはネグレーテ学長の望みによるのであって、ゲーラがヨーロッパの著名な教授たちの来訪から利益を得ようとしていることは、とりわけ未来というものが謎であり、いつ何時道がねじ曲がり、我々の歩みがどんな妙な場所に向かうか正確には分からないということを考慮すれば、アマルフィターノには見るも明らかだったからだ。しかし、批評家たちは大学の電話を使うことを断り、それぞれの部屋からかけた。

時間を節約するために、エスピノーサとノートンはエスピノーサの部屋から電話をかけ、アマルフィターノとペルチエはペルチエの部屋からかけた。一時間後、結果はこのうえなくがっかりさせられるものだった。どのホテルの宿泊者名簿にも、ハンス・ライターの名前はなかったのだ。二時間後、彼らは電話をかけるのを中断し、バーに下りて一杯やることにした。あとは街の郊外にあるわずかな数のホテルといくつかのモーテルが残っているだけだった。リストをじっくり眺めたアマルフィターノは、そこに載っているモーテルの大半は連れ込み宿か偽装した売春宿で、ドイツ人観光客が泊まるとはおよそ想像しにくい場所だと三人に言った。

「我々はドイツ人観光客ではなくアルチンボルディを探しているんです」とエスピノーサは彼に言った。

「たしかにそうだ」とアマルフィターノは言って、実際にアルチンボルディがモーテルにいるところを想像した。

問題は、アルチンボルディがこの街に何しに来たかということとね、とノートンは言った。しばらく話し合ったあと、三人はある結論に達し、アマルフィターノもそれに賛成した。それは、アルチンボルディがサンタテレサにやってきたのは、友人に会うためか、次の小説に必要な情報を集めるため、あるいはその両方が目的であるというものだった。ペルチエは友人の可能性を支持した。

「古い友達だろう」と彼は推測した。「つまり、彼みたいなドイツ人さ」

「長年、たぶん第二次大戦が終わってこの方ずっと会っていなかったドイツ人だろうね」とエスピノーサが言った。

「軍隊仲間で、アルチンボルディにとってすごく大事な人だったんだけれど、戦争が終わるとすぐ、それかもしかすると戦争が終わる前に、姿を消してしまった誰かよ」とノートンは言った。

「誰かと言っても、それはアルチンボルディがハンス・ライターであることを知っている人間だ」とエスピノーサは言った。

「必ずしもそうとはかぎらないわ。たぶん、アルチンボルディの友人というのはハンス・ライターとアルチンボルディが同一人物であることを知りもしない。その人が知っているのはライターのことだけで、ライターとの連絡の取り方やら何やらを心得ているのよ」とノートンは言った。

「だけど、そう単純なもんじゃないよ」とペルチエは言った。

「ええ、そう単純なもんじゃありません。というのも、ライターは最後に友人に会ったとき、つまり一九四五年とすればですが、それ以来住所が変わって**いない**という前提になるからです」とアマルフィターノは言った。

「統計上は、一九二〇年生まれのドイツ人で、生涯一度も住所を変えたことのないドイツ人はひとりもいないんだ」とペルチエは言った。

「だから、その友人がアルチンボルディに連絡を取ったんじゃなく、アルチンボルディのほうから友人に連絡を取ったという可能性もある」とエスピノーサは言った。

「男かしら、女かしら」とノートンは言った。

「僕は女じゃなく男という気がしてきたな」とペルチエは言った。

「男だろうが女だろうが目的は友人じゃない。僕たちが勘でいい加減なことを言い合っている、というんじゃなければの話だが」とエスピノーサは言った。

「でもそれならアルチンボルディは何しにここへ来たのかしら？」とノートンは言った。

「その友人は男に違いない。親友だ。アルチンボルディにここまで来ようと思わせるほどの大親友だよ」とペルチエは言った。

「でも、もしわたしたち全員が間違っているとしたら？　それに、もしアルメンドロがわたしたちに嘘をついたか、勘違いしたか、あるいは誰かが彼に嘘をついたとしたら？」とノートンは言った。

「どのアルメンドロですか？　エクトル・エンリケ・アルメンドロ？」とアマルフィターノは訊いた。

「そいつだ、知り合いですか？」とエスピノーサは尋ねた。

「直接は知りませんが、私ならアルメンドロがくれた手がかりはあまり信用しないでしょうね」とアマルフィターノは言った。

「なぜ？」とノートンは訊いた。

「つまり、典型的なメキシコのインテリで、うまくやっていくことしか考えていないのです」とアマルフィターノは答えた。

「ラ、ラ、ラ、ラ、ラテンアメリカのインテリというのは、ひとり残らずうまくやっていくことしか考えていないんじゃないのかな」とペルチエは言った。

「私はそうは言いません。たとえば、書くことにもっと関心をもっている人間だっていますよ」とアマルフィターノは言った。

「じゃあそのことを説明してくれませんか？」とエスピノーサは言った。

「実は、どう説明したらいいか分からないんです」とアマルフィターノは言った。「メキシコのインテリと権力の関係は、昔からあるんです。皆が皆そうだというわけじゃない。顕著な例外だってありますよ。身を売る者たちだって悪気があってそうするとはかぎりません。そうやって身を売ることが、すべてを売り渡すことを意味するわけでもない。つまり、単に雇われるだけなんです。ただし、国家に雇われる。ヨーロッパだと、インテリは出版社や新聞社で働いたり、妻に養ってもらったり、親がいい身分ということで、毎月小遣いをもらったり、あるいは本人が労働者や犯罪者で、自分の仕事で真面目に生活費を稼いでいたりします。メキシコでは、そしてこの例はアルゼンチンを除くラテンアメリカ全体に通じるかもしれませんが、インテリは国家のために働くのです。以前は制度的革命党（ＰＲＩ）との関係がそうでしたし、今は国民行動党（ＰＡＮ）との関係がそれです。インテリ自身は、国家の熱烈な擁護者である場合も、国家の批判者である場合もあります。国家にとってはどちらでも構いません。国家はインテリを養い、黙って観察している。どちらかと言えば無能な作家の大群を使って国家は何かを行ないます。何をするのか？　悪魔祓いをするんです。国論を変えたり、少なくとも影響を及ぼそうとする。存在するのかしないのか誰も知らない穴を石灰の層で幾重にも覆うんです。もちろん、つねにそうするわけではありません。インテリは大学で働けますし、もっといいのはアメリカの大学に行って働くことです。あの国の文学部ときたらメキシコの大学のそれに負けず劣らずお粗末ですが、それでも、真夜中に電話がかかってきて、国家の名の下に口をきく誰かが、もっといい仕事、もっと報酬のいい職を提供しないともかぎりません。そのインテリが自分にふさわしいと思っている職をね。しかもインテリというのは、自分はもっといい何かにふさわしいとつねに思っているのです。このメカニズムは何らかの形で、メキシコの作家の耳を切り落とす。彼らを狂わせてしまうのです。たとえば、日本語を知らずに日本の詩を訳し始める者もいれば、酒浸りになる者もいます。卑近な例を挙げると、アルメンドロの場合はその両方だと思います。メキシコでは、文学は幼稚園や保育園みたいなものなんです。理解していただけるかどうか。気候はいいし、晴れている。あなたは外に出て、公園のベンチに座り、ヴァレリーの本を開く。たぶんメキシコの作家たちにもっともよく読まれている作家です。それから友人たちの家に寄り、おしゃべりをする。ところが、あなたの影は、もはやあなたのあとをついてきてはいない。ある時点で黙って離れてしまったんです。あなたは気づかないふりをしているけれど、ちゃんと気づいている。いまいましい影はもうついてこない。けれどそのことはいろいろな形で説明がつきます、太陽の位置、帽子をかぶっていない頭に直射日光を浴びたことによる無意識の程度、飲んだアルコールの量、精神的苦悩の地下貯水槽のような動き、より不確かな物事への恐れ、病気の兆候、傷ついた虚栄心、少なくとも一生に一度でいいから時間に几帳面でありたいという願い。確かなのは、あなたの影が消え失せ、あなたはたちどころに影のことを忘れるということです。かくしてあなたは影なしで、一種の舞台に到達し、現実を翻訳したり、再解釈したり、歌ったりし始めるのです。舞台とは正確に言えば前舞台のことで、前舞台の奥にはとてつもなく大きな管がある。坑道か巨大な規模の坑道の入口みたいなやつです。いわば洞穴です。しかし、坑道とも言えます。坑道の入口からはわけの分からない音が聞こえてくる。オノマトペみたいな音、激高しているような、魅惑的な、あるいは魅惑的に激高しているような音、またはただのつぶやき、ささやき、うめきかもしれません。確かなのは、坑道の入口を、見るという意味では、誰も本当には見ていないことです。機械、光と影の戯れ、時間の操作が、観客の目から入口の本当の輪郭を隠してしまう。実際、オーケストラボックスに張りつき、前舞台のもっとも近くにいる観客だけが、カムフラージュの細かい網目の向こうに、何かの輪郭を、本当の輪郭ではないけれど、少なくとも何かの輪郭を見ることができるのです。ほかの観客は前舞台のさらに向こうが見えていないし、彼らは何も見えなくても構わないのだと言えるでしょう。いっぽう、影のないインテリはつねに舞台に背を向けている、だからうなじに目がないかぎり、何も見ることができない。彼らは坑道の奥から聞こえてくる音をただ聞くだけです。そしてその音を翻訳したり、再解釈したり、再現したりする。その仕事ときたら言わずもがなで、お粗末きわまりない。ハリケーンだと直感的に分かるところでレトリックを使い、抑えがたい憤怒だと直感的に分かるところで雄弁になろうとし、耳を澄ましても何も聞こえないほど静かなところで詩法の規則に従おうとするのです。彼らはピョピョ、ワンワン、ニャーニャーと言いますが、それは巨大な動物を、あるいはその動物の不在を想像できないからです。他方、彼らが取り組んでいる舞台は実に美しく、よく考えられ、とても洒落ているのですが、その規模は時の経過とともに次第に小さくなっていきます。この舞台の縮小ぶりは、舞台を少しも損ないません。単に次第に小さくなり、観客席も小さくなり、当然ながら観客の数は次第に減っていくだけです。この舞台に隣り合って、ほかの舞台ももちろんあります。時の経過とともに増えた新しい舞台です。絵画の舞台は巨大で、観客は少ないけれど、誰もが、言ってみれば、上品です。映画とテレビの舞台もあります。ここは収容力がとてつもなく大きく、つねに満員で、前舞台は年々快調なペースで拡大しています。ときにはインテリの演者が、テレビの舞台にゲスト出演することもあります。この舞台では坑道の入口は、見え方はやや異なるものの同じ入口なのですが、カムフラージュはたぶんもっと手が込んでいるでしょうし、矛盾したことに、謎めいていながら、人をうんざりさせもするユーモアに満ちているでしょう。このユーモラスなカムフラージュには、もちろん、多くの解釈の余地がありますが、観客の便宜のため、あるいは観客という集団の目のために、その数は最終的には必ず二つにまで減ります。ときにはインテリたちがテレビの前舞台に住みつくこともあります。坑道の入口からは相変わらずうなり声が聞こえ続け、インテリたちはそのうなり声を曲解し続けます。彼らは、建前では言葉の持ち主ということになっていますが、実際には言葉を豊かにすることさえできません。彼らのもっとも優れた言葉は、最前列の観客がしゃべっているのを聞いて拝借したものです。この手の観客は鞭打ち苦行者と呼ばれています。彼らは病んでいて、ときおりぞっとするような言葉を創り出し、死亡率は高い。その日の労働時間が終わると、舞台は閉じられ、坑道の入口は大きな鉄板で塞がれます。インテリたちは引き上げる。月は大きく、夜気は滋養となりそうなほど澄みきっています。いくつかの店からは歌声が外まで聞こえてくる。ときどき、インテリは寄り道をして、こうした店に入り、メスカル酒を飲みます。そうしながら彼は、いったい何が起きるんだろうと考える。もしもある日、自分が……。だがそんなことはしない。何も考えない。ただ飲んで歌うだけです。ときにはドイツの伝説的作家に会ったと思う者もいる。実際には影を見ただけ、つまりインテリがくたばったり玄関で首を吊ったりしないために毎晩帰宅する彼自身の影を見ただけということもある。しかし彼はドイツの作家に会ったと誓って言い、彼の幸福、秩序、錯乱、バカ騒ぎの意味は、その確信に基づいているのです。次の日の朝、天気は良好。太陽は火花を散らしていますが、やけどするほどではない。彼は安心しきって影を引き連れて外出し、公園に行って、ヴァレリーを何ページか読むことができる。終わりが来るまでずっとそうしているのです」

「あなたの言っていることがさっぱり分からないわ」とノートンは言った。
「実のところ、私はたわごとを言ったにすぎません」とアマルフィターノは答えた。

その後、三人は残りのホテルとモーテルに電話したが、どこにもアルチンボルディは泊まっていなかった。彼らは二、三時間にわたって、アマルフィターノの言ったことは正しい、アルメンドロのくれた手がかりは、おそらく彼の突拍子もない想像が産んだものだろう、アルチンボルディのメキシコへの旅はエル・セルドの頭の隅にだけ存在しているのだ、といったことを考えた。その日はずっと本を読んだり、酒を飲んだりして過ごし、三人のうち誰ひとり、ホテルの外に出る気にはならなかった。

その夜、ホテルのパソコンでメールをチェックしていたノートンは、モリーニからのメールを見つけた。メッセージのなかでモリーニは、もっとましな話題がほかにないかのように天気の話をし、トリノでは八時に降り出した雨が斜めに降りつけ、午前一時になってもやまなかったと書き、ノートンのために、雨がまったく降らず、夜冷え込むのは砂漠だけであると彼は思っているメキシコ北部では、天気がよいことを願っていた。その夜、いくつかのメール（モリーニのメールではなく）に返信したあと、ノートンは自分の部屋に上がり、髪を梳き、歯を磨き、顔にモイスチャークリームを塗ると、ベッドに腰を下ろしてしばらく物思いにふけった。それから廊下に出て、ペルチエの部屋のドアをノックし、続いてエスピノーサの部屋のドアをノックして、何も言わずに二人を自分の部屋に連れてくると、そこで両方と午前五時まで交わり、五時になると二人の批評家は、ノートンに言われてそれぞれの部屋に戻り、たちまち深い眠りに落ちたのだが、ノートンにはその眠りが訪れず、彼女はベッドのシーツをいくらか整えると、部屋の明かりを消したものの、まぶたが落ちることはなかった。

彼女はモリーニのことを考えた。というより、トリノのアパートで車椅子に座ったモリーニが窓辺にいるところが見えた。そこは彼女の行ったことのないアパートで、モリーニは通りや近くの建物の正面を見たり、雨が絶え間なく降り続く様子を眺めていた。真向かいの建物はどれも灰色だった。通りは暗く広い大通りだったが、車は一台も通らず、二十メートルおきに貧弱な木が何本か植えられているところは、あたかも市長か市の都市計画担当者の悪い冗談のようだった。空は、毛布をかぶせた毛布の上にさらに別のもっと分厚い湿った毛布をかぶせてあるように見えた。モリーニが外を眺めていた窓は大きく、バルコニーに通じる大きな窓に似ていて、幅は広いというよりは狭く、そのため非常に縦長で、まったく汚れがなく、雨滴が滑り落ちるガラスは、ガラスよりも純粋な水晶を思わせた。窓枠は白塗りの木でできていた。部屋には明かりが点いていた。寄木張りの床は輝き、本の詰まった書棚はどれも整理が行き届き、壁には数は少ないが羨ましいほど趣味のよい絵が掛かっていた。絨毯は敷かれていなくて、家具、黒い革製のソファと二つの白い革製の肘掛け椅子が車椅子の自由な動きを邪魔することはまったくなかった。つねに半開きになった両開きのドアの向こうには、暗い廊下が伸びていた。

ではモリーニについては何が言えただろう？　まるで夜の雨と眠りについた近所の様子を眺めることですべての期待が満たされたかのように、車椅子に乗った彼の姿にはいくらか投げやりなところがあった。ときおり両腕を椅子に乗せることもあれば、片手で頭を支え、肘を椅子の肘掛けに置くこともあった。死に際の若者の脚のように役立たずの彼の脚は、おそらく大きすぎるジーンズのなかに納まっていた。首元のボタンをいくつか外して白いシャツを着て、左手首には、抜け落ちるほどではなかったが、バンドのゆるい腕時計をはめていた。靴は履かず、夜の闇のように黒光りする布製のひどく古ぼけたスリッパを履いていた。身につけているのはすべて家のなかを動き回るのに楽なものばかりで、モリーニの様子からすると、次の日は仕事に行くつもりがないか、遅い出勤を考えていることはほぼ確かだった。

窓の向こう側では、彼がメールに書いていたように雨が斜めに降り続き、愚痴ひとつこぼさず、身も心も不眠に委ねているモリーニの疲れ、じっと動かずにいる投げやりな様子には、どこかひどく農民的なところがあった。

翌日、三人は民芸品の市場を見学した。もともとはサンタテレサ周辺に住む人々の商売や物々交換の場としてつくられたもので、地域一帯の職人や農民たちが、荷車やロバの背に自分たちが作ったものを積んでやってきたばかりか、ノガーレスやビセンテ・ゲレロの家畜商、アグア・プリエタやカナネアの馬の仲買人も混じっていたのだが、今ではフェニックスからバスや三、四台の車で列をなして訪れ、夜になる前に街を去っていくアメリカ人観光客のためだけに維持されていた。それでも、批評家たちは市場が気に入り、何も買うつもりはなかったのに、最後になってペルチエが、石の上に座って新聞を読んでいる男の姿をした泥人形を、ただ同然の値段で手に入れたのだった。男は金髪で、額には悪魔の小さな二本の角が生えていた。エスピノーサはエスピノーサで、インディオの敷物や肩掛け《サラーペ》を売っていた少女から敷物を一枚買った。実のところ敷物がそれほど気に入ったわけではなかったのだが、少女の愛想がよかったので、長話をしてしまったのだった。彼は少女にどこの出身かと訊いた。はるか彼方の土地から敷物を担いで旅をしてきたように見えたからだが、少女はほかならぬこのサンタテレサの、市場の西にある地区の出身だと答えた。それに今は高校に通っていて、このあと順調にいけば看護師になるための勉強をするつもりだと彼に言った。エスピノーサは、きれいなだけでなく頭のよい少女だが、どうやら自分の好みには痩せすぎているようだと思った。

ホテルではアマルフィターノが三人を待っていた。三人は彼を食事に誘い、その後四人でサンタテレサにあるすべての新聞社を回った。新聞社では、アルメンドロがメキシコシティでアルチンボルディに会うひと月前から前日までのすべての新聞に目を通した。アルチンボルディがこの街に立ち寄ったことを示す痕跡は何ひとつ見つからなかった。彼らはまず死亡欄を調べた。次に社会面、政治面をチェックし、農業や畜産業関連の記事さえも読んだ。ある新聞には文化欄がなかった。別の新聞は毎週一ページを割いて本を一冊とサンタテレサで行なわれる芸術関連の催しを紹介していたが、そのページはスポーツにあてたほうがよさそうだった。午後六時、三人はある新聞社の外でチリ人の教授と別れ、ホテルに戻った。彼らはシャワーを浴びてから、それぞれメールをチェックした。ペルチエとエスピノーサは、乏しい収穫のことをモリーニに書き送った。どちらのメールでも、もし何ら変化がなければ、まもなく、せいぜい二日後にはヨーロッパに戻るだろうと予告していた。ノートンはモリーニにメールを書かなかった。彼の前のメールに返信してもいなかった。彼女に何かを言いたいくせに、ぎりぎりのところで言わずじまいにしてしまいそうな、じっと雨を眺めているあのモリーニと向き合いたくなかったのだ。そのかわり、友人二人には何も言わずに、メキシコシティのアルメンドロに電話をかけ、無駄骨を折った挙句（エル・セルドの秘書と続いて出た家政婦は、どちらも英語を話そうとしたにもかかわらず通じなかった）、彼となんとか連絡を取ることができた。

エル・セルドは、スタンフォードで磨いた英語でもって、羨ましいほど根気よく、アルチンボルディが三人の警官に尋問されていた例のホテルから自分に電話をよこしてから起きたことのいっさいを、ふたたび彼女に語って聞かせた。彼はアルチンボルディと初めて会ったときのこと、ガリバルディ広場で過ごした時間のこと、ホテルに戻り、アルチンボルディがスーツケースを持って空港に向かったこと、そのあいだ、どちらかと言えば口数が少なかったこと、その後アルチンボルディは空港からエルモシージョ行きの飛行機に乗り、それ以来一度も会っていないことを、矛盾なくもう一度話した。彼の話が終わったあと、ノートンはアルチンボルディの外見についてだけ質問した。一メートル九十センチを超える長身、髪の毛は白髪でふさふさしているが後頭部が禿げている、痩せているが身体は間違いなく頑丈とのことだった。

「スーパー老人というわけね」とノートンは言った。

「いや、私はそうは思いません」とエル・セルドは言った。「彼がスーツケースを開けたとき、薬がたくさん見えました。肌は染みだらけです。ひどく疲れやすいように見えたこともありましたし。ただ、すぐに元気になるか、元気になったふりをするんです」

「どんな目をしていたの?」とノートンは訊いた。

「青です」とエル・セルドは答えた。

「違うの、青いことは知ってるわ。彼の本は全部、何度となく読んだから、彼の目の色は青以外にありえない。わたしが言いたいのは彼の目がどんな感じだったのか、彼の目を見てあなたはどう感じたかということなの」

電話の向こうで沈黙が続いた。まるでその問いをエル・セルドは予想もしていなかったか、あるいは彼自身が何度となくそのことを自問しながら、いまだに答えが見つからないでいるかのようだった。

「とても難しい質問ですね」とエル・セルドは答えた。

「それに答えられる人はあなただけなの。彼と会って長い時間過ごしたことのある人は誰もいないんだから、こう言わせてもらえるなら、あなたは特権的立場にいるのよ」とノートンは言った。

「参ったな《イホレ》」とエル・セルドは言った。

「何ですって?」とノートンは訊いた。

「いや、何でもありません。考えていただけです」とエル・セルドは答えた。

しばらくすると彼は言った。

「彼は盲人の目をしていました。別に彼が盲人だと言ってるわけじゃないが、盲人と同じ目をしてるんです。私の思い違いかもしれませんが」

その夜、三人は、ネグレーテ学長が彼らのために催したパーティーに出かけたのだが、それが学長自身のためのパーティーであったことに気づいたのはあとになってからのことだった。ノートンは学長宅の庭を歩き回り、夫人が次から次へと名前を挙げる植物に感心していたが、あとでその名前は全部忘れてしまった。ペルチエはゲーラ学部長と、そしてフランス語で執筆したメキシコ人（フランス語で執筆したメキシコ人?）についての論文をパリで書いたという別の大学教授と長話をした。ええ、そうなんです、とても風変わりで好奇心をそそられる、しかも優れた作家です。その名を大学教授は何度も口にした（フェルナンデスだったか、ガルシアだったか?）。波瀾万丈の運命を送った人物です。というのも、対独協力者で、ええ、そうなんです、セリーヌやドリュー・ラ・ロシェルの親友で、モーラスの弟子でしたが、レジスタンスに銃殺されました、モーラスではなくメキシコ人のほうですよ、ええ、そうなんです、最後まで男らしく振る舞ったんです、尻尾を巻いてドイツに逃げていったフランス人の仲間の多くとは違います。しかしこのフェルナンデスだかガルシアだかは（あるいはロペスかペレスだったか?）、家から動かず、メキシコ人らしく相手のほうが自分を探しに来るのを待っていた。外に（引きずり?）出され、壁の前に立たされても、足が萎えることはなかった。そしてそこで銃殺されたのです。

いっぽう、エスピノーサは、ネグレーテ学長およびこのホスト役と同年輩の何人ものお偉方の隣にずっと座っていたのだが、お偉方はスペイン語しか話さず、英語はほんの少ししか分からなかったため、サンタテレサのとどまるところを知らない最近の発展ぶりを誉めそやすばかりの会話にじっと耐えなければならなかった。

三人の批評家のうち誰ひとり、その夜アマルフィターノにずっと寄り添っていた男に気づかない者はいなかった。端正で筋骨たくましく、肌の真っ白な若者が、チリ人教授にカサ貝みたいにぴったりくっつき、ときどき演劇じみた大げさな身ぶりをしたり、頭がおかしくなりそうだというように顔を歪めたりするかと思えば、アマルフィターノが彼に話すことにもっぱら耳を傾け、絶えず首を横に振り、その否定を表わす小さな動きはほとんど痙攣のようで、まるでいやいやながら会話のための万国共通の規則を守っているか、あるいはアマルフィターノの言葉（顔つきから判断するとお説教）がまったく的外れであるというかのようだった。

いくつもの提案とひとつの疑惑を土産に三人は夕食会をあとにした。提案とはこういうものだった。大学で現代スペイン文学についての講義を行なう（エスピノーサ）、現代フランス文学についての講義を行なう（ペルチエ）、現代イギリス文学についての講義を行なう（ノートン）、ベンノ・フォン・アルチンボルディと戦後ドイツ文学について大学院生向けの講義を行なう（エスピノーサ、ペルチエ、ノートン）、経済と文化におけるヨーロッパとメキシコの関係についての討論会に参加する（エスピノーサ、ペルチエ、ノートン、さらにゲーラ学部長と経済学部の教授二名）、シエラマドレ山脈の麓の丘陵地帯を訪れる、そして最後にサンタテレサ近郊の農場で石焼きバーベキュー・パーティーに出席するというものだった。パーティーには多数の参加が見込まれ、教授陣もたくさん出席するし、ゲーラによれば、景色は比類ない美しさだということだったが、ネグレーテ学長は、景色はむしろ荒々しく、ときに奇妙に感じられることもあると説明した。

疑惑というのは、アマルフィターノは同性愛者で、例の気性の激しい若者はその愛人であるという、なんとも恐ろしい疑いだった。パーティーが終わる前に、三人は、その若者がアマルフィターノの上司で学長の右腕であるゲーラ学部長の一人息子であり、彼らがひどく誤解しているのでないかぎり、ゲーラは自分の息子が陥っている厄介な事態にまったく気づいていないことが分かった。

「こりゃしまいにピストル騒ぎになるかもしれないな」とエスピノーサは言った。

それから三人はほかのことを話題にしたが、やがてすっかりくたびれてしまい、部屋に帰って眠った。

次の日、三人は街を車で一周し、巨人のようなドイツ人の老人が通りを歩いているところを見つけるのを本当に期待しているかのように、少しも急ぐことなく、成り行きまかせで進んだ。西のほうへ行くと、街はひどくみすぼらしくなり、ほとんどの道は舗装されていないうえに、廃材を使った急ごしらえの家の屋根の海が広がっていた。街の中央は旧市街で、三、四階建ての古い建物が立ち並び、うち捨てられたアーケード付きの広場があり、ワイシャツ姿の若い会社員や荷物を背負ったインディオの女たちが、石畳の道を早足で歩いていた。また街娼や若いごろつきが街角でぶらぶらしていて、そのいかにもメキシコ的な光景は白黒映画からそのまま抜け出てきたかのようだった。東のほうには中流階級と上流階級の住む地区があった。そこには手入れの行き届いた並木道があり、児童公園やショッピングセンターがあった。大学があるのもそこだった。北に行くと、廃工場や倉庫のほかに、酒場や土産物店、人が泊まっていくことはないと言われている小さなホテルがひしめく通りがあった。郊外にはそれほどごちゃごちゃしてはいないがみすぼらしい地区がさらにあり、ところどころ学校が建っている空き地があった。南へ行くと、鉄道や、バラックに囲まれた貧しい人々のためのサッカー場があり、車に乗ったまま、瀕死者チーム対餓死寸前者チームの試合を見物できた。そのほかには街の外に出ていく幹線道路が二つあり、ゴミ捨て場と化した溝、手足が不自由な人間や盲人が増加している地区があり、ところどころ遠くのほうに工場の倉庫が見えた。製品組立工場《マキラドーラ》のある区域だった。

街は、どんな街もそうであるように、どこまでも果てしなく続いていた。たとえば東に向かって進み続ければ、やがて中流階級の地区が終わり、西で目にしたものを鏡に映したように貧しい地区が現われ、ここからきわめて変化に富んだ地形が始まる。岩山、くぼ地、古い農場の跡などがあり、干上がった川床が人家が一か所に集中するのを防いでいた。北にはアメリカとメキシコを隔てるフェンスが見え、ここで車を降りると、その先にアリゾナ砂漠が広がっているのが見えた。西は二つの工業団地に囲まれ、その周りをさらにスラムが囲んでいた。

三人は、街が刻一刻と大きくなっていることを確信した。サンタテレサの外れには荒地があり、クロコンドルの群れがあたりの様子を窺いながら歩いているのが見えた。ここではガジナーソ、ソピローテとも呼ばれるが、腐肉をついばむ小型のハゲタカにほかならない。クロコンドルがいるところにほかの鳥はいない、と彼らは話した。サンタテレサからカボルカに伸びる幹線道路沿いにあるモーテルの、周囲が見渡せるテラス席で、三人はテキーラとビールを飲み、タコスを食べた。夕暮れ時の空は、食虫植物の花のように見えた。

三人が戻ると、アマルフィターノがゲーラの息子と一緒に待っていて、息子は彼らを北部料理が専門のレストランに招待した。店はそこそこ魅力的だったが、料理はまったく彼らの口に合わなかった。三人は、チリ人の教授と学部長の息子の関係が同性愛的というよりソクラテス的であることが分かり、というか分かったと思い、いささかほっとした。三人はなぜかアマルフィターノのことが好きになり始めていたのだ。

三日間にわたって、三人は海底に潜ったような生活を送った。テレビで珍奇きわまりないニュースを漁り、突然理解できなくなったアルチンボルディの小説を読み返し、長々と昼寝し、夜は客がいなくなったテラスに最後まで残って、自分たちの子供時代のことをそれまでにないほど語り合った。三人は初めて互いのことを、きょうだいか、もはやこの世のたいていのことに興味を失くした突撃隊の古参兵のように感じた。彼らは酔いつぶれ、かなり遅い時間に起き、外に出てアマルフィターノと街を回って、彼らが仮定する年配のドイツ人観光客が、ことによると関心をもったかもしれない市内の名所に行ってはどうかと言われても訪れることはほとんどしなかった。

そして三人は、石焼きバーベキューにはたしかに出席したのだが、彼らの動作は控えめで用心深く、何もかもが不確かな惑星に着いたばかりの三人の宇宙飛行士のようだった。バーベキューが行なわれたパティオで、彼らは地面に掘ったいくつもの穴から煙が上がるのをじっと見つめていた。サンタテレサ大学の教授陣は田舎ならではの生活に伴う作業にただならぬ才能を発揮した。そのうちの二人は馬で競走した。もう一人は一九一五年のメキシコ民謡《コリード》を歌った。闘牛のための勇猛な牛を選定する囲い場で、何人かが投げ縄で占いをしたところ、結果はさまざまだった。農場の監督らしき男と屋敷の母屋に引きこもっていたネグレーテ学長が登場すると、地面に埋めてあったバーベキューを取り出す作業が始まった。まるで殺人の前に現われる霧のように皆を包み込む煙のカーテンの下、肉と熱い土の匂いがパティオ全体に広がり、女たちはその香りを衣服や肌に染み込ませながらテーブルに料理を運んだ。

その夜、おそらくバーベキューと飲んだ酒のせいだろう、三人は悪夢を見たのだが、目が覚めたときには、どうしても思い出せなかった。ペルチエはあるページの夢を見た。彼は表、裏と、ありとあらゆる方法でそのページを見ていて、ページを動かしてみたり、ときには自分の頭のほうを動かしてみたり、だんだん動きを早めていったりしたが、何の意味も見いだせなかった。ノートンは木の夢を見た。それはイギリスオークの木で、彼女はそれを持ち上げ、平原のあちこちに動かしてみるのだが、どこに置いてみてもしっくりこなかった。オークの木は、根がないこともあれば、蛇かゴルゴーンの髪の毛のように長い根を引きずっていることもあった。エスピノーサは敷物を売っていた少女の夢を見た。彼がどれでもいいから一枚買おうとすると、少女は大量の敷物を次から次へとひっきりなしに彼に見せた。彼女の細い褐色の腕は決して動きを止めず、そのため彼は話しかけることもできなければ、何か大事なことを言うことも、彼女の手を取ってそこから連れ出すこともできなかった。

次の日の朝、ノートンは朝食に下りてこなかった。気分が悪いのだろうと思って二人が電話をかけたところ、ノートンは、ただ寝ていたいだけなので、自分抜きでやってほしいときっぱり言った。二人はがっかりしたが、アマルフィターノが来るのを待って、街の北西にある、サーカス小屋が張られていた場所へ車で向かった。アマルフィターノによると、サーカスにはドクトル・コーニグという名のドイツ人マジシャンがいるという。彼がそれを知ったのは前の晩で、バーベキューから戻る途中、近所の庭という庭にご苦労にも誰かが撒いていったチラシで見たのだ。翌日、大学行きのバスを待っていた街角で、空色の壁にサーカスのスターを紹介する色刷りのポスターが貼られているのを見た。出演するスターのなかにドイツ人マジシャンがいて、アマルフィターノは、そのドクトル・コーニグなる人物が変装したアルチンボルディかもしれないと思ったのだ。冷静に考えればそんな考えはばかげていると彼は思ったが、批評家たちの士気が低下していたので、サーカスに行くのを勧めるのも悪くないという気がしたのだった。批評家たちにそのことを話すと、彼らはクラスで一番のバカを見るような目つきで彼を見た。

「サーカスでアルチンボルディが何をしているというんですか？」と早くも車のなかでペルチエが訊いた。

「分かりません」とアマルフィターノは答えた。「あなたがたは専門家ですが、私に分かるのは、その人物が我々が見つけた最初のドイツ人だということだけです」

そのサーカスは〈国際サーカス〉という名で、ロープと滑車の複雑な装置（あるいは批評家たちにはそう見えた）を使って巨大なテントを張っていた数人の男が、興行主が寝泊まりしているキャンピングカーを教えてくれた。興行主は五十歳くらいのチカーノで、コペンハーゲンからマラガまで大陸を巡業するヨーロッパのいくつものサーカスで長年働いた経験があった。それらのサーカスでは小さな町々を回って公演を行ない、成功の度合いはまちまちだったが、やがて彼は出身地であるカリフォルニア州アーリマートに戻ることを決心し、自分のサーカス団を始めたのだった。そのサーカスを〈国際サーカス〉と名づけたのは、当初のアイデアのひとつが世界中の芸人を集めることだったからなのだが、いざ始めてみると集まった芸人の大半はメキシコ人とアメリカ人だった。それでも、ときたま中米人が仕事を求めてやってくることもあり、一度など、アメリカのほかのサーカスでは雇ってもらえなかったという七十歳のカナダ人の動物調教師がいたこともある。うちのサーカスは慎ましいものですが、と彼は言った。団長がチカーノというサーカスはうちが初めてなんです。

巡業中でなければ、アーリマートから遠くないベイカーズフィールドで一行を見かけることができた。そこに彼らの冬の宿営地があったからだが、メキシコのシナロア州でキャンプすることもあった。だがそれも長期間ではなく、メキシコシティに出て、グアテマラとの国境に至る南部の地域と契約を交わすのに十分な日数のみで、そこからふたたびベイカーズフィールドに戻るのだった。二人の外国人がドクトル・コーニグについて尋ねると、団長は彼らとマジシャンのあいだに何か訴訟か借金でもあるのかと知りたがったので、アマルフィターノは慌ててきっぱりと否定し、とんでもない、ここにいるのはそれぞれスペインとフランスの大学の畏れ多い教授であり、恐れながら申し上げると、自分もサンタテレサ大学の教授なのだと言った。

「ああ、そうでしたか」とチカーノの興行主は言った。「それなら、私が皆さんをドクトル・コーニグのところへお連れしましょう。彼もたしか大学の教授だったと思いますよ」

その言葉を聞いて、批評家たちは心臓が飛び出しそうになった。それから彼らは興行主のあとについて、キャンピングカーや動物の檻のトレーラーのあいだを抜け、やがてあらゆる意味でキャンプの外れにしか見えない場所に着いた。その先にあるのは黄色い大地とぽつぽつと建った黒い掘っ立て小屋、そしてアメリカ―メキシコ国境のフェンスだけだった。

「彼は静かなのが好きなんです」と、興行主は訊かれもしないのに言った。

彼はマジシャンの小さなキャンピングカーのドアを軽くノックした。誰かがドアを開け、暗がりから何の用だと訊く声がした。興行主は、私だ、君に挨拶したいというヨーロッパからの友人を何人か連れてきたと答えた。なら入ってくれ、とその声が言ったので、彼らは一段だけのステップを上り、キャンピングカーのなかに入った。船の丸窓よりやや大きめの窓が二つあるだけで、どちらもカーテンが引かれていた。

「さてと、どこに座りましょうか」と言うなり興行主は、カーテンを開けた。

彼らは、ひとつしかないベッドの上に、オリーブ色がかった肌をした禿げ頭の男が、身につけているものは黒のばかでかい下着のパンツだけという姿で横になっているのを見た。男はまぶしそうに目をしばたたいていた。六十を越えているようには見えず、仮にその歳だとしたらすぐさま候補から外れることになるのだが、彼らはしばらくそこに留まることにし、少なくとも自分たちと会ってくれたことに感謝しようとした。彼らのなかでもっとも上機嫌だったアマルフィターノは、この二人は友人のドイツ人作家を探しているが、見つけられないでいるのだと説明した。

「で、うちのサーカスで見つかるとでも？」と興行主は訊いた。

「その人をではなく、その人を知っている誰かをです」とアマルフィターノは答えた。

「作家を雇ったことなんてありませんよ」と興行主は言った。

「俺はドイツ人じゃない」とドクトル・コーニグは言った。「アメリカ人だ、名前はアンディ・ロペス」

そう言いながら、ハンガーに吊してあった上着から財布を取り出し、運転免許証を差し出した。

「あなたのマジックはどういうものですか？」とペルチエは英語で訊いた。

「まず手始めに蚤を消すんだ」とドクトル・コーニグは答え、五人は笑った。

「まさにそのとおり」と興行主は言った。

「次に鳩を消す、それから猫を消す、続いて犬、そして子供を消してしめくくるんだ」

〈国際サーカス〉をあとにしてから、アマルフィターノは二人を自宅での食事に招いた。

エスピノーサが裏庭に出てみると、洗濯物を干すロープに本が一冊吊してあるのが目に入った。それが何の本なのか確かめようと近寄ってみる気にはならなかったが、ふたたび家のなかに入ったときに、アマルフィターノにその本のことを訊いてみた。

「ラファエル・ディエステの『幾何学的遺言』です」とアマルフィターノは答えた。

「ラファエル・ディエステと言えばガリシアの詩人だ」とエスピノーサは言った。

「そのとおりです」とアマルフィターノは言った。「でも、これは詩集ではなく、幾何学の本で、ディエステが高校の教師をしていたときに思いついたことが書いてあるんです」

エスピノーサはペルチエに、アマルフィターノが言ったことを翻訳した。

「で、それが裏庭に吊してあると？」とペルチエは微笑みながら言った。

「そうなんだ」とエスピノーサは、アマルフィターノが冷蔵庫のなかに食べ物を探しているあいだに言った。「まるでシャツを干すみたいに」

「インゲン豆はお好きですか？」とアマルフィターノは二人に訊いた。

「何でも結構です。僕たちはもう何にでも慣れましたから」とエスピノーサは答えた。

ペルチエは窓に近づき、本を眺めた。午後の穏やかな微風に、本のページがかすかに揺れ動いていた。それから彼は外に出て本に近寄り、それをじっくり調べた。

「外しちゃだめだ」と背後でエスピノーサの声がした。「この本は乾かすためにここにあるわけじゃない。長いあいだここにあるんだ」とペルチエは言った。

「僕も同じようなことを考えていた」とエスピノーサは言った。「だけど触らないほうがいい。家のなかに戻ろう」

窓からアマルフィターノが唇を嚙んで二人をじっと見つめていたが、まさにその瞬間の彼のその仕草は、失望や無力感ではなく、抱えきれないほどの深い哀しみを表わしていた。

批評家たちがふり向きかけたとき、アマルフィターノは後ずさりし、急いで台所に戻ると、一心不乱に食事の用意をしているふりをした。

二人がホテルに戻ると、ノートンは明日メキシコを離れるつもりだと彼らに告げたが、二人はずっと以前からその知らせを待っていたかのように、それを聞いても驚かなかった。ノートンが確保したフライトはツーソン発で、タクシーに乗るつもりでいた彼女が抗議したにもかかわらず、二人は彼女を空港まで送ることにした。その夜、三人は遅くまで語り合った。二人はノートンにサーカスに行ったことを話し、もしも事態がこのままなら、彼らも三日以内に発つつもりだと言った。そしてノートンが寝るために自分の部屋に行こうとすると、エスピノーサは、サンタテレサでの最後の夜を三人で一緒に過ごさないかと言った。ノートンは彼の言ったことの意味が分からず、自分ひとりで部屋に行く、あなたたちはまだこの街で何回か夜を過ごせるじゃないと言った。

「三人一緒ということだよ」とエスピノーサは言った。

「ベッドで？」とノートンは訊いた。

「そう、ベッドで」とエスピノーサは答えた。

「いい考えだとは思えないわ」とノートンは言った。「ひとりで寝たいの」

そこで二人は彼女をエレベーターまで送ると、そのあとバーに戻ってブラディー・メアリーを二杯注文し、飲み物が来るのを黙って待った。

「まずいことを言ってしまったな」と、バーテンが飲み物を運んできたときにエスピノーサは言った。

「そう思うよ」とペルチエが言った。

「気がついたか？」ふたたび沈黙してからエスピノーサは訊いた。「この旅行のあいだ、僕たちは彼女と一度しかベッドをともにしていない」

「もちろん気がついていたさ」とペルチエは答えた。

「で、誰のせいなんだ？」とエスピノーサは訊いた。「彼女か、それとも僕たちか？」

「さあね」とペルチエは答えた。「実を言うと、ここのところ僕はあまりセックスしたい気分じゃないんだ。で、君は？」

「僕もだ」とエスピノーサは答えた。

二人はまたしばらく沈黙した。

「彼女にも同じようなことが起きているんじゃないかな」とペルチエは言った。

三人はサンタテレサを朝早く出発した。発つ前にアマルフィターノに電話し、アメリカ合衆国に行くこと、そしておそらく終日外出することになるだろうと知らせた。国境では、アメリカ税関の係官に車の書類を提示するよう求められ、その後通過を許された。ホテルのフロントに教えられたとおり、三人が舗装していない道路に入っていくと、道を間違えて独自の生態系を備えたドームに入り込んでしまったかのように、しばらくのあいだ、渓流や森ばかりの土地を通っていくことになった。そのあいだ三人は、空港に着くのが間に合わないばかりか、決してどこにも行き着かないのではないかとさえ思った。だが、舗装されていない道路はソノイータで終わり、そこから八十三号線に乗って、ツーソンに直接通じている幹線道路十号線まで車を走らせた。空港ではまだ時間があったので、三人はコーヒーを飲み、ヨーロッパで再会したら何をしようかと話し合った。そのあとノートンは搭乗ゲートをくぐる時間になり、三十分後、彼女の飛行機はニューヨークに向けて飛び立った。彼女はニューヨークで接続便に乗り換えて、ロンドンに着くことになっていた。

二人は帰りに、ノガーレスに向かう幹線道路十九号線に乗ったが、リオ・リコを少し過ぎたところで高速を下りて、アリゾナ側を国境沿いにロチエルまで走り、そこでメキシコに再入国した。空腹で喉も渇いていたのだが、どの町にも停まらなかった。午後五時にホテルに着き、シャワーを浴びたあと、サンドイッチを食べに下りていき、アマルフィターノに電話をかけた。アマルフィターノは二人にホテルから動かないようにと言い、タクシーに乗れば十分足らずで着くと言った。こちらは少しも急いでいませんよ、と二人は答えた。

そのとき以来、ペルチエとエスピノーサには、紙でできた舞台装置のように、現実というものに裂け目が生じたように思えた。そしてそれが倒れると、舞台装置のような現実があらわになった。煙が立ち込める風景、まるで誰かが、天使かもしれないが、群れなす見えない存在のために、何百というバーベキュー用の穴を掘っているかのようだった。二人は早起きするのをやめ、ホテルでアメリカ人観光客に混じって食事をするのもやめ、中心街に行って、朝食（ビールとチラキーレス）には薄暗い店を選び、昼食にはウェイターが大きなガラス窓に白い文字でその日のメニューを書きつける店を選んだ。夕食はどんな店ででも食べた。

二人は学長の提案を受け入れ、今日のフランス文学とスペイン文学についての講義をそれぞれ行なった。それは講義というよりは肉屋に似ていて、少なくとも、ピエール・ミションやオリヴィエ・ロランあるいはハビエル・マリアスやエンリケ・ビラ＝マタスの読者である若者が大部分を占める聴衆を震え上がらせる効果はあった。その後、今度は二人で、ベンノ・フォン・アルチンボルディについて、肉屋どころか臓物売りか臓物を捌《さば》く職人のような気分で、大学院生向けの講義を行なったが、何か、初めは判然としなかった何か、静かにではあるが、決して偶然ではない出会いを感じさせる何かが、二人の衝動を押しとどめた。聴衆のなかに、アマルフィターノは別にして、泣かせることにアルチンボルディの若い読者が三人いたのだ。その一人はフランス語が話せたうえに、ペルチエが翻訳した本をわざわざ持ってきていた。つまり、奇跡というのは起こりうるのだ。インターネット書店は機能していた。文化は、失われたり、過ちを犯したりしながらも、つねに姿を変えながら生き続ける。それを確認できたのは、講演が終わってまもなく、アルチンボルディの若い読者たちが、ペルチエとエスピノーサのたっての願いで大学の応接室に来たときで、そこでは愛餐《アガペー》というよりもパーティーもしくは小パーティー、あるいは単に名講義に敬意を表しての歓迎会とでも呼べそうな催しが行なわれたのだった。もっとましな話題がなかったので、ドイツの作家は皆よいものを書くということと、ソルボンヌ大学やサラマンカ大学のような大学の歴史の重みのことが話題になった。批評家たちが驚いたことに、教授たちのうち二人（一人はローマ法を教え、もう一人は二十世紀の刑法を教えていた）がそれらの大学でかつて学んでいた。その後、ゲーラ学部長と本部秘書から周りに知られないように小切手を渡された二人は、少しして教授連の夫人の一人が失神したどさくさに紛れてこっそり会場から立ち去った。

この手のパーティーが嫌いだったにもかかわらずときには我慢して付き合わなければならなかったアマルフィターノと、アルチンボルディの読者である三人の学生が、二人と行動をともにした。彼らはまず中心街に行って夕食をとり、その後、眠らない街を車で回った。レンタカーは大きかったが、彼らは重なり合うようにして乗らなければならず、歩道を行き交う人々は、彼らがその通りの人々を眺めていたのと同じように、好奇の目で彼らを眺めたが、アマルフィターノと三人の学生が後部座席で身体を丸めているのに気がつくと、慌てて目をそらした。

彼らは若者の一人が知っているバーに入った。それは大きなバーで、裏には木が植わったパティオと闘鶏用の小さな囲いがあった。その若者は、一度父親に連れられて来たことがあると言った。政治の話題になり、エスピノーサは若者たちが話していることをペルチエに通訳してやった。若者たちは皆、二十歳以下で、いずれも学習意欲に満ち、健康的で初々しく見えた。それに対してアマルフィターノは、その夜はいつになく疲れた様子で、うちひしがれているように見えた。ペルチエは小声で、どうかしたのかと訊いてみた。アマルフィターノは首を横に振り、何でもないと答えたが、批評家たちはホテルに戻ると、煙草をひっきりなしに吸い、休みなく飲み続け、一晩中ほとんど口をきかなかった友人の態度は、鬱病の初期症状か神経過敏になっていることの表われだと話し合ったのだった。

次の日、エスピノーサが朝起きてみると、ペルチエはバミューダパンツに革のサンダルという格好でホテルのテラスに座り、おそらくその朝手に入れたと思われる西仏辞典を用意して、サンタテレサの新聞各紙を読んでいた。

「朝食を食べに中心街に行かないか?」とエスピノーサは訊いた。

「いや」とペルチエは答えた。「安酒も食べ物ももうたくさんだ。胃袋がやられかかってる。僕はこの街で何が起きているのか知りたいんだ」

そのときエスピノーサは、前の晩、若者たちの一人が、殺された女性たちの話をしていたのを思い出した。エスピノーサが覚えていたのは、若者が被害者の数を二百人以上と言い、彼もペルチエも耳を疑ったので二度も三度もくり返さなければならなかったということだけだった。しかし、耳を疑ったというのは一種の誇張だ、とエスピノーサは考えた。人は何か美しいものを見ると、自分の目を疑う。何かについて聞かされる……アイスランドの自然の美しさ……、間欠泉のあいだで温泉に浸かっている人々、実際には写真で見たことがあるのに、やはり信じられないと言う……明らかに信じているのにだ……誇張するというのは、驚嘆を丁重に表現する一種のやり方だ……話の相手がこう言えるようにお膳立てすることだ。これは本当のことなんですよ……そこでこちらはこう応じる。まさかそんなことありえない。最初は信じられないが、そのうちありえないことのように思えるのだ。

前の晩、健康的で、体力があり、純粋な若者が、二百人を越える女性が死んでいると断言したあとで、彼とペルチエが言ったのは、たぶんそのことだった。だが短期間での話ではない、とエスピノーサは考えた。一九九三年か一九九四年から今日に至るまでだ……。それに、殺された女性の数はもっと多いかもしれないのだ。もしかすると二百五十人か三百人かもしれない。誰にも分からないでしょう、と若者はフランス語で言った。ペルチエが翻訳し、インターネット書店が機能したおかげで入手できたアルチンボルディの作品を若者はすでに読んでいた。彼はあまりフランス語が話せない、とエスピノーサは思った。だが、ある言語をうまく話せないかまったく話せなくても、人は読むことができるのだ。いずれにせよ、たくさんの女性が死んでいる。

「それで、誰の仕業なんですか?」とペルチエは尋ねた。

「ずいぶん前から逮捕者が出ていますが、相変わらず女性が殺され続けているんです」と若者の一人が言った。

アマルフィターノは黙っていたな、とエスピノーサは思い出した。ぼんやりしていた。きっと飲みすぎたんだろう。近くのテーブルに男三人のグループがいて、こちらの話の内容に大いに関心があるかのように、ちらちらと彼らを見ていた。ほかには何を覚えているだろう、とエスピノーサは考えた。誰か、若者たちの一人が、殺人が伝染するという話をした。誰かが模倣犯の話をした。誰かがアルバート・ケスラーの名前を挙げた。どこか途中でエスピノーサは席を立ち、トイレに吐きに行った。もどしているあいだに、誰かが外で、どうやら手と顔を洗っているか、あるいは鏡の前で髪を入念に整えているらしい誰かがこう言ったのが聞こえた。

「安心して吐きな、兄弟」

その声を聞いて落ち着いたんだ、とエスピノーサは考えた。だがそれは、そのとき自分が不安を感じていたということになる。でもなぜ不安だったんだろう？　トイレから出ると、誰の姿もなく、ただ、バーから少し弱まって聞こえてくる音楽と、水道管が痙攣するように立てるもっと小さな音が聞こえるだけだった。誰が僕たちをホテルに送り届けたんだろう？　と彼は考えた。

「帰りは誰が運転したんだ？」とペルチエに訊いた。

「君だよ」とペルチエは答えた。

その日、エスピノーサは、ホテルで新聞を読んでいるペルチエをそのままにして、ひとりで外出した。朝食をとるには遅い時間だったが、アリスペ通りのそれまで一度も入ったことのなかったバーに入り、元気が出そうなものを注文した。

「二日酔いにはこれが一番ですよ」と言って、バーテンはグラス一杯の冷えたビールを出した。

店のなかからは、何かを揚げる音が聞こえた。彼は食べ物を注文した。

「ケサディージャはいかがですか？」

「ひとつだけ頼む」とエスピノーサは答えた。

バーテンは肩をすくめた。バーに客はいなかったが、彼が朝いつも入るいくつかの店ほど暗くはなかった。トイレのドアが開いて、ものすごく背の高い男が出てきた。エスピノーサは目が痛み、また酔いが回り始めていたのだが、長身の男が現われたのでぎょっとした。暗がりでは顔が見えず、年齢も見当がつかなかった。だが、長身の男は窓のそばに座り、黄緑色の光が顔立ちを照らした。

エスピノーサは、男がアルチンボルディではありえないことに気づいた。どうやら街に出てきた農民か家畜商らしかった。バーテンが彼の前にケサディージャを置いた。両手で摑むとやけどしそうになったので、紙ナプキンを頼んだ。それからバーテンにもう三つ追加で頼んだ。バーを出ると、民芸品の市場に向かった。何人かの商人は売り物をまとめ、折りたたみ式の机をしまっていた。昼時だったので、人は少なかった。最初のうち、敷物を売っていた少女の露店を見つけるのは一苦労だった。市場のあたりの通りは不潔で、まるで民芸品のかわりに出来合いの食べ物や果物や野菜をそこで売っているかのようだった。少女を見つけたとき、彼女はせっせと敷物を巻き、両端を縛っていた。一番小さい手織りのものは、細長いダンボール箱にしまっていた。実際にはそこからはるか彼方にいるかのように、ぼんやりしていた。エスピノーサは近づいていって、敷物の一つを撫でた。そして自分のことを覚えているかと訊いてみた。少女は少しも驚かなかった。顔を上げて彼を見ると、自然な調子で、ええと答えたので、彼は思わず微笑んだ。

「僕は誰かな?」とエスピノーサは訊いた。

「敷物を買ってくれたスペインの人よ」と少女は答えた。「わたしたち話をしたわ」

スペイン語の新聞を解読したあと、ペルチエは、シャワーを浴びて肌についた汚れをすべて落としたくなった。遠くからアマルフィターノがやってくるのが見えた。彼はホテルに入り、フロント係と話をした。テラスに入ってくる前に、アマルフィターノはペルチエの姿を認めて、わずかに片手を挙げた。ペルチエは立ち上がると、何でも好きなものを頼んでくれ、自分はシャワーを浴びてくると彼に言った。立ち去ろうとしたとき、アマルフィターノの目が、まるでずっと眠れなかったかのように赤く充血し、隈ができていることに気づいた。ロビーを横切るあいだにペルチエは考えを変え、ホテルが泊まり客用に提供し、バーの隣の小部屋に置いてあったパソコンのひとつを立ち上げた。彼宛てのメールをチェックすると、ノートンからの長いメールが届いていた。そこには彼女があんなにも突然去った本当の理由は何だったのかが、彼女なりの考えで述べられていた。彼はまだ酔っているような気分でそれを読んだ。前の晩いたアルチンボルディの若い読者のことを考え、彼らのようになりたい、彼らの一人と人生を交換したいとぼんやりと思った。その願望は一種の疲労にすぎないと自分に言い聞かせた。それからエレベーターのボタンを押し、彼がその朝読んだのと同じメキシコの新聞を読んでいる、七十歳くらいのアメリカ人女性と一緒に上に昇った。服を脱ぎながら、エスピノーサにどう話そうかと考えた。たぶん彼宛てのメールのなかにもノートンからのメールがあり、彼に読まれるのを待っているのだろう。どうしたものだろう、とペルチエは独りごちた。

便器の嚙み傷はそのままになっていた。ぬるま湯が身体を流れ落ちるにまかせて、彼はしばらくそれをじっと見つめていた。どうするのが妥当だろう、と彼は考えた。もっとも妥当なのは、帰って、どんな結論もできるだけ先延ばしにすることだ。目のなかに石鹼の水が入ったとき、初めて便器から目をそらすことができた。シャワーの湯が当たるように顔を動かし、目をつぶった。想像したほど悲しくない、と彼は心のなかで思った。何もかもが現実離れしている、とつぶやいた。それからシャワーを止め、服を着ると、アマルフィターノのところに戻るために階下に下りていった。

ペルチエはエスピノーサがメールを読むのに付き合った。彼の後ろに立ち、ノートンからのメールがあるのを確かめ、そこに間違いなく自分宛てのメールと同じことが書かれているのを見届けると、パソコンから何歩か離れたところにある肘掛け椅子に座り、旅行雑誌のページを繰り始めた。ときおり顔を上げ、エスピノーサを見やったが、立ち上がる気配はなかった。彼の背中を叩いてやりたかったが、何もしないことにした。エスピノーサがふり返ってこちらを見たとき、ペルチエは自分も同じメールを受け取ったと言った。

「信じられない」とエスピノーサは弱々しい声で言った。

ペルチエは雑誌をガラステーブルの上に置き、パソコンに近づくと、ノートンからのメールをざっと読んだ。それから立ったまま、指一本でキーボードを操作して自分宛てのメールを探し、エスピノーサに見せた。そしてこのうえなく穏やかな調子で、自分に届いたメールを読んでほしいと言った。エスピノーサはふたたびパソコンの画面に顔を向け、ペルチエ宛てのメールを何度も読み返した。

「ほとんど同じ内容だ」と彼は言った。

「それがどうした?」とペルチエは言った。

「せめてもう少し思いやりがあってもいいんじゃないか」とエスピノーサは答えた。

「今みたいなとき、知らせてくれることこそ思いやりさ」とペルチエは言った。

二人がホテルのテラスに出ると、もうほとんど誰もいなかった。白い上着に黒いズボン姿のウェイターが一人、客のいなくなったテーブルからグラスや瓶を片づけていた。手すりのそばの一角に、二十代のカップルが一組いて、手を握り合いながら静まり返った暗緑色の通りを見つめていた。エスピノーサはペルチエに、何を考えているのかと訊いた。

「彼女のことさ」とペルチエは答えた。「もちろん」

それから彼はこうも言った。ノートンがついに決心したというときに、僕たちがここにいること、このホテルに、この街にいることが奇妙だ。というか少なくとも奇妙なところがある。エスピノーサは彼を長いこと見つめ、それから愛想を尽かしたような顔で、反吐が出そうだと言った。

翌日、エスピノーサはふたたび民芸品の市場に行き、少女に、名前は何と言うのかと尋ねた。彼女がレベカよと答えると、エスピノーサは微笑んだ。その名前は彼女にぴったりだと思ったのだ。彼が三時間そこに立ちっぱなしでレベカと話しているあいだ、観光客や冷やかしの客たちは、まるで誰かに無理強いされたかのように、気乗りのしない様子であちこち売り物を眺めて回っていた。二回だけ、レベカの店に客が寄ってきたが、二回とも何も買わずに立ち去ってしまったので、エスピノーサは申し訳ない気持ちになった。というのもある意味で少女の店が流行らないのは自分のせい、すなわち彼が店の前にしつこく陣取っているせいだったからだ。彼はその埋め合わせに、ほかの客が買ったかもしれないと思うものを自分で買うことにした。大きな敷物を一枚、小さな敷物を二枚、緑色を基調としたサラーぺを一枚、赤を基調としたものをもう一枚、サラーぺと同じ生地で模様も同じリュックのようなものを彼は買い求めた。レベカが、すぐに国に帰るのかと尋ねたので、エスピノーサは微笑み、分からないと答えた。すると少女は男の子を呼んだ。その子はエスピノーサが買ったものをすべて背負い、車を停めてあるところまで一緒に行った。

（どちらにせよ同じことだが、無あるいは群集のなかから現われた）男の子を呼ぶ彼女の声、声の調子、その穏やかな支配力に、エスピノーサはぞくっとした。男の子のあとを歩いていくと、商人たちの大半が売り物を片づけ始めたことに気がついた。二人は車のところまで行き、敷物をトランクにしまった。エスピノーサは男の子に、いつからレベカと一緒に働いているのかと尋ねた。姉さんだよ、と男の子は答えた。でも全然似ていない、とエスピノーサは思った。そして男の子を眺めると、背は低かったが、姉と同じく丈夫そうだった。彼はその子に十ドル札をやった。

彼がホテルに着くと、ペルチエはテラスでアルチンボルディの本を読んでいた。どの本かと訊くと、ペルチエは微笑みながら、『聖トマス』だと答えた。

「君はそれを何回読んだ？」とエスピノーサは訊いた。

「何回かは忘れたけれど、これは読んだ回数が一番少ないな」とペルチエは答えた。

同じだ、僕もそうだ、とエスピノーサは思った。

それは、わずかな違いや、突然特定の個人に向けられた表現こそあれ、同じ奈落に向かって開かれた、二通というよりは一通のメールだった。サンタテレサ、あの恐ろしい街、とノートンは書いていた。あそこには考えさせられました。何年ものあいだで初めて、厳密な意味で考えた。つまり、実際的で、現実的で、確実なことを考え始め、また思い出しかけてもいた。家族のこと、友人のこと、仕事のことを考え、ほぼ同時に家族の、あるいは職場の光景、友人たちがグラスを掲げ、何かに、たぶん彼女に、もしかすると彼女が忘れてしまった誰かに乾杯している光景を思い出していた。このメキシコという国は信じがたい（ここで彼女は本題からそれたが、それもエスピノーサ宛てのメールのほうでだけで、まるでペルチエにはそれが理解できないと思っていたのか、あるいは二人がそれぞれに届いたメールを読み比べるであろうことをあらかじめ知っていたかのようだった）、この国で文化を牛耳るボスの一人、洗練されていると思われている人物、政府の最上層に上りつめた作家は、エル・セルドという誰が見てもぴったりのあだ名の男です、とノートンは書いていた。そして彼女はこのこと、そのあだ名、あるいはそのあだ名の残酷さ、あるいはそのあだ名を甘んじて受け入れていることを、サンタテレサでかなり前から起きている犯罪と関係づけていた。

小さいころ、好きだった男の子がいました。なぜかは分からないけれど、好きでした。わたしは八歳で、彼も同い歳だった。名前はジェイムズ・クロフォード。たしかとても内気な子でした。彼はほかの男の子たちとしか話さず、女の子とは距離を置いていました。髪は真っ黒で、目は茶色。ほかの男の子たちが長いズボンを穿くようになってもずっと半ズボンを穿いていました。初めて彼に話しかけたとき、このことはついさっき思い出したのだけれど、わたしは彼のことをジェイムズではなく、ジミーと呼びました。誰も彼をそう呼んではいなかった。わたしだけです。わたしたちは八歳でした。彼はすごく真面目な顔をしていた。何がきっかけで彼に話しかけたのかしら？たしか、彼が学校の机に、消しゴムだったか鉛筆だったか、もう覚えていないけれど、何かを置き忘れたので、彼に教えてあげたのです。ジミー、消しゴムを忘れたわよって。そのとき自分がにっこりしたことを覚えています。なぜジェイムズやジムでなく、ジミーと呼んだのか覚えている。好きだったからね。そう呼ぶのが嬉しかったから。わたしはジミーが好きだったし、とてもハンサムだと思っていたからなの。

次の日、エスピノーサは朝一番に、いつもよりも胸をときめかせて、民芸品の市場に出かけた。売り子や職人たちは店を出し始めたところで、石畳の道はまだ汚れてはいなかった。レベカは折りたたみ式の机の上に敷物を並べていて、彼の姿が目に入ると微笑んだ。何人かの売り子は、立ったままコーヒーやソフトドリンクを飲み、店から店へと立ち寄っては話し込んでいた。露店の裏の歩道では、いくつかの店の古いアーチや大きな日よけの下で男たちが集まって、ツーソンやフェニックスでの販売が保証されているまとまった数の卸の陶器について議論していた。エスピノーサはレベカに挨拶し、最後に残った敷物を並べるのを手伝った。そのあとで、一緒に朝食を食べに行かないかと訊くと、少女は、だめなの、もう家で済ませてきたからと答えた。エスピノーサはそれでも諦めずに、弟はどこにいるのかと尋ねた。

「学校よ」とレベカは答えた。

「じゃあ、売り物を全部運んでくるのを誰が手伝ってくれるの？」

「ママよ」とレベカは答えた。

エスピノーサは、もう一枚敷物を買うべきか何も言わずに立ち去るべきか分からずに、しばらく黙って地面を見つめていた。

「お昼をごちそうするよ」とようやく彼は言った。

「分かったわ」と少女は答えた。

エスピノーサがホテルに戻ると、ペルチエはアルチンボルディの本を読んでいた。遠くから見ると、ペルチエの顔に、実際には顔だけでなく全身に、羨ましいほどの一種の穏やかさが感じられた。もう少し近づいてみると、彼が読んでいる本は『聖トマス』ではなく『盲目の女』であることが分かったので、エスピノーサは、『聖トマス』を最初から最後まで再読するだけの忍耐力があったのかと訊いた。ペルチエは顔を上げたが、答えなかった。そのかわり、アルチンボルディが苦悩や恥を描く手法には驚くべきものがある、というか自分は驚かされてばかりいると言った。

「繊細なんだ」とエスピノーサは言った。

「そのとおり」とペルチエは言った。「繊細なんだ」

サンタテレサで、あの恐ろしい街で、私はジミーのことを考えました、とノートンはメールに書いていた。でも、とりわけ自分のこと、八歳だった自分のことを考えたのです。最初は考えが跳ね回り、イメージが跳ね回りました。まるで頭のなかで地震が起きたみたいで、どの思い出にも正確に、というか明確に焦点を合わせることができなかった。でもついにそうすることができたときはさらにひどかった。ジミーと言っているわたし自身が見えたのです。わたしの微笑み、ジミー・クロフォードの真面目な顔、大勢の子供たち、子供たちの背中、突然、穏やかだった校庭に波が立つのが見えました。わたしの唇があの男の子に忘れ物のことを教えているのが見え、消しゴムが、もしかすると鉛筆が見え、今のわたしの目にあのときのわたしの目が見え、ふたたびわたしの呼び声が、わたしの声の響きが聞こえました。八歳の女の子がひどく礼儀正しく八歳の男の子の名前を呼んで、消しゴムを忘れないでと注意を促すのだけれど、学校で普段そうしているように、ジェイムズかクロフォードという本来の名前で呼ぶことができなくて、そして意識的にか無意識にか、ジミーという愛称を使おうとするの。そのことで愛情を、言葉による愛情を、個人的な愛情を表わそうとする。というのも世界を包摂するその瞬間に、彼をそう呼べるのは彼女だけだからだ。そして彼女はなんとかして愛情、あるいは暗黙の気遣いに別の見かけをまとわせようとし、それは彼に忘れ物を気づかせる身ぶり、消しゴムを、あるいは鉛筆を忘れないで、となって表われるが、実は、貧しい言葉または豊かな言葉による喜びの表現にほかならない。

二人は市場の近くの安食堂で昼食を食べ、そのあいだレベカの弟が、毎朝敷物や折りたたみ式の机を載せて運ぶカートを見張っていた。エスピノーサはレベカに、カートの見張りをなしにして、男の子も一緒に食事をすることはできないのかと訊いたが、レベカは心配しないでと答えた。もしもカートの見張りがいなくなったら、誰かに持っていかれる可能性が高い。レストランの窓から、エスピノーサは、男の子が山積みの敷物の上に乗り、小鳥のように地平線を眺めているのを見た。

「あの子に何か持っていってあげよう」と彼は言った。「君の弟は何が好きなのかな?」

「アイスクリームよ」とレベカは答えた。「でも、ここでは売ってないの」

エスピノーサは何秒かのあいだ、別の店にアイスクリームを探しに行こうかと考えたが、戻ってきたときに少女がいなくなっているのではないかと思い、その考えを捨てた。スペインはどんなところなのと彼女は訊いた。

「違ってる」とエスピノーサは、アイスクリームのことを考えながら答えた。

「メキシコと違ってるの?」と彼女は訊いた。「国のなかでいろいろ違ってるんだ。変化に富んでいるんだよ」

「いや」とエスピノーサは答えた。

突然、エスピノーサは男の子にサンドイッチを持っていくことを思いついた。

「ここではトルタっていうのよ」とレベカは言った。「弟はハムのトルタが好き」

まるでお姫さまか大使夫人みたいだ、とエスピノーサは思った。彼はウェイトレスに、ハムのトルタと冷たい飲み物を用意できるか尋ねた。ウェイトレスはトルタをどのようにしてほしいかと訊いた。

「全部挟んでほしいと言って」とレベカは言った。

「全部挟んでくれ」とエスピノーサはウェイトレスに答えた。

しばらくして、彼はトルタと飲み物を持って店を出ると、カートのてっぺんでそっくり返っていた男の子にそれを差し出した。男の子は最初首を横に振り、お腹は空いていないと言った。エスピノーサは、角でその子より少し年上の男の子三人が、笑いをこらえながらこちらを見ているのに気づいた。

「お腹が空いていないなら、飲み物だけ飲んで、トルタは取っておいてくれ」と彼は言った。「でなけりゃ、犬にくれてやれ」

ふたたびレベカのところに戻ると、気分がよくなった。実際、楽観的な気持ちになったのだ。

「これではだめだ」と彼は言った。「よくないよ。次は三人で一緒に食べよう」

レベカは、フォークを宙で止めたまま、彼の目をじっと見つめた。それからかすかな笑みを浮かべると、料理を口に運んだ。

ホテルでは、水を抜いたプールサイドのデッキチェアに寝そべって、ペルチエが本を読んでいた。エスピノーサはタイトルを見ないうちに、それが『聖トマス』でも『盲目の女』でもなく、アルチンボルディの別の本だと分かった。隣に座ると、それが『レタイア』という、自分がアルチンボルディのほかの本ほど熱中できなかった小説であることに気づいたが、ペルチエの顔つきから判断すると、その本の再読は実りが多く、とても楽しんでいる様子だった。彼は隣のデッキチェアに腰を下ろし、ペルチエに昼間は何をしていたのかと訊いた。

「読書だよ」とペルチエは答え、彼に同じ質問をした。

「そこらをぶらついていた」とエスピノーサは答えた。

その晩、ホテルのレストランで一緒に食事をしながら、エスピノーサは、土産をいくつか買い、ペルチエのためにもひとつ買ったことを話した。それを聞いて彼は喜び、自分にどんな土産を買ってくれたのかと尋ねた。

「インディオの敷物さ」とエスピノーサは答えた。

旅のあとでくたくたになってロンドンに着くと、わたしはジミー・クロフォードのことを考え始めました、とノートンはメールに書いていた。もしかするとニューヨークからロンドンへのフライトを待つあいだに考え始めていたのかもしれませんが、いずれにせよジミー・クロフォードと、彼を呼ぶ八歳のわたしの声が、アパートの部屋の鍵を取り出した瞬間にもうわたしと一緒になっていました。部屋の明かりを点けると、わたしは玄関にスーツケースを放り出したまま、キッチンに行ってお茶の用意をしました。それからシャワーを浴び、ベッドに向かったのです。眠れないような気がしたので、睡眠薬を一錠飲みました。雑誌をぱらぱらめくったのを覚えています。あの恐ろしい街をぶらついているあなたたち二人のことを考えたのも覚えています。ホテルのことを考えたのも覚えています。わたしの部屋にはひどく変わった鏡が二枚あって、最後の何日かはそれが恐かった。自分がうとうとしているのに気づいたとき、腕を伸ばして明かりを消すのが精一杯でした。

どんな夢も見ませんでした。目が覚めたとき、自分がどこにいるのか分からなかった。でもすぐに、聞き慣れた通りの物音がしたのでその感覚は二、三秒しか続きませんでした。すべては過ぎ去ったのだと思いました。疲れは取れて、自分の家にいて、やるべきことがたくさんある。ところがベッドの上に座ると、はっきりとした理由も原因もないのに狂ったように泣くことしかできなかった。一日中そんな具合でした。時間が経つにつれて、サンタテレサを去らなければよかった、あなたたちと一緒に最後まで残ればよかったという気がしてきました。空港へ飛んでいき、メキシコ行きの最初の便に乗りたいという衝動に駆られたことも一度や二度ではありません。その衝動のあとにもっと破壊的な衝動が襲ってきました、自分のアパートに火を点ける、手首を切る、大学に二度と戻らない、この先は路上生活を送る。

でも、名前は忘れましたがある雑誌の記事によると、女の浮浪者は、少なくともイギリスでは、しばしば虐待の対象になるそうです。イギリスでは、女の浮浪者は集団でレイプされたり、暴行を受けたりして、病院の入口で死んでいるのが発見されることも珍しくない。女の浮浪者にそんなことをするのは、十八歳のころのわたしが考えていたかもしれないように、警官やネオナチの集団ではなく、男の浮浪者たちなのです。このことが状況を一段と不愉快なものに見せています。混乱したわたしは、自分が元気を取り戻して、誰か友達に電話して一緒に夕食に行けないかと思って、外に散歩に出かけました。するとなぜか、突然、わたしは自分が画廊の前にいるのに気づきました。そこではエドウィン・ジョーンズ、右手を切り落として自画像の一部として展示したあの画家の回顧展をやっていました。

次にレベカを訪ねたとき、エスピノーサは、少女を説得して家まで送っていくのを認めさせた。製造業の労働者が使う古い前掛けをつけた太った女性にエスピノーサがわずかばかりの料金を払ったあと、三人はカートを、以前食事をした食堂の裏の部屋に、空き瓶の箱やチリコンカルネの缶詰の山のあいだにとめた。それから敷物やサラーペを車の後部座席に詰め、三人とも前の座席に座った。男の子は嬉しそうで、エスピノーサはその日の食事をどこへ食べに行くか決めていいとその子に言った。結局、三人は中心街のマクドナルドで昼食をとった。

少女の家は街の西の地区にあった。彼が新聞で読んだところによると、その一帯で犯罪が多発しているということだったが、その地区もレベカが住んでいる界隈も、エスピノーサの目にはただの貧しい地区と貧しい界隈にしか見えず、忌まわしいところなど何もなさそうだった。彼は車を家の正面に停めた。玄関先には猫の額ほどの庭があり、籐と針金でできたプランターが三つ置かれていて、花と植木の鉢が詰まっていた。レベカは弟に外で車を見張っているようにと言った。家は木造で、歩くと床板が虚ろな音を立てた。まるでその下を排水溝が走っているか、隠し部屋があるみたいだった。

エスピノーサの予想に反し、母親は彼を温かく迎え、冷たい飲み物を勧めてくれた。それからほかの子供たちを自ら紹介した。レベカには弟が二人と姉妹が三人いたが、長女はすでに結婚し、そこに住んではいなかった。姉妹の一人はレベカにそっくりだったが、歳は下だった。名前はクリスティーナで、家の誰もが彼女は家族のなかで一番頭がいいと言った。エスピノーサは頃合いを見て、一緒にその地区を散歩したいとレベカに言った。外に出ると、男の子が車の屋根の上にいた。彼は漫画を読んでいて、たぶん飴玉をしゃぶっていたのだろう、口のなかに何かが入っていた。散歩から戻ると、男の子はまだそこにいたが、もう何も読んではいなかったし、飴玉もしゃぶり終えていた。

彼がホテルに戻ると、ペルチエはまた『聖トマス』を読んでいた。隣に座ると、ペルチエは本から顔を上げ、いまだに理解できないこと、おそらくこれからも決して理解できないであろうことがいくつかあると言った。エスピノーサは大笑いしたが、何も言わなかった。

「今日はアマルフィターノが来ていたんだ」とペルチエは言った。

彼の意見では、チリ人教授は神経が参っておかしくなっていた。ペルチエは一緒にプールでひと泳ぎしようと誘ってみた。アマルフィターノは水着を持っていなかったので、フロントでひとつ借りてきた。万事がうまく行っているように見えた。ところが、プールに入るとアマルフィターノは、突然悪魔でも見たかのようにすくんでしまった。そして水のなかに沈んでしまった。沈んでいく前に彼が口を両手で塞いだのをペルチエは覚えていた。いずれにせよ、ほんのちょっとさえも泳ごうとはしなかったのだ。幸い、ペルチエがそこにいて、難なく水に潜って彼をふたたび水面に引き上げた。それから二人はそれぞれウイスキーを飲み、アマルフィターノは長いこと泳いでいなかったのだと言い訳した。

「僕たちはアルチンボルディの話をした」とペルチエは言った。

それから彼は服を着て、水着をフロントに返し、帰っていった。

「で、君は何をしていたんだ?」

「シャワーを浴びて、服を着て、食事をしに下りて、読書を続けたのさ」

一瞬わたしは、とノートンはメールに書いていた。いきなり劇場のライトを浴びて目がくらんだ浮浪者のような気がしました。画廊に入るのにふさわしい状態ではなかったけれど、エドウィン・ジョーンズの名前に磁石のように引きつけられたのです。画廊のガラスのドアに近づくと、なかに人が大勢いるのが見え、白い服を着たウェイターたちが見えました。彼らはシャンパンか赤ワインのグラスを載せたお盆を持ってバランスをとりながら、ほとんど身動きできずにいました。わたしは待つことにして、向かい側の歩道に戻りました。少しずつ画廊が空いてきたので、いよいよなかに入って回顧展の少なくとも一部が見られると思いました。

ガラスのドアの向こう側に行くと、なんだか不思議な気がしました。その瞬間から自分の目に映るもの、あるいは自分が感じるもののすべてが、わたしのこれからの人生にとって決定的になりそうな気がしたのです。わたしは一種の風景画の前で足をとめました。それはサリー州の風景で、ジョーンズの初期の作品ですが、わたしには物寂しくも甘美で、深遠でありながら決して大げさではないように見えました。そんな効果が生まれるのは、イギリスの風景がイギリス人の画家によって描かれたときだけです。不意にわたしは、その絵を見ただけでもう十分だと思い、外に出ようとしました。そのとき、一人のウェイターが、たぶん画廊に最後まで残っていたケータリング会社のウェイターでしょう、その人がお盆にワインのグラスをひとつだけ載せて近づいてきました。わたしのために特別に注いでくれたのです。彼は何も言いませんでした。ただわたしにお盆を差し出し、わたしは微笑んでグラスを取りました。そのとき、わたしが立っている場所の向かい側に回顧展のポスターが貼ってあるのが見えました。そのポスターには切断された手の絵があしらわれていました。ジョーンズの代表作です。そこには彼の生没年が白い文字で描かれていました。

彼が死んだことは知りませんでした、とノートンはメールに書いていた。わたしは彼が、まだスイスの快適な精神病院で生きていて、そこで自分のことを、何よりもわたしたちのことを嘲笑っているのだろうと思っていたのです。するとワイングラスを落としてしまったのを覚えています。絵を眺めていた、二人とも痩せていてものすごく背が高いカップルが、まるでわたしがジョーンズの元愛人か、あるいはたった今画家の死を知った生きた（そして未完の）絵ででもあるかのように、興味津々でこちらを見たのを覚えています。わたしは後ろもふり返らずに外に出て、長い時間歩きました。気がつくと、泣いてはいなかったけれど、雨が降っていて、びしょ濡れになっていたのを覚えています。その夜は眠れませんでした。

エスピノーサは毎朝レベカを家に迎えに行くようになった。車を家の正面に停め、コーヒーを飲み、そのあと、何も言わずに敷物を車の後部座席に詰め、車体の埃をせっせと布で落とした。機械についての知識がいくらかでもあれば、ボンネットを上げてエンジンを見たのだろうが、彼にそうした知識はまったくなかったし、それはともかくエンジンはスムーズに動いた。やがて少女と弟が家から出てくると、エスピノーサは、まるでそれが長年の習慣であるかのように、何も言わずに助手席のドアを開けてやった。それから彼は運転席のドアを開けてなかに入り、埃を落とした布をダッシュボードにしまうと、三人は民芸品の市場に向けて出発するのだった。市場に着くと、店を出すのを手伝い、準備が終わると近くのレストランに行って、持ち帰り用にコーヒー二杯とコカコーラを一本買い、ほかの露店やそれらを囲むずんぐりとしているが実に堂々としたコロニアル風の建物が立ち並ぶ地平線を眺めながら、三人は立ったままそれを飲んだ。たまにエスピノーサは、朝コカコーラを飲むのは悪い癖だと言って少女の弟を叱ることがあったが、エウロヒオという名のその子は笑うばかりで言うことをきかなかった。エスピノーサが怒っても、九〇パーセントはうわべだけだと分かっていたのだ。エスピノーサは午前中の残りの時間を、レベカの住む地区を別にすればサンタテレサで唯一気に入っていたその地区から出ずに、どこかのテラスで地元の新聞を読んだり、コーヒーを飲んだり、煙草を吸ったりして過ごした。トイレに行って鏡で自分の顔を見たとき、顔つきが変わりつつあると思った。紳士みたいだ、と彼はときおり心のなかでつぶやいた。若返ったみたいだ。別人に見える。

ホテルに戻ると、ペルチエは決まってテラスかプールサイドかラウンジの肘掛け椅子に座って、『聖トマス』か『盲目の女』か『レタイア』を読み返していた。どうやら彼がメキシコに持ってきたアルチンボルディの本はそれだけらしかった。その三冊に関する何か具体的な論文かエッセーを準備中なのかと訊くと、ペルチエの答えは曖昧だった。最初はそうだった。でも今は違う。それしか持ってきていなかったので、その三冊を読んでいるだけだ。エスピノーサは自分の本のどれかを貸そうかと思ったが、突然、スーツケースに隠しておいたアルチンボルディの本のことを忘れていたのに気づいて愕然とした。

その夜は眠れませんでした、とノートンはメールに書いていた。そこでモリーニに電話してみようと思いついたのです。もうかなり遅い時間だったし、こんな時間に彼に迷惑をかけるのは失礼だ、軽はずみだ、ぶしつけな妨害だと思いました。でも電話をかけたのです。彼の番号を押してすぐ、暗くすればモリーニに顔を見られずに済むとでもいうかのように、部屋の明かりを消したのを覚えています。驚いたことに、電話はすぐに繋がりました。

「ピエロ、わたしよ」と彼に言いました。「リズよ。エドウィン・ジョーンズが死んだこと、あなたは知ってた?」

「ああ」とモリーニの声がトリノから答えました。「二か月前に死んだんだ」

「でもわたしは今初めて知ったところなの、今夜」とわたしは言いました。

「もう知っていると思っていたんだ」とモリーニは言いました。

「死因は?」とわたしは聞きました。

「事故だよ」とモリーニは答えました。「散歩に出て、サナトリウムの近くにある小さな滝を描こうとして、岩に登り、足を滑らせたんだ。五十メートル下の谷底に遺体が見つかった」

「そんなことありえないわ」とわたしは言いました。

「それがありえたんだ」とモリーニは言いました。

「ひとりで散歩に出たの? 誰も見張らずに?」

「ひとりじゃなかった」とモリーニは答えました。「看護婦が一人とサナトリウムの屈強な若者、猛り狂った狂人をあっという間に屈服させてしまう連中の一人が付き添った」

猛り狂った狂人という表現を聞いてわたしはそこで初めて笑いました。すると電話の向こうで、ほんの一瞬でしたが、モリーニも一緒に笑いました。

「その手の強くてたくましい若者のことを助手っていうのよ」とわたしは言いました。

「じゃあ、看護婦が一人と助手が一人、付き添っていた」と彼は言いました。「ジョーンズは岩に登り、屈強な若者があとから登った。看護婦はジョーンズの指示にしたがって、木の切り株に腰掛け、本を読むふりをしていた。するとジョーンズは、結構巧みに使いこなせるようになっていた左手で絵を描き始めたんだ。その風景画には滝、山、岩の突起、森、それらすべてに無関心で本を読んでいる看護婦が描かれていた。そのとき事故が起きたんだ。ジョーンズは岩の上に立ち上がり、足を滑らせた。そして、強くてたくましい若者が彼をつかもうとしたにもかかわらず、谷底へ落ちてしまった」

それがすべてでした。

わたしたちはしばらく何も言わずにいました、とノートンはメールに書いていた。やがてモリーニが沈黙を破り、メキシコはどうだったかと尋ねました。

「ひどかったわ」とわたしは答えました。

彼はそれ以上訊きませんでした。彼のゆっくりとした息遣いが聞こえ、彼にはわたしの息遣いが聞こえていた。わたしの呼吸はすぐに落ち着いていきました。

「明日電話するわ」とわたしは言いました。

「分かった」と彼は答えましたが、何秒かのあいだ、どちらも電話を切ろうとしませんでした。

その夜、わたしはエドウィン・ジョーンズのことを考えました。たぶん今ごろ回顧展で展示されているはずの彼の手のことを考えたのです。その手をサナトリウムの助手はつかめず、つかんで彼が落ちるのを防ぐことができなかった。こう考えるのはあまりに出来すぎていて、作り話みたいで、ジョーンズが実際にはどんな人物だったかはちっとも説明してはいません。それよりはるかにリアルだったのはスイスの風景、あなたたちは見たけれど、わたしは見たことのない山と森があり、切り立った岩や滝、人が落ちたら間違いなく死ぬ断崖絶壁と本を読む看護婦からなる風景でした。


ある晩、エスピノーサはレベカを踊りに連れていった。サンタテレサの中心街にあるディスコで、少女は一度も行ったことがなかったが、友人たちが絶賛していた店に行った。二人でキューバリブレを飲んでいるとき、レベカは、そのディスコを出るときに少女たちが二人誘拐され、しばらくして死体で見つかったという話を彼に聞かせた。死体は砂漠に捨てられていた。

殺人犯がそのディスコを足繁く訪れるとレベカが話したことは、エスピノーサにとって不吉な兆しに思えた。レベカを家に送り届けたとき、彼女の口にキスした。レベカはアルコールの匂いがして、肌がひどく冷たかった。セックスしたいかと訊くと、彼女は黙って何度も頷いた。そこで車の前の座席を後ろに倒し、抱き合った。あっという間の交わりだった。だがそのあとで、彼女は無言で彼の胸に頭をもたせかけ、彼はしばらくのあいだ髪を撫でてやった。夜気が化学物質の臭いを漂わせて波のように押し寄せてきた。エスピノーサは近くに製紙工場があるのだろうと思った。そのことをレベッカに訊くと、近くにあるのは住人たちが自分で建てた家と空き地だけだと答えた。

彼が何時に戻ろうと、ペルチエはつねに起きていて、本を読みながら彼を待っていた。ああしてペルチエは僕たちの友情を再確認しているのだ、と彼は思った。それに、ペルチエは不眠症で、そのせいでホテルの誰もいないラウンジで明け方まで読書せざるをえないという可能性もあった。

ペルチエはときどき、セーターを着たりタオルを羽織ったりして、プールサイドでウイスキーをちびちびと飲んでいることがあった。また、国境に一度も行ったことのない画家が描いたことがひと目で分かる巨大な国境の風景画が目立つ場所に掛けてあるラウンジにいることもあった。風景の描き方の器用さと調和の取れ具合が、現実よりも願望を表わしていた。ウェイターたちは、夜勤の者を含め、ペルチエがくれるチップに満足し、彼に足りないものがないように努めた。エスピノーサがやってくると、二人は少しのあいだ友情のこもった短い言葉を交わし合った。

エスピノーサはときどき、ホテルの人気のないラウンジをいくつも回ってペルチエを探す前に、ヨーロッパにいるヘルフェルトやボルフマイヤーから、アルチンボルディの居場所について何がしかの手がかりを与えてくれるメールが届いていないかと思い、メールをチェックしに行った。それからペルチエを探し、その後、二人とも黙ってそれぞれの部屋に上がっていくのだった。

次の日、とノートンはメールに書いていた。わたしはアパートの部屋を掃除し、書類を整理しました。思ったよりずっと早く終わりました。午後はずっと映画館にいて、出てきたときには、気持ちは落ち着いていたのに、映画のストーリーも、出演した俳優ももはや覚えてはいませんでした。その晩、友達と夕食をとり、早めに床に就いたのに、十二時まで眠くなりませんでした。朝早く目が覚めるとすぐに、わたしは予約もせずに空港に行き、イタリア行きの最初の便のチケットを買いました。ロンドンからミラノまで飛行機で飛び、そこからトリノ行きの列車に乗りました。モリーニがドアを開けてくれたとき、わたしは彼に、しばらくいるつもりで来た、わたしがホテルに行くか、それとも彼のところに泊まるかは、彼が決めてほしいと言いました。彼はわたしの言ったことに答えず、車椅子を脇に寄せると、なかに入ってくれと言いました。わたしは洗面所に行き、顔を洗いました。戻ると、モリーニが紅茶を淹れてくれていて、青いお皿にはビスケットが三つ載っていました。彼はとてもおいしいからと言ってそれを勧めてくれたので、ひとつ食べてみると、おいしかった。それはギリシアのお菓子らしく、なかにピスタチオと砂糖漬けのイチジクが入っていました。わたしはたちまちお菓子を三つとも平らげ、紅茶を二杯飲みました。そのあいだにモリーニは電話をかけ、それからわたしの話すことにじっくり耳を傾け、ときどき質問を差し挟み、わたしは喜んでそれに答えました。

わたしたちは何時間も話していました。イタリアの右翼のこと、ヨーロッパにおけるファシズムの復活のこと、移民のこと、イスラム系のテロリストのこと、イギリスやアメリカの政治のことに話が及び、話しているうちに、だんだん気分がよくなってきました。どちらかと言うと気の滅入るような話だったのに可笑しいわね。それでもさすがに限界がきて、わたしは魔法のお菓子をもうひとつだけでいいからと頼みました。するとモリーニは時計を見て、お腹が空くのも当然だ、ピスタチオのお菓子をあげるよりもっといいことをするよと言いました。トリノのレストランにテーブルを予約してあるから、そこのディナーに連れていくよ、と。

そのレストランは、ベンチや石の彫像を配した庭園の真ん中にありました。わたしはモリーニの車椅子を押し、彼は石像について説明してくれたのを覚えています。いくつかは神話上の人物でしたが、闇のなかをさまようただの農民を表わしたものもありました。庭園にはほかにも散歩しているカップルがいて、ときどきすれ違うこともあれば、影が見えるだけのこともありました。食事の最中、モリーニにあなたたちのことを訊かれました。わたしはアルチンボルディがメキシコの北部にいるとする情報はでたらめで、彼はたぶんあの国に足を踏み入れたこともないだろうと答えました。あなたたちのメキシコ人の友人、エル・セルドと呼ばれる偉大なインテリの話をすると、二人でしばらく笑い合いました。実際、わたしはますます気分がよくなっていたのです。

ある晩、レベカと車の後部座席で二度目のセックスをしたあと、エスピノーサは、彼女の家族は自分のことをどう思っているのかと尋ねた。姉や妹はあなたをハンサムだと思っているし、母は責任感のある人の顔をしていると言っていたと少女は答えた。化学物質の臭いは車を空中に持ち上げんばかりだった。次の日、エスピノーサは敷物を五枚買った。レベカが何のためにそんなにたくさん敷物を買うのかと訊くと、エスピノーサはプレゼントにするつもりだと答えた。ホテルに戻ると、使っていないほうのベッドの上に敷物を置いた。それから自分が寝るベッドに腰を下ろすと、一瞬のあいだ敷物が後退して、彼は現実が束の間姿を表わしたのを目にした。めまいを感じて目を閉じると、知らぬ間に眠りに落ちていた。

目を覚ますと胃が痛く、死にたい気分になった。午後になってから買い物に出た。ランジェリーショップとブティック、そして靴屋に入った。その晩、レベカをホテルに連れていき、一緒にシャワーを浴びたあと、彼女にタンガ、ガーター、黒いストッキング、黒いボディスーツ、黒いピンヒールを身に着けさせ、彼女が腕のなかのわななきにすぎなくなるまで交わった。

その後、部屋に二人の夕食を運ばせ、食事のあとで、彼女のために買ったほかのプレゼントを手渡した。それからふたたび、夜が明けるまで交わった。そして二人は服を着て、レベカはプレゼントをバッグにしまい、エスピノーサは彼女を家まで送ってから、民芸品の市場まで送り、そこで彼女が店を出すのを手伝った。別れ際に、彼女はまた会えるかと訊いた。なぜだか分からないが、おそらく単に疲れていたためだろう、エスピノーサは肩をすくめ、分からないと答えた。

「分かるはずよ」とレベカは、彼女のものとは思えない悲しげな声で言った。「メキシコを発つの?」と彼女は訊いた。

「いつかは行かなけりゃならないよ」と彼は答えた。

ホテルに戻ると、テラスにも、プールサイドにも、いつも閉じこもって本を読んでいるラウンジのどこにも、ペルチエの姿はなかった。フロントで、友人が外出してからだいぶ経つのかと訊くと、ペルチエはホテルから一度も出ていないという返事だった。エスピノーサはペルチエの部屋まで上がり、ドアをノックしてみたが、返事はなかった。ふたたびノックし、ドアを何度も激しく叩いたが、結果は同じだった。フロント係に、友人の身に何か起きた可能性がある、ことによると心臓発作かもしれないと言うと、二人を知っているフロント係はエスピノーサと一緒に部屋まで上がった。

「よからぬことが起きたとは思えませんが」とエレベーターのなかでフロント係は言った。

マスターキーで部屋のドアを開けると、フロント係は敷居をまたがなかった。部屋のなかは暗く、エスピノーサは明かりを点けた。ペルチエがベッドの上で、首元までベッドカバーをかけているのが見えた。仰向けで、顔をいくらか傾け、両手を胸の上で組んでいた。エスピノーサは、ペルチエの顔がそれまで見たことのない穏やかな表情を見せているのに気づいた。彼は名前を呼んだ。

「ペルチエ、ペルチエ」

フロント係は好奇心に駆られ、二歩ばかり前に踏み出すと、触ってはいけないと忠告した。

「ペルチエ」とエスピノーサは叫んで彼のそばに座り、肩を揺すった。

するとペルチエは目を開け、何が起きたのかと彼に尋ねた。

「君が死んでいるのかと思ったんだ」とエスピノーサは答えた。

「いや」とペルチエは言った。「夢を見ていたんだ。ギリシアの島にバカンスに出かけて、そこでボートを借りていた。一日中海に潜っている男の子と知り合いになったよ」

「えらく素敵な夢だな」とエスピノーサは言った。

「ホントすごいネ」とフロント係は片言の英語で言った。「ずいぶん寛いだ夢のようネ」

「この夢で何より奇妙なのは」とペルチエは言った。「水が生きているとなんだ」

トリノでの最初の夜の最初の数時間は、モリーニの来客用の部屋で過ごしました、とノートンはメールに書いていた。わたしはすぐに眠り込んでしまったのですが、突然、雷が聞こえました。本当の雷だったのか、それとも夢だったのかは分かりません。わたしは目を覚ましました。すると廊下の突き当たりに、モリーニと車椅子の影が見えた気がしました。最初はそれに構わず、もう一度眠ろうとしました。そうしているうちに突然、自分が目にしたものが何であるか思い当たったのです。まず、廊下に車椅子の影、そして、今度は廊下ではなく居間で、こちらに背を向けたモリーニの影。わたしは飛び起きて、灰皿をつかむと、明かりを点けました。廊下に人影はありません。居間に行っても誰もいません。何か月か前なら、ここで水を一杯飲み、ベッドに戻ったところですが、今はもうそのときと同じではありえません。そこでわたしが取った行動は、モリーニの部屋に行くことでした。ドアを開けると、まずベッドの脇の車椅子が目に入りました。それからモリーニの身体が塊のように見えました。彼はゆっくり寝息を立てていました。わたしは小声で彼の名を呼んでみました。彼は動きません。そこで大きな声を出すと、モリーニの声が、どうしたのかと訊いたのです。

「廊下にあなたの姿が見えたのよ」とわたしは言いました。

「いつ？」とモリーニは訊きました。

「ほんのちょっと前、雷が聞こえたときよ」

「雨なのか？」とモリーニは訊きました。

「たぶん」とわたしは答えました。

「廊下には出ていないよ、リズ」とモリーニは言いました。

「わたしは見たわ。あなたは起きたのよ。廊下に車椅子があったの。こっちを向いてたわ。でもあなたは廊下の突き当たりに、居間にいて、背中を向けていた」とわたしは言いました。

「きっと夢さ」とモリーニは言いました。

「車椅子はこっちを向いていて、あなたは背中をむけていた」とわたしは言いました。

「落ち着くんだ、リズ」とモリーニは言いました。

「落ち着けなんて言わないでちょうだい、わたしを阿呆扱いしないでよ。車椅子はわたしを見ていて、あなたは立っていて、わたしを見ていなかったの。分かる？」

モリーニは肘をついて、何秒か考えていました。

「たぶんそうだろう」と彼は答えました。「僕が君を見ていてやれないあいだ、車椅子が見張っていてくれたんじゃないかな。車椅子と僕は、ひとりの人間か、ひとつの存在みたいなものだ。それで、車椅子は悪いことをした。まさに君を見ていたからだ。そして僕も悪いことをした。君に嘘をついて、君を見ていなかったからだ」

ここでわたしは笑い出してしまいました。そしてこう言ったのです。考えてみれば、あなたはわたしに対して悪いことはできない、それは車椅子も同じ、なぜなら車椅子はあなたにとって必要不可欠だからだと。

その夜、わたしたちはずっと一緒に過ごしました。脇によけて場所を空けてちょうだいと言うと、モリーニは何も言わずにわたしの言葉に従いました。

「あなたがわたしを愛していることに気づくのに、どうしてこんなに時間がかかったのかしら?」とわたしはあとになってから言いました。「わたしがあなたを愛していることに気づくのに、どうしてこんなに時間がかかったのかしら?」

「僕のせいだ」とモリーニは暗がりで言いました。「僕はすごく不器用なんだ」

朝、エスピノーサは、貯めこんだ敷物とサラーぺのいくつかを、ホテルのフロント係や警備員、ウェイターたちにプレゼントした。部屋の掃除をしてくれる二人の女性にも敷物をあげた。サラーぺの最後の一枚は、赤と緑と薄紫の幾何学模様が施されたとても美しいもので、彼はそれを袋に入れ、フロント係に頼んでペルチエのところへ持っていかせた。

「誰からのプレゼントかは秘密だ」と彼は言った。

フロント係は片目をつぶってみせ、言われたとおりにすると答えた。

エスピノーサが民芸品の市場に着くと、レベカは木のベンチに座ってカラー写真が満載されたポピュラー音楽の雑誌を読んでいた。そこにはメキシコの歌手たちに関する記事が載っていて、結婚、離婚、ツアー、ゴールデンディスク、プラチナディスク、刑務所にいた時期のこと、貧窮生活のなかで死んだことなどが書かれていた。彼はレベカと並んで歩道の縁に腰を下ろしたものの、挨拶をするのにキスすべきか否か迷った。向かいには新しい屋台が出ていて、素焼きの人形を売っていた。エスピノーサがいる場所から小さな絞首台がいくつか見え、彼は悲しそうに微笑んだ。少女に弟はどこにいるのかと尋ねると、彼女はいつもの朝と同じく学校に行ったと答えた。

まるでこれから結婚でもするかのように白い服を着た皺だらけの女が、立ち止まってレベカに話しかけたので、その隙に彼は、少女が机の下の弁当箱の上に置いた雑誌を手に取り、レベカの友人が立ち去るまでページを繰っていた。彼は二度ばかり何かを言おうとしたが、言えなかった。しかし、彼女の沈黙は人に居心地の悪い思いをさせることはなく、そこに恨みや悲しみがこもっているわけでもなかった。それはよどんだ重苦しいものではなく、透明な沈黙だった。ほとんど空間を占めることもなかった。そのうえ、人はこの沈黙に慣れて、幸せにもなれる、とエスピノーサは思った。だが、彼が慣れることは決してないだろうし、そのことを彼自身が分かってもいた。

座っているのに疲れると、彼はバーに行き、カウンターでビールを注文した。彼の周りにいたのは男ばかりで、ひとりの客はいなかった。エスピノーサが鋭い目つきで店内を見渡すと、男たちは飲んでいるが、食事もしていることにすぐに気づいた。彼は畜生という言葉をつぶやき、床の、自分の靴から数センチと離れていないところに唾を吐いた。それからビールをもう一本飲み、半分残っている瓶を持って露店に戻った。彼を見るとレベカは微笑んだ。エスピノーサは彼女と並んで歩道に腰を下ろし、帰るつもりだと言った。少女は何も言わなかった。

「またサンタテレサに来るよ」と彼は言った。「一年以内にね、誓うよ」

「誓ったりしないで」と言って、少女は嬉しそうに微笑んだ。

「君のところに戻ってくる」とエスピノーサはビールを最後の一滴まで飲み干しながら言った。「そうしたら僕たちは結婚して、君は僕と一緒にマドリードに来れる」

少女は、素敵ね、と言ったようだった。だがエスピノーサには彼女が言ったことが分からなかった。

「何だって？　何て言ったの？」と彼は訊いた。

レベカは黙ったままだった。

夜、彼がホテルに戻ると、ペルチエはプールサイドでウイスキーを飲みながら本を読んでいた。エスピノーサは彼の隣のデッキチェアに座り、これからどうするつもりかと尋ねた。ペルチエは微笑み、本をテーブルの上に置いた。

「部屋で君からのプレゼントを見つけたよ」と彼は言った。「申し分ないうえに魅力的だ」

「ああ、サラーペのことか」とエスピノーサは言って、デッキチェアに仰向けになった。

満天の星空だった。プールの青緑色の水は、テーブルの上や花やサボテンの鉢の上で踊っていて、その鎖のように連なった反射光がクリーム色の煉瓦の塀にまで届いていた。塀の向こうにはテニスコートと、エスピノーサがなんとか入らずに済ませていたサウナがあった。ときおりラケットの音と、プレーについて感想を述べるくぐもった声が聞こえていた。

ペルチエは起き上がり、歩かないかと言った。彼はテニスコートのほうに向かい、エスピノーサはその後ろについていった。コートは照明が点っていて、腹の突き出た二人の男がぎこちないゲームをくり広げ、プールの周りにあるのとよく似たパラソルの下の木のベンチに座って見物していた二人の女の笑いを誘っていた。突き当たりのフェンスの向こうに、沈没船の窓のようなやけに小さな窓が二つついたコンクリートの箱のようなサウナがあった。煉瓦の塀の上に座ってペルチエが言った。

「アルチンボルディは見つかりそうもないな」

「何日も前からそう思っていたよ」とエスピノーサは答えた。

そして彼はひとっ跳びし、もう一度跳ぶと、塀の縁に座り、足をテニスコートのほうに下ろした。

「だけど」とペルチエは言った。「アルチンボルディは間違いなくこのサンタテレサにいると思う」

エスピノーサは、怪我をしたのではないかというように、自分の両手を見つめた。女の一人がベンチから立ち上がり、テニスコートに入っていった。彼女は片方の男に近づくと、何かを耳打ちし、またコートから出た。その女に話しかけられた男は両腕を高く上げ、口を開け、頭を後ろにそらせたが、かすかな声すら出さなかった。この男と同じく染みひとつない白いウェアを着たもう一人の男は、相手の沈黙の叫びが終わるのを待ち、相手が真顔に戻ると、彼にボールを打った。ゲームは再開し、女たちはまた笑った。

「信じてくれ」とペルチエは、そのとき吹いていた、すべてを花の香りに染める微風に似た、とても穏やかな声で言った。「アルチンボルディがここにいるって分かるんだ」

「どこに?」

「サンタテレサかこの周辺のどこかだ」

「だったらなぜ僕たちは見つけられなかったんだ?」とエスピノーサは訊いた。

テニスをしていた男の一人が転び、ペルチエは微笑んだ。

「それは大したことじゃない。僕たちが間抜けだったから、さもなければアルチンボルディは身を隠すのにおそろしく長けているからだ。それはささいなことだ。重要なのは別のことなんだ」

「何だい?」とエスピノーサは訊いた。

「彼がここにいるということだよ」とペルチエは答え、サウナ、ホテル、テニスコート、フェンス、照明に照らされていないホテルの敷地内のさらに遠くに見える木の葉の茂みを指さした。エスピノーサの背筋の毛が逆立った。サウナが入っているコンクリートの箱は、彼にはなかに死体がある砲台のように見えた。

「信じるよ」とエスピノーサは言った。実際、彼は友人の言葉を信じていた。

「アルチンボルディはここにいる」とペルチエは言った。「そして僕たちもここにいる。僕たちが彼にこれほど近づくことはなかったし、この先もないだろう」

わたしたちの関係がどれほど長く続くかは分かりません、とノートンはメールに書いていた。モリーニにとっても(たぶん)、わたしにとっても、それは大したことではありません。わたしたちは愛し合っていて、幸せなのです。あなたたちには理解してもらえるとわたしには分かっています。

2

アマルフィターノの部

サンタテレサに何をしに来たのだろう？　この街で暮らし始めて一週間が経ったとき、アマルフィターノはつぶやいた。分からない？　本当に分からないのか？　彼は自問した。たしかに分からない。そうつぶやくと、もう言葉が出てこなかった。

今、住んでいる家は小さな平屋だった。寝室が三つ、洗面台とトイレのついた浴室、カウンター付きの台所、西向きの窓のあるひと続きになった居間と食堂、煉瓦敷きの小さなテラスという作りだった。テラスに置かれた木のベンチは、山から吹き下ろす風や海からの風、北からの風、山間を抜けてくる風に当たり、南からの煙臭い風にさらされて、がたがきていた。家には、二十五年以上前から保管している本があった。大した数ではない。古い本ばかりだった。買ってから十年と経たない本もあったが、こちらは貸そうが失くそうが、盗まれようが構わなかった。蠟でしっかり封緘され、見覚えのない差出人たちからときおり送られてきて、開きもしない本もあった。芝生を植え

たり花を育てたりするのにちょうどいい裏庭があったが、いったいどんな花を植えるべきか、サボテンやサボテン科の多肉植物ではないどんな花を植えればいいか、彼には見当もつかなかった。庭いじりをする時間はあった（と彼は思っていた）。木の柵はペンキを塗る必要があった。彼には月々の収入があった。

彼にはロサという名前の娘がいて、ずっと一緒に暮らしてきた。嘘のように思えるが、ずっとそうだった。

ときどき、夜になると、彼はロサの母親のことを思い出して、笑ったり泣きたくなったりすることがあった。彼女のことを思い出すのは、自分が書斎に閉じこもり、ロサのほうは寝室で眠っているときだった。居間は空っぽで、物音ひとつせず、明かりは消えていた。テラスで耳を澄ます者がいれば、きっと蚊の羽音が聞こえただろう。だが、聞き耳を立てる者などいなかった。近隣の家は静まり返り、灯は消えていた。

ロサは十七歳で、スペイン人だった。アマルフィターノは五十歳で、チリ人だった。ロサは十歳のときからパスポートを持っていた。二人で旅をすると、ときおり奇妙な状況に置かれることがあった、とアマルフィターノは思い返した。ロサはＥＵ市民用の税関ゲートを通るのに、アマルフィターノは非ＥＵ市

民用のゲートを通るのだ。初めてのときはロサが癇癪を起こして泣き出し、父親と離れるのをいやがった。あるときなど、列の進み方にかなり差があり、EU市民の列は早く進むのに、非EU市民のほうは遅くて執拗に検査を受けるため、ロサが迷子になってしまい、アマルフィターノが娘を見つけ出すのに三十分もかかった。あまりに小さいロサを見た税関の係員に、ひとりで旅行しているのか、それとも出口に誰かが迎えに来ているのかと尋ねられることもあった。するとロサは、父と一緒なのだけれど、南米の人だからここで待っていなければいけないのだと答えた。ロサのスーツケースを開けられたこともあった。父親が娘のあどけなさと国籍を利用して麻薬か武器を持ち込んでいるのではないかと疑われたのだ。しかしアマルフィターノは麻薬も武器も運んだことはなかった。

旅に出るといつも武器を持ち歩いていたのは、ロサの母親ロラのほうだ、とアマルフィターノは、書斎の椅子に腰掛けて、あるいはテラスの暗がりに立ってメキシコの煙草を吸いながら思い出した。彼女はステンレス製の折りたたみナイフを肌身離さず持っていた。空港で捕まったこともある。ロサが生まれる前のことで、ロラはそんなナイフを何に使うつもりかと尋ねられた。果物の皮をむくんです、とロラは答えた。オレンジ、リンゴ、ナシ、キウイフルーツなんかをね。警官はしばらく彼女を見つめ、それから解放した。この事件から一年と何か月か後にロサが生まれた。それから二年後、ロラは家を出ていき、相変わらずナイフを身につけていた。

ロラは出ていく口実として、敬愛する詩人を訪ねて、彼が暮らしているサンセバスティアン近郊のモンドラゴンにある精神病院に行くつもりだと言った。アマルフィターノは一晩中、彼女の言い分に耳を傾け、ロラはリュックに荷物を詰めながら、すぐに彼と娘のところに帰ってくると約束した。ロラは、とりわけ最後のころはよく、その詩人とは知り合いで、アマルフィターノが彼女の人生に入り込む前に、バルセロナで開かれたパーティーで出会ったのだと言い張っていた。夏の暑さのなか、赤いライトを点けた車がひしめき合うなかで開かれた、ロラが言うところの乱痴気パーティー、時代遅れのパーティーで、彼と寝て、夜どおし愛し合ったというのだが、アマルフィターノにはそれが嘘だと分かっていた。その詩人が同性愛者だからというだけでなく、そもそもロラが彼の存在を知ったのは自分を通じてのことで、彼の詩集を一冊贈ったことがそもそものきっかけだった。その後、ロラは詩人のその他の作品を買い集め、友人を選ぶにも、その詩人が天啓を受けたこの世の者ならざる人間、神の使者であると信じている者、サン・ボイ精神病院から出てきたばかりだったり、薬物中毒治療をくり返し受けたあと頭がおかしくなってしまった者たちにしか目をくれなくなった。実際、アマルフィターノにも、早晩妻がサンセバスティアン詣でに出かけるであろうことは分かっていたので、議論はしないでおき、貯金の一部を渡して、二、三か月したら戻ってきてほしいと頼んだうえで、娘の面倒をしっかり見ることを約束した。ロラは上の空で聞いていた。リュックに荷物を詰め終わると、彼女は台所に行ってコーヒーを二杯淹れ、アマルフィターノのほうは彼女の興味を惹きそうな、あるいは少なくとも出発までのあいだ、重苦しさを少しでも軽くしてやれそうな話題を探しているというのに、夜が明けるのをじっと待っていた。朝六時半に呼び鈴が鳴ると、ロラはびっくりしたように飛び上がった。迎えが来たわ、と言ったきり動こうとしないので、アマルフィターノはしかたなく立ち上がり、インターフォン越しに、どなたですかと尋ねた。わたし、と消え入りそうな声が聞こえた。どなたですか？　とアマルフィターノは訊いた。開けて、わたしよ、とその声が言った。どなたですか？　とアマルフィターノはくり返した。声は相変わらず今にも消え入りそうな調子で、名前を訊かれたことに腹を立てているようだった。わたしわたしわたしわたし、と声は言った。アマルフィターノは目をつぶり、建物の入口の鍵を開けた。エレベーターのウィンチが立てる音が聞こえ、彼は台所に戻った。ロラは座ったまま、カップに残ったわずかなコーヒーをすすっていた。君のお客さんみたいだ、とアマルフィターノは言った。ロラはまったく無反応だった。あの子に行ってきますを言うかい？　とアマルフィターノは訊いた。ロラは顔を上げ、起こさないほうがいいと答えた。彼女の青い目を、濃い隈が縁取っていた。そのあと家の呼び鈴が二度鳴り、アマルフィターノがドアを開けに行った。身長が一メートル五十センチにも満たないひどく小柄な女が、彼をちらりと見て、聞き取れない声で何やら挨拶らしき文句をつぶやいてから入ってきて、まるでアマルフィターノよりもロラの習慣に通じているかのようにまっすぐ台所に向かった。彼は台所に戻ると、冷蔵庫の前に置かれた女のリュックに目をとめた。ロラのリュックよりさらに小さく、まるでミニチュアのようだった。女の名前はインマクラダといったが、ロラはイマと呼んでいた。アマルフィターノは仕事から帰ってきたときに二、三度、家にいる彼女に出くわしたことがあり、そのときに本人から名前と、どう呼んでほしいかを聞いた。イマはカタルーニャ語でイマクラダの愛称だったが、ロラのその友人はカタルーニャ人ではないし、名前もイマクラダではなくインマクラダなのだから、アマルフィターノとしては、音韻的観点からするとインマと呼ぶべきではないかと考えていたが、そのたびに妻に咎められ、そのうちどんな呼び方もしないことにした。彼は台所の戸口から二人を眺めた。想像していたよりはるかに穏やかな気分だった。ロラと友人は樹脂製のテーブルをじっと見つめていたが、二人がときおり顔を上げ、彼には馴染みのない濃密な視線を交わすのに気づかずにはいられなかった。誰かコーヒーのおかわりがほしい人はいるかしらとロラが訊いた。僕に訊いているのだ、とアマルフィターノは思った。インマクラダが首を横に振って、もう時間がない、そろそろ動き出さないと、じきにバルセロナから出る道路が封鎖されてしまうと言った。まるでバルセロナが中世の都市であるみたいな言い方だ、とアマルフィターノは思った。ロラと友人は立ち上がった。アマルフィターノは突然、喉の渇きに駆られて二歩踏み出し、冷蔵庫のドアを開けてビールを取り出そうとした。その前にイマのリュックを脇にどけなければならなかった。まるでブラウスが二枚と黒いズボンが一つしか入っていないような軽さだった。胎児みたいだ、とアマルフィターノは思い、リュックの位置をずらした。ロラは彼の両頬にキスすると、友人と家を出た。

一週間後、アマルフィターノはパンプローナの消印が押されたロラの手紙を受け取った。手紙のなかで彼女は、そこまでの道のりは楽しい経験と不愉快な経験に満ちていたと言っていた。楽しい経験のほうが多かったわ。不愉快な経験のほうは、たしかに不愉快と呼べたけれど、経験ではなかったのかもしれない。どんな不愉快なことが起きようと、わたしたちには心構えができているわ、とロラは書いていた。イマはすでに何もかも経験してきたから。わたしたちは二日間レリダで働いたの、とロラは書いていた。ドライブインのレストランで、オーナーはリンゴ園も持っていたわ。このリンゴ園というのが大きくて、木にはもう青リンゴがなっていたのよ。もうすぐリンゴの収穫が始まるから、そのときまでいてほしいと二人はオーナーから頼まれた。イマが彼と話をつけているあいだ、ロラは、自分たちが寝起きしているポプラの木陰に張られたカナダ製のテントの脇で、モンドラゴンにいる詩人の本（リュックにはそれまでに彼が出した本が残らず詰め込まれていた）を読んでいた。リンゴ園にはほかにポプラの木は見当たらず、その隣には、もはや使われていないガレージがあった。しばらくするとイマが戻ってきたが、レストランのオーナーが示した待遇については話そうとしなかった。翌日、二人は、誰にも別れを告げることなく、ヒッチハイクをするためにふたたび幹線道路脇に立った。サラゴサでは、イマの大学時代の古い友人の家に泊まった。ロラはひどく疲れていたので早い時間に横になり、夢うつつで笑い声を聞いていたが、やがて怒鳴り声や非難の声が聞こえるようになり、そのほとんどがイマの声で、ときどき友人の声が混じっていた。二人は昔のこと、フランコ体制と闘ったことやサラゴサの女子刑務所のことを話していた。穴、それも石油や石炭すら出てきそうな深い穴のこと、地下にできたジャングル、命知らずの女たちからなる奇襲部隊のこと。その直後、ロラの手紙は脱線し始めた。わたしはレズビアンじゃない、と彼女は書いていた、どうしてあなたにこんなことを書くのかしら、こんな話をするなんて、まるであなたを子供扱いしてるみたいね。同性愛は詐欺だ、思春期にわたしたちに加えられる暴力行為だとロラは書いていた。イマには分かっている、彼女は知っている、分かっている、彼女は頭がよすぎるから、そのことを知らないではいられない、でもだからといって何かできるわけじゃない、せいぜいが助けることくらいよ。イマはレズビアンなの、毎日、何万頭何十万頭という牛が殺されている、毎日、草食動物の群れが、いくつもの草食動物の群れが谷を歩き回る、北から南へ、ゆっくりと、でも同時に吐き気を催す速さで、今まさに、今、たった今、分かるかしら、オスカル。いや、僕には理解できない、とアマルフィターノは思った。そしてその手紙を、まるで葦と草でできた浮き輪か何かのように両手で摑んだまま、足でゆっくりと娘の揺り椅子を動かし続けた。

そのあとロラはふたたび、今はモンドラゴンの精神病院で厳かに、半ば公然の隠遁生活を送っている詩人と愛を交わした夜のことを思い返した。そのころ彼はまだ自由の身で、精神病院になんて入れられてなかったの。バルセロナのゲイの哲学者の家に住んでいて、二人で週に一度、あるいは二週間に一度、パーティーを開いていた。まだあなたのことを知りもしなかったころよ。あなたはもうスペインに来ていたのかしら、それともイタリアかフランス、それかラテンアメリカの不潔な穴のなかにでもいた時期かしら。そのゲイの哲学者の開くパーティーはバルセロナでも有名だった。詩人と哲学者は恋人同士という噂だったけれど、実際のところそんなふうには見えなかったわ。一人は家も思想もお金もある人、もう一人が手にしていたのは伝説と詩と、正真正銘の求道者だけがもつ情熱、犬のような情熱で、その犬ときたら、棒で叩かれ、一晩中、それか若いあいだはずっと、雨のなかを、スペインの限りなく続く雲脂の嵐のなかを歩き続け、やっと入り込める場所を見つける。たとえそれが、どこか懐かしいところのある、腐った水の入ったバケツだとしても。ある日、幸運の女神がわたしに微笑んで、彼らのパーティーに行けることになったの。その哲学者と知り合いになったというのは言いすぎね。ただ彼の姿を見ただけ。居間の隅のほうで、別の詩人と別の哲学者を相手に話をしていたの。まるでお説教を垂れているみたいだった。そうしたら何もかもが嘘っぽい感じがしちゃって。招待客たちは、詩人の登場を心待ちにしていたわ。彼がそこにいる誰かをつかまえて喧嘩をふっかけるのを期待していたの。あるいは、居間の真ん中に敷かれた、『千夜一夜物語』に出てくる擦り切れた絨毯みたいなトルコ絨毯の上で脱糞するのを。いつも踏んづけられてきた絨毯は、ときにわたしたちを逆さに映し出す鏡の役目も果たすのよ。つまりこういうこと。わたしたちが身体を震わせると絨毯は鏡に変わる。神経科学的な震え。でも、詩人が現われても何も起こらなかった。初めは、さて何をしてくれるんだろうとみんなの視線が注がれたんだけれど。やがてみんなはそれまでしていたことに戻り、詩人は作家の友人たちに挨拶すると、ゲイの哲学者の輪に加わったわ。一人で踊っていたわたしは、そのまま踊り続けた。朝の五時になったとき、その家の寝室の一つに入り込んだ。詩人に手を引かれてね。服も脱がずに、わたしは彼と愛し合い始めた。詩人の息遣いを首筋に感じながら、三回もオーガズムを感じたわ。彼が達したのはそれからずっとあとだった。薄暗がりのなかだったけれど、部屋の隅に三人の人影が見えたわ。一人は煙草をくゆらせていた。もう一人は絶えず何かぶつぶつ言っていた。三人目は哲学者その人で、実はそのベッドが彼のベッドで、その部屋は彼の部屋で、つまり、その部屋は、口さがない連中によれば、彼がいつも詩人と愛し合う部屋だってことに気づいたの。でもそのとき愛し合っていたのはわたしだったし、詩人は優しくしてくれたわ。でも、ひとつだけ分からなかったのは、例の三人が見ているということ。ただそれも、大したことだとは思わなかった。あのころは、あなたも覚えているかしら、いろんなことが大したことじゃない時代だった。ついに詩人が、大きなうめき声を上げ、三人の友人を振り向きながら射精したとき、危険日じゃないことが残念でならなかった。だって彼の子供を産めたら素敵じゃない？それから彼は起き上がり、人影のほうへ近づいていった。一人が彼の肩に手を回した。もう一人は彼に何かを渡した。わたしも起き上がって、彼らのほうを見もせずに浴室へ行ったわ。居間にいたのはパーティーで遭難した人たちだった。浴室では若い女の子が一人、バスタブのなかで眠っていた。わたしは顔と手を洗って、髪を整えてから浴室を出ると、哲学者が、まだ歩ける連中を追い出しているところだった。彼は酔っぱらってもいなければハイになっているようにも見えなかった。むしろさっぱりした顔で、まるでたった今起きて、朝食に大きなコップでオレンジジュースを飲んだばかりみたいだった。わたしはそのパーティーで知り合った二人と一緒に会場をあとにした。その時間に開いているのはランブラス通りのドラッグストアだけだったから、ほとんど口もきかずにみんなでそこに向かったわ。ドラッグストアでは、その二年くらい前からの知り合いで、アホブランコの記者をやっていたけれどもうそこで働くことにうんざりしている女の子に出くわした。彼女はいきなり、マドリードに行けないだろうかって切り出したの。住む街を変える気にならないかと訊かれたわ。わたしは肩をすくめた。大きな都市なんてどこも似たり寄ったりじゃない、とわたしは答えた。実際、そのときわたしが考えていたのは詩人のこと、彼としたばかりのことだった。ゲイならあんなことしない。みんなは彼がゲイだって言うけど、わたしはそうじゃないって分かっていた。それからさまざまな感覚の混乱について考えているうちに、すべて合点がいったの。わたしには分かった。詩人は道に迷ってしまったんだと、迷子の子供なんだと、そしてわたしならあの人を救ってあげられると。たくさんのことをしてもらったのだから、わたしだって何がしかのことはしてあげられる。ひと月近く哲学者の家の前に張り込んで、そのうち彼が帰ってきたところをつかまえられれば、もう一度愛してほしいって頼めるんじゃないかと思っていた。ある晩、詩人ではなく、哲学者のほうを見かけたわ。顔つきがどこか変だった。彼がわたしのほうに近づいてきたとき（わたしのことは気づいていなかった）、目の周りが黒くなっているうえに、いくつか痣ができているのが分かった。詩人については、手がかりなしだった。ときどき、窓から明かりが漏れるのを見て、あそこの家は何階だったかと考えたりしたものよ。カーテンの向こうに人影が見えたり、誰かが、年配の女の人とか、ネクタイを締めた男の人とか、馬面の若者なんかが、窓を開けて日暮れ時のバルセロナの街を眺めていることもあった。ある晩のこと、そうやって張り込んで詩人が現われるのを待っているのはわたしだけじゃないことに気づいたの。十八歳くらいの、もしかするともう少し若い男の子が、向かいの歩道で黙って見張りをしていた。間違いなく夢見がちで周りのことなんて見えていないタイプだったから、向こうはこちらに気づいていなかった。バルのテラス席に座って、缶入りのコカコーラだけ頼んで、それをちびちび飲みながら大学ノートに何か書きつけてみたり、わたしには何の本だかすぐに分かってしまうような本を何冊か読んだりしていた。ある晩、彼がテーブルを立ってそそくさと出ていく前にそばに行って、隣に座ってみた。あなたが何をしてるか分かってるわよ、と彼に言ってやったの。誰だいあんたは？　と彼は縮み上がって訊いてきた。わたしは微笑むと、わたしもあなたと同じようなものよって答えたわ。彼はまるで狂った女でも見るような目でわたしを見た。勘違いしないで、とわたしは言った。わたしは狂ってなんかいない、精神状態は申し分ないわ。彼は声を出して笑った。狂ってないとしても、そう見えるよ、と彼は言った。そして彼がお勘定を頼む仕草をして立ち上がりかけたとき、わたしは告白したの。わたしも詩人を待っているんだって。彼はこめかみに銃口を突きつけられたみたいに慌てて座り直した。わたしはカモミールティーを頼むと自分のことを話した。彼は、自分も詩を書いていて、詩人に自作の詩を読んでもらいたいんだと言った。尋ねるまでもなく、彼がゲイで、どうしようもなく孤独だって分かったわ。見せてちょうだい、とわたしは彼の手からノートを取り上げた。悪くはなかったけれど、唯一の問題は、彼が詩人とそっくりな詩を書いていたことだった。こんなことがあなたの身に起こるわけはないわ、とわたしは言った。あなたは若すぎて、こんなに苦しんだことはないはずよ。彼は、信じてくれてもくれなくても同じことさ、とでも言いたげな仕草をした。重要なのは、よく書けているかどうかってことなんだ、と彼は言った。違う、とわたしは言った。あなたも分かっているでしょう、大事なのはそんなことじゃないって。そうじゃない、違うわ、と言うと、彼もわたしの言うとおりだって認めたわ。その子はジョルディという名前で、今ごろ大学で教えているか、ラ・バングアルディア紙かエル・ペリオディコ紙に書評でも書いているかもしれない。

アマルフィターノが受け取った次の手紙はサンセバスティアンからのものだった。イマとモンドラゴンの精神病院に行き、その病院ですっかり錯乱して暮らしていた詩人を訪ねたものの、守衛、つまり守衛に変装した司祭が二人を入れてくれなかったとロラは書いていた。サンセバスティアンではイマの友人宅に泊まるつもりでいた。その友人はエドゥルネという名前の若いバスク人女性で、ETA（バスク祖国と自由）の工作員だったが、民主主義が到来すると武装闘争から足を洗っていた。彼女はやらなければならないことがたくさんあるうえに、夫が急な来客を嫌うからという理由で、二人は一晩しか泊めてもらえなかった。夫のほうはヨンという名前で、その晩の来客に彼はたしかに苛立っていて、ロラにもそれははっきりと分かった。彼は身体を震わせ、焼けた陶器のように真っ赤になり、言葉にこそ出さなかったが、いつ何時怒り出してもおかしくない様子で、汗をにじませ手を震わせ、絶えず動き回り、まるで一か所に二分といられないようだった。いっぽうエドゥルネはとても落ち着いた女性だった。幼い息子（イマとロラが子供部屋に入ろうとするたびにヨンが口実を見つけては邪魔をしたので、二人はお目にかかれなかったが）を抱え、日中はずっとソーシャルワーカーとして、薬物に依存している家庭や、サンセバスティアン大聖堂の石段にひしめき合い、ただひたすらそっとしておいてほしいと願っている物乞いたちのために働いていた。エドゥルネはこうしたことを笑いながら説明してくれたのだが、それはまるでイマにしか分からない冗談でも話したかのようであり、ロラもヨンも笑うことができなかった。その晩二人は友人夫婦と夕食をともにし、翌日エドゥルネの家をあとにした。彼女に教えてもらった安宿を見つけたのち、二人はふたたびモンドラゴンまでヒッチハイクをした。またしても精神病院の施設に入れなかったので、外からつぶさに観察するしかなく、視界に入る土と砂利を敷いた道という道を、背の高い灰色の塀を、土地の勾配と湾曲を、そぞろ歩く患者たちとそれを遠くから眺めながら歩いている職員たちを、気まぐれな間隔で、あるいはこちらには理解できない法則に従って植えられている木々のカーテンを、そして何人かの患者たちと、おそらく病院の職員も一人二人そこで用を足すからなのか蠅が飛んでいるように見える低木の茂みを眺めて記憶にとどめているうちに、日が暮れ始めたか夜になった。そのあと二人で道路の端に腰を下ろし、無言で、あるいはそんなところまで伸びてきたモンドラゴンの精神病院の影の破片に、まるでそれが自分たちのことであるかのように感心しながら、サンセバスティアンから持ってきたチーズを挟んだボカディージョを食べた。

三度目の試みで、二人は電話で予約を取りつけた。イマはバルセロナの文芸誌の編集者に扮し、ロラは詩人ということにした。今度は彼に会うことができた。ロラは、彼が前より老けて目が落ちくぼみ、髪が薄くなっていることに気づいた。初めは医師か司祭とおぼしき男性に付き添われ、青と白で彩られた果てしなく続く廊下を歩き回った末に、ようやく殺風景な部屋にたどり着くと、詩人が二人を待っていた。ロラの印象では、精神病院の人々は、彼が入院していることを誇りに思っているようだった。皆が詩人のことを知っていて、彼が歩いて庭に出たり鎮静剤の投薬を受けに行ったりするときは、誰もが声をかけた。ようやく三人だけになったとき、彼女は、会えなくて寂しかった、しばらくアシャンプラ地区にあるあの哲学者の家の前に毎日粘り強く張り込んでいたけれど会えなかったと言った。わたしのせいじゃないのよ、とロラは彼に言った。やれるだけのことはやったわ。詩人は彼女の目を見つめ、煙草をくれないかと言った。二人が座っているベンチの横に立っていたイマが、無言で煙草を差し出した。詩人は礼を言うと、粘り強くか、と言った。ええ、まさにそうなの、とロラは言いながら詩人のほうを向き、彼を見つめたまま、視界の隅に、イマがライターで煙草に火をつけたあとバッグから本を取り出し、どこまでも辛抱強い小さなアマゾネスのように立ったままそれを読み始めるのを、そして本を支えている手の片方からライターがのぞいているのを見た。そのあとロラは二人のことを語り始めた。国道、市道、女を見下すトラック運転手たちとのいざこざ、都市と田舎町、テントで寝ることにした名もなき森、川やガソリンスタンドの洗面所で顔を洗ったことを話した。詩人はそのあいだ、口や鼻からきれいな輪になった煙を吐き続け、その青い乱雲、灰色の積雲は庭から吹いてくるそよ風にかき消され、あるいは敷地が終わって丘から降り注いだ光がその枝葉を銀色に輝かせている森が始まるほうへと流れていった。ロラはひと息つくかのように、失敗に終わったものの興味深い体験となった二度の訪問の話をした。それからようやく、本当に言いたかったことを口にした。自分は彼がゲイではないことを知っている、彼は囚われの身で、逃げ出したがっていることを知っている、ひどい仕打ちを受け、手足をもがれたとしても愛は必ず希望へとつながっていて、その希望こそ自分の頭のなかにある計画（あるいはその逆）なのだ、そしてその具体化、その実現とは、彼が自分とともに精神病院から逃げ出してフランスへ向かうことなのだと。じゃあこの人は？　と、一日に薬を十六錠も飲み、自分の幻覚を書き留めている詩人は尋ね、彼が指さしたイマのほうは、顔色ひとつ変えず、まるで彼女の穿いているペチコートやロングスカートがコンクリートでできていて座ることすらかなわないとでもいうように、立ったまま本を読んでいた。彼女はわたしたちを助けてくれる人なの、とロラは言った。実際、この計画を立てたのは彼女よ。巡礼者みたいに山を越えてフランスに渡りましょう。サン＝ジャン＝ド＝リュズまで行って、そこから電車に乗る。電車はわたしたちを乗せて、この季節には世界のどこよりも美しい田園を抜け、パリに着く。そして三人で小さなホテルで暮らす。それがイマの計画なの。わたしとイマはパリの高級住宅街で清掃婦かベビーシッターの仕事をして、あなたは詩を書く。夜になるとあなたは詩を読んでくれて、わたしと愛し合う。これがイマの計画よ、細かいところまで練ってあるの。三、四か月経つとわたしが妊娠して、それが、あなたが一族の終わりなんかじゃないっていう何よりの証拠になる。敵意をむき出しにしていたそれぞれの家族が、ほかにどんなことを望むかしら。そのあと何か月かはわたしも働くけれど、そのときが来たらイマがわたしの分も働いてくれるわ。乞食の預言者のように、子供の預言者のように暮らして、パリの人々の目を奪う流行だとか映画だとか、運まかせのゲーム、フランス文学、アメリカ文学、グルメ、国内総生産、武器の輸出、麻酔の大量生産、その手のものはわたしたちの赤ちゃんがお腹のなかで過ごす最初の何か月かは書き割りでしかない。そのあと、妊娠六か月を迎えたらスペインに戻ってくるの。でも帰りはイルンではなく、カタルーニャ州のラ・ジョンケラかポルトボウで国境を越えるのよ。詩人は面白そうに彼女を見て（そして同じく面白そうにイマを見たが、こちらは相変わらず彼の詩を、彼の記憶によれば五年ほど前に書いた詩を、一心不乱に読んでいた）、そしてふたたび気まぐれな形に煙を吐き始めた。まるで、モンドラゴンに長くいるあいだ、その何とも珍妙な技を完成させようとしてきたかのようだった。それ、どうやるの？　とロラは訊いた。舌を使ったり、口を決まった形にしたりする、と彼は答えた。思いきり左右に引っ張るようにしたり。唇を火傷したみたいにすぼめたり。普通の大きさのペニスをしゃぶる形から小さいのをしゃぶる形に変えたり。禅寺で、禅の弓で禅の矢を放つみたいにしたり。なるほどね、とロラは言った。ねえ君、詩をひとつ読んでくれないか？　と詩人は言った。イマは彼を見て、顔を隠そうとするように本をいくらか持ち上げた。どれがいいかしら？　君が一番好きなやつだ。全部好きよ、とイマは言った。じゃあ、どれかひとつ読んでくれ、と詩人は言った。イマが、迷宮と迷宮に迷い込んだアリアドネとパリの屋根裏に暮らすスペイン人の若者を歌った詩を読み終えたとたん、詩人はチョコレートを持っていないかと訊いた。いいえ、とロラは答えた。今は誰もやらないほうがいいわ、とイマが言い添えた。わたしたちは全力であなたをここから連れ出そうとしているのだから。詩人は笑みを浮かべた。そっちのチョコじゃない、と彼は言った。もうひとつのほう、カカオとミルクと砂糖で作ったやつだ。ああ、そうだったの、とロラは言い、二人ともその類のお菓子は持っていないことを認めざるをえなかった。二人はリュックのなかに紙ナプキンとアルミ箔に包んだチーズを挟んだボカディージョを持っていることを思い出して勧めてみたが、詩人には聞こえていないようだった。日が暮れかかるころ、大きな黒い鳥の群れが庭の上に現われ、北に向かって飛び去った。砂利道に、夕暮れの風に白衣をはためかせながら医者が一人現われた。彼らのところまでやってくると、医者は若いころからの友人同士のように彼の名前を呼び、調子はどうかと尋ねた。詩人はうつろな表情で医者を見つめ、こちらも親しげに相手の名前で呼びかけて、少し疲れたと答えた。三十そこそこにしか見えないゴルカという名のその医者は詩人の隣に腰を下ろすと、彼の額に手を当ててから脈を測った。それでもいまいましいほど健康だ、と彼は診断を下した。それから、あなたがたはいかがですか？　と医者は健康かつ楽天的な笑顔で訊いた。イマは答えなかった。ロラはその瞬間、イマが本の陰で死ぬ思いをしているのだと思った。気分は上々です、と彼女は答えた。会うのは久しぶりだったし、最高でした。ということは彼とは昔からの知り合いなんですね、と医者は言った。わたしは違うわ、とイマは言って、また本に戻った。わたしは前から知っています、とロラは言った。二、三年前にバルセロナで知り合いました。彼がバルセロナに住んでいたときです。でも実を言うと、と言いながら彼女は視線を上げ、精神病院のそこからは見えないスイッチを誰かが押して庭の灯りを点けたとき、最後に残っていた黒い鳥たち、その最後の集団が飛び立つのを目で追いながら続けた。友達以上の関係でした。興味深い話ですね、とゴルカは、その時間と人工の光とが輝く金色に染めた鳥たちが飛び去るのを目で追いながら言った。何年のことですか？　と医者は続けた。一九七九年か一九七八年です、もうよく覚えてはいませんが、とロラは蚊の鳴くような声で言った。どうかぶしつけな人間だと思わないでください、と医者は言った。実は今、我々の友人の伝記を執筆中なんです。ですから彼の人生に関する情報は多ければ多いほどいい。そうすれば申し分ありません。そうお思いになりませんか？　いつか彼もここを出ていくでしょう、とゴルカは眉を撫でながら言った。いつかスペイン国民も、彼を大詩人として認めざるをえなくなることでしょう。いえ、何も賞が贈られるだろうと言うつもりはありません。だって、アストゥリアス皇太子賞にしてもセルバンテス賞にしても、彼が審査の対象になってその賞をもらえるとも思えませんし、ましてや彼がアカデミー会員の椅子に収まるわけがありません。スペイン文学の王道には、成り上がり者、日和見主義者、それに、こんな言い方をお許しいただけるなら、おべっか使いどもしかいないに等しいのですから。とはいえいつの日にか、彼はここから出ていくでしょう。それは疑いようがない。いつか私もここを出ていくでしょう。そして私の患者も、私の同僚の患者たちも、一人残らず。いつか私たちは皆、最後にはモンドラゴンを出ていくのです。そして教会に起源をもち、そもそも慈善が目的で設立されたこの高貴な施設は無人の館となるのです。そのとき私が書いた伝記は何がしかの関心を集め、出版の運びとなるでしょう。ただそれまでは、お分かりだと思いますが、私はデータや日付、年号、名前をこつこつ集めなくてはなりませんし、エピソードの数々をつき合わせる必要もあります。胡散臭いものもあれば、人を傷つけかねないものすらありますし、むしろ奇妙なものもあるでしょう。その手の物語の中心には、混沌とした求心力が働いていて、それがここにいる我々の友人なのですが、あるいはそれは単に彼が私たちに示そうとしていることなのかもしれません。つまり彼の表面的な秩序、言語的性格を備えたある秩序が、私が理解しているつもりでいながらその目的については見当もつかない戦略によってその陰に言語的無秩序を秘めているということなのです。たとえ私たちが舞台の客席にいるにすぎなくても、それを経験したならばほとんど耐えられないほどに私たちを震撼させるものなのです。先生はすばらしい方です、とロラは言った。イマは歯ぎしりした。それからロラはゴルカに、詩人との異性愛体験について話そうとしたが、イマが近寄り、つま先で彼女のくるぶしを蹴って邪魔をした。するとその瞬間、またもや煙の輪を吐き出し始めた詩人が、バルセロナのアシャンプラ地区の家を思い出し、あの哲学者を思い出し、目こそ輝かせなかったものの骨格を輝かせた。顎、顎の先、こけた頬、まるで、アマゾンに迷い込みセビーリャの三人の修道士に、あるいは、別段彼をおののかせはしなかったが大きな頭が三つある怪物修道士に助けられたかのようだった。それからロラに向かって哲学者のことを尋ね、彼の名前を口にし、その家で過ごしたことを、何か月ものあいだバルセロナでぶらぶらしていて、悪い冗談を飛ばし、自分が買ったわけでもない本を窓から放り投げ（そんなとき哲学者は本を拾いに階段を駆け下りたが、いつでも事なきを得るとはかぎらなかった）、最大音量で音楽をかけ、少ししか眠らず、よく笑い、翻訳家か第一級の書評子の仕事をときどき引き受ける、熱くたぎるスターとして過ごしていた日々を思い返した。ロラはそのとき怖くなり、手で顔を覆った。するとイマが、ついに彼の詩集をリュックにしまい、ロラと同じように、小さくて節くれだった手で顔を覆った。ゴルカは二人を見つめ、それから詩人を見つめ、腹のうちで大笑いした。ところが、その哄笑が彼の穏やかな心のなかで鎮まる前に、ロラが、哲学者は最近エイズで亡くなったと言った。それはそれは、と詩人は言った。私は自由に生きる、笑いたい者は笑えばいい、と詩人はことわざを連発した。早起きしたところで夜が早く明けるわけじゃない、と詩人は言った。愛してるわ、とロラは言った。詩人は立ち上がるとイマにもう一本煙草をせがんだ。明日用だ、と彼は言った。医師と詩人は病棟に向かう道を歩いていった。ロラとイマは別の道を出口へと向かい、別の患者の妹と、狂った労働者の息子と、モンドラゴンの精神病院に入っている従兄をもつ沈痛な面持ちの婦人に出会った。

翌日また訪ねてみると、件の患者は絶対安静が必要だと告げられた。そのあと何日か通ってみても状況は変わらなかった。そうこうするうちにある日二人の金が底をついたので、イマがふたたび道路に立つことにして、今度は南に向かってマドリードへ行き、そこに住んでいる、民主化による恩恵の大きい学問を修めた弟に金を無心するつもりでいた。ロラには移動する体力がなかったので、二人は話し合い、彼女は宿で何事もなかったかのように一週間後にイマが戻ってくるのを待つことにした。一人になったロラは、時間を潰すためにアマルフィターノに長い手紙を何通も書き、サンセバスティアンでの日々の生活について、毎日出かけていく精神病院周辺の様子を伝えた。彼女は、自分が鉄格子からのぞき込んで詩人とテレパシーで交信しているところを夢想してみた。とはいえたいていは、隣り合う林に日当たりのいい場所を見つけ、本を読んだり花や草を摘んで花束を作っては鉄格子のあいだから落としたり、宿に持ち帰ったりしていた。あるとき幹線道路で彼女を拾ってくれた車の運転手の一人が、モンドラゴン墓地へ行ってみないかと言い、彼女は誘いに乗った。車を敷地の外側に立っている一本のアカシアの木の下に停め、大部分がバスク人の名前を刻んだ墓石のあいだをぶらついているうちに、運転手の母親が眠る壁龕式の墓にたどり着いた。ロラは笑い出し、そんなことをしたら、墓地でと言い出した。ロラは笑い出し、そんなことをしたら、墓地で一番広い道を歩いている人たちから丸見えだと警告した。男は二、三秒考えると、そりゃそうだと言った。二人はもっと離れた場所を探し、ことは十五分とかからずに終わった。男はララサバルという姓で、名前も当然あったが教えたがらなかった。ララサバルだけでいい、友達も皆そう呼んでるから、と彼は言った。そのあと彼はロラに、この墓地で愛し合ったのは今のが初めてではないと打ち明けた。それ以前にちょっと付き合っていた女とも、ディスコで知り合った女とも、サンセバスティアンの娼婦二人とも来たことがあると言った。帰り際に金を渡そうとしたが、彼女は受け取らなかった。二人は長いこと車のなかで話をした。精神病院に親戚でも入院しているのかとララサバルに訊かれ、ロラはそれまでのことを話してやった。ララサバルは詩を読んだことなど一度もないと言った。どうしてロラがそこまでその詩人にこだわるのか理解できないとも付け加えた。わたしだって、あなたがどうしてそんなに墓地でセックスしたがるのか分からない、とロラは言った。だからといってそのことであなたを判断しようとは思わない。そう言われればそのとおりだ、とララサバルは認めた。誰にだって変わった趣味はあるもんだ。ロラが精神病院の入口で車を降りようとしたとき、ララサバルはこっそり彼女のバッグに五千ペセタを滑り込ませた。ロラは気づいたが何も言わず、それから、木立の陰でひとりきりになって、彼女の存在を尊大にも無視し続ける詩人が暮らす狂人の館の鉄の門を見つめた。

一週間が過ぎてもイマはまだ戻ってこなかった。ロラの思い描く彼女はよりいっそう小さく、大胆不敵な眼差しで顔つきは教養のある田舎の女かどこまでも続く先史時代の平原に姿を見せた中学教師、黒ずくめの格好で、逃げ足の速い草食動物の足跡と大型の捕食者の足跡を見分けることがいまだ可能な谷間を、脇目もふらずふり返りもせずに歩き回る五十絡みの女だった。想像のなかの彼女は交差点で立ち止まり、その目の前を大型トラックが何台も、速度を落としもせずに土煙を巻き上げながら通り過ぎるが、彼女にはかすりもしない。まるで彼女のためらい、彼女の無防備さが恩寵となり、シェルターとなり、彼女を運命や自然や同胞の厳しさから護っているかのようだ。九日目にロラは宿の女主人に追い出された。その日から、鉄道駅や、知らない者同士の乞食が何人か眠るうち捨てられた小屋で寝起きしたり、精神病院と外界の境界線のすぐ脇で野宿したりした。ある晩、彼女はヒッチハイクをして墓地まで連れていってもらい、空っぽの壁龕のなかで眠った。翌朝、ひどく幸せな気分だったので、そのままそこでイマの帰りを待つことにした。水はあるので飲んだり顔を洗ったり歯を磨いたりできるうえに、精神病院にも近く、落ち着いた場所だった。ある日の午後、洗ったばかりのブラウスを墓地の塀に立てかけてあった白い墓石の上にかけて干そうとしていたとき、霊廟のひとつから声が聞こえてきたので近づいてみた。その霊廟はラガスカ家のもので、墓の状態から、ラガスカ家の最後の者はかなり前に死んだか、あるいはこの土地を離れたのであろうことはすぐに分かった。納骨堂のなかで懐中電灯の光が揺れていたので、誰かいるのかと尋ねた。何だ、君か、という声が奥から聞こえた。おおかた泥棒か、霊廟の修理をしている作業員か、墓荒らしだろうと思っていると、今度は猫が鳴くような声が聞こえ、その場を離れようとしたときに、鉄格子をはめた霊廟の扉から、土気色をしたララサバルの顔がのぞいた。続いて女が出てくると、ララサバルは車のところで待つように命じ、しばらくのあいだロラと話をしたり、腕を組んで墓地の道を散策しているうちに太陽が傾き、壁龕のざらざらした縁を照らし始めていた。

狂気は伝染する、とテラスの床に座り込んでアマルフィターノが考えていると、空がにわかに暗くなり、月も星も、ソノラ州北部やアリゾナ州南部では双眼鏡も望遠鏡も使わずに見えることで知られる流星も、すでに見えなくなっていた。

狂気は伝染する、たしかにそうだ、そしてとりわけひとりぼっちでいるときには友人はありがたいものだ。もう何年も前、差出人の名前が書かれていないアマルフィターノ宛ての手紙のなかで、ララサバルとの思いがけない再会の話をするときにロラも同じ言い方をしていた。別れ際、バスク人は貸しておくだけだからと彼女の手に一万ペセタをむりやり握らせ、次の日にもう一度会う約束を取りつけると車に乗り込み、いらいらしながら彼を待っていた娼婦にも乗るように合図した。その晩、ロラは、事態が好転し始めていることに気をよくし、鍵のかかっていない納骨堂に入りたい気持ちを抑えていつもの壁龕で眠った。翌朝、濡れた布きれで身体を拭い、歯を磨き、髪をとかし、洗った服を着ると幹線道路に立ち、ヒッチハイクでモンドラゴンを目指した。町で山羊のチーズをひと切れとパンを一本買い、広場に行くと空腹にまかせて朝食をとった。それもそのはずで、最後に食べ物を口にしたのがいつのことだったか思い出せないほどだった。その後、建設現場の作業員でひしめき合うバルに入ってカフェオレを一息に飲んだ。ララサバルが墓地に来ると言っていた時間を忘れてしまっていたが、そんなことはどうでもよかったし、ララサバルも墓地も町も朝のその時間に震える風景も同じようにどうでもよく、自分とは関係ないものに思えた。バルを出る前にトイレに行き、鏡で自分の姿をのぞき込んだ。歩いて幹線道路に戻り、ヒッチハイクをしていると、女性の運転手が彼女の前で車を停め、どこに行くのかと訊いた。精神病院です、とロラは言った。その答えは明らかに女性の気に障ったようだったが、乗ってちょうだいと言ってくれた。彼女も同じところに向かう途中だった。誰かのお見舞いかしら、それともあなたが入院しているの？　と彼女は尋ねた。お見舞いに行くんです、とロラは答えた。女性の顔はほっそりとして、あるかないか分からないほどうすい唇はどこか冷たく打算的な印象を与えたが、美しい頬をしていて、服装からすると、もう独身ではなく、会社勤めをしながら家と夫の世話だけでなく、もしかすると一人はいるかもしれない子供の世話までしなくてはならないようだった。父があそこに入っているの、と彼女は言った。ロラは何も言わなかった。正門に着くとロラは車から降り、女性は一人で入っていった。しばらく精神病院の敷地に沿ってあてもなく歩いた。馬のいななきが聞こえてきたので、森の向こうのどこかにきっと乗馬クラブか乗馬学校があるに違いないと思った。ある場所まで来ると、精神病院とは関係のないどこかの家の赤い屋根が見えてきた。彼女は今来た道を引き返した。庭が一番よく見渡せる、柵のあるあの場所まで戻った。日が高くなってくると、患者たちがスレート葺きの病棟からひとかたまりになって出てきて、庭のあちこちのベンチへと散らばって煙草に火をつけ、吸い始めるのが見えた。彼女にはどの患者が詩人か分かった気がした。彼はジーンズの上に大きすぎる白いTシャツを着て、二人の患者と一緒だった。彼に向かって、初めは寒さで手がかじかんでいるかのようにおずおずと、やがて大きく手を振って、自分が送る信号にレーザー光線のような切迫感を与えようと、テレパシーで彼に言葉を届けようと、まだ肌寒い空中に奇妙な模様を描いて合図を送り続けた。五分後、詩人がベンチから立ち上がろうとしたとき、一人の患者が彼の脚を蹴ったのに気がついた。彼女は叫び声を上げたいのをなんとかこらえた。詩人は向き直って蹴り返した。ふたたび腰を下ろしていた相手の患者は、胸に蹴りを受けて小鳥のように後ろにひっくり返った。隣で煙草を吸っていた男が立ち上がり、十メートルほど詩人を追いかけていって何度も尻を蹴ったり背中に拳固を喰らわせたりした。それから何事もなかったかのように自分が座っていた場所に戻ると、もう一人も起き上がって胸や首や頭をさすっていたが、蹴られたのが胸だけだったことを考えるとどう見ても大げさな仕草だった。その瞬間にロラは合図を送るのをやめた。ベンチに座っていた患者の一人がマスターベーションを始めた。大げさに痛がっていたもう一人の患者はポケットを探り、煙草を一本取り出した。詩人は彼らのほうに近づいた。ロラは彼の笑い声が聞こえたような気がした。まるで彼らに、君たちは悪ふざけの仕方も知らないんだな、とでも言っているかのような皮肉っぽい笑い声だった。でも詩人は笑ってなんかいなかったのだろう。たぶん、とロラはアマルフィターノへの手紙に書いていた。笑っていたのはわたしの狂気だわ。いずれにしても、笑っていたのが彼女の狂気であろうとなかろうと、詩人は二人のところに行って何か言った。どちらも彼を相手にしなかった。ロラは二人のほうを見た。二人は視線を落とし、その先では、生が、地面の上で、草むらのなかで、あちこちに転がっている土塊の下で脈打っていた。あらゆることが水のように透明な、盲目の人生。いっぽう、詩人は、自分と不運をともにする仲間の顔を、危険な目に遭わずにもう一度ベンチに座ることができるかどうかを見定めるかのように一人ずつ順番に見つめたようだった。そしてようやくベンチに座った。彼は休戦あるいは降伏のしるしに片手を挙げ、二人のあいだに腰を下ろした。まるでずたずたになった旗を掲げるように手を挙げた。指を一本一本、あたかも燃えさかる旗のように、けっして降伏などしない者たちの旗のようにひらひらと動かした。そして真ん中に腰を下ろし、それからマスを掻いている最中の男を見つめると、耳元で何か言った。このときロラには彼の言葉が聞き取れなかったが、詩人の左手が、相手のガウンのなかへと滑り込んでいくのがはっきり見えた。それから三人が煙草を吸うのが見えた。そして詩人の口や鼻から見事な渦巻きが吐き出されるのが見えた。

その次の、そしてアマルフィターノが妻から受け取った最後の手紙には、差出人の名は記されていなかったが、フランスの切手が貼ってあった。ロラはそのなかでララサバルとの会話について書いていた。まったく、あんたという人はなんて運がいいんだ、とララサバルは言ったという。俺は一生、墓地で暮らしてみたいと願い続けてきたのに、あんたときたら、ここに来たと思ったらもう墓地暮らしを始めてる。お人好しのララサバル。彼はロラに自分の部屋を提供し、毎朝、スペインでもっとも偉大でもっとも夢見がちな詩人が虫の研究にいそしむモンドラゴンの精神病院まで送っていくと申し出た。お金もくれて、見返りはいっさい求めなかった。ある晩は、彼女を映画に連れていった。別の晩には、イマから連絡がなかったか宿まで尋ねに行くのに付き合ってくれた。夜どおし愛を交わした土曜日の明け方に彼は結婚を申し込み、人妻の身であることをロラが思い出させても、傷つきもしなければこけにされたとも思わなかった。お人好しのララサバル。露店で彼女にスカートを買ってやり、サンセバスティアンの中心街の店ではブランドもののジーンズを買ってやった。心から愛していた母親の話をし、疎遠になっている兄弟の話をした。何ひとつとして、ロラの心を動かしはしなかった。あるいは動かしはしたが、それは彼が望むような意味においてではなかった。彼女にとってその時期は、長い宇宙飛行のあと、パラシュートでゆっくり着地しようとしているようなものだった。モンドラゴンへはもはや毎日通うこともなくなり、三日に一度、詩人に会えるという期待はまったくもたずに、ただ鉄格子の隙間から、せいぜいそこに何かのしるしが見えればいい、あらかじめ分かっていたこととはいえ、自分は決して理解することはない、あるいは何年も経ってそうしたことがもはや大事ではなくなって初めて理解できる、そんなしるしが見えればいいのにと思いながらなかを覗いた。ときどき、電話もせず書き置きも残さず、彼女がララサバルの家に帰ってこないことがあると、彼は車に乗って、墓地に、精神病院に、最初に泊まった古い安宿に、サンセバスティアンの乞食や浮浪者たちが集まる場所に探しに行った。一度、彼女が駅の待合室にいるのを見つけたことがあった。もう何をするにも時間が残っていない人か、その反対に時間を我がものにした人しか歩いていない時間に、ラ・コンチャ湾の海が見えるベンチに座っているのを見つけたこともあった。朝はララサバルが朝食の準備をした。夜は彼が仕事から帰ってきて夕食を作った。ロラは、昼間は水を大量に飲むだけで、あとはパンをひと切れか、歩き回る前に角のパン屋で買う、ポケットに入るくらい小さな菓子パンを食べるだけだった。ある晩、二人でシャワーを浴びているとき、彼女はララサバルにそろそろ出ていくつもりだと言い、電車賃を無心した。金はあるだけくれてやる、と彼は答えた。でも俺にできないのは、あんたがいなくなって俺があんたともう会えなくなるように金をやることだ。ロラはそれ以上何も言わなかった。アマルフィターノには説明しなかったが、彼女はなんとか切符代を手に入れ、ある日の正午にフランスに向かう電車に乗った。彼女はしばらくバイヨンヌにいた。そこからランド地方に向かった。それからバイヨンヌに戻った。ポーとルルドにいた。ある朝、彼女が見た列車には病人がひしめいていた。身体障害者、脳性麻痺の若者、皮膚癌の農民、末期症状にある病気を抱えたカスティーリャの役人、カルメル会修道尼のような格好をした行儀のよい老婆、肌が吹き出物で覆われた人々、盲目の子供。彼女はどうしていいかも分からないまま、まるで、何の希望ももてない人たちに手を貸し、彼らを導くために教会がそこに遣わしたジーンズ姿の修道女のごとく、彼らの手助けをし始めた。病人たちは駅の外に駐車しているバスに一人ずつ乗り込んだり、それぞれが巨大で年老いて、残酷だが生き生きとした蛇の鱗のような長い列を作ったりしていた。その後、イタリアからの列車とフランス北部からの列車が次々と到着し、ロラは夢遊病者のように人々のあいだを行き来した。大きな青い目は瞬きを忘れ、溜まった疲労が重くのしかかり始めたために歩みはのろくなっていた。彼女がどこへでも自由に出入りすることを許されていた駅は、一部が救急治療室に、一部は救命医療室に、そしてひとつだけ、一番ひっそりとした施設が急ごしらえの霊安室となり、列車での移動がもたらす急激な衰弱に耐えきれなかった者たちの遺体が安置されていた。夜、彼女は睡眠をとるためにルルドで一番近代的な建物に向かった。鉄とガラスと機能性が産み落としたその怪物は、アンテナの角が生えた頭を、北の空から重苦しく垂れ込める白い雲、あるいはひたすら数の力にまかせて突き進む寄せ集めの軍隊のように西からやってくる白い雲、死んだ獣の亡霊のようにピレネーから猛烈な勢いで降りてくる白い雲のあいだに埋めていた。彼女はそこで、床すれすれの小さな扉の向こうにあるゴミ置き場で眠った。駅に残って、電車の嵐が収まった駅のバーで、地元の老人たちがおごってくれたカフェオレを飲み、映画や農作物の話に耳を傾けることもあった。ある日の午後、マドリード発の列車から、障害者の一団に付き添われてイマが降りるのが見えたような気がした。イマと同じくらいの背丈で、イマと同様黒いロングスカートを穿き、嘆きの聖母、カスティーリャの修道女のようなその顔つきは、イマの顔そのものだった。ロラはじっと立ち止まり、挨拶はせず、彼女が自分の横を通り過ぎるのを待ち、五分後、肘でおしのけられてルルド駅を出て、ルルドの町をあとにすると、幹線道路まで歩いていき、ようやくそこでヒッチハイクの旅を開始した。

五年間、アマルフィターノはロラの消息を知らなかった。ある日の午後、娘を公園で遊ばせていたとき、公園の子供用の遊び場を仕切る木の柵にもたれた女の姿を目にした。彼はそれがイマであるような気がして、その視線の先に目をやると、彼女の狂おしい眼差しが別の小さな男の子に注がれていることに気づいて胸をなでおろした。半ズボン姿のその男の子は彼の娘より少し年上で、黒くてまっすぐな髪がときおり顔にかかった。仕切りの柵と、親が子供たちの真向かいに座れるように市役所が据え付けたベンチのあいだには、挟み込まれるようにして生垣があり、古いオークの木まで続いていたが、そこはもう子供用の遊び場の境界の外だった。イマの手、陽光と凍てつく川に焼かれて、節くれ立った小さく細長い手が、犬の背中でも撫でるように、刈り込まれたばかりの生垣の表面を撫でていた。かたわらにはとてつもなく大きなポリ袋が置いてあった。アマルフィターノは動かずにいるつもりだったが、足が勝手に動き、彼女に近づいた。娘はすべり台の列に並んでいた。突然、話しかけようとした矢先、アマルフィターノは、一心に自分を見つめているイマの存在に男の子がようやく気づき、目元の髪をかき上げてから右手を挙げて何度も手を振るのを見た。イマはその合図だけを待っていたかのように何も言わずに左手を挙げて応えると歩き出し、賑やかな通りに通じる北側の門から公園を出ていった。

ロラが出ていって五年が経ったとき、アマルフィターノはふたたび彼女からの便りを受け取った。手紙は短く、パリの消印が押されていた。ロラは、大きな会社を回って清掃の仕事をしていると書いていた。それは夜勤の仕事で、夜の十時に始まり、朝の四時か五時か六時に終わる。その時間のパリは、大きな都市ならどこでも、人々が眠っているときにはそうであるように美しい。帰りは地下鉄に乗る。その時間の地下鉄ほど寂しいものはない。彼女はもう一人子供を産み、今度は男の子で、ブノワと名づけ、一緒に暮らしていた。入院したこともあった。病名には触れず、今もまだ治っていないのかは書いていなかった。男についてもいっさい触れていなかった。ロサのことを尋ねてもいなかった。まるで娘なんかいないみたいだな、とアマルフィターノは思ったが、あとになってから、必ずしもそうではないと気づいた。彼は手紙を手にしたまましばらく泣いていた。涙を拭きながら、そのとき初めて、手紙がタイプライターで書かれていることに気がついた。ロラが、清掃の仕事をしているという会社のどこかでそれを書いたことは間違いなかった。一瞬、何もかもでたらめだと、ロラはどこか大きな会社の事務員か秘書として働いているのだと思った。あとから、その光景がはっきりと見えた。並んだデスクの列のあいだに置いてある掃除機が目に浮かび、マスチフ犬とブタの交配種のようなワックス機が観葉植物の鉢の隣に置かれているのが見え、巨大な窓ガラス越しにパリの夜景が瞬いているのが見え、清掃会社のスモックを、すり切れた青いスモックを着たロラが腰を下ろし、たぶんゆっくりと煙草を吸いながら手紙を書いているのが見え、ロラの指が、ロラの手首が、表情のないロラの目が見え、窓ガラスに映ったもう一人のロラが見え、その姿はパリの空に、トリック写真のように軽やかに浮かんでいて、だがそれはトリックなどではなく、ただ浮かんでいて、パリの空に物憂げに浮かんでいて、疲れ果てながらも、情熱のもっとも冷たく凍てついた領域からメッセージを送っていた。

この最後の手紙が届いてから二年後、アマルフィターノと娘を置いて出ていってから七年後、ロラは家に戻ったが、そこには誰もいなかった。三週間、覚えている古い住所を頼りに夫の居所を尋ねて回った。彼女の顔を見ても誰だか分からなかったり、彼女のことなどもう忘れてしまっていて、ドアも開けてくれなかった人たちもいた。信用してもらえなかったり、単にロラが住所を間違えていたために、玄関先であしらわれることもあった。なかに通し、コーヒーや紅茶を勧めてくれた家も何軒かあったが、ロラは娘とアマルフィターノに早く会いたかったらしく、そうした誘いを断った。初めのうち、夫探しは落胆の連続で、見つかる見込みはないに等しかった。彼女は自分自身さえ覚えていない人々と話をした。夜はランブラス通りに近い、外国人労働者が狭い部屋にぎゅうぎゅう詰めになっている安宿に泊まった。街が変わってしまったのは分かったものの、どこが変わったのかを具体的に言うことはできなかった。一日中歩き回って夕方になると、教会の石段に座って身体を休め、そこを出入りする人々、ほとんどは観光客の話を聞くともなしに聞いていた。ギリシアについての本や、魔術と健康な生活についての本をフランス語で読んだ。ときおり、自分がアガメムノンとクリュタイムネストラの娘、エレクトラになった気がした。人目を忍んでミュケナイを歩く、庶民に、大衆に紛れた暗殺者。FBIの専門家にも、彼女の手に一枚の硬貨を落とす慈善心あふれる人々にも、誰にも理解できないあの暗殺者。彼女はまた、メドーンとストロピオスの母親、地中海の白い腕のなかでもがく青空を背景に遊んでいる子供たちを窓から眺める幸福な母親でもあった。ピュラデス、オレステス、彼女はつぶやいた。その二つの名前はたくさんの男たちの横顔から成っていたが、今彼女が捜している男、アマルフィターノは含まれていなかった。ある晩、夫の古い教え子に出会った。まるで学生時代に彼女に恋していたかのように、奇跡的に彼女に気づいたのだ。元学生は彼女を自分の家に連れて帰り、いたいだけいてくださいと言い、客間を彼女専用の部屋にしつらえた。二日目の夜、一緒に夕食をとっていたとき、元学生が彼女を抱きしめ、彼女のほうもそうしてほしかったかのように何秒間か抱かれたあと、彼の耳元で何か言うと、元学生は身体を離し、部屋の隅の床に座り込んだ。二人は何時間もその状態で、彼女は椅子に、彼は黄土色の、実に奇妙な寄せ木張りの床に、寄せ木というよりはとても薄い筵《むしろ》を敷いたような床に座り込んだままでいた。テーブルの上の蠟燭が消えるとようやく彼女が椅子から立ち上がり、居間の反対側の隅に座った。暗がりから、か細い嗚咽が聞こえた気がした。若者は泣いているようだと思いながら、彼女はその泣き声を子守歌に眠り込んだ。その後何日も、元学生と彼女は努力に努力を重ねた。ついにアマルフィターノを見つけたとき、初めは彼だとは分からなかった。以前よりも太り、髪の毛も薄くなっていた。彼女は遠くから彼に気づき、一瞬たりともためらうことなく彼のほうへ歩いていった。アマルフィターノはカラマツの木の下に座ってぼんやりした表情で煙草を吸っていた。すっかり変わったわね、と彼女は言った。アマルフィターノはすぐに彼女を認めた。君は変わらないな、と彼は言った。ありがとう、と彼女は言った。それからアマルフィターノは立ち上がり、二人で家に向かった。

当時、アマルフィターノはサン・クガッに住んでいて、そこから近いバルセロナ自治大学で哲学の授業を受け持っていた。ロサは公立の小学校に通い、朝八時半に家を出て午後五時まで戻らない生活を送っていた。ロラはロサを見て、わたしがあなたのお母さんよ、と言った。ロサは叫び声を上げて彼女に抱きつくと、ほとんど同時に身体を離し、自分の部屋に閉じこもってしまった。その晩、シャワーを浴びてソファに自分の寝る場所を作ると、ロラはアマルフィターノに、自分はとても重い病気で、もうすぐ死ぬだろうから、最後に一目ロサに会っておきたかったのだと打ち明けた。アマルフィターノは夜が明けたら一緒に病院に行こうと言ったが、ロラはフランスの医者のほうがスペインの医者よりも優秀だと言って申し出を断り、バッグから書類を取り出すと、そこにははっきりと、フランス語でエイズと病名が書いてあった。翌日、アマルフィターノが大学から戻ると、ロラとロサが駅へ続く近所の道を、手をつないで散歩していた。邪魔したくなかったので、遠くから二人のあとをついていった。家のドアを開けると、二人は並んでテレビを見ていた。あとで、ロサが眠ってから、息子のブノワのことを尋ねた。ロラはしばらく黙り込み、写真のような記憶のなかから、息子の身体の一部一部を、仕草のひとつひとつを、驚いたときや怖がっているときの表情を思い返し、それからブノワは賢く感受性の強い子供で、彼女が死ぬことに最初に気づいたのも息子だったと言った。誰かに教えられたのかとアマルフィターノは尋ねたが、答えは聞くまでもなくもう分かっている気がした。誰に教えられたわけでもないのに気づいたの、とロラは答えた。わたしを見ただけで。母親がもうすぐ死ぬと分かるなんて、子供にとって恐ろしいことだ、とアマルフィターノは言った。嘘をつくことのほうがずっと恐ろしいわ、子供には絶対に嘘をついちゃいけない、とロラは言った。アマルフィターノの家に来て五日目、フランスから持ってきた薬が底をつきかけ、ロラは二人にそろそろ行かなくてはと言った。ブノワは小さくてわたしがいないとだめなの、と彼女は言った。いいえ、本当はわたしがいなくても大丈夫、でも小さいことに変わりないから、と彼女は言った。どっちがどっちを必要としているかなんて分からない、と最後に彼女は言った。でもはっきりしているのは、あの子がどうしているかを確かめるために帰らなくてはならないってこと。アマルフィターノはテーブルの上に書き置きと、貯金の大部分を入れた封筒とを彼女宛てに置いておいた。仕事から戻ったらロラはもういないだろうと思っていた。ロサを小学校に迎えに行き、二人で家への道を歩いて帰った。帰宅すると、ロラがテレビの前に座っていて、テレビはつけっぱなしで、音だけを消して、ギリシアについての本を読んでいた。三人で夕食をとった。ロサは夜の十二時近くなってようやく床についた。アマルフィターノが娘を寝室に運び、着替えさせ、毛布をかけてやった。ロラは居間で、出かける支度を終えて彼を待っていた。今夜はここに泊まったほうがいいだろう、とアマルフィターノは彼女に言った。出かけるには遅すぎる時間だ。バルセロナ行きの電車はもうない、と彼は嘘をついた。電車になんか乗らないわ、とロラは言った。ヒッチハイクをするのよ。アマルフィターノは頷いて、好きなときに出発すればいいと言った。ロラは彼の頬にキスすると、家を出ていった。翌日、アマルフィターノは朝の六時に起きてラジオをつけ、そのあたりの幹線道路でヒッチハイカーの殺人事件やレイプ事件のニュースがないかどうか確かめた。すべては平穏無事だった。

しかし、ヒッチハイクをするロラのイメージは、想像が生んだものでありながら、長年にわたって彼の脳裏から離れなかった。それはまるで氷の張った海から音を立てて姿を現わす記憶のようだった。とはいえ、実際には彼は何も見ていなかったのだから思い出せることがあるはずもなく、覚えていたのは、通りで、建ち並ぶ家の壁に街灯の光が映すかつての妻の影だけで、あとは夢――サン・クガッから伸びる幹線道路のどれかを遠ざかっていくロラ、道の端を歩くロラ、時間を節約するために新しい高速道路を通る車が増えたせいでほとんど車の走らなくなった道を行く、スーツケースの重さに身体を傾げた、怖いもの知らずの女、道の端を何も恐れずに歩く女の姿にすぎなかった。

サンタテレサ大学は、突然むなしく熟考し始めた墓地のようだった。人気《ひとけ》のないディスコのようでもあった。

ある日の午後、アマルフィターノはワイシャツ姿で、封建領主が自分の広大な領地を見渡すために馬で出かけるようにして裏庭に出た。その直前まで書斎の床の上に座り、本の詰まった箱をナイフでいくつも開けていて、そのなかから見覚えのない、買った覚えもなければ誰かにもらった覚えもない本を見つけたところだった。タイトルは『幾何学的遺言』、著者はラファエル・ディエステ、ラ・コルーニャのデル・カストロ社から一九七五年に刊行された幾何学についての本で、当然のことながらアマルフィターノにはほとんど馴染みのない分野だった。本は三部に分かれていて、第一部は「エウクレイデス、ロバチェフスキーおよびリーマン概論」、第二部は「幾何学の動向」にあてられ、第三部は「第五公理の三つの証明」と題されていたが、どう見てもこれがもっとも謎めいていた。アマルフィターノは第五公理が何なのか、どういった内容なのか見当もつかなかったし、知りたいとも思わなかったが、それは彼に好奇心がないからではなく――彼は好奇心旺盛だった――午後になるとサンタテレサを焼きつくす暑さ、狂ったように照りつける太陽の乾いた埃っぽい暑さ、エアコン付きの新しいマンションに住んでいれば別だが、そうではない彼には逃れられない暑さのせいだった。その本の出版は著者の友人たちの援助によって実現し、その友人たちはパーティーの最後に撮るような記念写真のなかに、通常ならば出版社の情報が入っている四ページ目に永遠に収まっていた。そこには次のように書かれていた――「本書は、ラモン・バルタール゠ドミンゲス、イサアク・ディアス゠パルド、フェリペ・フェルナンデス゠アルメスト、フェルミン・フェルナンデス゠アルメスト、フランシスコ・フェルナンデス゠デル゠リエゴ、アルバロ・ヒル゠バレーラ、ドミンゴ・ガルシア゠サベル、バレンティン・パス゠アンドラーデ、ルイス・セオアネ゠ロペスによってラファエル・ディエステに敬意を表して出版された」。アマルフィターノには少なくとも、友人たちの姓には大きな活字が使われているのに、敬意を表された当の著者の姓は通常の活字が使われているのが奇妙に思えた。表紙の袖には、その『幾何学的遺言』が実際には三冊の書物で、「それぞれが独立しつつ、全体の方向性によって機能的に関連し合っている」とあり、続いて、「ディエステによる本書は、宇宙空間についての彼の考察と研究の集大成であり、幾何学の原理をめぐる秩序立った議論に不可欠な概念を提示している」と書かれていた。そのときアマルフィターノは、ラファエル・ディエステが詩人であることを思い出した。もちろんガリシア生まれの、あるいは長くガリシアに住んだ詩人だ。そして友人たちや出版に尽力した者たちもまた、もちろんガリシア生まれの、あるいは長くガリシアに住んだ者であり、ディエステはおそらく、ラ・コルーニャ大学もしくはサンティアゴ・デ・コンポステラ大学で教鞭を執っていたか、あるいは大学ではなく高校で十五、六歳の子供たちに幾何学を教え、教室の窓から、途切れることのない雲に覆われたガリシアの冬の空と降りしきる雨を眺めていたのかもしれない。裏表紙の袖にディエステに関する情報がさらに載っていた。そこには以下のように書かれていた。「ラファエル・ディエステの著作は多岐にわたるが、その一連の作品は恣意的に書かれたわけではなく、むしろ個人的方法が要求するところに従っていて、そこでは詩的創造と思索がひとつの地平に向けられている。本書は『新平行論』（ブエノスアイレス、一九五八年）、そしてさらに最近の著作である『エレアのゼノンをめぐる変奏』、『原理入門』、そして同書に収録された『動性と相似』と直接の関係にある」。するとディエステの幾何学への愛は目新しいものではないのか、とアマルフィターノは汗を流し、塵まみれになった顔で考えた。そして後援者たちは、この新たな光の下、毎晩カジノに集まって酒を飲んだり、政治やサッカーや女の話をしたりする友人であることを事実上やめ、一瞬にして大学の立派な同僚に早変わりした。もちろんすでに職を退いていた者もいたが、ほかの者は働き盛りで、皆、裕福で、あるいはそこそこに裕福で、きっとだからこそ、地方のインテリたちのように集まる夜もあれば集まらない夜もあっただろう。彼らというのは、つまりきわめて孤独な人々、しかし同時にきわめて自信過剰な人々で、ラ・コルーニャのカジノに集まって高級なコニャックやウイスキーを飲み、妻か、やもめであれば使用人がテレビの前に座っているか夕食の仕度をしているあいだ、ややこしい政治の話や女の話に花を咲かせるのだ。いずれにしても、アマルフィターノにとって問題は、その本がどうして本の箱に紛れ込んだのかということだった。三十分ほど記憶の引き出しを漁りながら、ディエステの本を大して関心ももたずにぱらぱらめくり、最終的に、今は何もかもが自分の考えの及ばない謎だが、あきらめはしないと結論づけた。彼は、洗面所に閉じこもって化粧をしていたロサに、彼女の本かと尋ねた。ロサはひとつ目見て、違うと答えた。アマルフィターノは、もう一度よく見て、自分の本かそうでないかはっきりさせてくれと言った。ロサは、気分でも悪いのかと尋ねた。ぴんぴんしてるさ、とアマルフィターノは言った。でもこの本は私のじゃない。それなのにバルセロナから送った本の箱から出てきたんだ。ロサは、気にしないほうがいいとカタルーニャ語で答え、化粧を続けた。気にせずにいられるか、とアマルフィターノはこちらもカタルーニャ語で言った。記憶を失くしかけているかもしれないんだ。ロサはもう一度本を見て言った。わたしのかもしれない。間違いないか？　とアマルフィターノは尋ねた。いいえ、わたしのじゃない、それは確かよ、初めて見たわ。アマルフィターノは洗面所の鏡の前に娘を残して、ふたたび荒れ果てた庭に出た。どこもかしこも埃っぽい茶色で、まるで新居の近くに砂漠が越してきたかのような庭に、片手に本をぶら下げたまま。それを買ったかもしれない書店を思い返してみた。最初のページと最後のページ、そして裏表紙に手がかりを探してみると、扉に貼られた、金額部分を切り取られた値札に、(有) フォリャス・ノバス書店、サンティアゴ、モンテロ・リオス通り三十七、電話九八一―五九―四四―〇六、九八一―五九―四四―一八、とあった。もちろんそれは、アマルフィターノが世界で唯一、完全に我を忘れていられる場所、本屋に立ち寄り、表紙も見ずに本を手に取り、支払いをして出ていくことができるチリのサンティアゴのはずはない。明らかに、ガリシアのサンティアゴ・デ・コンポステラだった。一瞬、アマルフィターノはサンティアゴへの巡礼の旅のことを考えた。裏庭の端まで歩いていくと、木の柵はそこから、隣家を隔てるコンクリートの塀に変わっていた。彼はそれまでその塀に気づかなかった。ガラスの破片を埋め込んだ塀か、招かれざる客に対する家主の不安だな、と彼は考えた。夕方の太陽がガラスの縁に反射するのを眺めながら、アマルフィターノは荒れ果てた庭をふたたび歩き始めた。隣家の塀にもガラスの破片が突き立っていたが、こちらはもっぱらビール瓶やワインなどの瓶の緑色や茶色のガラスが使われていた。サンティアゴ・デ・コンポステラには一度も、夢のなかですら行ったことがない、と左脇の塀が作る影のところに立ち止まりながらアマルフィターノは認めざるをえなかった。しかしそのことは実際のところ大して、いやまったく重要ではなかった。彼が足繁く訪れたバルセロナの書店には、国内のほかの書店、在庫整理をしている店やつぶれた店、あるいは稀に書店と取次を兼ねている店から直接買いつけた本を置いているところがあった。おそらく自分はこの本をライア書店かラ・セントラル書店に哲学書を買いに行ったときに手に入れたのだろう、と彼は思った。店内にペル・ジムフェレールとロドリゴ・レイ＝ローサとフアン・ビジョーロがいることに興奮した男か女の店員が、空の旅は便利であるか否かについて、飛行機事故について、着陸よりも離陸のほうが危険かどうかという議論をしながら間違ってこの本を僕の袋に入れてしまったのかもしれない。ラ・セントラル書店だな、きっと。だが、もしそうだとしたら、家に帰ってきて袋か包みか、あるいは何であれ荷物を開けたときにこの本を見つけていたはずで、気づかなかったとすれば、当然、帰り道に何かとてつもないこと、驚くべきことが起こったに違いなく、一冊の新しい本、新しく手に入れた何冊かの本を確かめたいという欲求か好奇心を削いでしまったことになる。ゾンビのように包みを開け、ディエステの本は本棚にしまった、ナイトテーブルの上に新しい本を置き、可能性もある。通りで見たばかりのこと、もしかすると自動車事故か武装した強盗か、地下鉄の飛び込み自殺か、その類のことにショックを受けたのかもしれない。だがそんなものを見たとすれば、間違いなく今でも思い出すことができるだろうし、少なくともぼんやりとした記憶は残っているだろう、とアマルフィターノは思った。『幾何学的遺言』のことは思い出せないとしても、『幾何学的遺言』を忘れさせた事件のことは思い出せるはずだ。しかしそんなのは大したことではないかもしれず、最大の問題は、その本の入手経路などではなくて、いかにしてそれがサンタテレサまで、アマルフィターノがバルセロナを経つ前に取捨選択して詰め込んだ本の箱に入ってやってきたのかということだった。意識が朦朧としていたどの瞬間にその本を入れることができたのか？　自分のしていることに気づきもせずに本を詰めることが可能だったのか？　メキシコ北部にたどり着いたら読んでみようとでも思っていたのか？　この本をきっかけに幾何学研究の迷路に入り込んでみるつもりだったのか？　もしそんな計画を立てていたなら、なぜ何もないところに築かれたその街にたどり着いた途端に忘れてしまったのか？　娘とともに東から西へと飛んでいるあいだに自分の記憶からその本が消失してしまったのか？　あるいは、サンタテレサに着いてから、本の入った箱の到着を待っているあいだに記憶から消えてしまったのか？　ディエステの本は時差ぼけの影響で消えてなくなったのだろうか？

アマルフィターノは時差ぼけに関していささか突飛な考えをもっていた。いつもそう思っていたわけではないので、ことによるとそれを考えと呼ぶのは行きすぎかもしれない。それは感覚だった。思考遊戯。それはまるで、窓に近づいてほかの星の風景をむりやり見ようとするようなものだった。自分がバルセロナにいるときには、ブエノスアイレスやメキシコシティの何もかも、そこにいる人々もそこにある物事も存在していないと信じていた（あるいはそう信じていると思いたかった）。時差というのは、存在していないことを隠す仮面にすぎなかった。そのため、理論的には存在していないはずの都市や、いまだ適切な時間をもっていないためにしっかり立つことも正しく機能することもままならない都市にいきなり出かけると、時差ぼけとして知られる現象が起きる。自分の身体の疲労が原因なのではなく、もし旅行をしていなければそのときまだ眠っていたはずの人々や物事の疲労が原因なのだ。これに似たことを、おそらくSF小説か短篇で読んだことがあったが、もはや読んだことも忘れてしまっていた。

こうした考えというか感覚というかたわごとは、一方で満足のいく面も持ち合わせていた。痛みという持続性のある自然物、つねに勝利するものなのだ。痛みという持続性のある自然物、他者の痛みを自己の記憶に変えるものを、個人の記憶という人間的ではかなく、つねにすり抜けていってしまうものに変える。不正と悪弊のはびこる野蛮の物語を、始まりも終わりもない支離滅裂な叫びを、つねに自殺の可能性をはらむ、巧みに構築された物語に変える。逃亡を自由に変える。自由がただ逃げ続けることしか意味しないとしても。混沌を秩序へと変える。たとえそれが正気と呼ばれるものを犠牲にして成立しているとしても。

アマルフィターノはその後、サンタテレサ大学の図書館でラファエル・ディエステの作品とその生涯について情報を入手し、その情報は、ドン・ドミンゴ・ガルシア゠サベルの、「天啓を得た直観」と題された序文――ハイデガー（*Es gibt Zeit.*「時間がある」）まで引用されていた――から得た漠然とした直観を裏づけるものだったが、その日の夕暮れ時、彼が荒れ放題のちっぽけな敷地を中世の大地主のように歩き回り、娘が中世の王女のようにバスルームの鏡の前で化粧を済ませようとしていたとき、彼は、なぜ、どこでその本を買ったのか、そしてどうやってそれが箱に入り、見慣れた、愛着のあるそのほかの本に混じって、ソノラ州とアリゾナ州の境に横たわる砂漠に戦いを挑もうとしているようなこの人口の多い街に送られることになったのか、どうしても思い出せなかった。そのとき、まさにそのとき、スタートの合図とともに、ときには幸福でときには悲惨な結果をもたらしながらいくつもの出来事が連鎖するように、ロサが玄関に立ち、友達と映画に行ってくると言い、鍵は持っているかと訊き、持っているとアマルフィターノは答え、ドアがバタンと閉まる音がして、それからいびつな切石を敷いた玄関前の小道を歩く娘の足音、そして腰の高さほどもない小さな木戸の音、それから歩道に出てバス停のほうへ遠ざかっていく娘の足音がし、続いて車のエンジンがかかる音が聞こえてきた。そのとき、アマルフィターノは荒れ果てた庭の前方へと歩いていき、首を伸ばして通りに顔を出してみたが、車も見えなければロサの姿も見えず、彼はまだ左手に持っていたディエステの本を握りしめた。そして空を見上げ、月を見た。夜の帳が降りていないのに、月はあまりに大きく、あまりに皺だらけだった。それからもう一度干からびた庭の奥へと入っていき、何秒間か佇んで、右と左、前と後ろを見回して自分の影を探したが、まだ日暮れ前で、ティファナのある西の方角にはまだ太陽が輝いていたにもかかわらず、影は見えなかった。そのときロープに目が留まった。長さ一メートル八十センチ程度の二本の棒が小さなサッカーのゴールのように地面に埋め込まれ、三本目の棒が水平に渡され、両端を釘で打ちつけられ、ぐらつくのをいくらか押さえる役目も果たしていた。四本のロープが片側を上の棒に結わえられ、家の壁に向かって伸び、フックで固定されていた。それは物干しだったが、首の回りに黄土色の刺繍がほどこされた白いロサのブラウスと、ショーツ、まだ水をしたたらせている二枚のタオルが干してあるだけだった。庭の隅には煉瓦造りの小屋があり、洗濯機が置かれていた。アマルフィターノはしばらくそこに佇んで、物干し用のロープが結わえてある水平の棒に寄りかかり、口を開けて呼吸をした。そのあと、空気が足りないかのように小屋のなかに入り、娘と毎週買い物に行くスーパーのロゴが入ったポリ袋から洗濯ばさみを、彼は「子犬《ペリート》」というチリでの呼び名に固執していたが、それを三つ取り出し、本を挟むと一本のロープに吊るした。するとほっとして、ふたたび家に入った。

それは、言うまでもなくマルセル・デュシャンの発想だった。

彼がブエノスアイレスに滞在した期間に制作したレディメイドはひとつしか存在しない。あるいはひとつしか残っていない。とはいえ、彼の人生そのものがひとつのレディメイドで、宿命を鎮めると同時に警鐘を鳴らす方法だった。カルヴィン・トムキンズはこの点に関して以下のように記している。「一九一九年四月十四日にパリで結婚した妹シュザンヌと親友ジャン・クロッティに宛てて、デュシャンは郵便で結婚祝いを送った。それは二人のアパルトマンの窓から幾何学の専門書を紐で吊るし、風が『本を開き、問題を選択し、ページをめくって引きちぎる』ことができるようにするための手引きだった」。もちろん、デュシャンはブエノスアイレスでチェスばかりしていたわけではない。トムキンズはさらに続ける。「デュシャンが『不幸なレディメイド』と名づけたこの何の面白みもない贈り物に、新婚夫婦が気分を害してもおかしくはなかったが、シュザンヌとジャンは嬉々として指示に従った。実際、二人は開いたまま宙づりになったその本をカメラで撮影し――その作品はそうして自然の四大要素に晒されては生きながらえることができず、この写真がその存在を証明する唯一のものとなった――、のちにシュザンヌはその本を絵にして『マルセルの不幸なレディメイド』というタイトルを付した。デュシャンがキャバンヌに説明しているように、『私はレディメイドに幸不幸という概念を導入するのを楽しんだ。そのあと雨や風、吹き飛ばされるページ、そういったことを考えて楽しんだのだ』」。前言を撤回しよう。実のところ、デュシャンがブエノスアイレスでしたのは、チェスをすることだった。彼とともに滞在していたイヴォンヌはこの科学的ゲームに辟易してフランスへ帰ってしまった。トムキンズは続ける。「晩年、デュシャンはあるインタビュアーの質問に答えて、その本のような『数々の原理を詰め込んだ書物の生真面目さ』に泥を塗って楽しんだことを告白し、別の記者には、時間の過酷さに晒されることで『あの専門書はようやく生の本源を獲得できた』とすら記したのである」。

その晩、ロサが映画から戻ると、居間でテレビを見ていたアマルフィターノが娘をつかまえて、ディエステの本は物干しに吊るしたと告げた。ロサはわけが分からないと言いたそうに彼を見た。つまり、とアマルフィターノは言った。ホースで水をかけてしまったとか、水たまりに落としたとかいった理由で吊るしたわけじゃない。ただ吊るしたいから吊るしただけさ。この気候に、この砂漠みたいな環境にどれだけ耐えられるかと思ってね。お父さん、気が変になってないといいけど、とロサが言った。いや、心配は要らない、心配しなくていい、とアマルフィターノは、まさに心配ないという表情を作って言った。取り込んだりしないように知らせただけのことだ。ただ、あの本が存在しないつもりでいてくれればいい。分かった、とロサは言い残して部屋に閉じこもった。

翌日、学生たちがノートを取っているあいだ、あるいは自分が話をしているあいだに、アマルフィターノはごく単純な幾何学的図形、三角形と四角形を描き始め、それぞれの図形の頂点に人名を、偶然に、あるいはなげやりな気分のせいで、あるいは生徒や授業や、そのころ街を覆っていた暑さが彼にもたらすとてつもない倦怠感が高じて、人名をひとつひとつ書きつけていった。たとえばこんな具合だ。

図1

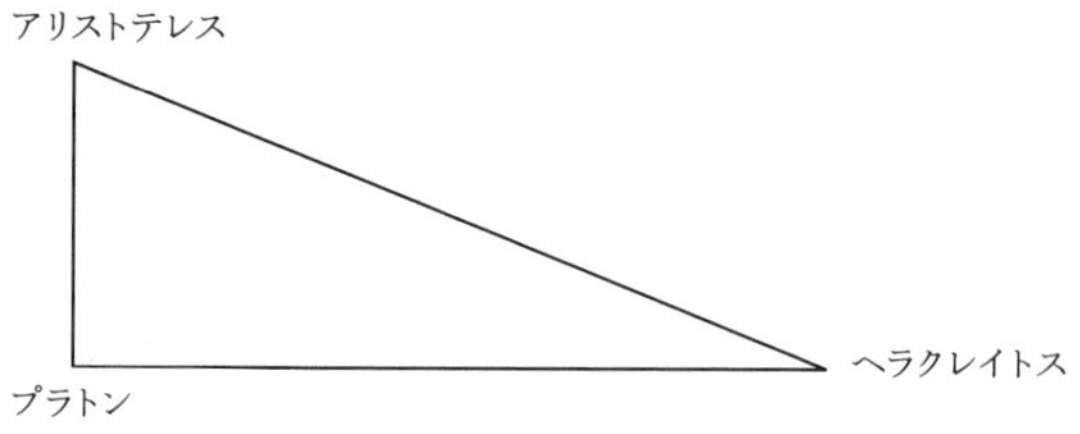

あるいは、

図2

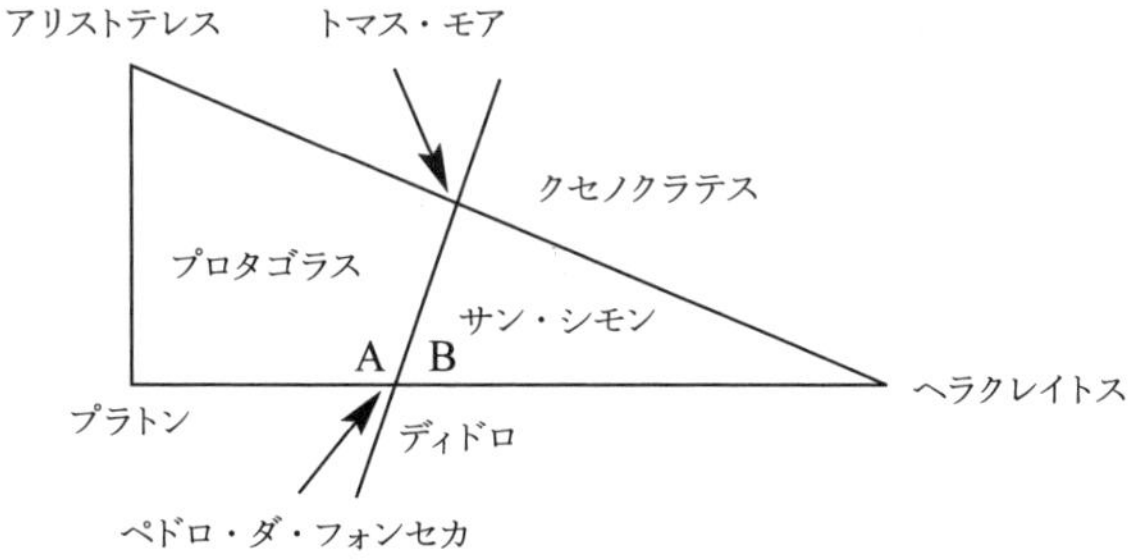

あるいは、

図3

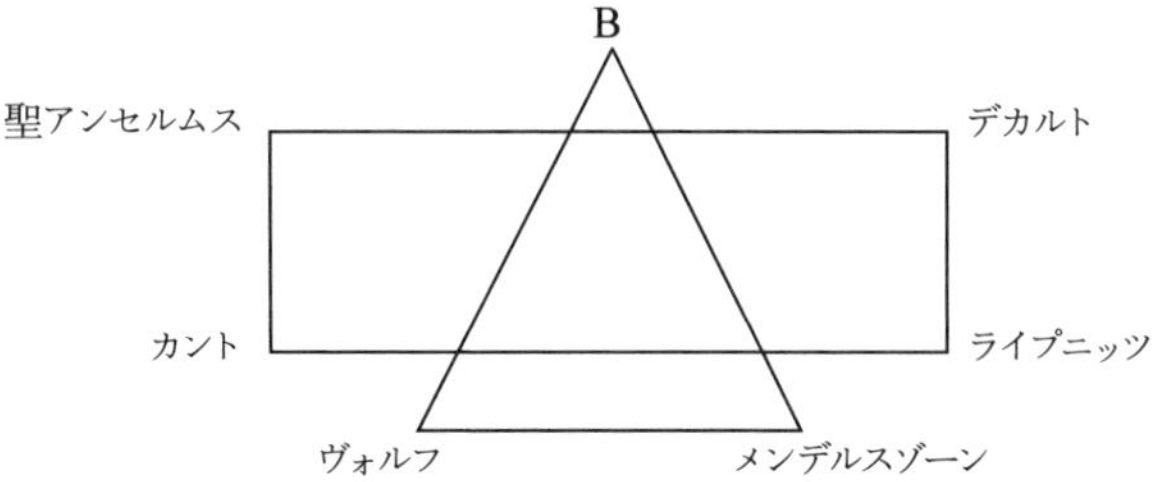

研究室に戻ったときに彼はその紙を見つけ、ゴミ箱に放り込む前にしばらく検討してみた。図1は、彼が退屈していたことを表わすものでしかなかった。図2は図1の延長に見えたが、付け加えられた名前は正気の沙汰とは思えなかった。クセノクラテスの名がそこにあることは分からなくもなく、ある種の珍妙な論理とでもいうべきものを備えていたし、プロタゴラスも同様だったが、トマス・モアとサン・シモンがなぜそんなところにいるのだろう？ ディドロの名前がなぜそんなところに出てくるのか？ それに何ということだ、ポルトガル人イエズス会士の名が、アリストテレスについて言葉を残した数多くの人間の一人で、ピンセットでもつまめないほどの小物思想家にすぎないペドロ・ダ・フォンセカがこんなところで何をしているのか？ いっぽう、図3にはある種の論理が、気の触れた若者の論理、砂漠を放浪する若者の、擦り切れてはいるものの服は着ている若者の論理が備わっていた。書き込まれた名前はいずれも、いわば存在論的問題に取り組んだ哲学者だった。四角形に重ねられた三角形の頂点に現われた文字Bは、神、もしくはその本質から生じた神の実在であるかもしれない。そのときようやくアマルフィターノは、図2にも文字AとBが書かれていることに気づき、ついには、慣れない暑さのために、講義のあいだずっとうわごとを言っていたのだと確信するに至った。

ところが、その日の夜、夕食を済ませ、テレビでニュースを見て、ソノラ州警察と地元サンタテレサ市警察の犯罪捜査のやり方に憤慨するシルビア・ペレス先生との電話のあとで、アマルフィターノは書斎の机の上にさらに三つの図形を見つけた。それを書いたのが自分であることは間違いなかった。事実、何かほかのことを考えているときに白紙にぼんやり落書きをしていた覚えがあった。一つ目の図（つまり図4）は以下のようなものだった。

図4

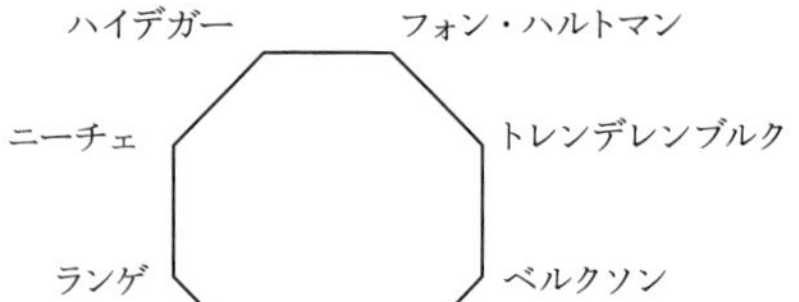

図5は、

図5

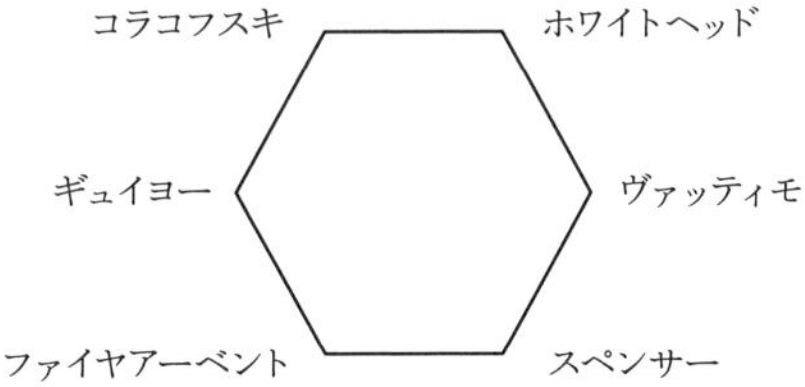

そして図6は、

図6

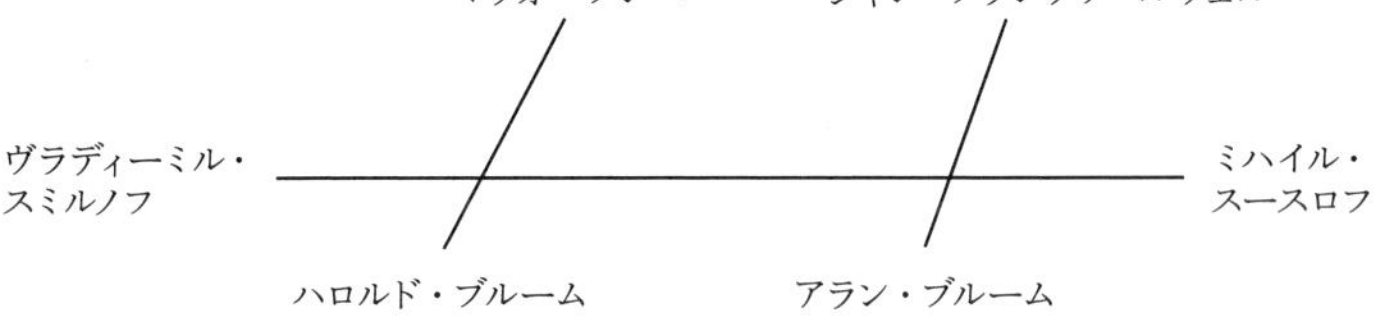

図4は奇妙に思えた。トレンデレンブルク、この人物のことはずいぶん長いこと考えてみなかった。アドルフ・トレンデレンブルク。それがなぜここで、なぜベルクソンやハイデガー、ニーチェ、シュペングラーと並んでいるのだろうか？ 図5はさらに奇妙な感じがした。コラコフスキとヴァッティモの登場。忘れ去られたはずのホワイトヘッドの存在。とはいえ何より奇妙なのは、哀れなギュイヨーが思いがけずそこにいたことだ。一八八八年に三十四歳で亡くなったジャン＝マリー・ギュイヨー、冗談好きな連中がフランスのニーチェと呼び、世界広しといえどもその信奉者は十人といない、いや実際には六人しかいない、そういうことをなぜアマルフィターノが知っていたのかというと、バルセロナにいたとき、スペインでただ一人のギュイヨー研究者であるジローナ出身の内気な教授と知り合い、彼が心血を注いでいた研究について知っていたからだった。彼の宿願は、ギュイヨーが英語で書き、カリフォルニア州サンフランシスコのある新聞に一八八六年から八七年にかけて発表したあるテクスト（それが詩なのか哲学的エッセイなのか記事なのかは定かではなかった）を発見することだった。最後の図6は、それらすべての図のなかでもっとも奇妙な（そしてもっとも「哲学的」でない）ものだった。水平に引かれた直線の一方には、一九三八年にスターリンによって強制収容所に送られ命を落としたヴラディーミル・スミルノフ、モスクワでの最初の公開裁判ののち一九三六年にスターリン主義者によって銃殺されたイワン・ニキーティチ・スミルノフがいて、もう一方には、あらゆる汚辱とあらゆる犯罪行為を呑み込む用意のあった党組織のイデオローグ、スースロフの名があった。これが示すところは一目瞭然だ。ところが、その水平な線を二本の斜線が貫き、その上側にはブンヘとルヴェルと書かれ、下側にハロルド・ブルームとアラン・ブルームの名前が記されている点においては冗談と紙一重のように思われた。冗談といってもアマルフィターノには理解できず、ブルームが二人登場しているあたりにおかしさが隠れているに違いないことは確かだが、それがどうおかしいのかは、どんなに注意深く眺めても分からずじまいだった。

その晩アマルフィターノは、娘が眠ってから、サンタテレサでもっとも人気のあるラジオ局〈ラ・ボス・デ・ラ・フロンテラ〉でその日最後のニュースを聞き、そのあと庭に出て、人気のない通りを眺めながら煙草を吸い終えると、のろのろと、まるで足をくぼみに突っこむのを恐れているか、あたりを支配する闇を怖がっているかのような足取りで裏庭のほうへ向かった。ディエステの本は相変わらず、昼間にロサが干した洗濯物の隣にぶら下がっていて、ときおりそよ風が吹いて、しぶしぶ寝かしつけるかのように、あるいは物干しのロープに留めている洗濯ばさみから引きはがそうとするかのように前後に揺すってもぴくりとも動かないので、まるでコンクリートか何か重い物質でできているように見えた。アマルフィターノは顔に風が吹きつけるのを感じた。ときおり強く吹く風で汗が乾き、気持ちがふさいだ。まるでトレンデレンブルクの書斎にいるみたいだ、と彼は思った。まるで運河のほとりに残されたホワイトヘッドの足跡を追っているみたいだ。まるで病床のギュイヨーのところへ行って助言を求めているみたいだ。彼なら何と答えただろうか？　楽しくやりたまえ。刹那を生きるのだ。善人であれ。あるいはまったく違うかもしれない。どなたかね？　ここで何をしている？　出ていってくれ。

助けて。

翌日、大学図書館での調査によって、彼はディエステに関するさらなる情報を見つけ出した。一八九九年、ア・コルーニャ県リアンショ生まれ。ガリシア語で文章を書き始めるが、その後カスティーリャ語もしくは二言語併用を実践するようになる。演劇人。内戦期には反ファシズム闘争に参加。敗戦後、ブエノスアイレスに亡命し、その地で一九四五年に、それまでに発表していた三作をまとめた『旅、決闘、放蕩——悲劇、風刺的諧謔詩、喜劇』を刊行している。詩人。評論家。すでに触れた『新平行論』を刊行したのは一九五八年で、そのときアマルフィターノは七歳だった。短篇作家としての代表作は『フェリクス・ムリエルの物語と発明』（一九四三）である。その後スペインに帰国し、ガリシアへ戻る。サンティアゴ・デ・コンポステラで一九八一年に生涯を終える。

何の実験をしているの？　とロサが訊いた。実験だって？　とアマルフィターノは訊き返した。吊るしてある本のこと、とロサは言った。実験なんかじゃない、その言葉を文字どおり使ったんだったらね、とアマルフィターノは答えた。どうしてあそこにあるの？　とロサは尋ねた。もとはと言えば、デュシャンの発想で、幾何学の本を自然そのものに晒し、生の本源を学ぶかどうか試そうというわけだ。本をだめにするつもりね、とロサは言った。私がじゃない、自然が、だ、とアマルフィターノは言った。お父さん、日に日におかしくなっていくみたいよ、とロサは言った。アマルフィターノは微笑んだ。今まで本をあんなふうにしたことなかったじゃない、とロサは言った。私の本じゃない。同じことよ、とロサは言った。今はお父さんの本でしょう？　面白いことに、そうなんだろうけれど、実際私の本だという感じがしないんだ、とアマルフィターノは言った。しかも、あいつをだめにしてなどいないという気がしている。ほとんど確信に近い。だったらわたしのだっていうことにして、外してきて、とロサは言った。近所の人たちが、お父さんは頭がおかしいって思うじゃない。近所の人たちというのは、塀の上にガラスの破片を埋め込んでる連中のことか？　あの連中はお前と私が存在していることすら知らないさ、とアマルフィターノは言った。しかも、私の何万倍も頭がおかしいよ。違う、その人たちのことじゃない、とロサは答えた。ほかの人たち、うちの裏庭で何が起きているのか、ちゃんと分かっている人たちのこと。誰かにいやなことでも言われたのか？　とアマルフィターノは訊いた。別に、とロサは答えた。ならば問題ないだろう、とアマルフィターノは言った。つまらないことで心配するな、この街じゃ、本をロープに吊るすことなんかよりずっと恐ろしいことが起きているんだから。話をそらさないで、とロサは言った。二人とも野蛮人じゃないんだから。本のことは放っておきなさい、ないことにすればいい、忘れるんだ、とアマルフィターノは言った。これまで幾何学に興味をもったことなどないんだから。

朝、大学へ出かける前に、アマルフィターノは裏口から出て、ぶら下がっている本を眺めながらコーヒーの残りをすするようになった。紛れもなく、印刷に用いられた紙は上質で、造本も自然の脅威を前にびくともしなかった。ラファエル・ディエステの旧友たちは、そうして一種のオマージュ、いささか前倒しの別れを捧げるため、古き教養人（あるいは教養の緑青をふいた男たち）からの古き教養人に対する敬意を捧げるにあたり上質の材料を選んだのだ。メキシコ北西部の、自宅の荒れ果てた庭などという場所の自然環境ではむしろ不足なのだ、とアマルフィターノは思った。ある朝、大学に行くバスを待っているあいだに、芝生か牧草を植え、大きめの苗木を一本、その手の店で買い、四辺に花壇を作ることを固く心に決めた。別の日の朝には、庭の雰囲気をよくするための作業はどれも結局は無駄になるだろうと思った。サンタテレサに長くとどまるつもりはなかったからだ。今すぐにでも戻らなくては、と彼はつぶやいた。だが、いったいどこへ？　それからまたつぶやいた。どんな衝動に突き動かされて、ここまで来たのだろう？　なぜこんな呪われた街に娘を連れてきたのだ？　ここが、まだ自分の知らない数少ない世界の穴のひとつだったからか？　心の底では死にたいと思っているからか？　そのあと、彼はディエステの本、『幾何学的遺言』を、洗濯ばさみ二つで平然とロープに吊るされている本を眺め、ロープから外してあちこちに付着し始めた黄土色の土埃を拭いてやろうかとも考えたが、実際にそうする気は起こらなかった。

アマルフィターノはときどき、サンタテレサ大学から帰宅したあと、あるいは家の玄関先に座っているとき、あるいは学生たちのレポートを読みながら、ボクシングが好きだった父親のことを思い出した。アマルフィターノの父親には、チリ人は皆おかまだという持論があった。当時十歳だったアマルフィターノは父親に言った。でもパパ、おかまならイタリア人のほうだよ。だってほら、第二次世界大戦でのことを考えてみてよ。アマルフィターノの父親は、そのようなことを言う息子をひどく真面目な顔で見つめるのだった。父親の父親、アマルフィターノの祖父はナポリ生まれだった。そして自分はチリ人である以上にイタリア人であるとつねに感じていた。いずれにしても、父はボクシングの話をするのが好きだった。というよりはむしろ、専門誌やスポーツ欄に必ず載っている記事で読んだだけの試合について話すのが好きだった。エル・ターニの甥であるマリオとルベンのロアイサ兄弟のことも、威風堂々としているのにパンチ力のないおかま、ゴドフリー・スティーヴンスのことも、やはりエル・ターニの甥で、パンチ力はあるが打たれると弱いウンベルト・ロアイサのことも、ずる賢い、殉教者気取りのアルトゥーロ・ゴドイのことも、それからチジャン生まれのイタリア系で、体格には恵まれていたもののチリに生まれるという悲しい運命には勝てなかったルイス・ビセンティーニのことも、アメリカでの世界王座決定戦第一ラウンドでレフェリーに足を踏まれて足首を骨折するというなんとも間の抜けた負けを喫したエル・ターニことエスタニスラオ・ロアイサのことも、すべて話すことができた。想像できるか？　とアマルフィターノの父親は言った。できないよ、とアマルフィターノは答えた。いいか、ここでシャドウボクシングしてみろ、俺が足を踏んでやる、とアマルフィターノの父親は言った。やめておくよ、とアマルフィターノは言った。俺を信じろ、ほら、やるんだ、何も起きやしない、とアマルフィターノの父親は言った。また今度にするよ、とアマルフィターノは言った。今でなけりゃだめだ、とアマルフィターノの父親は言った。そこでアマルフィターノはシャドウボクシングを始め、父親の周りを驚くほどのスピードで動きながらときおり左ストレートや右フックを繰り出していると、突然父親が少し前に出てきて息子の足を踏み、そこですべては終わりとなり、アマルフィターノは動きを止めたのか、クリンチを狙ったのか、スウェイバックしたのか、そのいずれかだったが、それでも足首を骨折したりはしなかった。レフェリーはわざとやったんだと思う、とアマルフィターノの父親は言った。足を踏んづけて骨折させるなんて、できることじゃない。それから罵倒が始まるのだった。チリのボクサーはみんなおかまだ、このクソみたいな国に住んでる奴はみんなおかまだ、どいつもこいつも決まって、すぐに騙され、すぐに買収され、時計を外せと言われただけでズボンを脱いじまうような連中さ。そう言う父親に、十歳にしてスポーツ誌ではなく歴史の専門誌、とりわけ戦史を扱う雑誌を読んでいたアマルフィターノは、それが当てはまるのはむしろイタリア人で、第二次世界大戦がそのことを物語っていると答えるのだった。すると父親は口をつぐみ、素直に感心するような、誇らしげな表情で息子を見つめながら、いったいぜんたいどこからこんな子が生まれたのかと自分に問わんばかりの様子で、それからしばらく口を開かず、それから息子に、まるで内緒話でもするかのように小さな声で、イタリア人のひとりひとりは勇敢なのだと言った。そして、たしかに集団になるとみっともない真似ばかりすると認めた。そしてだからこそ、個人にはまだ期待がもてるのだと結論づけた。

つまり、とアマルフィターノは表口から出てウイスキーの入ったグラスを片手にテラスで立ち止まり、それから外に二、三時間停められている、鉄屑と血の匂いのする車、あるいは彼にはそう思える車が何台か見える通りに顔を出すと踵を返し、家のなかを通らずに、静まり返った暗がりのなかで『幾何学的遺言』が彼を待っている庭の裏手へと向かいながら考えた。僕自身も、心の奥底ではまだ期待をもっているのだ。イタリア人の血が流れているし、おまけに個人主義者で学識を備えた人間でもあるのだから。それに臆病でないとさえ言えそうだった。ただしボクシングは好きではなかった。そのときディエステの本が空中で揺れ、風が黒いハンカチで彼の額の玉の汗をぬぐい、アマルフィターノは目を閉じて父親の姿を、どんなものであれ思い出そうとしたがうまくいかなかった。家のなかに、裏口からではなく表口から戻るとき、塀の上から首を出して前の通りの左右を眺めた。夜になると、見張られているのではないかという気がすることがあった。

朝、アマルフィターノが、もはや義務としてディエステの本を見に行ってきたあと、台所に入り、自分のコーヒーカップを流しに置くころ、ロサのほうは先に出かけていた。普段、出掛けの挨拶はしなかったが、ときおりアマルフィターノは、自分が台所に入ってくるのがいつもより早かったり、庭に出るのを後回しにするようなときには、行っておいでと声をかけたり、気をつけてと言ったり、頬にキスしてやることもあった。ある朝、行っておいでと声をかけることだけはでき、それから窓越しに物干しを眺めながらテーブルについた。『幾何学的遺言』はかすかに揺れていた。突然、動きがやんだ。近所の庭でさえずっていた小鳥が静かになった。一瞬、何もかもが完全な沈黙に包まれた。アマルフィターノは、外に通じている門を開け閉めする音と、遠ざかっていく娘の足音を聞いたような気がした。そのあと、走り出す車のエンジン音が聞こえた。その日の夜、ロサが借りてきた映画を見ているとき、アマルフィターノはペレス先生に電話をして、日を追うごとに自分の神経がおかしくなってきていると打ち明けた。ペレス先生は彼をなだめ、心配しすぎることはない、いくらか用心していれば十分であって、疑心暗鬼にならないようにと言い、誘拐事件が起きているのは街の別の地域なのだからと言い聞かせた。アマルフィターノは彼女の話を聞くと、いきなり笑い出した。彼は、自分の神経が足蹴にされてボロボロなんですと言った。ペレス先生には冗談が通じなかった。ここでは誰にも何も通じやしない、とアマルフィターノは腹立たしい思いをした。そのあとペレス先生は、週末にロサと先生の息子を連れて出かけないかと彼を熱心に誘った。どこへですか？　とアマルフィターノは蚊の鳴くような声で訊いた。街から二十キロほどのところにあるピクニック場に行って何か食べるというのはどうかしら？　とペレス先生は言った。とても気持ちのいいところよ。子供たちにはプールもあるし、日陰の大きなテラスからは、石英でできた山の尾根が見えるの。黒い縞の入った銀色の山よ。山の頂上には黒い日干し煉瓦の礼拝堂があるわ。なかは薄暗くて、一種の明かり取りから差し込む光があるだけで、壁は十九世紀の旅人やインディオ、ソノラ州とチワワ州の境になっている山脈を危険を冒して超えようとする人々が描いた奉納画に埋めつくされているの。

アマルフィターノがサンタテレサとサンタテレサ大学で過ごした最初の数日間は悲惨だったが、それでもアマルフィターノはまだほんの一端を知っただけだった。気分が悪いのは時差ぼけのせいだろうと思い、あまり気にしていなかった。学部の同僚で、エルモシージョ出身の、専門課程を終えてまもない若い教員が、バルセロナ大学を辞めてサンタテレサ大学へ来ることにしたのは何が動機だったのかと彼に尋ねた。気候が目的でなければいいのですが、と若い教員は言った。ここの気候はすばらしいと思います、とアマルフィターノは答えた。そりゃ僕だってそう思います、先生、と青年は言った。お訊きしたのは、ただ気候がいいからという理由でここに来る人はたいてい病気だからなんです。それで先生が病気でなければいいと思って。いや、とアマルフィターノは言った。気候が目当てじゃなかった。バルセロナでの契約が終わったときに、ここへ来て働かないかとペレス先生に誘われたんです。ペレス先生と彼はブエノスアイレスで知り合い、バルセロナでも二度会っていた。家を借りてくれたのも、家具をいくつか買い揃えてくれたのも彼女で、どんな誤解も生じないようにと、アマルフィターノは初任給も受け取らないうちに彼女にその代金を支払った。家は中流階級が住む、庭付きの平屋や二階建ての家が立ち並ぶ地区、リンダビスタ区にあった。二本の巨木の根が顔を出している歩道は木陰になっていて気持ちよかったが、柵の向こうには廃屋になりかけている家がいくつか見え、まるで住民たちが、不動産を売る間もなく急いで逃げ出してしまったかのようで、その状況から察するに、ペレス先生の言葉とは裏腹に、その地区で家を借りるのはそれほど難しくはないようだった。彼がサンタテレサに到着した翌日にペレス先生が引き合わせてくれた哲文学部長は虫が好かない男だった。アウグスト・ゲーラという名前で、太った人間に特有の、白っぽいてかてか光る肌をしていたが、実際には痩せて筋ばっていた。自分にあまり自信がないように見えたが、気さくな教養人と軍人の雰囲気を合わせ持つことでそれを取り繕おうとしていた。哲学についても、ひいては哲学教育についてもその意義をあまり信じておらず、科学が我々にもたらす現在と未来のすばらしさに引き比べると明らかに遅れつつある学問ではないかと彼が言ったのに対して、アマルフィターノは礼儀正しく、文学についても同じように思っているのですかと返した。まさか、とんでもありません、文学にはまちがいなく未来があります、文学と歴史にはね、とアウグスト・ゲーラは言った。さもなければ伝記のことを考えてごらんなさい。かつて伝記というジャンルにはほとんど需要も供給もありませんでした。ところが今では猫も杓子も伝記ばかり読んでいます。ただし、私は伝記と言ったのであって自伝と言ったのではありません。誰もが他人の人生に飢えているんです。名の知れた同時代人の人生、成功と名声を手に入れた人々、今にもそれを手に入れそうな人々の人生にね。そして誰もが、いにしえのチンクアルたちが何をしたのか知りたくてうずうずしているんです。何か学ぶべきことはないかと鵜の目鷹の目でね、まあ自分たちは同じ労苦を味わうつもりはないでしょうが。アマルフィターノは礼儀正しく、チンクアルという単語の意味を尋ね、初めて聞く言葉だと言った。本当ですか？　とアウグスト・ゲーラが言った。ええ、誓って本当です、とアマルフィターノは答えた。すると学部長はペレス先生を呼んで彼女に言った。シルビア、チンクアルという単語の意味を知っているかね？　ペレス先生はアマルフィターノの腕に、まるで恋人同士のようにつかまると、これっぽっちも思いつかないけれど、単語そのものについては聞き覚えがあると正直に答えた。お粗末な連中だ、とアマルフィターノは思った。チンクアルという単語は、とアウグスト・ゲーラは言った。わが国の国語におけるすべての単語と同じくさまざまな語義を有しています。第一の意味は、赤いぽつぽつのことです。分かりますか？　蚤だとか南京虫に食われたときに肌にできるあれです。これが痒いものだから、食われた人間はかわいそうに、始終身体を掻いている。当然です。そこから第二の意味が生まれ、落ち着きのない人、身をよじり身体を掻きむしっている人、じっとしていられない人、見るつもりもなく見ている者をいらいらさせる人という意味になります。つまりヨーロッパの疥癬みたいなものです。ヨーロッパではありふれた疥癬患者、公衆トイレやフランスやイタリアやスペインの汚らしいトイレなんかでその病気をもらってしまう人たちに似ている。そしてこの意味から最終的な意味、言うなればゲーラ的意味が派生します。それは旅人、知の冒険者、精神的にじっとしていられない人を指すのです。なるほど、とアマルフィターノは言った。すばらしい、とペレス先生は言った。即席で開かれ、歓迎会を意味するのだろうとアマルフィターノが考えた学部長室でのその集まりには、学部の教員三人とゲーラの秘書も同席し、秘書がカリフォルニア産のスパークリングワインのコルクを抜き、めいめいに紙コップとクラッカーを配って回った。あとからゲーラの息子が顔を出した。二十五歳くらいの若者で、サングラスをかけ、スポーツウェアを着こなし、肌はこんがり日焼けしていて、集まりのあいだずっと父親の秘書と部屋の隅で話をしていたが、ときおり面白いものでも見るようにアマルフィターノをじっと見つめた。

ピクニックに出かける前の晩、アマルフィターノは初めてその声を聞いた。たしかそれ以前にも、家の外で、あるいは眠っているときに聞いたことがあったのだが、誰か他人の会話が聞こえてきたか、あるいは悪い夢を見ているのだろうと思っていた。ところがその夜耳にした声は、間違いなく自分に向けられていた。初めは頭がおかしくなってしまったのだと思った。その声は言った。やあ、オスカル・アマルフィターノ、怖がらなくてもいい、悪いことは起こらないから。アマルフィターノはびっくりして起き上がり、大急ぎで娘の部屋に向かった。ロサはすやすやと眠っていた。アマルフィターノは明かりを点け、窓の鍵が掛かっているか確かめた。ロサが目を覚まし、どうしたのと尋ねた。何があったの？　ではなく、どうしたの？　とアマルフィターノは思った。彼は椅子に腰かけると、神経が高ぶって何か物音が聞こえた気がしたのだ、こんないまいましい街にお前を連れてきたことを後悔していると言った。心配しないで、何でもないから、とロサは言った。アマルフィターノは娘の頬にキスをして髪を撫で、明かりを点けたまま部屋を出るとドアを閉めた。しばらくして、居間の窓越しに裏庭と通りとじっと動かない木の枝を眺めていると、ロサが明かりを消す音が聞こえた。彼は音を立てずに裏口から庭に出た。懐中電灯がほしいところだったが、構わず外に出た。誰もいなかった。物干しには『幾何学的遺言』と、彼の靴下と娘のズボンがぶら下がっていた。家の周りを回ってみたが、テラスにも誰もいなかった。柵の近くまで行って、外には出ずに通りを見渡しても、マデロ大通りにあるバス停のほうへ悠々と向かう犬が一匹いただけだった。バス停に向かう犬が一匹か、とアマルフィターノは心のなかでつぶやいた。そこから見ても、その犬が血統種ではなくどこにでもいる雑種だと判別できる気がした。ただの野良犬《キルトロ》だ、とアマルフィターノは思った。心のなかで笑った。チリの言葉だ。魂のなかの小さなかけら。そのアタカマ県並みの大きさのアイスホッケーリンクでは、選手が相手側の選手を見ることはなく、自分のチームの選手を見ることさえ稀だった。彼は家に戻った。ドアの鍵を掛け、窓を確かめ、台所の引き出しから刃が短く頑丈なナイフを取り出して、それを一九〇〇年から一九三〇年にかけてのドイツとフランスの哲学史の本の隣に置くと、もう一度机に座った。声は言った。私にはこんなことはたやすいなどと思わないでくれ。これが私にとってたやすいと思うなら一〇〇パーセント間違いだ。むしろ難しい。それでも一〇〇パーセント近く間違ってる。アマルフィターノは目を閉じ、いよいよ頭がおかしくなってきたと思った。家に鎮静剤は置いていなかった。彼は立ち上がった。台所へ行って両手で顔に水をかけた。台ふきんと袖口で顔を拭いた。今、自分が体験している聴覚現象を精神医学では何と呼ぶか、思い出そうとした。書斎に戻ってドアを閉めてからふたたび腰を下ろし、頭を垂れ、手を机の上に置いた。声は言った。どうか許してくれ。どうか落ち着いてくれ。どうかこれがお前の自由を侵害するとは思わないでくれ。お前の自由だって？　とアマルフィターノは驚き、窓辺に飛んでいって窓を開け、裏庭の端と塀、隣家との境にあるガラスを埋め込んだ塀を、そして街灯の光を反射する瓶の破片を、まるで夜のこの時間には攻撃的な塀であることをやめて装飾的な塀となっている、あるいはなったふりをしているかのような緑色や茶色やオレンジ色のかすかなきらめきを、振付のなかの微小な要素、表向きの振付師すなわち隣家の封建領主すら気づいていないもっとも基本的な部分、その装置の安定性や色や攻撃性ないしは防御性に影響を与える部分すら気づいていない要素を見つめた。あるいは、まるで塀の上に蔓がどんどん伸びていっているようだ、とアマルフィターノは窓を閉める前に思った。

その夜、声はそれきり聞こえず、アマルフィターノはろくに眠れなかった。誰かに腕や足を引っかかれでもしたかのように飛び上がったり、びくっとしたりするたびに汗まみれになって目を覚ましたが、それでも朝五時には苦しみは終わり、夢のなかにロラが現われた。ロラが公園で、周りを囲む大きな鉄のフェンス越し（彼は反対側にいる）に手を振っている。彼が長いこと会っていない（そしておそらく二度と会うこともないだろう）二人の友人の顔、それに埃まみれではあるが何ら荘厳さを失っていない哲学書に埋もれた部屋が現われた。ちょうどその時間、サンタテレサ警察は新たに、郊外の空き地に半ば埋められた十代の女性の遺体を発見した。西から吹いてくる強い風が、東の山裾に当たって砕け、サンタテレサを吹き抜ける途中、土埃を、道端に捨てられた新聞紙や破れた段ボールを巻き上げ、ロサが裏庭に干した服を揺らした。その風、その若くて精力的であまりに命の短い風は、まるでアマルフィターノのシャツやズボンを試着し、娘のショーツのなかに入り込み、『幾何学的遺言』を数ページめくって、何か役に立つことは書かれていないかと、自分が駆け足で通り過ぎていく通りや家並みが作る実に奇妙な風景について説明が書かれていないかと、風としての自分の存在について語られていないかと目を通すかのようだった。

朝八時、アマルフィターノは重い足を引きずって台所へ入った。娘がよく眠れたかと訊いた。このうわべだけの問いに、アマルフィターノは肩をすくめて応じた。ロサが、郊外で過ごすつもりでいるその日のために食べ物を買いに行くと、彼はミルクティーを淹れ、居間に行ってそれを飲み干した。それからカーテンを開け、ペレス先生の提案によるピクニックに出かけられるような状態なのかと自問した。彼は大丈夫だと判断し、前の晩の出来事はおそらく、この土地のウイルスの攻撃に対する身体の反応か風邪の引き始めだろうと考えることにした。シャワーを浴びる前に体温を測った。熱はなかった。十分ばかり、ほとばしる水を浴びながら前の晩の振る舞いを考えると、恥ずかしさがこみ上げ、顔が赤くなった。ときおり頭を上げてシャワーの水を顔に直接浴びた。水はバルセロナの水の味と違った。彼にはサンタテレサの水のほうが、まったく濾過していないかのように濃くミネラルを含んだ、土の味がする水という気がした。ここに来たばかりのころ、ロサとともに、歯を磨く回数をバルセロナにいたころの倍にしたのは、ソノラの地下水脈から滲み出す成分の薄い膜に覆われるかのように、何となく歯が薄黒くなってきたように思えたからだった。とはいえ時が経つにつれ、一日に歯を磨く回数は以前と同じ三、四回に戻り、はるかに外見を気にするロサは、相変わらず六、七回磨いていた。教室では、黄土色の歯をした学生を何人か見かけた。ペレス先生の歯は白かった。一度、彼女に尋ねてみたことがある。ソノラのこの一帯の水が歯を黒くするというのは本当ですか？ペレス先生は知らなかった。そんなこと聞いたのは初めてです、と彼女は言って、調べておくと約束してくれた。大したことじゃないんです、とアマルフィターノは驚いて言った。大したことじゃないんです。聞かなかったことにしてください。ペレス先生の顔に心配そうな表情が浮かび、まるでその問いの背後には、別の、もっと攻撃的で人を傷つけるような問いが隠されているかのようだった。言葉には気をつけて、とアマルフィターノはシャワーを浴びながら口ずさんだ。もうすっかり元気になっていたが、それが、彼のいつもの無責任さの証であることは疑うべくもなかった。

ロサは新聞二紙を手に戻ってきた。それをテーブルの上に置くと、ハムとツナのボカディージョを作り始め、それぞれレタスとトマトの輪切りを挟み、一方にはマヨネーズ、もう一方にはオーロラソースをかけた。それをキッチンペーパーとアルミ箔で包み、すべてビニール袋に入れると、「フェニックス大学」と半円状に書いてある小さな茶色のリュックに詰め、水のボトルを二本、それに十二個入りの紙コップも一緒に入れた。午前九時半にペレス先生の鳴らすクラクションの音が聞こえた。ペレス先生の息子は十六歳で背が低く、角張った顔と広い肩幅は、何かスポーツをやっている印象を与えた。顔と首筋はニキビだらけだった。ペレス先生はブルージーンズに白いシャツと白いスカーフという格好だった。大きすぎる気がするサングラスが彼女の目を隠していた。遠くから見ると、七〇年代のメキシコ映画の女優みたいだ、とアマルフィターノは思った。車に乗り込むと、その錯覚は跡形もなく消え去った。ペレス先生がハンドルを握り、彼は助手席に座った。車は東に向かった。最初の数キロ、道路は空からはがれ落ちてきたような岩で点々と縁取られた小さな谷を通っていった。起源も連続性も欠いた花崗岩の塊。いくつか畑があったり、目には見えない農民たちが作物の世話をしている区画もあったが、ペレス先生にもアマルフィターノにも、何が採れるのかは分からなかった。そのあと車は砂漠へ、続いて山へと向かった。そこには、先ほど見たばかりの孤児のような岩たちの親がいた。火山性花崗岩の地層、その稜線が空を背景にして鳥のようなシルエットを、鳥のように見せている。だが悲しみの鳥だ、と思ったアマルフィターノの隣で、ペレス先生が子供たちに、これから行く場所について、遊び（岩盤をくりぬいたプール）から、神秘——彼女によれば見晴らし台に立つと声が聞こえるらしかったが、もちろんそれを作り出しているのは風だった——にいたるまで、あれこれ魅力たっぷりに話して聞かせていた。アマルフィターノが娘とペレス先生の息子の表情を見ようと後ろを振り返ると、追い越す機会をうかがっている四台の車が目に入った。彼は頭のなかで、それぞれの車に乗っている幸せな家族、母親、食べ物をぎっしり詰めたピクニック用のバスケット、二人の子供、ウィンドウを下げて運転する父親の姿を思い描いた。彼は娘に微笑み、もう一度道路を見やった。三十分ほどすると車は坂を上り始め、背後には大きく広がる砂漠が見えた。車の数が増えた。それらの車が目指す宿や休憩所、レストランやラブホテルはサンタテレサの住人たちのあいだで流行っている場所なのだろうと想像した。彼は招待を受けたことを後悔した。そのうち眠り込んでしまった。目を覚ますともう目的地に着いていた。ペレス先生の手が彼の顔に触れていて、それは愛撫とも、あるいはもっと別の何かともいえる仕草だった。盲人の手のようだった。ロサとラファエルはもう車にいなかった。見ると駐車場はほぼ満車で、クロームメッキをほどこされた車体に太陽の光が反射し、小高い場所にオープンテラスがあり、肩を抱き合った男女が彼には見えない何かを眺め、眩しい空は低いところに小さな雲をたくさん浮かべ、遠くで音楽が、そして歌詞が聞き取れないほどの速さで歌っているかささやいている声が聞こえた。数センチ先にペレス先生の顔があった。アマルフィターノは彼女の手を取ってそこにキスをした。シャツが汗まみれになっていたが、何より驚いたのは、ペレス先生も汗にまみれていたことだった。

何はともあれ、気持ちのいい一日だった。ロサとラファエルはプールで泳いでから、二人を眺めている親たちのテーブルに合流した。そのあと、皆で冷たい飲み物を買い、周囲の散策に出た。山はところどころ斜面が切り立っていて、谷底や崖には大きな傷が見え、その傷口からさまざまな色の、あるいは西へ逃げていく太陽のせいでさまざまな色に見える石が、砂岩層に挟まれた泥質岩や安山岩、凝灰岩の突き出た巨石や玄武岩の円盤がのぞいていた。ときおり、斜面から垂れているソノラサボテンが見えることもあった。そして、その先にはさらにいくつも山があり、小さな谷があり、さらに山々が連なり、やがて水蒸気が立ちこめ、霧に閉ざされた、雲の墓場のような一帯があり、その向こうにチワワ州、ニューメキシコ州、そしてテキサス州が続いていた。そんな壮大な風景を眺めながら、四人は岩の上に座り、無言で食事をした。ロサとラファエルが言葉を交わしたのは互いのボカディージョを交換したときだけだった。ペレス先生は物思いに耽っているようだった。そしてアマルフィターノは疲れを覚え、目の前の風景に圧倒されていた。若者か愚かな老人、鈍感な老人、あるいは息が絶えるまで不可能な勤めを他人に課し、自らにも課そうとする邪悪な老人にこそふさわしい風景だった。

その夜、アマルフィターノは遅くまで起きていた。帰宅後、真っ先にしたのは、裏庭に出てディエステの本がちゃんとあるか確かめることだった。帰りの道すがら、ペレス先生はつとめて愛想よくしようとし、四人全員が加われるように話をしようとしたが、息子は下り坂が始まったとたんに居眠りし始め、やがてロサも、ウィンドウに頭をもたせかけて眠り込んでしまった。アマルフィターノもまもなく娘に続いた。夢のなかで女性の声がした。声の主はペレス先生ではなくフランス人で、記号や数字、そして「ばらばらになった歴史」あるいは「解体され再構築される歴史」と呼ぶ、アマルフィターノにはよく分からないものについて語っていたが、再構築された歴史は違ったものに、余白への書き込みに、洞察に満ちた注解に変わり、安山岩から流紋岩へ、それから凝灰岩へと飛び移り、ゆっくりと消えていく高笑いとなり、そうした先史時代の岩々から水銀のようなものがあふれ出す。アメリカの鏡、と声は言った。アメリカの悲しい鏡、富と貧しさの、つねに無益な変化の鏡、苦痛の帆を張って航海する鏡。それからアマルフィターノの夢は切り換わり、もう声は聞こえなくなった。眠りが深くなったということなのだろう。夢のなかで、彼は一人の女に、暗い廊下の奥にいる、両脚だけでできた女に近づいていく。すると誰かが彼のいびきを笑っているのが聞こえた。ペレス先生の息子だった。そして彼は思った。まあいいさ。西に向かう道路を通ってサンタテレサに入ると、その時間は、街の市場やアリゾナの街から帰ってくる、今にも壊れそうなトラックや小型トラックであふれ返り、アマルフィターノは目を覚ました。口を開けたまま眠り込んでいたうえに、シャツの襟がよだれまみれになっていた。まあいいさ、と彼は思った。大いに結構。満足した顔でペレス先生に目をやると、彼女はかすかに悲しげな表情を浮かべていた。それぞれの子供の目の届かないところで、ペレス先生はアマルフィターノの太腿をそっと撫でたが、アマルフィターノがタコスの屋台のほうをふり返ると、二人の警官がビールを飲み、話をし、腰にピストルを提げたまま、煮詰まった唐辛子の煮込みのような赤と黒の夕暮れが、その最後の煮えたぎりが西のほうに消えていくのを見つめていた。家に着いたときにはもう太陽は沈んでいたが、物干しのロープにぶら下がったディエステの本の影は、それまでサンタテレサの郊外で、そして市内で見てきたどんなものよりも鮮やかで、際立ち、そして理にかなっている、とアマルフィターノは考えた。捉えどころのないさまざまなイメージ、世界のあらゆる孤独をはらんだイメージ、断片、断片。

その夜、彼は不安な気持ちで声を待った。授業の準備をしようとしたものの、すぐに、うんざりするほどよく知っていることをわざわざ準備するのは無意味だと気づいた。目の前にある白い紙に何か描けば、またあの基本的な幾何学的図形が現われるかもしれないと思った。そこで顔を描き、それを消し、それからずたずたになった顔を懸命に思い出そうとした。彼が思い出した（といっても束の間のことであって、それは稲光を思い出すようなものだった）のは、ライムンドゥス・ルルスと彼のすばらしい機械のことだった。役に立たないがゆえにすばらしい機械。白紙だった紙に自分が書いたものを見直してみると、以下のような名前が三列に並んでいた。

ピコ・デラ・ミランドラ	ホッブス	ボエティウス
フッサール	ロック	ヘイルズのアレクサンデル
オイゲン・フィンク	エーリヒ・ベッヘル	マルクス
メルロ=ポンティ	ヴィトゲンシュタイン	リヒテンベルク
聖ベーダ	ルルス	サド侯爵
聖ボナヴェントゥーラ	ヘーゲル	コンドルセ
ヨハネス・ピロポノス	パスカル	フーリエ
聖アウグスティヌス	カネッティ	ラカン
ショーペンハウアー	フロイト	レッシング

しばらくのあいだ、アマルフィターノは何度となく名前を読み返した。縦に横に、中央から両端に、下から上に、気まぐれに飛ばし飛ばしに、それから笑い出し、そのすべてが自明の理、つまりあまりにも明白であるがゆえに示す必要のない命題だと思った。それから蛇口の水を、ソノラの山々の水をコップで飲み、その水が喉を落ちていくのを待っていると、震えが止まった。彼だけに感じられるかすかな震え、そして終わらない夜のただなかを街に向かって走るシエラマドレの水脈に思いを馳せ、サンタテレサにもっとも近い隠れた場所から上ってくる水脈にも、黄土色の薄い膜で歯を染める水にも思いを馳せた。コップの水を飲み終えてから窓の外を眺めると、長く伸びた影が、庭に吊るされたディエステの本が投げかける棺のような形の影が見えた。

ところが声はまた戻ってきて、今度は彼に、男として、おかまではなく男として振る舞ってくれと頼んだ。おかまだって？　とアマルフィターノは訊いた。ああそうだ、おかま、カマ、ゲイ、声は言った。ホ、モ、だ、と声は言った。さらに続けて、もしやお前もその気があるのかと尋ねた。どの気のことだ？　とアマルフィターノは驚いて尋ねた。ホ、モ、ということだ、と声は答えた。そしてアマルフィターノの答えを待たずに急いで、自分はあくまで比喩的な意味で言ったのであり、おかまやホモに対して悪意はもっていない、それどころかそうした性的傾向を告白した詩人たち、そしてもちろん画家や役人たちにも、限りない称賛の念を抱いているのだと説明した。役人たちだって？　とアマルフィターノは訊き返した。ああ、そうだ、そのとおりだ、と声は答えた。年若い、短い人生しか生きなかった役人たち。公的書類を不覚にも涙で汚した人々。自らの手で死を遂げた者たち。それから声は押し黙り、アマルフィターノは書斎の机に腰を下ろした。かなり経ってから、おそらく十五分後、あるいは翌日の夜のことかもしれないが、声は言った。私がお前の祖父だとしてみよう。お前の父親の父親だ。だからお前に個人的な質問ができるのだと考えるのだ。お前はお前で、私の質問に答えても、答えなくても、好きにすればいい。だが私は私でお前に質問することができる。僕の祖父だって？　とアマルフィターノは言った。ああ、お前の祖父、じいちゃんだ、と声は言った。そして質問はこうだ。お前はホモか？　お前はこの部屋から逃げ出そうというのか？　お前は、ホ、モ、セ、ク、シュ、ア、ル、なのか？　お前は娘を起こそうというのか？　いや違う、とアマルフィターノは言った。聞こう。さあ、何でも話したらいい。

すると声は言った。お前はホモか？　そうなのか？　アマルフィターノは、違うと答えて首を横に振った。逃げ出したりしない。あんたが最後に見る僕の姿は僕の背中でも靴の裏でもないだろう。あんたの目が見えればの話だが。すると声は言った。見えるだと？　いわゆる見るという意味でなら、実のところ見ることはできない。というかあまり得意ではない。ここにいるだけで、ずいぶんな苦労だ。どこにいるだって？　とアマルフィターノは訊いた。お前の家さ、たぶんな、と声は言った。ここは僕の家だ、とアマルフィターノは言った。ああ、分かってる、と声は言った。まあくつろぐことにしようじゃないか。僕はくつろいでいる、とアマルフィターノは言った。自分の家にいるんだから。そしてこう思った。どうして僕にくつろげと言うんだろう？　すると声が言った。おそらく今日が、長くて良好な関係の始まりとなるだろう。だがそのためには平静を保つ必要がある。心の平穏こそ我々を裏切ることのないものだから。するとアマルフィターノは言った。そのほかはすべて我々を裏切るということか？　すると声は言った。そうだ、実際そのとおりだ。認めるのは気が咎める。つまりお前の前でそんなことを認めなければならないのは気が咎めるが、それは紛うかたなき真実だ。道徳は我々を裏切るのか？　義務感は我々を裏切るのか？　誠実さは我々を裏切るのか？　好奇心は我々を裏切るのか？　愛は我々を裏切るのか？　勇気は我々を裏切るのか？　芸術は我々を裏切るのか？　ああ、そのとおりだ、と声は言った。何もかも、あらゆるものが、我々を裏切る。またはお前を裏切る。それとこれとは別の話だが、この場合は同じことだ。ただ心の平穏、平静さだけは我々を裏切らない。それもまた何の保証にもならないということは認めざるをえないのだが。違う、とアマルフィターノは言った。勇気は決して我々を裏切らない。そして子供への愛も。そうか？　と声は言った。そうだ、とアマルフィターノは言いながら、突然心が落ち着くのを感じた。

続いて彼は、それまでと同様ささやき声で、平静さというのはこの場合、狂気の対義語なのかと尋ねた。すると声は答えた。いや、まるで違う、もしお前が恐れているのが気が狂うことなら心配はいらない。お前は狂ってなどいない。ただ他愛もない話をしているだけだ。つまり、僕は頭がおかしくなってはいないのか？　とアマルフィターノは訊いた。そうだ、そのとおりだ、と声は言った。つまり、あんたは僕の祖父だというのか？　とアマルフィターノは言った。じいさんだ、と声は言った。つまりあらゆるものが我々を裏切るというのか？　好奇心も誠実さも、我々が心から愛しているものも？　そうだ、と声は言った。だが元気を出せ。とどのつまりはそれも楽しいことなのだ。

友情は存在しない、と声は言った。愛にせよ、叙事詩にせよ抒情詩にせよ、そんなものはすべてエゴイストが立てるゴボゴボかピーチクか、いかさま師のブクブクか、裏切り者のボコボコか、野心家のガボガボ、ホモたちのプクプクなのだ。でもどうしてそんなにホモを毛嫌いするんだ？　とアマルフィターノはささやいた。そんなことはない、と声は言った。比喩的に話しているのだ、と声は言った。ここはサンタテレサだな、と声は尋ねた。この街はソノラ州で抜きん出た地域か？　そうだ、とアマルフィターノは答えた。ならば分かるだろう、と声は言った。たとえば野心家というのは、ホモとはずいぶん違う、とアマルフィターノはスローモーション映像のようにゆっくりと髪の毛をかきむしりながら言った。比喩として言ったまでだ、と声は言った。お前が理解できるように話している。私はホ、モ、セ、ク、シュ、ア、ル、の画家のアトリエにいるみたいに、そしてお前も私の後ろにいるかのように話している。混沌が、仮面かかすかな麻酔の臭いにすぎないアトリエから話している。まるで蛇の舌がひとりでに切れ、身体を離れてゴミの山のなかを這い回るように、意思をつなぐ筋が身体から離れてしまう、灯の消えたアトリエから話している。私は人生の単純な物事から話している。お前は哲学を教えているな、と声は言った。ヴィトゲンシュタインを教えているな、と声は言った。お前は、自分の手が手であるか自問したことはあるか？　と声は訊いた。ある、とアマルフィターノは答えた。だがお前には、自問すべきもっと重要なことがある、違うか？　と声は言った。そうだ、とアマルフィターノは答えた。たとえば、どうして植木屋に入って種でも植物でも、小さな木でもいいから買ってきて裏庭に植えないのか？　と声は言った。たしかに、とアマルフィターノは言った。自分が手入れできる程度の庭のことは考えたことがある。それに買うべき草花のことも、庭いじりをするための道具のことも。娘のことも考えたことはあるだろう、と声は言った。それにこの街で毎日のように起きている殺人のことも、ボードレールのおかまの雲（失敬）のことも。ところがお前は、自分の手が本当に手なのかどうか、真剣に考えたことはない。それは違う、とアマルフィターノは言った。考えたことはある、ちゃんとね。もし考えたことがあるなら、そんな言い方はしないはずだ、と声は言った。するとアマルフィターノは黙り込み、沈黙は一種の優生学だと感じた。腕時計を見た。朝の四時だった。誰かが車のエンジンをかける音が聞こえた。車はなかなか発車しなかった。立ち上がって窓から覗いた。家の前に停まっている何台かの車には人影がなかった。彼はふり返ってからドアノブに手をかけた。声が、気をつけろ、と言ったが、それはまるではるか彼方で発せられたかのように、火山岩が、流紋岩が、安山岩が、銀脈や金脈が顔を出し、尾の赤い鷹が飛び交う、撲殺されたインディオの少女の肌のような紫色の空の下で、豆粒みたいな卵が一面を覆う石化した水たまりのある断崖の底で発せられたかのように聞こえてきた。アマルフィターノはテラスに出た。家から左に十メートルほどのところで、黒い車がライトを点けて動き出した。庭の前を通り過ぎるとき、運転手は屈み込んでアマルフィターノを見たが、停まりはしなかった。太った真っ黒な髪の男で、安物のスーツを着て、ネクタイは締めていなかった。車が見えなくなると、アマルフィターノは家のなかに戻った。怪しいやつだな、と彼がドアを閉めたとたん声が言った。声はさらに言った。用心することだ、いいか、ここじゃ何もかもが白熱しているらしいから。

で、あんたは誰で、どうやってここまでやってきたんだ？　とアマルフィターノは訊いた。そんなことを説明しても意味はない、と声は答えた。意味はないだって？　とアマルフィターノは言い、声をひそめたまま蚊のように笑った。意味はない、と声は言った。ひとつ訊いていいかな、とアマルフィターノは言った。訊くがいい、と声は言った。本当にあんたは僕の祖父の亡霊なのか？　何を言い出すのかと思えばそんなことか、と声は言った。違うに決まってるだろう、私はお前の父親の霊魂だ。お前のじいさんの霊魂はお前のことなど覚えていない。だが私はお前の父親だ、決してお前のことを忘れない。分かったか？　ああ、とアマルフィターノは言った。私を恐れる必要などないことが分かったか？　ああ、とアマルフィターノは言った。何か役に立つことをしなさい、それからドアと窓にちゃんと鍵が掛かっているか確かめてから寝るように。役に立つこととはたとえばどんな？　とアマルフィターノは訊いた。たとえば皿洗いをするのはどうだ？　と声は言った。そこでアマルフィターノは煙草に火をつけると、声に言われたとおりのことをし始めた。お前は洗い物をして、私は話す、と声は言った。何もかもが平穏無事だ、と声は言った。お前と私のあいだに争い事はない、頭痛がしても、耳鳴りがしても、動悸がしても、すぐに消えるだろう、と声は言った。お前は落ち着くだろう、考え事をして落ち着くだろう、と声は言った。そのあいだ、娘とお前のために役に立つことをすればいい。分かったよ、とアマルフィターノはささやいた。よし、と声は言った。内視鏡検査のようなものだ。痛みもない。了解、とアマルフィターノはささやいた。そして皿と、パスタとトマトソースの残った鍋、それにフォークとグラスを洗い、台所と食事をしたテーブルを片づけながら煙草を一本また一本と吸い、ときどき蛇口から水を直接すすった。そして朝五時、バスルームに置かれた洗濯かごから洗濯物を取り出してから裏庭に出て、それを洗濯機に入れて通常洗いのボタンを押し、じっと動かずにぶら下がっているディエステの本を眺めてから居間に戻り、ほかに掃除をしたり片づけたり洗ったりするものはないかと中毒患者のような目で探し回ったが見つからないので、椅子に腰を下ろし、そのとおり、とか、違う、とか、思い出せない、とか、そうかもしれない、などとつぶやいていた。何もかも上出来だ、と声は言った。要はお前が慣れるかどうかだ。声を荒げないこと。汗をかかないこと。無駄な動きをしないこと。

朝の六時過ぎ、アマルフィターノは着替えもせずにベッドに倒れ込み、小さな子供のように眠り込んだ。九時にロサに起こされた。アマルフィターノにとってそれほど気分がよかったことは久しくなかったが、その日の授業は学生たちにとってまったく理解不可能なものとなった。一時に大学の食堂で昼食をとるとき、一番奥の、人目につきにくいテーブルを選んだ。ペレス先生には会いたくなかったし、そのほかの同僚にも出くわしたくはなかったし、ましてや学部長など、いつもそこで際限なくゴマをする教員たちや少数の学生たちに囲まれて食事するのを習慣にしていたからなおさらだった。カウンターではほとんど隠れるようにして蒸し鶏とサラダを注文し、その時間に食堂にあふれ返る若者たちのあいだを縫って大急ぎで席に向かった。そのあと、食事をしながらひたすら前夜の出来事について考え続けた。すると、経験したばかりの出来事に自分が興奮しているのに気づいて驚いた。小夜鳴き鳥《ナイチンゲール》になった気分だ、と彼は思って嬉しくなった。単純で使い古された、滑稽な言い回しだったが、その瞬間の精神状態を端的に言い表わす言葉はそれしかなかった。彼は落ち着こうとした。若者たちの笑い声、あちこちで呼び合う大声、皿のぶつかり合う音のせいで、そこはじっくり考えるための理想的な場所とは言いがたかった。それでも何秒か経つと、そこよりもましな場所は存在しないことに気がついた。同じような場所ならあるだろうが、ましな場所はない。そこでボトル入りの水（水道水と同じ味ではなかったものの、それほど違いがあるわけでもなかった）を時間をかけてたっぷり飲んでから考え始めた。まずは狂気について考えた。自分の頭がおかしくなっている可能性が高いことについて。そうした考え（とそうした可能性）が、彼の興奮を少しも弱めないことに気づいて驚いた。そのとき感じていた喜びにも何ら影響はなかった。この興奮と喜びは嵐の翼が育んできたのだ、と彼はつぶやいた。僕の頭はおかしくなりかけているのかもしれない。だがいい気分だ、と彼はつぶやいた。もし頭が狂いつつあるのなら、ますます狂う可能性、それゆえ自分の興奮が苦痛と無力感になる、とりわけ娘に対する苦痛と無力感のもとになる可能性が高いことについて思いを巡らせた。目にX線を備えているかのように、彼は自分の貯金を頭のなかで確認し、今の蓄えがあればロサをバルセロナに帰すことができるし、それでもなお手元には何かを始めるための金が残るだろうと計算した。いったい何を始めるんだ？　それについては答えを出さないことにした。自分がサンタテレサかエルモシージョにある精神病院に入院しているところを想像してみた。たまに面会にやってくるのはペレス先生ただ一人で、ときおり手紙をくれるロサはバルセロナで働くか学業を修めるかして、責任感のある優しいカタルーニャ人の若者と知り合い、その若者が彼女に恋をして、彼女を大切にし、優しく接し、やがてロサは彼と暮らし始め、夜、映画を観に行ったり、七月か八月にはイタリアやギリシアへ旅行するようになる。それも悪くない話だと思った。そのあとほかの可能性を探った。もちろん、自分は亡霊も霊魂も信じていない、と彼は独りごちた。たしかにチリ南部で過ごした子供時代には、メチョーナが木の上で馬上の人間を待ち構え、馬の鞍に飛び降りて農民や牛追いや密輸商人の背中に恋人のようにしがみついて離れず、人も馬も狂ったようになり、驚きのあまり死ぬか崖の下に真っ逆さまに落ちてしまうという話や、幻獣コロコロの話、妖怪チョンチョンの話、鬼火などさまざまな地の精、煉獄の霊魂、夢魔、沿岸山地やアンデス山中に棲む小さな魔物たちの話を聞いたことはあったが、そんなものは信じていなかったし、それは彼が哲学の教育を受けたからというよりは（卑近な例を挙げれば、ショーペンハウアーは霊魂の存在を信じていたし、ニーチェはきっと霊が現われたので狂ってしまったに違いない）、物質主義的な育ちのせいなのだ。そこで、少なくともほかの可能性が消えないかぎりは、亡霊の可能性は考えないことにした。あの声は亡霊だったのかもしれない。それについては白黒をはっきりさせず、別の説明を求めようとした。だが、しばらく考え込んだのち、唯一残ったのは、さまよえる魂の可能性だけだった。彼はエルモシージョの千里眼、マダム・クリスティーナ、通称ラ・サンタのことを考えた。父親のことを考えた。父は、どれほどさまよう魂になろうとも、たしかにいささかホモ嫌いであるところは実に父らしくはあるが、あの声が使っていたようなメキシコ特有の言葉を使うはずがないと結論づけた。隠しきれないほどの嬉しさを味わいながら、何という面倒なことに首を突っ込んでしまったのかと自問した。その日の午後、もう二つ授業をこなしてから歩いて帰宅した。サンタテレサの中央広場にさしかかると、市役所の前でデモをしている女性の集団が見えた。あるプラカードには「処罰を」と書かれていた。別のプラカードには「不正はもうたくさん」と書かれていた。コロニアル様式の建物の日干し煉瓦のアーチの下で、警官の一群が女性たちを見張っていた。治安部隊ではない、サンタテレサのただの制服警官だった。その場を離れようとしたとき、自分の名を呼ぶ声がした。ふり返ると、反対側の歩道にペレス先生とロサがいた。冷たいものでも飲もうと二人を誘った。カフェテリアで彼は、そのデモが、女性たちの失踪・殺人事件の捜査に透明性を求めるためのものだと教えられた。ペレス先生は、メキシコシティから来た女性活動家が三人、家に寝泊まりしていて、今夜は夕食会を開くつもりだと彼に言った。顔を出してもらえたら嬉しいわ、と彼女は言った。わたしは行く、とロサは言った。アマルフィターノはとくに不都合はないと告げた。そのあと、娘とペレス先生はデモに戻り、アマルフィターノはふたたび家路についた。

ところが家にたどり着く前に、またも名前を呼ばれた。アマルフィターノ先生、と誰かが呼ぶのが聞こえた。ふり向いたが誰もいなかった。もう中心街からは外れ、マデロ大通りを歩いていた。四階建てのマンション群は、五〇年代カリフォルニアのテラスハウスを模した戸建てに変わっていたが、どの家も、ずいぶん昔に住人たちが、今アマルフィターノが住んでいる地区へと引っ越したころから、時の流れとともに荒廃が進んでいた。ガレージになっている家もいくつかあり、そこではアイスクリームが売られていたり、建物には手を加えず、パン屋や衣料品店になっている家もあった。多くは看板を掲げ、そこが医院であったり、離婚や犯罪専門の弁護士事務所であったりすることを示していた。部屋を一日単位で貸している家もあった。器用とは言いがたいやり方で二軒か三軒の独立した店舗に分割されているところもあり、そこでは新聞や雑誌、果物や野菜が売られていたり、通行人に安価な入れ歯の提供を約束したりしていた。アマルフィターノが先に進もうとすると、またしても呼び止められた。そのときようやく気がついた。声は、歩道の脇に停めてある車のなかから聞こえていた。初めのうち、自分を呼ぶ若者が誰だか分からなかった。教え子だろうと思った。サングラスをかけ、黒いシャツのボタンをはずし、胸まではだけていた。かなり日焼けしていて、バラード歌手かプエルトリコのプレイボーイを思わせた。乗ってください、先生、お宅まで送りますよ。アマルフィターノが自分は歩いて行きたいんだと言おうとしたその瞬間、若者が名乗った。学部長のゲーラの息子です。そう言いながら車道側に降りたが、そのとき、通りには車がエンジンを轟かせて走っていて、危険をかえりみず、左右を確かめもせずに車から降りるのは、アマルフィターノの目にはあまりにも怖いもの知らずと映る行為だった。若者は踵を返し、こちらへやってくると片手を差し出した。マルコ・アントニオ・ゲーラです、と彼は言い、自分の父親の部屋で学部に加わったことを祝ってシャンパンで乾杯したことを思い出させた。僕のことなら怖がる必要なんてありませんよ、先生、と彼は言い、アマルフィターノはこの言葉に驚きを隠せなかった。ゲーラ・ジュニアが目の前に立ち止まった。初めて会ったときと同じように微笑んでいた。その微笑みは嘲笑っているようでもあり信頼がこもっているようでもあり、自信過剰と思わせる狙撃手の微笑みだった。彼はブルージーンズにテキサスブーツという格好だった。車の後部座席にはブランドもののパールグレーの上着と書類の入ったファイルが置いてあった。たまたま通りかかったので、とマルコ・アントニオ・ゲーラは言った。車はリンダビスタ区に向かったが、到着する前に学部長の息子が何か飲みに行かないかと誘った。アマルフィターノは丁重にその誘いを断った。じゃあ先生のお宅で何かいただけませんか？　とマルコ・アントニオ・ゲーラは言った。あいにく家には出せるものがなくて、とアマルフィターノは詫びた。それじゃ決まりだ、と言うと、マルコ・アントニオ・ゲーラは最初の角を曲がった。都会の風景はたちまち変化を見せ始めた。リンダビスタ区の西のほうは新築の家が並び、周囲を大きな空き地に囲まれている家や、舗装すらされていない道もあった。このあたりはこの街の未来だそうですよ、とマルコ・アントニオ・ゲーラは言った。でも、僕が思うに、こんなろくでもない街に未来なんてありません。車はそのまま、向こう側には鉄条網に囲まれた大きな小屋か倉庫が二つ見えるサッカー場に入り込んだ。二つの建物の裏手には運河か小川が流れていて、北に位置している各地区のゴミを運んでいた。サッカー場とは別の空き地の近くには、かつてサンタテレサとウレスやエルモシージョを結んでいた鉄道の古い線路が残っていた。何匹かの犬がおそるおそる近寄ってきた。マルコ・アントニオは車のウィンドウを下げ、手の匂いを嗅がせたり舐めさせたりした。左手にはウレスに続く道路が走っていた。車はサンタテレサをあとにしようとしていた。アマルフィターノはどこに向かっているのかと尋ねた。ゲーラの息子は、このあたりでまだ本物のメキシコ産メスカルを飲ませてくれる数少ない店に向かっていると答えた。

店の名は〈ロス・サンクードス〉といい、奥行き三十メートル、間口十メートルほどの長方形をしていて、一番奥に小さなステージがあり、金曜と土曜にはバンドが入って、メキシコ民謡《コリード》やメキシコ歌謡《ランチェーラ》を演奏していた。カウンターは十五メートルほどの長さだった。トイレは店の外にあって、そこに行くには中庭をそのまま横切るか、店からトタン板を渡した狭い通路を通る必要があった。客はあまりいなかった。マルコ・アントニオ・ゲーラは、店員たちの名前まで知っていたが、彼らは二人に挨拶しただけで、誰も注文を取りに来なかった。明かりは少ししか点っていなかった。〈ロス・スイシーダス〉というメスカルを頼むといいですよ、とマルコ・アントニオは言った。アマルフィターノは優しく微笑んで、そうするよと言った。一杯だけ。マルコ・アントニオは片手を上げて指を鳴らした。あいつら、きっと耳が聞こえないんだ、と彼は言った。立ち上がってカウンターのほうへ行った。しばらくすると、グラスを二つと半分残っているメスカルの瓶を手に戻ってきた。飲んでみてください、と彼は言った。アマルフィターノは一口飲んで、うまいと思った。瓶の底には、本当は芋虫が沈んでいるはずなんです、とマルコ・アントニオが言った。でもここの連中、腹ぺこのあまり食っちまったに違いない。冗談だろうと思ってアマルフィターノは笑った。それでもこれが本物の〈ロス・スイシーダス〉だってことは保証します、安心して飲んでください、とマルコ・アントニオは言った。二口目を飲んでアマルフィターノは、たしかにめったにお目にかかれない代物だと思った。もう作っていないんです、とマルコ・アントニオは言った。このろくでもない国はそんなものだらけですけれど。それからしばらくして、彼はアマルフィターノをじっと見つめて言った。何もかもが悪いほうへ向かってます、もうお気づきでしょう、先生。アマルフィターノは、何を指すか分からないように、細かいことには触れず、状況は芳しくないようだと答えた。手にしたものがそのままだめになっていく、とマルコ・アントニオ・ゲーラは言った。政治家たちは政治のやり方が分かっちゃいない。中流の連中はアメリカに行くことしか考えちゃいない。そして製品組立工場《マキラドーラ》で働こうとここにやってくる人間は日に日に増えている。僕が何をするつもりかお分かりですか？　いや、とアマルフィターノは答えた。いくつかに火をつけてやるんです。いくつかの何に？　とアマルフィターノは訊いた。いくつかのマキラドーラですよ。何てことを、とアマルフィターノは言った。それに軍隊を出動させたいですね。通りに、いや通りじゃなくて幹線道路に、腹を空かせた連中がこれ以上やってこないようにね。幹線道路に検問所を置くのかな？　とアマルフィターノは言った。まあそんなところです。今考えられる唯一の解決策ですから。ほかにも解決策はありそうだが、とアマルフィターノは言った。人々は敬意というものをすっかりなくしてしまいました、とマルコ・アントニオ・ゲーラは言った。他人に対する敬意も、そして自分自身に対する敬意もです。アマルフィターノはカウンターに目を遣った。三人のウェイターが横目で二人のテーブルをうかがいながら、声をひそめて話をしていた。出たほうがよさそうだ、とアマルフィターノは言った。マルコ・アントニオ・ゲーラはウェイターたちのほうを見ると、手で卑猥なサインを作ってみせ、笑った。アマルフィターノは彼の腕を摑んで駐車場まで引きずっていった。日はすでに暮れていて、店名が意味する足の長い一匹の蚊をかたどった巨大なネオンサインが、鉄枠の上で輝いていた。ここの連中は君に敵意を抱いているようだ、とアマルフィターノは言った。ご心配なく、先生、とマルコ・アントニオ・ゲーラは言った。こちらは武装していますから。

　家に帰ると、アマルフィターノはたちまちゲーラ・ジュニアのことを忘れ、どうやら自分は思ったほど狂ってはいない、あれは煉獄にいる魂の声などではないと考えた。テレパシーについて考えてみた。テレパシーを備えていたマプーチェ族、あるいはアラウコの民のことを考えた。彼は百ページ足らずのごく薄い本、ロンコ・キラパンという人物の著書で、一九七八年にチリのサンティアゴで出版され、善良でユーモア好きの昔からの友人がヨーロッパに住んでいた彼に送ってくれた本を思い出した。そのキラパンなる人物は次のような肩書きを名乗っていた。民族史家、チリ先住民連合会会長、アラウコ語アカデミー事務局長。本のタイトルは『オヒギンスはアラウコの民』、副題は「アラウコの地の秘史から得た十七の証拠」だった。タイトルと副題のあいだには次のような文句が挟まれていた。アラウコ歴史評議会承認の書。それから序文があり、次のように書かれていた。「序。チリ独立の英雄たちにアラウコの血筋の証を見いだすことは困難であり、それを証明しようとすることはさらに困難である。なぜならカレーラ兄弟、マッケンナ、フレイレ、マヌエル・ロドリゲスその他はイベリアの血筋を引くのみなのだ。しかしながら、アラウコの血筋が自然と外に現われ燦然と輝くのがベルナルド・オヒギンスの場合であり、十七もの証拠がそれを示している。ベルナルドは、ある歴史家が遺憾とともに記し、またある歴史家がしたり顔を隠そうともせずに記すような私生児ではない。彼はチリ総督にしてペルー副王、アイルランド人アンブロシオ・オヒギンスの高潔なる嫡子であり、その母はアラウコの地の主たる部族のひとつに属す女である。二人の結婚はアドマプの法にのっとり、伝統的ガピトゥン（誘拐の儀）によって聖別された。かの解放者の伝記である本書は、まさに彼の生誕二百年にあたって、アラウコの千年に及ぶ秘密に風穴を開けるものである。リトラング*から紙への移し替えは、エペウトゥフェだけに可能な忠実さをもって行なわれている」。ここで序文は終わり、プエルト・サアベドラ首長《カシーケ》、ホセ・R・ピチニュアル、と署名されていた。

　奇妙だ、とアマルフィターノは本を手にしたまま思った。奇妙だ。奇妙にもほどがある。たとえば、註のアステリスクが一つしかない。リトラング——アラウコの民が文字を刻む砂岩の石版。しかし、なぜリトラングという単語に註をつけながら、アドマプやエペウトゥフェといった単語にはついていないのか？　プエルト・サアベドラ首長《カシーケ》は、あとの二つを周知のものと見なしたのだろうか？　それからオヒギンスが私生児か否かについてのくだり。ある歴史家が「遺憾」とともに記し、またある歴史家が「したり顔」を隠そうともせずに記すような私生児ではない。そこにはチリの日常の歴史がある、私的な歴史が、閉ざされた扉の向こうの歴史が。遺憾とともに、建国の父が庶子であると述べる。あるいは同じことを、したり顔を隠そうともせずに述べる。なんと多くのことを物語っていることか、とアマルフィターノは思った。そして、初めてキラパンの本を読んだときには腹がよじれるほど笑ったことを思い出したが、今あらためて読んでみると、笑いには似ているが悲哀にも似た感情に襲われていた。アンブロシオ・オヒギンスがアイルランド人だというのは傑作だった。アンブロシオ・オヒギンスがアラウコの女と結婚、ただしそれがアドマプの法のもとで、しかも伝統的ガピトゥンすなわち誘拐の儀でしめくくられているとなると、もはやでぶのアンブロシオが波風を立てずにそのインディオ娘と交わろうとして、凌辱、強姦、嘲りを糊塗するために思いついたたちの悪い冗談としか思えなかった。何か考えようとすれば強姦という言葉が、その無力な哺乳動物の目をちらつかせる、とアマルフィターノは思った。その後、本を手にしたまま揺り椅子で眠り込んだ。何か夢を見たかもしれない。短い夢を。幼いころの夢だったかもしれない。そうではなかったかもしれない。

　その後、彼は目を覚ますと、娘と自分のために何か料理を作り、書斎に閉じこもったが、ひどく疲れていて、授業の準備をしたり何かをじっくり読んだりするどころではなかったので、諦めてキラパンの本をさらにめくってみることにした。十七の証拠。第一の証拠には、「彼はアラウコの国に生まれた」という章題がついていた。そこには次のようなことが書かれていた。「チリ[1]と呼ばれるイェクモンチ[2]は、地理的にも政治的にもギリシアと同じである。かの国のように、それぞれ、南緯三五度線から四二度線のあいだに、デルタ地帯を、形成する」。文章の構造（「形成する」は「形成している」とすべきだろうし、読点が少なくとも二つ余計だった）については考慮しないとして、第一段落でもっとも興味深いのは、その、軍隊的ともいえる姿勢であった。いきなり顎へのストレートで始まり、あるいは弾道兵器を集結して敵の戦列中央に集中砲火を浴びせていた。註1は、チリとはギリシア語で「遠き部族」という意味だと述べていた。註2は、イェクモンチが国家を意味することを明らかにしていた。そのあとは、チリと呼ばれるイェクモンチに関する地理学的記述が続いていた。「マウレ河に始まりチリグエ河へと至り、アルゼンチン西部へと続いていた。君臨せし母なる都市、あるいは本来の呼び名でチリは、ブタレウフ河とトルテン河に挟まれて、ギリシアのように同盟を結んだ同血の部族に周りを囲まれていたが、それらの部族はキューガ・チリーチェ（キラパンの細かい説明によれば、キューガは「部族」、チリーチェは「チリの」、つまり「チリの人々」を意味し、なおチェとは「人々」の意）に従属し、科学と芸術とスポーツと、とりわけ戦争の方法論を学んだ」。さらに先で、キラパンは次のように告白している。「一九四七年（ただしアマルフィターノはその年号が間違いで、実際は一九四七年ではなく一九七四年のことではないかと思った）、私は、クラルウェ本営管理下にある、表面が滑らかな石で覆われているクリジャンカの墓を開けた。なかに見つかったのは、カタンクラとメタウェ、おまる、クリジャンカの魂がギリシアのカロンにあたるセンピカウェによって、生まれた場所である海のなかの遠い島へと海を越えて運んでもらうために支払うべき通行料としての鏃《やじり》のような黒曜石の宝石だけだった。これらの品々は、テムコに散在するアラウコ博物館、ビジャ・アレグレにできるアバテ・モリーナ博物館、まもなく開館予定のサンティアゴ・アラウコ博物館に分けて収蔵された」。ビジャ・アレグレへの言及をきっかけに、キラパンはなんとも珍妙な註を加えていた。そこにはこう書かれていた。「かつてはワラクレンと呼ばれたビジャ・アレグレには、フアン・イグナシオ・モリーナ神父の遺体がイタリアから彼の生地へと運ばれ、眠っている。神父はボローニャ大学の教授で、ボローニャにある『傑出したイタリアの申し子たちの殿堂』の入り口には、コペルニクスとガリレオの像に挟まれて彼の像が立っている。モリーナによれば、ギリシア人とアラウコの民とのあいだには紛うかたなき血縁が存在するという」。このモリーナとはイエズス会士の自然科学者で、一七四〇年に生まれ一八二九年に亡くなっている。

バー〈ロス・サンクードス〉の一件からまもないころ、アマルフィターノはふたたびゲーラ学部長の息子に出会った。このときはカウボーイのような格好だったが、髭は剃りたてで、カルバン・クラインの香水の匂いをさせていた。それでも、帽子さえかぶれば本物のカウボーイに見えただろう。彼との再会は唐突であると同時にどこか神秘的だった。アマルフィターノが、おそろしく長い、そしてその時間にはほとんど誰もいない薄暗い学部棟の廊下を歩いていると、突然マルコ・アントニオ・ゲーラが隅からぬっと現われた。まるで悪趣味ないたずらを企んでいたか、あるいは彼を襲おうとしたかのようだった。アマルフィターノはぎょっとして、それからまったく無意識のうちに平手打ちを浴びせた。僕ですよ、マルコ・アントニオです、と学部長の息子は二発目の平手打ちを受けながら言った。そのあとで二人は互いを認め、息を整えると、ふたたび歩き出し、廊下の突き当たりに見える四角形の光を目指したが、その光景にマルコ・アントニオは、瀕死の状態にある者、あるいは臨床的には死んだ状態にあった者たちの証言——暗いトンネルと、その先に白い、あるいはダイヤモンドの輝きを見たと言ったり、すでに亡くなっている親しい人々に手を差し出されたとか、なだめられたとか、あるいはまだそのときあるいはその瞬間はやってきていないのだからそれ以上前に進むなと懇願されたなどと証言する者もいる——を思い出した。先生はどう思われますか？　死に瀕した人々がそんなばかげたことをでっちあげたのでしょうか、あるいは真実でしょうか？　臨死体験をした人々が見た夢にすぎないのでしょうか、あるいはそうしたことは起こりうるのでしょうか？　分からない、とアマルフィターノはそっけなく答えた。今受けたばかりの衝撃からまだ立ち直っていなかったし、前に出会ったときのようなことをまたもやくり返す気にもなれなかった。そうですか、とゲーラ・ジュニアは言った。僕の考えを知ろうというなら、僕はそんなことは信じていませんよ。人はみな自分が見たいものを見るし、人が見たいものが真実と合致するはずはありません。人は死ぬ間際まで臆病なんです。ここだけの話ですが、人間がおよそこの世で一番似ているのは、ネズミなんです。

期待（死後を連想させるその廊下を出たらすぐさまゲーラ・ジュニアと別れられるという期待）に反し、アマルフィターノは文句を言うこともできずについて行かざるをえなかった。学部長の息子の役目は、その夜、サンタテレサ大学学長、パブロ・ネグレーテ博士宅での夕食会に彼を招くことにあったからだ。そこでアマルフィターノはしかたなくマルコ・アントニオの車に乗り込み、家まで送ってもらったが、いささか意外なことにマルコ・アントニオは気の弱いところを見せ、まるでその界隈に泥棒でもいるかのように、車が心配なので外で待っていたいと言ったので、そのあいだにアマルフィターノはシャワーを浴びて服を着替えることができ、当然ながら一緒に招かれていた娘も同じことをしたか、あるいはそうはしなかった。というのも、アマルフィターノのほうは、ネグレーテ博士宅を訪ねるのに少なくとも上着とネクタイくらいは着用したほうがよさそうだったが、娘のほうはどんな服装で夕食会に出ようが構わなかったからだ。それはともかく、夕食会はとくに変わったところはなかった。ネグレーテ博士は単に彼と会っておきたかっただけで、ただ学長室のある建物の部屋を初対面の場に使うのは冷たい印象を与えると考えたか、そのように進言されて、自宅で温かくもてなすことにしたのだった。実際、学長の家は瀟洒な二階建ての大邸宅で、周りを囲む庭にはメキシコ中の植物が植えられ、少人数の会議を開くための隔離された涼しい場所もあちこちにあった。ネグレーテ博士は物静かで思索型の、みずから会話の音頭を取るよりは周囲の話を聞くのを好む人間だった。彼はバルセロナに関心を示し、若いころプラハで開かれた学会に出席したことを思い返し、かつてサンタテレサ大学で教員をしていたアルゼンチン人が、今ではカリフォルニア大学で教鞭を執っているという話をすると、あとは口をつぐんでいた。夫人のほうは、その容貌に、かつての美しさを感じさせるとまでは言わないにしても、学長には欠けている物腰と気品が見られ、アマルフィターノと、とりわけロサに、自分と同じクララという名前で何年も前からフェニックスで暮らしているという末娘を思い出すと言って、とても優しく接してくれた。夕食会の途中、アマルフィターノは、学長と夫人のあいだに、何やら不審な視線が交わされたのを見た気がした。彼女の瞳には、憎しみに近い何かが感じられた。逆に、学長の顔には突然、恐怖の色が浮かんだ。蝶の羽ばたきほどの間だったが、アマルフィターノはそれに気づき、次の一瞬（二度目の羽ばたきの間に）、学長の恐怖が自分の肌をも撫でようとしているのを感じた。気を取り直して周りを見回すと、そのかすかな影、急いで掘った穴、そこから危険きわまりない悪臭が漂ってくる穴のような影に誰も気づいていないことが分かった。

しかしそれは間違っていた。マルコ・アントニオ・ゲーラは気づいていた。しかも彼は、アマルフィターノが気づいたということにも気づいていた。人生なんて何の価値もありません、と庭に出るとき彼が耳元でささやいた。ロサは学長夫人とペレス先生とともに椅子に腰を下ろした。学長は日陰棚に一つだけある安楽椅子に座った。ゲーラ学部長と二人の哲学教授がその脇に座った。夫人たちは学長夫人の近くに場所を探した。もう一人の、独身の男性教授はアマルフィターノとゲーラ・ジュニアのそばに立ったままでいた。ほとんど老女に近い年老いたメイドが、少しするとグラスやコップがたくさん載った大きな盆を運んできて、大理石のテーブルの上に置いていった。アマルフィターノは手伝おうかと思ったが、すぐに、そんなことをすれば礼を失した行為と思われるだろうと考えた。老女が、ふたたび危ういバランスをとりながら七本を越える瓶を運んできたとき、アマルフィターノはたまらず彼女に手を貸しに駆け寄った。老女は彼を見ると目を剝き、盆が手から滑り落ちかけた。アマルフィターノの耳に叫び声が、一人の教授の妻が滑稽な甲高い声を上げるのが聞こえたその瞬間、あやうく盆が滑り落ちる寸前、ゲーラ・ジュニアの影が現われてすべてを元どおりにしてくれた。気にしないで、カチータ、と学長夫人の声が聞こえた。そしてゲーラ・ジュニアが、運ばれてきた瓶をテーブルに置いてから、クララ夫人に、酒蔵庫にメスカル〈ロス・スイシーダス〉は置いていないかと尋ねるのが聞こえた。続いてゲーラ学部長の声がした。相手にしないでください、息子はいつもこうなんですから。するとロサの声が聞こえた。メスカル〈ロス・スイシーダス〉、素敵な名前ね。そして一人の教授の妻の声が聞こえた。たしかにとても独創的な名前だわ。そしてペレス先生の声が聞こえた。本当にびっくりしたわ。てっきり落ちるかと思った。そして哲学教授の一人が、話題を変えようと、メキシコ北部の音楽の話を始めるのが聞こえた。するとゲーラ学部長が、北部の楽団とほかの地域の楽団との違いは、北部の楽団には必ずアコーディオンとギターとともに、バホ・セストという十二弦のギター、それにブリンコが入っているところだと話すのが聞こえた。そして同じ哲学教授がブリンコとは何かと尋ねるのが聞こえた。すると学部長が、ブリンコとは、たとえて言うなら打楽器、ロックバンドのドラムのようなもの、ティンパニのようなもので、北部の音楽でブリンコと言えば、正統的なものはレドバだったり、もっとよく使われているのはパリートスだと言うのが聞こえた。そしてネグレーテ学長がそのとおりだと言うのが聞こえた。そしてアマルフィターノはウイスキーのグラスを受け取り、誰が手渡してくれたのかと目で探すと、月明かりに照らされたゲーラ・ジュニアの顔があった。

間違いなくアマルフィターノの興味をもっとも惹きつけた第二の証拠の章題は「彼の母親はアラウコの女」だった。冒頭は次のようなものだった。「スペイン人がやってくると、アラウコの民はサンティアゴからの二種類の伝達手段を確立させた――テレパシーとアドキントゥエ[55]である。ラウタロ[56]はその傑出したテレパシーの能力ゆえに、まだ子供だったときに母親とともに北に連れていかれ、スペイン軍に仕えることになった。こうしてラウタロはスペイン軍の敗退に貢献した。テレパシー能力者たちは抹殺されたり伝達手段を断たれたりする可能性があったために、アドキントゥエが考え出された。一七〇〇年以降になってようやく、スペイン人たちは木の枝の動きを使ってメッセージを送る方法に気がついた。アラウコの民がコンセプシオンで今何が起きているかを知っていることに彼らは面食らった。彼らはアドキントゥエを発見したが、それを解読するには至らなかった。アラウコの民のテレパシーを疑うこともなく、それが「悪魔との契約」によるものであり、悪魔がサンティアゴでの出来事を伝えているのだと考えたのだ。首都からは三本のアドキントゥェが伸びていた。一つはアンデス山脈の尾根に沿った線、もう一つは海岸づたいに進む線、三つ目は中央渓谷を抜ける線だった。原始の人間は言葉を知らなかった。動物や植物と同じように頭のなかのことを伝えてコミュニケーションを図っていたのである。意思疎通のために音や表情や手の動きを用いるようになったとき、テレパシーの能力は失われ始め、自然から離れていき、都市で暮らすようになってそれに拍車がかかった。アラウコの民は紐の結び目を用いたプロム[57]、三角形を用いたアデントゥネムル[58]という二種類の書記方法を有してはいたが、テレパシーによる意思疎通を決しておろそかにはしなかった。むしろ、キューガたちのなかにはそれに特化していく者たちもいて、そうした一族はアメリカ大陸全域に、太平洋の島々、さらには南極へと分散し、不意に敵に捕らえられることのないようにされた。テレパシーを通じてつねに連絡を取れる状態にあるチリからの移住者たちは、最初はインド北部に定住し、その地でアーリア人と呼ばれ、続いて古代ゲルマニアの野へと向かい、さらにペロポネソス半島へと南下し、そこからインドへ向かい太平洋を渡る伝統的な道筋を通じてチリへと足を伸ばした」。続けてキラパンは、だしぬけに次のように書いている。「キジェンクシはマチ[59]の巫女であったが、その娘キントゥライは母の仕事を継ぐか、諜報活動に従事するかを選ばなくてはならなかった。彼女は後者を、そしてかのアイルランド人への愛を選んだ。この決断は彼女に息子をもうける期待をもたせ、その息子は、ラウタロやメスティーソのアレホのようにスペイン人社会で育ち、やはり彼らのように、いずれはマウレ河の向こうへ征服者たちを駆逐したいと考える者たちの軍勢を率いることになるかもしれなかった。アドマプの法はアラウコの民がイェクモンチを越えて戦うことを禁じているため、マウレ河が限界なのである。キントゥライの期待は現実のものとなり、一七七七年の春[60]、パルパルなる場所で、一人のアラウコの女が立ったまま陣痛に耐えていた。弱い母から強い息子は生まれないと言われていたからだ。生まれた子供は、チリの解放者となった」。

脚注は、キラパンが帆を張った酔いどれ船がいかなるものなのかを、それまでの記述にもまして明らかにしていた。アドキントゥェへの註55には次のように書いてあった。スペイン人たちは、多くの歳月を費やしたのちその存在にようやく気づいたが、ついにそれを解読するには至らなかった。註56——ラウタロとは速い音（タロースとはギリシャ語で「速い」を意味する）の意。註57——プロムとはギリシア語のプロメテウス（神々から書記を盗んで人間に与えたティターン）から派生した語。註58——アデントゥネムルとは三角形を用いた秘伝の書記のこと。註59——マチとは予言の意。「予言する」を意味するギリシア語の動詞マンティスから派生。註60——春。アドマプの法は、子供はすべての実が熟す夏に身籠もられるべしとしていた。それゆえ子供は、大地が満身に力を蓄えて目覚め、あらゆる動物や鳥が生まれる春に生まれる。

こうしたことから以下のようなことが導き出せた。一、アラウコの民は皆、あるいはその多くがテレパシー能力者だった。二、アラウコの言語はホメロスの言語と密接な関係があった。三、アラウコの民は地球上のあらゆる場所、とりわけインド、古代ゲルマニア、ペロポネソス半島を渡り歩いた。四、アラウコの民は偉大なる航海者だった。五、アラウコの民は二種類の書記方法をもっていた。ひとつは結び目によるもの、もうひとつは三角形を用いたもので、後者は秘伝とされた。六、キラパンがアドキントウェと呼び、スペイン人たちはその存在には気づいていたがついに解読できなかった伝達手段については、それがいかなるものであったのかは明らかにされていない。ことによるとそれは、メッセージを、山の頂上のような戦略上の要所に立つ木々の枝の動きを通じて伝えるものなのだろうか？北米の草原に暮らす先住民の、煙による伝達手段に似たものなのだろうか？七、いっぽう、テレパシーを用いた意思疎通が、発見されぬままあるときから機能しなくなったのは、スペイン人がテレパシー能力者たちを殺したからだった。八、いっぽう、テレパシーによって、チリに住むアラウコの民は、人口の多いインドや緑滴るドイツという具合に散らばったチリの移住者たちと恒常的に接触を保つことができた。九、こうしたことから、ベルナルド・オヒギンスもまたテレパシー能力者であったと想像すべきなのだろうか？筆者ロンコ・キラパン自身もまたテレパシー能力者だったと。おそらく、そう考えるべきなのだろう。

ほかにも想像できることが（そして、いくらか努力すれば理解できることが）ある、とアマルフィターノは注意深く自分の脈を測り、裏庭の暗闇に吊るされたディエステの本を観察しながら考えた。たとえば、その本が出版されたのが一九七八年、つまり軍事政権下だということが見えてくる。すると刊行の背景に勝利と孤独と恐怖の雰囲気を読み取ることができた。たとえば、インディオの顔立ちをした、いささか頭がおかしいが慎み深い紳士が、サンティアゴのサン・フランシスコ通り四五四番地にある名高い大学出版局の印刷工たちとやりとりをするところが見えてくる。この民族史家にしてチリ先住民協会会長ならびにアラウコ語アカデミー事務局長がこのささやかな本の出版に際して必要とした金額、あまりに高額なのでキラパン氏が現実的にというよりは期待をこめて値切ろうと試みた金額、だが印刷所の所長も、いくらでも仕事があるわけではないことは重々承知していて、この男に多少の値下げならできなくもない。とりわけこの男がすでに書き上げ、校正済みの原稿があと二冊分（『アラウコの伝説とギリシアの伝説』および『アメリカ大陸の民の起源――アラウコ人、アーリア人、古代ゲルマン人、ギリシア人との血縁関係』あるのだと誓って言い、それをすぐにでも持ってくるつもりだと何度も請け合う。というのも、皆さん、大学出版局から出版された本は一目で優れていることが分かる本なのですよ。彼のこの最後の長広舌が印刷工を、印刷所の所長を、そしてこの種の雑事を担当する下っ端の事務員を納得させ、ほんの少し値段を下げてやることになる。優れる、という言葉。優れた、という言葉。ああ、ああ、ああ、ああ、とアマルフィターノは突然、喘息の発作に襲われたかのように喘ぎ、苦しむ。ああ、チリよ。

ただし、もちろん異なる場面を思い描くこともできたし、あるいは今の見るに忍びない状況を別の角度から見ることもできた。そして、その本がゴングとともに顎へのストレートパンチ（チリと呼ばれるイェクモンチは、地理的にも政治的にもギリシアと同じである）を繰り出すように、コルタサルによって提唱された能動的読者は、ゴングとともに筆者の股間に狙いを定めたキックを食らわせながら読み始めることも可能だ。するとたちまち作者は案山子に見えてくる。どこかの情報局の大佐かインテリ気取りの将軍のために働く腹心かもしれない。それもチリでの話となればそれほど珍しくもなく、むしろ珍しいのはその反対の場合かもしれない。チリでは軍人が物書きのように振る舞い、物書きは負けじと軍人のように振る舞い、政治家は（党派を問わず）作家のように軍人のように振る舞い、外交官は愚鈍な智天使のように振る舞い、医者と弁護士は泥棒のように振る舞うという具合に、いつ果てるともなくうんざりするほど続いていく。だがその糸をたどれば、ことによるとキラパンはその本を書いていないかもしれないという可能性が浮上する。そして、キラパンがその本を書いていないのだとすれば、キラパン自体存在していないという可能性、つまりはチリ先住民協会会長など存在しないという可能性もある。そもそも先住民協会そのものが存在していないかもしれないし、アラウコ語アカデミー事務局長も存在せず、そもそもアラウコ語アカデミーなど存在したためしがないかもしれない。何もかもが嘘。何もかも存在しない。この視点に立てば、キラパンは、とアマルフィターノは窓の向こうのディエステの本の動きに合わせて（かすかに）頭を動かしながら思った。キラパンとはピノチェトの筆名、ピノチェトの長きにわたる眠れぬ夜のペンネーム、あるいは彼の実り多き夜明け、朝五時半か六時に起きてシャワーを浴び、軽い運動をしたあと、書斎に閉じこもって国際世論の罵詈雑言に目を通し、チリが外国で享受している悪名について思いを巡らす夜明けのペンネームである可能性も大いにある。とはいえ、想像をふくらませすぎてはいけない。キラパンの文章は、当然ながらピノチェトの文章でありえた。だがそれはまた、パトリシオ・エイルウィンかリカルド・ラゴスのものでもありえた。キラパンの文章は、エドゥアルド・フレイのものでも（これの意味するところは大きかった）、右派のネオファシストの誰かのものでもありえた。ロンコ・キラパンの文章には、チリのあらゆる文体が詰め込まれているばかりでなく、政治的傾向を残らず示し、保守派から共産主義者まで、新自由主義者から左翼革命運動ＭＩＲの年老いた残党にいたるまですべてがひしめき合っていた。キラパンの文章は、チリで話されチリで書かれたスペイン語のオンパレードで、その言葉遣いにはモリーナ神父の萎びた鼻ばかりでなく、パトリシオ・リンチの殺戮、エスメラルダ号の果てしなき遭難、アタカマ砂漠、草を食む牛、グッゲンハイム奨学金、軍事独裁政権下の経済政策を賞賛する社会主義政治家、かぼちゃ入り揚げパン《ソパイピージャ》を売る街角、小麦入り桃ジュース《モテ・コン・ウエシージョス》、静止した赤旗に揺れるベルリンの壁の亡霊、家庭内暴力、心優しい娼婦たち、安い住宅、チリでは恨みつらみと呼ばれ、アマルフィターノが狂気と呼ぶものまでが現われていた。

だが、実際のところ彼が探していたのはある名前だった。オヒギンスの、テレパシー能力者だった母親の名前。キラパンによれば、キントゥライ・トレウレン、キジェンクシとワラマンケ・トレウレンの娘。公式の歴史によれば、ドニャ・イサベル・リケルメ。ここまでたどり着いたところで、アマルフィターノは暗がりで（かすかに）揺れるディエステの本を見つめるのをやめ、腰を下ろして自分自身の母親の名前について考えることにした。ドニャ・エウヘニア・リケルメ（実際にはドニャ・フィリア・マリア・エウヘニア・リケルメ＝グラーニャ）。一瞬、彼は飛び上がった。五秒間、髪の毛が逆立った。笑い飛ばそうとしたができなかった。

僕には分かります、あなたのことが、とマルコ・アントニオ・ゲーラが言った。つまり、僕の思い違いでなければ、あなたのことを理解しているつもりです。あなたは僕に似ていて、僕はあなたに似ている。あなたも僕も、落ち着けない。二人とも窒息しそうな環境に身を置いているんです。何も起きていないかのように振る舞っているけれど、実は何かが起きている。何が起きているか？　窒息しそうなんですよ、まったく。あなたはあなたなりに憂さ晴らしをしている。僕は僕で、ふっかけてやるんです。あるいはふっかけられてもいい。でもただふっかければいいというわけでもない。凄絶な修羅場にならなくては。秘密を教えましょう。僕はときどき、夜、外に出かけて、あなたには想像もつかないような酒場に行きます。そこでおかまのふりをするんです。ただしそんじょそこらのおかまとは違う。洗練されていて、人を小馬鹿にするような、皮肉屋のおかま、ソノラでもっとも不潔な豚小屋に咲くヒナギクです。もちろん、僕自身はこれっぽっちもおかまなんかじゃありません。そのことは亡き母の墓にかけて誓えます。それでも構わずおかまのふりをする。うぬぼれた、金持ちの、あらゆる人間を見下す男娼です。すると、起こるべきことが起こる。ハゲタカが二、三羽、声をかけてきて僕を外に連れ出そうとする。そこから修羅場が始まる。こっちは分かっているけれど構いはしない。向こうが痛い目を見るときもある。とくに僕がピストルを持っているときはそうです。でなけりゃ痛い目を見るのはこっちです。どっちだって構わない。僕にはそういったどうしようもない発散の場が必要なんです。友人たち、僕と同じ世代の、もう大学を出た数少ない友人たちにときどき言われます。気をつけろ、お前は時限爆弾だ、マゾヒストだとね。一番親しかった友人には、そんなことできるのは君みたいな人間だけだと言われました。面倒なことに巻き込まれてもつねに助けてくれる父親がいるからだと。でもそれはたまたまです。親父に何か頼んだことなんて一度もない。実は僕に友達なんかいません。いないほうがいいんです。少なくともメキシコ人の友人なんかいないほうがいい。メキシコ人はみんな腐ってる。ご存じでしたか？　一人残らず。ここじゃ誰も救われない。共和国大統領からあの道化のマルコス副司令官まで。もし僕がマルコス副司令官だったら、何をすると思います？　自分の全軍勢を投じてチアパスのどんな町でもいいから総攻撃を仕掛けます。強力な守備隊がいればいつだってね。そうして哀れなインディオたちを犠牲にするんです。それから、たぶんマイアミに行って暮らします。どんな音楽が好きですか？　とアマルフィターノは尋ねた。クラシック音楽です。ヴィヴァルディ、チマローザ、バッハ。では、普段どんな本を読んでいますか？　昔は何でも読みました。ものすごい量をです。今読むのは詩だけです。汚れていないのは詩だけなんです。詩だけは商売の手が及ばないところにあるんです。お分かりいただけるでしょうか？　詩だけが、といってもすべての詩というわけじゃない、それははっきりしていますが、詩だけが健全な糧であって、腐ってはいないのです。

ゲーラ・ジュニアの声が、平らな、人に危害を与えることのない破片となって蔓のあいだから聞こえてきて、こう言った。ゲオルク・トラークルは好きな詩人の一人です。

トラークルへの言及は、まったく機械的に授業をしていたアマルフィターノに、バルセロナで住んでいた家のすぐ近くにあってロサに薬が必要なときによく行っていた薬局のことを思わせた。店員の一人はまだ少年と呼べるほど若い薬剤師で、がりがりに痩せていて、大きな眼鏡をかけ、当番で夜間営業をしている夜はいつも本を読んでいた。ある晩、その若者が棚にある薬を探しているとき、アマルフィターノは何か話をしようとして、どんな本が好きか、今どんな本を読んでいるところかと尋ねた。薬剤師はふり返りもせずに、『変身』や『バートルビー』、『純な心』、『クリスマス・キャロル』といった本が好きだと答えた。それから、今はカポーティの『ティファニーで朝食を』を読んでいると言った。『純な心』と『クリスマス・キャロル』が短篇であって本ではないことはさておき、その教養豊かな若い薬剤師、前世はトラークルであったかもしれず、現世にあってもそのオーストリアの遠い同業者のように絶望的な詩を書いているかもしれない薬剤師の趣味ははっきりしていて、彼は明らかに、疑いようもなく、大作よりも小さな作品を好んでいた。『審判』ではなく『変身』を選び、『白鯨』ではなく『バートルビー』を選び、『ブヴァールとペキュシェ』ではなく『純な心』を、『二都物語』や『ピクウィック・クラブ』ではなく『クリスマス・キャロル』を選んでいた。なんと悲しいパラドックスだろう、とアマルフィターノは思った。いまや教養豊かな薬剤師さえも、未完の、奔流のごとき大作には、未知なるものへ道を開いてくれる作品には挑もうとしないのだ。彼らは巨匠の完璧な習作を選ぶ。あるいはそれに相当するものを。彼らが見たがっているのは巨匠たちが剣さばきの練習をしているところであって、真の闘いのことを知ろうとはしないのだ。巨匠たちがあの、我々皆を震え上がらせるもの、戦慄させ傷つけ、血と致命傷と悪臭をもたらすものと闘っていることを。

その日の夜、ゲーラ・ジュニアの仰々しい言葉がまだ脳の奥で響いているときに、アマルフィターノはピンク色の大理石のパティオに、二十世紀最後の共産主義哲学者が現われるところを目にする夢を見た。彼はロシア語で話していた。いや、むしろこうだ——彼はロシア語で歌を歌い、その巨体をS字によじりながら、パティオの床で目立つクレーターか便器のような、マジョルカ焼きの深紅の縞模様の物体のほうへと向かっていく。最後の共産主義哲学者はダークスーツに空色のネクタイ姿で、白髪頭だった。今にも倒れそうな印象を与えながらも、奇跡的に立ったままでいた。歌はつねに同じではなく、本来はほかの曲の歌詞である英語かフランス語の単語、ポップスやタンゴ、酩酊や愛を称えるメロディが、ときおり混じっていた。とはいえそうした中断は短く散発的で、まもなく元のロシア語の歌に戻り、アマルフィターノにはその歌詞の意味は分からなかった(夢のなかでは、福音書のなかと同じく言語の才に恵まれるものだ)が、このうえなく悲しいものなのだろうと直感し、夜どおし航海を続け、生まれては死んでいく人間の悲しい運命に月とともに同情するヴォルガ河の船頭の物語からうめきのようだと思った。最後の共産主義哲学者がついにそのクレーターか便器のところにたどり着いたとき、アマルフィターノはそれが誰あろうボリス・エリツィンであることを知って驚いた。この男が最後の共産主義哲学者なのか? こんな突飛な夢を見るとは、自分はいったいどんな狂人になりかけているのか? だが、その夢はアマルフィターノの精神を脅かすことはなかった。それは悪夢ではなかった。しかも、羽のように軽い、ある種の心地よさをもたらしていた。そのとき、ボリス・エリツィンがアマルフィターノを興味深そうに見つめた。まるでアマルフィターノのほうが彼の夢に闖入したのであって、彼がアマルフィターノの夢に出てきたのではないかのようだった。そして彼は語りかけてきた。同志よ、私の言葉をよく聞くのだ。君に説明しよう。人間のテーブルの三本目の脚とは何か。君に説明しよう。そのあとは私のことを放っておいてくれ。人生は需要と供給、あるいは供給と需要、何もかもがそこに集約される。だがそんなふうに生きていくことはできない。だから三本目の脚が必要なのだ。テーブルが、歴史のゴミ溜めのなかで倒れてしまわないように。歴史もまた、つねに空虚のゴミ溜めのなかで倒れていきつつあるのだ。だから書き留めるがいい。これが公式だ。すなわち供給＋需要＋魔術。魔術とは何か？ 魔術とは叙事詩だ。セックスでもあり、ディオニュソスの霧でもあり、遊戯でもある。そのあとエリツィンはクレーターあるいは便器に座り、欠けた指をアマルフィターノに見せ、子供のころのこと、ウラルやシベリアのこと、凍てついた果てしない空間をさまよう白い虎のことを話した。それから上着のポケットからウォッカの入った携帯用の平たい酒瓶を取り出し、こう言った。

「そろそろ一杯やってもいい時間だろう」

そして喉を湿らせ、哀れなチリ人教授を猟師のような意地の悪い目で見つめたのち、エリツィンは、あろうことか、さらに力を込めて、ふたたび歌い始めた。それから赤い縞模様のクレーターか赤い縞模様の便器に呑みこまれて消えていき、ひとり残されたアマルフィターノには、穴のなかを覗く勇気はなく、それは目覚めるほか手立てはないことを意味していた。

3

フェイトの部

いつ始まったんだろう？　と彼は思った。いつの間に入り込んでしまったのか？　なんとなく見覚えのある暗いアステカの湖。悪夢。どうすればここから抜け出せるんだろう？　どうしたらこの状況を思いどおりにできるんだ？　疑問はさらに浮かぶ。自分は本当に抜け出したいのか、本当に何もかもあとにしたいのか？　そして思った。痛みなんか平気だ。そしてこうも思った。たぶん、すべてはおふくろが死んだときに始まったんだ。そしてこうも思った。痛みなんか平気だぞ、痛みが増して我慢できなくならないかぎり。そしてこうも思った。クソッ、痛い、クソッ、痛てえ。平気だ、平気だぞ。彼のまわりは亡霊だらけだった。


クインシー・ウィリアムズは、母親が亡くなったとき三十歳だった。隣に住む女が仕事場に電話をかけてきた。

「クインシー」と彼女は言った。「エドナが亡くなったわ」

いつのことだと彼は訊いた。電話越しに女のすすり泣きが、そしてやはり女の声らしき別の声が聞こえた。なぜ死んだのかと彼は訊いた。答えが返ってこないので電話を切った。実家に電話をかけた。

「どなた?」と女が怒った声で答えるのが聞こえた。

彼は思った。おふくろは地獄にいるんだ。また電話を切った。もう一度かけ直した。若い女が出た。

「クインシーだ、エドナ・ミラーの息子の」と彼は言った。

女が大きな声で何か言ったが、意味が分からず、すぐに別の女が受話器を取った。隣に住んでいる女と話をさせてほしいと言った。ベッドに横たわっているわ、という答えが返ってきた。心臓発作を起こしたの、クインシー、今、救急車が来るのを待っているところ、病院に運ばないと。母親のことを訊くのはやめた。男の罵り声が聞こえた。きっと廊下にいるに違いない。実家のドアが開いているのだ。額に手をやり、受話器を耳に当てたまま、誰かが説明してくれるのを待った。二人の女の声が、悪態をついた男をたしなめた。そして男の名前を言ったが、はっきりとは聞き取れなかった。

隣の席で仕事をしていた女の子が、何かあったのかと訊いた。彼は大事な話を聞いているというように手を挙げて制し、首を横に振った。彼女は仕事を続けた。しばらく待ったあと、クインシーは電話を切り、背もたれに掛けてあった上着を着ると、出かけると言った。

実家に着くと、そこにいたのは十五歳くらいの少女だけで、彼女はひとりでソファに座ってテレビを見ていた。少女は彼が入ってくるのを見ると立ち上がった。身長は一メートル八十五センチはありそうで、ひどく痩せていた。青いジーンズの上に、黄色い花が描かれた、上っ張りのようなだぶだぶの黒いワンピースを着ていた。

「おふくろはどこにいる?」と彼は訊いた。

「寝室よ」と少女は答えた。

母親は目を閉じ、外出でもしそうな服装でベッドに横たわっていた。唇には口紅もさしてあった。足りないのは靴だけだった。クインシーはしばらく戸口に立ったまま、母親の足を眺めていた。左右の足の親指に魚の目ができていて、足の裏にもあった。大きいのできっと痛かったに違いない。だが母親はルイス通りのジョンソン先生とかいう足病医のところに通っていたことを思い出した。いつも同じところに行っていたということは、魚の目でそれほど苦しんでいたわけでもなかったのだろう。そのあと母親の顔を見つめた。蠟でできているようだった。

「わたし、そろそろ帰らないと」と居間から少女の声が聞こえた。

クインシーは寝室を出て彼女に二十ドル札を渡そうとしたが、少女はお金はいらないと言った。彼は譲らなかった。ようやく少女は札を受け取ってズボンのポケットにしまった。そのためにワンピースを腰のあたりまでまくり上げた。修道女みたいだ、とクインシーは思った。でなけりゃ過激派のシンパだ。少女が彼に渡したメモには、その地区の葬儀社の電話番号が書いてあった。

「全部やってくれるから」と彼女は真顔で言った。

「分かった」と彼は言った。

それから隣に住む女のことを訊いた。

「病院にいる」と少女は答えた。「ペースメーカーをつけるみたい」

「ペースメーカーだって?」

「そう」と少女は言った。「心臓に」

少女が出ていくとクインシーは、母親は隣近所や地区の人々にとても愛されていたのだと思った。だが、実家の隣に住んでいた、顔をはっきり思い出せない女はもっと愛されていたのだろう。

彼は葬儀社に電話をかけ、トレメインという男と話をした。エドナ・ミラーの息子だと告げた。トレメインは台帳に当たり、お悔やみの言葉を何度もくり返した挙句、書類を見つけた。それから少々お待ちくださいと言って、ローレンスという男に引き継いだ。ローレンスは、どのような葬儀が希望かと尋ねた。

「控えめで、心のこもったものを」とクインシーは言った。

「ごく控えめだけれど、十分心のこもったものを」

結局、母親は火葬にすること、葬式は、すべてが通常どおりの手順で進めば翌日、午後七時に葬儀社で執り行なうことで話がついた。七時四十五分には終わるはずだった。もう少し早い時間にできないか訊いてみた。色よい返事は返ってこなかった。そのあと、ローレンス氏は相手を気遣いながら金額の話を切り出した。別に問題はなかった。クインシーは、警察か病院に電話をする必要はあるかと訊いた。いいえ、とローレンス氏は答えた。すでにホリーさんが済ませてくださいました。ホリーさんとは誰なのだろうと自問したが、見当がつかなかった。

「ホリーさんは、亡くなられたお母さまのお隣に住んでいらっしゃる女性です」とローレンス氏は言った。

「なるほど」とクインシーは言った。

一瞬、二人は、まるでエドナ・ミラーとその隣人の顔を思い出そうと、あるいは記憶の断片をつなぎ合わせようとするかのように黙り込んだ。ローレンス氏は咳払いをした。クインシーに、お母さまが通っていた教会はご存じですかと尋ねた。そして、あなたには好みの宗教がありますかと訊いた。母が属していたのはたしか、〈罪深き天使〉とかいう名前のキリスト教会です、とクインシーは答えた。いや、別の名前かもしれません。彼は思い出せなかった。たしかに、とローレンス氏は言った。別の名前ですね、〈罪贖われし天使〉という教会のことでしょう。それです、とクインシーは言った。それから、自分には宗教の好みはありませんと答え、キリスト教に則った式であれば十分だし、十分すぎるほどだと付け加えた。

その夜は実家のソファで眠ることにした。一度だけ母親の寝室に入り、遺体をちらっと見た。翌朝早く、葬儀社の人たちがやってきて遺体を運び出した。彼は起き上がって応対し、小切手で支払いを済ませると、松材の棺を担いだ人々が部屋を出て階段を下りていくのを目で追った。それからもう一度ソファで眠り込んだ。

目が覚めたとき、最近見た映画の夢を見ていたような気がした。だがすべてが異なっていた。登場人物が黒人だったので、夢のなかの映画は現実の映画のネガフィルムのようだった。起こることも異なっていた。筋やエピソードは同じなのに、展開が違ったり、あるところで予想外の局面を迎えたり、まったく違うものになっていたりした。だが何より怖かったのは、自分が夢を見ながら、必ずしもそうならなくてもいいと分かっていたこと、映画との類似に気づいていたこと、どちらも同じ設定に基づいているが、彼が見た映画が現実の映画だとすれば、もう一方の、夢のなかの映画は、理にかなった解説、理にかなった批評であって必ずしも悪夢ではないと分かっていたことだった。あらゆる批評は結局悪夢に変わる、と彼は、母親の遺体のなくなった家で顔を洗いながら思った。

さらに、おふくろなら何と言うだろうか、とも考えた。男らしく、自分の十字架を背負うんだよ。

職場ではオスカー・フェイトの名で通っていた。戻ってみると、誰にも何も言われなかった。誰かに何か言われる理由はまったくなかった。しばらくのあいだ、バリー・シーマンについて集めた資料を眺めていた。隣の席の女の子はいなかった。そのあと、資料を引き出しにしまって鍵をかけ、食事に出かけた。エレベーターで雑誌の編集長と出くわした。十代の殺人犯について記事を書いている太った若い女と一緒だった。彼らは会釈を交わすと、そのまま別れた。

二ブロック先の安くてうまいレストランで、オニオンスープとオムレツを食べた。前の日から何も食べていなかったので、ぴったりの昼食だった。支払いを済ませて店を出ようとしたとき、スポーツ部で働いている男に呼び止められ、ビールを一杯飲もうと誘われた。カウンターに座って頼んだものを待っていると、男が彼に、その日の朝、シカゴ郊外でボクシング課の記者が死んだと言った。ボクシング課と言っても名ばかりで、実際には死んだ男がひとりで担当していた。

「死因は?」とフェイトは訊いた。

「シカゴで何人かの黒人に刺し殺されたんだ」と相手は答えた。

ウェイターがカウンターにハンバーガーをひとつ置いた。フェイトはビールを飲み干し、男の肩を叩いて、そろそろ戻らなくてはと言った。ガラスのドアの手前でふり返り、満席のレストランとスポーツ部の男の背中を眺め、見つめ合ったり話したりしながら食事をする二人連れの客、休みなく働き続けている三人のウェイターを眺めた。そのあとドアを開け、外に出てからもう一度レストランのなかを見たが、ガラス越しに見るのでは何もかもが違って見えた。彼は歩き出した。


「いつ出発するつもりだ、オスカー?」とデスクが訊いた。

「明日です」

「必要なものは全部揃ったか?」

「問題ありません」とフェイトは答えた。「準備はできてます」

「そいつはよかった」とデスクは言った。「ジミー・ローウェルが殺《や》られた話は知ってるか?」

「聞きかじりですが」

「パラダイスシティでだ。シカゴから近い」とデスクは言った。「ジミーはそこに女がいたらしい。あいつより二十歳年下で、亭主持ちだそうだ」

「ジミーはいくつだったんですか?」とフェイトは興味なさそうに訊いた。

「五十半ばだったはずだ」とデスクは言った。「警察はその女の亭主をパクったんだが、シカゴにいるうちの記者は、女も殺しに関わっているようだと言っている」

「ジミーって、体重が百キロくらいのでかい記者ですか?」

とフェイトは訊いた。

「いや、ジミーはでかくないし、百キロもない。背は一メートル七十センチくらいで、体重は八十キロくらいの男だ」とデスクは答えた。

「別の人物と勘違いしていました」とフェイトは言った。「レミー・バートンとときどき昼飯を食べていた人で、エレベーターでたまに出くわしたことがあるんですが」

「人違いだ」とデスクは言った。「ジミーが編集部に来たことなんてほとんどない。出張ばかりで、ここに寄るのは年に一度くらいだ。たしかフロリダのタンパに住んでいたと思うが、もしかすると家を持たずに、一生ホテルや空港暮らしだったかもしれないな」


シャワーを浴び、髭は剃らなかった。留守番電話のメッセージを聞いた。テーブルの上に、編集部から持ち帰ったバリー・シーマンのファイルを置いた。洗濯したての服を着て、家を出た。まだ時間はあったので、まずは実家に行った。すえたような臭いに気づいた。台所に行ったが、腐ったものは何も見当たらなかったので、ゴミ袋の口を縛り、窓を開けた。それからソファに腰を下ろし、テレビをつけた。テレビの脇の棚にビデオテープが何本か置いてあった。一瞬、何が映るか見てみようかと思ったが、すぐにやめた。きっと母親が、夜に見ようと録画したテレビ番組だろう。何か楽しいことを考えようとした。頭のなかで予定を整理しようとした。どちらもできなかった。しばらく身動きもせずにいて、それからテレビを消し、鍵とゴミ袋を手に家を出た。階段を下りる前に隣の家のブザーを鳴らした。返事はなかった。外へ出て、満杯のコンテナにゴミ袋を捨てた。

葬儀はあっさりしていたうえに、実に事務的だった。何枚かの書類にサインした。小切手をもう一枚切った。最初にトレメイン氏がお悔やみを述べ、式の終わりごろにローレンス氏が現われてお悔やみを述べようとしたのは、クインシーがもう母親の骨壺を持って帰ろうとしているときだった。式にはご満足いただけましたか？　とローレンス氏は言った。式の最中、あの背の高い少女が会場の隅に座っているのに気づいた。前に見たときと同じ格好で、青いジーンズを履き、黄色い花が描かれた黒いワンピースを着ていた。彼女を見て親しげな表情を作ろうとしたが、向こうは彼を見ていなかった。残りの参列者とは面識がなかったものの、そのほとんどが女性だったので、きっと母親の友人なのだろうと思った。最後に二人の女性が近づいてきて何かわけの分からないことを言い、それは励ましの言葉かもしれなかったが、彼を咎めたのかもしれなかった。歩いて実家に戻った。骨壺をビデオテープの隣に置き、もう一度テレビをつけた。すえたような臭いは消えていた。建物全体が静かで、まるで誰もいないか、皆が急用で出かけてしまったかのようだった。窓からは、何人かの子供たちがゲームをしたり話したり（あるいは何かを企んだり）しているのが見えたが、どちらにもそれぞれ潮時があるらしく、一分間ゲームをしてはやめ、全員集合して一分間話し、またゲームに戻り、そのあとまたやめ、同じことを何度もくり返していた。

どんなゲームなのだろう？　話すために中断するのがゲームの一部なのか、子供たちはルールが分かっていないだけなのだろうか、と彼は考えた。散歩に出ることにした。しばらくすると空腹を感じて、アラブ系（エジプトなのかヨルダンなのかは分からなかった）の小さな店に入り、ラムの挽肉のサンドイッチを食べた。店を出ると気分が悪くなった。薄暗い路地でラム肉を吐くと、口のなかに胆汁と香辛料の味が残った。ホットドッグの屋台を押している男が見えた。追いかけていってビールを一杯頼んだ。男はフェイトが麻薬をやっているのではないかと疑うような目で見つめ、アルコールの販売は許可されていないと言った。

「そこにあるものをくれ」とフェイトは言った。

男は彼にコカコーラの瓶を差し出した。代金を払ってそれを飲み干すあいだに、屋台を押した男は街灯の乏しい道を遠ざかっていった。しばらく歩くと映画館の入口の庇が見えた。十代のころは夕方になるとよくそこに通ったことを思い出した。窓口で、映画が始まってからだいぶ時間が経っていると言われたが、それでも入ることにした。

彼は一シーンのあいだだけ、座席に腰を下ろしていた。一人の白人が三人の黒人警官に逮捕される。警官たちは彼を警察署ではなく、飛行場に連行する。逮捕された男はそこで、やはり黒人である彼らの上司に会う。白人の男は実に頭が切れ、たちまち彼らが麻薬取締局の捜査官だと気づく。暗黙の了解と雄弁な沈黙のなかで、両者はある種の取引をすることになる。話をしながら男は窓の外を眺める。滑走路と、着陸したセスナ機が滑走路の端へ移動するのが見える。セスナ機からコカインの積み荷が降ろされる。黒人が箱を開け、コカインの塊を取り出す。その隣では別の黒人が、まるで冬の夜に身体を温めているホームレスのように、火のついたドラム缶のなかに麻薬を放り込んでいる。だが、そこにいる黒人警官たちは乞食ではなく麻薬取締局の捜査官で、身なりのきちんとした政府の役人なのだ。男は窓の外を見るのをやめ、警官たちの上司に、部下は全員黒人なのかと訊く。やる気が違うからな、と上司は言う。そして、さあ、行くんだ、と言い添える。男が出ていくとき上司は微笑むが、その笑みはたちまちしかめ面に変わる。その瞬間、フェイトは立ち上がってトイレへ向かい、胃のなかに残っていたラム肉を吐いた。それから映画館を出て実家へ戻った。

実家のドアを開ける前に、隣の部屋のドアをノックした。出てきたのは彼と同じくらいの歳の女で、眼鏡をかけ、緑色のアフリカ風ターバンで髪を包んでいた。彼は自分の名前を言って、隣人の女性について尋ねた。女は彼の目を見つめると家のなかに通した。母親の部屋とよく似ていて、家具までそっくりだった。なかには女が六人、男が三人いた。立っている者もいればキッチンの壁にもたれている者もいたが、ほとんどの者は座っていた。

「わたしはロザリンド」とターバンの女は言った。「お母さまとうちの母はとても仲がよかったの」

フェイトは頷いた。奥のほうからすすり泣く声が聞こえてきた。一人の女が立ち上がって寝室に入っていった。ドアが開くとすすり泣きは大きくなったが、ドアが閉まると聞こえなくなった。

「妹よ」とロザリンドはうんざりした顔で言った。「コーヒーはいかが?」

フェイトは、ええ、と答えた。女がキッチンへ入っていくと、立っていた男が一人近づいてきて、ホリーさんに会いたいのかと訊いた。彼は頷いた。男は彼を寝室へ案内したが、ドアの前で立ち止まり、なかには入らなかった。ベッドには隣人の女性の遺体が横たえられ、そばで女がひざまずいたまま祈っていた。窓の近くに置かれた揺り椅子には、あの青いジーンズと黄色い花のついた黒いワンピースの少女が座っていた。目を赤くして、まるで初めて会うかのように彼を見た。

部屋から出て、ぽつりぽつりと話し合っている女性たちが座っているソファの隅に腰を下ろした。ロザリンドにコーヒーカップを手渡されたとき、お母さんはいつ亡くなったのかと尋ねた。今日の午後よ、とロザリンドは落ち着いた声で言った。死因は? 老衰だったの、とロザリンドは微笑みながら言った。家に戻り、フェイトはコーヒーカップをまだ持ったままであることに気がついた。一瞬、隣の家に行って返してこようかと思ったが、明日の朝にしたほうがいいだろうと思い直した。コーヒーは残してしまった。ビデオテープと母親の骨壺の隣にカップを置き、そのあとテレビをつけると部屋の明かりを消し、ソファに横になった。テレビの音は消した。

翌朝、目が覚めて最初に目に飛び込んできたのはアニメ番組だった。何百というネズミが街を走り回り、無音でわめき声を上げていた。彼はリモコンを摑み、チャンネルを変えた。ニュース番組をやっていたので、音を出したが小さめにして、それから立ち上がった。顔と首を洗って拭いているとき、タオル掛けに掛かっていたそのタオルは母が使った最後のタオルに違いないと気づいた。匂いを嗅いでみたが、懐かしい匂いはしなかった。洗面所の棚には、箱に入った薬とモイスチャークリームか消炎剤の瓶が何本か置いてあった。職場に電話して、デスクはいるかと尋ねた。隣の席の女の子しかいなかったので、伝言を頼んだ。二、三時間後にデトロイトへ向かうつもりなので編集部には顔を出さないと言った。彼女は分かっていると言って、旅の無事を祈ってくれた。

「三日後に戻る。四日後かもしれない」と彼は言った。

そして電話を切ると、シャツの皺を伸ばして上着を羽織り、玄関脇の鏡をのぞき込んで、無駄を承知で気合いを入れようとした。さあ、仕事に戻るぞ。ドアノブに手をかけたままじっとして、骨壺は自分の家に持ち帰ったほうがいいのではないかと考えた。帰ってきたらそうしようと思い、彼はドアを開けた。


家では、バリー・シーマンのファイルとシャツと靴下と下着を何枚かバッグに詰め込む時間しかなかった。椅子に腰を下ろすと、神経がひどく高ぶっているのに気づいた。落ち着こうとした。外に出ると雨が降っていた。いつの間に降り出したのだろう? 通りかかるタクシーはどれも人を乗せていた。バッグを肩に掛け、歩道の端づたいに歩き出した。ようやく一台のタクシーが停まった。ドアを閉めようとした瞬間、銃声のような音がした。タクシーの運転手に、今の音が聞こえたかと訊いた。運転手はヒスパニックで、ひどい訛りの英語を話した。

「ニューヨークじゃ毎日もっと派手な音が聞こえるよ」と運転手は答えた。

「派手な音って何のことだ?」と彼は尋ねた。

「言ったとおりさ、派手な音だよ」と運転手は言った。

まもなくフェイトは眠りに落ちた。ときおり目を開け、誰も住んでいなさそうな建物や雨に濡れた灰色の通りが窓の外を過ぎていくのを眺めた。それから目を閉じ、ふたたび眠りに落ちた。目が覚めたのは、空港のどのターミナルで停めればいいかと運転手に訊かれたときだった。

「デトロイトに行くんだ」と答えると、彼はまた眠りに落ちた。


前の座席の二人は亡霊の話をしていた。フェイトに顔は見えなかったが、年配の、おそらく六十代か七十代の二人組だろうと想像した。彼はオレンジジュースを頼んだ。フライトアテンダントは金髪で四十代、首筋の痣を隠していた白いスカーフが、乗客の世話に忙しくずり落ちていた。隣に座っていた男は黒人で、ボトル入りの水を飲んでいた。フェイトはバッグを開け、シーマンのファイルを取り出した。前の席の乗客はもはや亡霊の話ではなく、ボビーという人物の話をしていた。ボビーはミシガン州のジャクスン・トゥリーに住んでいて、ヒューロン湖畔に山小屋を持っていた。あるとき、そのボビーが湖に漕ぎ出したボートが転覆した。彼はそのあたりに浮いていた木の幹、奇跡の幹になんとかしがみつき、朝になるのを待った。ところが夜のあいだにどんどん水温が下がり、ボビーの身体は冷えきって力がなくなり始めた。自分がだんだん弱っていくのが分かった彼は、木の幹にベルトで身体をくくりつけようとしたが、どう頑張っても無理だった。言うは易しだがね、実際には自分の身体を浮いている木の幹にくくりつけるなんて容易なことじゃない。そこで彼は諦めて自分が愛するもののことを考え

（ここでジグという名前が出てきたが、友人か犬か、あるいは芸を仕込んだカエルかもしれなかった）、ありったけの力を振り絞って木の幹にしがみついた。そのとき空に光が見えた。彼は無邪気にも、ヘリコプターが救助に出てそのあたりを旋回しているのだと思い、大声で叫び始めた。だがすぐに、ヘリコプターなら回転翼の音がするはずで、今見えている光からはその音が聞こえないことに気づいた。二、三秒後、それが飛行機だと分かった。巨大な旅客機が、彼が木の幹にしがみついて浮いている場所をめがけて墜落しかけていた。突然、疲れがすっかり吹き飛んだ。飛行機は頭の真上をかすめていった。炎に包まれていた。彼のいるところから三百メートルほど離れたところで、飛行機は湖に突っ込んだ。二度、いやおそらくそれ以上の爆発音が聞こえた。惨事の起きた場所へ近づきたいという衝動を感じたが、木の幹を浮き輪のように操るのは難しく、ゆっくりとしか近づけなかった。飛行機は二つに折れ、片方だけがまだ浮かんでいた。それも、ボビーがたどり着く前にふたたび暗くなった湖に、目の前でゆっくりと沈んでいき、湖はまた闇に包まれた。まもなく救助用ヘリコプターがやってきた。発見されたのはボビーだけで、救助隊は、彼が墜落した飛行機の乗客ではなく、釣りをしていてボートが転覆したのだと言うのを聞いて騙されたような気がした。いずれにしても、一時期彼は有名になったんだ、とその話をしていた男が言った。

「それじゃ彼は今もジャクスン・トゥリーに住んでいるのかい？」と話を聞いていた男が言った。

「いや、今はコロラドに住んでいるはずだ」それが答えだった。

そのあと、二人はスポーツの話を始めた。フェイトの隣の男は水を飲み干し、手を口に当てて遠慮がちにげっぷをした。

「嘘だ」と彼は小声で言った。

「何だって？」とフェイトは言った。

「嘘だよ、嘘」と男は言った。

分かったよ、とフェイトは言って彼に背を向け、窓の外の雲を見やると、それはグランド・キャニオンより百倍大きい迷宮を思わせる大理石の石切場に取り残された大聖堂か、あるいはもっと小さなおもちゃの教会のように見えた。

デトロイトでフェイトは車を借り、レンタカーの代理店でもらった地図を確認してからバリー・シーマンの住む地区へと向かった。

彼は不在だったが、男の子が、たいていは家からそれほど遠くない〈ピーツ・バー〉にいると教えてくれた。その地区は、フォードやゼネラル・モーターズを定年退職した人々の住む地区のようだった。歩きながら五階建てや六階建ての建物を眺めていると、目に入るのは老人の姿ばかりで、階段に座ったり窓辺で肘をついて煙草を吸ったりしていた。ときおり、道路の角に集まって話している男の子たちや縄跳びをしている女の子たちに出くわした。停まっている車は高級でも新型でもなかったが、手入れが行き届いているように見えた。

教えられたバーは、かつてそこにあった建物の瓦礫を覆い隠すほど雑草や花が生い茂った空き地の脇にあった。隣の建物の壁には奇妙な絵が描かれていた。丸い時計のようだが、数字があるはずのところにデトロイトの工場で働く人々の姿があった。十二の場面は生産ラインの十二の工程を表わしていた。しかしどの場面にも、同じ人物がくり返し登場していた。それは黒人の若者、まだ幼年期から抜けきっていないか抜けきることに抵抗しているかのような痩せこけた背の高い黒人の男で、服装は場面ごとに異なるものの、どれも決まって小さすぎるので、まるで道化のように人を笑わせる効果があったが、よく見れば、ただ人を笑わせる目的でそこにいるわけではないことが分かった。まるで狂人が描いた絵のようだった。それも狂人の最後の絵だ。すべての場面がそこへと収斂する時計の真ん中には、ゼリーのような文字で「恐怖」という単語が記されていた。

フェイトはバーに入った。スツールに座ると、接客をしている男に、外の壁に絵を描いたのは誰かと尋ねた。傷だらけの顔をした六十絡みのたくましい黒人のウェイターは、分からないと答えた。

「このあたりの若い者だろうね」と彼はぼそっと言った。

ビールを頼み、バーを見渡した。客のなかからシーマンを見分けることはできなかった。ビールを片手に、大きな声で、誰かバリー・シーマンを知らないかと尋ねた。

「そういうあんたは何者なんだ?」と、デトロイト・ピストンズのTシャツと空色のデニムのジャケットを着た小男が訊いた。

「オスカー・フェイト」とフェイトは答えた。「『黒い夜明け』というニューヨークの雑誌の記者だ」

さっきのウェイターが彼に身を寄せ、本当に記者なのかと尋ねた。記者だよ。「黒い夜明け」の。

「なあ兄弟」と小男が座ったまま言った。「あんたのところの雑誌の名前ときたらクソだな」一緒にカードゲームをしていた二人の男が笑った。「俺としてはもう夜明けにはうんざりしてる」と小男は言った。「たまにはニューヨークの兄弟たちに、夕方に何かことを起こしてほしいもんだ。一日で一番いい時間だぜ。少なくともこのクソみたいな地区じゃな」

「帰ったら伝えるよ。俺は取材してるだけだ」とフェイトは言った。

「バリー・シーマンは今日はまだ来てないよ」と彼と同じくカウンターに座っていた老人が言った。

「たぶん調子が悪いんだ」と別の男が言った。

「そうだな、そんな話を聞いた」とカウンターの老人が言った。

「少し待たせてもらうよ」とフェイトはビールを飲み干して

言った。

ウェイターが彼の向かいに肘をつき、自分は昔はボクサーだったと言った。

「最後の試合はサウスカロライナのアセンズだった。相手は白人のガキだ。どっちが勝ったと思う?」とウェイターは尋ねた。

フェイトは彼の目を見つめ、意味不明な唇の動きをしてみせると、ビールをもう一杯頼んだ。

「その四か月前からマネージャーには会っていなかったんだ。トレーナーの老いぼれジョニー・ターキーとサウスカロライナやらノースカロライナの町から町へどさ回り、寝泊りするのは最低のホテルだ。二人ともふらふらだったよ、俺はパンチを喰らってたし、老いぼれターキーは八十歳を過ぎてたからな。そう、八十だ。もしかしたら八十三だったかもしれない。俺たちはときどき、ベッドに入る前に、明かりを点けたままその話をしたよ。ターキーは八十歳になったばかりだと言っていた。俺は八十三だと言ってやった。試合は八百長だった。興行主に、五ラウンド目で倒れろって言われたんだ。だから第四ラウンドで少しやられておけってね。それとひきかえに元の約束の倍くれるって話だった。それだって大したことじゃなかったけどな。その晩、夕飯を食いながらターキーにその話をしたんだ。こっちはかまわん、って爺さんは言った。問題なしだ。問題は、ああいう連中は約束してもたいてい守らないってことだ。お前もすぐに分かるってな」

シーマンの家に戻ったとき、フェイトは少し気分が悪かった。巨大な月がビルの屋上にかかっていた。玄関のそばで男が近寄ってきて、わけの分からない、あるいは許しがたい言葉を吐いた。俺はバリー・シーマンの友達だぞ、この野郎、と彼は相手のジャケットの襟を摑もうとしながら言った。

「落ち着け」と男は言った。「落ち着けよ、兄弟」

玄関の奥の暗がりに四組の黄色い目が輝いているのが見え、彼が押さえつけている男のだらりと垂れた手に、月の光がかすかに反射しているのが見えた。

「死にたくなけりゃとっとと失せろ」と彼は言った。

「落ち着けよ、兄弟、まず俺を離してくれ」と男は言った。

フェイトは男を離してやり、向かいのビルの屋上に月を探した。彼はそれを目で追った。歩いていると、裏通りから物音が聞こえた。歩く音、走る音、まるでその地区の一部が目覚めたばかりのようだった。シーマンの家がある建物の隣に、彼のレンタカーが見えた。調べてみた。何もされていなかった。そのあとインターフォンのボタンを押すと、ひどく不機嫌そうな声が何の用だと尋ねた。フェイトは自分の名を告げ、「黒い夜明け」から派遣されたと言った。インターフォン越しに満足そうな笑い声が小さく聞こえた。入ってくれ、と声は言った。彼は這うようにして階段を上った。途中で、気分が悪かったことを思い出した。シーマンが踊り場で彼を待っていた。

「トイレをお借りしたいのですが」とフェイトは言った。

「それは大変だ」とシーマンは言った。

居間は小さくて質素で、そこらじゅうに本がたくさん散らばり、壁にはポスターが何枚も貼られ、棚やテーブルやテレビの上には小さな写真がばらまかれていた。

「二つ目のドアだ」とシーマンが言った。

フェイトはトイレに入り、胃のなかのものを吐き始めた。


目を覚ますと、シーマンがボールペンで書き物をしているのが見えた。脇には分厚い本が四冊と、挟んだ紙で膨らんだファイルがいくつも置かれていた。シーマンは書くとき眼鏡をかけていた。よく見ると、四冊の本のうち三冊は辞書だったが、もう一冊は『縮約版フランス大百科』というおそろしく分厚い本で、大学でもどこでも彼はそんな本の話を一度も聞いたことがなかった。窓から日が差していた。彼は掛けていた毛布を剝ぎ、ソファに座った。シーマンに、何がどうなったのかと尋ねた。老人は鼻眼鏡で彼を見つめ、コーヒーの入ったカップを差し出した。シーマンの身長は少なくとも一メートル八十センチはあったが、いくらか背中を丸めて歩くので、実際より低く見えた。講演をして生計を立てていたが、たいていの場合、稼ぎはよくなかった。彼に講演を依頼するのは、ゲットーで活動をしている教育組織がおもで、たまに進歩的だが予算の少ない小さな大学から依頼がある程度だったからだ。彼は何年か前に『バリー・シーマンとスペアリブを』というタイトルの本を出していて、彼の知るすべてのスペアリブ料理のレシピ――そのほとんどは鉄板焼きか直火焼きだった――を収録し、そのレシピを覚えた場所、それを教えてくれた相手や状況についての奇妙というか突飛な話が添えられていた。その本の白眉は、マッシュポテトかリンゴのピュレを添えたスペアリブを獄中で作った話で、材料の調達方法、ほかのさまざまなことと同じく料理などさせてもらえない場所で料理をする方法などが書かれていた。その本はベストセラーにはならなかったものの、シーマンはふたたび世に出ることになり、朝のテレビ番組に出演して有名なレシピのいくつかをその場で作ってみせるようになった。シーマンの名は今はまた世間から忘れ去られていたが、彼自身は相変わらず講演のために、ときには往復の交通費と三百ドルという条件で、国中を旅して回っていた。

彼がものを書くのに使い、今、二人が座ってコーヒーを飲んでいるテーブルの横にはモノクロのポスターが貼ってあり、黒いジャンパーと黒いベレー帽、黒いサングラス姿の二人の若者が写っていた。フェイトは身震いしたが、それはポスターのせいではなく気分が悪かったせいだった。コーヒーを一口飲んでから、若者の一人はシーマンかと尋ねた。そうだ、とシーマンは答えた。どちらなのかとフェイトは訊いた。シーマンは微笑んだ。歯が一本もなかった。

「当てるのは難しいだろう」

「どうでしょう。あまり気分がよくないせいかもしれません。気分がよければ当てられると思うのですが」とフェイトは言った。

「右だ、背の低いほう」とシーマンが言った。

「もう一人は誰ですか?」

「本当に分からないのかね?」

フェイトはポスターをしばらく見返した。

「マリアス・ニューウェルですね」

「そのとおり」とシーマンが言った。


シーマンは上着を羽織った。そのあと寝室に入り、出てきたときにはつばの狭いダークグリーンの帽子をかぶっていた。薄暗い洗面所にあったコップから入れ歯を取り出し、注意深くはめた。フェイトは居間から観察していた。シーマンは赤い液体で口をゆすいでから、洗面台に吐き出し、ふたたび口をゆすぐと、準備完了と言った。

二人はレンタカーで、そこから二十ブロックほど離れたレベッカ・ホームズ公園へと向かった。まだ時間があったので車を公園の脇に停め、足を伸ばしながら話し始めた。レベッカ・ホームズ公園は大きく、中央には壊れかけた柵に囲まれた、子供向け遊具を備えつけたテンプル・A・ホフマン記念公園という名の場所があったが、遊んでいる子供はいなかった。実際、その子供用スペースは、二人を見て逃げ出した二匹のネズミを除けば、まったく人影がなかった。オークの木立の隣には、どことなく東洋風の、ロシア正教会の模型のような日陰棚があった。日陰棚の向こうからラップ音楽が聞こえていた。

「私はこいつが大嫌いでね」とシーマンは言った。「そのことははっきり書いておいてもらいたいな、あんたの記事に」

「どうしてですか?」とフェイトは訊いた。

日陰棚に向かって歩いていくと、その隣に今はすっかり干上がった池の底が見えた。固まった土の上にナイキのスニーカーの跡が残っていた。フェイトは恐竜を連想し、また気分が悪くなった。二人は日陰棚の周りを歩いた。反対側に灌木の茂みがあり、近くの地面にラジカセが置かれ、音楽はそこから聞こえていた。そばには誰もいなかった。シーマンは、ラップが嫌いなのは、自殺以外に出口を示してくれないからだと言った。しかもそれは意味のある自殺ですらない。分かってる、分かってる、と彼は言った。分かってる。意味のある自殺を想像するのは難しい。そんなものは普通存在しない。ただし私は二度ばかり、意味のある自殺を見た、というかその近くにいたことがある。少なくともそう思ってる。間違っているかもしれないが、と彼は言った。

「ラップが自殺を擁護するって、どうやってですか?」とフェイトは訊いた。

シーマンはそれには答えず、先に立って木立のあいだを近道すると草地に出た。歩道で三人の女の子が縄跳びをしていた。その子たちが口ずさんでいる歌が、彼にはひどく奇妙に思えた。歌詞に歌われているのは一人の女で、手足も舌も切り取られている。それが今度はシカゴの下水道のことになり、セバスチャン・ドノフリオという名前の、公衆衛生局長だか職員だかのことに移り、シ、シ、シ、シカゴ、というリフレインが続く。それから月の引力のことが歌われる。そのあと、女に木の脚と針金の腕と、木の葉と草で編んだ舌が生えてくる。フェイトは自分たちがどこにいるのかまったく分からなくなり、車を停めた場所を尋ねると、老人はレベッカ・ホームズ公園をはさんでちょうど反対側だと答えた。二人は百メートルほど歩き、教会に入った。

教会の説教壇で、シーマンは自分の人生について語り始めた。ロナルド・K・フォスター師が彼を紹介したのだが、紹介の仕方からすると、シーマンは前にも来たことがあるようだった。今日は五つのテーマについてお話しします、とシーマンは言った。きっかり五つです。最初のテーマは「危険」。二つ目は「お金」。三つ目は「食べ物」。四つ目は「星」。最後の五つ目は「役に立つこと」です。人々は微笑み、講演者に向かって、分かりました、あなたの話を聞くに勝ることはありませんと言うかのように頷く者もいた。隅のほうに五人の若者が見えた。全員が十代で、黒いジャンパーに黒いベレー帽、黒いサングラスという格好をしていて、呆けたような顔でシーマンを見つめ、そこにいるのは彼を称えるためのようでも侮辱するためのようでもあった。壇上で老人は背中を丸め、まるで突然演説を忘れてしまったかのように行ったり来たりした。牧師の合図で聖歌隊がいきなりゴスペルを歌い出した。モーセとイスラエルの民のエジプト捕囚についての歌だった。牧師は自分でピアノの伴奏もした。それからシーマンが壇の中央に戻り、片手を挙げると（彼は目を閉じていた）、二、三秒で聖歌隊の歌がやみ、教会は静まり返った。

危険。人々（あるいは教区の信者の大多数）の期待に反して、シーマンは幼少期を過ごしたカリフォルニアの話から始めた。カリフォルニアというのは、行ったことのない人々にとって、何よりも魔法の国に似ていると彼は言った。そうなんです。映画に出てくるのと同じですが、もっといいところです。人々はビルではなく一戸建ての家に住んでいるのです、と言うと、彼は次に、平屋か高くても二階建ての家と、エレベーターが壊れている日や点検中の日のある四、五階建てのビルを比較し始めた。ビルの唯一いいところは距離の短さだった。ビルの建ち並ぶ地区では距離が短くなります、と彼は言った。何もかもが近くなるのです。歩いて食事に行けるし、近所のバーも歩ける範囲にある（ここで彼はフォスター師に目くばせした）、自分の宗派の教会や、美術館にだって歩いていける。つまり、車に乗る必要がないのです。車を持つ必要すらない。そして、話はデトロイトのある郡とロサンゼルスのある郡における交通事故による死亡件数に及んだ。自動車が生産されているのはデトロイトであってロサンゼルスではありません。彼は指を一本立てて、上着のポケットのなかを探り、気管支炎患者用の吸入器を取り出した。誰もが黙ってじっと待った。吸入器が立てる音が二度、教会の一番遠い隅にまで聞こえた。失礼しました、とシーマンは言った。そのあと、十三歳で車の運転を覚えた話をした。今は運転しないのですが、と彼は言った。十三歳で覚えたのです。別に自慢するようなことじゃありませんが。そのとき彼は、会場の真ん中あたりの定かではない場所を見つめると、自分はブラックパンサー党の創設者の一人だったと言った。具体的には、と彼は言った。マリアス・ニューウェルと私が立ち上げたのです。その瞬間から、会場の雰囲気がほんのわずかに変化した。まるで教会の扉が開いて、とフェイトはメモ帳に書きつけた。ニューウェルの亡霊が入ってきたかのように。するとシーマンは、窮地から抜け出そうとするかのように、ニューウェルではなくニューウェルの母親、アン・ジョーダン・ニューウェルの話を始めた。彼女の上品な立ち居振舞いを思い出し、スプリンクラー工場の作業員としての仕事ぶり、毎週日曜日に教会に通っていた彼女の敬虔さ、家をいつも聖体皿のように清潔に保っていた勤勉な暮らしぶり、いつも皆に笑顔で接していた人当たりのよさ、押しつけがましくなく適切かつ賢明な助言を与える気遣いについて話した。母親に勝るものはありません、とシーマンは結んだ。私は、マリアスとともにブラックパンサーを立ち上げました。私たちはどんな仕事でもしました。人民の自衛のために、ライフルやピストルを買いました。とはいえ、黒人の革命よりも一人の母親のほうが価値があるのです。これは保証します。私は、波乱に満ちた長い人生のなかで多くの物事を見てきました。アルジェリアに行き、中国に行き、さらにアメリカのいくつかの刑務所に入りもしました。母親ほど大切なものはありません。このことはここでも言いますし、いつでもどこでも言っていることです、と彼はかすれ声で言った。そのあとふたたび、失礼、と言って後ろの祭壇のほうを向いてから、また聴衆側に向き直った。ご存じのように、と彼は言った。マリアス・ニューウェルは殺されました。皆さんや私と同じ黒人に、ある晩、カリフォルニア州サンタクルーズで殺されたのです。私は彼に言いました。マリアス、カリフォルニアに戻っちゃだめだ、いいか、あそこには俺たちを狙ってる警官がうようよいる。なのに、彼は私の忠告に耳を貸さなかった。カリフォルニアが好きだったんです。日曜日に海辺の岩場に行って太平洋の匂いを嗅ぐのが好きだったんです。お互い獄中にいたときには、彼からときどき絵葉書が届き、そこには海の空気を吸っている夢を見たと書いてありました。奇妙なことです。私の知るかぎり、海が好きな黒人というのはあまりいません。というより、一人もいない。とくにカリフォルニアでは。でも私には分かります。マリアスの言いたかったことが、それがどういう意味なのか分かるんです。ところで、実を言うと、私にはそのことについて持論がある。どうして我々黒人は海が好きではないかということについてです。いいえ、我々だって好きなんです。ただほかの人たちほどではない。ですが、今は私の持論を披露するときではありません。マリアスの葉書には、カリフォルニアもすっかり変わったと書いてありました。今は、たとえば、黒人の警官がずっと増えました。それは事実です。その点は変化しました。でも相変わらずそのままというところもあります。しかし変化は見られる。それは認めなければなりません。マリアスもそれを認めていて、部分的には我々のおかげだと分かっていました。ブラックパンサーは変化に貢献したのです。我々の砂粒、あるいはダンプカーによって。我々は貢献したのです。マリアスの母親も貢献し、彼女だけでなく、夜どおし泣き、地獄の扉を想像したすべての黒人の母親が貢献したのです。だから彼は、カリフォルニアに戻ろうと、そこで静かに余生を送り、誰も傷つけることなく、できれば家を構え、子供を持とうと心に決めたのです。いつも言っていました、最初の息子はフランクと名づけるつもりだ、と。ソレダード刑務所で死んだ同志の名前です。実際には、死んだ仲間を偲ぶには少なくとも三十人は子供をつくらなければなりませんでした。あるいは十人つくり、一人につき三つ名前をつける。五人つくれば一人に六つずつです。ところが、現実には一人も子供を残さなかった。なぜならある夜、サンタクルーズの通りを歩いているときに、黒人の男に殺されたからです。金が原因だそうです。マリアスがその男に金を借りていて、そのせいで殺されたというのですが、私には信じがたい。誰かが金で雇って殺させたのではないかと、私は思うんです。当時、マリアスはあのあたりの麻薬の密売をやめさせようと闘っていて、それを気に入らない人間がいました。可能性はあります。私はまだ刑務所にいたので、何が起こったのかよく知らないのです。私なりの解釈はあります。ありすぎるくらいです。私が知っているのは、彼がサンタクルーズで死んだということだけですが、彼はサンタクルーズに住んでいたわけではなく、二、三日過ごすつもりで行っただけでしたから、犯人がそこの住人だとは考えにくい。つまり、犯人はマリアスを追っていたのです。そして、マリアスがサンタクルーズにいたことを説明できる理由として、たったひとつ思い当たるのは、海です。マリアスは太平洋を見に、そしてその匂いを嗅ぎに行ったのです。そして、殺し屋が彼の匂いを追ってサンタクルーズに来た。そして誰もが知っている事件が起きた。ときどきマリアスのことを想像します。そのつもりがなくても思い浮かんでしまうのです。彼がカリフォルニアの海岸にいるところが目に浮かびます。たとえばビッグ・サーのどこか、あるいはモントレーの海岸、そこから一号線で向かったフィッシャーマンズ・ワーフの北あたりに。彼はこちらに背を向け、見晴らし台の手すりに肘を掛けている。季節は冬で、観光客はほとんどいない。ブラックパンサーの党員たちはまだ若く、二十五歳以下の者ばかりです。いつもは皆、武器を持っていますが、今は車のなかに置いてきていて、どの顔もとても不満そうです。海が吼《ほ》える。そのとき、私はマリアスのほうに近づき、今すぐここを離れようと言う。するとその瞬間、マリアスはふり向いて私を見つめます。彼は微笑んでいる。前よりも遠くにいる。そして私に向かって、海を指さす。感じていることを言葉にできないからです。すると私は怖くなる。隣にいるのは兄弟なのに。そしてこう思うのです。海は危険だ、と。

お金。端的に言えば、シーマンにとって金は必要ではありながら、人が言うほど必要としてはいなかった。彼は「経済的相対主義」と呼ぶものについて話し始めた。フォルサム刑務所では、と彼は言った。煙草一本が、小さな缶に入ったイチゴジャムの二十分の一に相当しました。いっぽう、ソレダード刑務所では、同じ缶入りイチゴジャムの三十分の一でした。ところがワラワラでは、煙草一本が、缶入りイチゴジャムと同じ値段でした。理由のひとつは、ワラワラの受刑者たちがどういうわけか、ことによると食中毒のせいか、ますます悪化するニコチン中毒のせいかもしれませんが、甘いものは徹底的に敬遠して、朝から晩まで肺に煙を入れっ放しにしようとしていたことです。お金というのは、基本的には不可解で、教育を受けていない自分が語るには不適当なテーマです、とシーマンは言った。それでも彼には語るべきことが二つあった。一つ目は、貧しい人々、とりわけ貧しいアフリカ系アメリカ人のお金の使い方には同意できないということだった。頭に血が上ってしまうんです、と彼は言った。娼婦のヒモがリムジンやリンカーン・コンチネンタルを乗り回しているのを見ると。私には耐えられません。貧しい者はお金を稼いだら、より品のある振る舞いをしなければならないのです、と彼は言った。貧しい者はお金を稼いだら、隣人を手助けしなければなりません。貧しい者はお金をたくさん稼いだら、子供を大学に通わせ、孤児を一人かそれ以上、養子に迎えなければなりません。貧しい者はお金を稼いだら、自分の取り分は半分だということをきっぱり認めなければなりません。子供たちにも、実際に持っている財産の話はしてはいけません。やがて子供たちは遺産をまるまるほしがり、養子に来た兄弟と分けるのを嫌がるからです。貧しい者はお金を稼いだら、人に知られないように貯金をして、アメリカの刑務所で腐りかけている黒人に手を差しのべるだけでなく、ささやかなビジネスを始めて、利益を生み出し、いずれはそれを地域社会にそっくり還元しなければなりません。学業のための奨学金もそうです。たとえ奨学生たちが結局失敗したとしても。たとえ奨学生たちがラップの聞きすぎで自殺することになったとしても、頭に血が上って白人の教師と五人の同級生を殺すことになったとしても。お金の道に試行錯誤はつきものですが、それがお金を手に入れた貧しい者や、我々のコミュニティの新たに富を得た者たちの気を挫くことになってはいけない。この点は注意が必要です。岩から水を得るだけでなく、砂漠からも水を得なければなりません。とはいえ、お金がつねに解決のつかない問題であることも忘れてはならないのです、とシーマンは言った。

食べ物。皆さんもご存じのとおり、とシーマンは言った。私はスペアリブのおかげで甦ったのです。最初はブラックパンサー党員になり、カリフォルニア警察に立ち向かい、それから世界中を旅して回り、そのあと何年間かアメリカ合衆国政府が出してくれる費用で暮らしました。釈放されたとき、私は何者でもありませんでした。私たちを古いテロリスト集団と見なす者もいなかったのです。あるいは、華やかだった六〇年代黒人運動のおぼろげな記憶と見なす者もいました。マリアス・ニューウェルはサンタクルーズで亡くなっていました。ほかの同志たちも、獄中で死んだり、公的に謝罪して別の生き方をしたりしていました。いまや黒人は警察にいるだけではなかった。公的な職務に就く黒人もいました。黒人市長、黒人経営者、有名な黒人弁護士、黒人テレビスターに黒人映画スターだっていた。ブラックパンサー党は邪魔者になっていたのです。だから刑務所の外に出たときにはもう何も残っていなかったというか、ほとんど何も残っていませんでした、もはや燃えかすとなってくすぶっていた悪夢、そのなかに入り込んだのはまだ若者だったころで、そして今、大人になり、もはや老人と言えそうな歳になってそこから抜け出してみると、未来の可能性などなくなっていました。それもそのはずで、自分たちができたことを、長年に及んだ獄中生活のあいだに忘れてしまっていたからです。刑務所で学んだことは、看守たちの残酷さと、何人かの囚人のサディズム以外に何ひとつありませんでした。これが私の置かれていた状況です。だから、仮釈放になっても最初の二、三か月は毎日が暗く、悲しかった。ときには窓から顔を出し、煙草をひっきりなしに吸いながら、そこらの通りで光が瞬くのを何時間も眺めていることもありました。不吉な考えが一度ならず頭をよぎったことも否定しません。たった一人、無私の心で私を応援してくれたのが、亡くなった姉でした。姉は、私にデトロイトの家を使わせてくれたんです。ずいぶん小さな家でしたが、私にとっては、まるでヨーロッパのお姫さまが、私がしばらく休養できるように自分の住むお城を使わせてくれたようなものでした。当時は単調な日々の連続でしたが、そこにはすでに、今なら経験を積み重ねたことで幸福と呼べる何かがあったのです。そのころ、私が定期的に会っていたのは二人の人間だけでした。一人は姉で、世界でもっとも慈悲深い人間です。そしてもう一人は保護観察官で、でっぷり太り、ときどき事務所でウィスキーを飲ませてくれ、バリー、どうしてお前はこんなに悪い人間になっちまったんだ、というのが口癖でした。私を挑発するためにそう言うのだろうと思ったこともあります。こう思ったこともある。この男はカリフォルニア警察から給料をもらっていて、私を挑発し、そのあと私の腹に銃弾を一発食らわせるつもりなんだ、と。お前のキン○○の話をしろよ、バリー、と彼は、男性の象徴のことを指して言ったものでした。あるいは、お前が殺《や》った奴らのことを教えろ、とも言いました。教えろ、バリー。教えるんだ。そして、デスクの引き出しを開けて待つのです、私はそこに武器がしまってあることを知っていました。だから教えざるをえない。そこでこう言ったのです。分かったよ、ルー。俺は毛主席には会わなかったが、林彪には会った。空港まで俺たちを迎えに来てくれたんだ、林彪がだよ、それから彼は毛主席の暗殺を企んだ。そしてロシアへ逃げようとして飛行機事故で死んだんだ。小さかったが、蛇も驚くほどずる賢い男だったよ。林彪のことを覚えているかい? するとルーは、林彪の話など今まで聞いたことがないと答えました。分かったよ、ルー、と私は言いました。林彪というのは、中国の大臣か国務長官みたいな存在だったんだ。そのころ、あの国にはアメリカ人はあまりいなかった。それは確かだ。だから、キッシンジャーやニクソンに道をつけてやったのは俺たちだとも言える。ルーとはそんな調子で三時間でも一緒にいることができました。彼は、私が裏で殺した人間について話せと言い、私は、会ったことのある政治家や行ったことのある国々の話をするのです。やがて、キリスト顔負けの忍耐を発揮し続けたおかげでついに、彼から解放されることができました。それ以来二度と会うことはありませんでした。たぶんルーは肝硬変で亡くなったのでしょう。そして私の人生は前に進み続けるのです。相変わらずおっかなびっくりでしたし、行き当たりばったりという気がしてはいましたが。そんなある日、自分が忘れていなかったことがあるのを思い出したのです。私は料理の仕方を忘れていなかった。手製のスペアリブを忘れてはいなかったのです。聖女さながらの姉が料理の話をするのが大好きだったので、彼女に手伝ってもらい、母が作ってくれたもの、自分が刑務所で作ったもの、土曜日になると家の屋上で姉のために作ったもの、ただし姉は、実は肉がそれほど好きではなかったのですが、そんな具合で思い出せるかぎりのレシピを書き留めていきました。そして本の原稿がすべてできあがったところで、ニューヨークへ行って何人かの編集者と会うと、そのうちの一人が興味を示してくれました、あとはもうご存じのとおりです。あの本が私を甦らせてくれました。私は、料理法と思い出を組み合わせることを覚えたのです。料理法と歴史を結びつけることを。料理法と、亡くなった姉を初めとする大勢の人々の善意に対する感謝の心と当惑する気持ちを組み合わせることを学んだのです。ここでひとつはっきりさせておきましょう。私が当惑と言うとき、それはすばらしいという意味でもある。

つまり、あまりのすばらしさにびっくりさせられる何か。キンセンカやアザレアの花、ムギワラギクと同じです。ところが同時に、それだけでは十分ではないことに気がつきました。すっかり有名になった、このうえなくおいしい、我がスペアリブのレシピだけでは暮らしていけませんでした。スペアリブ料理だけでは足りないのです。変化しなくてはならない。あれこれ試し、変わる必要がある。たとえ何を探しているのか分からなくても、探すことができなければならないのです。そこで皆さん、興味のある方は紙と鉛筆をご用意ください。新しいレシピをご紹介します。鴨のオレンジソース煮です。毎日食べるには向いていません。材料が安くないうえ、調理に少なくとも一時間半はかかります。ですが、二か月に一度か誕生日のお祝いになら悪くはありません。材料は四人前です。鴨肉一キロ半、バター二五グラム、ニンニク四片、スープストック二カップ、ブーケガルニ一束、トマトピューレ大さじ一杯、オレンジ四個、砂糖五〇グラム、ブランデー大さじ三杯、ワインビネガー大さじ三杯、シェリー酒大さじ三杯、黒胡椒、油、塩です。それからシーマンは調理の手順を解説し、それが終わると、この鴨料理は絶品です、とだけ言った。

星。人は多くの種類の星を知っています。あるいは多くの種類の星を知っていると思っています、と彼は言った。夜見える星のことを話した。たとえば、デモインからリンカーンへと八〇号線を走っているときに車が故障したとします。大した故障ではなく、オイル切れか、ラジエターがおかしいか、タイヤがパンクしたらしいので、車から降り、トランクからジャッキとスペアタイヤを取り出してタイヤを交換します。最悪の場合でも作業は三十分で済み、終わって空を見上げると、満天の星が輝いています。天の川です。彼はスポーツ界のスターのことを話した。これは別の種類の星です、と言って彼は映画スターと比較したが、スポーツ界のスターの人生はたいていの場合、映画スターの人生よりもはるかに短いのです、と言い添えた。スポーツ界のスターの寿命は、最長でも十五年が普通であるのに対し、映画スターの寿命は、若いころから始めていれば、もっとも長い場合、四十年、五十年ということもありえる。いっぽうで、デモインからリンカーンに向かう途中に八〇号線のどちらかの側に見える星の寿命は、何百万年にも及ぶのが普通で、それを眺めている瞬間には、すでにその星が死んでから何百万年も経っているかもしれないのに、眺めている人間は、そんなことは疑ってもみない。生きている星かもしれないし、死んだ星かもしれない。場合によっては、見方にもよりますが、と彼は言った。そんなことはどうでもいいのです。なぜなら夜見える星々は、見かけの世界では生きているのですから。夢と同じく、星も見かけの上の存在です。八〇号線を走るドライバーが、タイヤの交換を終えて広大な夜空を仰いだとき、そこに見えているのが星なのか、ことによると夢なのか分からないのと同じです。ある意味で、と彼は言った。足止めを食ったそのドライバーもまた、ひとつの夢の一部なのです。ひとつの夢から分かれたもうひとつの夢、ちょうど、私たちが波と呼ぶ大きな水の塊から分かれた一滴の水のようなものです。ここまでくるとシーマンは、星と隕石は別物なのだと言って注意を促した。隕石は星とは何の関係もありません、と彼は言った。隕石は、とりわけそれがまっすぐな軌道を描いて地球に衝突するなら、星とも夢とも無関係ですが、分離という考え方とはどうやら関係がありそうです。いわば向きの違う分離です。それから彼は海星《ヒトデ》の話をし、マリアス・ニューウェルはカリフォルニアの海岸を散歩するたびに、どうやってかは分からないがヒトデを見つけたものだったと言った。しかしまた、浜辺で見つかるようなヒトデはたいてい死んでいて、波が運んできた死骸なのだが、もちろん例外もあると言った。ニューウェルは、と彼は言った。死んでいるヒトデと生きているヒトデをいつでも見分けることができました。どうやってかは分かりませんが、見分けられたのです。そして死んでいるものは砂浜に残し、生きているのは海に戻してやる。岩場の近くに放り投げ、少なくとも一度はチャンスを与えてやるのです。一度だけ、ヒトデを家に持ち帰り、太平洋の海水と一緒に水槽に入れたことがありました。ちょうどブラックパンサー党が生まれたばかりで、車がフルスピードで走って子供を轢き殺したりしないよう、党員が地区を見回り始めたころのことです。信号の一つか二つでもあれば十分だったのですが、市当局はひとつも取り付けようとしなかった。だから、交通整理というのがブラックパンサーの最初の活動のひとつでした。そのころ、マリアス・ニューウェルはヒトデの世話をしていました。当然ながら、すぐに、水槽にはモーターが必要だと気づきました。ある晩、ニューウェルはシーマンとちびのネルソン・サンチェスを連れてそれを盗みに出かけた。誰も武器は持っていなかった。彼らは白人地区のコルチェスター・サンにある珍しい魚を扱う専門店に行き、裏口から忍び込んだ。すると、目当てのモーターを手にしたところで、ライフルを持った男が現われた。私たちはここで死ぬんだと思いました、とシーマンは言った。ところが、マリアスがこう叫んだのです。撃つな、撃たないでくれ、これは俺のヒトデのためなんだ、と。ライフルを持った男の動きが止まりました。私たちは後ずさりしました。男が一歩前に出る。私たちは立ち止まる。男も立ち止まる。私たちは逃げ出しました。男が追いかけてきます。私たちはついに車にたどり着き、ちびのネルソンがハンドルを握ると、男は三メートル足らずのところで立ち止まりました。エンジンをかけると、男がライフルを肩に当て、こちらに狙いをつけるのが見えました。アクセルを踏め、と私は言いました。だめだ、とマリアスが言いました。ゆっくりだ、ゆっくりだぞ。車がタイヤを歩道から道路へ向けて動き出すと、男は私たちにライフルを向けたまま歩いてあとを追ってきました。今だ、アクセルを踏め、とマリアスが言い、ちびのネルソンがアクセルを踏み込むと、男は立ち止まったままで、その姿はどんどん小さくなり、ついにはバックミラーから消えました。もちろん、モーターは少しもマリアスの役に立たず、一週間か二週間すると、世話の甲斐もなくヒトデは死んでしまい、最後はゴミ箱行きになりました。実際、人が星について話すとき、それは比喩的な意味で言っているのです。これをメタファーと言います。誰かが、彼は映画スターだ、と言うとします。これはメタファーを使って話していることになります。誰かが、空は星で埋めつくされていた、と言うとします。これもメタファーです。たとえば顎に右パンチを受けてノックアウトされると、星が見えた、という言い方をする。これもメタファーです。メタファーとは、私たちが見かけのなかをさまよう、あるいは見かけの海で静かに漂う方法なのです。その意味で、メタファーとは救命胴衣のようなものです。そして忘れてはならないのは、救命胴衣には浮かぶものもあれば、海の底に向かってまっすぐ沈むものもあるということです。そのことは忘れないほうがいい。実を言うと、星はひとつしかありません。そして、その星は決して見かけ上のものではないし、メタファーでもない。夢や悪夢から生まれたものでもない。それはまさにこの外にあります。太陽です。私たちにとって不幸なことに、太陽だけが唯一の星なのです。若いころ、あるSF映画を見ました。宇宙船が方向を失い、太陽に近づいていきます。宇宙飛行士たちが頭痛を覚え始める、それが始まりです。そのあと全員が大量に汗をかき、宇宙服を脱ぐ。それでも異常な汗をかき続け、脱水症状が止まらない。太陽の重力は容赦なく彼らを引っ張ります。太陽は宇宙船の外側を溶かし始めます。観客は座席に座ったまま、耐えがたい暑さを感じずにはいられない。どんな最後だったかはもう覚えていません。たぶんぎりぎりのところで助かり、宇宙船の向きを修正して、ふたたび地球に向かったのだと思います。そして背後には巨大な太陽、無限の空間のなかに狂った星が残されるのです。

役に立つこと。とは言うものの、太陽には効用があり、それは誰の目にも明らかです、とシーマンは言った。近づけば地獄ですが、遠く離れていれば役に立つし、美しい。それを認められないのは吸血鬼くらいなものでしょう。そのあと彼は、かつては役に立ち、誰もがそうだと思っていたが、笑顔のように、今ではむしろ不信を招く物事について話し始めた。たとえば五〇年代には、笑顔が扉を開けてくれました、と彼は言った。道を切り拓いてくれたかどうかは分かりませんが、扉を開けてくれたことは確かです。ところが今だと笑顔は不信を招く。かつては、あなたがセールスマンで、どこかに入ろうとするなら、満面の笑みを浮かべてそうするのが一番いいことでした。ウェイターであろうが重役であろうが、秘書、医師、脚本家、庭師、誰もがそうでした。決して笑顔を作らないのは警察と刑務所の職員くらいでした。それは今も同じです。けれどそのほかの人間は皆、努めて微笑もうとしました。当時はアメリカの歯医者の黄金時代でした。黒人は、もちろん、つねに微笑んでいました。白人も微笑んでいました。アジア系も。ヒスパニック系の人々も。今、私たちは、笑顔の裏に最大の敵が隠れているかもしれないことを知っています。あるいは別の言い方をすれば、私たちは微笑みかける人間をはじめ、もはや誰のことも信じていません。というのも、彼らが何かを狙っているのを知っているからです。ところがアメリカのテレビには、笑顔とますます完璧になっていく歯並びがあふれている。彼らは私たちの信頼を得ようとしているのでしょうか？　違います。彼らは私たちに、自分たちが誰にも害を及ぼしたりしない善人だと思わせたいのでしょうか？　それも違います。彼らは私たちに何も望んではいない。ただ、歯並びと微笑みを見せたいだけで、それとひきかえに、私たちには憧れること以外、何ひとつ求めていません。憧れてほしい。見つめてほしい。それだけです。完璧な歯並び、完璧な肉体、完璧なマナー、まるで彼らが太陽から絶えず分離し続ける炎のかけら、燃えさかる地獄のかけらであるかのように、その存在はこの地球でひたすら礼賛される必要があるのです。私が小さかったころには、とシーマンは言った。子供が口に歯並びを直す金具を入れているのを見た記憶がありません。今ではそれを光らせていない子供をほとんど知らないほどです。無用なことが、生活の質としてではなく流行として、あるいは階級を表わすしるしとして幅をきかせると同時に、流行も階級を表わすしるしも、ひたすら憧れと礼賛を要求するのです。当然のことながら、流行の寿命はたいていの場合一年、長くて四年と短く、やがてあらゆる段階を経ながら衰退していく。いっぽう、階級を表わすしるしのほうは、それを身につける者の亡骸が腐り果てるまでは腐りません。続いて彼は、身体が必要とする有用なものについて話し始めた。第一に、バランスの取れた食事です。この教会にも、太った方がたくさんおられます、と彼は言った。サラダを食べる方は少ないらしい。どうやら皆さんにレシピをひとつご紹介するときが来たようです。この料理の名前は、芽キャベツのレモン和えです。どうぞ、メモをお取りください。材料は四人前で、芽キャベツ八〇〇グラム、レモン一個分の絞り汁と皮をすりおろしたもの、玉ねぎ一個、パセリ一束、バター四〇グラム、黒胡椒、塩です。作り方は次のとおりです。一、芽キャベツをよく洗い、外葉を取る。玉ねぎとパセリをみじん切りにする。二、鍋に湯を沸かして塩を入れ、芽キャベツを二十分ほど、やわらかくなるまで茹でる。茹で上がったらよく水を切り、置いておく。三、フライパンにバターを溶かし、玉ねぎを軽く炒め、レモンの絞り汁と皮のすりおろしを入れ、塩胡椒で好みの味をつける。四、ここで芽キャベツを入れてソースと和え、弱火で二、三分なじませてからパセリをふりかけ、レモンの輪切りを添えて完成です。指まで舐めたくなるおいしさです、とシーマンは言った。コレステロールはゼロ、肝臓によく、血液の循環によく、健康的なことこのうえありません。それから彼は、チコリとシュリンプのサラダ、そしてブロッコリーのサラダのレシピを紹介し、そのあと、人は健康的な食べ物だけで生きているわけではないと言った。本を読まなければなりません、と彼は言った。テレビをあまり見ないこと。専門家の話では、テレビは目に悪くないそうです。私には眉唾です。テレビは視力にとってよくないし、携帯電話はまだ謎です。ことによると、何人かの科学者が言うように癌を引き起こす可能性もある。否定も肯定もしませんが、そういう意見もあるのです。私が言いたいのは、本を読まなければならないということです。牧師さまは私の言うことが真実だとお分かりです。黒人男性作家の本を読んでください。そして黒人女性作家の本を。ただし、そこで終わらないでください。これは今夜、私が本当にお伝えしたかったことです。読書は決して時間を無駄にしません。私は刑務所で本を読みました。そこから私の読書は始まった。まるで、スペアリブのチリソースをむさぼるように、大量に読んだのです。刑務所では早々と消灯になります。ベッドに入るとさまざまな音が聞こえてくる。足音。叫び声。まるで刑務所が、カリフォルニアではなく、太陽に一番近い惑星、水星の奥深くにあるみたいです。寒さと暑さを同時に感じるのですが、これは孤独を感じているときや病気のときに顕著な症状です。もちろん、そんなときはほかのこと、何か素敵なことを考えようとしますが、いつもできるわけではない。ときには、刑務所の待機室にいる看守が明かりを点け、その光が独房の鉄格子から入ってくることがあります。そんなことが数えきれないほどありました。向きの悪い照明の光とか、上の階や向かいの廊下の蛍光灯の光です。そんなときは本を取り出し、光に近づけて読むのです。苦労が要ります。そんな水星の地下みたいな環境では、文字も段落も狂ってしまったように、あるいはすっかりおびえてしまったかのように見えるからです。それでも私は読みまくりました。自分でも驚くほどの速さのこともあれば、文章のひとつひとつが、単語のひとつひとつが、私の頭だけでなく全身にとってごちそうであるかのように、ゆっくり時間をかけることもありました。こうして私は何時間も、私が腐ってしまおうがそうでなかろうが気にする者などほとんどいない同胞のことを心配してしまったがゆえに鎖につながれているという夢、もしくはれっきとした事実のことなど考えずに、何時間も過ごすことができたのです。私には、自分が何か役に立つことをしていると分かっていました。それは大事なことでした。私が役に立つことをするいっぽうで、看守たちは歩き回り、当番の交代のときに、私には罵りにしか聞こえない言葉、あらためて考えても(今そう思ったのですが)やはり罵りとしか思えない言葉で親しげに挨拶を交わしていました。私は役に立つことをしていたのです。人にはどう見えようと役に立つことを。本を読むのは、考えること、祈ること、友達と話すこと、自分の考えを言葉にすること、周りの人々の考えを聞くこと、音楽に耳を傾けること（まさにそうです）、風景を眺めること、浜辺に散歩に出かけることと同じなのです。愛すべき皆さんは今、こう思っておいでてでしょう。バリー、何を読んでいたのかね？　と。あらゆる本を読みました。けれどもとりわけ記憶に残っているのが、私の人生でもっとも絶望的な時期に読み、心を穏やかにしてくれた本のことです。その本は？　何という本でしょう？　それは『ヴォルテール著作便覧』という本です。とても役に立つ、少なくとも私にとっては大変役に立つ本であることを保障します。

その晩、シーマンを家まで送り届けたあと、フェイトは雑誌社がニューヨークから予約してくれていたホテルに泊まった。フロントに、昨日からお待ちしていました、と言われて渡された社会文化部のデスクの伝言は、進捗状況を尋ねるものだった。部屋から雑誌社に電話をしたが、その時間には誰もいないことは分かっていたので、留守番電話にシーマンと会ったことを漠然と伝えるメッセージを残した。

シャワーを浴びてベッドに潜り込んだ。テレビのポルノ番組をやっているチャンネルを探した。ドイツ人の女が、二人の黒人とセックスしている映画が見つかった。ドイツ人の女はドイツ語を話し、黒人たちもドイツ語を話していた。ドイツにも黒人はいるのだろうかと彼は思った。やがて飽きてしまい、無料チャンネルに変えた。見ると実にくだらない内容で、四十歳くらいの肥満体の女が、夫である三十五歳くらいの肥満体の男と、その新しい恋人である三十歳くらいのやや肥満体の女の罵声に耐えていた。この男は間違いなくおかまだと彼は思った。フロリダの放送局の番組だった。皆、半袖姿だったが、司会者だけは白いジャケットにカーキ色のズボン、モスグリーンのシャツにアイボリーのネクタイという格好だった。ときおり司会者は居心地悪そうに見えた。肥満体の男はやや肥満体の女にけしかけられ、身振り手振りを交えてラッパーのような動きをしていた。いっぽう肥満体の男の妻は、黙って観客を見つめていたが、やがて文句も言わずに泣き出した。

このあたりでやめたほうがいい、とフェイトは思った。しかし、その番組あるいは番組のなかの一コーナーはまだまだ続いた。妻の涙を見ると、肥満体の男は言葉の追い撃ちをかけた。フェイトは、男がデブという単語を使った気がした。そして男は、もうこれ以上人生をめちゃめちゃにされるのはごめんだ、とも言った。俺はお前のものじゃない、と男は言った。彼のやや肥満体の恋人は言った。この人はあんたのものじゃないわ、いい加減、真実に目を向けたらどうなの？　しばらくすると座っていた妻が反撃に出た。彼女は立ち上がり、もうこれ以上聞いていられないと言った。それを夫にでも夫の恋人にでもなく、直接司会者にぶつけたのだ。司会者は彼女に、状況を受け入れて、彼女の言い分を述べるように促した。わたしは騙されてここに来たんです、と女は泣きながら言った。騙されてここに連れてこられる人はいません、と番組の司会者が言った。びくびくしないで、彼の言い分を聞きなさいよ、と肥満体の男の恋人が言った。俺の言い分を聞け、と彼女の周りをうろつきながら肥満体の男が言った。女は片手を挙げ、それで攻撃を防ぐかのようにして舞台から去っていった。やや肥満体の女が席に戻った。肥満体の男も、しばらくすると席に戻った。観客に混じって座っていた司会者が、肥満体の男に職業を尋ねた。今は無職だけど、ちょっと前まで警備員だった、と彼は言った。フェイトはチャンネルを変えた。冷蔵庫からテネシー・ブルのウイスキーの小瓶を取り出した。一口飲むと吐き気を催した。瓶に栓をして冷蔵庫に戻した。しばらくすると、テレビをつけたまま眠ってしまった。

フェイトが眠っているあいだに、メキシコ北部のソノラ州サンタテレサ市で行方不明になったアメリカ人女性に関するニュースが流れた。レポーターはディック・メディーナという名のメキシコ系アメリカ人で、サンタテレサでは次々と女性が殺されていて、遺体の多くは、引き取りを申し出る人がいないため共同墓地に埋められていると語った。メディーナは砂漠から報道していた。放送の途中で背後に道路が映り、そのはるか彼方の丘をメディーナは指さし、あれがアリゾナだと言った。風が、半袖シャツ姿のレポーターの黒くてまっすぐな髪の毛を乱していた。そのあといくつかの製品組立工場《マキラドーラ》の様子が映り、メディーナの声が、この国境地帯には失業者がほとんどいないと語っていた。狭い歩道に列を作る人々。とても細かい、子供の便のような茶色い埃に覆われた小型トラック。第一次大戦中の爆撃でできた大きな穴のように口を開けた地面が、徐々にゴミ集積場に変わっていく様子。二十歳そこそこの、痩せて浅黒い肌をして顎の突き出た男のにやついた顔。メディーナの声が、男を密入国請負屋《ポジェーロ》または斡旋業者《コヨーテ》だと説明した。若い女性の名前。そのあと彼女の出身地であるアリゾナの町の通りが映った。猫の額のような庭のある家々と、くすんだ銀色の有刺鉄線の囲い。母親の悲痛な顔。泣き疲れた様子。背が高くがっしりした父親の、無言でカメラを見据える顔。二人の後ろに映る、三人の子供の影。わたしたちには娘があと三人いるんです、と母親が訛りのある英語で言った。三人の少女——一番上がやっと十五歳になったばかり——が、家の影のほうへ走っていった。

テレビでこのニュースが流れているあいだ、フェイトはかつて自分が記事にした男の夢を見た。三つの記事をボツにされたあと、初めて「黒い夜明け」に掲載された記事だった。男は年老いた、シーマンよりはるかに年上の、ブルックリンに住む黒人で、アメリカ共産党員だった。知り合ったとき、ブルックリンには党員がもはや一人もいなかったにもかかわらず、彼は地区組織を維持していた。名前は何だっただろう? アントニオ・ユリシーズ・ジョーンズ、だが地区の若者からは、スコッツボロ・ボーイと呼ばれていた。気狂いじいさん、骨袋、あるいは皮袋とも呼ばれたが、普段の呼び名はスコッツボロ・ボーイだった。その理由のひとつは老アントニオ・ジョーンズが、しばしばスコッツボロ裁判のこと、スコッツボロの判決について、もはやブルックリン地区では思い出す者もいない、スコッツボロでリンチされかけた黒人たちのことを話したからだった。

フェイトが単なる偶然から知り合ったとき、アントニオ・ジョーンズはすでに八十歳前後だったはずで、ブルックリンでもっともさびれた地域のひとつにある、二部屋のアパートで暮らしていた。居間にはテーブルと、椅子が十五脚以上、バーでよく見かける古い木製の、脚が長く背もたれの低い折りたたみ式の椅子が置かれていた。壁には写真が貼られ、そこに写っていたのは、昔の労働者の格好をした、少なくとも二メートルはある大男が、まっすぐカメラを見つめ、真っ白で完璧な歯並びをのぞかせて微笑む男の子の手から小学校の卒業証書を受け取っているところだった。巨大な労働者の顔も、ある意味で子供の顔のようだった。

「あれはわしだ」とアントニオ・ジョーンズは、フェイトが初めて彼の家を訪ねたときに言った。「そしてそのどでかい男はロバート・マーティロ・スミス、ブルックリン市役所保全課職員で、下水道に入っていって十メートルのワニと闘うエキスパートだ」

三回に及ぶインタビューでフェイトは数多くの質問をしたが、そのなかには、老人の意識を刺激するためのものもあった。スターリンについて尋ねると、アントニオ・ジョーンズは、スターリンはクソ野郎だと言った。レーニンについて尋ねると、アントニオ・ジョーンズは、レーニンはクソ野郎だと言った。マルクスについて尋ねると、まさにそこから始めなければならなかったのだと答えた。マルクスは偉大な男だ。その瞬間から、アントニオ・ジョーンズはマルクスを絶賛し始めた。マルクスについて彼の気に入らなかったのは短気だったことだけだった。これをジョーンズは貧しさのせいだと言い、彼によれば、貧しさは病気や怨恨だけでなく、癇癪をも生み出すのだった。フェイトの次の質問は、ベルリンの壁崩壊と、それに続く現実の社会主義体制の凋落ぶりについての彼の意見だった。あらかじめ分かっていたことだ、わしはその十年前に予言していた、とアントニオ・ジョーンズは答えた。それから、なぜか「インターナショナル」を歌い出した。窓を開け、フェイトが想像もしなかった太い声で冒頭の何小節かを朗々と歌った。立て、飢えたる者よ。歌い終わるとすぐ彼はフェイトに、黒人のために特別に作られた聖歌のような気がしないかと尋ねた。何とも言えません、とフェイトは言った。そんなふうに考えたことはありませんでした。しばらくするとジョーンズは、ブルックリンの共産党員の数の推移を教えてくれた。第二次大戦期には千人を超えていた。戦後、その数は千三百人にまで膨れ上がった。マッカーシー旋風が吹き荒れ始めるとおよそ七百人に減り、それが終わったときには、ブルックリンの共産党員は二百人を割っていた。六〇年代にはそれが半分になり、七〇年代の初めにはすでに、三十人に満たない党員が、ごく小さな五つの支部に分散しているだけになっていた。七〇年代の終わりになると、わずか十人しか残っていなかった。そして八〇年代の初めには、たった四人しかいなくなった。続く十年のあいだに、残っていた四人のうち二人は癌で亡くなり、一人は誰にも何も告げずに顔を見せなくなった。もしかすると、旅行に出かけ、その行きか帰りに亡くなっただけかもしれない、とアントニオ・ジョーンズは物思わしげに言った。いずれにしても、それきり姿を見せなくなった。支部にも家にも、通っていたバーにも。たぶんフロリダに行って娘と暮らすことにしたんだろう。その男はユダヤ人で、娘が向こうに住んでいたんだ。とにかく、一九八七年にはもうわし一人しか残っていなかった。そして今もこのとおりだ、と彼は言った。どうしてですか？ とフェイトは尋ねた。何秒かのあいだ、アントニオ・ジョーンズは何と答えるべきか考えた。そしてついにフェイトの目を見つめて言った。

「誰かが支部を守らにゃならん」

ジョーンズの目は小さく、炭のように黒く、瞼は皺だらけだった。睫毛はないに等しかった。眉毛はなくなりかけていて、近所を散歩するときは、ときどき大きなサングラスをかけ、普段は入口に立てかけてある杖を使った。何も食べずに何日も過ごすことができた。ある年齢になると、食べ物をうまいと思わなくなるんだ、と彼は言った。彼はアメリカのほかの地域の共産党員とも外国の共産党員ともまったく連絡を取っていなかったが、ミンスキー博士というカリフォルニア大学ロサンゼルス校の元教授だけは別で、ときおり手紙のやりとりをしていた。わしは十五年ほど前まで第三インターに属していたが、ミンスキーに説得されて、第四インターに入ったんだ、と彼は言った。それからこう言った。

「そうだ、君に本をプレゼントしよう。大いに役立つはずだ」

マルクスの『共産党宣言』をプレゼントされるのだろうとフェイトが思ったのは、アントニオ・ジョーンズ自身が出版した『共産党宣言』が居間の隅や椅子の下に積んであったせいだろう。いったいどこにそんな金があったのか、あるいはどんな手口で印刷屋を騙したのか分かるはずもなかったが、老人に手渡された本を見て驚いたのは、それが『共産党宣言』ではなく、ヒュー・トーマスという聞いたこともない名前の男によって書かれた『奴隷売買』と題された分厚い本だったからだ。初めは遠慮した。

「高価な本ですし、きっとこれ一冊しかお持ちじゃないでしょうから」と彼は言った。

するとジョーンズが、使ったのは金ではなく悪知恵だから心配しなくていいと答えたので、その本は盗んだものだろうと想像した。だが老人はその手の厄介な仕事には向いていなかったので、それも怪しい気がした。もっとも、彼が盗みを働く書店に共犯者がいる可能性はあり、若い黒人が、ジョーンズが上着のなかに本を一冊しまい込むのを見て見ぬふりをしているのかもしれなかった。

何時間かあとにアパートで本のページを繰ってみて、初めて著者が白人であることが分かった。イギリスの白人で、しかもサンドハーストの王立陸軍士官学校の元教官であり、その肩書はフェイトにとっては軍事教練の教官、半ズボンをはいたイギリスの鬼軍曹にほぼ等しかったので、彼は本を放り出し、読むことはなかった。それは別として、アントニオ・ユリシーズ・ジョーンズのインタビュー記事は好評だった。だがフェイトは、その記事が、ほとんどの同僚にとってアフリカ系アメリカ人の奇人伝の域を辛うじて超えるものでしかないことに気づいた。頭のおかしい説教師、頭のおかしい元ジャズミュージシャン、頭のおかしいブルックリンの共産党(第四インター)党員。社会学的に奇抜な存在。それでも記事は気に入られ、まもなく彼は正規の記者になったのだった。アントニオ・ジョーンズにはそれ以来会うことがなく、同様にバリー・シーマンとも二度と会うことはなさそうだった。

目を覚ましたとき、夜はまだ明けていなかった。

デトロイトを発つ前に、街でただ一軒のまともな書店に行き、サンドハースト王立陸軍士官学校元教官ヒュー・トーマスの『奴隷売買』を買った。そのあとウッドワード・アヴェニューを通って中心街をひと回りした。ギリシア人街の食堂でコーヒーとトーストの朝食を頼んだ。それより重いものは食べられないと言うと、四十歳くらいの金髪のウェイトレスが、具合でも悪いのかと訊いた。彼は胃の調子があまりよくないと答えた。するとウェイトレスはコーヒーカップを下げ、もっといいものがあると言った。まもなく運ばれてきたのはアニスとボルドのハーブティーで、フェイトは飲んだことがなかったので初めはためらった。「今のあなたにはこれがいいですよ、コーヒーはだめです」とウェイトレスは言った。

彼女は背が高く痩せていたが、胸は大きく、腰つきがきれいだった。黒いスカートに白いブラウス、ヒールのない靴という格好をしていた。二人はしばらく口をきかず、何かを期待するかのように無言のままだったが、そのうちフェイトは肩をすくめ、ハーブティーをすすり始めた。するとウェイトレスは微笑みを浮かべ、ほかの客の応対をしに行った。

ホテルで宿泊費を精算しようとしていたとき、ニューヨークからの伝言があるのに気づいた。誰か分からない声が、一刻も早く担当部署のデスクかスポーツ部のデスクと連絡を取るようにと言っていた。彼はロビーから電話した。隣の席の女の子が出て、デスクを探してみるから待つようにと言った。しばらくすると、聞き覚えのない声が、自分はスポーツ部のデスクのジエフ・ロバーツだと名乗ると、ボクシングの試合の話を始めた。カウント・ピケットが試合をする、と声の主は言った。追いかける記者がいない。相手は何年も前からの知り合いのように彼をオスカーと呼び、ハーレム出身のライトヘビー級のホープ、カウント・ピケットについて話し続けた。

「で、それと俺とどんな関係があるんですか?」とフェイトは訊いた。

「それがだな、オスカー」とスポーツ部のデスクは言った。「ジミー・ローウェルが死んだのは知ってると思うが、うちにはまだ代わりがいないんだ」

フェイトは試合がデトロイトかシカゴで行なわれるのだろうと思い、数日間ニューヨークから離れるのも悪くない気がした。

「俺に観戦記事を書かせたいんですか?」

「そのとおり」とロバーツは言った。「五ページかそこらだ、ピケットの略歴と、試合と、地元の雰囲気にいくらか触れてくれ」

「試合はどこでやるんですか?」

「メキシコだ」とスポーツ部のデスクは言った。「よく考えろ、うちの部はお前のところよりペイがいいぞ」

荷造りを終えるとフェイトは最後にもう一度シーマン宅に向かった。老人はメモをとりながら本を読んでいた。台所からはスパイスの香りとトマトと玉ねぎのソースの匂いが漂ってきた。

「帰ります」と彼は言った。「お別れを言いに来ました」

シーマンは、食事をしていく時間はないのかと尋ねた。

「いえ、時間がないんです」とフェイトは答えた。

シーマンと抱擁を交わすと、フェイトは、まるで急いで外に出なければならないかのように、あるいは午後の自由な時間に友達と遊ぶつもりの子供のように階段を二段飛ばしで下りた。デトロイト・ウェイン・カウンティ空港へ車を走らせながら、シーマンの奇妙な本について考え始めた。『縮約版フランス大百科』、それに、実際に見てはいなかったが、シーマンが刑務所のなかでたしかに読んだという『ヴォルテール著作便覧』のことを考え、彼は大笑いした。

空港でツーソン行きのチケットを買った。搭乗時間を待つあいだ、カフェテリアのカウンターに肘をついて、前の晩に見た、死んでから何年にもなるアントニオ・ジョーンズの夢のことを思い出した。そしてかつてと同様、死因は何だったのかと考え、唯一思いついた答えは老いだった。ある日アントニオ・ジョーンズは、ブルックリンの街を歩いていて疲労を覚え、歩道に腰を下ろしたとたん、この世の者でなくなったのだった。たぶん、おふくろにもそれと似たことが起きたんだ、とフェイトは思ったが、心の底ではそんなことはないと分かっていた。

飛行機がデトロイトを発ったとき、嵐が街を襲い始めていた。
フェイトは、サンドハーストで教官をやっていたその白人の本を開き、三六一ページから読み始めた。そこには次のように書かれていた。「ニジェール河の三角州地帯を通り過ぎると、アフリカの沿岸はようやくまた南に向かう。リヴァプールの商人たちは、その英領カメルーンに新たな奴隷貿易の基地を築いた。さらに南、ロペス岬の北のガボン河流域では、一七八〇年ごろになるとやはり奴隷貿易が活発に行なわれるようになった。ジョン・ニュートン師は、この地域には『私がアフリカで出会ったなかでもっとも人間的でしかも道徳的な人々』がいると思い、それはおそらく『当時ヨーロッパとの接触がもっとも少ない地域だったから』だとした。だがその沿岸に面して、長らくオランダ人がコリスコ（ポルトガル語で「稲妻」を意味する）島を、必ずしも奴隷売買に限らなかったが貿易基地として利用していた」。そのあと、その本にたくさん載っている挿画のうちの一枚、黄金海岸にあるエルミナという名のポルトガルの要塞が、一六三七年にデンマーク人に占領されたところを描いた絵を見た。エルミナは、三百五十年にわたって奴隷輸出の中心地だった。要塞の上と丘の頂に立つ援護用の小規模要塞の上に旗が揺れていたが、フェイトにはよく見えなかった。どの王国の旗なのだろうと自問したとたんまぶたが落ち、本をひざの上に置いたまま眠り込んだ。

ツーソン空港で車を借り、ロードマップを買うと、南に向かって街をあとにした。砂漠の乾いた風のせいか、食欲が湧いてきたので、道路沿いの最初のレストランで車を停めることにした。同年型で色も同じ二台のカマロがクラクションを鳴らしながら追い抜いていった。レースをしているのだと思った。たぶんどちらもエンジンを改造してあるのだろう、車体はアリゾナの太陽の下で光り輝いていた。オレンジを売っている小さな農園の前を通り過ぎたが停まりはしなかった。その農園は道路から百メートルほど離れていたが、路肩の脇に出した幌と大きな木の車輪のついた古い馬車をスタンドにしてオレンジを売っていて、二人のメキシコ人の子供が店番をしていた。二、三キロ進むと、〈エル・リンコン・デ・コチセ〉という店が見えたので、ガソリンスタンドの隣の広い空き地に車を停めた。二台のカマロは上半分が赤で下半分が黒の旗のそばに停まっていた。旗の真ん中は白い円になっていて、チリカワ・モータークラブと書かれていた。一瞬、カマロの運転手二人はインディアンではないかと思ったが、すぐにそんなふうに思うなんてばかげていると思った。レストランの隅の、自分の車が見える窓際に座った。隣のテーブルに二人の男がいた。一人は若くて背が高く、一見、情報科学の教師のように見えた。人なつこい笑顔を浮かべ、ときおり両手を顔に当て、驚きや恐ればかりかどんなことでも表わせそうな顔つきをしてみせた。もう一人は顔が見えなかったが、間違いなく若者よりもずっと年上だった。首が太く、髪は真っ白で、眼鏡をかけていた。話すときも相手の話を聞くときも、身ぶりも交えなければ身体も動かさず、平然としていた。

注文を取りに来たウェイトレスはメキシコ人だった。コーヒーを頼み、何分かのあいだメニューを眺めた。クラブサンドイッチはあるかと尋ねた。ウェイトレスは首を横に振った。ステーキをもらおう、とフェイトは言った。ソースをかけますか？ とウェイトレスは尋ねた。どんなソースかな？ とフェイトは訊いた。唐辛子、トマト、玉ねぎ、コリアンダーです。それに香辛料をいくつか加えます。よし、と彼は言った。それに賭けてみよう。ウェイトレスが席を離れたあと、店内を見渡した。大人と少年、父と息子の組み合わせらしきインディオが座るテーブルがあった。メキシコ人の女を連れた二人の白人の男が座るテーブルもあった。二人は瓜二つ、五十歳くらいの一卵性双生児で、メキシコ女は四十五歳前後、双子は彼女に首ったけの様子だった。この二人がカマロの持ち主だな、とフェイトは思った。そしてレストラン全体で、黒人は自分だけであることにも気がついた。

隣のテーブルの若い男は霊感の話をしていた。フェイトに聞き取れたのは次の言葉だけだった。あなたは私たちにとってつねに、霊感の源なのです。白髪の男は、それは大したことではないと言った。若い男は両手を顔に当て、意思について、視線を促えておける意思の力について話をした。そして両手を顔から離すと、目を輝かせて言った。実際の視線、本来の視線のことではなく、抽象的な意味での視線の話です。もちろん、と白髪の男は言った。あなたがユーレヴィッチを逮捕したとき、と若い男が言ったところで、彼の声はディーゼルエンジンのけたたましい音にかき消された。数トン積の輸送用トラックが空き地に停まった。ウェイトレスがフェイトのテーブルにコーヒーとソースのかかったステーキを置いた。若い男はまだ、白髪の男が逮捕したユーレヴィッチなる男の話を続けていた。

「難しくはなかった」と白髪の男は言った。

「無計画な殺人犯でしたね」と若い男は言い、くしゃみをするかのように片手を口に当てた。

「いや」と白髪の男は言った。「あの犯人は周到だった」

「そうですか？ 僕は無計画だと思っていました」と若い男は言った。

「そんなことはない、周到な殺人犯だった」と白髪の男は言った。

「たちが悪いのはどっちですか？」と若い男は訊いた。

フェイトは肉を切った。厚くてやわらかく、おいしかった。ソースの味もよかった。辛さに慣れたあとだけになおさらだった。

「無計画な連中のほうだ」と白髪の男は答えた。「行動パターンを解明するのに苦労するからね」

「それでも解明できるんですか?」と若い男は訊いた。

「方法と時間があれば、何でもできる」と白髪の男は答えた。

フェイトは手を挙げてウェイトレスを呼んだ。もう一人はこんなことは日常茶飯事だとでもいうかのように微笑んだ。フェイトは、女が頭を双子の一人の肩にもたせかけ、もう一人はこんなことは日常茶飯事だとでもいうかのように微笑んだ。フェイトは、女が彼女を抱きかかえているほうの男と結婚しているのだろう、だが結婚しても、彼女に対するもう一人の男の愛も希望も失われはしなかったのだと思った。インディオの父親が会計を頼むと、インディオの少年はどこからか漫画を取り出して読んでいた。つい先ほど空き地にトラックを停めた運転手が歩いてくるのが見えた。ガソリンスタンドのトイレのほうからやってきて、小さな櫛で金髪を撫でつけていた。ウェイトレスが、ご用は、と尋ねた。コーヒーのおかわりと水を大きなグラスに一杯ください。

「私たちは死に慣れっこになってしまいました」と若い男の声が言うのが聞こえた。

「今に始まったことじゃない」と白髪の男が言った。「いつだってそうだった」


十九世紀には、十九世紀の半ばか末ごろには、と白髪の男は言った。社会は死というものを言葉のフィルターに通すのが普通だった。当時の記事を読めば、犯罪行為などないに等しかったと言えそうだし、あるいは一人の殺人犯が国中を震え上がらせることができたと言えるかもしれない。当時の人々は、家に、夢や空想に、死を持ち込みたがらなかった。それでも、恐るべき犯罪が行なわれていたことは事実で、バラバラ殺人、ありとあらゆる種類のレイプ、連続殺人だってあった。当然のことながら、連続殺人事件の犯人の大半は決して捕まらなかった。いいかね、たとえば当時のもっとも有名な事件がそうだ。誰も切り裂きジャックの正体を知ることはなかった。あらゆることが言葉というフィルターを通され、人々の恐怖に合わせて加減された。子供は怖いときどうするか知っているか? 目をつぶる。暴行され、殺される前に子供はどうするか? 目をつぶる。そして叫ぶ。でもまずは目をつぶるんだ。言葉はまさに目をつぶるのと同じ役割を果たしていた。面白い事実だ。というのも人間の狂気と残酷さの原型は、今の時代の人間ではなく、はるか昔の人々によって作られたのだからね。言ってみれば、悪を作り出したのはギリシア人で、彼らは誰もが内にもっている悪を見いだしたが、そうした悪の証言や証拠はもはや我々の心を揺り動かすことはなく、我々にはそれがわけの分からないでたらめに見えてしまう。狂気についても同じことが言える。その概念を発展させたのはギリシア人だが、いまやその概念が我々に訴えるものは何もない。すると君は、あらゆるものは変化すると言うかもしれない。もちろん、あらゆるものは変化するが、我々の本質が変化しないのと同じように、犯罪の原型は変化しないんだ。当時の社会は小さかったというのは説得力のある説明だろう。私が言っているのは、十九世紀、十八世紀、十七世紀のことだ。たしかに社会は小さかった。人間の多くは社会の外にいた。たとえば十七世紀には、奴隷船が海を渡るたびに、商品、つまりヴァージニアで売るために運ばれた黒人の少なくとも二割が死んでいた。だがそんなことに心を動かされる人間はいなかったし、ヴァージニアの新聞に大見出しで載ることもなかったし、奴隷を運んだ船の船長を吊し首にするよう求める者もいなかった。反対に、もし大農園主が発狂して隣の農園の人間を殺し、それから馬で自分の家まで戻ってきて馬から降りるや妻を殺し、合計二名の死者が出たとすれば、ヴァージニアの社会は少なくとも半年は怯えきって、馬に乗った殺人犯の伝説は世代を越えて語り継がれたかもしれない。フランスはどうだろう。一八七一年のパリ・コミューンのときに何千という人々が殺されたが、誰も彼らのために涙を流したりはしなかった。同じ年、包丁研ぎ師が妻と老いた母親（妻のではなく自分のだ）を殺し、そのあと警察に銃殺される事件が起きた。そのニュースはフランスの新聞を賑わせたばかりでなく、ほかのヨーロッパの国々の新聞にも記事が載り、ニューヨークのイグザミナー紙ですら触れている。つまりこういうことだ。コミューンの死者たちは社会に属していなかった。船で死んだ黒人たちは社会に属していなかった。ところがフランスの一地方都市で死んだ女と、ヴァージニアの馬に乗った殺人犯は、どちらも社会に属していた。つまりそこで起こることは記事にしうるもの、読むことのできるものだった。それでも言葉は、暴露するより隠蔽するための道具として用いられた。あるいは何かをあらわにしていたのかもしれない。それは何か？正直なところ、私には分からない。

若い男は両手で顔を覆った。

「メキシコに行かれたのは今回が初めてではありませんね？」

彼は顔から手を離し、どこか猫のような笑顔を見せて言った。

「ああ」と白髪の男は言った。「しばらく前、何年か前に行った。協力しようとしたが、できなかった」

「どうして今回また行かれたんですか？」

「様子を見るためだろう」と白髪の男は答えた。

「友人の家にいたんだ。前回の滞在のとき知り合った友人だ。メキシコ人はよそ者にとても親切だ」

「公式の訪問ではなかったんですか？」

「とんでもない」と白髪の男は言った。

「ではあちらで起こっていることについて、非公式のご意見は？」

「意見ならいくつもあるよ、エドワード。だが私が同意しないかぎり、口外してほしくない」

若い男は両手で顔を覆ってから言った。

「ケスラー先生、私は口の固い男です」

「分かった」と白髪の男は言った。「確かだと思うことを三つ打ち明けよう。Ａ――あの社会は、社会の外側にあって、誰もがひとり残らず、古代ローマの円形劇場のなかの昔のキリスト教徒のようだということ。Ｂ――犯罪の特徴はそれぞれ異なること。Ｃ――あの街は勢いがあり、ある意味で発展しているように見えるが、人々にできる最善のことは、夜、砂漠に行き、国境を越えること、すべての人間、誰も彼も、ひとり残らずだ」

赤く輝く夕日が沈み始め、双子もインディオも、隣のテーブルの男たちも店を出ていってからしばらく経つと、フェイトは手を挙げて会計を頼むことにした。注文をとってくれたウェイトレスとは別の、褐色の肌をした小太りの若い女が伝票を持ってやってきて、お気に召しましたかと尋ねた。

「何もかも」とフェイトはポケットのなかの札を探しながら答えた。

そのあともう一度、夕日が沈むのを眺めた。母親のこと、母親の家の隣に住んでいた女性のこと、雑誌のこと、ニューヨークの街のことを考え、言いようのない悲しみと吐き気を覚えた。サンドハーストの元教官の本を開いてたまたま目についた段落を読んだ。「奴隷船の船長の多くは、奴隷を西インド諸島に運んだところで、任務を果たしたと見なすのが普通だったが、帰りの船旅用に砂糖を積み込むために、奴隷を売った代金をただちに回収できないこともしばしばあった。商人たちも船長たちも、身銭を切って運んできた商品に対して、貿易の基地となる港で支払われる金額については何の確証も得られなかった。農園主たちが奴隷の代金を支払うのに何年もかかる可能性もあった。ときにヨーロッパの商人のなかには、奴隷と引き換えに砂糖や藍、綿、生姜よりも為替手形のほうを好む者もいた。ロンドンでこうした商品の値段は予測不可能であったり、おそろしく安かったりしたからだ」。なんと美しい名前だろう、と彼は思った。藍、砂糖、生姜、綿。赤みがかった藍の花。銅《あかがね》色のつやのある、群青色の濃い液体。シャワーを浴び、藍色に染まった女。

立ち上がると、小太りのウェイトレスが近づいてきて、どこに行くのかと尋ねた。メキシコだよ、とフェイトは答えた。

「そうだと思いました」とウェイトレスは言った。「でもどのあたりへ？」

カウンターに寄りかかって煙草を吸っていたコックが、彼をじっと見つめ、答えるのを待っていた。

「サンタテレサさ」とフェイトは言った。

「あんまり感じのいいところじゃないわね」とウェイトレスが言った。「でも大きいわ、ディスコや遊ぶところならたくさんあるし」

微笑みながら下を向いたフェイトは、砂漠の夕暮れが床のタイルをほんのり赤く染めていることに気づいた。

「記者なんだ」と彼は言った。

「例の犯罪の記事を書くんですね」とコックが言った。

「何のことですか？　今週土曜に行なわれるボクシングの試合の取材ですよ」とフェイトは言った。

「誰の試合ですか？」とコックが聞いた。

「カウント・ピケット、ニューヨーク出身のライトヘビー級のボクサーです」

「昔は好きでした」とコックが言った。「賭けをしたり、ボクシング専門誌を買ったり。でもある日決心してやめたんです。もう今のボクサーのことは知りません。何か飲みませんか？　店のおごりです」

フェイトはカウンターに腰を下ろし、水を一杯頼んだ。コックは微笑んで、自分が知っているかぎり、記者は皆酒を飲むと言った。

「飲みますよ」とフェイトは言った。「今はどうも胃の調子がよくなくて」

コックは水を出すとカウント・ピケットの対戦相手を知りたがった。

「名前は覚えてないな」とフェイトは言った。「どこかにメモがある。たしかメキシコ人です」

「それは妙ですね」とコックは言った。「メキシコにはあまりいいライトヘビー級の選手はいません。二十年に一度くらい、いいヘビー級選手が現われて、たいていは気が狂うかピストルの弾を撃ち込まれて終わるんですが、でもライトヘビー級はいいのがいないんです」

「俺の間違いで、メキシコ人じゃないかもしれません」とフェイトは認めて言った。

「キューバ人か、コロンビア人だと思います」とコックは言った。「コロンビアにもライトヘビー級の伝統はありませんけれど」

フェイトは水を飲むと立ち上がり、脚を伸ばした。そろそろ行かないと、と彼は思った。本当のところ、レストランの居心地はとてもよかったのだが。

「ここからサンタテレサまでは何時間かかりますか？」と彼は尋ねた。

「そのとき次第ですね」とコックは答えた。「国境にトラックがあふれていて、通過するのに三十分待たないといけないこともあります。ここからサンタテレサまで三時間、次に国境を越えるのに三十分か四十五分、ざっと見て四時間ですね」

「サンタテレサだったらここから一時間半ですよ」とウェイトレスは言った。

コックは彼女を見つめ、車と運転手の土地勘次第だと言った。

「砂漠を運転した経験は？」

「ありません」とフェイトは言った。

「だったら大変ですよ。一見簡単そうです。こんな簡単なことはないように見えますが、ちっとも簡単じゃないんです」とコックは言った。

「たしかにそのとおりだわ」とウェイトレスは言った。「特に夜はそう。夜、砂漠を運転するなんて、わたしは怖くて」

「ちょっと間違えたり、道を外れたりすると、違う方向に五十キロ走ってしまうこともあります」とコックは言った。

「まだ明るい今のうちに出たほうがよさそうですね」とフェイトは言った。

「同じことですよ」とコックは言った。「もう五分もすれば暗くなる。砂漠の日暮れって、果てしなく続きそうに見えますが、そのうち突然、何の前触れもなく終わってしまうんです。まるで誰かが明かりのスイッチを切ったみたいにぷつんと」とコックは言った。

フェイトはもう一杯水を頼むと窓際で飲み干した。出発の前に何か食べておかなくていいんですか？　とコックの声が聞こえた。彼は答えなかった。砂漠が姿を消し始めた。


ラジオをつけて、フェニックスの放送局が流すジャズを聞きながら、暗い夜道を二時間運転し続けた。ところどころ家があったり、レストランや白い花の咲く庭や雑に停めてある車が見えたりしたものの、明かりがまったくないところでは、まるでその夜に住民が殺され、まだ血なまぐさい空気が漂っているかのようだった。月明かりにくっきりと浮かぶ丘の影、低いところで動かない雲、あるいは突然吹き始めた気まぐれな風に急かされるように西へと流れていく雲の影が見えることもあり、風が巻き上げた埃はヘッドライトによって、あるいはヘッドライトが作り出す影によって人の服の形となり、まるで埃が乞食か亡霊のように道の脇で飛び跳ねた。

二度、道に迷った。一度目は今来た道をレストランのほう、ツーソンのほうへ引き返そうとしていた。二度目はパタゴニアという町にたどり着き、ガソリンスタンドの店番をしていた若者が、サンタテレサへの一番簡単な行き方を教えてくれた。パタゴニアを出るとき、一頭の馬を見た。ヘッドライトに照らされると、馬は頭を上げて彼を見つめた。フェイトは車を停めて待った。その黒い馬はしばらくすると動き出し、暗がりに姿を消した。台地か台地らしきところの脇を通り過ぎた。その台地は巨大で、上が真っ平らで、底の端から端まで少なくとも五キロはあった。道沿いに崖が現われた。車を降り、ライトは点けたまま、夜のさわやかな空気を吸いながら長々と小便をした。そのあと、道は一見したところ壮大な渓谷らしきところまで下っていった。渓谷の奥に光が見えた気がした。しかしそれはどんなものでもありえた。のろのろ走るトラック隊、最初の町の光。あるいは単に、なんとなく自分の幼年期と思春期を思い出させるその暗がりから抜け出したいという欲求が形をとったにすぎないのかもしれなかった。しばらくすると、いつかその風景を夢に見たことがある気がした。そこまで暗くもなく、荒れ果ててもいなかったが、たしかに似た風景だった。彼はバスに乗っていて、母親と、母親の妹と一緒に、ニューヨークからニューヨーク近郊の町に向かって小さな旅をしていた。窓際に座り、同じ風景が続き、いつまで経ってもビルと道路ばかりだったが、やがて突然、田園の風景が現われた。その瞬間、あるいはその前からかもしれないが、日が暮れ始め、彼は木々を、小さいが彼の目には大きく見える森を見つめていた。そのとき、その小さな森の端を歩いている男が見えた気がした。まるで夜に飲み込まれまいとするかのように大股で歩いていた。あれは誰なんだろう？　と彼は自問した。シャツを着ていたし、腕を振って歩いていたから、人であって影ではないことだけは分かった。男の孤独の大きさは、目を背けて母親にしがみつきたくなるほどだったことを思い出したが、実際にはそうするかわりに目を大きく開けていた。やがて森はバスの背後に消え、ふたたびビルや工場、点在する倉庫が現われた。

　今走っている渓谷のほうがもっと孤独で、もっと暗かった。自分が急ぎ足で路肩を歩いているところを想像した。彼はぞっとした。すると、母親の骨壺のこと、それから返しそこね、今ごろは冷えきっているはずの隣家のコーヒーカップのこと、それにもう見る者もいない母親のビデオのことを思い出した。車を停めて夜が明けるのを待とうかと思った。彼の本能は、路肩に停めたレンタカーのなかで黒人が眠るということはアリゾナではあまり分別のある行動ではないと教えていた。ラジオ局を変えた。スペイン語の声が、ゴメス・パラシオ出身の女性歌手がドゥランゴ州の故郷の町に戻り、自殺したという話を始めた。それから女がメキシコ歌謡《ランチェーラ》を歌う声が聞こえてきた。渓谷に向かって走りながらしばらくそれを聞いていた。そのあとフェニックスのジャズ専門の放送局に戻そうとしたが、もう見つからなかった。

　国境を挟んでアメリカ側にはエル・アドービという名の町があった。かつては日干し煉瓦《アドービ》の工場がひとつあるだけだったが、今では住宅街と、目抜き通りにその多くが並んでいる家電製品の店からなる集合体だった。通りが尽きるとおびただしい照明に照らされた空き地があり、そのすぐ向こうにアメリカの出入国管理所が建っていた。

　税関の係官に提示を求められ、フェイトはパスポートを渡した。パスポートと一緒に、プレス用の身分証もあった。係官は殺人事件の記事を書こうとしているのかと尋ねた。

「いいえ」とフェイトは言った。「土曜の試合の取材に来たんです」

「誰の試合かね？」と税関の係官は言った。

「カウント・ピケット、ニューヨーク出身のライトヘビー級のボクサーです」

「聞いたことのない名前だな」と税関の係官は言った。

「世界チャンピオンになりますよ」とフェイトは言った。

「そう願うよ」と係官は言った。

そこから百メートル進んでメキシコに入ったところで、フェイトはまた車から降り、スーツケースと車の書類、パスポートとプレス用身分証を見せなければならなかった。そして何枚かの書類に記入させられた。メキシコの警官たちは眠そうで、顔がこわばっていた。出入国管理所のブースの窓から、両国を隔てる長くて高いフェンスが見えた。遠くのフェンスの上に、四羽の黒い鳥が頭を羽根に埋めるようにしてとまっていた。寒いですね、とフェイトは言った。すごく寒い、とフェイトが記入したばかりの書類を調べながらメキシコの入国審査官が言った。

「鳥のことですよ。寒そうだ」

審査官がフェイトの指さす方向を見た。

「ヒメコンドルだ。この時間にはいつも寒そうにしている」と彼は言った。

彼はサンタテレサ北部にある〈ラス・ブリサス〉という名のモーテルに泊まった。一定の時間を置いて、アリゾナへ向かうトラックが道路を走り過ぎた。トラックはときおり道路の反対側にあるガソリンスタンドに停まってからまた発車したり、運転手が車を降りて、壁を空色に塗った店に入って何か食べたりすることもあった。朝のうちは大型トラックはほとんど通らず、自家用車と小型トラックが走るだけだった。フェイトはあまりに疲れていたので、いつ眠り込んだのかすら分からなかった。

目覚めるとすぐ、モーテルのフロントに行って市街図がほしいと言った。フロントにいたのは二十五歳くらいの男で、〈ラス・ブリサス〉には、少なくとも彼がそこで働き始めてからは地図など置いてあったためしがないと答えた。男はどこに行きたいのかと訊いた。フェイトは自分が記者で、カウント・ピケットの試合の取材に来たのだと言った。カウント・ピケット対メロリーノ・フェルナンデスですね、と受付係は言った。

「リノ・フェルナンデスだよ」とフェイトは言った。

「ここではメロリーノと呼ぶんです」と言って受付係は笑った。「どちらが勝つと思いますか？」

「ピケットさ」とフェイトは答えた。

「どうでしょうね、はずれという気がしますが」

それから受付係は紙を一枚引きちぎると、試合が行なわれるボクシング場〈アレーナ・デル・ノルテ〉にたどり着けるように、地図と分かりやすい目印を描いてくれた。地図はフェイトが期待したよりも役に立った。〈アレーナ・デル・ノルテ〉は、一九〇〇年に建てられた古い劇場らしく、中央にはボクシングのリングが設けられていた。事務所でフェイトはプレス証を見せ、ピケットがいるホテルを尋ねた。アメリカ人ボクサーはまだサンタテレサに着いていないと言われた。そこにいた記者のなかには英語を話す者が何人かいて、フェルナンデスにインタビューしに行くつもりだということだった。フェイトが彼らに一緒に行ってもいいかと尋ねると、記者たちは肩をすくめ、とくに困りはしないと言った。

フェルナンデスが記者会見をするホテルに行ってみると、彼はメキシコ人記者の一団を相手に話をしていた。アメリカ人記者たちが英語で、ピケットに勝てると思うかと尋ねた。フェルナンデスはその質問を理解し、もちろんだと答えた。アメリカ人記者たちは、ピケットの試合を見たことはあるかと尋ねた。フェルナンデスは質問の意味が分からず、メキシコ人記者の一人がその質問を通訳した。

「大事なのは自分の力を信じることだ」とフェルナンデスが言うと、アメリカ人記者たちはその答えを手帳に書き留めた。

「ピケットの戦績を知ってますか?」と記者たちが訊いた。

フェルナンデスはその質問の意味を通訳してもらうのを待ってから、そんなことには興味がないと言った。アメリカ人記者たちはくすくす笑い、今度は彼自身の戦績を尋ねた。三十戦、とフェルナンデスは言った。二十五勝。十八KO勝ち、三敗、二分け。悪くないな、と一人の記者が言い、質問を続けた。

ほとんどの記者たちはサンタテレサの中心街にあるホテル〈ソノラ・リゾート〉に宿を取っていた。フェイトが郊外のモーテルに泊まっていると言うと、そんなところは出て〈ソノラ・リゾート〉に部屋を取れ、と皆に言われた。ホテルに行ってみたフェイトは、そこでメキシコスポーツ記者会議が開かれているような気がした。彼らの大半は英語を話し、少なくとも第一印象では、彼の知っているアメリカ人記者よりもはるかに親切だった。バーのカウンターでは試合の勝敗を賭けている者もいて、総じてのんびりと楽しんでいる様子だったが、結局フェイトは先に入ったモーテルに留まることにした。

それでも〈ソノラ・リゾート〉からコレクトコールで編集部に電話し、スポーツ部のデスクにつないでくれるよう頼んだ。電話に出た女は、誰もいないと言った。

「編集部はみんな出払ってるの」と彼女は言った。

彼女のハスキーな声は悲しげで、ニューヨークの秘書というより、墓地から出てきたばかりの田舎女みたいな話し方だった。この女は死者の世界をじかに知っている、とフェイトは思った。それに、もはや自分が何を言っているのか分かっていない。

「あとでかけ直す」と彼は電話を切る前に言った。

フェイトの車は、メロリーノ・フェルナンデスにインタビューしようとするメキシコ人記者たちの車のあとについていった。メキシコ人ボクサーのキャンプは、サンタテレサ郊外の農場に張られていて、メキシコ人記者たちの助けなしにはおよそ見つかりそうもなかった。二台の車は、舗装されていない街灯もない通りが蜘蛛の巣のように張り巡らされた郊外の地区を抜けた。ときおり、貧しい人々の出すゴミが山積みになった荒れ地や空き地の脇を迂回するように通り過ぎると、広々とした野原に出そうに思える。するとまた別の地区、今度はもっと古く、日干し煉瓦の家と、それを囲むように、段ボールやトタン板、古い荷箱などでできたあばら屋が立ち並び、日差しとときたま降る雨に耐え、また時の流れによって石化されたような地区が現われた。そこでは植物が違っているだけでなく、飛んでいる蠅すら別の種類に属するように見えた。その先に現われたのは土の道で、水路と埃まみれの木々に沿って伸び、行く手は暗くなりかけた地平線に紛れていた。最初の柵が現われた。道幅が狭まった。荷車の通る道だ、とフェイトは思った。実際、荷車の轍が見て取れたが、もしかすると家畜を運ぶ古いトラックが通った跡かもしれなかった。

メロリーノ・フェルナンデスがキャンプを張っていた農場には屋根の低い横長の家が三つあり、それがひと続きになって、乾いてコンクリートのように固くなった土のパティオを囲んで建っていた。そのパティオに、安定しているようには見えないリングがしつらえてあった。彼らが着いたとき、リング上に人の姿はなく、パティオに置かれた藁のデッキチェアで男が眠っているだけだった。エンジンの音で目を覚ましたその男は、大柄で、太っていて、顔は傷だらけだった。メキシコ人記者たちは顔見知りらしく、彼と話し始めた。ビクトル・ガルシアという名前で、右肩の入れ墨がフェイトの興味をそそった。裸の男が一人、教会のなかでこちらに背を向けてひざまずいている。周りには、女の姿をした天使が少なくとも十人、改悛の祈りに呼び集められた蝶のように暗闇から姿を現わし飛んでいた。それ以外はすべて暗闇で、輪郭も曖昧だった。その入れ墨は、デザインは見事だったものの、どうやら牢のなかで彫られたらしく、彫り師には経験よりもむしろ道具と墨が足りなかったように見えたが、アイデアは人を不安にさせるものだった。記者たちにその男が誰なのかと尋ねると、メロリーノのスパーリングパートナーの一人だという答えが返ってきた。そのあと、まるで窓から彼らを見ていたかのように、女が一人、冷えた清涼飲料とビールを盆に載せてパティオに出てきた。

しばらくすると、メキシコ人ボクサーのトレーナーが白いシャツとセーター姿で現われ、メロリーノへの質問はトレーニングの前にしたいか、それともあとにしたいかと尋ねた。どちらでも構いませんよ、ロペスさん、と一人の記者が答えた。何か食べるものは運ばれてきたか？　とトレーナーは、飲み物とビールのそばの席につきながら尋ねた。記者たちが首を横に振ると、トレーナーは席を立たず、キッチンに行って何かつまみを運んでくるようガルシアに言いつけた。ガルシアが戻ってくる前に、砂漠のなかに消えていく道のひとつからメロリーノが姿を現わした。後ろにいるのはジャージ姿の黒人で、スペイン語を話そうとするもののまともにはしゃべれなかった。二人は屋敷のパティオに入ると挨拶もせずに家畜用のコンクリート造りの水飲み場へ行き、バケツを使って顔と上半身を洗った。そのあとようやく、身体も拭かず、ジャージの上着を羽織りもしないで挨拶にやってきた。

その黒人はカリフォルニアのオーシャンサイド出身、あるいは少なくともそこの生まれだったが、ロサンゼルス育ちで、オマル・アブドゥルという名前だった。メロリーノのスパーリングパートナーを務めていて、しばらくメキシコで暮らすつもりだとフェイトに語った。

「試合が終わったら何をするんだ?」とフェイトは訊いた。

「何とかやっていくよ」とオマルは答えた。「俺たちみんながやってることだろう」

「金はどこから手に入れる?」

「どこからだって」とオマルは言った。「この国は金がかからないし」

オマルは会話のあいだ、しょっちゅう、わけもなく微笑んだ。山羊髭と手入れの行き届いた口髭を持ち上げて、すばらしい笑顔を見せた。いっぽうで、しょっちゅう怒った顔になり、そのとき山羊髭と口髭は相手を脅すような、これ以上はありえないという無関心さと攻撃性を帯びるのだった。フェイトが彼に、元ボクサーか、あるいはどこかでボクシングの試合に出たことがあるのかと尋ねると、「昔戦った」と答えただけで、それ以上は説明してもらえなかった。メロリーノ・フェルナンデスに勝算はあるかと尋ねると、それはゴングが鳴るまで決して分からないと答えた。

ボクサーたちが着替えているあいだ、フェイトは土のパティオを歩いてあたりを見て回った。

「何見てるんだ?」とオマル・アブドゥルの声が聞こえた。

「風景だよ」と彼は言った。「寂しい風景だな」

オマルが隣に来て地平線を眺めてから言った。

「これが田舎ってもんさ。この時間になると必ず寂しくなる。こういうのは、女のためのものだ」

「暮れてきたな」とフェイトは言った。

「まだスパーリングをやれるくらいの光はある」とオマル・アブドゥルは言った。

「夜は何をしてるんだ? トレーニングが終わったら」

「俺たち皆がか?」とオマル・アブドゥルは訊いた。

「ああ、チームというか、何と呼ぶかは知らないが皆だ」

「飯を食って、テレビを見て、それからロペスさんが部屋に戻り、メロリーノも部屋に戻る。残った俺たちも同じように部屋に戻ってもいいし、テレビを見ていてもいい。中心街まで散歩に出ても構わない。まあそんなところだ」と彼はどうにでも取れる笑顔を浮かべて言った。

「歳はいくつだ?」とフェイトは不意に尋ねた。

「二十二だ」とオマル・アブドゥルは言った。

メロリーノがリングに上がったとき、陽は西に沈みかけ、トレーナーは家屋に電力を供給するのとは別の発電機につないだライトを点けた。片方のコーナーではガルシアが、うつむいたままじっとしていた。服を脱ぎ、膝まである黒いボクサーパンツを穿いていた。まるで眠っているようだった。ライトが点くと初めて頭を上げ、合図を待つようにしばらくロペスを見つめた。つねに笑顔を絶やさない記者の一人がゴングを鳴らし、スパーリングパートナーがガードを上げてマットの中央へと歩を進めた。ヘッドギアをつけたメロリーノは、ときおり左を出して連打を狙うだけのガルシアの周りを動き回った。フェイトは記者の一人に、パートナーもヘッドギアをつけるのが普通ではないのかと尋ねた。

「それが普通さ」と記者は答えた。

「じゃあどうしてあいつはつけてないんだ?」とフェイトは訊いた。

「どんなに殴られても、もうダメージを受けないからだ」と記者は言った。「分かるかい? パンチを感じないんだ。ばかになってるのさ」

三ラウンド目はガルシアがリングから降り、オマル・アブドゥルが上がった。彼は上半身裸だったが、ジャージのズボンは穿いたままだった。彼の動きはメキシコ人のスパーリングパートナーよりずっと素早く、相手にダメージを与えるつもりがないのは明らかだったが、メロリーノが彼をコーナーに追い詰めようとしても、するりとかわした。二人はときおり身体を動かしたまま話をしたり、笑い合ったりしていた。

「コスタリカで休暇中か?」とオマル・アブドゥルは言った。

「どこに目ん玉つけてんだ」

フェイトはさっきの記者に、スパーリングパートナーが何と言っているのかと尋ねた。

「何も言っちゃいない」と記者は言った。「あの悪ガキが覚えたのは、スペイン語で汚い言葉を浴びせることだけなんだ」

三回目のラッシュが終わると、トレーナーはスパーリングをやめさせ、メロリーノを連れて家のなかへ姿を消した。

「マッサージ師が待ってるのさ」と記者が言った。

「マッサージ師って誰なんだ?」とフェイトは尋ねた。

「我々も見たことがない。パティオには出てこないだろう。盲人なんだよ、生まれつき目が見えないんだ。朝から晩まで、キッチンで何か食べてるか、トイレでクソをしてるか、自分の部屋で床に寝っ転がって本を読んでるかしてる。例の盲人用の文字で書かれた本だ。あの文字、何て言ったかな?」

「ブライユ式点字だよ」ともう一人の記者が言った。

フェイトはマッサージ師が真っ暗な部屋で本を読んでいるところを想像し、ぞくっとした。きっと幸福みたいなものなんだろう、と彼は思った。水飲み場では、ガルシアがオマル・アブドゥルに冷たい水をバケツで背中にかけてやっていた。カリフォルニア出身のスパーリングパートナーはフェイトに目くばせをした。

「どうだった?」と彼は尋ねた。

「悪くなかったね」とフェイトは当たり障りのない返事をした。「だけど、ピケットはもっと準備してくる気がするな」

「ピケットなんてクソったれのおかまさ」とオマル・アブドゥルは言った。

「知ってるのか？」

「テレビで試合を何度か見たよ。あいつは動きがなってない」

「そうか、実は一度も見たことがないんだ」とフェイトは言った。

オマル・アブドゥルは驚いた顔で彼の目を見つめた。

「ピケットの試合を一度も見たことがないのか？」と彼は言った。

「ああ、実を言うと、同じ雑誌のボクシング担当者が先週死んだ。人手が足りないので俺が送り込まれたというわけだ」

「メロリーノに賭けろ」とオマル・アブドゥルはしばらく黙ってから言った。

「あんたの幸運を祈ってるよ」とフェイトは別れ際に言った。

帰り道は行きよりも短く感じられた。しばらくメキシコ人記者たちの車のテールランプを追っていくと、やがてサンタテレサの舗装された道路を通り、彼らが一軒のバーの前に駐車するのが見えた。彼らの隣に車を停めて、これからどうするのかと尋ねてみた。飯を食うんだ、と一人の記者が言った。腹は減っていなかったが、フェイトはビールを一杯付き合うことにした。記者の一人はチューチョ・フローレスという名前で、地元の新聞社とラジオ局に勤めていた。もう一人、農場にいたときにゴングを鳴らした男の名前はアンヘル・マルティネス＝メサといい、こちらはメキシコシティのスポーツ紙の記者だった。マルティネス＝メサは背が低く、五十歳くらいだった。チューチョ・フローレスはフェイトよりほんの少し背が低く、三十五歳で、つねに笑顔を絶やさなかった。フローレスとマルティネス＝メサの関係は、フェイトの直感では、恩義を感じている弟子と、どちらかというと無関心な師匠といったところだった。しかしながら、マルティネス＝メサの無関心ぶりは、傲慢さや優越感によるものではなく、疲労からくるものだった。その疲労感は身なりのだらしなさにも表われていて、油染みだらけのスーツに磨いていない靴という格好は、ブランドもののスーツを着込み、同じくブランドもののネクタイを締め、袖には金のカフスをつけ、おそらく洒落た好男子を自認しているであろう弟子とは正反対だった。二人のメキシコ人がフライドポテトを添えたステーキを食べている横で、フェイトはガルシアの入れ墨のことを考え始めた。その後、あの農場の孤独を、実家の孤独と比較した。まだそこに置いてある母親の遺骨のことを思った。亡くなった隣人のことを思った。バリー・シーマンの住んでいる地区のことを思った。そして二人のメキシコ人が食事をする横で、彼の記憶の光が照らし出していく何もかもが荒涼として見えた。

マルティネス＝メサを〈ソノラ・リゾート〉まで送り届けると、チューチョ・フローレスが最後にもう一杯やろうと言い張った。ホテルのバーには記者がたむろしていて、なかには話してみたいアメリカ人記者も何人か混じっていたが、チューチョ・フローレスはまったく別のことを考えていた。二人はサンタテレサの中心街の路地にあるバーへ行った。店の壁には蛍光色が塗られ、カウンターはZ字型をしていた。彼らはウイスキーのオレンジジュース割りを頼んだ。バーテンはチューチョ・フローレスと知り合いだった。あの男はバーテンというよりオーナーみたいだ、とフェイトは思った。バーテンの物腰はそっけなく、腰に巻いた前掛けでグラスを拭き始めたときでさえ横柄だった。だが彼はまだ若く、二十五歳以下のはずだったし、チューチョ・フローレスのほうは、あまり彼を相手にせず、フェイトとニューヨークの話やニューヨークのジャーナリズムの話をするのに夢中だった。

「向こうで暮らしてみたいんだ」と彼は告白した。「そしてヒスパニック系のラジオ局で働いてみたい」

「ごまんとあるよ」とフェイトは言った。

「そんなことは十分知ってるさ、分かってる」とチューチョ・フローレスはその件について長年調べてきたかのように話してから、スペイン語で放送をしている二つのラジオ局の名を挙げたが、フェイトはまったく聞き覚えがなかった。

「それで、君のところの雑誌は何て言うんだい?」とチューチョ・フローレスが尋ねた。

雑誌名を言うと、チューチョ・フローレスはちょっと考えてから首を横に振った。

「知らないな」と彼は言った。「大きいのかい?」

「いや、大きくはない」とフェイトは答えた。「ハーレムにある雑誌社だ。見当がつくだろう?」

「いや」とチューチョ・フローレスは言った。「ピンとこないな」

「オーナーがアフリカ系アメリカ人なら、編集長もアフリカ系アメリカ人、働いている我々もほぼ全員アフリカ系アメリカ人という雑誌社だ」とフェイトは言った。

「そんなのありか?」とチューチョ・フローレスは言った。「ジャーナリズムの客観性にとってまずいんじゃないか?」

その瞬間、彼はチューチョ・フローレスがいくらか酔っていることに気がついた。今自分が言ったことを考えてみた。実際、記者のほぼ全員が黒人だというのは言いすぎだった。編集部では黒人しか見たことがなかったが、当然特派員のことは知らなかった。もしかするとカリフォルニアにはチカーノの特派員がいるかもしれない、と彼は思った。たぶんテキサスにも。だが、テキサスには記者が一人もいない可能性もある。それならそれで、どうしてテキサスかカリフォルニアの人間に仕事を任せずに、自分をデトロイトから送り込んだのだろう?

若い女が何人かやってきて、チューチョ・フローレスに挨拶した。ハイヒールにディスコ風の服という、パーティーにでも出かけるような服装だった。一人は髪をブロンドに染めていて、もう一人は真っ黒な髪をしていて、どちらかと言えば物静かで内気な女の子だった。ブロンドの子がバーテンに挨拶すると、バーテンのほうは、彼女のことをよく知っているが信用はしていないような仕草で応えた。チューチョ・フローレスは、彼をニューヨークの有名なスポーツ記者だと紹介した。フェイトはいい機会だと思い、メキシコ人記者に、自分はもともとはスポーツ担当ではなく政治や社会に関する記事を書いているのだと言うと、その言葉にチューチョ・フローレスは大いに興味を示した。しばらくするともう一人男がやってきて、チューチョ・フローレスが、アリゾナとの国境の南側でもっとも映画に詳しい男だと紹介した。男の名前はチャーリー・クルスで、チューチョ・フローレスの言うことは一言も信用してはいけないと満面の笑みでフェイトに言った。彼はレンタルビデオ店を経営していて、商売柄、映画を数多く見なければならなかった。でもそれだけのことで、俺は映画の専門家でも何でもないんだ、と彼は言った。

「レンタルビデオ屋を何軒持ってるんだ?」とチューチョ・フローレスは訊いた。「ほら、友達のフェイトに教えてやれよ」

「三軒だ」とチャーリー・クルスは言った。

「こいつときたら、うなるほど金を持ってるんだ」とチューチョ・フローレスが言った。

髪をブロンドに染めた若い女はロサ・メンデスという名前で、チャーリー・クルスによれば彼の元恋人だった。チャーリー・クルスの恋人だったこともあったが、今ではダンスホールのオーナーと付き合っているということだった。

「ロサはそういう娘なんだ」とチャーリー・クルスは言った。「本能に従ってるのさ」

「本能に従ってるっていうのはどういうことだ?」とフェイトは尋ねた。

あまりうまくない英語で、ロサは楽しくやるということだと答えた。人生は短いわ、と彼女は言った。それから口をつぐみ、まるで今言ったばかりのことを反芻するかのようにフェイトとチューチョ・フローレスを交互に見つめた。

「ロサはちょっと哲学者めいたところもあってね」とチャーリー・クルスは言った。

フェイトは頷いた。別の女の子が二人やってきた。さらに若く、チューチョ・フローレスとバーテンのことしか知らないようだった。フェイトは二人とも十八歳未満に違いないと思った。チャーリー・クルスは彼に、スパイク・リーは好きかと尋ねた。ああ、とフェイトは実際には好きではなかったがそう答えた。

「あいつはメキシコ人に似ている」とチャーリー・クルスは言った。

「そうかもしれない」とフェイトは言った。「面白い見方だ」

「じゃあウディ・アレンは？」

「好きだ」とフェイトは答えた。

「あいつもメキシコ人に似てるが、メキシコシティかクエルナバカのメキシコ人だな」とチャーリー・クルスは言った。

「カンクンのメキシコ人だ」とチューチョ・フローレスが言った。

　フェイトはわけも分からず笑い出した。からかわれているのだろうと思った。

「ならロバート・ロドリゲスはどうだ？」とチャーリー・クルスが訊いた。

「好きだ」とフェイトは答えた。

「あいつはこちら側の人間だ」とチューチョ・フローレスは言った。

「ロバート・ロドリゲスの映画でビデオになったのを一本持ってるよ」とチャーリー・クルスは言った。「見た人間はほとんどいない」

「『エル・マリアッチ』か？」とフェイトは訊いた。

「いや、あれなら誰でも見てる。昔の、ロバート・ロドリゲスがまだ無名だったころの映画だ。あいつが腹をすかしたしょうもないチカーノで、どんな仕事でも引き受けていた時代だ」とチャーリー・クルスは言った。

「座ろう、その話を聞かせてくれ」とチューチョ・フローレスが言った。

「そりゃいい」とチャーリー・クルスは言った。「長いこと立ちっ放しだったから疲れてきた」

　物語は単純で嘘くさかった。『エル・マリアッチ』を撮る二年前、ロバート・ロドリゲスはメキシコにやってきた。チワワとテキサスとの国境あたりを何日かうろついてから南下し、メキシコシティでドラッグと酒に浸った。すっかり堕落して、昼前に飲み屋に入ると、閉店時間になって追い出されるまでとぐろを巻いていたんだ、とチャーリー・クルスは言った。最後にたどり着いたのは、ブレ、つまりコンガル、要するに売春宿で、一人の娼婦とそのヒモと友情を結んだ。男はねじ《ペルノ》と呼ばれていたが、これは娼婦のヒモにペニスとか一物とかいうあだ名をつけるようなものだった。このペルノという男がロバート・ロドリゲスを気に入って、何かと世話を焼いた。彼を寝室まで引きずり上げなければならないこともあれば、ロバート・ロドリゲスがたちまち前後不覚に陥ってしまうので、娼婦とヒモが二人がかりで彼の服を脱がせてシャワーで水を浴びせなければならないこともあった。ある朝、未来の映画監督が珍しく素面に近かったときに、ペルノは彼に、友人たちが映画を撮ろうとしているという話をし、一緒にやらないかと尋ねた。ロバート・ロドリゲスは、たぶん想像がつくように、いいとも、と答えた。そして実務はペルノが引き受けたんだ。

　撮影はたしか三日間で、ロバート・ロドリゲスはカメラの後ろにいたが、つねに酒と麻薬浸けだった。もちろん、クレジットに彼の名前は出てこない。監督の名前はジョニー・マメルソンになっているが、それが冗談なのは明らかだ。ロバート・ロドリゲスの映画を知っていれば、その構図の取り方といい、ショットにカウンターショットといい、スピード感といい、彼であることは間違いない。唯一欠けているのは彼独特の編集方法で、それが編集はほかの人間がやっていることを明らかにしている。だが監督は彼だ。それは間違いない。

フェイトはロバート・ロドリゲスに興味がなく、彼の処女作であろうが最新作であろうが同じことだったうえに、軽い夕食をとるかサンドイッチでも食べて、その後モーテルのベッドに潜って眠りたくなってきたが、それでも映画のあらずじを断片的に聞かなければならなかった。映画は、賢明な娼婦たちというか単に善良な娼婦たちの物語らしく、主人公はフスティーナという娼婦で、聞き逃したものの容易に見当がつく理由によって、夜のメキシコシティをうろついている警官に変装した吸血鬼たちと知り合う。あとのストーリーは適当に聞き流した。ロサ・メンデスと一緒にやってきた黒髪の女の子の口にキスをしながら聞いたのは、ピラミッド、アステカの吸血鬼、血で記された本、『フロム・ダスク・ティル・ドーン』の元になったアイデア、ロバート・ロドリゲスの反復される悪夢といったことだった。黒髪の女の子はキスが下手だった。店を出る前に、チューチョ・フローレスにモーテル〈ラス・ブリサス〉の電話番号を渡し、その後よろめきながら外へ出て、停めてある車のほうに向かった。

ドアを開けたとき、誰かが大丈夫かと尋ねるのが聞こえた。息を胸いっぱい吸い込むと回れ右をした。三メートル先にネクタイの結び目を緩めたチューチョ・フローレスがいて、その隣で腰を抱かれたロサ・メンデスが、まるで何かは分からないけれど珍しいものでも見るような目つきでこちらを見つめていたが、彼はその目つきが気に食わなかった。

「大丈夫」と彼は答えた。「何でもない」

「モーテルまで送っていこうか?」とチューチョ・フローレスが言った。

ロサ・メンデスが満面の笑みを浮かべた。目の前のメキシコ人はゲイかもしれないという考えがフェイトの頭をよぎった。

「その必要はない」と彼は言った。「一人で何とかなる」

チューチョ・フローレスが女から離れてこちらに歩いてきた。フェイトは車のドアを開けてエンジンをかけ、二人を見ないようにした。じゃあまたな、とミュートをかけたようなメキシコ人の声が聞こえた。ロサ・メンデスは腰に手を当て、彼にはいかにも不自然に見える姿勢で、彼ではなく、遠ざかっていく彼の車でもなく、まるで夜気に凍りついてしまったかのように立ちつくすチューチョ・フローレスを見つめていた。

モーテルのフロントが開いていたので、さっきはいなかった若い男に、何か食べ物を頼めないかと訊いた。男はここには調理場はないが、クッキーかチョコレートなら外の自動販売機で買えると言った。前の道路をときおりトラックが北や南へ向かって走り、その向こうのガソリンスタンドは明かりが点いていた。フェイトはその店に向かった。ところが道路を渡ったとき、危うく車に轢かれそうになった。一瞬、酔っているせいだと思ったが、すぐに、酔っていようといまいと渡る前に注意して左右を見たが、道路にライトは見えなかったと心のなかでつぶやいた。だったらあの車は、いったいどこから現われたのだろう？　帰りはもっと気をつけなくては、と彼は独りごちた。

店は明かりが煌々と輝いていたが、ほとんど人の気配はなかった。カウンターの向こうで、十五歳くらいの少女が雑誌を読んでいた。フェイトは彼女の頭が小さすぎると思った。レジにもう一人、二十歳くらいの女がいて、ホットドッグの販売機に向かう彼を見つめていた。

「先にお金を入れてください」と女がスペイン語で言った。

「分からない」とフェイトは言った。「アメリカ人なんだ」

女は今度は英語で注意すべきことを言ってくれた。

「ホットドッグ二つと、缶ビール一つ」とフェイトは言った。

女は店の制服のポケットからボールペンを取り出して、フェイトが払うべき金額を書いてくれた。

「ドル、それともペソ？」とフェイトは訊いた。

「ペソです」と女は答えた。

フェイトはレジに札を一枚置いて、冷蔵庫へ缶ビールを取りに行ってから、頭の小さな少女にホットドッグを何本買いたいか指で示した。少女にホットドッグを出してもらうと、フェイトはソースが出る機械の使い方を尋ねた。

「お好みのソースのボタンを押してください」と少女は英語で答えた。

フェイトは片方のホットドッグにケチャップとマスタード、それからアボカドディップのようなものをかけ、その場で平らげた。

「うまい」と彼は言った。

「よかった」と少女は言った。

それからもうひとつのホットドッグにも同じソースをかけて、レジにお釣りを取りに行った。コインを二、三枚摑んで少女のいるところに戻り、チップとして渡した。

「ありがとう、お嬢さん」と彼はスペイン語で言った。

そのあと缶ビールとホットドッグを手に外に出た。サンタテレサからアリゾナへ向かうトラックを三台やり過ごしているあいだに、レジの女に自分が言ったことを思い出していた。アメリカ人なんだ。どうしてアフリカ系アメリカ人だと言わなかったんだろう？　外国にいるからか？　だがもしそうしたければ今すぐ歩き出し、大して歩くことなく自分の国に戻れるのに、自分が外国にいると思ってもいいのだろうか？　それはつまり、自分がある場所ではアメリカ人であり、別の場所ではアフリカ系アメリカ人、さらに別の場所では、何人でもないということなのか？

目が覚めると雑誌社のスポーツ部のデスクに電話をかけ、ピケットはサンタテレサにいないと言った。

「それが普通だ」とスポーツ部のデスクは言った。「ラスベガス郊外の農場にでもいるんだろう」

「だったらどうやってインタビューを取ればいい？」とフェイトは言った。「ここからラスベガスまで行けと言うのか？」

「誰にもインタビューしなくていい。必要なのは試合を伝える人間だよ。会場の雰囲気、リングの空気、ピケットの体調、メキシコ人どもに与える印象」

「試合の前置きか」とフェイトは言った。

「前なんだって？」スポーツ部のデスクは訊いた。

「ばかげた雰囲気だよ」とフェイトは答えた。

「分かりやすく書いてくれ」とスポーツ部のデスクは言った。「バーで話して聞かせているみたいにな。周りにいるのはみんなお前の友達で、話を聞きたくてうずうずしている」

「分かった」とフェイトは言った。「あさって送る」

「何か分からないことがあっても気にするな、こっちで手を入れる。お前がリングサイドで暮らしてきたみたいにしてやるよ」

「分かった、オーケーだ」とフェイトは言った。

部屋からテラスに出ると、白皮症と言えそうなほど肌の白い金髪の子供が三人、白いボールに赤いバケツ、それにプラスチックの赤いシャベルで遊んでいるのが見えた。一番上の男の子が五歳くらい、一番小さい子は三歳くらいだろう。子供が安全に遊べる場所ではなかった。うっかり道路に出ようものならトラックに轢かれかねない。彼は左右を見やった。日陰に置かれた木製のベンチに、プラチナブロンドの女が黒いサングラスをかけて座り、子供たちを見張っていた。彼は挨拶した。女は彼をちらっと見て、子供から目を離せないというように顎で合図した。

フェイトはテラスの階段を下りて車に乗り込んだ。車のなかは耐えがたいほど暑く、窓を二つとも開けた。なぜかまた母親のことを考え、自分が子供だったころ、母親が自分を見守っていた様子を思い浮かべた。車を発進させると、白皮症の男の子が一人立ち上がり、彼をじっと見た。フェイトは微笑んでみせ、片手を挙げて挨拶した。子供は持っていたボールを落とし、軍人のように身を固くした。ハンドルを切ってモーテルから出ていくとき、男の子は右手で敬礼し、南に向かうフェイトの車が見えなくなるまで直立不動の姿勢でいた。

運転しながら、また母親のことを考えた。母親が歩いているところが目に浮かび、母親が背を向けている姿が目に浮かび、テレビ番組を見ている母親のうなじが目に浮かび、笑い声が聞こえ、彼女が流しで皿を洗っている様子が目に浮かんだ。ところが顔はずっと陰になったままなので、まるですでに死んでいるか、あるいは言葉ではなく身ぶりによって、顔などこの世でもあの世でも大して重要ではないと言っているみたいだった。〈ソノラ・リゾート〉に行くと記者は一人も見当たらず、フロントでアレーナまでの行き方を尋ねなければならなかった。ボクシング場に着くと何やら騒然としていた。通路に店を出していた靴磨きに何があったのかと訊くと、アメリカ人ボクサーが到着したと答えた。

カウント・ピケットはスーツにネクタイを締め、自信に満ちた笑みを満面にたたえてリングに立っていた。カメラマンたちはシャッターを切り、リングを囲んだ記者たちは、彼の名前を呼んで質問を浴びせていた。タイトルマッチの予定は？　ジェシー・ブレントウッドがあなたを怖がっているというのは本当ですか？　サンタテレサへ来るのにいくらもらったんですか？　ラスベガスで極秘結婚したというのは確かですか？　隣にはピケットのマネージャーがいた。背が低く太っていて、ほとんどの質問に答えていたのはその男だった。メキシコ人記者たちが彼にスペイン語で話しかけ、彼をソル、またはソルさんと呼ぶと、ソル氏はスペイン語で答え、ときおり彼のほうもメキシコ人記者を名前で呼んでいた。身体の大きな、四角い顔をしたアメリカ人記者が彼に、ピケットを試合のためにサンタテレサに連れてきたのは政治的に正しいことなのかと尋ねた。

「政治的に正しいっていうのはどういうことだ？」とマネージャーは尋ねた。

記者は答えようとしたが、マネージャーが機先を制した。

「ボクシングは」と彼は言った。「スポーツだ。そしてスポーツは、芸術と同じく政治を越えたところにある。スポーツと政治を一緒にするのはよそうよ、ラルフ」

「私が今の言葉を誤解していなければ」とラルフという男が言った。「あなたはカウント・ピケットをサンタテレサに連れてくるのが不安ではなかったんですね」

「カウント・ピケットは誰も恐れたりしないよ」とマネージャーは言った。

「俺がやられる相手なんかいるもんか」とカウント・ピケットは言った。

「なるほど、カウントは男ですから、それはそうだ。では質問を変えましょう。チームのなかに女性はいないのですか？」とラルフは言った。

向こう側にいたメキシコ人記者が一人立ち上がり、彼を罵った。フェイトのそばにいた別の記者も、口に一発喰らいたくなければメキシコ人を侮辱するのはやめろと大声で怒鳴った。

「その減らず口を閉じろ、バカ野郎。さもないとぶん殴るぞ」

ラルフは罵声が聞こえないかのように、平然と立ったまま、マネージャーが答えるのを待っていた。コーナーにいた何人かのアメリカ人記者とカメラマンは、返事を求めるような表情でマネージャーを見つめた。マネージャーは咳払いをしてから言った。

「女は一人も連れてこなかったよ、ラルフ。知ってのとおり、女は遠征に加わらないんだ」

「アルヴァゾーン夫人もですか?」

マネージャーは笑い声を上げ、何人かの記者が彼に倣った。

「君もよく知っているはずだが、うちのかみさんはボクシングが嫌いなんだよ、ラルフ」とマネージャーは言った。


「いったい何の話をしていたんだ?」とフェイトはボクシング場〈アレーナ・デル・ノルテ〉の近くのバーで朝食をとりながら、チューチョ・フローレスに尋ねた。

「女性連続殺人事件のことだ」とチューチョ・フローレスは気乗りしない様子で答えた。「花が一斉に咲くみたいに」と彼は言った。「間隔を置いて、事件が一斉に起こり、またニュースになり、ジャーナリストたちの話題になる。人々もその話を蒸し返し、物語は雪だるま式にどんどん大きくなるが、やがて日が昇って、そのいまいましい雪だるまは溶け、誰も彼もすっかり忘れ、そして仕事に戻るってわけだ」

「仕事に戻るというと?」とフェイトは尋ねた。

「このいまいましい連続殺人はストライキみたいなものなんだ。しょうもない粗野なストライキさ」

女性連続殺人事件とストライキが同じというのは気になる話だった。しかしフェイトは頷くだけで何も言わなかった。

「ここは完璧な、何不自由ない街だ」とチューチョ・フローレスは言った。「ここには何でもある。工場、マキラドーラ、低い失業率——メキシコでもっとも低い——、コカイン・カルテル、絶えずよその町や村からやってくる労働者、中米からの移民、都市計画が支えきれないほどの人口増加、金もある、貧困もたっぷりある、想像力に官僚主義、暴力もあれば落ち着いて仕事をしたいという欲求もある。足りないのはただひとつ」とチューチョ・フローレスは言った。

石油だ、とフェイトは思ったが、口には出さなかった。

「足りないものって何なんだ?」と彼は訊いた。

「時間だよ」とチューチョ・フローレスは答えた。「時間ってやつが足りないのさ」

何のための時間だろう? とフェイトは考えた。この見捨てられた墓地とゴミ捨て場を足して二で割ったようなしょうもない街を、デトロイトみたいにするための時間だろうか? 二人はしばらく口をきかずにいた。チューチョ・フローレスは上着から鉛筆とノートを出して、女の顔をいくつも描き始めた。猛烈な速さで、上の空のまま、それもフェイトにはある種の才能があると思える絵を描くのだが、まるでスポーツ記者になる前は絵の勉強をしていて、スケッチの練習に時間をかけたかのようだった。そのなかに笑顔はひとつもなかった。目を閉じた顔がいくつかあった。歳をとり、何かを待つように、あるいは誰かに名前を呼ばれたかのように横を向いている女の顔もあった。どれも美人ではなかった。

「才能があるじゃないか」とチューチョ・フローレスが七つ目の顔に取りかかったとき、フェイトは言った。

「別に」とチューチョ・フローレスは言った。

そのあと、実際には彼の才能の話を続けにくくなってしまったので、殺された女たちのことを尋ねた。

「ほとんどはマキラドーラで働いている連中だ。若くて髪が長い。だが、それが必ずしも犯人を割り出す決め手というわけじゃない。サンタテレサの女の子はたいてい髪が長いんだ」とチューチョ・フローレスは言った。

「犯人は一人なのか?」とフェイトが尋ねた。

「という噂だ」とチューチョ・フローレスは絵を描く手を休めずに言った。「何人かが捕まった。解決した事件もある。だが人の噂は、犯人はただ一人でしかも決して捕まらない、ということにしたいんだ」

「被害者はどのくらいいるんだ?」

「さあ」とチューチョ・フローレスは言った。「大勢いる、二百人は下らない」

フェイトの目の前で、メキシコ人は九つ目の顔を描き始めた。

「犯人が一人にしては相当な人数だ」

「そのとおりだ。メキシコ人が犯人でも多すぎる」

「どんな殺し方をするんだ?」とフェイトは訊いた。

「それがさっぱり分からない。神隠しだよ。あっという間に消えてしまう。そしてしばらく経つと、砂漠に遺体が現われるってわけだ」


メールのチェックをするつもりで〈ソノラ・リゾート〉へ車を走らせるうちに、フェイトは、ピケット対フェルナンデスの試合よりも、女性連続殺人事件についてルポを書くほうがはるかに面白そうだと思いついた。そこで文化社会部のデスクにメールでその旨を伝えた。滞在を一週間延長する許可を求め、カメラマンを一人送ってほしいと要請した。そのあと一杯飲もうとバーに行くと、何人かのアメリカ人記者と一緒になった。話題は例の試合で、フェルナンデスが四ラウンド以上持ちこたえることはないだろうという点で皆の意見は一致していた。記者の一人が、エルクレス・カレーニョというメキシコ人ボクサーの話を始めた。身長二メートルはありそうな大男だった。メキシコじゃ珍しい。みんな背が低いからね。おまけにこのエルクレス・カレーニョは力が強い。市場だか肉屋だかで荷下ろしの仕事をしていたのを、誰かに言われてボクサーになったんだ。デビューは遅かった。二十五歳のときだ。でもメキシコはヘビー級が多くないから、連戦連勝さ。この国はバンタム級にいいのがいるし、フライ級も、フェザー級もいいのがいる。ときたまウェルター級が現われることもある、だけどヘビー級とライトヘビー級はいない。伝統と食糧事情の問題だね。形態学の問題さ。今のこの国の大統領はアメリカの大統領より背が高い。史上初の出来事だ。メキシコの大統領はだんだん背が高くなっていくだろう。かつては考えられなかったことだ。メキシコの大統領は、アメリカの大統領の肩に届くのが精一杯ってところだった。ときにはメキシコの大統領の頭が、うちの大統領の臍を何センチか越える程度のこともあった。それが伝統だったんだ。ところが今では、メキシコの上流階級も変わってきている。どんどん金持ちになり、国境の北に嫁を探しにやってくるのが普通だ。これが「人種向上化」というやつだ。ちんちくりんのメキシコ人がちんちくりんの息子をカリフォルニアの大学に留学させる。息子は金を持ってるから好き勝手し放題で、それが女子大生の心を動かすんだ。一メートル四方にいるバカ娘の数なら、カリフォルニアの大学の右に出るところはない。その結果、息子は学位を取ったうえに、メキシコに来て一緒に暮らしてくれる嫁さんを手に入れる。こうしてちんちくりんのメキシコ人の孫たちはちんちくりんではなくなり、並みの背丈を獲得して、ついでに白くなる。この孫たちも、時期がくれば父親と同じく通過儀礼の旅に出る。アメリカの大学、アメリカ人の妻、子供たちはどんどん背が高くなる。実際、メキシコの上流階級が危険を承知で自腹を切ってやっているのは、スペイン人にやられたことだ。ただし、今は関係が逆になっている。スペイン人は好色で、しかも先見の明があまりなかったから、インディオ女性と交わり、犯し、力ずくで宗教を植えつけ、そうすることでこの国は白くなると信じていた。スペイン人は白い庶子ができると信じていたんだ。自分たちの精液を過大評価していた。だが勘違いだった。そんなにたくさんの人間を犯せるものじゃない。数学的に不可能だ。身体がもたない。くたびれきってしまう。しかも彼らは下から上へと犯していったんだ。どう考えたって、上から下へと犯していくほうが理にかなっているというのに。まずは自分の庶子たちを犯し、次に庶出の孫たちを犯し、さらに庶出の曾孫たちも犯せていたなら、スペイン人の方式も成果をあげていただろう。とはいえ、七十歳になって立ってるのもやっとだっていうのに、まだ誰かを犯したいなんて思う奴がいるのか？　結果は目に見えている。巨人並みのつもりでいたスペイン人たちの精液は、途方もない数のインディオのなかに消えてしまった。最初の庶子、どちらの民族の血も五〇パーセントずつ流れていた者たちが国の要職につき、司祭になり兵士になり商売人になり新たな都市の創設者になった。そして彼らも引き続き犯していったが、そのときすでに質の低下は始まっていた。彼らに犯されたインディオ女性が生み落とす混血児の血に流れる白人の血の割合は低くなっていくからだ。そうやって延々と続いていく。行き着いた先がさっき言ったボクサー、エルクレス・カレーニョで、最初は試合に出れば勝っていた。相手のほうがもっとたるんでいたか、八百長だったからだが、そのおかげで得意になるメキシコ人もいた。メキシコから正真正銘のヘビー級チャンピオンを出せるんじゃないかとうぬぼれるようになり、ある日奴をアメリカに連れていって、酔っぱらったアイルランド人、ヤク中の黒人、それにぼてぼてに太ったロシア人と戦わせ、ことごとく勝ってしまったおかげで、メキシコ人たちは喜び、鼻高々だ、自分たちには檜舞台に立てるチャンピオンがいる。そこでロサンゼルスでアーサー・アシュレイと一戦を交える契約を結んだ。誰か見たかどうかは知らないが、俺は見た。アーサー・アシュレイはサディスト・アーサーと呼ばれてた。そのあだ名自体、そのときの試合がきっかけでついたんだ。哀れエルクレス・カレーニョには何も残らなかった。一ラウンド目からひどい試合になるだろうことは明らかだった。少しも慌てることなく、狙いを定めてフックを繰り出し、一ラウンドごとに攻める場所を変え、三ラウンド目では顔だけ、四ラウンド目はレバーだけを攻めた。エルクレス・カレーニョは健闘し、結局八ラウンド目まで持ちこたえたんだ。その試合のあとも三流のリングで闘っていたが、ほとんどいつも二ラウンド目でダウンだ。そのあとディスコの警備員でもやろうとしたんだが、頭をやられていたんで、どの仕事も一週間と続かなかった。メキシコには二度と戻ってこなかった。たぶん自分がメキシコ人であることさえ忘れてしまったんだろう。メキシコではもちろん忘れられている。噂によると乞食になり、ある日橋の下で死んだそうだ。メキシコヘビー級の誇りだ、とその記者は言った。

それを聞いていた者たちは声を上げて笑ったあと、揃っておごそかな顔になり、不運なカレーニョを偲んで、二十秒の黙禱を捧げた。突然真面目な顔ばかりになったので、フェイトは仮面舞踏会の気分を味わった。ほんの一瞬息が詰まり、がらんとした母親のアパートが目に浮かび、二人の人間がみじめな部屋で愛を交わすのを、あらゆることを同時に、更年期という言葉で定義される時間のなかで予感した。貴様はいったい何者だ？クー・クラックス・クランの宣伝係か？　とフェイトは言った。おっと、切れやすい黒人がここにもいるぞ、と記者は言った。フェイトは彼に詰め寄り、パンチを一発（平手打ちなど思いつきもしなかった）喰らわせようとしたが、話をした男の周りにいた記者たちに押しとどめられた。ただの冗談さ、と誰かが言うのが聞こえた。我々はみんなアメリカ人じゃないか。ここにはクー・クラックス・クランのメンバーなんかいやしない。そう信じてるよ。するとまた笑いが起こった。落ち着きを取り戻し、ひとりでカウンターの隅に行って座ろうとしたとき、エルクレス・カレーニョの話を聞いていた記者の一人が彼に近づいてきて手を差し出した。

「チャック・キャンベル、シカゴの『スポーツ・マガジン』の記者だ」

フェイトは握手して、自分の名前と雑誌の名前を言った。

「おたくの記者が殺されたんだって？」とキャンベルは言っ

た。

「そうなんだ」とフェイトは答えた。

「女が絡んでいるな」とキャンベルは言った。

「さあどうかな」とフェイトは言った。

「ジミー・ローウェルとは知り合いだった」とキャンベルは言った。「少なくとも四十回くらいは会ったことがある。つまり愛人どもよりも、下手すりゃかみさんよりよく知ってるくらいだ。いい奴だった。ビールが好きで、うまいものを食べるのが好きだった。よく言ってたよ、仕事を山ほど抱えてる人間はうんと食べなくちゃいけない、それもいいものを、とね。いつだったか、同じ飛行機に乗り合わせたことがある。こっちは飛行機じゃ眠れない。それがジミー・ローウェルときたら、飛んでるあいだずっと眠っていて、目を覚ましているのは食事のときと何か気の利いた話をするときだけだった。実のところ、彼は大してボクシングが好きなわけではなくて、専門は野球だった。でもおたくの雑誌ではスポーツなら何でも手がけてたし、テニスの記事だって書いていた。誰に対しても決して悪口を言わなかった。人に敬意を払い、人から敬意を払われる男だった。そうだよな？」

「ローウェルには会ったことがないんだ」とフェイトは言った。

「さっきの話を悪く取るな」とキャンベルは言った。「スポーツ担当の特派員をやってると退屈だから、よく考えもせずにバカげたことをぶちまけたり、同じことのくり返しにならないように変化をつけたりする。ときにはそんなつもりもなくひどいことを言ってしまう。メキシコのボクサーの話をした男だって悪い奴じゃない。礼儀はわきまえているし、ほかの連中に比べればはるかに開けっぴろげな性格だ。ただ、俺たちは退屈しのぎにときどきワルを演じるのさ。だが誰も本気なわけじゃない」とキャンベルは言った。

「こっちは別にどうってことない」とフェイトは言った。

「カウント・ピケットは何ラウンドで勝つと思う？」

「さあ」とフェイトは言った。「昨日メロリーノ・フェルナンデスがキャンプでトレーニングをするのを見学したが、負けるようには見えなかったな」

「三ラウンドはもたないだろう」とキャンベルは言った。

別の記者が、フェルナンデスはどこでキャンプを張っているのかと彼に訊いた。

「街からそう遠くないところだ」とフェイトは答えた。「ただし本当は分からない。ひとりで行ったんじゃなく、メキシコ人に連れていってもらったんだ」


フェイトがもう一度パソコンを立ち上げたところ、文化社会部のデスクからメールの返信があった。彼の提案するルポをやろうにも、読者もいなければ金もなかった。スポーツ部のデスクに頼まれた仕事をやり遂げたらすぐに戻ってくるように、と書かれていた。フェイトは〈ソノラ・リゾート〉のフロントにニューヨークへの長距離電話を頼んだ。

　電話を待つあいだ、ボツになったルポの数々を思い起こした。一番最近のは、ムハンマド同胞団という名のハーレムの政治団体のルポだった。彼らのことを知ったのはパレスチナ支持のデモの最中だった。デモの参加者は多岐にわたり、アラブ人グループもいればニューヨークの古い戦闘的左翼もいれば反グローバリゼーションを唱える新しい活動家たちもいた。そのなかでムハンマド同胞団がたちまち彼の注意を引いたのは、彼らがウサマ・ビン・ラディンの大きな肖像を掲げて行進していたからだった。全員が黒人で、全員が黒い革のジャケットと黒いベレー帽と黒いサングラスという姿は、どこかブラックパンサーの党員を思い出させたが、黒豹たちが青年で、実際には青年でなかった者たちも若々しく、若さと悲劇的雰囲気をまとっていたのに対し、ムハンマド同胞団のメンバーは一人前の男たちで、肩幅は広く筋骨隆々、何時間もジムで過ごしバーベルを挙げてきた人間特有の身体つきをしていて、誰を護るかはともかく、ボディガードにうってつけ、さながら人間洋服箪笥といった、威圧的な存在感を発揮していた。デモに参加していたのは二十人かそこらだったにもかかわらず、ビン・ラディンの肖像が、どういうわけか人数をもっと多く見せていた。というのも第一に、ワールドトレードセンターへのテロがあってからまだ半年足らずだったからで、ビン・ラディンとともに練り歩くことは、たとえそれが肖像にすぎないとしても、行きすぎた挑発行為となった。少数ながらも大胆不敵な同胞団の存在に気づいたのは、もちろんフェイトだけではなかった。テレビカメラが彼らを追いかけ、スポークスマンにインタビューし、いくつもの新聞社のカメラマンが、声高に弾圧を求めているように見えるそのグループの存在を記録に残した。

　フェイトは離れたところから観察した。彼らがテレビや地元ラジオのインタビューを受けるのを眺め、叫ぶのを眺め、群衆に交じって歩くのを眺め、そしてあとを追った。デモ隊が解散し始める前に、ムハンマド同胞団のメンバーたちは示し合わせたように隊列から離れた。何台かのワゴン車が通りの角で彼らを待っていた。そのとき初めてフェイトは、メンバーが十五人にも満たないことに気づいた。彼らは走り出した。彼もあとを追って走った。雑誌用にインタビューを取りたいと伝えた。狭い通りに停まっているワゴン車のそばで話をした。リーダーらしき背の高い太ったスキンヘッドの男が、雑誌の名前を尋ねた。フェイトが口にすると、男はばかにしたように笑って彼をじっと見た。

「そんなクズ雑誌は、もう誰も読まないよ」と彼は言った。

「仲間《ブラザー》の雑誌です」とフェイトは言った。

「その仲間のクズ雑誌は仲間たちをだめにするだけだ」と男はにやにやしたまま言った。「時代遅れなんだよ」

「そんなことありません」とフェイトは言った。

中国人の見習いが調理場からゴミ袋をいくつか捨てに出てきた。アラブ人が角から彼らを窺っていた。見慣れないし、縁もゆかりもない顔だ、とフェイトが思っていると、ボスとおぼしき男が、日時とブロンクスのある場所を告げ、二、三日後に面会することになった。

フェイトは約束どおり面会に行った。彼を待っていたのは同胞団のメンバー三人と黒いワゴン車だった。そこからベイチェスターの近くの地下室に移動した。そこで例のスキンヘッドの太った男が待ち受けていた。彼はカリルと呼んでくれと言った。ほかの者たちは名前を明かさなかった。聖戦の話をした。聖戦とはどういうものか教えてほしい、とフェイトは聖戦は我々の口が渇いてしまったときに、我々のことを語ってくれるものだ、とカリルは言った。聖戦は口がきけない者たち、言葉を失った者たち、話すことができなかった者たちの言葉だ。なぜ反イスラエルデモに参加したんですか？　とフェイトは訊いた。ユダヤ人は我々を虐げている、とカリルは言った。ユダヤ人がクー・クラックス・クランのメンバーだったことはありませんよ、とフェイトは言った。それはユダヤ人どもが我々に信じ込ませようとしていることだ。実際にはクランはどこにでもある。テルアビブにも、ロンドンにも、ワシントンにも。クランのボスの多くはユダヤ人だ、とカリルは言った。いつでもそうだった。ハリウッドはクランのボスであふれ返っている。誰のことですか？　とフェイトは訊いた。カリルはこれから話すことはオフレコだと釘を刺した。

「大物ユダヤ人はいいユダヤ人弁護士を抱えてるんだ」と彼は言った。

誰のことですか？　とフェイトは訊いた。彼は三人の映画監督と二人の俳優の名を挙げた。フェイトもぴんときた。ウディ・アレンはクランかな？　と彼は尋ねた。そうだ、とカリルは答えた。あいつの映画を見てみろ、黒人は出てくるか？　いえ、あまり出てきません、とフェイトは言った。一人もだ、とカリルは言った。あなたがたはなぜビン・ラディンの肖像を掲げていたんですか？　とフェイトは訊いた。なぜならウサマ・ビン・ラディンは今日の戦いの本質に気づいた最初の男だからだ。そのあとは、ビン・ラディンの身の潔白について、真珠湾について、そしてツインタワーへのテロがある種の人々にとっては好ましいものだったことについて二人は話し合った。たとえば株式市場で働いている連中がそうだ、とカリルは言った。オフィスにもめごとのタネになる書類を抱え込んでいた者、武器を売る者、それにああいう行為を必要としていた者。あなたがたの考えだと、ムハンマド・アッタはCIAかFBIの回し者だったということですが、とフェイトは言った。ムハンマド・アッタの遺体は発見されたか？　とカリルが尋ねた。ムハンマド・アッタが例の飛行機のどちらかに乗っていたと誰が保証できる？　俺の考えを聞かせてやろう。たぶんアッタは死んでいる。拷問の最中に死んだか、こめかみに一発喰らったかだ。それから連中は遺体を切り刻み、骨も細かく砕いて、鶏一羽分ぐらいにしてしまった。そのあと、骨と小間切れの肉を箱に入れ、コンクリート詰めにしてフロリダの湿地にでも捨てたんだろう。ムハンマド・アッタの仲間たちにも同じことをしたんだ。

じゃあ誰が飛行機を操縦していたんですか？　とフェイトは尋ねた。クランの気狂いども、中東の名もなき精神病患者、自殺するよう催眠術をかけられた志願者かもしれない。この国では毎年何万人もが行方不明になるが、誰も探そうとしないんだ。その後、話題はローマ人と円形競技場、ライオンに食べられた最初のキリスト教徒の話へと移った。だが俺たちの黒い肉は、ライオンも喉に詰まらせるだろうよ、と彼は言った。

翌日、フェイトはハーレムにある事務所に彼らを訪ねた。そこでは、中背で顔じゅう傷痕だらけのイブラヒムという男を紹介され、彼から同胞団がその地区で行なっている慈善活動について の説明を事細かに聞かされた。二人は事務所の隣にある食堂で一緒に昼食をとった。食堂は、女がひとりで少年の手を借りて切り盛りし、キッチンには絶えず歌を口ずさんでいる老人がいた。夕方にカリルが合流したので、フェイトは二人がどこで知り合ったのかと尋ねた。刑務所さ、と彼らは答えた。刑務所は黒人同士が知り合う場所なんだ。それからハーレムのその他のムスリムグループの話をした。イブラヒムもカリルも、ほかのグループのことはあまりよく思っていなかったものの、節度のある話し方をしようとした。善きムスリムは、遅かれ早かれ最後にはムハンマド同胞団に来ることになっていた。

別れ際にフェイトは、ウサマ・ビン・ラディンの肖像を掲げて行進したことは決して許されないだろうと言った。イブラヒムとカリルは声を上げて笑った。まるで二つの黒い岩が身体を揺すって笑っているようだった。

「それは決して忘れられないだろう」とイブラヒムは言った。

「今ようやく連中は誰を相手にしているか分かったんだ」とカリルは言った。

文化社会部のデスクは彼に、同胞団に関するルポのことは忘れろと言った。

「黒人は何人いたんだ？」とデスクは訊いた。

「二十人くらいです」とフェイトは言った。

「二十人の黒人か」とデスクは言った。「少なくとも五人は間違いなくＦＢＩの潜入捜査官だな」

「もっといるかもしれません」とフェイトは言った。

「連中の何が面白そうなんだ？」とデスクは訊いた。

「愚かさです」とフェイトは言った。「自分が自分をだめにするときのさまざまな形がいくつも見られるんです」

「マゾになったのか、オスカー？」とデスクは言った。

「かもしれません」とフェイトは認めた。

「もっと女とやらなけりゃだめだ」とデスクは言った。「外に出て、もっと音楽を聴いて、友達をつくり、話をするんだ」

「俺もそう思っていました」とフェイトは言った。

「どう思ってた?」

「もっと女とやらなけりゃだめだと」とフェイトは言った。

「そういうのは考えることじゃない、やることだ」とデスクは言った。

「まずは考えないと」とフェイトは言った。それから言い添えた。「ルポにはゴーサインを出してくれますか?」

文化社会部のデスクは首を横に振った。

「話にもならない」とデスクは言った。「そいつは哲学雑誌か都市人類学の雑誌にでも売るといい。もしそうしたければくだらないシナリオでも書いてスパイク・リーのクソ野郎に映画にしてもらえ。だが俺にはそいつを掲載するつもりはない」

「分かりました」とフェイトは言った。

「まったく、ビン・ラディンのプラカードを持って練り歩くなんて、たちが悪い奴らだ」とデスクは言った。

「金玉がついてないとできません」とフェイトは言った。

「鉄筋コンクリートの金玉がついてないとな、それにとびきりの阿呆でないと」

「きっと警察の回し者が思いついたんでしょう」とフェイトは言った。

「同じことだ」とデスクが言った。「誰が思いついたにせよ、それはいい証拠だ」

「何の証拠ですか?」とフェイトは訊いた。

「俺たちが気狂いの惑星に住んでることの証拠だよ」とデスクは言った。


電話口に文化社会部のデスクが出るなり、フェイトはサンタテレサで起きている事件の話をした。実のところ、それは彼が書こうとしているルポの要約だった。彼は女性連続殺人事件のことを話し、すべてが一人ないしは二人による犯行の可能性があり、もしそうなら史上最大の連続殺人事件となること、さらに麻薬の密輸のこと、国境地帯のこと、警察の腐敗と街の異常な成長のことを話すと、もう一週間あれば必要な取材をして、そのあとすぐにニューヨークに戻り、五日でルポに仕立てることを保証した。

「オスカー」とデスクは彼に言った。「お前がそこにいるのは、しょうもないボクシングの試合を取材するためだ」

「それ以上のネタなんです」とフェイトは言った。「試合なんて一つのエピソードにすぎません。俺が提案している記事はもっと多くのことを含んでいます」

「何を提案してるって?」

「第三世界の工業地帯のスケッチです」とフェイトは言った。「メキシコの現状のエド・メモワール、国境のパノラマ、第一級の推理ものですよ、まったく」

「エド・メモワールだと?」とデスクは言った。「そりゃフランス語か?　お前はいつからフランス語ができるようになったんだ?」

「フランス語なんかできませんよ」とフェイトは言った。「でも、エド・メモワールってやつが何かは知っています」

「俺だっておかまエド・メモワールが何かは知ってる」とデスクは言った。「それにメルシーとオーヴォワールとフェール・ラムールの意味だって知ってるぞ。クシェ・アヴェク・モアもだ、あの歌覚えてるか?　ヴレヴ・クシェ・アヴェク・モア、ス・ソワールってやつだ。それに、たぶんお前はクシェ・アヴェク・モアしたいのさ、先にヴレヴと言わずにな。だがこういう場合、ヴレヴは絶対必要だ。分かったか?　ヴレヴと言わなけりゃならない。言わないと失敗するぞ」

「ここにはすごいルポが書ける材料があるんです」とフェイトは言った。

「事件にはおかま兄弟が何人絡んでるんだ?」とデスクは訊いた。

「何の話ですか?」とフェイトは言った。

「黒人が何人殺されかけてるのかってことだ」とデスクは訊いた。

「知りませんよ、俺が話しているのはすごいルポのことです」とフェイトは言った。「ゲットーの暴動じゃない」

「つまり、この話におかま兄弟は一人も出てこないんだな?」とデスクは言った。

「兄弟は一人も出てきません。だけどメキシコの女性が二百人以上殺されているんです。ひどい話ですよ」とフェイトは言った。

「カウント・ピケットの勝ち目はどのくらいなんだ?」とデスクは訊いた。

「カウント・ピケットなんかあんたの黒いケツの穴にでも突っ込んでおいてください」とフェイトは言った。

「対戦相手は見てきたのか?」とデスクは訊いた。

「カウント・ピケットなんかあんたのクソったれのケツの穴に突っ込んどけ」とフェイトは言った。「そしてあんたのケツの穴を護ってくれるように頼めばいい。俺がニューヨークに帰ったら、あんたのケツの穴に蹴りを入れますから」

「お前はやるべきことをやれ、出張手当でいかさま賭博なんかするんじゃないぞ、黒ん坊」とデスクは言った。

フェイトは電話を切った。

すぐそばで、ブルージーンズと革ジャンを着た女が微笑んでいた。サングラスをかけ、肩には高級そうなバッグとカメラが掛かっていた。旅行者のような格好だった。

「サンタテレサの殺人事件に興味がおありですか?」と彼女は言った。

フェイトは彼女を見つめ、しばらくしてようやく、電話の話を聞かれていたことに気づいた。

「グアダルーペ・ロンカルです」と女は手を差し出して言った。

彼は握手した。華奢な手だった。

「わたしは記者です」と、フェイトが手を離すとグアダルーペ・ロンカルは言った。「でもボクシングの取材に来たんじゃありません。その種の格闘技には興味がないんです。でも、ボクシングをとてもセクシーだと思う女性がいることは知っています。実を言うと、わたしにはむしろ悪趣味で無意味に思えるんです。どう思われます？　それともあなたは二人の男が殴り合うのを見るのがお好きなのかしら？」

フェイトは肩をすくめた。

「答えてくださらないの？　いいわ、わたしはスポーツの好みを云々する人間じゃありません。実際、スポーツはどれも楽しめないんです。ボクシングもだめ、理由はさっき言ったとおり、サッカーもだめ、バスケットボールもだめ、陸上でさえ面白いと思えない。だったらどうしてわたしは、スポーツ記者ばかりのホテルにいるんだろうと思うでしょ？　ほかのもっと落ち着いたホテルなら、バーやレストランに下りていくたびに、はるか昔の大試合の悲壮な物語を聞かずにすむのに。わたしのテーブルまでいらして一杯付き合っていただけるなら、理由をお話しするわ」

彼女についていきながら、自分は頭のおかしい女かことによると商売女と一緒にいるのではないかと一瞬疑ったが、グアダルーペ・ロンカルは狂っているようにも商売女のようにも見えなかった。もっともフェイトは、メキシコの狂女や商売女がどんなものなのか実際には知らなかった。彼女は記者にも見えなかった。二人はホテルのテラス席に座った。そこからは建設中の十階を越える建物が見えた。新しいホテルよ、と女が関心を示すこともなく教えてくれた。何人かの労働者が、鉄骨に寄りかかったり積まれた煉瓦の上に座ったりして、やはりこちらを見ているようだったが、それはフェイトの思い込みかもしれなかった。建設中のビルのなかを動いている人影はあまりに小さく、確かめようがなかった。

「さっき言ったように、わたしも記者なんです」とグアダルーペ・ロンカルは言った。「メキシコシティの大きな新聞社に勤めています。ここに泊まることにしたのは怖いからです」

「何を怖がっているのですか？」とフェイトは訊いた。

「何もかもが怖くて。サンタテレサの女性連続殺人事件に関わる仕事に就くと、女性なら最後には怖くなるんです。痛い目に遭うことへの恐怖。報復への恐怖。拷問への恐怖。もちろん、経験があればこんなに怖くはないのかもしれないけれど。でもわたしには経験がない。経験が欠けてる。経験不足がわたしの欠点なんです。しかも、もしこういう言葉があるなら、わたしは秘密記者としてここに来たと言えるでしょうね。この殺人事件に関することなら何もかも知っています。けれど根本的には門外漢なんです。つまり一週間前まではわたしの担当者じゃなかった。事件には通じていなかったし、何か書いたこともなかった。そうしたら突然、期待もしていなければ頼みもしなかったのに、机の上に被害者の女性たちのファイルが置かれ、この事件を担当させられたんです。理由を知りたいですか？」

　フェイトは頷いた。

「それはわたしが女だからです。女は任された仕事を断れません。もちろんわたしだって、前任者の運命、その末路がどうだったかくらいは知っていました。皆、新聞で知っていたんです。とても有名な事件だったから、ご存じかもしれません」フェイトは首を横に振った。「もちろん殺されたんです。事件に深入りしすぎて殺された。このサンタテレサじゃなく、メキシコシティで。警察の発表では強盗殺人ということでした。どんな事件だったか知りたいですか？　彼はタクシーに乗りました。タクシーは走り出した。ある街角まで来るとタクシーは停まり、見知らぬ男が二人乗り込んできた。彼らはしばらく車で街中のATMを回り、前任者のクレジットカードを使い切ると、今度は郊外の地区に向かい、そこで彼をナイフでずたずたにしました。書いた記事のせいで殺されたジャーナリストは彼が初めてじゃありません。彼のファイルには、もう二件、同じようなデータがあったんです。あるラジオ局の女性アナウンサーはメキシコシティで誘拐されているし、ラ・ラサ紙というアリゾナの新聞社に勤めていたチカーノの記者は行方不明になりました。二人ともサンタテレサの女性連続殺人事件の取材をしていました。ラジオ局のアナウンサーのほうは、同じ大学のジャーナリズム学部で知り合った人でした。友人だったことはありません。彼女が生きているあいだ、二言しか話さなかったかもしれません。それでも彼女はわたしの知り合いだったと思います。殺される前、彼女はレイプされ、拷問にかけられたんです」

「このサンタテレサで？」とフェイトは言った。

「いいえ、まさか、メキシコシティで。犯罪者たちの腕は長いんです、とても」とグアダルーペ・ロンカルは夢見るような声で言った。「以前、わたしの担当は地元のニュースでした。記事に署名が入ったことはほとんどなかった。まったく無名だったんです。前任者が亡くなると、社のお偉方が二人、わたしに会いに来ました。彼らはわたしを食事に誘いました。きっと自分が何かよくないことをしたんだと思いました。でなければ、二人のどちらかがわたしと寝るつもりなんだろうと。二人とも付き合いはありませんでした。誰かは知っていたけれど、話したことはなかったんです。食事は快適そのものでした。向こうはマナーがよくて洗練されているし、こちらはインテリで鋭い観察力の持ち主。もっと悪い印象を与えられたらよかったのですが。そのあと一緒に社に戻ると、大事な話があるからついてくるように言われました。片方の上司の部屋に行きました。最初に訊かれたのは、給料を上げてほしいかということだった。そのときこれは何かあると思ったんです。だからいいえと答えたかったのに、はいと答えました。そうしたら書類を一枚出して、ある金額を言ったんです。それはわたしが地元ニュース担当記者としてもらっているお給料とぴったり一致していた。それからわたしの目を見て今度は別の金額を言いました。それは給料を四〇パーセント上げてやると言ってくれているようなものだった。嬉しくて飛び上がりそうでした。それから前任者が作成したファイルの束を渡されて、今この瞬間からサンタテレサの女性連続殺人事件の担当になったと言われたんです。そのとき、ここで尻込みしたらすべてぱあになるということが分かりました。か細い声で、なぜわたしなのか尋ねました。君はとても頭が切れるからだよ、ルペ、と一人が言いました。誰も君のことを知らないからさ、ともう一人が言いました」

女は長々とため息をついた。フェイトはなるほどと言うように微笑んだ。二人はウイスキーとビールをもう一杯ずつ注文した。建設中のビルの作業員たちはもう見えなかった。わたし飲みすぎなんです、と女は言った。

「前任者のファイルを読んでからはウイスキー浸け、以前よりもはるかに酒量が増えました。ウォッカやテキーラにも溺れているし、今はソノラのお酒を見つけて、バカノラという名前ですけれど、これも浴びるように飲んでいるんです」とグアダルーペ・ロンカルは言った。「それに日ごとに恐怖が募り、震えが止まらなくなることもあるんです。メキシコ人は決して怖がらないというのをもちろん聞いたことがあると思います」と言って彼女は笑った。「そんなの嘘、わたしたちはとても怖がりなのに、見事にそれを隠すんです。たとえばわたしがサンタテレサにやってきたとき、怖くて死にそうでした。エルモシージョからここへ飛んでいるあいだ、飛行機が爆発しても構わないと思っていました。そうすれば、即死するそうですから。メキシコシティの同僚にこのホテルの住所を聞いておいてよかった。その人も試合の取材で〈ソノラ・リゾート〉に宿を取るつもりだと言っていたし、大勢のスポーツ記者のなかに紛れていれば、わたしに危害を加える者はいないと言っていました。それですぐここに来たんです。問題は、試合が終わっても皆さんと一緒に帰れないことで、何日かはサンタテレサにいないといけないんです」

「なぜ？」とフェイトは訊いた。

「殺人事件の第一容疑者に面会をしなくてはいけないんです。あなたと同じ国の人間ですよ」

「知りませんね」

「そんなことも知らずに、どうやって事件について書くつもりなんですか？」とグアダルーペ・ロンカルは言った。

「情報を集めるつもりでした。あなたが聞いた電話で、もっと時間をくれるように頼んでいたんです」

「前任者は事件のことを誰よりもよく知っていました。ここで起きていることの全体像を七年かけて摑んだんです。人生は耐えがたいほど悲しいものです。そうじゃありませんか?」

グアダルーペ・ロンカルは、まるで突然偏頭痛に襲われたかのように、両手の親指でこめかみを押さえた。何かつぶやいたがフェイトには聞き取れず、それからウェイターを呼ぼうとしたが、テラスにいたのは彼ら二人だけだった。彼は気がついてぞっとした。

「刑務所に行ってその男に会わなければならないんです」と彼女は言った。「第一容疑者、あなたの国の人はもう何年も前から収監されているんです」

「だったらどうして第一容疑者になれるんですか?」とフェイトは言った。「俺の知るかぎり、今も犯罪は起こり続けているはずです」

「メキシコのミステリーね」とグアダルーペ・ロンカルは言った。「ついてきていただける? 一緒に行って、インタビューする気はありませんか? 実を言うと、男性に付き添ってもらえればもっと落ち着いていられると思うんです。わたしはフェミニストだから、主義に反することだけれど。フェミニストには何か反感を抱いているかしら? メキシコではフェミニストでいるのは難しいんです。お金持ちならばそうでもないんでしょうけれど、中流出身だと難しいんです。もちろん初めは違います。最初は簡単です。たとえば大学ではとても簡単なんですが、年を経るにつれて、だんだん難しくなるんです。分かっていただきたいのだけれど、メキシコ人にとって、フェミニズムの唯一の魅力は若さに根ざしています。でもここでは老けるのが早い。わたしたちはたちまち老け込んでしまいます。わたしはまだ若いからいいのですが」

「あなたはまだ十分若いですよ」とフェイトは言った。

「それでも怖いんです。一緒に来てくれる方が必要なんです。今朝、車でサンタテレサ刑務所の周りを走ったら、もう少しでヒステリーを起こすところでした」

「そんなに怖いところなんですか?」

「夢を見ている感じ」とグアダルーペ・ロンカルは言った。「刑務所が生き物に見えるんです」

「生き物?」

「どう説明すればいいのか。たとえばアパートの建物より生気がある。はるかに生気があるんです。こんなことを言っても驚かないでくださいね、切り刻まれた女のように見えるんです。切り刻まれながら、まだ生きている女です。そしてその女のなかに囚人たちが暮らしている」

「分かりました」とフェイトは言った。

「いいえ、何もお分かりじゃないと思いますよ。でも同じことです。あなたはこの件に興味がある。わたしと一緒に行って護ってくれるのとひきかえに、わたしは事件の第一容疑者と接触する可能性を提供する。これは公平で対等な契約だと思えるんですが。いかがかしら?」

「たしかに公平です」とフェイトは言った。「それにとてもありがたい申し出だ。まだ分からないのは、あなたが何を怖がっているかです。刑務所からあなたに危害を加えられる人間はいない。理屈では、少なくとも、収監されている人間が誰かに危害を加えることはできない。できるのは自分たちのあいだで危害を加え合うことだけです」

「あなたは第一容疑者の写真を一度も見ていませんね」

「ええ」とフェイトは言った。

グアダルーペ・ロンカルは空を見上げて微笑んだ。

「きっと頭がおかしい女に見えるでしょうね」と彼女は言った。「それとも娼婦かしら。でもわたしはどちらでもありません。ただ神経質になっていてこのところ飲みすぎなだけ。あなたをベッドに誘いたがっているとでも？」

「いや。あなたの言ったことを信じます」

「哀れな前任者が集めた資料のなかには、写真もありました。容疑者のものも何枚か。正確に言えば三枚です。三枚とも刑務所で撮られています。二枚はヤンキーが、失礼、あなたを侮辱するつもりはありません、たぶん面会室だと思うけれど、カメラを見据えて座っています。明るい金髪で目は真っ青。盲人じゃないかと思うほど青いんです。三枚目の写真では別の方向を向いて立っています。大男で痩せていて、それもひどく痩せているのに、少しも弱々しく見えない。顔つきは、夢見る人間の顔つきです。うまく説明できたかどうか。居心地悪そうには見えません。刑務所にいながら、居心地悪そうにはしていないんです。落ち着いているようにも、くつろいでいるようにも見えない。怒っているようにも見えない。あれは夢を見ている人間の顔です。猛烈な速さの夢を見ている人の。その夢は、わたしたちの夢のはるか先を進んでいるんです。それが怖いんです。分かっていただけるかしら？」

「正直に言えば全然分かりません」とフェイトは答えた。「でも面会には同行すると思ってください」

「では承知してくださるのね」とグアダルーペ・ロンカルは言った。「あさって、十時に、ホテルの前で待っています。いいですか？」

「朝の十時ですね？　ここに来ます」とフェイトは言った。

「午前十時に。ではよろしく」とグアダルーペ・ロンカルは言った。それから彼の手を握り、テラスから出ていった。フェイトは見送った。彼女はふらついていた。

そのあと日が暮れるまでは、〈ソノラ・リゾート〉のバーでキャンベルと酒を飲んだ。二人は、スポーツ記者というのはピュリツァー賞など決してもらえないし、単なる偶発的な出来事に関する証言以上の価値を認めてくれる者などほとんどいない、虚ろな職業だと言って嘆いた。それから大学時代を懐かしんだ。フェイトはニューヨーク大学で過ごし、キャンベルはアイオワのスーシティ大学で過ごしていた。

「あのころ俺にとって一番重要だったことは野球と倫理だった」とキャンベルは言った。

フェイトは一瞬、部屋の隅の暗がりにひざまずき、聖書を胸に泣いているキャンベルの姿を想像した。ところがキャンベルはそのあと、女とスミスランドの、リトルスー川の近くにあった田舎の宿のようなバーの話を始め、そこにたどり着くにはまずスミスランドまで行き、それから西に数キロ歩くと木々の下にそのバーが見え、そこで働いている女たちが農民やスーシティから車でやってくる何人かの学生たちの相手をしていたと言った。

「俺たちはいつも同じことをしていた」とキャンベルが言った。「まずは女の子と寝て、それから中庭に出てくたくたになるまで野球をして、そのあと、日が暮れてきたら飲んで酔っぱらい、バーのテラスでウェスタンを歌っていたんだ」

対照的に、ニューヨーク大学時代のフェイトはあまり酒もやらなかったし、娼婦と寝ることもなく（事実、金を払わなければならない女と寝たことは一度もなかった）、授業のない日は仕事と読書に明け暮れていた。わずか数か月の短い期間ながら週に一度、土曜日に創作教室に通い、小説を書いて生きていくことを夢見た時期もあったが、あるとき教室を主宰している作家にジャーナリズムに専念したほうがいいと言われたのだった。

だがそのことはキャンベルに言わなかった。

日が暮れかかったころ、チューチョ・フローレスがやってきて彼を連れ出した。フェイトはチューチョ・フローレスがキャンベルを誘わないことに気づいた。なぜだか分からないが、それは彼を喜ばせると同時に気まずくもさせた。しばらく二人で、サンタテレサの街を、あてどなく、あるいはフェイトがそう思っていただけかもしれないが、歩き回り、チューチョ・フローレスは言いたいことがあるのにその機会が見つからないかのようだった。街灯の光のせいで、隣にいるメキシコ人の表情がいつもと違っていた。顔の筋肉がこわばっていた。どちらかというと醜い横顔だ、とフェイトは思った。そのときようやく、いずれ〈ソノラ・リゾート〉に戻らなければならないことに気づいた。自分の車が駐車場に停めてあったからだ。

「あまり遠くには行かないでおこう」と彼は言った。

「腹は減ってるか？」とチューチョ・フローレスが彼に尋ねた。フェイトは、ああ、と答えた。チューチョ・フローレスは笑ってカーステレオをつけた。スピーカーから流れてきたのは、アコーディオンの音と、遠い叫び声、苦しみや歓びから生まれるのではなく、身体の内側でみなぎり、消耗する精力そのもののような声だった。チューチョ・フローレスは微笑み、その笑いは顔に刻みつけられた。彼はまるで首に鋼のコルセットをはめているかのようにフェイトの顔を見もせず、前を向いたまま運転し続けた。いっぽう、遠吠えはしだいにマイクに近づき、フェイトが身の毛のよだつような顔を思い描いた何人かの男の声が歌い始め、というより、曲の最初ほどではなかったが吠え続け、何が目的かよく分からなかったが、さかんに万歳《ビバ》を唱えていた。

「何だこれは?」とフェイトは言った。

「ソノラのジャズさ」とチューチョ・フローレスは言った。


モーテルに戻ったのは朝の四時だった。その夜は酔いが回ったあとその酔いがどこかへ行ってしまい、それからまた酔いが回り、部屋に帰ってきた瞬間にふたたび酔いがどこかへ行ってしまった。まるでメキシコ人たちが飲んでいるのが本物のアルコールではなく、長続きしない催眠効果のある水のような気がした。しばらく車のトランクの上に座って道路を通り過ぎていくトラックを眺めていた。夜気は清々しく、満天の星空だった。母親のことを考え、ハーレムの夜空に輝くわずかな星を眺めようと窓から顔を出すこともなく、テレビの前に座り、あるいは台所で洗い物をしながら母親が考えたに違いないことを考えた。つけっ放しのテレビからは笑い声が、黒人と白人が笑ったりジョークを言ったりするのが聞こえ、母親自身もそのジョークに笑っている。だがもっともありそうなのは、使ったばかりの皿、使ったばかりの鍋、そして使ったばかりのフォークとスプーンを洗うのに必死で、テレビの音などほとんど聞いていないことだった。そんなときの母親は落ち着いていているが、その落ち着きはたぶん、単なる落ち着き以上の何かを意味している、とフェイトは思った。あるいはもしかすると違うかもしれない。ことによると、その落ち着きが意味しているのは単なる落ち着きとともに少しの疲れ、落ち着きと弱まった熾火、落ち着きと穏やかさと眠気、最後はそう、眠気、落ち着きの源泉であり最後の隠れ家でもある眠気だ。しかしそうなると、落ち着きというものが単なる落ち着きにとどまらないことになる、とフェイトは考えた。あるいは、我々が抱いている落ち着きの概念は間違っていて、落ち着き、あるいは落ち着きの領域というのは、実は運動の指示器、加速装置、場合によっては減速装置でしかないことになる。


翌日、目覚めたのは午後二時だった。最初に思い出したのは、横になる前に気分が悪くなって吐いたことだった。ベッドの周りを見渡し、洗面所にも行ってみたが、吐いた跡はまったく残っていなかった。とはいえ、眠っているあいだに二度目を覚まし、二度とも嘔吐の臭いがした。部屋の四方から腐敗の臭いが漂っていた。あまりに疲れていたので立ち上がることも窓を開けることもできず、そのまま眠り続けていた。

すでに臭いは消え、前の晩に吐いた跡はまったく残っていなかった。シャワーを浴び、それから服を着ながら、今夜は試合が終わり次第、車でツーソンに戻り、ニューヨーク行きの夜の便に乗ろうと考えた。グアダルーペ・ロンカルとの約束は守らないつもりだった。記事にできる可能性がないのなら、連続殺人事件の容疑者に会う必要はない。モーテルから電話でチケットの予約をしようかと思ったが、直前に思いとどまり、あとで〈アレーナ〉か〈ソノラ・リゾート〉から電話をすることにした。そのあと荷物をスーツケースに詰め、フロントで精算しようとした。今チェックアウトをする必要はありません、と受付係は言った。出発が夜の十二時までなら追加料金はいただきません。フェイトは礼を言って鍵をポケットにしまったが、車からスーツケースを下ろしはしなかった。

「どちらが勝つと思いますか?」と受付係が尋ねた。

「さあ、この手の試合にはどんなことでも起きかねない」とフェイトは、これまでずっとスポーツ部の特派員であったかのような口ぶりで答えた。

コバルトブルーの空には円筒型の雲がいくつか浮かび、東の空を市街に向かって漂っていた。

「チューブみたいだ」とフェイトは開いていたフロントの戸口で言った。

「巻雲ですね」と受付係が言った。「サンタテレサの丘に着くまでに消えてしまうでしょう」

「不思議だ」とフェイトは戸口に立ち止まったまま言った。

「巻雲の語源はギリシア語のスキロース《シーロス》、固いという意味で、腫瘍、癌という意味にも用いられているが、あの雲はちっとも固そうに見えない」

「そうですね」と受付係が言った。「大気の高いところにできる雲なんです。ほんの少し高度が下がったり上がったりするだけで、ほんの少しの違いで消えてしまうんです」

ボクシング場〈アレーナ・デル・ノルテ〉には誰もいなかった。中央ゲートは閉まっていた。壁にはフェルナンデス対ピケット戦を予告するポスターが貼られていたが、試合の前にすでに古ぼけてしまっていた。剝がされたところもあれば、誰かの手で、これから開かれるコンサート、民族舞踊や〈国際サーカス〉と銘打たれたサーカスのポスターまでもが上から貼られているところもあった。

フェイトは建物に背を向けた。フレッシュジュースを売る屋台を押している女性に出くわした。女の髪は長くて黒く、くるぶしまであるスカートを穿いていた。水を入れたポリタンクと氷の入ったバケツのあいだから二人の子供の頭が見えた。角まで来ると、女は立ち止まって金属の柄のついたパラソルを組み立て始めた。子供たちは屋台から降りて歩道に座り、壁に寄りかかった。しばらくのあいだ、フェイトはじっと立ったまま彼らを見つめ、それから文字どおり人っ子ひとりいない通りを眺めた。ふたたび歩き出すと、反対側の角から別の屋台が現われたので、フェイトはまた立ち止まった。新たに屋台を押してきた男は、女に手を挙げて挨拶をした。彼女はかすかに頷いて男の挨拶に応え、屋台の横から巨大なガラスの壺をいくつも取り出し、折りたたみ式の台に載せていった。あとから来た男はトウモロコシ売りで、彼の屋台からは湯気が出ていた。フェイトは裏口を見つけて呼び鈴を探したが、その手のものがまったく見当たらなかったので、拳でドアを叩かざるをえなかった。子供たちが屋台に寄ってくると、男はトウモロコシを二本取り出し、クリームを塗ってチーズと唐辛子の粉のようなものを振りかけて渡した。フェイトはドアが開くのを待っているあいだ、トウモロコシ売りはたぶん子供たちの父親で、その母親であるジュース屋の女とはうまくいっていないのだろうと想像し、もしかすると二人は離婚していて、仕事で一緒にならないかぎり会うことはないのかもしれないと思った。だが明らかにそんなことはありえない、と彼は思った。それからもう一度ドアをノックしたが、開けてくれる者はなかった。

〈ソノラ・リゾート〉のバーには、試合の取材に行く記者のほとんどが顔を揃えていた。メキシコ人らしい男と話をしているキャンベルを見かけたので近づいていったが、たどり着く前に、キャンベルが仕事中で邪魔してほしくなさそうなことに気づいた。カウンターの近くにチューチョ・フローレスがいるのが目に入り、遠くから挨拶した。チューチョ・フローレスは元ボクサーらしき三人の男と一緒にいて、彼の挨拶にそれほど派手には応えなかった。テラスに空いているテーブルを見つけて腰を下ろした。しばらくそこにいる人々を眺めていた。席から立って長い抱擁を交わし挨拶している者、遠くの席にいる者に大声で話しかけている者、好き勝手に人を集め、シャッターを切っては解散させて大騒ぎしているカメラマン、勢揃いしたサンタテレサのお偉方、誰だか想像もつかない無数の顔、着飾った若い女、ウェスタンブーツにアルマーニのスーツという格好の背の高い男、目を輝かせ、口をきかずに固くなった顎を動かして首を縦か横に振っているだけの若者。やがて、ウェイターが飲み物を持ってくるのを待つのにしびれを切らしてフェイトは席を立ち、人の波に肘鉄を喰らわせ、彼には分からない、あるいはもし分かったとしても彼を立ち止まらせる理由にはならないであろうスペイン語の非難の声を一つ、二つ、あるいは三つ、背中で聞き流しながら、ふり向きもせず店を出た。

街の東のレストランの、葡萄棚のある涼しいパティオで食事を取った。パティオの奥は金網で仕切られ、その手前の地面がむき出しになったところにサッカーゲームが三台置かれていた。二、三分、メニューをにらんでみたが、まったく理解できなかった。そこで身ぶり手ぶりで伝えようとしたが、注文を取りに来た女はただ微笑んだり肩をすくめたりするばかりだった。しばらくすると男が一人現われたが、彼の英語はさらにわけが分からなかった。パンという単語だけは理解できた。あとはビールという単語だ。

やがて男はいなくなり、彼ひとりになった。席を立って葡萄棚の端のサッカーゲームのところへ行った。片方のチームは白いシャツに緑のトランクス、選手たちの髪は黒く、肌は青白いクリーム色をしていた。もう片方のチームは赤いシャツに黒いトランクス、どの選手も濃い髭を生やしていた。だが何より奇妙だったのは、赤のチームの選手の額に小さな角が生えていることだった。あと二つのサッカーゲームもまったく同じものだった。

地平線に丘が見えた。丘の色は黄土色と黒だった。その向こうには砂漠が広がっているのだろうと思った。店を出て丘のほうへ行ってみたいと思ったが、ふり返ると、テーブルの上に、女が置いていったビールと分厚いサンドイッチのようなものがあった。一口食べてみるとうまかった。不思議な味で、少し辛かった。好奇心に駆られて片側のパンをめくってみた。サンドイッチにはあらゆるものが入っていた。時間をかけてビールを飲むと、椅子の上で伸びをした。葡萄の葉陰にミツバチが一匹じっととまっているのが見えた。二筋の陽光が地面に垂直に射していた。もう一度男が来たときに、どうすればあの丘まで行けるのか訊いてみた。男は笑った。フェイトが理解できないことを二言三言言ってから、きれいじゃないとくり返した。

「きれいじゃないのか?」

「きれいじゃない」と言って男はまた笑った。

それからフェイトの腕を摑むとキッチンとして使っている部屋、彼には整頓が行き届いているように見え、何もかもあるべきところにあり、壁の白いタイルには油の染みひとつない部屋に行き、ゴミ箱を指さした。

「丘はきれいじゃないのか?」とフェイトは言った。

男はまた笑った。

「丘はゴミか?」

男は笑い続けていた。左腕に小鳥の入れ墨を入れていた。この種の入れ墨に見られがちな飛んでいる小鳥ではなく、木の枝にとまっている小鳥、小さな鳥、たぶんスズメだろう。

「丘はゴミ溜めか?」

男はさらに笑い、頷いた。

午後七時、フェイトはプレス証を見せてボクシング場〈アレーナ・デル・ノルテ〉に入った。外は人でごった返し、食べ物、飲み物、それにボクシング関係のグッズを売る屋台が出ていた。なかではもう前座の試合が始まっていた。バンタム級のメキシコ人ボクサーが同じくバンタム級のメキシコ人ボクサーと戦っていたが、試合を見ている者はほとんどいなかった。観客は飲み物を買ったり、話をしたり、挨拶したりしていた。リングサイドには二台のテレビカメラが見えた。カメラマンの一人は中央通路の様子を録画しているようだった。もう一人はスツールに座り、カップケーキの包み紙を剝がしている最中だった。フェイトは壁際の、天幕が張り出した通路に入っていった。そこで彼が見たのは賭けをする人々、身体にぴったりしたドレスを身にまとい、自分より背の低い二人の男に抱かれた背の高い女、煙草を吸ったりビールを飲んだりしている男たち、ネクタイを緩めながら、子供が遊ぶように指でさまざまな形を作っている男たちだった。天幕の上の席は値段が安く、そちらの喧噪はより際立っていた。彼は控え室とプレスルームに顔を出すことにした。プレスルームには、メキシコ人記者が二人いたので、彼らは死にかけた人間のような目でフェイトを見た。どちらも椅子に座り、シャツは汗でぐっしょりだった。メロリーノ・フェルナンデスの控え室の入口でオマル・アブドゥルを見かけた。挨拶したが、スパーリングパートナーは知らぬふりを決め込んで、何人かのメキシコ人と話し続けた。ドアの近くにいた者たちの話から、血という言葉が聞こえた。あるいはフェイトには聞こえた気がした。

「何の話をしているんだ?」とフェイトは尋ねた。

「闘牛さ」と片方のメキシコ人が英語で言った。

その場を離れようとすると、誰かに名前を呼ばれた。フェイトさん。ふり返ると、満面の笑みを浮かべたオマル・アブドゥルがいた。

「もう友達に挨拶するのはやめたのかい?」

そばで見ると、彼の両頬に青痣ができていることに気づいた。

「メロリーノのコンディションは上々のようだな」と彼は言った。

「その報酬がこれさ」とオマル・アブドゥルは言った。

「ボスに会えるか?」

オマル・アブドゥルは控え室の入口のほうをふり返ってから、首を横に振ってだめだと言った。

「あんたを入れたら、このおかまたちをみんな入れなけりゃならない」

「記者か?」

「何人かはね。だがたいていはメロリーノと写真を撮るついでに手を触ったりタマを触ったりしたいだけなんだ」

「で、暮らしはどうなんだ?」

「文句はないよ。あんまりね」とオマル・アブドゥルは言った。

「試合が終わったらどこへ行くつもりだ?」

「祝勝会じゃないかな」とオマル・アブドゥルは言った。

「いや、今夜のことじゃない。何もかもが終わったらの話だ」とフェイトは言った。

オマル・アブドゥルは微笑んだ。信頼できそうな、挑戦的な笑みだった。チェシャ猫の笑みだが、このチェシャ猫は木の枝でふんぞり返っているのではなく、嵐のなかを吹きさらしにいるのだった。いかにも若い黒人らしい笑顔だ、とフェイトは思った。だが実にアメリカ人らしい笑顔でもあった。

「分からない」と彼は言った。「仕事を探す。しばらくシナロアで暮らすよ、海のそばで。あとはどうなるか」

「幸運を祈るよ」とフェイトは言った。

別れ際にオマルの言葉が聞こえた。今夜誰よりも幸運が必要なのはカウント・ピケットだろうよ。会場に戻ると、リングではまた別のボクサーが対戦中で、空席はもうほとんど残っていなかった。中央の通路を入ってプレス席に向かった。彼の席には太った男が座っていて、こちらを見つめるばかりで言っていることをまるで理解してもらえなかった。チケットを見せると男は立ち上がり、ジャケットのポケットに手を突っ込んで自分のチケットを取り出した。二枚とも同じ座席番号が印刷されていた。フェイトが笑うと太った男も笑った。その瞬間、片方のボクサーが相手をフックで倒し、何人もの観客が立ち上がり大声で叫んだ。

「どうしましょうか?」とフェイトは太った男に言った。男は肩をすくめ、レフェリーのカウントを目で追った。倒れたボクサーが立ち上がり、観衆はふたたび大声を上げた。

フェイトは片手を挙げ、手のひらを太った男に向けるとその場を離れた。中央通路に戻ると、彼を呼ぶ声が聞こえた。四方を見回したが誰の姿もなかった。フェイト、オスカー・フェイト、と叫ぶ声が聞こえた。立ち上がったばかりのボクサーが相手に抱きついた。相手はクリンチを振りほどこうと、ボディにパンチを繰り出しながら後ろに下がった。ここだ、フェイト、ここだ、と大声がした。レフェリーがクリンチを解いた。立ち上がったばかりのボクサーは攻撃する姿勢を見せながら、ゆっくりと後退し、ゴングを待った。相手も後退した。ダウンしたボクサーは白いトランクスを穿き、顔は血まみれだった。相手のボクサーは黒と紫と赤のストライプのトランクスを穿き、相手がまだダウンしないことに驚いているようだった。オスカー、オスカー、こっちだ、と大声がした。ゴングが鳴ったとき、レフェリーは白いトランクスのボクサーのコーナーに近づき、身ぶりでドクターを上げるよう指示した。ドクターだか何だかがリングに上がり、彼の眉を見て、試合の続行は可能だと言った。

フェイトはふり返り、自分を呼ぶ声の主がどこにいるのか突き止めようとした。観客の大半が席から立ち上がっていたせいで誰も見えなかった。次のラウンドが始まったとき、ストライプのトランクスのボクサーはノックアウトで勝利を手にしようとラッシュをかけた。最初の何秒かは相手も彼の顔にパンチを放ったが、それから彼に抱きついた。レフェリーは何度も二人を引き離した。ストライプのトランクスのボクサーの肩は返り血で染まっていた。フェイトはのろのろとリングサイドのほうへ移動した。キャンベルがバスケットボールの雑誌を読んでいるのが見え、別のアメリカ人記者がのんびりメモを取っているのが見えた。カメラマンの一人がカメラを三脚に据え、横にいた照明係の若者がガムを嚙みながら、最前列に座っている若い女の脚をちらちら見ていた。

また自分の名前が聞こえたのでふり向いた。ブロンドの女が彼に向かって手を振っているような気がした。白いトランクスのボクサーがまた倒れた。マウスピースが口から飛び出し、リンググローブを越えてフェイトのすぐ脇に落ちた。一瞬、しゃがんで拾おうかと思ったが、気持ち悪かったので動かずに、マットの上でレフェリーのカウントを聞いているボクサーを眺めていると、レフェリーが指で九まで数える直前にまた立ち上がった。マウスピースなしで闘うつもりなのか？　と彼は思った。それからしゃがんでマウスピースを探したが見つからなかった。誰が拾ったんだ？　と彼は思った。いったい誰が、あのマウスピースを拾ったんだ？　俺は動かなかったし、誰かが動くところも見なかった。

試合が終わったときスピーカーから流れてきた曲は、チューチョ・フローレスがソノラのジャズだと言った音楽と似ている気がした。一番安い席の観客は歓声を上げ、歌を歌い始めた。〈アレーナ・デル・ノルテ〉の二階席に陣取った三千人のメキシコ人が合唱する。フェイトは彼らの姿を見ようとしたが、照明が中央に集中していたせいでそのあたりは暗くなっていた。声の調子は荘重かつ不敵で、敗戦のあと、暗がりで歌っているようだった。その荘重さにはただ絶望と死があるだけだったが、不敵さのほうには辛辣なユーモアが、そのユーモア自体とさまざまな夢――いつまで続くかはともかく――とが関わり合うときにだけ生じるユーモアが感じられた。ソノラのジャズ。下の席にも歌を口ずさむ者がいないわけではなかったが、大した数ではなかった。こちらでは、ほとんどの観客が会話するかビールを飲むかのどちらかだった。白いシャツと黒いズボン姿の男の子が通路を駆け下りるのが見えた。ビールを売っている男が歌を口ずさみながら通路を上っていくのが見えた。女が両手を腰に当て、背の低いちょび髭の男の話に大笑いしていた。背の低い男は大声で話していたが、その声はほとんど聞こえなかった。顎の動きだけで（しかも顎は侮蔑と無関心しか示していなかった）会話をしているように見える男たちがいた。うつむいて独り言をつぶやき、微笑んでいる男がいた。誰もが幸せそうだった。まさにその瞬間、フェイトは、啓示を受けたかのように理解した。〈アレーナ・デル・ノルテ〉に来ている者のほぼ全員が、メロリーノ・フェルナンデスが試合に勝つと思っている。どうしてそんな確信がもてるのか？　一瞬、それが分かった気がしたが、その思いつきは水が手から漏れるように消えてしまった。そのほうがいい、と彼は思った。その思いつき（相変わらずのばかげた思いつき）のとらえがたい影の鉤爪の一撃を喰らえば、彼などひとたまりもなかっただろう。

そのとき、ようやく彼らの姿が見つかった。チューチョ・フローレスが、こっちに来て一緒に座れと身ぶりで合図していた。隣にいるブロンドの女には見覚えがあった。前に会ったことがあるが、今ははるかに身なりがよくなっていた。ビールを一杯買って人混みをかき分けた。ブロンドの女が彼の頬にキスした。彼女は名前を言ったが、彼の記憶にはなかった。ロサ・メンデスよ。チューチョ・フローレスはそこにいた二人を紹介した。一人は会ったことのないファン・コロナという、フェイトがたぶん記者だろうと思った男、もう一人はとびぬけて美しい、ロサ・アマルフィターノという名の娘だった。こっちはビデオ王のチャーリー・クルスだが、もう知っているな、とチューチョ・フローレスは言った。チャーリー・クルスは彼に手を差し出した。彼だけは、ボクシング場の熱気などどこ吹く風と座ったままだった。誰も彼も、まるで試合のあとに特別なパーティーに出るとでもいうように身なりがよかった。椅子がひとつ空いていて、ブレザーや上着をどけてくれたので、フェイトはそこに腰掛けた。皆に誰かを待っているのかと尋ねた。

「女友達を待っていたんだ」とチューチョ・フローレスが耳元で言った。「だけどぎりぎりになって気が変わったらしい」

「来ても大丈夫だ」とフェイトは言った。「席を立つよ」

「まさか、君は俺たちとここにいるんだ」とチューチョ・フローレスは言った。

コロナは彼に、アメリカのどこの出身かと尋ねた。ニューヨークだ、とフェイトは答えた。仕事は？　記者だ。ここでコロナは知っている英語を使い果たしてしまい、それ以上質問しなかった。

「黒人の男性と知り合いになったのはあなたが初めてよ」とロサ・メンデスが言った。

チャーリー・クルスがそれを訳した。フェイトは微笑んだ。ロサ・メンデスも微笑んだ。

「デンゼル・ワシントンが好きなの」と彼女は言った。

チャーリー・クルスがそれを訳し、フェイトはもう一度微笑んだ。

「今まで黒人の友達は一人もいなかったの」とロサ・メンデスは言った。「テレビで見たことはあるし、街でもときどき見かけるけど、黒人はそんなにたくさんいないわ」

チャーリー・クルスは、ロサはこういう女だ、性格はいいが、ちょぴり無邪気なんだと言った。フェイトには、ちょっぴり無邪気、というのが何のことか分からなかった。

「メキシコには、黒人が少ししかいないことは確かよ」とロサ・メンデスは言った。「その少しというのはベラクルスに住んでいるの。ベラクルスに行ったことはある？」

チャーリー・クルスがそれを訳した。ベラクルスに行ったことがあるかとロサが尋ねていると言った。いや、一度も、とフェイトは言った。

「わたしも。一度寄ったことはあるわ。十五歳のときに」とロサ・メンデスは言った。「でも何も覚えていないの。まるでベラクルスでいやなことがあってその記憶が消えてしまったみたいだわ」

今度はロサ・アマルフィターノが通訳してくれた。チャーリー・クルスのように笑顔を浮かべながらではなく、もう一人の女が言ったことを真剣そのものの調子で訳してくれた。

「分かるよ」とフェイトはまったく分からずに言った。

ロサ・メンデスは彼の目を見つめた。彼には相手が暇潰しをしているにすぎないのか、親密な内緒話に誘い込もうとしているのか分かりかねた。

「きっと何かあったんだわ」とロサ・メンデスは言った。「だって本当に何も覚えていないんだもの。そこに行ったことは覚えているのよ、何日もというほどじゃなく、せいぜい二、三日、でも街のことはこれっぽっちも覚えていないの。あなたにもこういう経験ある?」

たぶん俺にもあるのだろう、とフェイトは思った。だがそれを認めるかわりに、ボクシングは好きかと彼女に尋ねた。ロサ・アマルフィターノがその質問を訳すと、ロサ・メンデスはときどき、ごくたまに興奮することがある、とくにハンサムなボクサーが闘っていると、と言った。

「君はどうだい?」とフェイトは英語の分かるほうに尋ねた。

「好きでも嫌いでもない」とロサ・アマルフィターノは言った。「こういうところには初めて来たの」

「初めてだって?」自分もボクシングには詳しくないことを棚に上げてフェイトは言った。

ロサ・アマルフィターノは微笑んで頷いた。それから煙草に火をつけ、そのあいだにフェイトが視線を移すと、チューチョ・フローレスが初めて会ったかのような目で彼を見ていた。きれいな子だ、とチャーリー・クルスが隣で言った。フェイトは暑いと言った。大粒の汗がロサ・メンデスの右こめかみを伝っていた。ワンピースの襟ぐりが大きく開いていて、二つの大きな乳房とクリーム色のブラジャーがのぞいていた。メロリーノに乾杯しましょう、とロサ・メンデスが言った。チャーリー・クルスとフェイトとロサ・メンデスはビールの瓶を軽くぶつけ合った。紙コップで乾杯に加わったロサ・アマルフィターノは、たぶん水かウォッカかテキーラを飲んでいたのだろう。フェイトは彼女に尋ねてみようかと思ったが、すぐにその質問があまりにばかばかしい気がしてきた。こういう女性にそんな質問はしないものだ。仲間内ではチューチョ・フローレスとコロナだけが、まるで空いていた席に来るはずの女の子が現われるという希望をまだ失っていないかのように立ったままでいた。ロサ・メンデスが彼に、サンタテレサはものすごく気に入ったか、それとも気に入りすぎかと尋ねた。ロサ・アマルフィターノが訳した。フェイトには質問が理解できなかった。ロサ・アマルフィターノが微笑んだ。フェイトは、女神のような笑顔だと思った。ビールが不味くなった。どんどん苦く、そしてぬるくなっていった。彼女のコップの中身を一口もらえないかと頼みたくなったが、そんなことは自分がすることではないと分かっていた。

「ものすごくか、気に入りすぎか。どっちが正解なんだ?」

「たぶん気に入りすぎね」とロサ・アマルフィターノは言った。

「じゃあ、気に入りすぎだ」とフェイトは言った。

「闘牛へは行ったことある?」とロサ・メンデスが訊いた。

「いや」とフェイトは答えた。

「じゃあサッカーの試合は? 野球の試合は? サンタテレサのバスケットボールチームの試合は見に行った?」

「君の友達はずいぶんスポーツに興味があるんだね」

「それほどでもないわ」とロサ・アマルフィターノは言った。

「ただあなたとの話題を探しているだけ」

話題にすぎないのか? とフェイトは思った。なるほど、するとただ単純な女、あるいは飾らない女に見せようとしているだけなのか? いや、ただ愛想よく振る舞おうとしているだけだ、と彼は思った。だがそれ以上のものがあると直感的に思った。

「そのどれにも行ったことがない」とフェイトは言った。

「スポーツ記者なんでしょう?」とロサ・メンデスは言った。

そうか、とフェイトは思った。単純な女か飾らない女に見せたいわけではなく、愛想よく振る舞おうとしているのですらなく、彼女にとって俺はスポーツ記者で、だからその手のイベントに興味があると思っているだけなのだ。

「たまたま今スポーツ記者をやっているだけだ」とフェイトは言った。それから二人のロサとチャーリー・クルスに、メキシコに来るはずだったスポーツ特派員の話と彼が死んだ話をし、自分がピケット対フェルナンデス戦の取材に来ることになったいきさつを説明した。

「じゃあ普段は何を書いているんだい?」とチャーリー・クルスが訊いた。

「政治だ」とフェイトは答えた。「アフリカ系アメリカ人社会に影響のある政治的なテーマについて。社会的テーマだよ」

「ものすごく面白そう」とロサ・メンデスは言った。

フェイトは通訳をしているロサ・アマルフィターノの唇を見つめた。その場にいられて嬉しかった。


試合はあっけなく終わった。最初にカウント・ピケットがリング中央に進み出た。敬意を表する程度の喝采とまばらなブーイングが上がる。続いてメロリーノ・フェルナンデスが進み出た。喝采が轟いた。第一ラウンドは探り合いだった。第二ラウンドでピケットが猛然とラッシュし、一分とかからずに相手をノックアウトした。メロリーノ・フェルナンデスの身体はマットの上に長々と伸びたきり、ぴくりともしなかった。セコンドが担架で彼をコーナーまで運んだが、意識を取り戻さなかったので担架係がやってきて、病院へと運んでいった。カウント・ピケットは片手を挙げ、それほど興奮した様子もなく、チームの人間に囲まれてリングを去った。観客はボクシング場をあとにし始めた。

〈エル・レイ・デル・タコ〉という店で食事をした。入口にはネオンの絵があり、豪華な王冠をかぶった男の子がロバにまたがり、ロバはたびたび前脚で立ち上がっては男の子を振り落とそうとする。男の子は片手にタコス、もう片方の手には鞭にもなる一種の錫杖を持っているにもかかわらず、落ちることはない。マクドナルドのような内装だったが、どこかちぐはぐな感じがした。椅子はプラスチック製ではなく藁で編んであった。テーブルは木製だった。床には大きな緑色のタイルが敷いてあり、ところどころに砂漠の風景とタコスの王さま《エル・レイ・デル・タコ》の生涯が描かれていた。天井にはくす玉《ピニャータ》が吊ってあり、そこにも小さな王さまの冒険が、必ずロバと一緒に描かれていた。場面のいくつかは他愛もない日常だった。男の子とロバと片目の老婆、あるいは男の子とロバと井戸、あるいは男の子とロバと豆料理の入った鍋という具合だ。ほかには突飛な場面もあった。男の子とロバが谷間の小道を転げ落ちていくところ、男の子とロバが縛られたまま火あぶりになるところ、男の子がピストルの銃口をロバのこめかみに当てて脅しているところが描かれていた。まるでタコスの王さまが、店名ではなく、フェイトが読んだことのない漫画の主人公のようだった。とはいえ、マクドナルドにいるような印象は拭いきれなかった。ウェイターもウェイトレスもとても若く、軍服のような（チューチョ・フローレスは連邦主義者みたいな格好だと彼に言った）制服を着ていたせいで、そんな印象が強まったのだろう。それが勝利を収めた軍勢でないことは間違いなかった。若者たちは笑顔で接客をしてはいたが、疲労の色が濃かった。タコスの王さまの住処である砂漠に迷い込んでしまったかのような若者もいた。意味もなく客に冗談を言おうとする十四、五歳のウェイターもいたが、相手は役人か警官のような男性の一人客、あるいは二人組で、冗談が分かるとは思えない目で若い店員を眺めていた。ウェイトレスのなかには目を潤ませ、現実の顔というより夢に出てくるような顔をした女の子もいた。

「ここは地獄みたいな場所だな」と彼はロサ・アマルフィターノに言った。

「まさにそうね」と彼女は好意的な目でフェイトを見て言った。「ただ味は悪くないわよ」

「空腹がどこかへ行ってしまったよ」とフェイトは言った。

「タコスの載ったお皿が目の前に運ばれてきたら、戻ってくるわ」とロサ・アマルフィターノは言った。

「戻ってくると信じるよ」とフェイトは言った。

レストランへは三台の車に分乗してやってきた。チューチョ・フローレスの車にロサ・アマルフィターノが乗った。口数の少ないコロナの車にチャーリー・クルスとロサ・メンデスが乗った。フェイトはひとりで運転して先の二台の後ろにぴったりついていきながらも、街の周囲を果てしなく回っている気がするたびに一度ならず、ここでクラクションを鳴らして、理由はよく分からなかったがどこかばかげていて幼稚に感じられるこの一行に永遠の別れを告げ、〈ソノラ・リゾート〉へ向かい、ホテルから今観戦したばかりのあっけない試合の記事を書いて送ろうと考えた。ことによるとまだキャンベルがいて、よく分からなかったことを説明してくれるかもしれなかった。よく考えても彼に分かることはひとつもなかった。ピケットはボクシングのやり方が分かっていて、フェルナンデスは違う。それだけのことだった。あるいは〈ソノラ・リゾート〉には行かずに直接国境へ向かい、ツーソンまで車で行き、空港でなら間違いなく見つかるはずのインターネットカフェで記事を書き、疲れ果て、書いている内容についてあまり考えずにそれを送り、そのあと、ふたたび世界が現実の安定した状態を取り戻すであろうニューヨークへ向けて飛び立つのがよかったのかもしれない。

しかし、そうするかわりにフェイトは車の一団に付き従った。だが見知らぬ街であまりに何度も道を曲がるので、唯一の目的は、彼をうんざりさせて、彼らについていくのをやめさせることではないかと軽く疑ったのだが、彼を招待したのは彼らであり、一緒に夕飯を食べに行こう、それからアメリカに帰ればいいじゃないか、メキシコでの最後の晩餐だろうと言ったのも彼らだった。もちろんどうしてもというわけでも心から言ったわけでもなく、人をもてなすというメキシコの習慣に忠実なだけなのだから、礼を言って（感激しながら！）、車の少ない道を堂々と遠ざかっていけばよかった。

ところが彼は招待に応じた。いい考えだ、と彼は言った。腹が減った。皆で一緒に夕食を食べよう。当然のことのように言ってしまった。そしてチューチョ・フローレスの目に表情の変化を認め、コロナが彼を見る目つきが、まるで彼と目を合わせまいとしているかのように、あるいはメキシコ人ボクサーが負けたのは彼のせいだと言わんばかりにさらに冷たくなったのが分かったにもかかわらず、何か名物でも食べに行こうと主張した。メキシコ最後の夜だ、メ、キ、シ、コ、の料理が食べたいんだ。チャーリー・クルスだけが、彼が夕食まで一緒にいられることを喜んでいるように見えた。チャーリー・クルス、それから二人の女の子、だが感情の表現はそれぞれの性質によって異なったし、また女の子たちはただ浮かれているだけという可能性もある、とフェイトは思った。いっぽうチャーリー・クルスにとっては、それまでのいつもと同じ、変わり映えしない風景に思いがけない視点が加わったのかもしれなかった。

どうして俺はここにいて、よく知りもしないメキシコ人たちとタコスを食べてビールを飲んでいるんだ、とフェイトは思った。彼には分かっていた。答えは単純だ。彼女がいるからだ。皆スペイン語で話していた。チャーリー・クルスだけが彼に英語で話しかけてきた。チャーリー・クルスは映画の話をするのが好きで、英語で話すのも好きだった。彼の英語は早口で、大学生の真似をしようとしているかのようだったが、間違いだらけだった。ロサンゼルスに住んでいる、バリー・グアルディーニという監督の名前を出して、知り合いだと言ったが、フェイトはグアルディーニの映画を一本も見たことがなかった。それからDVDの話になった。いずれあらゆるものがDVDかその類のさらに進化した素材に録画され、映画館はなくなるだろうと言った。

映画が見られる場所と言えば、昔は映画館だけだった、とチャーリー・クルスは言った。覚えているかい？　あのでかい劇場で、明かりが消えると胸がわくわくしたのを。ああいう映画館はよかった、あれこそ本物の映画館だよ、教会によく似ていたな、高い天井、大きな臙脂色の幕、太い柱、通路に敷かれた絨毯は古くてすり切れていた。ボックス席、天井桟敷、映画を見ることがまだ宗教的な、日常的ではあるが宗教的な体験だった時代に建てられた建物、それが少しずつ、銀行やスーパーマーケットやシネマコンプレックスを建てるために取り壊されていった。今じゃ、とチャーリー・クルスは言った。生き残ってる映画館はほとんどない、今じゃ映画館は一つ残らずシネコンだ、スクリーンは小さく、観客席は狭く、座席はやけに座り心地がいい。古い本物の映画館一つに、シネコンのちっぽけな部屋が七つは入る。場合によっちゃ十か十五は入る。もうそこでは深淵を感じさせてくれることはないし、映画が始まる前の眩暈も存在しないし、誰もシネコンのなかで孤独を感じたりしない。そのあと、フェイトの記憶によれば、彼は聖なるものの終わりについて話し始めた。

終わりは昔どこかで始まったが、チャーリー・クルスにとってはどこで始まろうと同じことだった。それは教会で、司祭がラテン語のミサをやめたときかもしれないし、家で父親が母親を顧みなくなったとき（怖かったんだな、きっとそうだよ、ブラザー）かもしれなかった。まもなく、聖なるものの終わりは映画館にもやってきた。大きな映画館が取り壊され、マルチプレックス、シネマコンプレックス、複合映画館などと呼ばれる堕落した箱が建てられた。映画の大聖堂は、解体業者の巨大な鉄球をぶつけられて倒壊した。やがてビデオが発明された。ブラウン管と映画館のスクリーンとは別物だ。家にある居間は果てしなく広がる古い平土間席とは別物だ。ところが、注意深く観察してみると、これほど似ているものはない。何よりまず、ビデオでならひとりで映画を見ることができる。家の窓を閉めてテレビをつける。ビデオテープを挿入してソファに座る。第一の条件――ひとりであること。家は大きくても小さくても構わないし、誰もいなければどんなに小さな家であっても大きくなる。第二の条件――準備万端整えること、つまり映画を借り、飲み物を買い、スナック菓子を買い、テレビの前に座る時間を決める。第三の条件――電話に出ないこと、ドアのチャイムを無視すること、一時間半か二時間、あるいは一時間四十五分、これ以上はないという厳格な孤独のなかに身を置く覚悟をすること。第四の条件――くり返し見たい場面があったときに備えてリモコンを手元に置くこと。これだけだ。その瞬間からすべてが映画次第、そして自分次第というわけだ。うまくいけば、というのもいつもうまくいくとはかぎらないからだが、あらためて、聖なるものの存在を実感できる。頭を自分の胸のうちにしまい、目を開き、見つめるんだ、とチャーリー・クルスは一語一語はっきりと言った。

俺にとって聖なるものとは何だろう？　とフェイトは考えた。おふくろの死に直面して今感じている、この得体の知れない痛みか？　もはやなすすべはないという認識か？　あるいは、この女を見ると感じる胃の引きつりみたいなものか？　ならばどんな理由で俺は、その、彼女が、彼女の友達ではなく彼女が俺を見つめるときに、このいわば引きつりを経験するのだろう？　それは彼女と比べて、友達のほうが見るからに美しさにおいて劣るからだ、とフェイトは思った。ということは、俺にとって聖なるものとは美しさ、若くて美しい女、完璧な容貌の持ち主。だったら今、突然、このでかくて胸くその悪いレストランに、ハリウッド一の美人女優が現われたら、俺の目と彼女の目がひそかに交わるたびに、胃の引きつりを感じるのだろうか？　それとも、最高の美女、世間のお墨つきの美女がいきなり現われたなら、この引きつりは和らぎ、彼女の美しさは、週末の夜にかなり変わった男友達三人、それに娼婦らしき女友達と一緒に遊びに出かける不思議な娘の美しさは、現実のレベルまで引き下げられるのだろうか？　だが、ロサ・メンデスを娼婦のようだと思う俺は何者なんだろう？　とフェイトは考えた。俺はメキシコの娼婦について、すぐに見分けられるほど何かを知っているのだろうか？　無垢について、あるいは痛みについて何か知っているのだろうか？　俺は女について何かを知っているのだろうか？　俺はビデオを見るのが好きだ、とフェイトは思った。映画館に行くのも好きだ。女と寝るのが好きだ。今は決まった相手はいないが、決まった相手がいることの意味は分かる。俺はどこかで聖なるものを見つけられるのだろうか？　俺に感じ取れるのは現実的な問題だけだ、とフェイトは思った。埋めなければならない穴、満たさなければならない空腹、自分の記事を完成させ、金をもらうために語らせなくてはならない人々。だがどうして、ロサ・アマルフィターノと一緒にいる男たちを変わった三人だと思うのか？　どこが変わっているのか？　そして俺はどうして、ハリウッド女優が突然現われたらロサ・アマルフィターノの美しさは弱まると、こんなにも確信しているのだろうか？　だがもしそうならなかったら？　弱まるどころか強まっていくとしたら？　そしてあらゆることが、ハリウッド女優が〈エル・レイ・デル・タコ〉のドアをくぐった瞬間に加速し始めたなら？

彼の曖昧な記憶では、そのあと彼らはディスコを何軒か、たぶん三軒はしごした。実際には四軒だったかもしれない。いや、三軒だ。四軒目にも行ったが、それは正確にはディスコではなかった。だが個人の家でもなかった。大音量の音楽が流れていた。ディスコのなかにはパティオ付きのところがあった。一軒目ではない。清涼飲料とビールのケースがうずたかく積まれたそのパティオから空が見えた。海の底みたいに暗い空だった。どこかでフェイトは吐いた。それから、パティオにあった何かが可笑しかったので大笑いした。何があったのだろう？分からない。何かがフェンスのそばで動いていたか、這っていた。もしかすると新聞紙だったのかもしれない。部屋に戻ると、コロナがロサ・メンデスとキスしているのが見えた。コロナは、右手を女の胸に押し当てていた。彼らの横を通り過ぎるとき、ロサ・メンデスが目を開け、知らない人間を見るように彼を見た。チャーリー・クルスがカウンターに寄りかかってバーテンと話していた。彼はロサ・アマルフィターノのことを尋ねた。チャーリー・クルスは肩をすくめた。彼は質問をくり返した。チャーリー・クルスは彼の目を見つめ、たぶん寝室にいるんだろうと言った。

「寝室はどこだ？」とフェイトは訊いた。

「上だよ」とチャーリー・クルスは言った。

フェイトは目にとまった唯一の階段を上った。鉄製で、下が固定されていないかのようにぐらついた。古い船の階段のようだった。上りきると、緑の絨毯を敷いた廊下に通じていた。廊下の突き当たりのドアが開いていた。音楽が聞こえてきた。部屋から漏れる明かりも緑色だった。廊下の真ん中に若くて痩せた男が立っていて、彼を見ると近づいてきた。フェイトは攻撃されると思い、頭のなかで一発目の拳を受けるために身構えた。だが男は彼とすれ違い、階段を下りていった。すごく真剣な顔だった、とフェイトは思い出した。それから歩いて正面の部屋まで行ってみると、チューチョ・フローレスが携帯電話で話をしていた。彼の隣にはチェックのシャツと蝶ネクタイ姿の四十代の男がいて、テーブルに腰掛け、彼から目を離さずに、身ぶりで何か飲むかと尋ねた。それを見て、チューチョ・フローレスがドアのほうに目をやった。

「構わないよ、フェイト、入ってくれ」と彼は言った。

天井から下がっているランプは緑色だった。窓のそばに置かれた椅子にロサ・アマルフィターノが座っていた。あぐらをかいて、煙草を吸っていた。フェイトが敷居をまたぐと、顔を上げ、彼を見た。

「ここで取引をしているのさ」とチューチョ・フローレスが言った。

フェイトは息ができなくなったかのように壁にもたれかかった。緑色のせいだ、と彼は思った。

「そうらしいな」と彼は言った。

ロサ・アマルフィターノは麻薬をやっているようだった。

フェイトの記憶が正しければ、どこかの時点で誰かが、今日は誕生日だと言った。その誰かは一緒に行動していたわけではないが、チューチョ・フローレスやチャーリー・クルスとは知り合いらしかった。テキーラを一杯飲んでいると、一人の女が「ハッピー・バースデイ」を歌い始めた。そのあと三人の男（チューチョ・フローレスもその一人だったのか？）がメキシコの誕生日の歌を歌い始めた。多くの声がその歌に合わせた。カウンターの前で彼の隣に立っていたのはロサ・アマルフィターノだった。彼女は歌っていなかったが、歌詞を訳してくれた。フェイトは彼女に、歌詞に出てくるダビデ王と誕生日とのあいだにどんな関係があるのか尋ねた。

「知らないわ」とロサは言った。「わたしはメキシコ人じゃないから。スペイン人なの」

フェイトはスペインのことを考えた。スペインのどのあたりの出身なのか尋ねようとしたとき、隅のほうで男が女を平手打ちしているのが目に入った。最初の一発で女の顔は大きく後ろを向き、二発目で床に倒れた。フェイトは何も考えずにそちらへ行こうとしたが、誰かに腕を摑まれた。ふり向いて、引き留めたのが誰か確かめようとしたが、誰もいなかった。ディスコの向こうの隅で女に平手打ちを喰らわせた男が、床に転がっていた塊に近づいていって腹を蹴った。すぐそばではロサ・メンデスが楽しそうに笑っていた。その隣にはコロナがいて、いつもの仏頂面でよそを見ていた。コロナは女の肩に腕を回していた。ロサ・メンデスはときどきコロナの手を口元に持っていき、指に嚙みついていた。ときおりロサ・メンデスがあまりに強く嚙むので、コロナはかすかに眉間に皺を寄せていた。

最後に寄った店でフェイトは、オマル・アブドゥルともう一人のスパーリングパートナーを見かけた。二人きりでカウンターの隅で飲んでいたので挨拶に行った。ガルシアという名のスパーリングパートナーは、彼に気づいたしるしに軽く頷いただけだった。それに対しオマル・アブドゥルは、彼に向かって大きく笑ってみせた。フェイトは彼らにメロリーノ・フェルナンデスの具合を尋ねた。

「元気だ、ぴんぴんしてる」とオマル・アブドゥルは言った。「農場にいるよ」

フェイトが彼らから離れる前に、オマル・アブドゥルが彼に、どうしてまだいるのかと尋ねた。

「この街が気に入ったんだ」とフェイトは答えに窮して言った。

「この街は最悪だよ、兄弟」とオマル・アブドゥルは言った。

「つまり、いい女がいるってことだ」とフェイトは言った。

「この街の女なんてクソの役にも立たないぞ」とオマル・アブドゥルは言った。

「ならお前はカリフォルニアに帰るべきだ」とフェイトは言

った。

オマル・アブドゥルは彼の顔をまじまじと見て、何度も頷いた。

「俺も記者になってみたいよ」と彼は言った。「手に入らないものなんてないだろう?」

フェイトは札を一枚取り出してバーテンを呼んだ。この二人が飲む分は俺が払う、と彼は言った。バーテンは札を受け取ってスパーリングパートナーたちをじっと見た。

「メスカルをもう二杯くれ」とオマル・アブドゥルは言った。テーブルに戻るとチューチョ・フローレスが、あのボクサーたちと仲がいいのかと訊いた。

「ボクサーじゃない」とフェイトは言った。「スパーリングパートナーだ」

「ガルシアは、ソノラじゃかなり知られたボクサーだったんだ」とチューチョ・フローレスは言った。「そんなにうまくはなかったが、あんなに我慢強い奴はいなかった」

フェイトはカウンターの奥を見やった。オマル・アブドゥルとガルシアは相変わらず突っ立ったままで、口もきかずに並んだボトルを眺めていた。

「ある晩、発狂して、妹を殺したんだ」とチューチョ・フローレスが言った。「弁護士のおかげで一時的に精神錯乱状態にあったという診断が下って、エルモシージョの刑務所で八年過ごしただけで済んだのさ。娑婆に出てきたときはもうボクシングをやろうとしなかった。アリゾナでペンテコステ派に属していた時期もあった。だが神さまは奴には言葉の才能を授けなかった。で、ある日、神の言葉を広めるのをやめてしまい、ディスコの用心棒として働き始めた。そこへロペスがやってきたんだ。メロリーノのトレーナーさ。そして奴とスパーリングパートナーの契約を結んだんだ」

「二人ともろくでもない野郎だ」とコロナが言った。

「ああ」とフェイトは言った。「今日の試合からすれば、二人とも最低だな」

そのあと、彼らは最後にチャーリー・クルスの家にたどり着いた。それははっきり覚えていた。ビデオのせいで覚えていたのだ。具体的に言えば、例のロバート・ロドリゲスが撮ったとされるビデオだ。チャーリー・クルスの家は二階建ての要塞かと思うほど大きくて頑丈で、空き地にその影を投げかけていた。それもはっきりと覚えていた。庭はなかったが、車が四台か五台は入りそうな駐車場があった。いつからか、記憶は曖昧だが、四人目の男が一団に加わっていた。四人目の男はあまり口をきかなかったが、場違いな笑顔を浮かべ、人がよさそうだった。肌は褐色で、口髭を生やしていた。フェイトの車に乗り込んで隣に座り、彼が一言言うたびに微笑んだ。口髭の男はときどきふり返り、そしてときどき時計を見た。ところが一言も口をきかなかった。

「口がきけないのか?」とフェイトは何度か話しかけてみたあとに英語で訊いた。「舌がないのか? どうして何度も時計を見るんだ、バカ野郎」だが、男は同じように笑顔を浮かべて頷いていた。

チャーリー・クルスの車が先頭を走り、チューチョ・フローレスの車が続いた。ときおりチューチョ・フローレスとロサ・アマルフィターノのシルエットが見えた。信号で止まればたいていはフェイトの目に入ってきた。二人の影がキスし合っているように、ぴったりくっついていることもあった。運転手の影が見えるだけのこともあった。一度チューチョ・フローレスの車に並ぼうとしたができなかった。

「いま何時だ?」と口髭の男に尋ねると、彼は肩をすくめた。

チャーリー・クルスの家の駐車場には、コンクリートの壁の一つに壁画が描かれていた。壁画は高さ二メートル、幅は三メートルほどで、中央にグアダルーペの聖母が描かれ、その周りには、川があり、森があり、金や銀の鉱山があり、油井の塔があり、巨大なトウモロコシ畑と小麦畑があり、牛が草を食んでいる果てしない牧草地がある美しい風景が広がっていた。聖母は、その豊かさをすべて差し出すが見返りはいっさい求めないというように、両腕を広げていた。ところが、その顔にはどこかずれているところがあった。フェイトは酔っぱらっていたがたちまちそのことに気づいた。聖母は片目だけを開き、もう一方を閉じていた。

その家にはいくつも部屋があった。倉庫としてしか使われず、チャーリー・クルスのレンタルビデオ店のものか彼個人のコレクションかは分からないが、ビデオやDVDが山積みにされているだけの部屋もいくつかあった。居間は二階にあった。スツールが二つ、革張りのソファが二つ、木のテーブルとテレビが置かれていた。スツールは上質なものだったが、古かった。黒い目地の上に黄色いタイルを敷いた床は汚れていた。カラフルなインド絨毯もそれを隠すことはできなかった。人の背丈ほどの鏡が一枚、壁に掛かっていた。反対側の壁には、ガラスつきの額縁に護られた一九五〇年代のメキシコ映画のポスターが飾られていた。チャーリー・クルスは彼に、それは非常に珍しい、フィルムがほとんど残っていない映画のオリジナルポスターだと言った。ガラス戸のついた飾り棚にはリキュールのボトルが並んでいた。居間の隣には使われていないことがはっきり分かる部屋があって、最新型の音楽機器が据え付けられ、段ボール箱のなかにはCDが入っていた。ロサ・メンデスが箱のそばにしゃがみ込んで中身を漁り始めた。

「音楽は女を狂わせる」とチャーリー・クルスが彼に言った。「俺を狂わせるのは映画だ」

チャーリー・クルスがあまりに近くにいたので彼は飛び上がった。そのとき初めて、部屋に窓がないことに気づき、これだけ大きな家ならもっと光の入る部屋もあるに違いないのに、誰かがその部屋を居間に選んだことが不思議だった。音楽がかかると、コロナとチューチョ・フローレスが女の子たちの腕を取って居間から出ていった。口髭の男はスツールに座って時計を見た。チャーリー・クルスが、例のロバート・ロドリゲスの映画を見てみたいかと尋ねた。フェイトは頷いた。口髭の男は、スツールの位置のせいでむりやり首をひねらないと映画を見ることはできないはずだったが、実際のところ好奇心のかけらも示さなかった。座ったまま彼らを見つめ、ときどき天井を見上げた。

映画は、チャーリー・クルスによれば、三十分程度の長さだった。厚化粧の老婆の顔が現われてカメラを見据え、しばらくすると意味不明な言葉をつぶやき始め、泣き出した。隠退した娼婦のようであり、見ようによっては、瀕死の娼婦のようでもあるとフェイトは思った。そのあと若い、褐色の肌をした、痩せて胸の大きい女が出てきて、ベッドに座ったまま服を脱ぎ出した。暗がりから三人の男が現われ、まずは彼女の耳元に何かささやきかけ、それから彼女とセックスした。初めのうち女は抵抗していた。まっすぐカメラを見てスペイン語で何か言っていたが、フェイトには理解できなかった。それからオーガズムを装い、大声を出し始めた。すると、それまで代わる代わる女と交わっていた男たちが同時に挑みかかり、一人目が女の膣を、二人目は肛門を貫き、三人目は口に男根をねじ込んだ。四人が絡み合う光景は、永久機関のようだった。見ている者は、その機械がいつか爆発するのだろうと予想するが、爆発の仕方は、実際に起きてみると予測できないものだった。そうして女は本当に達して果てた。予期せぬオーガズムを、誰にもまして予期していなかったのが彼女だった。女の動きは、三人の男に押さえつけられていたにもかかわらず、早くなっていった。近づいてくるカメラを見据えた彼女の瞳は何かを訴えていたが、その言葉は何語ともつかなかった。一瞬、彼女の全身が輝いたように見え、こめかみがきらめき、一人の男の肩に隠れて半分しか見えない顎がきらめき、歯は神秘的なほど白くなった。それから、肉が骨から剝がれて、その名もない売春宿の床に落ちるか跡形もなく消えてしまうように見え、あとにはむき出しになった骸骨だけが、目玉もなく唇もない、突然あらゆるものを嘲笑い始めた髑髏だけが残されたように見えた。そのあと画面にはメキシコの大都市、紛れもない夕暮れのメキシコシティの、雨に洗われる通りが、歩道に停めた車が、シャッターを下ろした店が、濡れないように急いで歩く人々が映った。雨が作る水たまり。厚い埃の膜に覆われた車体を洗う雨。明かりの点いた役所の窓。小さな公園の隣にあるバス停。虚空に向かってむなしく枝を広げようとする病んだ木。年老いた娼婦の顔が、今度はカメラに向かい、語りかけるように微笑んでいる。うまくやってあげられた？　具合はよかった？　みんな満足かい？　うまく大写しになる赤煉瓦の階段。リノリウム敷きの床。同じ雨だが部屋のなかから撮影された映像。縁が傷だらけの樹脂製のテーブル。コーヒーカップとネスカフェの瓶。スクランブルエッグが残ったフライパン。廊下。床に寝そべる半裸の女の身体。扉。散らかり放題の部屋。一つのベッドで眠る二人の男。鏡。カメラが鏡に近づいていく。テープが切れる。


「ロサはどこだ?」ビデオが終わるとフェイトは尋ねた。

「続きがあるんだ」とチャーリー・クルスは言った。

「ロサはどこだ?」

「どこかの部屋で」とチャーリー・クルスは言った。「チューチョのあれでもしゃぶってるんだろう」

それから立ち上がって部屋から出ていき、続きのビデオを持って戻ってきた。彼がテープを巻き戻しているあいだに、フェイトはトイレに行かせてくれと言った。

「奥にある。四つ目のドアだ」とチャーリー・クルスは言った。「トイレに行きたいんじゃなくて、ロサを探しに行きたいんだろ、嘘つきヤンキーめ」

フェイトは笑った。

「まあね、きっとチューチョも助けが必要だろう」とまるで眠ると同時に酔っているかのように言った。

フェイトが立ち上がると、髭の男が身体をびくっとさせて起き上がった。チャーリー・クルスがスペイン語で何か言うと、髭の男はふたたび肘掛け椅子に身体を埋めた。フェイトは扉を数えながら廊下を歩いていった。三つ目を通り過ぎるとき、上の階から物音が聞こえた。立ち止まった。音はやんだ。バスルームは大きく、建築雑誌から抜け出てきたようだった。壁にも床にも白い大理石が使われていた。浴槽は丸く、ゆうに四人は入れそうだった。浴槽の横には、棺桶の形をしたオーク材の大きな箱が置かれていた。棺桶といっても頭が外に出るようになっていて、箱がそんなに狭くなければフェイトはサウナだと思っただろう。便器は黒い大理石でできていた。すぐ横にはビデがあって、ビデの隣にはやはり大理石でできた、高さ五十センチほどの突起物があったが、その使い道はフェイトには見当がつかなかった。あえて想像を働かせれば、鞍か自転車のサドルのようだった。だが、人が普通の姿勢でそこに座っている姿を想像することはできなかった。ビデで使うタオルを置いておくところだったのかもしれない。しばらくのあいだ、用を足しながら、木の箱と大理石の彫刻を眺めていた。一瞬、どちらの物体も生きているのだと思った。背後には壁全体を覆う鏡があり、そのせいでバスルームは実際よりもずっと大きく見えた。フェイトが左を向くと木製の棺桶が見え、それから顔を右に向けると大理石でできた人工の瘤が見え、あるときふり返ると自分の背中が、見たところ役に立たなそうなサドルと棺桶のあいだで、便器の前に突っ立っている自分の後ろ姿が見えた。その夜ずっと彼にまとわりついていた非現実感が一段と強まった。

音を立てないようにして階段を上った。下の居間ではチャーリー・クルスと髭の男がスペイン語で話をしていた。チャーリー・クルスの声は穏やかだった。髭の男の声はまるで声帯が萎縮しているかのように甲高かった。先ほど廊下で耳にした物音がふたたび聞こえてきた。階段を上がりきったところに広間があって、大きな窓には焦げ茶色のプラスチックのブラインドが下がっていた。フェイトは廊下に出た。扉を開けた。ロサ・メンデスが軍隊式の簡易ベッドにうつぶせになっていた。服は着たままでハイヒールも履いたままだったが、眠っているか、あるいはひどく酔っているように見えた。部屋にはそのベッドのほかには椅子が一脚あるきりだった。二階とは違って部屋にも絨毯が敷かれていたので、ほとんど足音はしなかった。女に近づいて顔の向きを変えてやった。ロサ・メンデスは、目を閉じたまま、彼に微笑んだ。廊下は途中で二手に分かれていた。フェイトは、一枚のドアの隙間から光が漏れているのに目を留めた。チューチョ・フローレスとコロナが言い争っているのが聞こえたが、原因は分からなかった。二人ともロサ・アマルフィターノと寝たがっているんだろうと思った。そのあと、もしかすると自分のことでもめているのかもしれないと思った。コロナは本気で怒っているようだった。ノックせずにドアを開けると二人の男が同時にふり返り、驚きと眠気の入り混じった顔を見せた。俺がどんな人間か思い知らせてやらなくては、とフェイトは思った。ハーレムの黒人だ、とんでもなく危険な黒人野郎だからな。すぐに、目の前のメキシコ人どもが驚いていないことに気がついた。

「ロサはどこだ」と彼は訊いた。

チューチョ・フローレスは仕草だけで、それまでフェイトが見逃していた部屋の隅を示した。前に同じ場面に出くわした覚えがある、とフェイトは思った。ロサはソファの上であぐらをかき、鼻からコカインを吸っていた。

「行こう」と彼は声をかけた。

それは命令でもなく懇願でもなかった。ただ一緒に出ていこうと言っただけだが、言葉の一音一音に魂のすべてを込めた。ロサは思いやりのある笑顔を浮かべたが、どうやら何も理解していない様子だった。チューチョ・フローレスが英語で話す声が聞こえてきた。出ていってくれないか、下で待っていてくれ。フェイトは彼女に手を差し出した。ロサは立ち上がって彼の手を取った。彼女の手は温かく、その体温は別の場面を思い出させたが、同時に、その場の状況の見苦しさを思い出させるか、あるいはそれ自体が見苦しい状況の一部だった。彼女の手を握ったとき、自分の手の冷たさに気づいた。ここのところずっと死にかけていたんだ、と彼は思った。氷みたいに冷たくなっている。彼女が手を握り返してくれなかったら、俺はここで死んでいただろう。こいつらは、俺の死体をニューヨークまで送り返す羽目になったはずだ。

二人で部屋から出ていこうとすると、コロナが彼の腕を掴んだのが分かったので、自由なほうの手で拳を作って振り上げると、それが鈍器になったようだった。ふり返りざま、カウント・ピケットに倣ってメキシコ人の顎を下から突き上げた。さっきのメロリーノ・フェルナンデスと同じように、コロナはうめき声も上げずに床に崩れ落ちた。そのときになってようやく、相手がピストルを握っていたことに気がついた。それをもぎ取り、どうするつもりなんだとチューチョ・フローレスに訊いた。

「俺は妬いたりしないさ、アミーゴ」とチューチョ・フローレスは言って両手を胸まで挙げ、丸腰であることをフェイトに示した。

ロサ・アマルフィターノは、まるでセックスショップで売っているおもちゃを見るような目でコロナのピストルを眺めた。

「行きましょう」と彼女が言うのが聞こえた。

「下にいる男は誰だ？」とフェイトは言った。

「チャーリーだ、チャーリー・クルス、あんたのお友達だよ」とチューチョ・フローレスが笑顔で言った。

「違う、クソったれ、もう一人の髭の奴だ」

「チャーリーの友人だ」とチューチョ・フローレスは言った。

「このばかでかい家には玄関以外に出口はないのか？」

チューチョ・フローレスは肩をすくめた。

「おい、あんまりことを荒立てないほうがいいんじゃないか？」と彼は言った。

「そうだわ、裏手に出口がひとつある」とロサ・アマルフィターノは言った。

フェイトは倒れているコロナの身体を眺め、何秒か考え込んでいるようだった。

「車はガレージにある」と彼は言った。「あれがないとここから出られない」

「だったら玄関から出るしかないな」とチューチョ・フローレスは言った。

「で、この人は？」とロサ・アマルフィターノがコロナを指さしながら言った。「死んでいるの？」

フェイトはふたたび、床に力なく転がっている身体を眺めた。何時間でも見ていられそうだった。

「行こう」と彼はきっぱりとした調子で言った。

階段を下り、見捨てられた感じのする、ずいぶん前から誰も料理をしていないらしい広々としたキッチンを通り抜け、黒いカバーで覆われたステーションワゴンが停まっている中庭が見える廊下を横切り、それから明かりひとつない闇のなかを歩いて、ようやくガレージへと下りていくドアにたどり着いた。天井からぶら下がった二本の大きな蛍光灯のスイッチを入れると、フェイトの目の前にふたたびグアダルーペの聖母の壁画が現われた。金属製のドアを開けようと出口のほうへ向かいながら、聖母の開いている目がどこまでも追いかけてくるように見えることに気がついた。彼はチューチョ・フローレスを助手席に押し込み、ロサは後ろの席に座った。ガレージを出るとき、髭の男が階段の上から顔をのぞかせ、うろたえた若者のような眼差しを彼らに向けているのが見えた。

チャーリー・クルスの家をあとにして、車は舗装されていない通りに入り込んだ。気がつくと茂った雑草と腐った食べ物の強烈な臭いのする空き地を通っていた。フェイトは車を停め、ハンカチでピストルを拭き、空き地に投げ捨てた。

「いい夜だな」とチューチョ・フローレスがつぶやいた。

ロサもフェイトも何も言わなかった。


人気のない、眩しいほどの街灯に照らされた通りにあるバス停の近くでチューチョ・フローレスを降ろした。ロサは前の席に移り、別れ際にチューチョ・フローレスに平手打ちを喰らわせた。それから二人の車は迷路のようなところに入り込み、ロサもフェイトも知らない道を抜けて中心街へと続く大通りに出た。

「バカなことをしたようだ」とフェイトは言った。

「バカなことしたのはこっちよ」とロサは言った。

「いや、俺だ」とフェイトは言った。

二人は笑い出し、中心街をしばらく回ってから、街を出ていくメキシコナンバーやアメリカナンバーの車の流れに乗った。

「どこに行けばいい?」とフェイトは訊いた。「どこに住んでる?」

彼女はまだ家には戻りたくないと言った。車はフェイトの泊まっているモーテルの前を通り過ぎ、国境のあたりまでそのまま走るか、車を停めるか、何秒かのあいだ彼は決めあぐねた。百メートルほど進んでからUターンし、ふたたび南へ、モーテルに向かって車を向けた。受付係は彼のことを覚えていた。試合はどうだったかと尋ねてきた。

「負けたのはメロリーノだ」とフェイトは言った。

「やっぱり」と受付係は言った。

フェイトは部屋はまだ空いているかと尋ねた。受付係は空いていると答えた。フェイトはポケットに手を突っ込み、返さずにいた鍵を取り出した。

「そりゃそうだ」と彼は言った。

もう一泊分の部屋代を払ってフロントを離れた。ロサが車のなかで彼を待っていた。

「しばらくここにいればいい」とフェイトは言った。「言ってくれればすぐに家まで送る」

ロサは頷き、二人で部屋に入った。ベッドメイクが済み、シーツも新しいのに替えてあった。窓が二つとも少し開いていたのは、きっと清掃係が吐いた臭いに気づいたからだとフェイトは思った。だが部屋はいい匂いがした。ロサはテレビをつけて椅子に座った。

「あなたのことずっと見てたわ」と彼女は言った。

「嬉しいね」とフェイトは言った。

「どうしてピストルを捨てる前に拭いたの?」とロサは訊いた。

「さあな」とフェイトは言った。「だが銃に自分の指紋をつけたままにはしたくない」

それからロサはテレビを食い入るように見た。メキシコのトーク番組で、老女がほとんどひとりでしゃべり続ける番組だった。長い髪は真っ白だった。ときおり微笑むと、彼女が心優しい、誰かを傷つけることなどとうていできない老女であることが見て取れたが、番組のあいだじゅう警戒しているような表情で、何かひどく深刻な話をしているかのようだった。もちろん、言っていることはまったく分からなかった。しばらくするとロサが椅子から立ち上がってテレビを消し、シャワーを使ってもいいかと彼に尋ねた。フェイトは黙って頷いた。ロサが浴室に入ると、彼は、その晩起きたことを残らず思い返して胃が痛くなった。恥ずかしさで顔が熱くなるのが分かった。ベッドに座って両手で顔を覆い、ばかなことをしてしまったと思った。


ロサは浴室から出てくると、自分はチューチョ・フローレスの恋人だったというかそのようなものだったと打ち明けた。サンタテレサで寂しい思いをしていたある日、よく映画を借りに行っていたチャーリー・クルスのレンタルビデオ店でロサ・メンデスと知り合った。理由は分からないが、出会った瞬間からロサ・メンデスのことが気に入った。彼女の話によれば、昼間はスーパーマーケットで働き、午後はレストランでウェイトレスをしていた。映画が好きで、サスペンス映画をこよなく愛していた。おそらくロサ・メンデスのあふれるばかりの快活さが気に入ったのだろうし、ブロンドに染めた髪も、彼女の濃い褐色の肌と好対照をなしていた。

ある日のこと、ロサ・メンデスがレンタルビデオ店のオーナー、チャーリー・クルスを紹介してくれた。それまで二、三回しか店で見かけたことのなかったチャーリー・クルスは、落ち着いた男に見え、どんなことがあってもにこやかに冷静に対応し、ときどき彼女に映画を貸してくれたり、レンタル料をただにしてくれた。午後中ずっとレンタルビデオ店にいることもあって、そんなときは彼らと話をしたり、チャーリー・クルスを手伝って新着のビデオを箱から出したりしていた。ある晩、レンタルビデオ店が閉まる直前にチューチョ・フローレスに出会った。その晩、チューチョ・フローレスは彼ら全員を夕食に招待し、帰りがけに彼女を家まで送り届けた。彼女が寄っていかないかと誘うと、父親の機嫌を損ねたくないと言って遠慮した。だが、彼女が電話番号を教えると、チューチョ・フローレスは翌日電話をかけてきて映画に誘った。ロサが映画館に行くと、チューチョ・フローレスのほかに、ロサ・メンデスが五十歳くらいの初老の男性と一緒にいて、男は自分の仕事は不動産の売買だと言い、チューチョを甥のように扱った。映画が終わると全員で夕食を食べに高級レストランにくり出し、そのあとチューチョ・フローレスは彼女を家まで送り、翌日はエルモシージョにラジオ用のインタビューをしに行くので早起きしなければいけないからと言い訳をして帰っていった。

そのころになると、ロサ・アマルフィターノはチャーリー・クルスのレンタルビデオ店だけでなく、ロサ・メンデスのマデロ区の家でも彼女に会うことがよくあった。部屋はエレベーターもない古い五階建ての建物の四階にあり、ロサ・メンデスはかなりの家賃を払っていた。初めは二人の女友達と共同で借りていたので、家賃もそれほどではなかった。ところが一人は幸運を求めてメキシコシティへ行ってしまい、もう一人とは喧嘩をしたので、それからはひとり暮らしをしていた。ロサ・メンデスにとってひとり暮らしは快適だったが、費用を捻出するために、仕事をもう一つ見つけなければならなかった。ときどきロサ・アマルフィターノはロサ・メンデスの家で何時間も口を開かず、ソファに寝そべって冷たいものを飲みながら、女友達の話を聞いていることがあった。二人で男の話をすることもあった。ほかのことと同様、このことについてもロサ・メンデスの経験はロサ・アマルフィターノよりもはるかに豊かで変化に富んでいた。彼女は二十四歳で、本人の言葉を借りれば、四人の恋人が彼女に足跡を残していた。一人目は彼女が十五歳のとき、マキラドーラで働いていたが、彼女を捨ててアメリカへ渡った男。その男のことを彼女は懐かしんだが、歴代の恋人のなかでは彼女の人生に残した足跡は一番小さかった。ロサ・メンデスがそう言ったとき、ロサ・アマルフィターノは笑い出し、ロサ・メンデス自身も、なぜかはよく分からずに笑い出した。

「ボレロの歌詞みたいなことを言うんだから」とロサ・アマルフィターノは言った。

「そうなの」とロサ・メンデスは言った。「ボレロの言うことは正しいわ、実際、歌詞はすべて人の心から生まれるんだから、いつだって正しいのよ」

「違うわよ」とロサ・アマルフィターノは言った。「正しく見えるだけ、本物らしく見えるだけで、実際には嘘ばかりだわ」

このことについてロサ・メンデスは議論を避けることにした。口には出さなかったが、彼女は、自分の友達は大学に行っているのだから、そういうことについては自分よりもよく知っていると思っていた。さっきの話に戻れば、アメリカへ行ってしまった恋人は、自分が言ったように、残した足跡は一番小さいものだったが、一番懐かしい男だった。どうしてそんなことがありえるのだろう？　それは分からなかった。ほかの恋人たち、そのあとにできた恋人たちは違っていた。ただそれだけだった。ある日、ロサ・メンデスはロサ・アマルフィターノに、ある警官とセックスしたときの気持ちについて話した。

「もう最高なの」と彼女は言った。

「どうして？　何が違うの？」とロサ・アマルフィターノは知りたがった。

「そうね、うまく説明できそうにないけど」とロサ・メンデスは言った。「自分を抱いているのがなんだか人間じゃないような気がするの。まるで自分が小さな女の子に戻ったみたいな気分。分かるかしら？　まるで岩か山に抱かれているみたいな。ひざまずいたままでいると、そのうち山が、もういいよって言うの。そうすると満たされるのよ」

「何で満たされるの？」とロサ・アマルフィターノは訊いた。

「精液？」

「違うわよ、そんな下品なこと言わないでちょうだい。もっと別のもので満たされるの。山に抱かれている気分なんだけど、まるで洞穴のなかで抱かれているみたいなの。分かるかしら？」

「洞窟のなかで？」とロサ・アマルフィターノは訊いた。

「そうなの」とロサ・メンデスは答えた。

「つまり、山とまぐわってるみたいなんだけど、その場所が同じ山のなかにある洞窟とか洞穴みたいだということ？」とロサ・アマルフィターノは尋ねた。

「まさにそのとおり」とロサ・メンデスは言った。

それからこう言った。

「まぐわうって言い方、大好きだわ。スペイン人の言葉は素敵ね」

「あなたって変よ」とロサ・アマルフィターノは言った。

「昔からよ」とロサ・メンデスは言った。

それから付け加えてこう言った。

「別の話もあるわ」

「どんな話？」とロサ・アマルフィターノは言った。

「密売人たちとまぐわったことがあるの。誓って本当よ。どんな感じがすると思う？　まるで空気に抱かれているみたいな感じよ。それ以上でもそれ以下でもない、ただの空気」

「つまり警官とまぐわっているときは山に抱かれてるみたいな気がして、密売人に抱かれてるときには空気とまぐわっている気がするのね」

「そう」とロサ・メンデスは言った。「でも空気と言ってもわたしたちが吸ったり吐いたりしているものではなくて、街を歩いているときに感じるものでもなくて、砂漠の空気、嵐みたいな空気、ここの空気とは違う味がするの。でも自然の匂いでもなければ田舎の匂いもしない、匂いとしかいいようのない匂い、説明できない独特の匂い、ただの空気、純粋な空気、息をするのも苦しいときがあるような、窒息するんじゃないかって思うほどの空気なの」

「つまり」とロサ・アマルフィターノは結論づけた。「警官とまぐわうのは山のなかでその山とまぐわうようなもの、密売人とまぐわうのは砂漠の空気とまぐわうようなもの、ってこと？」

「まさにそうなの。密売人に抱かれると、いつも嵐のなかにいるみたい」

その時期、ロサ・アマルフィターノはチューチョ・フローレ

ス と正式に付き合い始めていた。彼は、彼女が寝た初めてのメキシコ人だった。大学でも二、三人の学生が彼女を口説こうとしたが、彼らとは何も起こらなかった。いっぽうで、チューチョ・フローレスとはベッドをともにした。恋人として付き合うまでの期間はそれほど長くはなかったものの、ロサが思ったより時間がかかった。エルモシージョから帰ってきたチューチョ・フローレスからの土産は、真珠の首飾りだった。ひとりで鏡の前でそのネックレスをつけてみて、魅力がないわけではなかったが（しかもきっと、かなり高いものだったはずだ）、いつかそれをつけてみる日が来るとはとても思えなかった。ロサの首は長くて美しかったが、その首飾りには今とは異なる種類の服が必要だった。この初めてのプレゼントをもらってから、いくつものプレゼントをもらった。高級ブティックの並ぶ通りを歩いていると、チューチョ・フローレスがショーウィンドウの前で立ち止まり、服を指さして着てみてくれとせがみ、彼女が気に入れば買ってくれることも何度かあった。ロサはたいてい、まず言われた服を試着し、それから別の服を試し、最終的には自分が一番気に入ったものを手にして店を出るのだった。チューチョ・フローレスのプレゼントのなかには画集もあったが、それを買ってくれたのは、あるとき彼女が絵画やヨーロッパの名だたる美術館で作品を見たことのある画家の話をするのを聞いたことがきっかけだった。CDをプレゼントしてくれることもあり、だいたいはクラシックの作曲家だったものの、郷土色を忘れないツアーガイドさながら、彼の音楽の捧げものにはメキシコ北部のものやメキシコ民謡が盛り込まれていて、ロサはひとりで家にいるとき、皿洗いをしながら、あるいは彼女と父親の服を洗濯機に入れながら、聞くともなしにそうしたCDをかけていた。

夜はたいてい評判のレストランで夕食を食べた。どこに行っても、チューチョ・フローレスの知り合いの男たち、そして数は少ないが女たちに必ず出会い、チューチョ・フローレスは彼女を自分の友人として彼らに紹介した。ロサ・アマルフィターノさん、哲学教授オスカル・アマルフィターノ先生のお嬢さん、友人のロサ・アマルフィターノさん、と彼が言うと、たちまち彼女は美しさと物腰を褒められ、それからスペインとバルセロナの話になり、バルセロナはツアーで誰もが、サンタテレサの名士ならば間違いなく誰もが行ったことがあると言って、誰もその街を褒め称えるのだった。ある晩チューチョ・フローレスは、彼女を家に送り届ける前にもうしばらく一緒にいないかと尋ねた。ロサは彼のアパートに連れていってもらえるものと期待したが、車は西に向かい、サンタテレサをあとにしてから車通りの少ない道路を三十分も走った末に、ようやくあるモーテルに着き、チューチョ・フローレスは部屋を借りた。モーテルは砂漠のただなか、高台が始まる手前、道路の脇にあるものといえば灰色の灌木だけで、ところどころ土から顔を出した根が風に吹かれているようなところにあった。部屋は大きく、風呂にはジャグジーがあり、小さなプールを思わせた。ベッドは円形で、四方の壁と天井の一部が鏡張りになっていて、部屋を大きく見せていた。床に敷かれた絨毯は厚みがあり、コルクのようでさえあった。飲み物が入った冷蔵庫がついていないかわりに小さなカウンターがあって、あらゆる種類の酒や飲み物が備えられていた。ロサが彼に、どうしてこんな、金持ち連中がお気に入りの娼婦を連れてやってくるようなところに連れてきたのかと尋ねると、チューチョ・フローレスはしばらく考えたのち、鏡があるからだと言った。その言い方はまるで、彼女に許可を求めているようだった。そのあと服を脱がされ、ベッドと絨毯の上でセックスした。

そのときまで、チューチョ・フローレスの態度はむしろとても優しく、自分よりも相手の快感を気遣っていた。ついにロサがオーガズムに達すると、チューチョ・フローレスはいったん行為を中断し、上着から金属の小箱を取り出した。ロサはコカインだと思ったが、小箱に入っていたのは白い粉ではなく小さな黄色の錠剤だった。チューチョ・フローレスは錠剤を二粒、少量のウイスキーと一緒に流し込んだ。しばらく二人でベッドに横になったまま話し、やがて彼がふたたび彼女にのしかかってきた。今度の彼には優しさのかけらもなかった。驚いたロサは文句はおろか声も出せなかった。チューチョ・フローレスは、可能な体位を残らず試してみる気だったらしく、そのうちいくつかは、あとで思ったことだが、ロサも気に入った。夜明けごろ、二人はセックスをやめ、モーテルをあとにした。

煉瓦の壁で道路から隔てられた中庭が駐車場として使われ、ほかにも車が停まっていた。風は冷たく乾いていて、かすかにムスクに似た匂いがした。モーテルとその周りにあるあらゆるものが、沈黙という袋に入れられているようだった。駐車場を歩いて車のところまで行くあいだに、鶏の鳴き声がした。車のドアが開く音、エンジンがかかる音、タイヤが砂岩を踏む音、ロサはそれが太鼓の音に似ていると思った。道路にはトラックは走っていなかった。

それ以来、彼女とチューチョ・フローレスとの関係はどんどん奇妙なものになっていった。チューチョが彼女なしには生きていくこともできないような日があったかと思えば、彼女を奴隷のように扱う日もあった。彼女が彼のアパートで眠る夜もあり、朝目覚めると彼の姿がないこともよくあった。というのもチューチョ・フローレスはときどき早起きしてラジオの生放送の仕事をしていたからだった。番組の名前は〈おはようソノラ〉だったか〈おはよう皆さん〉だったか、よく分からなかったが、そもそも彼女は聞いたこともなかった。リスナーは国境をこちらからあちらへ、あちらからこちらへ行き来するトラック運転手、そして労働者を工場へ運んでいくバスの運転手、そしてサンタテレサで朝早く起きなければならないすべての人たちだった。ロサは目覚めると自分で朝食を用意し、たいていはオレンジジュースとトースト、あるいはクラッカーを口に入れ、皿とコップ、オレンジ絞り器を洗ってから出かけた。あるいはしばらくそのまま、窓越しにコバルトブルーの空の下に広がる街の都会的な風景を眺め、それからベッドを整え、家のなかを歩き回り、ひたすら自分の人生について、なんとも奇妙なメキシコ人と自分との関係について考えることもあった。彼が自分を愛しているのかどうか、彼が自分に対して感じているのは愛なのか、自分は自分で彼に愛を、もしくは肉体的な魅力を、あるいはそれが何であろうとそもそも何か感じているのか、自分が恋人との関係について期待すべきはそれがすべてなのかと彼女は考えた。

ときには夕方、彼の車に乗り込んで全速力で街を抜けて東へ向かい、山の見晴らし台から遠方のサンタテレサを、灯り始めた街の明かりを、砂漠にゆっくりと降りてくる巨大な闇の落下傘を眺めた。そこに来ると必ず、昼から夜への移り変わりを無言で見つめたあと、チューチョ・フローレスはズボンのボタンとファスナーを外し、彼女の首筋を摑んで自分の股間を顔に押しつけた。ロサは初めはペニスを唇だけでくわえ、硬くなるのを待って舌を使い始めた。チューチョ・フローレスのオーガズムが近づくのが、彼女の顔を離すまいとする彼の手の力から分かった。ロサが舌を動かすのをやめ、ペニスが奥まで入って窒息してしまったかのようにじっとしていると、やがて精液が喉に逆るのを感じた。それでもまだじっと動かずにいて、彼の口から漏れるうめき声や、ときにわざとらしく聞こえる喘ぎ声、オーガズムのあいだ彼が口にするのが好きな、彼女にではなく不特定の人間たち、その瞬間にだけ現われ、まもなく夜に溶け込んでいってしまう幽霊たちに向けられた卑猥な言葉や罵りを聞いていた。そのあと、塩辛く苦い後味を口に残したまま煙草に火をつけていると、チューチョ・フローレスが銀のシガレットケースからコカインの入った紙包みを取り出し、白い粉を、メキシコ北部らしい、あるいはむしろ牧歌的なモチーフが刻まれたシガレットケースの蓋の上に置き、クレジットカードを使ってゆっくり三本の筋に分けてから、何種類か作ってある名刺の一枚、チューチョ・フローレス、記者、アナウンサー、そしてラジオ局の住所が書いてある名刺を使って鼻から吸い込んだ。

そんなある日の夕暮れ時、誘われもせずに（というのもチューチョ・フローレスは一緒にコカインをやろうとは決して言わなかった）、唇についた精液の滴を手のひらで拭いながら、ロサは彼に最後の一本をとっておいてくれと頼んだ。チューチョ・フローレスは本気かと尋ね、それから、関心がないようにも、また攻撃的にも見える態度で彼女にシガレットケースと新しい名刺を差し出した。ロサは残っていたコカインをすべて吸い込んだ。そして背中からシートに身を投げ、黒い空と見分けのつかない黒い雲を眺めた。

その晩、家に戻って庭に出ると、父親が、ずいぶん前から裏庭の洗濯ロープに吊るしてある本と話をしているのが見えた。それから父親に自分がいることを気づかれないように部屋に閉じこもって小説を読み始め、さっきまで一緒にいたメキシコ人との関係について思いを巡らした。

もちろん、チューチョ・フローレスは彼女の父親に会ったことがあった。彼女の父親と会ったときに抱いた印象はよかったと彼は言ったが、それが嘘であることはロサも承知で、父親と同じような見方で彼のことを見る人間にチューチョが好意を抱くことなどありえないと分かっていた。その晩、アマルフィターノはチューチョ・フローレスに三つの質問をした。一つ目は、六角形のことをどう思っているか。二つ目は、正六角形の描き方を知っているか。三つ目は、サンタテレサで起こっている女性連続殺人事件についてどのような意見をもっているか。一つ目の質問に対し、チューチョ・フローレスは何とも思わないと答えた。二つ目の質問には、正直に、知らないと答えた。三つ目に対しては、たしかに嘆かわしい事件だが、警察は定期的に犯人を捕まえていると言った。ロサの父親はそれ以上質問はせず、娘がチューチョ・フローレスを送り出し、別れを告げているあいだもソファに座ったままだった。ロサが家に戻ると、彼女の恋人の車のエンジンの音がまだ聞こえているうちに、オスカル・アマルフィターノは娘に、あの男には気をつけたほうがいい、どこか怪しいと言ったが、その言葉を裏づけるようなことはいっさい口にしなかった。

「もしもわたしの理解が正しければ」と台所からロサの笑う声が聞こえてきた。「一番いいのは彼と別れることね」

「別れなさい」とオスカル・アマルフィターノは言った。

「もう、パパは日に日におかしくなってる」とロサは言った。

「たしかにそのとおりだ」とオスカル・アマルフィターノは言った。

「わたしたちはどうするの? どうすればいいの?」

「お前は、あの無知で嘘つきのごろつきと別れる。私は、そうだな、ヨーロッパに戻ったら病院に入って電気ショック療法でも受けるとするか」

チューチョ・フローレスとオスカル・アマルフィターノが二度目に鉢合わせしたのは、ロサを家まで送り届けたときだった。彼のほかにチャーリー・クルスとロサ・メンデスも一緒だった。実際、オスカル・アマルフィターノは家ではなく大学にいて授業をしているはずだったが、その日の午後は具合が悪いからと普段よりもずっと早く家に戻っていた。一緒にいた時間は長くはなかったものの、結果的に父親は珍しく社交的で、ロサのほうは友人たちが帰る隙を狙っていたものの、父親とチャーリー・クルスが話し始めてしまった。それは心躍るようなものではなかったにせよ、退屈なものでもなく、むしろ、日が経つにつれ父親とチャーリーの会話は、まるで時間が古典的な老人の姿をして現われ、黒い縞模様の入った灰色の平らな石に積もった埃を吹き払い続け、ついに石の上に刻まれた文字が完全に読めるようになったかのように、ロサの記憶のなかではっきりとした形を与えられていった。

始まりは、その瞬間居間を離れて台所で四つのコップにマンゴージュースを注いでいたロサには推測するほかなかったが、父親が、客が来るたびに、もちろん彼の客ではなく彼女の客が来るたびにいきなり浴びせる悪意のある質問だった。あるいは、最初に居間に響いていたのがロサ・メンデスの声だったことを考えると、始まりは、無邪気なロサ・メンデスの趣味の話だったのかもしれない。おそらくロサ・メンデスが映画に対する情熱を語ったのだろう、間髪を入れずにオスカル・アマルフィターノが彼女に、仮現運動とは何かご存じかと尋ねた。だが答えたのはロサ・メンデスであるはずはなく、チャーリー・クルスのほうだった。彼は、仮現運動とは静止画像が網膜に残ることによって動いているように見える現象だと言った。

「そのとおり」とオスカル・アマルフィターノは言った。「映像は何分の一秒か網膜に留まる」

それから父親が、すごいわ、と言ったであろうロサ・メンデスを、その無知も偉大だがその驚く能力と学習意欲も偉大なロサ・メンデスをそっちのけにして、チャーリー・クルスの顔を見ながら、誰がそれを、その残像効果を発見したか知っているかと尋ねると、チャーリー・クルスは名前は覚えていないがたしかフランス人だったはずだと言った。それに対して父親は言った。

「そう、フランスの学者だ。その名はプラトー」

彼はこの原理を発見するや、サメのように実験に邁進し、自身が作ったさまざまな装置を用いて、猛スピードで目の前を通り過ぎていく静止画像の連続によって運動効果を生み出そうとした。こうしてゾートロープが生まれた。

「どのようなものかご存じですか?」とオスカル・アマルフィターノが訊いた。

「子供のころ持っていましたよ」とチャーリー・クルスは言った。「それに魔法の円盤も持っていました」

「魔法の円盤」とオスカル・アマルフィターノは言った。「面白そうだ。どんなものか覚えていますか? 教えてくれるかな」

「ここで作ることだってできますよ」とチャーリー・クルスは言った。「厚紙を一枚と色鉛筆を二本、それにひもが一本あればいいはずです。記憶違いでなければですが」

「いや、いや、その必要はありません」とオスカル・アマルフィターノは言った。「丁寧に教えていただければそれで十分です。ある意味で、私たちの頭のなかにも何百万枚という魔法の円盤が浮かんでいる、あるいは回っているんですから」

「そうなんですか?」とチャーリー・クルスは言った。

「すごいわ」とロサ・メンデスが言った。

「なるほど、で、酔漢が笑っていました。円盤の表に描かれていた絵です。そして裏には檻が、つまり檻の鉄格子が描かれていました。円盤を回すと笑っている酔漢が牢獄に入れられてしまうんです」

「そのせいで笑っているわけではないのですね？」とオスカル・アマルフィターノが言った。

「ええ、そのせいではありません」とチャーリー・クルスは口ごもった。

「にもかかわらずその酔漢（ところでどうして酔っぱらいとは言わずに酔漢と呼んでいるんだろう？）は笑っている。おそらく彼は自分が牢獄にいることを知らないからでしょう」

何秒かのあいだ、まるで自分をどこに引きずり込もうとしているのか推し量るように、チャーリー・クルスが父親を見る目が変わったことをロサは思い出した。チャーリー・クルスは、前に述べたように落ち着いた人間であり、そしてその何秒かのあいだも、いわゆる落ち着きそのものに、彼の平静な態度に変化はなかったが、彼の顔の裏で何かが起こったのは間違いなく、それはまるで（とロサは思い出した）それまで父親を見ていた眼鏡が使い物にならなくなったので落ち着いてかけ替えているかのようで、その作業には何分の一秒もかからなかったが、そのあいだ彼の視線は否応なく裸にされ、あるいは虚ろになり、いずれにせよ、眼鏡を外して別の眼鏡をかけるという二つの作業は同時には行なうことができないために一時的に不在になる。その何分の一秒かの瞬間に（とロサはまるで自分がそれを発明したかのように思い出した）、チャーリー・クルスの顔は空白であり、というか空白になり、その速さたるや驚くべきで、少々大げさではあるがそれほど的外れでもない比喩を使うならば光の速さだったが、空白は顔を余すところなく、髪や歯にも及んだ。もっとも、髪や歯と言ったところでその空白の前では何も言っていないに等しく、目鼻立ち、皺、頭皮の毛細血管、毛穴にいたるまでのあらゆるものが空白になり、無防備になり、あらゆるものが（とロサは思い起こした）、めまいと吐き気を催させるものでしかありえないながらもそんなものですらなくなっていた。

「その酔漢が笑っているのは自分が自由だと思っているからなのでしょうが、実際には牢獄にいるのです」とオスカル・アマルフィターノは言った。「そこに、いわば面白みがあるのでしょうが、実は牢獄は円盤の裏側に描かれているわけで、つまりは、酔漢が笑っているのは、我々が彼は牢獄にいると思い込み、牢獄と酔漢が別々の面に描かれていることに気づきもしないからだとも考えられますし、どれだけ我々が円盤を回そうとも、我々にはその酔漢が獄中にいるように見えたとしても、事実はそうではないのです。ここにきてようやく我々は、その酔漢が何を笑っているのか、垣間見ることができる——彼は我々がたやすく信じることを笑っている、つまり我々の目を笑っているのです」

まもなく、ロサをうろたえさせる事件が起こった。大学からの帰り道、道を歩いていると、突然、彼女を呼び止める声が聞こえた。彼女と同世代の男の子、同級生が車を歩道の縁に停め、家まで送ろうかと申し出た。彼女は車の外から、エアコンの効いた近くのカフェで冷たいものでも飲みたい気分だと言った。同級生が付き合ってもいいかと尋ねたので、ロサは同意した。車に乗り込んで道案内をした。たどり着いたカフェはできたばかりで、L字型の広々としたアメリカンスタイルの店内にはテーブルが整然と並び、大きな窓から太陽が差し込んでいた。しばらくのあいだ二人は他愛もない話をした。そのうち同級生はそろそろ行かなければと言って立ち上がった。二人は頬にキスをし合ってさよならを言い、ロサはウェイトレスにコーヒーを頼んだ。そのあと二十世紀メキシコ絵画に関する本を開いて、パアレンについて書かれた章を読み始めた。その時間、カフェにはあまり人はいなかった。聞こえてくるのはキッチンからの声、何やら忠告を与えている女性の声、ときおりコーヒーポットを手に近づいてきて広い店内に散らばったわずかばかりの客にコーヒーのおかわりを勧めるウェイトレスの足音くらいだった。突然、誰かが足音も立てずに近づいてきて話しかけた。尻軽女め。その声にロサはぎょっとして、たちの悪い冗談か、人違いだろうと思って顔を上げた。目の前にいたのはチューチョ・フローレスだった。わけも分からず、座ったらどうかと言うのが精一杯だったが、チューチョ・フローレスはほとんど口もきかず、席を立ってついてこいと言った。どこに行くつもりなのと尋ねた。うちに行くんだ、とチューチョ・フローレスは言った。汗をかき、顔を紅潮させていた。ロサは店を出るつもりはないと言った。するとチューチョ・フローレスはさっきキスをした若い男は誰なんだと尋ねた。

「大学の同級生よ」とロサは言いながら、チューチョ・フローレスの手が震えていることに気づいた。

「尻軽女め」と彼はくり返した。

それから何かぶつぶつ言い始め、ロサは初めのうち何を言っているのか分からなかったが、やがて同じ言葉をくり返しているのだと理解した。尻軽女め、その言葉はまるで、口にするのに大変な努力がいるかのように、嚙みしめた歯のあいだから何度も発せられた。

「出よう」とチューチョ・フローレスは大声で言った。

「どこにも行くつもりはないわ」とロサは言いながら周りを見渡し、自分たちの痴話喧嘩を見とがめられていないか確かめた。しかし彼らを見ている者はいなかったので安心した。

「あいつと寝たのか?」とチューチョ・フローレスは言った。

ロサはしばらく彼が何を言っているのか理解できなかった。エアコンが効きすぎているのか寒くなり、外に出て日に当たりたくなった。セーターかベストでも持っていれば着るところだった。

「わたしはあなたとしか寝ないわ」と言って、どうにか彼を落ち着かせようとした。

「嘘つきめ」とチューチョ・フローレスは大声で言った。ウェイトレスがカフェの奥のほうから顔を出し、彼らのほうに近づいてきたが、途中で考え直してカウンターの向こうに引っ込んだ。

「みっともない真似はやめて、お願い」と言ってパアレンの章に視線を落としたが、目に入ったのは何匹かの黒蟻と、塩の上にいる黒い蜘蛛だった。蟻が蜘蛛に戦いを挑んでいた。

「うちに行こう」とチューチョ・フローレスの声が聞こえた。寒気がした。視線を上げると彼が泣きそうな顔をしていた。

「僕が愛しているのは君だけなんだ」とチューチョ・フローレスは言った。「君のためなら何でもあげるよ。君のためなら命だって惜しくない」

しばらく言葉を失った。きっと別れるときが来たのだ、と彼女は思った。

「君がいなければ僕はおしまいだ」とチューチョ・フローレスは言った。「僕には君しかいない。僕が必要なものは君だけだ。君は僕の人生の夢だ。君がいなくなったら死んでしまう」

ウェイトレスがカウンターから二人を見つめていた。テーブルを二十ほど隔てた席で男が一人、コーヒーを飲みながら新聞を読んでいた。半袖のシャツを着てネクタイを締めていた。太陽は窓辺で震えているように見えた。

「座ってちょうだい、お願い」とロサは言った。

チューチョ・フローレスはもたれかかっていた椅子を引いて腰掛けた。そのあとすぐ両手で顔を覆ったので、また大声を出そうとするのか、あるいは泣き出すのだろうと思った。みっともない、と彼女は思った。

「何か飲む?」

チューチョ・フローレスは頷いた。

「コーヒーをくれ」と手で顔を覆ったままささやいた。

ロサはウェイトレスのほうを見て手を挙げた。

「コーヒーを二つ」と彼女は言った。

「かしこまりました」とウェイトレスは言った。

「あなたが目撃した、わたしと一緒にいた男の子はただの友達よ。友達ですらない、大学の同級生。キスしたって言っても頬っぺたじゃない。そんなの普通よ」とロサは言った。「習慣だわ」

チューチョ・フローレスは笑い声を上げ、手で顔を覆ったまま首を横に振った。

「たしかにそのとおりだ」と彼は言った。「普通のことだ、分かってる。悪かった」

ウェイトレスがコーヒーポットとチューチョ・フローレスのカップを持って戻ってきた。まずロサのカップに注ぎ、それから彼にもコーヒーを注いだ。去り際、彼女はロサの目を見て合図を送った。あるいはあとになってロサがそう思っただけかもしれない。眉を上げて合図した。あるいは唇を動かしたのかもしれない。沈黙のなかで発した言葉。よくは思い出せなかった。だが何かを言おうとしていた。

「コーヒーを飲んで」とロサは言った。

「今飲むよ」とチューチョ・フローレスは言ったが、手で顔を覆ったままじっとしていた。

いつのまにかドアの近くに別の男が座っていた。ウェイトレスは彼の隣で話し込んでいた。男はやけに大きいデニム地の上着と黒いトレーナーを着ていた。痩せていて二十五歳そこそこにしか見えなかった。ロサが見つめると男はすぐ見られていることに気づいたが、意にも介さず見つめ返すこともなく、コーヒーを飲み干した。


「その三日後にあなたと知り合ったの」とロサは言った。

「なぜ試合を見に行ったんだ?」とフェイトは言った。「ボクシングが好きなのか?」

「いいえ、前にも言ったけど、ああいうものを見に行ったことはなかったの。でもロサにどうしてもと言われたのよ」

「もう一人のロサか?」とフェイトは言った。

「ええ、ロサ・メンデスよ」とロサは言った。

「だが試合のあと君は奴とセックスしようとした」とフェイトは言った。

「いいえ」とロサは言った。「コカインはもらったわ、でも彼と寝るつもりはなかった。嫉妬深い人には耐えられないのよ。それでも友達でいることはできると思った。電話でそう言ったら彼も分かってくれたみたいだった。たしかにおかしなところはあったけれど。あの日、車でレストランを探しているときに、しゃぶってくれ、って言われたの。最後に一回しゃぶってくれって、わたしにそう言ったのよ。そうは言わなかったかもしれない、別の言い方をしたかもしれないけれど、だいたいそんなことを言おうとしてた。気でも狂ったのと訊くと彼は笑い出した。わたしも笑ったわ。何もかもが冗談みたいだった。前の日もその前の日もわたしに電話をしてきて、彼のかわりにロサ・メンデスが電話で彼の伝言をくれたこともあった。別れないほうがいいって言われた。いいカップルだって。でもわたしは彼女に、恋人だったのかどうかも分からないけれど、もうわたしたちの関係は終わった、って言ったの」

「奴のほうはもう終わったつもりでいたのか?」とフェイトは訊いた。

「電話をして、嫉妬深い人は好きじゃないって説明したの。わたしはそうじゃないし」とロサは言った。「嫉妬には耐えられないから」

「奴はもう捨てられたと思っていた」とフェイトは言った。

「たぶんね」とロサは言った。「そうじゃなきゃわたしにしゃぶってほしいなんて言わなかったでしょう。そんなことしたことなかったから。たとえ夜だったとしても、中心街の通りでなんて絶対に」

「でも落ち込んでいるようにも見えなかった」とフェイトは言った。「少なくとも俺にはそうは見えなかったが」

「ええ、楽しそうだったわ」とロサは言った。「いつだって陽気な人だった」

「俺もそう思った」とフェイトは言った。「恋人や友人たちと一晩中どんちゃん騒ぎをしたがる陽気な男だ」

「ラリってたわ」とロサは言った。「ひっきりなしに薬をやってた」

「ラリってるようには見えなかったが」とフェイトは言った。

「たしかに少しおかしかったな。まるで何かばかでかいものが頭のなかにあるみたいだった。そして頭のなかのそいつをどうしたらいいのか分からないらしかった。そいつはいつか爆発するかもしれないというのに」

「それがあなたが一緒に来た理由なの?」とロサは訊いた。

「そうかもしれない」とフェイトは言った。「実のところよく分からないんだ。今ごろはアメリカに帰っているか、そうでなければ記事を書いている最中だったはずだ。ところがこのモーテルで君と話をしてる。自分でもわけが分からない」

「ロサ・メンデスをベッドに誘おうと思っていたの?」とロサは尋ねた。

「いや」とフェイトは言った。「そんなわけない」

「わたしのために残ったの?」とロサは尋ねた。

「どうかな」とフェイトは言った。

二人はあくびをした。

「わたしのことが好きになったの?」ロサは拍子抜けするほどあっさりと言った。

「そうかもしれない」とフェイトは言った。

ロサが眠ってしまったので、ハイヒールを脱がせ、毛布をかけてやった。明かりを消し、しばらくカーテンの隙間から駐車場や道路を照らす街灯を眺めていた。そのあと上着を着て、音を立てないように部屋を出た。フロントでは受付係がテレビを見ていたが、彼を見ると笑顔を浮かべた。しばらく二人でメキシコとアメリカのテレビ番組の話をした。受付係は、アメリカの番組のほうがよくできてはいるが、メキシコのほうが面白いと言った。フェイトは彼に、ケーブルテレビは見るかと尋ねた。受付係は彼に、ケーブルテレビを契約しているのは金持ちかおかまくらいだと答えた。無料チャンネルにこそ現実の世界が反映されているし、現実に目を向けなければならないのだとも言った。フェイトが、無料のものなんて結局は存在しないとは思わないかと尋ねると、受付係は笑い出し、言おうとしていることは分かるが、そんなことでは納得しないと言った。フェイトは納得させようとしているわけではないと言ってから、メールをチェックできるパソコンはあるかと尋ねた。受付係は首を横に振ってから、デスクの上に山積みになった書類の束を引っかき回し、ようやくサンタテレサのインターネットカフェのショップカードを一枚探し当てた。

「一晩中開いています」と彼が言ったので、フェイトは驚いた。ニューヨーカーの彼ですら、二十四時間営業のインターネットカフェなど見たことも聞いたこともなかった。

サンタテレサのインターネットカフェのカードは、印刷された文字を読むのに苦労するほど濃い真紅色だった。それに比べれば裏面の赤は落ち着いていて、そこに店の場所を描いた地図があった。受付係に店の名前を訳してくれと頼んだ。受付係は笑いながら、〈炎よ、我とともに歩め〉という名前だと言った。

「まるでデヴィッド・リンチの映画のタイトルだ」とフェイトは言った。

受付係は肩をすくめ、メキシコというのはさまざまなものに捧げられたオマージュのコラージュなのだと言った。

「この国のひとつひとつのものが、世界のあらゆる事物へのオマージュなんです。まだ起きていないことに捧げられたオマージュもあります」と彼は言った。

彼にインターネットカフェへの行き方を説明してもらったあと、二人でしばらくリンチの映画について話をした。受付係はリンチの全作品を見ていた。フェイトは三、四本しか見たことがなかった。受付係にとって、リンチの最高傑作はテレビシリーズの『ツインピークス』だった。フェイトが一番好きな映画は『エレファントマン』だった。それはおそらく彼自身がそんなふうに感じたことがあるからで、人と同じになりたいと痛切に思いながらも、自分は人とは違うと思っていたからなのだろう。受付係に、マイケル・ジャクソンがエレファントマンの骨格を買ったか買おうとしたという話は知っているかと尋ねられると、フェイトは肩をすくめ、マイケル・ジャクソンは病んでいると言った。そうは思いませんね、と受付係は、どうやらその瞬間に何か重要なことをやっているらしいテレビを見ながら言った。

「僕は」と、フェイトには見えないテレビに視線を奪われたまま受付係は言った。「僕たちには分からないものがマイケルには分かるという話を信じてますよ」

「自分に分かっていることはほかの連中には分からない、みんなそう思っているよ」とフェイトは言った。

それから彼におやすみと言い、インターネットカフェのカードをポケットに入れて部屋に戻った。

明かりを消したまま、フェイトは長いあいだ窓のカーテンの隙間から、砂利の敷かれた駐車スペースや、ひっきりなしに道路を通り過ぎるトラックのライトを眺めていた。チューチョ・フローレスとチャーリー・クルスのことを思い返した。不毛の大地に影を落としているチャーリー・クルスの家が目に浮かんだ。チューチョ・フローレスの笑い声が聞こえ、ロサ・メンデスが、修道僧の独居房のような殺風景な狭い部屋のベッドに横たわっているのが見えた。コロナのことを、コロナの視線を、彼を見るコロナの目つきを思い返した。最後に現われた寡黙な口髭の男のことを考え、それから彼の声を、あの家から抜け出したときに聞いた、鳥のように甲高い声を思い出した。立っているのに疲れてくると、椅子を窓際に引き寄せて外を眺め続けた。ときどき母親の家のことを考え、子供たちが大声を上げながら遊んでいたコンクリート敷きの裏庭を思い出した。目を閉じれば白いワンピースが見え、ハーレムの通りに吹く風が裾をまくり上げ、笑い声が、何にも屈することなく壁中に広がり、白いワンピースのように涼しく生温かく歩道を駆けていった。眠気が耳から入り込んでくるのが、あるいは胸からこみ上げてくるのが分かった。それでも目をつぶる気にはならず、駐車スペースを、モーテルの正面を照らす二つの街灯を、行き交う車のヘッドライトが彗星の尾のように暗闇を切り開いて作り出す影をこっそり眺めていたかった。

ときおり後ろをふり返り、ロサが眠っているのをしばらく見ていた。しかし三度目か四度目に、もうふり返る必要はないことが分かった。簡単に言えば、もうその必要がなかったのだ。一瞬、もう二度と眠気を感じることはないだろうと思った。道路を走る、おそらく瓶を積んでいるのであろう二台のトラックのテールランプが描く軌跡を目で追っていると、電話が鳴った。受話器を取ると受付係の声が聞こえてきたので、自分を待ち構えていたのはこれだったのだとすぐさま理解した。

「フェイトさん」と受付係が言った。「たった今電話があって、あなたがここに泊まっているかと訊かれました」

誰からの電話だったかと彼は尋ねた。

「警察です、フェイトさん」と受付係は言った。

「警察だって？　メキシコの警察か？」

「僕が出ました。あなたがうちの宿泊客かどうか訊かれました」

「で、何て答えた？」とフェイトは尋ねた。

「事実を伝えました。あなたはここに泊まっていた、でももう出ていったと」と受付係は言った。

「ありがとう」とフェイトは言って電話を切った。

ロサを起こし、靴を履くよう促した。荷物のなかから出してあったわずかなものをしまい、スーツケースを車のトランクに入れた。外は寒かった。部屋に戻ると、ロサがバスルームで髪を整えていたので、フェイトはそんなことをしている暇はないと言った。車に乗り込み、フロントに向かった。受付係は立ったままシャツの裾で近視用の眼鏡を拭いていた。フェイトは五十ドル札を取り出してカウンターの上に置いた。

「誰か来たら国に帰ったと言ってくれ」と彼に言った。

「来るでしょうね」と受付係は言った。

道路に出るとき、ロサにパスポートを持っているかと訊いた。

「持ってないに決まってるでしょ」とロサは言った。

「警察が俺を探している」とフェイトは言い、受付係に聞いたことを話した。

「どうしてそれが警察だと分かるの？」とロサは言った。「コロナかもしれないし、チューチョかもしれないわ」

「たしかに」とフェイトは言った。「チャーリー・クルスかもしれないし、男の声を真似たロサ・メンデスだったのかもしれない。でも本当にそうかどうか確かめるためにここに残るなんてバカげてる」


二人は車でひと回りして、待ち伏せされていないか確かめたが、あたり一帯は静まり返っていたので（水銀の静けさ、あるいは国境の夜明けの水銀を予感させるものの静けさ）、ふた回りしてから隣の家の前にある木の下に車を停めた。しばらくのあいだ車から出ずに、どんな兆候も、どんな動きも見逃すまいとした。道を渡るときにも十分気を配り、街灯の光が届かない場所を選んだ。そのあと柵を跳び越えて裏庭を目指した。ロサが鍵を探しているあいだ、フェイトは物干しに吊るされた幾何学の本に目を留めた。思わず近づいて指の腹で本に触れてみた。それから、その本の書名の意味を、それが知りたかったからではなく緊張をほぐすためにロサに尋ねると、ロサは英語に訳しただけで、何の説明もしなかった。

「シャツみたいに本を吊るす人がいるなんて面白いな」と彼はつぶやいた。

「父がやったの」


家は、父娘の二人暮らしだったとはいえ、女性的な雰囲気が漂っていた。香と煙草の匂いがした。ロサが明かりを点け、しばらく二人は肘掛け椅子に座り込んだまま、無言で極彩色のメキシコの毛布にくるまっていた。そのあと、ロサがコーヒーを淹れるために台所に行っているあいだに、寝室から、オスカル・アマルフィターノが裸足のまま、髪も梳かさず、皺だらけの白いシャツとジーンズという格好で現われた。まるで服も脱がずに眠っていたかのように見えた。一瞬、二人は口もきかずに、まるで自分たちが眠っていて、二人の夢が、同じところで、あらゆる音声とは無縁の領域で合流したかのように見つめ合った。フェイトは立ち上がって自己紹介した。アマルフィターノはスペイン語ができないのかと尋ねた。フェイトはすみませんと言って微笑み、アマルフィターノは同じ質問を英語でくり返した。

「私は娘さんの友人です」とフェイトは言った。「彼女に入れてもらいました」

台所からロサの声が父親に、英語で、心配はいらないわ、彼はニューヨークから来た記者なのと言った。それから、彼女が父親にコーヒーはいるかと尋ねると、アマルフィターノは見知らぬ男をじっと見ながら、もらうと答えた。ロサがコーヒーカップを三つとミルク入れと砂糖壺を載せた盆を持って現われると、父親は何があったのかと尋ねた。何も起こっていないと思う、今この瞬間には、とロサは言った。でも今夜は奇妙なことがいくつかあったの。アマルフィターノは床に目をやり、それから裸足の足をしげしげ眺め、自分のコーヒーに砂糖とミルクを入れてから、洗いざらい説明してくれと娘に頼んだ。ロサはフェイトを見つめ、父親が言ったことを訳した。フェイトは笑みを浮かべ、肘掛け椅子に座った。彼がカップを手に取ってコーヒーを飲み始めると、ロサが父親に、前の晩に起こったことを、ボクシングの試合から、フェイトが泊まっていたモーテルを出る必要に迫られた瞬間に至るまで、スペイン語で話し出した。ロサが話し終えたとき、空は白み始めていた。アマルフィターノは質問もしなければ説明も求めなかったが、モーテルに電話して、受付係に警察が来なかったか確かめてはどうかと言った。ロサが父親の言ったことを訳すと、フェイトは納得したというよりも敬意を表して、モーテル〈ラス・ブリサス〉に電話をかけた。誰も出なかった。オスカル・アマルフィターノは肘掛け椅子から立ち上がって窓から外を見た。家の前の道は静かなようだった。二人ともここにはいないほうがいい、と彼は言った。ロサは何も言わずに父親を見つめた。

「娘をアメリカに連れていき、それから空港まで送って、バルセロナ行きの飛行機に乗せてもらえませんか？」

フェイトはそうしますと言った。オスカル・アマルフィターノは窓から離れて部屋に消えた。ふたたび現われるとロサに札束を握らせた。多くはないが、飛行機のチケット代と、バルセロナで何日か滞在するには困らないはずだ。出ていく気なんてないわよ、パパ、とロサは言った。そうだろう、分かってる、とアマルフィターノは言うとむりやり金を握らせた。パスポートはどこだ？　探してきなさい。荷造りをしないと。急がなくては、と彼は言った。それから、ふたたび窓際に行った。一台のスピリット、向かいの家のスピリットの後ろに、何か探している様子の黒いペレグリーノが見えた。彼はため息をついた。フェイトはコーヒーをテーブルに置いて窓に近づいた。

「どういうことなのか教えていただきたいのですが」とフェイトは言った。声がかすれていた。

「娘をこの街から連れ出してください。でなければ何もかも忘れてください。いや、何も忘れないでください。ですが、何より重要なことは、娘を遠くに連れていっていただくことです」

その瞬間、フェイトはグアダルーペ・ロンカルとの約束があったことを思い出した。

「殺人事件のことでしょうか？」と彼は言った。「あのチューチョ・フローレスが事件に関わっていると思っていらっしゃるのですか？」

「誰もが関わっている」とアマルフィターノは言った。

ジーンズとGジャン姿の若くて背の高い男がペレグリーノから降りて煙草に火をつけた。ロサが父親の肩越しに覗いた。

「誰？」と彼女は言った。

「初めて見たのか？」

「ええ、たぶん」

「捜査官だ」とアマルフィターノは言った。

そのあと、娘の手を取って部屋まで引きずっていった。ドアが閉まった。フェイトは別れを惜しむのだろうと思い、もう一度窓から外を見た。ペレグリーノの男はボンネットに寄りかかって煙草を吸っていた。ときおり、だんだん明るくなってくる空を見上げていた。落ち着いた様子で、急ぎの用事も心配事もなく、サンタテレサで夜明けを眺めていることが嬉しそうだった。近くの家から男が出てきて車にエンジンをかけた。ペレグリーノの男は吸いさしを歩道に投げ、車に乗り込んだ。一度もこちらに目をくれなかった。ロサが小さなスーツケースを手に部屋から出てきた。

「どうやって出ていけばいいんでしょう?」とフェイトは尋ねた。

「そのドアからだ」とアマルフィターノは言った。

それからフェイトは、完全に理解できるわけではないが、不思議なことに母親の死を思い出させる映画のように、アマルフィターノが娘にキスをして彼女を抱きしめるのを、それから彼が外に出て、毅然とした足取りで通りへ歩いていくのを見た。初めは彼が家の前の庭を横切るのが見え、それからペンキを塗り直す必要のある木戸を開けるのを、それから裸足のまま髪も整えずに、道を渡って黒いペレグリーノのところまで行くのを見た。彼が停めてあるその車のところへたどり着くと、男はウィンドウを下げ、アマルフィターノが乗り込むでもなく若者が降りるでもなく、そのまましばらく話をした。知り合いなのか、とフェイトは思った。初めて話をするのではなさそうだ。

「さあもう時間だわ、行きましょう」とロサは言った。

フェイトは彼女についていった。二人は庭と前の通りを横切った。二人の身体が作り出す影は極端に細長く、五秒ごとに震動で揺れ、まるで太陽が反転しているかのようだった。車に乗り込むとき、フェイトは背後で笑い声が聞こえたような気がしてふり返ったが、アマルフィターノと若い男が先ほどと同じ姿勢で話を続けているのが見えるだけだった。


グアダルーペ・ロンカルとロサ・アマルフィターノは、三十秒と経たないうちに互いのつらい思いが分かり合っていた。女性記者はツーソンまで見送りに行くと言い出した。ロサはそんな大げさなことをする必要はないと言った。二人はしばらく相談していた。彼女たちがスペイン語で話をしているあいだ、フェイトは窓の外を眺めてみたが、〈ソノラ・リゾート〉の周辺には、とりたてて変わったところはなかった。記者たちはもういなかったし、ボクシングの話をしている者もいなかったし、まるで長い冬眠から目覚めたばかりのようなウェイターたちは、まるで目を覚ますことなど望んでいなかったかのように愛想が悪かった。ロサはホテルから父親に電話した。フェイトは、彼女がグアダルーペ・ロンカルと一緒にフロントへ向かうのを眺め、二人が戻るのを待っているあいだに煙草を一本吸い、まだ送っていない記事を書くためにメモを取った。朝の光を浴びていると、前の晩の出来事が、非現実的な世界が子供っぽい生真面目さをまとっただけのものであるように思えてきた。さまざまな思いに耽っていると、スパーリングパートナーのオマル・アブドゥルとスパーリングパートナーのガルシアの姿が浮かんだ。彼の想像のなかで、二人はバスで海岸へ向かっているところだった。二人がバスから降りるのが見え、二人が浜辺の茂みのあいだを歩いていくのが見えた。夢のなかのような風が浜辺の砂を巻き上げ、顔に砂が貼りついてしまう。金のシャワー。平和な光景だ、とフェイトは考えた。単純なものばかりだ。それからバスが、彼の想像のなかでは黒い、巨大な霊柩車のようなバスが見えた。アブドゥルの横柄な笑顔が、ガルシアの表情のない顔が、実に奇妙な入れ墨が見えた。そして突然、皿が何枚か割れる音がして、あるいは箱が床に落ちた音だったかもしれないが、そのときようやくフェイトは自分が眠っていたことに気づいた。コーヒーをもう一杯頼もうとあたりを見渡してウェイターを探したが、誰もいなかった。グアダルーペ・ロンカルとロサ・アマルフィターノはまだ電話で話をしていた。

「みんな優しくて、楽しくて、思いやりがあるわ、メキシコ人は働き者で、そして何にでも大きな関心を示すの、他人のことを心配するし、勇敢で寛大だわ、ここでは悲しみは人を殺すのではなく、生命を与えるのよ」とロサ・アマルフィターノはアメリカ合衆国との国境を越えたときに言った。

「メキシコの人たちが恋しくなるか？」

「まず父のことが恋しくなるわ、それからメキシコの人たち」とロサは言った。

サンタテレサ刑務所に向かう車のなかで、ロサは、家に電話したけれど誰も出なかったと言った。何度かアマルフィターノに電話をかけてみてから、ロサ・メンデスの家にも電話をしたが、そちらも誰も出なかった。たぶん、ロサは死んでるわ、と彼女は言った。フェイトはそんなことは信じがたいとでも言いたげに首を横に振った。

「俺たちはまだ生きている」と彼は言った。

「わたしたちが生きているのは、何も見ていないし、何も知らないからよ」とロサは言った。

女性記者の車が先に走っていた。黄色いリトル・ニモだった。グアダルーペ・ロンカルは慎重に運転していたが、ときどき、まるで道をよく覚えていないかのように車を停めた。フェイトは、前を行く車を追いかけるのをやめにして直接国境へと向かったほうがいいのではないかと思った。それとなくロサにそう言うと、彼女はきっぱりだめだと言った。彼は、サンタテレサに友人はいないのかと尋ねた。ロサは、いない、実のところ友達は一人もいないと言った。チューチョ・フローレスにロサ・メンデスにチャーリー・クルス、あの人たちのことをあなたは友達だとは思わなかったでしょう？

「たしかに、あいつらは友達じゃないな」とフェイトは言った。


砂漠のただなか、フェンスの向こうにメキシコ国旗がはためいているのが見えた。アメリカ側の入国管理所の警官がフェイトを、そしてロサを慎重に見つめた。彼は白人の、しかもこんなに美しい若い女が黒人と一緒に何をしているのだろうと自問した。フェイトは彼をじっと見つめた。記者なのか？　と警官は尋ねた。フェイトは頷いた。こいつは大物だ、と警官は思った。毎晩この女をよがらせているんだろうな。スペイン人か？ロサは警官に笑顔を見せた。警官の顔に不満の色が浮かんだ。車を走らせると国旗は見えなくなり、フェンスと数棟の倉庫の囲いのほかは視界に入らなくなった。

「問題は悪運がついて回ることね」とロサは言った。

フェイトには彼女の声が聞こえなかった。


窓のない部屋で待たされているあいだ、フェイトはペニスがどんどん硬くなっていくのを感じた。一瞬、母親が死んでから一度も勃起していないと思ったが、そのあと考えを改め、そんなに長いこと勃起しなかったなんてありえないと思った。だが、たしかにその可能性はある、取り返しのつかないことが起こりうるのだ、どうにもならないことはあるのだと思った。だとすると、考えようによってはそれほど長いとは言えない期間、海綿体が充血しないことだってありえるのだと思った。ロサ・アマルフィターノが彼を見つめた。グアダルーペ・ロンカルは床に固定された椅子に座り、忙しそうにノートや録音機の準備をしていた。ときおり監獄からは日常的な音が聞こえてきた。名前を呼ぶ大声、かすかに聞こえる音楽、遠ざかっていく足音。フェイトは木のベンチに腰掛けてあくびをした。居眠りしてしまう気がした。自分の肩にロサの脚が乗っているところを想像した。さっきまでいたモーテル〈ラス・ブリサス〉の部屋がふたたび目に浮かび、二人は身体を合わせたのかと自問した。もちろんそんなことはない、と彼はつぶやいた。それから何度か、刑務所のどこかで独身さよならパーティーが開かれているかのように、大声が聞こえた。彼は連続殺人事件のことを考えた。遠くで笑い声が聞こえた。牛が啼くような声がした。グアダルーペ・ロンカルがロサに話しかけ、ロサが答えるのが聞こえた。眠気に襲われ、ハーレムにある母親の家のソファで、テレビをつけっ放しにしたまま気持ちよさそうに眠っている自分の姿が見えた。三十分ほど眠ろう、と彼は思った。そうしたら仕事に戻ろう。試合の記事を書かなくてはならない。一晩中運転をしなければならない。夜明けには何もかも終わっていることだろう。

国境をあとにするとき、エル・アドービの町にいた数少ない旅行者たちは眠っているようだった。六十歳くらいの、花柄のワンピースにナイキのスニーカー姿の女性が、ひざまずいてインディオの作った絨毯の品定めをしていた。四〇年代のスポーツ選手がそこにいるかのように見えた。手をつないだ三人の子供が、ショーウィンドウを覗き込んでいた。彼らの視線の先にはかすかに動いているものがあったが、フェイトにはそれが動物なのか機械なのか分からなかった。バーの前では、カウボーイハットをかぶったチカーノらしき男たちが、身ぶりで正反対の方向を指し示していた。通りの突き当たりには木製の倉庫、舗道には金属のコンテナが並び、その向こうは砂漠だった。目に入ってくるあらゆるものが、ほかの誰かの夢みたいだ、とフェイトは思った。隣ではロサが行儀よく頭をシートに当て、大きな瞳で地平線の一点を見つめていた。フェイトは彼女の膝頭を見つめ、完璧な膝だと思い、それから彼女の腰、それから、ときどきのぞく、生きているように見える彼女の肩と彼女の肩甲骨をじっと眺めた。そのあとは運転に集中した。エル・アドービから伸びる道路の先には黄土色のつむじ風が見えた。

「グアダルーペ・ロンカルはどうしているかしら?」とロサが夢遊病患者のような声で言った。

「今ごろは家に帰る飛行機のなかだろう」とフェイトは言った。

「不思議ね」とロサは言った。

ロサの声で目が覚めた。

「聞こえる?」と彼女は訊いた。

フェイトは目を開けたが何も聞こえなかった。立ち上がって彼らのそばにいたグアダルーペ・ロンカルは、まるで最悪の夢が現実になったかのように目を見開いていた。フェイトは歩いていってドアを開けた。片足が引きつり、まだ完全に目が覚めたわけではないことが分かった。目の前には廊下があり、廊下の突き当たりには、まるで左官が途中で作業をやめてしまったような、化粧塗りをしていないコンクリートの階段があった。弱々しい明かりが廊下を照らしていた。

「行かないで」とロサの声が聞こえた。

「罠よ、逃げましょう」とグアダルーペ・ロンカルが言った。

廊下の突き当たりに刑務官が姿を見せ、彼らのほうへやってきた。フェイトはプレス証を見せた。刑務官は身分証には目もくれずに頷き、ドアから顔をのぞかせていたグアダルーペ・ロンカルに微笑んだ。そのあと刑務官はドアを閉め、嵐の話をした。ロサが彼の耳元で訳してくれた。砂嵐、あるいは雨嵐、あるいは電気嵐。高い山から降りてきた雲が、サンタテレサに雷を落とすことはなさそうだったが、あたり一面に影を落としていた。犬のような朝。決まって囚人たちがいらいらするんです、と刑務官は言った。彼はまだ若く、まばらな口髭を生やし、年齢のわりには少し太っていて、仕事好きではないことがありありと現われていた。これから殺人犯を連れてきます。

女たちの言うことは尊重しなけりゃいけない。大事なのは女たちの恐怖に耳を閉ざさないことだよ。フェイトは思い出した。母親だったか、隣に住んでいた、亡くなったホリーさんだったかが、二人ともまだ若く、彼が小さかったころにそんなことを言っていた。一瞬、秤を、目の見えない正義の女神が両手に持っているものに似ているが、小皿のかわりに二本の瓶か瓶らしきものがついている秤を思い描いた。左側の瓶――ここではそう呼ぶことにしよう――は透明で、砂漠の砂が詰まっていた。孔がいくつか開いていて、そこから砂が漏れ出していた。右の瓶には酸が詰められていた。こちらには孔は開いていなかったが、酸が瓶を内側から浸食していた。ツーソンへ向かう道を走っているとき、フェイトは何日か前に通った道を反対方向に走っているのに、目に入るものにまったく見覚えがなかった。あのとき右手に見えていたものは今では俺の左手にあり、目印となる点がひとつも見つからない。何もかもが消えている。昼近くに道路沿いのドライブインで停まった。カウンターにいた暇な農場労働者らしきメキシコ人たちがこちらを見ていた。彼らは、そのあたりで作られているミネラルウォーターやジュースを飲んでいたが、名前も瓶も、フェイトにはひどく奇妙に思えた。じきに消え去る新しい企業だろう。食べ物は不味かった。ロサは眠いと言って、車に戻ると眠ってしまった。フェイトはグアダルーペ・ロンカルの言葉を思い出した。この連続殺人事件のことなんか誰も気に留めていないけれど、そこには世界の秘密が隠されている。グアダルーペ・ロンカルが言ったのか、それともロサが言ったのか？　ときどき道路は川に似ていた。それを言ったのは殺人事件の容疑者だ、とフェイトは思った。黒雲とともに現われた、あのいまいましい白皮症の巨人だ。

足音が近づくのが聞こえたとき、フェイトにはそれが巨人の足音に思えた。グアダルーペ・ロンカルも同じようなことを思ったらしく、気を失いかけたが、その寸前に刑務官の手を、それから襟首を摑んだ。刑務官のほうは思わず彼女をよけそうになったが、肩に腕を回して彼女を支えた。フェイトはロサの身体をすぐそばに感じた。いくつもの声が聞こえた。まるで囚人たちが誰かを囃し立てているようだった。笑い声や静粛を命じる声が聞こえ、それから東からやってきた黒雲が刑務所の上を通り過ぎ、あたりが暗くなった気がした。また足音が聞こえた。笑い声と命令する声が聞こえた。突然、ある声が歌を歌い始めた。木を切るときの木こりの歌のようだった。歌詞は英語ではなかった。初めのうちフェイトは何語で歌っているのか分からなかったが、やがてロサが隣でドイツ語だと言った。声が大きくなった。もしかすると夢を見ているのかもしれない、とフェイトは思った。木は一本、また一本と倒れていった。俺は大男、焼けてしまった森の真ん中で迷子になった。だけど誰かが俺を救いに来るだろう。ロサが第一容疑者の歌う呪詛の言葉を訳してくれた。何か国語も分かる木こりなのだ、とフェイトは考えた。英語もスペイン語も話すかと思えば、ドイツ語で歌う。俺は大男、灰になった森の真ん中で迷子になった。だけど俺の運命を、知っているのは俺しかいない。それからふたたび、足音と、笑い声と、囚人たちの囃し立てる声と励ましの声、巨人を連れてくる看守の大声が聞こえた。やがて目の前に現われたのは、とてつもなく大きな金髪の男で、まるで天井にぶつかるのを恐れるかのように、首をすくめながら面会室に入ってきて、まるでいたずらをしたばかりの子供のように微笑み、迷子の木こりの歌をドイツ語で歌い終え、そこにいた彼らを嘲笑うように、知的な眼差しで見下ろした。その後、彼を連れてきた看守がグアダルーペ・ロンカルに、椅子に手錠でつないでおいたほうがいいかどうか尋ね、グアダルーペ・ロンカルは首を横に振り、看守は背の高い男の肩を叩いて出ていき、フェイトと女たちのそばにいた刑務官も、グアダルーペ・ロンカルの耳元で何かささやくと出ていき、彼らだけになった。

「おはよう」と大男はスペイン語で言った。椅子に腰掛けてテーブルの下で脚を伸ばすと、反対側に足がのぞいた。

黒いスニーカーと白い靴下を履いていた。グアダルーペ・ロンカルは一歩退いた。

「好きなことを訊いてくれ」と巨人は言った。

グアダルーペ・ロンカルはまるで毒ガスを吸いかけたかのように手を口に当て、何を訊けばいいか分からなくなった。

4

犯罪の部

その女性の遺体はラス・フローレス区の小さな空き地で見つかった。白い長袖のTシャツを着て、ワンサイズ大きな膝丈の黄色いスカートを穿いていた。空き地で遊んでいた子供たちが見つけ、親に知らせた。子供の母親の一人が警察に通報し、三十分後にパトカーが現場に到着した。空き地はペラエス通りとエルマノス・チャコン通りに面していて、端にはどぶ川が流れ、その向こうには閉鎖されもはや廃墟と化した牛乳加工場の塀がそびえていた。あたりに誰もいなかったので、警官たちは最初、いたずらだと思った。それでもパトカーをペラエス通りに停め、一人が空き地に入っていった。すぐに、ベールをかぶった二人の女が草むらでひざまずいて祈っているのを見つけた。女たちは、遠くからだと歳をとっているように見えたが、実際には違った。二人の前に死体が横たわっていた。警官は女たちには声をかけずにいったん引き返し、車のなかで煙草を吸いながら待っていたもう一人の警官に、こっちに来てくれと合図した。それから二人で（車で待機していた警官は腰のピストルを抜き）女たちのいた場所に戻ると、脇に立って死体を見つめた。ピストルを握った警官が、知り合いかと尋ねた。いいえ、と女の一人が答えた。見たこともありません。このあたりの娘《こ》じゃありません。

この事件は一九九三年に起きた。一九九三年一月のことである。この死体の発見から、殺された女性たちの数が数えられるようになった。しかし、それ以前に被害者がいた可能性もある。最初の被害者は、エスペランサ・ゴメス＝サルダーニャという名の十三歳の少女だった。しかし、彼女が最初の被害者ではない可能性もある。おそらく便宜上、彼女が一九九三年に最初に殺された女性だったためにリストの先頭にくることになったのだろう。とはいえ、一九九二年にも殺された女はいたはずだ。真夜中、死体を運んできた者たちですら、自分がいったいどこにいるのか分からないような時間に、砂漠に掘られた穴に埋められ、あるいは灰を撒かれて、リストにも載らず、誰にも発見されることのなかった女たちが。

エスペランサ・ゴメス＝サルダーニャの身元は比較的容易に判明した。遺体はまず、サンタテレサに三つある警察署の一つに運ばれ、判事による確認が行なわれ、警察官たちによる検分を受けたのち、写真に収められた。まもなく、警察署の外に救急車が待機するなかをペドロ・ネグレーテ警察署長が二人の補佐を従えて到着し、ふたたび死体の検分が行なわれた。終了するとすぐに彼は、判事と、執務室で待っていた三人の警察官と合流し、どのような結論に至ったのかと尋ねた。絞殺です、と判事は言った。一目瞭然です。警察官たちは頷いただけだった。身元は分かったのか？　と警察署長は尋ねた。皆が首を横に振った。そうか、すぐに突き止めてやろう、とペドロ・ネグレーテは言うと判事と一緒に出ていった。補佐は警察署に残り、死体を発見した警官たちを連れてくるよう要請した。じゃあ戻り次第こっちへよこせ、能なしめ、と彼は言った。それから死体はパトロールに戻りました、という返事が返ってきた。じゃあ戻り次第こっちへよこせ、能なしめ、と彼は言った。それから死体は市立病院の死体安置所に運ばれ、監察医による司法解剖が行なわれた。その結果、エスペランサ・ゴメス＝サルダーニャの死因は絞殺であることが明らかになった。下顎と左目に皮下出血が見られた。両腿と両脇腹にも大きな皮下出血があった。膣と肛門に、おそらくは複数回に及ぶレイプの形跡があり、どちらにも裂傷と表皮剥離が確認され、そこから大量の出血があった。午前二時に監察医は解剖を終え、安置所をあとにした。数年前にベラクルスから北部へと移り住んだ黒人の看護師が遺体を冷凍室に搬入した。

その五日後、一月末に、ルイサ・セリーナ・バスケスが絞殺された。十六歳で、がっしりした体つき、肌は白く、妊娠五か月だった。彼女と同棲していた男は窃盗犯で、友人とともに電器店やその倉庫で盗みを働いていた。警察は、マンセラ区ルベン・ダリオ通りにあるアパートの住人から通報を受けて駆けつけた。ドアをこじ開けると、アンテナケーブルで首を絞められたルイサ・セリーナを発見した。その晩、同棲相手のマルコス・セプルベダと相棒のエセキエル・ロメロが逮捕された。二人は第二警察署内にある留置場に入れられ、一晩かけて取り調べが行なわれた。担当したのはサンタテレサ警察署長補佐、エピファニオ・ガリンド刑事で、結果は上々、夜明け前に、逮捕されたロメロが、友人である相棒の目を盗んで被害者と関係をもっていたことを白状した。妊娠したことが分かると、ルイサ・セリーナは彼との関係を断とうとしたが、ロメロは、生まれてくる子供の父親は自分であって相棒ではないと考えていたのでこれを拒絶した。一、二か月が経ち、ルイサ・セリーナの決心が揺るがないと分かると、彼は逆上して彼女を殺すことを決意し、ある晩セプルベダの留守に乗じてついにそれを実行した。二日後、セプルベダは釈放され、ロメロのほうは収監されずに第二警察署の留置場に入れられたままだったが、今度の尋問は、ルイサ・セリーナを殺した際の状況の詳細を明らかにするためではなく、ロメロに、すでに身元の判明していたエスペランサ・ゴメス＝サルダーニャを殺した罪を認めさせようとするためのものだった。早々に最初の自白を引き出したことに気をよくしていた警察の思惑に反し、ロメロは見かけよりもはるかにかたくなで、先の犯罪への関与を決して認めようとはしなかった。

二月半ば、サンタテレサの中心街の路地で、ゴミ収集人が新たな女性の遺体を発見した。年齢は三十歳前後、黒いスカートと胸元の開いた白いブラウスを着ていた。ナイフで刺し殺されていたが、顔と腹部には何度も殴られた形跡があった。ハンドバッグには、その日の朝九時に出るツーソン行きの、彼女がもはや乗ることのないバスの切符が入っていた。ほかに口紅と白粉、マスカラ、ティッシュ、半分残った煙草の箱、それにコンドームの箱も見つかった。パスポートも手帳も、身元を確認できるものは何ひとつ見つからなかった。マッチやライターも入っていなかった。

三月、エル・エラルド・デル・ノルテ紙系列のラジオ局〈エル・エラルド・デル・ノルテ〉の女性アナウンサーが、夜十時に別の男性アナウンサーと音響技師とともに局のスタジオを出た。三人はイタリア料理店〈ピアッツァ・ナヴォーナ〉へ向かい、そこでピザを三枚とカリフォルニアワインの小瓶を三本頼んだ。男性アナウンサーは先に店を出た。女性アナウンサーのイサベル・ウレアと音響技師のフランシスコ・サンタマリアはもう少し店に残って話をすることにした。二人は仕事のことや放送予定や番組内容の話をし、その後、すでに局を辞め、結婚して夫とともにエルモシージョに近い町、二人とも名前は思い出せなかったが海に面していて、一年の半分は、本人の話では天国だと言ってもよい町に移り住んだ元同僚の話をし始めた。二人は一緒にレストランを出た。音響技師は車を持っていなかったので、イサベル・ウレアは家まで送ると申し出た。その必要はない、と技師は言った。家は近いし、歩いていくほうがいい。通りの向こうに消えていく技師を見送り、イサベルは自分の車を停めてあるところへ向かった。ドアを開けようと車のキーを取り出したとき、歩道を人影が横切り、彼女に向かって三回発砲した。キーが彼女の手から落ちた。五メートルほど離れたところにいた通行人が地面に伏せた。イサベルは立ち上がろうとしたが、前方のタイヤに頭をもたせかけるのが精一杯だった。痛みは感じなかった。影は彼女に近づいていき、額をめがけて発砲した。

イサベル・ウレア殺人事件は、その後三日間、彼女が勤めるラジオ局と系列新聞で強盗未遂事件として報道され、彼女の車を狙った狂人か麻薬中毒者の仕業だと考えられた。犯人は中米のグアテマラかエルサルバドルの元ゲリラ兵で、アメリカに渡る前になんとかして金をかき集めようとしたのだという説も取り沙汰された。遺族への配慮から司法解剖は行なわれず、弾道検査の結果は、公表されないままサンタテレサとエルモシージョの裁判所のあいだを行ったり来たりしているうちに行方不明になった。

一か月後、シウダー・ヌエバ区とモレロス区の境にあるエル・アロージョ通りを歩いていた包丁研ぎ師が、酔っぱらいのように木の杭にしがみついている女を見かけた。研ぎ師の横を、スモークガラスの黒いペレグリーノが通り過ぎていった。通りの向こうから、蠅の群れを従えてアイスキャンディー売りがこちらにやってくるのが見えた。二人とも木杭のところにやってきたが、女の身体はすでに崩れ落ちていた。あるいは木杭に摑まっているだけの力は残っていなかった。腕に半ば隠れていた女の顔は、赤と紫の肉の塊だった。研ぎ師は救急車を呼ばなくてはと言った。アイスキャンディー売りは女を見て、まるで〈エル・トリート〉ラミレスと十五ラウンド戦ったみたいだと言った。研ぎ師はアイスキャンディー売りが動こうとしないのを見て、すぐ戻ってくるから自分の屋台を見張っていてくれと言った。舗装されていない道を渡ってから、アイスキャンディー売りがちゃんと見張っているかどうか確かめようとふり返ると、さっきまで彼の周りを飛び交っていた蠅が女の傷ついた頭に群がっているのが見えた。向かいの歩道に面した窓から、数人の女たちが彼らのほうをうかがっていた。救急車を呼ばなくては、と研ぎ師は言った。女性が死にかけてるんだ。しばらくすると病院から救急車がやってきて、救命士が移送手続きはどちらがするのかと尋ねた。研ぎ師は、自分とアイスキャンディー売りが、彼女が地面に倒れているのを見つけたのだと言った。そんなことは分かってます、と救命士が言った。こちらが知りたいのは誰がその手続きをするかということなんです。この人の名前も分からないのにどうやって手続きしろっていうんだ？　と研ぎ師は言った。でも誰かが手続きしなくちゃならないんです、と救命士は言った。聞こえなかったのかよ、おい、と研ぎ師は言うと、屋台の引き出しから巨大な肉切り包丁を取り出した。分かりました、分かりましたよ、と救命士は言った。おい、この人を乗せるんだ、と研ぎ師は言った。しゃがみ込んで手で蠅を追い払いながら、倒れている女の状態を確認していたもう一人の救命士が、もめても仕方ありません、この方はもう亡くなっています、と言った。研ぎ師の目が、木炭で描いた二本の線のように細くなった。クソったれのケチ野郎、お前のせいだ、と言うなり彼は救命士に襲いかかろうとした。もう一人の救命士が割って入ろうとしたが、研ぎ師の手に握られた包丁を見て救急車に逃げ込み、警察に通報した。しばらく研ぎ師は救命士を追い回していたが、やがて怒りか憤りか恨みが収まったのか、あるいは疲れてしまったようだった。そして突然立ち止まると、屋台をひっつかんでエル・アロージョ通りを早足で遠ざかっていき、やがて救急車の周りに集まっていた野次馬たちの視界から消えた。

その女はイサベル・カンシーノという名前だったが、むしろエリザベスという名で通った娼婦だった。何度も殴られたせいで脾臓が破裂していた。警察は、一人または数人の客が不満をぶつけた犯行だと考えた。彼女は発見された場所よりもずっと南にあるサン・ダミアン区に住んでいて、決まった相手はいないようだったが、近所に住む女性の話では、イバンという男が足繁く通っており、この男の行方はその後の捜査でも突き止められなかった。ニカノールという名の研ぎ師の居場所の割り出しも行なわれ、シウダー・ヌエバ、モレロス両区の住人の証言では、だいたい週に一度か二週間に一度、そのあたりを回っているということだったが、捜査は無駄足に終わった。仕事を変えたのか、サンタテレサ西部から南部か東部に移ったのか、あるいは街を出たのかもしれなかった。いずれにしても、彼をふたたび見かけた者はいなかった。

明くる五月、ラス・フローレス区とヘネラル・セプルベダ工業団地の境にあるゴミ集積場で女の遺体が発見された。その工業地区には家電製品を組み立てる四つの下請け工場《マキラドーラ》の施設が建ち並んでいた。マキラドーラに電力を供給する送電塔はまだ新しく、銀色に塗られていた。そのすぐそばには、低い丘の連なりのあいだにバラックの屋根が見えていた。そうした家々はマキラドーラがやってくる少し前から建ち始め、いまやラ・プレシアーダ区との境界にある線路を越えて広がっていた。広場には木が六本、四隅に一本ずつ、中央に二本植えられていたが、埃にまみれて黄色くなっていた。広場の一角には、サンタテレサのさまざまな地区から労働者たちを運んでくるバスの停留所があった。そこから舗装されていない道をしばらく歩いていくと大きな通用門がいくつもあり、労働者たちは守衛に通行証を見せてから、各自の仕事場へと向かった。労働者用の食堂を備えているマキラドーラは一つしかなかった。その他のマキラドーラでは、工員たちは機械の横で、あるいは隅に集まって食事し、昼休みの終わりを告げるサイレンが鳴るまでそこで談笑していた。工員の大多数が女性だった。死体が見つかった集積場には、バラックの住人たちのゴミだけでなく、各マキラドーラから出る廃棄物も捨てられていた。死体が見つかったと通報したのは、テレビを製造する多国籍企業と提携しているマキラドーラ〈マルチゾーン・ウェスト〉の工場長だった。警官が現場検証に訪れると、マキラドーラの幹部三人が集積場の横で待ち構えていた。二人はメキシコ人、もう一人はアメリカ人だった。メキシコ人の一人が一刻も早く遺体を収容してもらいたいと言った。一人の警官が救急車を呼びに行っているあいだに、もう一人が死体のある場所を尋ねた。三人の幹部は警官を連れて集積場のなかに入っていった。四人は鼻を覆ったが、アメリカ人が鼻から手を離すとメキシコ人たちもそれに倣った。被害者は、浅黒い肌でまっすぐな黒い髪を肩まで垂らした女性だった。黒いトレーナーとショートパンツを身につけていた。四人はしばらく死体を見下ろしていた。アメリカ人幹部がしゃがみ込み、ボールペンで彼女の首にかかった髪を持ち上げた。ヤンキーには触らせないほうがいい、と警官が言った。触っていませんよ、とアメリカ人がスペイン語で言った。彼女の首を見たかっただけです。二人のメキシコ人幹部がしゃがんで女の首についた跡を見た。それから立ち上がって時計を確かめた。救急車がなかなか来ないですね、と一人が言った。すぐに来ます、と警官が言った。そうですか、と幹部の一人が言った。あなたが担当されるんですね？　警官はそのとおりだと答え、もう一人の幹部が差し出した紙幣を制服のズボンのポケットにしまった。その日の夜、遺体はサンタテレサ市立病院の冷蔵室に移された。翌日、監察医の助手による司法解剖が行なわれた。絞殺だった。レイプされていた。膣と肛門の双方を、と監察医の助手は記録した。そして妊娠五か月だった。

五月最初の被害者であるこの女性は身元が判明しなかった。そのため、アメリカ合衆国に渡る前にサンタテレサに立ち寄った中米か南米からの移民だろうと考えられた。同行者もいなければ、捜索願を出す者もいなかった。年齢は三十五歳くらいで、妊娠中だった。夫か恋人か、お腹の子供の父親のもとへ行くためにアメリカへ向かっていたのだろうが、向こうに不法滞在しているその不運な男はおそらく、彼女が妊娠したこと、また妊娠に気づいて自分を追って国を出ようとしたことをどちらも知ることはなかっただろう。しかし、この月最初のこの被害者はその月唯一の被害者とはならなかった。その三日後、グアダルーペ・ロハス（こちらは最初から身元が分かっていた）が殺された。年齢は二十六歳、カランサ区にあるカランサ通りと並行して走るハスミン通りに住み、サンタテレサから十キロほどのところにある、ノガーレスへと向かう幹線道路沿いに最近できたマキラドーラ〈ファイル＝シス〉で工員として働いていた。ところでグアダルーペ・ロハスは、仕事に向かう途中で殺されたのではなかった。工場のある一帯は人通りもなく危険で、車で移動すべきところであり、バスだと最後の停留所から少なくとも一・五キロの道のりを歩くことを考えれば殺されても不思議ではない場所で死んだのではなく、彼女が死んでいたのはハスミン通りの自宅の入口だった。死因は銃弾による三か所の外傷で、そのうち二つが致命傷だった。犯人は恋人であることが分かり、その晩逃亡を試みた彼は、〈ロス・サンクードス〉という名のバーで酒をあおったあと、近くの線路脇で逮捕された。警察に通報したのは市警察の元刑事であるバーの主人だった。取り調べの結果、犯行の動機は、根拠があるのかどうかは定かではなかったが、犯人の嫉妬だったことが判明した。彼は裁判官と対面したのち、関係当局すべての承認のもと、即刻サンタテレサ刑務所に送られ、移送あるいは判決を待った。五月最後の被害者は、エストレージャ丘陵の麓で発見された。その丘は、同名の居住区に周囲をいびつに囲まれ、まるでそこには何も育たないか、均等に広がっていくには障害が多すぎるかのように見えた。丘の東側の斜面だけは、建物がまばらで景色が開けていた。そこで彼女は見つかった。監察医によれば、死因は刃物による外傷だった。レイプされたことは間違いなかった。年齢は二十五、六歳だろうと考えられた。肌は白く、髪は明るい色だった。ブルージーンズに青いシャツ、ナイキのスニーカーという格好だった。身元を明らかにするものは何ひとつ所持していなかった。ジーンズもシャツも破れていないところを見ると、犯人は殺害後にわざわざ服を着せたようだった。肛門をレイプされた形跡はなかった。顔には、右耳に近い上顎部に軽度の皮下出血が見られるだけだった。死体発見に続く数日間、市の三紙であるエル・エラルド・デル・ノルテ紙、ラ・トリブーナ・デ・サンタテレサ紙、ラ・ボス・デ・ソノラ紙がエストレージャ丘陵で見つかった身元不明の女性の写真を掲載したが、反応はなかった。四日目に、サンタテレサ警察署長ペドロ・ネグレーテが、警官を一人も、エピファニオ・ガリンドさえ伴わずに自らエストレージャ丘陵に赴き、死体が発見された現場を歩き回った。そのあと麓を離れて斜面を登り始め、丘の頂上に着いた。火山岩のあいだに、ゴミの詰まったスーパーの袋が転がっていた。フェニックスに留学している息子が以前、ビニール袋は分解されるのに数百年、ともすると数千年はかかると話していたことを思い出した。ここにある袋はそれほどではなさそうだ、と彼はあらゆるものが直面している分解の度合いを見て思った。頂上に着くと、子供たちが丘を駆け下りていき、エストレージャ区のほうへと消えていった。暗くなりかけていた。西の方角には、段ボールやトタンでできた屋根や、無秩序な輪郭のなかで渦を巻いている道が見えた。東の方角には、山脈と砂漠に通じる幹線道路が、トラックのライトが、一番星が、夜とともに山々の向こう側からやってくる本物の星《エストレージャ》が見えた。北には何も見えず、単調な平原が広がるばかりで、まるで、サンタテレサの向こうに何を望もうが、あるいはどれほどその存在を信じようが、そこで人生が終わっているかのようだった。それから何匹かの犬が吠えているのが聞こえ、徐々に近づいてきたかと思うと姿が見えた。おそらく、ここに着いたときに見かけた子供たちのように、腹を空かせた獰猛な犬だった。彼は肩に掛けたホルスターからピストルを抜いた。数えると犬は五匹いた。安全装置を解除して発砲した。犬は飛び上がることもなく倒れ、そのまま土埃のなかを玉のように転がっていった。残りの四匹は逃げ出した。ペドロ・ネグレーテは犬が走り去っていくのを目で追った。二匹は尻尾を脚のあいだにはさんで身を屈めて走っていった。残りの二匹のうち一匹が尻尾を立てて走り、四匹目は、なぜかは分からないがまるでごほうびをもらったかのように尻尾を振っていた。彼は死んだ犬に近づいて足でつついた。弾丸は頭部に命中していた。彼は後ろをふり返ることなく彼は歩いて丘を下り、身元不明の遺体が発見された場所に戻った。そこで立ち止まり、煙草に火をつけた。フィルターなしのデリカードス。それからさらに下って車にたどり着いた。ここからだとあらゆるものが違って見える、と彼は思った。

五月はもうそれ以上、自然死した女たち、つまり病気や老衰や出産といった理由で亡くなった女たちを勘定に入れなければ、女性の死者は出なかった。ところが月末になって、教会を冒瀆する事件が起きた。ある日、正体不明の男がサンタテレサの中心街のパトリオタス・メヒカノス通りにあるサン・ラファエル教会へ、朝一番のミサの時間に入ってきた。教会はほとんど無人で、前方の席に信心深い女たちが数人寄り集まっているだけで、司祭もまだ告解室のなかにいた。教会には焚いた香と安っぽい洗剤の匂いが立ちこめていた。よそ者は後ろの席に座るやいなやひざまずき、まるで深く悔いているか具合が悪いかのように両手に顔をうずめた。信心深い女たちのなかには彼のほうを見てささやき合う者もいた。一人の小柄な老女が告解室から出てくると、よそ者を見つめて立ちつくし、入れ替わりにインディオの顔立ちをした若い女が告解室のなかに入った。司祭がその女の罪を赦せばミサが始まるはずだった。しかし、告解室から出てきた老女はよそ者を見つめて立ちつくしたまま、ときおり体重を一方の足に、それからもう一方の足に預け、まるでダンスのステップを踏んでいるようだった。彼女は突然、その男の様子がおかしいのに気づき、ほかの老女たちのところに行ってそのことを知らせようとした。中央の通路を歩いていくとき、よそ者のいるベンチのあたりから液体が床の上に広がっていくのが見え、尿の匂いがした。そこで、信心深い女たちが寄り集まっているほうへ歩き続けるかわりに、踵を返して告解室へと戻った。彼女は司祭のいる小窓を何度か叩いた。告解の最中ですよ、と司祭は言った。神父さま、と老女は言った。男の人が、主の家を汚しているんです。ええ、すぐにあなたの話を聞きますから、と司祭は言った。神父さま、どうしてこんなことが許されましょう、神の愛にかけて何とかしてください。そう言いながら彼女は踊っているように見えた。すぐに終わりますから、もう少し辛抱なさい、告解の最中なのです、と司祭は言った。神父さま、男の人が、教会のなかで用を足しているんです、と老女は言った。司祭はすり切れたカーテンのあいだから顔を出し、黄みがかった暗がりのなかでよそ者を探した。そして告解室を出て、インディオの顔をした女も告解室から出てきて、三人は見知らぬ男を前に立ちつくした。男が弱々しくうめきながら漏らし続ける尿は、ズボンを濡らし、教会の入口へと向かう川を作っていて、それは司祭が恐れていたとおり、通路にかなりの勾配があることを示していた。その後司祭は、疲れた顔でテーブルに座ってコーヒーを飲んでいた聖具係を呼びに行った。二人は見知らぬ男に近づいて、彼の行為を咎め、教会から追い出そうとした。男は彼らの影に気づき、潤んだ瞳で二人を見つめると、放っておいてくれと言った。それと同時にナイフが男の手のなかに見え、前方の席にいた信心深い女たちが悲鳴を上げるなか、男は聖具係に襲いかかった。

この事件は、一部の警察官が信仰心と結びつける慎み深さと有能さをもって知られる司法警察の捜査官、ファン・デ・ディオス・マルティネスが担当することになった。ファン・デ・ディオス・マルティネスは司祭に話を聞いた。彼が描写したところによると、男は三十歳くらいで、中背、浅黒い肌でがっしりした体格の、どこにでもいそうなメキシコ人だった。それから捜査官は信心深い女たちにも話を聞いた。それによると、その男は普通のメキシコ人とはほど遠い、悪魔のような姿をしていた。ところで、朝のミサでその悪魔は何をしていたのでしょう? と捜査官は尋ねた。わたしたちを皆殺しにするためにやってきたんですよ、と信者たちは口々に言った。午後二時、警部は似顔絵描きを連れて聖具係のいる病院を訪ね、供述を取った。彼の説明は司祭の供述と一致した。男はアルコールの臭いをさせていた。そりゃあ強烈な臭いでしたよ、まるでその日の朝、起きぬけに、九十度のアルコールの入った桶でシャツを洗ったみたいでした。もう何日も髭を剃っていなかったみたいですが、髭が薄かったのであまり分かりませんでしたね。どうして髭が薄いと分かったのですか? とファン・デ・ディオス・マルティネスは聖具係に尋ねた。あいつの顔に生えていた毛の具合からですよ、本数は少ないしあっちこっち向いてるし、まるであいつの淫乱な母親とおかまの父親とで暗闇で毛を貼りつけたみたいでした、と聖具係は言った。それから、手は大きくて頑丈そうでした。あの身体には不釣合いなくらい。それに泣いていました。それは間違いありません。でも笑っているようにも見えて、泣きながら同時に笑っているみたいでした。分かりますか? と聖具係は言った。麻薬をやっているような感じですか? と捜査官は尋ねた。まさにそうです。そんな感じでした。その後、ファン・デ・ディオス・マルティネスはサンタテレサ精神病院に電話をかけ、供述から得た身体的特徴に該当する患者はいるか、あるいはいたかと尋ねた。二人いるが、どちらも暴力的な患者ではないという話だった。その二人に外出許可は出ているかと尋ねた。一人には出していますが、もう一人には出していません、と答えが返ってきた。二人に会いに行きます、と捜査官は言った。午後五時、ファン・デ・ディオス・マルティネスは、警官たちは決して行かないカフェテリアで食事を済ませたあと、メタリックグレーのクーガを精神病院の駐車場に停めた。彼を迎えたのは院長で、髪をブロンドに染めた五十歳くらいの女性だった。彼女は、コーヒーを一杯持ってこさせた。院長室はこぎれいで、趣味のよいしつらえだと彼は感じた。壁にはピカソとディエゴ・リベラの複製画が一枚ずつ掛かっていた。ファン・デ・ディオス・マルティネスはしばらくのあいだ、ディエゴ・リベラの絵を眺めながら院長を待っていた。テーブルには写真が二枚飾られていた。一枚は女の子を抱いている若いころの院長の写真で、女の子はカメラをまっすぐに見つめていた。うっとりした、上の空の表情だった。もう一枚の写真に写っている院長はさらに若かった。年配の女性の横に座って、その女性を楽しそうに見つめていた。年配の女性のほうは生真面目な表情で、写真を撮られるのは軽薄なことだと言わんばかりにカメラを見つめていた。ようやく院長が現われたとき、捜査官はすぐさま、それらの写真が撮られてから長い歳月が経っていることに気づいた。それと同時に、院長が今でもとても美しいことに気づいた。しばしの間、二人は患者たちの話をした。危害を加える恐れのある患者には外出許可を出しておりません、と院長は言った。もっとも、危険な患者の数はそう多くはなかった。捜査官が似顔絵描きの描いた絵を見せると、院長は何秒間か、注意深くそれを眺めた。ファン・デ・ディオス・マルティネスは彼女の手に目を留めた。爪にはマニキュアが塗られ、指は長く、肌はなめらかそうだった。手の甲にはいくつか染みがあった。院長は、似顔絵の出来がよくないので誰にでも見えると言った。そのあと二人の患者に会いに行った。向かった先の中庭は、貧しい地区のサッカー場ほどありそうな広さで、木は一本もなく、地面がむき出しになっていた。白いTシャツとズボン姿の看守が一人目の患者を連れてきた。ファン・デ・ディオス・マルティネスは、院長が彼に調子はどうかと尋ねるのを聞いた。それから食事の話が始まった。その患者は、このところ肉がほとんど食べられないと言ったが、あまりにややこしい言い方をするので、彼が病院の食事に不平を言っているのか、あるいはどうやら最近始まったらしい肉嫌いを院長に説明しているのか、捜査官には分からなかった。院長は蛋白質について話をした。中庭に吹く風のせいで、ときおり患者たちの髪が乱れた。高い塀を作らないといけないわね、と言う院長の声が聞こえた。風が吹くと患者は神経質になりますから、と白い服の看守が言った。それからもう一人の患者が連れてこられた。最初、ファン・デ・ディオス・マルティネスは二人は兄弟なのかと思ったが、二人が並んだところを見て、似ているような気がするだけだと分かった。遠くから見ると、精神病の患者は皆、同じように見えるんだろうと彼は思った。院長室に戻ったとき、彼はいつから院長をしているのかと尋ねてみた。大昔の話ですよ、と彼女は笑いながら言った。もう忘れてしまいました。見るからにコーヒー好きの院長とふたたびコーヒーを飲みながら、捜査官は彼女にサンタテレサの出身なのかと尋ねた。いいえ、と院長は言った。グアダラハラ生まれです。大学はメキシコシティ、それからサンフランシスコ、バークリーで学びました。ファン・デ・ディオス・マルティネスは、できることならそのまま彼女とコーヒーを飲みながら話を続けていたかった。それに結婚しているのか離婚しているのか尋ねてみたかったのだろうが、時間がなかった。彼らをお借りしたいのですが、と彼は言った。院長は何の話か分からず彼を見つめた。さっきの二人をお借りしてもよろしいですか？　と彼は尋ねた。院長は声を出して笑い、気は確かかと尋ねた。いったいどこに連れていくんです？　一種の面通しですよ、と捜査官は言った。被害者は病院にいて動けないんです。二、三時間、二人を貸してくだされば、行きがけに病院まで乗せていって、夜になる前に連れて戻ります。わたしに許可しろとおっしゃるの？　と院長は言った。あなたが責任者なのですから、と捜査官は言った。令状を持ってきてください、と院長は言った。持ってくることは可能ですが、あんなものただの紙きれです。しかも、令状を持ってくるとなると、あなたの患者さんたちは警察署に連れていかれてしまいます。二、三日勾留されるかもしれません。あまりいい体験ではないと思いますが。今、私が連れていけばそんなことは起こりません。彼らに同行するのは私一人ですし、もし被害者がこの人が犯人だと言ったとしても、患者さんたちは二人ともお返しします。そのほうが簡単だと思いませんか？　いいえ、そうは思いませんね、と院長は言った。令状を持っていらしてください、そうすれば考えましょう。気を悪くさせるつもりなどありませんでした、と捜査官は言った。呆れているだけです、と院長は言った。ファン・デ・ディオス・マルティネスは笑った。分かりました、連れていくのはやめます、聞かなかったことにしてください、と彼は言った。でもこれだけはお願いします、二人を精神病院から出さないようにしていただきたいのです。約束してくださいますか？　院長が立ち上がったので、捜査官は一瞬、追い出されるのかと思った。すると彼女は秘書に電話をかけて、コーヒーのおかわりを頼んだ。もう一杯いかがですか？　ファン・デ・ディオス・マルティネスは頷いた。今夜は眠れそうにないな、と彼は思った。

その晩、サン・ラファエル教会に現われた正体不明の男は、サンタテレサの南西部にある、低木の茂みとなだらかな丘陵地に挟まれたキノ区のサン・タデオ教会に現われた。ファン・デ・ディオス・マルティネス捜査官のもとに、夜の十二時に電話がかかってきた。テレビを見ていた彼は、電話を切るとテーブルの上の汚れた皿を流しに下げた。ナイトテーブルの引き出しから自分のピストルと、四つ折りにしてあった似顔絵を取り出し、階段を下りてガレージに行き、赤いシボレー・アストラに乗り込んだ。サン・タデオ教会に着くと、何人かの女たちが日干し煉瓦の階段に座っていた。それほどの人数ではなかった。教会のなかで、司法警察のホセ・マルケス捜査官が司祭に尋問しているのが見えた。警官の一人に救急車は来たのかと尋ねた。警官は笑みを浮かべて彼を見ると、負傷者はいないと答えた。いったいどういうことなんだ？　二人の鑑識が、祭壇近くの床に転がっているキリスト像から指紋を採取しようとしていた。あの気狂い、今回は誰にも危害を加えなかったらしい、と司祭への尋問を終えたホセ・マルケスが言った。ファン・デ・ディオス・マルティネスは事件のあらましを尋ねた。ヤク中野郎は夜十時ごろに現われた、とマルケスは言った。ポケットナイフか、小型のナイフを握っていた。奴は後ろの席に座った。あそこだ。一番暗いあたりだ。ばあさんが奴の泣き声を聞いてる。悲しくて泣いていたのか嬉しくて泣いていたのかは分からない。小便を漏らしていた。で、そのばあさんが司祭を呼びに行くと、奴は飛び上がって聖像を破壊し始めた。キリスト像と、グアダルーペの聖母像、それに聖人像が二体やられた。それから教会を出ていったとさ。それだけか？　それだけだ、とマルケスは言った。しばらく二人で目撃者の供述を取った。犯人の風貌はサン・ラファエル教会に現われた男と一致していた。ファン・デ・ディオス・マルティネスは司祭に犯人の似顔絵を見せた。司祭はとても若く、とても疲れているように見えたが、それはその夜の事件のせいではなく、もう何年も引きずっている何かのせいだった。似ています、と司祭は淡々と言った。教会には香と尿の臭いが漂っていた。床に散乱した石膏の破片がある映画を思い起こさせたが、何の映画かは思い出せなかった。つま先でかけらをつついてみると、手の一部のように見えるそれは湿っていた。気づいたか？　とマルケスが訊いた。何のことだ？　とファン・デ・ディオス・マルティネスは言った。きっと化け物みたいな膀胱の持ち主だぞ。でなけりゃ限界まで溜め込んで、教会でぶちまけているかだな。教会を出ると、エル・エラルド・デル・ノルテ紙とラ・トリブーナ・デ・サンタテレサ紙の記者が野次馬に取材をしているのが見えた。彼はサン・タデオ教会の界隈を歩き出した。香の匂いはしなかったが、空気はときおり、腐った淵から漂ってくるようだった。街灯がある通りはわずかだった。このあたりには来たことがないな、とファン・デ・ディオス・マルティネスはつぶやいた。通りの突き当たりに大木の影が見えた。そこは広場もどきの半円の空き地で、公共空間らしい雰囲気を醸し出しているのはその木だけだった。木の周りには近所の人々が涼を取るための急ごしらえの粗末なベンチが置かれていた。ここにはインディオの居住区があったはずだ、と捜査官は思い出した。その地区に住んでいた警官に聞いたことがあったのだ。彼はベンチに座り込むと、星がまたたく夜空に恐ろしげに浮かび上がる枝葉を伸ばした木の威圧的な影を見つめた。インディオたちはどこにいってしまったのだろう？　彼は精神病院の院長のことを考えた。今すぐにでも彼女と話したかったが、電話をかける勇気はないということは分かっていた。

サン・ラファエル教会とサン・タデオ教会の襲撃事件は、それに先立つ数か月間に起こった女性殺人事件よりもよほど地元紙を賑わせた。翌日、ファン・デ・ディオス・マルティネスは二人の警官とともに、キノ区とラ・プレシアーダ区の住人に犯人の似顔絵を見せて回った。その顔に見覚えのある者はいなかった。食事時になり、警官たちが中心街へ戻ると、ファン・デ・ディオス・マルティネスは精神病院の院長に電話をした。院長はまだ新聞に目を通しておらず、前の晩の事件については何も知らなかった。ファン・デ・ディオスは彼女を昼食に誘った。院長は思いがけず招待に応じ、ポデスタ区のリオ・ウスマシンタ通りにあるベジタリアンのレストランで待ち合わせることにした。彼の知らないレストランだった。先に到着したので二人用のテーブルを取り、待っているあいだにウイスキーを頼んだが、アルコール類は置いていなかった。市松模様のシャツにサンダル姿のウェイターは、まるで病人を見るような目つきで、あるいは場違いだとでも言うように彼を見た。気持ちのいい店だった。ほかのテーブルの客たちの話し声は静かで、水のような音楽、水が平らな石の上を流れるような音が聞こえた。院長は店に入ってすぐ彼を見つけたが、声はかけず、カウンターの向こうでフレッシュジュースを作っていたウェイターと話し始めた。二言三言交わしたあと、院長は彼のテーブルにやってきた。グレーのパンツに襟ぐりの開いた真珠色のセーターを着ていた。彼女が席にやってきたとき、ファン・デ・ディオス・マルティネスは立ち上がって誘いを受けてくれたことに礼を言った。院長は微笑んだ。口からのぞいた小さくて並びのいい歯は真っ白で尖っていて、彼女の笑顔には、この種のレストランにそぐわない肉食獣のような雰囲気があった。ウェイターが注文を取りに来た。ファン・デ・ディオス・マルティネスはメニューを眺めてから、自分の分も選んでほしいと彼女に頼んだ。料理を待っているあいだ、彼はサン・タデオ教会の事件の話をした。院長は彼の話に耳を傾け、最後にそれで全部かと尋ねた。今のところこれで全部です、と捜査官は答えた。うちの二人の患者は昨夜もセンターにいました、と彼女は言った。ええ、知っています、と彼は言った。何ですって？　教会を出たあと、そちらの病院へうかがったんです。守衛と、それから夜勤の看護師に頼んで、二人の部屋に連れていってもらいました。二人とも眠っていました。服に尿の染みもありませんでした。彼らを外出させた事実もありませんでした。それは違法捜査というものです、と院長は言った。でもこれで彼らは被疑者ではなくなりました、と捜査官は言った。それに私は、二人を起こしてもいません。彼らは何も知りません。しばらくのあいだ、院長は無言で食べ続けた。ファン・デ・ディオス・マルティネスは、水の音のする音楽を、聞けば聞くほど好きになってきた。彼女にもそう言った。CDがほしくなりました、と彼は言った。思ったままを口にしたのだ。院長は彼の話を聞いていないようだった。食後のデザートにはイチジクが出てきた。ファン・デ・ディオス・マルティネスは、イチジクなどもう何年も食べたことがないと言った。院長はコーヒーを頼み、支払いを自分で持とうとしたが、彼はそうさせなかった。彼女はなかなか譲らなかった。何度も言い張ったが、院長は石のように頑固だった。レストランを出るとき、二人はもう二度と会うことがないかのように握手を交わした。

二日後、男はローマス・デル・トロ区にあるサンタ・カタリーナ教会に現われた。夜遅く、教会が閉まっている時間に忍び込んで放尿し、通りすがりに目に入ったほぼすべての聖像を打ち首にしたうえ、祭壇で脱糞した。今回のニュースは全国紙にも取り上げられ、ラ・ボス・デ・ソノラ紙の記者は、犯人を〈呪われた悔悟者〉と名づけた。ファン・デ・ディオス・マルティネスが見たかぎりでは、犯行はほかの者の仕業でもありえたものの、警察が犯人を例の悔悟者と断定したため、彼は事件の経緯を追うことにした。かなりの数に及ぶ聖像を壊すには時間を要しただろうし、ましてやかなり大きな音を立てたはずなのに、教会の近くの住人が物音をいっさい聞いていないことさえ彼にとって不思議ではなかった。サンタ・カタリーナ教会には誰も住んでいなかった。そこの担当司祭は一日に一度、午前九時から午後一時まで教会にやってきて、そのあとはシウダー・ヌエバ区の教区学校で仕事をしていた。聖具係は置いておらず、ミサの手伝いをする侍祭も来たり来なかったりだった。実のところ、サンタ・カタリーナ教会に信者はいないも同然で、そこにあった聖具は、司祭の服や聖人像を卸売りしたり小売りしたりする中心街の店で、司教区が買った安物だった。ファン・デ・ディオス・マルティネスの目には、司祭は飾らない、リベラルな考えの持ち主に映った。二人は少しのあいだ話をした。教会からなくなったものはなかった。非道な行為に対して司祭は、ショックを受けている様子もなく、憤慨してもいないようだった。ざっと損害額を計算し、司教区にとってみればはした金にすぎないと言った。祭壇の糞を見ても顔色ひとつ変えなかった。一、二時間後には、そう、皆さんがお帰りになるころには元どおりきれいになっていますよ、と彼は言った。しかし、尿の量には仰天した。警部と司祭はまるでシャム双生児のように肩と肩を寄せ合って、悔悟者が放尿した場所をくまなく調べて回った。司祭はついに、この男の膀胱はきっと肺ぐらいの大きさはあるに違いないと言った。その晩、ファン・デ・ディオス・マルティネスは、悔悟者のことがだんだん気に入ってきたような気がした。最初は危険な犯行で、聖具係を殺しかけたものの、日を追うごとに磨きがかけられていった。二度目の犯行では数人の信者たちを驚かせただけで、三度目は誰にも見咎められず、落ちついて犯行に及んだ。

サンタ・カタリーナ教会冒瀆事件から三日後の未明、悔悟者は、十八世紀半ばに建てられ、長いあいだサンタテレサ司教座が置かれていた市内最古の教会である、レフォルマ区のヌエストロ・セニョール・ヘスクリスト教会に侵入した。教会に隣接したソレル通りとオルティス・ルビオ通りの角にある建物では、三人の司祭と、サンタテレサ大学で人類学と歴史を学ぶ二人の若いパパゴ族のインディオの神学生が眠っていた。神学生たちは、自分たちの時間を勉学に充てていただけでなく、毎晩の掃除や皿洗いのほか、司祭たちの汚れた服を集め、洗濯屋まで持っていってくれる女性に渡すといった小さな仕事をいくつか受け持っていた。その日の夜、神学生の一人は起きていた。自分の部屋で勉強をしていたのだが、あるとき立ち上がって本を探しに図書室へ行った。とくに理由があったわけではないが、そのまま椅子に座って本を読んでいるうちに眠り込んでしまった。その建物は、教会と小さな通路で結ばれていて、その通路は司祭の部屋と直接つながっていた。もうひとつ、革命時代とクリステロ戦争期に司祭たちが使っていた通路が地下にあると言われていたが、そのパパゴ族の学生は通路の存在を知らなかった。突然、ガラスの割れる音で目が覚めた。最初、彼は不思議なことに、雨が降っているのだと思ったが、音は外からではなく教会の内部から聞こえていることに気づき、立ち上がって様子を見に行った。司祭の部屋まで来たときうめき声が聞こえたので、誰かが告解室に閉じ込められているのだと思ったが、考えてみれば扉は鍵が閉まるようにはできていなかったので、それはありえないことだった。その学生は、パパゴ族について言われていることに反して臆病者だったので、一人で教会に入る勇気はなかった。彼はまずもう一人の神学生を起こしに行き、それから二人で、建物に住むほかの者たちと同じくその時間には眠っていたファン・カラスコ神父の部屋に向かい、そっとドアをノックした。ファン・カラスコ神父は廊下で学生から話を聞くと、新聞記事のことを思い出して、きっと悔悟者に違いないと言った。彼はすぐさま部屋に戻り、ジョギングやハイアライをするのに使っていたトレーニング用パンツとスニーカーを履いて、戸棚から古い野球のバットを取り出した。それから学生の一人に、一階の階段脇の小部屋で眠っていた守衛を起こしに行かせ、自分は物音を聞いた学生と教会へ向かった。一見したところ、二人ともそこには誰もいないような気がした。蠟燭の透明な煙がゆっくりと円天井に立ち昇っていき、黄土色の濃密な雲が教会内に立ちこめていた。その直後にうめき声が、まるで子供が吐くのをこらえているような声が二度、三度聞こえ、それから聞きなれた嘔吐の音がした。悔悟者です、と神学生がささやいた。カラスコ神父は顔をしかめ、両手でバットを握り、まさに球を打つときのような体勢でためらうことなく音のするほうへ向かっていった。神学生はついていかなかった。おそらく一歩か二歩、司祭の進む方向に踏み出したかもしれないが、聖なる恐怖を前になすすべもなく、立ちすくんでしまったのだ。実際、歯がガチガチ音を立てたほどだった。前にも後ろにも進めなかった。そこで、あとで警察に説明したとおり、祈り始めた。何を祈ったんだ？　とファン・デ・ディオス・マルティネス捜査官は尋ねた。パパゴ族の神学生には質問の意味が理解できなかった。主の祈りか？　と捜査官は訊いた。いいえ、違います、その、頭が真っ白になってしまって、と神学生は答えた。聖母さまに、見捨てないでくださいとおすがりしました。私の魂のために祈りました。聖母マリアに祈りました。そのとき彼のいたところに、バットが柱にぶつかる音が聞こえた。それは、悔悟者の脊柱だったかもしれないし、大天使ガブリエルの木の彫刻が置かれた高さ一メートル九十センチの柱だったかもしれない、と彼は思った。あるいはそう思ったことを思い出した。そして、誰かが息を切らして喘いでいるのが聞こえた。悔悟者のうめき声が聞こえた。カラスコ神父が誰かを罵る声がしたが、考えてみると奇妙な罵り方で、それが悔悟者に向けられたものか、神父についていかなかった自分に向けられたものか、あるいは、カラスコ神父の過去に属する、彼の知らない、そして神父ももう二度と会うことがないであろう人物に向けられたものかは分からなかった。そのあと、正確かつ丹念に切り出された石を敷きつめた床にバットが落ちる音がした。木の棒、バットが何度か跳ねたあと、音がやんだ。それとほぼ同時に叫び声が聞こえ、彼はふたたび、聖なる恐怖のことを考えた。考えることなく考えた。あるいは震えるイメージとともに考えた。そのあと、蠟燭に照らし出されたかのように、いや、稲妻に照らされたとしても同じことだっただろうが、バットを大天使のすねに打ちつけ、台座から落下させる悔悟者の姿を目にした気がした。そしてまた木の音が、まるでその場所では木と石がまったく相容れない単語であるかのような、とても古い木が石にぶつかる音がした。そしてさらに何かを打ちつける音。それから走って暗い教会のなかに入ってきた守衛の足音、そして、もう一人のパパゴ族の神学生の声、パパゴ語で、どうしたんだ、どこが痛いんだと尋ねる声。それからさらなる叫び声がした。さらに数を増やした司祭たちと警察を呼ぶ声、ひらひら飛びから白いシャツ、すえた臭い、誰かがその古い教会の敷石を一ガロンのアンモニア水を使ってモップがけしたかのような臭い。小便の臭いだ、とファン・デ・ディオス・マルティネス捜査官が彼に言った。一人の人間にしては、普通の膀胱の持ち主にしては多すぎる量だがね。

今回は悔悟者もやりすぎたな、とファン・デ・ディオス・マルティネス捜査官は、屈み込んでカラスコ神父と守衛の遺体を検分しながら言った。ファン・デ・ディオス・マルティネスは冒瀆の輩が教会に侵入した窓を調べ、それから外に出てソレル通りを歩き、それからオルティス・ルビオ通りと、夜間は近隣の住人が無料駐車場として利用している広場をしばらく歩き回った。教会へ戻ると、ペドロ・ネグレーテとエピファニオがいて、入るなり警察署長がこっちに来いという合図をした。しばらくのあいだ、一番後ろのベンチに座って煙草を吸いながら話をした。ネグレーテは革のジャンパーの下にパジャマのシャツを着ていた。高価なコロンの匂いをさせ、疲れている様子はなかった。エピファニオは、教会の弱々しい光に映える水色のスーツを着ていた。ファン・デ・ディオス・マルティネスは警察署長に、悔悟者は車を持っているはずだと言った。そんなことがどうして分かる？　誰にも気づかれずに徒歩で移動することは不可能です、と捜査官は言った。奴の小便はものすごい臭いですからね。キノ区からレフォルマ区まではかなりの距離があります。レフォルマ区からローマス・デル・トロ区までも同様です。仮に悔悟者が中心街に住んでいるとします。レフォルマ区から中心街までは歩いていけますし、夜ならば小便の臭いにも気づかれないでしょう。ですが中心街からローマス・デル・トロ区まで歩くとなると、どうでしょう、少なくとも一時間はかかります。いや、もっとかかるかもしれない、とエピファニオが言った。では、ローマス・デル・トロ区からキノ区まで歩くとどのくらいでしょう？　四十五分以上かかる、迷わなければの話だが、とエピファニオは言った。レフォルマ区からキノ区へは言うまでもありません、とファン・デ・ディオス・マルティネスは言った。つまり奴は車で移動してるってことか？　と警察署長は言った。今のところ確かなことはそれだけです、とファン・デ・ディオス・マルティネスは言った。おそらく車のなかに着替えを入れているんでしょう。どういうことだ？　と警察署長は言った。用心のためです。つまり君の考えでは悔悟者は阿呆でも何でもないということか？　とネグレーテは言った。教会のなかにいるときだけおかしくなってしまうんでしょう、外に出ればいたって普通の人間というわけです、とファン・デ・ディオス・マルティネスが小声で言った。なんてこった、と警察署長は言った。どう思うね、エピファニオ？可能性はありますね、とエピファニオは言った。ひとり暮らしならクソの臭いをぷんぷんさせてたって帰れます。車を降りてから奴のアジトまでは一分もかからないでしょうからね。もし女か、両親と住んでるなら、きっと帰る前に着替えますよ。もっともな話だ、と警察署長は言った。だが問題は、どうやったらこの事件を終わらせられるかだ。何かいい考えはないのか？今のところ、教会ごとに警官を一人配置して、悔悟者が網にかかるのを待つしかありません、とファン・デ・ディオス・マルティネスは言った。兄貴は敬虔なカトリック教徒なんだ、と警察署長は考えていることを声に出すかのように言った。あれこれ訊いてみないとな。で、ファン・デ・ディオス、君は、悔悟者がどこに住んでいると思う？　分かりません、署長、と捜査官は言った。可能性はいくらでもあります。ただ、車を持っているなら、キノ区には住んでいないでしょうね。

朝の五時、ファン・デ・ディオス・マルティネス警部が帰宅すると、留守番電話に精神病院の院長のメッセージが残されていた。お探しの人間は、と院長の声が言った。神聖恐怖症《サクロフォビア》なのでしょう。お電話いただければ説明いたします。時間もかまわず、彼はすぐに電話をかけた。留守番電話に吹き込まれた院長の声が聞こえた。こちらは司法警察のマルティネスです、とファン・デ・ディオス・マルティネスは言った。こんな時間に申し訳ない……メッセージを聞きました……今帰ったところです……今夜また例の悔悟者が……いえ、明日ご連絡します……つまり、今日ということですが……おやすみなさい、伝言ありがとうございました。そのあと靴とズボンを脱いで、ベッドに身を投げ出したが、眠れなかった。朝六時、彼は署に顔を出した。パトロール隊員の一団がメンバーの誕生日を祝っていて、一緒に飲まないかと誘われたが、彼は断った。誰もいない司法警察の捜査課の部屋に行くと、上の階から何度も誕生日の歌を歌う声が聞こえた。彼は協力を求めたい警官のリストを作った。エルモシージョの司法警察に送る報告書を書き、それから部屋を出て自動販売機の横でコーヒーを飲んだ。パトロール隊員が二人、肩を組んで階段を下りてきたのであとをついていった。廊下には数人の警官が二人、三人、四人組で話をしているのが見えた。ときおりどこかでけたたましい笑い声が上がった。白衣を着ているのに下はジーンズ姿の男がストレッチャーを押していた。ストレッチャーの上には、灰色のビニールシートに包まれたエミリア・メナ＝メナの遺体が載せられていた。それに目を留める者はいなかった。

六月にエミリア・メナ＝メナが死んだ。彼女の遺体はコリント兄弟煉瓦工場へ向かうユカテコス通りの近くにある不法ゴミ集積場で発見された。検視報告書によれば、彼女はレイプされ、ナイフで刺され、焼かれていたが、刺殺か焼死か、死因は特定されず、また焼かれたときエミリア・メナ＝メナがすでに死んでいたのかどうかも明らかではなかった。遺体が発見されたゴミ集積場では頻繁にぼやが報告されていて、そのほとんどは放火によるものだったが、偶発的なものもあり、それゆえ彼女の死体が燃えたのがその手の火事によるものであって犯人の意図ではないという可能性も捨てきれなかった。そのゴミ集積場は、非合法であるため正式名称はなかったが、通称エル・チレと呼ばれていた。昼間はエル・チレの周りにも、やがてそのゴミ集積場に飲み込まれるであろう周辺の空き地にも、人っ子一人いなかった。夜になると、持たざる者たち、あるいはそれ以下の者たちが現われる。メキシコシティではそうした者たちを浮浪者《テポローチョ》と呼ぶが、一人で、もしくは二人一組でエル・チレに群がってくる人々と比べれば、メキシコシティの浮浪者《テポローチョ》は、世渡り上手の、したたかな皮肉屋でしかない。エル・チレにやってくる連中の数はそれほど多くなかった。理解困難な隠語を話した。警察は、エミリア・メナ＝メナの遺体発見の翌日の夜、一斉検挙を試みたが、逮捕できたのは、ゴミの山で段ボールを探している子供三人だけだった。エル・チレの夜の住人はわずかだった。寿命は短い。そのゴミ集積場に足を運ぶようになってから、せいぜい七か月もすると死んでしまう。彼らの食習慣と性生活は謎だった。もはや食べることも交わることも忘れてしまったのかもしれない。あるいは食べることとセックスは彼らにとってもはや別世界の、手の届かない、言葉にできないもの、行為と言語表現を越えたものなのかもしれない。誰もが、例外なく病気だった。エル・チレの住人の遺体から服を脱がすことは皮膚を剝ぐのと同じことだった。人口は一定していて、三人を下回ることはなく、二十人を上回ることもなかった。

エミリア・メナ＝メナ殺害の犯人としてまず疑われたのは彼女の恋人だった。彼が両親と三人の兄弟と暮らす家に捜査の手が入ったときには、彼はもういなくなっていた。家族の話では、遺体発見の前日か二日前に彼はバスに乗ったということだった。父親と二人の兄弟は二日間留置場に入れられたが、容疑者が向かったと思われる、父親の兄が住むシウダー・グスマンの家の住所を別にすれば、つじつまの合う情報はそれ以上引き出すことができなかった。知らせを受けたシウダー・グスマン警察では、数人の刑事が、法的に必要なあらゆる書類を揃えて件の家を捜索したが、殺人犯と目される恋人がいた形跡はまったくなかった。事件は未解決のまま、やがて忘れられた。五日後、エミリア・メナ＝メナ殺害事件の捜査が行なわれていたさなか、モレロス高校の用務員が、新たな女性の遺体を発見した。現場は、ときおり生徒たちがサッカーや野球の試合をするのに使っていたグラウンドで、そこからはアリゾナが、メキシコ側にあるマキラドーラの屋根が、そしてそういった施設と舗装された道路網を結ぶ舗装されていない道が見えた。グラウンドの隣には有刺鉄線のフェンスを隔てて高校の校庭があり、さらにその先に三階建ての二つの校舎があって、広くて日当たりのよい教室で授業が行なわれていた。高校は一九九〇年に開校され、その用務員は初日から働いていた。高校に一番早くやってくるのは彼で、彼より遅く帰る者はまれだった。女性の死体を発見した朝、校内のどこにでも入ることができる鍵束を校長室に取りに行く途中、彼の注意を引いたものがあった。最初はそれが何なのか分からなかった。用務員室に入ってから、ようやく気がついた。クロコンドルだ。クロコンドルが、校庭の隣のグラウンドの上を飛んでいた。だがやるべきことがまだたくさんあったので、あとで調べに行くことにした。少しすると調理士と手伝いの少年がやってきたので、調理場に行って一緒にコーヒーを飲んだ。いつものように十分ほど世間話をしたあとで、用務員は、ここに来るときに学校の上をクロコンドルが飛んでいるのを見なかったかと尋ねた。二人とも見なかったと答えた。その後、用務員はコーヒーを飲み終えると、グラウンドをひと回りしてくると言った。犬の死骸でも転がっていたら面倒だなと思った。もしそうなら学校に戻って、道具類がしまってある倉庫からスコップを取ってきてグラウンドに引き返し、深く穴を掘って生徒たちに見つからないよう埋めなければならなくなる。ところが、彼が見つけたのは女だった。黒いブラウスを着て黒いスニーカーを履き、スカートは腰までまくれていた。下着はつけていなかった。それが彼の見た最初の光景だった。それから女の顔に目をやると、死んだのが前の晩ではないことが分かった。クロコンドルが一羽、柵の上にとまったが、彼が手を振って追い払った。女の髪は黒くて長く、少なくとも背中のなかほどまであった。ところどころ血が固まってこびりついていた。腹部にも、性器の周りにも、乾いた血がついていた。用務員は十字を二度切って、ゆっくり立ち上がった。学校に戻って、調理士にことの次第を語った。手伝いの少年が鍋を洗っていたので、用務員は彼に聞こえないよう小声で話した。毛布用務員室から校長に電話をしたが、家を出たあとだった。毛布を一枚見つけて、女の死体にかけてやった。そのとき初めて、死体に無数の刺し傷があることに気づいた。校舎に戻る途中で目に涙があふれた。調理士が校庭にいて、座って煙草を吸っていた。彼に向かって何があったのかと尋ねる仕草をした。用務員は意味不明の身振りで応じてから、正門に出て校長を待った。校長がやってくると二人でグラウンドに向かった。校庭にいた調理士は、校長が毛布をどけて、さまざまな角度から、彼女からはほとんど見えない塊を見下ろしている姿を見ていた。まもなく二人の教員が加わり、十メートルほど離れたところに生徒たちが集まってきた。正午にパトカーが二台、普通車が一台、そして救急車が到着し、女の遺体を運んでいった。被害者の名前は分からずじまいだった。監察医によれば、具体的な日数は分からなかったが、死後数日が経過していた。死因として、複数回刺された胸の傷がもっとも可能性が高かったが、遺体には、監察医は直接の死因と断定することを避けたものの、頭蓋骨骨折も見られた。被害者の年齢は二十三歳から三十五歳のあいだと推定された。身長は一メートル七十二センチだった。

一九九三年六月に発見された最後の被害者はマルガリータ・ロペス＝サントスで、四十日以上前から行方が分からなくなっていた。行方不明になって二日目、母親が第二警察署に捜索願を出した。マルガリータ・ロペスはノガーレスに向かう幹線道路とグアダルーペ・ビクトリア区のはずれに建つ家々の近くにあるエル・プログレソ工業団地内のマキラドーラ〈K&T〉に勤めていた。行方不明になった日、彼女はマキラドーラの第三シフト、夜九時から朝五時までの勤務だった。同僚によれば、マルガリータはめずらしくしっかり者で責任感が強かったので、いつもどおり定時に出勤していて、行方不明になったのはシフトを交代して退社する時間だったはずだった。ところがその時間の目撃証言は皆無だった。その理由は、ひとつには朝の五時や五時半には空はまだ暗く、街灯も少ないからだった。グアダルーペ・ビクトリア区の北部にある家の大多数は電気が通っていなかった。工業団地から出ていく道路も、ノガーレスへ向かう幹線道路に通じているものを除けば、やはり街灯も舗装も不十分で、下水道も満足に整備されていなかった。工業団地から出る汚水のほとんどがラス・ロシータス区へ垂れ流され、太陽の光で白く見える泥の湖を作っていた。そういうわけでマルガリータ・ロペスは朝の五時半に職場をあとにした。それはたしかなことだった。それから彼女は工業団地の暗い道を歩き始めた。おそらく、マキラドーラ〈WS社〉の駐車場の隣にある誰もいない空き地で毎晩、カフェオレやソフトドリンクやさまざまな種類のトルタを、これから仕事に行く、あるいは仕事帰りの工員たちに売っているワゴン車を目にしたことだろう。利用者のほとんどは女性だった。しかし彼女は空腹ではなかったのか、家で食事が待っているのを知っていたのか、そこには立ち寄らなかった。工業団地をあとにすると、マキラドーラの光がどんどん遠ざかっていった。ノガーレスに向かう幹線道路を渡り、グアダルーペ・ビクトリア区の最初の通りに入った。その地区を通り抜けるのに三十分もかからなかっただろう。そこから彼女の住むサン・バルトロメ区になるはずだった。合計で徒歩約五十分ほどの距離。ところがどこかで何かが起こったか、あるいは何かがこじれたか、あとから母親が聞いた話では、男と駆け落ちをしたのかもしれなかった。まだ十六歳なんです、と母親は言った。それに気立てのいい娘《こ》なんです。四十日後、子供たちが、マイトレーナ区のあばら屋で彼女の遺体を見つけた。彼女の左手はグアコの葉の上に置かれていた。死体の状態ゆえに監察医は死因を特定することができなかった。だが、遺体を収容した警官の一人が、グアコの葉に気がついた。虫刺されに効くんですよ、と彼はしゃがみ込んで尖った固い緑の小さな葉を手にして言った。

　七月には女性の死体は見つからなかった。八月も同様だった。

　そのころ、メキシコシティの新聞ラ・ラソン紙は、例の悔悟者についてのルポルタージュ記事を載せるためにセルヒオ・ゴンサレスを派遣した。セルヒオ・ゴンサレスは三十五歳、離婚したばかりで、何をしてでも金を稼ぐ必要があった。彼は事件記者ではなく、文化欄の担当だったので、普段ならそんな任務は引き受けなかっただろう。哲学書の書評を書いていたが、本にせよ彼の書評にせよ、そんなものは誰も読まなかった。ときには音楽評論や展覧会の記事を書くこともあった。四年前からラ・ラソン紙の常勤記者をしていて、懐具合は余裕があるわけではないもののまあまあだったが、それも離婚する前の話で、今では何をするにも金が足りなかった。自分の部署（あらゆる記事を彼が書いていることを読者に気づかれないよう、しばしば筆名を使った）ではもう書くことがなくなったので、少ない収入の足しになりそうな余分の仕事をもらえないかと、ほかの部署のデスクに頼んで回っていた。そんななか、サンタテレサへ飛んで悔悟者の取材をするという話が舞い込んだ。この仕事をくれた日曜版の編集長はゴンサレスを買っていて、この仕事が彼にとって一石二鳥になると考えた――いくらか金を余計に稼げるわけだし、食べ物もおいしく空気もいい北部で三、四日の休暇を過ごせば、妻のことを忘れることができるだろうと。こうして一九九三年七月、セルヒオ・ゴンサレスは飛行機でエルモシージョに行き、そこからバスでサンタテレサへたどり着いた。実際、空気の変化は彼にすばらしい効果をもたらした。エルモシージョの空の、下から照らされたほとんど金属的な濃い青さは、たちまち彼にやる気を取り戻させた。まるで、外国にいてそこの住人のよい面しか見えないかのように、空港で、その後街で見かけた人々は、感じがよくのんびりしているように思えた。サンタテレサは失業率の低い工業都市という印象で、中心街にある、十九世紀半ばの改革時代《レフォルマ》の石畳が残る通りにある〈エル・オアシス〉という名の安ホテルに宿を取った。その後すぐにエル・エラルド・デル・ノルテ紙とラ・ボス・デ・ソノラ紙の編集部を訪問し、悔悟者事件担当の記者たちと長い時間話し込んだ。冒瀆された四つの教会への行き方を記者たちに教えてもらうと、タクシーの運転手にそれぞれの入口で待ってもらいながら、たった一日で四つの教会をすべて回った。サン・タデオ教会とサンタ・カタリーナ教会では司祭と話をすることができ、二人とも彼の取材に資する情報はほとんど持っていなかったが、サンタ・カタリーナ教会の司祭は彼に、目をしっかり開けておくように、私の見たところ、サンタテレサ最大の悪は教会冒瀆の輩にしていまや殺人犯となった男などではないのだと言った。警察署で犯人の似顔絵のコピーをもらい、事件を担当している司法警察のファアン・デ・ディオス・マルティネス捜査官に取材を申し込んだ。その日の午後は市長に取材し、市庁舎の隣にあるレストラン、植民地時代の建築様式を模してはいるが成功しているとは言いがたい石壁のレストランに招待された。とはいえ、出てきた料理はとても美味で、市長と二人のそれほど地位の高くない市役所の役人は、地元の噂話やきわどい笑い話をして場を和ませた。翌日は警察署長へのインタビューを試みたが、応対してくれたのは職員だった。おそらく警察の広報担当官で、最近法学部を出たばかりの若者だったが、悔悟者に関する記事を書く記者に必要なあらゆる情報の入ったファイルを渡してくれた。その若者はサムディオという名前で、その夜、セルヒオ・ゴンサレスの相手をするのは願ったり叶ったりだった。二人は一緒に夕食をとった。それからディスコへ行った。セルヒオ・ゴンサレスは十七歳のとき以来ディスコに足を踏み入れた記憶がなかった。サムディオにそう言うと笑われた。二人は女の子たちに酒をおごった。少女たちはシナロア州の出身で、服装から彼女たちが工員であることはすぐに分かった。セルヒオ・ゴンサレスが自分の相手をしてくれた女の子に踊るのは好きかと尋ねると、人生で一番好きだという返事が返ってきた。その答えは、なぜかは分からないがすばらしいものに思え、同時に哀れなまでに悲しく感じられた。彼女のほうは、彼のような都会っ子がサンタテレサで何をしているのかと尋ねた。彼は自分がジャーナリストで、悔悟者の記事を書いているのだと答えた。彼女はそれを聞いても感心した様子もなかった。ラ・ラソン紙を読んだこともないと言うのでゴンサレスは信じられなかった。サムディオが彼に、彼女たちをベッドに連れ込むこともできると耳打ちした。ディスコのストロボの照明に照らされて歪んだサムディオの横顔は、狂人のように見えた。ゴンサレスは肩をすくめた。

翌日、ホテルでひとり目を覚ましたとき、彼は、何か禁じられたものを見たか聞いたかしたような感覚を覚えた。いずれにしても、適切でないこと、不都合なことだった。彼はファン・デ・ディオス・マルティネスにインタビューを試みた。司法警察捜査課の部屋にはさいころ遊びをしている男が二人と、それを眺めている三人目の男がいるだけだった。三人とも司法警察の捜査官だった。セルヒオ・ゴンサレスは自己紹介をすると、ファン・デ・ディオス・マルティネスはまもなく来ると言われたので、椅子に座って待つことにした。捜査官たちは皆、ジャンパーにジャージ姿だった。めいめいインゲン豆の入ったカップを持っていて、さいころを投げるたびに自分のカップから豆をいくつか出して、テーブルの中央に置いていた。ゴンサレスにとっては、大の大人が豆を賭けてさいころをしているのが奇妙だったが、それよりも奇妙だったのは、テーブルの真ん中で豆が跳びはねるのを見たことだった。注意深く見てみると、ときおり一粒の、ときには二粒の豆が、それほど高くはないが、四センチほど、あるいは二センチほどだが、たしかに跳びはねていた。男たちは豆のことなど構っていなかった。さいころを五つ、筒に入れて振り、テーブルの上に勢いよく転がす。自分が、そして相手がさいころを振るたびに何かゴンサレスには理解できない言葉を発した。彼らは、まるで神の名を口にしているか、あるいは彼らには理解できないが誰もが従わなければならない儀式の手順を唱えるかのようにこう言っていた――そこで凍えちまえ、とか、丸潰れだ、とか、お茶の子さいさい、とか、イカれちまった、とか、やぶにらみ、とか、トウモロコシ団子、とか、支離滅裂、とか、いいとこなし、とか。傍観している捜査官はしきりに頷いていた。セルヒオ・ゴンサレスは彼に、その豆は跳びはねる豆なのかと尋ねた。その捜査官は彼を見て頷いた。こんなもの、あまり見かけないですね、と彼は言った。実のところ、一度も見たことがありません。ファン・デ・ディオス・マルティネスがやってきたときも、警部たちはさいころを振り続けていた。ファン・デ・ディオス・マルティネスは少し皺の寄ったグレーのスーツを着て、ダークグリーンのネクタイをしていた。二人は、ゴンサレスが見るかぎりその部屋で一番整頓された彼のデスクの隣に座って悔悟者の話をした。捜査官の話では、オフレコにしてくれと言われたものの、悔悟者は病気だということだった。どんな病気なんですか？とゴンサレスは、ファン・デ・ディオス・マルティネスが同僚たちに聞かれるのを嫌がっていることにすぐ気づいて小声で尋ねた。サクロフォビアです、と捜査官は言った。それは何ですか？とゴンサレスは訊ねた。神聖なものに対する恐怖と嫌悪ですよ、と捜査官は答えた。彼によれば、悔悟者は、人を殺すつもりで教会に闖入したのではなかった。殺人は事故だったのです。悔悟者の唯一の目的は、聖像に対して怒りをぶつけることだったのです。

悔悟者が冒瀆した教会は、いずれも応急処置がなされ、やがてすっかり元どおりに修復されたが、サンタ・カタリーナ教会だけは例外で、しばらくは悔悟者が破壊したままになっていた。うちは何をするにもお金が足りないんです、と、一日に一度、ローマス・デル・トロ区にやってきてミサを執り行ない、掃除もしていたシウダー・ヌエバ区の司祭は言い、もっと優先すべきことが、つまり破壊された聖像を取り替えることより急を要することがあると匂わせた。セルヒオ・ゴンサレスが、サンタテレサでは、有名な悔悟者の事件だけでなく、女性を狙った犯罪が起きていて、しかもそのほとんどが未解決だということを知ったのは彼のおかげだった。二度目に、そして最後に教会で会ったとき、司祭は、しばらくのあいだ床を掃除しながら大いに語った。街のこと、中米からひっきりなしにやってくる移民のこと、マキラドーラで仕事を探すかアメリカへ渡ろうとして毎日のようにやってくる何百人というメキシコ人のこと、密入国の請負屋《ポジェーロ》や斡旋業者《コヨーテ》の暗躍について、工場で支払われる雀の涙ほどの賃金について、ところがその賃金がケレタロやサカテカスやオアハカからやってくる絶望した人々には羨望の的だということについて。絶望したキリスト教徒です、と司祭は言ったが、まさに司祭の口からそんな言葉を聞くのは奇妙なことだった。そうした人々は、ときにはひとりで、ときには養わなければならない家族を連れて、信じがたい方法で移動して国境までたどり着くと、そこでようやく一息ついたり、泣いたり、祈ったり、酔っぱらったり、麻薬に染まったり、疲れきって倒れるまで踊ったりするのです。司祭の声はまるで連禱を唱えているような調子で、セルヒオ・ゴンサレスはそれを聞きながら、一瞬目を閉じて、もう少しで居眠りをしてしまいそうだった。その後、二人は外に出て、教会の煉瓦造りの階段に腰を下ろした。司祭は彼にキャメルを勧め、二人で地平線を見つめながら煙草を吸い始めた。君がジャーナリストだということは分かったが、そのほかにはメキシコシティでどんなことをしているんだ？　と司祭は尋ねた。煙草の煙を吸い込みながらセルヒオ・ゴンサレスは何秒かのあいだ答えを探してみたが、何も思いつかなかった。離婚したばかりなんです、と彼は言った。あとは本をたくさん読みますね。どんな本？　と司祭は尋ねた。哲学書ですね、とくに哲学の本が多いです、とゴンサレスは答えた。神父も読書がお好きですか？　二人の少女が司祭の名前を呼んで挨拶しながら、目の前を駆けていった。ゴンサレスは、その少女たちが赤い大きな花の咲いている空き地を抜けて、大通りを渡るのを目で追った。もちろん、と司祭は言った。どんな本ですか？　と彼は訊いた。とくに解放の神学について書かれた本だよ、と司祭は答えた。ボフやブラジルの神学者たちの著作が好きだ。でも探偵小説も読む。ゴンサレスは立ち上がり、煙草の吸いさしを靴で踏んで火を消した。いろいろありがとうございました、と彼は言った。司祭は握手をして頷いた。

翌朝、セルヒオ・ゴンサレスはエルモシージョ行きのバスに乗り、その後四時間待ってメキシコシティ行きの飛行機に乗った。二日後、日曜版の編集長に悔悟者についての記事を渡すと、事件のことはすぐにきれいさっぱり忘れてしまった。

サクロフォビアとはいったいどんなものなんですか？　とファン・デ・ディオス・マルティネスは院長に尋ねた。少し教えてください。院長は、自分の名前はエルビラ・カンポスだと言ってからウイスキーを注文した。ファン・デ・ディオス・マルティネスはビールを頼み、店を見渡した。テラスではアコーディオン奏者がバイオリン奏者を従え、農場主のような格好をした男の注意をむなしく引こうとしていた。麻薬の売人だな、とファン・デ・ディオス・マルティネスは思ったが、男が背中を向けていたので誰かは分からなかった。神聖恐怖症《サクロフォビア》というのは、神聖とされるもの、神聖なものに対する恐怖や嫌悪のことで、とくに自分が信じている宗教に対するものです、とエルビラ・カンポスは言った。彼は、十字架を嫌うドラキュラを例に挙げようかと思ったが、院長に笑われるだろうと思った。それで、先生は悔悟者が神聖恐怖症だとお考えですか？　いろいろ考えてみましたが、やはりそうだと思います。数日前、奴は司祭ともう一人の腹をかっさばいてます、とファン・デ・ディオス・マルティネスは言った。アコーディオン弾きの男はとても若く、二十歳そこそこで、リンゴのように丸かった。だが、彼の立ち居振る舞いは二十五歳以上の人間のようで、ただし何かにつけて笑みを浮かべるときになると、突然若さと経験のなさが露になった。ナイフを持っているのは、誰かに、つまり生きている人間に危害を加えるためではありません、教会にある聖像を破壊するためなんです、と院長は言った。敬語を使うのはやめませんか？　とファン・デ・ディオス・マルティネスは尋ねた。エルビラ・カンポスは笑顔で頷いた。あなたはとても魅力的な方だ、とファン・デ・ディオス・マルティネスは言った。痩せていて、魅力的な女性だ。痩せた女性は好きではないということかしら？　と院長は言った。バイオリン奏者はアコーディオン奏者より背が高く、黒いブラウスと黒いタイツを身につけていた。まっすぐな髪を腰まで伸ばしていて、ときどき、とくにアコーディオン奏者が演奏しながら歌うとき、彼女は目を閉じた。まったく切ないな、とファン・デ・ディオス・マルティネスは思った。あの麻薬の売人は、いや売人かもしれないスーツの背中の男は奴らにはほとんど目もくれない。マングースみたいな顔の男と猫みたいな顔の娼婦と話をするのに夢中じゃないか。敬語はやめることにしたんですよね？　とファン・デ・ディオス・マルティネスは言った。そうでした、と院長は言った。で、あなたは悔悟者が神聖恐怖症であるのは間違いないと思っていらっしゃるわけですね。院長は彼に、悔悟者に似た症状の患者がいなかったか病院のカルテを調べてみたと言った。結果は皆無でした。あなたの言う悔悟者の年齢から考えれば、彼が精神科に入院していたことがあるのは間違いないと思います。アコーディオン弾きの青年は、突然タップダンスを始めた。二人の席からはその音は聞こえなかったが、口や眉を動かしておどけた表情を作り、それから片手で髪をかき乱して笑いを誘っているようだった。バイオリン奏者は目を閉じていた。麻薬の売人の首筋が動いた。フアン・デ・ディオス・マルティネスは、青年がようやく望みのものを手に入れたと思った。もしかすると、エルモシージョかティファナの精神病院になら、彼のカルテがあるかもしれません。彼の症状がそれほど珍しいものとは思いません。おそらくつい最近まで精神安定剤を飲んでいたんでしょう。そしてたぶん、飲むのをやめたんです、と院長は言った。先生は結婚なさっていますか？　誰かと一緒に暮らしているんでしょうか？　とフアン・デ・ディオス・マルティネスは蚊の鳴くような声で尋ねた。ひとり暮らしです、と院長は言った。でもお子さんはいらっしゃるんでしょう？　院長室で写真を見ました。結婚している娘が一人います。フアン・デ・ディオス・マルティネスは自分のなかで何かが解放されたのを感じて笑った。もう孫がいるだなんて言わないでくださいよ。そういうことは女性に向かって言わないものですよ、警部。あなたはおいくつ？　と院長は尋ねた。三十四です、とフアン・デ・ディオス・マルティネスは言った。わたしより十七歳若いわ。先生は四十歳を超えているようには見えません、と捜査官は言った。院長は笑った。毎日運動しているし、煙草も吸わないし、お酒もほとんど飲みませんし、身体にいいものしか食べません。以前は毎朝、外で走っていましたが。もう走っていないんですか？　ええ、ランニングマシンを買ったんです。二人は笑った。ヘッドフォンでバッハを聴きながら、一日にだいたい五キロから十キロは走っています。神聖恐怖症の話でしたね。同僚に、悔悟者は神聖恐怖症だと言ってやれば、一目置かれそうです。マングースのような顔をした男が椅子から立ち上がり、アコーディオン奏者に何か耳打ちした。それから椅子に戻り、アコーディオン奏者のほうは口元に苦々しい表情を浮かべて立ちつくした。まるで泣き出す寸前の子供のようだった。バイオリン奏者は目を見開いて微笑んでいた。麻薬の売人と猫の顔をした女が頭を寄せ合った。売人の鼻は大きく骨張っていて、貴族的な雰囲気を醸し出していた。だがいったいどんな貴族だというのだろう？　口元を除けば、アコーディオン奏者の顔はこわばっていた。経験したことのない波が捜査官の胸を横切っていった。この世界は奇妙で魅力的だ、と彼は思った。

神聖恐怖症はそれほど珍しいものではありません、とエルビラ・カンポスは言った。ここはメキシコで、この国では宗教がいつの時代も大きな問題であったことを考えればなおさらです。実際、メキシコ人は誰もが皆、心の底に神聖恐怖症を抱えていると言ってもいいほどですよ。たとえば、ヘフィドロフォビアはどうでしょう？　古典的な恐怖です。たくさんの人が抱えていますよ。ヘフィドロフォビアというのは何ですか？　とファン・デ・ディオス・マルティネスは言った。橋渡恐怖症《ヘフィドロフォビア》、橋を渡ることに対する恐怖です。そういえば私の知っているある男、いや、実際は子供だったんですが、橋を渡るたびに落っこちるんじゃないかと怯えていました。だから走って渡るんですが、そのほうがずっと危険ですよね。古くからある恐怖症です、とエルビラ・カンポスは言った。古典的なものはまだあります。閉所恐怖症《クラウストロフォビア》。閉ざされた場所に対する恐怖です。それから広場恐怖症《アゴラフォビア》。開かれた場所に対する恐怖です。それは二つとも知っています、とファン・デ・ディオス・マルティネスは言った。古典的なものをもう一つ、死体恐怖症《ネクロフォビア》。死体への恐怖ですね、とファン・デ・ディオス・マルティネスは言った。ときどきそういう人を見ますよ。警官稼業には困りものです。それから血液恐怖症《エマトフォビア》、血に対する恐怖です。たしかに、とファン・デ・ディオス・マルティネスは言った。それから犯罪恐怖症《ベカトフォビア》、罪を犯すことに対する恐怖。でもまだまだ珍しい恐怖症があるんです。たとえば、クリノフォビア。何だか分かりますか？　いや、見当もつかない、とファン・デ・ディオス・マルティネスは言った。寝台恐怖症《クリノフォビア》、ベッドに対する恐怖です。ベッドに恐怖や憎悪を感じる人がいるということですか？　ええ、そういう人がいるんです。でも床の上で眠ったり、寝室に入らないようにすることで軽減されることもあります。それから毛髪恐怖症《トリコフォビア》、毛髪に対する恐怖。少々厄介ですね、それは。厄介なんてものじゃありません。毛髪恐怖症が原因で自殺する人もいるくらいです。それから単語恐怖症《ベルボフォビア》、単語への恐怖。その場合は黙っているのが一番ですね、とファン・デ・ディオス・マルティネスは言った。もっと複雑なんです。単語はあらゆるところに、沈黙のなかにすらあるものですから。完全な沈黙なんてどこにもないでしょう？　それから衣服恐怖症《ベスティオフォビア》、衣類に対する恐怖ですね。奇妙に思われますが、思いのほかよく見られる恐怖症なんです。それから比較的ありふれた医師恐怖症《イアトロフォビア》、医者への恐怖。あるいは女性恐怖症《ヒネフォビア》、女性に対する恐怖で、もちろん男性のみに出るものです。メキシコではきわめて一般的ですね。たしかにいろいろな形をとって現われますが。それはちょっと大げさではありませんか？　ちっとも。ほとんどのメキシコ人男性は女性に恐怖を抱いています。いやはや、とファン・デ・ディオス・マルティネスは言った。それから見方によってはとてもロマンティックな二つの恐怖症がありま す。降雨恐怖症《オンブロフォビア》と海洋恐怖症《タラソフォビア》、それぞれ雨に対する恐怖と海に対する恐怖です。そしてもう二つ、やはりロマンティックなものに、花弁恐怖症《アントフォビア》、花への恐怖、そして樹木恐怖症《デンドロフォビア》、木に対する恐怖があります。たしかに女性恐怖症のメキシコ人男性はいます、とファン・デ・ディオス・マルティネスは言った。でも全員じゃない。少々考えすぎではないですか？　オプトフォビアは何だと思います？　と院長が言った。オプト、オプト、目に関係していますね、そうか、目に対する恐怖ですね？　もっと深刻です。開眼恐怖症《オプトフォビア》は目を開けることに対する恐怖なんです。ある意味では、その症状は、女性恐怖症について今あなたが言ったことへの答えになっていますね。実際の症状は、激しい錯乱状態を引き起こすものです。意識を失ったり、幻覚や幻聴、そしてたいてい攻撃的な行動を起こします。患者が自傷した事例を二件ほど知っています。もちろん、直接にではありませんが。目玉をくり抜いたと言うことですか？　指で、爪でです、と院長は言った。なんてことだ、とファン・デ・ディオス・マルティネスは言った。それから、もちろん幼児恐怖症《ペディフォビア》、子供への恐怖、弾丸恐怖症《バリストフォビア》、銃弾への恐怖もあります。それなら私にもありますよ、とファン・デ・ディオス・マルティネスは言った。ええ、それが普通の感覚でしょうね、と院長は言った。それからほかにも、増加傾向にあるのが移動恐怖症《トロポフォビア》、環境や場所を変えることへの恐怖です。移動恐怖症が道路恐怖症《アヒロフォビア》、すなわち道路への、または道路を横断することへの恐怖になるとさらに深刻かもしれません。忘れてはいけないのが色彩恐怖症《クロモフォビア》、特定の色に対する恐怖、それから夜間恐怖症《ニクトフォビア》、夜への恐怖、それから労働恐怖症《エルゴフォビア》、仕事への恐怖ですね。ごく一般的なものには決定恐怖症《デシドフォビア》、決定を下すことへの恐怖があります。そして最近増えてきているのが対人恐怖症《アントロポフォビア》、人に対する恐怖。インディオに顕著な天体恐怖症《アストロフォビア》、雷鳴だとか稲妻、雷光といった気象現象に対する恐怖です。でも何と言っても最悪なのは、わたしの理解では万物恐怖症《パントフォビア》、あらゆるものに対する恐怖、そして恐怖恐怖症《フォボフォビア》、恐怖そのものに対する恐怖です。この二つのうちどちらかに罹らなければならないとしたら、あなたはどちらを選ぶ？　恐怖恐怖症です、とファン・デ・ディオス・マルティネスは言った。不都合なこともありますよ、よく考えてごらんなさい、と院長は言った。あらゆるものに怯えるのと、自分自身の恐怖に怯えるのとなら、後者を選びます。私が警官だということをお忘れなく、あらゆるものに怯えていたら仕事になりません。でももし自分の恐怖に怯えるとなると、つねに恐怖を観察する生活を送らなければなりませんよ。そしてひとたび恐怖が作動すれば、それが増幅していく仕組みになっているんです。小さな波が、やがて逃げられないほどになってしまうんです、と院長は言った。

　セルヒオ・ゴンサレスがサンタテレサにやってくる二、三日前、ファン・デ・ディオス・マルティネスとエルビラ・カンポスはベッドをともにした。決して真剣じゃありませんから、と院長は捜査官にはっきり言った。わたしたちの関係について誤解しないでほしいの。ファン・デ・ディオス・マルティネスは、彼女が境界線を引いてくれれば自分は彼女の意志を尊重すると請け合った。院長にとって最初のセックスは申し分ないものだった。二週間後にふたたび会ったときには、さらによかった。ときどき彼のほうから、たいていは夕方、彼女がまだ精神病院にいる時間に電話をして、五分、ときには十分、その日に起こったことを話した。会う約束をするのは彼女のほうから電話をするときで、場所はいつもエルビラの家、ミチョアカン区の、医師や弁護士、二、三人の歯科医、一人か二人の大学教授が住む上流中産階級の家が並ぶ通りにある、新しいマンションだった。二人の過ごし方はいつも同じだった。捜査官は歩道に車を停め、エレベーターに乗り、そこで鏡を見て自分の外見が、もちろん限界があることは誰よりも彼自身がよく分かっているが、それでも可能なかぎり一分の隙もないことを確認してから、院長の部屋のドアを軽くノックする。彼女がドアを開け、握手し、もしくはただ挨拶を交わし、それから居間に座って二人で酒を飲みながら、東に広がる山並みが翳っていくのを眺める。ガラスの扉の向こうには、帆布を張った木製の椅子が二脚と、その時間にはたたんであるパラソルのほかには鉄灰色のエアロバイクがあるだけの広いテラスがあった。そのあと何の前置きもなく寝室へ行き、三時間にわたってセックスを楽しんだ。ことが終わると、院長は絹の黒いガウンを着てシャワールームに閉じこもる。彼女が出てくると、ファン・デ・ディオス・マルティネスは服を着て居間に座っていて、今度は山並みではなくテラスから見える星を眺めている。何もかもが静まり返っていた。ときには、近所の家の庭でパーティーをやっていることもあり、二人でその明かりを眺めたり、歩いたりプールのそばで抱き合ったり、パーティー用にしつらえた帆布の日よけや木と鉄でできた四阿に、ただ偶然にのみ導かれるかのように出入りする人々を眺めたりした。院長は口を開かず、ファン・デ・ディオス・マルティネスは、ときどき沸き上がってくる質問したい気持ちや、誰にも話したことのない自分の話をしてみたい気持ちを抑えていた。その後、まるで彼から頼まれていたかのように、帰る時間よと彼女が言い、捜査官は、そうですねと答えるか、意味もなく時計に目をやってすぐに出ていく。二週間後、ふたたび二人は会い、そしてあらゆることが前回と同じように運ぶ。もちろん、近所ではいつもパーティーをやっているわけではなかったし、ときには院長が酒を飲めなかったり飲みたくなかったりしたが、やわらかい光はいつも同じで、シャワーはいつもくり返され、夕暮れと山並みは変わらず、星は同じ星だった。

そのころペドロ・ネグレーテは、盟友ペドロ・レンヒフォに信頼のおける手下を見つけてやろうとビジャビシオサへ行っていた。何人かの若者と会った。彼らを吟味し、いくつか質問をした。ピストルの扱い方を知っているかと尋ねた。信頼できる人間かと尋ねた。金がほしいかと尋ねた。長いことビジャビシオサを訪れていなかったが、村は最後に訪れたときと変わっていない気がした。前に庭のある、低い日干し造りの家。酒場が二軒と食料品店が一軒あるだけだ。東のほうに、太陽と影の位置によって遠ざかったり近づいたりするように見える山並みの支脈。彼は一人の若者を選ぶとすぐエピファニオを呼び寄せ、小声でどう思うかと尋ねた。どいつですか、署長？　一番若いのだ、とネグレーテは言った。エピファニオはちらりと彼を見て、それからほかの若者たちを眺め、車に戻る前に、悪くはないが使い物になるかどうかは分からないと言った。その後、ネグレーテはビジャビシオサの二人の老人の招待を受けた。一人はとても痩せていて、白ずくめの格好で、金の時計をしていた。顔の皺からして七十は越えていた。もう一人はもっと年寄りでもっと痩せていて、シャツは着ていなかった。背は低く、胸は切り傷だらけだったが、その一部は垂れ下がった皮膚の下に隠れていた。彼らはプルケ酒を飲んだが、それが塩辛くて喉が渇くので、ときおり巨大なコップで水を飲んだ。アスル丘陵でいなくなった山羊たちの話、それから山間にある穴の話をした。会話が途切れたとき、ネグレーテはそれを気にもとめず先ほどの少年を呼ぶと、お前に決めたと言った。さあ、おふくろにさよならを言ってくるんだ、とシャツを着ていないほうの老人が言った。少年はネグレーテを見つめ、それから何と答えるべきか考えあぐねるかのようにうなだれたが、すぐに考え直し、何も言わずに出ていった。ネグレーテが酒場から出ると、少年とエピファニオが車のフェンダーに寄りかかって話をしていた。

　少年は後部座席の彼の隣に座った。エピファニオは運転席に座った。ビジャビシオサの舗装されていない道をあとにして車が砂漠を走り始めたとき、警察署長が少年に名前を尋ねた。オレガリオ・クーラ＝エクスポシトです、と少年は答えた。オレガリオ・クーラ＝エクスポシトか、とネグレーテが星を見上げながら言った。変わった名前だな。しばらく三人は黙っていた。エピファニオはカーラジオのダイヤルを回してサンタテレサのラジオ局を探したが見つからず、スイッチを切った。ウィンドウ越しに、警察署長は何十キロも向こうで光る稲妻を見た。その瞬間に車ががたんと揺れ、エピファニオはブレーキをかけて車を降り、何を轢いたのかと見に行った。警察署長がふり返ると、幹線道路に消えていくエピファニオと、彼の懐中電灯の明かりが見えた。ウィンドウを下げ、何かあったのかと尋ねた。銃声が響いた。署長はドアを開けて車から降りた。座りどおしでこわばった足を伸ばしながら何歩か歩いていくと、とくに慌てた様子もなくエピファニオがやってきた。オオカミを一頭仕留めました、と彼は言った。見に行こう、と警察署長は言い、二人はふたたび暗闇に消えていった。道路には車の明かりは見えなかった。空気は乾いていたが、ときおり、まるで砂漠にたどり着く前に塩田を舐めたかのような塩辛い風が吹き抜けた。少年は明かりのついた計器板を見つめ、それから手で顔を覆った。その数メートル先では、警察署長がエピファニオに懐中電灯をよこせと言い、道路に伸びた動物の死骸を照らした。オオカミじゃないだろう、と警察署長は言った。違いますか？　毛並みを見てみろ、オオカミはもっとつやがあってもっとなめらかだ。しかもな、オオカミってのは砂漠の道路の真ん中で車に轢かれるほどバカじゃない。どれ、大きさを計ってみるか、懐中電灯を持ってろ。エピファニオが照らすと、警察署長がその動物の死骸をまっすぐに延ばし、目測で長さを調べた。コヨーテは、と彼は言った。頭部を含めて七十センチから九十センチ程度の動物だ。お前はこいつの体長がどのくらいあると思う？　八十センチくらいですか？　とエピファニオは言った。そのとおりだ、と警察署長は言った。そして続けた。コヨーテは重さが十キロから十六キロほどある。懐中電灯をよこせ、持ち上げてみろ、噛みつきはしないから。エピファニオは両腕で動物の死骸を持ち上げた。どのくらいあると思う？　そうですね、十二キロから十五キロくらいですか？　とエピファニオは言った。ちょうどコヨーテくらいです。こいつがコヨーテだ、バカ野郎、と警察署長は言った。二人はコヨーテの目を照らした。たぶん目が見えなかったんでしょう、だから車も見えなかったんです、とエピファニオは言った。いや、目が見えなかったわけじゃないさ、と警察署長は死んだコヨーテの大きな目を見つめながら言った。そのあと二人はその動物を路肩に置き、車に戻った。エピファニオはふたたびサンタテレサの放送局にラジオの周波数を合わせようとした。ザーザーという音が聞こえるばかりだったのでスイッチを切った。自分が轢いたコヨーテは雌で、仔を産む場所を探していたのかもしれない、と彼は思った。だからこちらが見えなかったのだと思ったが、満足のいく説明にはならなかった。エル・アルティージョあたりでサンタテレサの明かりが見え始めたとき、警察署長が車内の沈黙を破った。オレガリオ・クーラ＝エクスポシトだったな？　と彼は訊いた。はい、そうです、と少年は答えた。で、友達には何と呼ばれてるんだ？　ラロです、と少年は答えた。ラロだと？　はい、そうです。聞いたか、エピファニオ？　聞こえました、とエピファニオは言いながらも、頭のなかではまだコヨーテのことを考えていた。ラロ・クーラか？　と警察署長が訊いた。はい、そうです、と少年が言った。冗談だな。いえ、違います、友達がそう呼ぶんです、と少年が言った。聞いたか、エピファニオ？　と警察署長が言った。ええ、聞こえました、とエピファニオが言った。お前の名前はラロ・クーラか、と警察署長は言って笑い出した。ラロ・クーラ、狂気《ラ・ロクーラ》だそうだ、分かったか？　ええ、もちろん、とエピファニオは言って笑った。三人はすぐに笑い出した。

その晩、サンタテレサ警察署長はぐっすり眠った。双子の兄の夢を見た。二人は十五歳で、まだ貧しかったころ、その数十年後にはリンダビスタ区になる、藪に覆われた丘に散歩に行く夢だった。二人が通りかかった崖は、雨期になるとときどき子供たちがヒキガエルを捕まえに行くところで、毒をもったこのヒキガエルは石を使わないと殺すことができないのだが、彼も兄もそのヒキガエルよりトカゲのほうが好きだった。夕方になってサンタテレサに帰るとき、子供たちが、まるで敗走する兵士たちのように野原の四方八方へ散り散りになっていった。郊外ではいつもトラックが走っていた。エルモシージョに行くトラック、北へ向かうトラック、ノガーレスへと飛ばすトラック。奇妙な文句の書かれているトラックがいくつかあった。その一つには、「急いでるのかい？　下からどうぞ」と書かれていた。別のトラックには、「左側から追い越して。僕のシフトレバーを握って」と書かれていた。また別のトラックには、「乗り心地はどうだった？」と書かれていた。夢のなかでは兄も彼も口をきかなかったが、二人の身振りはそっくりで、歩き方も同じ、歩調も同じ、手の振り方も瓜二つだった。兄はすでに彼よりずいぶん背が高かったが、まだ二人はよく似ていた。そのあと二人でサンタテレサの街中に入り、歩道をぶらぶらしているあいだに、夢は少しずつ心地よい黄色い靄のなかに溶けていった。

その晩、エピファニオは路肩に置き去りにされた雌のコヨーテの夢を見た。夢のなかで、彼は近くにある玄武石に座り、一心に暗がりを見つめながら、内臓をやられたコヨーテのうめき声を聞いていた。おそらくもう仔はだめになったと分かっているんだろう、とエピファニオは思ったが、立ち上がって頭にとどめの一撃を加えることもできず、手をこまねいてただ座っていた。それから自分が、ペドロ・ネグレーテの車を運転し、山間の、尖った岩の突き出た裾野に消える長い道を走っているのが見えた。車には誰も乗っていなかった。車は、盗んだのか、警察署長が貸してくれたのかは分からなかった。道がまっすぐだったので苦もなく時速二百キロは出せそうだったが、アクセルを踏むたびに聞き慣れない音が、まるで何かが飛び跳ねているような音が車体の下から聞こえていた。車の後ろには巨大な砂埃が舞い上がり、まるで人に幻覚を起こすコヨーテの尻尾のようだった。だが山並みは、どれほど進んでも相変わらず遠く見えたので、エピファニオはブレーキを踏んで車を確かめに降りた。見たところどこにも問題はなさそうだった。サスペンション、エンジン、バッテリー、車軸。突然、停めた車からまた、何かを叩くような音が聞こえてふり向いた。トランクを開けた。そこには人間が入れられていた。手足を縛られていた。頭を黒い布ですっぽり覆われていた。いったいどういうことだ？　とエピファニオは夢のなかで叫んだ。まだ生きていることと（胸が上がったり下がったり、少々激しすぎるかもしれないが、上下していた）を確認すると、顔を覆う黒い布を取ってそれが誰なのか確かめる勇気はなく、トランクを閉めた。運転席に戻って思いきりアクセルを踏み込むと、車は跳び上がるように急発進した。地平線の山々が、まるで燃えているように、あるいは崩れ落ちていくように思われたが、彼は構わずそこに向かって走り続けた。

その晩、ラロ・クーラはぐっすり眠った。簡易ベッドはやわらかすぎたが、目を閉じて新しい仕事のことを考え始めるとすぐに眠ってしまった。サンタテレサには、かつて公設市場に薬草を売りに行く老婆と一緒に、一度だけ来たことがあった。まだほんの小さな子供だったので、そのときのことはもうほとんど覚えていなかった。今回にしても、大したものを目にしたわけではなかった。街に通じる幹線道路の明かり、それから薄暗い通りの地区、それからガラスの破片を埋め込んだ高い塀に守られた屋敷のある地区。さらにあとになって別の、東に向かう道路、田舎の物音。彼は庭師の家の隣に建てられた小屋の隅にある、誰も使っていない簡易ベッドで眠った。毛布はすえた汗の臭いがした。枕はなかった。簡易ベッドの上にはヌード雑誌と古新聞が山積みになっていたので、それをベッドの下に入れた。午前一時、隣の簡易ベッドの主二人が入ってきた。二人ともスーツを着て幅広のネクタイを締め、ごてごてと飾りのついたウェスタンブーツを履いていた。二人は明かりをつけて彼を見た。ガキか、と一人が言った。目を閉じたまま、ラロは彼らの匂いを嗅いだ。テキーラとチラキーレスとライスプディングと恐怖の匂いがした。それから眠りに落ち、何の夢も見なかった。翌朝起きてみると、二人の男は庭師の家の台所のテーブルについていた。彼らは卵を食べ、煙草をふかしていた。ラロは隣に座り、オレンジジュースとコーヒーを飲んだが、何も食べる気にはならなかった。ペドロ・レンヒフォの警護責任者のパットという名のアイルランド人がやってきて、正式にラロを紹介した。例の二人の生まれはサンタテレサでもその周辺でもなかった。頑強な体つきの男のほうはハリスコ州出身だった。もう一人はチワワ州のシウダー・フアレス出身だった。ラロは二人の目を見つめ、彼らはガンマンなどではなく、単なる臆病者だという印象をもった。朝食を終えると、警護主任は庭の奥に彼を連れていき、デザートイーグル50マグナムを渡した。扱い方を知っているかと尋ねられた。彼は知らないと言った。主任はピストルに七連弾倉を装着し、それから草むらから空き缶をいくつか拾い上げてタイヤのついていない車の屋根に置いた。しばらく二人で空き缶を撃った。そのあと主任は彼に、弾の込め方、安全装置の操作方法、そして持ち歩き方を説明した。彼の仕事は、雇い主の妻であるレンヒフォ夫人の警護で、先ほど紹介した二人と一緒に働くことになると言った。彼は報酬はいくらか知っているかと尋ねた。支払いは二週間ごとで、自分が手渡すから心配しなくていいと教えられた。彼は名前を訊かれた。ラロ・クーラです、とラロは言った。アイルランド人は笑いもしなかったし、妙な顔もせず、からかわれているとも思わなかった。ジーンズの尻ポケットに入れている黒いメモ帳に名前を書き留め、話を終えた。立ち去る前に、自分はパット・オバニオンだと名乗った。

九月に入り、今度はリンダビスタ区から少しはずれたブエナビスタ開発区に停まっていた車のなかで新たな女性の遺体が発見された。現場は辺鄙なところだった。土地売買会社が事務所として使用しているプレハブの建物が一つあるだけだった。そこを除けば分譲地は更地で、その一帯の地下水に育まれていた草地と森の唯一の名残として、病気にやられ、幹を白く塗られた木が数本立っているだけだった。日曜日になると、多くの人が分譲地を訪れた。家族連れや開発業者たちが土地を見学しにやってきたが、建設こそ始まっていなかったものの、一等地はすでに売約済みだったので、それほど熱心な様子ではなかった。平日には予約のある見学客が来るだけで、夜の八時ともなれば、せいぜいマイトレーナ区からやってきて帰り道の分からなくなった子供たちか犬くらいしかいなかった。遺体を発見したのは、ここにやってくるセールスマンの一人だった。朝九時に開発区に到着し、いつもの場所であるプレハブの建物の横に車を停めた。敷地に入る手前、まだ売れていない、切り崩した丘の斜面の下にあるせいで陰になっていてよく見えなかった区画の前に車が一台停まっているのに気がついた。誰かほかのセールスマンの車かと思ったが、そんなバカな話はないと考え直した。駐車する場所なら事務所の前にいくらでもあるのに、誰がわざわざあんな遠くに車を置くものか。それで放っておくこともできず、得体の知れない車のほうへ歩き始めた。おそらくそこで朝を迎えることにした酔っぱらいか、南に向かう幹線道路が近くにあることを考えれば、道に迷ったドライバーかもしれないと思った。せっかちな買い手の可能性も考えた。丘を越えたところで（眺めもよく、プールを作るにも十分な広さのあるすばらしい区画だった）、その車が、買い手のものにしては古すぎるように思われた。酔っぱらいだろうと思って踵を返そうとしたが、その瞬間、後部座席のウィンドウに寄りかかった女の髪が見えたのでそのまま車に向かって歩いていくことにした。女は白い服を着ていて、靴は履いていなかった。身長は一メートル七十センチほどだった。左手には、人差し指と中指と薬指に安物の指輪を合わせて三つはめていた。右手には派手なブレスレットを二つ、それに模造宝石のついた大きな指輪を二つつけていた。監察医の報告によれば、膣と肛門双方にレイプされた形跡があり、その後絞殺されていた。身分証明書の類はいっさい携帯していなかった。この事件は司法警察のエルネスト・オルティス＝レボジェード捜査官が担当した。彼はまずサンタテレサの高級娼婦にあたり、被害者と面識のあった者を探した。捜査が大した成果をあげなかったので街娼たちにもあたってみたが、彼女のことを知っている者はいなかった。オルティス＝レボジェードは、ホテルやペンション、郊外のモーテルにも足を運び、情報屋にも探りを入れさせたが、何の成果も得られず、やがて事件は迷宮入りとなった。

同じく九月、ブエナビスタ開発区で女性の遺体が発見されてから二週間後、別の遺体が見つかった。被害者はガブリエラ・モロン十八歳で、恋人のフェリシアーノ・ホセ・サンドバル二十七歳に銃撃された。二人とも、マキラドーラ〈ニッポメックス〉の労働者だった。警察の捜査によれば、事件はアメリカへの移住を提案したことにガブリエラ・モロンが応じなかったために起きた喧嘩が原因だった。フェリシアーノ・ホセ・サンドバル容疑者はすでに二度アメリカ行きを試みていて、二度ともアメリカの国境警備隊に追い返されていたにもかかわらず、三度目の運試しをする気は衰えていなかった。何人かの友人の話では、サンドバルにはシカゴに親戚がいた。ガブリエラ・モロンのほうは、国境を越えようとしたことは一度もなく、〈ニッポメックス〉に就職し、上司にも評価されていたので、近い将来、昇進し昇給するのも夢ではなく、国境を越えて一か八か試そうという気はないに等しかった。数日間にわたり、警察はフェリシアーノ・ホセ・サンドバルの行方を追い、サンタテレサのみならず、彼の出身地であるタマウリパス州の町ローマス・デ・ポニエンテにも捜査の手を広げ、さらには容疑者が夢を叶えてすでに国境を越えている可能性を考慮してアメリカ当局にも逮捕礼状を送った。にもかかわらず、奇妙なことに、越境の手はずを整えた可能性のある斡旋業者、または請負屋への取り調べはいっさい行なわなかった。こうして事実上、事件は迷宮入りした。

十月、アルセニオ・ファレル工業団地のゴミ集積場で新たな女性の遺体が見つかった。被害者の名前はマルタ・ナバレス＝ゴメス二十歳で、身長は一メートル七十センチ、髪は栗色で長かった。二日前から家に帰っていなかった。身につけていたのはガウンとタイツで、両親にはまったく見覚えがなかった。膣と肛門双方を何度もレイプされた形跡があった。死因は絞殺だった。この事件の不可解な点は、マルタ・ナバレス＝ゴメスが働いていたのはエル・プログレソ工業団地にある日本企業のマキラドーラ〈アイウォ〉だったにもかかわらず、遺体はアルセニオ・ファレル工業団地で、しかもゴミ収集車を除けば車で行くのも難しいゴミ集積場で見つかったことだった。子供たちが朝方発見し、昼過ぎに遺体が収容されたときには、かなりの数の労働者が救急車の周りに集まってきて、被害者が友人か同僚か、あるいは知り合いではないかと覗き込んだ。

十月にはまた、サンタテレサとビジャビシオサを結ぶ幹線道路から数メートルも離れていない砂漠で別の女性の遺体が見つかった。発見時にはかなり腐敗が進行していた。うつぶせで、トレーナーとナイロン製のパンツを身につけ、ポケットには身分証が入っていた。それによれば、被害者の名前はエルサ・ルス・ピンタード、大型スーパーマーケット〈デル・ノルテ〉の従業員だった。犯人あるいは犯人グループは、墓穴を掘ろうとはしなかった。砂漠の奥のほうまで運んでいこうともしなかった。遺体を数メートル引きずっていっただけで、その場に放置したのだ。その後、大型スーパーマーケット〈デル・ノルテ〉で尋問が行なわれ、以下のことが判明した。レジ係にせよ売り子にせよ、最近行方が分からなくなった者などいないというのだ。エルサ・ルス・ピンタードの名前はたしかに従業員名簿に記載されていたが、すでに一年半前から、この店でも、ソノラ州北部に拡大しつつあるこの大型スーパーマーケットチェーンのほかの店でも働いた形跡はなかった。エルサ・ルス・ピンタードを知る者たちは口を揃えて、彼女が背の高い、一メートル七十二センチほどの女性だったと言ったが、砂漠で発見された遺体はせいぜい一メートル六十センチほどだった。サンタテレサでエルサ・ルス・ピンタードの居場所を突き止めようとする努力は報われなかった。この事件は司法警察のアンヘル・フェルナンデス捜査官が担当した。検視報告では死因を特定できず、絞殺の可能性を漠然と匂わせるにとどまったが、遺体が砂漠に放置された期間は一週間以下でも一か月以上でもないことは確実だった。まもなくフアン・デ・ディオス・マルティネス捜査官が捜査に加わり、行方不明であると思われるエルサ・ルス・ピンタード本人の捜索を依頼する公示を作成し、国中の警察署にその公文書を送るよう求めたが、担当事件に集中するようにという勧告とともに送り返されてきた。

十一月中旬、アンドレア・パチェーコ＝マルティネス十三歳が第十六職業訓練中学校からの帰宅途中に誘拐された。人通りが多かったにもかかわらず、犯行を目撃した者はなく、アンドレアの同級生二人だけが、彼女がペレグリーノかスピリットとおぼしき黒い車のほうに向かって歩いていったのを、そして車内でサングラスをかけた男が待ち構えていたのを目撃していた。車内にはほかにも人間がいた可能性があったが、スモークガラスだったこともあり、アンドレアの同級生には見えなかった。その日の夕方、アンドレアが家に帰ってこないので、数時間後、両親は娘の友達の何人かに電話をしたのち、捜索願を出した。この事件は司法警察と市警察が担当した。二日後に発見されたとき、遺体には明らかに絞殺の痕があり、舌骨も折れていた。肛門と膣双方をレイプされていた。両手首の腫れは縛られていたことを物語っていた。両くるぶしにも擦過傷が見られ、足も縛られていたと推測できた。エルサルバドルからの移民が、マデロ区のアラモス区寄りにあるフランシスコ・I学校の裏手で遺体を発見した。着衣に乱れはなく、ブラウスのボタンがいくつかなくなっていたことを除けば、引き裂かれた跡もなかった。第一発見者であるエルサルバドル人は殺人の罪に問われ、第三警察署の拘置所に入れられていたが、二週間後に釈放された。出てきたときにはひどい健康状態だった。その直後、密入国請負屋の手によって国境を渡った。アリゾナの砂漠で道に迷い、三日間歩いたのちに脱水状態でパタゴニアにたどり着いたが、ある農園主の土地に嘔吐した罪で棒で打たれた。保安官の留置所で一日過ごしたあと、病院に送られ、もはや彼に残されていたのは静かに死ぬことだけで、実際そのとおりに息を引き取った。

十二月二十日、一九九三年最後の女性殺人事件が起きた。被害者の年齢は五十歳で、彼女は、控えめにではあるが人が口にし始めた噂に矛盾するかのように、空き地でもゴミ集積場でも砂漠の黄色い茂みのなかでもなく、自宅で殺され、その遺体も自宅で発見された。名前はフェリシダー・ヒメネス＝ヒメネス、マキラドーラ〈マルチゾーン・ウェスト〉で働いていた。近所の人々が発見したとき、彼女は寝室の床の上に倒れていて、下半身は何もつけておらず、膣に木片が挿し込まれていた。死因は、監察医が数えたところでは六十か所を越える刺傷で、同居していた息子、エルネスト・ルイス・カスティージョ＝ヒメネスによるものだった。隣人たちの証言によれば、息子は狂気の発作に襲われることがあり、家の経済状況がよいときにはかなり強い抗不安剤と鎮静剤を処方されていた。警察は同夜、遺体発見の数時間後に、母親殺しの犯人がモレロス区の暗い通りをさまよい歩いているところを発見した。供述のなかで彼はいささかの躊躇もなく、母親を殺したのは自分だと認めた。さらには自分が教会を冒瀆した悔悟者であることも認めた。母親の膣に木片を挿し込んだ理由を問われると、初めは分からないと答え、そのあと、しばらく考えた末、思い知らせるためだったと答えた。いったい何を思い知らせようとしたんだ？　と警官たちは尋ねた。そのなかにはペドロ・ネグレーテ、エピファニオ・ガリンド、アンヘル・フェルナンデス、フアン・デ・ディオス・マルティネス、ホセ・マルケスの姿があった。俺をからかったりしたらただじゃすまないと思い知らせるためだよ。そのあと彼の供述はつじつまが合わなくなり、市内の病院に移送された。フェリシダー・ヒメネスにはもう一人、年長の息子がいたが、こちらはアメリカに移住していた。警察は彼と連絡を取ろうとしたが、信頼に足る住所が分からなかった。続く家宅捜索では、長男からの手紙も、彼が家に残していったものも、彼の存在を証明するものすら出てこなかった。見つかったのは写真が二枚だけだった――一枚はフェリシダーと十歳から十三歳くらいの二人の息子が、神妙な面持ちでカメラを見つめていた。もう一枚はもっと古いもので、同じくフェリシダーと二人の息子が写っていたが、一人は生後数か月（のちに母親を殺す息子で、彼女を見ている）、もう一人は三歳くらいで、アメリカに移住したきりサンタテレサに戻ってきていない息子だった。精神病院を出ると、エルネスト・ルイス・カスティージョ＝ヒメネスはサンタテレサ刑務所に収容され、そこで異様な饒舌さを示した。ひとりになるのをいやがり、つねに警官や記者と一緒にいたがった。警察は、未解決のその他の殺人についても彼に罪を着せようとした。この服役者の愛想のよさがそれに拍車をかけた。ファン・デ・ディオス・マルティネスが断言したところによれば、カスティージョ＝ヒメネスは悔悟者などではなかった。彼は自分の母親以外の人間を殺してはおらず、明らかな精神障害の兆候を示しているため、母親の件すら彼に責任能力はなかった。そしてこれが、メキシコのこの地域で女性連続殺人が始まったとされる一九九三年最後の女性殺人事件だった。時のソノラ州知事は国民行動党（ＰＡＮ）のホセ・アンドレス・ブリセーニョ学士、サンタテレサ市長は制度的革命党（ＰＲＩ）のホセ・レフヒオ・デ・ラス・エラス学士、ともに謹厳実直な人間で、曲がったことを嫌い、どんな報復をも恐れることなく、いかなる難事にも立ち向かおうとする男たちだった。

とはいえ、一九九三年が終わろうとするころ、女性連続殺人事件——それぞれの殺人に何らかの関係があるかどうかはいまだ解明されてはいなかったが——とは無関係の悲惨な事件が起こった。このころ、ラロ・クーラは、二人のろくでもない仲間とともに、遠くから一度見かけただけのペドロ・レンヒフォの妻を警護する毎日を送っていた。そのころまでに、レンヒフォのボディガードとは何人か知り合っていた。なかには彼の興味を惹く者もいた。たとえばパット・オバニオン。あるいはほとんど口を開いたことのないヤキ族のインディオ。だが自分の二人の仲間のことは信用できなかった。彼らから学ぶことは何もなかった。ティファナ出身の背の高い男は、ことあるごとにカリフォルニアの話やそこで知り合った女たちの話をした。英語混じりのスペイン語を使った。話は嘘だらけで、彼ほど口数は多くないもののもっと信頼できなさそうなシウダー・ファアレス出身のもう一人の仲間は彼を褒めそやすばかりだった。ある朝、夫人はいつものように子供たちを学校へ送っていった。二台の車で出発し、夫人はライトグリーンのメルセデスに乗った。もう一台の茶色いＳＵＶ、グランドチェロキーには二人のボディガードが乗り、午前中はずっと学校の角に停まっていた。この二人は「お子さんのボディガード」と呼ばれ、同様にラロと仲間二人は「奥さまのボディガード」と呼ばれていた。いずれも、ペドロ・レンヒフォの警護にあたる「ボスのボディガード」もしくは「ボスの護衛」と呼ばれる三人の男より地位が低く、このヒエラルキーは報酬と役割に比例していたばかりか、メンバーそれぞれの勇気、度胸、それにどれだけ命を賭しているかということをも示していた。子供たちを学校に送ったあと、ペドロ・レンヒフォの妻は買い物に出かけた。まずはブティックに立ち寄り、それから化粧品店に入り、その後マデロ区のアストロノモス通りに住む友人を訪ねようと思い立った。ラロ・クーラと二人のボディガードは一時間近く、ティファナ出身の男は車中で、ラロとシウダー・ファアレス出身の男はフェンダーに寄りかかり、黙って彼女を待っていた。夫人が姿を見せると（友人も玄関先まで見送りに出てきた）、ティファナの男は車から降り、ラロともう一人は姿勢を正した。通りには、たくさんというわけではないが、何人かの通行人がいた。どんな用事があるのか、中心街へ向かって歩いていく人々、クリスマスパーティーの準備をする人々、食事の時間が近づきトルティージャを買いに行く人々。歩道は灰色だったが、木漏れ日が差して青みがかった色になり、まるで川のようだった。ペドロ・レンヒフォの妻は友人と別れのキスを交わし、歩道に出てきた。シウダー・フアレスの男が急いで鉄の門を開けた。歩道の一方には誰もいなかった。もう一方の端からこちらに向かってメイドが二人歩いてきた。夫人は門を出る前にふり返り、戸口に立っていた友人に一声かけた。そのときティファナの男が、二人のメイドの後ろから二人の男が歩いてくるのを認めて身を固くした。ラロ・クーラは、ティファナの男の顔色を見ると、すぐに男たちに視線を移し、彼らがガンマンであることと、そしてペドロ・レンヒフォの妻を殺そうとしていることを瞬時に察知した。ティファナの男が、まだ鉄の門を開けたままにしていたシウダー・フアレスの男に近づいて耳打ちしたが、それが言葉によるものだったのか合図しただけだったのかは分からない。ペドロ・レンヒフォの妻が笑みを浮かべた。友人は笑い声を上げ、ラロにはそれがまるでとても遠くから、丘の頂から聞こえてくるような気がした。そして彼はシウダー・ファレスの男がティファナの男を見つめるのを目にした——下から上へ、まるで豚が太陽を直視しているかのように。左手でデザートイーグルの安全装置を解除し、それからペドロ・レンヒフォの妻が車に向かって歩いてくる靴音を、そして二人のメイドの疑問符だらけの、まるでおしゃべりをするかわりにしきりに質問したり驚いたりしているかのような、まるで自分たちすら信じていないことを話しているかのような声を耳にした。メイドは二人とも十代にしか見えなかった。どちらも黄土色のスカートと黄色のブラウスを着ていた。細身のパンツに緑色のセーターを着た夫人の友人は、戸口から手を振って別れを告げていた。ペドロ・レンヒフォの妻は白いスーツ姿で、やはり白いハイヒールを履いていた。ラロが夫人の服装のことを考え始めたその瞬間、二人のボディガードが走ってその場から逃げ出した。何ビビってんだ、クソ、この腰抜けが、と叫びたかったが、腰抜けとつぶやくことしかできなかった。ペドロ・レンヒフォの妻はまだ何も気づいていなかった。ガンマンたちは手で二人のメイドのあいだに割って入った。一人はウージー機関銃を手にしていた。痩せてどす黒い肌をしていた。もう一人はピストルを握り、ダークスーツにワイシャツ姿で、ネクタイは締めておらず、プロの殺し屋のようだった。メイドが押しのけられ視界が開けた瞬間、ペドロ・レンヒフォの妻は誰かにスーツの裾を引っ張られ、地面に倒されるのを感じた。倒れながら、目の前でメイドたちが転ぶのが見えたので、地震が起こったのだと思った。視界の隅でラロがピストルを手にしてひざまずくのが見え、それから大きな音がして、ラロの手に握られたピストルから薬莢が飛び出すのが見え、それきり何も見えなくなった。額を歩道のコンクリートにぶつけたのだ。彼女の友人は玄関先に立ったままだったので、何が起きたのかはっきりと見えたため、身動きもできずに大声で叫んでいたが、頭のなかでは小さな声が、叫び声を上げる暇があったら家のなかに入ってドアに鍵をかけたほうがいいと、もしそれができなくても、少なくとも地面に伏せてゼラニウムの陰に隠れたほうがいいと言っていた。ティファナの男とシウダー・フアレスの男はすでに駆け出して数メートルは向こうにいて、運動不足だったので汗まみれで息を切らしていたが、立ち止まりはしなかった。メイドたちはといえば、二人とも地面に転んだ瞬間に身を縮め、祈り始めたのか、愛する者たちの顔でも慌てて思い出し始めたのか、目をぎゅっと閉じていて、まぶたを開けたのはすべてが終わってからだった。このときラロ・クーラは、二人のガンマンのどちらを先に撃つべきか、ウージーの男にするか、プロの殺し屋然とした男にするか決めかねていた。あとから考えれば後者を先に撃つべきだったのだろうが、彼は前者を狙って撃った。銃弾は、どす黒い肌の痩せた男の胸にめり込み、一瞬にして彼を倒した。もう一人の男はかすかに右へと身をかわし、こちらも一瞬戸惑った。なぜあんなガキが武装しているのか？ なぜ二人のボディガードと一緒に逃げ出さなかったのか？ 殺し屋の銃弾がラロ・クーラの左肩を撃ち、血管を破って骨を砕いた。ラロの身体を戦慄が走ったが、体勢を変えずに彼はもう一度発砲した。殺し屋は前のめりになって倒れ、その二発目は空を切った。殺し屋はまだ死んではいなかった。歩道のコンクリートが、割れ目から生える草の葉が、ペドロ・レンヒフォの妻の白いスーツが見え、スニーカーを履いた少年が、とどめを刺そうと近づいてきた。クソガキが、と彼はつぶやいた。その後、ラロ・クーラは踵を返し、二人の元仲間の姿を遠くに認めた。慎重に狙いを定めて発砲した。シウダー・フアレスの男が狙われていることに気づいて逃げ足を早めた。最初の角で彼らは姿を消した。

二十分後にパトカーがやってきた。ペドロ・レンヒフォの妻は額を切っていたが、すでに出血は収まっていて、警察に初動の指示を与えたのは彼女だった。まずはショック状態の友人を気遣った。そのあとラロ・クーラが怪我していることに気づき、彼のためにもう一台救急車を呼ぶよう要請し、二人をペレス・グテルソンのクリニックに連れていくよう命じた。救急車が到着する前にさらに多くの警官がやってきて、歩道に倒れていた殺し屋が司法警察の捜査官であることに気づいた者も少なくなかった。ラロ・クーラが救急車に運び込まれる寸前に、二人の警官が彼の腕を摑んで自分たちの車に押し込み、第一警察署に連行した。ペドロ・レンヒフォの妻がクリニックに到着し、友人を特別室に入れてから、ボディガードの容態を心配して会いに行こうとすると、彼は来ていないと言われた。夫人はすぐにもう一台の救急車の救命士を呼び出すよう要求し、そこで初めてラロ・クーラが逮捕されたことを知った。ペドロ・レンヒフォの妻は受話器を取って夫に電話した。一時間後、第一警察署にサンタテレサ警察署長が現われた。隣にいたのは三日間寝ていないような顔をしたエピファニオだった。二人とも浮かない顔をしていた。地下の独房にいたラロは顔を血に染めていた。彼の取り調べをしていた警官たちは、二人のガンマンを殺した理由を吐かせようとしていたところにペドロ・ネグレーテが現われたので立ち上がった。サンタテレサ警察署長は空いた椅子の一つに腰を下ろし、エピファニオに合図をした。エピファニオは片方の警官の首を摑むとジャケットからナイフを取り出し、彼の唇から耳元まで一気に顔を切り裂いた。血が一滴も噴き出ないやり方だった。お前の顔を台無しにしてくれたのはこいつか？　とエピファニオは言った。少年は肩をすくめた。手錠をはずしてやれ、とペドロ・ネグレーテは言った。もう一人の警官がしきりと、参った、参った、と口ごもりながら手錠をはずした。どうしたんだ、貴様？　とペドロ・ネグレーテは彼に尋ねた。どうやら勘違いしていたようです、署長、と警官は言った。そいつを椅子に座らせてやれ、気絶しそうだ、とペドロ・ネグレーテは言った。エピファニオともう一人の警官が傷を負った警官をあいだに座らせた。具合はどうだ？　上々です、署長、何でもありません、ちょっとめまいがしただけですから、と警官は言いながらポケットに手を突っ込み、傷口に当てるものを探していた。ペドロ・ネグレーテは彼にティッシュを手渡した。どうしてこいつを逮捕したんだ？　と彼は言った。殺された一人が司法警察のパトリシオ・ロペスだったからです、ともう一人の警官が言った。畜生、パトリシオ・ロペスか、で、どうしてお前たちは撃ったのがこいつであって仲間のほうだとは思わなかったんだ？　とペドロ・ネグレーテが尋ねた。仲間のほうは逃げ出したからです、ともう一人の警官が言った。なんて奴らだ、ひどい仲間がいたもんだ、とペドロ・ネグレーテが言った。で、俺の坊主が何をしたんだ？　警官たちは、自分たちの調べでは、ラロ・クーラが発砲し始めたのだと言った。自分の仲間にか？　そうなんです、自分の仲間にです。しかしその前に肩を負傷し、そこまでする必要はなかったと思うのですが、パトリシオ・ロペスとウージーで武装していた男にとどめを刺していました。よほど動揺していたんだろう、とペドロ・ネグレーテは言った。きっとそうだと思います、と顔を切られた警官が言った。そもそも、どうしたらよかったんだ？　とペドロ・ネグレーテは言った。倒されたのがこいつのほうだったら、パトリシオ・ロペスがとどめを刺していただろうよ。まったくそのとおりです、ともう一人の警官が言った。それからしばらく話を続け、煙草を吸い、ときおり顔を切られた警官がティッシュを替えるための短い中断が入り、その後エピファニオがラロ・クーラを留置場から出して警察署の玄関まで連れていくと、ペドロ・ネグレーテの車が彼を待っていた。数か月前にビジャビシオサへと彼を探しに行ったのと同じ車だった。

一か月後、ペドロ・ネグレーテはサンタテレサ南東にある農場にペドロ・レンヒフォを訪ね、ラロ・クーラを返してもらいたいと要請した。お前にやりはしたがな、ペドロ、返してもらうぞ、と彼は言った。どういうことだ、ペドロ？　とペドロ・レンヒフォは言った。あんなふうに扱われたらかなわないからな、ペドロ、とペドロ・ネグレーテは言った。お前のところのアイルランド人みたいに経験豊富な男の下に置いてくれれば俺の坊主も鍛えられたものを、おかまの二人組なんかのところに置くんだからな。君の言うとおりだ、ペドロ、とペドロ・レンヒフォは言った。しかしだ、そのおかまの一人は君の推薦で来たってことは忘れないでくれ。そうだな、それは認める、あいつに仕置きをしたらすぐ、埋め合わせはするつもりだ、ペドロ、とペドロ・ネグレーテは言った。しかしだ、まずはお前の埋め合わせの話をしようじゃないか。構わないさ、ペドロ、君があの坊主を返してほしいなら返すまでさ。そしてペドロ・レンヒフォは近くにいた者にラロ・クーラを庭師の家まで呼びに行かせた。待っているあいだ、ペドロ・ネグレーテはペドロ・レンヒフォの妻と子供たちのことを尋ねた。それから家畜のことを尋ねた。ペドロ・レンヒフォがサンタテレサをはじめ北部の都市に展開しているスーパーのことを尋ねた。妻はクエルナバカにいる、とペドロ・レンヒフォは答えた。子供たちは転校させ、アメリカ合衆国（用心のため詳しい地名は言わなかった）の学校で勉強している。家畜のほうが商売よりもよほど心配の種で、巨大スーパーマーケットはいいときもあれば悪いときもある。その後、ペドロ・ネグレーテはラロ・クーラの肩の具合を尋ねた。ぴんぴんしてるよ、ペドロ、とペドロ・レンヒフォは言った。大した仕事もないしね。あいつは一日じゅう眠っているか、雑誌を読んでいる。楽しそうだ。そのようだな、ペドロ、とペドロ・ネグレーテは言った。だが事情が事情だ。そのうち殺されないともかぎらん。悲観的になるなよ、ペドロ、とペドロ・レンヒフォは笑いながら言ったものの、すぐに青くなった。車でサンタテレサに戻るとき、ペドロ・ネグレーテは少年に警察官になりたいかと尋ねた。ラロ・クーラは頷いた。農場を出てまもなく、車は巨大な黒い岩の脇を通った。ラロ・クーラは、その岩の上でアメリカドクトカゲが身じろぎもせずに果てしなく続く西方を見つめているのを見たような気がした。この岩は実は隕石だと言われている、とペドロ・ネグレーテは言った。さらに北では、くぼ地でパレデス川がカーブを描き、道からは、濃緑色の絨毯のような木々の梢と、その向こうに、毎日午後になると水を飲みにやってくるペドロ・レンヒフォの牛が巻き上げる埃が雲のように見えた。ただこれが隕石だということになると、クレーターができているはずなんだが、とペドロ・ネグレーテは言った。クレーターはどこにある？　バックミラーでもう一度黒い石を見たときには、アメリカドクトカゲはもう見えなかった。

一九九四年最初の女性の遺体は、ノガーレスへと向かう幹線道路から少しはずれた砂漠で、トラック運転手たちに発見された。運転手は二人ともメキシコ人で、マキラドーラ〈キー・コープ〉に所属していた。その日の午後は、どちらのトラックにも荷物が満載されていたが、そのうちの一人アントニオ・ビジャス＝マルティネスが行きつけの〈エル・アホ〉という店で食事をし、酒を飲むことにしていた。件の店に向かう途中、もう一人の運転手リゴベルト・レセンディスが、砂漠にまぶしく光るものがあることに気づいた。誰かのいたずらだろうと思い、無線で仲間のビジャス＝マルティネスに連絡し、二人はトラックを停めた。道路に車は走っていなかった。ビジャス＝マルティネスはレセンディスに、たぶん瓶か、割れたガラスの破片に反射した日光に目がくらんだのだろうと言い含めようとしたとき、レセンディスが道路から三百メートルほど離れたところに何か塊があるのに気づき、そちらに向かって歩いていった。しばらくすると、レセンディスが口笛を吹いて呼んでいるのが聞こえたので、ビジャス＝マルティネスは二台のトラックがしっかりロックされているのを確認してからその場を離れた。仲間のいるところまでたどり着くと、そこに死体があった。その顔は見るかげもなかったが、女性であることは間違いなかった。不思議なことに、最初に目についたのは履き物で、刺繍を施した上質な革のサンダルだった。ビジャス＝マルティネスは十字を切った。おい、どうする？　とレセンディスの声が聞こえた。仲間の口調から、その質問が言葉のあやにすぎないことが分かった。警察に通報しよう、と彼は言った。それがいい、とレセンディスは言った。死体の腰に巻かれたベルトには大きな金属のバックルがついていた。お前が目がくらんだのはこいつか？　と彼は言った。ああ、さっき気づいたよ、とレセンディスは言った。被害者が身につけていたのはホットパンツと光沢のある黄色いブラウスで、胸のところには黒い大きな花が、背中には赤い花が描かれていた。監察医のところに運び込まれたその遺体は、驚いたことに、ホットパンツの下に両脇を紐で結ぶタイプの白い下着をつけていた。さらに肛門と膣の双方をレイプされていた。死因は数か所におよぶ頭骨の損傷だったが、ナイフによる刺傷も二か所、胸部と背中に見られ、傷口から出血していたものの致命傷ではなかった。トラック運転手たちが見たとおり、顔の判別は不可能だった。死亡推定日は一九九四年一月一日から一月六日のあいだだったが、その遺体が、すでにつつがなく終わっていた年の十二月二十五日か二十六日に砂漠に捨てられた可能性もあった。

次なる被害者はレティシア・コントレラス＝サムディオだっ

た。警察は匿名の通報を受けてサンタテレサの中心街のロレンソ・セプルベダ通りとアルバロ・オブレゴン通りのあいだにあるナイトクラブ〈ラ・リビエラ〉へ駆けつけた。〈ラ・リビエラ〉の個室で発見された遺体には、腹部にも胸部にも、さらには両腕にも無数の傷があり、レティシア・コントレラスが最後の最後まで命懸けで身を護ろうとしたことを物語っていた。被害者は二十三歳で、四年以上前から売春をしていたが、警察の世話になるようないざこざを起こしたことは一度もなかった。尋問が行なわれたものの、レティシア・コントレラスの仲間に、彼女が誰と個室にいたのか知っている者は一人もいなかった。犯行が起きた瞬間、彼女がトイレにいたと言う者もいた。レティシアが何より好きな、そして同時に少なからぬ才能を見せるゲーム、ビリヤードの台が四つある地下室にいたという女たちもいた。別の一人にいたっては、彼女が一人だったと主張したが、娼婦が一人で個室にこもって何をするというのか？午前四時、〈ラ・リビエラ〉の従業員全員が第一警察署に連行された。そのころラロ・クーラは交通警察の仕事を覚えているところだった。夜勤をし、亡霊のようにアラモス区やルベン・ダリオ区を歩き回り、南から北へゆっくりと移動し、中心街までやってくるとようやく、第一警察署へと戻るなり、好きなようにすることができた。制服を脱いでいたとき、叫び声が聞こえた。大して気にもせずにシャワー室に入ったが、蛇口を閉めたとき、ふたたび叫び声が聞こえた。留置場のほうだった。彼はベルトの下にピストルをはさむと廊下に出た。その時間、第一警察署には、休憩室を除けばほとんど人はいなかった。盗難対策課で同僚が一人眠っていた。彼を起こし、何が起きているか知っているかと尋ねた。その警官は、留置場でパーティーをやっている、お望みなら参加可能だと答えた。ラロ・クーラが部屋を出ると、その警官はまた眠りに落ちた。階段からアルコールの臭いが漂ってきた。留置場の一つに、二十人ほどの逮捕者が詰め込まれていた。ラロ・クーラはあっけにとられて彼らを見つめた。なかには立ったまま眠っている者もいた。鉄格子に寄りかかっている男はズボンの前をはだけていた。奥にいる者たちは暗がりと髪の毛からなるぼんやりとした塊に見えた。吐瀉物の臭いがした。その監房はせいぜい五メートル四方といったところだった。廊下にはエピファニオがいて、煙草をくわえたままそのほかの監房の様子を眺めていた。ラロ・クーラは彼のいるところまで行き、向こうの男たちが窒息するか押しつぶされるかして死んでしまうと言おうとしたが、一歩踏み出したとたん何も言えなくなってしまった。ほかの監房では、警官たちが〈ラ・リビエラ〉の娼婦たちをレイプしていた。どうだ調子は、ラロ坊《ラリート》、とエピファニオは言った。お前も加わってみるか？　いえ、とラロ・クーラは言った。あなたは？　俺もだ、とエピファニオは言った。見るのに飽きると、二人で新鮮な空気を吸うために外に出た。あの娼婦たちが何をしたんですか？　とラロは訊いた。どうやら仲間を一人バラしてしまったらしい、とエピファニオが言った。ラロ・クーラは黙り込んだ。その時間にサンタテレサの通りに吹くそよ風は実にすがすがしかった。月は、傷だらけだったが、まだ空に輝いていた。

レティシア・コントレラス＝サムディオの仲間二人が彼女を殺した罪で告訴されたが、犯行時刻に店内にいたこと以外、彼女たちに罪を着せる証拠はいっさいなかった。三十歳のナティ・ゴルディージョは、被害者がそのナイトクラブで働き始めたときから知っていた。犯行の瞬間にはトイレにいた。ルビー・カンポスは二十一歳で、〈ラ・リビエラ〉に来てから五か月も経っていなかった。犯行の瞬間、彼女はトイレの外で扉一枚隔てたところにいるナティを待っていた。二人が非常に親しいことは明らかだった。そして、殺される二日前、レティシアがルビーを罵倒していたことも分かっていた。仲間の一人が、今に見てなさいとルビーが言うのを聞いていた。それについては容疑者も否定しなかったが、殺すだなんて考えたこともない、せいぜい殴ってやるくらいのことだったと主張した。二人の娼婦はエルモシージョに移送され、パキータ・アベンダーニョ女子刑務所に収監されたが、やがて彼女たちの事件を担当する裁判官が変わり、途端に二人は無罪を言い渡された。二人はその時点で二年間刑務所にいた。出所の際、二人はメキシコシティで運試しをする、それかアメリカに行くかもしれないと言った。ひとつだけ確かなのは、ソノラ州で彼女たちの姿は二度と目撃されなかったということだった。

次なる被害者はペネロペ・メンデス＝ベセーラだった。年齢は十一歳だった。母親はマキラドーラ〈インターゾーン＝ベルニー〉で働いていた。十六歳の姉も〈インターゾーン＝ベルニー〉で働いていた。十五歳の兄は、一家が住んでいるベラクルス区インドゥストゥリアル通りに近いパン屋で御用聞きや使い走りをしていた。末っ子のペネロペだけが学校に通っていた。父親は七年前に家を出たきり帰ってこなかった。その当時は、家族揃ってアルセニオ・ファレル工業団地に近いモレロス区で、マキラドーラ企業二社が協力して排水設備を作ろうとしたものの、結局完成せず掘ったきりになっていた深い溝の縁に、父親が段ボールと落ちていた煉瓦とトタンの切れ端で建てた家に住んでいた。父親も母親も、国の中央に位置するイダルゴ州の出身で、二人は一九八五年に職を求めて北部へと移り住んだ。ところがある日父親は、マキラドーラでの稼ぎで家族の生活状態がよくなることはないという結論に達し、国境を渡ることを決意した。彼はオアハカ州出身の九人の男たちと一緒に出立した。そのうちの一人はすでに三度も国境越えの旅を経験していて、どうしたら国境警備隊の目をかいくぐることができるか知っていると言った。いっぽう、ほかの者たちにとってはそれが初めての試みだった。彼らを向こう側へ導いてくれる請負屋は心配いらないと言い、仮に運悪く捕まった場合は抵抗せずに投降するようにと言い聞かせた。ペネロペ・メンデスの父親は国境越えに貯金をすべてはたいた。カリフォルニアに着いたらすぐ手紙を書くと約束した。彼の計画では、一年以内に家族を呼び寄せることになっていた。それきり音信不通となった。母親は、おそらく今ごろはほかの女と、アメリカ人かメキシコ人の女といい暮らしをしているのだろうと思っていた。また、とりわけ最初の数か月は、夫が夜の砂漠で、ひとりぼっちで、コヨーテの遠吠えを聞きながら、子供のことを思い出しながら死んでしまったのだろうか、あるいはアメリカの通りで、車に轢かれ、そのまま放置されて死んでしまったのだろうかと思ったが、そんなことを考えたところで動きが取れなくなるだけだった（彼女の頭のなかでは、誰もが、夫ですら、別の言葉で、理解できない言葉で話していた）ので、もう考えるのをやめることにした。そのうえ、もし死んでいるのなら、と彼女は思った。誰かが彼女にそれを教えてくれるはずではないか？　いずれにしても、夫の行方ばかり考えているには家庭内の問題が多すぎた。そして苦労しながらも家族を養った。だが彼女は親切で控えめな女性であり、楽天家で聞き上手でもあったので、友人には事欠かなかった。とりわけ彼女の身に起きたことが珍しくもなく特別なことでもない、よくあることだと思う女性たちが彼女の友人だった。こうした友人の一人が、〈インターゾーン＝ベルニー〉での仕事を見つけてきてくれた。初めのうちは溝の縁に建った家から仕事場まで、かなりの距離を歩いて通っていた。長女が下の子供たちの世話をするようになった。長女の名はリビアといい、ある日の夕方、酔っぱらった隣人が彼女をレイプしようとした。仕事から戻った母親はリビアからことの次第を聞くなり、エプロンのポケットにナイフを入れて隣人の家に行った。彼と話し、彼の妻と話し、それからもう一度彼と話をした。聖母マリアにかけて、うちの娘には何もしないと誓いなさい、と彼女は言った。娘に何かあったらあんたのせいよ、わたしはこのナイフであんたを殺すからね。隣人は彼女に、これからは心を入れ替えると言った。だが彼女はすでに男たちの言うことなど信用していなかったので、必死で働き、残業し、昼食の時間には同僚たちにトルタを売りさえし、お金を貯めて、ついにベラクルス区に小さな家を、インターゾーンに行くには溝の縁の家よりさらに遠くなったとはいえ、部屋が二つあり、壁もしっかりしていて、鍵のかかるドアもついた本物の小さな家を借りることになった。毎朝二十分余計に歩かなければならないことなど何でもなかった。それどころか今にも歌い出しそうなほど陽気に歩いて仕事へ向かった。勤務シフトをはしごして、徹夜で働くことも、台所で午前二時までかかって翌日に同僚が食べる唐辛子の効いたトルタを作り、朝の六時に工場に出かけることも、何でもなかった。むしろ、肉体的な奮闘がかえって彼女を元気いっぱいにし、疲労困憊は生気と愛嬌に変わった。一日は長く、なかなか終わらなかったが、世界（まるで果てしない漂流のように思えた）は彼女に明るい顔を見せ、彼女もまた、自分が明るい顔をしていることに気づくのだった。上の娘は十五歳で働き始めた。そのとき工場へはまだ歩いて通っていたが、二人で話したり笑い合ったりしていると短くなったように感じられた。息子のほうは十四歳で学校をやめた。二、三か月のあいだ〈インターゾーン＝ベルニー〉で働いてみたが、いくつか警告をもらった末、向いていないとくびにされた。少年の手はあまりに大きくて、あまりに不器用だったのだ。そこで母親は近所のパン屋の仕事を見つけてきた。学校に通っていたのはペネロペ・メンデス＝ベセーラだけだった。彼女の通っていた学校はアキレス・セルダン通りのアキレス・セルダン小学校だった。そこには、カランサ区、ベラクルス区、モレロス区の子供たちだけでなく、中心街に住む子供も何人か通っていた。ペネロペ・メンデス＝ベセーラは五年生だった。おとなしい生徒だったが、成績はいつもよかった。まっすぐで黒い髪を長く伸ばしていた。ある日学校を出たきり、行方不明になってしまった。その日の午後、母親はインターゾーンに早退の許可をもらって第二警察署に向かい、捜索願を出した。息子が同行した。警察は名前を書き留め、何日か待つ必要があると言った。姉のリビアが付き添えなかったのは、インターゾーンが、母親が行けば十分だと判断したからだった。翌日になってもペネロペ・メンデス＝ベセーラの行方は分からないままだった。母親と二人の子供はふたたび出頭し、捜査の進捗具合を尋ねた。デスクの向こうにいた警官が、何さまのつもりだと言った。ペネロペの身を案じて警察署に来ていたアキレス・セルダン小学校の校長と三人の教師が、公務執行妨害で罰金を科せられる前に家族をそこから連れ出した。翌日、兄がペネロペの何人かの同級生から話を聞いた。そのうちの一人は、たしかペネロペはスモークガラスの車に乗ったきり、そこから出てこなかったと思うと言った。車の様子を聞くかぎりではペレグリーノかマスターロードのようだった。兄とペネロペの担任教師がその女子生徒と長いこと話をしたが、彼らが聞き出すことのできた確かな情報は、それが黒い高級車だったということだけだった。三日間、兄はサンタテレサ中を歩き回り、へとへとになりながら黒い車を探し続けた。黒い車ならいくらでも見つかったし、スモークガラスがはめられ、工場から出荷されたばかりのように輝いているものもあったが、そうした車に乗っている者たちは誘拐犯の顔をしていなかったり、若いカップル（彼らが幸せそうなのでペネロペの兄は泣いた）だったり、女性だったりした。それでも、彼はそうした車のナンバーをすべて書き留めた。夜には家で家族揃ってペネロペの話を、それも他愛もない、彼らにしか分からない話をした。一週間後、彼女の遺体が見つかった。発見したのはサンタテレサ市公共事業課の職員たちで、場所は不法ゴミ集積場エル・チレ周辺の、カサス・ネグラスへ向かう幹線道路の近く、サン・ダミアン区からエル・オヒート峡谷に向かって街の地下を走る配水管のなかだった。遺体はただちに監察医のところへと運ばれた。司法解剖の結果、肛門と膣をレイプされていること、どちらにも無数の裂傷が見られること、その後絞殺されたことが明らかになった。ところが二度目の司法解剖では、ペネロペ・メンデス＝ベセーラは先述した陵辱を受けているあいだに心不全で死亡したという判断が下された。

そのころ、ペネロペ・メンデスが殺されたときの年齢より六つ上の十七歳を迎えたラロ・クーラは、エピファニオに住む場所を見つけてもらった。そのアパートはオビスポ通りにあり、上の階に続く階段があるホールを抜けると、中央に大きな噴水のある大きな中庭に出た。そこからアパートを見上げると、最上階の三階まで眺めることができ、ペンキの剝げた廊下には、時の流れによって錆びついた細い鉄の柱に支えられた木製の庇がついていて、子供たちが遊び回り、女の住人たちがおしゃべりをしていた。ラロ・クーラの部屋は広くて、ベッドにテーブル、椅子を三脚、冷蔵庫（テーブルの隣にあった）、手持ちのわずかな服に比して大きすぎるクローゼットを置いてもなお、かなりの余裕があった。小さな調理台と新しいコンクリート製シンクもあり、汚れた鍋や皿を洗ったり顔を洗ったりすることができた。トイレはシャワーと同じく共同で、各階に二つ、さらに屋上にも三つ置かれていた。エピファニオは一階にある自分の部屋を見せた。壁から壁に渡された紐に服が吊ってあり、寝起きのままのベッドのそばには、サンタテレサのほぼすべての新聞がうずたかく積んであった。下のほうにある新聞はすでに黄ばんでいた。台所は長いこと使われていないようだった。警官はひとり暮らしをするのが一番だ、だがしたいようにすればいいと彼は言った。それからラロを、三階にある部屋に連れていき、鍵を渡した。これでお前も一家の主だ、ラロ坊《ラリート》、と彼は言った。掃除をしたけりゃ隣のおばさんに箒を借りるといい。壁には知らない人物の名前が書かれていた――エルネスト・アランシビア。「ビ」のスペルはbiではなくviだった。ラロが壁の名前を指さすと、エピファニオは肩をすくめた。家賃は月末払いだ、と言うと、それ以上は何も説明せずに出ていった。

同じころ、司法警察のファン・デ・ディオス・マルティネス捜査官に、悔悟者の捜査をいったんやめて、センテーノ区とポデスタ区で起きていた連続強盗事件に専念するよう指令が出た。悔悟者の捜査は打ち切りになるのかと質問すると、そうではないが、犯人は姿をくらませてしまったらしいうえに捜査に進展も見られず、さらにはサンタテレサを担当している司法警察の捜査官の数が限られていることを思えば、より緊急の案件を優先するのは当然だという答えが返ってきた。もちろんそれによって悔悟者を忘却の淵に追いやるわけでも、ファン・デ・ディオス・マルティネスがその捜査の担当から下りたというわけでもなかったが、部下の警官たちが市内の教会を二十四時間態勢で監視するのはもはや時間の無駄であって、治安を守るため警官をより必要とする案件に注力すべきだということを意味していた。ファン・デ・ディオス・マルティネスは異議を唱えることなく指令に従った。

次なる被害者はルーシー・アン・サンダーだった。サンタテレサから五十キロほど離れたアリゾナ州ハントヴィルに住んでいた彼女は、友人とまずはエル・アドービに行き、それから車で国境を越え、わずかな時間とはいえ、サンタテレサの終わらない夜を体験するつもりでいた。友人の名前はエリカ・デルモアといい、車を持っていたのも、運転したのも彼女だった。二人はハントヴィルにある民芸品工房の仕事仲間で、彼女たちが作るインディアンのビーズ細工は、トゥームストーンやツーソン、フェニックスやアパッチジャンクションなどの土産物屋に卸されていた。工房で働いていた白人はこの二人だけで、その他の従業員は皆、メキシコ系かインディアンだった。ルーシー・アンはミシシッピの小さな町で生まれた。年齢は二十六歳で、夢は海の近くで暮らすことだった。ときおり故郷を懐かしんだが、たいていは疲れているか気落ちしているときで、それもめったにないことだった。エリカ・デルモアは四十歳で、二度の離婚歴があった。カリフォルニア出身だったが、人口の少ない、のんびりした生活が送れるアリゾナに満足していた。二人はサンタテレサに着くなり、その足で中心街のディスコが集まる界隈に向かい、まずは〈エル・ペリカノ〉に行き、それから〈ドミノズ〉に入った。途中で、マヌエルだかミゲルだかいう名の二十二歳くらいのメキシコ人が加わった。明るい若者で、エリカの話によれば、ルーシー・アンに言い寄ってはみたもののすげなくされたので、エリカに鞍替えしたが、しつこいところも尊大なところもなかった。あるとき、〈ドミノズ〉で、マヌエルだかミゲルだか（エリカは彼の名前をよく覚えていなかった）が帰ってしまい、カウンターで二人きりになった。その後、思いつくままに車で旧市街のいくつかの通りを訪れ、大聖堂や市庁舎、コロニアル様式の古い家、柱廊のある建物に囲まれたアルマス広場など、街の名所を見て回った。エリカの知るかぎり、嫌がらせをされたりあとをつけられたりしたことはなかった。広場を歩いているとき、一人のアメリカ人観光客が声をかけてきた。君たち、あの日陰棚を見逃す手はないよ、すばらしいところだ。その観光客はすぐに藪のなかに消えてしまい、二人はしばらく散歩してみるのも悪くないと考えた。夜は明るく、涼しく、満天の星空だった。エリカが車を停める場所を探しているあいだ、ルーシー・アンは車から降りて靴を脱ぎ、散水を終えたばかりの芝生の上を走り始めた。駐車してから、エリカはルーシー・アンを迎えに行ったが、彼女の姿は見当たらなかった。広場に行って、先ほど話に聞いた日陰棚に行ってみることにした。小道は地面がむき出しになっているところもあったが、ほとんどは古い石畳が残っていた。ベンチではカップルが話をしたりキスをしたりしていた。日陰棚は金属製で、遅い時間だったにもかかわらず、宵っ張りの子供たちが遊んでいた。照明は、とにかく暗かったわ、とエリカは証言した。歩くのには困らない程度だったけれど、それでも周りにたくさん人がいたので気味の悪い感じはしなかった。ルーシー・アンは見つからなかったが、先ほど広場から大声で話しかけてきたアメリカ人観光客らしき男を見かけた。彼は三人の観光客と一緒にテキーラの瓶を回し飲みしていた。エリカは近づいていって、彼らに友人を見かけなかったかと尋ねてみた。例のアメリカ人観光客は、まるでエリカがどこかの精神病院から抜け出してきたかのように彼女を見た。四人とも酔っぱらっていたものの、エリカは酔っぱらいの扱いを心得ていたので、事情を説明した。皆とても若く、とくにすることもなかったので、彼女を手伝ってくれることになった。しばらくすると、ルーシー・アンを呼ぶ声が広場に響き渡った。エリカは車を停めたあたりまで引き返してみた。誰もいなかった。車に乗り込んでドアをロックし、何度かクラクションを鳴らした。それから煙草を吸い始め、やがて車内に煙が充満して息もできなくなったので、仕方なくウィンドウを開けた。夜が明けてから警察署に行き、市内にアメリカ領事館があるかと尋ねた。応対した警官には分からず、ほかの警官たちに同じことを訊いて回らなければならなかった。そのうちの一人が領事館があることを知っていた。エリカは捜索願を出し、そのコピーを持って領事館に向かった。領事館は、前の晩に彼女が歩き回った通りに近いセントロ・ノルテ区のベルデホ通りにあった。領事館の目と鼻の先にカフェテリアがあったので、そこで朝食をとることにした。野菜のサンドイッチとパイナップルジュースを注文し、店からハントヴィルのルーシー・アンの自宅に電話をかけてみたが誰も出なかった。テーブルからは、少しずつ目覚めていく街の様子が見えた。ジュースを飲み終え、ふたたびハントヴィルへ、ただし今度は保安官に電話をかけた。電話に出たのは、彼女もよく知っているローリー・カンプザーノという名前の青年だった。彼は、保安官はまだ来ていないと言った。エリカは彼に、ルーシー・アン・サンダーがサンタテレサで行方不明になってしまった、状況が状況なので自分は午前中はずっと領事館にいるか、病院を回ってみるつもりだと言った。保安官に、領事館に電話をもらえればわたしがつかまるかもしれないと伝えて、と彼女は言った。そうするよ、エリカ、落ち着いて行動して、とローリーは言って電話を切った。野菜のサンドイッチを食べながら、一時間ほど座っていると、ようやく領事館の入口に動きがあった。応対したのはカート・A・バンクスと名乗る男で、エリカの話を端から信用していないかのように、友人と彼女自身についてありとあらゆる種類の質問をした。領事館を出るころようやくエリカは、男がルーシー・アンと彼女のことを娼婦だろうと思っていたことに気づいた。それから警察署に戻り、彼女が捜索願を出したことを知らされていない警官たちを相手に、もう二回、同じ話をする羽目になったが、結局、行方不明の友人についての情報は何も得られず、来た道を戻って国境を越えたのだろうと言われた。一人の警官にいたっては、彼女も帰ったほうがいい、この件は領事館に任せて家に帰るのが一番だと言い出した。エリカは彼の目を見つめた。人のよさそうな顔をしているところを見ると、彼の助言に悪意はないようだった。そのあと、午前中と午後のほとんどの時間は病院を回った。その瞬間まで、ルーシー・アンがどうしたら病院にたどり着くことができたのかということについてはよく考えていなかった。事故に遭ったはずはなかった。ルーシー・アンは広場で、あるいはその周辺でいなくなったわけだし、そんな物音は何も、悲鳴も車のブレーキの音もスリップする音も聞こえなかったからだ。ルーシー・アンが実際に病院にいる可能性を説明できる理由をあれこれ考えあぐねた末に思いついたのは、突発性健忘症だった。そんな可能性はあまりに低かったので涙があふれてきた。そのうえ、どの病院に行っても、アメリカ人女性を受け入れた記録はなかった。最後に行った病院では、看護師が、クリニカ・アメリカという私立の医療機関へ行くようすすめてくれたが、エリカは皮肉っぽく驚いてみせた。わたしたちは労働者なのよ、と彼女は英語で言った。わたしだってそうよ、と看護師が同じ言語で言った。二人でしばらく話をしているうち、看護師が病院の食堂でコーヒーでも飲まないかと誘ってくれた。彼女はサンタテレサで大勢の女性が行方不明になっていることを教えてくれた。わたしの国でも同じようなことは起きているわ、とエリカは言った。看護師は彼女の目を見つめて首を横に振った。ここのはそれとは比較にならないほどなの、と彼女は言った。別れ際に二人は電話番号を交換し、エリカは何か新しいことが分かったら連絡すると約束した。昼食をとろうと中心街のレストランのテラス席に座っているとき、歩道を歩くルーシー・アンらしき人影を二度見た気がした。初めはこちらにやってくるのを、その次は遠ざかっていく背中を目にしたが、どちらもルーシー・アンではなかった。メニューを見て、自分が頼むものが何かも分からずに、それほど値段の高くない料理を二つ、適当に指さした。どちらもとても辛くて、しばらくすると涙が出てきたものの、それでも食べ続けた。それから車を運転してルーシー・アンが行方不明になった広場に行き、オークの大木の陰に車を停め、両手でハンドルを握ったまま眠り込んだ。目が覚めて、領事館に向かうと、カート・A・バンクスという名前の男が別の男を紹介し、そのヘンダーソンという名前の男が、行方不明になった友人の件で何か進展が見られるにはまだ早すぎると伝えた。彼女は、いつならいいのかと尋ねた。ヘンダーソンは無表情に彼女を見据えて言った――あと三日はかかります。そしてこう付け加えた――最低でも。帰り際、カート・A・バンクスが、ハントヴィルの保安官から電話があり、彼女のことと、ルーシー・アン・サンダーの失踪について話したと言った。彼に礼を言って領事館をあとにした。道に出るとすぐ公衆電話を探し、ハントヴィルに電話をかけた。ローリー・カンプザーノが電話に出て、保安官が三度も彼女と連絡を取ろうとしていたと言った。今は出かけてるんだ、とローリーは言った。でも戻ってきたら君に電話するように伝えるよ。いいの、とエリカは言った。まだ居場所が決まっていないから、あとでわたしのほうから電話するわ。日が落ちる前にいくつかのホテルに入ってみた。よさそうなところはあまりに値段が高く、最終的にルベン・ダリオ通りにあるペンションの、風呂もテレビもない部屋を取った。シャワーは廊下にあり、掛け金で内側から鍵をかけられるようになっていた。服を脱ぎ、しかし水虫になるのがいやだったので靴は脱がずに長い時間シャワーを浴びた。三十分後、体を拭くのに使ったタオルを巻いたままベッドに倒れ込み、ハントヴィルの保安官と領事館に電話をかけるのも忘れ、翌日まで深い眠りに落ちた。

その日、ルーシー・アン・サンダーは、国境の鉄柵の近く、ノガーレスへ向かう幹線道路に沿って設置されている石油タンクから数メートル離れたところで発見された。遺体にはナイフによる刺傷が首から胸、腹部にかけて散見され、その多くはかなり深いものだった。何人かの労働者が彼女を発見し、すぐさま警察に通報した。司法解剖の結果、被害者は複数回にわたってレイプされたことが分かり、膣内からは多量の精液が採取された。死因はナイフによる刺傷のいずれかだったが、少なくとも五か所が致命傷だった。エリカ・デルモアはアメリカ領事館に電話をしたとき、その事実を知らされた。カート・A・バンクスは、つらい知らせがあるのですぐに来てほしいと彼女に言ったが、エリカは何度も問いただし、声も大きくなっていくばかりだったので、彼はその痛ましい事実を単刀直入に言わざるをえなくなった。領事館に出向く前、エリカがハントヴィルの保安官に電話すると、ようやく本人がつかまった。彼女はルーシー・アンがサンタテレサで殺されたと話した。迎えに行こうか？　と保安官は訊いた。そうしていただけると嬉しいけれど、大丈夫よ、車で来ているから、とエリカは言った。迎えに行こう、と保安官は言った。その後、彼女は仲良くなった看護師に電話をかけ、最新の、そしてどうやら動かしがたい知らせを伝えた。きっと遺体の身元確認をさせられるわね、と看護師は言った。死体安置所があった病院は前の日に訪れていた。同行してくれたのはヘンダーソンで、彼はカート・A・バンクスよりずっと親切だったが、本当は一人で行きたかった。地下の廊下で待っているときに、あの看護師がやってきた。二人は抱き合って頬にキスを交わした。看護師を紹介されたヘンダーソンは、気のない挨拶をしたものの、いつ知り合ったのかと尋ねてきた。看護師は、かれこれ二十四時間前だと言った。いえ、二十四時間も経っていないかもしれない。そのとおりだわ、とエリカは思った。たった一日しか経っていないのに、ずいぶん昔からの知り合いのような気がする。やってきた監察医は、へンダーソンの入室を断った。来たくて来ているわけではありません、と彼は軽く微笑んで言った。これは私の仕事ですから。看護師がエリカの肩を抱いて二人は一緒になかに入り、アメリカの役人がそのあとから入っていった。部屋のなかではメキシコ人の警察官が二人、遺体を検分していた。エリカは歩み出て彼女の友人だと言った。警官たちはいくつかの書類に署名を求めた。エリカはそれを読もうとしたがスペイン語で書かれていた。大した書類ではありません、とヘンダーソンは言った。署名するだけです。看護師が書類を読み、署名するようにと言った。これで終わりですか？　とヘンダーソンは尋ねた。これで終わりです、とメキシコ人警察官の一人が言った。誰がルーシー・アンにこんなことを？　とエリカは尋ねた。警察官たちは理解できずに彼女を見つめた。看護師が通訳したが、警察官たちはまだそれは分からないと言った。正午過ぎ、アメリカ領事館にハントヴィルの保安官がやってきた。エリカが車に閉じこもって煙草を吸っていたとき、彼が到着したのが見えた。ハントヴィルの保安官は遠くから彼女に気づき、二人は話をした。彼女は車に乗ったまま、彼のほうは屈み込み、片手を開いたドアについて、もう片方の手を腰に当てていた。そのあと彼はさらなる情報を求めて領事館に入っていき、エリカはふたたびドアをロックして車内に閉じこもり、ひっきりなしに煙草を吸った。保安官は出てくるとすぐに帰ろうと言った。エリカは保安官が車を出すのを待ち、まるで夢のなかにいるかのように、彼の車についてメキシコの通りを走り、国境を越え、アリゾナの砂漠を抜けた。やがて保安官がクラクションを鳴らして手で合図を送り、二台の車は古いガソリンスタンドに停まった。そこでは食事もできたが、エリカは食欲がなく、ただ保安官の話を聞いていた。ルーシー・アンの遺体は三日後にハントヴィルに送られることになっていること、メキシコ警察は殺人犯の逮捕を約束したこと、そして何もかもが腐っていること。そのあと保安官は豆のペーストを添えたスクランブルエッグとビールを頼み、彼女は席を立って煙草を買いに行った。戻ってくると、保安官は食パンのかけらで皿の残りをさらっていた。彼の髪は黒くて量が多く、そのせいで実際よりも若く見えた。ハリー、彼らの言ったことは本当だと思う？　と彼女は言った。まさか、と保安官は言った。だが独自に調べてみるつもりさ。あなたならやってくれるわね、と彼女は言って泣き出した。

次なる被害者は、サンタテレサから十キロほど離れた、エルモシージョに向かう幹線道路の近くで見つかった。ルーシー・アン・サンダーの遺体が発見された二日後のことだった。発見者は、四人の農場労働者と農場主の甥だった。二十時間以上前に逃げた牛を探しているところだった。馬に乗っていた五人は、それが女性の死体であることを確認すると、農場主の甥が雇い人を一人、農場へと送り返して農場主にことの次第を伝えさせ、自分たちは、どう見ても異常な遺体の置かれ方に当惑したままその場に残った。遺体は、穴に頭を埋められていた。まるで犯人が間違いなく狂人で、頭だけ埋めておけば十分だと考えたかのようだった。あるいは、頭を土で隠しておけば死体が見えないと思っているかのようだった。遺体はうつぶせで、後ろ手に縛られていた。どちらの手も、人差し指と小指が欠けていた。胸のあたりには凝固した血液の染みが広がっていた。被害者は紫色の薄い布でできた、前をボタンで留めるタイプの服を着ていた。ストッキングも靴も履いていなかった。その後行なわれた司法解剖の結果によれば、胸と腕を何度もナイフで刺されていたにもかかわらず、死因は絞殺で、舌骨が折れていた。レイプの形跡は見られなかった。事件を任されたホセ・マルケス捜査官はすぐに被害者の身元を突き止めた。アメリカ・ガルシア＝シフエンテス二十三歳、〈セラフィノス〉というバーでウェイトレスをしていた。勤め先のオーナー、ルイス・チャントレは売春斡旋屋として長いこと警察のリストに載っていて、警察の情報屋でもあると言われていた。アメリカ・ガルシア＝シフエンテスはウェイトレスをしている二人の友人と同居していたが、そのどちらからも捜査に有益な情報をひき出せなかった。唯一、疑いの余地なくはっきりしていたのは、アメリカ・ガルシア＝シフエンテスが午後五時に家を出て〈セラフィノス〉に向かい、閉店する午前四時までそのバーで働いたことだった。家にはそれきり戻ってこなかったと同居人は証言した。司法警察のホセ・マルケス捜査官はルイス・チャントレを二日間拘束したが、彼のアリバイは完璧だった。アメリカ・ガルシア＝シフエンテスはゲレロ州の出身で、五年前からサンタテレサで暮らしていた。一緒にやってきた弟はすでにアメリカに渡っていて、同居人の証言によれば、手紙のやりとりはしていなかった。数日間、ホセ・マルケス捜査官は〈セラフィノス〉の顧客の何人かに取り調べをしたものの、芳しい結果は得られなかった。

二週間後、一九九四年五月、モニカ・ドゥラン＝レジェスがローマス・デル・トロ区にあるディエゴ・リベラ中学校の校門で誘拐された。年齢は十二歳で、少々そそっかしいところはあったが、とてもよい生徒だった。まだ中学一年生だった。母親も父親も、アメリカやカナダに輸出するコロニアル様式の素朴な家具の製造を専門とするマキラドーラ〈マデラス・デ・メヒコ〉で働いていた。小学校に通う妹が一人いたほか、配線ケーブルを製造するマキラドーラで働く十六歳の姉、両親とともに〈マデラス・デ・メヒコ〉で働く十五歳の兄がいた。彼女の遺体が見つかったのは誘拐の二日後で、場所はサンタテレサとプエブロ・アスルを結ぶ幹線道路沿いだった。服は着たままで、傍らの鞄には教科書とノートが入っていた。司法解剖の結果によれば、彼女はレイプされ、絞殺されていた。のちの捜査で、何人かの友達が、スモークガラスの黒い車、おそらくはペレグリーノかマスターロードかシレンシオソにモニカが乗り込むのを見たと証言した。力ずくで乗せられた様子はなかったようだった。叫ぼうと思えば叫べたにもかかわらず、そうはしなかった。そのうえ、同級生の一人に気づいて手を振って別れを告げていた。怖がっているようには見えなかった。

同じローマス・デル・トロ区で、一か月後、レベカ・フェルナンデス・デ・オジョスの遺体が発見された。三十三歳で、肌は褐色、髪は腰まで届く長さで、隣接するルベン・ダリオ区のハラパ通りにあるバー〈エル・カトリン〉でウェイトレスをしていた。その前は〈ホームズ&ウェスト〉および〈アイウォ〉といったマキラドーラで働いていたが、組合を組織しようとして解雇されていた。レベカ・フェルナンデス・デ・オジョスはオアハカ出身だったが、このソノラ州北部で暮らすようになってもう十年以上が経っていた。かつて、十八歳のころにはティファナにいて、娼婦をしていた記録が残っていた。またアメリカに移住しようと何度か試みたがうまくいかず、入国管理官にメキシコへ四度送還されていた。遺体を発見したのは被害者の家の鍵を持っていた友人で、のちに証言したように、よほど体調が悪いときしか仕事を休んだことのない責任感の強いレベカが、〈エル・カトリン〉の仕事に来ないのを不思議に思ったのだった。家の様子は、その友人によれば、いつもと変わりはなく、一見したところ、彼女が発見しようとしていた状況を予感させるようなものもなかった。居間に寝室、キッチンとバスルームのある小さな家だった。友人がバスルームに入ったとき、遺体を発見した。彼女は床に横たわっていて、まるで倒れたか頭を強くぶつけたようだったが、頭部からの出血は見られなかった。顔に水をかけて意識を取り戻してやろうとしてようやく、レベカが死んでいることに気づいた。公衆電話から警察と赤十字に通報し、それから家に戻って友人の遺体をベッドに移動し、居間に置かれた二つの肘掛け椅子の片方に座り、助けを待つあいだテレビを見始めた。警察よりはるかに早く救急車が到着した。やってきた二人の男のうち一人はとても若く、せいぜい二十歳だった。もう一人は四十五歳くらいで、彼の父親のように見えた。年長のほうの救命士が、手の施しようがないと彼女に言った。レベカは死んでいた。その後、彼女に、どこで遺体を発見したのかと尋ね、彼女はバスルームだと答えた。それならバスルームに戻しましょう、あのハゲタカどものごたごたには巻き込まれたくないでしょう、と男は言うと、若者に死体の足のほうを持つように合図しながら自分は彼女の肩を持ち上げ、そのまま遺体の発見現場に戻した。その後、救命士は彼女に、最初に発見したときレベカがどんな体勢だったのか、便器に座っていたのか、寄りかかっていたのか、隅にうずくまっていたのかと尋ねた。彼女はテレビを消してバスルームの戸口から顔を出して指示を与え、二人の男はどうにかレベカを発見したときの状態に戻した。三人は、戸口からレベカを見つめた。まるで白いタイルの海に沈んでいこうとしているかのように見えた。見飽きたのか、あるいは気分が悪くなったのか、彼女は肘掛け椅子に座り、救命士たちはテーブルにつき、救命士がズボンの後ろポケットから取り出した煙草を吸い始めた。きっと慣れているんでしょうね、と彼女は曖昧に言った。状況次第です、と救命士は、彼女が煙草の話をしているのか、毎日のように死体や負傷者を運ぶ話をしているのか分からずに言った。翌朝、監察医は報告書に死因は絞殺だと記した。故人は殺される数時間前に性交渉をもっていたが、監察医はそれがレイプだったかそうでなかったかは断言できなかった。おそらくそうではなかったんでしょう、と最終的な判断を求められたとき彼は言った。警察は、ペドロ・ペレス＝オチョアという名の恋人を逮捕しようとしたが、一週間後、ついに彼の家を見つけたときには、すでに数日前に出ていったあとだった。ラス・フローレス区のサユーカ通りの突き当たりにあったペドロ・ペレス＝オチョアの家は、日干し煉瓦と廃材を使ってそれなりに器用に建てられてはいたが、マットレスとテーブルを置くスペースがあるだけのあばら屋で、彼が働いていたマキラドーラ〈イースト・ウェスト〉の排水路から数メートルしか離れていないところにあった。近所に住む者たちの話では、礼儀正しく、いつもこざっぱりしていて、どうやら、少なくとも行方をくらませるまでの数か月はレベカの家でシャワーを浴びていたらしい。彼がどこの出身かを知る者がいなかったため、逮捕状はどこにも送られなかった。〈イースト・ウェスト〉でも彼の登録証が見当たらなかったが、労働者がひっきりなしに出入りするマキラドーラではそれも珍しいことではなかった。例のあばら屋にはスポーツ雑誌が数冊と、オアハカ出身のアナキスト、フローレス・マゴンの伝記、トレーナーが数枚、サンダル一足、短パン二本が残されていた。それから雑誌から切り取られたメキシコ人ボクサーたちの写真が三枚、まるでペレス＝オチョアが、眠りにつく前、それらのチャンピオンの容貌とファイティングポーズを網膜に焼きつけようとしていたかのようにマットレスのすぐ脇の壁に貼られていた。

一九九四年七月には被害者はいなかったが、一人の男が現われてあちこちで聞き込みをして回った。男は土曜の昼ごろやってきては日曜の夜か月曜の明け方に去っていった。中背で、髪は黒く目は茶色、カウボーイのような格好をしていた。初めのうちは、まるで大きさを測るかのように中心広場の周りを巡っていたが、それから数軒のディスコ、とくに〈エル・ペリカノ〉や〈ドミノズ〉の常連となった。直接何かを尋ねるようなことは決してなかった。メキシコ人のように見えたが、彼の話すスペイン語にはアメリカ人の訛りがあり、語彙も限られていて、洒落を解さなかったが、彼の目を見ると人は冗談を言いたくなってしまうのだった。彼はハリー・マガーニャと名乗り、少なくとも自分の名前をそう書いてはいたものの、彼自身はそれをマガーナと発音していたので、彼の名前を耳で聞いただけでは、まるでそのろくでもない奴がスコットランド人の末裔であるかのようにマクガーナと聞き取る者もいた。二度目に〈ドミノズ〉を訪れたとき、彼はミゲルだかマヌエルだかいう若者のことを尋ねた。二十歳代前半で、背丈はこのくらい、体格はこうで、気のいい奴で善人面をしたそのミゲルだかマヌエルだかについて知っている者もいなければ、その男のことを教えようとする者もいなかった。ある晩、そのディスコのバーテンの一人と仲良くなった。彼が仕事を終えて店を出ると、ハリー・マガーニャが車のなかで待っていた。翌日、そのバーテンは仕事に出てこられなかった。事故に遭ったという話だった。彼が〈ドミノズ〉に復帰したのは四日後のことで、顔じゅう痣と傷だらけだったので誰もが驚いた。歯は三本欠け、シャツをまくると、背中にも胸にもこれ以上はないというほど鮮やかな色の痣が無数にあった。睾丸こそ見せなかったが、左側にはまだ煙草の火を押し当てられた跡が残っていた。当然ながらどんな事故に遭ったのかと尋ねられ、彼は、事件のあった夜は遅くまで例のハリー・マガーニャと酒を飲み、そのヤンキーと別れて自宅のあるトレス・ビルヘネス通りに向かったとき、五人ほどのごろつきに襲われ、ところ構わず殴られたのだと答えた。翌週の終わりには、ハリー・マガーニャは〈ドミノズ〉にも〈エル・ペリカノ〉にも顔を出さず、マデロ・ノルテ大通りにある〈内々の事情〉《アスントス・インテルノス》という名の売春宿を訪れた。しばらくハイボールを飲んでからビリヤード台に陣取り、身長一メートル九十センチ、体重は百十キロ以上あるデメトリオ・アギラという大男と対戦し、彼と友人になった。その大男はアリゾナとニューメキシコに住んでいたことがあり、ずっと野外での仕事、つまり家畜の世話をして暮らし、それからメキシコに帰ってきた。家族から遠く離れたところで死にたくなかったからよ、と彼は言ったが、あとになって、家族といっても、いわゆる家族というものはいないも同然か、ほとんどいないと認めた。すでに六十過ぎの妹と行かず後家の姪がいて、二人とも、彼の出身地でもあるカナネアに住んでいたが、カナネアは彼にとって狭くて息苦しい、ちっぽけな町になってしまい、ときどき夜も眠らない大都市に来る必要があった。そうなるとトラックに乗り込んで誰にも何も言わずに、あるいは近くに住む妹に行ってくるとだけ告げて、何時だろうが構わずカナネアとサンタテレサを結ぶ幹線道路に乗り、彼が人生で見たもっとも美しい道路、とりわけ夜には美しい道路を、サンタテレサまで休まず運転するのだ。ルベン・ダリオ区のルシエルナガ通りに居心地のいい小さな家をもってるんだ、アミーゴ、自由に使ってくれよ、ハリー。そこは、すっかり変わってしまった景観のなかで、度重なる、たいていの場合うまくいかなかった再開発計画を経て今なお残っている、数少ない古い家の一つだった。デメトリオ・アギラは六十五歳くらいで、ハリー・マガーニャが見るかぎり信頼できそうな人間だった。ときには娼婦と部屋にしけ込むこともあったようだが、たいていは、酒を飲んだり観光して回るのを楽しんでいた。ハリーは彼に、エルサ・フエンテスという名の女の子を知っているかと尋ねた。デメトリオ・アギラはどんな子かと尋ねた。このくらいの背丈で、とハリー・マガーニャは言いながら一メートル六十センチほどの高さを手で示した。髪はブロンドに染めてる。美人。胸は大きい。その子なら知ってるな、とデメトリオ・アギラは言った。エルサだね、そう、とても気立てのいい娘だ。この店に今いますか？　とハリー・マガーニャは尋ねた。デメトリオ・アギラはさっきダンスフロアで見かけたと答えた。デメトリオさん、どの子か教えてくれますか？　とハリーは言った。もちろんだとも、アミーゴ。ダンスフロアへの階段を上りながら、デメトリオ・アギラは彼女にツケでもあるのかと尋ねた。ハリー・マガーニャは首を横に振った。エルサ・フエンテスは三人の客ともう二人の娼婦とテーブルを囲んでいて、仲間の一人が耳元でささやいたことに笑っていた。ハリー・マガーニャは片手をテーブルについて、もう片方の手を腰に当てた。彼女に席を立つよう告げた。娼婦は笑うのをやめ、彼のことをよく見ようと顔を上げた。客が何か言いかけたが、ハリーの後ろにデメトリオ・アギラがいるのを目にして、肩をすくめただけだった。どこかで話をしたいんだが。部屋に行きましょう、とエルサが耳元で言った。ハリー・マガーニャは階段を上りかけて立ち止まり、デメトリオ・アギラについてこなくて大丈夫だと言った。そうかい、と彼は言って降りていった。エルサ・フエンテスの部屋は真っ赤で、壁も、ベッドカバーも、シーツも、枕もランプも電球も赤く、タイルも半分は赤かった。窓からはマデロ・ノルテ大通りが見え、その時間は賑わっていて、行き交う車と、食べ物や飲み物を売る屋台やしょっちゅう書き換えられる大きな黒板にあるメニューの値段を競い合う安食堂のあいだを行き来する人々が歩道からはみ出し、ごった返していた。ハリー・マガーニャがふり返ってエルサを見ると、彼女はブラウスを脱ぎ、ブラジャーを外していた。たしかにいい胸をしていると思ったが、その晩は彼女と寝る予定ではなかった。脱がなくていい、と彼は言った。彼女はベッドに腰掛けて足を組んだ。煙草あるかしら？と彼女は言った。彼はマルボロの箱を取り出すと一本勧めた。火をつけて、と娘は英語で言った。マッチを一本擦って煙草に近づけた。エルサ・フエンテスの目は茶色かったが、とても薄いので砂漠のように黄色く見えた。頭の悪い小娘だ、と彼は思った。それから彼女に、ミゲル・モンテスのことを尋ねた。彼と最後にどこで会ったか、そして彼が何をしていたか。ミゲルを探してるのね？　と娼婦は言った。なぜなのか教えて。ハリー・マガーニャは答えなかった。ベルトをはずし、それを右手に巻きつけ、バックルを下に垂らした。時間がないんだ、と彼は言った。最後に会ったのはひと月くらい前かしら、ふた月前かもしれない、と彼女は言った。奴はどこで働いていた？　どこでも働いていなかったし、あらゆるところで働いてもいたわ。勉強したがってた。夜間学校に行くつもりだったんでしょう。金はどこから引っぱってきたんだ？ ときどき入ってくる日雇いの細々とした仕事で稼いでたわ、と彼女は言った。嘘をつくな、とハリー・マガーニャは言った。彼女は首を横に振り、煙の渦を天井に吐き出した。どこに住んでたんだ？ 知らないわよ、しょっちゅう住むところが変わっていたから。ベルトが音を立てて空を切り、娼婦の腕に赤い跡がついた。彼女が叫び声を上げる前に、ハリー・マガーニャは手で彼女の口を塞ぎ、ベッドに押し倒した。大声を出すと死ぬぞ、と彼は言った。娼婦が身を起こすと、腕についたベルトの跡から血が出ていた。次は顔だ、とハリー・マガーニャは言った。奴はどこに住んでる？

次の被害者は一九九四年八月、ラス・アニマス路地のほぼ突き当たりで発見された。そこには四軒の、被害者の家も合わせれば五軒の廃屋が並んでいた。被害者の身元は分かっていたが、不思議なことに誰も彼女の本名を知らなかった。被害者が三年前からひとりで暮らしていた家には、身分証明書の類はもとより、彼女の身元をすぐに明らかにできるものはひとつとしてなかった。彼女がイサベルという名前であることを知っていた者も何人かいたがそれすらわずかで、ほとんど誰もが彼女を雌牛《ラ・バカ》というあだ名で呼んでいた。体格がよく、身長は一メートル六十五センチ、肌は褐色で、髪はカールして短かった。年齢はおそらく三十歳前後だった。何人かの隣人によれば、中心街だかマデロ・ノルテ大通りだかにある店で客を取っていた。いっぽうで、ラ・バカは働いていたことなどなかったと言う隣人もいた。ところが金に困っていたという話は出てこなかった。彼女の自宅を調べると、台所の戸棚には缶詰の食料がこれでもかというほど詰め込まれていた。冷蔵庫もあり（電気はその路地のほとんどの住人と同じく公共の電線から盗んでいた）、なかには肉も牛乳も卵も野菜もたくさん入っていた。服装には気を遣わず、お高くとまったところもなかった。最新型のテレビとビデオデッキを持っていて、ビデオテープは六十巻以上あり、その多くが、ここ数年で彼女が買い揃えた恋愛映画かメロドラマだった。家の裏手には小さな庭があり、所狭しと草花が植えられ、片隅にある金網張りの鶏小屋には、雄鶏が一羽と雌鶏が十羽いた。この事件はエピファニオ・ガリンドと司法警察のエルネスト・オルティス゠レボジェード捜査官が合同で担当し、補佐役としてファン・デ・ディオス・マルティネスも投入されたが、どちらにもそれほど熱心に協力したというわけではなかった。ラ・バカの生活が明らかになってくると、途端にそれは矛盾に満ちた、予測不能なものになった。路地を入ってすぐのところに住んでいる老婆によれば、イサベルは今時珍しい女だった。正真正銘の女だよ。あるとき、酔っぱらいの隣人が妻を殴っていた。ラス・アニマス路地の住人全員がその妻の叫び声を耳にしていて、叫び声は大きくなったり小さくなったり、まるで殴られている女が陣痛に苦しんでいるようで、それもただのお産ではなく、しばしば赤子も母親も命を落とすことになるような難産だった。だが女は出産の最中だったわけではなく、ただ殴られていた。そのとき足音が聞こえたので老婆は窓から外を覗いてみた。路地の暗がりに紛れもないイサベルのシルエットが浮かび上がった。誰もがそのまま通り過ぎて自分の家へと向かうであろうその状況で、老婆は、ラ・バカが突然足を止めるのを見た。耳をそば立てていたんだよ。そのときには叫び声はまだそんなに大きくなかったんだけど、何分かするとまた騒々しくなってきて、そのあいだもずっと、と言って皺くちゃの老婆は警官に笑顔を見せた。ラ・バカはじっとしたまま、まるでどこかの通りを歩いているとき不意に大好きな歌が聞こえてくるみたいに、窓から世界一悲しい歌が聞こえてくるのを待っていたんだ。どの窓から聞こえてくるのかはもう分かっていた。そのとき、信じがたいことが起きた。ラ・バカはその家に入っていくと、出てきたときには男の髪を摑んで引きずっていた。この目で見たんだ、と老婆は言った。でもみんなきっと見ていたはずだよ、誰も何も言わないだけさ、恥ずかしいんだろうよ。男まさりな殴りっぷりで、もしその酔っぱらいのかみさんが家から出てきて後生だからもう殴らないでくれと頼まなかったら、ラ・バカはきっとそいつを殺しちまってたね。別の隣人の証言では、彼女は乱暴な女で、家に帰るのは遅く、たいてい酔っぱらっていて、午後五時過ぎまで彼女の顔を見ることはなかったという。まもなくエピファニオは、最近ラ・バカの家によく来ていた二人の男を突き止めた。一人はエル・マリアッチ、もう一人はエル・クエルボというあだ名で、泊まっていくこともよくあり、毎日のように彼女のところにやってきたかと思えば、まるで存在していないかのように姿を見せないこともあった。この二人の友人がおそらくミュージシャンだということは、マリアッチという一人目の通称からだけでなく、ときどき二人がギターを手に路地を歩いているのが目撃されていたことからも明らかだった。エピファニオはサンタテレサの中心街とマデロ・ノルテ大通りにあるバンドの生演奏がある店に探りを入れ始め、フアン・デ・ディオス・マルティネス捜査官はラス・アニマス路地で捜査を続けていた。彼が引き出した結論は次のようなものだった。一、ラ・バカは、女たちの大多数の意見に従えば、善良な女だった。二、ラ・バカは働いていなかったが金には困っていなかった。三、ラ・バカはときにきわめて暴力的であったが、善悪についての、原始的ながらも厳格な考えをもっていた。四、誰かが何かとひきかえにラ・バカに金を渡していた。四日後に、エル・マリアッチとエル・クエルボ――それぞれグスタボ・ドミンゲスとレナート・エルナンデス＝サルダーニャという名のミュージシャンだった――が逮捕された。二人は第三警察署での取り調べのあと、ラス・アニマス路地で起きた殺人事件の犯人であることを自白した。事件の発端は、こともあろうに一本の映画だった。ラ・バカが見たがったにもかかわらず、三人ともひどく酔っぱらっていて、友人二人が大笑いしながら彼女の邪魔をしたのだ。きっかけを作ったのはラ・バカのほうで、拳でエル・マリアッチを殴りつけた。エル・クエルボは初めのうち、その喧嘩に巻き込まれまいとしていたが、ラ・バカが殴りかかってきたので身を護る必要にかられた。長時間に及ぶ、正々堂々とした戦いでした、とエル・マリアッチは言った。ラ・バカは家のなかがめちゃくちゃにならないように外に出ようと言い、彼らも素直に従った。外に出るとラ・バカは、汚い手はなし、素手で戦おうと告げ、彼らもそれに応じたが、どう見ても体重八十キロはあろうかという彼女の強さについてはよく知っていた。それが、ただのデブじゃなくて、全部筋肉なんですよ、とエル・クエルボは言った。家から出ると、三人は暗がりで派手な殴り合いを始めた。そのまま三十分近く、休むことなく殴り合いをした。喧嘩が終わったとき、エル・マリアッチは鼻の骨を折って鼻血を出していたし、エル・クエルボのほうは肋骨が折れたのか、脇腹がやけに痛んだ。ラ・バカは地面に伸びていた。起こそうとして初めて、二人は彼女が死んでいることに気づいた。事件は一件落着した。

ところがまもなく、ファン・デ・ディオス・マルティネス捜査官が二人のミュージシャンと面会をしにサンタテレサ刑務所を訪れた。煙草と雑誌を差し入れ、調子はどうかと尋ねた。文句は言えませんよ、刑事さん、とエル・マリアッチは答えた。捜査官は彼らに、その刑務所には何人か知り合いがいるので、お前たちさえその気になれば助けてやってもいいと言った。で、それとひきかえに俺たちに何をしろって言うんですか？ とエル・マリアッチは訊いた。ひとつ教えてほしいことがある、と捜査官は言った。どんなネタですか？ いたって単純なことだ。お前たちはラ・バカの友達、親友だった。こちらがいくつか質問することに答えてほしい、それだけだ。言ってみてくださいよ、とエル・マリアッチは言った。お前たちはラ・バカとは寝ていたのか？ いいえ、とエル・マリアッチは答えた。お前はどうだ？ まさか、とエル・クエルボは答えた。いやはや、と捜査官は言った。どういうわけで？ ラ・バカは男が好きじゃなかったんですよ、あれだけ男まさりでしたからね、とエル・マリアッチが言った。彼女の本名を知っているか？ と捜査官は訊いた。知りません、とエル・マリアッチが答えた。俺たちはただラ・バカと呼んでました。畜生、何が親友だ、と捜査官は言った。ほんとのほんとですよ、とエル・マリアッチは言った。なら彼女がどこから金を引っぱってきていたか知ってるか？ と捜査官は尋ねた。そのことについちゃ俺たちも訊いてみたんですよ、とエル・クエルボは言った。こっちにも少しは金が回ってきやしないかと思いましてね。でもラ・バカは絶対に話そうとしませんでした。それで、彼女に友達はいなかったのか？ つまり、お前たちや路地のばあさんたち以外にということだが、と捜査官は言った。いましたとも、俺の車に乗っていたとき、彼女が友達だと指さして教えてくれましたよ、とエル・マリアッチは言った。中心街のカフェテリアで働いている女の子だそうで、痩せた、どこにでもいそうな娘でした。それなのにラ・バカは、あんなかわいい娘を見たことがあるかって訊いたんです。ないと言いましたよ、でないと怒り出しますからね、でも実のところ十人並みでした。その娘の名前は？　と捜査官は訊いた。名前は教えてくれませんでした、とエル・マリアッチは答えた。紹介もしてくれなかったんです。

警察がラ・バカ殺人事件の捜査を進めているあいだ、ハリー・マガーニャはミゲル・モンテスの家を突き止めた。ある土曜日の午後にその家の張り込みを始め、二時間後には待ちくたびれて鍵を壊して押し入った。家はワンルームでキッチンとバスルームがあるだけだった。壁にはハリウッド女優や俳優の写真が貼られていた。棚にはミゲル自身の写真も二枚、写真立てに入れて飾られていて、たしかに善人面をした優男、いわゆる女好きのするタイプの若者が写っていた。引き出しはすべて開けてみた。そのひとつに小切手帳とナイフが入っていた。ベッドのマットレスを持ち上げると、雑誌と手紙が出てきた。雑誌はすべて一ページずつ目を通した。キッチンでは、食器棚の下に封筒があり、四枚のポラロイド写真が入っていた。一枚目に写っていたのは、砂漠の真ん中に建っている一軒の家、つましい外観の、小ぶりのポーチと小さな窓が二つある日干し煉瓦造りの家だった。家の横には四輪駆動のライトバンが停まっていた。次の写真には二人の女の子が写っていて、肩を組み、二人とも頭を左に傾げ、よく似た、驚くほど確信をもった表情でカメラを見つめていて、まるでこの惑星に着いたばかりであるか、あるいは荷物をまとめて出ていこうとしているかのようだった。この写真は人通りの多い道で撮影されたもので、サンタテレサの中心街の通りかもしれなかった。三枚目の写真にはセスナ機が写っていて、砂漠の真ん中の、舗装されていない滑走路に停まっていた。セスナ機の後ろには丘が見えた。あとは砂と茂みばかりの平地が広がっていた。最後の写真には二人の男が写っていて、酔っぱらっているのか麻薬でもやっているのかカメラのほうを見ていなかった。白いシャツを着て、一人は帽子をかぶり、大の親友同士であるかのように手を握り合っていた。ポラロイドカメラを探したが見つからなかった。写真と手紙とナイフをポケットにしまい、もう一度、何か見つからないかと家のなかを探し回ってから、椅子に腰を下ろして待つことにした。ミゲル・モンテスはその晩も次の晩も帰ってこなかった。大急ぎで逃げなくてはならなかったのか、あるいはもう死んでいるのかもしれないと考えた。打ちひしがれた気分だった。運よく、デメトリオ・アギラと知り合ってからはペンションやホテルに宿を取ることも、夜どおし怪しげな店を回って酒を飲んだりすることもなくなり、ルベン・ダリオ区ルシエルナガ通りのデメトリオの家の鍵をもらっていたのでそこに帰って眠ることができた。その小さな家は、予想に反していつも清潔だったが、その清潔さ、そのきちんとした様子には女性的なところがいっさいなかった。それはストイックな清潔さであり、洗練されたところのない、刑務所や修道院の独房を思わせる清潔さであり、豊かさではなく貧弱に向かう清潔さだった。ときおり、その家に戻ると、台所で煮出しコーヒーを作っているデメトリオ・アギラに出くわし、二人で居間に座って話をすることもあった。このメキシコ人と話すと彼は落ち着けた。デメトリオ・アギラは、トリプルT農場でカウボーイをやっていたころのことや、野生の子馬を馴らす十の方法について語った。ときどきハリーが一緒にアリゾナに来ないかと尋ねると、このメキシコ人は、同じことだ、アリゾナだろうと、ソノラだろうと、ニューメキシコだろうとチワワだろうとどこも変わりはないと答えた。ハリーはそれについて考えた挙句、変わりがないとはどうしても思えなかったが、デメトリオ・アギラに反論するのも物憂いことなので、何も言わずにおいた。またときには二人で出かけることもあり、メキシコ人は、アメリカ人のやり方を間近で見ることができた。だいたいにおいて相手の冷酷なやり方が気に食わなかったが、彼がそうするのも仕方ないと思った。その日の夜、ハリーがルシエルナガ通りの家に戻ると、デメトリオ・アギラが台所に立っていた。コーヒーを淹れている彼に、最後の手がかりがどこかへ消えてしまったようだと話した。デメトリオ・アギラは何も言わなかった。コーヒーを注ぎ、ベーコン入りのスクランブルエッグを作った。二人は黙って食べ始めた。俺は思うんだよ、消えてしまうものなんてないってね、とメキシコ人は言った。人も、動物も、それにものだって、ときどき何かの理由で、消えてしまいたい、いなくなりたいと思っているように見えることもある。信じてもらえないかもしれないがね、ハリー、ときには石ころだって、消えてしまいたいと思うことがある。俺はそれを見たことがあるんだ。だけど神がそんなことを許しちゃくれない。どうして許してくれないかというと、許すことができないからなんだ。あんたは神を信じてるかい、ハリー？　ええ、デメトリオさん、とハリー・マガーニャは言った。それなら神を信じるんだ。神は何かが消えてしまうのを許しちゃくれないからね。

そのころ、ファン・デ・ディオス・マルティネスは相変わらず二週間に一度、エルビラ・カンポス博士とベッドをともにしていた。ときどき彼は、二人の関係が続いているのを奇跡のように思うことがあった。うまくいかないことや意見の相違もあったが、二人はまだ続いていた。ベッドでは相思相愛だと彼は思っていた。彼女を欲しいと思うほど誰かを欲しいと思ったことはそれまで一度もなかった。彼の思いどおりになることなら、何の迷いもなく院長と結婚していただろう。ときどき、彼女に会わない日が続くと、彼が二人にとってもっとも大きな障害だと考えている教養の違いについて思いを巡らせることがあった。院長は芸術を好み、たとえば絵を見ればそれがどの画家の作品かが分かった。彼女が読んでいる本は彼が聞いたこともない本だった。彼女が聴いている音楽は、彼に心地よい眠気をもたらし、すぐに横になって寝てしまいたくなるようなものだったが、そんなことを彼女の家ではしないように気をつけていた。食べるものすら、院長の好みと彼の好みは違っていた。彼はこうした新しい環境に適応しようとし、ときどきレコード店へ行ってはベートーヴェンやモーツァルトを買い、家でひとりで聞いたりした。たいていは眠ってしまった。だがそうしたときに見る夢は心地よく、幸せだった。彼は、エルビラ・カンポスと一緒に山間にあるログハウスで暮らしている夢を見た。山小屋には電気も水道もなく、文化的なものは何ひとつなかった。二人は熊の毛皮の上で、オオカミの毛皮にくるまれて眠った。ときどきエルビラ・カンポスは大声で笑い出すと、森に向かって駆けていき、彼は彼女を見失ってしまうのだった。

手紙を読んでみよう、ハリー、とデメトリオ・アギラが言った。言ってくれりゃいつでも俺が読んでやるから。一通目は、封筒に差出人の名前はなかったが、ティファナに住んでいるミゲルの古い友人からの手紙で、ともに過ごした幸福な時代を回想していた。野球の話、女の子の話、車を盗んだ話、喧嘩の話、酒の話。ミゲル・モンテスがこの友人としたことのなかには、少なくとも五つは懲役刑を言い渡されかねないものがあった。二通目の手紙は女からのものだった。消印はこのサンタテレサだった。女は彼に金を請求し、ただちに支払うよう急かしていた。さもないと痛い目に遭うわよ、と書いてあった。三通目にも署名がなかったが、筆跡から判断すると同じ女からの手紙で、ミゲルはまだ借金を返していなかった。三日後にお金を持ってきなさい、場所は分かるわね、と書いてあり、さもなければ一刻も早く、こっそりサンタテレサから出ていったほうがいいとも書かれていて、ここに、デメトリオ・アギラの目から見ても、ハリー・マガーニャの目から見ても、かすかな同情が、最悪の状況にあってもミゲルがつねにあてにしていた女の同情が感じられた。四通目の手紙は別の友人からのもので、消印は読めなかったが、おそらくメキシコシティから届いたものだった。北部出身で、最近首都に着いたばかりのこの友人は、大都会の印象を綴っていた。地下鉄を共同墓穴になぞらえ、あらゆることに背を向けて生きている首都の連中の冷たさについて語り、首都ではかっこいい車を持っていてもいつも渋滞しているので何の役にも立たず、自由に動き回るのは難しいことについて、汚れた空気と不細工な女たちについて語り、女の醜さについては趣味の悪い冗談をいくつか書き立てていた。最後の手紙はソノラ州南部のナボホアに近いチュカリに住む少女からのもので、予想に違わずラブレターだった。そこには、もちろん待っている、わたしは我慢できるから、会いたくてたまらないけれど、最初の一歩はあなたが踏み出してくれないと、気長に待つわと書いてあった。田舎にいる恋人からの手紙みたいだな、とデメトリオ・アギラは言った。チュカリか、とハリー・マガーニャは言った。俺が探している男はそこで生まれたんじゃないかと思います、デメトリオさん。意外だね、俺も同じことを言おうとしていたところさ、とデメトリオ・アギラは言った。

ときどきフアン・デ・ディオス・マルティネスは、院長のことを、どれほど深く知りたいと思っているかについて考えることがあった。たとえば、彼女の交友関係について。どんな友人がいるのだろう？ 彼は、精神病院の何人かの同僚を除いて一人も知らなかった。院長は彼らと親しく接してはいたが、距離を保っていることも事実だった。友人はいるのだろうか？ いるはずだと思いはしたが、彼女から友人の話を聞いたことは一度もなかった。ある晩、愛を交わしたあと、もっと彼女のことを知りたいと言ってみた。院長は、もう十分すぎるくらい知っていると答えた。フアン・デ・ディオス・マルティネスはそれ以上何も言わなかった。

ラ・バカが殺されたのは一九九四年の八月だった。十月には、新しい公営ゴミ集積場で次なる被害者が発見された。長さ三キロ、幅一・五キロのこのゴミの山は、エル・オヒート峡谷の南にあるくぼ地にあり、カサス・ネグラスに向かう幹線道路からそこへと待避線が敷かれていて、毎日百台以上のトラックが続々とやってきては積み荷を下ろしていった。これほどの規模がありながら、集積場は見る間に小さくなっていき、すでに不法ゴミ集積場が急増していることを考えると、さらに新たな集積場を、カサス・ネグラス周辺ないしはその西側に作るという話が持ち上がっていた。監察医によると、被害者の年齢は十五歳から十七歳と推定されたが、最終的な判断は病理学者に委ねられた。三日後に行なわれた司法解剖の結果、両者の意見は一致した。被害者は肛門と膣の双方をレイプされ、その後絞殺されていた。身長は一メートル四十二センチだった。ゴミを漁っているときにこの遺体を発見した者たちは、彼女がブラジャーをつけ、青いデニムのスカートとリーボックのスニーカーを履いていたと証言した。警察が到着したときには、ブラジャーも青いデニムのスカートもなくなっていた。右手の薬指にしていた金の指輪には黒い石がついていて、中心街にある英語学校の名前が刻まれていた。被害者の写真を撮影したあと、警察は語学学校に向かったが、誰一人として死んだ少女に見覚えはなかった。その写真はエル・エラルド・デル・ノルテ紙とラ・ボス・デ・ソノラ紙に掲載されたが、同じくはかばかしい結果は得られなかった。司法警察のホセ・マルケス捜査官とフアン・デ・ディオス・マルティネス捜査官は三時間にわたって校長を尋問したが、どうやら度が過ぎたらしく、校長の弁護士に人権侵害で訴えられた。訴訟は成立しなかったものの、二人は州議会議員と警察署長の譴責を受けた。また、彼らの勤務のあり方に関する報告書がエルモシージョの司法警察署長に提出された。二週間後、この身元不明の少女の遺体はサンタテレサ大学医学部の学生への献体リストに加えられた。

ときどきファン・デ・ディオス・マルティネス捜査官は、エルビラ・カンポスがセックスを知り抜いていること、ベッドで疲れを知らないことに驚くことがあった。彼女は死に物狂いでセックスする、と彼は思った。そこまでしなくてもいい、そんなに一所懸命にならなくてもいい、そばにいるだけで、触れるだけで十分なのだと言いたくなることが一度ならずあったが、院長はセックスとなると実利的であり現実的だった。愛しい女王さま、とファン・デ・ディオス・マルティネスはたびたび彼女に言った。僕の大切な、愛しい人。すると彼女は暗がりで、静かにしてと言い、彼の最後の一滴まで搾り取ろうとした。それは精液だったのか、彼の魂だったのか、それとも、そのころ彼が先は長くないと感じていたわずかな命だったのか？　彼らの愛の交わりは、彼女の強い要求によって、薄暗がりのなかで行なわれた。何度か彼は、明かりを点けて彼女を眺めてみたい衝動に駆られたが、彼女の気を損ねたくないという思いからそうしなかった。明かりは点けないで、とあるとき彼女は言い、彼は、エルビラ・カンポスに自分の心を読まれているような気がした。

十一月、建築中のビルの二階で、数人のタイル職人が遺体を発見した。被害者は三十歳前後の女性で、身長は一メートル五十センチ、肌は褐色で、髪はブロンドに染め、歯には金歯が二本あった。身につけていたのはセーターとホットパンツ、あるいはショートパンツ、あるいは短パンだけだった。レイプされ、絞殺されていた。身分証の類は持っていなかった。その建築中のビルのあったポデスタ区のアロンドラ通りは、サンタテレサの高級住宅地の一角をなしていた。そのため労働者たちは、他の建築現場でよくやるようにそこで寝泊まりしてはいなかった。夜になると、警備会社のガードマンがビルを見回りに来ていた。取り調べを受けたガードマンは、契約に反して夜はたいてい寝ていたと告白した。昼間はマキラドーラで働いていたので、夜は午前二時まで建築現場で過ごしたあと、サン・ダミアン区のクアウテモク大通りの自宅に帰ってしまうこともあった。署長の右腕エピファニオ・ガリンドによる厳しい取り調べが行なわれたが、ガードマンが嘘などついていないことは初めから明らかだった。その身元不明の被害者はこの街にやってきたばかりで、どこかに服を詰め込んだスーツケースがあるに違いないという見方もあながちいい加減とは言えなかった。その可能性を考慮に入れて、中心街のペンションやホテルでの捜査が行なわれたが、客がいなくなったという情報はなかった。

被害者の写真が地元紙に掲載されたが、反応はなかった。彼女を知る者など誰もいなかったのか、写真が悪かったのか、あるいは警察沙汰に巻き込まれるのをいやがったのか。ソノラ以外の州から届いていた捜索願との照合が行なわれたが、アロンドラ通りのビルで見つかった遺体と合致するものはなかった。ひとつだけ明らかなこと、あるいは少なくともエピファニオにとって明らかなことがあった——被害者はそのあたりの住人ではなく、その界隈で絞殺されレイプされたのでもなかった。とするとなぜ彼女の遺体は高級住宅街に、つまり警察や警備会社のガードマンたちが夜どおし目を光らせて巡回している地区に遺棄されたのか？　本来ならば砂漠やゴミ集積場あたりに捨てそうなものを、なぜそんなところまで、つまり建築中のビルの二階まで、まだ手すりも満足についていない階段から落ちる可能性も含め、あらゆる危険を賭してまで死体を捨てに来たのか？　二日間、彼はそのことについて考えた。食事をしながら、同僚がスポーツや女の話をするのを聞きながら、ペドロ・ネグレーテの車を運転しながら、眠りながら。やがてどんなに考えようとも満足のいく答えは見つからないだろうと見切りをつけ、それ以上考えるのをやめにした。

ときどきファン・デ・ディオス・マルティネス捜査官は、とりわけ非番の日には、院長とデートに出かけたくてたまらなくなった。つまり、公の場に彼女を連れ出し、中心街のレストランで、値段は安くもなくあまり高すぎもしない、普通のカップルが行くような普通のレストランに行きたかったのだ。そこにはきっと誰か知り合いがいて、その人たちに自然に、気取らずに、さりげなく院長を紹介する——彼女は恋人のエルビラ・カンポス、精神科医なんだ。食事のあとはおそらく彼女の家に行って愛を交わし、それから昼寝をする。夜になると彼女のBMWか彼のクーガでふたたび外に出かけ、映画館か、どこかテラス席のあるレストランで何か飲むか、あるいはサンタテレサに数多くあるディスコで踊る。畜生、このうえない幸せだ、とファン・デ・ディオス・マルティネスは思った。だがエルビラ・カンポスは、公然の仲という話は聞くのもいやがった。精神病院への電話は可、短い電話なら。二週間おきにこっそり会うのも。ウイスキーかウォッカ・アブソルートを一杯、それに夜景。殺菌された不毛な別れ。

一九九四年の同じ十一月、とある空き地でシルバナ・ペレス＝アルホナの遺体が一部を焼かれた状態で発見された。被害者の年齢は十五歳、痩せていて、肌は褐色、身長一メートル六十センチだった。黒髪を肩の下まで伸ばしていたが、遺体が発見されたとき、毛髪の半分は焼け焦げていた。発見者は、その空き地の端を物干し場として使っていたラス・フローレス区の女たちで、赤十字に通報したのも彼女たちだった。救急車を運転してきたのは四十五歳くらいの男で、息子のように見える二十歳そこそこの救命士と一緒だった。救急車が到着すると、年長の救命士が、女たちと、死体の周りにひしめき合っている野次馬たちに、被害者を知っている者はいるかと尋ねた。何人かが次々と前に出てきては女の顔を見て、首を横に振った。誰も彼女を知らなかった。となれば、僕があなたがたならさっさとずらかりますよ、と年長の救命士が言った。あなたがた全員、ハゲタカどもに尋問される羽目になりますからね。彼は落ち着いた口調でそう言ったが、よく通る声だったので、皆引き上げていった。空き地には誰もいなくなったように見えたが、人々が隠れて様子を窺っているのを知っていたので二人の救命士は苦笑した。若いほうの救命士が救急車の無線で警察に連絡をしているあいだ、年長の救命士はラス・フローレス区の舗装されていない道を歩いていき、顔見知りがやっているタコス屋を訪ねた。彼は豚肉のタコスを六つ頼み、三つはサワークリームをかけてもらい、三つはサワークリームなしにして、どれにも香辛料をきかせてもらい、コカコーラを二缶頼んだ。勘定を済ませ、のんびり歩きながら救急車のところまで戻ると、彼の息子のように見える若い救命士がフェンダーにもたれて漫画を読んでいた。警察がやってきたときには二人とも食事を終え、煙草を吸っているところだった。遺体は三時間にわたってその空き地に放置されていた。監察医によれば、被害者はレイプされていた。ナイフで心臓をまっすぐ二度刺されたのが致命傷だった。殺害後、犯人は死体を焼いて証拠を消そうとしたが、見るかぎりでは、犯人は不器用だったのか、あるいは怖気づいたのか、ガソリンのかわりに水を売りつけられたのか、そのどちらかのようだった。

翌日、この被害者は、遺体が発見された場所に近いヘネラル・セプルベダ工業団地にあるマキラドーラの作業員、シルバナ・ペレス＝アルホナであることが判明した。一年前まで、シルバナは母と四人の兄弟とともに暮らしていた。家族全員が街の周辺にあるさまざまなマキラドーラで働いていたが、彼女だけはローマス・デル・トロ区にあるプロフェソル・エミリオ・セルバンテス中学校に通っていた。ところが経済的な理由で学校に行けなくなり、姉がマキラドーラ〈ホライズンW&E〉の仕事を見つけてきてくれた。彼女はそこで働いていた三十五歳のカルロス・ジャノスと知り合い、恋人同士になり、ついにはプロメテオ通りにある彼の家で暮らすようになった。友人たちの話ではジャノスは優しい男で、酒が好きだが飲みすぎるほどではなかった。余暇に読書をするという変わった趣味があり、そのせいで人とは違う雰囲気があった。シルバナの母親によれば、娘が夢中になったのもまさにジャノスのそうした点で、彼女には、学校に通っていたころの無邪気な恋愛ごっこを別にすれば恋人がいたことなど一度もなかった。二人の関係は七か月続いた。ジャノスはたしかに読書家だったし、ときには二人で彼の家の小さな居間に座り、読んだ本について語り合うこともあったが、読書量より酒量が勝り、極端に嫉妬深く、しかも自信のない男だった。ときどき実家に帰ってくると、シルバナはジャノスに殴られると話した。ときには、母と娘で抱き合って泣きながら部屋の明かりも点けずに何時間も過ごすことがあった。ジャノスの逮捕はいとも簡単に行なわれ、そこにはラロ・クーラが初めて立ち会うことになった。サンタテレサ警察の二台のパトカーが停まり、警察はドアをノックし、ジャノスがドアを開けると、警官は無言で足蹴を喰らわせ、ジャノスは手錠を掛けられて警察署に連行された。警察はアロンドラ通りで見つかった女性や、少なくとも新しい公営ゴミ集積場で発見された女性を殺した罪をジャノスに着せようとしたが、殺されたシルバナ・ペレス自身が彼のアリバイを証明した。それらの事件が起きた日、ジャノスは彼女といるところを目撃されていて、カランサ区にある、祭りで屋台の立っていた貧相な公園を意気揚々と散歩している彼とシルバナを、彼女の親類が見かけてもいた。夜については、彼はその一週間前までマキラドーラでの夜勤に追われていて、同僚たちもそれを請け合った。彼はシルバナを殺した罪を認め、彼女を焼こうとしたことをひたすら悔いていた。僕のシルバナ、本当にいい子だった、と彼は言った。あんなひどいことをされるべきじゃなかったのに。

ちょうど同じころ、ソノラ州のテレビ番組に、フロリータ・アルマーダという名の千里眼が出演した。信奉者の数は少なかったが、彼らは聖女《ラ・サンタ》と呼んでいた。フロリータ・アルマーダは七十歳、その力を授かったのは比較的最近で、十年ほど前のことだった。彼女にはほかの人間には見えないものが見えた。ほかの人間には聞こえないものが聞こえた。そして、自分に起こるあらゆることに対して、首尾一貫した解釈を下すことができた。千里眼になる前は薬草医で、彼女の話ではこちらが本業だった。というのも、千里眼というのは何かが見える人のことだが、彼女の場合はときに何も見えないことがあり、映像はぼやけ、音は不完全で、まるで脳内に伸びるアンテナが間違った方向を向いているか、銃撃を受けて穴だらけになってしまったか、アルミ箔でできていて風に翻弄されているかのようだった。そんなわけで、彼女は自分が千里眼であることを認め、信奉者たちが自分をそう呼ぶままにさせておいたが、彼女自身は薬草や花、健康的な食事、そして祈りといったもののほうを信頼していた。たとえば、高血圧の人には卵とチーズと白いパンを食べるのをやめるよう勧めた。いずれもナトリウムを多く含む食品で、ナトリウムは水を引き寄せるため、その結果、体内の血量が増加して血圧が上がるという理由からだった。火を見るよりも明らかです、とフロリータ・アルマーダは言った。朝食に、ウエボス・ランチェーロスやウエボス・ア・ラ・メヒカーナといった卵料理を食べるのがどれほど好きでも、血圧が高いのなら卵は控えたほうがいいですよ。卵をやめたら肉も魚もやめることができますし、米と果物だけの食事にすることもできるでしょう。米と果物、これほど健康にいいものはありません。四十歳を過ぎた方はとくにそうです。彼女はまた、脂肪の取りすぎについても警告した。脂肪の総摂取量は、と彼女は言った。食品に含まれるカロリー全体の二五パーセントを絶対に超えてはいけません。脂肪摂取率がカロリー全体の一五パーセントから二〇パーセント以内になるのが理想的です。ところが、働いている人の場合、脂肪摂取率が八〇パーセントから九〇パーセントに上ることがあり、仕事が多少なりとも安定していると脂肪摂取率は一〇〇パーセント近くなることもあるのです。これはゆゆしきことです、と彼女は言った。いっぽう、失業者の脂肪摂取率は三〇パーセントから五〇パーセント程度ですが、こちらも不幸なことです。そうした貧しい人々は栄養不良であるだけでなく、悪質な栄養不良でもあるからなのです。いいですか？　とフロリータ・アルマーダは言った。そもそも栄養不良であること自体が不幸なわけですから、その質が悪かろうがたいして変わりはありません。説明の仕方がまずいのかもしれませんね、わたしが申し上げたいのは、唐辛子のソースをかけただけのトルティージャのほうが、犬か猫か、もしかするとネズミの皮を揚げたものかもしれない豚の皮などよりずっと身体にいいということです、とまるで失礼を詫びるかのように言った。また、彼女は、人々を騙して金儲けしようとする宗教集団や民間療法師、卑劣な人間を忌み嫌っていた。ボタノマンシア、すなわち植物を用いた占いは、彼女にしてみれば子供騙しでしかなかった。とはいえどんなものかは理解していたので、あるとき三流の民間療法師に、ボタノマンシアはさまざまな部門に分岐していると説明したことがあった。たとえば、植物の形態、動きや反応を観察するボタノスコピアがあり、この下位区分には、玉ねぎの発芽や蕾の開き具合によって占う、クロミオマンシアとリクノマンシアと呼ばれるものがあります。また樹木を解釈するデンドロマンシア、葉を細かく調べるフィロマンシア、ボタノスコピアの一種で木々の幹や枝を用いるキシロマンシア、どれも素敵ですし、詩的ですね、と彼女は言った。ただし、これらは未来を占うものではなく、過去の出来事と折り合いをつけ、現在をより豊かに、より安らかにするためのものなのです。それからボタノマンシア・クレロマンティカがあります。これは、白い豆を何粒かと黒い豆を一粒用いるキアモボリアや、細い木の棒を使うラブドマンシアやパロマンシアにさらに細かく分かれています。彼女はこうした占いについてとくに何とも思っていなかったので、言うべきこともなかった。続いて植物薬理学、すなわち幻覚作用のあるアルカロイド系の植物の用い方に関する説明があり、これについてもとくに異論はなかった。これは自己責任です。使うのに適した人もいれば、怠け者の不道徳な若い人たちなどをはじめ、あまり適さない人もいます。彼女は肯定も否定もしなかった。それからボタノマンシア・メテオロロヒカという植物の反応を観察して行なう占いがあります。実に面白いのですが、それに精通した人は片手で数えられる程度です。たとえば、ケシが花びらを立てたら天気がよくなる。たとえば、ポプラの木が震え始めたら予期せぬ出来事が起こる。たとえば、ピフリと呼ばれる、白い花びらと小さくて黄色い花冠をもつ植物が頭を傾げたら暑くなる。たとえば、また別の花、ソノラではなぜかショウノウノキと呼ばれ、シナロアでは遠くから見るとハチドリに見えることからカラスノクチバシと呼ばれる、黄色がかっていたりときにはピンク色だったりする花びらをもつ花が、鮮やかな色の花弁を閉じたら雨が降る。そして最後にくるのがラディエステシアで、これにはかつてはハシバミの棒が用いられていたが、今では振り子がそれに取って代わり、フロリータ・アルマーダはその技術についてとくに言うべきことはなかった。知っているに越したことはありませんが、知らないのであれば学ぶことが大切です。そして、学んでいるあいだは口を閉じていること、ただし口に出すことで学んでいることがより明確になるなら話は別です。彼女の人生は、本人の説明によれば、不断の学びにほかならなかった。読み書きを習い始めたのは二十歳を過ぎてからだった。ナコリ・グランデで生まれた彼女は、周りの子供たちとは違い、学校には行けなかった。母親が盲人だったため、フロリータが世話をしていたのだ。兄弟たちのことは、ぼんやりと懐かしい記憶は残っていたものの、今どうしているかは分からなかった。人生の荒波が彼らをメキシコのあちこちへと連れ去っていき、すでに土の下に眠っているのかもしれなかった。彼女の幼少期は、農家にはつきものの困窮と不運に苦しんではいたが、幸福だった。わたしは田舎が大好きでした、と彼女は言った。最近では、虫が苦手になったので少々居心地が悪くなりましたけれど。ナコリ・グランデでの生活は、多くの人にとっては信じがたいことだが、ときには非常に濃密だった。目の見えない母親の世話をするのは楽しかった。雌鶏の世話をするのは楽しかった。洗濯をするのは楽しかった。食事を作るのは楽しかった。唯一残念だったのは学校に行かなかったことだった。その後、一家は、口にするほどでもないいくつかの理由からビジャ・ペスケイラへ引っ越した。その地で母親が亡くなり、その八か月後に彼女は結婚した。相手のことはほとんど知らなかったが、働き者で誠実で、誰にでも敬意をもって接する、彼女よりかなり年上の男だった。ついでに言うなら、結婚式を挙げに教会に行ったとき、相手は三十八歳、彼女はまだ十七歳だったので、つまり二十一歳も（！）年上の家畜商だった。扱っていた動物はほとんどが山羊と羊だったが、ときには牛や豚を売買することもあった。職業柄、サン・ホセ・デ・バトゥクやサン・ペドロ・デ・ラ・クエバ、ウエパリ、テパチェ、ランパソス、ディビサデロス、ナコリ・チコ、エル・チョロやナポパといったその地域の町や村の、土埃舞う小道や獣道を抜け、あの迷路のような山間を走る近道をしょっちゅう旅して回っていた。商売はまずまず順調だった。ときどき彼女も一緒に行くことがあった。家畜の行商に女を連れていくことは、とりわけそれが妻の場合はよく思われなかったのでそう頻繁にではなかったが、それでもときおり夫に同行した。彼女にとって、それは世界を見る唯一の機会だった。いつもと違う風景を目にすると、たとえ同じように見えたとしても、注意してよく見れば、たしかにビジャ・ペスケイラとはかなり違った風景だった。百メートル進むごとに世界は変わるんですよ、とフロリータ・アルマーダは言った。似たような場所があるというのは嘘ですね。世界は振動のようなものですから。もちろん彼女は子供がほしかったが、自然は（いわゆる自然の力か、夫の精力かは分かりませんが、と彼女は笑いながら言った）、彼女に子を授けてはくれなかった。赤ん坊の世話をするはずだった時間を、彼女は勉強することに充てた。字の読み方は誰に教わったのですか？　子供たちが教えてくれました、とフロリータ・アルマーダは言った。最高の先生たちでした。子供たちは初級の教科書を持って彼女の家にやってきては、トウモロコシ粉で作った甘い飲み物をもらった。人生とはそういうものです。学ぶ機会、あるいはふたたび学ぶ機会（「夜間学校」というのはサン・ホセ・デ・ピマスの郊外にある売春宿の名前だと思われていたビジャ・ペスケイラではむなしい希望だった）は永遠に失われたと思っていた矢先に、彼女はそれほど苦労することなく、読み書きを学んだのだった。そのときから、手に入るものはすべて読んだ。読んだ本の感想や読みながら考えたことをノートに書き留めた。古新聞や古雑誌を読み、ときおり髭を生やした若者たちが小型トラックに乗って村で配って回る政策綱領を読み、新しい新聞も読めば、手に入るわずかな本も読んだ。

やがて夫は、近隣の町や村を回って家畜の行商に行くたびに本を持ち帰るようになったが、彼が買ってくる本はときに、一冊ごとに値段がついているのではなく重さで値段が決まっていた。本を五キロ。十キロ。あるときは二十キロ分抱えて帰ってきた。彼女はそれを一冊残らず読み、すべての本から例外なく何がしかのことを学び取った。ときにはメキシコシティから届く雑誌を読み、ときには歴史の本を読み、ときには宗教の本を読み、ときにはひとりテーブルに向かって、灯が踊ったり悪魔のような形になったりする石油ランプの明かりに照らされながら、品のない本を読んで赤面し、ときにはブドウ栽培やプレハブ建築に関する技術書を読み、ときにはホラー小説や怪談を読み、神が彼女の手の届くところに運んできてくれたあらゆる種類の本を読んだ。そしてあらゆる本から何がしかのことを学び、ときにはほとんど学ばないこともあったが、何がしかは残った。それはゴミの山から見つかった金の塊のようなもので、あるいはフロリータの言うようにもっと洗練された比喩を使うなら、失くしてしまった人形に、初めて見るゴミの山で再会したような気分だった。要するに、彼女は教育を受けた人間ではなく、少なくともいわゆる古典的な教育というものを受けてはいなかった。その点について彼女は許しを求めたが、自分のことを恥じてはいなかった。というのは、神が奪ったものを聖母マリアが返してくれるからであり、そんなときには世界と仲良くしないわけにはいかないからだった。こうして歳月が過ぎた。彼女の夫は、シンメトリーとも呼ばれる運命の神秘によって、ある日突然目が見えなくなった。幸いなことに、彼女はすでに盲人の世話をした経験があり、家畜商の晩年は、妻が愛情を込めて上手に世話したおかげで穏やかなものとなった。その後、ひとりになったとき、彼女は四十四歳になっていた。再婚はしなかった。求婚してくれる者がいなかったわけではなく、ひとりでいることが楽しいと分かったからだ。まず彼女は、夫が遺した猟銃は扱いにくそうだったので三八口径のピストルを手に入れ、ひとまず家畜商の仕事を続けた。でも問題は、と彼女は説明した。動物を買い、とりわけ売るためには、ある種の感性が、ある種の訓練が、わたしがまったく持ち合わせていないある種の向こうみずさが必要なことでした。山のなかの小道を家畜たちと旅するのはとても楽しいことだったが、市場や屠畜場で競りにかけるのは恐ろしいことだった。そこでまもなくこの仕事をやめてしまい、彼女は旅を続けた。夫の遺した犬と自分のピストル、ときには彼女とともに歳をとり始めた動物たちと一緒に、だが今度は、神に祝福されたソノラ州に数多くいる遍歴のまじない師の一人として。旅をしながら薬草を探したり、動物たちが草を食んでいるあいだに考えたことを書き留めたりした。ちょうど、羊飼いの少年だったころのベニート・ファアレスのように。そう、ベニート・ファアレスです。実に偉大な、正直な、模範的な人間でありながら、本当に素敵な子供だったんですよ。彼の幼いころについてはあまり語られていません。ひとつにはあまり知られていないからですが、子供の話になるとどうしてもばかげたことや気取ったことを言いがちだとメキシコ人は知っているからでもあります。ご存じない方がいらっしゃるかもしれないので、と彼女はこのことについていつか話をした。彼女が読んだ何千冊という本のなかで、メキシコの歴史について、スペインの歴史について、コロンビアの歴史について、宗教の歴史について、ローマ法王の歴史について、NASAの発展について書かれた本のなかには、ベニート・ファアレス少年がいつものように、ときには何日もかけて、昼も夜も、羊に食べさせる草の生えた土地を求めて歩き回っているときに考えたというよりもむしろ感じたに違いないことを、このうえなく忠実に、ありのままに書いてある箇所はほんの数ページしか見当たらなかった。ただ黄色い表紙のある本のなかに、あらゆることが実に明快に書かれていたので、フロリータ・アルマーダは、作者はきっとベニート・ファアレスの友人で、彼が子供のころの経験をこの人物に話して聞かせたのではないかと思ったほどだった。そんなことが可能ならばの話ですが。夜になり、星が出て、広大な空間にたったひとりでいるとき、生の真理（夜の生の真理）の数々が、消えていくかのように、あるいは戸外にいる者が消えていこうとするかのように、あるいは未知の病がわたしたちが気づかないうちに血管を巡るかのように、ひとつひとつ消え去っていくときに感じることを伝えられたとしたら。月よ、君は空で何をしているの？　と小さな羊飼いはその詩のなかで自問します。静かな月よ、君は何をしているの？　空の道を巡ることに、まだ飽きずにいるの？　君の生活は羊飼いの生活にそっくりだ。朝の最初の光とともに出かけていき、家畜の群れを野原へ連れていく。そのあと疲れて、夜になるとゆっくり休む。ほかに何も望んだりしない。この生活は、羊飼いにとってどんな意味をもつんだろう？　そして君の生活は？　教えて、と羊飼いはひとりつぶやくんです、とフロリータ・アルマーダはうっとりした声で言った。僕の、この短い放浪の果てには何があるの？　そして君が空を永遠に巡って行き着く先には？　人は苦悩のなかに生まれてきて、生まれるということがすでに死の危険をはらんでいる、とその詩には書いてあります。こうも書いてあります――ならば、なぜ照らすのだろう？　どうして生まれながらに慰めが必要な者を生かすのだろう？　こうも書いてあります――もし人生が惨めなものなら、どうして僕たちはそれをいつまでも耐え忍ぶのか？　こうも書いてあります――けがれのない月よ、それが死すべき人間というもの。ところが君は死すべき存在ではない、だから僕の言うことが君には理解できないかもしれない。さらに、矛盾するようですが、こうも書いてあります――ひとりぼっちの君、永遠の旅人、物思いにふける君には、こうして地上で生きるということが理解できるのかもしれない。僕らの苦しみが、僕らの痛みが。君にはよく分かっているのかもしれない。死ぬということが、顔から血の気がすっかり失せるということが、大地から姿を消し、いつも一緒だった愛するものと別れるということが。そしてこうも書いてあります――限りない大気は、果てしなく澄みわたる深い空は何のためにあるのだろう？　この計り知れぬ孤独にどんな意味があるのだろう？　そして僕は何なのだろう？　こうも書いてあります――僕が知っていること、僕が理解していることは、永遠の回転から、そして僕というか弱い存在から、誰かがいくらかの幸福を、役に立つことを見いだしてくれるだろうということだけだ。こうも書いてあります――僕の人生は悪いものでしかない。こうも書いてあります――歳をとり、白髪になり、病気になり、裸足で、ほとんど裸で、重い荷物を背負い、通りを、山のなかを、岩のあいだを、海辺を、夏の牧場を、風に吹かれて、嵐のなかを、太陽が照りつけるときも、凍てつくときも、走る、息せき切って走る、池を飛び越え、河を渡り、転び、立ち上がり、つねに急いで、休みもせず落ち着く間もなく、傷つき、血を流し、やがてついに、道の終わりに、ついに憧れの終わりにたどり着く。恐ろしい、飛び込んでしまえばすべて忘れてしまう広大な深淵に。こうも書いてあります――ああ、清らかな月よ、死すべき人間の生とはこんなもの。こうも書いてあります――ああ、僕の家畜たち、休んでいるお前たちは自らの不幸を知らない。なんてうらやましいことか！　お前たちが苦労を知らず、あらゆる苦しみを、あらゆる痛みを、どんな極限の不安もすぐに忘れてしまうからというだけではない。きっと、お前たちが倦むことを知らないからだ。こうも書いてあります——木陰で、草の上で休むとき、お前たちは嬉しそうでおとなしい。ほとんど一年中、お前たちはそうして不快を知らずに暮らしている。こうも書いてあります——僕は木陰で草の上に座り、僕の心は、まるで針でつつかれているかのように不快な気持ちで満たされる。こうも書いてあります——もう僕は何も望まない。泣き言を言う理由などひとつもない。ここまでたどり着くと、フロリータ・アルマーダは深いため息をつき、ここからいくらかの結論を導き出すことができると述べた。一、羊飼いを苦しめる思考はすぐに暴走する。それは人間の本性の一部だから。二、退屈と向き合うことは勇気のいる行為だ。ベニート・ファアレスはそうしたし、彼女もそうした。そして二人とも、退屈の顔に、口にするのもおぞましいものを見た。三、今思い返せば、その詩で歌われているのはメキシコの羊飼いではなくアジアの羊飼いだが、たいして違いはない。羊飼いはどこでも同じだから。四、あらゆる苦労の果てに果てしない深淵が口を開けているとしても、彼女はまずは二つのことから始めるよう勧める。一つ目は人を欺かないこと、二つ目は人に正しい態度で接すること。そこからさらに話を進めることが可能だった。そして彼女がしていることはまさに、耳を傾けることと話をすることだった。やがて、ある日レイナルドが彼女の家に失恋の悩みを相談しにやってきた。彼は食餌療法のプログラムや鎮静作用のあるお茶を淹れるためのハーブや、ほかにも香りのよいハーブを持ち帰り、それを自分のアパートの部屋のあちこちに隠した。そのハーブは教会のような宇宙船のような匂いを漂わせていて、レイナルドが自分の家にやってくる友人たちに語ったところによれば、神々しい匂い、魂をリラックスさせ、心地よくさせてくれる匂い、クラシック音楽でも聴きたくなるような匂いだ、そう思わないか？ するとレイナルドの友人たちは口々にフロリータを紹介してくれとせがむようになった。ねえレイナルド、フロリータ・アルマーダの手を借りたいんだよ、まず一人、それからもう一人、さらに一人と、まるで紫色や鮮やかな深紅色や市松模様の頭巾をかぶった悔悟者の行列のように続き、レイナルドはそういったことが彼女にもたらす利害を秤にかけ、分かったよ、僕の負けだ、フロリータに紹介してあげるよ、そしてある土曜日の晩、この日のために飾り立て、テラスにはわざわざくす玉《ピニャータ》まで吊るしたレイナルドのアパートで、フロリータは彼らと会った。彼女はばかにしたような顔もいやそうな顔も見せず、むしろ、わざわざわたしのためにこんなことをしてくれるなんて、と言った。このカナッペ、すばらしいわ、どなたが作ったの？ おいしいケーキだこと、今まで食べたことがないくらいだわ、パイナップルよね？ ジュースは絞り立てだし、テーブルの配置も申し分ないわ、なんて親切で、なんて気配りのきく子たちなんでしょう、誕生日でもないのにプレゼントまで持ってきてくれるなんて。そして彼女はレイナルドの部屋に入り、若者たちが一人ずつなかに入っては彼女にそれぞれの悩みを打ち明け、うなだれて入った者たちが希望に目を輝かせて部屋から出てきて口々にこう言った。なんてすばらしい人なんだ、レイナルド、あの人は聖女《ラ・サンタ》だよ、僕が泣いたら彼女も一緒に泣いてくれた、言葉を探しあぐねていたら、彼女は悩みを言い当てたんだ、硫黄化合物を摂取するよう勧めてもらったよ、なんでも腎臓上皮を刺激してくれるうえに利尿作用があるらしい、僕は腸内洗浄を続けてみることを勧められた、彼女、血の汗をかいていたよ、彼女の額にルビーが散りばめられていたんだ、僕を腕に抱いて、子守歌を歌ってくれた、目が覚めたときはサウナから出てきたばかりみたいな気分だったよ、ラ・サンタはエルモシージョの不幸な人間を誰よりも理解してくれるね、ラ・サンタは、傷ついた者、虐待された感じやすい子供たち、犯され辱められた者たち、笑いや冗談の種にされる者たちにすごく思いやりがあるんだ、誰にでも優しい言葉をかけてくれて、役に立つ助言を与えてくれる、笑い物にされている人だって、彼女に話しかけてもらえたらプリマドンナになった気分だよ。頭のおかしい人間だってまともになった気になるし、太った人間は痩せるし、エイズ患者は微笑むってわけ。こうして皆に愛されたフロリータ・アルマーダがテレビ番組に登場するまでに何年とかからなかった。とはいえ、最初にレイナルドが彼女に依頼したとき、彼女は断った。興味がないの、時間がないし、万が一誰かにどうやってお金を稼いでいるのか尋ねられたら困るわ、税金なんて払えやしないのに！　またの機会にしてちょうだい、わたしは有名でも何でもないのだからと答えた。ところが数か月後、レイナルドがしつこく言うのをやめたころ、彼女のほうから電話がかかってきて、人々に伝えたいメッセージがあるのであなたの番組に出たいと言った。レイナルドがどんなメッセージなのかと尋ねると、彼女は幻覚について話し、月や、砂の上に描かれた絵の話をし、お客が帰ってから、家で、台所で、台所のテーブルに座って読む本の話をし、新聞や雑誌、彼女が読んでいるもの、窓の向こうから彼女を見つめる影の話をした。でもそれは影ではないの、だから見つめているはずはないわ、それは夜、ときどき狂っているように見える夜のことなのよ。こんな調子だったので、レイナルドには彼女の話がさっぱり呑み込めなかったが、彼女のことが大好きだったので、自分の番組の次の回に彼女のための時間を作った。テレビ局のスタジオはエルモシージョにあり、サンタテレサにもちゃんと電波が届くこともあれば、幽霊のような映像が映ったり砂がかかったり雑音が入ったりすることもあった。フロリータ・アルマーダが初めてテレビに出たときは電波の具合が最悪で、彼女が出演した「レイナルドとの一時間」はソノラ州のテレビ番組のなかでもっとも人気のある番組だったにもかかわらず、彼女の姿を見ることのできた者はサンタテレサではほとんどいなかった。彼女はグアイマスからやってきた腹話術師の次に話すことになっていた。独学で腹話術を身につけ、メキシコシティやアカプルコやティファナやサンディエゴで成功を収めていたこの腹話術師は、自分の人形が生きていると信じていた。彼は自分で感じていることをそのまま話した。この人形の野郎は生きてやがるんだ。逃げ出そうとしたこともある。俺を殺そうとしたこともある。でも、こいつの手はか弱いから、ピストルもナイフも握れない。俺の首を絞めるなんてもってのほかだよ。レイナルドはカメラをまっすぐ見つめながら、いかにも彼らしいいたずらっぽい笑みを浮かべて、腹話術師が出てくる映画ではいつも同じことが、つまり腹話術師に対する人形の反乱が起こると言うと、グアイマスの腹話術師は、とことん誤解された人間のかすれ声で、そんなことは百も承知だ、その手の映画なら、おそらくレイナルドよりも、番組収録を見に来た観客よりもたくさん見ているはずだと答え、これほど多くの映画があるということは、腹話術師の人形の反乱は世界全体に及んでいて、自分が最初に思っていたよりも一般的なのだという結論に達したのだと言った。腹話術師なら誰でも多かれ少なかれ内心気づいてることだが、俺たちが使っているこの人形は、ある時点から命を得るのさ。こいつらは実演しているうちに命を吸い取るんだ。腹話術師の毛細血管から吸い取る。拍手喝采から吸い取る。そして何よりもお客さんの騙されやすい心から吸い取るんだよ！　そうだろう、アンドレス君？　そうだよ。じゃあ、アンドレス君、君はいい子かな、それともときどき悪い子になるのかな？　いい子だよ、とってもいい子、すっごくいい子。じゃあ、アンドレス君は一度もおじさんを殺そうとしたことなんてないのかい？　ないよ、一度も、いっちども。フロリータ・アルマーダはその木の人形のあどけない様子と腹話術師の話にすっかり感銘を受け、たちまち彼に好感をもった。フロリータの番が回ってきたとき、彼女は真っ先に腹話術師に向かって励ましの言葉をかけた。レイナルドは彼女に笑顔を向け、片目をつぶって、腹話術師は半分頭がおかしいのだから相手にしないほうがいいとひそかに忠告したが、フロリータは気にもとめずに腹話術師に話しかけ、健康状態について尋ね、睡眠時間と一日の食事の回数と場所を尋ね、それに対して腹話術師は、喝采か束の間の共感を得ようとしたのか、観客のほうを向いて皮肉混じりに答えた。その答えを聞いたラ・サンタは、中枢神経系がもとの神経障害には効果てきめんの頭蓋鍼灸の知識をもつ鍼灸師に診てもらうよう（しかもかなり熱心に）勧めた。その後、椅子の上でそわそわしているレイナルドのほうを見やってから、最近見た幻覚の話を始めた。彼女は死んだ女性や死んだ少女たちが見えたと言った。砂漠。オアシス。都市。彼女はその都市で少女たちが殺されているのだと話した。彼女は自分が見たものをできるかぎり忠実に思い出そうとしながら話しているうちに、トランス状態に入りかけていることに気づいてきまり悪くなった。頻繁にではないが、ときおりトランス状態が行きすぎてしまうことがあり、しまいには霊が乗りうつって床でのたうつ羽目になるのだが、初めてのテレビ出演でそんなことが起きてほしくなかった。しかしトランス状態が、憑依が進行し、それが胸や脈に感じられて、どれほど抵抗しようとも止められそうになく、玉の汗をかきながらレイナルドの質問に微笑んでいると、彼が気分は大丈夫かと尋ねてくれた。フロリータ、アシスタントに水を一杯持ってきてもらおうか、照明やスポットライトがいやだったり、スタジオが暑すぎたりはしないかな。彼女は話すのが怖かった。トランス状態に入った最初の兆候は舌に出ることがあったからだった。心が安まるだろうから目を閉じたいところだったが、そうするのは怖かった。なぜなら、目を閉じると、まさに憑依したときに見えるものが見えてしまうからだった。だからフロリータは目を開けたまま、口を結んだまま（とても優しい謎めいた微笑みを浮かべてはいたが）、腹話術師をじっと見つめていた。相手は何が何だか分からないながらも危険を嗅ぎ取ったかのように、彼女と自分の人形とを交互に眺めていた。それは、求めてもいなければあとから理解できるわけでもない啓示の瞬間、我々の目の前を通り過ぎ、虚無の確信、それをはらむ言葉そのものすらもすり抜けてしまう空虚の確信だけを残していくある種の啓示の瞬間だった。腹話術師には、それがどれほど危険なものかが分かっていた。とりわけ彼のように過敏な、芸術家気質の、傷口が開いたままの人間にとっては危険だということが。それから、フロリータが腹話術師を見るのに疲れ、今度はレイナルドに視線を移すと、彼はこう言った——フロリータ、恐がらないで、遠慮しなくていいんですよ、この番組はあなたの家みたいなものだと思ってください。それから彼女が、今度は観客にちらりと目を向けると、友人が何人かいて、彼女の言葉を待っていた。かわいそうに、と彼女は思った。きっといたたまれない思いをしているに違いないわ。そして、もう止められずにトランス状態に入ってしまった。彼女は目を閉じた。口を開いた。舌が動き出した。彼女はすでに言ったことをくり返した——だだっ広い砂漠、巨大な都市、州の北部、殺された少女たち、殺された女性たち。どの都市かしら？と彼女は自分に問いかけた。さて、どの都市かしら？その呪われた都市の名前を知りたいわ。彼女は数秒間考え込んだ。もう舌の先まで出かかっている。わたしは遠慮なんてしませんよ、皆さん、とくにこうしたことについては。そこは、サンタテレサです！サンタテレサですよ！はっきり見えてきました。そこで、女性たちが殺されているのです。わたしの娘たちが殺されている。わたしの娘たちが！わたしの娘たちが！彼女はそう叫ぶと同時に想像上のショールを頭にかぶり、レイナルドは、戦慄が背骨をエレベーターのように下りてくるような、もしかすると上っていくような、あるいはその両方が同時に起こっている気がした。警察は手をこまねいているだけだ、と彼女が数秒後に言ったとき、口調は変わり、重々しく男っぽくなっていた。警察の連中は何もしない、手をこまねいて見ているだけだ。だが何を見ているのだ？何を見ている？そのときレイナルドが彼女をたしなめて、話をやめさせようとしたが、彼女を止めることはできなかった。引っこんでなさい、このろくでなしが、とフロリータは言った。州知事に知らせなければ、と彼女はしゃがれた声で言った。冗談などではない。ホセ・アンドレス・ブリセーニョ知事はこのことを知るべきだ。あの美しいサンタテレサの街で、女性たちが、少女たちがどんな目に遭っているのか、知らなくてはならないのだ。美しいだけでなく、勤勉で、働き者の都市。この沈黙を破らなければならないのだ、皆さん。ホセ・アンドレス・ブリセーニョ知事は善良で誠実なお人だ。これほど多くの殺人事件を放置しておくはずはない。これほどの無関心と、これほどの暗黒。そして少女のような声でこう言った。黒い車で連れ去られる女性もいます。でも彼女たちはいたるところで殺されているんです。それから、よく響く声でこう言った。少なくとも、男を知らない少女たちは守らなくては。その直後、彼女は椅子から飛び上がり、ソノラテレビ第一スタジオのカメラはその様子を余すところなく捉え、彼女は銃弾に撃たれたかのように床に倒れた。レイナルドと腹話術師が彼女を助けようと駆け寄ったが、二人が両側から腕を抱えて起こそうとすると、フロリータはうなり声を上げた（レイナルドはそんなふうに復讐の女神と化した彼女を生まれて初めて見た）。触るな、心をもたぬ腑抜けども！ わたしに構うな！ わたしの言うことが分からないのか？ そして彼女は立ち上がり、観客のほうを向くと、レイナルドに近づいて何が起こったのかと尋ね、すぐさま、カメラをまっすぐに見据えて謝った。

そのころ、ラロ・クーラは警察署にあった何冊かの本に目を留めた。誰にも読まれていないその本は、皆が忘れてしまった報告書や書類が詰め込まれた棚の上で、ネズミにかじられる運命にあるようだった。彼は本を家に持って帰った。本は全部で八冊あったが、万が一のために最初は三冊だけにした。ジョン・C・クロッターの『警察教官マニュアル』、マラチ・L・ハーネイとジョン・C・クロスの『警察捜査における情報提供者』、そしてハリー・セダマンとジョン・J・オコンネルの『現代警察捜査法』だった。ある日の午後、エピファニオにその本の話をすると、メキシコシティかエルモシージョから送られてきたきり、誰も読んでいない本だと言われた。そこで、残りの五冊も持ち帰ることにした。一番気に入ったのは（最初に読んだ）『現代警察捜査法』だった。題名とは裏腹に、ずいぶん昔に書かれた本だった。メキシコでの初版は一九六五年に出ていた。彼の手元にあるのは一九九二年に出た第十版だった。事実、そこに再録された第四版への序文で、ハリー・セダマンは、親しい友であるジョン・オコンネル捜査官の死によって、改訂の重責が自分ひとりの肩にのしかかってきたと嘆いていた。さらにこうも書いていた――この（本書の）改訂作業にあたり、私は、故オコンネル捜査官のインスピレーションと豊かな経験、貴重な協力を得られないことを実に残念に思う。もしかすると、セダマン自身もとっくの昔に亡くなっているかもしれない、とラロ・クーラは夜のアパートの頼りない電球の明かりの下で、あるいは開け放った窓から差し込んでくる朝の最初の日の光に照らされて本を読みながら思った。彼には知りようもなかった。だがそれは大したことではなかった。むしろ、その不確かさが、読書にさらなる刺激を与えてくれた。そして、そのスウェーデン人とアメリカ人の書いたものを読みながら、ときには笑い、またときには、まるで頭に弾丸を撃ち込まれたかのように驚嘆することもあった。同じころ、シルバナ・ペレス殺害事件の早期解決によってそれ以前の警察の失敗がいくらか隠され、このニュースはサンタテレサのテレビと新聞二紙で取り上げられた。いつもより嬉しそうにしている警官もいた。ラロ・クーラが食堂で出会った十九歳か二十歳くらいの若い警官たちも事件の話をしていた。何でそんなことがありえるんだ？　と一人が言った。ジャノスは夫なのに彼女をレイプしたなんて。ほかの者たちは笑ったが、ラロ・クーラはその質問を真面目に受け止めた。彼女をレイプしたというのは、無理強いしたということさ、彼女が望まないことをやらせたんだ、と彼は言った。そうでなければレイプにはならない。若い警官の一人が、法律でも勉強するつもりなのかと尋ねた。大学にでも行くつもりかい？　いや、とラロ・クーラは言った。ほかの者たちはまるで愚か者を見るような目で彼を見た。他方、一九九四年十二月は、少なくとも判明しているかぎりほかに女性殺人事件は起こらず、平穏に年が暮れた。

一九九四年の末、ハリー・マガーニャはチュカリを訪ね、ミゲル・モンテスにラブレターを送った少女の居所を突き止めた。彼女はマリア・デル・マル・エンシソ＝モンテスという名で、ミゲルの従妹だった。十七歳で、十二歳のころから彼のことが好きだった。体つきはほっそりしていて、栗色の髪は日に焼けていた。どうして従兄に会いたいのかと彼女に尋ねられると、ハリー・マガーニャは、自分はミゲルの友達だと言い、ある晩ミゲルから借りた金の話をした。そのあと少女は両親を紹介した。両親は、塩漬けにした魚も売っている小さな食料品店を営んでいて、魚は、ウアタバンポからロス・メダノスまでの海岸を巡り、ときにはもっと北にあるロボス島まで足を伸ばして漁師から直接買っていた。漁師たちはほとんどがインディオで、彼らは皮膚癌を患っていたが、それを気にしている様子はなかった。両親は魚でトラックをいっぱいにするとチュカリに帰ってきて、自分たちで塩漬けにしていた。ハリー・マガーニャはマリア・デル・マルの両親と馬が合った。その日は夕食をごちそうになることにした。だがその前に、少女に付き合ってもらってチュカリをひと回りし、自分をもてなしてくれる彼女の両親にちょっとした贈り物を買える場所を探した。酒場が一軒開いているだけで、ほかには何も見つからなかったので、そこでワインを一本買うことにした。少女は外で待っていた。店を出ると、彼女はミゲルの家を見てみたいかと尋ねた。ハリーは頷いた。二人は車でチュカリ郊外へ向かった。数本の木に守られるようにして日干し煉瓦でできた古い小さな家が建っていた。もう誰も住んでいないんです、とマリア・デル・マルが言った。ハリー・マガーニャは車から降りて、豚小屋を見やり、木の杭は腐り鉄柵は壊れた囲い場を見やり、ネズミか蛇か、なかで何かがうごめいている鶏小屋を見た。それから家のドアを押し開けると死んだ獣の臭いが鼻をついた。いやな予感がした。車に戻り、懐中電灯を持って家に戻った。今度はマリア・デル・マルもあとからついてきた。部屋のなかでは鳥が数羽死んでいた。懐中電灯を上に向けると、木の枝で作った梁のあいだに屋根裏が見え、得体の知れない物体か自然の瘤が積み重なっていた。最初に出ていったのはミゲルだったの、とマリア・デル・マルは暗がりで話し始めた。それからミゲルのお母さんが亡くなって、お父さんはここで一年間ひとりでどうにか暮らしていたわ。ある日を境に姿を消してしまったの。母の話では自殺したそうよ。父の話ではミゲルを探しに北に向かったそう。ミゲルは一人っ子だったのかい？　ほかにもいたわ、とマリア・デル・マルは言った。でも赤ん坊のころに死んでしまったの。君も一人っ子かい？　とハリー・マガーニャは尋ねた。いいえ、うちにも同じことが起きたの。兄や姉はみんな病気になってしまって、六歳にもならないうちに亡くなったの。気の毒に、とハリー・マガーニャは言った。もう一つの部屋はもっと暗かった。ところが死の匂いはしなかった。おかしいな、とハリーは思った。生の匂いがしたのだ。宙吊りにされた生、かりそめの訪問客たち、悪人の笑い声かもしれないが、生の匂いがした。外に出ると、少女はチュカリの満天の星空を指さした。ミゲルがいつか帰ってきてほしいと思っているのかい？　とハリー・マガーニャは尋ねた。帰ってきてほしいけれど、戻ってくるかどうかは分からないわ。今ごろどこにいると思う？　分からない、とマリア・デル・マルは言った。サンタテレサ？　いいえ、と彼女は言った。もしそうならあなたはチュカリに来なかったでしょう？　そうだな、とハリー・マガーニャは言った。そこを去る前、彼は手を差し出し、君はミゲル・モンテスにはもったいない女性だと言った。少女は笑みを浮かべた。小さな歯が見えた。でもわたしには彼がぴったりなの、と彼女は言った。いや、とハリー・マガーニャは言った。君にはもっとふさわしい男がいるはずだ。その晩、少女の家で夕食をごちそうになってから彼はふたたび北へ向かった。明け方にティファナに到着した。ティファナにいるミゲル・モンテスの友人について分かっていることは、名前がチューチョだということだけだった。ティファナのバーやディスコを探し回れば、そんな名前のウェイターやバーテンがいるかもしれないと思ったが、あまり時間はなかった。それにその街には手を貸してくれそうな知り合いもいなかった。正午に、カリフォルニアに住む古い知り合いに電話した。俺だ、ハリー・マガーニャだ、と彼は言った。相手は、ハリー・マガーニャなんて奴は知らないと答えた。五年くらい前に、サンタバーバラで同じ講習に出ていたんだが、とハリー・マガーニャは言った。覚えてるか？　おお、と男は言った。覚えているとも。アリゾナ州ハントヴィルの保安官だな。今も保安官か？　ああ、とハリー・マガーニャは言った。そのあと二人はお互いの妻のことを尋ね合った。イーストロサンゼルスの警官は、妻は元気だ、日に日に太っていくがと言った。ハリーは、妻は四年前に死んだと言った。サンタバーバラでの講習の数か月後のことだ。悪いことを訊いてしまったな、と相手は言った。いいんだ、とハリー・マガーニャは言った。居心地の悪い沈黙がしばらく続いた。警官が死因を尋ねた。癌だ、とハリーは言った。あっという間だった。ハリー、今はロサンゼルスにいるのか？　と相手が尋ねた。いや、近くだ、ティファナにいるんだ。ティファナで何してるんだ？　バカンスか？　いや違う、とハリー・マガーニャは言った。ある男を探している。独自に調査してる。分かるな？　ところがそいつの名前しか知らない。手を貸そうか？　と警官は言った。それは助かるよ、とハリーは言った。どこからかけてる？　電話ボックスだ。コインを入れて何分か待ってろ、と警官は言った。待っているあいだ、ハリーが考えたのは、妻のことではなくルーシー・アン・サンダーのことで、それからルーシー・アンのことを考えるのをやめて通りを歩いている人々を眺めた。ボール紙でできた、黒や紫やオレンジ色に塗ったマリアッチのソンブレロをかぶっている人が何人かいて、めいめい大きな鞄を抱えて微笑みを浮かべていた。彼らを見ていると、ハントヴィルに戻ってこの事件のことはきれいさっぱり忘れてしまったらどうかという考えが頭をよぎった（が一瞬のことだったので彼自身気づきもしなかった）。するとイーストロサンゼルスの警官の声が聞こえ、ラウル・ラミレス＝セレソという名前と、オロ通り四〇一番地という住所を教えてくれた。ハリー、スペイン語は話せるのか？　とカリフォルニアから声が聞こえてきた。日に日に下手になってるよ、とハリー・マガーニャは答えた。午後三時、灼熱の太陽の下、彼はオロ通り四〇一番地のドアをノックした。学校の制服を着た十歳ほどの女の子がドアを開けた。ラウル・ラミレス＝セレソさんはいらっしゃいますか？　とハリーは言った。女の子は微笑むと、ドアを開けたまま暗がりに消えた。ハリーは最初、なかに入ったものか外で待っていたものか迷った。おそらく日差しのせいで、彼はなかに入った。水の匂いと、水を撒いたばかりの植木の匂い、それに湿って熱くなった陶製の器の匂いがした。廊下は二手に分かれていた。一方の突き当たりには壁一面に蔓をはわせた灰色の石畳の中庭が見えた。もう一方の廊下の先は、彼のいる玄関らしき場所よりもさらに暗かった。ご用件は？　と男の声がした。ラミレスさんを探しているんです、とハリー・マガーニャは言った。どちらさま？　と声の主が言った。ドン・リチャードソンの友人です、ロサンゼルス市警察の。ああ、そうですか、と声の主は言った。なるほど。で、ラミレス氏はどんなお役に立てるのでしょう？　ある男を探しているんです、とハリーは言った。皆さんそう言ってくるんです、と声の主は、憂鬱そうな疲れているような調子で言った。その日の午後、ハリー・マガーニャはラウル・ラミレス＝セレソとともにティファナの中心街の警察署に行った。そこでラウル・ラミレス＝セレソは、ハリーをひとりにして、千件以上はある記録ファイルを調べさせてくれた。このなかから調べてください、と彼は言った。二時間後、ハリー・マガーニャはチューチョという男に完璧に合致する男を見つけた。犯罪者のはしくれですね、と戻ってきたラミレスは記録を見て彼に言った。ちょくちょくぽん引きをやっています。今夜、〈ワウ〉というディスコで見つかるでしょう、彼は常連なんです。ですがその前にまず夕食でも食べましょう、とラミレスは言った。屋外のテラス席で食事をとりながら、メキシコ人警官は自分の人生について語った。私は生まれが貧しくてね、と彼は言った。最初の二十五年は果てしない障害の連続でしたよ。ハリー・マガーニャはあまり彼の話を聞きたい気分ではなく、むしろチューチョの話を聞きたかったのだが、聞いているふりをした。スペイン語は、聞き流そうとすれば彼の肌を滑り落ちていき、何の痕跡も残さなかった。英語で同じようにしようとしてもなかなかそうはいかなかった。ぽんやりとではあったが、たしかにラミレスの人生が大変なものだったことは理解できた。幾度もの手術、何人もの外科医、不運に慣れてしまった哀れな母親。警察に対する悪評は、事実のこともあれば、根も葉もないこともあるが、いずれにしても我々全員が背負わねばならない十字架だ。十字架か、とハリー・マガーニャは考えた。そのあとラミレスは女たちの話をした。脚を開いた女たち。大きく開いた脚。何が見える？　何が見える？　やれやれ、その手の話題は食事のときには向かないよ。いまいましい穴だ。いまいましい穴ぼこだ。いまいましい割れ目だ。カリフォルニアにある地殻の裂け目みたいな。たしかサン・バーナディーノ断層とかいう名前だったと思う。カリフォルニアにあるだろ？　初めて聞いたな。まあ、俺が住んでいるのはアリゾナだからね、とハリーは言った。ずいぶん遠くだな、とラミレスが言った。いや、すぐ隣だ、明日家に戻る、とハリーは言った。それから子供たちの長い話を聞かされた。ハリー、あんたは子供の泣き声を注意して聞いたことがあるかい？　いや、と彼は言った。子供はいない。そうか、とラミレスは言った。すまん、悪かった。何で謝るんだ？　とハリーは考えた。慎ましい、善良な女がいる。その女に心ならずもあんたはひどい扱いをする。習慣だな。ハリー、俺たちは、習慣のせいで盲目に（というか少なくとも片目が見えなく）なっちまう。で、突然、もう何もかもどうしようもなくなったときに、その女は、俺たちの腕のなかで病気になっちまう。自分以外のあらゆる人間を気遣うその女は、俺たちの腕のなかで萎れていく。そのときになってもまだ俺たちは気がつかないんだ、とラミレスは言った。俺はこいつに自分の話をしたのだろうか？　とハリー・マガーニャは思った。俺はそんなにひどいことをしてきたのか？　物事ってもんは見たとおりのものじゃない、とラミレスはささやいた。あんたは、物事は自分が見ているままのものだと思っているか？　大した問題も、疑問もなくそう思っているか？　いや、とハリー・マガーニャは言った。つねに問いかけることは重要だ。そのとおり、とティファナの警官は言った。つねに問いかけなければならん、そしていつも、自分たちがなぜそう問いかけるのかを自分自身に問いかけなければならん。どうしてか分かるか？　最初にしくじると、行きたくもない場所に連れていかれてしまうからさ。ハリー、話がつかめてきたか？　俺たちの問いはそもそもが疑わしいんだ。だが俺たちは、問いかけないわけにはいかない。それが何より厄介なんだ。人生なんてそんなものだ、とハリー・マガーニャは言った。するとメキシコ人警官は黙り込み、二人は通りを歩く人々を眺めながら、ティファナに吹くそよ風がほてった頬に当たるのを感じていた。車のオイルの匂いのする、枯れた草木とオレンジと巨大な墓地の匂いのするそよ風だった。ビールをもう一杯飲むか、それとも今すぐそのチューチョとかいう奴を探しに行くか？　ビールをもらおう、とハリー・マガーニャは言った。ディスコに入ってからのことはラミレスに任せた。ラミレスは、ボディビルダーのような体つきでレオタードのように胸にはりつくトレーナーを着た用心棒を呼びつけ、何か耳打ちした。その用心棒は話を聞きながら視線を落とし、それから彼の顔を見て何か言いたげな様子だったが、ラミレスに行ってこいと言われると店の明かりのなかに消えていった。ハリーはラミレスのあとについて裏の廊下へ向かった。二人は男性用トイレに入った。なかには男が二人いたが、警官を見たとたんにそそくさと出ていった。しばらくのあいだラミレスは鏡を見つめていた。手と顔を洗い、ジャケットから櫛を取り出して入念に髪を整えた。ハリー・マガーニャは何もしなかった。コンクリートむき出しの壁によりかかったままじっとしていると、チューチョが戸口に現われて何か用かと尋ねた。こっちへ来い、チューチョ、とラミレスは言った。ハリー・マガーニャがトイレのドアを閉めた。質問をしたのはラミレスで、チューチョはそのすべてに答えた。彼はミゲル・モンテスのことを知っていた。ミゲル・モンテスの友人だった。彼の知るかぎりではミゲル・モンテスはまだサンタテレサにいて、娼婦と暮らしていた。彼は娼婦の名前は知らなかったが、彼女は若く、ある時期〈アスントス・インテルノス〉という名の店で働いていたことは知っていた。エルサ・フエンテスか？　とハリー・マガーニャが言うと男はふり返って彼を見つめ、頷いた。哀れなろくでなしの負け犬の邪悪な視線だった。たぶんそんな名前だ、と彼は言った。それでチューチョ君よ、お前が嘘をついてないか、どうやったら分かるんだい？　とラミレスは言った。ボス、あんたに嘘をついたりしませんよ、とぽん引きは言った。だが確かめる必要がある、チューチョ君よ、とメキシコ人警官は言うが早いかポケットからナイフを取り出した。それは螺鈿の柄がついた刃渡り十五センチの細い飛び出しナイフだった。ボス、あんたに嘘なんかつきませんよ、とチューチョはうめき声を上げた。俺のダチにとって大事なことなんだ、チューチョ君よ。俺たちが出ていったとたんにお前さんがミゲル・モンテスに電話をしないか、どうやったら分かるんだい？　そんなこと絶対にしません、するもんですか。ボスとのことですから、そんなこと思いつきもしませんよ。ハリー、さあどうする？　とメキシコ人警官は言った。たぶんそいつの言ってることは嘘じゃないだろう、とハリー・マガーニャは言った。トイレのドアを開けると、向こう側に背の低い娼婦が二人とさっきの用心棒がいた。娼婦たちはぽっちゃりしていて、チューチョが無事でいるのを見ると駆け寄ってきて、泣いたり笑ったりしながら彼を抱きしめたところからすると情にもろいようだった。最後にトイレから出てきたのはラミレスだった。何か問題はあったか？　と彼は用心棒に尋ねた。いいえ何も、と彼はか細い声で答えた。何もないんだな？　もちろんです、と用心棒は言った。外では若者たちがディスコに入ろうと列を作っていた。ハリー・マガーニャは、歩道の向こうで二人の娼婦に抱かれて歩いているチューチョの姿を認めた。頭上には満月が出ていて、海の思い出を、三回しか見たことのない海の記憶を運んできた。ベッドに直行だな、とラミレスがハリー・マガーニャの隣にやってきて言った。すさまじい恐怖と感情の起伏を味わったあとだ、ほしいものと言ったら、ゆったりとした椅子に上等のハイボール、楽しいテレビ番組、あの二人の女どもが作ったうまい食事ってとこだろう。実際、あいつらは料理くらいしか能がないからな、とメキシコ人警官はまるで二人の娼婦のことを小さいころから知っているかのように言った。入口の行列にはアメリカ人観光客も何人か並んでいて、大声で話をしていた。ハリー、これからどうする？　とラミレスは訊いた。サンタテレサに行くつもりだ、とハリー・マガーニャはうつむいて言った。その晩は星降る道をたどった。コロラド河を越えるとき、空を切って落ちる隕石か流れ星が見えたので、母親に教わったとおりに黙って願い事をした。サン・ルイスからロス・ビドリオスまでは一台の車ともすれ違わなかった。ロス・ビドリオスでいったん停まり、レストランで頭を空っぽにしてコーヒーを二杯飲むと、熱い液体が食道を焼きながら落ちていくのを感じた。そのあとロス・ビドリオスとソノイータを結ぶ道路を走り、それから南下してカボルカに向かった。出口を探しているうちに町の中心を通りかかったが、ガソリンスタンド以外はすべて閉まっているようだった。東へ向かって、アルタール、プエブロ・ヌエボ、サンタ・アナを通り過ぎ、ようやくノガーレスとサンタテレサ方面に向かう四車線の道路に出た。サンタテレサに到着したのは朝の四時だった。デメトリオ・アギラの家には誰もいなかったので、ベッドに横になってひと眠りすることもなかった。顔と腕を洗い、冷たい水で胸と腋をこすり、スーツケースからきれいなシャツを取り出した。〈アスントス・インテルノス〉に着くとまだ開いていたので、マダムと話したいと頼んだ。相手は嘲るように彼を見つめた。木彫りのカウンターの向こうにいたその男は、司会者か何か一人用に作られたその場所にいると、実際より背が高いように見えた。ここにはマダムなんていませんよ、お客さん、と彼は言った。ならば支配人と話がしたいんだが、とハリー・マガーニャは言った。支配人なんていませんよ、お客さん。責任者は誰なんだ？　とハリー・マガーニャは訊いた。ミス・イセラって女性でね、外との窓口になってる店の責任者ですよ。ハリー・マガーニャはむりやり笑みを浮かべようとしながら、ミス・イセラと少し話がしたいと言った。二階のダンスフロアで聞いてください、と司会者風の男は言った。ハリー・マガーニャがラウンジに入ると、白い口髭を生やした男が肘掛け椅子で居眠りしていた。壁は赤いキルティング張りで、まるでラウンジは娼婦向けの精神病院のなかの安全保護室のようだった。やはり赤い布地を張った手すりのついた階段で、客と一緒の娼婦とすれ違い、腕を摑んだ。エルサ・フエンテスはまだここで働いているかと尋ねてみた。離してよ、と娼婦は言って階段を下りていった。ダンスフロアは人でごった返していたが、流れている音楽はボレロか南部の悲しげなダンソンだった。カップルは暗がりでほとんど身動きもせずにいた。ハリー・マガーニャは苦労してウェイターを見つけ、どこに行けばミス・イセラに会えるかと尋ねた。ウェイターはフロアの反対側にあるドアを指さした。ミス・イセラは、黒いスーツに黄色いネクタイをした五十絡みの男と一緒にいた。彼女が椅子を勧めると、男は場所を空け、通りに面した窓にもたれた。ハリー・マガーニャは彼女にエルサ・フエンテスを探していると言った。理由を教えていただけるかしら？　とミス・イセラは尋ねた。あまりいい理由ではなくてね、とハリー・マガーニャは笑顔を浮かべて言った。ミス・イセラは笑った。彼女は痩せていてスタイルがよく、左肩に青い蝶の入れ墨があり、まだ二十二歳にもなっていないように見えた。窓際の男も笑おうとしたが、しかめ面になり上唇を震わせただけだった。もうここでは働いていないわ、とミス・イセラは言った。辞めてからどのくらいになる？　とハリー・マガーニャは尋ねた。ひと月かそこらね、とミス・イセラは答えた。どこに行けば彼女を見つけられるかな？　ミス・イセラは窓際の男を見て、明かしてもいいものか尋ねた。いいじゃないか、と男は言った。俺たちが口を割らなかったところでどうせ突き止めるだろう。このヤンキーはしつこそうだ。たしかに、とハリー・マガーニャは言った。俺はしつこいよ。ほら、かっかさせないほうがいい、イセラ、エルサ・フエンテスの住所を教えてやれ、と男は言った。ミス・イセラは引き出しから分厚い表紙のついた細長い帳簿を出してページをめくった。エルサ・フエンテスの住所は、わたしたちの知っているかぎりでは、サンタ・カタリーナ通り二十三番地よ。どのあたりだ？　とハリー・マガーニャは訊いた。カランサ区よ、とミス・イセラは言った。道を訊きながら行けばいずれ見つかるよ、と男は言った。ハリー・マガーニャは立ち上がり、二人に礼を言った。出ていく直前、ミゲル・モンテスのことを知っているか、彼の話を聞いたことがあるか、ふり向いて尋ねようとしたが、その寸前で気が変わり、何も言わなかった。

苦労はしたものの、彼はなんとかサンタ・カタリーナ通りにたどり着いた。エルサ・フエンテスの家は漆喰塗りの白い壁で、鉄のドアがついていた。そのドアを二度ノックした。通りでは、働きに出かける三人の女とすれ違ったが、近所の家は静まり返っていた。三人の女はそれぞれの家から出てくるなりひとかたまりになって、彼の車を見やったあとそそくさと姿を消した。ナイフを取り出して屈み込むと、難なくドアが開いた。ドアの内側にはかんぬき代わりの鉄の棒があり、それが掛かっていないところを見ると家には誰もいないように思われた。ドアを閉めるとかんぬきが掛かったが、彼は捜索を始めた。部屋を見たところうち捨てられた気配はなく、むしろ、趣味のいい、こざっぱりした部屋だった。壁にはギターといくつもの壺、芳香を放つ薬草の束が掛けられていた。エルサ・フエンテスの部屋は、ベッドが乱れていた以外は申し分なかった。クローゼットのなかの服も整理され、ナイトテーブルの上には写真がいくつか飾られていて（そのうち二枚はミゲル・モンテスと一緒に写っていた）、床に埃が溜まるほどには時間が経っていなかった。冷蔵庫には十分な量の食料が入っていた。明かりは、聖女の肖像の脇にある蠟燭も点いていなかった。あらゆるものが彼女の帰りを待っているかのようだった。ミゲル・モンテスがそこにいた痕跡を探したが、何ひとつ見つからなかった。居間のソファに腰を下ろし、待ってみることにした。いつの間にか居眠りをしていた。目が覚めるともう正午だったが、誰かがなかに入ろうとした形跡はなかった。キッチンに入り、朝食になりそうなものを探した。牛乳パックの賞味期限を確かめてから大きなコップで飲んだ。それから窓際のプラスチックの籠に入っていたリンゴを摑み、それをかじりながらもう一度、家のなかを隅から隅まで調べた。火を使いたくなかったのでコーヒーは淹れなかった。キッチンにあるもので賞味期限が切れていたのはパンだけで、これは硬くなっていた。住所録やバスのチケット、見過ごしたかもしれない争いの跡が少しでも残っていないかと探した。洗面所をもう一度調べ、エルサ・フエンテスのベッドの下を覗き、ゴミ箱を引っかき回した。靴の箱を三つ開けたが、そこには靴が入っているだけだった。マットレスの下も見た。エルサ・フエンテスらしい媚びが表われたアラブ模様の小さなカーペットを三枚めくってみたが何もなかった。そのとき天井を調べていないことに気がついた。寝室でも居間でも天井には何も見つからなかった。ところがキッチンの天井には亀裂が見えた。椅子に上がってナイフを入れて動かすと漆喰が床に落ちた。穴を広げて手を突っ込んだ。そこにはビニール袋があり、なかには一万ドルと手帳が入っていた。金をポケットにしまい、手帳をめくり始めた。電話番号が、名前もメモもなくでたらめに書かれたかのように並んでいた。客のものだと思われた。名前の書かれた番号もわずかにあった——ママ、ミゲル、ルペ、フアナ、それにあだ名で書かれた、おそらく仕事仲間。いくつかはメキシコの番号ではなくアリゾナの電話番号だった。手帳を金と一緒にポケットにしまい、そろそろ出ていく時間だと考えた。神経が高ぶり、身体がコーヒーを二杯くれと叫んでいた。車を出すとき、見張られているような気がした。だが何人かの子供たちが道の真ん中でサッカーの試合をしている以外、変わったところはなかった。クラクションを鳴らすと子供たちはようやく道を空けた。バックミラー越しに、ランドチャージャーが一台、通りの向こうからやってくるのが見えた。ゆっくりと静かに脇によけ、ランドチャージャーに追い越させた。運転手と助手席の男は彼に興味も示さず、ランドチャージャーは角で彼の車を抜き去った。彼は中心街まで車を走らせ、客足の絶えないレストランの前で停まった。ハムの入ったスクランブルエッグとコーヒーを頼んだ。食事が運ばれてくるのを待つあいだ、カウンターに行って若い店員に電話を使わせてくれないかと尋ねた。白いシャツに黒い蝶ネクタイの店員は、アメリカへ電話するつもりか、それともメキシコかと尋ねた。メキシコのソノラだ、とハリー・マガーニャは言って手帳を取り出し、番号を見せた。いいですよ、と若い店員は言った。どこへでも電話なさってください、あとでこちらから請求しますから。よろしいですか？　分かった、とハリー・マガーニャは言った。店員は電話を彼のそばに置き、それから別の客に注文を聞きに行った。まずはエルサ・フエンテスの母親に電話をかけた。女が出た。エルサはいるかと尋ねた。エルサはここにはいません、と女が言った。ですがお母さまでしょう？　と彼は言った。ええ、母親です、でもエルサはサンタテレサに住んでいるんです、と女は言った。ではこの電話はどこにつながっているんですか？　とハリー・マガーニャは言った。なんですって？　と女は言った。どちらにお住まいなんですか？　トコニルコです、と女は言った。どこにあるんですか？　とハリー・マガーニャは言った。メキシコですよ、と女は言った。いや、メキシコのどこですか？　テペウアネスの近くです、と女は言った。テペウアネスはどこにあるんです？　とハリー・マガーニャの声がうわずった。ドゥランゴです。ドゥランゴ州ですね？　ハリー・マガーニャは一枚の紙にトコニルコとテペウアネス、そして最後にドゥランゴと書き留めながら言った。電話を切る直前、彼女に住所を尋ねた。女は混乱していたが、ためらうことなく住所を教えた。娘さんのお金をお送りします、とハリー・マガーニャは言った。あなたに感謝します、と女は言った。いえ、奥さん、私ではなく娘さんに感謝してください、とハリー・マガーニャは言った。そうですか、と女は言った。では、娘にも、あなたにも感謝します。そのあとハリー・マガーニャは蝶ネクタイの若者に、まだ終わっていないという仕草をしてからテーブルに戻ると、スクランブルエッグとコーヒーが待っていた。もう一度電話をする前にコーヒーのおかわりを頼み、カップを手にしたままふたたびカウンターに移動した。ミゲル・モンテスに（違うミゲルの可能性もあるが、と彼は思った）電話すると、思ったとおり誰も出なかった。そのあとルペという女に電話をかけたが、エルサ・フエンテスの母親と今しがた交わした会話よりもはるかに支離滅裂だった。ルペから引き出せたのは、彼女がエルモシージョに住んでいること、エルサ・フエンテスについてもサンタテレサについても何ひとつとして知りたくないこと、ミゲル・モンテスとはたしかに知り合いだったが、彼についても（まだ生きているなら）何ひとつとして知りたくないこと、サンタテレサでの生活は何から何まで間違いだったこと、間違いを二度犯そうとは思わないこと、といった話だった。続けて別の女二人に電話をかけた。一人はフアナという名前で、もう一人はラ・バカというあだ名しか書いていない女（女と決まったわけではないので男かもしれない）だった。どちらの電話も機械に録音された声が応対し、契約が切れていると言っていた。最後は偶然に任せることにした。アリゾナの番号をひとつ適当に選んでかけてみた。留守番電話の機械を通して歪んだ男の声が、メッセージを残してくれればこちらからかけ直すと言っていた。彼は勘定を頼んだ。蝶ネクタイの若者はポケットから一枚の紙を取り出して計算し、食事はいかがでしたかと尋ねた。とてもうまかった、とハリー・マガーニャは言った。ルシエルナガ通りにあるデメトリオ・アギラの家で昼寝をし、ハントヴィルのある通り、砂嵐が吹き抜けた目抜き通りの夢を見た。民芸品工房の女の子たちを探しに行かないと！　と誰かが後ろから叫んでいたが、彼は相手にせず、書類を、コピーされた紙の上の、この世のものとは思えない言葉で書かれた文章を読むのに没頭していた。目が覚めると、冷たいシャワーを浴び、大きくて肌触りのよい白いタオルで身体を拭いた。その後、電話局に連絡をしてミゲル・モンテスの電話番号を伝えた。その番号が登録されている住所を尋ねた。応対した女性はしばらく保留にし、それから通りの名前と番地を告げた。電話を切る前にその番号の契約者の名前を尋ねた。フランシスコ・ディアス名義です、とオペレーターは言った。サンタテレサがあっという間に夜を迎えようとしていたとき、ハリー・マガーニャはサン・パブロ区のマデロ・セントロ大通りと平行に走る、かつての面影を残した地区にあるポルタル通りにたどり着いた。平屋か二階建ての、コンクリートと煉瓦で造られた、中流の、以前は役人や若い専門職の人々が住んでいた家々が並んでいた。今では路上で目にするのは、年寄りか、自転車やくたびれた車に乗って走り過ぎていく若者の集団ばかりで、誰もが、まるでその日の晩に緊急にしなければならないことが待っているかのように先を急いでいた。本当のところ、緊急の用事があるのは俺くらいだろう、とハリー・マガーニャは思いながら、車のなかでじっとあたりが暗くなるのを待った。誰にも見られずに道を渡った。ドアは木製だったので難なく開けられそうだった。ナイフを動かすと鍵はすぐに開いた。居間から長い廊下が伸び、突き当たりには小さな庭があって、隣家の庭の明かりが差し込んでいた。何もかもが散乱していた。隣の家のテレビのくぐもった音と、荒い息遣いが聞こえた。すぐに自分ひとりでないことを悟った。その瞬間、ハリー・マガーニャは丸腰でいることを後悔した。彼は一つ目の寝室を覗き込んだ。背は低いが背中の大きな男がベッドの下から何か引きずり出しているところだった。ベッドが低いので、引きずり出すのに苦労していた。ようやく出し終えると、男は廊下のほうに引っ張っていこうと後ろをふり向き、ハリー・マガーニャと対面したが、驚く様子はなかった。ベッドから引っ張り出したものはビニールにくるまれていて、ハリー・マガーニャは吐き気と怒りが込み上げてきた。一瞬、二人は固まったように動かなかった。そのずんぐりした男は、どこかのマキラドーラの作業着のような黒いつなぎを着ていて、怒っているような、恥ずかしそうな顔をしていた。きつい仕事はいつだって俺にまわってくるんだ、と言っているように見えた。もはやこれまでだと思いながらハリー・マガーニャは考えた。自分は実際そこにはいないのだ。中心街から数分のところにあるフランシスコ・ディアスの家になどいないのだ。それは誰でもない人間の家にいるのと同じこと、自分が今いるのは田舎の、埃が舞い、灌木が茂っているところだ、サンタテレサの砂漠、あるいはどこでもいいがとにかく砂漠で、家畜小屋と鶏小屋、それに薪の炊事場のあるあばら屋にいるのだ。誰かが玄関のドアを閉める音が聞こえ、それから居間で足音がした。目の前のずんぐりした男を呼ぶ声。そしてもちろん男がそれに応えるのも聞こえた。ここだ、お仲間も一緒だぜ。ハリー・マガーニャの怒りが爆発した。男の心臓にナイフを突き刺したかった。やけになって男に襲いかかると、視界の隅に見えたのは絶望的な光景だった。廊下をこちらに向かってくる影のような二人の人物、それはランドチャージャーに乗っているのを見かけた男たちだった。

一九九五年は、一月五日、新たな女性の遺体の発見で幕を開けた。今回見つかったのは白骨死体で、イホス・デ・モレロス共同農場内にある牧場の土のなか、浅いところに埋められていた。掘り出した農夫たちには、それが女性のものとは分からなかった。むしろ小柄な男性の骨だろうと思った。白骨のそばには衣服も、被害者の身元が分かるようなものもいっさい残されていなかった。共同農場は警察に通報したが、警察が現場に到着するまで六時間かかった。遺体が見つかったとき現場にいた全員から供述を取ったうえで、誰か欠けている者はいないか、最近もめごとはなかったか、態度が変わった者はいなかったかと尋ねた。当然ながら、若者が二人、共同農場を出てサンタテレサかノガーレスかアメリカへ向かったが、それは毎年のことだった。もめごとは日常茶飯事だったが、いずれも大したものではなかった。農夫たちの態度は、季節によって、収穫によって、数少ない家畜によって、つまり経済状態によって変化したが、これは誰についても言えることだった。サンタテレサの監察医は、まもなくその白骨死体が女性のものであるとの判断を下した。もし埋められていた穴に衣服かその切れ端がなかったのであれば、結論は明白だった。殺人だった。どのように殺されたのか？　それについてはもはや知りようがなかった。いつ殺されたのか？　おそらく三か月ほど前だが、遺体の腐敗の進み具合はまちまちなので、この点については最終的な判断は下さないことにした。正確な日付を割り出すためには骨をエルモシージョの司法解剖センターへ送らなくてはならないし、メキシコシティに送るのがさらに確実だった。サンタテレサ警察は公式声明を出したが、彼らがしたことは結局のところ責任逃れのようなものだった。犯人はおそらくバハ・カリフォルニアからチワワに向かっていた運転手で、被害者はおそらくティファナでヒッチハイクをしていて、サリクで殺され、たまたまそこに埋められたのだろうと。

一月十五日、次なる女性の遺体が見つかった。被害者はクラウディア・ペレス゠ミジャンだった。遺体はサウアリトス通りで発見された。被害者は黒いセーターを着ていて、安物の指輪を両手に一つずつはめ、婚約指輪もつけていた。スカートもパンティーも身につけていなかったが、ヒールのない合成皮革の赤い靴を履いていた。彼女はレイプされ首を絞められ、白い毛布にくるまれていたが、それはまるで遺体をどこかに運ぼうとしていた犯人が突然サウアリトス通りのゴミ用コンテナの裏に捨てることにしたか、何かの事情でそうせざるをえなかったかのようだった。クラウディア・ペレス゠ミジャンは三十一歳、夫と二人の子供とともに、遺体発見現場に近いマルケサス通りに住んでいた。警察は彼女の家に急行したが、誰もドアを開けないうちから、家のなかからは泣き声と叫び声が聞こえてきた。正当な令状を用意して玄関のドアが破られると、寝室で、未成年のファン・アパリシオ゠ペレスと弟のフランク・アパリシオ゠ペレスが鍵を掛けられ閉じ込められているのが発見された。部屋には飲料水の入ったバケツと食パンが二斤置かれていた。小児専門の心理学者の立ち会いのもと尋問が行なわれ、子供たちは揃って、父親のファン・アパリシオ゠レグラが前の晩に自分たちを閉じ込めたのだと認めた。二人はそのあと大きな物音や叫び声を耳にしたが、誰が叫んでいるのか、何の音なのか、そこまでは分からず、やがて眠り込んでしまった。翌朝、家のなかは空っぽで、警察がやってきた音が聞こえたので叫び始めたのだった。ファン・アパリシオ＝レグラ容疑者は車を一台所有していたが、本人ともどもどこにも見つからなかったので、妻を殺したあと車で逃亡したのだろうと思われた。クラウディア・ペレス＝ミジャンは中心街のカフェテリアでウェイトレスをしていた。ファン・アパリシオ＝レグラの仕事については誰も知らず、マキラドーラで働いていると考える者もいれば、アメリカへの密入国斡旋屋をしていたと考える者もいた。指名手配の通達が出されたが、事情をよく知る者たちは、彼が二度と街に姿を現わすことはないと確信していた。

二月にマリア・デ・ラ・ルス・ロメロが死んだ。年齢は十四歳、身長一メートル四十八センチで、髪を腰まで伸ばしていたが、近いうちに切るつもりだと姉妹の一人に打ち明けていた。少し前からサンタテレサでもっとも古いマキラドーラのひとつ、〈EMSA〉で働いていた。その工場は工業団地ではなくラ・プレシアーダ区の中心にあり、メロン色のピラミッドのような形をしていた。煙突の裏には生贄の祭壇がのぞき、二つのハッチ式ドアから労働者たちとトラックが出入りしていた。マリア・デ・ラ・ルス・ロメロは午後七時、迎えに来た数人の友達と一緒に家を出た。兄弟たちには、サン・ダミアン区とプラタ区の境界にある労働者がよく行くディスコ〈ラ・ソノリータ〉に踊りに行き、夕食はその辺で済ませてくると言った。両親はその週は夜勤だったので家にはいなかった。マリア・デ・ラ・ルスは実際、ディスコの向かいの歩道に停まっているタコスやケサディージャを売るトラックの隣で、友人たちと立ったまま食事をした。夜の八時にディスコに入ると、〈EMSA〉で働いていたり、地元ですれ違ったことがある知り合いの若者たちがたくさんいた。友人の一人によれば、ほかの女の子たちが恋人や男友達と待ち合わせていたのに対して、マリア・デ・ラ・ルスはひとりで踊っていた。とはいえ二度ばかり、二人の若者に酒かソフトドリンクを一緒に飲もうと誘われたが、マリア・デ・ラ・ルスは、一度目は相手が気に入らず、二度目は恥ずかしがって、いずれも断ったという。夜十一時半に店を出たときには友達が一人一緒だった。二人の家は比較的近くだったので、連れ立って帰ればひとりのときよりよほど楽しかった。二人が別れたのは、マリア・デ・ラ・ルスの家まであと五ブロックほどのところだった。彼女の足取りはそこで途絶えていた。家までの道の周辺で聞き込み捜査が行なわれたが、叫び声を聞いた者もいなければ、助けを呼ぶ声を聞いた者もいなかった。彼女の遺体は二日後にカサス・ネグラスの幹線道路の脇で発見された。レイプされ、顔を何度も、そのうち数回は激しく殴られ、上顎骨を骨折していた——これは殴られた場合でもめったに見られない現象だった——ため、監察医はマリア・デ・ラ・ルスがむりやり乗せられた車が事故に遭ったのではないかと考えたほどだった（もっともその考えは当然ながら一瞬にして破棄された）。死因は胸部と首に見られる刺傷で、両肺および無数の静脈を貫いていた。この事件を担当したのはファン・デ・ディオス・マルティネス捜査官で、彼はふたたび、被害者と一緒にディスコに行った友人たち、店のオーナーと従業員、それにマリア・デ・ラ・ルスが消息を絶つ前にひとりきりで歩いた、あるいは歩くつもりだった五ブロックに住む者たちから供述を取った。はかばかしい結果は得られなかった。

三月、サンタテレサで女性の遺体は発見されなかった。だが、四月にはほとんど日を置かずに二人の遺体が見つかった。また、この性犯罪の波（あるいはとめどない滴）を止めることができないうえに、殺人犯を逮捕してこの勤勉な街に平穏な日々を取り戻すことができない警察の行動が初めて批判されたのもこのころだった。この月最初の被害者は、サンタテレサの中心街にあるホテル〈ミ・レポソ〉の一室で発見された。シーツにくるまれ、ベッドの下に入れられていたこの女性は、白いブラジャーしか身につけていなかった。〈ミ・レポソ〉の経営者によれば、遺体が発見された部屋に宿泊していたのはアレハンドロ・ペニャルバ＝ブラウンという名の客だが、三日前にやってきたあと連絡がつかなくなっていた。客室清掃係と二人のフロント係が尋問を受け、いずれの従業員も、ペニャルバ＝ブラウンを見たのは彼の滞在初日だけだと証言した。いっぽう、客室清掃係たちは、二日目から三日目にかけてベッドの下には何も見当たらなかったと誓ったが、この点について警察は、客室をきちんと掃除していないことを隠すための方便だろうと見ていた。ホテルの記録にペニャルバ＝ブラウンが残した住所はエルモシージョのものだった。エルモシージョの警察に照会したところ、ペニャルバ＝ブラウンなる人物がその住所に住んでいた形跡がないことが判明した。被害者は三十五歳くらいと思われる褐色の肌をした体格のいい女性で、両腕に多数の注射痕があったため、市の麻薬グループに警察の捜査が及んだが、遺体の身元特定につながる手がかりは見つからなかった。監察医によれば、死因は質の悪いコカインの過剰摂取だった。コカインがペニャルバ＝ブラウンを名乗る男によって与えられたものである可能性も、そのコカインに致死性があることを彼が知っていた可能性も捨てきれなかった。二週間後、四月に起きた二つ目の女性殺人事件の捜査に警察が全力を注いでいたころ、二人の女性が警察に出頭し、被害者と知り合いであると証言した。それによると被害者はソフィア・セラーノという名前で、工員として三つのマキラドーラで働きながら、ウェイトレスの仕事をしていた。最近ではシウダー・ヌエバ区の墓地の裏にある空き地で客を取っていた。サンタテレサに家族はおらず、何人かの友人も皆貧しかったため、彼女の遺体はサンタテレサ大学医学部の学生に引き渡された。

二つ目の遺体はエストレージャ区のゴミ集積場近くで見つかった。レイプされ、絞殺されていた。まもなく身元が判明した。オルガ・パレデス＝パチェーコ、二十五歳で、中心街に近いレアル大通りのブティックに勤めていた。独身で、身長は一メートル六十センチ、ルベン・ダリオ区エルマノス・レドンド通りに妹のエリサ・パレデス＝パチェーコと暮らしていた。近所では、二人は感じのいい、親切で真面目な姉妹であると知られていた。両親は五年前に死んでいた。まず父親を癌で、それから二か月足らずで母親を心臓発作で亡くし、オルガが自然と家計を支えていた。知られているかぎりでは恋人はいなかった。二十歳の妹には結婚を考えている恋人がいた。エリサの恋人はサンタテレサ大学を卒業したばかりの若い弁護士で、サンタテレサでも非常に評判のいい企業弁護士の事務所で働いていて、オルガが誘拐されたと推定される晩にはアリバイがあった。義理の姉になるはずだったオルガの死に大きな衝撃を受けた彼は、（非公式の）取り調べのなかで、誰かが彼女を憎んだり、まして殺意を抱いたりするとは思いもよらないことだと告白し、彼の言葉を借りれば、恋人の両親の死とそれに続く姉の死によって、自分の恋人の家族につきまとう不運、悲劇的な運命に彼自身がとりつかれているように見えた。オルガの数少ない友人も、彼女の妹と若い弁護士の言葉を裏づけた。皆に慕われていた彼女は、いまやサンタテレサでは数少ない種類の女性、つまりまっすぐな、一言で言えば誠実で真面目な女性だった。しかも、上品で趣味のよい着こなしを心得ていた。監察医は彼女の服の趣味について同じ意見だったが、さらに、遺体の状態に奇妙なところがあるのを発見した――彼女が殺された晩に、そして発見時にも穿いていたスカートは前後が逆だった。

五月、アメリカ領事がサンタテレサ市長のもとを訪れ、その後、市長に伴われて非公式に警察署長と会談した。領事の名前はエイブラハム・ミッチェルといったが、妻や友人たちは彼をコナンと呼んでいた。身長は一メートル九十センチ、体重は百五キロあった。顔には皺が刻まれ、耳は大きすぎたかもしれない。メキシコの生活と砂漠でキャンプすることが大好きで、彼が表に出るのはよほど重大な事件のときだけだった。つまり彼がしなければならないことはないに等しく、せいぜい国の代表としてパーティーに参加したり、お忍びで、二か月に一度ほど、夜、酒に目がない同国人を何人か連れて、サンタテレサでもっともうまいプルケ酒を出すと評判の二軒の酒場に行くくらいだった。ハントヴィルの保安官が行方不明になり、領事が入手できたあらゆる情報を総合したところ、保安官が最後に姿を見せたのがサンタテレサだということが分かった。警察署長は、件のアメリカ人がサンタテレサを訪れたのは公務のためだったのか、それとも旅行者としてだったのかと尋ねた。もちろん旅行者として来たんですよ、と領事は答えた。そうなりますと、こちらにできることはほとんどありませんな、とペドロ・ネグレーテは言った。このあたりには、毎日何百という旅行者がやってくるのですよ。領事は一瞬考え込んだが、最後は警察署長の発言に理があることを認めた。これ以上ことを荒立てないほうがよさそうだ、と彼は思った。それでも警察署長は、友人である市長に敬意を表して、領事もしくは彼が適任だと認めた人間に、一九九四年十一月からそのときまでに管内で殺された身元不明者の死体の写真を閲覧することを許可し、わざわざそのためにハントヴィルからローリー・カンプザーノ保安官補佐が呼ばれたが、該当するものはなかった。保安官は気がふれてしまったのかもしれません、とカート・A・バンクスは言った。そして砂漠で自殺したんです。あるいは今ごろフロリダでニューハーフと暮らしているかもしれませんよ、ともう一人の領事館員ヘンダーソンが言った。コナン・ミッチェルは眉をひそめて二人を見つめ、合衆国の保安官のことをそんなふうに言うものではないとたしなめた。その間、五月にはサンタテレサで殺された女性は一人もおらず、六月も同様だった。ところが七月になると二人の女性の遺体が見つかり、エルモシージョに本部を置く女性団体で、サンタテレサには三人しか会員がいないソノラ民主平和女性同盟（ＭＳＤＰ）が、初めての抗議行動を起こした。一人目の遺体はレフヒオ通りのほぼ突き当たり、ノガーレスへ続く幹線道路のすぐそばにある自動車整備工場の中庭で発見された。被害者の年齢は十九歳、レイプされ、絞殺されていた。遺体はスクラップにされようとしている車の内部で見つかった。ジーンズに襟ぐりの開いた白いブラウスを着ていて、ウェスタンブーツを履いていた。三日後、被害者はマキラドーラ〈テクノサ〉の工員で、ローマス・デル・トロ区に住むケレタロ州出身のパウラ・ガルシア＝サパテロであると判明した。同じくケレタロ出身の三人の女と同居し、知られているかぎりでは恋人はいなかったが、マキラドーラの同僚二人と付き合っていたことがあった。この二人の住所はすぐに突き止められ、彼らは数日間取り調べを受けたのち、どちらのアリバイも証明されたが、そのうち一人は精神的ショックを受け、肋骨を三本骨折し、病院に運び込まれた。パウラ・ガルシア＝サパテロ殺人事件の捜査が続くなか、七月に入って二人目の死体が見つかった。遺体が発見されたのはカサス・ネグラスに向かう幹線道路沿いにあるメキシコ石油公社（ＰＥＭＥＸ）の石油タンクの裏手だった。被害者の年齢は十九歳、痩せ型で肌は褐色、髪は黒くて長かった。監察医によれば、肛門と膣双方を何度もレイプされ、遺体に散見する血腫が、常軌を逸した暴行を受けたことを証明していた。ところが遺体は発見時にはきちんと服を着ていた。ジーンズに黒いパンティー、ベージュ色のパンティーストッキング、白いブラジャーに白いブラウス、いずれも引き裂かれた跡はなかったので、犯人あるいは犯人グループは、彼女の服を脱がせ、陵辱し殺したのち、服を着せてからＰＥＭＥＸの石油タンクの裏に死体を遺棄したのだと考えられた。パウラ・ガルシア＝サパテロの事件については州司法警察のエフライン・ブステロ捜査官が担当し、ロサウラ・ロペス＝サンタナの事件はエルネスト・オルティス＝レボジェード捜査官に任されたが、どちらの事件も、捜査に役立つ証人や証拠が出てこなかったため、すぐに袋小路に入り込んだ。

一九九五年八月には七人の女性が遺体となって発見され、フロリータ・アルマーダがソノラ州のテレビ番組に二度目の出演をし、ツーソンの警官二人がサンタテレサへやってきて聞き込みを行なった。二人は領事館員カート・A・バンクスとディック・ヘンダーソンと面会した。領事は、カリフォルニアのセージにある、彼の農場と言えば聞こえはいいが、実際にはラモーナ・インディアン居留地の近くにある朽ちかけた丸太小屋に滞在中で、彼の妻はサンディエゴに近いエスコンディードに住む妹の家で二、三か月の休養をとっているところだった。かつてその丸太小屋には地所もついていたのだが、コナン・ミッチェルの父親が土地のほうを売り払ってしまったので、今では一千平方メートルの草木の生い茂る庭だけが残され、コナン・ミッチェルはそこでレミントン八七〇ウィングマスターで野ネズミを撃ったり、カウボーイ小説を読んだり、ポルノビデオを見たりして過ごすのが常だった。それに飽きると車に乗ってセージまで出て、幼いころの彼を知っていると言う年寄りたちのいる酒場に入った。ときどき、コナン・ミッチェルは老人たちをじっと見つめ、そこにいる者たちが自分の小さいころを覚えているはずがない、大して歳が違わないように見える者もいるじゃないかと思った。ところが老人たちは入れ歯をかちかち言わせながら、エイブ・ミッチェルの子供時代のいたずらを、まるでたった今目の前で起こっているかのように話すので、コナンも彼らと一緒に笑ったふりをするしかなかった。覚えているのは、父親のことと兄のこと、そしてときどき雨期のことを思い出したが、それはセージに降る雨ではなく、彼が住んだことのある別の場所で降った雨だった。彼は、自分は雷に打たれて死ぬのだという迷信に小さいころからつきまとわれていて、そのことはよく覚えていたものの、妻を除けばほとんど誰にもその話をしたことはなかった。実際、コナン・ミッチェルはあまり口数の多い人間ではなかった。だからこそメキシコ暮らしが気に入っていて、彼はそこで小さな運送会社を二つ経営していた。メキシコ人は話し好きだが、背の高い人間とはあまり話したがらないし、それがアメリカ人であればなおさらだった。この考えがどのようにして彼の頭のなかで生まれたのかは分からないが、たしかに彼が思いついたことであり、そのおかげで国境の南側にいるととても落ち着いた気分になれた。にもかかわらず、ときどき、そしてつねに妻の主張でカリフォルニアかアリゾナあたりで過ごさなければならず、それに甘んじていた。最初の数日は環境の変化も彼に影響を及ぼすことはないように思えた。二週間経つと騒音（彼をめがけて飛んでくる騒音、彼に返事を求める騒音）に耐えられなくなり、セージの古い丸太小屋に閉じこもった。ツーソンの警官たちがサンタテレサにやってきたとき、すでにコナンが留守にして三週間が経っていて、領事が無能であるという話を聞いていた二人は、内心感謝したほどだった。ヘンダーソンとバンクスはガイド役を務めた。警官たちはサンタテレサを歩き回り、バーやディスコを訪れ、ペドロ・ネグレーテに紹介されて麻薬取引について長いこと話し合い、司法警察のオルティス＝レボジェード捜査官とファン・デ・ディオス・マルティネス捜査官に話を聞き、市の死体安置所に勤める二人の監察医と面会し、砂漠で見つかった身元不明の遺体に関する資料をいくつか調べ、〈アスントス・インテルノス〉という売春宿を訪れてそれぞれ娼婦と寝た。その後、到着したときのように去っていった。

フロリータ・アルマーダについて言えば、彼女の二度目のテレビ出演は最初のときほど人目を引くことはなかった。このときは、レイナルドのたっての希望で、それまでに彼女が出版した三冊の著書について語った。よい本とは言えません、と彼女は言った。でも二十歳を過ぎるまで読み書きができなかった女が書いたものにしては、よいところがないわけではありません。この世界に存在するあらゆるものは、と彼女は言った。どんなに大きいものであろうと、宇宙に比べたら実際にはとても小さなものなのです。彼女の言わんとしていることは何だったのか？　それはすなわち、人間というものは、そのつもりになりさえすれば、自分を越えることができるということだった。

例を挙げれば、一人の農夫が一朝一夕にNASAのトップに立てるわけではないし、NASAで働くことさえ不可能だ、だからといって、その息子が、父親の示す模範と愛情に導かれれば、そこで働く日が来ないなどと主張できる人はいないだろう。もうひとつ例を挙げれば、彼女自身、できることなら勉強をして学校の先生になりたかった。彼女なりの謙虚な理解に従えば、子供たちに教えることはおそらく世界一すばらしい仕事であり、どんなに小さなものであろうと、人生という宝物と文化という宝物に対して子供たちの目をこのうえなく優しく開くことと、つまるところ同じことだった。彼女は教師にはなれなかったが、もっと幸福な生活をしていた。ときおり、学校の先生になって田舎で暮らしている夢を見ることがあった。彼女の学校は丘の頂上にあって、そこからは町の景色を一望でき、茶色や白の家々や黄土色の屋根、ときどきそこに座って舗装されていない道を眺めている老人の姿が見える。校庭からは、登校してくる女の子たちが見えた。ポニーテールや三つ編み、カチューシャで留めた黒髪。褐色の肌をした顔と白い笑顔。遠くでは農夫たちが土地を耕し、砂漠で作物を収穫し、山羊の世話をしていた。彼女には彼らの言葉が理解できた。彼らが「おはよう」や「おやすみ」をどのように言うのか、このうえなくはっきりと理解できた。彼らの言葉すべてを、変化することのない言葉と、毎日、毎時間、毎分変化する言葉を、彼女は難なく理解していた。たしかに、それが夢というものだった。あらゆるものがぴったりはまっていく夢もあれば、何もかもがしっくりこない、世界が不快な音の詰まった棺のように感じられる夢もあった。いずれにしても、彼女は心安らかに暮らしていた。たしかに、勉強をして、夢に見るように学校の先生になることはできなかったが、今、彼女は薬草医として、ある人たちの見方では千里眼として、大勢の人々に感謝されていたし、それも彼女が彼らのためにしたほんのささいなこと、ちょっとした助言、小さなアドバイスでだった。たとえば彼女は食物繊維を食生活に取り入れることを勧めた。食物繊維というのは人間が食べられない、つまりわたしたちの消化器官が消化吸収することのできないものなのですが、トイレに行ってうんちをするには、いえ、失礼しました、排便するにはとても役に立つのです、と彼女はレイナルドと品のよい視聴者の方々に向かって詫びながら言った。セルロースを分解し、グルコースを吸収できるようにする機能をもっているのは草食動物の消化器官だけです、とフロリータは言った。食物繊維というのは、セルロースやそれに類する物質の俗称です。これを摂っても、人間のエネルギー源にはなりませんが、健康にいいのです。吸収されない食物繊維は塊となり、消化管のなかでも同じ大きさを保ちます。それによって腸内に圧力がかかり、腸の活動を刺激し、消化の残り滓が長い腸管のなかを容易に通過することができるのです。下痢をするのは、いくつかの例外を除いてよいことではありませんが、一日に一度か二度トイレへ行くことは、落ち着きとバランスを、ある種の内的平和をもたらします。大きな内的平和というのは大げさだとしても、小さくとも輝くような内的平和です。食物繊維に象徴されるものと鉄に象徴されるもの、そのあいだにはどれほど大きな差があることでしょう！食物繊維は草食動物の食べるもの、それは小さく、わたしたちの栄養分にはなりませんが、跳び豆ひとつ分の大きさの平和を与えてくれます。いっぽう鉄は、他人に接するときのとげとげしさ、さらには自分自身に対するとげとげしさを象徴しています。わたしはどんな鉄の話をしているのでしょうか？そう、剣を作る鉄のことです。あるいは、かつて剣を作っていた鉄、不屈を象徴する鉄のことです。いずれにしても、鉄というものは死をもたらします。ソロモン王、おそらく歴史上もっとも賢い王さまで、メキシコの誕生日の歌に歌われ、子供の庇護者とされているダビデ王の息子は、あるとき子供を真っ二つにしようとしたとも伝えられますが、エルサレムの神殿の建築を命じたとき、補強のために鉄を使用することを、たとえわずかな部分であっても固く禁じ、割礼にも鉄を用いることを禁じたそうです。余談ですが、わたしは割礼を批判する気はありません。ただ、あの時代のあの砂漠では意味をもっていたであろう行為とはいえ、現代の衛生観からすれば過剰ではないかとわたしは思います。男性の割礼は当人が望むのであれば二十一歳で行なうべきで、望まないのであればしなくてよいと思います。鉄の話に戻りますが、とフロリータは言った。ギリシア人もケルト人も、治癒効果のある、あるいはまじないに用いる薬草を摘む場合には鉄でできたものは使用しなかったということを言い添えておかなければなりません。つまり、鉄は死を意味し、不屈の精神や力を意味します。いずれも治癒行為とは相容れません。ただし、その後ローマ人は、鉄にはさまざまな症状を和らげたり治したりする治癒効果があることを見いだしました。たとえば狂犬病の犬に嚙まれたとき、出血、赤痢、痔核などに効くのです。こうした考え方は中世に受け継がれ、その時代には、鉄には悪魔や魔女や魔法使いを追い払う力があると信じられていました。逃げるに決まっています。鉄は彼らを殺す道具だったのですから！　逃げ出さないとしたらよほどのおばかさんですね！　この暗黒時代には鉄を使った占いも行なわれていました。シデロマンシアと呼ばれるこの占いは、炉で小さな鉄塊を真っ赤になるまで焼いてからその上に何本かの藁を投げ、それが燃えるときに現われる星のような輝きを見るのです。よく磨いた鉄は、魔女の邪な視線から目を守るのに用いられていました。余談を許していただければ、とフロリータ・アルマーダは言った。このことでどうしても思い出してしまうのが、政党のお偉方だとか労働組合のボス、あるいは警官たちがかけている黒いサングラスです。どうして目を隠すんでしょう？　この国がどのように発展していくべきか、どうすれば労働者にとってより安全な職場を作ることができるか、あるいは給料をよくすることができるか、どうすれば犯罪がなくなるか、眠らずに知恵を絞っていたのでしょうか。そうかもしれません。そうでないとは言いません。きっとそれは彼らの目の隈に現われていることでしょう。でも、もしわたしがそうした一人に近づいていってサングラスを外し、目の下に隈がないことが分かってしまったら？　想像すると怖くなります。怒りがこみ上げてきます。強い怒りです。だが、彼女にはもっと恐れを感じ、もっと怒りがこみ上げてくるものがあり、どうしてもそれだけはカメラの前で言っておかねばならなかった。「レイナルドとの一時間」というタイトルがついたレイナルドの素敵な番組、誰もが笑い、楽しい時を過ごし、新しい何かを学ぶことができる楽しく健全な番組、教養ある若者レイナルドが、いつも苦労して興味深いゲストを見つけ、歌手に画家、引退したメキシコシティの火吹き芸人、インテリアデザイナー、腹話術師とその人形、子供が十五人いる母親やロマンティックなバラードを作る作曲家を呼んでくるその番組で、自分は今、この与えられた機会を利用して別のことを話す義務があるのだと彼女は言った。自分の話をするわけにはいかなかった。エゴの誘惑に負けるわけにはいかなかった。十七歳か十八歳の若い娘であれば軽薄でも罪でも何でもないかもしれないその軽薄さは、七十歳の女性には許されざるものなのだ。たしかにわたしの人生は、と彼女は言った。小説なら数冊分、少なくともテレビドラマひとつ分くらいにはなるかもしれませんが、それでも神さまのおかげで、とりわけ聖母マリアのおかげで、わたしは自分の話をせずにすむのです。レイナルドには許してもらわなくてはいけませんね、彼はわたし自身のことを話してもらいたいのでしょうから。でもわたしのことだとか、わたしの奇跡だとか言われているもの、そんなものよりもずっと重要なことがあるんです。何度でも言いますが、わたしの奇跡など奇跡のうちに入りません。長年にわたって本を読み、草花と触れ合ったことの結果にすぎません。つまり、わたしの奇跡などというものは、努力と観察の産物で、そこに、もしかしたら、いいですか、もしかしたら、もって生まれた才能もあるのかもしれません、とフロリータは言った。それからこう言った。怒りがこみ上げてきます、わたしは恐れ、そして憤っています。今このわたしの故郷で、わたしが生まれ、そしておそらく死ぬであろうこの美しいソノラ州で起こっていることに対して。それからこう言った。今わたしは、わたしが見た光景、もっとも勇敢な男性ですら息をのむような光景について話しているのです。夢のなかで、わたしは犯罪を目撃します。それはまるで、テレビが爆発してしまったのに、わたしの寝室中に散らばった画面の破片ひとつひとつに映る、恐ろしい場面を、際限ない叫びを見続けているようなものなのです。そしてこう言った。そのあと、わたしは眠れなくなります。神経を鎮めてくれるものをあれこれ飲んではみるのですが、効果はありません。鍛冶屋の家には木の包丁しかない、というわけです。そこでわたしは明け方まで本を読んだり、何か役に立つ、実利的なことをしようとするのですが、結局いつも、台所のテーブルに座って、このことについて何度も考えを巡らせることになるのです。そして最後に彼女はこう言った。今わたしは、サンタテレサで女性たちが無残に殺されていることについて話しているのです。女の子たち、家庭の母親たち、すべての働く女性たちが、この州の北部にあるあの工業都市の街なかで、郊外で、毎日のように遺体となって見つかっていることについて話しているのです。わたしはサンタテレサの話をしているのです。サンタテレサのことを話しているのです。

一九九五年八月に遺体となって発見された女性たちについて言えば、一人目の被害者はアウロラ・ムニョス＝アルバレスだった。彼女の遺体はサンタテレサとカナネアを結ぶ幹線道路の路肩で発見された。絞殺されていた。年齢は二十八歳、緑色のスパッツの上に白いTシャツという格好で、ピンク色のスニーカーを履いていた。監察医によれば、被害者は殴られ鞭で打たれ、背中には太いベルトの痕がくっきりと残っていた。彼女は中心街のカフェでウェイトレスをしていた。捜査線上に最初に浮かび上がったのは彼女の恋人で、二人がしばしば喧嘩をしていたという複数の証言が得られた。男の名前はロヘリオ・レイノーサといい、マキラドーラ〈レム社〉で働いていて、アウロラ・ムニョスが誘拐された午後のアリバイがなかった。尋問に次ぐ尋問が一週間続いた。一か月後、すでにサンタテレサ刑務所に収監されていた彼は証拠不十分で釈放された。ほかに逮捕者はいなかった。複数の人間が、アウロラ・ムニョスが知り合いとおぼしき二人の男と一緒に黒いペレグリーノに乗り込むのを目撃していたが、一瞬でもそれが誘拐だと思った者はいなかった。八月最初の被害者の遺体が見つかった二日後、エミリア・エスカランテ＝サンフアンの遺体が発見された。年齢は三十三歳、胸部と首は痣だらけだった。遺体は、トラバハドーレス区のミチョアカン通りとヘネラル・サアベドラ通りの交差点で発見された。監察医の報告書によれば、死因は、何度もレイプされた挙句の絞殺だった。いっぽう、この事件を担当した司法警察のアンヘル・フェルナンデス捜査官の報告書は、死因は急性アルコール中毒であると指摘していた。エミリア・エスカランテ＝サンフアンはサンタテレサ西部のモレロス区に住み、マキラドーラ〈ニューマーケッツ〉で働いていた。幼い子供が二人いて、生まれ故郷のオアハカから呼び寄せた母親と暮らしていた。夫はいなかったが、二か月に一度、同僚たちと連れ立って中心街のディスコに出かけ、たいていは男をつかまえて酒を飲み、一緒に店を出ていった。娼婦同然だ、と警官たちは言った。一週間後、十七歳のエストレージャ・ルイス＝サンドバルがカサス・ネグラスへ向かう幹線道路沿いで遺体となって発見された。レイプされ、絞殺されていた。ジーンズと紺色のブラウスを着ていた。腕は後ろ手に縛られていた。遺体には責め苛まれたり殴られたりした形跡はなかった。両親や兄弟と一緒に暮らす家から彼女が姿を消したのはその三日前のことだった。この事件は、仕事の多さに不満を漏らす司法警察の捜査官たちの負担を軽くするために、サンタテレサ警察のエピファニオ・ガリンドとノエ・ベラスコが担当した。エストレージャ・ルイス＝サンドバルの遺体発見の翌日、二十歳のモニカ・ポサダスが、ラ・プレシアーダ区のアミスタ通りに隣接した空き地で遺体となって見つかった。監察医によれば、モニカは肛門と膣の双方をレイプされていたうえ、喉にも精液の残滓があることが確認され、そのため警察署内では「三穴の」強姦として語られることになった。ところが、一人の警官が、完全な強姦のためには五穴を犯さなければならないと言い出した。あと二つは何かと訊かれると、彼は耳だと答えた。別の警官は、シナロア州の男が七穴を犯したという話を聞いたことがあると言った。すでに挙げられた五つに目を加えたものだった。さらに別の警官は、メキシコシティの男が八穴を犯したという話を聞いたことがあると言った。こちらはそれまでの七つに臍を加え、メキシコシティの男はナイフで軽く切り込みを入れてからそこに一物を挿入したということだったが、当然のことながら、よほどの狂人でないかぎりそんなことはできないはずだった。ともかく、「三穴の」強姦という呼び方がサンタテレサ警察内部で広まり、よく知られ、半ば公式に認知されるところとなり、警官が作成する報告書、調書の類、またオフレコでの記者懇談などでも使用された。モニカ・ポサダスの事件では、被害者は

「三穴を」犯されていただけでなく、首を絞められてもいた。発見時、遺体は手前に置かれていたいくつかの段ボール箱のせいで見えにくいところにあり、下半身は裸だった。両脚は血に染まっていた。あまりの出血量の多さに、もし遠くから、あるいはある程度の高さから誰かが（あるいは、そのあたりには上から見下ろせるビルなどなかったので、天使が）見れば、赤いストッキングを穿いていると言ったかもしれない。膣は裂けていた。外陰部と鼠径部に、まるで野犬が食べようとしたかのような噛み痕、噛みちぎった痕が見られた。司法警察の捜査官たちは捜査対象を、遺体が発見された空き地から六ブロックほど離れたところにあるサン・イポリト通りに家族と暮らしていたモニカ・ポサダスの家族関係と知人に絞った。母親と継父と兄の三人はマキラドーラ〈オーバーワールド〉で働いていた。モニカも同じところで三年ほど働いたのちに辞表を出し、マキラドーラ〈カントリー&シーテック〉で運を試してみることにした。モニカの家族はミチョアカンの小さな村の出身で、サンタテレサに移り住んだのは十年前のことだった。初めのうち、生活はよくなるどころか悪くなっていくように思われ、モニカの父親は国境を越えることを決意した。それ以来、父親とは音信不通で、しばらくのちに家族は、父親が死んだものと考えるようになった。その後、モニカの母親は、責任感のある働き者の男性と知り合い、やがて二人は結婚した。新たな結婚によって三人の子供が誕生した。一人は小さなブーツ工場で働き、あとの二人は学校に通っていた。尋問を受けると、モニカの継父はまもなく、明らかに矛盾したことを言い始め、ついには殺人の罪を認めた。供述によれば、彼はモニカを十五歳のころからひそかに愛していた。それ以来、彼の生活は苦悩に満ちたものだったと、モニカの継父は司法警察のファン・デ・ディオス・マルティネス、エルネスト・オルティス＝レボジェード、エフライン・ブステロに語った。だがつねに自制し、彼女に敬意を払ったのは、ひとつには彼女が自分の継子だったからであり、またひとつにはその母親が自分の子供たちの母親でもあったからだった。犯行当日に関する彼の供述は曖昧で、欠落と忘却に満ちていた。最初の供述では明け方のことだと言った。二度目の供述では、もう日が昇っていて、その週は遅番だったモニカと彼の二人しか家にいなかったと述べた。遺体はクローゼットに隠した。私のクローゼットにです、と彼は司法警察の捜査官たちに言った。私のものには触れるなとつねづね言っていますので、そのクローゼットになら誰も手をつけないからです。夜になり、家族が寝静まってから、遺体を毛布にくるみ、一番近い空き地に捨てた。噛み痕と脚についていた血について尋ねられると答えることができなかった。彼女の首を絞めたことしか覚えていないと言った。そのほかのことは、彼の記憶からぬぐい去られていた。アミスタ通りの空き地でモニカの遺体が発見された二日後、新たな女性の遺体がサンタテレサとカボルカを結ぶ幹線道路沿いで見つかった。監察医によれば、被害者の年齢は十八歳から二十二歳のあいだと見られたが、十六歳から二十三歳のあいだである可能性も捨てきれなかった。死因ははっきりしていた。銃殺だった。この遺体が発見された場所から二十五メートル離れたところで、青いジャンパーを着てローヒールの高級な革靴を履いた別の女性の白骨死体が、うつぶせで半ば土に埋もれた状態で見つかった。遺体の状態ゆえに死因の特定は不可能だった。一週間後、八月も終わりにさしかかったころ、サンタテレサとカナネアを結ぶ幹線道路沿いでマデロ区の化粧品店の店員、ジャクリーン・リオス二十五歳の遺体が発見された。ジーンズにパールグレーのブラウス、白いスニーカーと黒い下着を身につけていた。胸部と腹部に銃弾を撃ち込まれていた。被害者はマデロ区のブルガリア通りの家に友人と一緒に住んでいて、二人とも、いつかカリフォルニアに移り住むことを夢見ていた。彼女が友人と住んでいた部屋には、ハリウッド俳優たちの切り抜きや、世界のさまざまな場所の写真が飾られていた。わたしたちは、まずカリフォルニアに移住して、向こうで給料のいいまともな仕事に就いて、そのあと暮らしが落ち着いたら休暇に世界中を旅行して回るつもりだったんです、と彼女の友人は言った。二人はマデロ区の私立の語学学校で英語を勉強していた。事件は未解決のままとなった。

　司法警察の連中ときたら腰抜けばかりだ、未解決事件を山積みにしてるだけじゃないか、とエピファニオはラロ・クーラに言った。そのあと自分の書類の山を漁り、小さな手帳を取り出した。こいつは何だと思う？　と彼は尋ねた。アドレス帳ですか？　とラロ・クーラは言った。いや、とエピファニオは言った。こいつは未解決のままの事件だ。お前がサンタテレサに来る前に起きた事件だ。何年のことだったかな。ドン・ペドロがお前を連れてくる少し前だってことは覚えているんだが、正確な年は覚えていない。一九九三年だったかな。お前は何年にここに来た？　九三年です、とラロ・クーラは言った。そうなのか？　はい、とラロ・クーラは言った。分かった、じゃあこれはお前がここに来る何か月か前に起こった事件だ、とエピファニオは言った。当時、ラジオ局でアナウンサーをやっていた女性ジャーナリストが殺されたんだ。イサベル・ウレアという名前だ。銃殺された。犯人は結局分からずじまいだった。捜査は行なわれたが犯人は見つからなかった。もちろん、イサベル・ウレアの手帳を見ようなんてことは誰も思いつかなかった。どうしようもない奴らが、強盗未遂の末の殺人だろうと考えたんだ。犯人は中米人だって説が持ち上がった。国境を越えるために金が必要になったやけになった哀れな輩の仕業だとね。まあメキシコにいる時点ですでに不法入国者なんだ。とはいってもこの国じゃ誰もが潜在的に不法入国者だが、不法入国者が一人減ろうが増えようが、大して違いはない。彼女の家で家宅捜索が行なわれたとき、俺は現場にいた。もちろん、何も見つからなかった。イサベル・ウレアの手帳はバッグのなかにあったんだ。たしか俺はソファに座って、テキーラのグラス、イサベル・ウレアのテキーラの入ったグラスを横に置いて、手帳に目を通し始めた。司法警察の捜査官に、どこからテキーラなんて持ってきたんだと訊かれた。だがどこから手帳なんて持ってきたのかとは訊かれなかった。何か重要なことは書いてあるかとすらね。手帳には聞いたことのある名前がいくつか書かれていて、それから証拠物件に手帳を滑り込ませた。ひと月後、警察署の証拠物件保管庫をひと回りしていたら、アナウンサーのほかの持ち物と一緒にこの手帳があった。俺はこいつを上着のポケットに入れて持ち出したのさ。そうすりゃもっと落ち着いて調べられるからな。麻薬組織の人間の電話番号が三人分書いてあった。そのうちの一人はペドロ・レンヒフォだった。司法警察の捜査官の番号もいくつかあって、そのなかにはエルモシージョの署長の番号もあった。たかがアナウンサーの手帳にそんな電話番号が書いてあるってのはどういうことだ？　インタビューしたのか？　それともラジオに出演してもらったのか？　それとも友達だったのか？　友達でないとしたら、誰が電話番号なんて教えたんだ？　謎だ。俺に何かできたかもしれない。そこに書いてあるうちの誰かに電話して金をせびるとかな。だが俺は金には興味ない。だからこのいまいましい手帳を持ってるばかりで、何もしなかった。

九月初旬に見つかった遺体は、当初身元不明だったものの、のちにマリサ・エルナンデス＝シルバだと判明した。年齢は十七歳、七月初めにレフォルマ区のバスコンセロス高校に登校する途中で行方不明になっていた。監察医によれば、レイプされ、絞殺されていた。片方の乳房がほぼ完全に切り取られ、もう片方は乳首を噛み切られていた。遺体はエル・チレという名の不法ゴミ集積場の入口で発見された。警察に電話で通報したのは、正午ごろ冷蔵庫を捨てにやってきた一人の女性で、その時間帯は集積場に浮浪者の姿はなく、せいぜい子供や犬を集団で見かける程度だった。マリサ・エルナンデス＝シルバは合成繊維の布切れの詰まった二つの大きな灰色のビニール袋のあいだに倒れていた。行方不明になったときと同じく、ジーンズに黄色いブラウス、そしてスニーカーという格好だった。サンタテレサ市長はこの不法集積場の閉鎖を命じたが、その後、閉鎖命令（市長は秘書から、実際に開いてもいないものを閉めることは法的に不可能だという報告を受けた）は、あらゆる市条例に反する有害な場所の解体、移動および破壊命令に変更された。一週間にわたって警官が一人配置され、エル・チレ周辺をパトロールし、三日間かけて何台かのゴミ収集車が、市が保有するわずか二台のダンプカーとともにキノ区にあるゴミ集積場に廃棄物を運んだが、膨大な仕事量とそれに携わる人手の少なさに直面し、たちまち断念した。

そのころ、メキシコシティのジャーナリスト、セルヒオ・ゴンサレスは、新聞の文化部で信頼を勝ち得ていた。給料も上がり、前妻に毎月慰謝料を支払っても楽に暮らせるだけの金が手元に残った。国際政治部の女性記者と付き合うようになり、ときどき寝ていたが、二人の性格があまりに違っていたので気の置けない話をすることはできなかった。彼は、サンタテレサの日々も、女性連続殺人事件のことも、〈悔悟者〉と呼ばれ、現われたときと同じように突如として姿を消した司祭殺人犯のことも、忘れてはいなかった――もっとも、それらの記憶がなぜこれほどしつこく残っているのか、彼自身も疑問に思っていた。ときにメキシコでは、と彼は考えた。新聞の文化部の記者であるということはすなわち社会部の記者であるということなのだ。そして犯罪記事を書くことは文化部で働くことと等しいが、社会部の記者にとって文化部の記者たちは皆おかまで(「ブンカマ部」の記者、と呼ばれていた)、文化部の記者たちにとって社会部の記者たちは皆、生まれながらの負け犬だった。彼はときどき仕事のあとで、社会部の年長の何人かの記者たちと連れ立って酒を飲みに行くことがあった。そもそも社会部は新聞社のなかでも年齢層の高い部署で、国内政治部とスポーツ部を大きく引き離していた。彼らがたいてい最後に行き着くのはゲレロ区にある娼婦のいる店で、巨大なサロンには高さ二メートル以上はある石膏のアフロディーテ像がそびえていた。おそらく、と彼は思った。ティン=タンの時代にはそれなりにいかがわしい栄光を享受していたのだろうが、それ以降は落ちぶれていくばかりで、とどまるところを知らないメキシコ的堕落、つまりそこここで、押し殺した笑いや、消音器を使った銃声、口を塞がれたうめき声に縁われた堕落の一例だった。この堕落をメキシコ的と呼んでいいものか。むしろそれは、ラテンアメリカ的な堕落だった。社会部の記者たちはその店で酒を飲むのを好んだが、めったに娼婦と寝たりしなかった。古い事件の話をし、腐敗と、脅迫と、血にまみれた物語を思い出し、同じようにその店に立ち寄った警官たちと挨拶を交わしたり、席を外して彼らの言う情報交換とやらをしてはいたが、めったに娼婦を連れ出すことはなかった。初めのうちはセルヒオ・ゴンサレスも彼らに倣っていたが、やがて、彼らが娼婦をベッドに連れ込まないのは、そもそもずいぶん前から誰とも寝なくなり、もうそういったところに金をばらまく年齢ではないのだろうと考えた。そして彼らに従うのはやめにして、若くてかわいい娼婦をつかまえて近場のホテルにしけ込むようになった。あるとき、最古参の記者の一人に、北部で起きている女性連続殺人事件についてどう思うかと尋ねてみた。その記者は、あのあたりは麻薬組織が幅をきかせているから、どんな事件でも、多かれ少なかれ麻薬取引と関係があるはずだと答えた。当たり前すぎる、誰にでも思いつきそうな答えに思えたが、ことあるごとに、まるでベテラン記者の言葉が単純明快であるにもかかわらず、その答えが彼の頭の周りに軌道を描きながら信号を発しているかのように、そのことばかり考えていた。文化部にいる彼に会いに来る数少ない友人の作家たちは、サンタテレサで起きていることについては考えたこともなかったが、女性殺人事件のニュースはメキシコシティにも間歇的に届いていたので、セルヒオは、おそらくメキシコの遠い片隅で起きていることなど彼らにとって大した意味はないのだろうと思った。新聞社の同僚たちも、犯罪記事を担当している者たちですら、同じように無関心だった。ある晩、いつもの娼婦とセックスしたあと、ベッドに横になったまま煙草をふかしながら、たくさんの女性が誘拐され、たくさんの女性が死体となって砂漠で発見されている事件についてどう思っているかと尋ねてみると、彼女はそんな事件のことはほとんど知らないと答えた。そこでセルヒオは連続殺人について自分が知っていることを洗いざらい話して聞かせ、サンタテレサへの旅について語り、その理由を、離婚したばかりで、金が必要だったからだと話した。それから彼が新聞の読者として得た殺人事件のニュースと、ある女性団体が出した声明について話したが、その団体のMSDPという略称は覚えていたものの、どういう意味だったかは忘れてしまっていた。ソノラ民主人民女性同盟だったかな？　すると話の最中に娼婦があくびをした。彼の話に興味がないからではなく眠かったからなのだが、セルヒオはかっとなり、激怒して、サンタテレサでは娼婦たちが殺されているのだから、少しは同業者への連帯感を見せたらどうかと言うと、娼婦は彼に、そんなことはない、今の話を聞くかぎり、殺されているのは女工であって娼婦ではないと答えた。女工、女工でしょう、と彼女は言った。そしてセルヒオは彼女に詫び、雷に打たれたかのようにその瞬間まで見過ごしていた状況のひとつの側面を垣間見た。

九月はサンタテレサ市民にさらなる驚きを用意していた。身体の一部を切り取られたマリサ・エルナンデス＝シルバの遺体発見から三日後、サンタテレサとカナネアを結ぶ幹線道路沿いで身元不明の女性の遺体が見つかった。被害者の年齢は二十五歳前後で、右の股関節に先天性脱臼が見られた。それにもかかわらず、彼女の捜索願を出す者もなく、股関節の奇形について詳細な情報が報道されたあとも、彼女の身元に関する新たな情報を警察にもたらす者はいなかった。遺体はショルダーバッグの革紐で両手を縛られた状態で発見された。首の骨を折られ、左右の腕にナイフによる傷が見られた。しかしもっとも重大な事実は、若いマリサ・エルナンデス＝シルバと同じく、片方の乳房が切り取られ、もう片方の乳首が嚙みちぎられていたことだった。

サンタテレサとカナネアを結ぶ幹線道路沿いで身元不明の女性の遺体が発見された日、ゴミ集積場エル・チレ移転計画の任務に当たっていた市の職員が、腐敗した女性の遺体を発見した。死因の特定は不可能だった。被害者の髪の毛は黒くて長かった。黒っぽい模様のついた明るい色のブラウスを着ていたが、どんな柄かは腐敗のために分からなかった。ジョッコのジーンズを穿いていた。彼女の身元特定につながる情報を警察に寄せる者はいなかった。

九月末、エストレージャ丘陵の東の斜面で十三歳くらいの少女の遺体が発見された。マリサ・エルナンデス＝シルバと同じく、そしてサンタテレサとカナネアを結ぶ道路で見つかった身元不明女性と同じく、右の乳房が切り取られ、左の乳首は嚙みちぎられていた。リーのジーンズ、トレーナーに赤いベストを身につけていた。とても痩せていた。何度もレイプされ、ナイフで刺されていて、死因は舌骨の骨折だった。しかし、何より記者たちを驚かせたのは、遺体の引き渡しを求める者も、遺体を確認しようとする者もいなかったことだった。まるで、その少女がひとりでサンタテレサへやってきて、そこで透明人間のように暮らしているうちに犯人あるいは犯人グループに目をつけられ、殺されたかのようだった。

犯罪が次々と起こるいっぽう、エピファニオは今もなおエストレージャ・ルイス＝サンドバル殺人事件の調査をひとりで続けていた。両親や、まだ実家で暮らしていた兄弟たちに聞き込みをした。彼らは何も知らなかった。結婚してローマス・デル・トロ区のエスペランサ通りに暮らす姉にも話を聞いた。彼はエストレージャの写真を見た。かわいらしい少女で、背は高く、美しい髪と優しそうな表情をしていた。彼女の姉は、エストレージャが働いていたマキラドーラにいる友人たちの名を教えてくれた。エピファニオは彼女たちが出てくるのを待った。ふと気づくと、工員が出てくるのを待っている大人は自分一人だけだった。あとは子供ばかりで、学校の教科書を抱えた子すらいた。子供たちのすぐ近くには、緑色の屋台を引いたアイスキャンディー売りの男がいた。屋台にはテント生地の白い屋根がついていた。エピファニオは、まるで目の前から消えてほしいと言わんばかりに口笛を吹いて子供たちを呼び、六歳くらいの姉に抱かれた生後三か月にもならない赤ん坊を除く全員にアイスキャンディーを買ってやった。エストレージャの友人は、ロサ・マルケスとロサ・マリア・メディーナという名前だった。出てくる女工たちに二人のことを尋ねていると、そのうちの一人がロサ・マルケスを指さして教えてくれた。彼は自分は警官だと伝え、もう一人の友人を探してきてほしいと頼んだ。そのあと三人で工業団地をあとにした。エストレージャのことを話しながら、ロサ・マリア・メディーナという名の友人は泣き出した。三人とも映画が好きで、日曜になると、毎週というわけではなかったが中心街に繰り出し、レクス座で二本立ての映画をよく観ていた。あちこちの店で、とくに婦人服の店でウィンドウショッピングを楽しんだり、センテーノ区のショッピングモールへ行くこともあった。そこでは日曜にバンドの生演奏があり、入場無料だった。エストレージャには将来の計画があったのかとエピファニオは尋ねてみた。もちろん将来のことを考えていました。一生マキラドーラで働くのではなく、勉強したがっていました。何を勉強しようとしていたんだい？　コンピュータの使い方を覚えたがっていたんです、とロサ・マリア・メディーナが言った。エピファニオが、君たち二人も何か手に職をつけたいかと尋ねると、二人はそうしたいが簡単なことではないと思うと答えた。彼女が親しかったのは君たちだけだったのかな、それともほかに友達はいたのかな？　と彼は尋ねた。わたしたちが一番の親友でした、と二人は答えた。彼女にボーイフレンドはいなかった。かつてはいたこともあった。でもそれはずいぶん前のことだった。二人はその相手を知らなかった。エストレージャにボーイフレンドがいたのは何歳のころなのかと尋ねると、二人の少女はちょっと考えてから、せいぜい十二歳のころだと答えた。あんなにかわいい子だったのに、誰にも言い寄られなかったということかい？　と彼は尋ねた。友人二人は笑って、エストレージャを恋人にしたがる男ならたくさんいたけれど、彼女は自分の時間を無駄にしたくなかったのだと言った。自分で働いていてお給料をもらって、独立しているのに、わたしたちに男は必要でしょうか？　とロサ・マルケスが尋ねた。なるほどそのとおりだね、とエピファニオは言った。僕もまったく同じことを考えているよ。ただときには、とくにまだ若いんだから、デートを楽しむのも悪くない、そうしたいことだってあるだろう？　わたしたちはわたしたちで十分楽しいんです、と少女たちは彼に言った。だからそうしたいなんて思いません。二人のうち一人の家にたどり着く前、エピファニオは、役には立たないかもしれないが、エストレージャの恋人か友達になりたがっていた男たちについて教えてくれないかと言った。三人は立ち止まり、エピファニオは名字のない五つの名前、いずれも同じマキラドーラで働く男たちの名前を書き留めた。その後、何ブロックか歩いてロサ・マリア・メディーナを家まで送り届けた。そのなかの誰でもないと思います、と少女は言った。どうしてそう思うんだい？　人のよさそうな顔をしていますから、と少女は言った。この人たちに話を聞いてみるよ、とエピファニオは言った。話を聞いたら君たちに知らせるから。名前が挙がった五人の居場所は三日で突き止められた。たしかに悪人面の者はいなかった。一人は結婚していたが、エストレージャが行方不明になった晩は妻と三人の子供と一緒に家にいた。ほかの四人も多かれ少なかれしっかりしたアリバイがあり、何より、五人とも車を持っていなかった。彼はふたたびロサ・マリア・メディーナに会いに行った。今度は彼女の家の玄関先に座って帰りを待った。少女は帰宅すると、なぜ呼び鈴を鳴らさなかったのかと呆れ顔で尋ねた。鳴らしたよ、とエピファニオは言った。お母さんがドアを開けてくれて、コーヒーをごちそうしてくれたんだが、そのあと仕事に出なければならなかったからここで待つことにしたんだ。少女は家に入れてくれようとしたが、エピファニオはなかは暑いから外に座ったままでいいと言った。彼は少女に煙草を吸うかと尋ねた。彼女は初め、隣に立ったままでいたが、それから平らな石に腰掛け、煙草は吸わないと言った。エピファニオはその石に目を留めた。奇妙な石で、背もたれこそないものの椅子の形をしていて、母親か、家族の誰かが石をその小さな庭に置いたのは、趣味のよさだけでなく細やかな心遣いまで示していた。エピファニオは少女に、どこでこんな石を見つけたのかと尋ねた。お父さんが見つけたんです、とロサ・マリア・メディーナは言った。カサス・ネグラスで見つけて、ここまで自分で運んできたんです。エストレージャの遺体もそこで見つかったんだ、とエピファニオは言った。幹線道路沿いでね、と少女は言いながら目を閉じた。お父さんはカサス・ネグラスでこの石に出会ったんです。あるパーティーで。そして恋に落ちたんです。お父さんはそんな人でした。それから彼女は、父親は亡くなったのだと言った。エピファニオはいつのことかと尋ねた。もう何年も前です、と少女は関心なさそうに言った。彼は煙草に火をつけ、エストレージャともう一人の友達と日曜に出かけていたときのことを、好きなようにもう一度話してくれと言った。あの友達の名前は何といったかな？　ロサ・マルケスです。少女は、母親が玄関の前にある猫の額ほどの庭に置いたわずかばかりの鉢植えを見つめながら、話し始めた。だがときどき視線を上げ、まるで自分が話していることが何かの役に立つのか、それとも時間を無駄にしているだけなのかを読み取ろうとするかのように彼を見た。彼女の話が終わると、エピファニオにはひとつだけ明らかになったことがあった。三人が遊びに出かけていたのは日曜だけではなく、月曜や木曜に映画を観に行くこともあれば、踊りに行くこともあり、いずれも、働く者の理解を超えたところにある生産計画に則って変動するマキラドーラのシフト次第だった。その後、彼は質問の仕方を変え、たとえば火曜日がその週の休日になったら何をして遊んでいたのかと尋ねた。少女によれば、することは一緒で、ただ、場合によっては、日曜日とは違って中心街の施設はどこも開いていたので少しましなこともあった。エピファニオは少し突っ込んだ質問をした。どの映画館がお気に入りだったのか、レクス座のほかにはどんな映画館に行ったのか、どこかでエストレージャに話しかけてきた者はいなかったか、なかには入らずにただショーウィンドウを眺めるだけだったとしてもどんな店に行っていたか、どんなカフェに行っていたか、その店の名前は、どこかのディスコに行ったことがあるか。少女はディスコには一度も行ったことがない、エストレージャがそういった場所が好きではなかったからと言った。でも君は好きなんだろう？　とエピファニオは言った。君や友達のロサ・マルケスは。少女は彼の顔を見ないようにして、ときどき、エストレージャが一緒でないときに中心街のディスコに行ったと言った。で、エストレージャは行かなかったのかい？　エストレージャは一度も君たちに付き合わなかったのかな？　一度もです、と少女は言った。エストレージャが興味をもっていたのはコンピュータのことで、勉強したい、上を目指したいと言っていました、と少女は言った。またコンピュータか、コンピュータのことばかりだな、君の言ってることが信じられないよ、かわい子ちゃん、とエピファニオは言った。あなたにかわい子ちゃん呼ばわりされる覚えはありません、と少女は言った。しばらく二人は無言でそこに座っていた。エピファニオはふっと笑い、それからもう一本の煙草に火をつけ、家の玄関先に座ったまま、行き交う人々を眺めていた。そうだわ、と少女は言った。どこだったかはもう覚えていないけれど、中心街に、コンピュータを売っているお店があるんです。二度行きました。ロサとわたしはお店の外で待っていて、彼女がひとりでなかに入って、すごく背が高い男の人と話していました。ものすごく背の高い、あなたよりずっと背の高い人でした、と少女は言った。すごく背が高いのか、ほかには？　とエピファニオは言った。背が高くて金髪でした、と少女は言った。ほかには？　ええと、エストレージャは初めのうち興奮しているみたいでした。つまり、初めてそのお店に入って、その男の人と話をしたときです。彼女の話ではその人はお店のオーナーで、コンピュータのことを何でも知っていて、しかもきっとお金持ちだということでした。二度目にその人に会いに行ったとき、エストレージャはぷりぷりしながら出てきたんです。どうしたのと訊いたんだけれど、彼女は何も言いたがりませんでした。そのときは彼女とわたしだけで、そのあとベラクルス区でやっていたお祭りに行って、二人ともそのことはきれいさっぱり忘れていました。それはいつのことかな、かわい子ちゃん？　とエピファニオは尋ねた。さっきも言いましたけど、あなたにかわい子ちゃんなんて言われる筋合いはありませんから、いやらしい、と少女は言った。いつのことだったんだい？　とエピファニオは尋ね、彼にはもう、とても背の高い金髪の男が暗がりを歩いているのが、長くて暗い廊下を、まるで彼を待っているかのように行ったり来たりしている姿が見えていた。殺される一週間前です、と少女は言った。

人生とはつらいものだ、とサンタテレサ市長は言った。この三つの事件には明白なつながりがあります、と司法警察のアンヘル・フェルナンデス捜査官は言った。虫眼鏡が必要ですな、と商工会議所の男が言った。私はどんなものだって虫眼鏡を使って見ますよ、何度も何度も、眠くなって目を開けていられなくなるまでね、とペドロ・ネグレーテは言った。あまりことを面倒にしないほうがいいと思うがね、と市長は言った。事実はひとつです、どうしようもありません、とペドロ・ネグレーテは言った。この事件は連続殺人犯の仕業です、アメリカ映画によく出てくるやつですよ、と司法警察のエルネスト・オルティス＝レボジェード捜査官は言った。足元をよく見なくてはなりませんな、と商工会議所の男が言った。連続殺人犯と普通の殺人犯の違いは何でしょう？　とアンヘル・フェルナンデス捜査官は言った。いたって単純です、連続殺人犯は署名を残す、お分かりでしょうか、動機はないが、署名があるんです、とエルネスト・オルティス＝レボジェード捜査官が言った。動機がないというのはどういうことだね？　電気で動くとでも言うのか？　と市長は言った。この手のことについては言葉を選ばなければなりませんな、首を突っ込むべきでないところもあるわけですから、と商工会議所の男が言った。女性が三人死んでいます、とアンヘル・フェルナンデス捜査官は親指と人差し指と中指で部屋にいる者たちに示しながら言った。三人で済むといいがね、とペドロ・ネグレーテは言った。死んだ三人とも、右の乳房を切り取られ、左の乳首を嚙みちぎられています、とエルネスト・オルティス＝レボジェード捜査官が言った。どう思われますか？　とアンヘル・フェルナンデス捜査官が言った。連続殺人犯の仕業だということか？　と市長は言った。まあ、間違いないでしょう、とアンヘル・フェルナンデス捜査官は言った。被害者をそんなふうに切り刻もうと思いつく奴が三人もいるはずがありません、とエルネスト・オルティス＝レボジェード捜査官は言った。どうやらそのとおりのようだ、と市長は言った。でもそれだけでは済まないかもしれません、とアンヘル・フェルナンデス捜査官は言った。想像を膨らませればどんな可能性だってありますからね、と商工会議所の男が言った。どうやら君たちが何を考えているのか分かってきたぞ、とペドロ・ネグレーテは言った。君はどう思うんだ？　と市長は言った。右の乳房を切り取られた三人の女性が同じ人間に殺されたのだとすれば、犯人はほかにも女を殺していると考えられるのではないでしょうか？　とアンヘル・フェルナンデス捜査官は言った。科学的ですね、とエルネスト・オルティス＝レボジェード捜査官が言った。殺人犯は科学者なんですか？　と商工会議所の男が言った。いいえ、犯行の手口です、この最低の野郎が気に入っている手口のことですよ、とエルネスト・オルティス＝レボジェード捜査官が言った。こういうことです。犯人は最初、レイプして首を絞めていた。いわば普通の殺し方です。捕まらないのをいいことに、殺し方に個性が出始めた。野獣が顔を出したんです。今では犯罪ひとつひとつに彼が自ら署名をしています、とアンヘル・フェルナンデス捜査官は言った。判事、どうお考えですか？　と市長は言った。どんな可能性もあります、と判事は言った。どんなことだってありえますよ、でも無秩序な状態に陥ってはいけません、方向を見失ってはいけません、と商工会議所の男が言った。この三人の哀れな女性を殺し、身体の一部を切り取ったのは同一人物だということははっきりしているようだな、とペドロ・ネグレーテは言った。そいつを見つけ出して、このろくでもない問題に決着をつけよう、と市長は言った。ですが慎重に願います、それだけはお願いしますよ、パニックを引き起こすようなことのないように、と商工会議所の男が言った。

ファン・デ・ディオス・マルティネスはその会合に招かれなかった。会合が開かれることは知っていた。オルティス＝レボジェードとアンヘル・フェルナンデスが出席することも、自分が蚊帳の外に置かれていることも。だが、ファン・デ・ディオス・マルティネスが目を閉じると、ミチョアカン区にあるマンションの薄暗がりにいるエルビラ・カンポスの裸体が浮かんでくるだけだった。ベッドのなかで、裸のまま彼に身を寄せる彼女が見えることもあった。また、テラスで金属でできたもの、男根状の物体に囲まれている彼女の姿が目に浮かぶこともあり、彼女はその男根状の物体、さまざまな望遠鏡（実際には望遠鏡は三つしかないのだが）でサンタテレサの満天の星空を見つめ、それからノートに鉛筆で何か書きつけていた。彼が背後から近づいてノートを覗き込むと、書いてあるのはどれも電話番号ばかりで、それもほとんどがサンタテレサの番号だった。鉛筆はどこにでもある普通の鉛筆だった。ノートは学校で使うようなノートだった。どちらも、院長が普段使っているものとはかなり違うように思えた。その晩、出席させてもらえなかった会合の話を聞かされたあと、彼女に電話をして会えないかと言った。少々気弱になっていたからだ。彼女は無理だと言って電話を切った。ときどきファン・デ・ディオス・マルティネスは、院長が自分を患者のように扱うことがあると思うことがあった。一度、彼女が年齢の話、彼女の年齢と彼の年齢の話をしたことを思い出した。わたしは五十一歳よ、と彼女は言った。あなたは三十四歳。そのうち、どう頑張ってもわたしは惨めなババアになるのに、あなたは若いまま。どうしたいの？　自分の母親みたいな人と寝たいわけ？　ファン・デ・ディオスは彼女が俗っぽい言葉を使うのを初めて聞いた。ババアだって？　正直なところ、彼女が歳をとっているなどと考えたこともなかった。それはわたしが必死になってジムで汗を流しているからよ、と彼女は言った。それはわたしが自分の身体に気を遣っているから。それはわたしが体型を維持しようとしているから、そして売っているなかで一番高い皺取りクリームを買っているから。皺取りだって？　化粧品よ、モイスチャークリーム、いわゆる女性用品よ、と彼女は言ったが、感情のない声に彼は驚いた。そのままのあなたが好きなんだ、と彼は言った。自分の声に説得力がないような気がした。それでも、目を開けて現実の世界を見つめ、身体の震えを抑えようとすれば、あらゆるものがだいたい元どおりのところにあるのだった。

つまり、ペドロ・レンヒフォは麻薬密売人だということですか？　とラロ・クーラは訊いた。まさにそうだ、とエピファニオは言った。信じられない、とラロ・クーラは言った。それはお前がまだひよっこだからさ、とエピファニオは言った。太ったインディオの老婆が二人にポソレを盛った皿を運んできた。朝の五時だった。ラロ・クーラは一晩中、交通違反を取り締まるパトロールをしていた。ある角で停まっていると、車のウィンドウを叩く音がした。ラロ・クーラもう一人の警官も、誰かがすぐそばまでやってきたことにそれまで気づかずにいた。そこにいたのはエピファニオで、夜明かしをして少し酔っているように見えたが、実際には酔っていなかった。ちょっとこいつを借りるぞ、と彼はもう一人の警官に言った。警官は肩をすくめ、道の角にある、幹を白く塗られたオークの木の下にひとりで残った。エピファニオは車を置いてきていた。涼しい夜、砂漠から吹く風のせいで星が残らず見えた。二人は中心街へ向かって無言で歩き、やがてエピファニオが腹が減っているかと尋ねた。ラロ・クーラはすいていると答えた。なら何か食おう、とエピファニオは言った。太ったインディオの老婆が二人にポソレを出すと、エピファニオは陶器の皿を、まるでその表面に知らない誰かの顔を見たかのようにじっと見つめた。ラロ坊《ラリート》、ポソレがどこの料理か知ってるか？　と彼は訊いた。分かりません、とラロ・クーラは答えた。北部じゃなくて、国の中央部の食べ物だ。メキシコシティの名物料理だよ。アステカ族が考案したんだ、と彼は言った。アステカ族？　いや、これはすごくうまいです、とラロ・クーラは言った。ビジャビシオサではポソレを食べていたか？　とエピファニオは訊いた。ラロ・クーラは、まるでビジャビシオサがはるか遠い過去のものであるかのように考え始め、それから食べたことはないと言った。実際食べたことがなかったのだが、サンタテレサで暮らすようになる前に食べたことがなかったことが今では奇妙に思えた。もしかすると食べたことはあるのに覚えていないだけなのかもしれません、と彼は言った。実はな、このポソレはアステカ族が食べていた本来のポソレとは違うんだ、とエピファニオは言った。材料がひとつ足りないんだよ。どんな材料なんですか？　とラロ・クーラは訊いた。人肉さ、とエピファニオは答えた。からかわないでくださいよ、とラロ・クーラは言った。本当だよ、アステカ族はポソレに人肉の切れ端を入れていたんだ。信じられない、とラロ・クーラは言った。まあ、大したことじゃない、俺が間違っているのかもしれないし、俺にその話をした奴が間違っていたのかもしれない、大した物知りだったがな、とエピファニオは言った。そのあと二人はペドロ・レンヒフォの話を始め、ラロ・クーラはドン・ペドロが麻薬の密売をやっていることに自分が気づかなかったのはどういうわけかと尋ねた。それはお前がまだガキだからだ、とエピファニオは言った。そのあとでこう言った。どうしてあんなにボディガードを雇っていると思ってるんだ？　金持ちだから、とラロ・クーラは言った。エピファニオは笑い出した。ほらほら、と彼は言った。寝に行くとしよう、お前は起きてるというよりもう眠ってるみたいだな。

十月には、サンタテレサでは市街地でも砂漠でも女性の遺体は見つからず、不法ゴミ集積場エル・チレを一掃しようとする作業は中断されたままになっていた。このゴミ集積場の移転または廃止について記事を書いたラ・トリブーナ・デ・サンタテレサ紙の記者は、これほど無秩序な状態にお目にかかったのは生まれて初めてだと述べた。その無秩序な状態を生み出しているのは、無駄な作業にかかずらっている市の職員たちかと尋ねられると、記者はそうではないと答え、無秩序の原因は廃棄物が放置されたままのゴミ捨て場だと語った。十月には、すでにサンタテレサにいる司法警察捜査官のメンバーの補強のため、エルモシージョの本部が五人の捜査官を手配した。一人はカボルカから、もう一人はオブレゴンから、あとの三人はエルモシージョから送り込まれてきた。頼りがいがありそうな男たちに見えた。十月には、フロリータ・アルマーダがテレビ番組「レイナルドとの一時間」にふたたび出演し、友人たち（友人たちと呼ぶこともあれば守護霊たちと呼ぶこともあった）に意見を求めてみたところ、犯罪はこれからも起こり続けると言われたことを話した。彼女のことをよく思っていない人たちがいるから気をつけるようにと言われたことも話した。それでもわたしは気にしません、と彼女は言った。気にするもんですか。もうわたしはおばあさんなんですからね。そのあと彼女はカメラの前で、被害者の一人の魂と話をしようとしたものの、それはかなわず気絶してしまった。レイナルドは気絶したふりをしているだけだろうと思い、彼女の目を覚まさせようと頬を軽く叩き、水を少し飲ませたが、フロリータは気絶したふりをしていたわけではなく（本当に卒倒していた）、しまいには病院に運び込まれた。

金髪でとても背の高い男。コンピュータ販売店のオーナーか、もしかすると店を任されている従業員かもしれない。場所は中心街。エピファニオはまもなくその店を発見した。男の名前はクラウス・ハース。身長一メートル九十センチ、髪はまるで毎週脱色しているようなカナリアイエローの金髪だった。エピファニオが初めてその店を訪ねたとき、クラウス・ハースはデスクに座って客と話をしていた。背の低い、浅黒い肌の若者が近づいてきて、ご用件はと尋ねた。エピファニオはハースを指さし、あれは誰かと尋ねた。オーナーです、と若者は言った。話をさせてもらいたいのだが。今は手が離せません、と若者は言った。お探しのものがありましたらおっしゃってください。すぐに見つけてまいります。いや、とエピファニオは言った。そして腰掛け、煙草に火をつけて待つことにした。新たに客が二人入ってきた。それから、青い作業服を着た男が入ってきて店の隅に段ボール箱を二、三箱置いていった。ハースはデスクから手を挙げて挨拶した。腕は長くて太い、とエピファニオは思った。若者がやってきて灰皿を置いていった。店の奥には若い女が一人いて、タイプライターを打っていた。店にいた客が出ていくと、今度は秘書のような女がやってきて、ノートパソコンを眺め始めた。眺めながら、値段と性能をメモしていた。スカート姿でハイヒールを履き、きっと上司と関係をもっているに違いないとエピファニオは思った。それからまた客が二人来たので、若い店員はその女を残して彼らの相手をした。ハースはといえば、店内の様子には目もくれず、エピファニオには背中しか見えない男と話し込んでいた。ハースの眉毛はほとんど真っ白で、ときどき相手の言うことに声を出して笑ったり笑顔を浮かべたりし、映画俳優のように輝く歯を見せた。エピファニオは煙草の火を消し、もう一本の煙草に火をつけた。女がふり返り、まるで誰かを待たせているかのように外を見た。彼女の顔に見覚えがあるような気がした。昔、逮捕したことがあるのかもしれなかった。どのくらい前だろう？ と彼は思った。何年も前のことだ。だが女はせいぜい二十五歳にしか見えなかったから、彼女を逮捕したことがあるとすると、向こうが十七歳以下でなければおかしかった。ありうるな、とエピファニオは思った。そのあと彼は、金髪の男の店がそれなりに繁盛しているようだと考えた。固定客があり、自分はデスクに座ったまま、ゆっくりおしゃべりをしていられるのだ。それからエピファニオは、ロサ・マリア・メディーナのこと、そして彼女の証言の信憑性について考えた。彼女を信頼できるかどうかなんてどうでもいいことだ、と彼はつぶやいた。三十分ほどすると店には誰もいなくなった。女は店を出ていくとき、向こうでもこちらに気づいたかのように彼を見た。ハースとその友人の笑い声もすでに消えていた。蹄鉄形のカウンターの向こうで、金髪の男が笑顔で彼を待っていた。エピファニオは上着のポケットからエストレージャ・ルイス＝サンドバルの写真を取り出して彼に見せた。金髪の男は受け取りもせずただ写真を眺め、それから下唇を突き出して上唇に載せた奇妙な表情を作り、いったい何の話かと尋ねるように彼を見つめた。彼女をご存じですか？ 知らないと思います、とハースは答えた。この店にはたくさん人が来ますから。そのあとエピファニオは自己紹介した。サンタテレサ警察のエピファニオ・ガリンドです。ハースが手を差し出したので握手したとき、金髪の男の骨が鋼鉄でできているような気がした。嘘はつかないほうがいい、証人がいるのだと言ってみたいところだったが、笑顔を浮かべるだけにした。ハースの後ろでは、さっきの若い店員が違うデスクに座って書類を見直すふりをしていたが、実際のところ一言も聞き漏らしていないはずだった。

店を閉めると、若い店員は日本製のオートバイにまたがり、中心街の通りを、まるで誰かに会えるのを期待するかのようにゆっくり走っていった。大学通りにたどり着くと速度を上げてベラクルス区のほうへ向かった。彼はオートバイを二階建ての家の脇に停めて、チェーンロックを掛けた。彼を待っていた母親は、十分前に夕食の準備を終えていた。若者は母親にキスをしてテレビを点けた。母親は台所に入った。エプロンを外して合成皮革のバッグを手にした。若者にキスをすると母親は出かけていった。すぐ戻るわ、と彼女は言った。若者はどこに行くのか尋ねようかと思ったが、結局何も言わなかった。寝室から子供の泣き声が聞こえてきた。初めのうち若者は相手にせずテレビを見続けていたが、泣き声が激しくなってくると立ち上がり、寝室に入って生後数か月の赤ん坊を抱いて戻ってきた。赤ん坊は色白で肉付きがよく、兄とは正反対だった。若者は赤ん坊を膝の上に座らせ、食事を続けた。テレビではニュース番組をやっていた。アメリカのどこかの都市の道路を走る黒人のグループ、火星の話をする男、海から上がってきてカメラの前で笑い出す女たちの一団が映し出されていた。リモコンでチャンネルを変えた。若い男がボクシングをしていた。ボクシングは好きではなかったのでふたたびチャンネルを変えた。母親は消えてしまったかのようだったが、赤ん坊はもう泣きやんでいて、小さな弟を抱いていなければならないことも苦ではなかった。呼び鈴が鳴った。若者はそれでもまだチャンネルを変えていたが――テレビドラマをやっていた――ようやく、赤ん坊を抱いたまま立ち上がり、ドアを開けた。ここが君の家か？　とエピファニオは尋ねた。ええ、と若者は答えた。エピファニオの後ろから、背の低い、それでも若者よりは背の高い警官が入ってきて断りもせずソファに座った。夕食の最中だったのか？　とエピファニオは訊いた。ええ、と若者は答えた。そのまま続けてくれ、とエピファニオは言いながらほかの部屋に入っては、まるで一瞥しただけで隅々まで調べることができるかのようにすぐ出てきた。君の名前は？　とエピファニオは訊いた。フアン・パブロ・カスタニョンです、と若者は言った。そうか、フアン・パブロ、まずは座って食事を続けてくれ、とエピファニオは言った。分かりました、刑事さん、と若者は言った。びくびくしなくていい、赤ん坊を落とすといけないからな、とエピファニオは言った。もう一人の警官が笑みを浮かべた。

一時間後、二人がそこをあとにしたときには、エピファニオにはそれまでよりもさらに状況ははっきりしていた。クラウス・ハースはドイツ人だが、アメリカの市民権を得ていた。彼はウォークマンからコンピュータまでを扱う店をサンタテレサに二軒所有し、ティファナにも同じような店を一軒持っていたので、そちらの店の帳簿を確認したり、従業員に給与を支払ったり、在庫を補充したりするため、ひと月に一度は留守にせざるをえなかった。ふた月に一度はアメリカにも行っていたが、不在にする期間が三日以内だということ以外、定期的でもなければ日にちも決まっていなかった。デンヴァーで何年か暮らしていたことがあったが、女性問題を起こしたためそこにはいられなくなった。女好きだったが、知られているかぎりでは独身で、恋人もいなかった。彼は中心街のディスコや売春宿にしばしば顔を出し、オーナーの何人かとは友達で、あるときそうしてやった店に監視カメラを設置したり、会計ソフトを導入してやったことがあった。若者はこのことについて、少なくとも一件は、彼自身がプログラミングをしたので確かなことだと言った。ハースは公正でまともな上司であり、給料も悪くなかったが、ときおりわけの分からない理由で怒りをぶちまけることがあり、相手が誰であろうが構わず殴りかかることもあった。若者は、殴られたことこそなかったが、遅刻をしてひどく叱られたことは二、三回あった。じゃあ殴られたのは誰なんだ？　若者は秘書だと言った。殴られた秘書は今の秘書かと尋ねると、若者は、彼女ではなくその前の、彼自身も会ったことのない秘書だと答えた。じゃあその秘書が殴られたことをどうして知っているのか？　教えてくれたのは店の在庫を保管している倉庫で働いている先輩の従業員たちだった。従業員の名前は残らずしっかりとメモしておいた。最後にエピファニオは、エストレージャ・ルイス＝サンドバルの写真を彼に見せた。店で彼女を見かけたことはあるか？　若者は写真を眺め、はい、見覚えがある気がしますと言った。

続いて、真夜中近くに、エピファニオはクラウス・ハースの家を訪れた。家の明かりは点っていたが、呼び鈴を鳴らしてからドアが開くまでかなり長いこと待たされた。ハースの家のあるエル・セレサル区は、すべてが新築というわけではないが平屋か二階建ての家が建ち並ぶ中流階級の人々が住む地区で、並木のある静かな通りを歩いてパンや牛乳を買いに行くこともでき、中心街の耳をつんざくような音とも、すぐ向こうにあるマデロ区の喧噪とも無縁だった。ドアを開けたのは当のハースだった。白いシャツをズボンから出して着ていた。彼は最初、エピファニオのことが誰だか分からなかった。あるいは分からないふりをしていた。エピファニオはまるで二人でゲームでもしているかのようにバッジを見せ、覚えているかと尋ねた。ハースは用件を尋ねた。入ってもいいですか？　とエピファニオは言った。居間には、肘掛け椅子と大きな白いソファが品よくしつらえられていた。ハースはキャビネットからウイスキーの瓶を取り出し、グラスに注いだ。彼は飲むかと尋ねた。エピファニオは首を横に振った。勤務中なんです、と彼は言った。ハースは身体を揺すって奇妙な笑い声を発した。それはまるで、ああ、か、はああ、と言ったか、あるいは一度だけくしゃみをしたかのようだった。エピファニオは肘掛け椅子に腰を下ろし、エストレージャ・ルイス＝サンドバルが殺された日に、確かなアリバイはあるかと尋ねた。ハースは彼を頭からつま先までしげしげと眺め、二、三秒おいてから、ときどき前の晩にしたことさえ覚えていないことがあると言った。顔は紅潮し、眉は実際よりも白く見え、まるで自分を抑えようとしているかのようだった。こっちにはあなたが被害者と一緒にいるところを見たという証人が二人いるんです、とエピファニオは言った。誰ですか？　とハースは言った。エピファニオは答えなかった。彼は居間を見回し、感心したように頷いた。ずいぶん高そうなものばかりのようですね、と彼は言った。必死で働いて、やっと稼いだ金ですよ、とハースは言った。見せてもらってもいいですか？　とエピファニオは言った。何をですか？　とハースは言った。家のなかをです、とエピファニオは言った。ばかなことを言わないでください、とハースは言った。もし捜索するつもりなら令状を持ってきてもらわないと。家を出るとき、エピファニオは言った。私の考えでは、あの娘を殺したのはあなたです。あの娘と、そのほかどれだけいることか。ばかなことを言わないでくれ、とハースは言った。また来ます、とエピファニオは言って手を差し出した。ばかなことを、とハースは言った。あんたは度胸のある男だ、とエピファニオは去り際に言った。頼むよ、頼むからばかなことを言わないでくれ、これ以上追い回さないでくれ、とハースは言った。

エル・アドービ警察にいる友人を通じて、エピファニオはクラウス・ハースの調査書を手に入れた。そこで分かったのは、ハースはデンヴァーで暮らしたことなどなく、彼が住んでいたのはフロリダ州のタンパで、しかもローリー・エンシーソという女性への強姦未遂で告訴されていたことだった。一か月勾留されたが、ローリー・エンシーソが告訴を取り下げたため釈放されていた。そのほかにも、公然猥褻罪や不品行で訴えられていた。アメリカ人にとって不品行というのがいったい何を意味するのかと尋ねると、基本的には痴漢行為、それから卑猥な発言、三つ目はその二つからなる違反のことだと言われた。タンパではまた、買春行為を理由に何度か罰金を科されていたが、こちらは大した話ではなかった。彼は、一九五五年、当時はドイツ連邦共和国だったビーレフェルトで生まれ、一九八〇年にアメリカに移住した。一九九〇年、すでにアメリカ国籍を取得していた彼は、別の国で暮らすことにした。メキシコ、ソノラ州北部への移住を決めたのが成功だったことは間違いない。というのも、まもなく彼はサンタテレサに二軒目の店を開き、顧客の数は増えていくいっぽうで、ティファナのもう一軒の店もまずまずのようだった。ある晩、エピファニオはサンタテレサ警察の警官二人と司法警察の捜査官一人を同行し、ハースが中心街に開いていた店（もう一軒はセンテーノ区にあった）に入った。店は予想よりもはるかに広かった。店の奥には部屋がいくつかあり、ハース自身がコンピュータを組み立てるための部品が入った箱で埋めつくされていた。しかしひとつだけ、ベッドと蠟燭を一本載せた燭台が置いてある部屋があり、ベッドの脇には大きな鏡があった。スイッチを押しても部屋の明かりは点かなかったが、エピファニオに同行した司法警察の捜査官は、照明が点かないのは単に電球が外されているからだとすぐに気がついた。トイレは二つあった。一つはこぎれいで、石鹸もトイレットペーパーも置いてあり、床も清潔だった。便器の隣にはブラシが置かれていて、ハースは水洗の鎖を引くことしか知らない従業員たちに、それを使うように義務づけていた。

もう一方のトイレはひどい汚れようだった。水は流れるし鎖も壊れていないのに、まるで、理解できない非対称的な現象を際立たせるためにそんな状態に置かれているようだった。トイレの先には長い廊下があって、突き当たりのドアから路地に出ることができた。路地には実にさまざまなゴミと段ボール箱が積まれていたが、そこからは、市内でももっとも賑やかな街角、夜のサンタテレサでもっとも人が集まる通りが見えた。そのあと、彼らは地下室に下りていった。

二日後、エピファニオと司法警察の捜査官二人、それにサンタテレサ警察の警官三人が、メキシコ人、エストレージャ・ルイス＝サンドバル十七歳の強姦殺人容疑で、アメリカ人、クラウス・ハース四十歳を逮捕するため、令状を手に店を訪れた。だが、店に着くと従業員から、オーナーはその日は店に顔を出していないと聞かされた。そこで一行は二手に分かれ、司法警察の捜査官一人とサンタテレサ警察の警官二人が車でセンテーノ区にあるもう一軒の店に向かい、エピファニオともう一人の司法警察の捜査官、そして残ったサンタテレサ警察の警官は、エル・セレサル区にあるドイツ系アメリカ人容疑者の家に向かった。そこで戦略的布陣を敷き、サンタテレサ警察の警官が家の裏口を固め、エピファニオと司法警察の捜査官が呼び鈴を鳴らすと、驚いたことにハース本人がドアを開けた。風邪かインフルエンザに罹ったかのような、かなり具合の悪そうな顔で、いずれにせよほとんど眠れなかったことが明らかに見てとれた。ハースは警官たちを家のなかへ招き入れようとしたが聞き入れられず、その場で、すでに身柄を拘束されていると告げられると同時に逮捕状を見せられ、自宅と二軒の店についての捜査令状に目を通す時間を与えられた。容疑者は背が高く体格もよく、事情を呑み込んでからどのような行動に出るか分からなかったため、ただちに手錠を掛けられた。その後、彼は後部座席に押し込められ、パトカーはすぐに第一警察署へ向かい、サンタテレサ警察の警官は容疑者の自宅の見張りのために残された。

クラウス・ハースの尋問は四日間続いた。サンタテレサ警察のエピファニオ・ガリンドとトニー・ピンタード、司法警察のエルネスト・オルティス＝レボジェードとアンヘル・フェルナンデス、それにカルロス・マリンがその任に当たった。尋問にはサンタテレサ警察署長ペドロ・ネグレーテが同席し、彼が特例立会人として連れてきたサンタテレサの判事二人とソノラ北支部地方裁判所副検事長、セサル・ウエルタ＝セルナも一緒だった。容疑者は抑制の利かない暴力的な発作に襲われ、その間、取り調べにあたる警官は彼を押さえ込まなくてはならなかった。そのあとハースは、エストレージャ・ルイス＝サンドバルと面識があったこと、被害者が彼を訪ねて三度来店したことを認めた。エルモシージョにあるソノラ州司法警察の誘拐対策特別捜査班の警官五人が、ハースの自宅とサンタテレサにある二軒の店で証拠物件の捜索を行ない、とりわけ注意を払った市の中心街にある店の地下室にあった毛布と床から血痕を発見した。エストレージャ・ルイス＝サンドバルの家族がＤＮＡ鑑定のために出頭したが、サンディエゴの研究所に送られる予定だった血液サンプルは、エルモシージョに着く前に行方不明になってしまった。その点について尋ねられると、ハースは、おそらく生理中に彼と関係をもった女の誰かの血だろうと言った。ハースからこの供述を取った司法警察のオルティス＝レボジェード捜査官は、それでもまともな男かと彼に尋ねた。いたって普通です、とハースは答えた。普通の男は血を流している女とセックスなどしないものだ、とオルティス＝レボジェードは言った。私はするんです、というのがハースの返事だった。そんなことをするのはブタだけだ、と司法警察の捜査官は言った。我々ヨーロッパ人は誰もがブタということになりますね、とハースは答えた。それを聞いたオルティス＝レボジェード捜査官は堪忍袋の緒が切れてしまい、取り調べはアンヘル・フェルナンデスとサンタテレサ警察の警官エピファニオ・ガリンドに引き継がれた。誘拐対策特別捜査班の鑑識たちは、地下室で指紋こそ発見できなかったが、ハースの自宅の車庫にいくつか刀剣の類を見つけた。そこには刃渡り七十五センチの、古いが完璧な保存状態にある山刀一本と、大型の狩猟用ナイフが二本含まれていた。これらの刀剣には染みひとつなく、血痕や衣類の繊維などはまったく付着していなかった。取り調べの最中、クラウス・ハースは二度ヘネラル・セプルベダ病院に運ばれた。一度目はインフルエンザが悪化して高熱が出たとき、そして二度目は、取り調べ室から独房に移動する際に目と右眉につくった傷の手当のためだった。勾留の三日目、ハースはサンタテレサ警察の提案を受けて、市内に住む領事エイブラハム・ミッチェルに電話することに同意したが、領事がどこにいるかは分からずじまいだった。電話に出たカート・Ａ・バンクスという職員が翌日警察署にやってきて、ハースと十分間話をし、その後何の抗議もすることなく帰っていった。その後まもなく、クラウス・ハース容疑者はバンに乗せられ、市内の刑務所へと移送された。

ハースが警察署にいるあいだ、彼を見にやってくる警官もいた。その多くは独房を訪ねたが、そこでは、ハースは眠っているのか、あるいは寝たふりをしているのか、いつ行っても頭から毛布をかぶっていて、骨張った巨大な足を眺めることしかできなかった。ときには、食事を運んできた警官と口をきくこともあった。二人は食べ物の話をした。警官がメキシコ料理は好きかと尋ねると、ハースは悪くないと言い、あとは黙り込んだ。エピファニオ・ガリンドはラロ・クーラを連れて、取り調べを受けているハースを見せた。ラロの目には抜け目のない男と映った。抜け目なさそうには見えなかったが、司法警察の捜査官の質問に対する受け答えからそう思ったのだ。そして疲れを知らない男だとも感じた。そのせいで、彼と一緒に防音の取り調べ室に閉じ込められた者たちのほうが汗をかき、今にも怒りで爆発しそうになりながら、彼に優しくしたり理解を示したり、話してみろ、楽になるぞ、メキシコに死刑はないんだ、洗いざらい吐いてしまえと言い、その挙句に彼を殴り、罵倒するのだった。ところがハースは疲れた様子も見せずに、思いがけない発言をしたり、つじつまの合わない質問を投げかけて、現実から抜け出してしまっているようだった（あるいは、司法警察の捜査官を現実から引き離そうとしていた）。ラロ・クーラは取り調べを三十分間じっくりと見物し、できることならあと二、三時間そうしていたいところだったが、エピファニオから、まもなく署長やその他のお歴々がやってくることになっている、取り調べを見世物にしていたらいい顔はしないので出ていくようにと言われた。

サンタテレサ刑務所で、ハースは熱が下がるまで独房に入れられた。独房は四つしかなかった。その一つにはアメリカの警官二人を殺した容疑の麻薬密売組織の男、もう一つの独房には詐欺容疑の企業弁護士、三つ目の部屋には前述の麻薬密売人のボディガードが二人、四つ目には妻を絞殺し二人の子供を銃殺したエル・アラミージョの農場主がそれぞれ収監されていた。ハースを入れる部屋を空けるために、麻薬密売人のボディガードが、すでに五名の囚人を収監していた第三監房に移された。独房には床に据え付けられた寝台が一つあるだけで、ハースは新たな住処に入れられたとき、匂いで二人の人間がいたことに気がついた。一人は寝台で眠り、もう一人は床に敷いた茣蓙の上で眠っていた。刑務所で過ごした最初の夜は、なかなか寝つけなかった。独房を歩き回り、ときおり自分の腕を平手で打った。眠りの浅い農場主が、音を立てるのをやめてさっさと寝ろと言った。ハースは暗がりで、今しゃべったのは誰かと尋ねた。農場主が答えなかったので、ハースは一分間、黙り込んで誰かが何か言い出すのをじっと待った。誰も答えないことが分かると、ふたたび独房のなかをぐるぐる歩き回り、まるでいもしない蚊を殺すかのように腕を叩き続けていると、農場主がもう一度、音を立てるのをやめろと言った。今度はハースは立ち止まりもしなければ、誰が声をかけたのかと尋ねもしなかった。夜は眠るためにあるんだ、ヤンキーめが、と農場主が言うのが聞こえた。それから寝台で寝返りを打つのが聞こえ、男が顔を枕で覆っているさまを思い描いたせいで発作的に笑い出した。顔を覆わないほうがいい、とハースはよく響く大きな声で言った。死んじまうぞ。俺を殺そうって奴がいるってのか？ ヤンキーめが、お前か？ 俺じゃない、クソったれ、とハースは言った。巨人がやってくるんだ、お前はその巨人に殺される。巨人だって？ と農場主は言った。聞こえたか、クソったれ、とハースは言った。巨人だ。とても大きな、とてつもなく大きな男がお前たちを、お前たち全員を殺すだろう。ヤンキー野郎、気でも狂ったか？　と農場主は言った。一瞬、誰も何も言わず、農場主はふたたび眠り込んだようだった。ところが、少しするとハースが、足音が聞こえると言った。巨人がやってくるぞ。頭からつま先まで血まみれの巨人がやってくるのさ。企業弁護士が目を覚まし、何の話をしているのかと尋ねた。彼の声は穏やかで、抜け目なさそうで、怯えていた。ご同輩が、ここにきて頭がイカレちまったのさ、と言う農場主の声がした。

エピファニオがハースのところに面会に行ったとき、看守の一人から、アメリカ人がほかの囚人たちの睡眠を妨害しているという話を聞いた。夜どおし眠らずに怪物の話をしているのだという。エピファニオが、アメリカ人はどんな怪物について話しているのかと尋ねると、看守は、奴はある巨人の話をしていて、どうやら彼の友達らしい、その巨人は奴を助け出しに来て、奴をひどい目に遭わせた者たち全員を殺すつもりらしいと言った。自分が眠れないので、他人の睡眠を妨害しようとするんですよ、と看守は言った。メキシコ人に対する敬意もありません、インディオだとか脂ぎった奴らだとか呼ぶんです。エピファニオがどうして脂ぎっているのかと尋ねると、看守は至極真面目な顔で、ハースが言うには、メキシコ人は身体も洗わなければ、風呂にも入らないからだそうだと答えた。それに、ハースによれば、メキシコ人には脂っぽい汗のようなものを分泌する腺があって、ハースによれば、黒人が独特の、すぐにそれと分かる匂いを出す分泌腺をもっているのにいくらか似ているのだそうだと付け加えた。実のところ、ハースこそが身体を洗わない唯一の人間であって、看守たちは判事か刑務所の所長が命令を下すまではシャワーに行くのを無理強いしないことにしていた。所長はといえば、どうやらこの件に細心の注意を払っているようだった。エピファニオが彼と面会したとき、ハースには誰だか分からないようだった。目の下に大きな隈があり、初めて見たときよりずっと痩せたように見えたが、取り調べの最中にできた傷はひとつも残っていなかった。エピファニオに煙草を勧められると、ハースは煙草は吸わないと言った。そのあと、エピファニオはエルモシージョの刑務所の話をした。建物は新しく、監房は広々として、巨大な中庭にはスポーツ施設もある。罪を認めればそちらに移して、彼専用の独房に入れるよう取り計らってやると言った。こんなところよりもずっといいぞ。そのときになって初めてハースは彼の目を見つめ、ばかなことを言わないでくれと言った。エピファニオは、ハースが自分を認めたことに気づいて笑顔を浮かべた。ハースは笑顔を返さなかった。妙な顔をしているな、とエピファニオは思った。分からない、まるで呆れ返っているみたいだ。道徳的に呆れているような。怪物のこと、巨人のことを尋ねてみた。巨人というのは自分自身のことかと尋ねると、今度はハースも大笑いした。俺が巨人だって？　何も分かっちゃいないんだな、と言って唾を吐いた。帰れ、クソ野郎。

独房の囚人たちは、監房棟の中庭に出ることができた。また は独房のなかで過ごしながら、朝早く、ほかの囚人たちは中庭に出ることが禁じられている朝六時半から七時半までのあいだか、建前としては夜の点呼が終わって囚人たちがそれぞれの房に戻っている九時以降に出ることもできた。妻子を殺した農場主と企業弁護士は夜、夕食のあとにしか外に出なかった。二人は中庭を散歩し、仕事や政治の話をして、それから独房に戻った。麻薬密売組織の男は、一般の囚人たちと同じ時間に中庭に出て、塀にもたれて煙草を吸ったり空を見上げたりしながら何時間も過ごし、そのあいだボディガードたちは、一定の距離を保ってボスの周囲に立ち、目に見えない境界線を作り出していた。クラウス・ハースは熱が下がると、看守が呼ぶところの「通常の時間に」外に出ることにした。看守が、中庭で殺されるのが恐ろしくないのかと尋ねると、ハースは軽蔑したような態度で、農場主と弁護士の顔が死体みたいに青白いのは日光に当たらないからだと述べた。初めて彼が中庭に出た日、それまで彼には何の興味も示さなかった麻薬密売組織の男がお前は何者だと尋ねた。ハースは名前を言って、コンピュータの専門家だと自己紹介した。麻薬密売人は彼をじろじろ眺め回すと、好奇心が一瞬にして失せてしまったかのようにふたたび歩き出した。継ぎの当たった囚人服の残骸のようなものを着ている者もいたが、多くの者は好きな格好をしていた。クーラーボックスを片手で運んできて地面に置き、飲み物を売っている者もいたし、すぐそばでは一チーム四人のサッカーやバスケットボールの試合をやっていた。煙草やヌード写真を売っている者もいた。もっと控えめな者たちは麻薬を取引していた。中庭はV字型をしていた。地面の半分はコンクリート敷き、もう半分は地面がむき出しになっていて、監視塔のついた二つの塀に囲まれ、塔からは監視官たちが退屈そうに顔を出し、マリファナをくゆらせていた。V字の狭まった側にある監房の窓越しに、鉄の棒に干してある服が見えた。V字の広がった側には高さ十メートルほどの金属のフェンスがあり、その向こうから舗装された道が始まり、刑務所のそのほかの施設に続いていた。さらに向こうにはもう一つ、それほど高さはないが有刺鉄線が張り巡らされたフェンスがあり、砂漠から生えているように見えた。初めて中庭に出たとき、ハースは数分間、誰も自分のことを知らない外国の都市の公園を歩いているような気分だった。一瞬、自由になった気がした。だが、ここでは誰もが何もかも知っているのだとつぶやき、誰かが最初に近づいてくるのを辛抱強く待った。一時間ほど経ったころで、麻薬と煙草を勧められたが、飲み物を買うだけにした。それを飲みながらバスケットボールの試合を眺めていると、囚人が近づいてきて、彼一人で女たち全員を殺したというのは本当かと尋ねた。彼は違うと言った。すると囚人たちは彼に仕事のことを尋ね、コンピュータを売るのは儲かるのかと訊いた。ハースは状況次第だと言った。それに実業家だって何でも分かるわけじゃない。つまりあんたは実業家ってことかい？　と囚人たちは言った。いや、とハースは言った。俺はコンピュータの専門家で自分の店を始めただけのことだ。その口調は真剣そのもので確信に満ちていたので、頷いている囚人もいた。その後、ハースが囚人たちに、外では何をしているのかと尋ねると、ほとんどが笑い出した。まあいいじゃないか。それが彼に理解できた唯一の返事だった。彼も笑い出し、周りにいた五、六人の者たちに飲み物をおごった。

初めてシャワーを浴びに行ったとき、エル・アニージョと呼ばれている男が彼を犯そうとした。相手は大柄ではあったが、ハースに比べれば小柄で、顔つきからすると、彼の行動は、まるで状況にむりやりその役を演じさせられているかのようだった。自分の思いどおりになるなら、監房でひとり静かにオナニーでもしていたかった、と彼の顔は言っていた。ハースは彼の顔を見つめ、大の大人がそんなことをするつもりなのかと尋ねた。エル・アニージョはわけも分からず笑い出した。幅広の顔には髭がなく、不愉快な笑い方ではなかった。彼の周りにいた囚人たちも笑い出した。エル・アニージョの友人で、エル・グアホローテと呼ばれている若い囚人が、タオルの下から千枚通しを取り出し、四の五の言わずにそこの角までついてこい、とハースに言った。そこの角だって？　とハースは言った。どこの角のことだ？　ハースが中庭で親しくなった仲間二人がエル・グアホローテの後ろに回って腕を摑んだ。ハースが呆れたような顔をした。エル・アニージョがまた笑い、大したことじゃないと言った。そこの角までってのが大したことじゃないだと？　とハースは声を荒げた。犬みたいにそこの角までついてこいってのが怒るほどのことじゃないと言うのか？　ハースのもう一人の仲間がドアの近くに立ち、誰もシャワー室に出入りできないようにした。フェラチオでもさせるかい、外人さんよ？　と囚人の一人が叫んだ。そのクソ野郎に尺八させるのかい、外人さんよ？　今だ。やっちまえ。囚人たちの声が大きくなった。ハースはエル・グアホローテに四つん這いになれと命じた。てめえ、ガタガタ震えたりしなけりゃ、何も起こらねえさ。震えたり、ビビったりしたら、クソをする穴が二つに増えるぞ。エル・アニージョはタオルをとって床に四つん這いになった。違う、そこじゃない、とハースは言った。シャワーの下だ。エル・アニージョは冷淡な表情で立ち上がり、シャワーの下に移動した。後ろに撫でつけていたウェーブのかかった髪が落ちてきて目にかかった。規律だよ、クソ野郎ども、少しでいいから規律正しさと敬意を払うことを忘れてほしくないだけだ、とハースは言いながら、自分もシャワーのなかに入っていった。それからエル・アニージョの後ろに屈み込み、脚をしっかり広げろとささやきかけ、千枚通しをゆっくりと柄まで挿入した。ときどきエル・アニージョが小さなうめき声を漏らすのが見えた者もいた。エル・アニージョの肛門から濃い血の滴が垂れ、それを水が何秒かのうちに流し去るのを見た者もいた。

ハースの仲間は、それぞれエル・トルメンタ、エル・テキーラ、エル・ツタンラモンという名前だった。エル・トルメンタは二十二歳、妹にちょっかいを出そうとした麻薬密売人のボディガードを殺して服役していた。刑務所では二度殺されかけていた。エル・テキーラは三十歳、HIVに感染していたが、まだ症状が進行していなかったのでほとんどの者はその事実を知らなかった。ツタンラモンは十八歳、あだ名は映画にちなんでいた。本名はラモンだが、映画『ハムナプトラ』がお気に入りで三回以上観に行ったことから、ツタンラモンというあだ名を彼の友人たちがつけたか、あるいは彼自らそう名乗ったのだろうとハースは踏んでいた。ハースは缶詰や麻薬を買い与えて彼らを喜ばせた。彼らはと言えば、ハースの使い走りをしたり、ボディガード役を務めたりした。ハースはときどき、彼らが自分たちの仕事のこと、家族のこと、何が一番好きで何が一番怖いかといった話をするのに耳を傾けたが、何ひとつ理解できなかった。まるで宇宙人と会話しているような気がした。ハースが話す側になることもあり、三人の仲間たちは感動的なほど押し黙って一心に耳を傾けるのだった。ハースは自制について、努力について、自立について語り、運命はひとりひとりの手のなかにあり、誰もがそのつもりになればリー・アイアコッカになれると言った。彼らはリー・アイアコッカが誰なのかさっぱり分からなかった。きっとマフィアのボスだろうと思った。だが、ハースの話の腰を折るのを恐れて何も尋ねなかった。

ハースがほかの囚人のいる監房に移されることになったとき、麻薬密売組織の男がやってきて、じゃあなと言った。その気遣いにハースは感謝し、心を打たれた。何かあったら俺に知らせろ、と彼は言った。ただしヤバいことが起きたときだけだ、くだらんことで俺をわずらわせるな。迷惑をかけないようにします、とハースは言った。そう信じるよ、と麻薬密売組織の男は言った。翌日弁護士が面会に来て、独房に戻してもらうよう手続きを始めてほしいかと尋ねた。ハースは、このままで十分だ、遅かれ早かれ独房から出なければならなくなるなら、早いうちに現実を受け入れたほうがいい、と答えた。何かできることはあるかしら？　と弁護士は尋ねた。携帯電話を持ってきてほしい、とハースは言った。刑務所ではそう簡単に電話を持たせてもらえないのよ、と弁護士は言った。それが簡単なんだ、とハースは言った。持ってきてくれ。

一週間後、彼は弁護士にもう一台携帯電話を頼んだ。そのあとまた一台。最初の一台は人を三人殺した罪で服役中の男に売った。どこにでもいそうな、少しずんぐりした男で、おそらく口止めのためだろう、外から定期的に金が送られていた。ハースがその男に、携帯電話を使えばいくらでも仕事ができると言うと、男は三倍の値段で電話を買い取った。もう一台は、従業員だった十五歳の少年を屠畜用ナイフで殺した肉屋に売り払った。半ば冗談で、なぜ殺したのかと尋ねられると、肉屋は、盗みを働いて信頼を裏切ったからだと答えた。すると囚人たちは笑い出し、やらせてもらえなかったからじゃないのかと尋ねた。すると肉屋はうなだれて、何度も強く首を振ったものの、口からは周囲の中傷を否定する言葉はひとつも出てこなかった。彼は、刑務所にいながら二軒の肉屋の経営を続けたがっていて、さもなければ今商売を切り盛りしている妹に店を奪われてしまうと考えていた。ハースは彼に電話を売り、電話帳機能の使い方とメッセージの送り方を教えてやった。彼からは携帯電話の元値の五倍を取った。

ハースが入れられた監房には、彼のほかに五人の囚人がいた。リーダーはファルファンと呼ばれる男だった。四十絡みで、ハースはこれほど醜い男にお目にかかったことがなかった。額の途中に髪の生え際があり、ブタの顔の真ん中に猛禽の目をでたらめにくっつけたかのようだった。腹が出ていて、ひどい臭いがした。口髭はまばらで、たいてい食べ物の小さな滓がついていた。たまに笑うとロバのような声を上げ、その瞬間だけはなんとか見られる顔になった。ハースは監房に移されたとき、すぐに嫌がらせが始まるだろうと思ったが、実際ファルファンは嫌がらせをしなかったばかりか、すべての囚人が実体のない像である迷宮のようなところに迷い込んでしまったかのようだった。監房にはファルファンの仲間が何人かいた。彼と同じようにいかつい男たちで、彼を庇護者として利用していたが、ファルファンは自分と同じくらい醜いある囚人を追いかけてばかりいた。ゴメスとかいうその囚人は、痩せていてミミズのような顔で、左頬に握りこぶし大の痣があり、永遠の麻薬中毒者特有のどんよりした目をしていた。二人はいつも中庭と食堂で顔を合わせた。庭では頷き合い、それぞれ集団のなかにいたとしても最後にはそこから抜け出し、二人で壁によりかかって日なたぼっこをしたり、物思いにふけりながらバスケットボールのコートからフェンスのある場所まで歩いたりした。二人はあまり話さなかった。おそらく話すことなどあまりなかったからだろう。ファルファンは刑務所に入ったとき、あまりに貧しかったため国選弁護人すら面会に来なかった。常習のトラック泥棒として服役中だったゴメスには弁護士がいて、ファルファンと知り合ってからは自分の弁護士にファルファンの面倒も見てもらえるよう取り計らった。最初に尻の穴をつつき合った場所は厨房のある棟だった。実際にはファルファンがゴメスをレイプしたのだ。彼を殴り、袋の上に押し倒し、二度レイプした。ゴメスは怒り狂ってファルファンを殺そうとした。ある日の午後、ファルファンが皿を洗ったり豆の入った袋を運んだりする厨房で待ち伏せ、千枚通しを突き刺してやろうとしたが、ファルファンはたやすく彼を屈服させた。ふたたびゴメスをレイプすると、彼の上に乗ったまま、こんな状況はどうにかして終わらせなければならないと言った。ファルファンはお返しにゴメスにも自分の尻の穴を掘らせることにした。それだけでなく、信頼の証として彼に千枚通しを返し、それからズボンを下ろして茣蓙に寝そべった。うつぶせになって尻の穴を突き出したファルファンはブタみたいだったが、ゴメスは彼の尻の穴をつつき、二人の友情は始まった。

ファルファンは誰よりも力が強かったので、ときおりほかの囚人たちを監房から追い払うことがあった。まもなくゴメスが現われ、二人は交わった。その後、二人とも果てると煙草を吸ったり話をしたり、あるいは黙ったまま、ファルファンは自分の寝台に横になり、ゴメスはほかの囚人の寝台に寝ころんで、天井を見つめたり、煙の渦が開いた窓から出ていくのを目で追ったりした。ときどきファルファンには、煙がさまざまな不思議な形に変わっていくように思えた。蛇、腕、曲げた脚、空中でピシッと音を立てるベルト、異次元の潜水艦。彼は目を細めてつぶやいた。気持ちいい、本当に気持ちがいいな。もっと現実的なゴメスに、いったい何が気持ちいいのか、何の話をしているのかと尋ねられても、ファルファンには説明のしようがなかった。するとゴメスは起き上がり、友人が見ている幻を自分も見ようとするかのように四方を見渡し、最後にこう言った。イカレてるんじゃないか。

どうやったらファルファンやゴメスの尻の穴なんてものを見て勃起できるのか、ハースには理解不能だった。男が少年に興奮するというのなら分からなくもなかった。美少年ならありえるだろう、と彼は思った。しかし、男が、あるいはその男の脳が、ファルファンやゴメスの尻の穴だけを頼りに、ペニスの海綿体を充血させるよう信号を送るなどという離れ業をやってのけるとは、とても理解できなかった。獣もいいところだ、と彼は思った。汚らわしいけだものが汚らわしいものに心を奪われるということか。彼は何度も夢のなかで、刑務所の廊下を、あちこちの監房棟を歩き回り、ハヤブサそっくりな自分の目を見つめながら、いびきと悪夢の迷路を、監房ひとつひとつで起きていることに注意を向けながらしっかりとした足取りで歩いていくと、やがて突然、それ以上先に進めなくなり、切り立った崖の縁で立ち止まった（夢のなかの刑務所は底知れぬ深い崖の縁に建てられた城のようなものだった）。後戻りすることもできずに、まるで（崖の底のほうと同じくらい真っ暗な）天に訴えるかのように腕を高く挙げ、それから小人サイズのクラウス・ハースたちの部隊に何か言おうとし、彼らに話しかけ、警告し、助言を与えようとしたが、誰かに唇を縫い合わされていることに気がついた。あるいは一瞬そんな気がした。しかし、口のなかに何かが入っている感触があった。それは自分の舌ではなく、自分の歯ではなかった。それは肉のかけらで、それを飲み込まないようにしながら、片手で糸を抜いた。血が顎をつたった。歯茎に麻酔をかけられていた。ついに口を開けられるようになり、肉のかけらを吐き出すと、暗がりにしゃがみ込んでそれがどこに行ったか探した。見つけると、手にとって確かめてみて、それがペニスであることに気づいた。彼はぎょっとして、自分のペニスがなくなっているのではないかと股間に手を伸ばしたが、ちゃんとそこについていた。つまり、彼が手にしているペニスはほかの人間のペニスだった。いったい誰のだ？　唇から血を流しながら彼は考えた。それからひどく疲れを感じて崖の縁で丸くなり、眠り込んだ。そうすると、たいていは別の夢を見るのだった。

　女性をレイプし、そのあと殺すことのほうが、ファルファンの膿んだ穴やゴメスのクソまみれの穴にペニスを埋めることよりずっと魅力的でありずっとセクシーであると、彼は思っていた。もし二人がこれからも尻の穴をつつき合うのをやめないなら殺してしまおう、と彼はときどき思った。まずファルファンを殺す、それからゴメスを殺す。頭文字Tの三人組が助けてくれるだろう。凶器も、アリバイも、計画も、奴らが用意してくれるだろう。それから二人の死体を崖から捨ててしまえば、誰も二人のことなど二度と思い出さないだろう。

　サンタテレサ刑務所に収監されて二週間後、ハースは初めて、記者会見とでも呼ぶべきものを開き、メキシコシティの四人の記者とソノラ州の活字メディアのほぼすべてが出席した。質疑応答のあいだ、ハースは身の潔白を主張し、取り調べの最中、意志をくじくために「謎の物質」を投与されたと言った。署名をした覚えもなければ、自ら罪を認めた覚えもなく、もしそんなものがあるとすれば、それは四日間に及ぶ肉体的、精神的、さらには「医学的」拷問のあとに得られたものだと警告した。彼は記者たちに、彼が女性連続殺人の犯人でないことを証明することになる「何か」がサンタテレサで起こるだろうと指摘した。刑務所には、いろいろなニュースが入ってくるのです、と彼はほのめかした。メキシコシティからやってきた記者のなかにセルヒオ・ゴンサレスがいた。彼がそこにいたのは、初めてサンタテレサを訪れたときのように金を必要として副収入のための仕事をしているからではなかった。ハースが逮捕されたと知ったとき、彼は社会部のデスクにかけ合って、特別にこの事件を追わせてほしいと頼んだ。デスクは異論を挟まず、ハースが報道陣に話をするつもりだということが分かると、文化部にいるセルヒオに電話をよこし、行きたければ行ってこいと言ってくれた。事件は解決しているんだ、と彼は言った。君がどうして興味をもっているのか、よく分からないんだが。セルヒオ・ゴンサレスにもよく分かっていなかった。単なる猟奇的なものへの興味なのか、あるいは、メキシコでは何かが完全に解決することなどないという確信からなのか？　にわか仕立ての記者会見が終わると、ハースの弁護士が記者たちひとりひとりと握手をして別れを告げた。セルヒオのところに来ると、弁護士は、誰にも気づかれないように彼の手に紙切れを滑り込ませた。彼はその手をポケットに入れて紙をしまった。刑務所を出てタクシーを待っているあいだ、紙切れを取り出した。そこには電話番号がひとつ書かれているだけだった。

ハースの記者会見はちょっとしたスキャンダルを呼んだ。メディアからは、いつから囚人が報道陣を集めて会見することができるようになったのかという問いも出た。刑務所が、まるで彼の家のように使われていて、罪を犯した代償として、あるいはこの件に関する公式文書がはっきり示しているように刑に服するためにではなく、国家と正義が彼を送り込んだ場所にいるのではないかのように扱われている。警察署長がハースから金を受け取ったのだと言われた。ハースはヨーロッパのあるきわめて裕福な家の跡取りで、唯一の遺産相続者なのだと噂された。その噂によれば、ハースはうなるほど金を持っていて、サンタテレサ刑務所の監房はすべて彼の支配下にあった。

その晩、記者会見のあとで、セルヒオ・ゴンサレスは弁護士がくれた番号に電話をかけてみた。電話に出たのはハースだった。何を話したらいいか分からなかった。もしもし、とハースは言った。電話を持っているんですね、とセルヒオ・ゴンサレスは言った。どちらさま？　とハースは言った。今日あなたの会見に行った記者です。メキシコシティの方ですね、とハースは言った。ええ、とセルヒオは認めた。なるほど、とハースは言った。誰が出ると思っていましたか？　とハースは言った。あなたの弁護士です、とセルヒオ・ゴンサレスは言った。一瞬、二人は押し黙った。少し話しましょうか、とハースは言った。この刑務所に来て、最初の二、三日は不安でした。ほかの囚人たちが、私を見たとたん襲いかかってきて、殺された女の子たち全員分の復讐をするんじゃないかと思っていたんです。私にとって刑務所にいるということは、土曜日の昼時に、たとえばキノ区やサン・ダミアン区、ラス・フローレス区に取り残されて殺されるんじゃないかと。分かりますか？　暴徒に唾を吐きかけられ、足蹴にされ、皮を剝がれるんです。リンチですよ。皮を剝がされるのとまったく同じことでした。声を上げることもできずに。ところがすぐに気がついたんです。刑務所では私の皮を剝ごうなんて人間はいないのだと。少なくとも、私の容疑に対してそんなことをする者はいないのだと。どういうことだろう？　私は自問しました。奴らは殺人事件のことを気にもしていないんだろうか？　そうではない。ここでは、程度の差こそあれ、塀の外で起こっていることに、街の鼓動に、誰もが敏感です。ではどういうことだろう？　一人の囚人に尋ねてみました。殺された女たち、殺された女の子たちについてどう思っているか。彼は私を見つめて、あいつらは娼婦だろうと言ったのです。それは死んで当然だってことか？　と私は言いました。そうじゃない、と彼は言いました。男がやりたいだけやって当然ってことさ、だが死んで当然ってわけじゃない。そこで、彼女たちを殺したのが私だと思っているのかと尋ねると、そのろくでなしは、いや、ヤンキー、お前はやってないな、と言ったんです。まるで私がヤンキー野郎だというみたいに。たしかにそうかもしれませんが、だんだんそうではなくなっているんですよ。いったい何の話です？　とセルヒオ・ゴンサレスは言った。刑務所じゃみんな、私が無実だと知っているんですよ、とハースは言った。で、どうして知っているんでしょう？　とハースは自分で問いかけた。それを調べるのは少々骨が折れましたよ。まるで、誰かが夢のなかで聞いている物音のようなものです。その夢は、閉ざされた場所で見るすべての夢と同じように伝染するんです。突然、誰か一人が夢に見て、まもなく、囚人たちの半数が同じ夢を見る。ただし、誰かが夢で聞いた物音のほうは夢の一部ではなく、現実のものなんです。その物音は、物事の、異なる原理に基づいたものなんです。分かりますか？　まず誰かが、そのあとは誰もが、夢のなかで物音を聞く。ところがその物音は夢ではなく現実に属している。その音は現実なんですよ。分かりますか？　新聞記者さん、あなたにははっきり分かりますか？　ええ、おそらく、とセルヒオ・ゴンサレスは言った。分かる気がします。本当ですか、本当に分かりますか？　とハースは言った。つまりこういうことですね、刑務所のなかに、あなたが殺したはずはないということを確固たる事実として知っている者がいると、とセルヒオは言った。まさにそのとおりです、とハースは言った。その人間が誰か分かっているのですか？　見当はついています、とハースは言った。ですが時間が必要です。私の場合、これは少々矛盾した言い方ですがね。どうしてですか？　とセルヒオは言った。だって今、私がたっぷり持っているものは時間だけですからね。でも私にはまだ時間が必要なんです、もっと時間が、とハースは言った。そのあと、セルヒオはハースに、自白のこと、裁判の日程のこと、警察で受けた扱いのことについて尋ねようとしたが、ハースはそういったことはまたの機会に話そうと言った。

同じ晩、司法警察のホセ・マルケス捜査官は、サンタテレサ警察のある署で偶然耳にした会話についてファン・デ・ディオス・マルティネス捜査官に打ち明けた。その場にいたのは、ペドロ・ネグレーテ、オルティス＝レボジェード捜査官、アンヘル・フェルナンデス捜査官、ネグレーテの用心棒エピファニオ・ガリンドで、ただしエピファニオ・ガリンドは実際のところ、そこにいた者のなかで唯一口を開かなかった。話題はクラウス・ハース容疑者が開いた記者会見のことだった。オルティス＝レボジェードによれば、悪いのは刑務所の所長だった。きっとハースが金で丸め込んだんです。アンヘル・フェルナンデスも頷いた。ペドロ・ネグレーテは、おそらくもっと裏があるのだろうと言った。所長の気をどこかに向けるにはそれだけでは足りんだろう。そしてエンリケ・エルナンデスの名前が挙がった。エンリケ・エルナンデスの奴が所長に圧力をかけたんじゃないか？　とネグレーテは言った。ありえますね、とオルティス＝レボジェードは言った。あの下司野郎ですか？　とアンヘル・フェルナンデスは言った。そこまでだった。そのあと、ホセ・マルケスが彼らのいる部屋に入っていき、挨拶をしてそこに座ろうとしたが、オルティス＝レボジェードが出ていったほうがいいという仕草をしたので出ていくと、オルティス＝レボジェード自身が立ち上がって、もう誰かに邪魔されることのないようドアを閉め、鍵を掛けた。

エンリケ・エルナンデスは三十六歳だった。一時期ペドロ・レンヒフォのところで働いていて、その後エスタニスラオ・カンプサーノに雇われた。カナネア生まれで、ひと財産作ると郊外に農場を買って牛を飼い、市の中心街、市場のある広場の目と鼻の先に、手に入るなかでもっとも上等な家を買った。彼が信頼していた男たちは皆カナネア出身だった。彼は五台のトラックと三台のサバーバンからなる輸送部隊を持っていて、海路でソノラ州のグアイマスからテポカ岬までのどこかに下ろされる麻薬を運搬する任務を引き受けていると思われていた。彼の使命は、サンタテレサまで安全に積荷を運び、それをアメリカへと運ぶ役目を担っていた別の人間に引き継ぐことだった。ところがある日、エンリケ・エルナンデスは、彼同様に独立したがっていた同業者のエルサルバドル人と取引を始め、この男が彼とコロンビア人のあいだを取り持つことになったため、エスタニスラオ・カンプサーノは突如、メキシコでの輸送担当者を失うと同時に、エンリケが商売敵になるという状況に見舞われた。ともあれ、取引の量は比べものにならなかった。エンリケが一キロ動かすのに対し、カンプサーノはその二十倍の量を動かしていたが、憎しみは市場占有率の差に左右されるものではなく、それゆえカンプサーノはじっと辛抱しながら焦らずその時が来るのを待っていた。もちろん、麻薬取引に関係しているという理由でエンリケを官憲に引き渡すのは彼にとって好都合ではなく、それよりも法的手段を用いて業界から追い払い、それから秘密裏に乗り出していってルートを取り戻すほうが理にかなっていた。機が熟したとき（エンリケは女性問題がもつれ、しまいにはある一族の人間を四人殺す羽目になった）、カンプサーノはソノラ州検察庁に告発し、金と手がかりをばら撒き、ついにエンリケは刑務所暮らしの身となった。最初の二週間は何も起こらなかったが、三週目に、シナロア州北部にあるサン・ブラス郊外の倉庫に四人のガンマンが現われ、二人の見張りを殺したあと、百キロ分のコカインの積荷を持ち去った。倉庫の持ち主はソノラ州南部のグアイマスの農民で、死んでから五年以上経っていた。カンプサーノはこの件を調べさせようと信頼できる手下を送り込んだ。セルヒオ・カンシーノ（またの名をセルヒオ・カルロス、またの名をセルヒオ・カマルゴ、またの名をセルヒオ・カリーソ）というその男がガソリンスタンドや倉庫周辺で聞き込みをして回ったあと、盗難のあった時間、複数の人間がそのあたりで、エンリケ・エルナンデスの手下たちが使っているような黒いサバーバンを見かけていたことが明らかになった。その後セルヒオは、そういう車を持っている人間がいるかもしれないと、周辺の農場を見て回り、調査をエル・フエルテまで広げたが、そのあたりには、彼が出会った数少ない農場主すら、そんな車を買えるような金を持っている者はいなかった。安心できる情報ではなかったが、詳しいことは何も分かっていない、この情報には裏づけが必要だとエスタニスラオ・カンプサーノは思った。目撃されたサバーバンは、砂塵のせいであのあたりに迷い込んだアメリカ人観光客のものでもありえたし、その近辺を通りかかっただけの司法警察の捜査官のものかもしれないし、あるいは家族とバカンスに出かけた政府高官のものかもしれなかった。まもなく、ラ・ディスコルディアからエル・ササベへと続くアメリカ国境沿いの舗装されていない幹線道路で、二十キロのコカインを積んだエスタニスラオ・カンプサーノのトラックが襲撃され、運転手と同乗者が殺された。その日の夜にアリゾナへ渡る予定だったため、彼らは丸腰だった。麻薬の輸送をする者が国境を越える際に武装していることはありえなかった。武器を持って越えるか、麻薬を持って越えるかのどちらかで、両方を持って国境を越えることはなかった。トラックを乗っ取った男たちの行方は杳として知れなかった。麻薬に関しても同様だった。トラックは二か月後に、エルモシージョのスクラップ場で見つかった。セルヒオ・カンシーノの調べでは、スクラップ場のオーナーが買い取ったとき、トラックはひどい状態だったうえ、車を持ち込んだ三人のジャンキーは常習の犯罪者で、エルモシージョ警察のたれ込み屋でもあった。その一人、エル・エルビスというあだ名の男と話をすると、トラックはシナロアの豪傑から四ペソでもらったと言った。セルヒオが、どうしてシナロア出身だと分かったのかと尋ねると、エル・エルビスは話し方で分かったと答えた。どうして豪傑だと分かったのかと尋ねると、エル・エルビスは相手の目つきで分かったのだと答えた。豪傑の目つきをしていたんだ。寛大そうで、怖いもの知らずで、ポリ公だろうが金持ちだろうが怖くなさそうな、本物の豪傑だよ。腹に弾を撃ち込まれようが、トラックをマルボロ一箱やマリファナ一本と取り替えようが気にしない男さ。つまりマリファナ一本とひきかえにトラックをくれたってことか？　とセルヒオは笑いながら尋ねた。マリファナ半本だ、とエル・エルビスは言った。

このときばかりはカンプサーノも腹が立った。

なぜエンリケ・エルナンデスが、もちろん彼なりのやり方ではあるが、ハースを庇護しているのだろう？　とファン・デ・ディオス・マルティネス捜査官は自問した。どんな利益があるというのか？　ハースを庇護することで誰が害をこうむるのだろうか？　そしてこうも自問した。いつまで庇護してやるつもりなのか？　ひと月か、ふた月か、彼が必要だと思うあいだはずっとなのか？　どうして好意や友情からという可能性を切り捨てるのか？　エンリケがハースの友達だったという可能性はないと言い切れるのか？　単に友情から守ってやっている可能性はないのか？　いや、そんなはずはない、とファン・デ・ディオス・マルティネスはつぶやいた。エンリケ・エルナンデスには友達などいないのだ。

一九九五年十月、サンタテレサでもその周辺でも女性の遺体は見つからなかった。九月の半ば以降、よく使われる言い方をすれば、街は平和を享受していた。ところが十一月、エル・オヒート断崖で身元不明の少女の遺体が発見され、のちに、一週間前から行方不明になっていたマキラドーラ〈イースト・ウェスト〉の労働者、アデラ・ガルシア＝エストラーダ十五歳と判明した。監察医によれば、死因は舌骨の骨折だった。ロックバンドのロゴがプリントされたグレーのトレーナーを着ていて、その下には白いブラジャーをつけていた。しかし、右の乳房はえぐり取られ、左胸の乳首は嚙みちぎられていた。この事件は司法警察のリノ・リベラ捜査官が、のちに司法警察のオルティス＝レボジェード捜査官とカルロス・マリン捜査官が担当した。

十一月二十日、アデラ・ガルシア＝エストラーダの遺体発見から一週間後、ラ・ビストサ区の空き地で身元不明の女性の遺体が見つかった。外見からすると被害者は十九歳前後で、死因は胸部数か所に及ぶ両刃の刃物による刺傷で、そのすべてまたはほぼすべてが致命傷だった。被害者はパールグレーのベストと黒いズボンを身につけていた。司法解剖の際にズボンを脱がせてみると、その下にもう一枚、グレーのズボンを穿いていることが判明した。人間のこだわりは謎に満ちている、と監察医は結んだ。この事件を担当したのはファン・デ・ディオス・マルティネス捜査官だった。遺体を引き取りに来る者は現われなかった。

その四日後、ベアトリス・コンセプシオン・ロルダンの遺体がサンタテレサとカナネアを結ぶ幹線道路沿いで見つかった。死因は山刀か大型のナイフによると思われる深い傷で、臍から胸まで一直線に走っていた。ベアトリス・コンセプシオン・ロルダンは二十二歳、身長一メートル六十五センチ、痩せていて褐色の肌をしていた。長い髪を背中まで垂らしていた。マデロ・ノルテ区の店でウェイトレスをしていて、エボディオ・シフエンテスとその妹エリアナ・シフエンテスとともに暮らしていたが、捜索願は出ていなかった。遺体のあちこちに痣が見られたが刺傷は一か所だけで、それが死因となっていたため、監察医は、被害者が身を守らなかったか、致命傷を負わされた瞬間に意識がなかったのだろうと推測した。ラ・ボス・デ・ソノラ紙に写真が掲載されると、匿名の電話があり、彼女がスル区に住むベアトリス・コンセプシオン・ロルダンだと判明した。四日後、警察が被害者の住んでいた家を訪れた。広さは四十平米、小さな寝室が二つに居間が一つ、家具は透明なビニールで覆われ、完全にうち捨てられた状態だった。隣人たちによれば、六日ほど前からエボディオ・シフエンテスなる男とその妹エリアナの姿は見ていないということだった。近所に住む女性の一人が、彼らがそれぞれ二つのスーツケースを引きずって出ていくのを目撃していた。家宅捜索ではシフエンテス兄妹の持ち物はほとんど見つからなかった。当初からこの事件を担当していた司法警察のエフライン・ブステロ捜査官はまもなく、シフエンテス兄妹はどちらも亡霊に毛の生えたような存在であることに気づいた。二人の写真は一枚もなかった。彼が入手できた二人の特徴は曖昧模糊としていて、ときには矛盾してもいた――兄のほうは小柄でとても痩せていて、妹の外見にいたっては、何ら記憶に値する特徴がないようだった。隣人の一人が、エボディオ・シフエンテスはマキラドーラ〈ファイル＝シス〉で働いていたと思うと証言したが、従業員名簿には、そのときはおろかこの三か月間にもそんな名前の人間は登録されていなかった。エフライン・ブステロが過去六か月の従業員一覧を見せてほしいと要求すると、技術上のミスによって残念ながら失われてしまったか、紛失してしまったと告げられた。エフライン・ブステロが、いつになればそのリストに目を通せるのかと尋ねる前に、〈ファイル＝シス〉の幹部に金の入った封筒を手渡され、ブステロは件のリストのことを忘れてしまった。たとえそのリストがまだ存在するとしても、誰も燃やしていないとしても、おそらくエボディオ・シフエンテスの痕跡は見つからなかっただろう、と彼は考えた。兄妹二人に対する指名手配書が作成され、それは火の周りを飛び交う蚊のように国内のさまざまな警察署に回された。事件は迷宮入りした。

十二月には、モレロス区のコリマ通りからフエンサンタ通りにかけて広がる、モレロス高校からそう遠くない空き地で、ミチェレ・レケホの遺体が発見された。彼女は一週間前から行方不明になっていた。遺体を発見したのは、その空き地でよく野球の試合をしている少年たちだった。ミチェレ・レケホは市の南部に位置するサン・ダミアン区に住んでいて、マキラドーラ〈ホライズンW&E〉で働いていた。年齢は十四歳、痩せ型で人なつっこい少女だった。知られているかぎりでは恋人はいなかった。母親は同じ工場で働いていて、空き時間に占いやまじないをしてわずかな副収入を得ていた。おもな客は恋愛の悩みを抱えた近所の女性や何人かの同僚だった。父親はマキラドーラ〈アギラール＆レノックス〉で働いていた。彼はほぼ毎週、二つの勤務シフトを掛け持ちしていた。十歳にもなっていない二人の妹は学校に通っていて、十六歳になる兄は父親と一緒に〈アギラール＆レノックス〉で働いていた。ミチェレ・レケホの遺体には、ナイフの刺傷が腕にも胸部にも散見した。被害者が着ていた黒いブラウスには、同じナイフによるものと思われる穴が数か所あいていた。細身で伸縮性のある生地のズボンは膝まで下ろされていた。靴は黒いリーボックのスニーカーだった。後ろ手に縛られていて、まもなくその縛り方がエストレージャ・ルイス＝サンドバルのときと同じだと指摘する者が現われ、にやりとする警官もいた。この事件はホセ・マルケスが担当し、彼は、ファン・デ・ディオス・マルティネスに遺体の状況を説明した。ファン・デ・ディオス・マルティネスは、奇妙な一致は縛り目だけではなく、モレロス高校に隣接したグラウンドでもう一つ別の事件が起きていたことだと述べた。ホセ・マルケスはその事件のことを覚えていなかった。ファン・デ・ディオス・マルティネスは、結局その女性の身元は分からなかったと言った。その晩、二人の捜査官はミチェレ・レケホの遺体が発見された空き地へ行った。しばらく空き地の暗がりを二人で見つめていた。それから車を降りて、草むらのなかに入っていった。転がっているビニール袋を踏むと、なかにやわらかいものが入っている感触があった。二人は煙草に火をつけた。死体の臭いがした。ホセ・マルケスはこの仕事にいや気が差し始めたと言い、モンテレイの警備局長のポストの話をし、高校はどこにあるのかと尋ねた。ファン・デ・ディオス・マルティネスは暗闇の一点を指さした。あそこだ、と彼は言った。二人はそちらに向かって歩いていった。舗装されていない道をいくつか渡りながら、誰かにつけられているような気がしていた。ホセ・マルケスはホルスターに手をやると、拳銃は取り出さなかったが安心することができた。彼らは一つしかない街灯に照らされた高校のフェンスの前にたどり着いた。あそこに死体があったんだ、とファン・デ・ディオス・マルティネスは、ノガーレスへ向かう幹線道路の近くのある場所を指さした。この高校の用務員が発見したんだ。犯人または犯人グループは、車で来たんだろう。トランクから死体を出して、グラウンドに捨てた。五分もかからなかったんじゃないか。十分はかかるはずだ、道路からある程度距離がある。犯人はカナネアへ向かっていたか、カナネアからやってきたか。遺体を捨てた場所から考えれば、犯人はカナネアに向かっていたんだろう。どうしてそんなことが言えるんだ？　とホセ・マルケスは言った。カナネアから来たのなら、サンタテレサより手前に、死体を片づけるのにうってつけの場所が山ほどあるからね。しかも、時間はたっぷりあった。話によれば、遺体は半ば串刺しにされていたらしいからね。ひどいな、とホセ・マルケスは言った。そうさ、ホセ、つまりそんな状態で、言うなれば準備を済ませた死体をトランクに入れるのは楽ではないはずだ。高校に着いてから串刺しにした可能性のほうがずっと高い。しかし残酷きわまりないな、とホセ・マルケスは言った。死体を遺棄して、それから杭を肛門に突き刺したんだ。どう思う？　ひどい話だな、とホセ・マルケスは言った。だが彼女はもう死んでいたんだよな？　ああ、実際、すでに死んでいたんだ、とファン・デ・ディオス・マルティネスは言った。

同じく一九九五年十二月には、続いて二人の女性の遺体が発見された。一人目はロサ・ロペス＝ラリオス二十九歳で、彼女の死体はPEMEXビルの裏手の、夜になるとカップルがセックスしにやってくる場所で発見された。カップルたちは最初のうち車やバンで乗りつけていたが、流行りの場所になるとバイクや自転車で来る若者を見かけることも珍しくなくなり、近くにバス停があったので、若い労働者同士のカップルが歩いてくることさえあった。PEMEXビルの裏手には別のビルが建設される予定だったが、実現には至らず、現在では用地だけが残っていた。その向こうにはプレハブの仮設小屋が建ち並び、すでに空き家になっていたが、かつてはその会社の労働者たちが一時的に住んでいた。夜になると、挑発的に大音量でラジオが鳴っていることもあったが、たいていは静かに、何台もの車が用地に列をなした。バイクや自転車でやってきた若者たちは仮設小屋の壊れたドアを開け、懐中電灯や蠟燭を灯して音楽をかけ、ときには夕食を作ることさえあった。仮設小屋の向こうのなだらかな斜面には、PEMEXがビルを建てたときに植えた背の低い松の林があった。もっと静かな場所を求めて毛布を手に林に入っていく若者たちもいた。ロサ・ロペス＝ラリオスの遺体が見つかったのもそこだった。発見者は十七歳のカップルだった。少女のほうは誰かが眠っているのだと思ったが、懐中電灯で照らしたところ、死んでいることに気がついた。少女は叫び声を上げ、すっかり怯えきって逃げ出した。少年のほうはもっとしっかりしていて、あるいは好奇心旺盛で、死体の向こう側に回り込んで女の顔を覗き込みさえした。少女の叫び声を聞いて用地にいた者たちは動揺した。すぐに走り去った車も何台かあった。そこにいた車の一台に市警察の警官が乗っていて、死体が発見されたことを通報したのは彼だったが、蜘蛛の子を散らすように逃げていく者たちを止めようとしたものの無駄だった。警察が到着したとき、そこにいたのは震え上がった若者が数人と、彼ら全員に銃口を向けている市警察の警官だけだった。午前三時に、司法警察のオルティス＝レボジェード捜査官と市警察の刑事エピファニオ・ガリンドが現場にやってきた。そのころまでには、先に来ていた警官たちが、市警察の警官に非正規のトーラス・マグナムを収めさせ、落ち着かせていた。エピファニオは用地に停めたパトカーに寄りかかって少女の証言を取り、オルティス＝レボジェードは林に行って遺体を検分した。ロサ・ロペスの死因は鋭い刃物による複数の刺傷で、ブラウスやセーターも裂けていた。身分証の類は携帯していなかったので、当初は身元不明として処理された。ところが二日後、サンタテレサの新聞三紙が写真を掲載すると、従姉妹だという女性が、被害者はロサ・ロペス＝ラリオスだと証言し、ラス・フローレス区サン・マテオ通りに住む被害者の住所を含め、知っていることを洗いざらい警察に話した。ＰＥＭＥＸビルはカナネアに向かう幹線道路のそばにあり、ラス・フローレス区から近くはないが、極端に遠いわけでもなく、そのため被害者は、おそらくデートのためにそこまで歩いていったか、バスを使った可能性もあった。ロサ・ロペス＝ラリオスは、彼女と同様ヘネラル・セプルベダ工業団地のマキラドーラ数社で働いたことのある熟練労働者の友達二人と一緒に暮らしていた。友人たちの話では、ロサにはエルネスト・アストゥディージョというペプシ社で飲料の配達をしているオアハカ出身の恋人がいるということだった。ペプシ社の倉庫で聞き込みをすると、たしかにアストゥディージョという男がそこで働いていたことがあり、ラス・フローレス区からキノ区までのルートを走るトラックに乗って荷物の積み卸しをしていたが、四日ほど前から職場に来ていなかったので、会社としては辞めたものと考えていた。男の住所が判明し、令状による家宅捜索が行なわれたが、そこには広さ二十平方メートルもない粗末な家をアストゥディージョと共有している友人がいただけだった。その友人を尋問した結果、アストゥディージョには従兄弟か実の兄弟のように慕っている友人がいて、密入国の斡旋をしているということが判明した。事件はこれでうやむやになったな、とエピファニオ・ガリンドは言った。それでも、請負屋たちのなかからアストゥディージョの友人を洗い出そうとしたが、この業界は沈黙が規範で、何ひとつ分からなかった。オルティス＝レボジェードは匙を投げた。エピファニオは別の線から捜査を続けた。もしアストゥディージョが死んでいるとしたらどうなるかと自問した。もし、たとえば、カップルが彼の恋人の遺体を発見する三日前に死んでいたとすれば。ロサ・ロペス＝ラリオスは殺された日の昼間か晩、ＰＥＭＥＸのビルに何を探しに、誰に会いに行ったのだろうと自問した。事実、事件はうやむやになった。

十二月の二人目の被害者はエマ・コントレラスだった。彼女の場合は犯人は簡単に見つかった。エマ・コントレラスはアラモス区のパブロ・シフエンテス通りに住んでいた。ある晩、近所の人々が男の怒鳴り声を耳にした。あとで彼らが話したところによれば、まるで男はひとりでいて発狂したかのようだった。午前二時ごろ、男はわめくのをやめ、静かになった。家はひっそりと静まり返った。午前三時ごろ、銃声が二度響き渡り、隣人たちが目を覚ました。家の明かりは消えていたが、音がそこから聞こえてきたことはまず間違いなかった。それからさらに二度銃声が聞こえ、誰かの叫び声が聞こえた。数分後、男が一人出てきて、家の前に停めてあった車に乗り込み、いなくなった。隣人が警察に通報した。パトカーが一台、午前三時半過ぎにやってきた。家のドアは開けっ放しだったので、警官たちは躊躇せずなかへ入った。主寝室で、手足を縛られたエマ・コントレラスの死体が発見された。四発の弾丸を撃ち込まれ、そのうち二発は顔を吹き飛ばしていた。この事件を担当したのはファン・デ・ディオス・マルティネス捜査官で、午前四時に現場に到着し、家のなかを調べて回ると、すぐに犯人は被害者の同居人(あるいは内縁の夫)であるハイメ・サンチェス警部で、その数日前にPEMEXのビルでブラジル製トーラス・マグナムを握りしめてカップルたちが逃げ出すのを阻止しようとした男だという結論に至った。無線を通じ、ただちに見つけて逮捕せよという指令が下った。午前六時、男はバー〈セラフィノス〉で発見された。その時間〈セラフィノス〉は閉まっていたが、なかではポーカーが行なわれていた。参加者と見物客のいるテーブルの横のカウンターでは夜行性の人々が集まっていて、複数の警官が酒を飲みながら話をしていた。ハイメ・サンチェスはそのなかにいた。通報を受けたファン・デ・ディオス・マルティネスは店を包囲するよう指示し、何があっても彼を逃がさないよう、だが自分が到着するまでは誰もなかに入るなと命じた。ハイメ・サンチェスは、二人の警官を連れて司法警察の捜査官が店に入ってくるのが見えたとき、女の話をしていた。彼はしゃべり続けていた。賭博をやっているテーブルで見物客に混じっていたオルティス=レボジェード捜査官は、ファン・デ・ディオス・マルティネスを見ると立ち上がり、こんな時間にここに何をしにきたのかと尋ねた。逮捕しに来たんだ、とファン・デ・ディオスが言うと、オルティス=レボジェードはにやけた顔で彼を見つめた。それからこう言った。お前とそいつら二人でか? と彼は言った。バカな真似はやめておけ、どこかでチンポでもしゃぶってきたらどうだ。すると、ファン・デ・ディオス・マルティネスは見知らぬ相手を見るかのようにオルティス=レボジェードを見て、彼を振り払うとハイメ・サンチェスのほうへ向かった。そこから、オルティス=レボジェードが、自分と一緒に来た二人の警官の片方の腕を摑んで話し込んでいるのを横目で認めた。きっと誰を逮捕しに来たのか訊いているんだろう、とファン・デ・ディオスは考えた。ハイメ・サンチェスは何の抵抗もせず彼に従った。ファン・デ・ディオスはジャケットの内側を探り、ホルスターとトーラス・マグナムを見つけ出した。こいつで殺したんだな? と彼は尋ねた。どうかしてたんだ、自分を見失ってた、とサンチェスは言った。そして、友人と一緒なんだ、恥はかかせないでくれ、と付け加えた。お前のお友達はにやにやしてるぞ、とファン・デ・ディオスは言いながら手錠を掛けた。彼らが店を出ていくなり、何事もなかったかのようにポーカーの試合が再開された。

一九九六年一月、クラウス・ハースはふたたび記者会見を開いた。今回は、最初のときほど記者は集まらなかったが、サンタテレサ刑務所にやってきた記者たちは、普段の仕事の進行に差し障るほどのものではないと考えた。ハースは記者たちに向かって、殺人犯（つまり彼のことだ）が投獄されているのになぜ殺人事件は続いているのかと問いかけた。彼はとりわけ、ミチェレ・レケホを縛っていた縄の結び目のことについて語った。それは、ハースによれば、殺された女たちのなかでただ一人、情報工学とコンピュータへの興味ゆえに（と彼は強調した）彼と直接の接触があった唯一の被害者であるエストレージャ・ルイス＝サンドバルを縛っていた結び目と同じものだった。セルヒオ・ゴンサレスが記者をしているラ・ラソン紙は社会部の新米記者を送り込み、彼はエルモシージョまでの飛行機のなかで事件のファイルに目を通した。ファイルにはセルヒオ・ゴンサレスが書いた連載記事も挟まれていた。書いた当人は、メキシコシティに残ってメキシコとラテンアメリカの新しい小説について長い書評記事を書いている最中だった。新米を派遣する前、社会部のデスクが、ほとんどエレベーターなど使ったことがなかったにもかかわらず、五階上の文化部までわざわざやってきて、行きたいかと彼に尋ねた。セルヒオは返答しかねてしばらく彼を見つめていたが、最後に首を横に振った。

一月にはまた、ソノラ民主平和女性同盟（ＭＳＤＰ）サンタテレサ支部が記者会見を行ない、こちらに出席したサンタテレサの新聞記者はたった二名だった。会見では、被害者たちの家族が受けた屈辱的かつ非礼な扱いが明らかにされ、この問題に関して州知事である国民行動党（ＰＡＮ）のホセ・アンドレス・ブリセーニョ学士と司法長官に宛てて送られる予定の質問状が公開された。質問状にはいっさい返事は来なかった。ＭＳＤＰサンタテレサ支部は、三人だった闘士、ないしは支持者を二十人にまで増やしていた。一九九六年一月は、市警察にとってはそれほど悪い月ではなかった。古い線路のそばにあるバーでは、三人の男性が銃で殺され、麻薬密売組織間の抗争と見られた。密入国請負人たちが使うルートで、中央アメリカ人男性の首なし死体が見つかった。小太りで背が低く、虹と、頭は動物で首から下が裸の女性がちりばめられた奇妙なネクタイを締めていた男が、マデロ・ノルテ区のナイトクラブでロシアンルーレットをやっている最中に喉元に自ら銃弾を撃ち込んでしまった。だが、女性の遺体は市内の空き地でも、郊外でも、砂漠でも発見されなかった。

ところが二月初め、警察に匿名の電話がかかってきて、古い鉄道の倉庫に死体が遺棄されていると通報した。遺体は、監察医が下した判断によれば三十歳前後の女性だったが、一見したところでは誰もが四十歳と言ったかもしれなかった。致命傷と見られる刃物による刺傷が二か所あった。両腕にも深い傷が見られた。監察医によれば、凶器はおそらく両刃の短剣で、刃の厚い、アメリカ映画に出てくるような大きな短剣だった。この点について尋ねられると、監察医はアメリカの西部劇に出てくるような、熊狩りに用いるような短剣だと答えた。つまりかなり大きな短剣です。調査を始めて三日後、監察医は新たに重要な手がかりを発表した。被害者の女性はインディオだった。ヤキ族かもしれなかったが彼はそうは思わなかった。ピマ族かもしれなかったが彼はそうも思わなかった。州の南部に住むマヨ族という可能性もあったが、実際彼はそうも思わなかった。彼女はいったいどんな種族のインディオだったのか？　そう、彼女はセリ族だったかもしれない。しかし監察医によれば、いくつかの肉体的特徴からその可能性は低かった。彼女はパパゴ族だったかもしれないし、パパゴ族がサンタテレサにもっとも近いところに住むインディオだったことを考えれば、それがもっとも自然だったが、彼はパパゴ族でもないと考えていた。四日目、すでに学生たちのあいだではソノラのメンゲレ博士と呼ばれ始めていた監察医は、熟慮の末、殺されたインディオの女性はタラウマラ族であると断言した。タラウマラ族の女性がサンタテレサで何をしていたのか？　おそらくどこかの中流の、あるいは上流家庭で家事をするために雇われていたのだろう。もしかするとアメリカに渡る順番を待っていたのかもしれない。警察とつながりのある密入国請負屋たち、そして突然辞めてしまった使用人のいる家に捜査の的が絞られた。まもなく事件は忘れ去られた。

次なる被害者は、カサス・ネグラスへ向かう幹線道路と、灌木と野生の草花に覆われた名もない谷間で発見された。それが一九九六年三月に発見された最初の被害者で、その不吉な月には続いて五人の遺体が発見された。現場に駆けつけた六人の警官のなかにラロ・クーラがいた。被害者は十歳前後の少女だった。身長は一メートル二十七センチ。金属のバックルがついた透明なビニール製のサンダルを履いていた。髪の毛は栗色で、額のあたりだけ脱色したように明るい色だった。遺体には刺し傷が八か所あり、そのうち三か所は心臓に見つかった。警官の一人が彼女を見て泣き出した。救命士たちが谷間へ降りていき、登るときに何かにつまずいて小さな遺体を落としてしまわないよう担架に縛りつけた。彼女の遺体を引き取りに来る者はいなかった。警察の発表によれば、彼女はサンタテレサの住人ではなかった。サンタテレサで何をしていたのか？　どうやってたどり着いたのか？　それについては何も語られなかった。彼女の情報はファックスで国内のさまざまな警察署に送られた。この事件を任されたのはアンヘル・フェルナンデス捜査官で、事件はまもなく迷宮入りした。

数日後、またしてもその谷間で、ただしカサス・ネグラスに向かう道路を挟んだ反対側で、新たに少女の遺体が発見された。今度の被害者は十三歳前後で、死因は絞殺だった。前の被害者と同じく、身元を明らかにするものは何ひとつ所持していなかった。白いショートパンツにアメリカのサッカーチームのマークが入ったグレーのトレーナーという格好だった。監察医によれば、少なくとも死後四日は経っていて、二人の遺体は同じ日に捨てられた可能性もあった。ファン・デ・ディオス・マルティネスによれば、それは控え目に言っても少々奇妙な意見だった。というのも、犯人は一人目の死体を谷間に捨てるときに、車をカサス・ネグラスに向かう幹線道路脇に、二人目の死体を入れたまま置いていくことになったはずで、そのあいだにパトカーが停まる恐れがあったばかりでなく、厚かましい者たちが通りかかって車を盗む危険すらあり、それは最初に捨てたのが道路の反対側の遺体だったとしても同じことだった。この二人目の遺体が発見された場所の近くにはエル・オベリスコという名の集落があった。そこは実際には集落と呼べるほどのものではなく、サンタテレサ市の区の扱いすら受けておらず、むしろ、国の南部から日々やってくる貧しい者たちのなかでももっとも貧しい者たちがたどり着く避難所だった。彼らはそこにある粗末な家を我が家とは思っておらず、もっと違うところに向かう途中の、少なくとも食べられるようになるまでの仮の宿と思いながらそこで夜露をしのぎ、なかには死んでいく者すらいた。そこをエル・オベリスコではなく死に場所《エル・モリデロ》と呼ぶ者もいた。しかも、ある意味では彼らは正しかった。というのもそこには方尖柱《オベリスコ》などなかったし、そこの住民はほかの場所の住民よりずっと早く死んでいたからだ。とはいえ、かつて市の境界線が今とは違うところにあり、サンタテレサ市が今よりもっと狭かった時代、カサス・ネグラスがいわば独立した町だったころには方尖柱《オベリスコ》があった。石でできた、実際には三つの石が積み上げられたもので、方尖柱らしいところは少しもなかったが、想像力を働かせれば、あるいはユーモアのセンスがあれば、それが原始的な方尖柱、もしくは絵を描き始めたばかりの子供が、サンタテレサ郊外に住み、サソリやトカゲを食べながら砂漠を這い回り、決して眠ることのない怪物じみた赤ん坊が描いた方尖柱だと考えることもできなくはなかった。もっと現実的な方法は、二人の遺体を同じところに、まず一人、それからまた一人と捨てることだとファン・デ・ディオス・マルティネスは考えた。そして最初の死体を道路からあれほど離れた谷間まで引きずっていくのではなく、すぐそのあたり、路肩から数メートルのところに投げ捨てる。それは二人目の死体についても同じことだった。なぜ危険を冒してまでエル・オベリスコのはずれまで歩く必要があったのか？　死体を捨てる場所などほかにもいくらでもあったはずなのに。例外は、と彼はつぶやいた。車に犯人が三人乗っていた場合だ。一人が運転し、残りの二人が、女の子の死体を素早く処分したとすれば、死体は大して重くないだろうし、二人がかりで運べば、きっと小さなスーツケースをひとつ抱えていくようなものだったはずだ。そうなると、エル・オベリスコを選んだことにも、新たな手がかりが、新たな側面が見えてくる。犯人たちは、警察の目をあの紙ででてきたような家が並ぶ集落の住人に向けさせようとしたのではないか？　しかし、そうなると、なぜ死体を二つとも同じ場所に捨てなかったのだろう？　もっともらしさを狙ったのだろうか？　どちらの少女もエル・オベリスコの住人だと想定してみたらどうだろう。十歳の女の子がいなくなって誰も捜索願を出さない場所がサンタテレサにほかにあるだろうか？　そうなると、犯人は車は持っていないのか？　道路を渡り、カサス・ネグラス近くの谷間まで一人目の死体を運んでいってそこに捨てたのだろうか？　ではなぜ、わざわざそんなことまでしておきながら死体を埋めようとしなかったのだろうか？　谷間の土が固かったうえに道具を持っていなかったからか？　事件を担当したアンヘル・フェルナンデス捜査官は、エル・オベリスコで一斉捜査を行なって二十人を逮捕した。そのうち四人が窃盗罪で投獄された。別の者は第二警察署の留置場で死んだ。監察医によれば死因は結核だった。殺された二人の少女のどちらについても罪を認めた者はいなかった。

エル・オベリスコのはずれで十三歳前後の少女の遺体が発見された一週間後、カナネアに向かう幹線道路沿いで十六歳前後の少女の遺体が見つかった。被害者の身長はおよそ一メートル六十センチ、髪は黒くて長く、痩せ型だった。刃物による刺傷は腹部に一か所あるだけだったが、傷は深く、文字どおり身体を貫通していた。ところが死因は、監察医によれば絞殺および舌骨の骨折だった。遺体の発見現場からは、なだらかな丘陵の連なりやまばらに建った白や黄色の低い屋根の家々が見え、マキラドーラで使われる部品を保管する工業倉庫がいくつかと、幹線道路から枝分かれして理由も原因もなく夢のように消えていくいくつもの道が見えた。被害者は、警察によればおそらくサンタテレサに向かう途中でレイプされたヒッチハイカーだった。被害者の身元を特定しようとする努力はいずれも水泡に帰し、事件は迷宮入りした。

ほぼ同じころ、新たに十六歳前後の少女の遺体が発見された。市の北東部にあるエストレージャ丘陵の麓、三月最初の三人の犠牲者が見つかった場所から数キロ離れたところで、ナイフで刺され、身体の一部を切断された状態で（付近の犬の仕業だったかもしれないが）発見された。被害者は痩せ型で、髪は黒くて長く、まるでカナネアに向かう道路沿いで発見されたヒッチハイカーと見られる少女と双子の姉妹のようだと言う警官もいた。その少女と同様、身元を明らかにするものはいっさい所持していなかった。サンタテレサのメディアは二人を「呪われた姉妹」と名づけ、その後、警官たちの言い草を借りて「悲運の双子」と呼んだ。この事件は司法警察のカルロス・マリン捜査官が担当し、まもなく未解決事件として処理された。

三月も終わりごろ、その月最後の被害者が同じ日に二人発見された。一人目はビバリー・ベルトラン＝オジョスという名前だった。年齢は十六歳、ヘネラル・セプルベダ工業団地のマキラドーラで働いていた。母親のイサベル・オジョスが中心街の警察署に出頭し、遺体発見の三日前に行方不明になっていた。五時間待たされたあと窓口で相談し、不承不承ながら捜索願が作成され、次の手続きへと回された。ビバリーの髪は、三月に発見された被害者たちとは対照的に栗色だった。その他の点ではいくつか類似点があった――痩せ型、身長は一メートル六十二センチ、長い髪。彼女の遺体はヘネラル・セプルベダ工業団地の西側にある、車で行くのは困難な空き地で何人かの少年に発見された。遺体には、胸部と腹部に凶器による外傷が複数あった。膣と肛門をレイプされ、そのあとで犯人たちに服を着せられていた。というのも、それは行方不明になったときに着ていたのと同じ服で、裂け目も穴も、弾の痕もひとつとしてなかったからだ。この事件は司法警察のリノ・リベラ捜査官が担当した。彼はまず、彼女の同僚に聞き込みを行ない、いもしない恋人探しに奔走し、捜査を打ち切った。現場付近をしらみつぶしにする者もなく、現場に残されたいくつもの足跡の型を取る者もいなかった。

その日二人目にして三月最後の被害者は、レメディオス・マヨール区と不法ゴミ集積場エル・チレの西側、ヘネラル・セプルベダ工業団地の南側にある空き地で発見された。事件を担当した司法警察のホセ・マルケス捜査官によれば、とても魅力的な女性だった。脚は長く、痩せ型ではあるが痩せすぎているわけではなく、胸は大きく、髪は肩の下まで伸ばしていた。膣にも肛門にも表皮剝離の痕が見られた。レイプされたあとナイフで刺し殺されていた。監察医によれば、被害者は十八歳から二十歳くらいだった。身元を明らかにするものはいっさい持っていなかった。遺体を引き取りに来る者もなかったので、彼女の遺体は相応の期間保管されたのち、共同墓地に埋葬された。

四月二日、フロリータ・アルマーダはＭＳＤＰの活動家を何人か連れてレイナルドの番組に出演した。フロリータ・アルマーダは、今日ここに来たのはほかでもない、彼女たちを紹介し、大切な話をしてもらうためだと言った。その後、ＭＳＤＰの活動家たちが壇上に上がり、話し始めた。サンタテレサでの犯罪の横行について、警察の怠慢について、腐敗について、一九九三年以降増え続けている被害者の数について。それから温かく迎えてくれた観客と友人フロリータ・アルマーダに礼を述べ、別れを告げる前に州知事ホセ・アンドレス・ブリセーニョ学士に対し、人権と法の遵守を掲げている国におけるこの耐えがたい状況に何らかの対策を講じるよう求めるのを忘れなかった。レイナルドはテレビ局の局長に呼びつけられ、危うく停職になるところだった。レイナルドは発作的にヒステリーを起こし、それならいっそのこと解雇すればいいと言った。局長は彼をおかま扇動家呼ばわりした。レイナルドは自分の控え室に閉じこもり、ロサンゼルスにラジオ局を持っていて彼を引き抜けないものかと考えている何人かの人間と電話で話をした。番組のプロデューサーは局長に、レイナルドの好きにさせたほうがいいと言った。局長は秘書にレイナルドを探しに行かせた。レイナルドは秘書を無視して電話で話し続けた。電話の向こうで話しているチカーノは、同性愛者ばかりを狙うロサンゼルスの連続殺人犯の話をしていた。なんてことだ、とレイナルドは言った。こっちじゃ女ばかり殺している奴がいるっていうのに。ロサンゼルスの殺人犯はゲイの店をうろついていた。どこにでもそういう人間がいるんだよ、羊の群れに忍び寄る狼がね、とレイナルドは言った。ロサンゼルスの殺人犯は同性愛者がよく来る店や男娼が集まる通りで同性愛者に言い寄り、どこかに連れていき、殺していた。切り裂きジャックのように残忍だった。文字どおり、被害者たちを切り刻んでいた。その事件をもとにした映画が作られたりするのかな、とレイナルドは尋ねた。もう製作されてるよ、と電話の向こうでチカーノが言った。つまり警察は犯人を逮捕したってこと？　もちろんさ、とチカーノは言った。それはよかった！　とレイナルドは言った。映画には誰が出るんだい？　キアヌ・リーヴスさ、とチカーノは言った。キアヌが殺人犯役なの？　いいや、彼を追う警官役だ。じゃあ殺人犯の役は誰がやるの？　あの金髪の俳優、何て名前だっけ？　とチカーノは言った。サリンジャーの小説の登場人物と同じ名前の俳優だよ。ああ、読んだことのない作家だ、とレイナルドは言った。サリンジャーを読んだことがないのか？　とチカーノは言った。ああ、とレイナルドは言った。そりゃずいぶん損をしているんじゃないか、とチカーノは言った。僕はこのところゲイの作家しか読んでいないんだ、とレイナルドは言った。できるだけ、僕と同じようなものを読んできたゲイの作家をね。君がＬＡに来てから話を聞かせてもらうよ、とチカーノは言った。電話を切ると、レイナルドは目を閉じ、大きな椰子の木と小さいが瀟洒な家が並んだ住宅地で暮らす自分の姿を思い描いた。俳優を目指している隣人たちがいて、彼らが有名になる前に思う存分インタビューするのだと考えた。その後、番組のプロデューサーと局長と話した。二人揃って、楽屋の戸口から、さっきのことは忘れて番組を続けてほしいと頼み込んできた。レイナルドはほかにもオファーがあるので考えてみると言った。その晩、彼はアパートでパーティーを開き、明け方近くになって、何人かの友人たちが海へ行って日の出を見ようと言い出した。レイナルドは寝室に閉じこもってフロリータ・アルマーダに電話をかけた。三度目のベルで千里眼が電話に出た。レイナルドは起こしてしまったかと尋ねた。フロリータ・アルマーダは、ええ、でも大したことではない、ちょうど彼の夢を見ていたところだったと答えた。レイナルドはその夢の話をしてくれないかと頼んだ。フロリータ・アルマーダはソノラ州の海岸に降る隕石の雨の夢を見ていて、レイナルドによく似た男の子を見つけた。その子は隕石が落ちるのを見ていたのかな？　とレイナルドは尋ねた。そうなの、とフロリータ・アルマーダは言った。隕石の雨を見ていたあいだ、波がふくらはぎのところまで打ち寄せていた。素敵な夢だね、とレイナルドは言った。私もそう思ったわ、とフロリータ・アルマーダは言った。あなたの夢は本当に素敵だ、フロリータ、とレイナルドは言った。そうね、と彼女は言った。

　フロリータ・アルマーダとMSDPの女性たちが出演した番組を見た人は多かった。サンタテレサ精神病院の院長エルビラ・カンポスも番組を見て、フアン・デ・ディオス・マルティネスにその話をした。彼のほうはその番組を見ていなかった。ラロ・クーラのかつての雇い主であるドン・ペドロ・レンヒフォも、めったに離れることのないサンタテレサ郊外の農場でその番組を見たが、彼の右腕パット・オバニオンがそばにいたにもかかわらず、誰ともその話をしなかった。クラウス・ハースの仲間のエル・テキーラは、サンタテレサ刑務所でこの番組を見てハースにその話をしたが、ハースのほうは我関せずだった。その手の出しゃばりなばあさんたちの話や考えにはひとつも大事なことなんてない、と彼は言った。犯人は今も人を殺し続けているのに、俺のほうは閉じ込められたままだ。これこそ議論の余地なき事実だ。誰かにこのことについてよく考えてもらい、結論を出してもらわないと。その晩、監房の寝台でハースは言った——犯人は塀の外、俺は塀のなか。とはいえ、このろくでもない都市に、俺なんかよりずっと悪い人間がやってくる。犯人よりも悪い人間がね。その足音が近づいてくるのが聞こえるか？　足音が聞こえるか？　黙りやがれ、金髪野郎、と寝台からファルファンの声がした。ハースは黙った。

　四月最初の週、古い鉄道の倉庫の東にある空き地で新たな遺体が発見された。被害者は、マキラドーラ〈ダッチ&ローズ〉の、サグラリオ・バエサ＝ロペスという名前が入っているが顔写真のついていない工員証以外、身分証の類は持っていなかった。遺体には刃物による複数の刺傷があり、レイプの形跡もあった。年齢は二十歳前後だった。警察が〈ダッチ&ローズ〉の事務所に出向いて確認すると、サグラリオ・バエサ＝ロペスは生きていた。尋問のなかで彼女は、被害者のことは知らないし、会ったこともないと供述した。工員証は半年以上前に失くしたと答えた。そして最後に、自分は真面目な生活を送り、仕事とカランサ区に暮らす家族に身を捧げていて、警察の厄介になるような問題を起こしたことは一度もないと言い、これについては何人かの同僚が請け合った。たしかに〈ダッチ&ローズ〉の記録には、サグラリオ・バエサに新しい工員証が交付された正確な日付が記載されていて、次回は失くさないよう気をつけるようにと訓戒を受けたことも確認された。被害者は他人の労働者証で何をしていたんだ？　とエフライン・ブステロ捜査官はつぶやいた。被害者が〈ダッチ&ローズ〉の別の労働者である可能性もあったので、従業員に関する調査が数日間行なわれたが、姿を消したひと握りの女たちの身体的特徴は被害者と一致しなかった。そのうち三人は二十五歳から三十歳で、アメリカに渡ろうとしていた。もう一人は太った小柄な女性で、労働組合を作ろうとしてくびになっていた。事件は静かに迷宮入りした。

四月最後の週、新たな被害者が発見された。監察医によれば、彼女は死亡する前に全身を殴打されていた。ところが死因は絞殺および舌骨の骨折だった。遺体は東にある山のほうへ伸びるそれほど広くない道路から五十メートルほど離れた砂漠で発見された。そのあたりでは、ときおり麻薬王たちの乗る飛行機が着陸するのを見かけるのも珍しいことではなかった。事件は司法警察のアンヘル・フェルナンデス捜査官が担当した。被害者は身分証の類は所持しておらず、彼女が行方不明になったという情報はサンタテレサのどの警察署の記録にも残っていなかった。警察が彼女の傷ついた顔の写真を三枚、エル・エラルド・デル・ノルテ紙とラ・ボス・デ・ソノラ紙とラ・トリブーナ・デ・サンタテレサ紙に提供したにもかかわらず、どの新聞にも掲載されなかった。

一九九六年五月には新たな遺体は見つからなかった。ラロ・クーラは乗用車盗難事件の捜査に加わり、最終的に五人の逮捕者が出た。エピファニオ・ガリンドは刑務所のハースに会いに行った。面会はすぐに終わった。サンタテレサ市長はメディアを通じて、市民が安心して生活できるようになったと主張した。犯人は逮捕され、その後起こった女性殺人事件は平凡な犯罪者たちの仕業だと断言した。ファン・デ・ディオス・マルティネスは強盗傷害事件を担当した。二日で容疑者が捕まった。サンタテレサ刑務所に勾留されていた二十一歳の囚人が自殺した。アメリカ領事コナン・ミッチェルは、企業家コンラド・パディージャがシエラマドレ山脈の尾根に所有する農場へ狩りに出かけた。彼の友人たち、大学学長パブロ・ネグレーテと銀行家ファン・サラサール＝クレスポ、そして誰とも知り合いではない、ずんぐりしていて赤毛で、銃器を触ると緊張してしまううえに心臓を患っているので結局一度も狩りに出なかったレネ・アルバラードという名の第三の男も一緒だった。このレネ・アルバラードなる男はグアダラハラの出身で、本人の話によれば証券取引に携わっていた。午前中、皆が狩りに出ているあいだ、アルバラードは毛布にくるまってテラスの安楽椅子に座り、いつも本を一冊抱えて山と向き合っていた。

六月にはバー〈エル・ペリカノ〉の踊り子が殺された。目撃者によれば、踊り子がホールで半裸で踊っていたとき、夫のフリアン・センテーノが現われ、被害者と一言も言葉を交わすことなく、彼女に四発の銃弾を撃ち込んだ。パウラあるいはパウリーナという名で知られ、サンタテレサのほかの店ではノルマという名前で知られていたその踊り子は、雷に打たれたように崩れ落ち、二人の踊り子が蘇生させようと努力したものの意識を取り戻すことはなかった。救急車が到着したときには息絶えていた。この事件はオルティス＝レボジェード捜査官が担当した。明け方、彼はフリアン・センテーノの家に到着したが、すでにもぬけの殻で、急いで逃げ出したことは明らかだった。フリアン・センテーノなる男は四十八歳で、踊り子のほうは、一緒に働いていた女の話では二十三歳にもなっていなかった。男はベラクルス出身、彼女はメキシコシティ出身で、二人は二年ほど前にソノラ州へやってきた。踊り子本人の話では、二人は法的に結婚していた。当初、そのパウラあるいはパウリーナの名字は誰も知らなかった。彼女が住んでいた、マデロ・ノルテ区ロレンソ・コバルビアス通り七九番地にある家具のほとんどない小さなアパートにも、被害者の身元を明らかにする書類はなかった。センテーノが燃やしてしまった可能性もあったが、オルティス＝レボジェードは、パウリーナという名の女が、もう何年も、彼女の存在を証明する書類をひとつも持たずに生活してきた可能性のほうが高いだろうと考えた。キャバレーで働く女たちや娼婦たちのあいだではそれほど珍しいことではなかった。ところが、メキシコシティ警察の犯罪記録局から送られてきたファックスから、パウリーナの本名はパウラ・サンチェス＝ガルセスであることが明らかになった。記録によれば、彼女は、どうやら十五歳で始めたらしい職業である売春で数回逮捕されていた。〈エル・ペリカノ〉の仕事仲間の話では、被害者は最近、客の一人である、グスタボという名前しか分からない男のことを好きになり、センテーノと別れて彼と暮らすつもりだった。センテーノの捜索は実を結ばなかった。

パウラ・サンチェス＝ガルセス殺害の数日後、カサス・ネグラスに向かう幹線道路沿いで若い女性の遺体が見つかった。年齢は十七歳前後、身長は一メートル七十センチ、髪は長く、痩せ型だった。遺体には刃物による刺傷が三か所と、両手首と足首には擦過傷が見られ、首を絞められた形跡もあった。監察医によれば、刃物による刺傷のひとつが致命傷となった。発見時に身につけていたのは赤いTシャツと白いブラジャー、黒いショーツに赤いハイヒールだった。ズボンもスカートも穿いていなかった。膣と肛門の塗抹標本が作られ、被害者はレイプされたという結論に至った。その後、監察医の助手が、被害者の履いていた靴が彼女の足より二サイズは大きかったことに気づいた。身分証の類は見当たらず、事件は迷宮入りした。

六月下旬、エル・セレサル区のはずれ、プエブロ・アスルに向から幹線道路の近くで、新たに身元不明の女性の遺体が発見された。この二十一歳くらいの女性は、文字どおりナイフでずたずたにされていた。あとで監察医が数えたところ、重傷軽傷合わせて二十七か所あった。遺体発見の翌日、一週間ほど前から行方が分からなくなっていたアナ・エルナンデス＝セシリオ十七歳の両親が警察署にやってきて、被害者を娘と確認した。ところが三日後、アナ・エルナンデス＝セシリオとされた遺体がサンタテレサ墓地に埋葬されてから、アナ・エルナンデス＝セシリオ本人が警察署に現われ、恋人と駆け落ちしていたことを告白した。二人はサンタテレサから出ることなくサン・バルトロメ区で暮らしていて、二人ともアルセニオ・ファレル工業団地のマキラドーラで働いていた。アナ・エルナンデスの証言は両親によって事実と認められた。すぐにプエブロ・アスルに向かう道路で発見された遺体の掘り起こしが命じられ、捜査は続行することになり、司法警察のファン・デ・ディオス・マルティネスとアンヘル・フェルナンデス、そしてサンタテレサ警察のエピファニオ・ガリンドがこれを担当した。エピファニオは食料雑貨店を営む年老いた元警官を連れてマイトレーナ区とエル・セレサル区を駆け回った。こうして、アルトゥーロ・オリバレスという男が妻に捨てられていたことが判明した。奇妙なことに、妻は子供たち、二歳の息子とまだ数か月の娘を連れていかなかった。エピファニオは新たな手がかりを追ういっぽうで、元警官の食料雑貨店主にオリバレスの動向を引き続き伝えてくれるよう頼んだ。そして、セゴビアという男が容疑者のもとをしばしば訪れていること、その男はオリバレスの従兄だということが判明した。セゴビアはサンタテレサ西部に住んでいて、定職には就いていないようだった。ひと月前までは、マイトレーナ区にはめったに顔を出さなかった。セゴビアを見張り、彼がシャツに血の染みをつけて帰ってきたのを見たという人間を二人見つけた。目撃者はセゴビアの隣人で、仲はあまりよくなかった。セゴビアはアウロラ区にある何軒かの家の庭で行なわれている闘犬のブローカーをやって生計を立てていた。ファン・デ・ディオス・マルティネスとアンヘル・フェルナンデスはセゴビアの留守中に家宅捜索をした。プエブロ・アスルに向かう幹線道路沿いで発見された被害者について、彼を犯行と結びつけられそうな証拠はひとつも発見できなかった。そこで、闘犬を所有している一人の警官に、セゴビアとは知り合いかと尋ねてみた。その警官は知り合いだと答えた。彼はセゴビアの監視を任された。二日後、その警官は、最近セゴビアはブローカーをするだけでなく、賭けにも参加するようになったと報告した。当然のことながら有り金を使い果たし、それにもかかわらず一週間後にはまたぞろ賭けをするのだった。金を渡してる奴がいるんだな、とアンヘル・フェルナンデスは言った。彼らはセゴビアを尾行した。少なくとも週に一度は従弟に会いに行っていた。エピファニオ・ガリンドはオリバレスを尾行した。彼が家財道具を売りに出していることが判明した。オリバレスの奴、ずらかるつもりだな、とエピファニオは言った。オリバレスは、日曜には地元サッカーチームでプレーしていた。サッカー場はプエブロ・アスルに向かう道路の隣にある空き地にあった。オリバレスは、警官たちが、二人の私服警官と三人の制服を着た警官がやってきたのを見ると、プレーをやめ、グラウンドのなかで彼らを待った。まるで、グラウンドがどんな不幸からも守ってくれる精神的空間であるかのようだった。エピファニオは彼の名前を確認し、手錠を掛けた。オリバレスは抵抗しなかった。ほかの選手たちと試合を見ていた三十人ほどの観客は啞然としていた。しんと静まり返ってたな、とエピファニオはその晩ラロ・クーラに語った。警官は、道路の向こうに広がる砂漠を指さし、殺したのはそこなのか、家なのかと尋ねた。あそこだ、とオリバレスは言った。子供たちは、サッカーの試合のある日曜日に面倒を見てくれているオリバレスの友人の妻と一緒だった。ひとりでやったのか、それとも従兄に助けてもらったのか? 助けてもらった、とオリバレスは言った。だが少しだけだ。

どんな人生も、とエピファニオはその晩ラロ・クーラに言った。どんなに幸福であろうと、必ず最後には痛みと苦しみが待っているんだ。場合によりますよ、とラロ・クーラは言った。どういうことだい? いろんな場合があるってことです、とラロ・クーラは言った。たとえば、こめかみに一発喰らったとしたら、しかも殺そうとしている野郎が、音も立てずに近づいてきたら、あの世に行くのに痛みも苦しみもないじゃないですか? クソガキが、とエピファニオは言った。お前はこめかみに弾を喰らったことがあるっていうのか?

被害者の名前はエリカ・メンドーサだった。年齢は二十一歳だった。幼い二人の子を持つ母親だった。夫のアルトゥーロ・オリバレスは嫉妬深い男で、彼女にしばしば暴力を振るった。彼女を殺すことを決心した晩、オリバレスは従兄と一緒にしたたか酔っぱらっていた。彼らはテレビでサッカーの試合を見ながら、スポーツと女の話をしていた。エリカ・メンドーサは食事の支度をしていたのでテレビを見ていなかった。子供たちは眠っていた。突然オリバレスが立ち上がり、ナイフを取り上げ、ついてきてくれと従兄に頼んだ。二人はエリカをプエブロ・アスルに向かう道路の向こう側まで連れていった。オリバレスによれば、彼女は最初は抵抗しなかった。それから砂漠に向かい、彼女をレイプした。初めはオリバレスが彼女をレイプした。それから彼は従兄に同じことをしろと言った。従兄は最初は拒んだ。ところがオリバレスは、反論すればこちらにも危害が及びかねない様子だった。二人で彼女をレイプしたのち、オリバレスが妻をナイフで何度も刺した。それから彼らは乏しい明かりを頼りに手で穴を掘り、そこに被害者の死体を遺棄した。家に戻る途中、セゴビアはオリバレスが自分や子供たちにも襲いかかってくるのではないかと恐れていたが、オリバレスは肩の荷が下りたようで、ほっとしているように、少なくとも状況を考えれば、これ以上はないほどほっとしているように見えた。二人はまたテレビを見て、それから夕食をとり、三時間後にセゴビアは家に帰った。もう遅い時間だったので、セゴビアがたどるべき道のりは長く多難だった。四十五分かけてマデロ区まで歩き、そこでマデロ大通りとカランサ大通りを結ぶバスの到着を三十分待った。カランサ区でバスを降り、北に向かって歩き、ベラクルス区とシウダー・ヌエバ区を抜け、セメンテリオ大通りにたどり着き、そこからサン・バルトロメ区の自宅へとまっすぐ歩いていった。計四時間以上かかった。家に帰り着いたときにはもう夜が明けていたが、日曜だったので外にはほとんど人はいなかった。エリカ・メンドーサ事件がめでたく解決したことで、サンタテレサ警察はメディアにおける信頼をわずかに取り戻した。

メディアといってもソノラ州に限った話だった。メキシコシティでは、行動する女たち（MA）という名の女性団体が、あるテレビ番組に出演してサンタテレサでとどまることなく続いている死の連鎖を告発し、事態を打開するために政府に対してメキシコシティ警察の派遣を要請した。というのもソノラ州警察は、共犯とは言わないにせよ、現在の問題はどう見ても対処する能力のない彼らの手に余るからだった。その番組では連続殺人犯も取り上げられた。いくつもの事件の裏にいる連続殺人犯は一人なのか？　二人なのか？　三人なのか？　司会者は、刑務所にいる、いまだに裁判の日取りも決まっていないハースに言及した。MAのメンバーは、ハースはおそらくスケープゴートだろうと言い、ハースが犯人だという証拠がひとつでもあるのかと司会者に異議を唱えた。彼女たちはソノラの女性団体MSDPの話もした。連帯してさまざまな要求を行なう同志たちが、きわめて不利な状況に立たされていると述べ、彼女たちと一緒に地方テレビ局の番組に出演していた千里眼のことを、尊大して影響力もない老女が犯罪を利用しているらしいとこき下ろした。

ときおりエルビラ・カンポスは、メキシコ中がどうかしてしまったのではないかという気がした。MAのメンバーたちをテレビで見て、その一人が大学時代の同級生だということに気づいた。見る影もなかった。かなり老けたわ、と彼女は驚いて思った。皺が増えたし、頬も垂れてきて。とはいえ、間違いなく同一人物だった。ゴンサレス＝レオン博士だ。まだ医療の現場で働いているのだろうか？　なぜエルモシージョの千里眼をあんなに軽蔑するのかしら？　サンタテレサ精神病院の院長は、事件についてもっと多くのことをフアン・デ・ディオス・マルティネスに訊いてみたい気持ちに駆られたが、そんなことをしたら関係が深まってしまうと分かっていた。それは、彼女だけが鍵を持っている閉ざされた部屋に一緒に入るようなものだった。ときどきエルビラ・カンポスは、いっそメキシコから出ていこうかと思うこともあった。さもなければ五十五歳になる前に自殺する。あるいは五十六歳になる前に？

七月、カナネアに向かう幹線道路の路肩から五百メートルほど離れたところで女性の遺体が発見された。被害者は全裸で、のちに司法警察のリノ・リベラ捜査官と交代するまでこの事件を担当していたファン・デ・ディオス・マルティネスによれば、犯行現場も同じ場所だった。というのも被害者が握りしめていた牧草は、そのあたりにしか生えていないものだったからだ。監察医によれば、死因は頭蓋骨と脳の損傷または胸部に見られる刃物による三か所の刺傷のひとつだったが、遺体の腐敗が進んでいたため、病理学的検査なしに特定することは不可能だった。その後、サンタテレサ大学法医学科の三人の学生によって検査が行なわれ、彼らが出した結論は、書類として提出されたものの行方不明になってしまった。被害者の年齢は十五歳から十六歳だった。身元は結局判明しなかった。

それからまもなく、ルーシー・アン・サンダーが見つかった場所に似た国境付近で、司法警察の麻薬捜査課のフランシスコ・アルバレス捜査官およびファン・カルロス・レジェス捜査官が、十七歳前後の少女の遺体を発見した。オルティス＝レボジェード捜査官の尋問に対して麻薬捜査官たちは、アメリカ側から電話があり、国境警備に当たっている同業者数人から、国境のそばに不審なものがあると教えられたと答えた。アルバレスとレジェスは、密輸団が失くしたコカインの包みかもしれないと考え、アメリカ人に聞いた場所に駆けつけた。監察医によれば被害者は舌骨が折れており、これは絞殺されたことを意味していた。殺される前に性的虐待を受け、肛門と膣をレイプされていた。行方不明者の捜索願を調べた結果、被害者はグアダルーペ・エレナ・ブランコと判明した。父親と母親、それに三人の弟妹たちとともにパチューカからサンタテレサにやってきて、まだ一週間にもならなかった。行方不明になった日、彼女はエル・プログレソ工業団地のマキラドーラの面接に行ったきり、帰ってこなかった。マキラドーラの職員によれば、彼女は面接には現われなかった。両親はその日のうちに捜索願を提出した。グアダルーペは痩せ型で身長は一メートル六十三センチ、髪は黒くて長かった。マキラドーラに面接に行った日は、ジーンズに買ったばかりの深緑色のブラウスを着ていた。

それからまもなく、ある映画館の裏手にある路地で、リンダ・バスケス十六歳のナイフの傷を負った遺体が見つかった。両親によれば、リンダは同級生のマリア・クララ・ソト＝ウォルフ十六歳と一緒に映画を観に行った。自宅で司法警察のファン・デ・ディオス・マルティネスとエフライン・ブステロの尋問を受けたマリア・クララは、リンダと二人で映画館へ行き、トム・クルーズの映画を観たと供述した。映画が終わると、マリア・クララはリンダの家まで車で送っていくと言ったが、彼女は恋人とデートの約束があると言ったのでマリア・クララは帰路につき、リンダは映画館の前に残って公開予定の映画のスチール写真を見ていた。マリア・クララが車でふたたび映画館の前を通ったときも、リンダはまだそこにいた。あたりはまだ真っ暗ではなかった。恋人エンリケ・サラビア十六歳の所在は難なく突き止められたが、彼はリンダとデートの約束はしていないと述べた。両親だけでなく、家の使用人も、彼の友人二人も、その日エンリケは家から出ておらず、コンピュータゲームをしてからプールで泳いでいたと証言した。その日の夜に家を訪れた両親の友人夫婦二組も、少年のアリバイを証明した。リンダの死体の傷を見れば、彼女が抵抗したことは明らかだったにもかかわらず、映画館周辺で何か見聞きした者はいなかった。ファン・デ・ディオス・マルティネスとエフライン・ブステロは、映画館のチケット売り場の女性を厳しい尋問にかけることにした。すると彼女は、入口のところで少女が待っていて、少しすると彼女と同じ社会階級に属しているようには思えない少年が近づいてくるのを目撃したことを証言した。チケット売りの女性には、二人の関係が友情以上であるように見えた。彼女に説明できたのはそれだけだった。チケットを買う人がいないときは売り場で本を読んでいたからだ。写真店での聞き込みはさらなる成果をあげた。店主は、店のシャッターを下ろしかけていたときにリンダと少年を見かけていた。なぜか二人が自分を襲おうとしているような気がしたので急いで南京錠を掛けてその場から立ち去った。店主による少年の描写は完璧だった――身長一メートル七十四センチ、背中に紋章の入ったGジャン、黒いジーンズにウェスタンブーツ。司法警察の捜査官たちは背中についていたマークについて尋ねた。写真店の店主は、よく覚えていないが髑髏だった気がすると言った。ファン・デ・ディオス・マルティネスは、若いギャング団と闘った男たち（その時点では麻薬捜査課に異動していた二人の警官）を扱った本を持ってきて、二十以上に及ぶマークを見せた。彼は少年がつけていたものをはっきりと覚えていた。その晩、警察は作戦行動を展開し、カシーケ団というギャングのメンバー二十四名を逮捕した。チケット売りの女性も写真店の店主も、被疑者の面通しの列からヘスス・チマルを選んだ。彼は十八歳で、ルベン・ダリオ区のオートバイ修理工場でアルバイトをしていて、微罪の前科が数件あった。チマルの取り調べには警察署長自身が乗り出し、エピファニオ・ガリンドと司法警察のオルティス＝レボジェード捜査官が加わった。一時間後、チマルはリンダ・バスケス殺害を自白した。彼の供述によれば、被害者とはエル・アドービ郊外で開かれたロックコンサートで知り合い、三週間前から付き合っていた。チマルは彼女ほど誰かを好きになったことはなかった。二人はリンダの両親に隠れて会っていた。チマルは彼女の両親がカリフォルニアを旅行しているあいだ、彼女の家に二度行ったことがあった。チマルによれば、リンダの両親は少なくとも年に一回はディズニーランドを訪れていた。誰もいない家で、二人は初めてセックスした。犯行当日の夕方、チマルはリンダを、ボクシング場でもある〈エル・アレーナス〉で開催されるコンサートに誘った。リンダは行けないと言った。二人はしばらくその街区を歩き回り、それから路地に入った。そこではチマルの仲間たち、男が四人と女が一人、盗んだばかりの黒いペレグリーノのなかで待っていた。リンダはその女と男のうち二人とは顔見知りだった。みんなでコンサートの話をした。マリファナを吸った。リンダも吸った。もう農民たちの住んでいない共同農場の近くにある廃屋の話になった。一人の少年がそこに行こうと言い出した。リンダはいやがった。誰かがリンダを責めた。誰かがリンダをなじった。リンダは帰ろうとしたが、チマルは引き止めた。彼は車でセックスしようと言った。リンダはいやがった。するとチマルとほかの者たちが彼女を殴り始めた。そのあと彼女が両親に告げ口しないよう、彼らは彼女をナイフで刺した。その晩、チマルの供述に従って犯罪に加わった者たちを逮捕したが、うち一人は、その両親によれば犯行数時間後にサンタテレサをあとにしていた。逮捕された者たちは全員自らの罪を認めた。

七月末、子供たちが、キャバレー〈北部の英雄たち《ロス・エロエス・デル・ノルテ》〉のオーナー、マリソル・カマレナ二十八歳の遺体を見つけた。遺体は腐食性の酸の入った二百リットル入りのドラム缶のなかに沈められていた。溶けていなかったのは手と足だけだった。シリコン製のインプラントのおかげで身元が判明した。二日前、彼女は十七人の男たちにキャバレーの上層階にある自宅から誘拐された。使用人のカロリーナ・アランシビア十八歳は、被害者の娘である生後二か月の赤ん坊を連れて家の屋根裏に隠れて、同じだったはずの運命から逃げおおせた。屋根裏に男たちの話し声が聞こえ、大笑いするのが聞こえた。悲鳴が、罵声が、何台かの車がエンジンをかけて発車するのが聞こえた。事件を担当した司法警察のリノ・リベラは、キャバレーの常連数人を尋問にかけたが、十七人の誘拐殺人犯が見つかることはなかった。

八月一日から十五日にかけて熱波がやってきて、新たに二人の女性の遺体が見つかった。一人目はマリーナ・レボジェード十三歳だった。彼女の遺体はフェリクス・ゴメス区にある第三十中学校の裏手で発見され、そこは、州司法警察の建物の目と鼻の先だった。肌は褐色、髪は長く、痩せ型で、身長は一メートル五十六センチだった。行方不明になったときと同じ服装だった——黄色いショートパンツ、白いブラウス、同じ色のハイソックスに黒い靴。少女は朝六時、ベラクルス区ミストゥラ通り三八番地にある家を、アルセニオ・ファレル工業団地のマキラドーラで働いている姉と一緒に出たきり戻らなかった。その日のうちに家族が捜索願を提出した。少女の友人である十五歳と十六歳の少年二人が逮捕されたが、一週間勾置されたのちに二人とも釈放された。八月十五日には、アンヘリカ・ネバーレス、むしろジェシカという名で知られていた二十三歳の女性の遺体がヘネラル・セプルベダ工業団地の西にある、どす黒い水が流れる排水路の近くで発見された。アンヘリカ・ネバーレスはプラタ区に住み、キャバレー〈ミ・カシータ〉の踊り子だった。少し前に酸の入ったドラム缶のなかで発見されたマリソル・カマレナがオーナーをしていたキャバレー〈ロス・エロエス・デル・ノルテ〉でも踊り子をしていた。アンヘリカ・ネバーレスはシナロア州のクリアカン出身で、五年前からサンタテレサに住んでいた。八月十六日、熱波は収まり、山から風が吹き始め、少し涼しくなった。

八月十七日、ペルラ・ベアトリス・オチョテレーナという名の、ソノラ州とチワワ州の境界に近いモレロス村出身の二十八歳の教員が、自室で首を吊っているのが発見された。オチョテレーナ先生は第二十中学校で教えていて、友人や知人によれば優しく物静かな人物だった。彼女はカランサ大通りから二つ通りを隔てたハグアル通りのアパートに、二人の女教師と一緒に住んでいた。部屋にはたくさんの本があり、とりわけ詩集と評論が多く、オチョテレーナ先生はそれをメキシコシティやエルモシージョの書店から代金着払いで取り寄せていた。ルームメイトによれば、彼女は繊細で知的な女性で、身ひとつでやってきた（ソノラ州モレロス村は美しいがちっぽけなところで、写真映えする風景を除けばほとんど何もないところだ）に等しく、彼女が手に入れたものはいずれも、努力と忍耐のたまものだった。ルームメイトたちはまた、彼女は文章を書くのが好きで、エルモシージョの文芸誌に、彼女が書いた詩がいくつかペンネームで掲載されたこともあったと話した。事件を担当したファン・デ・ディオス・マルティネスは、最初から自殺を疑っていなかった。オチョテレーナ先生のデスクに宛名の書かれていない手紙が一通見つかり、彼女はそのなかで、サンタテレサで起きていることにこれ以上耐えられないということを説明しようとしていた。手紙にはこう書かれていた――殺されたすべての少女たち。悲痛な手紙だ、とファン・デ・ディオスは思った。同時に少し気取っている。手紙にはこう書いてあった――もう我慢できない。そしてこうも書いてあった――わたしは生きようとしている、みんなと同じように、でもどうやって？司法警察の捜査官は女教師の書き残したもののなかから詩でも出てくるかと探したが、ひとつも見つからなかった。彼女の蔵書のタイトルをいくつかメモした。彼女に恋人はいなかったのかとルームメイトたちに尋ねた。二人とも、彼女が男性と一緒にいるところは一度も見たことがないと言った。オチョテレーナ先生の慎み深さは、ときにルームメイトたちの気に障ることすらあった。彼女は、授業と教え子と蔵書以外には興味がないように見えた。服の数は多くなかった。几帳面で勤勉で、何かに抗議をしたことなど一度もなかった。ファン・デ・ディオスは、一度も抗議をしたことがないとはどういうことかと尋ねた。ルームメイトたちは例を挙げてくれた。ときおり二人は家事の当番を、皿洗いや掃除などを忘れてしまうことがあり、そんなときオチョテレーナ先生は自分でそうした家事を済ませ、あとで責めるようなことはいっさいなかったという。実際、彼女が何かを責めたことなど一度もなく、彼女の人生は非難や叱責といったものとは無縁のように思われた。

八月二十日、市の西部にある墓地の近くで新たな被害者が発見された。年齢は十六歳から十八歳、身分証の類は何ひとつ携帯していなかった。発見時、被害者は白いブラウスしか身につけておらず、黒い象と赤い象が描かれた黄色い古い毛布にくるまれていた。司法解剖ののち、監察医は、首に二か所ある刃物による刺傷、それに耳殻近くのもうひとつの傷が死因だと結論を出した。最初の発表で、警察はレイプはなかったと主張した。四日後に訂正があり、レイプがあったと発表された。解剖を担当した監察医は、警察およびサンタテレサ大学の病理学者たちからなるチームは、レイプについては端から疑っていなかったし、その点については最初の（そして唯一の）公式の報告書にも明確に記してあるとメディアに明かした。警察の広報担当は、誤解は報告書の解釈によるものだと述べた。この事件はホセ・マルケス捜査官が担当し、たちまち書類保管庫行きとなった。身元不明の女性の遺体は九月の第二週に共同墓地に埋葬された。

オチョテレーナ先生はなぜ自殺したのだろう？　エルビラ・カンポスによれば、おそらく彼女は鬱だった。精神疾患の兆候が出始めていたのかもしれない。きっと、彼女は孤独で、感受性の強すぎる女性だったのだろう。ファン・デ・ディオス・マルティネスは、女教師の蔵書から適当に選んでメモした本のタイトルを読み上げた。どれかを読んだことはある？　と院長は尋ねた。ファン・デ・ディオスは一冊もないことを認めた。どれもいい本よ、と院長は言った。なかなか見つからない本もあるわ。少なくともここ、サンタテレサではね。彼女はメキシコシティから取り寄せていたんだ、とファン・デ・ディオスは言った。

次なる被害者はアデラ・ガルシア＝セバージョス二十歳だった。マキラドーラ〈ダン・コープ〉で働いていた彼女は、両親の家でナイフで刺し殺された。犯人はルベン・ブストス二十五歳で、アデラは彼とマンセラ区のタスケーニャ通り五六番地で同居し、一歳になる息子がいた。一週間前から夫婦仲が悪くなり、アデラは両親の家に戻ってきていた。ブストスによれば、妻は彼を捨てて別の男に走るつもりだった。ブストスを逮捕するのは比較的簡単だった。彼はマンセラ区の家に立てこもりはしたが、自衛のために持っていたのはナイフ一本だけだった。オルティス＝レボジェード捜査官は家に入るなり拳銃を撃ったので、ブストスはベッドの下に逃げ込んだ。警官たちはベッドを取り囲み、ブストスはベッドの下から出てくるのを拒んだので、蜂の巣にするぞと脅した。警官の一団のなかにはラロ・クーラもいた。ときどきベッドの下からブストスの腕が出てきて、アデラを殺したナイフで、彼らの足首を切りつけようとした。警官たちは笑いながら飛びのいた。一人がベッドの上に立つと、ブストスはマットレス越しにナイフで足の裏を傷つけようとした。第三警察署では一物の大きさで知られるコルデロという名の警官が、ベッドの下めがけて小便をし始めた。ブストスは、小便が床をつたって自分のところへ流れてくるのを見て泣きじゃくり始めた。最後にはオルティス＝レボジェードも笑い疲れ、出てこないならこの場で殺すと言った。警官たちは彼がぼろ切れのようになって這い出してくるのを見て、そのまま台所まで引きずっていった。そこで一人の警官が鍋に水を汲み、彼の頭からかけた。オルティス＝レボジェードはコルデロの首根っこを摑むと、もし俺の車に少しでも小便の臭いが残ったら弁償してもらうから覚えてろと言い放った。コルデロは窒息寸前になりながらも笑い声を上げ、そんなことにはならないと誓った。ボス、もしあいつが小便を漏らしたらどうします？　と彼は言った。俺はどっちの小便か、嗅ぎ分けられるんだ、とオルティス＝レボジェードは言った。あの臆病者の小便は恐怖の匂いがするだろう。で、お前のほうはテキーラ臭いはずだからな。コルデロが台所に入っていくとブストスは泣いていた。しゃくり上げながら息子の話をしていた。両親の話もしていたが、それが彼の両親のことなのか、殺人を目撃したアデラの両親のことなのかは分からなかった。コルデロは鍋に水を入れ、ブストスに向かって力任せに浴びせた。それからもう一度鍋を満たし、もう一度浴びせかけた。ブストスを見張っていた二人の警官のズボンの裾と黒い靴が濡れていた。

あの先生は何に耐えられなかったのかしら？　とエルビラ・カンポスは言った。サンタテレサで生きていくこと？　サンタテレサで起きている殺人事件？　未成年の女の子たちが殺されているのに、誰もそれを防ごうとしないこと？　それは若い女性が自殺に走る理由になるのかしら？　女子大生だったら同じ理由で自殺するかしら？　先生になるために必死に勉強した田舎の女性がそんな理由で自殺するかしら？　そんな人が千人に一人いるかしら？　十万人に一人？　百万人に一人？　メキシコ人一億人に一人かしら？

九月、女性殺人事件はないに等しかった。争いはあった。麻薬の密売があり、逮捕者が出た。パーティーがあり、熱帯夜があった。コカインを積んで砂漠を通るトラックがあった。世界中の人間の首を刎ねようとするカトリックのインディオたちの魂のように砂漠すれすれを飛ぶセスナ機があった。大声で交わされる会話も、笑い声も、そしてBGMとして流れる、麻薬取引を歌うナルココリードもあった。ところが九月末日、プエブロ・アスル近郊で二人の女性の遺体が発見された。現場は、サンタテレサのバイク乗りたちがレースに使っている場所だった。被害者の二人は部屋着姿で、一人はスリッパとガウンも身につけていた。身元の特定に役立ちそうなものは携帯していなかった。事件を担当したホセ・マルケス捜査官とカルロス・マリン捜査官は、服のブランドからすると、アメリカ人である可能性が高いと推測した。アリゾナ警察からの連絡を受けて、最終的に、被害者はツーソン郊外にあるリリートに住む姉妹、ローラ・レイノルズ三十歳とジャネット・レイノルズ四十四歳で、二人とも麻薬取引の前科があるということが判明した。マルケスとマリンはそれ以外の部分を推測した。姉妹はつけで麻薬を買った。大した量ではない。二人は大量の薬物を売買したことなどなかったからだ。そして支払いを忘れてしまった。おそらく手持ちがなかったので、強気に出たのだろう（ツーソン警察によればローラは手ごわい女だった）。おそらく債権者が彼女らを探し出し、夜にやってきて、これから寝るところだった姉妹を捕まえ、それから二人を連れて国境を越え、ソノラに来てから殺したのだろう。あるいは、アリゾナで殺したのかもしれない。二人がまどろんでいるとき、それぞれの頭に二発ずつ撃ち込み、そのあと国境を渡ってプエブロ・アスル付近で捨てたのかもしれない。

十月、サンタテレサ南部の二つの間道に挟まれた砂漠で新たな女性の遺体が発見された。腐敗が進んでいたため、監察医たちは死因の特定には時間を要すだろうと言った。遺体は爪に赤いマニキュアを塗っていたので、発見現場に最初に駆けつけた警官たちは娼婦だと考えた。着ていたものから、被害者は若い女性と思われた――ジーンズに襟ぐりの開いたブラウス姿だった。もっとも、六十代の女性がそのような格好をしていることも珍しくはなかったが。ようやく監察医から報告書が届いたときには（死因はおそらく刃物による刺傷だった）、もはやメディアを含めその身元不明の女性のことを覚えている者はなかった。死体はすぐに共同墓穴に放り込まれた。

同じく十月には、カシーケ団のメンバーで、リンダ・バスケスを殺した犯人ヘスス・チマルがサンタテレサ刑務所にやってきた。日々新しい人間が入所していたにもかかわらず、若い殺人犯の到着は囚人たちのあいだに異様な関心を呼び、それはまるで、有名歌手か銀行家の息子が、ある週末に彼らを喜ばせようと慰問にやってきたかのようだった。クラウス・ハースは監房棟が沸き返っているのを感じ、自分が来たときにも同じことが起きていたのだろうかと自問した。いや、今回はまったく違った期待が寄せられていた。どこか身の毛のよだつような、それでいてどこかほっとさせるようなところがあった。囚人たちはあからさまにその話題を持ち出すことはしなかったが、サッカーや野球の話をしている最中にそれとなくほのめかした。家族の話をしている最中に。想像のなかにしか存在しないバーや娼婦たちの話の最中に。もっとも凶暴な何人かの囚人たちの態度さえ目に見えてよくなった。まるで自分の価値を貶めたくないかのようだった。しかし、誰の目から見て？　とハースは自問した。刑務所中がチマルを待っていた。彼がやってくることを皆が知っていた。どの監房に入ることになっているかを知っていたし、彼が金持ちの娘を殺したということも知っていた。エル・テキーラの話では、元カシーケ団の囚人たちだけが、こうした芝居じみた状況の埒外にいた。チマルがやってきた日、挨拶をしに行ったのも彼らだけだった。チマルのほうは一人でやってきたわけではなかった。彼と一緒に、リンダ・バスケス殺害事件で逮捕された残りの三人もやってきた。彼らは、用を足しに行くにも必ず仲間と一緒だった。カシーケ団の元メンバーで、一年前から塀のなかで暮らしている男がチマルにアイスピックを手渡した。別の者はテーブルの下からアンフェタミンのカプセルを三つ手渡した。最初の二日間、チマルの振る舞いは狂人さながらだった。始終後ろをふり返っては、背後で起こっていることに注意を払った。アイスピックを握りしめたまま眠った。どこに行くにも、まるであらゆる悪から彼を護ってくれる小さなお守りであるかのようにアンフェタミンを肌身離さず持ち歩いた。ほかの三人もチマルに引けをとらなかった。庭を通るときには二列縦隊を作った。どこかの惑星の、毒ガスが充満した島で迷子になったコマンド部隊のようだった。ときどきハースは遠くから彼らを見て思った。哀れな坊やたち、夢のなかで迷子になった哀れなガキども。刑務所に入って一週間後、四人は洗濯室で捕まった。突然看守が姿を消した。四人の囚人がドアを固めた。ハースがそこへ行くと、まるで彼が仲間であるかのように、家族の一員であるかのように通されたので、ハースはその男たちのことを変わらず軽蔑していたものの、黙って感謝の意を表した。チマルと三人の同志は、洗濯室の真ん中で身動きが取れない状態だった。四人ともテーピングで口を塞がれていた。カシーケ団員の二人はすでに服を脱がされていた。そのうちの一人は震えていた。五列目にいたハースは、柱にもたれてチマルの目を見つめた。何か言おうとしているのは明らかに思えた。もしテーピングが剥がされたら、自分を捕らえた者たちに檄を飛ばしていたに違いない、と彼は思った。窓から看守たちが、洗濯室で起こっている出来事を観察していた。窓から漏れてくる明かりは、洗濯室の蛍光灯の光に比べて黄色がかっていて弱々しかった。看守たちが制帽を脱いでいることにハースは気づいた。一人はカメラを手にしていた。アヤラという男が裸にされたカシーケ団員たちに近づいて陰嚢を切除した。彼らが動かないよう押さえつけていた囚人たちに緊張が走った。電気だ、とハースは思った。純粋な生命力だ。アヤラが手で陰嚢を絞るような仕草をすると、脂肪と血液と得体の知れない（知りたくもない）透明な物質に包まれた睾丸が床に落ちた。あれは何者だ？　とハースは尋ねた。アヤラです、とエル・テキーラがささやいた。国境の黒い肝臓です。黒い肝臓だって？　とハースは思った。あとでエル・テキーラが説明したところによると、アヤラが償っている多くの死には、彼が小型トラック一台に乗せてアリゾナへ運んだ八人の移民たちのそれも含まれていた。サンタテレサから姿を消してから三日後、アヤラは帰ってきたが、小型トラックも移民たちも行方知れずだった。その後アメリカ人がトラックの残骸を発見したが、いたるところに血がついていて、まるで引き返す前にアヤラが死体を細切れにしたかのようだった。何かとんでもないことが起きたんだろう、と国境警備隊員は言った。ところが遺体が見つからなかったので、事件はすぐに忘れられた。アヤラは遺体をどうしたのだろうか？　エル・テキーラによれば、アヤラが食べたのだ、奴はそれだけ狂った残忍な男なのだとのことだった。もっともハースには、どんなに気が狂っていようと飢えていようと、八人もの不法移民を平らげられる人間がいるとは思えなかった。去勢されたカシーケ団員の一人は気絶した。もう一人は目を閉じたまま、首筋の動脈が今にも破裂しそうだった。アヤラの隣にいつの間にかファルファンがいて、二人が儀式の進行をつかさどっていた。そいつを処分してくれ、とファルファンが言った。ゴメスが床から睾丸を拾い上げ、ウミガメの卵のようだと評した。やわらかいんだ、と彼は言った。見物人のなかには頷く者もいたが、笑う者はいなかった。そのあと、アヤラとファルファンはそれぞれ七十センチほどのブラシの柄を手に、チマルともう一人残ったカシーケ団員に近づいていった。

十一月初め、バー〈パンチョ・ビジャ〉の前の歩道で客を取っていた娼婦、マリア・サンドラ・ロサレス＝セペーダ三十一歳が殺された。ナヤリト州のとある村に生まれたマリア・サンドラは、十八歳のときにサンタテレサに移り住み、マキラドーラ〈ホライズンW&E〉と〈マデラス・デ・メヒコ〉で働いた。二十二歳で娼婦になった。殺された晩、通りには少なくとも五人の同業者がいた。目撃者によれば、黒いサバーバンが娼婦たちの近くに停車した。車内には少なくとも三人の男がいた。音楽が大音量でかかっていた。男たちは娼婦の一人を呼んで、しばらく話をした。そのあと彼女は車から離れ、男たちがマリア・サンドラを呼んだ。彼女は車の開いたウィンドウに肘をつき、金額をふっかけてしばらく交渉しようとしているようだった。ところが会話はほんの一分ほどで終わった。男の一人が銃を抜き、至近距離から彼女に発砲した。マリア・サンドラはのけぞって倒れ、最初の何秒かは、歩道で客待ちをしていた娼婦たちにも何が起こったのか分からなかった。それから車のウィンドウから腕が出てきて、地面に横たわっているマリア・サンドラにとどめを刺すのが見えた。そのあと車は動き出し、中心街のほうに消えていった。この事件は司法警察のアンヘル・フェルナンデス捜査官が担当し、自ら志願したエピファニオ・ガリンドがあとから加わった。誰も車のナンバーを覚えていなかった。最初に見知らぬ男たちと話をした娼婦は、彼らはマリア・サンドラを探していたと言った。噂でしか彼女を知らないような口ぶりで、誰かが彼女を褒めちぎっていたようだった。車内には男が三人いて、三人とも彼女を連れていきたがっていた。娼婦は彼らの顔まではよく覚えていなかった。三人はメキシコ人で、ソノラ州の人間らしい話し方をし、のんびりした様子で、ひと晩どんちゃん騒ぎをするつもりでいるように見えた。エピファニオ・ガリンドの情報屋の一人によれば、三人の男はマリア・サンドラ殺害の一時間後に、バー〈ロス・サンクードス〉に現われた。男たちは豪傑で、ピーナッツを食べるようにメスカルのグラスを空けていった。あるとき一人が腰から銃を抜き、まるで蜘蛛に一発喰らわせようとするかのように天井に向けた。彼らに何か言う者もなく、男は銃をしまった。その情報屋によれば、ピストルは十五発装弾タイプのオーストリア製のグロックだった。あとから四人目の男が合流した。痩せていて背が高く、白いシャツを着たその男と三人はしばらく飲んでから、連れ立って真紅色のダッジに乗って去っていった。エピファニオはたれこみ屋に、彼らはサバーバンで来たのではないのかと尋ねた。彼は分からないと言った。分かっているのは、真紅色のダッジに乗って去っていったということだけだった。マリア・サンドラの命を奪った弾丸は直径七・六五ミリのブローニング弾だった。グロックは、九ミリのパラベラム弾を使用していた。おそらく、あの哀れな女はチェコ製のサブマシンガン、スコーピオンで殺されたのだろう、とエピファニオは思った。エピファニオはその銃が好きではなかったが、近年サンタテレサでもいくつかのモデルが頻繁に見られるようになっていて、とりわけ麻薬取引をしている小さなグループや、シナロアからやってきた誘拐犯たちのあいだでよく使われていた。

そのニュースはサンタテレサの新聞で社会面の小さなスペースを埋めたにすぎず、国内のその他の地域で反応したメディアはほとんどなかった。監獄内での報復、という見出しがついていた。若い女性を殺害した罪に問われ勾留されていたカシーケ団のメンバー四名が、サンタテレサ刑務所の四人によって殺戮されるという事件が起こったのだ。四人の死体は、発見時、洗濯室の清掃用具をしまっておく小部屋に折り重なっていた。その後、トイレではさらに二人のカシーケ団の元メンバーの遺体が発見された。刑務所当局と警察が協力して捜査に乗り出したが、動機も犯人も明らかにできなかった。

正午に弁護士が面会に来ると、ハースはカシーケ団員殺人事件の現場に居合わせた話をした。監房棟の人間は全員そこにいた、とハースは言った。看守たちも上の階から、天窓みたいなもの越しに見物していた。写真を撮っていたんだ。誰も何もしなかった。奴らは串刺しにされた。ぶすっと、ケツの穴からね。品の悪い言葉だったかな、とハースは言った。リーダーのチマルは、ひと思いに殺してくれと叫んでいた。正気を取り戻させるために、五回も水をかけられたんだ。執行人たちは看守たちがいい写真を撮れるようにわざわざいったん脇によけた。脇によけてから、見物人にも離れろと言った。俺は最前列にいたわけじゃない。背が高いから全部見えたんだ。妙だった。胃がむかついたりしなかった。不思議だった。とてもね。最後まで処刑を見ていたんだ。執行人は楽しそうだった。アヤラというんだ。手を貸していたのは俺の監房の、ファルファンというとても醜い男だった。このファルファンの愛人のゴメスという男も加わった。あとからトイレで見つかったカシーケ団員たちが誰に殺されたのかは知らないが、あの四人を殺したのはアヤラとファルファンとゴメスだ。それから六人の囚人が手を貸していて、カシーケ団員たちを押さえつけていた。もっといたかもしれない。六人は訂正して十二人にしよう。監房棟にいる全員がその儀式を見ていたのに、誰も何もしなかったんだ。もしかしてあなたは、と弁護士は言った。外の人間が知らないとでも思っているの？　ねえ、クラウス、あなたって人は無邪気ね。いや、阿呆なだけだ、とハースは言った。だが知っているならどうして何も言わないんだ？　皆、慎み深いからよ、クラウス、と弁護士は答えた。新聞記者もかい？　とハースは尋ねた。誰よりも慎み深い人たちね、と弁護士は言った。慎みがお金になるんだもの。慎みが金になるのか？　とハースは尋ねた。今に分かるわ、と弁護士は言った。なぜカシーケ団員たちが殺されたか知ってる？　知らない、とハースは言った。薔薇の園にいたんじゃないことは知っているが。弁護士は笑った。お金のため。あの野獣たちに殺された女の子の父親はお金持ちなのよ。あとはすべてどうでもいいことなの。ただのたわごとよ、と弁護士は言った。

十一月の半ば、新たな女性の遺体がポデスタ断崖で発見された。頭蓋骨骨折が数か所と、脳に損傷も見られた。遺体についたいくつかの痣が、彼女が抵抗したことを物語っていた。遺体は、ズボンを膝まで下ろされた状態で見つかったため、レイプされたものと考えられたが、膣内の塗沫標本の結果、この仮説は棄却された。五日後、被害者の身元が判明した。ルイサ・カルドナ＝パルド三十四歳、シナロア州出身で、十七歳のころからその地で売春をしていた。四年前からサンタテレサで暮らすようになり、マキラドーラ〈ＥＭＳＡ〉で働いていた。それ以前はウェイトレスをしたり、中心街で花を売る屋台を出したりもしていた。サンタテレサ警察の記録を見るかぎり前科はなかった。友人と一緒にラ・プレシアーダ区の、つましいが電気も使え、水も出る家で暮らしていた。同居していた友人は彼女と同じく〈ＥＭＳＡ〉の工員で、警察の調べに対し、ルイサは当初アメリカに移るつもりで、密入国斡旋屋に接触もしたが、結局サンタテレサに残ることにしたと語った。警察は同僚の何人かに聞き込みをし、そのあと捜査を打ち切った。

ルイサ・カルドナの遺体発見から三日後、同じポデスタ断崖で新たな女性の遺体が見つかった。発見者はパトロール隊員サンティアゴ・オルドニェスとオレガリオ・クーラだった。オルドニェスとクーラはそんなところで何をしていたのか？　オルドニェスが認めたところによれば、見学していたのだった。あとになって彼が告白したところでは、二人がそこにいたのはクーラが行こうと言い張ったからだった。彼らの担当地区はエル・セレサル区からラス・クンブレス区までだったが、ラロ・クーラがどうしてもルイサ・カルドナの遺体発見現場を見てみたいと言い、ハンドルを握っていたオルドニェスも反対はしなかった。二人は断崖の上にパトカーを停め、険しい小道を下りていった。ポデスタ断崖はそれほど大きくなかった。鑑識捜査が行なわれた現場を囲むビニールテープがまだあって、黄色や灰色の石や灌木に絡みついていた。オルドニェスによれば、しばらくのあいだラロ・クーラは奇妙なことをしていた。まるで土地の広さや絶壁の高さを測るかのように断崖を見上げ、ルイサ・カルドナの死体が落ちてきたときに描いたはずの弧を想像しているようだった。しばらくして、オルドニェスがすでに飽き始めていたころ、ラロ・クーラは、犯人または犯人グループは、遺体が一刻も早く見つかるようにとあそこから投げ捨てたのだと言った。オルドニェスが、めったに人が来ない場所だと異を唱えると、ラロ・クーラは断崖の頂を指さした。オルドニェスが見上げると、半ズボン姿の三人の少年が、あるいは一人の若者と二人の子供がそこにいて、二人をじっと見つめていた。その後、ラロ・クーラは断崖の南の端へと歩き出し、オルドニェスは岩の上に座ったまま煙草を吸いながら、消防隊に入隊すればよかったと考えていた。しばらくして、視界から消えていたラロの口笛が聞こえたのでそちらに向かった。ラロの姿の見えるところまで行くと、彼の足元に女性の死体が横たわっていた。片側がちぎれたブラウスのようなものを着ていて、下半身は裸だった。オルドニェスによれば、ラロ・クーラは奇妙な表情を浮かべていて、驚いているというよりもむしろ嬉しそうな顔をしていた。嬉しそうとはどういうことだ？　笑っていたのか？　笑顔を浮かべていたのか？　とオルドニェスは訊かれた。笑顔だったわけではありません、とオルドニェスは言った。ひたすら集中しているようでした。まるでその瞬間そこにいるのではなく、同じポデスタ断崖にはいても別の時間に、その誰だか分からない女が殺された時間にいるみたいでした。オルドニェスがやってくると、ラロ・クーラは動くなと言った。手帳を手に、鉛筆を取り出して、目に入るものをすべて書き留めた。入れ墨がある、とラロ・クーラの声が聞こえた。見事な入れ墨だ。姿勢からすると首の骨が折れているだろうな。だがその前にレイプされたんだろう。どこに入れ墨があるんだ？とオルドニェスが尋ねた。左の太腿だ、と同僚の声が聞こえた。それからラロ・クーラは立ち上がり、被害者が着ていたはずの服を探した。見つかったのは古い新聞と錆びた缶、ずたずたのビニール袋だけだった。ここには彼女のズボンはないな、と彼は言った。それからオルドニェスに、パトカーに戻って警察に通報してくれと言った。被害者の身長は一メートル六十二センチ、髪の毛は黒くて長かった。身元を明らかにするものは何ひとつ所持していなかった。遺体の引き渡しを求める者はいなかった。事件はまもなく書類保管庫行きとなった。

エピファニオからどうしてポデスタ断崖に行ったのかと訊かれると、ラロ・クーラは警官だからだと答えた。クソガキめ、とエピファニオは言った。呼ばれもしないところへ首を突っ込むな。そのあと、エピファニオはラロ・クーラの腕を摑んで顔を見つめ、本当のことを教えろと言った。おかしいと思ったんです、とラロ・クーラは言った。今までずっと、ポデスタ断崖で死体が見つかったことは一度もなかったから。そんなことどうして分かるんだよ？　とエピファニオは言った。新聞を読んでいるから、とラロ・クーラは言った。このクソガキめ、新聞を読んでるだって？　はい、とラロ・クーラは言った。まさか本も読んでるんじゃないだろうな？　ええ、読んでいます、とラロ・クーラは言った。俺がお前にやったあのおかまのためのおかま本もか？『現代警察捜査法』のことですね？　スウェーデン国立捜査技術センター元所長ハリー・セダマンと国際警察長官協会の元会長ジョン・J・オコンネル元警視が書いた本です、とラロ・クーラは言った。で、今お前が言ったそのスーパー警官たちがそんなに優秀なら、どうして今じゃしがない「元」しかついていない連中なんだ？　とエピファニオは言った。どうだ、答えてみろ、おい。分かっていないみたいだがな、警察捜査に現代もクソもないんだよ、クソったれが。お前はまだ二十歳にもなってない、違うか？　そのとおりです、エピファニオ、とラロ・クーラは言った。だったらいいか、気をつけろ、これが第一の、そして唯一のルールだ、とエピファニオは言うとラロ・クーラの腕を放し、笑顔で彼を抱きしめ、そんな真っ暗な夜中でもサンタテレサの中心街でポソレを出しているただ一軒の店に連れていった。

十二月、エル・セレサル区のガルシア＝エレロ通りにある空き家で、エステファニア・リバス十五歳とエルミニア・ノリエガ十三歳の遺体が発見され、一九九六年最後の被害者となった。二人は同じ母親から生まれた姉妹だった。エステファニアの父親は彼女が生まれてまもなくいなくなった。エルミニアの父親は同じ屋根の下で暮らしていて、二人の少女の母親が工員として働くマキラドーラ〈マッケン・コープ〉で夜警をしていた。娘たちは学校に通いながら家事を手伝っていたが、エステファニアは翌年には学校をやめ、働き始めるつもりでいた。誘拐された日の朝、二人は、二人の妹——十一歳と八歳——と一緒に学校へ行く途中だった。下の二人はエルミニアと同じホセ・バスコンセロス小学校へ通っていた。エステファニアはいつものようにそこで妹たちと別れ、十五ブロックほどの距離を自分の学校へと向かうはずだった。ところが誘拐のあった日は一台の車が四人の姉妹の目の前に停まり、男が降りてきてエステファニアを車内に押し込み、それからまた戻ってきてエルミニアを引きずり込み、それから車は走り去った。二人の妹は歩道で凍りついてしまい、その後どうにか歩いて家に戻ったが、誰もいなかったので隣家のドアを叩いた。二人はことの次第を話し、しまいに緊張の糸が切れてしまったかのように泣き出した。小さな姉妹を迎え入れた女はマキラドーラ〈ホライズンW&E〉の労働者で、近くに住む別の女性を呼びに行き、それからマキラドーラ〈マッケン・コープ〉に電話して、少女たちの両親と連絡を取ろうとした。〈マッケン・コープ〉につながると、私用の電話は禁じられていると告げられ、電話を切られた。女はふたたび電話をかけ、今度は父親のほうの名前と持ち場を告げた。母親のほうは自分と同じく工員だったので、間違いなく格が下で、いつでも、どんな理由でも、どんなささいな理由でも辞めさせられる可能性があると考えたからだ。今度は電話交換手は少し待つようにと言ったが、あまりに長い時間待たされたので、小銭が尽きて電話が切れてしまった。所持金はそれですべてだった。意気消沈して家に戻ると、さっき呼んできた女と少女たちが彼女の帰りを待っていた。しばらくのあいだ、四人は煉獄さながらの気分を味わった。無防備な待機、寄る辺なさそのものである待機。それはきわめてラテンアメリカ的なもの、慣れ親しんだ感覚でもあり、よく考えてみれば日々経験していることだったが、いつもとは違ってそのときは苦悩が、ヒメコンドルの群れのようにあたりを飛び交う死の影が、あらゆるものを濃密にする死の影が、日常のあらゆるものを手当たり次第にめちゃくちゃにする死の影が、あらゆるものを引っくり返す死の影がつきまとっていた。こうして少女たちの父親が帰ってくるのを待ちながら、隣家の女性は（時間を潰し、不安を鎮めるために）、ピストルを持っていれば、それを持って外に出られるのにと思っていた。それから何をするのだろうか？　そう、天に向かって何発か発砲して憂さを晴らし、メキシコ万歳と叫んで勇気を奮い立たせ、あるいはわずかに残った熱情を感じ、そのあと手で穴を掘る、ものすごい勢いで、踏み固められた舗装されていない道に穴を掘り、骨までずぶ濡れになった自分自身を永久に葬るのだ。ようやく少女たちの父親が帰ってくると、全員で最寄りの警察署へ向かった。そこで手短に（あるいは混乱して）事件について説明すると、一時間以上も待たされた挙句、ようやく司法警察の捜査官が二人やってきた。捜査官は彼らに先ほどと同じ質問をくり返し、新しい質問を、とくにエステファニアとエルミニアを連れ去った車に関する質問をした。しばらくすると、少女たちに聞き込みをしている部屋にいる捜査官の数は四人に増えていた。一人は優しそうな男で、付き添ってきた隣家の女性に、少女たちを警察署のガレージへ連れてきてくれと頼み、そこで少女たちに、駐車してある車のなかでどの車が姉たちを連れ去った車に一番似ているかと尋ねた。少女たちから得た情報をもとに、その捜査官は、探すべき車は黒のペレグリーノかアルケロだと言った。午後五時に母親が警察署にやってきた。隣家の女性二人のうち一人はすでに警察署をあとにしていて、もう一人は末の子を撫でながら泣きどおしだった。夜八時、オルティス＝レボジェードがやってきて捜査班を二つに分けた。一方は少女たちの友人や知人、家族に聞き込みをする班で、ファン・デ・ディオス・マルティネス捜査官とリノ・リベラ捜査官が指揮にあたり、もう一方はアンヘル・フェルナンデス捜査官とエフライン・ブステロ捜査官のもと、市警察の協力を得て、彼女たちが連れ去られたと思われる場所にいたペレグリーノかアルケロ、あるいはリンカーンの居場所を突き止めることになった。ファン・デ・ディオス・マルティネスは、その捜査線にあからさまに異を唱えた。彼は、いずれの班も誘拐に使われた車の捜索に全力を傾けるべきだと考えていた。その主な理由として、ノリエガ一家の友人も知人も同僚も、黒いペレグリーノや黒いシボレー・アストラはおろか、車自体を持っている人間が、皆無とは言わないまでもほとんどいないだろうし、実際のところ全員が歩行者階級に属し、なかには仕事に行くのにバスにも乗らず、歩いて通って少しでも金を節約しようとするほど貧しい者もいるのだと述べた。オルティス＝レボジェードの回答には十分説得力があった。誰でもペレグリーノを盗むことができる、誰でもアルケロやボチョやジェッタを盗める、金も免許も必要ない、車の鍵を壊し、エンジンをかける方法を知っていればいいのだ。こうしてオルティス＝レボジェードが配置した二つの班に分かれたまま、警官たちは疲れた様子で、タイムワープのなかに捉えられ、何度も同じ負け戦に向かう兵士のように動き始めた。その晩、何人かに聞き込みをしたファン・デ・ディオス・マルティネスは、エステファニアに恋人あるいは求愛者がいたことを知った。落ち着きのない若者で、年齢は十九歳くらい、ロナルド・ルイス・ルケという名前だったが、またの名をラッキー・ストライク、またの名をロニー、またの名を魔術師ロニーといい、警察の記録によれば、車の窃盗で二度逮捕されていた。釈放されてから、ロナルド・ルイスは刑務所で知り合ったフェリペ・エスカランテという男と同居していた。エスカランテは車泥棒の常習犯で、告訴こそされていなかったが、未成年をレイプした疑いで取り調べを受けていた。ロナルド・ルイスはエスカランテと五か月一緒に暮らしたあと、家を出ていった。ファン・デ・ディオス・マルティネスはその晩のうちにエスカランテに会いに行った。彼によれば、投獄生活をともにしたかつての同居人は本人の意志で出ていったのではなく、経済的に何ら貢献をしなかったために追い出されたということだった。エスカランテは現在スーパーの倉庫で働いていて、すでに犯罪行為からは足を洗っていた。もう何年も車は盗んでいませんよ、誓います、と十字を組んだ指にキスしながら言った。実際、彼はポンコツ車一台持っていなかった。今ではやむなく、どこへ行くにも安くて自由な気分を味わえるバスか徒歩だった。ラッキー・ストライクという奴は今でも、たまにだとしても車泥棒をやっているかと尋ねられると、エスカランテは、神にかけて保証することはできないが、奴はその種の技術に長けていなかったので、そうは思わないと言った。その他の人間への聞き込みからも、エスカランテの証言は裏づけられるようだった。いわく、魔術師ロニーはだらしのない怠け者ではあるが、泥棒ではなく、乱暴な男でもなく、少なくともわけもなく乱暴を働くような男ではなかった。大半の人は、断言できないとはいえ、彼がガールフレンドとその妹を誘拐できるような玉ではないと思っていた。現在、ロナルド・ルイスは両親の家に住んでいて、相変わらず無職だった。フアン・デ・ディオス・マルティネスは彼の家に行って父親と話をした。しぶしぶドアを開けた父親の話では、息子はエステファニアとエルミニアの誘拐が起きたあとすぐ家を出ていったという。捜査官は、そのあばら屋を調べてもいいかと尋ねた。好きにしてくれ、と父親は言った。しばらくのあいだ、フアン・デ・ディオス・マルティネスは、ロニーが三人の弟妹と共有していた部屋をひとりで調べたものの、そこには探すべきものなどないと最初から分かっていた。庭に出て煙草に火をつけ、ゴーストタウンのような街の上に広がったオレンジ色とすみれ色に染まる夕暮れを見つめていた。行き先は聞いていますか？　と彼は尋ねた。ユマに行くと言っていた、と父親は答えた。あなたもユマにいたんですか？　若いころに何度もね。向こうに渡って働いては移民局に捕まってメキシコへ送還され、それからまた渡って、そのくり返しだった、と父親は言った。結局うんざりしてしまって、こっちで働いて、かみさんと子供たちの面倒を見ることにしたんだ。ロナルド・ルイスも同じ運命をたどるとお思いですか？　神がそう望んでいないことを祈るよ、と父親は言った。三日後、フアン・デ・ディオス・マルティネスは、誘拐に使われた黒い車の捜索班が解散していたことを知った。オルティス＝レボジェードのところへ行って説明を求めると、上からの命令だと言われた。警官たちが大物連中の反感を買ったらしかった。市内にあるペレグリーノ（アルカンヘルやコンバーチブルのデザートウィンドと同様、富裕層の若者のあいだで流行の車だった）のほぼすべてを、サンタテレサの大物の息子たちが所有していて、彼らの親が関係当局に話をつけたため、警官には手が出せなくなったのだった。四日後、警察に匿名の電話がかかってきて、ガルシア＝エレロ通りの一軒家から銃声が何度か聞こえたと通報してきた。三十分後、パトカーが現場に到着した。呼び鈴を何度も鳴らしたが、誰も出てこなかった。近隣の住民に聞き込みをしたところ、彼らは何も聞こえなかったと答えたものの、彼らの突然の難聴は、外からも聞こえるほどのテレビの大音量と関係があるのかもしれなかった。ところが、一人の子供が自転車に乗っているとき銃声が聞こえたと証言した。隣人たちにその家に住んでいるのは誰なのかと尋ねてみると、矛盾する答えが返ってきたので、パトロール隊員たちは、麻薬密売組織が絡んでいる可能性があるので、それ以上ことを荒立てずに帰ったほうがいいのではないかと考えた。ところが一人の隣人が、その家の前に黒いペレグリーノが停まっているのを見たことがあると証言した。警官たちはピストルを手に、ガルシア＝エレロ通り六七七番地の家の呼び鈴をふたたび押したが、結果は先ほどと同じだった。そこで本署に無線で連絡を取り、待機した。三十分後、別のパトカーが、乗っていた警官によれば張り込みを強化するために到着し、少ししてフアン・デ・ディオス・マルティネスとリノ・リベラが現われた。リベラの話では、あとから来る捜査官の到着を待てという命令が下っていた。ところがファン・デ・ディオス・マルティネスは待っている時間などないと言い、彼の特命に従ってパトロール隊員たちが扉を打ち破った。真っ先に侵入したのはフアン・デ・ディオス・マルティネスだった。家のなかは精液とアルコールの臭いがした、と彼は言った。精液とアルコールというのはどんな臭いなんだ？　つまり、ひどい臭いさ、とフアン・デ・ディオス・マルティネスは言った。とにかくいやな臭いがするんだ。だがじきに慣れてしまう。そこが腐った肉の臭いとは違う。あれは慣れるものではない。頭のなかまで入り込んでくる臭いだ。思考のなかにまで。どんなにシャワーを浴びても、日に三度服を着替えても、何日も、ときには何週間も、ときには何か月も鼻について離れないんだ。彼のあとにリノ・リベラが続いたが、そのあとに続いた者は誰もいなかった。何も触るなよ、とフアン・デ・ディオスが言ったのをリベラは覚えている。彼らは手始めに居間を検分した。異常なし。安物だが趣味は悪くない家具。新聞が載ったテーブル。触るんじゃないぞ、とフアン・デ・ディオスは言った。台所には、サウサのテキーラの空き瓶が二本とアブソルートのウォッカの空き瓶が一本あった。汚れていないコンロ。異常なし。マクドナルドの食べ残しが入ったゴミバケツ。清潔な床。台所の窓越しに見える、半分はコンクリート敷きでもう半分は地面がむき出しの小さな庭、隣家の庭との境になっている壁づたいに生えている灌木。異常なし。その後、二人は引き返した。フアン・デ・ディオスが先に進み、そのあとにリノ・リベラが続いた。廊下。寝室。二つの寝室。片方の寝室に、ベッドにうつぶせになったエルミニアの全裸の遺体があった。なんてことだ、と同僚がつぶやくのをフアン・デ・ディオスは聞いた。浴室には、シャワーの下で身体を丸め、後ろ手に縛られたエステファニアの遺体があった。廊下にいろ、なかに入るんじゃないぞ、とファン・デ・ディオスは言った。彼は浴室に入った。なかに入ってエステファニアの死体の隣にひざまずき、つぶさに検分しているうちに時間の感覚を失った。背後でリノが無線で話をしている声が聞こえた。監察医を呼んでくれ、とファン・デ・ディオスは言った。監察医によれば、エステファニアは二発の銃弾を後頭部に撃ち込まれて殺されていた。その前に殴られ、首を絞められたような痕も認められた。でも絞殺されたわけじゃない、と監察医は言った。犯人は彼女を殴って弄んだのさ。くるぶしに擦り傷がはっきりついている。おそらく足から吊されたんだろう、と監察医は言った。ファン・デ・ディオスは天井を見上げて梁かフックを探した。家のなかは警官だらけだった。誰かがエルミニアをシーツで覆っていた。彼はもう一つの寝室で、天井の、二つのベッドのちょうど真ん中あたりに鉄のフックが取りつけられているのを発見した。目を閉じ、頭を下に吊り下げられたエステファニアの姿を想像した。警官を二人呼び、ロープを探してこいと命じた。監察医はエルミニアの部屋にいた。こっちも後頭部に一発喰らってるな、と彼はファン・デ・ディオスがやってきたのを見て言った。ところがそれが死因だとは思えないんだ。ならどうして引き金を引いたんだ？　とファン・デ・ディオスは尋ねた。念のためさ。鑑識以外は全員この家から出るんだ、とファン・デ・ディオスは大声で言った。警官たちはぞろぞろと出ていった。居間ではずんぐりした男が二人、憔悴しきった顔で指紋を採取していた。全員外に出るんだ！　とファン・デ・ディオスは声を上げた。リノ・リベラはソファに座ってボクシング雑誌を読んでいた。ロープがありました、ボス、と一人の警官が言った。よくやった、とファン・デ・ディオスは言った。ほら、出ていけ、ここにいていいのは鑑識だけだ。写真を撮っていた男がカメラ越しに顔を出して目くばせした。きりがないな、そうだろ？　きりがないよ、本当にきりがない、とファン・デ・ディオスは答えながらリノ・リベラのいるソファに座り込み、煙草に火をつけた。まあ落ち着け、と捜査官が言った。煙草を吸いきらないうちに監察医の呼ぶ声が寝室から聞こえてきた。二人とも複数回レイプされている、前も後もだ、ただし浴室にいるほうはもう一か所やられているかもしれない。二人とも相当痛めつけられてるな。一人は死因は明らかだ。もう一人のほうはそうでもない。明日、公式の報告書を持っていくよ。さあ道をあけてもらおうか、安置所に二人を運ぶからな、と監察医は言った。ファン・デ・ディオスは庭に出て、一人の警官にこれから遺体を搬送すると言った。歩道には野次馬が群がっていた。奇妙なものだ、と、救急車が司法解剖センターのある方角へ消えていくのを目で追いながらファン・デ・ディオスは考えた。突然、何秒かのうちに何もかもが変わってしまうんだ。一時間後、オルティス＝レボジェードとアンヘル・フェルナンデスが現われたとき、ファン・デ・ディオスは近隣の住民に聞き込みを行なっているところだった。六七七番地にはカップルが暮らしていたと言う者がいた。少年が三人、あるいは大人の男が一人と少年二人が暮らしていて、三人ともそこには寝に帰ってくるだけだったと言う者もいた。さらには、そこには少々変わった男が暮らしていたと言う者もいた。その男は近所の人たちとは口をきかず、ときどき、まるでサンタテレサの外で働いているかのように何日も姿を見せないことがあり、そうかと思えば、何日間も家にこもりきりで夜遅くまでテレビを見ていたり、コリードやダンソンをかけたりした挙句、昼過ぎまで寝ていることもあった。六七七番地にはカップルが住んでいたと主張する者たちの話では、二人は、コンビかそれに似た種類のワゴン車を所有し、二人ともいつも一緒に仕事へ行っては帰ってきていた。どんな仕事だったのだろう？　誰も知らなかったが、一人だけ、たしか二人ともレストランで働いていたと言った。その家には一人の男が二人の少年と暮らしていたと思っている者たちは、男がワゴン車を運転していた気がすると言い、実際その車種はコンビだったかもしれなかった。男がひとりで住んでいたと言う者たちは、彼が車を持っていたかどうか思い出せなかったが、男のところには友人たちが遊びに来ることが多く、その友人たちはたしかに車を持っていたと言った。結局のところ、いったいどんな野郎がここに住んでるっていうんだ？　とオルティス＝レボジェードは言った。調査してみないことには、とファン・デ・ディオスは言って家に帰っていった。翌日、司法解剖を終えた監察医は当初の所見を追認したうえで、エルミニアの死因は後頭部への一発ではなく心臓発作だと付け加えた。かわいそうに、と監察医は捜査官たちに言った。責め苦と恥辱に耐えきれなかったんだ。無理もない。使用された銃はおそらくスミス&ウェッソンの九ミリ小銃だった。二人の遺体が発見された家の所有者は年老いた女性で、何かを知っているはずもなかった。サンタテレサの上流社会の婦人である彼女は、近隣の家の多くを含むアパートを初めとした不動産の賃貸料で暮らしていた。賃貸を任されていたのは、婦人の孫が所有する不動産会社だった。管理主の手元にあった書類は、法的には何ひとつ問題はなく、六七七番地の借り主はハビエル・ラモスという名で、月々の家賃は銀行振込だった。銀行に照会したところ、ハビエル・ラモスという男には二つの大きな収入があり、六か月分の家賃を光熱費込みで支払うくらいどうということはないこと、そして彼の姿を見た者は誰もいないということが判明した。ファン・デ・ディオス・マルティネスが不動産登記簿を調べたところ、奇妙な、しかし考慮すべきことが分かった。ガルシア＝エレロ通りの隣の街区の家は例外なくペドロ・レンヒフォのもので、そのガルシア＝エレロ通りと並行して走るタブラーダ通りの家は、麻薬密売人エスタニスラオ・カンプサーノの手先、ロレンソ・ファン・イノホサという男が所有していた。それに加えて、タブラーダ通りと並行するオルテンシア通りとリセンシアード・カベサス通りの地所は、すべてサンタテレサ市長とその子供の名前で登記されていた。さらに、北にある二つの街区、インヘニエロ・ギジェルモ・オルティス通りの家やビルは、ペドロ・ネグレーテの兄にして栄誉あるサンタテレサ大学学長パブロ・ネグレーテが所有していた。不思議なことがあるものだ、とファン・デ・ディオスは心のなかでつぶやいた。遺体があるうちはびくびくしている。遺体が運び去られればびくびくしなくてよくなる。レンヒフォが少女たちの事件に一枚嚙んでいるのだろうか？　カンプサーノが深く関与しているのか？　レンヒフォはまともな麻薬密売人だった。カンプサーノはあくどい麻薬密売人だった。不思議だ、まったくもって不思議だ、とファン・デ・ディオスは心のなかでつぶやいた。自分の家でレイプしたり人を殺したりする人間はいない。自分の家の近所でレイプしたり人を殺したりする人間はいない。頭がおかしいか、捕まえてほしいなら話は別だ。遺体発見から二日目の晩、カントリー・クラブで会合が開かれ、サンタテレサ市長ホセ・レフヒオ・デ・ラス・エラス、警察署長ペドロ・ネグレーテ、そしてペドロ・レンヒフォとエスタニスラオ・カンプサーノ両氏が顔を合わせた。会合は朝四時まで及び、いくつか明らかになったことがあった。翌日、市警察が総力を挙げてと言ってもいいほどの体制でハビエル・ラモス追跡を始めた。砂漠の石まで引っくり返して彼を探した。だが結局、満足な人相書きひとつ作成できなかった。

何日ものあいだ、ファン・デ・ディオス・マルティネスはエルミニア・ノリエガが死ぬ間際に起こした四度に及ぶ心筋梗塞のことを考えた。ときには食事をしながら、カフェや司法警察の連中がたむろする食堂のトイレで用を足しながら、あるいは眠る直前、明かりを消した瞬間、あるいは明かりを消す数秒前に考え出してしまうこともあった。そうなると明かりを消すわけにいかなくなり、ベッドから起き出して窓辺に行き、外を、俗悪で醜くて静まり返った薄暗い通りを眺め、それから台所へ行って湯を沸かし、コーヒーを淹れ、ときには、その砂糖なしの熱いコーヒーを、不味いコーヒーを飲みながら、テレビをつけ、砂漠の四方八方から届いてくる、その時間にならないと見ることができないメキシコやアメリカのテレビ局がやっている深夜番組を、星空の下で馬にまたがり、理解できない言葉で、スペイン語か英語かスパングリッシュか、いずれにしてもわけの分からない、ありとあらゆるくだらない言葉を話す不具の狂人たちの番組を食い入るように見た。ファン・デ・ディオス・マルティネスはコーヒーカップをテーブルの上にそっと置き、手で顔を覆い、まるで泣いているかのように、あるいは泣こうとしているかのように、口からは弱々しくもはっきりと聞き取れるうめき声を漏らした。しかし、最後に手をどけるとそこに現われるのはテレビの画面に照らされたいつもの顔、いつものかさかさに乾いた肌で、そこには涙の跡も残っていなかった。

彼がエルビラ・カンポスに自分の身に起きたことを話すと、精神病院の院長は黙って話を聞いたあと、かなり経ってから、二人で寝室の暗がりで裸で横たわっているときに、ときどきあらゆるものを捨て去る夢を見るのだと告白した。つまり、何もかも例外なく、あらゆるものをかなぐり捨てる夢を。たとえば彼女は夢のなかで、マンションと、市内二か所に所有している不動産、自動車、宝石、あらゆるものを売り払い、それなりの額の現金に換え、夢のなかで飛行機に乗ってパリへ行き、たとえば、ヴィリエとポルト・ド・クリシーのあいだにとても小さなアパルトマン、アトリエを借り、奇跡を起こす著名な整形外科医に依頼して顔のたるみを取り、鼻と頰を直し、胸を大きくしてもらうのだ。手術台を降りればまるで別人、違う女性になり、もう五十半ばではなく四十半ば、あるいは、できることなら四十歳そこそこの、もう誰も彼女だとは分からない、新しく生まれ変わった、若返った女性になる。ただし、もちろんしばらくのあいだは、まるでミイラのように、エジプトのミイラではなくて彼女の好きなメキシコのミイラのように全身を包帯でぐるぐる巻きの状態で出かけることになる。たとえばパリジャンたちがこぞって彼女のほうを盗み見ていることを知りながら地下鉄に乗る。恐ろしい痛みを、やけどや交通事故を想像しながら席を譲ってくれる者もいるだろう。その見知らぬ女性はパリの人々のあいだをものも言わず平然とすり抜け、地下鉄を降りて美術館やギャラリーやモンパルナスの本屋に入り、そして毎日二時間、楽しみながら、わくわくしながらフランス語を学ぶ。フランス語は美しい、音楽のような言葉、なんとも言えぬ魅力《ジュ・ヌ・セ・クワ》がある、そしてある雨の朝、包帯を、ゆっくりと、まるで見たこともない骨を発見したばかりの考古学者のように、時間を、永遠に？ 永遠と呼べるほどに長引かせたくて、少しずつゆっくりとプレゼントの包みを開ける女の子のように外し、ついに最後の包帯が落ちる。どこへ？ 床に、絨毯を敷いた床か板張りの、とにかく最高級の床に落ち、床の上にはすべての包帯が、蛇のように這っている。あるいはすべての包帯が蛇のように眠たげな目を開いている。もちろん彼女には分かっている。それは蛇などではなくて蛇の守護天使たちなのだと。誰かが彼女に鏡を持ってくる。彼女は鏡を見つめ、自分に頷き、自らを認め、至高の存在だった幼少期を、父と母の愛情を再発見し、それから紙に、書類に、小切手に署名をして、パリの街へ出かけていく。その先にあるのは新しい人生なのかな？ とファン・デ・ディオス・マルティネスが言った。たぶんそうね、と院長は言った。僕はそのままのあなたが好きなんだ、とファン・デ・ディオス・マルティネスは言った。メキシコ人も、メキシコも、メキシコ人の患者もいない、新しい人生よ、と院長は言った。僕はそのままのあなたに夢中なんだ、とファン・デ・ディオス・マルティネスは言った。

一九九六年の終わりごろ、メキシコのいくつかのメディアは、北部では本当の殺人を撮影した映画、スナッフ・フィルムが作られていて、サンタテレサはスナッフ・フィルムのメッカであると報じたりほのめかしたりした。ある晩、二人の記者が元メキシコシティ警察署長、ウンベルト・パレデス将軍にインタビューを試みた。場所はデル・バジェ区にある塀を巡らせた彼の大邸宅で、インタビューをしたのは、この道四十年で犯罪記事を書かせれば右に出る者はいない老マカリオ・ロペス＝サントス、それにセルヒオ・ゴンサレスだった。将軍は、唐辛子が多めの挽き肉のタコスと〈ラ・インビシブレ〉のテキーラで二人をもてなした。夜だったので、ほかに何か食べたら胸やけを起こすだけだった。食事の途中で、マカリオ・ロペスが、サンタテレサのスナッフ・フィルム産業についてどう考えているかと尋ねると、将軍は、長きにわたる自分の職業人生で残虐なものは山と目にしてきたが、その手の映画は一度も見たことがないし、存在すら怪しいと答えた。でも、実際そうした映画は存在するんです、とベテラン記者は言った。存在しているかもしれないし、存在していないかもしれない、と将軍は言った。だが妙じゃないかね？　あらゆるものを見てきたし、あらゆることを知っているつもりのこの私が一本も見たことがないなんて。二人の記者は、たしかにそれは奇妙なことだと頷いたものの、将軍の現役時代にはその手の恐怖の様式がまだできあがっていなかったのかもしれないという意見を匂わせた。将軍は同意しなかった。彼によれば、ポルノグラフィーはフランス革命の直前に全盛期に達していた。現在のオランダ映画や写真集やポルノ雑誌に見られるものは皆、すでに一七八九年以前に形を整えられていたのであり、それ以降はある意味で反復であり、すでに存在していた視線にひとひねり加えたものだった。将軍、とマカリオ・ロペス＝サントスは言った。あなたはときどき、オクタビオ・パスと同じことをおっしゃいますね、お読みになっているのですか？　将軍は大きな声で笑い出し、パスの本で読んだことがあるのは『孤独の迷宮』だけで、それもはるか昔のことだし、さっぱり意味が分からなかったと言った。まだ若造だったのさ、と将軍は記者たちを見据えながら言った。四十歳くらいだったかもしれない。将軍、あなたというお方は、とマカリオ・ロペスは言った。それから三人は、自由と悪について、悪がフェラーリのように疾走する自由という高速道路について語り合った。しばらくして年老いた女中が皿を下げ、コーヒーはいかがなさいますかと尋ねたころ、ふたたびスナッフ・フィルムの話題になった。マカリオ・ロペスによれば、メキシコの状況は劇的な変化を遂げていた。そもそも、これほどひどい腐敗が蔓延した時代はなかった。さらに麻薬の密輸と、この新しい現象をめぐって動く大量の金という問題が加わった。スナッフ・フィルム産業はこの文脈において単なる兆候でしかない。サンタテレサの場合には悪性の兆候ではあるが、いずれにしても単なる兆候なのだと。将軍は否定的な答えを出した。彼は、現在の腐敗はこれまでの政府のもとでの腐敗以上のものではないと言った。現在の腐敗は、たとえばミゲル・アレマンの時代の腐敗ほどではないし、また、ロペス・マテオスが大統領職にあった六年間ほどでもないはずだった。絶望は今のほうが大きいかもしれないが、腐敗についてはそんなことはない。麻薬の密輸問題は、たしかに新しい問題ではあるが、麻薬問題の実際の大きさはメキシコ（とアメリカ）社会において過大視されていると彼は考えていた。スナッフ・フィルムを作るために必要なものはただひとつ、と彼は言った。それは金、金だけなのだ。金なら麻薬密売組織が根城を構える前からあったし、ポルノ産業にしても同じだった。にもかかわらず、その手の映画、その種の名だたる映画は作られていない。ごらんになっていないだけかもしれませんよ、将軍、とマカリオ・ロペスは言った。将軍は笑い出し、その笑い声は暗い庭の花壇のあいだに消えていった。私が見たことのないものなどないのだよ、マカリオ君、と彼は答えた。帰り際、老犯罪記者は、デル・バジェ区の塀が巡らされた古い屋敷に着いたとき、ボディガードを一人も見かけなかったと言った。将軍は、もうボディガードは雇っていないからだと答えた。それはまたどうしてですか、将軍？　とベテラン記者は尋ねた。敵も音を上げたということですか？　警備会社の料金は日増しに高くなっているんだ、と将軍は、ブーゲンビリアに囲まれた道を門まで見送ろうと歩きながら言った。そして、私は自分のお金をもっと楽しいことに使いたいからね。ではもし襲撃されたらどうするんです？　将軍は片手を背中に回し、二人の記者に七発装弾のイスラエル製デザートイーグル五〇マグナムを見せた。ポケットにはいつも予備の弾倉を二つ持ち歩いている、と彼は言った。しかし、おそらく使うこともないだろう、と彼は言った。私も歳をとった。敵にとっては棺桶に片足を突っ込んでいるような人間さ。執念深い人間もいますからね、とマカリオ・ロペス＝サントスが念を押した。そのとおりだ、マカリオ君、と将軍は言った。メキシコでは、負けるにも勝つにも、真のスポーツマンシップのかけらもないんだ。もちろん、負けることは死を意味するし、ときには勝つことが死を意味することもある。それゆえフェアでいることは難しいが、それでも、と将軍は考え込みながら言った。我々のように戦う人間だっているということだ。将軍、あなたというお方は、とマカリオ・ロペス＝サントスは笑いながら言った。

一九九七年一月、バイソン団のメンバー五人が逮捕された。ハースの逮捕後に起きた何件かの殺人事件の犯人だとされたのだ。逮捕されたのはセバスティアン・ロサレス十九歳、カルロス・カミロ・アロンソ二十歳、レネ・ガルデア十七歳、フリオ・ブスタマンテ十九歳、ロベルト・アギレラ二十歳だった。五人には性犯罪の前科があり、セバスティアン・ロサレスとカルロス・カミロ・アロンソの二人は、セバスティアンの従妹で未成年のマリア・イネス・ロサレスを強姦した罪で勾留されていたが、彼女はセバスティアンがサンタテレサ刑務所に入れられた数か月後、告訴を取り下げていた。カルロス・カミロ・アロンソについては、エステファニアとエルミニアの遺体が見つかったガルシア゠エレロ通りの家に住んでいたのが彼だとされた。五人はエステファニアとエルミニアの殺害だけでなく、ポデスタ断崖で発見された二人の女性、酸の入ったドラム缶のなかで遺体が発見されたマリソル・カマレナ、そしてグアダルーペ・エレナ・ブランコの誘拐、強姦、拷問ならびに殺害の罪に問われた。取り調べのなかで、カルロス・カミロ・アロンソは前歯を一本残らず失い、鼻中隔を骨折したが、自殺を試みたせいだとされた。ロベルト・アギレラは肋骨を四本折る羽目になった。フリオ・ブスタマンテは二人の同性愛者のいる監房に入れられ、二人が飽きるまで肛門を犯され、三時間ごとにぶちのめされたうえ、左手の指の骨をすべて折られた。容疑者の面通しが行なわれ、ガルシア゠エレロ通りの住人十人のうちカルロス・カミロ・アロンソが六七七番地の借り主だと認めたのは二人だけだった。よく知られたたれこみ屋一人を含む二人の証人が、エステファニアとエルミニアが黒いペレグリーノで誘拐された週にセバスティアン・ロサレスを見たと証言した。ロサレス本人の供述によれば、それは盗んだばかりの車だった。バイソン団員の所持品には銃が三丁見つかった。九ミリCZモデル八五ピストルが二丁、ドイツ製のヘックラー・ウント・コッホ一丁。ところが別の証人は、カルロス・カミロ・アロンソが、姉妹の殺害に使われたようなスミス&ウェッソンを持っていることをひけらかしていたと供述した。となるといったい武器はどこに消えてしまったのか？　同じ証人によれば、カルロス・カミロは知り合いのアメリカ人麻薬密売人に売ってしまったと話していたという。いっぽうで、バイソン団員が逮捕されたあと、偶然ながら、そのうちの一人ロベルト・アギレラが、サンタテレサ刑務所に服役中のヘスス・アギレラの弟だということが判明した。このヘスス・アギレラは、エル・テキーラというあだ名で、クラウス・ハースの親友にして彼の庇護を受けている囚人だった。まもなく結論が出された。警察は、バイソン団のメンバーによる一連の殺害事件が、依頼殺人だった可能性が高いとの談話を発表した。ハースは、この説によれば、自らが手を下した殺人に類似する特徴をもった犠牲者一人につき三千ドルを支払っていた。そのニュースはすぐさまメディアに漏れ伝わった。刑務所所長の辞任を求める声が相次いだ。刑務所は犯罪者グループの支配下にあるという噂が流れ、その頂点にはカナネア出身の麻薬密売人にして刑務所の裏のボス、エンリケ・エルナンデスが君臨し、彼は何の咎めも受けず獄中で取引を続けているとされた。ラ・トリブーナ・デ・サンタテレサ紙に載った記事はエンリケ・エルナンデスとハースを結びつけて、コンピュータ部品の輸出入という合法的な商売を隠れ蓑に麻薬の密輸が行なわれていると書き立てた。この匿名記事を書いた記者は一度しかハースに会ったことがなかったが、だからといってハースが言ってもいないことをハースの発言とする障害にはならなかった。女性連続殺人事件は成功裏に幕を下ろした、とサンタテレサ市長ホセ・レフヒオ・デ・ラス・エラスはエルモシージョのテレビ局で宣言した（そしてメキシコシティの各テレビ局のニュースでも同じ映像が流された）。これから起こる事件はすべて、大きな成長と前進を遂げている都市に起こりがちな、平々凡々とした犯罪にすぎません。異常犯罪者は一掃されました。

ある晩、ジョージ・スタイナーを読んでいると電話がかかってきた。初めは誰の声か分からなかった。外国訛りで、何もかも嘘八百だとまくし立てた。まるで今かけてきたばかりではなく、すでに三十分は話しているかのようだった。何の話ですか？　どちらにおかけですか？　と彼は尋ねた。セルヒオ・ゴンサレスさん？　と声の主は言った。ええ、そうですが。やあ、調子はどうですか？　と声の主は言った。まるではるか遠くにいるみたいだ、とセルヒオは思った。どちらさまですか？と彼は訊いた。なんと、私が分かりませんか？　と声の主は少し驚いて言った。クラウス・ハースさんですか？　とセルヒオは訊いた。電話の向こうで笑い声が聞こえ、それから金属的な風のような音、砂漠の音、そして夜の刑務所の音が聞こえた。そうですよ、忘れられてはいないようですね。忘れてなんかいませんよ、とセルヒオは言った。忘れられるもんじゃありません。あまり時間がないんです、とハースは言った。ただこれだけはお伝えしておきたいんです。私がバイソン団員に金を渡したというのは真っ赤な嘘です。あんなに殺されているんですからね、うなるほどビスケットがないといけません。ビスケットですって？　とセルヒオは尋ねた。金のことですよ、とハースは言った。みんなにエル・テキーラと呼ばれている頭のイカレた若造は私の友人です。そしてエル・テキーラはバイソン団に弟がいます。でもそれだけのことです。それ以上のことは何もないと誓ってもいい、と彼は外国訛りで言った。あなたの弁護士に話したらどうですか？　とセルヒオは言った。私はもうサンタテレサの犯罪についての記事は書いていないんです。電話の向こうでハースが笑った。みんなそう言うんです。あっちに行って話すといい、こっちに行って話すといいってね。弁護士はそんなことはすでに知っている、と彼は言った。あなたのためにできることが私には何もないんです、とセルヒオは言った。そうでしょうか？　そんなことはないと思うんですがね、とハースは言った。そしてセルヒオはふたたび、配管の立てるような音を、何か引っかくような音を、突然吹き荒れる風の音を聞いた。もしどこかに閉じ込められたら、自分はどうするだろう？　とセルヒオは思った。隅のほうへ行って、子供のように、ベッドに潜り込むのだろうか？　震えるのだろうか？　助けを求めて泣きわめき、自殺しようとするのだろうか？　私は陥れられそうになっているんです、とハースは言った。裁判は延期される。みんな私が怖いんです。私を陥れたいんです。それから、砂漠の音と、動物の足音に似た物音が聞こえてきた。誰も彼もがおかしくなっている、とセルヒオは考えた。ハースさん？　まだそこにいるんですか？　答えは返ってこなかった。

一月、バイソン団員逮捕を受けて、街は安堵のため息を漏らした。東方の三博士からの一番のプレゼント——ラ・ボス・デ・ソノラ紙はギャングのメンバー五人が逮捕されたニュースにそんな見出しをつけた。たしかに、死んだ人間はいた。中心街の通りを縄張りとしていた常習の泥棒がナイフで刺し殺され、麻薬密売絡みで二人の男が死に、犬のブリーダーが死んだが、レイプされ、責め苛まれ、殺された女は一人も、誰にも発見されなかった。これが一月の話だった。二月も同じだった。いつもの死ならば存在していた。そう、ありふれた死、初めは笑っているのに最後には殺し合うことになる人々、映画にはなりそうもない死にざま、現代にではなく伝説に属した死。つまり、誰も怯える必要のない死。公式には、連続殺人事件の犯人は鉄格子のなかにいた。その模倣者や追随者や雇われた者たちも同様だった。街は、ゆっくりと静かに呼吸をすることができた。

一月、ブエノスアイレスの新聞の特派員がロサンゼルスへ取材に向かう途中、サンタテレサに三日間滞在し、この街と女性連続殺人事件について記事を書いた。獄中のハースに取材を試みたが、許可が下りなかった。彼は闘牛を見に行った。売春宿〈アスントス・インテルノス〉に現われ、ロサーナという名の娼婦と寝た。ディスコ〈ドミノズ〉とバー〈セラフィノス〉を訪れた。エル・エラルド・デル・ノルテ紙の記者と知り合い、同新聞社で、行方不明になり、誘拐され殺された女性たちの資料を調べた。エル・エラルド紙の記者に友人を紹介され、その友人に紹介されたまた別の友人は、スナッフ・フィルムを見たことがあると言っていた。アルゼンチン人は見てみたいと言った。記者の友人の友人はどのくらい金を出すつもりがあるかと尋ねた。アルゼンチン人はその手の汚らわしいものに、マンゴー半分出すつもりもないが、職業的関心から、そしてたしかに好奇心から見てみたいだけだと言った。メキシコ人はサンタテレサ北部にある家で彼と会う約束をした。アルゼンチン人は緑色の目と、身長一メートル九十センチ、体重百キロはあろうかという巨体の持ち主だった。彼は言われた場所へ出向いて映画を観た。メキシコ人のほうはずんぐりしていて、どちらかと言えば太っていた。二人でソファに腰を下ろして映画を観ながら、メキシコ人はアルゼンチン人の隣で少女のようにおとなしくしていた。映画が流れているあいだずっと、アルゼンチン人はメキシコ人が彼の陰茎を触ってくる瞬間を待ち続けていた。ところがメキシコ人は何もせず、ただ、まるでアルゼンチン人が吐き出した空気を一立方センチたりとも逃したくないかのように荒い息をしていた。映画が終わると、アルゼンチン人は丁重に複製を頼んだものの、メキシコ人は聞く耳をもたなかった。その晩、二人は〈エル・レイ・デル・タコ〉という名の店にビールを飲みに出かけた。酒を飲みながら、アルゼンチン人には一瞬、ウェイターたちが皆ゾンビのように思えた。それも当然だった。店はやたらと大きく、壁はタコスの王さま《エル・レイ・デル・タコ》の子供時代を描いた壁画と絵に埋めつくされ、テーブルの上の空気は重苦しい悪夢のようによどんでいた。あるときアルゼンチン人は、誰かが自分のビールに薬物を入れたのだと思った。彼はそそくさと別れを告げ、タクシーでホテルに戻った。翌日バスでフェニックスへ行き、そこから飛行機に乗ってロサンゼルスに入った。昼間は取材を許可してくれた数少ない俳優にインタビューし、夜はサンタテレサの女性連続殺人事件について長い記事を書いた。その記事は、ポルノ映画産業と、闇で行なわれているその副産物としてのスナッフ・フィルムに焦点を当てていた。スナッフ・フィルムという言葉は、このアルゼンチン人記者によれば、アルゼンチンで作られた。ただし作ったのはアルゼンチン人ではなく、映画を撮りにこの地にやってきたアメリカ人夫妻だった。この二人のアメリカ人はマイク・エプスタインとクラリッサ・エプスタインという名前で、比較的有名なブエノスアイレスの俳優二人と、ほかの仕事が入っていない時期に契約し、さらに若い俳優も何人か雇った。そのなかにはのちに非常に人気の出た俳優もいた。技術スタッフもアルゼンチン人だったが、カメラだけはエプスタインの友人でJTハーディという男が担当し、撮影前日にブエノスアイレスにやってきた。一九七二年、ちょうどアルゼンチンでは革命が、ペロン革命が、社会主義革命が、神秘革命すらが話題に上っていた時期だった。心理分析医や詩人が通りを歩き回り、魔術師やオカルト系の人間たちが窓からそれを監視していた。ブエノスアイレスの空港に到着したJTを、マイクとクラリッサのエプスタイン夫妻が迎えに来た。二人は日に日にアルゼンチンに夢中になっていた。ブエノスアイレス郊外に借りた家に向かうタクシーのなかで、マイクがそのことを告白し、説明の意味を込めて両腕を大きく広げた。西部みたいなんだ、まるでアメリカの西部だよ。アメリカの西部では、考えてみればカウボーイは家畜を追う程度のことしかできないが、ここ、パンパでは、カウボーイがゾンビの狩人だってことが少しずつ、でもはっきりと見えてくるんだ。ゾンビ映画を撮るつもりなのかい？　とJTは尋ねた。ある意味ではそうね、とクラリッサが言った。その晩、カメラマンへの歓迎の意を表して、エプスタイン夫妻が借りた家の庭のプールサイドで、アルゼンチンならではのバーベキュー・パーティーが催され、俳優たちと技術スタッフも同席した。二日後、一行はティグレに向かった。一週間に及ぶ撮影のあと、全員でブエノスアイレスに戻ってきた。二、三日の休暇を取り、大多数が若者である俳優陣は両親や友人を訪ね、ＪＴはエプスタイン夫妻が借りた家のプールサイドで台本に目を通した。あまりよく分からなかったし、そのうえティグレで撮影したシーンは、台本にはまったく見当たらなかった。まもなく、彼らは二台のバスと一台のワゴン車でキャラバンを組んでパンパへ向かった。まるで未知の世界に迷い込んだジプシーの一団さながらでした、と一人のアルゼンチン人俳優は言った。果てしない旅だった。トラック運転手の泊まるモーテルのようなところに宿を決めた最初の夜、マイクとクラリッサが最初の喧嘩を始めた。アルゼンチン人の十八歳の女優が泣き出し、ママや弟妹たちのいる家に帰りたいと言った。アルゼンチン人のいかにも二枚目に見える俳優が酔っぱらってトイレで眠り込んでしまい、ほかの俳優たちが部屋まで運んでやらなければならなかった。翌朝早くにマイクが全員を叩き起こし、皆うなだれて、ふたたび旅路についた。節約のために食事は川の近くで、ピクニックのようにして済ませた。女の子たちは料理上手だったし、男の子たちは肉を焼く準備をするのが得意そうだった。食事は肉とワインが中心だった。ほとんどの者がカメラを持っていて、食事休憩になるのを待ってさかんに写真を撮り合っていた。なかには、練習のためにと言っていたが、クラリッサやＪＴと英語で会話をする者もいた。いっぽう、マイクは誰とでもスペイン語で話し、アルゼンチン特有の隠語たっぷりのスペイン語に若者たちは苦笑していた。移動の四日目、ＪＴが悪夢のまっただなかにいるような気がしているのをよそに、キャラバンはある農場に到着した。彼らを迎え入れたのは、二人で屋敷と牧場の管理を任されていた五十代の夫婦だった。マイクはしばらく彼らと話し、自分は農場主の友人であると告げた。それから皆でバスから降り、屋敷に落ち着いた。その日の午後、仕事が再開された。撮影したのは野外のシーンで、火を熾す男、有刺鉄線を張った杭に縛りつけられた女、地面に座り込んで大きな肉の塊を食らいながら仕事の話をする二人の男を撮った。肉が熱かったので、男たちはやけどしないよう、ときどき持ち替えていた。夜にはパーティーが開かれた。話題は政治や農地改革の必要性から、農場主たちのこと、ラテンアメリカの将来にまで及び、エプスタイン夫妻とＪＴは口を挟まなかった。そうした話題に興味を惹かれなかったせいでもあるが、ほかにもっと大事なことを考えなければならないからでもあった。その晩ＪＴは、クラリッサが俳優の一人と浮気をしていることに気づいたが、マイクはあまり気にしていないようだった。翌日は屋敷のなかで撮影が行なわれた。ＪＴが得意とするベッドシーンで、彼は間接照明にも、その手の場面の雰囲気作りにも長けていた。農場の管理人が昼食に出すつもりで子羊を一頭つぶしたので、マイクはビニール袋を手にして彼についていった。そして血で満たされた袋をいくつか持って戻ってきた。その日の午前中の撮影は肉屋さながらだった。俳優たちが二人がかりで一人の女優を殺し、彼女を切り刻み、細切れになった死体をズック地の布でくるんでパンパに埋めに出かけるという設定だった。使われたのは朝方解体した子羊の肉片と、内臓のほぼすべてだった。アルゼンチン人の女の子が泣きじゃくりながら、ずいぶんひどい映画の撮影に付き合わされたものだと言った。いっぽう、農場の管理人の妻はとても楽しんでいるようだった。撮影三日目の日曜日、農場の女主人がベントレーに乗って現われた。JTの記憶にある唯一のベントレーは、遠い昔、彼がまだハリウッドに未来を見いだしていたころに見た、ハリウッドのプロデューサーのものだった。女主人は四十五歳ぐらいの上品な金髪美人で、三人のアメリカ人よりずっと正しく英語を話した。アルゼンチン人の若者たちは初めのうち、遠慮がちに彼女に接していた。まるで彼女を信用していないかのように、そして、まるで彼女が自分たちを信用しないのは当然だというかのようだった。しかしそんなことはなかった。しかも、農場の女主人はこのうえなく実際的な人間だった。彼女は食べ物がなくならないよう備蓄食糧を見直し、もう一人女性をよこすよう命じて管理人の妻の掃除仕事を手伝わせ、食事の時間を決め、自分のベントレーを映画監督が自由に使えるようにした。農場は突如としてインディオの村ではなくなった。つまり、一人の若い俳優が、広く居心地のよいテラスで女主人が来て以来毎日のように催されていた夜の集いのなかで声高に言ったように、パンパの孤島であるその農場は、スパルタであることをやめてアテナイとなったのだ。ときには朝の三時、四時まで続いたそうした夜の集いでの農場主の姿を、JTは記憶に刻みつけることになる。話に耳を傾ける彼女の姿勢を、彼女の生き生きとした瞳を、月の光に輝く彼女の肌を、田舎で過ごした子供時代の話を、スイスの寄宿舎での思春期の話を。ときどき、とりわけ部屋でひとりで頭から毛布をかぶっているとき、JTは、あの人こそ自分が生涯かけてむなしく求め続けてきた女性なのではないかと思うことがあった。何のために俺はここまでやってきたんだろう？　と彼は自問した。彼女に出会うために違いない。吐き気を催す理解不能なマイクの映画に、いったいどんな意味があるというんだ？　こんな辺鄙な国までわざわざやってきたのは、彼女に出会うためだったんじゃないだろうか？　マイクに呼ばれたとき、ちょうどスケジュールが空いていたことに何か意味があったのだろうか？　そうだ、意味があったのだ！　彼のオファーを受けざるをえず、こうやって彼女と知り合うという意味が。農場主の名前はエステラ、JTはその名前を、口のなかがからからになるまでくり返しつぶやいた。エステラ、エステラ、と何度も何度も毛布の下で、眠れない芋虫かモグラのようにつぶやいた。にもかかわらず、昼間に彼女と会ったり話したりしても、カメラマンは慎みと分別の塊だった。思い焦がれるような視線を向けるのを控え、思わせぶりな言動や、夢中になっている様子を見せたりすることも控えた。彼と農場主を隔てる礼儀と敬意の壁は最後まで崩れることがなかった。撮影が終わると、農場の女主人がエプスタイン夫妻とJTをベントレーで送ると申し出たにもかかわらず、JTは俳優陣と一緒にブエノスアイレスまで帰ることにした。三日後、エプスタイン夫妻が空港まで見送りに来てくれた。JTにエステラのことを尋ねる勇気はなかった。映画のことも尋ねなかった。ニューヨークに着いて、JTは彼女のことを忘れようとしてみたが、無駄な努力だった。初めの数日は、郷愁と悲しみに染まっていて、彼はこの先立ち直ることはできないだろうと思った。しかも、いったい何のために立ち直らなければならないのか？ とはいえ、時とともに彼は心の内で、失ったものは何ひとつなく、むしろ得たものはとても大きいということを理解するようになった。少なくとも、と彼は自分自身に言い聞かせた。理想の女性にめぐり会えたじゃないか。ほとんどの男は、銀幕に、大女優の影に、そうした女性を、真の愛の眼差しを垣間見るだけだ。俺は違う。理想の女性の生身の姿を見たんだ。彼女の声を聞き、果てしなく続くパンパに浮かび上がるシルエットを見た。彼女に話しかけたし、彼女のほうでも話しかけてくれた。これ以上何を望めるというんだ？ いっぽうブエノスアイレスでは、驚くほど安い値段で時間借りしたコリエンテス通りのスタジオで、マイクが編集作業に入っていた。撮影終了からひと月後、出演した若い女優がブエノスアイレスに立ち寄ったイタリア人革命家と恋におち、ヨーロッパに駆け落ちした。その女優とイタリア人は二人とも、理由を明らかにすることなくいなくなってしまったという噂が流れた。その後、奇妙なことに、その女優はエプスタインの映画の撮影中に死んだということにされた。まもなく、誰も本気にしなかったということは明らかにしておかなければならないが、エプスタイン一行が彼女を殺したという噂がささやかれるようになった。最後の説によれば、エプスタインは本物の殺人を撮影するつもりで、その目的のために、狂気の極みに達し、サタンの儀式に首まで浸かったそのほかの俳優たちと技術スタッフの暗黙の了解で、キャストのなかでもっとも無名で何の後ろ盾もないその女優を利用したのだった。噂を聞きつけたエプスタインは自らその噂を広める役回りを演じ、物語はいくぶん尾ひれもつきつつ、アメリカの映画ファンのあいだにも知れ渡った。翌年、ロサンゼルスとニューヨークで映画が封切られた。興行は完全な失敗だった。英語に吹き替えられ、混沌を極め、脚本がろくでもないうえに演技も嘆かわしい有様だった。アメリカに戻ったエプスタインは、病的な嗜好という鉱脈を探ったものの、テレビ番組で、ある批評家がコマを追いながら、本物の犯罪が行なわれたとされる場面が偽物であることを証明した。この女優が死に値するとすればそのひどい演技のせいであるが、いずれにしても、少なくともこの映画のなかでは誰も、残念ながら、彼女を抹殺する英断を下してはいない、と批評家は結論づけた。『スナッフ』のあと、エプスタインは新たに二本の映画を、どちらも低予算で製作し、妻のクラリッサはブエノスアイレスに留まり、アルゼンチン人映画プロデューサーと暮らし始めた。彼女の新しいパートナーはペロン主義者で、のちに戦闘員として死の部隊に加わり、初めはトロツキストやゲリラの連中を殺し、最終的には子供たちや主婦までをも行方不明にする作戦をくり広げた。軍事独裁のあいだにクラリッサはアメリカに帰国した。その一年後、エプスタインは最新作になるはずだった映画（クレジットに彼の名前は出てこない）の撮影中にエレベーターの隙間に落ちて死んでいる。十四階分の高さから落ちた遺体の状態は、目撃者の話では、筆舌に尽くしがたかったという。

一九九七年三月の第二週、不吉な連鎖が、サンタテレサ南部の砂漠地帯での遺体の発見によってふたたび始まった。エル・ロサリオと名づけられたその周辺は市の都市計画の一部をなしていて、フェニックスに倣った住宅地が造られることになっていた。死体は道路から五十メートルほど離れたところで、半ば埋められた状態で発見された。その道路はエル・ロサリオを横切り、ポデスタ断崖の東側を走る舗装されていない道につながっていた。死体を発見したのは馬で通りかかった農民で、近所の農園で働いていた。監察医によれば死因は絞殺で、舌骨を骨折していた。遺体は腐敗した状態にあったが、それでも頭部と手脚に鈍器で殴られた痕が認められた。レイプされた可能性も高かった。死体の状態から、死亡時期は二月第一週か第二週ごろと推定された。身分証の類は見当たらなかったが、被害者の特徴が二月八日夕刻にサン・バルトロメ区で行方不明になったグアダルーペ・グスマン＝プリエト十一歳と一致した。身元特定のために人体測定検査ならびに歯科学的検査が行なわれた結果、本人と断定された。その後、遺体は新たに司法解剖にかけられ、舌骨の骨折だけでなく、頭蓋骨に打撲傷と血腫が、頸部にも斑状出血が確認された。事件を担当した司法警察の捜査官によれば、素手で絞殺された可能性もあった。右の太腿にも、臀部にも打撲の痕が見つかった。グアダルーペの両親が遺体を娘だと確認した。ラ・ボス・デ・ソノラ紙によれば、遺体の状態がよかったことが身元の特定に一役買った。皮膚はひからびていて、まるでエル・ロサリオの不毛の黄色い土が、ミイラ化を促進したかのようだった。

グアダルーペ・グスマン＝プリエトの遺体発見から四日後、エストレージャ丘陵の東の斜面で、同じく十一歳のハスミン・トーレス＝ドランテスの遺体が見つかった。死因は、犯人または犯人グループによって十五回以上ナイフで刺されたことによる循環血液量減少性ショックとされた。膣および肛門の擦過傷によって、レイプが複数回行なわれたことが明らかになった。遺体は着衣に乱れはなかった。カーキ色のトレーナー、青いジーンズに安物のスニーカーという姿だった。少女はサンタテレサ西部のモレロス区に住んでいて、二十日前に誘拐されていたが、事件は公にされていなかった。警察は、エストレージャ区に住む、車泥棒や麻薬の売買をしている若者グループのメンバ一八名を犯人として逮捕した。三名は未成年担当の判事のもとに送られ、そのほかの五名はサンタテレサ刑務所に勾留されることになったが、彼らに対する決定的な証拠はひとつも見つからなかった。

ハスミンの遺体発見から二日後、子供たちがヘネラル・セプルベダ工業団地の西側の空き地で、カロリーナ・フェルナンデス＝フエンテス十九歳、マキラドーラ〈WS社〉の工員の遺体を見つけた。監察医によれば、死亡してから二週間が経過していた。遺体は全裸だったが、十五メートル離れたところには血に染まった青いブラジャーが、五十メートルほど先にはどこにでもあるような黒いナイロン製ストッキングが落ちていた。カロリーナのルームメイトだった、同じく〈WS社〉に勤める女性は警察の調べに対し、ブラジャーは被害女性のものと認めたが、ストッキングのほうは彼女のものではないと主張した。愛すべき友人にして同僚はパンティーストッキング派で、ストッキングはマキラドーラの作業員より娼婦にお似合いだと言って穿くことはなかったからだ。ところが分析の結果、ストッキングにもブラジャー同様に血痕が見つかり、どちらも同じカロリーナ・フェルナンデス＝フエンテスのものという結果が出たため、そのカロリーナという女性が二重生活を送っていたか、あるいは膣にも肛門にも精液の残滓が認められたので、殺された晩に自ら進んで乱交パーティーに参加したのだと噂された。被害者と関係があったかもしれない〈WS社〉に勤める男性数人に対し二日間にわたって取り調べが行なわれたが、何の成果も出なかった。サン・ミゲル・デ・オルカシータス村出身のカロリーナの両親がサンタテレサにやってきたが、被害届は出さなかった。娘の遺体の引き取りを申請し、目の前に出された書類に署名したのち、カロリーナの遺品を持ってオルカシータスへとバスで帰っていった。彼女の死因は頸部に受けた鋭利な刃物による傷だった。専門家たちによれば、殺されたのは遺体が発見された場所ではなかった。

一九九七年三月、この不吉な月、カロリーナの遺体発見から三日後に、十六歳から二十歳ぐらいと思われる女性の遺体が、プエブロ・アスルへ向かう幹線道路沿いの石ころだらけの土地で見つかった。腐敗が進んでいたため、死亡してから少なくとも二週間は経過していると推定された。遺体は全裸で、身につけていたのは、金色の小さな象をかたどった真鍮製のピアスだけだった。捜索願を提出している何組かの家族が遺体の確認に呼ばれたものの、自分の娘や姉妹や従姉妹や妻と認めた者はいなかった。監察医によれば、遺体は右の乳房をえぐり取られ、左胸の乳首は切り取られていて、噛みちぎられたか、ナイフが使われた可能性もあったが、腐敗していたためにそれ以上詳しいことは分からなかった。死因は、公的には舌骨の骨折とされた。

三月の最終週、カナネアに向かう幹線道路から四百メートルほど離れた、いわば砂漠の真ん中で、新たな女性の白骨死体が見つかった。発見者はバイクでメキシコ北部を旅行中だったアメリカ人たちで、ロサンゼルス大学の三人の学生と歴史学の教授だった。アメリカ人たちの話によると、彼らはヤキ族の村を探してそのあたりの道をバイクで入っていくうち、道に迷ったのだということだった。サンタテレサ警察によると、ヤンキーどもが砂漠に入り込んだのは、口にするのも汚らわしい行為に及ぶため、すなわち尻の穴をつつき合うためで、四人を留置所に入れて成り行きを見守った。夜になり、学生と教授が勾留されて八時間以上経ってから、彼らから詳しい話を聞くため、エピファニオ・ガリンドが警察署にやってきた。アメリカ人たちは同じ話をしたうえで、地面に半ば埋まっている遺体を発見した場所を正確に示した地図さえ描いた。牛かコヨーテの骨を人間と取り違えた可能性はないかと尋ねられると、動物のはずはない、たしかに霊長類であれば人間のような頭蓋骨をもっている可能性もあるが、と教授が答えた。彼の言い草が気に入らなかったエピファニオは、翌日未明にアメリカ人たちを連れて現場に行くことに決めた。手続きが煩雑にならないよう彼らには手近なところにいてもらうため、サンタテレサ警察の招待客として扱うことにし、四人のために留置房をひとつ用意するとともに、公金で食事を出すよう、しかも刑務所の食事ではなく、警官に最寄りのカフェテリアまで買いに行かせた人並みの食事を出すよう手配した。そしてこれは、外国人たちの抗議をよそに実行された。翌日、エピファニオ・ガリンドと数人の警官、二人の捜査官が遺体発見者たちの案内で現場を訪れた。そこは藁草で覆われた土地を意味するエル・パホナルと呼ばれる場所だったが、あたりにはそんな土地もそれに似た土地も見当たらず、ただ砂漠と石と、見る者を暗い気分にさせる緑灰色の低木がそこここに生えているだけであることを考えると、明らかに現実ではなく希望を反映させた名前だった。そこに、アメリカ人たちが印をつけたまさにその場所に、申し訳程度に埋められている骨が見つかった。監察医によれば、被害者は若い女性で、舌骨を折られていた。服も靴も身につけておらず、身元を明らかにするものは何ひとつ所持していなかった。遺体を裸にしてから運んだのか、埋める前に服を脱がせたのか、とエピファニオは言った。こいつは埋めたと言えるのかね？　と監察医はいった。言えませんね、先生、お粗末なもんです、とエピファニオは言った。実にお粗末なもんです。

翌日、エレナ・モントージャ二十歳の遺体が、ラ・クルス農場から墓地に向かう道路脇で発見された。被害女性は三日前から家に戻らず、捜索願が出されていた。死体の腹部には刃物で刺された無数の傷が、手首とくるぶしには擦過傷が、頸部には首を絞められた痕が、さらに頭蓋骨にはハンマーか石と見られる鈍器による外傷があった。事件を担当したリノ・リベラ捜査官は、手始めに被害者の夫サムエル・ブランコ＝ブランコを取り調べた。四日間に及ぶ尋問ののち、彼は証拠不十分で釈放された。エレナ・モントージャはマキラドーラ〈カル＆サン〉で働いていて、三か月になる息子がいた。

三月末日、ゴミを漁って生計を立てている子供たちが、ゴミ集積場エル・チレで完全に腐敗した状態の遺体を発見した。その残骸は市の司法解剖センターに運ばれ、お決まりの手続きがすべて行なわれた。その結果、被害者は十五歳から二十歳の女性だということが判明した。死因の特定は不可能だったが、監察医によれば、死亡してから一年以上経っていた。ところがこうした情報に、同じ時期に娘が行方不明になっていたグアナファトのゴンサレス＝レセンディス家が注目した。グアナファト警察はエル・チレで発見された身元不明女性の司法解剖の報告書を送るようサンタテレサ警察に求め、とくに歯科的証拠を送ってほしいと強調した。この情報が届いたことによって、被害者はイレーネ・ゴンサレス＝レセンディス十六歳であると確認された。彼女は一九九六年一月に家族と口論をし、家出していた。父親はその地方では名の知れた制度的革命党（ＰＲＩ）の政治家で、母親は視聴率の高いテレビ番組に出演し、カメラの向こうの娘に、家に帰ってくるよう訴えていた。イレーネの写真、パスポートに貼ってあるような写真が、身体的特徴と電話番号を添えてしばらく牛乳瓶に貼られてもいた。サンタテレサの警官でその写真を見たことのある者はいなかった。サンタテレサ警察には牛乳を飲む者はいなかった。例外はラロ・クーラだけだった。

サンタテレサ警察の三人の監察医には、似ているところがひとつもなかった。最年長のエミリオ・ガリバイは大柄で、喘息を患っていた。ときどき、死体安置所で司法解剖の最中に喘息の発作に襲われることがあったが、彼は我慢した。助手のドニャ・イサベルが近くにいるときは、彼女がコート掛けに掛かっている上着から吸入器を取り出してくれるので、ガリバイは雛鳥のように口を開け、薬を吸い込んだ。しかし、一人のときは我慢して仕事を続けた。彼はサンタテレサ生まれで、どう考えてもその地で死ぬことになりそうだった。家族は上流中産階級に属する地主で、一族は不毛の土地を、一九八〇年代に国境のこちら側にでき始めたマキラドーラに売って裕福になった。しかし、エミリオ・ガリバイはそうした商売はやらなかった。ほとんどしなかった。彼は医学部の教授であり、不幸なことに監察医として仕事に困らなかったので、その手の商売はもとより、仕事以外のことをする時間がなかった。無神論者で、自宅には、専門分野に関する人並み以上の蔵書に加えて、哲学書やメキシコ史に関する本、それに小説を少しため込んでいたにもかかわらず、もう何年も前から本は一冊も読んでいなかった。

ときどき彼は、本を読まなくなったのは無神論者だからだと考えることがあった。つまり、読書をしないことが、無神論の、あるいは少なくとも彼が考えるところの無神論の至高の姿だった。神も信じていないのに、本なんてものを信じられるはずがない、と彼は考えていた。

二人目の監察医はファン・アレドンドという名前で、ソノラ州の州都、エルモシージョ出身だった。ガリバイがメキシコ国立自治大学を出ているのに対し、彼はエルモシージョ大学の医学部卒だった。年齢は四十五歳で、サンタテレサの女性と結婚し、子供は三人いた。政治的には左寄りで、民主革命党（ＰＲＤ）に肩入れしていたが、党員としての活動経験はなかった。ガリバイ同様、監察医の仕事とサンタテレサ大学での専門課程の授業を掛け持ちしていて、学生たちには評判がよく、教授というよりはむしろ友人のように見られていた。趣味はテレビを見ることと家で家族と食事をとることだったが、外国で開催される学会への招待状が届くと目の色を変え、どんな手を使ってでもその切符を獲得しようとした。ガリバイの友人である学部長はアレドンドのことを見下していて、軽蔑していたからこそ、ときおり彼に恩恵を施すことがあった。こうして彼はアメリカへ三度、スペインとコスタリカに一度ずつ行かせてもらったことがあった。あるとき彼は司法解剖センターとサンタテレサ大学を代表して、コロンビアのメデジンで開かれたシンポジウムに出席した。帰ってきたときには別人のようだった。向こうでどんなことが起きているのか、こちらから想像もつかないようなことだ、と妻に言ったきり、二度とその話には触れなかった。

三人目の監察医はリゴベルト・フリアスで、年齢は三十二歳だった。イラプアト州イラプアトの出身で、一時期メキシコシティで働いていたが、突然、何の説明もなく街を去った。ガリバイのかつての同級生の推薦でサンタテレサで働き始めてから、二年が経っていた。同僚から見た彼は、気難しいが有能な人間だった。医学部の助手として働いていて、セラフィン・ガラビト区の閑静な通りでひとり暮らしをしていた。部屋は狭かったが趣味よくしつらえられていた。本は山ほど持っていたが、友人はほとんどいなかった。教え子とは授業以外で話を交わすことはなく、少なくとも大学関係者とはまったく付き合いがなかった。ときどき、ガリバイが号令をかけて、三人の監察医は揃って夜明けに朝食をとりに出た。その時間に開いているのは二十四時間営業のアメリカ式のカフェテリアだけで、郊外に住む人々が夜を明かしていた――ヘネラル・セプルベダ病院の助手に看護師、救急車の運転手、事故に遭った患者の家族や友人、娼婦、それに学生たち。カフェテリアの名は〈ランナウェイ〉といい、店沿いの歩道にあるマンホールからはもうもうと湯気が上がっていた。〈ランナウェイ〉の看板は緑色で、湯気が緑色に染まることもあった。亜熱帯の密林のように濃い緑色。ガリバイはそれを見るたびこう言った。まったく、きれいなもんだ。それきり彼は黙り込み、三人の監察医はウェイトレスを、浅黒い肌のちょっと太った十代の女の子でアグアスカリエンテス出身だと彼らが思っているウェイトレスがコーヒーを運んできて注文を尋ねるのを待った。たいてい一番若いフリアスは何も頼まないか、食べてもせいぜいドーナツひとつだった。アレドンドはいつもアイスクリームを添えたケーキを頼んだ。そしてガリバイは、レア・ステーキ。少し前にアレドンドが、そんなものを食べると関節によくないと言った。歳を考えたほうがいいですよ、と彼は言った。ガリバイが何と答えたか、彼はもう忘れていたが、そっけない返事だったのは確かだった。朝食が運ばれてくるのを、監察医たちはじっと待っていた。アレドンドは血痕がついていないか確かめるように手の甲を見つめ、フリアスはテーブルを見つめるか、〈ランナウェイ〉の黄土色の天井にうつろな視線を向け、ガリバイは外の通りや行き交うわずかな車を眺めていた。ときどき、ごくまれなことだったが、研究所か司法解剖の助手を務め、特別手当をもらった学生が二人、彼らと一緒に来ることがあり、そんなときは少しだけ口数が増えたが、普段はガリバイの言う、仕事は上出来だったという確信に浸りながら、押し黙っていた。その後めいめいが勘定を払い、クロコンドルのようにそっと店から出て、当番になっている一人が司法解剖センターに歩いて戻り、あとの二人は地下の駐車場へ降りていき、挨拶もせずに別れ、すぐにルノーが一台出てきて、両手でハンドルを握ったアレドンドが街へと消えていき、すぐあとにもう一台、ガリバイの乗ったグランドマーキーが出てきて、道路が日々の苦悩のひとつとしてそれを呑み込んだ。

同じころ、勤務を終えた警官たちはカフェテリア〈トレホス〉に集まって朝食をとっていた。窓がほとんどない細長いその店は棺桶のようだった。彼らはそこでコーヒーを飲み、ウエボス・ランチェーロスやウエボス・ア・ラ・メヒカーナ、ベーコン入りオムレツ、あるいはただの目玉焼きを食べた。そして、皆で笑い話をした。ときどき、それは警官ならではだった。笑い話のことだ。女をめぐる笑い話には困らなかった。たとえば誰かが言う。完璧な女を想像してみよう。そう、身長一メートル、耳がでかくて頭が平べったくて歯のない、二目と見られない女だ。どうしてだと思う？　それはな、一メートルならちょうど顔が男の腰のあたりだろ。耳がでかけりゃ摑むのが楽だ。頭が平べったければ上にビールを載せておけるし、歯がなければチンポを嚙まれないし、二目と見られない女は取られる心配がないからさ。何人かは笑った。ほかの者たちは目の前の卵を食べ続け、コーヒーを飲んでいた。すると今の笑い話をした警官が続けた。どうして女はスキーができないと思う？　誰も何も言わなかった。そりゃ台所に雪が降らないからさ。どこが面白いのか分からない者もいた。ほとんどの警官はスキーなどしたことがなかった。砂漠のど真ん中の、いったいどこでスキーができるというのか？　しかし大笑いする者もいた。すると同じ話し手がさらに続けて言った。じゃあお前ら、女を定義してみてくれ。誰も何も言わない。答えはこうだ、膣を取り囲む、それなりに統制の取れた細胞の集合体さ。すると誰かが大笑いした。司法警察の捜査官だ。そいつは面白いな、ゴンサレス、細胞の集合体ときたか、なるほどな。もうひとついこう、今度は国際的なやつだ。どうして自由の女神は女なんだと思う？　それはな、頭が空っぽじゃないと展望台が作れないからさ。これはどうだ、女の脳味噌はいくつに分かれてる？　そりゃ場合によりけりさ、分かるか？　どんな場合によりけりなんだ、ゴンサレス？　男がどれだけ強く殴るかによるってわけだ。やっと調子が出てきたぞ。なんで女は七十まで数えられないか？　六十九までくると口が塞がっちまうからさ。もっと調子が出てきた。阿呆な男より阿呆なものは何だ？（これは簡単だった。）そりゃ頭のいい女だ。ますます調子が出てきたな。男がかみさんに車を貸さないのはどうしてだ？　そりゃ寝室と台所のあいだに道路が走ってないからさ。同じようなやつをいこう。女が台所の外で何をしてる？　そりゃ台所の床が乾くのを待ってるのさ。少し変化をつけようか。女の頭のなかでニューロンは何をしてるんだ？　そりゃ観光さ。さっき笑った捜査官がふたたび大笑いした。そいつは面白い、ゴンサレス、うまいじゃないか、ニューロンときたか、なるほど、観光か、よくできてる。するとゴンサレスは飽きもせずさらに続けた。阿呆な女の世界チャンピオンと第二位と第三位はどうやって選ぶ？　そりゃ、適当にさ。分かるか？　適当に三人連れてくりゃいいんだ。同じことだからな。お次はこうだ。女の自由拡充のためにしなきゃならないことは何だ？　そりゃ今より台所を大きくしてやりゃいい。お次はこうだ。女のさらなる自由拡充のためにしなきゃならないことは何だ？　そりゃアイロンに延長コードをつなげてやりゃいい。じゃあこんなのはどうだ、女の日ってのはいつだ？　そりゃ誰もそうとは思っていない日だ。これはどうだ、頭に銃弾を喰らった女はどのくらいで死ぬ？　そりゃ七時間か八時間ってとこだ、弾が脳味噌を探し当てるまでにかかる時間によるがな。脳味噌か、なるほどな、とその捜査官はうなった。女を見下した笑い話ばかりじゃないかと誰かにたしなめられると、ゴンサレスは、一番見下してるのは神さまじゃないか、男のほうを優秀にお作りになったんだからな、と応えた。そしてまたもやジョークに興じた。知能指数の九九パーセントを失った女を何て言う？　そりゃ無口な女だ。こんなのはどうだ、女の脳味噌はコーヒースプーンのなかで何をする？　そりゃぷかぷか浮かんでるのさ。お次はこれだ。犬より女のほうがニューロンが多いのはどうしてだ？　そりゃ便所の掃除をしているとき、便器の水を飲んじまわないためさ。お次は、窓から女を放り出す男は何をしてる？　そりゃ環境汚染だ。お次は、スカッシュの球と女はどこが似ている？　そりゃ強く叩けば叩くほど早く戻ってくるところだ。お次は、どうして台所には窓があるんだ？　そりゃ女が世界を眺めるためさ。ついにゴンサレスも疲れ果て、ビールをあおって椅子に崩れ落ち、聞いていた警官たちも目の前の卵にふたたび取りかかった。するとその捜査官が、徹夜仕事に疲れ果てながらも、市井の笑い話には真理がいくつも隠されているものだ、とつぶやいた。それから、股ぐらを掻きながら、樹脂製のテーブルに、重さ一・二キロ近くあるスミス&ウェッソン六八六を置くと、リボルバーは遠くで響く雷鳴のような乾いた音を立て、近くで彼の言葉を聞いていた五、六人の警官、いや、彼の言葉を、そう、まるで砂漠に迷い込んだアメリカへの不法入国者がオアシスや村や野生の馬の群れを認めたかのように、その捜査官が言おうと思っている言葉を耳にした警官たちの注意を引いた。絶対的な真実、と捜査官は言った。いったいどんな野郎がそんな笑い話を思いつくんだ？　と捜査官は言った。諺だってそうだ。いったいどこから出てくるんだ？　誰が最初に考えついたんだ？　誰が最初に言い出したんだ？　そして眠り込んでしまったかのように何秒か黙り込んで目を閉じてから、捜査官は左目を半分開いてこう言った――いいか、隻眼男の話を聞け。女は台所と寝室を行ったり来たりしながら、いつもぶん殴られている。あるいはこう言った――女は法律みたいなものだ、どちらも犯されるために作られた。店中が笑い転げた。笑いの毛布が細長い店内を覆った。まるで警官たちが死を毛布で胴上げしているかのようだった。もちろん、全員がというわけではなかった。遠くのテーブルにいる者たちは黙々と、あるいはほかとは関係なく自分たちだけで自分たちの話をしながら、唐辛子の入った卵、肉の入った卵、あるいは豆のペーストを添えた卵を平らげていた。彼らは、言うなれば、苦悩と疑念に肘をついて朝食をとっていた。どこへも行き着かない本質というものに肘をついて。眠気に襲われて感覚を失い、新たな眠気を運んでくる笑いに背を向けて。いっぽうで、カウンターの端に肘をつき、無言で酒を飲んでいる者もいた。彼らは笑いの渦に目をやるだけ、あるいはくだらないとつぶやきながら、あるいは一言も漏らさず、警官や捜査官を網膜で捉えるだけだった。

女にまつわる笑い話の朝、ゴンサレスと彼の相棒であるパトロール隊員ファン・ルビオが〈トレホス〉を出ると、ラロ・クーラが彼らを待っていた。ゴンサレスと彼の相棒がラロ・クーラを厄介払いしようとすると、角からエピファニオが出てきてこのガキの言うことを聞いたほうが身のためだと言った。パトロール隊員ファン・ルビオは、一晩中働いて疲れていると言ったが、エピファニオに逆らうことはできなかった。サンタテレサ警察では、この手の催しは、女に関する笑い話と同じくらい好まれていた。実際には、こちらのほうが人気があった。二台の車は人目につかない場所に向かった。スピードは出さなかった。実のところ、鉄拳を喰らわすのに急ぐ必要などなかった。ゴンサレスが運転する車が前を走り、数メートルも離れずにエピファニオの車があとを追った。二台の車が進んでいくと、舗装道路と三階建てより高い建物が視界から消えていった。車のウィンドウから日の出が見えた。彼らはサングラスをかけた。一方の車から催しを知らせる無線が流され、野原に着くころには、あたりに十台ほどのパトカーがやってきていた。連中は車から降りると煙草を勧めたり、笑い合ったり、あたりの石を蹴ったりした。酒を持っている者は口を湿らせ、天気や自分たちの個人的なことについて他愛もない話をしていた。三十分後には、車が巻き起こした黄色い砂煙を宙に残して、車は野原からすっかりいなくなっていた。

血筋の話をしていただけませんか？　と虫けらどもは言った。家系について教えてくれませんか？　と下司野郎どもは言った。自分のチンポをしゃぶるクズめが。ラロ・クーラは怒らなかった。犯された女から生まれたホモ野郎め。お宅の紋章の話をしていただけませんか？　やめろ。堪忍袋の緒が切れるぞ。彼は怒らなかった。制服に敬意を払い、逃げず、怖がらず、何でもないという顔をしていた。ときどき、夜になると、アパートの薄暗がりで、あまりにたくさんの指紋や血痕や精液、毒物、窃盗や空き巣の捜査、足跡、犯行現場のスケッチの描き方や犯行現場の写真の撮り方にうんざりし、犯罪学の本を投げ出すと（おい、いらつくんじゃない）、彼はうとうとしながら、夢うつつの状態で、一族の最初の女、一八六五年まで遡る家系図について語りかけてくる声を聞いていた。あるいは思い出していた。ビジャビシオサ郊外の、一部屋しかない日干し煉瓦の家でベルギー人兵士に犯された、名もないみなしごの十五歳の少女。兵士は翌日首を切られて死に、九か月後に女の子が生まれ、マリア・エクスポシトと名づけられた。そのみなしご、一族最初の女は産褥熱で亡くなり、娘は、母親が彼女を身ごもった家で、家族の一員として育てられた、とその声、あるいは交代で話すそれらの声は言った。家はやがて何人かの農民のものとなり、その後はその農民たちが彼女の面倒を見た。一八八一年、マリア・エクスポシトが十五歳のとき、聖ディスマス祭の夜、酔っぱらいのよそ者が大声で、「ひどい話もあるもんだ／ディスマスはゲスタスにそう言った」と歌いながら彼女を馬で連れ去った。恐竜にもアメリカドクトカゲにも見える丘の麓で何度も彼女を犯すと、よそ者は姿を消した。一八八二年、マリア・エクスポシトは女の子を産み、その子はマリア・エクスポシト＝エクスポシトと名づけられた、とその声は言った。少女はビジャビシオサの農民たちにとって驚くべき存在だった。幼いころから目を見張るほど聡明で活発で、読み書きこそできなかったが、薬草や軟膏のことをよく知る賢女として知られた。一八九八年、七日間にわたって村から姿を消したあと、ある朝マリア・エクスポシトは、ビジャビシオサの広場に、村の真ん中にある、草木の生えていない開けた場所に、腕を一本骨折し、全身痣だらけの姿で現われた。何があったのか、彼女は口を閉ざしていたし、彼女の手当てをした老女たちも無理に聞こうとはしなかった。九か月後に女の子が生まれ、マリア・エクスポシトと名づけられた。結婚もせず、それ以上子をもうけず、男と暮らそうともしなかった母親は、娘にまじない師の秘儀を授けようとした。だが娘のマリア・エクスポシトが母親から受け継いだのは気立てのよさだけで、それはいわばビジャビシオサのすべてのマリア・エクスポシトが備えていた資質だった。無口だったりおしゃべりだったりしつつも、気立てのよさと、激動の時代も極貧の時代も生き抜く不屈の精神は全員に共通していた。もっとも、娘のマリア・エクスポシトの幼年期と思春期は、母や祖母のころよりも苦労が少なかった。一九一四年、十六歳になった彼女は、まだ考え方も身のこなしも少女のままで、仕事も、月に一度母親について珍しい薬草を探しに行くことと、少し離れたところにある公共の洗い場ではなく家の裏側で古い木桶を使って洗濯をすることくらいだった。その年、革命のために闘う勇敢な男を探してサビーノ・ドゥケ大佐（一九一五年に臆病を理由に銃殺された）が村に現われた。ビジャビシオサの男たちは勇敢さでは誰にも負けないことで知られていた。村の少年が何人か志願した。そのうちの一人が、戦争に出かける前の晩、彼のことを同い歳の遊び友達、自分と同じく子供っぽい友達としか思っていなかったマリア・エクスポシトに愛を告白することにした。誰にも使われていなかった穀物倉庫（ビジャビシオサの人々はどんどん貧しくなっていた）を選んで告白すると少女は笑い出したので、彼は自棄になってその場で彼女を押し倒し、ぎこちなく犯した。明け方、出発の前に彼は、戻ってきたら結婚しようと約束したが、七か月後、連邦派との小競り合いで命を落とし、馬もろともサングレ・デ・クリスト河を流されていった。こうして彼はビジャビシオサに戻ってくることはなく、村から戦争に出たたくさんの少年も、あるいは殺し屋として働きに出た者たちも、同じように行方が分からなくなったり、あまり信用できそうにない物語がそこここで聞かれるだけになった。いずれにしても、九か月後にマリア・エクスポシト＝エクスポシトが生まれ、若いマリア・エクスポシトは一晩で母親になり、近くの町や村で母親の煎じ薬や自分の鶏小屋の卵を売り歩いては、それなりの稼ぎを得て帰ってきた。一九一七年、エクスポシト家に珍事が起きた。旅回りから帰ったマリアがふたたび妊娠し、今度は男の子を生んだのだ。子供はラファエルと名づけられた。彼の目は、はるかなる高祖父のベルギー人と同じように緑色で、よそ者がビジャビシオサの村人の眼差しに感じるあの奇妙な雰囲気をたたえていた――人殺し特有のどんよりとした激しい眼差しだった。ごくまれに息子の父親について尋ねられると、煎じ薬を売るだけだったとはいえ少しずつ母親と同じく魔女のような言葉遣いと物腰とを身につけていたマリア・エクスポシトは、リューマチ用の薬の小瓶と静脈瘤に効く薬の瓶をいじりながら、息子の父親は悪魔で、ラファエルはその生き写しだと答えたものだった。一九三四年、盛大なお祭り騒ぎのあとで、闘牛士セレスティーノ・アラヤと〈ロス・チャロス・デ・ラ・ムエルテ〉というクラブの仲間たちが明け方にビジャビシオサへとやってきて、すでになくなって久しいが当時は旅人にベッドを貸してもいた安食堂に部屋を取った。彼らが大声で注文した子山羊の串焼きを供したのは村の三人の娘たちだった。そのなかにマリア・エクスポシトがいた。正午に彼らは去っていき、その三か月後、マリア・エクスポシトは子供を授かったと母親に告白した。父親は誰なんだ？　と弟は尋ねた。女たちは口を閉ざし、少年は自ら姉の足取りを調べ上げようと決意した。一週間後、ラファエル・エクスポシトはカービン銃を借り、歩いてサンタテレサに向かった。それほど大きな街に行ったためしがなかったので、舗装された道、カルロータ劇場、映画館、市庁舎、当時は国境とアメリカ側の町エル・アドービから目と鼻の先にあるメキシコ区で客引きをしていた娼婦たち、あらゆるものに目を見張った。彼は三日間サンタテレサに滞在し、少しでも慣れてから行動しようと決意した。最初の日は、セレスティーノ・アラヤがよくやってくる場所とただで寝泊まりできる場所を探すのに費やした。夜も昼と変わらない地区があることが分かったので、眠らないことにした。二日目、娼婦たちが立つ通りを行ったり来たりしていると、背は低いがすらりとして、漆黒の髪を腰まで垂らしたユカタン娘が彼を気の毒がり、自分の住んでいるところへ連れていってくれた。下宿の一室で米入りのスープを作ってもらい、それから夜まで二人でベッドに潜り込んだ。ラファエル・エクスポシトにとって初めての経験だった。別れ際、娼婦は彼に、部屋で待っていて、もし出かけるなら角のカフェか階段のところで待っていてと言いつけた。少年は彼女のことが好きだと言い、娼婦は嬉しそうに出かけていった。三日目、二人はカルロータ劇場に行き、ツアーでメキシコ中を回っていたドミニカの吟遊詩人パハリート・デ・ラ・クルスのバラードと、ホセ・ラミレスのランチェーラを聴いたが、少年がとくに気に入ったのはコーラスガールとミチョアカンから来た中国人魔術師の見せる手品の数々だった。四日目の夕暮れ時、腹いっぱい食事をしてすっかり落ち着くと、ラファエル・エクスポシトは娼婦に別れを告げ、隠しておいた場所にカービン銃を取りに行き、〈ロス・プリモス・エルマノス〉というバーに決然と向かい、セレスティーノ・アラヤを見つけ出した。引き金を引いてすぐ、間違いなく彼を殺したと分かり、復讐を果たせて幸せだと感じた。闘牛士の友人たちがピストルが空になるまで彼を撃ったときも、目は開けたままだった。彼はサンタテレサの共同墓地に埋葬された。一九三五年、新たなマリア・エクスポシトが生まれた。内気で優しく、村で一番背の高い男すら小さく見えるほどの背丈だった。十歳のとき、母親や祖母とともに曾祖母の作った煎じ薬を売り歩く手伝いをするようになり、曾祖母についていって夜明けとともに薬草探しを手伝い始めた。ときどきビジャビシオサの農民たちは、丘を登り降りする彼女の長いシルエットが稜線に浮かぶのを目にして、あんなに背が高くて、あんなに大股で歩く少女がいるなんて普通ではないと思った。彼女は一族のなかで初めて読み書きを習った、とその声、あるいはそれらの声は言った。十八歳で行商人に犯され、一九五三年に女の子が生まれ、マリア・エクスポシトと名づけられた。当時、ビジャビシオサの郊外に五世代のマリア・エクスポシトたちがともに暮らしていて、小屋はいつしか部屋を建て増しされ、台所には石油コンロと薪のかまどもあり、そこで最年長のマリアがどろどろした煎じ薬や薬剤を作っていた。夜、夕食の時間になると、少女のマリア、背高のっぽのマリア、ラファエルの姉のふさぎ込んだマリア、童顔のマリア、そして魔女のマリアの五人が揃い、聖人の話、彼女たちは罹ったこともない病気の話、天気の話、疫病のように思っていた男たちの話をしたりした。そして、あまり気乗りのしない様子で、女に生まれたことを神に感謝した、とその声は言った。一九七六年、若いマリア・エクスポシトは砂漠でメキシコシティから来た二人の学生と出会った。彼らは迷子になってしまったのだと言ったが、むしろ何かから逃げているように見えた。目もくらむような一週間のあと、彼らは姿を消した。学生たちは車のなかで暮らし、一人は病人のようだった。二人とも麻薬中毒者のように始終話をし、彼女が家からトルティージャとフリホーレスをくすねて運んできても、一口も食べなかった。彼らは、たとえば新しい革命の話をした。準備が進んでいるというその見えない革命は、実現するまでに少なくともあと五十年はかかりそうだった。あるいは五百年か。五千年かもしれない。学生たちはビジャビシオサに来たことはあったが、ウレスかエルモシージョへ向かう幹線道路を見つけたがっていた。夜ごと二人は彼女と交わった。車のなかで、砂漠の暖かい土の上で。ある朝彼女が会いに行ってみると、二人はいなくなっていた。三か月後、高祖母にお腹の赤ん坊の父親は誰なのかと尋ねられ、若いマリア・エクスポシトは自分自身の奇妙な姿を幻覚に見た。小さくてたくましい自分を見、塩湖の真ん中で二人の男とまぐわう自分を見、草花の植えられた植木鉢だらけのトンネルを見た。家族は子供にラファエルという洗礼名をつけたいと思っていたが、マリア・エクスポシトはその期待に反してオレガリオという名前をつけた。狩人の守護聖人で、十二世紀カタルーニャの修道士、バルセロナ司教にして、タラゴナの大司教にもなった聖人だった。さらに、息子の一つ目の名字をエクスポシトにするのをやめようとした。それは孤児につける名前だと、メキシコシティから来た学生たちが一緒に過ごしたある晩教えてくれたからだ、とその声は言った。そこで一つ目の名字を司祭《クーラ》にすることにして、ビジャビシオサから三十キロ離れたサン・シプリアーノ教区教会で、司祭からあれこれ問いただされ、父親らしき人物の身元を疑われたにもかかわらず、息子の名前をオレガリオ・クーラ＝エクスポシトと登録した。高祖母は、しきたりであるはずのエクスポシトという名字の前にクーラなどという名字をつけるのは傲慢以外の何物でもないと言ったが、まもなく、二歳のラロが、ビジャビシオサのいつも扉が固く閉ざされている黄色や白の家を眺めながら裸で家の庭を歩いているときに亡くなった。そしてラロが四歳のとき、もう一人の老婆である童顔のマリアが亡くなり、十五歳になったときにはラファエル・エクスポシトの姉が亡くなった、とその声、あるいはそれらの声は言った。そしてペドロ・ネグレーテがドン・ペドロ・レンヒフォのもとで働かせようと彼を迎えに来たときには、背高のっぽのマリアとラロの母親が生きているだけだった。

砂漠のなかで生きることは、海のなかで生きるようなものだ、と、エピファニオが運転する車が空き地を出ていこうとするとき、ラロ・クーラは思った。ソノラとアリゾナとの国境は、幽霊諸島、いや魔法の島々だ。街や村は船。砂漠は果てしなく広がる海だ。魚なら、とくに深海魚にとってはいいところだ。でも、人間にとってはそうじゃない。

三月に起こった一連の事件をきっかけに、メキシコシティの新聞も疑問の声を上げるようになった。殺人犯が獄中にいるのなら、誰があの女性たち全員を殺したのか？　殺人犯の手下またはは共犯者が捕まっているなら、あの被害者たちに対する犯行は誰の手によるものなのか？　悪名高いが眉唾ものの少年ギャング団、バイソン団の存在はどの程度本物なのか、そしてどの程度警察に捏造されたものなのか？　どうしてハースの裁判は二度も三度も延期されているのか？　どうして連邦当局は特別検察官を送り込んで調査しないのか？　四月四日、セルヒオ・ゴンサレスは、サンタテレサの女性連続殺人事件に関する新しい記事の取材に行かせてもらえるよう新聞社にかけ合った。

四月六日、ミチェレ・サンチェス＝カスティージョの遺体が清涼飲料の瓶詰め工場の倉庫近くで見つかった。発見者は、同社のその区域の清掃を任されていた二人の従業員だった。遺体から五十メートルほど離れたところで、血痕と頭皮の一部がついた鉄の棒が回収され、これが凶器だったと推定された。ミチェレ・サンチェスは古い毛布にくるまれ、うずたかく積まれたタイヤの山の隣で見つかった。そこは、通りすがりの人間やそのあたりを根城にしているアルコール依存症の浮浪者が眠っていても不思議ではない場所で、瓶詰め工場もある程度黙認していた。問題を起こす奴らじゃない、と夜警たちは言ったが、怒らせればタイヤに火をつけるようなことをしかねないし、そんなことになればただでは済みそうになかった。被害者には顔面に殴られた痕が複数あり、胸部にはそれほど深くない傷が、頭蓋骨には、ちょうど右耳の後ろあたりに致命傷となった骨折が認められた。被害者は白いビーズをあしらった黒いズボンを穿いていたが、警察が発見したときには膝まで下ろされていて、黒い大きなボタンのついたピンク色のブラウスは胸の上までまくり上げられていた。靴は安全靴のように分厚いゴム底がついていた。ブラジャーもパンティーも身につけていた。午前十時、現場は野次馬でごった返した。捜査を担当したホセ・マルケス捜査官によれば、女性は発見された場所で襲われ、殺された。彼は顔見知りの記者数人に、近くで被害者の写真を撮らせてくれと言われ、とくに反対はしなかった。身分証の類は何ひとつ所持していなかったので、被害者が誰かは分からなかった。だが十代だろう、とホセ・マルケスは言った。死体に近づいた記者のなかにセルヒオ・ゴンサレスもいた。死体を見たのはそれが初めてだった。タイヤは間隔をおいて積まれていて、洞窟のようだった。涼しい夜なら、なかに入って眠るには悪い場所ではなかった。屈まなければ入れなかった。出るのはもっと大変だっただろう。二本の脚と毛布が見えた。サンタテレサの記者がホセ・マルケスに、死体をくるんでいる毛布を取ってくれと頼んでいるのが聞こえ、ホセ・マルケスが笑うのが聞こえた。そこに居続ける気はなかったので、ビートルのレンタカーを停めてある道路のほうに歩いていった。翌日、被害者の身元はミチェレ・サンチェス＝カスティージョ十六歳と判明した。監察医によれば、司法解剖の結果、死因は頭蓋骨と脳に負った深い傷で、性的暴行は受けていないということだった。爪から皮膚の一部が見つかっており、必死で犯人に抵抗したと考えられた。顔と脇腹の外傷もまた犯人に抵抗したことを示していた。膣内の塗抹標本からも、レイプはされていないと結論づけられた。家族の話では、ミチェレは四月五日に友人に会いに行き、そこから仕事を探しにあるマキラドーラへ向かった。警察の公式発表では、彼女が襲われ殺害されたのは五日の夜から六日未明にかけてのことだった。鉄の棒から指紋は検出されなかった。

セルヒオ・ゴンサレスはホセ・マルケス捜査官にインタビューした。街に夜の帳が下り始めたばかりの時間に到着したのに、司法警察の建物にはほとんど誰もいなかった。守衛がホセ・マルケスの部署への行き方を教えてくれた。廊下では誰ともすれ違わなかった。ほとんどの部屋のドアが開いていて、どこからかコピー機の音が聞こえていた。ホセ・マルケスは時間を気にしながらインタビューに応じ、まもなく、時間を節約するために彼に更衣室まで一緒に来てほしいと言った。捜査官が着替えているあいだ、セルヒオは、いったいどうしたらミチェレ・サンチェスが生きたまま瓶詰め工場の裏までたどり着けるのかと尋ねた。その可能性もあるだろう、とマルケスが答えた。私の理解では、とセルヒオは言った。女性はある場所で誘拐され、別の場所へ連れていかれ、そこでレイプされ、殺され、死体となって第三の場所に捨てられる。今回の事件ではそれが倉庫の裏だったのではないですか？　そういうこともあるかもしれない、とマルケスは言った。だからといってどの事件も同じパターンに従っているわけじゃない。マルケスはスーツをバッグに詰め込み、ジャージ姿になった。どうしてこの建物にはこんなに人気がないのかと不思議に思っているんじゃないかな、と彼は、ジャージの下にデザートイーグル三五七マグナムを入れたホルスターをつけながら言った。セルヒオは、捜査官たちは皆、外で仕事をしている時間だと考えるのが普通だと答えた。この時間は違う、とマルケスは言った。どうしてですか？　とセルヒオは訊いた。それはな、今日はサンタテレサ警察チームとうちのチームがフットサルの試合をする日だからだ。あなたもその試合に出るんですか？　とセルヒオは訊いた。出るかもしれないし、出ないかもしれない、控えだからな、とマルケスは答えた。更衣室を出るとき捜査官は、犯罪には筋の通った説明を求めないほうがいいと言った。どれも腐ってる、支離滅裂、それが唯一の説明だ、とマルケスは言った。

　翌日、彼はハースと面会し、ミチェレ・サンチェスの両親に会った。彼は、ハースが、もしそんなことがあるとすればこれまでになく冷たくなったような気がした。そして背も高くなったように思った。まるで刑務所のなかでホルモンが暴走し、伸びるところまで身長が伸びたかのようだった。ミチェレ・サンチェスのことを尋ね、彼女の事件について何か意見はあるかと尋ね、バイソン団について尋ね、ハースの逮捕後に文字どおり湧き出るようにサンタテレサの砂漠で見つかったすべての被害者について尋ねた。ハースが不承不承、だがにこやかに答えたので、セルヒオは、最近の事件については無実だったとしても、何らかの罪は犯しているに違いないと思った。その後、刑務所を出るとき彼は、笑顔や目つきで誰かを判断することなどできるのかと考えた。人を判断するなんて、いったい自分は何さまだ？

　ミチェレ・サンチェスの母親は、一年ほど前から恐ろしい夢を見るようになったと彼に語った。真夜中、あるいは（夜勤のときは）真昼に、小さな娘がいなくなってしまったのだと思いながら目を覚ますようになった。セルヒオは、ミチェレは末娘なのかと尋ねた。いいえ、下にあと二人います、と彼女は言った。それなのに、夢のなかでいなくなってしまうのはミチェレだったんです。なぜだか分かりますか？　分かりません、と女は言った。ミチェレはまだ赤ちゃんで、今の年齢ではないんです。夢のなかではいつも二歳くらい、せいぜい三歳で、突然いなくなってしまうんです。わたしには娘が誰に連れていかれたのかは見えません。見えるのはただ、誰もいない通りや庭や部屋だけ。ついさっきまで小さな娘がそこにいたんです。それが目を離したとたんいなくなってしまう。セルヒオは、人々は怖がっているのかと尋ねた。母親たちはそうです、と彼女は答えた。父親たちのなかにもそういう人はいます。でも誰もが怖がっているわけではありません。アルセニオ・ファレル工業団地の入口にある開けた場所で別れる直前、彼女は、夢を見るようになったのは、テレビで初めてフロリータ・アルマーダを見たころからだと言った。フロリータ・アルマーダです、ラ・サンタと呼ばれている人です。大勢の女たちが徒歩で、あるいは工業団地内のさまざまなマキラドーラが出しているバスから降りて到着していた。バスは無料なんですか？　とセルヒオは上の空で尋ねた。ここには無料のものなんてありませんよ、と彼女は言った。そのあと彼は、フロリータ・アルマーダというのは誰なのかと尋ねた。エルモシージョのテレビ局でやっている、レイナルドの番組にときどき出ているおばあさんです。彼女には分かっているんです、犯罪の裏側に何が隠れているのか。そしてわたしたちに警告しようとしたんですが、わたしたちは取り合わなかった。誰も相手にしなかったんです。彼女は犯人の顔を見たんです。もっと詳しく知りたいのなら、ぜひ会ってみてください。そして彼女に会えたらわたしに電話か手紙をください。分かりました、とセルヒオは言った。

ハースは中庭で日陰に座り、壁によりかかるのが好きだった。そして考えるのが好きだった。神は存在しないと考えるのが好きだった。少なくとも三分くらい。彼はまた、人間の存在が無意味であることについて考えるのも好きだった。五分間。もし痛みというものが存在しなければ、我々は完璧な生き物だろう、と彼は考えた。無意味で、痛みとも無縁な存在。これぞ完璧な姿だ。だが実際には痛みは存在していて、あらゆるものを台無しにしてしまうのだ。最後は贅沢について考えた。記憶という贅沢、ひとつの言語または複数の言語を知っているという贅沢、考える贅沢、逃げ出さない贅沢。そのあと目を開け、中庭の向こう側の日なたで草を食んでいるようにうろついているバイソン団員を、夢を見ているかのように眺めた。バイソンが刑務所の庭で草を食んでいる。そう考えると、即効性の鎮静剤を打ったように気持ちが落ち着いた。そう頻繁にではなかったが、ときどきハースは、まるで頭にナイフの先を突っ込まれるような気分で一日の始まりを迎えることがあったからだ。エル・テキーラとエル・トルメンタが傍らにいた。ときおり、自分が石ころにすら理解してもらえない羊飼いになったような気がした。スローモーションで動いているように見える囚人もいた。たとえば、冷えたコカコーラを三本持って近づいてくる、ソフトドリンクを売る男。あるいはバスケットボールをしている連中。前の晩、就寝前に看守が迎えに来て、ドン・エンリケ・エルナンデスが会いたがっているのでついてこいと言った。麻薬密売人は一人ではなかった。隣には刑務所の所長と男がもう一人いて、彼の弁護士だと分かった。三人は食事を終えたばかりで、エンリケ・エルナンデスはハースにコーヒーを勧めたが、ハースは眠れなくなるからと断った。皆は笑ったが、弁護士だけは何も聞いていない様子だった。お前が気に入ってるんだ、アメ公、と麻薬密売人は言った。バイソン団の件について調査中だということを教えておきたかっただけだ。確かなことなのか？　ああそうだ、とドン・エンリケが言った。そのあとテーブルにつくよう言われ、囚人たちの生活について訊かれた。翌日、彼はエル・テキーラに、仕事はエンリケ・エルナンデスが引き受けてくれていると言った。弟に言っておけ。エル・テキーラは何度も頷いて、よかったと言った。日陰は気持ちがいいな、とハースは言った。

設立されてまだ半年しか経っていない政府系機関、サンタテレサ性犯罪課の担当者によれば、メキシコ全土での殺人被害者の男女比が十対一であるのに対し、サンタテレサでの男女比は十対四だった。課の担当者ヨランダ・パラシオは、三十歳前後の、白い肌で栗色の髪をした礼儀正しい女性だったが、その礼儀正しさの裏側には、幸せになりたいという欲求、永続的な楽しみへの欲求が見え隠れしていた。その永続的な楽しみというのは何のことだ？　とセルヒオ・ゴンサレスは自問した。おそらくある種の人間たちを、自分たちのように日常的な哀しみのなかで生きているその他の人間とを区別しているものなのだろう。生への欲求であり、彼の父親の言葉を借りれば、闘う欲求だった。だが何と闘うんだ？　避けがたいものとか？　誰と闘うのか？　そして何を手にするために？　もっと多くの時間か、確信か、本質の瞬間的な顕示か？　まるでこのろくでもない国に本質なんてものがあるみたいじゃないか、と彼は思った。まるで、自分のナニをしゃぶってるこのクソみたいな惑星に、そんなものが存在するみたいじゃないか。ヨランダ・パラシオはサンタテレサ大学で法律を学んだあと、エルモシージョ大学で刑法を専攻したが、裁判官という仕事が好きになれないことに少しして気づき、かといって検察官にも弁護士にもなりたくなかったので、研究に励んでいた。サンタテレサで性犯罪の被害に遭っている女性の数をご存じですか？　年間二千人以上です。しかも被害者のほぼ半数が未成年です。おそらくそれと同じくらいの数の女性がレイプされても泣き寝入りしているはずです。結果として、年間約四千件のレイプが発生している。つまり、ここで毎日十人以上の女性がレイプされていることになります、と彼女は、まるでその廊下で強姦事件が起きているかのような仕草で言った。廊下は黄色い蛍光灯のぼんやりとした光に照らされていたが、ヨランダ・パラシオのオフィスにもまったく同じ色の蛍光灯がありながら、こちらは点いていなかった。レイプが殺人に発展することももちろんあります。ですがあまり誇張するつもりはありません。レイプ犯の多くがレイプするだけで、よし、終わった、次に行こう、となるんです。セルヒオは言葉を失った。性犯罪課の職員の数をご存じですか？　わたしだけです。かつては秘書が一人いました。ところがいや気がさして実家のあるエンセナーダに帰ってしまいました。何てこった、とセルヒオは言った。そうなんです、何てこった、なんですよ、こっちで何てこった、あっちで何てこった、うんざりするほど、いやになるほどなんです。でも肝心なときになると、誰も何も覚えていない、言葉ひとつ出てこない。ここの人間には玉がないから何もできないのです。セルヒオは床を見つめ、ヨランダ・パラシオの疲れた顔を見つめた。話しているうちにお腹がすいてきましたね、と彼女は言った。食事はどうされますか？　わたしはお腹がすいて死にそう。この近くに〈エル・レイ・デル・タコ〉というレストランがあるんです。テックス・メックス料理はいかがですか？　セルヒオは立ち上がった。ごちそうしますよ、と彼は言った。そうくると思っていました、とヨランダ・パラシオは言った。

四月十二日、カサス・ネグラスの近くにある畑で女性の遺体が見つかった。腰まである長い黒髪から、発見者たちにはそれが女性だと分かった。遺体はかなり腐敗した状態で見つかった。監察医による司法解剖のあと、被害者は二十八歳から三十三歳、身長一メートル六十七センチ、死因は側頭部頭頂寄りを二度強打されたことと発表された。身分証は持っていなかった。黒いズボンに緑のブラウスを身につけ、スニーカーを履いていた。ズボンのポケットに車のキーが入っていた。サンタテレサで行方不明になった女性たちのなかで、指紋が一致した者はいなかった。おそらく死後二か月ほど経過していた。事件は書類保管庫行きとなった。

千里眼の存在を信じていないのになぜそうしたのかはよく分からなかったが、セルヒオ・ゴンサレスはフロリータ・アルマーダを探しにエルモシージョ第七チャンネルのスタジオを訪れた。一人の秘書と話をし、別の秘書に会い、その後レイナルドとも話した。レイナルドはフロリータに会うのは簡単ではないと言った。彼女の友人である僕らが、彼女を護っているんです、とレイナルドは言った。僕らが彼女のプライバシーを保護している。僕らはラ・サンタを護る人間の盾なんです。セルヒオは自分は新聞記者だと言い、フロリータのプライバシーは保証すると請け合った。レイナルドはその日の晩に彼女に会えるよう手配してくれた。セルヒオはホテルに戻り、女性連続殺人事件に関する記事の下書きを始めようとしたが、しばらくして何も書けないことに気がついた。ホテルのバーに下り、酒を飲みながら地元の新聞に目を通した。そのあと部屋に上がり、シャワーを浴びてふたたび下りた。レイナルドが指定した時間の三十分前にタクシーをつかまえ、中心街をひと回りしてくれと運転手に頼んで、待ち合わせ場所に向かうまで時間を潰すことにした。タクシーの運転手はどこから来たのかと尋ねた。メキシコシティです、とセルヒオは言った。あそこは狂った街でしたよ、と運転手は言った。一日に七回も襲われたことがあります。さすがにレイプだけは免れましたが、と運転手はルームミラーのなかで笑顔を浮かべて言った。ずいぶん変わりましたよ、とセルヒオは言った。今じゃ運転手のほうが客を襲うんですから。話には聞いています、と運転手は言った。世も末です。見方によりますね、とセルヒオは言った。待ち合わせをしたバーは男性客専門店だった。店の名前は〈ポパイ〉といい、身長は二メートル近く、体重は百キロ以上ありそうな用心棒が戸口で目を光らせていた。店のなかにはジグザグになったカウンターと小さなランプに照らされたローテーブル、それに紫色のサテンを張った椅子が並んでいた。スピーカーからニューエイジミュージックが流れ、ウェイターは水夫の格好をしていた。レイナルドと見知らぬ男がカウンターの前にあるおそろしく高いスツールに座っていた。見知らぬ男はまっすぐな髪の毛を流行りの髪型に揃え、高そうな服を着ていた。彼はホセ・パトリシオという名前で、レイナルドとフロリータの弁護士だった。ということはフロリータ・アルマーダにも弁護士が必要なのですか？　誰でも一人は必要でしょう、とホセ・パトリシオは真顔で言った。セルヒオが飲み物はいらないと言ったので、まもなく三人はホセ・パトリシオのBMWに乗り込み、フロリータの家に向かってどんどん暗くなっていく通りを走っていった。道中ホセ・パトリシオは、メキシコシティの社会部記者の生活がどんなものなのか興味を示したので、セルヒオは実際には文化部で働いていることを告白する羽目になった。なぜサンタテレサの事件の取材をするようになったのかを簡単に説明すると、ホセ・パトリシオとレイナルドは、もう何度となく聞いている、身体が硬直してしまうほど怖い話を聞く子供のように一心に耳を傾け、同じ秘密を共有しようと何度も深く頷いていた。そのあと、フロリータの家まであと少しというところで、レイナルドがセルヒオに、〈テレビサ〉の有名な司会者とは知り合いかと尋ねた。セルヒオはその男の名前は知っていたが、パーティーで顔を合わせたことは一度もなかった。するとレイナルドは、その司会者がホセ・パトリシオに夢中なのだと話した。彼はある時期、週末になるとエルモシージョにやってきてはホセ・パトリシオとその友人たちを海岸に招待し、そこで散財していた。ホセ・パトリシオは当時、バークリーの法学部のアメリカ人教授に首ったけだったので、その司会者のことは眼中になかった。ある晩、とレイナルドは言った。その有名な司会者の滞在しているホテルの部屋に呼ばれて、話がある、と言われたんだ。彼は自棄になっていて、僕と寝たがっているんだ、そうでなければメキシコシティに呼ばれて、向こうで彼の後ろ盾を得て、新しい仕事をもらえるのかもしれないと思った。でも、その司会者はただ話を聞いてほしかっただけで、レイナルドにそれを聞いてほしいっていうのさ。最初のうちは、僕も軽蔑するばかりだった、とレイナルドは言った。彼は魅力的じゃないし、実物はテレビ以下だったからね。当時はまだフロリータ・アルマーダと知り合う前だったから、僕も罪深い生活を送っていたのさ（笑）。要するに、彼を見下していながら、たぶん彼に嫉妬してもいたんだ、彼の人気は実力より運のおかげだと思っていたからね。とにかく、僕は彼について部屋に行った、とレイナルドは言った。バイア・キノの最高級ホテルの最上級スイートで、僕らはその入り江から、ヨットでティブロン島やターナー島へクルーズしていたんだ。部屋には、ご想像のとおり、あらゆる贅沢品が揃っていたよ。レイナルドはそう言いながら、ホセ・パトリシオのＢＭＷの窓から道の両側に並ぶ貧しい家々を眺めた。そこに、その有名な司会者が、〈テレビサ〉の寵児がいたんだ。ベッドの足元に腰かけて、グラスを手にして、髪は乱れ、ほとんど見えそうにないほど腫れ上がった目をしていた。そして僕を見たんだ。僕が部屋のなかに立って待っているのに気づくと、いきなり、これが自分の人生最後の夜になるだろうと言い出したんだ。分かるかい？　凍りついたよ。僕はその瞬間に思った。こいつはまず僕を殺してから自分も死ぬ気なんだ、ってね。死後にホセ・パトリシオに後味の悪い思いをさせるためにね（笑）。そう言うんだろう？　死後に、って。まあそうだね、とホセ・パトリシオが言った。そこで僕は言った、とレイナルドは言った。ねえ、冗談はやめてくれ。ねえ、外に出て散歩でもしよう。そして話しかけながら目でピストルを探したんだ。ところがピストルなんてどこにもないんだよ。あの司会者がガンマンみたいにシャツの下にピストルを隠していたのなら別だけど、そのときの彼はどこから見てもガンマンではなくて、絶望した孤独な人間だった。僕はテレビをつけて、ティファナの放送局がやっている深夜番組にチャンネルを合わせたのを覚えている。トークショーをやっていたから、僕は彼に言った。きっとあなたなら、同じネタでもっとうまくやりますよ。ところがその司会者ときたら、テレビには目もくれない。ただうつむいて、人生なんて無意味だ、生きているより死んだほうがずっとましだ、とか何とかつぶやいているだけなんだ。彼に何を言っても無駄なんだって、そのとき気がついた。彼は僕の話なんて聞いてもいなかった。万が一に備えて、ただ近くにいてほしかっただけなんだ。万が一って？　それは分からないけど、決定的な万が一に備えてだよ。僕はバルコニーに出て、入り江を眺めたのを覚えている。満月の夜だった。うっとりするほど美しい海岸だと僕は思った。残念なことに、僕たちはよほどの状況でないかぎりそういうことには気がつかないんだ。楽しむ余裕すらないときに初めて気づくんだよ。海岸も砂浜も、満天の星空も、うっとりするほどきれいだった。でもだんだん見飽きてしまって、部屋に戻ってソファに座って、例の司会者の顔を見たくなかったからテレビを見始めると、ある男が話をしていたんだ。掌中に——そう言ったんだ、掌中にってね。まるで中世の話か政治の話でもしているみたいに——、アメリカからの追放記録を掌中に収めているって。その男、何回アメリカに不法入国したと思う？　三百四十五回だよ！　三百四十五回捕まって、メキシコに強制送還されている。たった四年のあいだにだよ。僕はたちまち興味が湧いたのを認めよう。彼が僕の番組に出演しているところを想像した。どんな質問をしようかと考えた。彼にどうやってコンタクトを取ればいいか考え始めた。ものすごく面白い話だってことは誰にも否定できないだろう。ティファナのテレビ番組の司会者は彼に重要なことを訊いた。国境を渡るのに、斡旋業者に払うお金をどうやって工面しているのかってね。そんなにしょっちゅう強制送還させられてるなら、アメリカで働いてお金を貯める時間なんてなかったのは明らかだからね。男の答えには驚いたよ。最初は言われた額を払っていたらしいが、次第に、たぶん強制送還が十回目を越えたあたりから、彼は値切って安くしてくれと頼んだ。それから、五十回目からは、斡旋業者も請負屋も友情から連れていってくれるようになり、百回目からはおそらく、その男の考えでは、同情で連れていってもらえるようになったらしいんだ。今じゃお守りみたいなもんさ、と彼はティファナの司会者に言った。斡旋業者たちは彼が幸運を運んでくるって思っているんだ。彼がいれば、ある意味でほかの者のストレスが減る。つまり、誰かが失敗するとしたら、それは彼だろうからほかの者たちは大丈夫ということなのさ。最悪の場合、国境を越えたら彼だけ置いていってしまえばいいわけだから。つまりこういうことだ。本人の言葉を借りれば、彼はしるしのついているトランプ、しるしのついているお札になった。司会者はひどかったけど、バカみたいな質問のあと、いい質問もしてね。バカみたいなほうの質問は、その記録をギネスブックに申請するつもりはあるのかというやつだった。男は何の話をしているのかさえ分かっていなかったよ。ギネスブックなんて聞いたこともなかったんだろう。いいほうの質問は、これからも挑戦を続けるのかというやつだった。何を挑戦するんだい？　と男は言った。国境越えですよ、と司会者は言った。男は、神が許してくれるかぎり、健康でいさせてくれるかぎり、アメリカで暮らすという夢を諦めることはないと答えた。いやになったりはしませんか？　と司会者は言った。生まれ故郷に帰りたいだとか、このティファナで仕事でも探してみようとか思ったりはしませんか？　男は恥ずかしそうな笑顔を浮かべて、夢のことを考えるともう何も手につかなくなると言ったんだ。その男は気狂いだった、とにかく狂っていた。本物の狂人だったんだ、とレイナルドは言った。ところが僕はそのとき、バイア・キノ一狂ったホテルの一室にいて、隣には、ベッドの足元に座り込んだ、メキシコシティのテレビ界一狂った司会者がいた。いったい何を考えるっていうんだ。もちろん、こっちの司会者はもう自殺のことなんて考えていなかった。ベッドの足元に座り込んだままだったが、疲れた犬の目みたいな彼の目は、テレビに釘付けになっていた。どうだい？　と僕は言ったよ。こんな人がいるなんてね。実に惹かれるものがないかい？　まるで無邪気が服を着ているみたいじゃないか。すると司会者は立ち上がり、最初からずっと腿の下だか尻の下だかに隠していたらしいピストルを手に取ったから、僕は一瞬にしてまた青ざめた。そして彼は僕に合図をしたんだ、かすかな合図をね。もう心配することはないと言っているような仕草だった。そしてバスルームに、扉を開けたまま入っていったから、ああクソ、ついに自殺するつもりなのかと僕は思った。ところが彼はさんざん時間をかけて小便をしただけだった。なんだかすっかり気が楽になり、何もかもがしっくりきた。つけっ放しのテレビ、開けっ放しのドア、ホテルの上に手袋のように広がった夜、文句なしの密入国者、僕が自分の番組に呼びたいと思い、ホセ・パトリシオに恋をした司会者も自分の番組に呼びたいと思っていたかもしれない密入国者、恐るべき密入国者、不運の王さま、メキシコの運命を背負った男、微笑む密入国者、ヒキガエルみたいな生き物、無防備で太って脂ぎった、頭の足りない奴、前世ではダイヤモンドだったかもしれない炭のかけら、インドではなくメキシコに生を受けてしまった不可触民。何もかもがしっくりきて、突然何もかもがしっくりきたので、もう自殺する理由はなかった。僕が座っていたところから、〈テレビサ〉の司会者が化粧ポーチのなかにピストルをしまってポーチの口を閉め、洗面所の棚に入れるのが見えた。僕は彼に、ホテルのバーに行って一杯やらないかと尋ねた。そうしよう、と彼は言ったが、例の番組を最後まで見てからだった。テレビはすでに別の出演者の話になっていた。たしか猫の調教師だったと思う。どこの局の番組なんだい？　と司会者は訊いた。ティファナ三五チャンネルだよ、と僕は答えた。ティファナ三五チャンネルね、と彼は寝言を言うかのようにつぶやいた。それから僕らは部屋を出た。司会者は廊下で立ち止まり、ズボンの尻ポケットから櫛を取り出して髪を整えた。どうかな？　と彼は尋ねた。素敵だよ、と僕は言った。それからボタンを押してエレベーターを待った。なんて日だ、と司会者は言った。僕は頷いた。エレベーターが到着すると僕ら二人は乗り込み、一言も口をきかずにバーまで下りていった。しばらくしてから僕らは別れ、それぞれのベッドへ直行したのさ。

食事のあと、二人で〈エル・レイ・デル・タコ〉の窓越しに夜を見つめていたとき、ヨランダ・パラシオは、サンタテレサも悪いところばかりではないと言った。女性に関することでは、何もかもが悪いというわけではないのだと。まるで、満腹になって疲れて眠くなってきたので、物事のよい面を、捏造された期待のもてる点を二人で見いだそうとしているかのようだった。彼らは煙草を吸った。メキシコ中で女性の失業率がもっとも低い都市はどこだかご存じですか？　セルヒオ・ゴンサレスは、砂漠に浮かぶ月に、屋根のあいだにのぞく月のかけら、螺旋形の断片に目をやった。サンタテレサですか？　と彼は言った。そのとおり、サンタテレサなんです、と性犯罪課の担当者は言った。ここではほぼすべての女性が職に就いているんです。低賃金で、搾取されているし、信じられないほどの労働時間だし、組合がないから保障もない。でも仕事は仕事です。オアハカやサカテカスからやってくる大勢の女性たちにとっては天国ですよ。螺旋形の月だって？　そんなものあるわけない、とセルヒオは考えた。目の錯覚に決まってる。葉巻のような形をした不思議な雲か、夜風に揺れる洗濯物か、あるいはポーの蠅だったか蚊だったか。つまり女性の失業問題はここでは存在しないということですか？　と彼は尋ねた。そんな言い方をしないでください、とヨランダ・パラシオは言った。もちろん失業者はいます、女も男も。ただここは、この国のどこよりも女性の失業率が低いんです。要するに、言ってみればサンタテレサの女性たちはほとんど全員が職にありついているということですか？　数字をごらんになって比べてみてください。

五月にはアウロラ・クルス＝バリエントス十八歳が自室で殺された。遺体はダブルベッドの上で発見され、胸部を中心に刃物による無数の刺傷があった。天に訴えるかのように両腕を広げ、その周りには、凝固した血液の染みが大きく広がっていた。発見者は隣に住む友人で、その家のカーテンが引かれたままになっているのを奇妙に思ったのだという。鍵が開いていたので彼女はなかに入り、すぐに何かがおかしいと気づいたものの、どこがどうおかしいかは分からなかった。寝室に行った彼女は、アウロラ・クルスの身に起きたことを目にして気絶した。被害者の家は中流下層階級の住むフェリクス・ゴメス区のエステパ通り八七〇番地にあった。事件を担当したファン・デ・ディオス・マルティネスは、警察がその家に急行した一時間後に現われた。アウロラ・クルスの夫、ロランド・ペレス＝メヒアはマキラドーラ〈シティ・キーズ〉で勤務中で、妻の死をまだ知らされていなかった。家宅捜索にあたった警官が、ペレス＝メヒアのものと思われる下着が、血にまみれてバスルームに捨てられているのを発見した。午後の早い時間にパトカーが一台〈シティ・キーズ〉に向かい、ペレス＝メヒアを第二警察署へと連行した。供述によると、彼は仕事に出る前にいつものように妻と朝食をとったと主張した。二人の関係は良好で、それというのも経済的な問題を初めとしたさまざまな問題に二人の人生を邪魔させないようにしていたからだった。ペレス＝メヒアによれば、結婚してから一年数か月のあいだ、二人は一度も喧嘩をしたことはなかった。血のついたパンツを見せられると、ペレス＝メヒアはそれが自分のものであること、あるいは自分のものに似ていることを認めたので、ファン・デ・ディオス・マルティネスはまもなく落ちるだろうと思った。自分のパンツを見てつらそうに泣く姿が、ファン・デ・ディオスには不思議だった。写真でも手紙でもなく、ただのパンツだったからだ。ところが彼は落ちなかった。いずれにしても彼は逮捕され、新たな展開を待つことになったが、まもなくその瞬間がやってきた。まず、アウロラ・クルスの家の周りをうろついている男を見たという目撃者が現われた。その証言によれば、うろうろしていたのはスポーツマン風の若者で、家の呼び鈴を鳴らしては顔を窓に押しつけ、まるで留守かどうか確かめるようになかを覗き込んでいた。少なくとも三軒で同じことをしてから姿を消し、そのうち一軒がアウロラ・クルスの家だった。それからどうなったのか、その目撃者は仕事に出かけてしまったのであとのことは分からなかったが、出がけに妻と、同居している妻の母親に、怪しい男を見かけたことを忘れずに伝えた。目撃者の妻によれば、夫が出かけてからしばらくのあいだ、窓の外を観察していたが、とくに変わったところはなかった。まもなく彼女も仕事に出かけ、家にひとり残った彼女の母親も、婿や娘と同じようにしばらく窓から外を覗いていたものの、不審なものは見かけなかった。やがて孫たちが起きてきたので、彼女は朝食を食べさせて学校に送り出した。それ以外にこの地区であたりをうろつくスポーツマン風の男を目撃した者は現われなかった。被害者の夫の勤め先であるマキラドーラでは、何人かの労働者が、ロランド・ペレス＝メヒアはいつもの朝と同じようにシフトが始まる少し前に出勤したと証言した。監察医の報告書によれば、アウロラ・クルスは膣も肛門もレイプされていた。監察医によれば、レイプ殺人犯は驚くべき精力の持ち主で、間違いなく若者で、見るからに体液過多だった。ファン・デ・ディオス・マルティネスが体液過多とはどういうことかと尋ねると、監察医は、被害者の体内とシーツに残っていた精液の量が尋常ではないと答えた。犯人が二人いた可能性もある、とファン・デ・ディオス・マルティネスは言った。そうかもしれない、と監察医は言った。ただ、確認のためにすでにエルモシージョの科学捜査研究所に検体を送ってあったので、たとえDNA鑑定が無理だとしても、せめて血液型くらいは判明するはずだった。肛門の裂傷の程度から、監察医は、こちらのほうは被害者の死亡後にレイプされたと考えていた。何日かのあいだ、次第に具合が悪くなっていくのを感じながら、ファン・デ・ディオスは不良グループと関わりのある近隣の若者たちの取り調べを行なった。ある晩、彼は医者に行かないわけにはいかなくなり、感冒と診断され、消炎剤を処方され、安静を言い渡された。感冒が数日後にこじれて喉の炎症を併発し、抗生剤を飲まなくてはならなくなった。被害者の夫は第二警察署に一週間勾留されたのちに釈放された。エルモシージョに検体として送られた精液は行方不明になった。行きの話か帰りの話かは明らかにならなかった。

ドアを開けてくれたのはフロリータ本人だった。セルヒオは彼女がそんなに歳をとっているとは思っていなかった。フロリータはレイナルドとホセ・パトリシオと挨拶のキスを交わし、彼に手を差し出した。退屈で死にそうだったよ、と言うレイナルドの声が聞こえた。フロリータの手は、まるで長いこと化学物質を扱っていた人間の手のようにひび割れだらけだった。部屋は狭く、肘掛け椅子が二つとテレビが一台置いてあった。壁にはモノクロの写真が貼ってあった。そのなかの一枚にレイナルドがほかの人たちに混じって写っていた。誰もが笑顔で、ピクニックへ行くような格好で、フロリータを囲んでいた。教祖を取り囲んだ信奉者さながらだった。お茶かビールを勧められた。セルヒオはビールを頼み、さっそくフロリータに、サンタテレサで起きている殺人事件が見えるというのは本当かと尋ねた。ラ・サンタは気おくれしたのか、答えに窮した。彼女はブラウスの襟と、小さすぎるように見えるカーディガンを引っ張った。彼女の答えは曖昧だった。ときどき、周りの誰もがそうであるように、いろいろなものが見えることがある、自分に見えるものは必ずしも映像ではなくて想像であり、周りの誰もがそうであるようにそれは頭に浮かんでくることで、現代社会で暮らす以上、払わなければならない税金のようなものだと彼女は言った。ただ、彼女の考えでは、誰もが、どこに住んでいようとも、いろいろなものを見たり想像したりすることができる。彼女に最近見えるものは、女たちが殺されるところだった。心優しいほら吹きばあさんか、とセルヒオは思った。どうして心優しいなどと思ったのだろう？　メキシコのばあさんはみんな優しい心の持ち主だからなのか？　むしろ石のように冷たい心の持ち主かもしれない、とセルヒオは思った。耐えなければならないことが多すぎる。フロリータは、まるで彼の心を読んだかのように何度か頷いた。どうしてそれがサンタテレサの殺人事件だと分かるのですか？　とセルヒオは訊いた。重さのせいです、とフロリータは言った。それから次々にやってくるせいです。もっと詳しく説明してほしいと乞われ、彼女は、一般的な殺人事件（一般的な殺人などというものは存在しないのだが）は、たいてい最後が水のイメージ、いったん荒れたあとに、ふたたび穏やかになる湖や井戸のイメージなのだと言った。いっぽう、国境の街で起きているような連続殺人の場合は、金属や鉱物のような重たいイメージ、燃えているようなイメージを映し出した。たとえばカーテンが燃えながら踊っていて、ところがカーテンが燃えれば燃えるほど、その寝室か居間か小屋か納屋は、どんどん暗くなっていく。犯人たちの顔まで見えるんですか？　と尋ねながらセルヒオは突然疲れを感じた。ときどき、とフロリータは言った。顔が見えることがあるのよ、坊や、でも目が覚めたときには忘れているの。どうして犯人の顔だと分かるのですか？　それはね、ありふれた顔だからよ（この世界に、いや少なくともメキシコには、ありふれた顔というものはないのだが）。つまりそれが犯人の顔だとは言いきれないのですね？　そうね、わたしに言えるのはただ、それが大きな顔だということくらいだわ。大きいんですか？　ええ、大きいのよ、腫れているような、膨れているような顔。仮面をかぶっているみたいな？　そうではないの、とフロリータは言った。顔なのよ、仮面をかぶってるわけでも変装しているわけでもなく、ただ腫れ上がっているの、まるでコルチゾンを摂りすぎたみたいにね。コルチゾンですか？　それか顔が腫れる別のステロイドかもしれません、とフロリータは言った。つまり犯人は病気だということですか？　分からない、場合によるわね。どんな場合によるんですか？　彼らをどう見るかによるわ。彼らは自分たちのことを病人だと思っているんでしょうか？　いいえ、そんなことはないわ。それじゃ自分たちは健全だと分かっているんでしょうか？　分かるですって？　分かると言うけれど、この世界で何かをはっきりと分かっている人なんていないのよ、坊や。それなのに彼らは自分たちが健全だと思ってるんですね？　そういうことかしらね、とフロリータは言った。それと声について、彼らの声が聞こえたことはありますか？　とセルヒオは尋ねた（俺のことを坊やと呼んでいたな、何てこった、坊やと呼ばれた）。めったにないわ。でもたまに、彼らの話が聞こえることがある。彼らは何と言っているんですか？　分からないのよ。スペイン語で話しているんだけれど、スペイン語に聞こえないほどめちゃくちゃなスペイン語なんだけれど、かといって英語ではなくて、新しく作った言葉を話しているのかと思うこともあるの、でも、分かる単語もいくつかあるから新しい言葉のはずはなくて、やっぱり彼らが話しているのはスペイン語で、彼らはメキシコ人なんだと思うの。わたしにはほとんどが意味不明なだけだって。坊やと言われたな、とセルヒオは考えた。一度だけだ、ということはそれが彼女の口癖というわけではなさそうだ。心優しいほら吹きばあさんか。彼はビールをもう一本勧められたが断った。疲れているのだと言った。ホテルに帰る時間だと言った。レイナルドは恨めしそうな顔で彼を見た。いったい俺が何をしたって言うんだ？　とセルヒオは思った。トイレに行くと年寄りの匂いがしたが、床には植木鉢が二つ置かれていて、植物はほとんど黒に近い濃い緑色をしていた。なかなかいいアイデアだ、手洗いに植物か、とセルヒオは思った。居間でレイナルドとホセ・パトリシオとフロリータが言い争っているような声が聞こえてきた。トイレの驚くほど小さな窓から、コンクリート敷きの小さな庭が見えた。まるで雨が降ったばかりのように湿っていて、植木鉢の横に、見たこともない赤や青の花の咲いた植木鉢が置かれていた。居間に戻っても彼は腰を下ろさなかった。フロリータと握手して、書く予定の記事が載ったら送ると約束したが、彼女に何かを送ることはないだろうと確信していた。わたしに分かっていることがあるわ、と、戸口まで三人を見送りに来たラ・サンタは言った。そう言いながら、彼女はセルヒオの目を見つめ、それからレイナルドを見た。あなたが分かっていることとは何ですか？　とセルヒオは訊いた。言わないほうがいい、フロリータ、とレイナルドは言った。誰もが、口を開けば、完全にではないにせよそこにはその人の喜びや悩みが垣間見えるものよ。まったくそのとおりです、とホセ・パトリシオは言った。だとしたら、わたしの想像のなかに出てくる人たちが話をしているとき、その言葉の意味は分からないにせよ、わたしには完全に分かるのよ、彼らの喜びと彼らの悩みがとてつもないということがね。とてつもないというのはどういうことです？　とセルヒオは訊いた。フロリータは彼の目を見つめた。ドアを開けた。ソノラの夜が、亡霊のように彼の背中を撫でるのを感じた。果てしないのよ、とフロリータは言った。まるで法の網をくぐり抜けられると確信しているように？　いいえ、そんなことはないわ、とフロリータは言った。法律とは関係のない話だもの。

六月一日、サブリナ・ゴメス＝デメトリオ十五歳が徒歩でメキシコ社会保障機構ヘラルド・レゲイラ病院へやってきた。刃物で刺された無数の傷を負い、背中を二発撃たれていた。ただちに集中治療室に運ばれたが、数分後に息を引き取った。わずかではあるが、途切れ途切れに言葉を残して死んでいった。自分の名前と、兄弟姉妹と暮らしている通りの名前を告げた。サバーバンに閉じ込められていたと言った。豚のような顔をした男の話をした。止血にあたっていた看護師が、その男に誘拐されたのかと尋ねた。サブリナ・ゴメスは、兄弟姉妹に会えなくなると思うと悲しいと答えた。

六月、クラウス・ハースは電話で、サンタテレサ刑務所で記者会見を開く旨を告げ、六人の記者が出席した。弁護士には会見を開くことを止められたが、そのころハースは、それまでの落ち着きを失ったらしく、自分の計画に反する意見はひとつも聞き入れようとしなかった。弁護士によれば、会見の主旨すら彼女に教えていなかった。ただ、これまでになかった情報があり、それを公表したいと言っただけだった。集まった記者は新たな声明などいっこうに期待していなかった。サンタテレサの街なかでも、郊外でも、周辺の砂漠でも、女性の遺体が発見されることがもはや日常茶飯事となっていたが、ハースの会見によってその深い闇に突如として光が当たるとはなおさら思っていなかった。それでも彼らが集まったのは、結局のところハースと被害者たちがそれなりにニュースのネタになったからだった。メキシコシティの大新聞は特派員を送り込まなかった。

六月、ハースが電話で記者たちに、本人の言葉を借りれば驚くべき声明を出すと約束した数日後、カサス・ネグラスに向かう幹線道路の近くでアウロラ・イバニェス＝メデルの遺体が見つかった。夫が捜索願を出したのはその何週間か前だった。アウロラ・イバニェスは三十四歳、マキラドーラ〈インターゾーン＝ベルニー〉に勤めていた。十七歳のとき、機械工ハイメ・パチェーコ＝パチェーコと結婚し、上は十四歳から下は三歳まで四人の子供がいた。妻が行方不明になったとき、夫は〈インターゾーン＝ベルニー〉の工員削減のあおりを受けて無職だった。検視報告書によれば、死因は窒息で、被害者の首には時間が経過してなお、絞殺によく見られる擦過傷が見られた。舌骨は折れていなかった。おそらくアウロラはレイプされていた。事件はエフライン・ブステロ捜査官が担当し、オルティス＝レボジェード捜査官が補佐にあたった。被害者の周辺を捜査したあと、ハイメ・パチェーコに逮捕状が出され、取り調べの結果、彼は罪を自白した。動機は嫉妬です、とオルティス＝レボジェードは報道陣に語った。特定の男性に対するものではなく、彼女とすれ違う可能性のあるすべての男性に対する嫉妬、あるいは突然降って湧いた自分の耐えがたい状況が原因でしたのです。哀れなパチェーコは妻に捨てられるのではないかと考えた。妻を騙してカサス・ネグラスへ向かう幹線道路の三十キロ地点までどうやって連れていったのか、あるいは、過酷な取り調べにもかかわらずパチェーコは犯行の場所を言おうとはしなかったが、別の場所で彼女を殺したのであれば、件の地点まで遺体をどうやって運んだのか、その手段を尋ねられると、パチェーコは友人の車、赤い炎が車体の側面に描かれた黄色い八七年式のコヨーテを借りたと供述したが、警察は捜索にふさわしい努力を怠ったのか、いずれにしてもその友人を発見できなかった。

ハースの隣には、正面を見つめ、まるで頭のなかにレイプの現場の映像が浮かんでいるかのように弁護士が固くなって座っていた。その周りにいるのは、地元の三紙であるエル・エラルド・デル・ノルテ紙、ラ・ボス・デ・ソノラ紙、ラ・トリブーナ・デ・サンタテレサ紙の記者と、エル・インデペンディエンテ・デ・フェニクス紙、エル・ソノレンセ・デ・エルモシージョ紙、それにラ・ラサ・デ・グリーン・ヴァリー紙という、週刊の（場合によっては隔週刊もしくは月刊にもなる）ページ数の少ない新聞で、ほとんど広告もなく、グリーン・ヴァリーからシエラビスタのあいだに住む中流下層階級のチカーノたち、リオ・リコ、カルメン、トゥバク、ソノイータ、アマード、サウアリータ、パタゴニア、サン・ハビエルといった地域の老いた農場労働者たちの定期購読料のおかげで生き延びていた、犯罪の記事しか載らない、そして残酷であればあるほどいいという新聞の特派員たちだった。そこにいた唯一のカメラマンだったラ・ボス・デ・ソノラ紙のチュイ・ピメンテルは、ハースを取り囲んだ記者たちの後ろにいた。ときおりドアが開いて看守が顔を出し、何か必要なものがあるかと尋ねるようにハースと彼の弁護士のほうを見た。途中で弁護士が看守に、水を持ってきてくれと頼んだ。看守は頷き、ただいま、と言うと姿を消した。少しして水のボトルを二本と冷たい清涼飲料の缶を何本か持って現われた。記者たちは礼を言い、ほとんど全員が缶を手にしたが、ハースと弁護士だけは水を選んだ。数分間、誰も何も言わず、ごくささいなことも口にせずに、皆で喉の渇きを癒やした。

七月、マイトレーナ区の東側、舗装されていない道路と高圧線の鉄塔の近くにあるどぶ川で、女性の遺体が発見された。被害者の年齢は二十歳から二十五歳のあいだと見られ、監察医によれば死後三か月は経過していた。遺体は、大きな箱を梱包するときに使うようなビニールのひもで後ろ手に縛られていた。

左手には腕の中ほどまで覆う長い黒い手袋をしていた。安手の手袋ではなくビロードの、まるでスターがはめているような、しかもかなり名声のあるスターがはめているような代物だった。手袋を外してみると指輪を二つ、一つは中指に純銀の指輪を、もう一つは薬指に、蛇をかたどった指輪をはめていた。右足にはトレイシーの男物の靴下を履いていた。そして何より驚くべきことに、後頭部のあたりに、実に奇妙ではあるがまったく信じがたいともいえない帽子のようにして、黒い高級なブラジャーをかぶっていた。それ以外は何も身につけておらず、身元を明らかにできそうなものは何ひとつ所持していなかった。事件はお定まりの手続きののち書類保管庫行きとなり、彼女の遺体はサンタテレサ墓地の共同墓穴に放り込まれた。

七月末、サンタテレサ当局は、ソノラ州当局の協力を得て、アルバート・ケスラー捜査官を招聘した。そのニュースが発表されたとき、何人かの記者、とりわけメキシコシティの記者からホセ・レフヒオ・デ・ラス・エラス市長に対し、元FBI捜査官の登場はメキシコ警察の捜査が失敗に終わったことを暗に認めているのではないかという質問が出た。デ・ラス・エラス市長はそんなことは断じてないと答え、ケスラー氏がサンタテレサへやってくるのは、ソノラ州の選り抜きの警官のなかからさらに選ばれた精鋭に対して開かれる十五時間の養成コースの講師を務めるためで、その講習会の会場に選ばれたのがサンタテレサだったのだと述べた。エルモシージョなどではなくサンタテレサで開かれるのは、産業都市という背景もさることながら、連続殺人事件という痛ましい歴史、メキシコでは前代未聞の、あるいは前代未聞と言っていい悪を経験しているからであり、国の当局も手遅れにならないうちに食い止めたいと考えている。ならば悪を根こそぎにするのに、その分野に特化した警察部隊を形成するのが一番の方法ではないか？

皆さんに、エストレージャ・ルイス゠サンドバルを殺した犯人をお教えしましょう。彼女の死は不当にも私に負わせられています、とハースは言った。その同じ犯人が、この街の少なくとも三十人の若い女性を殺しているのです。ハースの弁護士はうつむいた。チュイ・ピメンテルは一枚目の写真を撮った。そこにはジャーナリストたちの顔が写っていた。それぞれハースを見たりメモ帳に目を落としたりしていたが、高揚したところも、熱狂的なところもなかった。

九月、フェリクス・ゴメス区とセントロ区の境にあるハビエル・パレデス通りのゴミ用コンテナの裏で、アナ・ムニョス゠サンフアンの死体が発見された。遺体は全裸で、絞殺およびレイプの形跡があり、のちに監察医がその事実を追認した。初動捜査のあと身元が判明した。被害者はアナ・ムニョス゠サンフアン十八歳、ルベン・ダリオ区のマエストロ・カイセド通りの家に三人の女性と同居し、サンタテレサの歴史地区にあるカフェテリア〈エル・グラン・チャパラル〉でウェイトレスをしていた。彼女が行方不明になったことは警察に通報されていなかった。最後に一緒にいたのを目撃されたのは、それぞれエル・モノ、エル・タマウリパス、それにラ・ビエハと呼ばれる三人だった。警察は三人の居所を突き止めようとしたが、大地に呑み込まれてしまったかのようだった。事件は書類保管庫行きとなった。

誰がアルバート・ケスラーを招聘したのか？　記者たちは疑問に思った。ケスラー氏の協力に対する支払いはどこがもつのか？　いったいどのくらいの額なのか？　サンタテレサ市か、それともソノラ州か？　ケスラー氏への謝礼はどこから支払われるのか？　サンタテレサ大学からか、州警察の裏金からか？　関係者たちのポケットマネーがあるのか？　著名なアメリカ人捜査官の来訪の裏には、誰か後援者がいるのか？　なぜ今なのか、連続殺人事件のエキスパートがなぜ今招かれたのか、なぜもっと前ではなかったのか？　そして、メキシコには警察に協力することができる犯罪学の専門家がいないのか？　たとえば、シルベリオ・ガルシア＝コレア教授では不十分なのか？　彼はメキシコ国立自治大学の同期のなかでもっとも優秀な心理学者ではなかったか？　ニューヨーク大学で犯罪学の修士号を取得し、スタンフォード大学でも修士号を取得したのではなかったか？　ガルシア＝コレア教授と契約をしたほうが安上がりだったのではないか？　メキシコの事件はアメリカ人よりメキシコ人に任せたほうが愛国的ではないか？　ところで、アルバート・ケスラー捜査官はスペイン語を話せるのか？　もし話せないのであれば、誰が通訳をするのか？　彼自身が通訳を連れてくるのか、あるいはこちらでつけるのか？

ハースは言った。私はこれまで調査を進めてきました。彼は言った。外からの情報を受け取ってきました。彼は言った。刑務所のなかにいてもあらゆることが分かります。彼は言った。友達の友達は友達で、いろいろ教えてくれます。彼は言った。友達の友達の友達までたどれば、行動範囲が広くなり、便宜を図ってもらえます。誰も笑わなかった。チュイ・ピメンテルは続けてシャッターを押した。写真に写っている弁護士は、今にも涙をこぼしそうだ。怒りの涙を。記者たちは爬虫類のような目をハースに向け、ハースは、ぼろぼろになったコンクリートの上に台詞を書いておいたかのように灰色の壁を見つめている。名前を言ってもらわないと、と一人の記者が、小さな声だが十分聞こえる声で言った。ハースは壁を見つめるのをやめ、今口を開いた者に目を向けた。直接問いに答えるかわりに、ハースは今一度、エストレージャ・ルイス＝サンドバル殺害について自らの無実を主張した。彼女のことは知りませんでした、と彼は言った。それから顔を手で覆った。かわいい女の子です、と彼は言った。知り合いならばよかったと思うほどです。気分が悪くなる。夕暮れ時、通りが人でごった返しているのを想像し、やがて整然と人が消えていき、ついに誰もいなくなり、角に一台の車が停まっているだけになるのを想像する。夜になり、ハースは弁護士の指が自分の手の上に載っているのに気づく。あまりにごつごつした指、あまりに短い指。名前を言ってください、と別の記者が言った。名前を言ってもらわないと何も始まりませんよ。

九月、スル区の空き地で、毛布にくるまれ黒いビニール袋に入れられたマリア・エステラ・ラモスの全裸死体が発見された。足をコードで縛られ、責め苛まれた形跡があった。事件を担当したファン・デ・ディオス・マルティネスは、遺体が空き地に捨てられたのが土曜日の午前零時から一時半までのあいだだったことを突き止めた。それ以外の時間、その空き地は麻薬取引のために、そして不良グループがたむろして音楽を聴く場所として使われていた。さまざまな供述を総合すると、どういうわけか夜中の十二時から一時半までは誰もいなかったことが明らかになった。マリア・エステラ・ラモスの家はベラクルス区だったので、そのあたりに来る用事はないはずだった。彼女は二十三歳で、四歳の息子がいて、マキラドーラの同僚二人と同居していたが、そのうち一人は事件当時、無職だった。ファン・デ・ディオスに対して彼女は、組合を組織しようとしたからだと語った。どう思われますか？と彼女は尋ねた。自分の権利を要求したらくびにされたんです。捜査官は肩をすくめた。彼は、マリア・エステラの息子の面倒は誰が見ることになるのかと尋ねた。わたしです、と挫折した組合活動家が言った。家族はいないんですか？あの子には祖父母がいないんですか？たぶん、と彼女は言った。でも調べてみるつもりです。監察医によれば、死因は頭を鈍器で殴られた外傷によるものだったが、肋骨が五本折れ、腕には刃物による浅い傷もいくつかあった。被害者はレイプされていた。そして殺されたのは、麻薬中毒者たちがスル区の空き地のゴミや草むらのあいだで彼女を発見するより、少なくとも四日は前のことだった。同僚たちの話では、マリア・エステラには当時、あるいはかつてエル・チノという恋人がいた。彼の本名を知る者はいなかったが、勤め先は知っていた。ファン・デ・ディオスは彼に会うためにセラフィン・ガラビト区の金物屋に行った。エル・チノのことを尋ねると、そんな名前の人間はいないと言われた。マリア・エステラの同僚から聞いたとおりに、背格好や特徴を伝えてみたが、同じ答えが返ってきた。そんな名前の、あるいはそんな特徴の人間が、店頭であれ倉庫であれ、そこで働いていたことはなかった。情報屋を使い、彼を探し出すためだけに数日間を費やした。だがそれは幽霊を探すようなものだった。

アルバート・ケスラー氏は、知らぬ者がいないほど有名な専門家です、とガルシア＝コレア教授は言った。聞くところによれば、ケスラー氏は連続殺人犯の心理学的プロファイリングの先駆者の一人ということです。ＦＢＩで仕事をされ、それ以前にはアメリカ合衆国の憲兵隊、あるいは軍の諜報機関《インテリジェンス》で働かれていたはずです。軍のインテリジェンス、とは一種の撞着語法のような気がしますね、インテリジェンス、知という単語が軍という単語と並ぶことはめったにありませんから、とガルシア＝コレア教授は言った。とんでもない、私がその仕事を任されなかったからといって、屈辱的だと感じたり、疎外感を味わうようなことはありませんよ。ソノラ州当局は私のことをよく知っているのでしょう、私が真実のみを唯一の神とする人間だと分かっているのです、とガルシア＝コレア教授は言った。私たちメキシコ人は、いつだって、いともたやすく目をくらまされてしまうんです。まるで頭のおかしい猿の一族が書いたかのような形容や賛辞を見たり聞いたり、紙誌で読んだりすると身の毛がよだちます。ですが仕方がありません。それが私たちですし、歳とともに慣れるものです、とガルシア＝コレア教授は言った。この国で犯罪学を専門にすることは、北極で暗号文を作成しているようなものです。小児性愛者ばかりいる監房に放り込まれた子供のようなもの。耳の聞こえない者しかいない国にやってきたおしゃべりな人間のようなものです。アマゾネスたちの王国におけるコンドームのようなものです、とガルシア＝コレア教授は言った。痛めつけられても、慣れてしまう。蔑まれても、慣れてしまう。貯金が消えてなくなっても、一生かけて老後のために蓄えていた貯金がなくなっても、慣れてしまう。子供に金をむしり取られても、慣れてしまう。法的にはやりたいことだけやっていればいい年齢にもかかわらず働き続けなくてはならないとしても、慣れてしまう。おまけに給料を下げられても、慣れてしまう。もし給料を取り戻そうと、悪徳弁護士や欲得ずくの探偵のために働かなくてはならなくても、慣れてしまう。いや、これは記事には書かないでくれ、さもないと私のポストが危うくなる、とガルシア＝コレア教授は言った。先ほど申し上げたとおり、アルバート・ケスラー氏は、知らぬ者がいないほど有名な捜査官です。たしか、コンピュータを使って仕事をされているはずです。とても興味深い仕事です。それからアクション映画の相談役やコンサルタントもなさっています。私は見たことはありませんがね、もう何年も映画を観に行っていないんです。それにハリウッドのくだらない映画は眠くなるだけです。孫の話では、必ず正義が勝つ面白い映画だそうですよ、とガルシア＝コレア教授は言った。

名前を教えてください、とその記者は言った。アントニオ・ウリベです、とハースは言った。一瞬、記者たちは、その名前に聞き覚えのある者はいないかと顔を見合わせたが、誰もが肩をすくめた。アントニオ・ウリベです、とハースは言った。サンタテレサ女性連続殺人犯の名前です。郊外のものも含めてです、と彼は、一瞬の沈黙のあとに付け加えた。郊外のものもですか？　と一人の記者が尋ねた。サンタテレサで起きた女性殺人の犯人です、とハースは言った。そしてサンタテレサ郊外で見つかった被害者たちを殺した犯人でもあります。あなたはそのウリベという男のことを知っているのですか？　と一人の記者が言った。一度会ったことがあります、一度だけです、とハースは言った。それから、まるでこれから長い話をしようとするかのようにひと呼吸おいた。チュイ・ピメンテルはその瞬間を写真に収めた。写真のハースは光の具合と角度のせいで実際よりはるかに痩せて見え、首は七面鳥の首のように長く見えたが、どんな七面鳥でもいいわけではなく、歌う七面鳥、あるいはその瞬間に朗々と歌おうとしている七面鳥、単に歌おうとしているのではなく朗々と歌い出そうとしている七面鳥だ。甲高い歌、耳障りな歌、破砕ガラスのような、しかし水晶の強い記憶とともにある歌、つまりは純粋で、献身的で、いっさい裏表のない歌を。

十月七日、線路から三十メートル離れたところにある、野球場に面した灌木の茂みで、十四歳から十六歳くらいの少女の遺体が発見された。明らかに責め苛まれた痕があり、腕にも胸部にも脚にも複数の血腫が見られただけでなく、刃物による無数の刺傷（一人の警官が面白がって数え始めたが、三十五で飽きてしまった）もあったが、いずれもが、臓器の破裂や損傷には結びついていなかった。被害者は身元を明らかにするものを所持していなかった。監察医によれば、死因は絞殺だった。左胸の乳首には噛みつかれた痕があり、わずかな軟部組織によってようやくぶら下がっているだけだった。監察医は別の情報も特記した。被害者は片方の足がもう片方より短かった。当初、この特徴によって身元の特定が容易になるかもしれないと考えられたものの、最終的には、何の根拠もない期待だった。サンタテレサの警察署に出された捜索願には、そのような特徴に合致する女性は一人もいなかった。その遺体が野球チームの少年たちに発見された日、エピファニオとラロ・クーラが現場に姿を見せた。そこは警官だらけだった。司法警察の捜査官もいればサンタテレサ警察の警官もいたし、鑑識も赤十字も新聞記者もいた。エピファニオとラロ・クーラはあたりをうろうろしながら、遺体がまだ横たわっている現場にやってきた。被害者は背は低くなかった。少なくとも一メートル六十八センチはあった。血と泥にまみれた白いブラウスと白いブラジャーのほかは何も身につけていなかった。帰り際、エピファニオはラロ・クーラにどう思うかと尋ねた。被害者のことですか？　とラロは言った。いや、犯行現場のことだ、とエピファニオは煙草に火をつけながら言った。犯行現場なんてありません、とラロは言った。わざと痕跡が消されていました。エピファニオは車を発進させた。わざとではなく、愚かにも、ですね、と彼は言った。でも同じことです。痕跡が消されていました。

アルバート・ケスラーにとって一九九七年はよい年だった。ヴァージニアで、アラバマで、ケンタッキーで、モンタナで、カリフォルニアで、オレゴンで、インディアナで、メインで、フロリダで講演をした。いくつかの大学を回って古い教え子たちと話をした。すでに教授になっていたり、子供が大きくなっていたり、なかには子供がすでに結婚している教え子もいて、驚きの連続だった。パリ（フランス）を、ロンドン（イギリス）を、ローマ（イタリア）を訪れた。どこへ行っても彼の名前は知れ渡っていて、彼の講演を聞きに来る人々は、フランス語に、イタリア語に、ドイツ語に、スペイン語に翻訳された彼の本を携え、彼にサインと温かい言葉や気の利いた言葉をせがみ、彼も快く応えた。モスクワ（ロシア）に、サンクトペテルブルグ（ロシア）に、ワルシャワ（ポーランド）にも行き、そのほか多くの場所に招かれた。それゆえ、一九九八年も今年と同様、活動的な年になることが想像できた。世界というのは本当に小さい、と、折に触れてアルバート・ケスラーは思った。とくに、飛行機に乗り込み、ファーストクラスかビジネスクラスの座席に座り、何秒かのあいだ、タラハシーかアマリロかニューベッドフォードで行なう講演のことを忘れ、気まぐれな形の雲を一心に眺めているときに強くそう思った。殺人犯の夢を見ることはめったになかった。多くの殺人犯と出会い、さらに多くの殺人犯の跡を追ってきたが、そのなかの誰かを夢に見ることはまれだった。そもそもほとんど夢を見なかった。見たとしても、目覚めた瞬間に運よく夢のことを忘れていた。三十年以上連れ添った妻のほうは自分の見た夢をよく覚えていて、ときどき、アルバート・ケスラーが家にいるとき、一緒に朝食をとりながら夢の話をしてくれた。ラジオをつけ、クラシック音楽を流す番組を聴き、コーヒーにオレンジジュース、それに妻が電子レンジでかりっと焼いたおいしい冷凍パンを朝食にとった。ほかのどこで食べたパンよりもはるかにおいしかった。彼がパンにバターを塗っているあいだ、妻は前の晩に見た夢の話をしてくれた。夢に出てくるのは、彼女の親族、とくにもう亡くなっている親族だったり、ずいぶん長いこと会っていない、夫婦共通の友人だった。そのあと妻は洗面所に閉じこもり、アルバート・ケスラーは庭に出て、赤や灰色や黄色の屋根が織りなす地平線や、清潔で整然とした歩道、近所の家庭の未成年の子供がガレージではなく砂利道に停めた最新型の車を眺めた。近所の人々は彼のことを知っていて、尊敬していた。たとえば彼が庭にいるとき、誰かが家から出てくると、車に乗り込み出発する前に片手を挙げ、「おはようございます、ケスラーさん」と言うのが常だった。皆、彼よりも年下だった。それほど若いわけではなく、職業は医者や中間管理職や専門職で、必死に働いて生計を立て、人に迷惑はかけまいとしていたが、そればかりは本人にはっきり分かるものではなかった。ほとんどが既婚者で、子供も一人か二人はいた。彼らはときどき庭のプールサイドでバーベキューをし、彼も、妻に乞われてそうした食事会に参加し、バドワイザーを半分とウイスキーを一杯飲んだことがあった。その界隈には警察官は住んでいなかった。頭が切れそうに見える唯一の人間は大学教授で、禿げ頭でひょろりとしたこの男と話をしてみると、スポーツの話をすることしか能のない白痴であることが分かった。警官か、そうでなければ元警官がいてくれたら、と彼はときどき思った。一緒にいてくつろげるのは、女性か警官だ。しかも自分と同じ階級の警官。彼の場合、実際には後者の可能性しかなかった。もうずいぶん前から、殺人事件の捜査にあたっている警官である場合を除いて、女性に興味をもてなかった。あるとき、日本人の同僚に、余暇に庭いじりでもしたらどうかと言われた。その男も彼と同じく引退した警官で、ある時期は、少なくとも噂では、大阪の犯罪捜査課のエースだった。ケスラーはその警官の助言に従い、家に戻ると妻に、これからは自分で庭の手入れをするから庭師を解雇するよう言いつけた。もちろん、すぐに何もかもだめにしてしまい、庭師は戻ってきた。どうして庭いじりなどして抱えてもいないストレスを発散しようとしたのだろう、と彼は自問した。ときどき、著書のプロモーションをしたり、推理作家やホラー映画の監督に助言を求められたり、大学や未解決の殺人事件を抱えた警察署に招かれたりして、三週間、あるいはひと月ほど家を空けたあと、家に戻ってきて妻の姿をまじまじと見ると、ぼんやりとではあるが、彼女が知らない女性であるような気がした。とはいえ妻のことはよく知っていて、その点には何の疑いもなかった。彼女はもともとそんなふうに歩いたり、家を動き回ったり、夕方、日暮れ時、行きつけのスーパーマーケットに、毎朝二人が食べている、アメリカの電子レンジではなくヨーロッパのオーブンから出てきたばかりのようなあの冷凍パンを買っているスーパーに行きましょうと彼を誘ったりしていたのだろう。ときどき、買い物のあとで二人はそれぞれカートを押しながら、ペーパーバックになった彼の本が並んでいる本屋の前で立ち止まった。妻は人差し指で、まだあそこにあるわね、と言った。彼は決まって頷いて、そのあと二人でショッピングモールの店を覗いて回った。彼女のことを知っていたのか、それとも知らなかったのか？　もちろん彼女のことは知っていた。ただときどき現実が、現実に錨を下ろす役目を果たす小さな現実そのものが、輪郭を失うように思えることがあった。まるで時間の流れが事物にスポンジ効果を及ぼし、すでにそれ自身が本質的に中身のない、申し分のない、現実的なものの輪郭を曖昧にしたり、中身のないものにしたりしているかのようだった。

一度だけ会ったことがあります、とハースは言った。ディスコだったか、ディスコのような場所で音楽が大音量で鳴っているだけのバーだったかもしれません。私は何人かの友人と一緒だった。友人もいれば顧客もいました。そこに今お話しした若者がいたんです。別のテーブルに座っていました。彼と一緒にいた者たちのなかに、私の友人の知り合いもいました。彼の隣には従兄のダニエル・ウリベがいた。私は二人に紹介されました。礼儀正しい若者で、二人とも英語が上手で、農夫のような格好をしていましたが、彼らが農夫でないことは明らかでした。二人はがっしりしていて背が高く、アントニオ・ウリベのほうが従兄より背が高かった。ジムに通い、バーベルを持ち上げ、身体を鍛えていることが見て取れました。外見にも気を遣っていました。無精髭を生やしていましたが、いい匂いがしたし、髪型もきちんとしていて、清潔なシャツに清潔なズボン、どれもブランドもので、ぴかぴかのウェスタンブーツを履き、下着もおそらく清潔でやはりブランドものだろうと思われました。一言で言えば今風の二人の若者でした。しばらく彼らと話をしました（他愛もない内容の、そういった場所でよく話題に上ること、男同士の話と言ってもいいかもしれません――新しく出た車、DVD、ランチェーラのCD、パウリーナ・ルビオ、ナルココリード、それからあの黒人の女性、何という名前だったか、ホイットニー・ヒューストン？　いや、違う、ラナ・ジョーンズ？　いやそれでもない、名前は思い出せませんが黒人の女性）。彼らやほかの者たちと一杯飲んで、それから、どうしてかは忘れましたが皆でディスコを出ました。皆、突然外に出て、そこの暗がりのなかで、二人のウリベを見失いました。そのときだけですが、たしかに彼らに会いました。それから私は友人に車に押し込まれ、まるで時限爆弾が爆発しようとしているかのように車を発進させました。

十月十日、カナネアに向かう幹線道路と線路に挟まれたPEMEXのサッカー場の近くで、レティシア・ボレゴ＝ガルシア十八歳の遺体が、半ば埋められ、腐敗が進んだ状態で発見された。遺体は工業用のビニール袋にくるまれていた。監察医の報告書によれば、死因は絞殺で、舌骨を骨折していた。遺体を確認したのは、ひと月前に捜索願を出していた母親だった。どうして犯人は、わざわざ小さな穴を掘り、彼女を埋葬するような真似をしたんだ？　とラロ・クーラは現場を見学しながら自問した。なぜカナネアに向かう道路の脇や、鉄道の古い倉庫の瓦礫のなかに捨てるだけで済まさなかったのか？　犯人は、被害者の死体を捨てた場所の隣にサッカー場があると気づかなかったのか？　しばらくのあいだ、追い払われるまで、ラロ・クーラは突っ立ったまま遺体の発見現場を見つめていた。その穴は、子供か犬の死体ならなんとか入っただろうが、女性の死体となるとどう考えても無理だった。犯人は死体を捨てる際に慌てていたのか？　夜だったうえに土地勘がなかったのか？

アルバート・ケスラー捜査官がサンタテレサにやってくる前夜、午前四時、セルヒオ・ゴンサレス＝ロドリゲスにアスセナ・エスキベル＝プラタから電話がかかってきた。彼女はジャーナリストで、制度的革命党（ＰＲＩ）の下院議員でもあった。家族の誰かが事故に遭ったことを知らせるためにかけてきたのだろうかとびくびくしながら電話に出ると、女の大きな声が聞こえてきた。威張りくさった高圧的な調子で、失礼を詫びたり、言い訳されたりすることに慣れていない声だった。声の主は彼に、今ひとりかと尋ねた。セルヒオは眠っていたと言った。いいから、ひとりなの？　それともひとりじゃないの？　と声は言った。その瞬間、彼の耳が、あるいは彼の聴覚的記憶がその声を認識した。声の主はアスセナ・エスキベル＝プラタ以外に考えられなかった。メキシコ政界のマリア・フェリクス、女ボス、ＰＲＩのドロレス・デル・リオ。何人かの議員にとって、そして五十過ぎの、むしろ六十絡みの政治記者のほぼ全員の淫らな夢のなかのトンゴレレ。彼らは皆、アスセナ・エスキベル＝プラタが支配する――捏造したと言う者もいる――実在のというよりは精神的な沼地に、カイマンワニのごとくどっぷり浸かっていた。ひとりです、と彼は言った。しかもパジャマ姿ね、違う？　いえ、そのとおりです。なら着替えて外に出てきて。十分後に迎えに行くから。実を言えばセルヒオはパジャマ姿ではなかったが、端から彼女の言うことを否定するのも気がひけた。そこでジーンズと靴下を履き、セーターを着て建物の入口まで降りていった。門の前にライトを消したメルセデスが停まっていた。メルセデスのなかの誰かも彼を見ていた。後部座席のドアが開き、宝石をはめた指が、彼に手招きした。後部座席の隅に、アスセナ・エスキベル＝プラタ議員が、タータンチェックの毛布にくるまって座っていた。女ボスは、夜の暗がりにいるにもかかわらず、しかもまるでフィデル・ベラスケスの隠し子であるかのように、黒いサングラスをかけていた。黒いフレームに、幅広の黒いつる、スティーヴィー・ワンダーがときどきかけているのに似た、また盲人がよく、虚ろな眼窩を人々に覗かれたりしないようにかけているのに似たサングラスだった。

彼はまずツーソンまで飛び、ツーソンから小型飛行機に乗ってサンタテレサ空港に到着した。ソノラ州検事長は、まもなく、一年後、あるいはもしかすると一年半後には新しいサンタテレサ空港の建設作業が始まり、そちらはボーイング機も離着陸可能な大きさになるはずだと説明した。市長が彼に歓迎の意を表し、税関を通っているあいだ、マリアッチの楽団が彼に曲を捧げ、歌詞のなかに彼の名前を盛り込んでいた。というか少なくとも彼にはそんな気がした。尋ねないのが一番だと思ったので笑顔で応えた。市長は、パスポートにスタンプを押そうとしていた税関の係官を押しのけ、高名な招待客に自らの手でスタンプを押した。ケスラーのパスポートにスタンプを押す瞬間、彼は不動の体勢でポーズを取り、スタンプを高く掲げ、満面の笑顔を浮かべ、集まったカメラマンたちが安心して写真を撮ることができるよう便宜を図った。州検事長が冗談を言い、皆笑ったが、税関吏だけは別で、その表情はあまり嬉しそうではなかった。それから全員で車に乗り込み、何台も連なって市庁舎に向かった。元FBI捜査官の最初の記者会見は市庁舎のホールで開かれた。彼はサンタテレサ女性連続殺人事件の資料、またはそれに類するものを持っているかと尋ねられた。映画『汚された瞳』に主演したテリー・フォックスは本当に、つまり実人生でも、彼の三番目の妻が離婚直前に明らかにしたように精神病質者なのかと尋ねられた。メキシコには来たことがあるか、もしそうなら好きかと尋ねられた。『汚された瞳』、『殺人犯と子供たち』そして『コードネーム』を書いた小説家R・H・デイヴィスは家の明かりを点けたままでないと眠ることができないというのは本当かと尋ねられた。『汚された瞳』の監督レイ・サミュエルソンがデイヴィスに、撮影中の映画のセットに入ることを禁じたというのは事実かと尋ねられた。サンタテレサの連続殺人事件のような事件はアメリカでも起こりえたかと尋ねられた。ノーコメントです、とケスラーは言った。そのあと、きわめて控えめな物腰で記者たちに挨拶し、礼を述べ、ホテルへと向かった。用意されていたのは最高級のスイートルームで、ホテルならどこにでもあるようなプレジデンシャルスイートやハネムーンスイートではなく、砂漠スイートだった。南と西に面したその部屋のテラスからは、ソノラ砂漠の広さと孤独のすべてが見渡せたのだ。

二人はソノラの出身です、とハースは言った。ところがアリゾナ出身でもある。どういうことですか？　と一人の記者が尋ねた。彼らはメキシコ人ですが、アメリカ人でもあるんです。二重国籍を持っているわけです。メキシコとアメリカの二重国籍は可能なんですか？　弁護士がうつむいたまま頷いた。それで、二人はどこに住んでいるんですか？　と記者の一人が尋ねた。サンタテレサですが、フェニックスにも家があります。ウリベか、と記者が言った。聞き覚えがあるな。ああ、僕もだ、と別の記者が言った。エルモシージョのウリベと関係があるんじゃないのか？　どのウリベだ？　あのエルモシージョのウリベさ、とエル・ソノレンセ紙の記者が答えた。運送会社をやってる。トラック隊を持っている会社だ。チュイ・ピメンテルはその瞬間の記者たちをカメラで捉えた。若くて、ひどい格好をした、最高入札者に自分を売りますと言いたげな顔をした男たち、眠そうな、寝不足の顔をした働き者の若者たちが、視線を交わし、皆が共有する記憶のようなものを動かし、記者というよりも農場労働者のようなラ・ラサ・デ・グリーン・ヴァリー紙の特派員ですらそれを理解し、思い出す作業に少なからず協力して、浮かんできたその映像の解像度を高めた。エルモシージョのウリベ。トラック隊を所有するウリベ。名前は何だ？　ペドロ・ウリベだったか。ラファエル・ウリベだったか。ペドロ・ウリベです、とハースは言った。彼と今話に出た二人のウリベには何か関係があるんですか？　ペドロはアントニオ・ウリベの父親です、とハースは言った。それから、ペドロ・ウリベは百台以上の輸送トラックを所有しています。サンタテレサでもエルモシージョでも、さまざまなマキラドーラから製品を運んでいるのです。一時間に一台、あるいは三十分に一台、彼の会社のトラックが国境を越えている。フェニックスとツーソンに不動産を持っています。弟のホアキン・ウリベはソノラとシナロアにホテルを数軒、サンタテレサにカフェテリアチェーンを所有している。こちらがダニエルの父親なんです。このウリベ兄弟は二人ともアメリカ人と結婚している。アントニオとダニエルはそれぞれ長男なんです。アントニオには妹が二人、弟が一人いる。ダニエルは一人っ子です。アントニオは以前、エルモシージョにある父親の会社で働いていましたが、しばらく前から無職です。ダニエルは昔からろくでなしでした。二人とも、エスタニスラオ・カンプサーノの下で働いている麻薬密売人、ファビオ・イスキエルドの庇護を受けている。エスタニスラオ・カンプサーノはアントニオの名付け親だという話です。彼らの友人は、彼らと同じく金持ちの子供たちですが、サンタテレサの警察官もいれば、麻薬密売人たちもいます。彼らは行く先々で湯水のように金を使います。彼らこそがサンタテレサの連続殺人犯です。

十月十日、レティシア・ボレゴ＝ガルシアの死体がPEMEXのサッカー場の近くで発見されたのと同じ日、イダルゴ区ペルセフォネ通りの歩道でルシア・ドミンゲス＝ロアの遺体が見つかった。警察の最初の報告書には、ルシアは娼婦で麻薬中毒者で、死因はおそらくドラッグの摂取過多であると書かれていた。ところが翌朝、警察の声明はあからさまに変化した。今度の発表では、ルシア・ドミンゲス＝ロアはメキシコ区にあるバーのウェイトレスで、死因は四四口径のリボルバーと見られる銃による腹部の傷だった。目撃者がいなかったため、走行中の車のなかから発砲した可能性も捨てきれなかった。銃弾がほかの人間を狙っていた可能性も捨てきれなかった。ルシア・ドミンゲス＝ロアは三十三歳で、夫と別れてからはメキシコ区の部屋にひとりで暮らしていた。イダルゴ区で彼女が何をしていたのかは分からなかったが、警察によれば、散歩の途中で偶然死神に出くわしてしまったようだった。

メルセデスはトラルパン区にさしかかり、何度か角を曲がったのち、生垣の続く敷石道に入った。生垣の向こうでは、誰も住んでいないような、あるいは廃墟になったような家々が月明かりに照らされていた。移動のあいだ、アスセナ・エスキベル＝プラタは無言で、タータンチェックの毛布にくるまって煙草を吸い、セルヒオはひたすら窓の外を眺めていた。議員の家は広い平屋で、庭にはかつて厩舎があり、石を彫って作った水飲み場があった。彼女のあとをついていくと、タマヨとオロスコの絵の掛けられた客間に出た。タマヨのほうは赤と緑。オロスコのほうは黒と灰色。部屋の壁は真っ白で、どことなく個人病院を、あるいは死を思わせた。下院議員が何を飲むかと尋ねた。セルヒオはコーヒーを頼んだ。コーヒーとテキーラを一つずつ、と議員は声の調子を変えずに、まるで明け方のその時間に二人がほしいものをただつぶやいただけのように言った。セルヒオは使用人でもいるのかとふり返ったが、誰もいなかった。ところが何分かすると、議員とほぼ同世代だが仕事と歳月のせいでずっと老けて見える中年の女性が、テキーラと湯気の立つコーヒーカップを手に現われた。コーヒーの味が見事だったのでセルヒオは女主人にそう言った。アスセナ・エスキベル＝プラタは笑い（実際にはただ歯を見せ、夜の鳥の啼き声のような笑い声に似たものを漏らしただけだった）、彼女が手にしているテキーラを飲めば、本当にいいものとは何かが分かるはずだと言った。いいわ、本題に入りましょう、と彼女は大きなサングラスをかけたまま言った。ケリー・リベラ＝パーカーの話を聞いたことがある？　いいえ、とセルヒオは言った。そうだろうと思ったわ、と議員は言った。わたしのことはご存じ？　もちろんです、とセルヒオは言った。でもケリーの話は聞いたことがないのね。ええ、とセルヒオは言った。まったくこの国ときたら、とアスセナは言うと、何分か押し黙ったまま、テキーラのグラスをテーブルランプの光に透かしたり、床を見つめたり、目を閉じたり、あるいはもっと違うことをしていたかもしれないが、いずれにしてもサングラスの向こうの出来事だった。ケリーのことは小さいころから知っていたの、と議員はまるで夢を見ているかのように話した。初めのうちは彼女のことをよく思っていなかったわ。たぶん、彼女はお高くとまっていたのね、当時わたしがそう思っていただけかもしれないけれど。お父さまは建築家で、街の新興富裕層の仕事を請け負っていた。お母さまはアメリカ人で、お父さまとはハーヴァードだかイェールだか、そのどちらかに留学しているときに知り合ったの。もちろん、お父さまがアメリカに行ったのは、お父さまのご両親、つまりはケリーの祖父母の力ではなくて、政府の奨学金のおかげよ。たぶん、かなり優秀な学生だったんでしょうね。きっとそうでしょう、とセルヒオは、議員の心がふたたび静寂に支配されているのを見て言った。彼は建築学科の学生としては優秀だった、それは確かね。でも建築家としては最悪。エリソンド邸をご存じかしら？　いえ、とセルヒオは言った。コヨアカンにあるわ、と議員は言った。ひどい家よ。ケリーの父親が建てたの。知らないですね、とセルヒオは言った。今は映画のプロデューサーが住んでいるわ。救いようのない酔っぱらいでね、もう映画も作っていない過去の人間よ。セルヒオは肩をすくめた。いつ死んで見つかってもおかしくないわ。そうなったら甥っ子たちがエリソンド邸を建築業者に売り払って、マンションでも建てるでしょうね。実際、この世から建築家リベラの足跡は消えつつあるわ。現実っていうのはエイズに罹った好色な娼婦よね。セルヒオは頷いて、たしかにそのとおりだと言った。建築家リベラ、建築家リベラ、と議員は言った。彼女はしばらく黙り、また話し始めた。お母さまはそれは美しい人だった。美しいという言葉は彼女のためにあるようなものだったわ、絶世の美女だったの。パーカーさんね。モダンで美しくて、ついでに言えば、建築家リベラは彼女を女王さまのように扱っていたの。それも当然だった。男たちは彼女を見るとすっかりイカレちゃうのよ。建築家を捨てようと思っても、再婚相手には困らなかったでしょうね。実際には夫を捨てたりしなかったけれど、わたしが小さかったころは、将軍と政治家が言い寄っているだとか、彼女も男たちの口説き文句をまんざらでもないと思っているだとか言われていたわ。何でも悪く取る人がいるのはご存じでしょう。でも彼女はリベラを愛していたんでしょうね、結局別れたりはしなかった。二人のあいだには一人娘がいて、それがケリーよ。本当はお祖母さまと同じルス・マリアという名前なの。パーカーさんはもちろんそのあとも何度か妊娠したけれど、どれもうまくいかなかった。おそらく子宮に問題があったんでしょう。たぶん彼女はもうメキシコ人の子を宿すことができなくなっていて、だから自然に流産してしまったのね。ありえる話でしょう。もっとおかしなことだってあるんですもの。とにかく、ケリーは一人っ子で、幸か不幸かそのおかげで、彼女の性格が形成されたの。彼女はお高くとまった女の子だった。というかそう見えたわ。成金の家で甘やかされて育った娘の典型ね。いっぽうで、彼女は小さいころから、とても強い、決然とした性格だった。独特な、と言ってもいいかもしれないわね。初めのうちは彼女のことをあまりよく思ってなかったわ。とにかく、でもだんだん彼女のことを知るにつれて、彼女の家に招かれたり彼女をうちに招いたりしているうち、彼女のことが好きになっていって、いつしかわたしたちは親友になったのよ。そういう関係は一生続くわね、と議員は、男の顔か亡霊の顔に唾を吐きかけるかのように言った。分かります、とセルヒオは言った。コーヒーのおかわりはいかが？

サンタテレサに到着したその日、ケスラーはひとりでホテルから外出した。まずはロビーに降りた。しばらくフロント係と話し、ホテルのパソコンとインターネットへの接続の仕方について尋ねた。それからバーへ行ってウイスキーを頼み、半分残して立ち上がり、洗面所に入った。出てきたときには顔を洗ってきたようだった。そしてバーのテーブル席にいた、あるいはラウンジのソファに座っていた客には目もくれず、レストランへ向かった。シーザーサラダと黒パンとバターとビールを注文した。食事が運ばれてくるのを待っているあいだ、席を立ってレストランの入口にあった公衆電話から電話をかけた。それから席に戻り、上着のポケットから英西辞典を取り出し、いくつか単語を調べていた。そのあと、ウェイターが彼のテーブルにサラダを置くと、ケスラーはメキシコのビールを二口すすり、ちぎったパンにバターを塗った。ふたたび立ち上がるとトイレに向かった。ところがなかには入らず、レストランのトイレの掃除をしていた男に一ドルやって英語で一言二言交わすと、脇の廊下へと曲がってドアを開け、別の廊下に出た。突き当たりにホテルの厨房があり、辛いソースや味をつけた肉の匂いのする煙が漂っていた。ケスラーはそこで働いている見習いコックの一人に外に出る方法を尋ねた。見習いコックが戸口まで連れていってくれた。ケスラーは彼に一ドルやり、裏から外へ出た。角で一台のタクシーが彼を待っていたので、それに乗り込んだ。貧しい地区をひと回りしてくれないか、と彼は英語で言った。運転手はOKと言って出発した。二時間ほどかけて街を巡った。車は中心街を回り、マデロ・ノルテ区からメキシコ区を経て、アメリカ側のエル・アドービが向こうに見える国境近くまで行った。それからマデロ・ノルテ区へと戻ってきて、マデロ区とレフォルマ区の通りを走った。そうじゃないんだ、とケスラーは言った。どうすればいいんです、お客さん？　と運転手は言った。貧しい地区、マキラドーラのある一帯、不法ゴミ集積場、そういったところを回ってくれ。運転手がふたたびセントロ区を横切り、今度はフェリクス・ゴメス区に向かい、カランサ大通りを進んでベラクルス区、カランサ区、モレロス区を横切った。大通りの突き当たりには、濃い黄色の広場のような、何もない開けた場所があり、輸送トラックやバスが連なり、立ち並ぶ露店では野菜や鶏から安物のアクセサリーにいたるまで、さまざまなものが売買されていた。ケスラーは運転手に、車を停めてくれと頼み、少し見て回りたいと言った。運転手はやめたほうが身のためだと言った。お客さん、ここじゃアメリカ人一人の命なんぞたかが知れてます。私が昨日生まれたとでも思ってるのかね？　とケスラーは言った。運転手はその言い回しが理解できず、車から出ないようにと釘を刺した。停めたまえ、クソ、とケスラーは言った。運転手はブレーキを踏み、料金を請求した。私を置いていくつもりかね？　とケスラーは言った。いいえ、と運転手は言った。こっちは待ってますよ。ただ、お帰りの際にお客さんのポケットにいくらかでもお金が残ってる保証はありませんからね。ケスラーは笑った。いくらだね？　二十ドルで十分です、と運転手は言った。ケスラーは二十ドル札を渡してタクシーを降りた。しばらくのあいだ、両手をポケットに突っ込み、ネクタイの結び目を緩め、にわかごしらえの青空市を見て回った。唐辛子の粉をかけたパイナップルを売っている老婆に、バスはどこへ行くのかと尋ねた。どれも同じ方向に向かっていったからだ。サンタテレサに引き上げるんだよ、と老婆は言った。じゃあ向こうには何が？と彼は反対方向を指さしてスペイン語で尋ねた。工業団地だよ、と老婆は言った。彼は礼儀から唐辛子の粉をかけたパイナップルをひと切れ買い、そこから離れるや地面に放り投げた。ほら、何も起こらなかったじゃないか、と彼は車に戻ると運転手に言った。奇跡が起きたんですよ、と運転手はルームミラー越しに笑顔で言った。工業団地へ行こう、とケスラーは言った。舗装していないその開けた場所の突き当たりで道が二手に分かれ、それぞれがまた二手に分かれていた。計六本の道は舗装され、アルセニオ・ファレル工業団地に通じていた。工場の建物は高く、どの工場もフェンスで囲まれ、大きな街灯から注がれる光で、あらゆるものが、慌ただしい、ものものしい雰囲気にぼんやりと包まれていたが、そんなはずもなく、いつもと同じ新たな一日にすぎなかった。ケスラーはふたたびタクシーから降りてマキラドーラの空気を、メキシコ北部の工業の空気を吸い込んだ。労働者を運んでくるバス、労働者を乗せて去っていくバス。湿った、まるで火のついた油のような悪臭を放つ空気が彼の顔に当たった。風に乗って、笑い声と、アコーディオンが奏でる音楽が聞こえた気がした。工業団地の北側には、廃棄物で建てた家の屋根の海が広がっていた。南側では点在するバラックの向こうに光の島が見え、すぐにそれが別の工業団地だと分かった。タクシー運転手にそこの名前を尋ねた。運転手は車から降り、しばらくケスラーの指さす方向を眺めた。きっとへネラル・セプルベダ工業団地です、と彼は言った。日が暮れてきた。ケスラーはそのような美しい夕暮れを久しく見ていなかった。とりどりの色が渦をなす西の空に、遠い昔カンザスで見た夕暮れを思い出した。何もかも同じというわけではなかったが、同じ色だった。彼は自分がそこにいたことを思い出した。路上に、保安官とFBIの同僚と一緒にいた。おそらく三人のうちの誰かが小便をしたくなったので車を停めたのだろう。そのときに夕暮れを見たのだ。西の空の鮮やかな色、巨大な蝶が舞っているような色。そのあいだも、夜が足を引きずりながら、東へと歩を進めていた。行きましょう、お客さん、と運転手は言った。むやみに運を使うもんじゃありませんよ。

ウリベ家の二人が連続殺人犯だと主張するからには、証拠を握っているわけですよね、クラウス、とエル・インデペンディエンテ・デ・フェニクス紙の女性記者が言った。刑務所にいると何でも分かるんですよ、とハースは言った。頷く記者もいた。フェニックスの記者は、そんなことはありえないと言った。そんなの伝説でしょう、クラウス。囚人たちがでっち上げた伝説です。自由を奪われて、そんな嘘をこね上げたんでしょう。刑務所では、刑務所まで届いてくるほんのわずかなことしか分からない、それだけですよ。ハースは怒りをあらわにして彼女を見た。私が言いたかったのは、と彼は言った。刑務所では、法の外で起きていることなら何でも分かる、ということです。そんなの嘘ですよ、クラウス、と女性記者は言った。本当です、とハースは言った。いいえ、違います、と女性記者は言った。それは都市伝説、映画のなかの話です。弁護士は歯ぎしりした。チュイ・ピメンテルが彼女の写真を撮った。顔を覆う黒く染めた髪、わずかに鉤鼻の横顔、アイラインをひいたまぶた。もし彼女に、周囲のすべて、写真の周囲に写っているいくつもの影を自由にできたなら、即座に消してしまったことだろう。その部屋も、刑務所も、看守も囚人たちも、サンタテレサ刑務所の長い歴史を誇る塀も。あとには大きなクレーターだけが残されたことだろう。そのクレーターのなかには、静寂と、鎖で底につながれたままの彼女とハースのぼんやりとした存在だけが残るだろう。

十月十四日、エストレージャ区からサンタテレサ郊外にある農場へと続く舗装されていない道路の脇で、新たな被害者が発見された。紺色の長袖のTシャツに黒と白のストライプの入ったピンクのジャンパーを着て、リーバイスのジーンズを穿き、ビロードを巻いたバックルのついた幅広のベルトにピンヒールのハーフブーツ、白い靴下、黒いショーツ、白いブラジャーを身につけていた。監察医によれば、死因は首を絞められたことによる窒息死だった。首を絞めるのに使われたと思われる長さ一メートルの白い電気コードが首の周りに二重に巻きつけられ、真ん中に結び目があった。首にはまた、コードを使う前に手で彼女を絞め殺そうとしたかのような外傷が認められ、左腕と右脚には擦過傷、臀部には蹴られたような痣が見られた。監察医の報告書によれば、死後三日から四日経過していた。推定年齢は二十五歳から三十歳だった。のちに身元が判明し、被害者はロサ・グティエレス＝センテーノ三十八歳、マキラドーラの元工員で、殺された当時はサンタテレサ中心街のカフェテリアでウェイトレスをしていて、四日前から行方が分からなくなっていた。アラモス区の家に一緒に住んでいた同じ名前の十七歳の娘が遺体を確認した。娘のロサ・グティエレス＝センテーノは、死体安置所の一室で母親の遺体を目にして、間違いありませんと言った。その主張を裏づけるために、黒と白のストライプの入ったピンクのジャンパーは自分のもので、その他多くのものを共有していたように、それも母親と共有していたのだと証言した。

毎日のように会っていた時期もあったのよ、と下院議員は言った。もちろん、子供のころのこと、学校では顔を合わせないわけにはいかないものね。休み時間に一緒に遊んで、お互いの話をしていたの。彼女の家に呼ばれることもあって、いつも大喜びで行ったわ。うちの両親も祖父母も、わたしがケリーみたいな娘と付き合うのをあまり喜んではいなかったけれどね。もちろん彼女のせいじゃないわ、彼女の両親よ。建築家のリベラが、ある意味で娘の交友関係を利用して、うちの家族が神聖視しているものに近づこうとしているんじゃないかと不安だったのね。わたしたちの身のうちに秘められた鉄の輪、革命の猛進にも、クリステロ戦争のあとに起こった抑圧にも、ポルフィリオ体制の生き残りを、実際にはメキシコのイトゥルビデ体制の生き残りをじりじりと焼かれるような疎外にも耐えてきたものよ。ひとつ教えてあげましょう、ポルフィリオ・ディアスと我が家はそれほど悪い関係にはなかったのよ。でもマクシミリアン皇帝とはもっといい関係だったわね。そしてイトゥルビデよ、イトゥルビデの君主制のあいだが全盛期だった。うちの一族からすると、実際、本物のメキシコ人はほんの一握りなの。国全体で三百家族。千五百人から二千人程度よ。残りは恨みがましいインディオに、怒った白人に、どこからともなくやってきてメキシコを堕落に導く危険な輩。要するにほとんどが泥棒なの。成り上がり者。たかり屋。厚かましい連中よ。ご想像のとおり、建築家のリベラは、うちの家族にとっては成り上がりの権化みたいな存在だったわ。当然奥さんはカトリックではないと思われていたわね。わたしがあとになって聞いたところからすると、おそらく娼婦か何かだと思っていたのよ。要するに、その手のひどいことがささやかれていたの。それでも彼女の家に行くのを止められたことはなかったし（もちろん、今言ったようによく思われてはいなかったけれど）、彼女をうちに呼ぶ回数が増えていったの。たしかにケリーはうちが好きだった。おそらく自分の家以上にね。実際、それも頷けるわ。しかも彼女の好みは小さいころからはっきりしていたから。頑固と言ったほうがふさわしいわね。この国ではいつも明晰さを頑固であることと混同してきたわよね。自分たちは明晰なつもりでも実際は頑固なだけ。その意味でケリーはとてもメキシコ人らしかったわ。頑固で、強情だった。言うまでもなくわたしより頑固だった。彼女が自分の家よりわたしのうちが好きだった理由、それは、うちには格式があるからよ。彼女の家は瀟洒だっただけ。違いが分かるかしら？　ケリーの家は素敵だったわ。うちよりずっと快適だった。つまり設備が整っていたということよ。ちゃんと明かりが点いて、居間は大きくて気持ちがよくて、お客をもてなしたりパーティーを開いたりするのには理想的だった。庭はモダンで、芝生も芝刈機もある。当時の言い方を借りれば、合理的な家というやつよ。うちはと言えば――ごらんのとおりのこの家――たしかに、もちろん今ほど手入れは行き届いていなかった。ミイラと蠟燭の匂いのする大きな家。家と言うよりは巨大な礼拝堂だけど、富と不朽のメキシコのすべてがあったわ。瀟洒なんて言葉とは無縁で、ときには沈没船みたいに醜悪だったけれど、格式があったのよ。格式があるというのがどういうことかご存じ？　突き詰めれば、至上の存在であるということよ。誰かのおかげだと言わなければならないものがひとつもないということ。誰かに釈明しなければならないものが何もないということ。ケリーはそんな子だった。彼女がそのことに気づいていたと言うつもりはないわ。わたしもね。わたしたちはほんの子供だったし、子供らしく単純で複雑だったし、言葉なんかに絡めとられたりはしなかった。それでも彼女はそんな子だった。意志そのもの、爆発そのもの、楽しみたいという欲望そのもの。娘さんはいらっしゃる？　いえ、とセルヒオは言った。息子も娘もいません。そう。いつか娘ができたらわたしの言ってることが分かるわ。下院議員はしばらく口をつぐんだ。わたしには息子が一人だけいるの、と彼女は言った。アメリカにいる。留学しているわ。ときどき、もうメキシコには帰ってこないほうがいいと思うことがあるの。あの子にとってそれが一番よ。

その晩、ケスラーの泊まっているホテルに迎えがやってきて、市長の自宅での晩餐会へと連れていった。同席したのはソノラ州検事長、副検事長、二人の司法警察捜査官、司法解剖センター長にしてサンタテレサ大学の病理学および法医学教授であるエミリオ・ガリバイなる医師、アメリカ合衆国領事エイブラハム・ミッチェル氏、通称コナン、実業家コンラド・パディージャとレネ・アルバラード、そしてサンタテレサ大学学長ドン・パブロ・ネグレーテだった。それぞれ妻帯者は妻を同伴し、独身者はひとりで出席し、後者は前者より陰気で物静かだったが、むしろ幸せそうに四六時中笑ったり逸話を披露したりする者も何人かいた。既婚者でありながらひとりで招待された者もいた。食事のあいだは犯罪の話ではなく経済（その国境地帯の景気はよく、さらによくなる可能性があった）や映画、とりわけケスラーが相談役として関わった作品の話題が出た。コーヒーを飲み終え、たちまちのうちに、あらかじめ配偶者の指示を受けていた女性たちがいなくなったあと、男たちは書斎というよりは狩猟記念品を飾った広間、あるいは農場にある豪華な屋敷の狩りの間のような書斎に集まり、初めはきわめて慎重に、おもな議題に触れた。ケスラーが最初の質問に違う質問で応じたので驚いた者もいた。しかも質問する相手が間違っていた。たとえば彼はコナン・ミッチェルに、アメリカ合衆国市民としてサンタテレサでの事件についてどう思っているかと尋ねた。英語のできる出席者がスペイン語で説明した。アメリカ人から始めるのはあまり品のいいことではないと考える者もいた。アメリカ市民としての答えを要求するなどなおさらだった。コナン・ミッチェルはその件についてよく考えたことがないと言った。すぐにケスラーは同じ質問をパブロ・ネグレーテ学長にした。学長は肩をすくめ、作り笑いを浮かべながら、自分の本分は文化の領域なのでと言うと、咳払いをして口をつぐんだ。最後にケスラーはガリバイ博士の見解を尋ねた。サンタテレサの住人としてお答えするべきか、あるいは監察医としてお答えしたほうがよろしいでしょうか？　とガリバイも質問で返した。平均的な普通の市民としての考えをお聞かせください、とケスラーが言った。監察医が平均的な普通の市民でいるのは難しいことです、とガリバイは言った。遺体の数が多すぎますからね。遺体という言葉が出てきて、集まった者たちの興奮に水が差された。ソノラ州検事長がケスラーにファイルを一冊手渡した。一人の捜査官が、自分は間違いなく連続殺人だと思っているが、その犯人はすでに刑務所にいると言った。副検事長がケスラーに、ハースとバイソン団について説明した。もう一人の捜査官がケスラーに、模倣犯についてどう思うかと尋ねた。ケスラーはなかなかその質問の意味が呑み込めなかったが、コナン・ミッチェルがコピーキャットのことだとささやいた。学長は少人数の上級者向け授業を一、二回開いてもらえないかと尋ねた。市長はふたたび、ケスラーのサンタテレサ市訪問に対する喜びを伝えた。市の公用車でホテルに戻る際、ケスラーは、同席者たちが皆、実に感じがよくて親切だと思った。それは、彼が思い描いていたメキシコ人の姿だった。その夜、彼は疲れて、クレーターと、クレーターの周りをぐるぐる回っている男の夢を見た。あの男は私なのだろう、と彼は夢のなかでつぶやいたが、とくに重要だとは思わないまま、そのイメージは消散した。

最初に殺人を始めたのはアントニオ・ウリベでした、とハースは言った。ダニエルが彼に同行し、遺体を捨てる手助けをしていた。ところが少しずつダニエルが、こう言うのはあまりしっくりきませんが、興味をもつようになっていった。しっくりくる言葉を使うとどんな表現になるんですか？　と記者たちが尋ねた。女性がいないところで申し上げましょう、とハースは言った。記者たちは笑った。エル・インデペンディエンテ・デ・フェニクス紙の女性記者が、自分に気を遣う必要はないと言った。チュイ・ピメンテルは弁護士をカメラに収めた。これはこれで美しい女性だ、とカメラマンは思った。上品な物腰で、背が高くて、プライドを感じさせる表情。どうして女が、こんなふうに裁判に明け暮れたり、刑務所にいる依頼主のもとに通ったりする人生を送るんだろう。言えばいいわ、クラウス、と弁護士が言った。ハースは天井を見上げた。しっくりくる言葉を使えば、と彼は言った。彼はだんだん熱くなっていった。熱くなっていった？　と記者たちは聞き返した。ダニエル・ウリベは、従弟がやっていることを見ているうちに熱くなっていったんです、とハースは言った。そしてまもなく、彼もレイプ殺人を始めたんです。ああもう、とエル・インデペンディエンテ・デ・フェニクス紙の女性記者が叫んだ。

十一月初旬、遠足に出かけたサンタテレサの私立学校の生徒たちが、ダビラ丘陵とも呼ばれているラ・アスンシオン丘陵のもっとも切り立った斜面で女性の遺骸を発見した。引率していた教師が携帯電話から通報し、警察が現場に現われたのは五時間後、あたりが暗くなろうとしているころだった。丘を登る際、司法警察のエルメル・ドノソ捜査官が滑って両足を骨折した。その場に残っていた遠足中の生徒に助けられ、捜査官はサンタテレサ病院へと運ばれた。翌日未明、フアン・デ・ディオス・マルティネス捜査官が数人の警官を伴い、人骨発見を通報した教師の協力を得てラ・アスンシオン丘陵に戻った。今度は問題なく遺骨を発見でき、すぐ回収されて司法解剖センターに送られた。遺骸は女性のものと判明したが、死因までは明らかにならなかった。遺骸に軟部組織は残っておらず、すでに微生物すら存在していない状態だった。ファン・デ・ディオス・マルティネス捜査官は遺骸の発見現場で、雨風にさらされ、ぼろぼろになったズボンを見つけた。まるで犯人は、その低木の茂みに彼女を遺棄する直前にズボンを脱がせたかのようだった。あるいは裸で車に乗せ、ズボンは袋か何かに入れ、被害者から数メートル離れたところに投げ捨てたかのようだった。いずれにせよ、分かったことは何ひとつなかった。

十二歳のとき、わたしたちは会わなくなったの。建築家のリベラは何の前触れもなく、思いがけず亡くなり、ケリーの母親は突然夫を失っただけでなく、借金まみれになった。まずはケリーが転校させられ、それからコヨアカンの家を売却し、ロマ区のアパートに移ったわ。ケリーとわたしは、それでも電話で話はできたし、二、三回は会ったわね。そのあと二人はロマ区のアパートを引き払ってニューヨークに引っ越したの。今でも覚えてるわ、彼女が行ってしまったとき、わたしは二日間泣き暮らした。もう二度と会えない気がしていたの。十八歳のとき、わたしは大学に入学した。たぶん一族のなかで最初に大学に行った女よ。勉強を続けられたのは、たぶん、大学に行かせてくれないなら自殺するって脅したからだわ。最初は法学を、それからジャーナリズムを専攻した。そこでわたしは気づいたの。もし生き続けたいなら、つまりわたしがわたしのまま、アスセナ・エスキベル＝プラタとして生きていくには、それまでは家族の優先事項と本質的にはそれほど違わなかった自分の優先事項を一八〇度転換させなければならないって。わたしはケリーと同じように一人娘で、家族の者たちは老い衰え、一人また一人と死んでいった。お分かりでしょうけれど、わたしのなかには、衰えるだとか死ぬだとかいう考えはなかったの。わたしは人生というものがあまりに好きだった。人生がわたしに、誰でもなく、このわたしにもたらしてくれるものが好きだった。それにわたしは、自分がそれに値する人間だと確信していたの。大学でわたしは変わり始めた。別の種類の人たちと知り合いになった。法学部では制度的革命党のサメのような若者たち、ジャーナリズム学部ではメキシコ政治に獲物を追う猟犬たちと。わたしはあらゆる人から何かしら学んだ。先生方はとてもかわいがってくれたわ。初めは面食らったわよ。どうしてわたしが、十九世紀初頭に錨を下ろしたままの田舎の屋敷から出てきたわたしのような人間が？　って。何か特別なところでもあるのかしら？　とりたてて魅力的だったり頭がよかったりするのかしら？　ってね。たしかにバカではなかったけれど、だからといってそれほど頭がいいわけでもなかった。ならどうして先生方はあんなにかわいがってくれたのかしら？　エスキベル＝プラタ家の末裔だから？　もしそうだとしたら、どうしてそんなことがわたしを特別な存在にしてしまうのかしら？　メキシコ人の感傷主義の力について論文を書くことだってできたかもしれない。まったくわたしたちはひねくれ者ね。他人の前では単純に見えて、あるいはそう見せておいて、心の底ではどれだけひねくれているのかしら。なんてつまらない存在。わたしたちメキシコ人はいつだって、どうすれば自分自身と他人の前で派手にひねくれることができるか、それぱかり。そもそも何のために？　何を隠したいのかしら？　どう思わせたいのかしら？

目覚めると朝の七時だった。七時半にはシャワーを済ませ、パールグレーのスーツに白いシャツを着て、緑のネクタイを締めて朝食に下りていった。オレンジジュースとコーヒー、トースト二枚とバターと苺ジャムを頼んだ。ジャムはおいしかったがバターはそうでもなかった。八時半、事件に関する報告書に目を通していると警官が二人迎えにやってきた。警官たちの態度は献身そのものだった。娼館の主に初めて服を着せることを許された二人の娼婦のようだったが、ケスラーは気づかなかった。九時には、二十四名の精鋭の警官、制服姿の者もいたがほとんどが私服姿の警官のためだけに開かれた非公開の講演を行なった。十時半に司法警察の建物を訪れ、随行した警官たちの満足げな視線を浴びながら、しばらくのあいだ、パソコンを眺めたり容疑者身元特定プログラムソフトをいじったりした。十一時半には全員で、メキシコ料理全般、とりわけ北部の料理を売りにしている、司法警察の建物の近くにあるレストランへ食事に出かけた。ケスラーはコーヒーとチーズを挟んだサンドイッチを頼んだが、捜査官たちがどうしてもメキシコの郷土料理を食べさせたいと言い張り、店主がじきじきに、二枚の大皿に載せて運んできた。その郷土料理を見てケスラーは中華料理を思い出した。コーヒーのあとで、頼んでいないパイナップルジュースが運ばれてきた。一口飲んで、すぐにアルコールが入っていることに気づいた。ほんの少し、香りをつけるために、あるいはパイナップルの香りを引き立たせるために。グラスには細かく砕いた氷が詰まっていた。大皿に載った料理のなかには、ぱりぱりしていてなかに得体の知れないものが詰まっている料理もあれば、煮た果物のようなものに肉が詰めてある、もっとやわらかい料理もあった。大皿の一つには辛い料理が、もう一つにはほとんど辛くない料理が並んでいた。ケスラーは辛くないほうの料理を二つばかりつまんだ。おいしいですね、と彼は言った。とてもおいしい。それから辛いほうを口に入れ、パイナップルジュースの残りを飲み干した。よく食べる連中だ、と彼は思った。午後一時、英語を話せる捜査官二人を連れて、受け取ったファイルを見てケスラーがあらかじめ選んでおいた十か所の現場に向かった。彼を乗せた車の後ろには、もう三人の捜査官を乗せた別の一台が続いた。最初に向かったのはポデスタ断崖だった。ケスラーは車から降りて断崖へ近づき、サンタテレサの地図を取り出して何か書き留めた。それから捜査官たちに、ブエナビスタ開発区へ連れていってほしいと言った。到着しても彼は車から降りなかった。目の前に地図を広げ、四つの書き込みをしたが、捜査官たちには何が書かれているか分からなかった。次に彼はエストレージャ丘陵に連れていってほしいと言った。市の南部にやってきてマイトレーナ区を抜けるとき、ケスラーがその地区の名を尋ね、捜査官が答えると、どうしても降りて少し歩いてみたいと言った。あとを追っていた車が脇に停まり、運転手が身ぶりで、ケスラーに同乗していた者たちにどうしたのかと尋ねた。ケスラーと一緒に車から降りて通りに立っていた捜査官が肩をすくめた。結局、全員で車から降りてアメリカ人の後ろを歩き出した。人々はそれを横目で眺め、ある者は最悪の事態を想像し、またある者は麻薬密輸組織の一行だと思ったが、男たちを引き連れて歩く初老の男性に偉大なＦＢＩ捜査官の姿を認める者もいた。二ブロック歩いたところで、日陰棚と、四隅を棒にくくりつけた青と白のストライプの帆布の下にテーブルを置いた休憩所をケスラーが見つけた。足元の土は踏み固められていた。そこには誰もいなかった。少し座りましょう、と彼は一人の捜査官に言った。そこからエストレージャ丘陵が見えた。捜査官たちは二つのテーブルを合わせて椅子に腰を下ろし、煙草に火をつけ、まるで、ここにいます、先生、何でもおっしゃってください、と言っているかのように、笑顔を見せずにはいられなかった。若い顔だ、とケスラーは思った。元気のいい、健全な若者たちの顔つきだ。何人かは若いうちに死ぬだろう。歳のせいで、あるいは恐怖や無駄な不安のせいで皺が寄ってしまう前に。白い前掛けをつけた中年の女性が、休憩所の奥から出てきた。ケスラーは、昼に飲んだような氷入りのパイナップルジュースが飲みたいと言ったが、警官たちは、そのあたりの水は信用できないのでほかのものを頼んだほうがいいと助言した。「飲用」という英語の単語を思い出すのに手間取った。君たちは何を飲むつもりなんだ？　とケスラーは言った。バカノラにします、と警官たちは言うと、バカノラはソノラ州でしか造られていない蒸留酒で、このあたりにしか生えていない竜舌蘭の一種が原料だと説明した。ではバカノラをもらおう、とケスラーが言った。何人かの子供が店の前に現われ、警官の一団を見つめ、それから走っていなくなった。女がコップを五つとバカノラの瓶を載せた盆を持って戻ってきた。そしてケスラーに酒を注ぎ、そのまま彼の感想を待った。実にうまい、とアメリカ人の探偵は言った。頭に血が上り始めていた。ケスラーさん、殺人事件の捜査でここにいらしたんですか？　と女が尋ねた。どうして私の名前を？　とケスラーは言った。昨日テレビで見ました。あなたの映画を見たこともあります。私の映画ですか？　とケスラーは言った。殺人事件は終わってくれるんでしょうか？　と女は尋ねた。難しい質問ですね、努力してみます、それだけはお約束します、とケスラーが言うと、捜査官がスペイン語に訳して女に伝えた。店の青と白のストライプの帆布の下から見ると、エストレージャ丘陵は石膏でできているようだった。筋状の黒い線はゴミに違いなかった。茶色い筋は、家か、心許ない奇妙なバランスでしがみついている掘っ立て小屋。赤い筋はおそらく風雨にさらされて錆びた鉄屑だろう。おいしいバカノラでした、とケスラーは席を立つときに言って十ドル札を置いたが、捜査官たちはすぐに彼の手に戻した。あなたはお客さまですから、ケスラーさん。どうぞここではくつろいでいてください、ケスラーさん。あなたに来ていただけて光栄です。あなたとこうしてパトロールできて。これはパトロールなのかね？　とケスラーは笑顔で尋ねた。さっきの女が休憩所の奥の、厨房か何かとこちらを隔てている青いカーテンに彫像のように少し身を隠して彼らが帰っていくのを見ていた。あの丘の上まで鉄屑を運んだ人間がいるということなのか？　とケスラーは思った。

ところでクラウス、いつからそんなことを知っていたんですか？　ずっと前からです、とハースは言った。どうしてもっと早く言わなかったんですか？　確かな情報かどうか調べる必要があったんです、とハースは言った。刑務所にいるくせにどうしたら調べることができるんですか？　とエル・インデペンディエンテ紙の女性記者が言った。またその話か、とハースは言った。私には情報源がある。友人もいれば、裏事情に通じた者たちとのつながりもある。その情報源とやらによれば、二人のウリベは今どこにいるんですか？　半年前から姿を消していますす、とハースは言った。サンタテレサからですか？　そうです、サンタテレサから姿を消しているんです。ただし、ツーソンで見かけたという人もいれば、フェニックスで、はてはロサンゼルスで見かけたという人もいます、とハースは言った。わたしたちはどうやったらそれを確かめられるんでしょう？　単純なことです、彼らの両親の電話番号を調べて、息子たちがどこにいるのか尋ねればいいんです、とハースは勝ち誇ったような笑顔を浮かべて言った。

十一月十二日、ファン・デ・ディオス・マルティネス捜査官は警察無線を通じて、サンタテレサで新たな女性の被害者が発見されたことを知った。担当にはなっていなかったが、フェリクス・ゴメス区のカリベ通りとベルムダス通りのあいだの現場へ急行した。被害者の名前はアンヘリカ・オチョアで、通りを立ち入り禁止にしていた警官たちの話によれば、性犯罪というよりも、痴話喧嘩の清算のようだった。犯行直前、二人の警官が、〈エル・バケロ〉というディスコの脇の歩道で激しく言い争っている男女を目撃したが、よくある恋人同士の喧嘩だろうと取り合わなかった。アンヘリカ・オチョアの左こめかみを撃った銃弾は、貫通して右耳近くに穴を開けていた。二つ目は頬から首の右側へ突き抜けていた。三つ目は右膝。四つ目は左腿。最後の五つ目は右腿だった。発砲した順番は、おそらく五つ目が最初で、最後が一つ目の、左こめかみへのとどめの一撃だったのだろう、とファン・デ・ディオスは考えた。男女がもめているのを見た警官たちは、発砲の瞬間どこにいたのか？

取り調べを受けた彼らはつじつまの合う説明ができなかった。銃声が聞こえたのでカリベ通りに引き返すと、すでにアンヘリカが地面に倒れていて、ほかには誰の姿もなく、近所の連中が何事かとドアから覗き始めていた。事件の翌日、警察は、痴情の果ての犯罪だと発表した。容疑者はルベン・ゴメス＝アランシビア、あたりでは牝鹿《ラ・ベナーダ》という名で知られるぽん引きだった。あだ名の由来は牝鹿に似ているからではなく、人間がその動物にするように多くの人間を追い詰めて仕留めた、つまり二流だか三流だかのぽん引きらしく、裏切りや卑怯な手口によって多くの人間を狩った、とときどきうそぶいていたからだった。アンヘリカ・オチョアは彼の妻で、どうやらラ・ベナーダは彼女が自分を捨てようとしているという噂を聞きつけたらしい。おそらく、犯行は計画的なものではなかったのだろう、とファン・デ・ディオスは暗い角に停めた車の運転席に座ったまま考えた。初めのうちはラ・ベナーダも、痛い目に遭わせてやろう、脅かしてやろう、あるいは思い知らせてやろうとしただけだったのだろう。そして右腿に発砲し、アンヘリカの痛みに歪んだ、あるいは驚いた顔を見て、怒りにユーモアの感覚が加わり、そのユーモアの深淵からシンメトリーへの欲求が生まれ、左腿にも発砲したのだろう。その瞬間に自制心を失ったのだ。警察はラ・ベナーダ発見に努めたが、無駄に終わった。彼は行方をくらましていた。

十九歳のとき、初めて恋人ができた。わたしの性遍歴の伝説はメキシコ中で知られているけれど、伝説というのはいつだって不確かだし、メキシコではとくにそうね。初めて男と寝たのは好奇心からだった。まさにそう。愛からでもなく憧れからでもなく、怖かったからでもない、ほかの女の人はそういう理由で寝るみたいだけど。そう、かわいそうだったから寝た可能性はあるわね。初めて寝た男の子は、実際哀れを誘ったもの。でも本当のところ、わたしが寝たのは好奇心からだった。二か月後に彼を捨てて、新しい男に走ったわ。革命を起こすんだって思っているろくでなしよ。メキシコにはその手のろくでなしがごまんといるわね。どうしようもなく愚かで、思い上がっている男の子たちが、エスキベル＝プラタみたいな女と出会うと分別を失って、今すぐにでもやりたくなってしまうってわけ。まるでわたしのような女をものにするという行為が、冬宮殿を乗っ取ることに匹敵するみたいにね。冬宮殿よ！　夏の別荘の芝を刈ることすらできそうにない彼らがね！　それでその男もすぐに捨てたわ。今ではそれなりに評判のいいジャーナリストよ。酔っぱらうたびにわたしの最初の相手だったと話しているらしいわ。そのあとの恋人たちは、ベッドのなかでよかったからとか、わたしが退屈していたからとか、ユーモアのある人だったからとか、楽しい人だったから、あまりに変わった人だったから、そう、わたしにしか笑えないほどとことん変わった人だったからとか、そういう理由で選んでいたわ。ある時期、あなたももちろんご存じでしょうけど、わたしは左翼学生のなかではかなりの重要人物だったの。キューバにも行ったわ。そのあと結婚して、子供を産んで、わたし同様左翼だった夫が、PRIの党員になった。わたしはジャーナリストとして仕事を始めた。日曜日になるとうちに行ったわ。実家のことよ。家族がゆっくりと腐敗していった場所。わたしは廊下や庭をひたすら歩き回っていた。そしてアルバムを開いたり、知りもしない先祖の日記を読んだりした。日記というより祈禱書だったわね。長いこと中庭にある石の井戸の脇に座ってじっとしたまま、期待のこもった沈黙のなかで、本も読まず考え事もせずに、ときには何も思い出せずに、ひたすら煙草を吸い続けた。つまり退屈していたの。何かしたかったんだけど、具体的に何がしたいのかが分からなかった。数か月後に離婚したわ。結婚生活は二年足らずだった。もちろん家族はわたしを説得しようとしたわ。勘当するって脅された。ついでに言っておくと、エスキベル家の伝統のなかで結婚の秘蹟を破ったのはわたしが初めてだと言われたわ、当たり前よね。九十歳になる伯父のドン・エセキエル・プラタ神父がわたしと話をしたがったわ。非公式のお説教を垂れようってね。でもそんなときに、彼らには思いもよらないタイミングで、わたしは命令の怪物に、あるいは最近の言い方を借りればリーダーシップの怪物になって、彼らひとりひとりに、残らずまとめて現状を思い知らせてあげたのよ。要するに、その壁の下で、わたしは今のわたしに、死ぬまで変わらないこのわたしになったの。わたしは言ったわ。信仰と美辞麗句の時代は終わったんだって。もうこんな腰抜け一族にはうんざりだって。エスキベル家の財産も地所も年々減っていくばかり、この調子でいけば、たとえばわたしの子供は、あるいは息子が彼ら寄りではなくわたし寄りに育つとすればだけどわたしの孫たちは、自分の死に場所すら持てないだろうって。わたしが話しているあいだは余計な口出しはごめんだって。もしわたしの話に同意できないなら出ていってちょうだい、ドアは広く開け放たれているし、メキシコはもっと広いから、って。稲光輝くその晩（実際、街のどこかに雷が落ちるのが窓から見えた）を境に金輪際、わたしたちに天国を保証してくれるわりにはもう百年以上前から地上でわたしたちの生き血をすすり続けている教会へのバカ高い浄財はやめにするって。二度と結婚なんかしないって。そのうえもっとひどいわたしの噂を耳にするようになるだろうって警告した。そして言ってやった。あんたたちは誰もが死にかけているけれど、わたしは皆が死んでしまうのはいやだって。誰もが青い顔をして口をあんぐり開けて黙っていたわ。でも誰も心臓発作を起こしたりしなかった。エスキベル家の人間はね、芯は強いのよ、皆。その数日後に、まるで昨日のことのように覚えているわ、ケリーに再会したの。

その日、ケスラーはエストレージャ丘陵に行ったあと、エストレージャ区とイダルゴ区を歩き回り、プエブロ・アスルに向かう幹線道路の周辺を見て回り、靴箱に似た誰も住んでいない家々を眺めた。優雅さや快適さのかけらもない頑丈な建物が、プエブロ・アスルに向かう道路に合流する道の辻に建っていた。それから国境沿いの一帯、アメリカ側のエル・アドービと向かい合うメキシコ区を、メキシコ区のバーやレストランやホテルと、国境へと向かうトラックや車が絶えず轟音を立てている目抜き通りを見たがった。それから一行は南へ向かい、ヘネラル・セプルベダ大通り、そしてカナネアに向かう幹線道路を走り、そこから道を外れてラ・ビストサ区に入った。そこは警察もわざわざ入ろうとはしない場所なんです、と運転していた捜査官が言うと、もう一人の捜査官も悲しそうな表情で頷いた。まるで、ラ・ビストサ区とキノ区、それにレメディオス・マヨール区における警察の不在が、彼らのように若さあふれる意気さかんな青年にとって恥ずべき汚点であり、それを認めるのが悲しいかのように。で、何が悲しいのか？　刑罰を免れていることが悲しいのだと彼らは言った。誰が刑罰を免れているのか？　神に見放されたこれらの地域で麻薬を取引している組織の連中です。その答えを聞いてケスラーはしばし考え込んだ。そもそも、車の窓から断片的な風景を眺めていると、こんなところに住んでいる者たちが麻薬を買うところなど想像しがたかった。麻薬をやっているところを想像するのは簡単だ。だが彼らが麻薬を買うところ、ポケットの底を引っかき回して麻薬を買えるだけの金をかき集めるところなどとても想像できなかった。国境の北側の、黒人やヒスパニック系のゲットーでならたしかに想像できた。ゲットーとは言っても、目の前に広がるこのすさんだ混沌に比べたら、よほど住みよい地区に思えた。しかし、若くてたくましい顎をした捜査官は言った。でもそうなんです、ここにはコカインも、コカインの屑みたいなものも何だって大量に出回っているんです。するとケスラーはふたたび、断片的な、あるいは絶えざる分裂のさなかにあって、まるで一秒ごとに組み合わさってはばらばらになるパズルのような風景を眺め、運転席にいる捜査官にゴミ集積場エル・チレに連れていってほしいと言った。サンタテレサ最大の不法投棄場であるエル・チレは、市のゴミ集積場よりも大きく、マキラドーラのゴミ収集車だけでなく、市当局と契約している収集車も、下請けをやっていたり公共サービスが及ばない競売にかけられた地区に行ったりする民間の収集車や小型トラックもゴミを捨てていく場所だった。そこで車は舗装されていない路地から出て、いったんは後戻りしてラ・ビストサ区、さらには幹線道路へと向かうように思えたが、途中で方向を変えてもっと広い道路に入っていった。そのあたりも同じように荒涼としていて、低木の茂みさえ厚い埃に覆われていた。まるで近くに原子爆弾が落ちたのに、被害者以外誰も気づいていないかのようだとケスラーは思った。だが被害者たちもあてにはならない。気が狂ってしまったか死んだかのどちらかなのだから。それでもなお彼らは歩き、我々を見つめている。西部劇から飛び出してきたような彼らの目や視線は、インディアンたちの、あるいは悪漢たちの視線、もちろん狂人の視線ということだが、別の次元を生きている人々の視線、彼らの目はもはや我々に触れることはできず、我々はそれを感じるが我々に触れるわけではなく、我々の肌に貼りつくことなく我々を通り過ぎていく。ケスラーはそんなことを考えながら車のウィンドウを開けようとして手を伸ばした。だめです、開けないでください、と捜査官が言った。どうしてだ？　臭いです、死の臭いがするんです。臭うんですよ。十分後、車はゴミ集積場に到着した。

それで、あなたはどう思っていらっしゃるんですか？　と一人の記者が弁護士に尋ねた。弁護士はうつむき、それから記者を、そのあとハースを見つめた。チュイ・ピメンテルはその姿をカメラに収めた。まるで息切れがして今にも肺が破裂しそうに見えた。ただ、窒息しかけている人間とは違って顔は赤くならず、ひどく青ざめた顔をしていた。今のはハース氏の見解です、と彼女は言った。わたしが同意見というわけではありません。それから彼女はハース氏が弱い立場に置かれていることについて、公判が延期され続けていることについて、消失した証拠について、証言を強要された者たちについて、依頼人が拘禁され続けていることについて話した。彼の立場に置かれたら、冷静でいられる人間はいないでしょう、と彼女は小声で言った。エル・インデペンディエンテ紙の女性記者が嘲るように、興味津々に弁護士を見つめた。あなたはクラウスと恋愛関係にあるんですね？　と彼女は尋ねた。記者は若く、まだ二十代で、ずけずけとものを言い、ときに乱暴な話し方をする人々を相手にすることに慣れていた。弁護士はといえば四十過ぎで、まるで何日も眠っていないかのように疲れた様子だった。その質問に答えるのは控えさせていただきます、と彼女は言った。関係があるとは思えませんので。

十一月十六日、別の女性の遺体がサン・バルトロメ区にあるマキラドーラ〈クサイ〉の裏手で発見された。被害者は、当初の情報によれば年齢は十八歳から二十二歳、死因は、監察医の報告書によれば、首を絞められたことによる窒息死だった。遺体は全裸で、服は五メートルほど離れた茂みに隠されていた。もっとも、すべての服が発見されたわけではなく、黒いスパッツと赤いパンティーだけだった。二日後、被害者はロサリオ・マルキーナ十九歳であることが両親によって確認された。十一月十二日、自宅のあるベラクルス区にほど近いカランサ大通りにあるダンスホール〈モンタナ〉へ踊りに行ったきり、行方不明になっていた。偶然、被害者も両親も、マキラドーラ〈クサイ〉で働いていた。監察医によれば、被害者は殺される前に複数回レイプされていた。

ケリーの登場は、まるでわたしへのプレゼントのようだったわ。再会した夜は、お互いの人生について明け方まで語り合った。彼女のほうは、一言で言えば、さんざんだった。ニューヨークでは舞台女優になろうと、ロサンゼルスでは映画女優になろうと、パリではモデルに、ロンドンでは写真家に、スペインでは通訳になろうとしたの。現代舞踊を勉強しようとしたけれど、一年目でやめてしまった。画家になりたくて、初めて個展を開いたとき、人生最大の間違いを犯したことに気がついた。独身で子供もいなかったし、家族もいなかったし（母親は長患いの末に死んだばかりだった）、これといった夢もなかった。メキシコに戻ってくる潮時だったというわけ。メキシコシティで仕事を見つけるのは難しくはなかった。友達もいたし、わたしもいた。わたしは、一瞬だって疑ってほしくないのだけれど、彼女の一番の親友だった。実際には彼女が誰かの（少なくともわたしが知っている誰かの）助けを借りる必要なんてなかったわ。すぐに、アートシーンとでもいうような業界でコーディネーターとでもいうような仕事を始めたのよ。つまり、展覧会のオープニングの企画をしたり、カタログのデザインや印刷を請け負ったり、芸術家と寝たり、作品を買う人たちと交渉したり、どれも四人の美術商の肝煎りでね。当時はその四人がメキシコシティの四大美術商だったのよ。ギャラリーと画家たちの背後にいる亡霊みたいな存在で、美術界を陰で操っていた人たち。そのころわたしは、気を悪くなさらないでね、無意味な左翼の闘士を引退して、少しずつＰＲＩの機関に接近していった。一度なんて元の夫に、もしそのまま同じようなことを書き続けていけば、今に干されるか、もっとひどいことにもなりかねないって言われたわ。わたしは、もっとひどいことの意味を考えもせずに、それまでどおり記事を書き続けていた。その結果、わたしは干されなかっただけでなく、上層部がだんだんわたしに興味を示すようになっているのを感じるようになった。今では考えられない時代だったのよ。みんな若かったし、大きな責任を負うこともなかったし、自立していて、お金には困らなかった。ちょうどそのころね、ケリーが自分にふさわしい名前はケリーだと決めたのは。わたしはまだ彼女のことをルス・マリアと呼んでいたけれど、わたし以外の人間にはケリーと呼ばれていたの。やがてある日、彼女に言われたのよ。彼女はこう言ったわ、ねえ、わたし、ルス・マリア・リベラっていう名前が気に入らないの、とくに響きがね、ケリーのほうがいいわ、みんなわたしをそう呼ぶの、あなたもそうしてくれるかしら？　だからわたしは言ったわ。いいわよ。ケリーって呼んでほしいならわたしもそう呼ぶわよって。そうしてその瞬間から彼女をケリーって呼ぶようになったの。初めのうちは変な感じだった。あまりにアメリカ趣味じゃない。でもあとになって彼女にぴったりだって気がついたの。たぶん、ケリーにはどことなくグレース・ケリーの雰囲気があったのよ。それかケリーという名前が短くて、二音節しかないからかも。ルス・マリアはもっと長いでしょう。あるいはルス・マリアだと宗教臭い感じがするけれど、ケリーには何のイメージも湧かないか、せいぜい写真が一枚頭に浮かぶ程度だったから。ケリー・R・パーカーっていう署名がしてある手紙がどこかにあるはずよ。たしか小切手にもそうサインするようになっていたわ。ケリー・リベラ＝パーカーって。名前に運命が隠されていると考える人がいる。わたしはそんなの嘘だと思う。でももし本当だとしたら、ケリーがその名前を選んだ時点で、ある意味ケリーは透明な世界に片足を突っ込んでしまったんじゃないか、悪夢に入り込んでしまったんじゃないかという気がするの。あなたは名前に運命が隠されていると思う？　いえ、とセルヒオは言った。自分としてはそう思わないほうがいいんです。どうしてかしら、と下院議員は興味なさそうにつぶやいた。あまりにありふれた名前ですから、とセルヒオは彼女のサングラスを見つめながら言った。一瞬、下院議員はまるで偏頭痛に襲われたかのように両手を頭に当てた。ひとつ言ってもいいかしら？　名前なんてどれもありふれているわ、どれもどこにでも転がっている。ケリーだろうが、ルス・マリアだろうが、結局は同じこと。名前なんてみんな消えてなくなるのよ。そういうことを小学校のときから子供に教えなくちゃいけない。でもわたしたちはそれを教えるのが怖いのよ。

ゴミ集積場エル・チレは、窃盗の頻発する地区で警察の車に乗ったまま、警察の別の車に警護されながら見て回った界隈ほどにはケスラーに印象を与えなかった。キノ区、ラ・ビストサ区、レメディオス・マヨール区、ラ・プレシアーダ区といった市の南西にある地区、ラス・フローレス区、プラタ区、アラモス区、ローマス・デル・トロ区といった西にある地区、いずれも近くに工業団地があり、まるでルベン・ダリオ大通りとカランサ大通りが二つの脊椎であるかのようにその周辺に並ぶ地区、そしてサン・バルトロメ区、グアダルーペ・ビクトリア区、シウダー・ヌエバ区、ラス・ロシータス区といった市の北西にある地区。今言ったような地区の街路を歩くのは、真昼でも恐ろしい、と彼は記者会見で語った。つまり、私のような男性でも不安になります。誰もそうした地区には住んでいない記者たちは頷いた。警官たちはといえば、笑いを噛み殺した。彼らにはケスラーの口調が無邪気なものに思えた。アメリカ人のしゃべり方だ。もちろん、善良なアメリカ人の。悪辣なアメリカ人の口調は別だ。奴らは違う話し方をする。女性が夜出歩くのは危険です。そして危険をかえりみない行為です。そうした通りのほとんどは、バスが通る幹線道路を除けば、街灯の明かりが乏しく、そもそも明かりがまったくないこともあります。警察が入っていかない地区もあります、と彼は市長に向けて言い、市長は椅子に座ったまま、毒蛇に嚙まれたように身体をよじり、どこまでも悲しげな、何から何まで分かっているという顔をした。ソノラ州検事長と副検事長、それに司法警察の捜査官たちは口々に、その問題はおそらく、もしかしたら、たぶん、可能性として、つまり、言ってみれば、市警察が大学学長の双子の弟ドン・ペドロ・ネグレーテの指揮下にあることが問題なのではないかと言った。ケスラーは、ペドロ・ネグレーテとは何者か、すでに紹介された人物かと尋ねた。すると二人の、まだ若いが意気さかんで、どこに行くにも護衛を買って出てくれる、英語もそれほど悪くない捜査官が、いいえ、ケスラーさんとドン・ペドロが一緒にいるところを見かけたことはありませんと否定した。するとケスラーは、どんな人物か言ってみてくれないかと頼んだ。もしかしたらすでに会っているかもしれない、最初の日に、空港で。捜査官たちが警察署長の風貌を簡単に説明した。あまり気乗りしない様子で、人相書きとして出来が悪く、あたかもペドロ・ネグレーテの話をしたことを後悔していたかのようだった。ケスラーはその人相書きに思い当たる節がなかった。彼は押し黙った。それは空っぽの言葉でできていた。タフで男らしい人物です、と若くて意気さかんな捜査官たちが言った。かつては司法警察に所属していました。学長と瓜二つなのだろう、とケスラーは思った。しかし捜査官たちは笑い出して、最後にもう一杯バカノラをおごりますと言い、そんなことはない、そんなことは考えないほうがいい、ドン・ペドロは全然、ドン・パブロとは似ても似つかないのだと言った。学長のほうは背が高くて痩せていて、いわば骨と皮だが、ドン・ペドロのほうはどちらかといえば背が低くて、肩幅は広いが背は低くて、肉づきがいいのはうまいものに目がないからで、しかも北部の料理もアメリカのハンバーガーも喜んで食べるから。ケスラーは、本当にその警官と話すべきなのかどうかと自問した。彼を訪ねてみるべきなのかどうか。そして同時に、どうして地元の警察署長が、招待した相手である自分を訪ねてこないのだろうかと自問した。そこで彼の名前を自分のノートに書き込んだ。ペドロ・ネグレーテ、元司法警察捜査官、市警察署長、畏れられる男、私に挨拶をしに来なかった男。それから彼は別のことに専念した。女性殺人事件を一件ずつ検討するのに専念した。バカノラを飲むのに専念した。まったく、こいつはうまい。大学で行なう予定の二つの講演の準備に専念した。そしてある日の午後、到着した日と同じように裏口から出てタクシーに乗り、民芸品の市場、インディオ市場と呼ぶ者もいれば北部市場と呼ぶ者もいる市場に向かい、妻に土産をひとつ買った。そして最初の日と同じように、彼は気づくことはなかったが、外観からはそれとは分からない警察の車が一台、彼のあとを追いかけていた。

記者たちがサンタテレサ刑務所から出ていくと、弁護士は机に頭をつけ、かすかな声ですすり泣き始めた。その控えめな泣き方は白人女性らしくなかった。インディオの女性ならばそんなふうに泣くだろう。メスティーソの女性にもそんなふうに泣く者がいるだろう。しかし白人の女性はそんな泣き方はしないし、大学を出た白人女性ならばなおさらだった。彼女はハースの手が自分の肩に触れているのを感じたが、それは愛撫ではなく友情の仕草、あるいは友情からですらなく、形ばかりの仕草にすぎなかったかもしれないが、そのときには机（消毒薬と、奇妙なことにコルダイトの匂いのする机）の上に彼女がこぼした何粒かの涙は乾き、彼女は顔を上げて依頼人の、恋人の、友人の青白い顔を、不遜であると同時に和らいだ顔（不遜であると同時に和らいだ状態などありうるのだろうか？）を見つめた。科学的厳密さをもって、ただしいつもの監房ではなく、別の惑星の、硫黄の蒸気の向こうから彼女を見つめる顔を。

十一月二十五日、マリア・エレナ・トーレス三十二歳の遺体が、ルベン・ダリオ区スクレ通りの自宅で発見された。二日前の十一月二十三日、サンタテレサの通りで、具体的には大学から市庁舎まで、女性を狙った殺人事件および犯人が捕まっていないことに対して抗議する女性たちによるデモ行進があった。デモはＭＳＤＰによって組織され、ＰＲＤやいくつかの学生グループに加え、さまざまな非政府組織がそこに加わった。当局によれば参加者は五千人以下だった。主催者側の発表では六万人以上がサンタテレサの市街を行進した。マリア・エレナ・トーレスもその一人だった。二日後、彼女は自宅でナイフで何度も刺されて殺された。首に負った傷が出血過多を引き起こし、それが死因となった。マリア・エレナ・トーレスはひとり暮らしで、つい最近夫と離婚したばかりだった。子供はいなかった。近所の人の話では、その週に夫と言い争っていたということだった。警察が夫の住んでいる下宿に急行すると、すでに逃走したあとだった。エルモシージョからやってきたばかりのルイス・ビジャセニョール捜査官がこの事件を担当し、一週間捜査を行なったあと、犯人は逃げた夫ではなく、ひと月ほど前から被害者と付き合っていたアウグストもしくはティト・エスコバルというマリア・エレナの恋人だと結論づけた。そのエスコバルなる男はラ・ビストサ区に住んでいて、どんな職業に就いているかは分からなかった。警察が家に向かったが、彼はすでにいなくなっていた。夫と同じく逃走していた。その家には三人の男がいた。取り調べに対して彼らは、ある晩エスコバルが帰ってきたとき、シャツに血痕がついているのを見たと供述した。ビジャセニョール捜査官は、あんないやな臭いのする三人の男を尋問したのは生まれて初めてだと告白した。クソが奴らの第二の皮膚みたいになっていたんだ、と彼は言った。三人とも、不法ゴミ集積場エル・チレでゴミを漁る仕事をしていた。家にはシャワーがなかっただけでなく、水道も通っていなかった。いったいぜんたい、どうしてそのエスコバルって奴はマリア・エレナの恋人になることができたっていうんだ？　とビジャセニョール捜査官は自問した。取り調べが終わると、ビジャセニョールは拘束した三人を庭に出し、ホースの切れ端で打ち据えた。それからむりやり服を脱がせて石鹸を投げつけ、シャワー代わりに十五分間にわたってきれいな水をホースで勢いよくかけた。そのあと、彼は胃のなかのものを吐きながら、どちらの行動にもはっきりした論理が欠けていると考えた。まるで一方がもう一方を後押ししたかのようだった。鞭打ったホースの切れ端は緑色。水が出てきたホースは黒。こうしたことを考えていたら元気になった。ゴミを漁る男たちの証言をもとに作られた容疑者の人相書きが各地の警察に回された。しかし事件の捜査は進展しなかった。元夫と恋人は姿をくらまし、その行方は杳として知れなかった。

もちろん、ある日仕事がなくなったわ。美術商も画廊もどんどん変わっていく。メキシコの画家はそんなことないわね。いつだってメキシコの画家はメキシコの画家だから。マリアッチと同じようなものね。でも美術商はある日カイマン諸島行きの飛行機に飛び乗るし、画廊は閉まるか、スタッフの給料が下げられるかする。ケリーにもそんなことが起こったはず。そこで彼女はファッションショーの運営をやるようになったの。最初の数か月はうまくいっていたわ。流行も絵と同じようなもので、まあもう少し簡単ね。服は安いし、服を一着買うときにはそんなに幻想を抱いたりしない。ともかく最初はうまくいっていたのよ、経験もあったしコネもあったし、彼女自身は信用されていなかったとしても、彼女のセンスは信用されていたから、ケリーが企画したファッションショーは成功だった。でも、彼女は自分自身のこともお金もうまく管理できるほうじゃなかったから、わたしの知るかぎりではいつもお金に困っていたわ。ときどき彼女の生活のペースにわたしが怒って、ひどい喧嘩もしたわ。彼女に、独身男性というかむしろ彼女と結婚して彼女の生活を支えてくれそうな離婚歴のある男性を紹介したことも何度となくあった。でもケリーはこの点については申し分なく独立した女だったの。だからと言って聖女だったとは言わないわ。聖女らしいところなんて彼女にはいっさいなかった。わたしは彼女に貢がされた男たちのことを知っているの（なぜ知っているかって、その男たち自身が、目に涙を浮かべながらわたしに話してくれたから）。でもね、法的な庇護を受けようとはしなかった。男たちが彼女に頼まれたものを与えたのは、彼女、ケリー・リベラ＝パーカーが頼んだからであって、男たちが妻や自分の子供の母親（その時点でケリーはすでに子供は産まないと決めていたけれど）、それか公式の恋人への義務を感じたからではなかったわ。彼女の性格にはどこか、恋愛に関わることはどんな約束でもことごとくはねつけるところがあったの。その、いつも約束なしに生きるということ自体が彼女を微妙な状況に追いやったわけだけれど、そういった状況をケリーは、決して身から出た錆だとは思っていなくて、運命の予測不能な成り行きのせいにしていたわ。彼女はオスカー・ワイルドのように、自分の可能性を越えたところで生きていたの。何より信じがたいのは、そういったことのせいで彼女が気難しくなったりすることはなかったってこと。いえ、ときにはそうなることもあったし、何度か彼女が怒っているところ、激怒しているところを見たことがあったけれど、そんな発作も、ものの数分で治まったわ。彼女のもうひとつの長所は、友人に対する連帯感で、わたしも分け前にあずかっていた。よく考えてみれば、それを長所と言うことはできないのかもしれないけれど。でも彼女はそんな人だったの。男にせよ女にせよ友情は神聖なもので、彼女はいつも友人たちの味方であろうとしていたわ。たとえばわたしがＰＲＩに入党したとき、わたしの周りでは、いわば軽い衝撃というものが走ったのよ。わたしを何年も前から知っているジャーナリストのなかには、わたしと話すのをやめた人もいたわ。もっとひどかったのは、わたしとは相変わらず話すけれど、わたしがいなくなったとたんに悪口を言い出す人たちね。あなたもよくご存じでしょうけれど、このマッチョな国には、おかまがうじゃうじゃいるのよ。そうでなければメキシコの歴史は説明がつかないわ。でもケリーはいつもわたしの味方をしてくれた。わたしに説明を求めたりしたことはなかったし、何かその件について意見を言うこともなかった。ほかの人たちはね、あなたもご存じのとおり、わたしが出世のために入党したんだって言ったわ。もちろんわたしは出世のために入党したのよ。ただ出世にもいろいろあって、わたしとしては虚空で演説をぶつのにうんざりしていた。権力がほしかった。その点については誰と議論するつもりもないわ。この国のいくつかのことを変えるための権限がほしかった。それも否定するつもりはない。人々の健康状態と教育を改善して、二十一世紀の入口に立とうとするメキシコのためにほんの少しでも奉仕できればと思った。それを出世だというのなら、ええ、出世したかった。もちろん、そんなにたくさんのことはできなかった。ちょっと期待しすぎていたのね、きっと。だから自分の間違いにすぐ気がついたわ。人は内側から何かを変えられるって思うものでしょう。初めは外側から変えようとして、そのあとで、内部にいれば実際に変化を起こす可能性が大きくなるだろうって思うのよ。少なくとも、内側からならもっと自由に行動できるだろうって思うのね。それは間違ってる。外からも内からも変えられないものがあるのよ。でもここが一番面白いところ。歴史（わたしたちの悲しいメキシコの歴史であろうとわたしたちの悲しいラテンアメリカの歴史であろうと同じこと）の一番驚くべきところ。ここがお・ど・ろ・く・べ・き・ところなのよ。内側で間違いを犯しているとね、その間違いが大したことではなくなる。間違いが間違いでなくなるのよ。間違いを犯すことがね、壁に頭を打ちつけることが、政治的な美徳に、政治的な出来事に、政治的な存在になっていく。メディアを味方につけることにもなる。存在することと間違えることとは、ここぞというとき、つまり四六時中、少なくとも午後八時から午前五時までつねに待ち伏せるのと同じくらい意味のある行為。何もしなくたっていい、失言したっていいの、大事なのはそこにいるってこと。どこに？　そこよ、いるべきところに。そうやってわたしは、ちょっと名の知れた女ではなく有名な女になったのよ。わたしは魅力的な女だった。わたしは歯に衣着せなかった。PRIの恐竜たちはわたしの怒りの言葉を嘲笑った。PRIのサメたちはわたしのことを仲間だと思っていた。党の左派はわたしの場違いな言動を口を揃えて賛美した。わたしは半分も気づいていなかった。現実なんてヤク中のぽん引きみたいなものなのよ。そう思わない？

アルバート・ケスラーがサンタテレサ大学で行なった最初の講演は、これまでに類を見ないほど盛況だった。何年も前に同じ場所で開かれた二つの講演、PRIの大統領候補の講演と当選した大統領の講演を除けば、大学の、千五百人を収容できる階段教室にそれほど多くの人がつめかけたことなどついぞなかった。ごく控えめに見積もっても、ケスラーの講演を聞きに行った人の数は、三千人を優に超えた。もはやそれは社会的な出来事だった。サンタテレサでそれなりに名のある人々はこぞって、かの有名な来訪者と知り合いになろうとし、紹介してもらうか、少なくとも近くから見ようとした。さらにそれは政治的な出来事でもあった。野党のもっとも強硬なグループすら態度を和らげたか、それまでのように騒ぎ立てるのをやめたようだった。女性団体や被害者女性の家族の会でさえ、科学の奇跡に、その現代のシャーロック・ホームズが始動させた人智の奇跡に期待をかけることにした。

ウリベ家の息子たちこそ真犯人だというハースの証言は、サンタテレサ刑務所に特派員を送った六紙で記事になった。そのうち五社は、発表の前に警察に照合したが、警察はメキシコの大手新聞社と同じように、そんな情報の信頼性を全否定した。記者たちはウリベ家に電話をかけて親族への取材も行なったが、アントニオとダニエルは旅行中だと言われたり、もうメキシコには住んでいないだとかメキシコシティに引っ越して大学に通っているなどと言われたりした。エル・インデペンディエンテ・デ・フェニクス紙の記者メアリ＝スー・ブラボはダニエル・ウリベの父親の住所を突き止め、何度も彼にインタビューしようと試みたが、いずれも不首尾に終わった。ホアキン・ウリベはつねに用事があるか、サンタテレサにいないか、出かけたばかりだった。メアリ＝スー・ブラボはサンタテレサに滞在していた何日かのあいだに偶然、ラ・ラサ・デ・グリーン・ヴァリー紙の記者に出くわした。警察の公式見解との照合をしないままハースの会見記事を掲載し、ウリベ家側と事件を扱うソノラ州当局側の双方から提訴される危険を冒した唯一の新聞だった。メアリ＝スー・ブラボは、ラ・ラサ紙の記者がマデロ区の安食堂で食事をしているのを窓越しに歩道から見つけた。彼はひとりではなく、横には筋骨たくましい男がいて、メアリ＝スーは警官のようだと思った。最初、彼女は大して気にもせずに通り過ぎたが、数メートル先でぴんとくるものがあり、引き返した。ラ・ラサ紙の記者はひとりになり、チラキーレスを食べ終えようとしているところだった。彼女は挨拶をして座ってもいいかと尋ねた。ラ・ラサ紙の記者はもちろんだと答えた。メアリ＝スーはコカコーラ・ライトを注文し、二人はしばらくハースのことや摑みどころのないウリベ家の話をした。そのあとラ・ラサ紙の記者は勘定を済ませ、彼と同じように、農場労働者やアメリカに不法入国する者たちのような雰囲気の男たちがひしめく店にメアリ＝スーをひとり残して出ていった。

十二月一日、カサス・ネグラス近郊の涸れた小川で十八歳から二十二歳くらいの若い女性の遺体が発見された。発見者のサンティアゴ・カタランは、狩猟の最中に小川に近づいたとき、連れていた犬たちの様子を奇妙に思った。突然、彼の証言によれば、まるで虎か熊の匂いを嗅ぎつけたかのように犬たちが震え出した。このあたりには虎も熊もいないんでね、きっと虎か熊の亡霊の匂いでも嗅ぎつけたんだろうって思ったんです。あっしはあの犬どものことならよく知ってるんで、あいつらが震え出してうなり出したとなりゃあ、ちゃんと理由があるはずだって思ったんです。それであっしも好奇心に駆られて、男らしく振る舞えと犬どもをどやしつけてから、毅然としてまっすぐ小川に向かったんでさ。五十センチ足らずの深さしかない乾いた川床に下りたとき、サンティアゴ・カタランには何も見えなかったし何も臭わなかったし、犬たちさえも落ち着いたように見えた。ところが最初のカーブにさしかかったとき、妙な音が聞こえ、ふたたび犬たちが吠え始め、震え出した。蠅の大群が遺体を覆っていた。サンティアゴ・カタランはあまりの衝撃に犬たちを放し、宙に散弾を撃った。蠅たちは一瞬のあいだ退散し、そのとき死体が女性のものだと気づいた。同時に、その一帯ではすでに若い女性の死体がいくつも発見されていることを思い出した。何秒間か、殺人犯がまだそこにいるのではないかと怖くなり、発砲したことを後悔した。そのあと、細心の注意を払って乾いた川床から出ると、周りをぐるりと見渡した。ウチワサボテンやタマサボテン、遠くにはハシラサボテンと目に入るものはサボテンばかり、あらゆる色合いの黄色が地表を覆っていた。カサス・ネグラス郊外にある〈エル・フガドール〉という名の自分の農場に戻ると警察に通報し、発見現場の正確な場所を知らせた。それから死んでいた女のことを考えながら顔を洗ってシャツを着替え、ふたたび出かけるときに使用人の一人についてくるよう命じた。警察が乾いた川床に到着したとき、カタランはまだ猟銃を携え、弾薬帯をぶら下げていた。遺体は仰向けで、片足のくるぶしのあたりにズボンが引っかかっているだけだった。銃創が腹部に四つ、胸部に三つあり、首の周りには擦過傷も見られた。肌は浅黒く、肩まで伸びた髪は黒く染められていた。数メートル離れたところに靴が、白い靴ひものついた黒いコンバースのスニーカーが落ちていた。それ以外の服は見当たらなかった。警察は川床を捜索したが、手がかりはいっさい見つからず、あるいは何を探せばいいのか分からなかった。四か月後、まったくの偶然で身元が確認された。被害者はウルスラ・ゴンサレス＝ロホ二十歳もしくは二十一歳、身寄りはなく、三年前からサカテカスに住んでいた。サンタテレサにやってきた三日後に、誘拐され殺された。この最後の情報はウルスラが電話したサカテカスの友人からのものだった。彼女は幸せそうでした、とその友人は言った。マキラドーラで仕事が見つかりそうだと言っていました。被害者の身元は、コンバースのスニーカーと背中にあった稲妻の形の小さな傷から確認することができた。

現実なんて、雷鳴轟き稲妻走る嵐のまっただなかにいるヤク中のぽん引きみたいなものよ、と下院議員は言った。そのあと、まるで遠くの雷鳴に耳を澄ませるかのようにしばらく黙り込んだ。それからふたたび満たされていたテキーラのグラスを持ち上げてこう言った。わたしの仕事は毎日どんどん増えていった。それは紛れもない事実よ。毎日のように晩餐会やら出張やら会議やら、途方もなく疲れさせられるばかりで何も実現しない計画やらで大忙し、毎日会談があり毎日反論されテレビに出演し、恋人たちと寝た。わたしが彼らと寝たのは、たぶん伝説を保つため、あるいはどうしてかは分からないけれど好きだったから、あるいは彼らと寝ることがわたしにとって好都合だったから、一度だけは試してみるけれど馴れ合いにならないのが都合がよかったから、あるいはたぶん単にわたしが、やりたくなったその場そのときにやるのが好きだからかもしれない。そして何をするにも時間がなくて、ビジネスは弁護士任せ。エスキベル＝プラタ家の財産よ。もう減ってはいなかったどころか、嘘はやめましょう、弁護士に任せたら増えていったのよ。息子も先生がたに任せきりで、わたしはどんどん仕事が増えていく——ミチョアカン州の水問題、ケレタロの幹線道路、会談、騎馬像、公共下水設備、地元のいまいましい問題をすべてさばいていたの。その時期は、友人たちを少しないがしろにしていたかもしれないわね。ケリーにしか会っていなかった。少しでも時間ができると彼女の家、コンデサ区のマンションに行って、二人で話す時間を作ろうとしたの。でも実際は、たどり着いたときにはもうくたくたで、意思疎通がうまくいかなかった。彼女はいろんな話をしてくれた。それははっきり覚えているわ。彼女の生活についていろいろ話してくれたけれど、わたしに説明してからお金を無心することも一度じゃなかったわね。わたしがしたことと言えば、小切手帳を取り出して彼女が必要な額を書き込むこと。話をしている最中に居眠りしてしまうこともあったわ。一緒に夕食に出かけて二人で大笑いすることもあったけれど、ほとんどいつもわたしは心ここにあらずで、まだ解決していない問題のことをああでもないこうでもないと考えていて、話の筋をたどるのに苦労したものよ。ケリーはそのことでわたしを責めたりしなかった。たとえば、わたしがテレビに出るたびに、翌日彼女からバラの花束が届いて、カードには、素敵だったとか、わたしのことが誇らしいとかいったことが書いてあったわ。わたしの誕生日には必ずプレゼントが贈られてきた。要するにそういう気配りのできる人だったのよ。もちろん時とともに気づいたこともいくつかあったわ。ケリーの企画するファッションショーは次第に数が減って間隔もあいていった。彼女のモデル・エージェンシーもかつてのように優雅で活気があるものではなくなって、むしろ暗い、たいていは閉まっているオフィスに変わった。一度ケリーに付き合って彼女のオフィスに行ったのだけれど、そのがらんとした様子に驚いたわ。どうなっているのと尋ねてみた。彼女は微笑んでわたしを見た。彼女らしい屈託のない笑顔で、トップレベルのメキシコ人モデルはアメリカやヨーロッパの会社と契約したがるんだって言ったわ。向こうにはお金があるから。わたしは、仕事はどうなっているのと訊いてみた。するとケリーは両手を広げて、見てのとおりよ、って言ったの。暗がりを、埃を、下ろしたカーテンを包み込むようにして。悪い予感がして震えが走った。きっと予感だったのよ。わたしは何にでも震え上がってしまうような女ではないもの。ソファに座って頭のなかを整理しようとした。あの手のオフィスの家賃は高いし、わたしからすれば、もはや終わりかけているものにそんなに高いお金をかけ続ける意味はないと思った。ケリーは今もときどきファッションショーを企画していると言って、いくつか場所の名前を挙げたんだけれど、それがちょっとどうかと思うところで、オートクチュールのショーをやるにはまず聞かない、考えられないところだった。もちろんオートクチュールなんかでは全然なかったけれど。そして彼女は、今の稼ぎで十分オフィスを開けておけるんだって言ったの。それから今はメキシコシティではなくて地方の都市でパーティーを企画する仕事をしているって教えてくれた。それってどんな仕事なの？　とわたしは訊いたわ。すごく単純な話よ、とケリーは言った。たとえばあなたがアグアスカリエンテスのお金持ちだとする。あなたはパーティーを開こうとしている。大きなパーティーにしたいと思っている。つまり、お友達がびっくりするようなパーティーよ。話題になるようなパーティーをするのに必要なものは何かしら？　そう、テーブルに並ぶ食事に、給仕、楽団、とにかくいろいろあるわ。でも何よりそのパーティーを際立たせるものがひとつある。何か分かる？　招待客ね、とわたしは言った。そのとおり、招待客。あなたがアグアスカリエンテスのお金持ちだとする。お金があって、皆の記憶に残るようなパーティーを開きたい、そんなときあなたはわたしに連絡を取るの。わたしが何から何まで指揮を執るのよ。ファッションショーみたいにね。食事、スタッフ、装飾、音楽、すべて決めて、でも何より、そして予算の範囲内で、招待客を決めるの。たとえばあなたが大好きなテレビドラマの主演俳優を呼びたかったらわたしに相談しないといけないのよ。もしテレビ番組の司会者を呼びたかったら、わたしに相談することになるわけ。つまり有名人を招待するのがわたしの仕事なの。どれもこれも金額次第ね。アグアスカリエンテスに有名なテレビ番組の司会者を呼ぶのはちょっと無理かもしれない。でも、もしそのパーティーがクエルナバカで開かれるなら、たぶんそんな人を押さえることができるかもしれない。簡単だとか安いとは言わないわ、でもやってみることはできる。アグアスカリエンテスにテレビドラマの主演俳優を呼ぶことならできるわね、こちらも安くはないだろうけれど。もしその俳優が売れっ子でなければ、たとえばの話、もし一年半ばかり仕事をしていなければ、パーティーに来てくれる可能性は高くなるわね。値段だって法外なものじゃなくなる。わたしの仕事が何かですって？　そうね、そういった人たちに来てくれるように説得することね。まず電話をして、コーヒーをご一緒しながら探りを入れてみるの。それからパーティーの話に入るわ。もし顔を出してくれればそれなりのお金が入るって言うの。このあたりになってくると値段の交渉が始まるのよ。わたしは低めの金額を提示する。向こうはもっと要求してくる。お互いに少しずつ妥協点に近づいていく。わたしは相手にホストの名前を告げるの。そして彼らが重要な人物だって、田舎の人だけれど大物なんだって言うの。そして何度か夫妻の名前を相手に言わせるの。向こうはわたしも行くのかって訊くわ。もちろん行くわよ。あらゆることの指揮を執っているんだもの。向こうはホテルのことを訊くわ、アグアスカリエンテスの、タンピコの、イラプアトの。いいホテルよ。それにね、わたしたちが行くようなところはどこの家にも来客用の寝室が山ほどあるの。それで最終的には契約にこぎ着ける。パーティーの日にはわたしと二人か三人か四人の有名人の招待客が来て、パーティーは成功する。で、十分お金をもらえるわけなの？　十分以上ね、とケリーは言った。ただ問題がひとつだけあって、まったく仕事が来ない時期があるの。盛大なパーティーの話なんか誰も聞きたがらないときが。わたしは倹約が苦手だから、そういうときはピンチになってしまうのよ。それからわたしたちは出かけた。どこに行ったかしら、パーティーかもしれないし、映画館か、何人かの友人との夕食だったかもしれない。それで、その話はそれで終わりだった。いずれにしても、彼女の口から愚痴を聞いたことはなかったわ。きっと、うまくいってたときも、だめだったときもあったんでしょう。でもある夜、彼女から電話がかかってきて、面倒なことになってるって言われたの。わたしはお金のことだと思って、何でもするわよって言った。でもお金じゃなかったの。面倒なことに巻き込まれてるのよ、と彼女は言ったわ。お金を借りたの？　とわたしは訊いた。いいえ、そうじゃないの、と彼女は言った。ベッドでうとうとしていたわたしは、彼女の口調がいつもと違うと思ったの。たしかにケリーの声だったけれど、聞いたこともないような声で、まるであのオフィスにひとりでいて、明かりを消して、ソファに座って、何を話せばいいのかどこから始めればいいのか考えあぐねているみたいだった。どうやら厄介なことに巻き込まれてしまったのよ、と彼女は言った。厄介なことならそれは警察にもっていかないと、とわたしは言ったわ。今どこにいるの？ すぐ迎えに行くわ。彼女はわたしに、その手の厄介なことじゃないって言った。お願いよ、ケリー、詳しく話せないなら寝かせてちょうだい、とわたしは言ったの。何秒かのあいだ、わたしは彼女が電話を切ってしまったか、ソファの上に受話器を置いてどこかへ行ったのかと思ったわ。すると彼女の声が聞こえてきたの。まるで小さな女の子みたいな声で、分からない、どうしよう、どうしよう、って何度も言うのよ。しかもその分からないはわたしに言っているんじゃなくて自分自身に言っているんだってことははっきりしていた。それでわたしは訊いたの。お酒を飲んでるのか、でなきゃ麻薬をやっているのかって。初めは返事がなかった。まるでわたしの話を聞いていなかったみたいに。それから笑い出したの、お酒も薬もやってないって、はっきり言ったわ。たぶん二杯か三杯はウイスキーソーダを飲んでいたけれど、それだけって。そのあと彼女はこんな遅い時間にごめんなさいと言ったわ。そして電話を切ろうとした。ちょっと待って、とわたしは言った。何かあったのね、わたしには分かるわ。彼女はまた笑った。何でもないわ、と言ったの。ごめんなさいね、わたしたちもずいぶんヒステリックになったわね、と彼女は言った。おやすみなさい。ちょっと待って、切らないで、切っちゃだめ、とわたしは言った。何かあったんでしょう、嘘つかないで。あなたに嘘をついたことはないわ、と彼女は言った。一瞬静かになった。子供のころなら話は別よ、とケリーは言った。あら、そうだったの？ 子供のころ、わたしは世界中に嘘をついていたわ、もちろんいつもじゃないわよ、でも嘘をついていた。今はもうそんなことしないわ。

一週間ほどして、何気なくラ・ラサ・デ・グリーン・ヴァリー紙をめくっていたとき、メアリ＝スー・ブラボは、注目を浴びながら結局は幻滅に終わったハースの声明を担当した記者が行方不明になったことを知った。彼の勤める新聞にはそう書いてあったが、ほかの新聞にそのニュースは載っていなかった。はっきりしない、内輪のニュースだった。あまりに内輪だったので、ラ・ラサ紙の経営陣以外に興味を示す者はいないようだった。その記事によれば、ジョシュエ・エルナンデス＝メルカードというのが記者の名前だった。彼は五日前に行方不明になっていた。サンタテレサの女性連続殺人事件を担当していた。年齢は三十二歳。ソノイータの小さな家にひとり暮らしをしていた。メキシコシティ出身だったが、十五歳のときからアメリカに住んでいて、アメリカの市民権を得ていた。詩集を二冊、どちらもスペイン語で書かれたものを、エルモシージョの小さな出版社から出していたが、おそらく自費出版だった。そしてチカーノの言葉あるいはスパングリッシュで書かれた戯曲を二作、テキサスの雑誌「ラ・ウィンドワ」に発表していた。この雑誌の無秩序な懐には、その新しい言語で執筆している書き手たちの予測しえないグループが身を寄せていた。ラ・ラサ紙の記者として彼は、その一帯の農場労働者について長い連載記事を書いていて、農場労働については両親を通じて知っていただけでなく、彼自身もそうした場所で働いたことがあった。独学で知識を身につけた勇敢な人物だった、と記事はしめくくっていたが、それは経歴というより死亡記事のようだとメアリ＝スーは思った。

十二月三日、新たな女性の遺体が、マイトレーナ区のプエブロ・アスルに向かう幹線道路のそばにある空き地で発見された。被害者は服を着た状態で見つかり、外傷は見られなかった。遺体の身元はのちにファナ・マリン＝ロサーダであることが判明した。監察医によれば、死因は頸椎損傷だった。あるいは別な言い方をすれば、首の骨を折られていた。事件を担当したのはルイス・ビジャセニョール捜査官で、まず被害者の夫を取り調べ、それから殺人事件容疑で彼を逮捕した。ファナ・マリンは中流階級が住むセンテーノ区に住み、コンピュータ販売店で働いていた。ビジャセニョールの報告書によれば、彼女はおそらく自宅も含むどこかの屋内で殺され、それからマイトレーナ区の空き地に捨てられた。膣内の塗沫標本が作られ、死亡するまでの二十四時間以内に性交渉をもった形跡が確認されたが、レイプされたのかどうかは不明だった。ビジャセニョールの報告書によれば、ファナ・マリンは勤務先の近くにあるコンピュータ専門学校の教師と不倫関係にあったと思われた。サンタテレサ大学が持っているテレビ局で働いている男の愛人だったという説もあった。夫は二週間勾留されたのち、証拠不十分で釈放された。事件は未解決のままとなった。

その三か月後、ケリーはソノラ州サンタテレサで行方不明になった。例の電話のあと、彼女に会っていなかった。彼女の仕事のパートナーが電話をかけてきたのよ。不細工な若い女の子で、ケリーのことを崇めていたわ。その彼女がかなり苦労してどうにかわたしに連絡してきたの。ケリーがサンタテレサから二週間前に帰ってきていなければならないのにまだ戻っていないと言うのよ。わたしは彼女に、電話をかけてみたか訊いたわ。携帯電話が通じないって言うの。何度かけても、誰も出ないんです、と彼女は言ったわ。ケリーなら、どこかで恋におちて何日か姿を消すことだってやりかねないと思った。実際、何度かそういうこともあったのよ。でもケリーがパートナーに電話一本入れないなんてことは考えられなかった。たとえそれが、自分が留守にするつもりのあいだに仕事をどうするか指示するだけだったとしてもよ。わたしは彼女に、サンタテレサでの仕事相手に連絡は取ったのと訊いた。彼女ははいと答えたわ。ケリーを雇った人物によれば、ケリーはパーティーの翌日に空港へ向かい、サンタテレサ発エルモシージョ行きの便に乗って、そこからメキシコシティに向かう飛行機に乗り換えることになっていたらしいの。それはいつの話？　とわたしは訊いたわ。二週間前です、と彼女は言った。わたしは、彼女が泣き腫らして、受話器に耳を押しつけていて、いいものを着ているけれど品がなくて、お化粧は崩れているところを想像した。それから彼女が電話をかけてくるのはこれが初めてだと思い、わたしたちがこんなふうに話をするのは初めてだと思って心配になった。サンタテレサの病院や警察には電話したの？　とわたしは尋ねた。彼女は、連絡したけれど何の情報もつかめなかったと言った。農場の屋敷を出て空港に向かい、消息が途絶えてしまった、煙みたいに消えてしまったんです、と彼女は甲高い声で言ったわ。農場の屋敷ですって？　パーティーは向こうの、農場で開かれたんです、と彼女が言った。それなら先方が送ってくれたはずでしょう、空港まで誰かが連れていってくれたんじゃないのかしら。いいえ、と彼女は言ったわ。ケリーはレンタカーを使っていたんです。じゃあその車はどこに？　空港の駐車場で見つかりました、と彼女は言った。つまり空港には着いたのね、とわたしは言った。でも飛行機には乗らなかったんです、と彼女は言った。わたしは彼女にケリーを雇った人物の名前を尋ねた。彼女はサラサール＝クレスポ家ですと言い、電話番号を教えてくれた。何か分かるかどうか試してみるわ、とわたしは言った。本当のことを言うと、ケリーはすぐにまた姿を現わすだろうって思っていたのよ。たぶんちょっとしたアヴァンチュールに足を突っ込んでるんじゃないかって。ことの次第からするとほぼ確実に、奥さんのいる男性と、気兼ねのいらないところで。ロサンゼルスとかサンフランシスコにいるところを想像したわ。どちらも人目を引かずに過ごしたい恋人たちにはもってこいの都市だもの。だから慌てずに待ってみることにした。でも一週間後に、また彼女のパートナーから電話がかかってきて、相変わらずケリーからは何の音沙汰もないと言われたの。一つか二つ、契約を反故にしなくてはならなくて、どうしたらいいか分からないと言っていたわ。要するに、心細かったのね。いつになくだらしない格好で、あの暗いオフィスのなかを歩き回っている彼女を想像して身震いしたわ。サンタテレサから情報は入ったかどうか訊いてみた。警察に連絡を取っても、警察は何も知らないか、何も言いたくないかのどちらかだったそうよ。本当に、忽然と消えてしまったんです、と彼女は言ったわ。その日の午後、わたしはオフィスから信頼できる友人に電話した。ある時期わたしのために働いてくれていたその友人にこの事件のことを話してみたの。直接話したほうがいいだろうと言うので、わたしたちは〈青ざめた顔《エル・ロストロ・パリド》〉という最先端のカフェバーで待ち合わせたわ。今もあるのか、それとももうないのかは知らないけれど。メキシコの流行なんて、ご存じのとおり、人みたいに消えてしまったり身を隠してしまったりして、誰もそれを寂しがったりなんかしないものよね。わたしはその友人にケリーのことを説明したわ。彼はいくつか質問をして、サラサール＝クレスポという名前をノートに書き留め、その日の夜に電話をすると言ってくれた。彼と別れて車に乗り込んだとき、わたしは、ほかの人なら怯えてしまっているか、怯え始めていたところだけど、わたしがそのとき感じていたのは、ふつふつとこみ上げる怒りだけだった。計り知れないほどの憤り、エスキベル＝プラタ家が何十年、何百年も前からため込んできた憤りが突然わたしの神経系を乗っ取ってしまったみたいに。それから怒りと後悔を覚えながら、その怒りというかその憤りはもっと前に感じるべきだったと思ったわ。特別な友情によって駆り立てられる、そんな言葉でいいかどうか分からないけれど、引き起こされるべきものじゃないって。もちろんその特別な友情というのが間違いなく特別な友情なんていう概念自身を超えるものであったとしても。そんなものじゃなく、もっと別のもの、物心がついてからわたしが目にしてきたいろんなことから感じるべきものだったんじゃないかって、でも仕方ない、仕方がないわ、どうしようもないわね、人生なんてそんなものだって、泣きながら、歯ぎしりしながら自分に言い聞かせた。その晩、十一時ごろに例の友人から電話がかかってきて、最初に訊かれたのはこの電話は安全かってことだったわ。悪いしるし、悪い知らせ、即座にそう思った。ともかく、わたしの態度は、また氷のように冷たくなった。わたしは彼に、この電話は信用していいわと言った。それから友人はわたしが教えた名前（彼はその名前を口にするのを避けた）はさる銀行家のもので、彼の情報によれば、サンタテレサのカルテル、まあこれはソノラのカルテルと言っているようなものなんだが、その資金洗浄をやっている人物だと言ったわ。なるほど、とわたしは言った。それから彼は、その銀行家は、実際サンタテレサの郊外に農場をひとつどころかいくつも所有していて、ただ彼の情報によれば、ケリーが向こうにいた時期には、それらどの屋敷でもパーティーは開かれていないと言うの。つまり、公的なパーティーは開かれていないということだ、と彼は言ったわ。社交欄のカメラマンがいたりするようなパーティーはね。分かるかい？　ええ、とわたしは言ったわ。それから彼は、その銀行家は、彼が知り、かつ彼の情報提供者たちに確認できた範囲では、党とのあいだに太いパイプをもっていると言った。太いってどういうこと？　とわたしは尋ねた。特別な関係にあるということだ、と彼はささやいた。どの程度？　とわたしは食い下がった。深い、ものすごく深い関係だ、と友人は言ったわ。それからおやすみなさいと言って、わたしは考え込んでしまった。深いというのははるか昔ということ、わたしたちが使っている隠語では、はるか昔、はるかずっと昔、つまりは何百万年も前、つまりは恐竜のいた時代ってことなのよ。PRIの恐竜たちって誰かしら？　とわたしは考えた。いくつか名前が頭に浮かんだ。そのうち二人は、北部出身で、向こうでビジネスをしていることを思い出したの。どちらも直接の知り合いではなかった。しばらくわたしは、共通の友人のことを考えていた。でも友人を面倒なことに巻き込みたくはなかった。真っ暗で、星もなく月も出ていない夜だった。その夜のことは、何年も前のことなのに、昨日のことのように覚えているわ。そして家、この家は、静まり返って、庭にいる夜の鳥たちの声さえ聞こえなかった。ただわたしにはボディガードがそばにいることは分かっていた。彼は起きていて、たぶんわたしの運転手とドミノに興じているんだって。そしてわたしがベルを鳴らせばたちまちメイドがやってくるということも。翌日、一睡もせずに夜を明かしてから、わたしは真っ先にエルモシージョ行きの飛行機に乗り、それからサンタテレサ行きの飛行機に乗った。ホセ・レフヒオ・デ・ラス・エラス市長は、エスキベル＝プラタが彼を待っていると知らされると、そのとき抱えていたあらゆる仕事を放り出してすぐにやってきたわ。どこかで会ったことがあるかもしれなかった。いずれにしてもわたしは彼のことを覚えていなかった。笑みを浮かべて子犬のように媚びへつらっている彼を見たとき、わたしは張り倒してやりたかったけれどどうにか堪えたわ。よくいるでしょう？　どう言ったらいいのか分からないけれど、後ろ足で立っているような犬よ。よく分かりますよ、とセルヒオは言った。それから彼に朝食は済ませたかと訊かれたわ。わたしはまだだと答えた。彼はソノラ風の朝食を持ってこさせたわ。国境地帯の典型的な朝食をね。そして待っているあいだ、給仕の格好をした二人の役人が、市長の執務室の窓際にテーブルを用意したの。そこからはサンタテレサの旧市街の広場が見渡せて、人々が、仕事に向かうためか暇をつぶすために行き交っていた。黄金のような光にあふれていたのに恐ろしい場所のように思えたわ。午前中のこのうえなく軽やかな黄金色、午後の濃厚な黄金色、まるで空気が、夕暮れになると砂漠の埃を運んでいってしまうかのように。食べ始める前にわたしは、ケリー・リベラの件でここに来たと彼に伝えた。彼女が行方不明になったこと、探し出してもらいたいということを話したの。市長は秘書を呼び、秘書がメモを取り始めた。お友達のお名前は何とおっしゃるんですか？　ケリー・リベラ＝パーカーよ。それからさらに質問された。行方不明になった日は？　サンタテレサ滞在の理由は？　年齢は？　職業は？　そして秘書はわたしが言うことを残らず書き留め、わたしが質問に答え終わると、市長は秘書に、司法警察のトップ、オルティス＝レボジェードを大急ぎで探してこいと命じて、すぐに市庁舎に連れてきたわ。わたしはサラサール＝クレスポの名前は出さなかった。どうなるのか見ていようと思ったの。市長とわたしはウエボス・ランチェーロスを食べ始めた。

メアリ＝スー・ブラボは編集部のデスクに、ラ・ラサ紙の記者の失踪事件について調べさせてほしいと頼んだ。編集部のデスクは、おそらくエルナンデス＝メルカードは完全に気が狂ってしまい、今ごろはトゥバク州立公園かパタゴニア湖州立公園のあたりを、ベリーを食べたり、独り言を言ったりしながらさまよっているのだろうと答えた。どちらの州立公園にもベリーはありませんよ、とメアリ＝スーは言った。だったら涎を垂らして独り言を言いながらだな、と編集部のデスクは応じたが、最後には彼女に記事を書くことを許可した。メアリ＝スーはまずグリーン・ヴァリーにあるラ・ラサ紙編集部へ向かい、こちらも農場労働者のような風采のデスクと話し、それからエルナンデス＝メルカードの失踪について書いた記者とも話した。こちらは十八歳か、もしかしたら十七歳の若者で、ジャーナリストの仕事を非常に真面目に考えていた。それからその若者の案内でソノイータへ向かい、エルナンデス＝メルカードの家に行き、若者が、ラ・ラサ紙の編集部に保管されていたという鍵でドアを開けてくれたのだが、メアリ＝スーにはピッキングをしているようにしか見えなかった。それから郡保安官の事務所に向かった。保安官は彼女に、エルナンデス＝メルカードは今ごろカリフォルニアにでもいるのだろうと言った。メアリ＝スーはどうしてそう思うのかと尋ねてみた。保安官は彼女に、その記者はかなりの借金を負っていて（たとえば彼は家賃を六か月滞納していて、家主はそろそろ彼を追い出そうと考えていた）新聞社での稼ぎでは食べていくのがやっとだろうと言った。若い記者は無念そうに保安官の言葉に同意した。ラ・ラサ紙の給料は雀の涙みたいなものです、民衆のための新聞ですからね、と彼は言った。保安官は声を上げて笑った。メアリ＝スーは、エルナンデスは車を持っていたかと尋ねた。保安官は、いや、エルナンデスは、ソノイータから出かけなければならないときにはバスで移動していたと言った。保安官は親切な男で、彼女をバスの停留所まで連れていってくれ、エルナンデスのことを目撃した者はいないか二人で尋ねて回ったが、入手できた情報は混沌としていて役には立たなかった。行方不明になった日、バスの切符を売っていた老人と運転手、それに毎日バスを利用する何人かの人々によれば、エルナンデスはバスに乗ったとも言えたし、乗らなかったとも言えた。ソノイータをあとにする前に、メアリ＝スーは今一度、例の記者の家を見ておこうと思った。ものが動かされた様子はなく、暴力の形跡は見られず、数少ない家具の上には埃が積もっていた。メアリ＝スーは保安官に、エルナンデスのパソコンを開いてみたかと尋ねた。保安官は開いていないと答えた。メアリ＝スーはパソコンを立ち上げ、行き当たりばったりに、ラ・ラサ・デ・グリーン・ヴァリー紙の記者兼詩人のファイルを調べ始めた。興味を惹かれるものは何も見つからなかった。スパングリッシュで書かれた、どうやらミステリーものの小説の冒頭。掲載済みの記事。アリゾナ南部の農場労働者や農場の日雇い労働者の日常生活の記録。ハースについての、そのほとんどがきわもの的な内容の記事。それ以外のものはほとんどなかった。

十二月十日、ラ・ペルディシオン農場の労働者数人が、農場のはずれ、カサス・ネグラスへ向かう幹線道路の二十五キロ地点にある土地で白骨死体を発見したと警察に通報した。最初、彼らは動物の骨だろうと思ったが、頭蓋骨を見つけて自分たちの間違いに気がついた。監察医の報告書によれば、被害者は女性で、時間が経過していたために死因を特定することができなかった。亡骸から三メートルほど離れたところで、スパッツとスニーカーが見つかった。

合わせて二晩、サンタテレサにいたわ。泊まったのは〈ホテル・メキシコ〉で、誰もが、わたしのどんな小さな気まぐれにでも付き合おうとしてくれたけれど、何も進展はなかった。そのオルティス＝レボジェードとかいう奴は屑みたいな奴だった。ホセ・レフヒオ・デ・ラス・エラス市長は敵側に属しているみたいだった。副検事長ときたら、まるで土曜になる寸前の金曜みたいな顔をしていたわ。誰もが嘘をついていて、話にまるで一貫性がなかったのよ。今のところケリーの失踪届を出している人間はいないとはっきり言われたわ。わたしのほうは、彼女のパートナーが届け出ていたことを確認していたのに。サラサール＝クレスポという名前は一度も出なかった。すでに周知の事実だったというのに、女性が次々に行方不明になっているという話は誰もしてくれなかったし、ケリーとその噂かわしい事件とを結びつける人も誰もいなかったの。向こうを発つ前の晩、地元の新聞三紙に電話して、滞在先のホテルで記者会見を開く予定だと伝えたわ。そこでケリーの事件の話をし、それは全国紙にも転載されたんだけれど、わたしは友人としてだけでなく政治家として女性運動家として、真実の発見に至るまで根気強く取り組むつもりだと話したわ。心のなかではこう思っていた。あいつらは誰に喧嘩を売ってるのか分かっていないんだわ、臆病者めが、今にズボンのなかでちびるでしょうから思い知るがいいってね。その晩、記者会見を終えてからホテルの部屋にこもってあちこちに電話をかけまくった。ＰＲＩの下院議員で、信頼できる二人の友人と話すと、何であれ協力は惜しまないと言ってくれたわ。実際それは当然と思っていたけれど。それからケリーのパートナーに電話して、サンタテレサにいると伝えたわ。かわいそうにあの娘ったら、あんなに不細工で、あんなに救いようがなく醜い娘が泣き出すものだからなぜだかおかしかったのよ。そのあと家に電話して、留守にしていた二日間に誰かから電話がなかったかどうか訊いてみた。ロサはわたしに電話をかけてきた人物の名前を読み上げてくれた。不審なところは何もなかった。何もかもいつもと変わらなかった。眠ろうとしたけれど眠れなかった。しばらくのあいだ、窓から、街の薄暗い建物を、庭を、最新型の車がときおり通り過ぎるだけの大通りを見つめていたわ。部屋のなかを何度も行ったり来たりした。すると鏡が二枚あることに気づいたの。一枚は部屋の奥のほうに、もう一枚はドアの脇にあって、二つの鏡は向き合ってはいなかった。でもある位置に立つと、一方の鏡がもう一方の鏡に映ったの。映らなかったのはわたし。不思議ね、とわたしは心のなかでつぶやいて、しばらくのあいだ眠気がやってくるまで、いろんな姿勢を試してみた。そうこうしているうちに朝の五時になったの。鏡を調べれば調べるほど、ますます居心地悪くなっていった。もうそんな時間に横になるのはばかげていると思った。シャワーを浴びて服を着替えて、荷物の準備をしたわ。六時になって朝食をとるためにレストランに下りていったけれど、その時間にはまだ開いていなかった。それでもホテルの従業員が厨房に入ってくれて、わたしのためにオレンジジュースと濃いコーヒーを用意してくれたわ。食事をとろうとしてみたけれどだめだった。七時にタクシーを呼んで空港に向かった。いくつかの地区を通り過ぎるとき、ケリーのことを、わたしが今見ているのと同じものを見てケリーが思ったことを考えて、そのとき戻らなくてはと思ったのよ。メキシコシティに着いてまずわたしがしたことは、連邦区の司法検察庁で働いていた友人に会いに行って、腕の立つ探偵を推薦してもらうことだった。何の嫌疑もかけられていない人、持つべきものを持っている人をね。その友人はわたしに、何が起こったのかと尋ねたわ。そこでわたしは話して聞かせたの。彼はルイス・ミゲル・ロヤという、国の検察庁の元職員を薦めてくれた。彼はなぜそこを辞めることになったの？　とわたしは訊いてみた。民間企業のほうが儲かるからさ、と友人は言ったわ。わたしは、彼が話すべきことをすべて話してくれたわけじゃないと思って考え込んでしまった。だっていつから、民間企業と公的機関がメキシコでは両立しなくなったのかしら？　でもひとまずお礼を言って、そのロヤという人と会うことにしたの。向こうはもちろん、友人から事情を聞いてわたしを待っていたわ。ロヤは不思議な男だった。ちょっと背が低くて、でもどことなくボクサーみたいなところがあって、彼と初めて会ったときには五十歳を超えていたはずなのに贅肉は少しもついていなかった。礼儀正しくて身なりもよくて、オフィスは広くて、少なくとも十人の部下が働いていたわ。秘書のような人もいれば、プロの殺し屋風の男たちもいたわね。わたしはあらためて彼にケリーの話をした。銀行家サラサールの男と麻薬密売組織との関係、サンタテレサの当局者たちの態度について。彼はわたしにばかげた質問はしなかった。メモも取らなかった。わたしに連絡のつく電話番号を尋ねたときでさえね。おそらく全部録音していたんでしょう。帰り際、彼は手を差し出して、三日以内に彼女に関する新しい情報を届けましょうと言ったわ。アフターシェーブローションか、わたしの知らないコロンの匂いがした。ラベンダーの匂いに、ほんの少しだけ輸入もののコーヒーの匂いがかすかに混ざっていたわ。彼はドアのところまでわたしを送ってくれた。三日ください。彼がそう言ったとき、わたしは、そんなに短期間で、と思ったわ。その時間をやり過ごすこと、三日が過ぎるのを待つのはまるで永遠のように長く感じたわね。わたしは仕方なく仕事へ戻った。二日目にある女性団体がわたしを訪ねてきた。ケリー失踪後のわたしの行動が、一人の女性として立派でふさわしいと思ったのね。訪ねてきたのは三人で、わたしの理解したところによれば、団体のメンバーの数は少なかった。オフィスから蹴飛ばしてやりたい気分だったけれど、たぶん気が滅入っていたのよ、自分が何をすべきかよく分からなかったし、彼女たちを招き入れてしばらく話をしたわ。政治の話はしなかったけれど、彼女たちの感じは悪くなかった。しかもそのうちの一人は、ケリーとわたしが通った修道院附属高校の卒業生だったの、二学年下だったけれどね。だから共通の話題もあったというわけ。わたしたちはお茶を飲んで男たちの話やお互いの仕事の話をしたわ。三人は大学の先生で、そのうち二人は離婚歴があった。どうして一度も結婚しなかったのか訊かれて、わたしは笑ってしまったわ。だって実際、わたしはその場にいた誰よりもフェミニストだったんだから。そう彼女たちに告白したわ。三日目、ロヤから夜の十時に電話がかかってきた。最初の報告書はできあがっていて、お望みなら今すぐにでもお見せできると言われた。もうこれ以上待てないわ、とわたしは言った。どちらにいらっしゃるの？　車のなかです、とロヤは言ったわ。どこにもお出になる必要はありません、お宅に伺いますとね。ロヤの書類は十ページあった。彼はケリーの仕事の実態を調べ上げていたわ。いくつか名前が挙がっていた。メキシコシティの人々、アカプルコ、マサトラン、オアハカでのパーティー。ロヤによれば、ケリーの請け負った仕事の大半は、とどのつまりは極秘の売春パーティーと思われるものだった。上流社会の売春ね。彼女が雇ったモデルたちは娼婦で、彼女が取り仕切っていたパーティーは男性専門で、しかも稼ぎのうち彼女の取り分は高級娼館の女主人かと思うような額だった。わたしはロヤにそんなこと信じられないと言ったわ。彼の顔に書類を投げつけたの。ロヤは屈んで床に散らばった紙を集めてわたしに返したわ。全部お読みください、と彼は言った。わたしは続きを読んだ。まったくクソ喰らえだわ。やがてサラサール＝クレスポの名前が出てきた。ロヤによれば、ケリーはそれまでにも何度かサラサール＝クレスポのために仕事をしたことがあったの。合計四回。そのうえ一九九〇年から一九九四年にかけて、ケリーは、少なくとも十回は飛行機でエルモシージョに行っていて、そのうち七回はサンタテレサ行きの飛行機に乗り継いでいると書いてあったわ。サラサール＝クレスポと会ったことについては、「パーティーの企画」という見出しの下に書いてあった。エルモシージョからメキシコシティに飛んだ飛行機から判断すると、彼女がサンタテレサに二泊以上したことはなかった。向こうに連れていったモデルの数はまちまちだったわ。最初のうち、九〇年と九一年には四、五人を連れていったた。そのあとは二人だけになり、最後の数回は一人で行っていたの。たぶんその時期には本当にパーティーを企画していたんでしょう。サラサール＝クレスポと並んで名前がもう一つあった。コンラド・パディージャというソノラの実業家で、マキラドーラをいくつかと、輸送会社をいくつかと、サンタテレサの屠畜場を経営していた。ロヤの調べでは、ケリーはこのコンラド・パディージャとも三度仕事をしていたわ。コンラド・パディージャというのはどういう人物なのと彼に訊いた。ロヤは肩をすくめて、大金持ちだ、つまりありとあらゆる脅威、ありとあらゆる面倒にさらされている人間だと言ったの。わたしはロヤにサンタテレサに行ってきたのかと訊いてみた。行かなかったと彼は答えた。誰か部下を送り込んだのと訊いてみた。送り込んでいないと彼は答えた。わたしはサンタテレサに行ってきてほしいと彼に頼んだ。向こうに行って、事件の核心を見て、調査を続けてほしいって。彼はしばらくわたしの提案について考えているような顔をした。というかむしろ、わたしに言うべき言葉を探しているようだったわ。それから彼は、そんなことをすればわたしはお金と時間を無駄にすることになるだけだと言った。つまり、彼の考えでは、事件はもう終わっているんだって。つまりケリーは死んでいると思っているってこと？　わたしは声を荒げたわ。そんなところです、と彼は落ち着き払って言ったの。そんなところってどういうことなの？　とわたしは叫んだ。死んでいるか、死んでいないのか、それを訊いてるのよ、クソったれ！　メキシコでは、死んでいるかどうかについて、そんなところだとしか言えないことがあるんです、と彼は大真面目に答えた。もう張り倒してやろうかと思いながら彼をにらみつけたわ。彼は本当に冷静な、慎重な人だった。いいえ、とわたしは一語ずつはっきり言ったわ。メキシコだろうがどこだろうが、死んでいるかどうかについてそんなところだとしか言えないなんてことはありえないわ。観光ガイドみたいな話し方はやめて。もし彼女が生きているなら、見つけてきて。もし死んでいるなら、殺した人間を連れてきて。ロヤは笑顔を浮かべたわ。何がおかしいの？　とわたしは訊いた。いえ、観光ガイドという言い方がおかしかったんです、と彼は答えた。メキシコの人間が、まるで何もかもが『ペドロ・パラモ』であるみたいに話したり行動したりするのにはもううんざりしているの、とわたしは言ってやった。もしかしたらそのとおりだからかもしれませんね、とロヤは言った。いいえ、そんなことないわ、それは確かよ、とわたしは言った。しばらくロヤは堂々とした態度で足を組んで座ったまま黙り込み、わたしが言ったことについて考えていたわ。数か月、もしかすると数年かかるかもしれません、とロヤはようやく口を開いた。それに、と彼はそのあと言い足した。仕事に邪魔が入るだろうと思うんです。誰が邪魔なんかするというの？　あなたのお仲間ですよ、先生、党のお仲間の方々です。わたしがあなたの後ろ盾になるわ、どんなときでもあなたを後方支援するつもりよ、と言ったわ。ご自分を買いかぶりすぎていらっしゃるように思いますが、と彼は言った。クソったれ、買いかぶっているに決まってるじゃない、そうでなければどうやってわたしが今の地位までたどり着いたと思っているの？　とわたしは言った。ロヤはまた黙り込んだ。一瞬、居眠りしているのかと思ったけれど、目は大きく開いていたわ。あなたがやらないなら、別の人を探すわ、とわたしは彼のほうを見ないで言った。まもなく彼は立ち上がった。わたしは玄関まで彼を送っていった。わたしのために働いてくださるのかしら？　何ができるか考えてみます。ただ今は何もお約束できません、と彼は言うと、わたしのボディガードとわたしの運転手がゾンビみたいに待っている通りへ続く小道に消えていった。

ある晩メアリ＝スー・ブラボは、一人の女が自分のベッドの足のほうに座っている夢を見た。その女がマットレスに預けた身体の重みは感じたものの、身体を伸ばしても足には何も触れなかった。その夜、床に就く前にインターネットでウリベ家に関するニュースをいくつか読んでいた。そのなかに、メキシコシティの有名な新聞の記者が書いた記事があり、アントニオ・ウリベは事実上行方不明だと報じていた。従兄のダニエル・ウリベはどうやらツーソンにいるらしく、記者は彼に電話でインタビューをしていた。ダニエル・ウリベによれば、ハースが流している情報はいずれも嘘を並べ立てただけで、いくらでも反論が可能だった。しかし彼は、アントニオの居場所については詳しいことは何も言わなかった。あるいは記者が彼から引き出した情報は曖昧でいい加減で回りくどいようだった。メアリ＝スーが目覚めたとき、部屋に別の女がいるという感覚は、起き上がってキッチンで水を一杯飲むまでは完全には消え去らなかった。翌日、彼女はハースの弁護士に電話をかけた。何を尋ねたいのか、どんな言葉を聞きたいのか自分でもよく分からなかったが、とにかく彼女の声を聞きたいという思いが、理性のいかなる要請をも押しのけた。メアリ＝スーは身分を明かしてから、依頼人はどうしているかと尋ねた。ビクトリア・サントラヤは、この数か月変わったことはないと言った。ダニエル・ウリベのインタビュー記事は読んだかと尋ねた。弁護士は読んだと答えた。わたしも彼にインタビューを申し込んでみるつもりです、とメアリ＝スーは言った。わたしがどんなことを訊くべきか、何か思いつきませんか？　いいえ、とくに何も思いつきません、と弁護士は言った。メアリ＝スーには弁護士の話し方が催眠術をかけられた人間のように思えた。それから彼女は、唐突に弁護士の生活について尋ねた。わたしの生活に大した意味などありません、と弁護士は言った。その口ぶりは、尊大な女がお節介な小娘に口をきくときと同じだった。

十二月十五日、エステル・ペレア＝ペニャ二十四歳が、ダンスホール〈ロス・ロボス〉で銃弾に当たって命を落とした。被害者は三人の友達と一緒にテーブルについていた。近くのテーブル席に座っていた、黒いスーツに白いシャツ姿の身なりのいい男が銃を取り出していじり始めた。それはスミス&ウェッソン五九〇六で、弾倉には十五発の弾丸を装塡していた。何人かの目撃者によれば、この男はその前に、エステルと彼女の友達を一人ダンスに連れ出していて、そのときの雰囲気は和やかで丁重だったという。ピストルの男と一緒だった二人の男が、これも目撃者の話によれば、彼に強い口調で、武器をしまうようにと言った。男は二人を相手にしなかった。誰かに自分を印象づけたかったのではないかと思われ、その相手はおそらく、被害者自身か、その前に男と踊っていたその友達だったのだろう。別の目撃者の証言によれば、男は司法警察の麻薬捜査課の捜査官だと言ったらしかった。たしかに捜査官のように見えた。背が高くて屈強そうだったうえに、髪型も決まっていた。あるとき、銃をいじっているときに弾が飛び出してしまい、それがエステルに致命傷を与えた。救急車が到着したとき、彼女はすでに息がなく、犯人は姿をくらましていた。この事件はオルティス＝レボジェード捜査官が直接担当した。彼は翌朝、記者会見を開いて、PEMEXの運動場だった場所で男性（服装と肉体的特徴がエステルを殺した犯人と一致した）の遺体を発見したこと、そこにあったスミス&ウェッソンは、エステルを殺した犯人が持っていたものとそっくりで、彼の右こめかみに弾が撃ち込まれていたと発表した。男の名前はフランシスコ・ロペス＝リオス、車両窃盗の前科が数多く記録されていた。とはいえ殺し屋を兼ねていたことはなく、たとえ事故だったとしても人を殺してしまい、かなり動揺していたことは想像に難くなかった。犯人は自殺したんです、とオルティス＝レボジェードは言った。事件は幕を閉じた。のちに、ラロ・クーラはエピファニオに、遺体検分が行なわれなかったのが不思議だと言った。そして、犯人と一緒にいた男たちが出てこなかったのも不思議だと言った。さらに、犯人が持っていたスミス&ウェッソンが、いったん警察の保管庫に入れられたのちに消え失せてしまったことも。そして何より不思議なのは、車泥棒が自殺してしまうという話だと彼は言った。そのフランシスコ・ロペス＝リオスという男を知っていたのか？　とエピファニオが尋ねた。一度見かけたことがあるんです、そんなに男前だったとは思えませんでしたが、とラロ・クーラは言った。いや、むしろネズミみたいな奴でした。不思議なことだらけだよ、とエピファニオは言った。

ロヤには二年間、ケリーのことで動いてもらったわ。二年のあいだにわたしもだんだんとイメージを作り上げていき、それは少しずつ、マスコミにも伝わっていった。暴力に敏感な女のイメージ、党の内部で起こっている変化を象徴する女のイメージ、それは世代の変化だけではなく態度の変化でもあって、メキシコの現実に対する、教条的でない、開かれた展望だったわ。実際には、ただケリーの失踪に対する憤り、彼女が犠牲になった忌まわしい冗談への恨みつらみに燃えていただけ。わたしたちがよく、民衆だとか選挙民だとか呼んでいるものの意見なんてだんだんどうでもよくなっていった。実のところ、そんな人たちのことは見えなかった。あるいは見えたとしても偶然だったり一時的だったりして、そもそも蔑んでいたのよ。でもね、ほかの事件のことを知るにつれて、ほかのいろんな声が届くにつれて、わたしの怒りはいわば大衆の規模を獲得し始めたの。わたしの怒りは集合的なものに、あるいは集合的なものの表明になり、わたしの怒りが外に現われ出るときには、何千という被害者たちの復讐を下す手となっていったのよ。正直なところ、わたしは気がおかしくなり始めていたんだと思う。わたしの耳に届いたいくつもの声（声であって、決して顔や身体ではなかった）は砂漠からやってきた。わたしは砂漠を、ナイフを手にさまよい歩いたわ。ナイフの刃に、わたしの顔が映っていた。髪は白くなり、頰はこけ、小さな傷が無数に散らばっていたわ。傷のひとつひとつは、わたしがむなしくも記憶に留めようとした小さな物語だった。しまいには精神安定剤を飲み始めたわ。わたしは三か月ごとにロヤに会った。彼にはっきり言われていたからオフィスに会いに行くようなことはしなかったわ。ときどき彼から電話がかかってきたり、わたしから電話をかけたりした。安全な電話にね。でも電話のときは大した話はしなかったわ。ロヤの口癖だったけど、一〇〇パーセント安全なものなどないからよ。ロヤが作ってくれた報告書のおかげでわたしは、ケリーがいなくなった場所について、頭のなかで地図を描き、あるいはパズルを完成させていったわ。そうして、銀行家サラサール＝クレスポが催していたパーティーが実際には放埒を極めたものだったこと、ケリーはそうした乱交の宴の指揮を執っていたらしいことが分かった。ロヤは、ケリーの下で何か月か働いたことのある、そのときにはサンディエゴで暮らしていたモデルに話を聞いてきてくれたのよ。そのモデルが彼に語ったところでは、サラサール＝クレスポのパーティーが秘密裏に催されていたのは、彼の所有する二つの農場で、ただし農場と言っても何か作っているわけではなくて、富裕層が買いはするもののとくに牧畜や農業をやるわけでもない地所にすぎなかった。ただ広大な土地が広がっていて、その真ん中に大きなお屋敷が建っていて、家のなかにはだだっ広い居間があって、寝室がたくさんあって、必ずというわけではないけれどたいていプールもあって、だからといって実際にはそんなに快適な場所ではなくて、そうした場所には女性的なところがまったくないの。北部のほうではそういうところを、麻薬王の農場って呼んでるらしいわ。その手の農場の持ち主には麻薬密売人が多いからよ。農場と言うより砂漠の真ん中にある駐屯地で、ときには監視塔もついていて、精鋭の狙撃兵が配備されているのよ。そうした麻薬王の農場は、長期間使われないままになっていることも少なくないの。せいぜい手下の者を一人置いておき、母屋の鍵は渡さず、とくに何をさせるわけでもなく、ただ不毛の、石ころだらけの土地を行ったり来たりして野犬の群れがあたりに棲み着いたりしないよう見張りをさせるだけ。そういう哀れな男は携帯電話をひとつ持たされて、あとはいくつか曖昧な指示を与えられるだけなんだけれど、それも次第に忘れられてしまうの。ロヤの話では、そういう男が死んでも誰も気づかなかったり、あるいは単に砂漠の怪鳥シムルグに惑わされて行方不明になってしまうことも珍しいことではないそうよ。そのうちに突然、麻薬王の農場が活気を取り戻すの。まずは下っ端の男たちが、そうね、三、四人、ワーゲンバスに乗り込んでやってきて一日で屋敷の準備をするのよ。それからボディガード、屈強な男たちが、黒いサバーバンとかスピリットとかペレグリーノといった車で乗り込んでくる。彼らがまずするのは、肩で風を切って歩くだけじゃなく、セキュリティ環境を整えること。最後にボスが腹心の取り巻きを連れて現われるの。装甲を施したメルセデス・ベンツかポルシェに乗って、砂漠のまったただなかを、蛇行しながら走ってくる。その晩は明かりが消えることがないわ。あらゆるタイプの車がやってくるのよ。リンカーン・コンチネンタルやマニア好きするビンテージもののキャデラックで乗りつけるのは農場主たち。肉を積み込んだトラッカー、ケーキを届けるシボレー・アストラ。そして一晩中聞こえてくる、音楽と大声。ケリーが北部へ行くたびに仕切っていたのは、ロヤの話では、そんなパーティーだったの。ロヤによれば、初めのうちケリーは短時間で大金を手に入れたいモデルたちを連れていったらしいわ。彼がサンディエゴに住んでいる女の子から聞いた話では、三人以上が行くことはなかったそうよ。パーティーにはそのほかにも女性はいたの。ケリーも初めのうちは付き合いのなかった女性たち、若い女の子たち、ケリーがパーティーにふさわしい格好をさせたモデルたちよりももっと若い娘たちがね。サンタテレサの若い娼婦たちだったと思うの。パーティーの夜、どんなことが起こっていたのかしら？　まあ、よくあることだわ。男たちは酒を飲んだり麻薬をやったり、ビデオに録画しておいたサッカーか野球の試合を見たり、トランプをやったり庭で射撃をしたり、仕事の話をしたりするわけ。ポルノ映画を撮影しようという人はいなかった。少なくともサンディエゴの女の子はロヤにそう主張したらしいわ。ときどき、寝室では招待客たちがポルノ映画を見ていて、あるときそのモデルが間違って入ってしまったら、いつもの光景が広がっていた。男たちのおごそかな顔が、テレビの画面の明かりに照らされていたそうよ。いつもそうよね。つまり、まるでセックスの映像を見ると石像に変えられてしまうかのように人はおごそかな顔になるってこと。でも、そのモデルによれば誰も、麻薬王の農場ではその手の映画を撮影したり録音したりすることはなかったそうよ。ときどき、客のなかにはランチェーラやコリードを歌い出す人がいたらしいわ。そうしたお客が庭に出て宗教行事の行列みたいに農場を歩き回って、声を張り上げて歌うこともあったそうよ。あるときは裸で行進したという話もあるの。おそらく大事なところはブーメランパンツだとか、豹柄や虎柄のブリーフで隠している人もいたんでしょう。朝四時にそのあたりはかなり寒かったはずだけれど、それをものともせずに歌って大笑いして、まさにバカ騒ぎに次ぐバカ騒ぎ、サタンの手下さながらだったのよ。わたしが言っているんじゃないのよ。サンディエゴに住んでいるモデルがロヤに話したことなの。でもポルノビデオはなかったって、そういうことはいっさいしなかったそう。そのあとケリーはモデルたちを雇うのをやめて、連絡が来なくなったらしいの。ロヤによれば、おそらくケリー自身が考えて決めたことらしくて、モデルを連れていくと高くつくうえに、サンタテレサの若い娼婦たちのほうが安い値段で働いてくれるし、そもそもケリーの経済状態も大して安定していなかったからなの。初めのころはサラサール＝クレスポに呼ばれて向こうへ行っていたわけだけれど、そのうち向こうのお歴々と知り合うようになり、おそらく彼女は、シグフリード・カタランという、ゴミ収集車を大量に所有していて、サンタテレサにあるほとんどのマキラドーラと契約していると言われる人物と、それからコンラド・パディージャという、ソノラ、シナロア、そしてハリスコ各州と手広くやっている実業家にも頼まれてパーティーを企画したらしかった。サラサール＝クレスポにせよシグフリード・カタランにせよパディージャにせよ、ロヤの話ではサンタテレサ・カルテルと、つまりエスタニスラオ・カンプサーノとつながっていて、実際には何度もというわけではなかったけれど、何度かカンプサーノはその手のパーティーに顔を出していたらしいわ。証拠というか、どんな文明化された法廷でも証拠として扱ってくれるようなもの、そんなものはなかった。でもロヤはわたしのために働いてくれていたあいだ、大量に証言を集めてきたのよ。売春宿や飲み屋でのおしゃべりだとか、カンプサーノは行っていなかった、いやときには行くこともあったとかいう証言を。いずれにしても、麻薬密売人たちは、ケリーの乱痴気パーティーの常連だったのよ。なかでもカンプサーノの副官と目される者のうちの二人、一人はムニョス＝オテロ、セルヒオ・ムニョス＝オテロという名前で、これはノガーレスの麻薬組織のボスね、もう一人はファビオ・イスキエルドとかいう男、こちらは一時期エルモシージョの麻薬密売人を取りまとめていたんだけれど、それから麻薬を運ぶルートを開拓する仕事をしたの。シナロアからサンタテレサへ、オアハカやミチョアカン、しまいにはシウダー・フアレス・カルテルの縄張りだったタマウリパスからもね。ムニョス＝オテロとファビオ・イスキエルドがケリーのパーティーに何度かやってきたことは、ロヤによれば確実らしいわ。つまりそこにケリーがいて、モデルは連れていかずに、下層階級出身の女の子たち、あるいはもはや完全に娼婦と、人里離れた辺鄙なところにある麻薬王の農場で働いていた。彼女の催すパーティーには銀行家のサラサール＝クレスポ、カタランとかいう実業家、それにパディージャとかいう大金持ち、そしてカンプサーノはいなくとも、少なくとも彼の手下のなかでもっとも有名な二人、ファビオ・イスキエルドとムニョス＝オテロがいて、そのほかにも社交界の、裏世界の、政界の大物たちが集まっていたのよ。名士たちの寄り合いね。そしてある朝かある晩かに、わたしの友達は忽然といなくなってしまったというわけなの。

何日かにわたって、メアリ＝スーはエル・インデペンディエンテ・デ・フェニクス紙の編集部から、ダニエル・ウリベにインタビューしたメキシコシティの記者と連絡を取ろうとした。相手が新聞社内にいることはまずなく、電話口に出た者たちは誰も彼の携帯電話の番号を教えてくれなかった。ようやくつかまえることができたその記者は、酔っぱらいのような、悪人のような（とメアリ＝スーは思った）、少なくとも横柄な人間の口調で、情報提供者のプライバシー保護を理由にダニエル・ウリベの電話番号を教えようとしなかった。そこでメアリ＝スーは、二人とも記者なのだから、同僚のようなものではないかと言ってはみたが、そのメキシコシティの記者は、たとえ恋人同士であってもだめなものはだめだと言い放った。行方不明になったラ・ラサ紙の記者、ジョシュエ・エルナンデス＝メルカードについては何も分からなかった。ある晩メアリ＝スーは、ハースについて集めていた資料のファイルをめくっていて、サンタテレサ刑務所で開かれた、あまり参加者のいなかった記者会見のあとにエルナンデス＝メルカードが書いた記事を発見した。エルナンデス＝メルカードの書きぶりは扇情的で、一本調子だった。記事には陳腐な決まり文句がふんだんにちりばめられ、不正確なうえに軽率な主張や誇張、そしてどう見てもでたらめな内容にあふれていた。エルナンデス＝メルカードは、ときにハースをソノラの富裕層のスケープゴートとして描き、ときにハースは復讐の天使として、あるいは、牢獄に幽閉されたある意味で敗北した探偵として登場し、その知性のみを頼りに、自らを抹殺しようとしている者たちをじりじりと追い詰めていた。午前二時、そろそろ編集部を出ようと最後のコーヒーを飲みながら、メアリ＝スーは、まともな分別の持ち主であれば、こんなくだらない記事を書いたという理由でわざわざ人を殺して、そのあと死体をどこかに隠すはずがないと考えた。ならばエルナンデス＝メルカードの身に何が起こったのか？　彼女と同じく遅くまで働いていた編集長がいくつかの可能性を示してくれた。うんざりして逃げてしまったのか？　気がふれて逃げてしまったのか？　ただ単に逃げてしまったのか？　一週間後、ソノイータまで一緒に行ってくれた青年記者から電話があった。彼は、エルナンデス＝メルカードについてメアリ＝スーが書こうとしていた記事がどうなったかと尋ねてきた。何も書くつもりはないわ、と彼女は言った。青年記者はどうしてかと尋ねた。どこにも謎なんかないからよ、とメアリー＝スーは言った。エルナンデスはきっと生きていて、カリフォルニアで仕事をしているんだわ。僕はそうは思いませんね、と青年記者は言った。メアリ＝スーには彼が大声を出しているように聞こえた。電話の向こうで一台あるいは数台のトラックのエンジン音がして、まるで運送会社の駐車場から電話をしているようだった。どうしてそう思えないの？　と彼女は尋ねた。彼の家に行ってみたからです、と青年記者は言った。わたしも行ったわ。でも彼の身に何かが起こったと思わせるようなものはひとつもなかった。彼は自分から出ていったのよ。違います、と彼の言葉が聞こえてきた。もし彼が自分の意志で出ていったのなら、本を持っていったはずです。本は重いもの、とメアリ＝スーは言った。それにね、いつだって買い直せるわ。カリフォルニアにはソノイータより本屋さんがたくさんあるでしょう？　と彼女は冗談のつもりで言ってみたものの、言ったそばから、当たり前すぎて何の面白みもないことに気がついた。いえ、そういう本の話じゃなくて、彼の本のことです、と青年は言った。彼の本とはどういうこと？　とメアリ＝スーは尋ねた。彼が書いて出版した本ですよ。たとえ世界の終わりが来ても、あれだけは置いていったりしないはずです。メアリ＝スーは少しのあいだ、エルナンデス＝メルカードの家の様子を思い出してみた。居間にも、寝室にも、本が何冊かあった。すべて合わせても百冊そこそこといったところだった。それほどの蔵書ではなかったが、農場労働者の記者としてはおそらく十分以上のものだった。そのなかに、エルナンデス＝メルカードの書いた本があるとは考えつきもしなかった。つまりあなたは、彼が自分の本も持たずに出ていったりしないと思っているのね。まったくそのとおりです、と青年は言った。彼の子供みたいなものですからね。メアリ＝スーは、エルナンデス＝メルカードの著書がそれほど重いはずはないし、どうやってもカリフォルニアで買い直すわけにはいかなそうだと思った。

十二月十九日、キノ区に近い、ガビラネス・デル・ノルテ共同農場から数キロのところにある土地で、ビニール袋に入れられた女性の遺体が発見された。警察の発表によれば、バイソン団による犯行のひとつだった。監察医によれば、被害者は十五歳から十六歳、身長は一メートル五十五センチから六十センチ、殺されてからおよそ一年が経過していた。ビニール袋のなかには、マキラドーラで働く女たちが仕事に着ていくような紺色の安物のズボンに、Ｔシャツ、それにプラスチックの大きなバックルのついた黒いビニールの、いわゆるファッションベルトが入っていた。この事件を担当したのは、エルモシージョで麻薬捜査課に配属されていたが、最近になってこちらに転属になったマルコス・アラーナ捜査官だったが、初日に発見現場に現われたのはアンヘル・フェルナンデス捜査官とファン・デ・ディオス・マルティネス捜査官だった。ファン・デ・ディオスは、アラーナを鍛えるために彼に事件を担当させるようにと言われると、現場周辺をひと回りしてからガビラネス・デル・ノルテ共同農場の入口までやってきた。母屋こそ屋根と窓が残っていたものの、そのほかの建物はハリケーンで根こそぎにされたかのような状態だった。しばらくのあいだ、ファン・デ・ディオスは幽霊農場の周りを、農民でも、子供でも、犬でもいいから見当たらないかと歩き回ってみたものの、もはやそこには犬一匹いなかった。

わたしがあなたにしていただきたいことは何かというと、と下院議員は言った。このことを書いてほしいのよ、このことについて書き続けてほしいの。あなたの記事は読んだわ。どれもよく書けているけれど、あなたの攻撃が空振りに終わっていることが多々あるの。あなたに確実な攻撃を加えてほしいのよ。影なんかではなく、人間の肉体に、罰を受けていない肉体に。サンタテレサへ行ってよく嗅ぎ回ってきてもらいたいの。噛みついてきてほしいのよ。初めはわたしもサンタテレサのことはよく知らなかった。誰でももっているような漠然としたイメージはあったけれど、わたしがあの街と砂漠のことを理解し始めたのは、四回目に訪問したときからね。今では頭から追い払うことができないほどよ。一人残らず、というかほとんど全員の名前を知っているわ。違法な活動のこともいくつかはよく知っている。それでもメキシコ警察に頼ることはできないの。検察庁に行っても、わたしの気がふれたと思われるでしょうね。わたしの情報をアメリカの警察に手渡すこともできないのよ。愛国主義の問題ね。結局のところ、(わたしをはじめ)誰が何と言おうと、わたしはメキシコ人だから。しかもメキシコの国会議員よ。これは例によってわたしたちの手でどうにか解決する問題なの。さもなければみんなで沈没するまでよ。わたしには傷つけたくない人たちがいて、でもその人たちを傷つけてしまうことは分かっている。でも受け入れないと、時代は変わっているのだから、PRIだって変わっていかなくてはいけないのよ。だからわたしに残っているのは報道しかないの。おそらく、ジャーナリストだった時代があるぶん、今でもあなたたちの何人かに対する敬意は変わらない。それに、たしかにシステムとしては欠陥だらけだけれど、少なくとも表現の自由は享受しているし、PRIもたいていはそれを尊重してきたわ。たいていは、と言ったのよ、そんな疑り深そうな顔をしないで、と下院議員は言った。この国では好きなように文章を書いて発表しても問題にはならないでしょう? まあいいわ、そのことについて議論するのはよしましょう。いいかしら。あなたは小説をひとつ書いているわね。あの、いわゆる政治小説であなたがしていることときたら、何の根拠もなくあれこれほざいているだけで、あなたの身には何も起こらなかったでしょう? 検閲もなし、訴訟もなし。あれは初めて書いた小説でして、とセルヒオは言った。ひどい出来なんです。お読みになったんですか? 読んだわ、と下院議員は言った。あなたの書いたものはすべて目を通したのよ。ひどい出来なんです、とセルヒオは言った。それからこうも言った。この国で本が検閲を受けることはありませんが、読んでもらえることもありませんから。でも報道となると話は別です。新聞はちゃんと読まれていますから。少なくとも見出しくらいは。それからしばらく口をつぐみ、ロヤはどうなったんですかと尋ねた。ロヤは死んだわ、と下院議員は答えた。違うの、殺されたわけでも消されたわけでもないの。単に死んでしまったのよ。癌だったのに誰も知らなかった。何も言わない人だったの。今、彼の調査事務所はほかの誰かがやっているわ。もしかしたらもう存在すらしていないかもしれないし、企業コンサルタント会社になっているかもしれない。それについてはまったく分からないわ。死ぬ前にロヤは、ケリーの事件に関するファイルを残らずわたしにくれたの。わたしに渡せないものは破棄したそうよ。悪い予感がしたの。でも彼はわたしには何も言わないことにしたのね。アメリカに行って、シアトルのクリニックに入ったの。そこで三か月持ちこたえて、亡くなったわ。不思議な人だった。一度だけ彼の家に行ったことがあるのよ。ナポリ区のアパートにひとり暮らしをしていたわ。外からだと平凡な、中流の家に見えるけれど、なかに入るとまるで別物だった。どう言ったらいいか、それはロヤそのもの、ロヤを映す鏡というかロヤの自画像みたいなものだった。そう、ロヤの未完の自画像だったの。レコードと美術書がたくさんあったわ。ドアは装甲してあってね。金縁の写真立てに歳をとった女性の写真が入っていた。そうね、ちょっと芝居がかった表情をしていたわ。キッチンはまるまるリフォームされていて、大きくて、プロ用の調理器具がたくさんあった。自分に残された時間がほとんどないことを知ったとき、彼はシアトルからわたしに電話をくれたわ。彼なりのお別れだったのよ。わたしは彼に、怖くないかと訊いたのを覚えているわ。どうしてそんな質問をしたのかしらね。彼は別の質問で答えたわ。あなたは怖くありませんかと尋ねたのよ。いいえ、怖くなんかないわ、とわたしは言った。ならば私もです、と彼は言った。わたしはあなたに、ロヤとわたしが集めたものをすべて使って、蜂の巣をつついてもらいたいの。もちろん、あなたをひとりにはしないわ。わたしがいつも味方になるから。わたしの姿はあなたには見えないかもしれないけれど、どんなときでもあなたの後ろ盾でいるから。

一九九七年最後の事件は、その前の事件とそっくりだった。違いはと言えば、遺体の入れられたビニール袋が、街の西端ではなく街の東端で、国境線に並行して走りながらやがて分岐し、山の麓、谷間の小道へと消えていく舗装されていない道路で発見されたことだった。被害者は、監察医によれば、死亡してからかなりの日数が経過していた。年齢は十八歳くらいで、身長は一メートル五十八センチから一メートル六十センチだった。全裸だったが、ビニール袋のなかには上質な革製のハイヒールが入っていて、そこから娼婦である可能性が考えられた。

Tバックタイプの白いパンティーも入っていた。この事件もそのひとつ前の事件も、どちらかと言えばおざなりな捜査が三日行なわれたあと迷宮入りした。サンタテレサのクリスマスは例年どおりに祝われた。ヨセフとマリアのベツレヘム行きを再現するポサーダも、お菓子の入ったくす玉《ピニャータ》割りも行なわれたし、人々はテキーラやビールを飲んだ。どれほど貧しい通りでも人々の笑い声が聞こえてきた。こうした通りのなかには、真っ暗で、黒い穴に似たものもあり、どこからともなく聞こえてくる笑い声は、そこにも住人がいることを示す唯一のしるしであり、住人とよそ者が道に迷わずにすむ唯一の道しるべだった。

5

アルチンボルディの部

彼の母親は片目が見えなかった。混じりけのない金髪で、片目が見えなかった。よいほうの目は空色で穏やかで、そのせいで、頭は弱いかもしれないが、そのかわり本当に気立てがよさそうに見えた。彼の父親は片足がなかった。戦争で片足を失い、デューレン近郊の軍病院に一か月入院し、もうだめだと思ったり、身体の動く怪我人（彼は動けなかった！）が動けない怪我人から煙草を盗んでいくのを眺めたりしていた。だが、自分の煙草が盗まれそうになったときにはこそ泥の首根っこを捕まえた。そばかすだらけで、頬骨が張り出し、背中が広く腰回りも大きい奴だった。そして言った。そこまでだ！　兵士の煙草はおもちゃじゃない！　するとそばかすの男はいなくなり、夜が訪れた。誰かに見られているような気がした。

隣のベッドにミイラのような男がいた。深い井戸が二つぽっかりあいたような黒い目をしていた。

「吸うか？」と彼は訊いた。

ミイラ男は答えなかった。

「煙草はうまいぞ」と言って彼は煙草に火をつけ、包帯の隙間にミイラ男の口を探した。

ミイラ男は身体を震わせた。たぶんこいつは吸わないな、と彼は思い、煙草を抜き取った。月の光が、白い黴のようなもので汚れた煙草の吸い口を照らしていた。そこでもう一度ミイラ男の唇に煙草を挟むと彼は言った。さあ吸いな、吸えよ、全部忘れちまいな。ミイラ男の両目は彼を捉えて離さなかった。たぶん、と彼は思った。同じ隊にいたことがあって俺に気づいたんだろう。でもなぜ何も言わないんだ？　たぶん話せないからだな。急に煙が包帯の隙間から漏れてきた。沸いている、と彼は思った。沸いている、沸いている。

煙がミイラ男の耳から、喉から、額から、両目から噴き出した。その目はなおも彼を見つめていたので、ふっと息を吹きかけてからミイラ男の口から煙草を抜き取り、煙が消えるまで包帯の巻かれた頭にさらに少し息を吹きかけた。その後、床で煙草をもみ消して眠りについた。

目が覚めるとミイラ男はもう隣にいなかった。ミイラ男はどこにいる？　と彼は尋ねた。今朝死んだよ、と誰かが別のベッドで言った。それから彼は煙草に火をつけ、朝食を待った。退院の許可が下りると、彼は片足でデューレンの町まで出た。そこで汽車に乗り、別の町で降りた。

その町では、駅で軍のスープをすすりながら二十四時間待ち続けた。スープを配給していたのはやはり片足のない軍曹だった。二人は少しばかり話をし、そのあいだ軍曹はおたまで兵士用のアルミの食器にスープをよそい、彼は横にあった木製の、大工が座るようなベンチでスープを飲んだ。軍曹によれば、何もかもが変わり始めていた。戦争は終わり、新しい時代が始まろうとしている。彼は食べながら、何も変わりはしないよと答えた。自分たちは戦争で片足を失ったのに、何も変わっていないじゃないか。

彼が答えを返すたびに軍曹は笑った。軍曹が白と言えば、彼は黒と言った。軍曹が昼と言えば、彼は夜と言った。そして彼の答えを聞くと軍曹は笑って、スープの味はどうだ、塩は足りているか、不味くないかと訊いた。彼は到底着くとは思えない汽車を待つのに飽きると、もう一度歩き出した。

三週間、固いパンを食べたり農場で果物や鶏を盗んだりしながら田舎をさまよった。旅の途中でドイツ軍は降伏した。それを聞いて彼はつぶやいた。結構なことじゃないか。ある午後、彼は自分の故郷の村に着き、家のドアをノックした。母親が戸を開けたが、あまりにみすぼらしい姿に息子だと分からなかった。その後、家族が次々に彼を抱きしめ、食事を出した。彼は片目の女は結婚してしまったかと尋ねた。まだだという答えが返ってきた。その晩、彼は服も着替えずシャワーも浴びず、母親がせめて髭くらいは剃ってくれないかと言ったにもかかわらず、彼女に会いに行った。片目の女は、家の戸口に男が立っているのを見て彼だとすぐに気づいた。片足の男のほうも、彼女が窓に顔をのぞかせているのが見えると、片手を挙げて改まった挨拶をした。いくらか堅苦しくもあったが、その挨拶の仕方はまるで、人生とはそういうものだと言っているようにも見えた。そのときから彼は、耳を傾けてくれる人なら誰にでも、村の人間はどいつもこいつもめくらだ、彼女こそ女王なんだと言うようになった。

一九二〇年、ハンス・ライターが生まれた。赤ん坊というよりは海藻に見えた。カネッティと、たぶんボルヘスもだと思うが、この正反対のタイプの二人は、海がイギリス人の象徴ないしは鏡であるように、ドイツ人は森というメタファーのなかで生きていると述べている。ハンス・ライターは、生を受けたその瞬間からこの法則からはずれていた。陸が好きではなかったし、森はもっと好きでなかった。海も、あるいは、ふつう人は海と呼ぶが実際には海の表面にすぎない、敗北と狂気のメタファーへと徐々に姿を変えていく風に逆巻く波は好きではなかった。彼が好きだったのは海の底、あの別の陸で、平原ではない平原、谷ではない谷、断崖ではない断崖に満ちた場所だった。

片目の女がたらいで風呂に入れてやるとき、赤ん坊のハンス・ライターは石鹸の泡だらけの母親の手からいつも滑り落ち、両目をぱっちり開けたまま底に沈んだ。もし母親が水面に持ち上げてやらなければ、きっとそのまま底に潜っていたに違いない。黒い木材と黒い水を見つめ、水のなかには自分の垢の粒子が浮かんでいて、その皮膚の小さな滓はまるで潜水艦のようにどこかに、目の大きさの停泊地に、暗い静かな入江に向かって航行していくものの、そこに静けさはなく、動きだけが、静けさを含む多くのものの仮面である動きだけがそこにあった。

あるとき、片目の女が赤ん坊を風呂に入れるのを見ていた片足の男は、その子を持ち上げるのをやめて、どうするか見てみようと言った。ハンス・ライターの灰色の目は、たらいの底から母親の空色の目を見つめ、そのあと横向きになってじっとしながら、宇宙にやみくもに打ち上げられた探査機のようにあらゆる方角に散らばっていく、自分の身体のかけらを見つめていた。息ができなくなると、霞んでいくその小さな微粒子を眺めるのをやめ、そのあとを追い始めた。顔が赤くなり、地獄によく似た地帯を通っていることに気がついた。だが口を開けることもなく、水面に出ようともせず、ただ彼の頭だけは水面と酸素の海の下わずか十センチのところにあった。とうとう母親が両腕で抱え上げると彼は泣き出した。着古した軍人用のマントにくるまった片足の男は視線を落とし、暖炉の真ん中めがけて唾をぺっと吐き出した。

三歳になったとき、ハンス・ライターは村の同い歳の子供たちの誰よりも背が高く、四歳の子よりも背が高かったが、五歳の子供が皆、彼よりも大きいというわけではなかった。最初のうちは、足元がおぼつかず、村の医者からは、背が高いせいだから骨が強くなるように牛乳をもっと飲ませたほうがいいと言われた。しかし医者は間違っていた。ハンス・ライターの足元がおぼつかなかったのは、彼がまるで海底を探索する駆け出しの潜水士のように地表を動いていたからだった。彼は実際、海の底で暮らし、食べ、眠り、遊んでいた。牛乳は問題ではなかった。母親は三頭の雌牛と雌鶏を飼っていたので、子供は十分な栄養を与えられていた。

片足の男は息子が畑を歩くのを見ていると、こんなに背の高い奴がうちの家系にいただろうかと考え込むことがあった。たしか高祖父だか曾祖父だかの兄は、身長一メートル八十か八十五センチ以上の男だけが入れる連隊でフリードリヒ大王に仕えていたんだったな。狙いをつけやすかったため、その精鋭の連隊というか大隊はかなりの死傷者を出したことがあった。

あるとき、片足の男は息子が隣の畑の端をのろのろ歩いているのを眺めながらそのことを考えていた。プロイセンの連隊が同じようなロシアの連隊、つまりロシア帝国軍の緑の軍服を着た身長一メートル八十か八十五センチの農民からなる連隊と対決することになり、恐ろしい殺戮がくり広げられた。両軍が退却してしまっても、二つの巨人連隊は肉弾戦の真っ最中で、司令官が新たな拠点に向かって無制限退却の命令を送ってようやく戦闘はやんだのだった。
　戦争に行く前、ハンス・ライターの父は身長が一メートル六十八センチあった。戻ったときには、おそらく片足をなくしたせいだろう、一メートル六十五センチになっていた。巨人連隊なんてばかげていると彼は思った。片目の女は身長が一メートル六十センチあり、男は背が高いに越したことはないと思っていた。

　六歳になったとき、ハンス・ライターは同い歳の子供たちの誰よりも背が高く、七歳の子よりも背が高く、八歳の子よりも背が高く、九歳の子よりも背が高く、十歳の子の半数よりも背が高かった。そして、六歳で初めて本を盗んだ。『ヨーロッパ沿岸の動植物』という本だった。彼はそれをベッドの下に隠したが、学校では本がなくなったことに誰も気づかなかった。同じころ、海に潜り始めた。一九二六年のことだった。四歳で泳ぎを覚え、両目を開けたまま頭まで水に潜っていたので、母親は彼を叱った。一日中目を赤くしている息子を見た人から、まるで一日中泣いて過ごしていると思われるのではないかと心配したのだった。だが潜り方を覚えたのは六歳になってからだった。頭まで水に浸かり、一メートル身を沈め、両目を開けて周りを見る。それぐらいのことはできた。だが潜るのはまだだった。六歳のとき、深さ一メートルでは大したことがないと思った彼は、海底に向かって飛び込んだ。

　『ヨーロッパ沿岸の動植物』は、いわば彼の頭に叩き込まれていたので、潜っているあいだ、彼はゆっくりとページをめくっていった。そうして彼は*Laminaria digitata*を発見した。それは巨大な海藻で、しっかりとした茎と幅広の葉からなり、本に書かれているとおり、扇型のその葉は縁がまるで指のように分かれていた。*Laminaria digitata*はバルト海や北海や大西洋のような冷たい海に生息する。岩がちな海岸の遠浅に群生し、干潮になるとこの海藻の森は現われる。ハンス・ライターは初めて海藻の森を見たとき、あまりにも感動して水中で泣き出してしまった。人が両目を開けたまま海に潜って泣くことは難しく思えるかもしれないが、ハンスはこのときたった六歳で、ある意味では一風変わった少年だったということを忘れないでおこう。

　*Laminaria digitata*は明るい茶色の海藻で、もっとざらついた茎をした*Laminaria hyperborea*とも、球状の突起がついた茎の*Saccorhiza polyschides*とも似ている。だが、この二種が生息しているのは水の深いところだったので、ハンス・ライターがときどき、夏の正午に、服を脱いだ浜辺や岩場を遠く離れて海に潜ってみても決して拝むことはできず、海の底にその海藻を、動かない静かな森を夢想するだけだった。

　そのころ彼は、あらゆる種類の海藻をノートに描き始めた。*Chorda filum*という、薄くて長いひも状の、長さが八メートルになることもある海藻の絵を描いた。枝はなく、見た目は脆そうだが、実際はとてもしっかりしている。この海藻は潮汐《ちょうせき》点の下に生息する。*Leathesia difformis* の絵も描いた。オリーブ色がかった茶色の球状部の海藻で、岩場や他の海藻の上に生息する。外見は奇妙な形をしている。彼は一度も見たことがなかったが、何度も夢で見ていた。*Ascophyllum nodosum* の絵も描いた。褐色で、枝の周りに卵型の小さな豆がついている不揃いな形の海藻だ。*Ascophyllum nodosum* には雌雄があって、干しブドウに似た実のようなものをつける。雄の実は黄色い。雌の実は暗い緑色だ。*Laminaria saccharina* の絵も描いた。帯状の長い一枚の葉でできている。干して乾かすと、表面にマンニトールと呼ばれる甘味物質の結晶ができる。岩がちな海岸部でさまざまな固い物質に付着して生息するが、しばしば波にさらわれる。*Padina pavonia* の絵も描いた。小さく、扇型で珍しい種だ。グレートブリテン島南部の海岸から地中海にかけて見られる温水種である。近縁種は存在しない。*Sargassum vulgare* の絵も描いた。地中海の岩場や石ころの多い浜辺に生息する海藻で、葉のあいだに有茎の小さな生殖器がついている。水の深いところにも浅瀬にも見られる。*Porphyra umbilicalis* の絵も描いた。とりわけ美しい海藻で、長さは二十センチほど、赤紫色をしている。地中海、大西洋、イギリス海峡、北海に生息する。*Porphyra* にはいくつかの種があって、どれも食用になる。とくにウェールズ人はこの海藻を好む。

「ウェールズ人はブタ野郎だ」と片足の男は息子の質問に答えて言った。「まったくもってブタ野郎だ。イギリス人もブタ野郎だが、ウェールズの連中よりはちょっとましだ。本当のところブタ同然のくせに、ブタに見えないように頑張っていて、連中はふりをするのがうまいからみんなだまされる。スコットランド人はイギリス人よりもっとブタ野郎で、ウェールズ人よりはちょっとばかりましだ。フランス人はスコットランド人と同じくらいブタ野郎だ。イタリア人は子ブタ野郎だ。母ブタを食らおうとする子ブタ野郎だ。オーストリア人にだって同じことが言える。どいつもこいつもブタ野郎だ。お前、絶対にハンガリー人を信用するんじゃないぞ。絶対にボヘミア人を信用するな。手を舐められているうちに小指を食われちまう。絶対にユダヤ人を信用するなよ。親指を食われて、そのうえ手を涎まみれにされるからな。バイエルン人もブタ野郎だ。いいか、息子よ、バイエルン人と話すときにはベルトをしっかり締めておけ。ラインラント人とは話さないほうがいい。鶏が鳴く前にお前の足を切ろうとするからな。ポーランド人は雌鶏に似ているが、羽を何本か引っこ抜けばブタの皮膚だってことが分かる。ロシア人も同じだ。腹を空かせた犬に見えるが、本当は腹を空かせたブタさ、誰彼構わず、躊躇せず食らおうとする、良心のかけらもないブタ野郎さ。セルビア人はロシア人と大差ないが、ミニチュア版だ。チワワ犬のふりをしたブタだ。チワワ犬ってのは、スズメくらいの大きさのちっちゃな犬だ。メキシコの北のほうに住んでいて、アメリカの映画にときどき出てくる。もちろんアメリカ人はブタ野郎だ。それからカナダ人は図体のでかい情け知らずのブタ野郎だが、カナダにいる最低のブタ野郎はフランス系カナダ人だ。アメリカにいる最低のブタ野郎がアイルランド系のブタ野郎なのと同じさ。トルコ人も例外じゃない。ザクセンやヴェストファーレンの連中と同じ、男色のブタ野郎だ。ギリシア人について俺に言えるのはトルコ人と同じだってこと。つまり毛むくじゃらで男色のブタ野郎さ。プロイセン人だけがブタ野郎じゃない。だがプロイセンはもう存在しない。プロイセンはどこにある？　見えるか？　俺には見えない。俺はときどき、戦争でみんな死んじまったんじゃないかって気がする。それどころか、俺が病院に、あの汚らしいブタ野郎どもの病院にいるあいだに、プロイセン人は集団でここから遠く離れたところに移住しちまったんじゃないかって気もする。俺はときどき岩場に行ってバルト海を眺めては、プロイセン人を乗せた船はどこへ行っちまったんだろうと想像してる。スウェーデンか？　ノルウェーか？　フィンランドか？　そんなわけない。どこもブタ野郎の土地じゃないか。だったら、いったいどこへ？　アイスランドか、グリーンランドか？　探し当てようとするが見つからない。いったいプロイセン人はどこにいる？　俺は岩場に近づいて灰色の水平線のなかに探す。膿みたいに濁った灰色。しかも一年に一度じゃない。月に一度！　二週間に一度！　だがちっとも見つからない、水平線のどの地点に向かっていったのか俺には分からない。俺に見えるのはお前だけだ。波間に現われては消えるお前の頭。だから俺は岩に座って、俺も岩になったみたいに、しばらく動かずにお前を見てる。ときどき俺の視界からお前は消えたり、潜った場所からずいぶん離れたところでお前の頭が出てきたりするが、俺は心配していない。だってお前が出てくるってことは、水がお前に何か悪さをするわけじゃないってことは分かってるからな。ときどき俺は、岩に座ったまま居眠りする。目が覚めたときものすごく寒かったりすると、お前がまだ海にいるのかどうか、確かめもしないことがある。何をするかって？　俺は立ち上がって歯をがちがちいわせながら村に戻るのさ。村の最初の通りにさしかかると俺は歌い始める。そうすれば近所の連中は、俺がクレープスの飲み屋に行って酔っぱらってきたと勘違いするだろうからな。

幼いハンス・ライターは、潜水士と同じく、歩くのも好きだったが、歌うのは好きではなかった。潜水士というものは歌ったりしないものだからだ。ときどき、自分の住む村を出て東に向かい、森に囲まれた舗装されていない道を歩いて、泥炭を売って暮らしを立てている〈赤い男たちの村〉まで行った。さらに東に進むと、夏になると水の涸れる湖に囲まれる〈青い女たちの村〉があった。どちらの村もゴーストタウンのように見えた。〈青い女たちの村〉の向こうには〈太っちょたちの町〉があった。そこは血と腐りかけた肉のような悪臭が漂っていて、その密度の濃い臭気は、彼の村の臭い、汚れた服や肌にこびりついた汗の臭いや小便臭い土の臭い、その *Chorda filum* に似たかすかな臭いとはまったく違う臭いだった。

〈太っちょたちの町〉には、おまけに動物がたくさんいて、肉屋も何軒かあった。ときどき、彼は潜水士のように歩いて帰る途中、〈太っちょたちの町〉の住人が何をするでもなく、手持ちぶさたに〈青い女たちの村〉や〈赤い男たちの村〉の通りをぶらついているのを見かけ、いまや幽霊となったこの二つの村の人たちはきっと、〈太っちょたちの町〉の人の手にかかって殺されたのだろうと思った。殺すことにかけては恐ろしく容赦のない連中に違いない。とはいえ連中が彼に手を出したことはなかった。何よりも彼は潜水士であって、つまるところそうした世界には関わりがなく、ただ探検者かよそ者として訪れるだけだったのだ。

別の機会には西に足を向け、〈卵の村〉の目抜き通りを歩いた。その村は年を経るごとにだんだんと岩場から離れていき、まるで家々がひとりでに動いて、くぼ地や森にもっと近い安全な場所を探しに向かっているかのようだった。〈卵の村〉に続いて〈豚の村〉があった。彼の父親は決して行かないだろうその村には、たくさんの豚小屋と、プロイセンのあの地方で一番元気のいい豚の群れがいて、まるで通行人の社会的な立場や年齢や、独身か既婚かを少しも気にせず、人なつこく、ほとんどというかまったく音楽的な鳴き声を上げて挨拶しているようだった。いっぽう村人たちは、帽子を手に持ったまま、あるいは顔を覆ったままじっと身じろぎもせずにいたが、それが謙虚さゆえか恥ずかしさゆえかは分からなかった。

そしてさらに向こうには〈おしゃべり娘たちの町〉があった。娘たちは、もっと大きな町で催される節度のない祭りやダンスパーティーに出かけていたが、そうした町の名前を幼いハンス・ライターは耳にしたもののすぐに忘れてしまった。娘たちは通りで煙草を吸い、大きな港のその船だかあの船だかで働いている水兵たちのことを噂していたが、そうした船の名前を幼いハンス・ライターはすぐに忘れてしまった。娘たちは映画館に出かけ、地球上でもっともハンサムな男である俳優たちと、流行を追いたければ真似しなければならない女優たちによって演じられるこのうえなく感動的な映画を見たが、そうした映画の名前を幼いハンス・ライターはすぐに忘れてしまった。

夜の潜水士のようにして彼が家に戻ると、母親は一日中どこに行っていたのと尋ね、幼いハンス・ライターは最初に思いついたことを口にしたが、本当のことは言わなかった。

すると片目の女は息子を空色の目で見つめ、子供は自分の二つの灰色の目でじっと見つめた。片足の男は部屋の隅の暖炉のそばから二人を二つの青い目で見つめ、三秒か四秒のあいだ、プロイセン人の島が深淵からふたたび姿を現わしたかのようだった。

八歳のとき、ハンス・ライターは学校への興味を失った。そのころすでに二度溺れかけたことがあった。最初は夏で、水から救い上げてくれたのは、ベルリンからやってきて〈おしゃべり娘たちの町〉でバカンスを送っていた若い観光客だった。その若い観光客は、岩場の近くで子供の頭が浮かんだり消えたりするのを目にしたが、近視だったので、最初に見たときは海藻だと思った。その後、本当に子供の頭だと確認すると、大切な書類がポケットに入っている上着を脱いで岩づたいに降りられるところまで降りてから海に飛び込んだ。四回ほど水をかいて泳ぐと子供がいた。海側から岸辺を眺めてどこから上がったらいいか見当をつけると、飛び込んだ場所から二十五メートルほど離れたところに向かって泳ぎ始めた。

この観光客はフォーゲルという名前で、信じがたいほどの楽天家だった。本当は楽天家ではなく、ただ気が狂っていただけかもしれないが、〈おしゃべり娘たちの町〉でバカンスを過ごしていたのは、彼の健康状態を憂慮した主治医が、どんな小さな理由を見つけてでもベルリンを離れさせようとしてそのように指示したからだった。フォーゲルと少しでも親密になった者はたちまち、彼の存在が耐えがたくなった。彼は人間には本質的に善が備わっていると信じていて、心がきれいな人間であれば、モスクワからマドリードまで誰にも邪魔されずに、つまり野獣にも警官にも、ましてや税関職員ごときにも邪魔されずに徒歩で旅をすることができる、なぜなら旅人というのは必要な策を講ずるものであって、ときには道を離れて野を突っ切っていくこともいとわないからだ、などと言っていた。彼は惚れっぽくて不器用で、その結果、恋人はいなかった。ときどき、聞き手が誰であろうと構わず、(カントを例に挙げて)マスターベーションの鎮静作用について語り、物心ついたときからどれだけ歳を重ねてもマスターベーションはすべきであると言った。これがたいてい、彼の話を偶然耳にした〈おしゃべり娘たちの町〉の娘たちを笑わせ、また、ベルリンにいる彼の知り合いたちを退屈させるどころかひどくうんざりさせた。彼らはすでにこの理論を聞き飽きていたし、フォーゲルがあまりにもしつこく説明するので、実際のところ彼のしていることは自分たちの目の前で行なう、あるいは自分たちを使って行なうマスターベーションにほかならないと思っていた。

しかし彼は勇敢であることは大事であると思っていたので、最初は海藻に見えたにせよ、子供が溺れているのを見ると、あの岩場のあたりはちょうど波が高かったのだが、一瞬たりとも迷うことなく海に飛び込み、子供を助けようとした。指摘しておくべきもうひとつのことは、フォーゲルの勘違い(日焼けした褐色の肌でブロンドの髪の少年を海藻と取り違えたこと)はその日の晩、すべてが終わってから彼を苦しめたということである。ベッドに入ると、フォーゲルは暗がりで、いつものように、つまり実に満足げに昼間の出来事を思い返した。すぐさま彼は溺れている少年をふたたび見つけ、そして人間なのか海藻なのかと悩みながら少年を眺めている自分自身に遭遇した。たちまち眠気は失せた。少年と海藻を取り違えるなんてことがありえるだろうか？　そして彼は自問した。少年が海藻と似ているとすれば、どこが似ているのだろうか？　そして、少年と海藻のあいだに共通点などありえるのだろうか？

四つ目の疑問が生じる前にフォーゲルは思った。ベルリンの彼の主治医はおそらく正しい。自分は頭がおかしくなりかけているのだ。あるいは、いわゆる頭がおかしいということではないかもしれないが、言ってみれば自分は狂気の道に入りかけているのだ。というのも、と彼は思った。子供と海藻とのあいだに共通点はないし、岩場から見えた子供と海藻を見間違える者は頭のネジがどこかゆるんでいるのだ。狂人というわけではない、というのも狂人は頭のネジが一本足りないからだ。でも自分は間違いなく頭のネジが一本足りない。したがって自分の心の健康に関わるどんなことにも、もっと注意深くならなければならないのだ。

そのあと、彼は一晩中眠れなくなってしまったので、自分が助けた少年のことを考え始めた。すごく痩せてたな、と彼は思い出した。歳のわりに背がとても高くて、悪魔にとりつかれたようなひどいしゃべり方をしていたな。何があったのかと訊いたとき、少年はこう答えた。

「なでもな」

「何だって？」とフォーゲルは言った。「何て言ったんだ？」

「なでもな」と少年はくり返した。そのときフォーゲルは、なでもな、というのは、何でもないと言っているのだと分かった。

そして彼のほかの語彙も同じようなものだったので、フォーゲルはとても奇妙で愉快に思い、ただ少年の言葉を聞きたいがためにとりとめのない質問を始めてみると、少年はどの問いに対しても、これ以上ないほど自然に答えてくれた。たとえば、この森は何というのかとフォーゲルが訊くと、少年はグタフノモと答え、それはグスタフの森のことで、向こうにあるあの森は何というのかと訊くと、グタノモと答え、それはグレタの森のことで、グレタの森の右にあるあの黒い森は何というのかと訊くと、ナマノナモと答え、それは名前のない森のことだった。そうしているうちにようやく二人は、フォーゲルが大切な書類がポケットに入っている上着を置いてきた岩場の一番高いところに着いた。少年は、また海に入ってはいけないというフォーゲルの言葉に従って、そこからもう少し下にある、カモメが入るような洞穴に置いてあった服を取ってきた。別れ際に二人は自己紹介をした。

「僕の名前はハインツ・フォーゲルっていうんだよ」とフォーゲルはまるで白痴に向かって話すように言った。「君の名前は？」

　すると少年は、ハンス・ライターと自分の名前をはっきりと発音し、それから二人は握手を交わし、それぞれ異なる方角に向かった。こうしたことをフォーゲルはベッドで寝返りを打ちながら、明かりを点ける気もせず、眠ることもできないまま思い出していた。あの少年と海藻はどこが似ていたのだろう？　と彼は自問した。痩せているところか、日に焼けた髪の毛か、細長くて穏やかな顔だろうか？　そしてこうも自問した。僕はベルリンに戻るべきなのではないか？　医者の言うことをもっと真剣に受け止めるべきなのではないか？　自分のことをもっと観察するべきなのではないか？　やがて彼はあまりにも多くの疑問に疲れ、マスターベーションをすると眠気が訪れた。


　幼いハンス・ライターが二度目に溺れかけたのは冬で、沿岸漁業の漁師たちと一緒に、〈青い女たちの村〉の沖合に漁網を投げに行ったときのことだった。日が暮れかけていて、漁師たちは海の底で動く光について話し始めた。誰かが、あれは死んだ漁師たちが、自分の村への帰り道を、陸地の墓地を探しているんだ、と言った。別の誰かは、あれはコケが光っているんだ、ひと月に一度だけ、ため込むのに三十日かけたものをたった一晩ですべて放出しているみたいに光り輝くコケさ、と言った。別の誰かは、あれはイソギンチャクの一種で、その沿岸にだけ生息しているんだ、と言った。光を放っているのは雌のイソギンチャクで、雄のイソギンチャクを誘惑しようとしているんだが、一般的に、つまり世界全体では、イソギンチャクというのは雌雄同体であって、雄でもなければ雌でもなく、同じ身体に雄と雌が同居している。それはまるで意識が眠っていて、目が覚めたときには自分の一部が別の一部と交接していたような、自分のなかに男と女が、不妊のイソギンチャクの場合にはおかまと男が同時に存在するようなものなんだ。別の誰かは、あれは電気魚《うお》というとても珍しい品種だと言った。あいつには気をつけなきゃならんぞ、網にかかったときはほかの魚と区別がつかないが、食べた人間は胃のなかでひどい電気ショックを起こして、具合が悪くなるか、場合によっては死に至ることもある。

　そして漁師たちが話しているあいだ、幼いハンス・ライターは抑えがたい好奇心、あるいは、ときにしないほうがいいことをさせてしまう彼の狂気に駆り立てられて、何の予告もなしにボートから落ち、光を、あるいは魚の光を、あるいはあの珍しい魚の光を追いかけて海の底に沈んでいった。最初のうち、漁師たちは驚くことも嘆くこともなく、叫び声を上げることも嘆くこともなかった。皆、幼いライターが変わった奴だということを知っていたからだが、数秒経っても彼の頭が見えないとだんだん心配になってきた。いくら教養のないプロイセン人とはいえ彼らも海の人間であって、二分（かそこら）を超えて息を止めていられる者はいない、とくに子供の肺は、どれほど背が高い子供であっても、そんな負担に耐えられるほど強くないということをよく知っていたのだ。
そしてとうとう、そのなかの二人があの暗い海、狼の群れのような海に飛び込み、ボートの周囲を調べて幼いライターを探そうとしたが無駄に終わり、二人は頭を出して、空気を吸い込まなければならなかったが、もう一度潜る前にボートの連中に向かって、あの坊主は出てきたかと尋ねた。そのあと、否定的な答えの重みを受け止めて、二人は森の動物を思わせる暗い波のなかにふたたび消えていき、そこにもう一人が加わって、この男が水深五メートルほどのところに、幼いライターが根っこを抜かれた海藻のように、海の空間で真っ白な体を仰向けに浮かべて漂っているのを見つけ、この男が少年を腋の下から抱えて運び上げ、さらに幼いライターが飲み込んだ水を全部吐かせたのだった。

ハンス・ライターが十歳になったとき、片目の女と片足の男は二人目の子供を授かった。子供は女の子で、ロッテと名づけられた。とても美しい子で、おそらく地上に生きているなかではハンス・ライターの興味を惹いた（あるいは彼が心を動かされた）最初の人間だった。両親が赤ん坊の世話を彼に任せることもしばしばあった。少し経つと、おむつの換え方や哺乳瓶の用意の仕方を覚え、赤ん坊が眠ってしまうまで腕に抱いて散歩するようになった。ハンスにとって、妹はこれまでに起きたことのなかでもっともすばらしい出来事であり、海藻の絵を描いていたのと同じノートに何度も妹を描こうとしたが、いつも満足のいかない結果に終わった。ときに赤ん坊は小石だらけの浜辺に捨てられたゴミ袋のように見えたり、またときには *Petrobius maritimus* という、岩の割れ目や岩場に生息してゴミを食べる海の虫か、*Lipura maritima* という別の、ものすごく小さくて暗い石板の色か灰色をした、岩場の水たまりに生息する虫に見えたりした。
時とともに、彼は自分の想像力を駆使して、あるいは自分の好みを駆使して、あるいは自分自身の芸術的気質を駆使して、妹を人魚のように描くことができるようになった。それは少女というよりは魚に見え、痩せているというよりは太っていたが、いつも笑顔を浮かべていて、微笑みを絶やさずに物事のよい面を見るという、妹の性格を忠実に反映するうらやむべき美点を捉えていた。

十三歳のとき、ハンス・ライターは学校をやめた。一九三三年、ヒトラーが権力を掌握した年のことだった。十二歳のとき、彼は〈おしゃべり娘たちの町〉の学校に通い始めていた。だがいくつかの理由から、それもすべてきちんと筋の通った理由から彼は学校が好きではなかったので、行き帰りは道草ばかりしていた。その道というのは、彼から見ると水平ではなく、起伏に富んだ水平でもなく、曲がりくねった水平でもなく、海の底へ向かってゆっくりと落ちていく垂直の道だった。その海の底ではあらゆるものが、樹木、草、沼、動物、囲い地が海の虫や甲殻類に、中断された馴染みのない生命に、ヒトデやクモガニに変身した。そうした生き物の身体はとても小さいので、なかに胃が収まりきらず、そのため胃は脚のほうへ広がっているということを幼いライターは知っていた。その脚はというと巨大で謎めいていて、別の言い方をすれば謎を内包している(というか少なくとも彼にとっては謎を内包していた)。というのも、クモガニには脚が両側に四本ずつ、全部で八本あるが、さらに別の脚が一組あり、それはもっと小さくて、本当に限りなく小さくて役立たずで、頭に一番近い端のほうにあるそれらの脚というか小さな突起物は、幼いライターには脚や突起物ではなく手に見え、まるでクモガニが長い進化の過程でついに二本の腕を、そして結果的に二つの手を発達させたにもかかわらず、クモガニはまだ自分に手があることを知らないかのようだった。クモガニは、手があることを知らずにどれだけの時間を過ごすのだろう?

「たぶん」と幼いライターは声に出して独りごちた。「せねんくらいかな、にせねんくらいかな、いちまねんくらいかな。なんがいじかん」

そんなふうにして〈おしゃべり娘たちの町〉にある学校まで歩いて通い、当然のことながらいつも遅刻していた。そして別のことを考えていた。

一九三三年、校長はハンス・ライターの両親を学校に呼び出した。片目の女だけが行った。校長は彼女を校長室に通すと、息子さんは勉強には向いていませんね、と手短に言った。そのあと校長は、今言ったことは少しも深刻ではないと言わんばかりに両腕を広げ、何か手に職をつけたほうがいいと勧めた。

ヒトラーが選挙に勝った年のことだった。その年、ヒトラーが勝つよりも前に、ハンス・ライターの住む村に宣伝部隊が立ち寄った。宣伝部隊は最初、〈おしゃべり娘たちの町〉に着いて映画館で集会を開き、それが成功を収めたので、翌日には〈豚の村〉と〈卵の村〉、そして午後にはハンス・ライターの住む村まで足を伸ばした。そこでは農夫や漁師と一緒に酒場でビールを飲みながら、気さくで打ちとけた雰囲気のなかで国家社会主義について、ドイツをその灰のなかから立ち上がらせ、プロイセンもまたその灰のなかから立ち上がらせるであろう政党についてのよき知らせをもたらし、それについて説明した。やがて口の軽い誰かが片足の男のことを話題にした。前線から生きて帰ったのはあいつだけだ、英雄だ、強い奴だ、生粋のプロイセン人だ、少しばかり怠け者かもしれないが、鳥肌が立つような戦争の話を聞かせてくれる同郷人だ、いいか、それもあいつが実際に体験したことなんだ。この点に村人たちはとりわけこだわった。あいつが本当に体験したことさ、作り話じゃない、しかも実話だというだけじゃなくて、話している当人の実体験なんだ。すると宣伝部隊のうち、貴族のような雰囲気の一人（このことは強調しておく必要がある。なぜなら彼の随行者たちは見るからに威厳を欠いた、どこにでもいる平凡な連中で、楽しそうにビールを飲んで魚やソーセージを食べ、屁をひって笑い声を上げ、歌い出すような連中だったからだ。このことをくり返し指摘しておかなくてはならないのは、そうするのが公正なことだからなのだが、彼らはそうした威厳を欠いていたばかりか、むしろ民衆のような、村から村を巡り、民衆のなかから湧いて出てきて、民衆とともに生きている行商人のような、死んでしまえば彼らの記憶は民衆の記憶のなかに消えてなくなるような連中だった）が言った。できたら、もしできたらそのライターという兵士と知り合えたらいいんだがね。それからなぜ兵士のライターがこの場に、この酒場にいないのかと尋ね、ただひたすらドイツにとって善となることを望む国家社会主義者の仲間たちと話をしていると、ある村人が、片目の馬を飼っていて、元兵士のライターが片目の妻の世話をするよりも熱心にその馬の世話をしている者が、そいつは金がなくてジョッキ一杯分のビール代も払えないので酒場には来ていないのだと言った。すると宣伝部隊のメンバーは、とんでもない話だ、兵士のライターにビールをおごると言い出し、貴族的な雰囲気の男が村人の一人を指さして、兵士のライターの家に行って彼を連れてくるようにと命じた。その村人はただちに出かけたが、十五分後に戻ってくると、そこに集まっていた全員に向かって、兵士のライターは来たがらなかった、宣伝部隊のメンバーのような著名な旅行者たちに紹介されるのにふさわしい服を持っていないし、片目の妻が仕事からまだ戻っていないので娘と二人きりで、娘を家にひとり置いて出かけることはもちろんできないからということだと伝えた。それを聞いた宣伝部隊の者たち（ブタども）は涙を流さんばかりに感動した。それは連中がブタだったばかりでなく涙もろかったからで、その古参の傷痍軍人の運命は彼らの心のもっとも深いところまで届いたのだが、貴族のような雰囲気の男には届かなかった。この男は立ち上がり、教養のあるところを見せて、ムハンマドが山に来ないのなら、山がムハンマドのほうに行こうと言うと、村人に自分を片足の男の家まで連れていくよう命じ、宣伝部隊の者たちには誰一人としてついてくることを禁じた。そういうわけで、国家社会主義党のこのメンバーは村の通りのぬかるみで長靴を汚しながら村人のあとをついていき、とうとう森のほとんどはずれに着くと、そこにライター一家の家があった。なかに入る前に一瞬、彼はまるでその家の家長の人となりを、家の輪郭の調和や強度から測ろうとするか、あるいはプロイセンのその地方の田舎の建築に大いに関心を抱いているかのように、ものの分かったような目つきで家を眺めた。その後、二人が家に入ると、木製のベッドにはたしかに三歳の女の子が眠っていて、片足の男はたしかにぼろの服を着ていた。それというのも、軍人用のマントと、たった一本しかないきちんとしたズボンはその日、洗濯桶に浸かっていたか濡れたまま裏庭に干してあったからだったが、そのことが歓待の妨げとはならなかった。片足の男は最初、宣伝部隊のメンバーがわざわざ自分の家に挨拶しに来てくれたことで誇らしくなり、光栄なことだと思ったに違いない。だが、その後事態はねじれていったというか、ねじれていったように見えた。というのも、その貴族のような雰囲気の男が投げかける質問が次第に彼にとって気に食わないものになってきて、貴族のような雰囲気の男の発言は、発言というよりは予言だったが、それもまた彼にとって気に食わないものになってきたからだった。そこで質問をされるたびに片足の男はたいてい風変わりな、あるいは突飛な意見で応じ、相手の発言それぞれに対して質問をひとつ付け加えたが、彼の質問にはどこか、その発言自体を解体するか、疑わしいものにするか、あるいはまったく実際的な意味を欠いた幼稚な発言に見せるところがあり、そのことが、今度は貴族のような雰囲気の男を苛立たせることになった。彼は片足の男に向かって、自分は戦争中パイロットで、フランスの飛行機を十二機、イギリスの飛行機を八機撃墜したことがあり、前線で味わう苦しみもよく知っていると打ち明けたが、共通の話題を見つけようとする努力も無駄に終わった。それに対して片足の男は、自分が何よりつらかったのは前線ではなくてデューレン近くのいまいましい軍病院だったと答えた。そこでは同胞たちが煙草ばかりか盗めるものなら何でも盗み、果ては商売のためだと言って魂まで盗んでいた、ドイツの軍病院にはかなりの数の悪魔崇拝者がいるからに違いないが、とにかく、軍病院に長い期間いると人は悪魔崇拝に向かうものだから、それも理解できなくはない、と片足の男は言った。この発言はパイロットであったことを打ち明けた男を苛立たせた。この男もやはり三週間ほど軍病院に入院していたことがあったのだ。デューレンの？　と片足の男が尋ねると、いや、ベルギーだ、と貴族のような雰囲気の男は答えた。自分が受けた扱いは、献身ばかりでなく、優しさや同情といったあらゆる必要条件を満たしていたし、ときにそれを上回っていた、男らしいすばらしい医者に美しくて有能な看護婦がいて、団結と抵抗と勇敢の雰囲気に満ちていたし、そのうえベルギー人の修道女の一団が高潔な職業意識を発揮して、要するに、病人の滞在がこのうえなく快適なものとなるように皆が身を粉にしていたのだ、もちろん期待しうる状況のなかで、病院というのはキャバレーや売春宿とは違うものだからなと言った。その後は別の話題に移り、ドイツ帝国の創造、後背地《ヒンターラント》の建設、国家制度の清廉さ、そしてそれに続くべき国民全体の純潔さ、新しい雇用の創出、近代化闘争といったことが話題に上った。元パイロットが話しているあいだ、ハンス・ライターの父は、幼いロッテが今にも泣き出すのではと心配したのか、それとも貴族のような雰囲気の男が急に、彼が話し相手としてふさわしくないことに気づくのではないかと思ったのか、だんだんと神経質になっていった。たぶん彼は、その夢想家、空の百人隊長の足元にひれ伏して、すでに明らかである自分の無知と貧しさ、失ってしまった勇気について白状するのが一番だったのだろうが、こうしたことは何もせず、相手が何か一言言うたびに、まるで納得がいかないかのように（本当は怯えていた）、まるで相手の夢想のスケールを完全に理解するのは困難だというように（本当はまったく理解できなかった）首を左右に振っていると、突然、貴族のような雰囲気の元パイロットと彼の二人は、ハンス少年が家に入ってくるのに気づいた。ハンスは無言でベッドから妹を抱き上げると、裏庭に連れていった。

「ところで、あれは誰だ？」と元パイロットは言った。

「息子です」と片足の男は言った。

「キリン魚みたいだな」と元パイロットは言って、笑い出した。

そんなわけで、一九三三年、ハンス・ライターは教師たちから無気力と出席不足というまったく正当な理由で咎めを受けて学校をやめた。両親と親戚は彼に釣り船に乗る仕事を見つけてやったが、ライター少年は網を投げるよりも海の底を見ることに興味津々だったので、三か月で船長に放り出されてしまった。その後、農場で働き始めたが、やはり怠け癖が理由ですぐに放り出され、〈太っちょたちの町〉では泥炭の採掘人夫と金物屋の見習いをやり、シュテッティンまで野菜の行商に行く農夫の手伝いをしたが、手伝いというよりはお荷物だったのでまたしてもくびになり、最後にはあるプロイセンの男爵の別荘で働くことになった。その屋敷は森の真ん中にあり、そばには黒い水をたたえた湖があった。屋敷では片目の女も働いていて、彼女は、家具や絵画や大きなカーテンやゴブラン織りの壁掛けや、秘密の宗派を思わせる謎めいた名前がついたいくつもの広間の塵や埃を払ったのだが、手のつけようもないほど埃が積もっていたうえ、一定の時間が経つとそこを支配する使われていない部屋のじめっとした臭いを追い出すために空気を入れ替えなくてはならなかった。男爵の巨大な書庫の蔵書の埃も払わなければならず、もとは男爵の祖父のもので、男爵の父が受け継いで保管していたそれらの古い書物を男爵はめったに読まなかった。あの巨大な一族のなかで本を読み、子孫に書物への愛を教え込んだのは祖父一人だったようだが、その愛は本を読むことではなく、書庫の保存という形をとっていて、その書庫は男爵の祖父が残したものより大きくもなければ小さくもなく、まったく同じ状態を保っていた。

そして、それまでの人生でこれほどたくさんの本が揃っているのを見たことがなかったハンス・ライターは、一冊一冊の埃を払い、注意深く扱ったが、やはり彼もそれを読みはしなかった。ひとつには、自分の持っている海の生き物の本で満足していたからで、またひとつには、男爵が突然入ってくるのを恐れていたからだった。男爵はベルリンとパリでの仕事で忙しく、めったに別荘を訪れなかったが、ときどき彼の甥がやってきた。若くして死んだ男爵の妹と、南仏に居を構え、男爵に憎まれていた画家とのあいだに生まれたこの二十歳そこそこの若者は、別荘でたいてい一週間を過ごし、ひとりきりで、ほとんど誰の邪魔もせず、ひたすら書庫に閉じこもって本を読みながらコニャックを飲み、しまいに肘掛け椅子で眠り込んでしまうのだった。

またあるときには男爵の娘が姿を見せた。彼女の滞在はもっと短く、週末を過ごす程度だったが、召使たちにとってその週末は一か月にも相当した。それというのも、男爵の娘はいつも友人の一団を連れてきて、場合によってはそれが十人以上にもなり、揃いも揃って放埒で、大食いで、だらしがなく、毎晩のように宴を明け方までくり広げるせいで屋敷をやかましく混沌とした場所に変えてしまうからだった。

ときおり、男爵の娘の到着と男爵の甥の滞在が重なることがあった。すると男爵の甥は、従姉の頼みにもかかわらず、あっという間に屋敷を去ってしまうのが常で、〈おしゃべり娘たちの町〉の鉄道駅までいつも彼を乗せていく、ペルシュロン種の馬が引く四人乗りの馬車を待たずに出ていくこともあった。

従姉が到着すると、男爵の甥はもともと内気な性格なので体が固まってしまい、へまばかりしたので、召使たちはその日の出来事について話すときに口を揃えて、あの人は彼女に恋しているか、彼女がほしいか、それとも彼女のせいでやつれているか、彼女のせいで苦しんでいるのだと言った。ハンス・ライター少年はバターを塗ったパンを食べながら、足を組んで、一言も口を挟まずにそれを聞いていたが、実際のところ、男爵の甥であるフーゴ・ハルダーという若者のことを他の召使たちよりもはるかによく知っていたのは彼だった。他の召使たちには現実が見えていないか、あるいは見たいものだけを見ていて、それは恋に苦しむ身寄りのない若者と、漠然としているが中身の濃い救済を待っている厚かましい身寄りのない娘（もっとも、誰もがよく知っているとおり、男爵の娘には父も母もいたのだが）の姿だった。

泥炭の煙の匂い、キャベツのスープの匂い、森の茂みのなかに絡まる風の匂いのする救済。鏡の匂いのする救済だ、とパンを喉に詰まらせそうになりながらライター少年は思った。

ではなぜライター少年は他の召使たちよりも若者フーゴ・ハルダーをよく知っていたのか？　実に単純な理由がひとつあったからである。あるいは実に単純な理由が二つあり、それらが絡み合うか組み合わさるかして、男爵の甥の、より完全でより複雑でもある人物像を見せてくれていたのだった。

一つ目の理由——彼は男爵の甥を、本にはたきをかけているときに書庫で見かけたことがあった。彼は書庫の可動式梯子の一番高いところから眠っている男爵の甥を見たのだが、そのとき甥は鼻息が荒かったか、いびきをかいていたか、寝言を言っていた。それはかわいいロッテが寝言を言うときのようにきちんと文章をなしていなくて、一音節の単語だったり、言葉の断片だったり、自己防衛的で侮辱的な言葉の粒子だったりし、まるで夢のなかで殺されかけているように見えた。彼は男爵の甥が読んでいる本のタイトルを見たこともあった。ほとんどは歴史の本で、それはつまり男爵の甥は歴史好きか、あるいは歴史に関心があるということだったが、それを初めて見たときハンス・ライター少年は不快に思った。一晩中、コニャックを飲みながら煙草を吸い、歴史の本を読んで過ごすなんて。ぞっとする。そしてライター少年はこう自問した。だからこんなに静かなのか？　彼はまた、何か物音がしたとき、ネズミの音とか、二冊の本のあいだに本を戻すときに革装の本の背が擦れて立てる音が聞こえて目が覚めたときに男爵の甥が発した言葉を聞いたこともあったが、それは動転した言葉、まるで地球の軸がずれたかのような動転した言葉で、恋する男の言葉ではなく、苦しみの言葉、罠から発せられる言葉だった。

二つ目の理由はもっと説得力があった。従姉が突然やってきたためにフーゴ・ハルダーが急いで別荘を去ることを決めた多くの場面のひとつで、ハンス・ライター少年はトランクを運ぶのを手伝って彼に付き添ったことがあった。別荘から〈おしゃべり娘たちの町〉の鉄道駅までは二つの行き方があった。長いほうは〈豚の村〉と〈卵の村〉を抜け、ときどき岩場と海沿いを通っていく道だった。もう一方の道はもっと短くて、オークやブナやポプラの木がある巨大な森を横切る小道を進むという行き方で、〈おしゃべり娘たちの町〉のはずれに出ると、隣にピクルス工場の廃墟があり、もうそこは駅のすぐ近くだった。

その様子は次のようなものである。ハンス・ライターの前をフーゴ・ハルダーが帽子を手にして、林冠を、彼には名前の分からない動物や鳥がひそかに動く薄暗い木々の腹部をじっと見つめながら歩いていく。十メートル後ろからハンス・ライターが男爵の甥のトランクを運び、それはものすごく重いので、ときどき手を持ち替えている。突然、イノシシか、イノシシのような動物の鳴き声がする。もしかするとただの犬かもしれない。もしかすると彼方から聞こえてきた故障寸前の車のエンジン音かもしれない。この二つの可能性はきわめて低いが、ありえないわけではない。確かなのは、二人とも一言も言葉を交わさずに歩みを速めたことで、と突然、ハンス・ライターがつまずいて転び、トランクが地面に落ちて口が開き、薄暗い森を横切る薄暗い小道に中身が散らばってしまう。フーゴ・ハルダーは荷物が落ちたことに気づかず、どんどん遠ざかっていき、疲れきったハンス少年は、フーゴ・ハルダーの服とともに銀食器、枝付き燭台、漆塗りの小さな木箱、別荘の多くの部屋のなかで忘れられていた大きなメダルの数々を見つける。男爵の甥はそれをきっとベルリンで質に入れるか安く売るかするのだろう。

もちろん、フーゴ・ハルダーはハンス・ライターがそれを見つけたことを知っていて、このことをきっかけにハルダーは若い奉公人に近づくようになった。最初の兆しは、ハンス・ライターが鉄道駅までトランクを運んだその午後のことだった。別れ際、ハルダーはハンスの手にチップとして何枚かの硬貨を渡した（彼が金をやるのは初めてのことで、ハンス・ライターがわずかな給料以外の金を受け取るのも初めてだった）。次にハルダーが別荘を訪れたときにはセーターをくれた。自分のだけど少し太ったからもう着られないんだ、と彼は言ったが、それが嘘であることは一目瞭然だった。要するに、ハンス・ライターはもはや見えない存在ではなく、何らかの注意に値する存在になったのである。

ときどき、書庫で歴史の本を読むか、読んでいるふりをしているあいだ、ハルダーはライターを呼んで、次第に長い会話を交わすようになった。最初は他の奉公人について尋ねた。自分がどう思われているのか、自分の存在がわずらわしくないのか、我慢しているのか、誰かに恨まれていないかどうかを知りたがった。そのあとは彼がひとりで話し続けた。ハルダーは自分の人生について、亡き母親について、伯父である男爵について、たった一人の従姉、あの手の届かないずうずうしい娘について、ベルリンという彼の愛する、だが同時に計り知れない苦しみ、ときどき耐えがたいほどに鋭い痛みをもたらす街の誘惑について、崩壊寸前の自分の精神状態について語った。

それが終わると、今度はハンス・ライター少年に彼の人生について話してくれとせがんだ。君は何をしている？　何をしたい？　君の夢は何？　未来が君に与えてくれるものは何だと思う？

未来について、ハルダーには言うまでもなく自分なりの考えがあった。今に一種の人工胃を発明して売り出そうと思っていたのだ。その考えがあまりに突飛だったので彼自身が最初に笑ったほどだった（ハルダーが笑うのをハンス・ライターが見たのはそれが初めてだったが、彼の笑いは心の底から不快だった）。自分の父親である、フランスに住んでいる画家のことは一言も話さなかったが、そのかわり、他人の親について詮索するのが好きだった。ハルダーは若いライターの返事を気に入った。ライターは自分の父親のことを何も知らないと言ったのだ。

「そういうものだ」とハルダーは言った。「自分の父親のことを人は何も知らないんだ」

父親というのは、もっとも深い暗闇に沈んだ回廊なんだ、と彼は言った。俺たちはそこでやみくもに出口を探しているのさ。それでも彼は、若い奉公人にせめて父親がどんな外見をしているかだけでも教えてくれと言い張り、ハンス・ライター少年は、率直に言って何も知らないと答えた。するとハルダーは父親と同居しているのかどうかを知りたがった。ずっと一緒に住んでいます、とハンス・ライターは答えた。

「どんな外見なんだい？　説明できないのか？」

「知らないのでできません」とハンス・ライターは答えた。

二、三秒のあいだ、二人とも黙り込んだ。一人は自分の手の爪を見やり、もう一人は書庫の高い平天井を見上げた。信じがたいことだったが、ハルダーはライターを信じたのだった。

かなり大ざっぱに言えば、ハルダーはハンス・ライターの最初の友人になったということである。ハルダーは別荘に来るたびに、書庫に閉じこもったり、地所を取り囲む庭園を散歩したりおしゃべりをしたりしながら、ハンスとより長い時間を一緒に過ごすようになった。

ハルダーはさらに、ハンスに『ヨーロッパ沿岸の動植物』ではない本を読ませた最初の人物だった。これは生易しいことではなかった。まず、ハルダーは彼に字が読めるかと尋ねた。ハンス・ライターは読めると答えた。続いて、何かよい本を読んだことがあるかと訊いた。よい本というところを強調した。ハンス・ライターはあると答えた。よい本を持っています。ハルダーは何という本かと訊いた。ハンス・ライターは『ヨーロッパ沿岸の動植物』だと答えた。ハルダーは、それはきっと参考書で、自分が言っているのはよい文芸書のことだと言った。ハンス・ライターは、よいさんこしょ（参考書）とよいぶげしょ（文芸書）の違いが分からないと言った。ハルダーは、違うのは美しさだ、語られる物語の美しさと、その物語が語られるときの言葉の美しさだと言った。彼はすぐさま例を挙げ始めた。ゲーテについて、シラーについて、ヘルダーリンについて、クライストについて語り、ノヴァーリスの驚異について語った。自分は全部読んだことがある、読み返すたびに涙が出てくると言った。

「涙が出てくるんだ」と彼は言った。「涙だよ、分かるか、ハンス？」

ハンス・ライターは、あなたがそういう作家の本を読んでいるのは見たことがない、あなたはいつも歴史の本を読んでいると言った。ハルダーの答えにハンスは驚かされた。ハルダーはこう言ったのだ。

「歴史をよく知らないから勉強しないといけないんだ」

「何のために？」とハンス・ライターは尋ねた。

「空白を満たすためさ」

「空白は満たせません」とハンス・ライターは言った。

「満たせるさ」とハルダーは言った。「この世界ではちょっと努力すればすべてを満たすことができる。俺が君くらいの歳のころには」とハルダーは言ったが、明らかに誇張していた。「これ以上は読めないというほどゲーテを読んだ。もっともゲーテはもちろん無限なんだが。要するに、ゲーテを読み、アイヒェンドルフを読み、ホフマンを読んだ。そのせいで歴史の勉強はおざなりになったのさ。でも歴史だって必要だろ、言ってみれば、ナイフの両刃を研ぐために」

そのあと、日が暮れて暖炉で火がパチパチとはぜる音を聞きながら、二人はハンス・ライターが最初に読む本は何がいいかと話し合ったが決まらなかった。夜になってハルダーはようやく、自分で読みたい本を一冊選んで一週間後に戻すというのはどうかと言った。若い奉公人はその方法が一番だと賛成した。

少し経つと、男爵の甥が別荘で働いていた小さな盗みは、彼によればギャンブルで作った借金と、放っておくことのできないご婦人たちとの逃げられない約束のせいで、次第に頻度が増えていった。ハルダーは盗みを隠すのが下手くそで、ハンス・ライター少年は手を貸すことにした。ものがなくなったことに気づかれないようにするため、他の奉公人たちに命じて適当にものを移動させ、風を通すためという口実で部屋を空っぽにさせ、地下室から古いトランクを持ってこさせ、もう一度地下に下ろさせるよう助言した。要するにものの置き場所を変えさせたのだ。

ハンスはさらに助言を与え、これに関しては積極的に協力した。それは珍品に注意を払うようにということで、あまりに古いために忘れられている本物のアンティークの品、彼の曾祖母か高祖母のものだった、一見何の価値もなさそうな王冠、銀の柄のついた高級木材でできたステッキ、彼の先祖がナポレオン戦争で、あるいはデンマーク人かオーストリア人を相手に戦ったときに使った剣の類を盗むように勧めたのである。

それはそれとして、ハルダーはハンスに対していつも気前がよかった。別荘を訪れるたびに、分け前と呼ぶものをくれたのだ。それは実のところ少し法外なチップ程度でしかなかったが、ハンス・ライターにしてみればひと財産だった。両親はすぐに彼を泥棒呼ばわりするに違いなかったので、ハンスはその財産をもちろん両親には見せなかった。かといって自分のためにも使わなかった。クッキーの缶を手に入れると、少しばかりの紙幣とたくさんの硬貨を入れ、紙切れに「このお金はロッテ・ライターのもの」と書いて森に埋めた。

偶然か、あるいは悪魔が望んだのか、ハンス・ライターが選んだ本はヴォルフラム・フォン・エッシェンバッハの『パルツィヴァール』だった。ハルダーはハンスがその本を持っているのを見ると微笑んで、君に理解できるわけがないよと言ったが、君が別の本じゃなくてその本を選んだのは不思議じゃないとも言った。実際、その本を理解することはできないかもしれないけれど、君にはぴったりの本だ、それはちょうどヴォルフラム・フォン・エッシェンバッハは君自身というか、君の精神というか、君がなりたいと思っているが残念ながら決してなれないものとそっくりなところを見つけるだろうからね、もっともそれもこんなにちょっとの差なんだが、とハルダーは親指と人差し指をほとんどくっつきそうなほど近づけながら言った。

ハンスはヴォルフラムが自分自身についてこう語っているのを発見した——私は文学から逃げていた、と。ハンスは発見した。ヴォルフラムは宮廷騎士の典型とは袂を分かち、修業を、聖職者の教育を受けることを許されなかった（あるいは自分でそれを拒否した）ことを。ハンスは発見した。ヴォルフラムは吟遊詩人《トルバドゥール》や宮廷詩人《ミンネゼンガー》とは反対に、貴婦人に仕えることを拒んでいたことを。ハンスは発見した。ヴォルフラムは芸術の教育を受けていないと公言しているが、それは教養がないと見なされるためではなくて、自分はラテン語の重荷から自由であり、独立した世俗の騎士だと名乗るための方法だったことを。独立した世俗の騎士。

もちろん、ヴォルフラム・フォン・エッシェンバッハよりも重要な中世ドイツの詩人は何人もいた。フリードリヒ・フォン・ハウゼンはそのうちの一人であり、ヴァルター・フォン・デア・フォーゲルヴァイデはもう一人である。しかし、ヴォルフラムの尊大さ（私は文学から逃げていた、私は芸術の教育を受けていない）、傲然たる尊大さ、お前たちは死ぬがよい、私は生きるだろうと言う尊大さは、目のくらむような謎の、むごいまでの冷淡さの後光を彼に与え、それはまるで巨大な磁石が細い釘を引き寄せるかのように若いハンスを惹きつけたのだった。

ヴォルフラムは農地を所有していなかった。そのためヴォルフラムは他人に仕える身分にあった。ヴォルフラムには、自分の家臣を、あるいは少なくとも家臣のうちの何人かを目に見える存在に引き上げてくれる何人かの庇護者、何人かの伯爵がいた。ヴォルフラムは語っていた──私の職務は盾で守ることである。そしてハルダーが、まるでハンスを犯行現場に置こうとするかのように、ヴォルフラムについてのこうしたことをすべて話して聞かせたいっぽうで、ハンスは『パルツィヴァール』を最初から最後まで読んだ。農場にいるときや、家から仕事場までの道を歩いているとき、ときには声に出して読み、内容を理解したばかりか好きにもなった。そして彼がとりわけ好きになり、読んで泣いたり、おかしさのあまり草の上に身を投げ出して腹をよじったりしたのは、パルツィヴァールがときに甲冑の下に狂人の格好をして馬に乗っている（私の職務は盾で守ることである）ということだった。

フーゴ・ハルダーと過ごした歳月はハンスにとって有意義だった。盗みは続き、その頻度はまちまちだったが、ひとつには、別荘にはフーゴの従姉や他の召使に気づかれずに盗めるものはほとんど残っていなかったからだった。あるとき、たった一度だけ、男爵が自分の領地に姿を見せたことがあった。男爵はウィンドウにカーテンを下ろした黒い車でやってきて、一晩泊まっていった。

ハンスは、男爵が彼のことを認め、話しかけてくるだろうと思ったが、そうしたことは起こらなかった。男爵は別荘で一晩だけ過ごし、屋敷でもっとも手入れのされていない翼を巡って、つねに動き回り（そしてつねに沈黙して）、召使に何も命令することなく、まるで夢を見ていて誰とも会話することができないかのようだった。夜になると、黒パンとチーズの夕食をとり、自らワインの貯蔵室に下りてワインを選び、つましい食事とともに開けた。翌朝、男爵は夜が明けるころには姿を消していた。

そのかわり、男爵の娘には何度も会った。いつも友人を連れていた。ハンスがそこで働いているあいだ、彼女の到着とハルダーの滞在が三度重なったが、三度ともハルダーは従姉の存在にすっかり怖気づいて、すぐに荷造りして出ていった。最後のとき、二人の共犯関係をある意味で確固たるものにしたあの森を二人が横切っているあいだ、ハンスはハルダーに、なぜそんなにびくびくしているのかと訊いた。ハルダーの返事はそっけなくぶっきらぼうだった。君には分からないよ、と言って、彼は森の天井の下を歩き続けた。

一九三六年、男爵は別荘を閉じて召使に暇を出し、森番だけをそこに残した。しばらくのあいだ、ハンスは何もすることがなく、その後、国の高速道路建設の労働者の一団に加わった。毎月、家族に宛ててほとんど手つかずの給料を送った。質素な暮らしを送っていたからだが、それでも休みの日には仕事仲間と連れ立って近くの町の酒場まで下りていき、床に倒れ込むまでビールを飲んだ。若い労働者のなかでは間違いなくハンスが一番酒が強く、誰がもっとも短い時間で多く飲めるかを競う即興のコンテストに何度か出たほどだった。だが酒は好きではなかったというか、食べることほど好きではなかったので、自分の班がベルリンの近郊で働いている日に仕事を辞めてそこを去った。

その大都市で、それほど苦労せずにハルダーの住所を見つけると、ハンスは助けを求めて彼の家に現われた。ハルダーは文房具店の仕事を見つけてやった。ハンスは労働者用の家の一間に住み、そこでベッドを借りた。その部屋は、工場の夜警をしていた四十絡みの男と共同で使った。その男はフュヒラーという名前で、本人が言うにはおそらく神経系統が原因の病気に罹っていて、ある晩にはリューマチのような、別の晩には心臓病か突発性の喘息の発作のような症状が出た。

一人は夜勤で、もう一人は昼間働いていたので、フュヒラーとはほとんど顔を合わせることはなかったが、一緒にいるとき、彼はとても優しくしてくれた。このフュヒラーが打ち明けたところによれば、彼はずいぶん前に結婚していて、子供を一人もうけたということだった。息子は五歳のとき病気に罹り、ほどなく死んでしまった。フュヒラーは息子を失った悲しみに耐えきれず、三か月のあいだ家の地下室に閉じこもって喪に服したのち、リュックに手当たり次第にものを詰め、誰にも何も言わずに家を出た。一時期、ドイツの街道を放浪しながら、施しや、偶然が施してくれたものを食べて生き延びた。数年後、ベルリンにたどり着くと、友人が通りで彼を見つけて仕事をくれた。この友人はすでにこの世になかったが、今フュヒラーが夜警をしている工場の監督者だった。工場はそれほど大きくはなく、長年にわたって狩猟用のショットガンを製造していたが、最近はライフルを製造するようになっていた。
ある晩、ハンス・ライターが仕事から戻ると、夜警のフュヒラーはベッドに横になっていた。家主の女が持ってきたスープの皿があった。文房具店の見習い店員は、同居人がまもなく死ぬことにすぐに気づいた。

健康な人は病人との付き合いを避ける。この法則はほとんど誰にでも当てはまる。ハンス・ライターは例外だった。健康な人も病気の人も恐れなかった。退屈もしなかった。彼は世話好きだった。そして彼はあるものに、実に曖昧で、実に影響されやすく、実に歪んだ友情というものに大きな価値を置いていた。ともかく、病人のほうが健康な人よりもつねに興味深い。病人たちの言葉は、たとえばたどたどしく話すのがやっとであっても、健康な人たちの言葉よりも重要なのだ。それはそれとして、健康な人は未来の病人である。時間の感覚、ああ、病人たちの時間の感覚、どれほどの宝が砂漠の洞穴に隠れていることか。とにかく、病人たちは本当に嚙みつくが、それに対して健康な人たちは嚙みつくふりをしているが実際には空気を嚙んでいるだけなのだ。とにかく、とにかく、とにかく。
死ぬ前にフュヒラーは、もしよければハンスに仕事を譲ると言った。彼は文房具店でいくら稼いでいるのかと訊いた。ハンスはその額を伝えた。雀の涙だった。フュヒラーは新しい監督者に紹介状を書き、ライター青年のことは昔から知っていて、品行については責任を持つと請け合った。ハンスは、鉛筆が入った箱や消しゴムが入った箱や帳面が入った箱を荷解きしたり、文房具店の前の歩道を掃いたりしながら一日中そのことを考えた。家に戻ると彼はフュヒラーに、いい考えだと思う、仕事を変えると言った。その晩、街の郊外にあるライフル工場に足を運んで監督者と少し話をしたあと、試用期間として二週間働いてみることで話がまとまった。その直後にフュヒラーは死んだ。遺品を渡す相手がいなかったので、ハンスが引き取った。コートが一着、靴が二足、毛糸のマフラー、シャツが四枚、Tシャツが数枚、靴下が七足。フュヒラーの剃刀は大家にあげた。ベッドの下の段ボール箱にカウボーイ小説が何冊かあった。それはハンスが引き取った。

そのときから、ハンス・ライターの自由な時間が増えた。夜は、工場の石畳の中庭や、太陽の光を最大限とり入れるように設計された大きなガラス窓のある細長い部屋の並ぶひんやりとした廊下を巡回して仕事をした。朝は、自分の住む労働者地区の屋台で朝食を済ませたあと、四時間から六時間眠った。そのあとは午後の時間を自由に使い、市電に乗ってベルリンの中心部まで出かけ、フーゴ・ハルダーの家に顔を出しては、二人で散歩したり、カフェやレストランに足を運んだ。そうした場所で男爵の甥は必ず知り合いに出くわし、誰も乗らないような儲け話を持ちかけるのだった。

そのころ、フーゴ・ハルダーは天国通りのそばの路地にある、古い家具が詰め込まれて、埃まみれの絵が壁に掛かっているアパートの小さな一室に住んでいた。ハンスのほかには日本人の親友がいて、彼は日本公使館で農業問題担当の書記官として働いていた。この日本人はノブロ・ニサマタという名前だったが、ハルダーもハンスもニサと呼んでいた。彼は二十八歳で、人当たりがよく、他愛もない冗談で笑うのが好きで、突拍子もない話を聞く耳をもっていた。彼らはたいていアレクサンダー広場から数歩のところにあるカフェ〈石の処女〉で待ち合わせ、ハルダーとハンスが先に着いて、ザワークラウトを添えたソーセージか何かを食べていると、一時間後か二時間後にニサがきっちり正装してやってくる。そこではウイスキーを水も氷もなしで一杯だけ飲むとすぐに三人は店を出て、ベルリンの夜に消えていくのだった。

そんなときはハルダーが先導し、三人はタクシーに乗って〈エクリプス〉というナイトクラブまで出かけた。そこではベルリンで最低レベルのダンサー、何の才能もない、とうが立った女たちの集団があからさまに失敗を見せて人気を得るようなショーをやっていて、笑い声や口笛が飛び交って騒がしいとはいえ、ウェイターと親しくなれば、少し離れたところにテーブルを用意してもらって何の問題もなく話ができた。それに、〈エクリプス〉は安い店だった。もっとも、ハルダーはベルリンをさまようこうした夜に金のことなど気にしたためしがなく、それにはいろいろ理由があったが、何よりニサがいつもおごってくれたからだった。その後、酒がまわると、たいてい〈芸術家たちのカフェ〉に行った。ショーはなかったが、帝国のお抱え画家が何人か集い、ニサはそれがとても気に入っていて、誰でもそうした有名人と席をともにすることができた。ハルダーはその多くとずっと昔からの知り合いで、そのうちの何人かとは友人同士のように気さくに話していた。

〈芸術家たちのカフェ〉を出るころには朝の三時になっていて、三人はそのあと〈ドナウ河〉という高級ナイトクラブに行くことが多かった。そこのダンサーはとても背が高くてとても美しく、赤貧のハンスの服装がドレスコードを満たしていないために守衛や支配人といざこざを起こしたことが一度ならずあった。それはそれとして、平日のハンスは夜の十時になると友人たちを残して市電の停留所まで駆けていき、夜警の仕事にちょうど間に合った。そうした日の昼間は、天気がいいと、三人は流行りのレストランのテラス席に陣取って、ハルダーの頭に浮かぶ発明について語り合いながら何時間も過ごしていた。ハルダーはいつの日か、時間ができたらそれらの発明で特許を取って金持ちになると誓っていたが、それを聞くと日本人は奇妙な発作に襲われて爆笑した。ニサの笑いにはどこかヒステリックなところがあった。唇と目と喉だけでなく、手と首と足でも笑っていて、足は地面を小さく蹴っていた。

あるとき、人工の雲を作る機械の実用性について説明したあと、ハルダーは突然ニサに、ドイツでの君の任務は君が言っているとおりのものなのか、それとも実は秘密諜報員なのかと尋ねた。その思いがけない質問にニサは驚き、最初は何のことかよく分からなかった。その後、ハルダーが秘密諜報員の任務を大真面目に説明すると、ニサはハンスがこれまで見たことのないほどの笑いの発作に襲われて、爆笑のあまりテーブルの上で失神してしまい、ハンスとハルダーはトイレまで彼を担いで運び、顔に水をひっかけて蘇生させたのだった。

ニサはもともと控えめな性格なのか、それともひどい訛りのドイツ語で二人の気を悪くしたくなかったからなのか、口数が少なかった。それでもときどき面白いことを言った。たとえば彼は、禅とは自分の尻尾を嚙む山のことだと言った。自分が学んだ言葉は英語であって、ベルリンに派遣されたのはお役所が犯した多くの間違いのひとつだと言った。サムライは滝のなかの魚のようなものだが、歴史上もっとも優れたサムライは女だったと言った。自分の父はキリスト教の修道士と知り合ったことがあり、その修道士は沖縄から数キロのところにあるエンドウという小島に十五年間隠棲していたのだが、その島は火山岩でできていて水がなかったと言った。

こんな話をしているとき、彼はたいてい微笑みを浮かべていた。ハルダーはお返しに、ニサは神道の信者だ、それにお前が好きなのはドイツ人の娼婦だけで、ドイツ語と英語以外にフィンランド語もスウェーデン語もノルウェー語もデンマーク語もオランダ語もロシア語も完璧に話せるし書けるんだろ、と言い返した。ハルダーがこうしたことを言うあいだ、ニサはヒ、ヒ、ヒ、とゆっくり声を立てて笑い、ハンスに歯を見せ、目を輝かせた。

だが、テラス席やナイトクラブの薄暗いテーブル席に座っているとき、三人は、どういうわけか執拗に黙り込んでいることがあった。彼らは突然石になってしまったかのように、時間の感覚を忘れ、すっかり内にこもってしまったようで、まるで日常生活の深淵、人々の深淵、会話の深淵をそっちのけにして、湖のような地域に、後期ロマン派の地域に近づこうと決めたかのように見えた。そこでは、境界は黄昏から黄昏までのあいだに測られる。永遠に続く十分、十五分、二十分、それは死を宣告された者の数分のようで、たった今出産を終え、死を宣告された女の経験する数分のようで、時間がもっとあったからといって永遠ではないと分かってはいるが、それでももっと時間があってほしいと心の底から望んでいる彼女たちの新生児の泣き声は、贅沢な瘤か心臓の鼓動のように、二重になった湖の景色をときおり、実に静かに横切っていく鳥たちなのだ。その後、当然のように、三人はびくっとして沈黙から覚め、発明や女やフィンランドの文献学、帝国の領土における道路建設について話し始めた。

　彼らの夜の徘徊は少なからず、グレーテ・フォン・ヨアヒムスターラーという、ハルダーが言い逃れと誤解に満ちた関係を結んでいた古い女友達の部屋で終わった。

　グレーテの住まいには音楽家たちがよくやってきたが、そのなかに音楽とは四次元であると唱えるオーケストラの指揮者がいて、ハルダーは彼を高く評価していた。このオーケストラの指揮者は三十五歳だったが、まるで二十五歳であるかのようにちやほやされ（女たちは彼を見るとうっとりした）、八十歳であるかのように尊敬されていた。たいてい、グレーテの部屋で夜の集いをしめくくりに来ると、彼はピアノの前に座ったが、ピアノには小指の先も触れず、たちまち取り巻きの友人やうっとりした信奉者たちに取り囲まれてしまい、最後は立ち上がって蜜蜂の群れに囲まれた養蜂家のようにして出ていくことを決意する。ただ、この養蜂家は網でできた服やヘルメットにも、彼を刺そうとする蜜蜂の嘆きにも護られていなかったが、もっともそれは頭のなかでのことにすぎなかった。

　彼によれば、四次元とは、三次元を包含すると同時にその本来の価値を付け加える、つまり、三次元の独裁を無効にする、したがって、我々が知っていてそこに生きている三次元の世界を無効にするものである。彼が言うには、四次元とは感覚と（大文字の）精神の絶対的な豊潤であり、（大文字の）目のことであり、その大文字の目が開かれると、普通の目が無効にされてしまう。普通の目は大文字の目と比べれば、哀れな泥の穴でしかなく、見つめること、あるいは誕生―学習―労働―死という方程式を見ているのだが、いっぽう大文字の目は哲学の河、存在の河、（流れの速い）運命の河を遡るものなのだ。

　四次元とは、彼によれば音楽を通じてのみ表現できるという。バッハ、モーツァルト、ベートーヴェン。

　オーケストラの指揮者に近づくのは難しかった。どういうことかと言うと、物理的に近づくことは難しくはなかったが、スポットライトに目がくらみ、演奏場所のくぼみによって他の人々と隔てられていたので、彼のほうから見てもらうのが難しかったのだ。しかしある晩、ハルダー、ニサ、ハンスからなる個性的なトリオが指揮者の目に留まり、彼は女主人にあの三人は誰なのかと尋ねた。彼女はそれに答えて、ハルダーは友人で、かつて将来を有望視された画家の息子にして、フォン・ツンペ男爵の甥、日本人のほうは日本公使館で働いている、のっぽで不格好で身なりの悪い若者はきっと芸術家でしょうね、画家かしら、ハルダーが食べさせてやっているのねと言った。

　するとオーケストラの指揮者は紹介してくれと言い、上品な女主人は驚く三人組を手招きして部屋の隅に呼んだ。当然ながら、三人は一瞬、何と言ってよいか分からなかった。指揮者は三人にもう一度、当時彼のお気に入りの話題だった音楽について、あるいは四次元について語ったが、どこで音楽の話が終わり、四次元の話が始まったのかは判然としなかった。おそらく二つの話がつながった場所は、指揮者の謎めいたいくつかの言葉から判断すると、指揮者その人であり、彼のところでごく自然に謎と答えが合流していた。ハルダーとニサはすべてに頷いていたが、ハンスは違った。指揮者によれば、四次元において人生というのは――ありのままで――想像もできないほど豊かである、等々、だが真に重要なことは、その調和のなかに浸った者が人間にまつわる事柄を冷静に見つめることができるその距離であり、それは一言で言えば、労働と創造――人生についての唯一重要な真実であり、活力と歓喜と輝きの尽きせぬ流れである生命を、さらなる生命、さらなる生命を創造するあの真実――に捧げられた精神を抑圧する人工的な重しのない状態のことだった。

オーケストラの指揮者は、四次元について、自分が指揮したことのある、あるいはこれから指揮するつもりのいくつかの交響曲について、三人から一度も視線をそらさずにひたすら話し続けた。彼の目は、空を飛んでいて飛行に満足しているが、注意深い眼差しを、眼下の、地面の不明瞭な模様の上で起きているほんのわずかな動きさえも見分けることのできる眼差しをもつ鷹の目のようだった。

指揮者は少し酔っていたのかもしれない。指揮者は疲れていて別のことを考えていたのかもしれない。指揮者が口にした言葉は、彼の精神状態や気分、芸術的現象に対して抱く畏敬の念をまったく説明していなかったかもしれない。

しかしその晩、ハンスは彼に、あるいは自分自身に向かって声に出して（彼が口を開いたのはそのときが初めてだった）、五次元に住んでいる人や、そこを訪れたりする人たちは何を考えているのでしょうかと尋ねた。ハンスのドイツ語は家族と離れて道路建設労働者の一団と合流して以降かなりましになり、ベルリンに住むようになってからはもっと上達していたにもかかわらず、最初、指揮者はハンスの言っていることがよく分からなかった。その後、彼の言わんとするところが分かると、ハルダーとニサから視線を移して、鷹か鷲か、腐肉を食べるハゲタカの眼差しを、若いプロイセン人の穏やかな灰色の目に向けたが、すでにハンスは新たな質問を用意していた。六次元に自由に入れる人々は、五次元や四次元にいる人々についてどう考えているのでしょう？　十次元、つまり、十の次元を感知している人々は、たとえば音楽についてどう考えているのでしょう？　彼らにとってベートーヴェンとは？　彼らにとってモーツァルトとは？　彼らにとってバッハとは？　おそらく、とライター青年は自分で答えた。ただの雑音、しわくちゃになったページの立てる音、焼かれた本の立てる音でしょう。

その瞬間、オーケストラの指揮者は手を空中に挙げて言った。というかむしろ内緒話をするようにささやいた。

「焼かれた本の話をしてはいけないよ、坊や」

それに対してハンスは答えた。

「いっさいは焼かれた本ですよ、指揮者さん。音楽も、十次元も、四次元も、揺り籠も、弾丸とライフルの製造も、西部の小説も――いっさいは焼かれた本なんです」

「いったい何のことだ?」と指揮者は言った。

「僕は自分の意見を述べているだけです」とハンスは言った。

「どこにでもありそうな意見だな」ハルダーは、自分が指揮者と敵対しないように、そして指揮者が友人と敵対しないように、おどけて話に決着をつけようとして言った。「いかにも若者が言いそうなことだ」

「そうじゃない、違う違う」と指揮者は言った。「西部の小説と言ったが、それは何のことだ?」

「カウボーイ小説です」とハンスは言った。

この発言を聞いて指揮者は安心したらしかった。彼は三人と親しげな言葉を少し交わしてから、ほどなくしていとまを告げた。あとになって、指揮者は女主人に、ハルダーと日本人はいい奴らだが、ハルダーの若い友達は間違いなく時限爆弾のような奴だと語った――粗野で力強い精神、不合理で、非論理的で、もっとも爆発してほしくないときに爆発する。それは本当ではなかった。

それはそれとして、グレーテ・フォン・ヨアヒムスターラーの部屋で過ごす夜は、音楽家たちが去ったあと、ベッドか浴槽で終わるのが常だった。この浴槽というのがベルリンではなかなかお目にかかれない代物で、長さ二メートル半、幅一メートル半もあり、黒のエナメル仕上げでライオンの脚が付いていた。まずハルダー、それからニサがグレーテのこめかみからつま先まで延々とマッサージした。二人はきちんと服を着たまま、ときにはコートさえ着たままで(それがグレーテのたっての希望だった)、いっぽう、彼女は人魚のように振る舞い、仰向けになったり、うつぶせになったり、湯のなかに潜ったり(!)、彼女の裸体を覆うのは泡だけだった。

この愛の集いのあいだ、ハンスはキッチンで待っていて、自分で軽食を作ってビールを飲み、それから片手にビールのグラスを持ち、もう片方の手で皿を持って、部屋の広い廊下を歩き回ったり、居間の大きな窓から外を眺めたりした。窓からは、あらゆる者を溺れさせながら街の上を波のように滑っていく夜明けが見えた。

ハンスはときどき熱っぽさを感じることがあり、肌がほてるのは性欲のせいだと思っていたが、それは間違っていた。ハンスはときどき居間にこもった煙の臭いを追い出そうと窓を開けっ放しにして、部屋の明かりを消し、コートにくるまって肘掛け椅子に座った。すると寒さを感じて眠くなり、目を閉じた。一時間後、すっかり夜も明けたころ、さあ行くぞと言いながらハルダーとニサの手が自分を揺り動かしているのに気づいた。

フォン・ヨアヒムスターラー夫人は、その時間には決して姿を見せなかった。ハルダーとニサだけだった。そしてハルダーはいつも何か包みを持っていて、それをコートの下に隠そうとしていた。通りに出ると、ハンスはまだうとうとしてはいたが、友人たちのズボンの裾や上着の袖が濡れていて、その裾と袖が通りの冷たい空気に触れて、ぬるい湯気が立っているのに気がついた。その湯気は朝のその時間、タクシーを寄せつけず、最寄りのカフェでたらふく朝食を食べるために歩いていくニサとハルダーの口から出る息よりも、そして彼自身の吐く息よりも、ほんの少しだけ密度が低かった。

一九三九年、ハンス・ライターは徴兵された。数か月の訓練ののち、ポーランドとの国境から三十キロのところに駐留する軽装備歩兵第三一〇連隊に配属された。第三一〇連隊は、第三一一連隊や第三一二連隊と同様、当時クルーガー将軍が指揮を執っていた軽装備歩兵第七九師団に属し、この師団はフォン・ボーレ将軍というドイツ有数の切手愛好家の一人が指揮を執る第十歩兵軍団に属していた。第三一〇連隊の指揮を執っていたのはフォン・ベーレンベルク大佐で、連隊は三つの大隊で構成されていた。新兵のハンス・ライターは第三大隊に所属し、最初は機関銃技師助手に、のちに突撃中隊に配属された。

この最後の落ち着き先の責任者はパウル・ゲルケ大尉という耽美主義者だった。彼はライターの背の高さについて、たとえば演習攻撃や突撃中隊の軍事パレードのような場面では、敬意と、さらには恐怖を抱かせるのにうってつけだと思っていたが、演習ではなく本当の戦闘になったときには、ライターをその位置につかせた身長こそが、結局は破滅のもとになるだろうということを知っていた。実際の攻撃では、背が低くてアスパラガスのように痩せていてリスのように素早く動く兵士が一番だからだ。もちろん、第七九師団の第三一〇連隊の歩兵になる前、ハンス・ライターが二者択一を迫られたとき、潜水艦の任務に配属してもらえるよう働きかけた。ハンスのこの目論見は、ハルダーが付き合いのある軍人や役人たち全員に働きかけたというか、頼んでおいたからと言って請け合ってくれた（ハンスは、彼らのほとんどは実在するのではなくむしろ想像上の存在ではないかと疑っていた）。だが、実際のところこの目論見はドイツ海軍の徴兵リストを管理している海兵隊員たちに笑いの発作を引き起こしただけだった。とりわけ潜水艦の生活条件と潜水艦の実際の大きさを知る者たちにとって、身長一メートル九十センチもある奴は間違いなくほかの隊員にとって迷惑にしかならなかった。

確かなことは、想像のものか現実のものか判然としないハルダーの影響力にもかかわらず、ハンスはもっとも不名誉な形でドイツ海軍に拒絶され（海軍では、冗談半分に戦車隊員になってはどうかと言われた）、最初に配属された軽装備歩兵隊で満足するしかなかった。

訓練に出発する一週間前、ハルダーとニサは壮行会を開いてやり、最後は娼館に行って、ハンスに、自分たちを結びつける友情にかけて今度こそ童貞を捨ててくれないかと頼み込んだ。ハンスにあてがわれた娼婦（ハルダーが選んだ娼婦で、おそらくハルダーの友人であり、またおそらくハルダーが手広くやっている商売のどれかの失敗に終わったパートナー）はバイエルン出身の、とても優しくて物静かな田舎娘だった。もっとも、話す段になると、言葉を節約しているのか、めったに話さなかったが、セックスを含め、あらゆる意味で実際的な、強欲な性格すらもった女に見え、ハンスを心底不快にさせた。もちろんその夜、彼はセックスはしなかった。友人たちには逆のことを答えたが、翌日ふたたび、アニータという名前のその娼婦を訪ねた。二度目の訪問でハンスは童貞を失い、さらに二度彼女を訪ね、アニータが自分の人生とそれを支配する哲学について話す決心をするにはそれで十分だった。

出発の時が来て、彼はひとりで旅立った。誰も鉄道駅まで見送りに来ないのを妙だと思った。アニータとは前の晩に別れを済ませていた。ハルダーとニサがどうしているのか、娼館を初めて訪れて以来何も知らず、まるで友人たちは二人とも、ハンスがその翌日の朝出発すると決め込んでいるかのようだった。しかし、実際はそうではなかった。一週間前から、ハルダーはまるで僕がもう行ってしまったようにしてベルリンに住んでいる、と彼は思った。ハンスが出発の日に別れを告げたのは家主の女だけで、彼女は祖国に仕えることは名誉なことだと言った。兵士用の新しい背嚢に入っていたのは何着かの服と、『ヨーロッパ沿岸の動植物』の本だけだった。

九月に戦争が始まった。ライターのいる師団は国境まで進軍し、道を開く装甲部隊と自動車化歩兵部隊に続いて国境を越えた。強行軍で、戦闘もせず、あまり警戒もせずポーランド領に侵入した。三つの連隊は巡礼祭のような雰囲気のなか、ほとんど行動をともにし、まるであの男たちは聖地に向かって進んでいて、そのなかの誰かが避けがたく死を迎える戦争に向かっているのではないかのようだった。

彼らは掠奪もせず整然といくつかの町を通り過ぎていった。高慢な態度ではなく、子供や若い女たちに微笑みかけながら、ときどき道路を駆け抜けていくオートバイに乗った兵士たちともすれ違ったが、彼らはあるときは東へ、またあるときは西へ向かい、師団に指令を伝えたり、軍団参謀に指令を伝えたりしていた。砲兵隊はあとに残した。ときおり、丘の頂上に立って、東の方角、彼らの推測では前線があるはずの方角を眺めたが、目に入るのは夏の最後の輝きにまどろむ風景だけだった。いっぽう、西の方角には、自分たちに追いつこうとしている連隊と師団の砲兵隊の巻き上げる土煙が遠くに見えた。

出発して三日目、ハンスのいる連隊は舗装されていない別の道にそれた。日が落ちる少し前に、ある河にたどり着いた。河の向こうには松とポプラの森があり、森の向こうには村があり、そこにポーランド兵たちが立てこもっているとのことだった。機関銃と追撃砲を据え、信号弾を放ったが、何の反応もなかった。二つの突撃中隊が真夜中過ぎに河を渡った。森のなかでハンスと仲間の兵士たちはフクロウがホーホーと鳴くのを聞いた。向こう側へ出て彼らが見つけたのは、暗闇のなかにはめ込まれたか埋め込まれた黒い瘤のような村だった。二つの中隊はいくつかのグループに分かれて進み続けた。最初の家まで五十メートルのところで大尉は命令を下し、全員が一斉に村に向かって駆け出したが、村が空っぽだと気づいて驚いた兵士も一人か二人いたようだった。翌日、連隊は、師団の主力部隊が進む主要なルートと並行に走る三つの異なる道を通って東進を続けた。

ライターの大隊は、橋を封鎖しているポーランドの分遣隊と出くわした。ドイツ軍は降伏するよう通告した。ポーランド軍は拒み、砲撃を開始した。十分足らずで終わった戦闘のあとで、ライターの仲間の兵士の一人が、折れた鼻からおびただしい血を流しながら姿を現わした。彼が語ったところによれば、十人ほどの兵士とともに橋を渡り、森のはずれまで進んだ。その瞬間、木の枝から一人のポーランド兵が飛び下りて彼に殴りかかってきた。もちろんライターの仲間の兵士はどうしていいか分からなかった。最悪の場合、あるいは最良の場合、つまり極端な場合には、銃で撃たれるのでなければナイフか銃剣で襲われると想像していたが、素手で殴りかかられるとは思いもしなかったからだ。ポーランド兵に顔面を殴られたとき、彼はもちろん怒りを感じたが、怒りよりも驚き、殴られたことのショックのほうが大きかったため、彼は動けなくなってしまい、自分を襲った相手のように拳骨を使うか、あるいはライフルを使うかして応戦することもできなかった。腹に一発喰らっただけで痛くはなかったが、続いて鼻にフックを受けたせいで頭が半ばぼうっとし、その後地面に崩れ落ちながら、ポーランド兵が、そのポーランド兵の影が、もう少し賢明な人間であれば当然武器を奪うところだがそうはせずに走って森に戻ろうとしているのがその瞬間に見え、それから仲間の兵士の影がポーランド兵を撃つのが見え、その後さらに銃を連射するのが見え、それから銃弾を受けて倒れるポーランド兵の影が見えた。ハンスと大隊が橋を渡ったとき、道路脇に敵の死体が転がっていることもなく、大隊側の犠牲は軽傷を負った兵士が二名いたのみだった。

太陽の下、あるいは最初の灰色の雲の下、忘れがたい秋の訪れを告げる巨大で果てしない灰色の雲の下を歩いて、彼の大隊が村々をあとにしていったこの時期、ハンスは自分がドイツ国防軍の軍服の下に狂人の服、狂人のパジャマを着ているのだと思った。

ある日の午後、彼の大隊は軍団参謀の将校たちとすれ違った。どの軍団参謀だろう？　彼は知らなかったが、彼らは軍団参謀の将校たちだった。大隊が行進していくあいだ、将校たちは道のすぐそばの丘の上に集まって空を眺めていた。ちょうどそのとき、東に向かう飛行隊が空を横切っていった。シュトゥーカかもしれないし、戦闘機かもしれないが、何人かの将校は人差し指か、あるいは手全体でそれらを指し、その様子はまるで飛行機に向かって「ハイル・ヒトラー」と言って敬礼しているかのようだった。いっぽう、少し離れたところでは別の将校がすっかり我を忘れた様子で、一人の当番兵が折りたたみ式のテーブルの上に注意深く食べ物を、かなり大きな黒い箱から取り出して並べているのを眺めていた。その箱はまるでどこかの製薬工場から届いた特別な箱、危険な、あるいはまだ十分に治験の済んでいない薬品が入っているような箱か、さもなければどこかの科学研究センターから届いた箱で、そこには手袋をはめたドイツの科学者たちによって、世界をドイツもろとも破壊することができる何かがしまわれているかのようだった。

その当番兵と、彼がテーブルの上に食べ物を並べる様子を眺めていた将校のそばには、ドイツ空軍の制服を着た別の将校が全員に背を向けて立っていた。彼は、飛行機が飛ぶのを眺めるのに飽きて、片手に長い煙草を一本、もう片方の手には本を一冊持っていた。単純な動作だったが、ドイツ空軍のこの将校には過酷な努力が要るように見えた。それというのも、全員が勢揃いしていた丘の上ではそよ風が吹きわたり、ひっきりなしに本のページをめくり上げていたので、ドイツ空軍の将校は本を読み進めることができなかったからで、そのため彼は長い煙草を持っていたほうの手で、ページがめくれないよう押さえ（あるいは動かなくさせるか静止させ）ようとしたのだが、煙草か煙草の灰が間違いなく本のページを焦がしたりそよ風がページの上に灰を撒き散らしたりしてしまうのでうまくいかず、むしろ状況は悪くなるばかりで、そのことが将校にとっては不快でならず、本に顔を近づけて実に慎重に吹き飛ばした。というのも真正面から風が吹いていたので、灰を吹き飛ばすときに灰が目に入る恐れがあったからだ。

このドイツ空軍の将校のそばには、折りたたみ式の椅子に座ってはいたが、年老いた兵士が一組いた。折りたたみ式の椅子に座っていた一人は陸軍の将軍らしかった。もう一人は槍騎兵か軽騎兵の格好をしているように見えた。二人は顔を見合わせて笑っていた。最初は将軍が、次いで槍騎兵が、と笑いが続き、その様子はまるで何が起きているか理解していないのか、あるいはあの丘にいる軍団参謀の将校たちの誰も知らない何かを理解しているかのようだった。丘の下には車が三台停まっていた。車の脇では、運転手たちが煙草を吸っていた。そのうちの一台に女が一人乗っていた。女は実に美しく上品な装いで、フーゴ・ハルダーの伯父、フォン・ツンペ男爵の娘にとてもよく似ていた。あるいはライターにはそのように見えた。

ライターが参戦した最初の本格的な戦闘はクトノ近郊で行なわれた。ポーランド兵の数は少なく、装備もお粗末だったが、降伏しようという気配をまったく見せなかった。戦闘はあっという間に終わったが、実はポーランド側は降伏しようとしていたのに、どうやって降伏すればよいか分からなかったのだった。ライターの突撃部隊は、敵側が残りの砲兵隊を集中待機させていた農場と森を攻撃した。部隊が出発するのを見たとき、ゲルケ大尉はライターはたぶん死ぬだろうと思った。大尉からすれば、キリンが一頭、オオカミやコヨーテやハイエナの群れに交じって行くのを見ているようなものだった。ライターの奴はのっぽだから、ポーランドの徴集兵は誰であろうと、もっとも腕の劣る兵士でも、間違いなくあいつを的に選ぶだろう。

農場への攻撃でドイツ側の兵士が二名死亡し、負傷者が五名出た。森への攻撃でドイツ兵がもう一名死亡し、さらに三名が負傷した。ライターは無事だった。部隊を指揮していた軍曹はその晩大尉に向かって、ライターは狙いやすい的になるどころか、何らかの形でポーランド兵たちを怯えさせたと報告した。どうやって？　と大尉は尋ねた。叫び声を上げるのか？　罵るのか？　冷酷なのか？　敵を怯えさせたというのは、もしかして戦闘では別人になるということか？　恐れ知らずの、情け知らずのゲルマンの戦士に？　いや、もしかすると狩人に、原始の狩人に、我々誰もが内に秘めている、狡猾で、すばしこくて、獲物よりつねに一足先んじている狩人になるということか？

軍曹はそれについて考えたあと、いいえ、ちょっと違いますと答えた。ライターは、と軍曹は言った。そういうのとは違うんです。実際のところ、いつもと同じ、皆が知っているあいつのままなんですが、どういうことかというと、あいつはまるで戦いに参加していないみたいに、まるでそこにいないような、そこで起こっていることが自分とは関係ないような具合なんです。命令を無視するとか命令に従わないとかいうことではないのですが、我を忘れているわけでもない。兵士のなかには恐怖に身体が麻痺して我を忘れてしまう者もいるんですが、それは我を忘れているのではなくて、結局のところ単なる恐怖です。それがどんなものか、彼、軍曹は知らなかったが、彼によればライターには何かが備わっていて、それを敵でさえも感知したので、彼に向かって何度か発砲したが命中せず、そのせいで敵の恐怖はさらに増していったのだった。

第七九師団はクトノ近郊で戦闘を続けたが、ライターは他の小競り合いには参加しなかった。九月が終わる前に、師団全体が今度は列車で、第十歩兵軍団の他のメンバーがすでに配置されていた西の前線まで移動した。

一九三九年十月から一九四〇年六月まで、彼らは動かなかった。正面にはマジノ線があったが、森と果樹園に隠れていたので見えなかった。そこでの生活は穏やかだった。兵士たちはラジオに耳を傾け、食べ、ビールを飲み、手紙を書き、眠った。フランス軍のコンクリートの要塞に直接向かっていかなくてはならない日のことを話す兵士もいた。それを聞いた者は不安そうに笑い、冗談を言って、家族の話を聞かせ合った。

ある晩、誰かがデンマークとノルウェーが降伏したと言った。その晩、ハンスは父親の夢を見た。片足の男が古い軍人用のマントにくるまって、バルト海を眺めながら、プロイセン人の島はいったいどこに隠れてしまったのだろうと自問していた。

ゲルケ大尉はときどきハンスのところにやってきて、少し話をしていくことがあった。大尉は彼に死ぬのが怖くないかと尋ねた。大尉、なんて質問をなさるんですか？　とライターは言った。もちろん怖いにきまってます。これを聞くと大尉は長いこと彼を見つめ、そのあと小声で、まるで自分自身に話しているかのようにこう言った。

「このどうしようもない嘘つきめ、嘘をつくな、俺は騙されないぞ。お前に怖いものなどない！」

その後、大尉は別の兵士と話をしに行き、彼の態度は話す相手の兵士によって変化した。このころ、彼の配下の軍曹はポーランドでの戦闘の武勲によって二級鉄十字勲章を授けられた。ビールを飲みながら祝いの席がもたれた。夜になるとハンスは兵舎を出て、野原の冷たい土の上に仰向けになって横たわり、星を眺めた。気温が低くても彼は平気らしかった。家族のことや、もうそのころには十歳で学校に通っている小さなロッテのことを考えたりした。ときどき、痛みを感じることもなく、さっさと学業を放り出してしまったことを悔やむこともあったが、もし勉強を続けていたら自分の人生はもっとよいものになっただろうとぼんやりと感じ取っていたからだった。

いっぽうで、彼は兵士の仕事がいやなわけではなかった。真剣に将来のことを考える必要を感じていなかったのか、あるいは考えることができなかったのかもしれない。ときどき、ひとりのときや仲間と一緒にいるときに、自分が潜水士になったつもりで、ふたたび海底を散歩しているふりをすることがあった。ライターの動作をもっと注意深く観察すれば、何かに、彼の歩き方、呼吸の仕方、ものの見方のちょっとした変化に気がついたはずだが、もちろん誰も気がつかなかった。それはある種の慎重さ、周到な足の運び、計算された呼吸、ガラスのように透明な目のことだ。まるで酸素不足で両目が腫れ上がってしまったのか、あるいはその瞬間だけあらゆる冷静さを失って、突然涙を抑えきれなくなってしまったかのようで、かといってその涙は決してあふれることはないのだった。

このころ、彼らが待機しているあいだに、ライターのいる大隊の兵士の一人が発狂した。あらゆるラジオ放送が聞こえてくる、ドイツ側の放送だけでなく、驚いたことにフランス側の放送も聞こえてくるのだと彼は言った。グスタフという名前のこの兵士は、ライターと同じく二十歳で、これまで大隊の通信隊の任務についたことは一度もなかった。ミュンヘン出身でくたびれた様子の医師が彼を診察したところ、グスタフには、頭のなかでいろいろな声が聞こえる聴覚統合失調症の兆候が見られるとのことで、医師は冷たいシャワーを浴びるようにと言って安定剤を処方した。しかしグスタフの症例は、聴覚統合失調症の多くの症例とは本質的な点で異なっていた。通常、患者に聞こえる声は患者本人に向けられていて、彼に話しかけてきたり彼を侮辱したりするのだが、グスタフの場合、彼に聞こえるのは単に命令を伝える声であり、兵士や偵察者や、毎日の報告をする中尉や、将軍と電話で話している大佐や、五十キロ分の小麦粉を送るよう要求する補給部隊の隊長や、気象報告をしているパイロットの声だった。治療を始めて一週間目、兵士グスタフの経過は良好に見えた。少しぼんやりした様子で歩き回り、冷たいシャワーには抵抗したが、魂が毒されているなどと言ったり叫んだりはしなくなった。二週間後、彼は軍病院から逃げ出し、木で首をくくった。

第七九師団にとって、西部戦線での戦いは勇壮なものではなかった。六月、ソンムの攻撃ののち、彼らはほとんど驚きもなくマジノ線を越え、ナンシー一帯で数千人のフランス兵を包囲する作戦に加わった。その後、師団はノルマンディーに宿営した。

鉄道で移動するあいだ、ハンスは、マジノ線のトンネルで迷子になった第七九師団のある兵士についての奇妙な話を聞いた。その兵士が迷子になった区域は、本人が確認できたところによればシャルル区域という名前だった。もちろんその兵士は鉄の心臓の持ち主で、あるいはそのように言われていて、地上への出口を探し続けた。地下をおよそ五百メートル歩いたのち、カトリーヌ区域に着いた。言うまでもなく、カトリーヌ区域は、シャルル区域とは標識を除けばどこも変わらなかった。千メートル歩いたのち、ジュール区域に着いた。その瞬間、兵士は不安を感じ、想像がふくらみ出した。誰も助けに来ないまま、その地下の通路に永久に閉じ込められているところを想像した。叫び出したい欲望に駆られ、最初のうちは、隠れているかもしれないフランス兵を警戒させてしまうことを恐れて堪えていたものの、とうとう欲望に屈して声を限りに叫び始めた。でも何の反応もなく、いつか出口が見つかることを期待して歩き続けた。ジュール区域をあとにしてクロディーヌ区域に入った。その後、エミール区域、マリー区域、ジャン＝ピエール区域、ベレニス区域、アンドレ区域、シルヴィー区域と続き、ここに来て兵士はあることに気づいた（他の兵士ならもっと前に気づいていただろう）。通路がほとんど汚れていないのは奇妙だと気がついたのだ。その後、この通路の実用性、つまり、軍事的な実用性について考え始め、この通路にはあらゆる実用性が欠けていること、そしてここにはいまだかつて兵士が入ったことはないだろうという結論に達した。

ここにいたり、兵士は自分が狂ってしまったのか、いやそれどころか自分は死んでいて、今いるのは自分のための地獄なのだとさえ思った。疲れきって打ちひしがれ、彼は地面に横たわって眠った。夢のなかで神と対面した。アルザスの田舎で、彼がリンゴの木の下で眠っていると、田舎紳士が近づいてきて杖で彼の足を優しく叩いて起こした。私は神だ、とその紳士は言った。お前の魂を私に売りなさい、それはすでに私のものでもあるのだから、そうすればトンネルから出してやるぞ。寝かせてくれよ、と兵士は言い、眠り続けようとした。お前の魂はすでに私のものだと言っただろう、と神の声が言うのが聞こえた。だからいいか、それ以上無礼な物言いをせずに私の申し出を受け入れるのだ。

兵士はそこで目を覚まし、神を見ると、どこにサインをすればいいのかと尋ねた。ここだ、と神は空中から紙を取り出して言った。兵士は契約書を読もうとしたが、それはドイツ語でも英語でもフランス語でもなく、何か別の言語で書かれていた。それは間違いなかった。じゃあ、何でサインすればいいんだ?と兵士は訊いた。もちろんお前の血で、と神は答えた。ただちに兵士は使い古した小刀を取り出して、左の手のひらを傷つけると、人指し指の先を血に浸し、そしてサインした。

「よろしい、眠るがいい」と神は言った。

「トンネルからすぐに出たいのですが」と兵士は訴えた。

「すべて定められたとおりに運ぶであろう」神はそう言うと踵を返し、家々が緑と白と明るい茶色で塗られている村のある谷に向かって土の小道を下りていった。

兵士は祈りを捧げるのがふさわしいと思った。両手を合わせ、天を仰いだ。するとリンゴの木になっている実がすべて干からびているのに気がついた。もはや干しブドウか、むしろ干しプラムにしか見えなかった。と同時にぼんやりと金属的に響く音が聞こえた。

「何だ?」と彼は叫んだ。

谷のほうから黒煙の柱が立ち昇り、ある高さまでくるとそこで止まった。一本の手が彼の肩を摑んで揺すった。ベレニス区域のトンネルに降りてきた仲間の兵士だった。兵士は嬉しさのあまり泣き出した。大泣きというのではなかったが、感情を発散するには十分だった。

その晩、食事のあいだ、トンネルのなかで見た夢のことを親友に語った。友人は、そうした状況のときにばかげた夢を見るのは普通のことだと言った。

「ばかげてなんかいない」と彼は答えた。「夢のなかで神さまを見たんだ。僕は助かって、こうしてまた友達と一緒にいる。でもどこか落ち着かないんだ」

そのあと、声を落として言い直した。

「どこか不安なんだ」

それに対して友人は、戦争では皆どこか不安なんだと答えた。そこで会話は終わった。兵士は眠りについた。友人は眠りについた。町は静かになった。歩哨は煙草を吸い始めた。四日後、魂を神に売った兵士が通りを歩いていると、ドイツの車が彼を轢き殺した。

連隊のノルマンディー滞在中、ライターはどんな天気の日でも、オロンド川に近いポールバイユの岩場や、カルトレの北にある岩場で水浴びをしていた。彼の大隊はベヌヴィルの町に集結していた。午前中、彼は武器と、チーズとパンとワインのハーフボトルを入れた雑嚢を担いで出かけ、海岸まで歩いていった。そこに着くと、どこからも目に入らない岩を選んで、何時間も裸で泳いだり潜ったりしたあと、岩の上で横になって食べたり飲んだりし、『ヨーロッパ沿岸の動植物』を読み返したりした。

ときどきヒトデを見つけると、水中で息が続くかぎり見つめ続け、水面に浮き上がる直前にやっと触れてみようと決意した。一度、硬骨魚類であるハゼの一種、***Gobius paganellus*** のつがいが海藻の茂みに迷い込んでいるのを見つけた。しばらく追いかけていくうちに（海藻の茂みは死んだ巨人の髪の毛のようだった）、奇妙な、強烈な不安にとらわれて、すぐに水から出なくてはならなかった。もう少し長く潜ったままでいたら、その不安が彼を海底まで引きずり込んでしまっていただろう。

ときどき、湿った岩の上でまどろんでいてあまりに心地よくなると、もう二度と大隊には戻りたくなくなった。そして一度ならず、脱走してノルマンディーで流浪者のようにして生きようと、洞穴を見つけて、農民から施しを受けたり、誰にも訴えられないような小さな盗みを働いたりして食べていこうと真剣に考えたほどだった。暗闇でものが見えるようになるだろう、と彼は思った。いずれ僕の服はぼろ切れみたいになって、最後は裸で暮らすことになるだろう。二度とドイツには戻らない。いつの日か、僕は溺れ死ぬだろう。まばゆいばかりの喜びに満たされて。

このころ、ライターのいる中隊に医師団がやってきた。彼を診察した医師は、ライターは申し分なく健康であると見なしたが、目だけは別で、不自然に赤くなっていた。その理由を当のライターはよく分かっていた。海水に顔をつけて何時間も潜っていたからだ。だが、罰を下されたり海に戻るのを禁止されたりするかもしれないと思い、医師には黙っていた。そのころのライターにとって、水中眼鏡をつけて潜るのは冒瀆であるように思えたのだろう。潜水具ならばよかったが、水中眼鏡は絶対にだめだった。医師は目薬を処方し、上官に報告書を提出し、眼科医に診てもらうようにと言った。ライターがいなくなると、医師は、あのひょろ長の坊主はきっと麻薬中毒者なのだろうと思い、そこで自分の日誌にこう書いた。我々の軍隊にモルヒネ中毒者やヘロイン中毒者、おそらくありとあらゆる麻薬中毒者がいるとはどういうことなのだ？　何を表わしているのだろう？　何かの兆候なのか、あるいは新しい社会の病なのか？　我々の運命を映す鏡なのか、それとも我々の鏡と我々の運命までも粉々にする槌なのか？

まばゆいばかりの喜びに満たされて溺死するかわりに、ある日、予告なしに外出禁止となり、ベヌヴィルの町にいたライターの大隊は、サン＝ソヴァール＝ル＝ヴィコントとブリックベックに駐屯していた第三一〇連隊のもう二つの大隊と合流して、軍用列車に乗って東に向かい、パリで第三一一連隊が乗る別の列車と連結した。師団の第三一二連隊が欠けていて、彼らが師団に合流する見込みはなさそうだったが、第七九師団は、ヨーロッパを西から東へ巡り、そうしてドイツとハンガリーを越えて、とうとう新しい任地ルーマニアに着いた。

いくつかの部隊はソビエト連邦との国境近くに、他の部隊はハンガリーとの新しい国境近くに配置された。ハンスの大隊はカルパティア山脈に配置された。師団はすでに第十歩兵軍団ではなく、新しく編成されたばかりの第四九歩兵軍団に属していて、その歩兵軍団はさしあたり一つの師団だけで構成されていた。その師団本部はブカレストに置かれていたが、ときおり、新しい軍団長のクルーガー将軍が、第七九師団を率いる元大佐で今は将軍となったフォン・ベーレンベルクを伴って部隊を訪問し、準備の進み具合に関心を示していた。

いまやライターは海から離れて山間部で生活していたので、脱走する考えは当面諦めた。ルーマニアにいた最初の数週間、彼が顔を合わせたのは同じ大隊の兵士だけだった。その後、農夫たちを見かけたが、まるで足や背中に蟻でも入りこんだかのようにしきりに身体を動かしていて、所持品を入れた小さな包みを持ってあちこち動き回り、羊か子山羊のように自分たちについてくる子供たちにしか話しかけなかった。カルパティア山脈の夕暮れは果てしなく続いたが、空はあまりに低いところ、頭上わずか数メートルのところにあるかのようで、そのせいで兵士たちは息苦しさや不安に襲われた。いずれにせよ、日常生活はふたたび穏やかで静かになった。

ある晩、彼の大隊の何人かの兵士が夜明け前に起こされて、二台のトラックに乗って山へ向かった。

兵士たちは、トラック後部の木製の座席に座るとたちまち眠り始めた。ライターは眠れなかった。乗降口のすぐそばに座り、屋根覆い代わりの帆布を脇によけて風景に見入った。毎朝目薬を差しているのにずっと赤いままの、夜目がきく彼の目はいくつもの小さな薄暗い谷を二つの山の連なりのあいだにかすかに認めた。ときどきトラックは、威圧的に道路に迫る大きな松林のそばを通り過ぎた。遠くの、比較的低い山には城か要塞のシルエットが見えた。夜が明けて、そこはただの森だと気がついた。怒った馬のようにほとんど垂直に舳先を起こし、沈没しかけている船のように見える小山か岩群が見えた。山のなかの暗い小道が見え、そうした道はどこにも通じていなかったが、その上空、はるか高いところにはきっと腐肉を食べる猛禽に違いない黒い鳥が数羽飛んでいた。

午前も半ばを過ぎたころ城に着いた。城にはルーマニア兵が三人と、執事役を務めるナチス親衛隊SSの将校が一人いるだけだった。兵士たちは仕事につく前に、まずコップ一杯の冷たい牛乳と固くなったパンのかけらを朝食として与えられ、何人かは見るのもいやだという仕草をして脇によけた。歩哨に立った四人、そのうちの一人はライターで、SS将校は彼を、城を片づけるのにあまり向いていないと見なしたのだが、この四人以外の兵士たちは武器を厨房に置いて、床を掃いて磨き、ランプの埃を払い、寝室のベッドにきれいなシーツをかけた。

午後三時ごろ、招待客が到着した。その一人は師団長のフォン・ベーレンベルク将軍だった。帝国のお抱え作家ヘルマン・ヘンシュと、第七九師団の軍団参謀から二人の将校が同行していた。別の車には、当時三十五歳で、ルーマニア軍の有望株であったオイジェン・エントレスク将軍が乗っていて、二十三歳の若き学者パウル・ポペスクとフォン・ツンペ男爵令嬢を伴っていた。彼女とこの二人のルーマニア人は、前の晩ドイツ大使館で開かれたレセプションで知り合ったばかりで、本来ならば令嬢はフォン・ベーレンベルク将軍の車に乗るべきところだったが、エントレスクの気配りとポペスクの愉快でひょうきんな性格にほだされ、ルーマニア人の車のほうが、ドイツの車よりも乗客が少ないのでスペースに余裕があるというもっともな理由に基づく両者の申し出についに屈したのだった。

フォン・ツンペ男爵令嬢が車から降りてくるのを見たとき、ライターは心底驚いた。だが何より不思議だったのは、このとき若き男爵令嬢が彼の正面で立ち止まり、興味津々の様子で、あなたとは知り合いかしらと尋ねたことだった。あなたの顔に見覚えがあるのよ、と男爵令嬢は言った。ライターは(気をつけの姿勢のまま、愚鈍な表情を保ったまま、軍隊式に地平線のほうを見据えて、あるいはどこも見ていなかったかもしれないが)、もちろん存じ上げております、男爵であるあなたのお父上、男爵のお屋敷に、おそらくお嬢さまは覚えていらっしゃるでしょうが、母のライター夫人と同様に小さいころから仕えておりましたからと答えた。

「そうだわ」と男爵令嬢は言って笑い出した。「あなたったらそこらじゅうを歩き回るひょろひょろした坊やだったのよ」

「それが私です」とライターは言った。

「わたしの従弟の親友ね」と男爵令嬢は言った。

「あなたの従弟は友人です」とライターは言った。「フーゴ・ハルダーさん」

「ところで、あなた、ドラキュラの城で何をしているのかしら?」と男爵令嬢は尋ねた。

「国家《ライヒ》に仕えております」とライターは答えて、初めて彼女を見た。

男爵令嬢は実に美しく、彼女のことを知っていたころよりもさらに美しくなったように見えた。彼らから数歩離れたところでは、エントレスク将軍が待っていて、微笑みを絶やさず、そして若い学者ポペスクのほうは、すばらしい、すばらしい、運命の剣が今一度、偶然のヒュドラの首を切り落としたのだと何度も叫んでいた。

招待客たちは軽い食事をとったのち、城の周りを散策しに出かけた。フォン・ベーレンベルク将軍は最初、この探検に熱中していたが、すぐに疲れを感じて退いたため、その先の散策はエントレスク将軍が先導役を務めた。彼は男爵令嬢と腕を組み、若い学者ポペスクを左に従えて進んでいったが、この若者は多くの矛盾した事実を次々に並べて吟味することに夢中になっていた。ポペスクの横にはSS将校がいて、少し遅れて帝国のお抱え作家ヘンシュと、軍団参謀の二人の将校が続いていた。ライターはしんがりを務めていたのだが、男爵令嬢は、ライターを横に呼んでほしい、国家に仕える前はわたしの家族に仕えていたのだからと言い、その要望はフォン・ベーレンベルクにすぐに聞き入れられた。

まもなく一行は岩を掘って造られた地下納骨堂に着いた。時の浸食を受けた盾形紋章のついた鉄柵の扉が進入を阻んでいた。城の所有者であるかのように振る舞っていたSS将校がポケットから鍵を取り出し、なかに入れるようにした。その後懐中電灯を点け、全員が地下納骨堂に入ったが、ライターだけは別で、将校の一人が入口で歩哨を務めるよう彼に身ぶりで命じた。

そういうわけで、ライターはそこに突っ立って、暗闇に続く石の階段と、今しがた通ってきた荒れ果てた庭と、まるでうち捨てられた祭壇に二本の灰色の蠟燭が立っているように見える城の塔を眺めていた。その後、軍服の上着から煙草を取り出して火をつけると、灰色の空と遠くの谷に目をやり、フォン・ツンペ男爵令嬢の表情のことを考え始め、そのあいだ煙草の灰が地面に落ちていき、彼は岩に寄りかかって少しずつ眠りに落ちていった。地下納骨堂のなかの様子を夢に見た。階段を下りていくと円形劇場があり、SS将校の懐中電灯でところどころ照らし出されていた。訪問者たちは笑っていた。泣きながら隠れ場所を探している軍団参謀の将校の一人を除いた全員が。ヘンシュがヴォルフラム・フォン・エッシェンバッハの詩を暗唱し、その後血の唾を吐いた。全員がフォン・ツンペ男爵令嬢を食べようとしていた。

びくっとして目を覚ますと、彼はあやうく階段を駆け下りて、夢に見たことが本当ではないと自分の目で確かめようとしかけた。

訪問者たちが地上に戻ってきたとき、二つのグループに分かれていたことを、どんなに鈍い観察者でも感じ取ったに違いない。青ざめた表情で上ってきたほうは地下でとても重大な何かを目にしてきたかのようで、顔に薄笑いを浮かべているほうは、人類の無邪気さにまつわる教訓をまたひとつ授けられたかのようだった。

その夜、晩餐の最中に地下納骨堂の話が出たが、別のことも話題になった。彼らは死について語り合った。ヘンシュは、死はそれ自体がつねに作られ続ける蜃気楼にすぎず、現実には存在しないのだと言った。SS将校は、死はひとつの必然だと言った。正常な判断力をもつ者なら、と彼は言った。亀やキリンだらけの世界など受け入れられないだろう。死とは調整機能なのだ、と彼は結論づけた。若い学者ポペスクは、東洋の知見によれば、死とは単なる通り道でしかないと言った。明らかでないことは、というか少なくとも自分にとって明らかでないことは、と彼は言った。どの場所に向かって、どんな現実に向かってその道が続いているのかということだ。

「問題は」と彼は言った。「どこに向かうかということなんだ。その答えは」彼は自分で答えた。「私がどれだけ善行を積んだのか、それ次第だ」

エントレスク将軍の意見では、それは大した問題ではない、重要なのは動くこと、動きの力学であって、それが人間を、ゴキブリも含む生きとし生けるすべての存在を、巨大な星と等しくしているということだった。フォン・ツンペ男爵令嬢がおそらく率直な意見を述べた唯一の人物で、彼女は死は厄介だと言った。ベーレンベルク将軍は自分の意見を表明することを避け、軍団参謀の二人の将校も同様だった。

その後、殺人の話になった。SS将校は、殺人という言葉は曖昧で多義的で不正確で不明瞭で漠然としていて間違った意味で使われる危険があると言った。ヘンシュも同じ意見だった。フォン・ベーレンベルク将軍は、法律のことは裁判官と裁判所に任せたほうがいい、もし裁判官がある行為を殺人と言えば、それは殺人ということであり、もし裁判官と裁判所がそうではないと判断すれば殺人ではない、もうその話はこれでおしまいだと言った。軍団参謀の二人の将校も上官と同じ意見だった。

エントレスク将軍は、子供のころ憧れていた英雄はいつも殺人者や犯罪者だったと告白し、彼らのことは大いに尊敬していると言った。若い学者ポペスクは、殺人者と英雄は、孤独であること、そして少なくとも初めのうちは自分たちの行動が人々に理解されないという点では似ていることを指摘した。

これに対しフォン・ツンペ男爵令嬢は、自分はもちろん、これまでの人生で一度も殺人者と知り合ったことはないが、犯罪者は一人知っていると言った。こう言っていいかどうか、忌まわしい存在なのに謎めいた雰囲気があって、それが女たちには魅力的だったのです。実際、と彼女は言った。わたしの叔母が、父、フォン・ツンペ男爵のたった一人の妹なのですが、彼女がその人と恋に落ちてしまったのです。そのことで父は気も狂わんばかりになり、自分の妹の心を征服した男に決闘を申し込みました。皆が驚いたことに、男はそれを受け入れて、決闘はポッダム郊外の〈秋心の森〉で行なわれました。その場所を彼女、フォン・ツンペ男爵令嬢は何年もあとに訪れて、灰色の大木がそびえる森と、そこにぽっかり開けた場所、直径五十メートルくらいの広さの起伏のある土地を自分の目で確かめたのだった。そこで彼女の父はあの予測不可能な男と決闘した。男はそこに朝の七時に二人の乞食を立会人代わりに連れてきて、その二人の乞食はもちろんすっかり酔っぱらっていた。いっぽう、彼女の父の立会人はX男爵とY伯爵で、あまりの恥辱に、そのX男爵は怒りに顔を真っ赤にして、自分の持っていた武器でフォン・ツンペ男爵の妹の恋人の立会人を殺しかけた。男はコンラート・ハルダーという名前なのですが、フォン・ベーレンベルク将軍は間違いなく覚えていらっしゃるでしょうね（彼は、フォン・ツンペ男爵令嬢の話していることが分からなかったが頷いて同意した）、その事件は当時大変な評判になりました。もちろんわたしが生まれる前のことで、フォン・ツンペ男爵もそのころはまだ独身でしたが、ともかく、あのとてもロマンティックな名前の小さな森で、決闘が行なわれたのです。当然、銃を使って、どんなルールだったのかは知りませんが、わたしの想像では、二人とも同時に狙いを定めて撃ったのでしょう――男爵、わたしの父が撃った弾丸はハルダーの左肩から数センチそれ、いっぽう、ハルダーの弾も明らかに的を外したのですが、誰も銃声を聞かなかったのです。わたしの父のほうが彼よりも射撃の腕が上だということ、斃《たお》れなくてはならないのはハルダーであってわたしの父ではないということは誰もが分かっていたのですが、そのとき、なんてことでしょう、皆が、わたしの父も、ハルダーが腕を下ろすどころか、まだ狙いを定めているのを見て、そのとき気がついたのです。ハルダーはまだ撃っていなくて、したがって決闘はまだ終わっていないということに。そしてここにきてもっとも驚くべきことが起こったのです。とりわけわたしの父の妹の求婚者の評判を考慮するなら、彼は、父に発砲するどころか自分の身体の一部を選び、わたしの想像では左腕だと思いますが、自らそこに撃ち込んだのです。

そのあとに起きたことをわたしは知りません。ハルダーは病院に運ばれたのだろうと思います。またはハルダーが、立会人の乞食に付き添われて自力で歩いて医者の治療を受けに行ったのかもしれません。そのあいだ、わたしの父は〈秋心の森〉で立ちつくしてはらわたが煮えくり返る思いで、あるいはたった今目にしたことのせいで青ざめていたのかもしれません。そこで父の立会人たちは父のもとへ行って、心配はいらない、あんな人間ならどんな愚かなことをしても不思議ではないと慰めたのです。

それからまもなくして、ハルダーは父の妹と駆け落ちしました。二人はしばらくパリに住み、その後は南仏に移りました。

もともとハルダーは画家で、わたしは一枚も彼の絵を見たことがありませんが、南仏に長く滞在することがよくあったのです。その後、わたしの聞いたところでは二人は結婚してベルリンに居を構えました。生活は楽ではなく、父の妹は重い病気に罹りました。彼女が死んだ日、父は電報を受け取り、その晩、ハルダーに二度目に会いました。ハルダーは酔っぱらっていて半裸で、いっぽう、彼の息子、わたしの従弟にあたるわけですが、彼は当時三歳で、当時ハルダーのアトリエでもあった家のなかを、絵具を体中につけて歩き回っていました。

その晩、二人は初めて話をして、おそらく話がまとまったのでしょう。わたしの父が甥の面倒をみることになり、コンラート・ハルダーはベルリンを発って二度と戻りませんでした。ときどき彼から便りが届きましたが、その前には必ず何か小さなスキャンダルがありました。彼がベルリンで描いた絵は父の手元にありましたが、父に焼き捨てる勇気はありませんでした。一度、わたしはどこにしまってあるのか訊いてみたことがあります。父は言おうとしませんでした。わたしはどんな絵だったのかと尋ねました。父はわたしを見て、女の死体の絵だと言いました。叔母さんの肖像画なの？　いや、違う、別の女たちさ、みんな死んでいるんだ、と父は言いました。

もちろん、その晩餐の席にコンラート・ハルダーの絵を見たことがある者は誰一人としていなかったが、SS将校だけは別だった。彼は、その画家は堕落した芸術家で、フォン・ツンペ一族にとっては間違いなく災いだと評した。その後彼らは、芸術について、芸術における英雄的なものについて、静物画について、迷信について、象徴について語り合った。

ヘンシュが言うには、文化とは英雄的な芸術と迷信的解釈の輪からなる鎖のことである。若い学者ポペスクが言うには、文化とは象徴であり、その象徴は救命具のイメージをもっている。フォン・ツンペ男爵令嬢が言うには、文化とは基本的に快楽であり、快楽をもたらしたり与えたりする何かであり、そうでないものはまがいものでしかない。SS将校が言うには、文化とは血への呼びかけであり、それは昼よりも夜のほうがよく聞こえる呼びかけであり、さらには、と彼は言った。運命の解読装置でもある。フォン・ベーレンベルク将軍は、自分にとって文化とはバッハであり、それで十分であると言った。軍団参謀の将校の一人は、自分にとって文化とはワーグナーであり、自分もそれで十分であると言った。もう一人の軍団参謀の将校は、自分にとって文化とはゲーテであり、将軍が述べたのと同様、自分もそれで十分であり、ときには十分すぎるくらいであると言った。ある人間の人生は、別の人間の人生としか比較できない。ある人間の人生は、と彼は言った。別の人間の作品を十分に享受するだけの長さしかない。

エントレスク将軍は、この軍団参謀の将校が言ったことが実に愉快に聞こえたらしく、自分にとって文化とはむしろ人生そのものだ、一人の人間の人生でもないし、一人の人間の作品でもなくて、人生一般であり、どんなに低俗なものであれ人生の表現であると言った。その後、彼はルネサンスの何人かの画家の絵画に描かれている風景について話し始め、それらの風景はルーマニアのどんな場所でも見ることができると言い、それから聖母像について話し始め、自分は今まさにイタリア・ルネサンスのどの画家が描いたよりも美しい聖母《マドンナ》の顔を見ていると言い(フォン・ツンペ男爵令嬢は頬を赤らめた)、最後にキュビスムと現代絵画について話し始め、どんな放置された壁も、爆撃を受けた壁でも、もっとも有名なキュビスムの絵画より興味深いし、シュルレアリスムについては言うまでもなく、ルーマニアの文盲の農夫の夢には足元にも及ばないと言った。彼の話が終わると、短い沈黙、短いが期待のこもった沈黙が生じ、まるでエントレスク将軍が品のない言葉か聞くに耐えない言葉か悪趣味な言葉を発したか、あるいはドイツからの招待客を侮辱したかのようだった。その気味の悪い城を訪問するというのは彼の(彼とポペスクの)アイデアだったからだ。しかしその沈黙は、フォン・ツンペ男爵令嬢が無邪気な調子から俗っぽい調子に変わった声で、ルーマニアの農夫が見る夢はどんな夢なのかしら、どうしてそんな風変わりな農夫の夢をあなたはご存じなの? と尋ねたことで破られた。それに対してエントレスク将軍は、率直な笑い、開けっぴろげで澄みきった水晶のような笑い、ブカレストの粋なサークルでは、曖昧なニュアンスを伴って、紛れもない超人の笑いと見なされる笑いで応じ、そしてフォン・ツンペ男爵令嬢の目を見つめながら、自分の部下(自分の兵士たちのことで、大多数は農夫だった)に起きていることはどれも自分にとって無縁ではないのだと言った。

「私は彼らの夢に入り込むのです」と彼は言った。「私は彼らのもっとも恥ずべき思考に入り込み、私は彼らのひとつひとつの震えのなかに、彼らの魂が起こすひとつひとつの発作のなかにいる。私は彼らの心に入り、彼らのもっとも原初的な考えを細かく調べ、彼らの不合理な衝動を、言葉にならない情動を観察する。夏のあいだは彼らの肺のなかで、冬のあいだは彼らの筋肉のなかで眠り、そしてこうしたすべてを少しの苦もなく、意図するところもなく、求めることも探すこともなく、いかなる強制もなく、ただひたすら献身と愛に駆り立てられて行なっているのです」

就寝時間、あるいは武具や刀剣や狩猟記念品で飾られ、リキュールとお菓子とトルコ煙草が待っている別の部屋へ通される時間になると、フォン・ベーレンベルク将軍は失礼すると言って、少ししてから自分の部屋に退いた。彼の将校の一人、ワーグナー信奉者は彼に倣ったが、もう一人の将校、ゲーテ信奉者は夜の集いを続けることを選んだ。フォン・ツンペ男爵令嬢はというと、眠くないと言った。作家のヘンシュとSS将校が先に立って応接間に移った。エントレスク将軍は男爵令嬢の隣に座った。若い学者ポペスクは暖炉のそばに立ったまま、興味深そうにSS将校を眺めていた。

二人の兵士が給仕を務め、その一人はライターだった。もう一人はクルーゼという太った赤毛の男で、今にも居眠りしそうだった。

まず、彼らはお菓子の数々を誉めそやした。その後、間をおかずに、まるでその瞬間を一晩中待っていたかのようにドラキュラ伯爵について話し始めた。すぐに、伯爵の存在を信じる者と信じない者の二派が形成された。後者は軍団参謀の将校とエントレスク将軍とフォン・ツンペ男爵令嬢で、前者には若い学者ポペスクと作家のヘンシュ、SS将校がいた。ポペスクは、ドラキュラの本名はヴラド・ツェペシュで、串刺し公と呼ばれ、ルーマニア人であると主張したが、ヘンシュとSS将校の主張によれば、ドラキュラは高貴なゲルマン人であり、裏切りあるいは架空の背信行為によって訴えられてドイツを去り、何人かの忠臣とともにトランシルヴァニアに、ヴラド・ツェペシュが生まれるはるか前に住み着いたという。彼らはこのヴラド・ツェペシュが歴史的に存在したことも、トランシルヴァニア出身であることも否定はしなかったが、彼のあだ名、あるいは異名で知られているやり方はドラキュラのやり方とはほとんど、というかまったく関係がないと言った。ドラキュラは串刺し公というよりは絞殺魔、ときに喉裂き魔であり、彼の、言ってみれば外国での暮らしは、絶え間ないめまい、絶え間ない底知れぬ悔悛だった。

いっぽう、ポペスクにとって、ドラキュラは単にトルコ人に抵抗したルーマニアの愛国者であって、あらゆるヨーロッパ諸国は彼の成したことにある程度は感謝すべきだった。歴史というものは残酷だ、とポペスクは言った。残酷で逆説的だ。トルコ人の襲来を阻止した男が英国の二流作家によって怪物に、人間の血にしか関心のない放蕩者に変えられてしまうのだから。実際にツェペシュが流したいと思っていたのはトルコ人の血だけだったというのに。

このとき、晩餐のあいだ大酒を飲み、そのあとも卓上に残っていた酒を次々に飲んでいたのにそう酔いが回ったようには見えなかった――実際、唇を酒で湿らせただけの気取ったSS将校と並んでいると、一同のなかでもっとも素面に見えた――エントレスクは言った。それは不思議ではない。歴史上の大きな出来事を冷静に見つめてみると（歴史上の空白の出来事も含めて、もっとも後者についてはもちろん誰にも何のことか分からなかったが）、一人の英雄が怪物かとんでもない悪党に変わってしまったり、あるいは意図せずに不可視の領域に達してしまうことさえあるのだ。これと同じようにして、ある悪党、またはつまらない人間、または思いやりのある平凡な人間が、何世紀か経って、知の灯台、何百万もの人類を魅了する力をもつ磁力を帯びた灯台に変わってしまう。しかも、それほどの崇拝を正当化するようなことはしていないのに。つまり、そんなことを目論んだことも望んだこともないにもかかわらず（もっとも人は皆、とんでもないごろつきであっても、人生のある瞬間に人間と時間を支配する夢を見るのだが）。イエス・キリストは――と彼は問いかけた――いつの日か自分の教会が地球上のもっとも未知の隅々にまで建てられると思っただろうか？　イエス・キリストは――と彼は尋ねた――一度でも、我々が今日、世界観と呼ぶものをもったことがあっただろうか？　イエス・キリストは全知のように見えるが、地球が丸く、東には中国人が暮らし（この「中国人」という言葉を、彼はまるで実に発音しにくいとでもいうように吐き出した）、西にはアメリカ大陸の原住民が暮らしていることを知っていただろうか？　そして彼は自ら答えて言った。いや、彼は知らなかった。もちろん、世界観をもつことはある意味では簡単なことで、誰だってもっているが、それはたいてい自分の村、郷土、目の前にある具体的で平凡なものに限定されていて、この世界観、取るに足りない、限られた、手垢にまみれた世界観こそがあとに残り、時の流れとともに権威と雄弁さを獲得するものなのだ。

とそのとき、話は思いがけない方向に進み、エントレスク将軍はフラウィウス・ヨセフスについて話し始めた。あの知的で、臆病で、慎重で、おべっか使いで、いかさま師で、彼の世界観を注意深く観察すれば、キリストの世界観よりもはるかに複雑で繊細であることに気づく、だが、伝えられているところによれば、フラウィウスが『歴史』をギリシア語に翻訳するのを手伝った人々、すなわちギリシアのマイナーな哲学者たち、偉大な雇われ人の一時的な雇われ人、フラウィウス・ヨセフスの曖昧模糊とした記述に形を、俗っぽさに品を与え、彼の恐慌と死のたどたどしいつぶやきを、洗練された上品な優れたものに変えたあの人々のほうが、はるかに繊細な世界観をもっていたのだ。

その後、エントレスクは声に出してそれらの雇われ哲学者たちを想像し始め、彼らがローマの街路と海に続く道を歩き回るのを見、彼らが道端に腰を下ろしてマントにくるまり、頭のなかで世界観を作り上げているところを見、彼らが港の居酒屋、魚貝類や香辛料、ワインや、揚げ物の匂いのする薄暗い場所で食事をしているところを見、やがて彼らが消えていくところを見た。その様子は、武具と服を血で赤く染めたドラキュラが、禁欲的なドラキュラが、セネカを読んだり、ドイツの宮廷詩人《ミンネゼンガー》の歌を耳にして喜び、東ヨーロッパでは『ローランの歌』に書かれた武勲にのみ比肩しうる功績を残したドラキュラが消えていくのと同じなのだ。歴史的観点、すなわち政治的観点からであれ、とエントレスクはため息をついた。象徴的観点、すなわち詩的観点からであれ。

ここでエントレスクは興奮のあまりつい夢中になってしまったことを詫びて口をつぐみ、その隙にポペスクが一八六五年に生まれて一九三六年に死んだルーマニアの数学者について話し始めた。その数学者は人生最後の二十年を「謎の数」の研究に捧げた。それは人間の目に見える広大な風景のどこかに隠れているが、決して目には見えず、岩の隙間か、ある部屋と別の部屋のあいだか、場合によってはある数と別の数のあいだで生きているかもしれず、まるで七と八のあいだに隠れていて人に見てもらい解読してもらうのを待っている代替数学のようなものだった。唯一の問題は、それを解読するためには見なければならず、見るためには解読しなければならないことだった。

その数学者が解読すると言うとき、とポペスクは説明した。実際には理解するという意味で、見ると言うとき、とポペスクは説明した。実際には応用するという意味だったというか私はそう思っています。もしかしたら間違っているかもしれませんが、と少しためらってから彼は言った。もしかすると彼の弟子たちは、私もその一員なのですが、彼の言葉を聞き違えたのかもしれない。ともかく、数学者は、避けがたいことではあったが、ある晩気がふれて精神病院に送られた。ポペスクとブカレスト出身の二人の若者が見舞いに行った。最初、数学者は彼らのことが分からなかったが、日々が過ぎて、彼の表情がもはや怒り狂った狂人のそれでなく、単に敗北した老人のそれに似てきたとき、弟子たちのことを思い出したか、思い出したふりをして微笑んだ。しかし家族の要望で、精神病院を出ることはなかった。また、再発が続いたことで、医師たちは無期限に彼を収容したほうがいいと考えた。ある日ポペスクは数学者に会いに行った。医師たちは小さなノートを数学者に与え、彼はそこに病院を取り囲む樹木やほかの患者の肖像、庭から見える家並みの建築学的なスケッチを描いていた。長いこと二人は黙り込んだままだったが、ついにポペスクは率直に話す決心をした。若者にありがちな軽率さで、自分の師の狂気、あるいは狂気と思われるものの話をした。数学者は笑った。狂気というものは存在しない、と師は彼に言った。しかしあなたはここにいるではありませんか、とポペスクは確かめるように言った。ここは狂人の館ですよ。数学者は聞いていないようだった。存在する唯一の狂気とは、もしそれを狂気と呼べるのなら、と彼は言った。化学的不均衡のことで、それは化学物質を与えればたやすく治療することができるのだ。

「しかしあなたはここにいる、親愛なる先生、あなたはここに、ここにいる」とポペスクは叫んだ。

「私自身の安全のためにね」と数学者は言った。

ポペスクには分からなかった。頭のおかしな人、救いようのない狂人と話しているのだと思った。両手で顔を覆い、そうしてしばらくじっとしていた。一瞬、自分が眠っているのだと思った。そこで目を開け、目をこすってみると、数学者が目の前で、姿勢よく、足を組んで自分を眺めているのが見えた。ポペスクはどうしたのですかと尋ねた。見てはならぬものを見た、と数学者は言った。もっと分かりやすく説明してください、とポペスクは頼んだ。もしそうしたら、と数学者は答えた。また狂ってしまって、たぶん死んでしまうだろう。しかしここにいるのは、とポペスクは言った。あなたのような才能の持ち主にとって生き埋めにされているようなものです。数学者は優しく微笑んだ。いや違う、と彼は言った。私はここに、まさしく自分が死なないために必要なものをすべて持っている——薬、時間、看護婦、医者、絵を描くためのノート、庭。

だがその後まもなく、数学者は死んだ。ポペスクは葬儀に参列した。終わってから、故人の弟子たちと連れ立ってレストランに行き、食事をして、その集まりは日が暮れるまで続いた。亡き数学者の逸話が語られ、死後の名声の話になり、誰かが彼の運命と老いた娼婦の運命を比較し、十八歳になったばかりでつい最近インド旅行から戻ってきた青年が詩を朗読した。

二年後、ポペスクはまったくの偶然で、数学者が精神病院に収容されているあいだ治療にあたった医師の一人とパーティーで一緒になった。若くて誠実で、ルーマニア人らしい心根の持ち主、すなわちまったく裏表のない男だった。それに少し酔っていたので、打ち明け話のしやすい状態だった。

この医師によれば、数学者は、入院したとき統合失調症がかなり進んでいたが、治療して数日が過ぎると快方に向かった。ある夜、当直のときに彼の病室に行って少しおしゃべりをしようとした。というのも、数学者は睡眠薬を飲んでもほとんど寝つけなかったので、病院の方針で病室の明かりは彼の望むだけ点けておくことができたのだ。最初の驚きはドアを開けたときにやってきた。ベッドは空っぽだった。一瞬、患者が逃げ出したのかと思ったが、少ししてから薄暗い部屋の隅にうずくまっているのを見つけた。彼のそばに屈み込んで身体のどこにも異状がないのを確かめてから、どうしたのかと尋ねた。すると数学者は何でもないと言い、そして医者の目を見たが、医者は数多くのさまざまな心神喪失者を毎日診察していてもいまだかつて見たことがないような絶対的な恐怖にとらわれた眼差しを見て取った。

「で、絶対的な恐怖にとらわれた眼差しとはどういうものなのですか？」とポペスクは尋ねた。

医師は数回おくびをして、肘掛け椅子の上でもぞもぞと身体を動かしてから答えた。憐れむような眼差しです。でも空虚な憐れみ、まるで謎の長旅のあと、憐れみにはただの革袋しか残っていないような、憐れみが、言ってみれば速足《ステップ》で草原を駆けるタタールの騎手の手のなかにある水を満たした革袋であるかのような、私たちの目にはその騎手が小さくなっていって、ついには見えなくなり、その後、騎手は戻ってくる。あるいは騎手の幽霊が、あるいは彼の影、あるいは彼の観念が戻ってくる。そのとき彼の革袋にはもう水は入っていなくて空っぽになっている。というのも旅のあいだに騎手が飲み干したから、あるいは騎手と馬が飲み干したからで、革袋はもう空っぽになっている。それは普通の革袋で、空っぽの革袋だから、実際のところ普通でないのは水で膨れた革袋なのだが、水で膨れた革袋、水で膨れた奇怪な革袋は恐怖をかき立てたりしないし、恐怖を目覚めさせたりしない。ましてや恐怖を孤立させたりしない。だが空っぽの革袋は違う。そしてそれこそが彼が数学者の顔に見たもの、絶対的な恐怖だった。

　でも何にもまして興味深いのは、と医師はポペスクに言った。少しして数学者は回復し、精神錯乱の表情は跡形もなく消え、彼の知るかぎり、もう二度とそれは戻ってこなかった。そしてそれがポペスクが語らなくてはならぬ物語であり、彼はエントレスクと同じように、自分も度が過ぎたし、もしかすると退屈させてしまったかもしれないと詫び、そこに居合わせた人たちはそんなことはないと慌てて否定したのだが、その声に説得力はなかった。そのときから夜の集いは活気がなくなり、まもなく彼らは各々の部屋に引き下がった。


　だが、兵士ライターにとって驚きはまだ終わっていなかった。夜明けごろ、誰かに揺すぶられているのを感じた。目を開けた。クルーゼだった。彼の言葉、クルーゼが耳元でささやいた言葉が何を意味するのか分からず、首元を摑んでひねり上げた。別の手が肩に置かれた。兵士ナイツケだった。

「乱暴するなよ、バカ野郎」とナイツケは言った。

　ライターはクルーゼの首から手を離し、彼らの提案を聞いた。それから急いで着替えてついていった。兵舎の代わりにしていた地下室を出て長い廊下を渡ると、そこに兵士ヴィルケが待っていた。ヴィルケは身長一メートル五十八センチ程度の背の低い、痩せて賢そうな目をした男だった。彼のところに着くと、全員が握手をして挨拶した。というのもヴィルケはそういう礼儀正しい男で、彼と付き合うには礼儀を忘れてはならないのを仲間たちは知っていたからだった。その後、彼らは階段を上り、ドアを開けた。着いた部屋は空っぽで寒くて、まるでドラキュラが立ち去ったばかりのようだった。あったのは古い鏡だけで、それをヴィルケが石の壁から外すと秘密の抜け道が現われた。ナイツケが懐中電灯を出してヴィルケに渡した。

　十分以上のあいだ、石の階段を上ったり下りたりしながら進んでいくと、城の最上部にいるのか、それとも別の道で地下室に戻ってきたのか分からなくなった。抜け道は十メートルごとに分岐して、先頭に立っていたヴィルケは何度も迷った。歩いているあいだ、クルーゼはこの通路は何かが変だとつぶやいた。何が変なのかと尋ねると、クルーゼはネズミがいないと答えた。いいじゃないか、とヴィルケは言った。ネズミは大嫌いなんだ。ライターとナイツケも同意見だった。俺もネズミは好きじゃない、とクルーゼが言った。だけど城の通路には、古い城だととくに、必ずネズミがいる。でもここじゃ一匹も見ていない。ほかの者たちは黙ってクルーゼの意見について考え、少ししてから鋭いじゃないかと言った。たしかにネズミを一匹も見かけないというのは奇妙なことだった。とうとう彼らは立ち止まり、前方と後方、通路の天井と、影のように蛇行して伸びている床を懐中電灯で照らした。一匹のネズミもいない。これはいい。四本の煙草に火をつけ、それぞれがフォン・ツンペ男爵令嬢とセックスするとしたらどんなふうにするかを言い合った。その後、黙って歩き回っているうちに汗をかき始め、ナイツケは息苦しいと言った。

それから、クルーゼを先頭にして引き返した。すぐに鏡の部屋にたどり着き、そこでナイツケとクルーゼはまたなと言った。友人たちと別れたあと、ヴィルケとライターはもう一度迷宮のなかに入り込んだが、つぶやき声が響き渡ってまた混乱してしまわないよう、今度は口をきかなかった。ヴィルケは足音が、彼の後ろをこっそりとついてくる足音が聞こえると思った。ライターは少しのあいだ目を閉じて歩いてみた。二人が絶望しかけたとき、探していたものが見つかった。それはとても狭い脇道で、分厚そうに見えるが、見たところなかは空洞になっているらしい石壁に開口部というかとても小さな隙間があって、そこから覗き込みたい部屋のなかをほとんど完璧に見ることができた。

そうして二人は、三本の蠟燭に照らされたSS将校の部屋を見、彼がまだ起きていてガウンをまとい、暖炉のそばの机で何か書き物をしているところを見た。彼は投げやりな表情をしていた。見るべきものはそれだけだったが、そのとき初めて正しい方向に進んでいたことに気づいてヴィルケとライターは互いに背中を叩き合った。二人は進み続けた。

手探りで別の開口部を見つけた。月明かりに照らされている部屋や薄暗い部屋が並び、穴のあいた石に耳を当ててみれば、なかで眠っている人のいびきや寝息が聞こえた。明かりに照らされた次の部屋はフォン・ベーレンベルク将軍の部屋だった。蠟燭が一本、ナイトテーブルの上にある燭台に灯っていて、その炎がまるで誰かが部屋の巨大な窓を開けっ放しにしたかのように動いて作り出す影や幽霊が、最初は天蓋のついた大きなベッドの足元でひざまずいて祈っている将軍のいる場所を隠していた。フォン・ベーレンベルクの表情が、まるでとてつもない重圧を背負わなければならないというように歪んでいることにライターは気づいた。その重圧とは部下の兵士の命などではなく、家族の命でもなく、自らの命ですらなく、自らの良心の重みであり、そのことに気づいたライターとヴィルケは覗き穴から離れたが、二人とも心底驚き、戦慄していた。

暗闇と夢に沈む別の覗き穴の前を通ったあと、ついに二人は本当の目的地に、フォン・ツンペ男爵令嬢の部屋にたどり着いた。その部屋は九本の蠟燭に照らされ、内向的で隠者の苦しみをたたえた修道兵士か戦士の肖像画が、ベッドから一メートルのところに掛かっていて、その表情には、禁欲と悔悛と諦念の苦しみのすべてを見て取ることができた。

背中と足が毛むくじゃらの裸の男の陰に、二人はフォン・ツンペ男爵令嬢を発見した。彼女の金髪の巻き毛と真っ白な額の一部が、彼女に襲いかかっている男の左肩の下からときどきのぞいていた。男爵令嬢の悲鳴を聞いて、最初ライターは警戒したが、やがてそれが痛みではなく快楽の叫びだと理解した。交わりが終わるとエントレスク将軍はベッドから起き上がり、二人にはウォッカの瓶の置いてあるテーブルまで歩いていく将軍の姿が見えた。彼のペニスからはかなりの量の精液が垂れていて、まだ勃起状態か半勃起状態で、長さは三十センチ近くあったに違いない、とあとになってヴィルケは考えたが、その目測は間違っていなかった。

人間というよりは馬みたいだったな、とヴィルケは仲間に語った。しかも馬のように疲れ知らずだった。というのも、将軍はウォッカを一杯飲んだあと、フォン・ツンペ男爵令嬢がまどろんでいるベッドに戻ると、彼女の姿勢を変えてもう一度セックスを始めたからで、最初は見ていても分からないくらいの動きだったが、次第に激しくなっていき、うつぶせになっていた男爵令嬢は、叫び声を上げないように手のひらを血が出るまで嚙んでいたほどだった。そのころヴィルケはすでにズボンの前開きを開けて、壁にもたれかかってマスターベーションをしていた。ライターは自分の横でうめき声がするのが聞こえた。最初は、たまたま近くでネズミが死にかけているのかと思った。ネズミの子。だがヴィルケのペニスを見て、ヴィルケの手が前後に動いているのを見ると吐き気がして、彼の胸元を肘でつついた。ヴィルケは気にも留めずにマスターベーションを続けた。ライターは彼の顔を見た――ヴィルケの横顔は実に奇妙だった。労働者か職人、突然、月の光線を浴びて目が見えなくなった無垢な歩行者の版画のようだった。彼は夢を見ているようで、あるいはより正確には、覚醒と夢を隔てている巨大な黒い壁をその瞬間壊しているかのようだった。そこでヴィルケのことは放っておき、少し経つと彼もマスターベーションを始めた。最初はズボンの上から控えめに、だがその後は隠すこともなく、ペニスを取り出して、エントレスク将軍とフォン・ツンペ男爵令嬢のリズムに合わせた。彼女はもう手を嚙んでいなくて（血の染みがシーツの上の彼女の汗ばんだ頰のそばに広がっていた）、泣きながら、将軍にも彼らにも分からない言葉、ルーマニアを越えていき、ドイツもヨーロッパも越えていき、田舎の地所をも越えていき、曖昧な友情も越えていき、彼ら二人、ヴィルケとライターが、おそらくエントレスク将軍ではないだろうが、愛、欲望、性《さが》だと理解するものを越えていく言葉を口にしていた。

その後、ヴィルケは壁に射精し、兵士の祈りの言葉のような何かを漏らし、直後、ライターも壁に射精して何も言わずに唇を嚙んだ。やがてエントレスクは起き上がり、二人の兵士は精液と膣の体液できらきらしている将軍のペニスに血の滴がついているのを見た。あるいは見たような気がした。それからフォン・ツンペ男爵令嬢はウォッカを一杯ほしがり、それから二人の兵士は、エントレスクと男爵令嬢が立ったまま抱き合い、それぞれがグラスを手にして放心状態になっているのを目にし、それからエントレスクは自分の言語で詩を暗唱し、男爵令嬢はその詩の意味は分からなかったもののその音楽性を褒め称え、それからエントレスクは目を閉じて何かを、天上の音楽を聞いているかのような表情をし、それから目を開けてテーブルのそばに座り、もう一度勃起したペニス（ルーマニア軍の誇りである、あの有名な三十センチのペニス）の上に男爵令嬢を乗せると、叫び声とうめき声と泣き声がふたたび始まった。男爵令嬢がエントレスクのペニスを身体に沈めていくあいだ、あるいは彼女の内でエントレスクのペニスがせり上がっていくあいだ、ルーマニアの将軍は新しい詩を吟じ始め、その朗唱には二人の腕（男爵令嬢は彼の首にしがみついていた）の動きが伴い、またしても二人の兵士にはその詩の意味は分からなかったが、ドラキュラという単語だけは聞き取ることができ、それが四行ごとにくり返し出てきて、戦争を謳っているのか風刺詩なのか、形而上学的な詩なのか大理石の詩なのか、反ドイツ的な詩でさえあったかもしれないが、そのリズムはまるでそのような機会のために作られたかのようで、エントレスクの太ももにまたがっている若い男爵令嬢は、アジアの広漠のなかで狂喜する野性的な羊飼いの娘のように前後へ腰をくねらせながら、爪を愛人の首に食い込ませながら、まだ右手から滴っている血を男の顔にこすりつけながら、彼の口角に血を塗りつけながらその詩を祝福し、それでもエントレスクはドラキュラという単語が四行ごとに響き渡るその詩を吟じるのをやめなかった。きっと風刺詩だ、とライターは（限りない歓びとともに）思い、いっぽう兵士ヴィルケはふたたびマスターベーションを始めた。

すべてが終わると、もっとも、疲れ知らずのエントレスクと疲れ知らずの男爵令嬢にとっては終わったというには程遠かったが、二人の兵士は無言のまま秘密の抜け道を引き返し、無言のまま可動式の鏡を元の場所に戻し、無言のまま地下の間に合わせの兵舎に戻り、無言のまま各々の武器と私物のそばで眠った。

翌朝、二台の車が招待客を乗せて城を出たあと、分遣隊はそこをあとにした。ＳＳ将校だけは、兵士たちが城全体を掃除し、片づけているあいだ残っていた。その将校も、彼らの仕事ぶりにすっかり満足すると、出発を命じ、分遣隊はトラックに乗り込み、大平原に向かって下り始めた。城に残ったのは車が一台だけ、それも奇妙なことに運転手のいない、ＳＳ将校の車だった。分遣隊がそこを去っていくとき、ライターは将校の姿を見た――胸壁に上り、つま先立ちになり、首を長く伸ばして、分遣隊が進んでいくのを眺めていて、ついには城のほうからもトラックのほうからも互いにすっかり視界から消えた。

ルーマニアで従軍しているあいだ、ライターは二度賜暇をもらって両親のもとを訪ねた。家族の暮らす村に戻り、ライターは海を眺めながら岩場で横になって日々を過ごしたが、泳ぎたい気分ではなく、まして潜る気分でもなかった。あるいは長い時間をかけて野原を散歩し、その散歩はいつもフォン・ツンペ男爵の、昔からいる森番がいつも見張っている、今は空っぽで小さくなった先祖代々の家で終わった。森番とはときおり話をしたが、その会話は、もちろんそれを会話と呼べるとすればだが、たいてい期待はずれだった。森番は戦争の様子はどうだと尋ね、ライターは肩をすくめた。ライターのほうは男爵令嬢のことを尋ね（実際には地元の人が呼ぶところの「男爵のところのお嬢さん」のことを尋ねたのだが）、森番は肩をすくめた。二人がそれぞれ肩をすくめるということは、何も分からないということか、あるいは現実がだんだん曖昧になり、夢に似てきたということか、あるいは何もかもが悪い方向に向かっていて、何も尋ねずに我慢するのが一番だということかもしれなかった。

彼は妹のロッテとも長い時間を過ごした。彼女はそのころ十歳になっていて、兄を尊敬していた。この崇拝ぶりにライターは笑ってしまったが、同時に悲しくもなり、何もかも無意味だという不幸な考えに沈み込んだが、いつかは撃たれて死ぬことになるという確信があったので、心を決めてしまわないように注意を払っていた。戦争で自殺する奴はいない、両親がいびきをかいているあいだ彼はベッドに横になって考えた。なぜだろう？　きっとそのほうが快適だから、その瞬間を引き延ばしたいから、なぜなら人間は自分の責任を他人の手に委ねる傾向にあるからだ。実際、戦争中は自殺率がもっとも高いのだが、ライターは当時、そうしたことを知るには若すぎた（ほとんど教育を受けていないとはもはや言えなかったが）。賜暇をもらった二度とも、（故郷に帰る途中に）ベルリンに立ち寄ってフーゴ・ハルダーを探したが無駄に終わった。

ハルダーは見つからなかった。彼が住んでいたアパートには四人の思春期の娘を抱える役人一家が住んでいた。前の住人が新しい住所を残していったかと尋ねると、ナチの党員でもある一家の父は知らないとそっけなく答えた。だがライターが帰ろうとしたとき、娘のなかでとくに美しい長女が階段のところで彼に追いつき、ハルダーが今住んでいる場所を知っていると言った。そして、娘は階段を下り続けたのでライターはあとについていった。娘は彼を公園まで連れていった。無遠慮な視線の届かない隅のほうまで行くと、まるで初めてライターを見るかのようにふり向き、飛び上がって彼の口にキスをした。ライターは身体を引いて、いったいどうして自分にキスするのかと尋ねた。あなたに会えて幸せなのと娘は答えた。ライターは盲人の目のような淡い青の両目を見つめて、自分は頭のおかしな女としゃべっているのだと気がついた。

それでも、娘がハルダーについてどんな情報をもっているのかを知りたかった。娘はキスさせてくれなければ教えないと言った。二人はもう一度キスした。娘の舌は最初のうち乾ききっていたが、ライターが自分の舌で触れてすっかり湿らせた。フーゴ・ハルダーは今どこに住んでいるの？　と彼は尋ねた。娘は、まるでライターが頭の鈍い子供であるかのように微笑みかけた。当ててみて、と娘は言った。ライターは首を横に振った。十六歳にもならないはずのその娘はけたたましい笑い声を上げたので、このまま笑い続けたらすぐに警察が来るとライターは思ったが、もう一度キスをするほかに彼女を黙らせる方法を思いつかなかった。

「わたし、インゲボルクっていうの」と、娘はライターが唇を離すと言った。

「僕はハンス・ライターだ」と彼は言った。

すると、娘は砂と小石の地面を見て、見るからに青ざめ、今にも失神しそうになった。

「わたしの名前は」と彼女はくり返した。「インゲボルク・バウアーよ、わたしのこと忘れないで」

その瞬間から、二人はますます声をひそめてささやき声で話した。

「忘れないよ」とライターは言った。

「わたしに誓って」と娘は言った。

「誓うよ」とライターは言った。

「誰にかけて誓うの？　お母さん？　お父さん？　神さま？」と娘は言った。

「神にかけて誓う」とライターは言った。

「わたしは神さまを信じてないの」と娘は言った。

「それなら僕の母と父にかけて誓う」とライターは言った。

「そんな誓いは価値がないわ」と娘は言った。「親なんて価値がないもの。誰だって自分に親がいるのを忘れたがっているじゃない」

「僕は違う」とライターは言った。

「あなたもそうよ」と娘は言った。「それにわたしだって。みんなそうよ」

「それなら君の好きなものにかけて誓う」とライターは言った。

「あなたの師団にかけて誓ってくれる？」と娘は言った。

「僕の師団と連隊と大隊にかけて誓うよ」とライターは言った。そのあと軍団と軍隊にかけても誓うと付け加えた。

「ねえ、誰にも言わないでね」と娘は言った。「実はわたし、軍隊を信じてないの」

「何を信じてるの？」とライターは言った。

「ほとんどのものは信じてないわ」娘は少し考えてから言った。「ときどき自分が何を信じているかも忘れちゃうくらいなの。信じているものなんてほとんどないけれど、信じていないものはそれこそたくさんあって、ありすぎるくらいだから、わたしが本当に信じているものを隠してしまうくらいなの。たとえばこの瞬間、わたしは信じているものを何も思い出せない」

「愛は信じる？」とライターは訊いた。

「いいえ、はっきり言って信じてないわ」と娘は言った。

「それなら、誠実さは？」とライターは訊いた。

「いやだ、愛よりも信じない」と娘は言った。

「夕焼けは信じる?」とライターは訊いた。「星をちりばめた夜とか、澄みきった夜明けは?」

「だめ、だめよ、信じないわ」娘は嫌悪をあらわにして言った。「そういうくだらないことはどれも信じない」

「君は正しいよ」とライターは言った。「それじゃ本はどう?」

「もっと信じないわ」と娘は言った。「それにうちにあるのはナチの本ばかりなの、ナチの政治にナチの歴史、ナチの経済、ナチの神話、ナチの詩、ナチの小説、ナチの戯曲だけよ」

「ナチの連中がそんなにたくさん本を書いているなんて知らなかった」とライターは言った。

「あなたってどうやらほとんど何も知らないのね、ハンス」と娘は言った。「わたしにキスする以外には」

「そのとおりだよ」とライターは言った。彼はいつでも自分の無知を認める用意があった。

そのころにはもう二人は腕を組んで公園を歩いていた。ときどきインゲボルクは立ち止まり、ライターの口にキスをした。それを見ればきっと誰もが、二人はただの若い兵士とその恋人で、どこにも出かける金がないが深く愛し合っていて、互いに話したいことがたくさんあるのだと思ったことだろう。だが、もしその仮想の観察者が二人に近づいて彼らの目を見たなら、女のほうは頭がおかしくて、若い兵士はそれを知りながら気にしていないということに気がついただろう。実際、その時点で、ライターは娘が狂っていたとしてもどうでもよかったし、友人のフーゴ・ハルダーの住所はなおさらどうでもよくなっていて、この際インゲボルクにとって誓うにふさわしい数少ないことが何なのかを知りたかった。そういうわけで彼は質問をくり返し、彼女の妹たち、ベルリンの街、世界平和、世界の子供たち、世界の鳥たち、オペラ、ヨーロッパの河川、昔の恋人の顔、彼女自身の命(インゲボルクの命)、友情、ユーモア、思いつくものすべてを試しに挙げていったが、次々に否定的な答えが返ってきた。とうとう、公園を隅々まで歩き回ったあとで、娘は誓うに値すると思う二つのものを思い出した。

「何か知りたい?」

「もちろん知りたいさ!」とライターは言った。

「言っても笑わないでね」

「笑わないよ」とライターは言った。

「どんなことを言っても笑わない?」

「笑わないよ」とライターは言った。

「一つ目は嵐よ」と娘は言った。

「嵐だって?」とライターはひどく驚いて言った。

「大きな嵐だけよ、空が黒くなって空気が灰色になるときの。雷鳴、雷光、稲妻、そして農場を横切って死ぬ農夫」と娘は言った。

「分かったよ」とライターは言ったが、正直なところ嵐は好きではなかった。「二つ目は何?」

「アステカ族よ」と娘は言った。

「アステカ族だって？」ライターは嵐のときよりも困惑して言った。

「そう、アステカ族」と娘は言った。「コルテスが到達する前にメキシコに住んでいた人たち、ピラミッドを作った人たちよ」

「ああ、アステカ族ってそのアステカ族だね」とライターは言った。

「アステカ族と言ったら彼らしかいないわ」と娘は言った。

「テノチティトランとトラテロルコに住んでいて、人間を生贄にして、二つの湖上都市に暮らしていた人たち」

「ああ、二つの湖上都市に住んでいたんだね」とライターは言った。

「そう」と娘は言った。

二人はしばらく無言で歩き続けた。すると娘が言った。わたしの想像では、その二つの都市はジュネーヴとモントルーみたいなの。一度、休暇で家族とスイスに行ったことがあるの。ジュネーヴからモントルーまで船に乗って。夏のレマン湖はすばらしいのよ、蚊が多すぎるかもしれないけれど。モントルーで宿屋に泊まって、次の日に別の船でジュネーヴに戻ったわ。レマン湖に行ったことある？

「ない」とライターは言った。

「とてもきれいなの。その二つの都市があるだけじゃなくて、湖畔にはたくさんの町があって、たとえばローザンヌ、モントルーよりも大きい街よ、それかヴヴェとかエヴィアンとか。実際、二十以上の町があって、なかにはとても小さい町もあるわ。想像がつく？」

「何となくね」

「いい？　これが湖」娘は靴のつま先で地面に湖を描いた。

「ここがジュネーヴよ、ほら、反対側にはモントルーがあって、あとはほかの町よ。今度は想像がついた？」

「うん」とライターは言った。

「だからわたしはそんなふうに想像するのよ」と娘は靴で地図を消しながら言った。「アステカ族の湖をね。でももっと美しいの。蚊もいなくて、一年中快適な気候なの。たくさんのピラミッドがあって、あまりにたくさんあって大きすぎて数えられないほどなの。ピラミッドが重なり合って、別のピラミッドを隠していて、毎日生贄にされた人々の血で真っ赤に染まっている。そしてわたしはアステカ族のことを想像するんだけど、たぶんあなたには興味ないわね」と娘は言った。

「いや、興味あるよ」とライターは言ったが、それまで一度もアステカ族のことを考えたことはなかった。

「とても不思議な人たちなのよ」と娘は言った。「彼らの目をじっと見れば、すぐに彼らの頭がおかしいことに気がつくわ。でも精神病院に閉じ込められているわけじゃないの。いえ、もしかしたらそうかもしれない。でもそうは見えないのよ。アステカ族はとびきりおしゃれで、毎日着る服をとても慎重に選ぶから、着替え用の部屋に何時間もこもって、一番ふさわしい衣装をあれかこれかと選ぶの。それが終わると羽根飾りのついたすごく高価な帽子をかぶって、首飾りと指輪はもちろん、両腕と両足も宝石で飾るのよ、そして男も女も顔にお化粧をして、そのあと湖畔を散歩しに出かけるの。会話もせずに、湖を渡っていくボートに見とれていて、そのボートに乗っている人たちは、アステカ族でなければうつむいて釣りを続けるか、急いでそこを離れていく。というのも、アステカ族のなかには気まぐれに残酷になる者がいるからなの。そしてアステカ族の人々は哲学者のように散歩したあと、ピラミッドのなかに入っていくの。そこは完全に空洞で、なかは大聖堂にそっくりで、そこを照らすのは天窓からの光だけ、大きな黒曜石を通して漏れてくる光、つまり薄暗くきらめく光なの。ところで黒曜石を見たことはある?」と娘は尋ねた。

「いや、一度もない」とライターは答えた。「いや、あるかもしれないけれど、自分では気がつかなかった」

「すぐに気がついていたはずだわ」と娘は言った。「黒曜石というのは、黒かものすごく暗い緑色の長石でね、そのこと自体が不思議なの。長石というのは普通、白か黄色っぽい色をしているものだから。ちなみに、代表的な長石は正長石、曹長石、そして曹灰長石よ。でもわたしのお気に入りの長石は黒曜石。さてと、ピラミッドの話を続けましょう。ピラミッドのてっぺんに生贄の石があるの。何の石か当ててみて」

「黒曜石」とライターは言った。

「当たり」と娘は言った。「手術室にある台みたいな石があって、そこにアステカ族の神官か呪医が心臓を取り出す前の生贄を横たえたの。でも、本当に驚く話はここからよ、その石のベッドはなんと透明だったの！　磨かれたせいなのかそういう石が選ばれたからなのか、生贄用の石は透明だったのよ。そしてピラミッドのなかにいるアステカ族の人々は生贄を、言ってみれば内側から眺めていたの。というのも、とっくに気づいているでしょうけれど、ピラミッドのなかを照らしている天窓の光は、生贄のための石の真下から入ってくるからなの。だから、最初のうち、光は黒か灰色で弱々しいから、ピラミッドのなかにいる無表情なアステカ族のシルエットしか見えない。でもそのあと、新しい犠牲者の血が透明な黒曜石の天窓の上に広がると、光は赤か黒になって、とても鮮やかな赤かとても鮮やかな黒になって、するとアステカ族のシルエットだけじゃなくて、目鼻立ち、赤い光か黒い光のせいで形を変えた目鼻立ちも見えて、まるで光が彼らひとりひとりがどんな人なのかを特徴づける力をもっているようなの。それがつまるところすべてなのよ。でもそれは長いあいだ続くこともあって、それは時間を免れたり、あるいはほかの法則に支配される別の時間のなかに入り込んだりもする。アステカ族の人々がピラミッドのなかから出ていくとき、太陽の光は彼らを傷めないのよ。まるで日食があったかのように彼らは振る舞うの。そして日々の仕事に戻っていく。彼らが普段するのは基本的に散歩と入浴、そのあとまた散歩して、長いこと身動きせずに目には見えないかすかなものを眺めたり、昆虫が地面に残す模様に見入ったり、そして友達と一緒に食事をしたりする。でも誰も口を開いたりしないの。ひとりで食べるのとほとんど一緒で、そしてときどき戦争をする。そして彼らの頭上の空ではいつも天体が別の天体を覆い隠すのよ」と娘は言った。

「すごい、本当にすごいね」ライターは新しい友人の知識に感動して言った。

しばらくのあいだ、知らず知らずのうちに二人はその公園をアステカ族のように無言で歩き回っていた。とうとう娘はアステカ族と嵐とどちらかにかけて誓うのかと尋ねた。

「分からない」とライターは言った。もう何を誓うことになっていたかも忘れていた。

「選んでちょうだい」と娘は言った。「よく考えてね。あなたが思っているよりもずっと大切なことなのよ」

「何が大切なの?」とライターは訊いた。

「あなたの誓いよ」と娘は言った。

「なぜ大切なの?」とライターは訊いた。

「あなたのためよ、分からないけど」と娘は言った。「でもわたしにとって大切なことなの。だってわたしの運命にとって特別なものになるでしょうから」

その瞬間、ライターは彼女のことを絶対に忘れないと誓わなければならないことを思い出して、ひどく心が痛んだ。一瞬、息をするのもやっとで、言葉が喉につかえているような気がした。嵐は好きではなかったので、アステカ族にかけて誓うことにした。

「アステカ族にかけて誓うよ」と彼は言った。「絶対に君を忘れない」

「ありがとう」と娘は言い、二人は歩き続けた。

少し経って、彼はもはやどうでもよくなっていたものの、ハルダーの住所を尋ねた。

「パリに住んでいるわ」と娘はため息をつきながら言った。

「住所は知らないの」

「そうか」とライターは言った。

「パリに住んでいて当然よ」と娘は言った。

ライターは思った。彼女はきっと正しいのだ。だからハルダーがパリに引っ越してしまったことはまったくもって当然のことなんだ。あたりが暗くなり始めたので、ライターは娘を家の戸口まで送り届け、それから駅まで走っていった。

ソビエト連邦への攻撃は一九四一年六月二十二日に開始された。第七九師団はドイツ第十一軍団に配属され、数日後、師団の先遣隊がプルト河を越え、ルーマニア軍とともに戦闘に突入した。ルーマニア軍はドイツ側の期待をはるかに越えて勇敢だった。しかし第七九師団の進軍は、第六軍と第十七軍、そして当時第一装甲軍団と呼ばれていた集団からなる南方軍集団の部隊ほど速くはなかった。この第一装甲軍団は戦争が進むにつれて、第二装甲軍団、第三装甲軍団、第四装甲軍団と並んでもっとも恐ろしい装甲軍として知られることになる。第十一軍団の人的物的資源は、その地域が山岳地帯であり道路が不足していたことは別にしても、想像どおり限りなく乏しかった。そのうえ攻撃に際しては、南方軍集団、中央軍集団、北方軍集団にとってはは有利に働いた奇襲という手段を当てにできなかった。しかしライターのいる師団は指令本部の期待どおりのことをやってのけ、プルト河を渡り、戦闘を続け、その後ベッサラビアの平原と丘陵地帯を戦いながら進み、その後ドニエストル河を越え、オデッサの郊外にまで至り、その後ルーマニア軍がぐずぐずしているあいだも進軍を続け、退却中のロシア軍とも戦い、その後ブーフ河を越え、進軍を続けた。彼らの通り過ぎたあとには、燃やされたウクライナの村々、燃やされた穀物倉庫、そして果てしない小麦畑の真ん中で薄暗い島のように見えていたが、原因不明の発火があったのか、突然燃え上がった森が残された。

誰がその森に火を放ったのか？　ライターがときどきヴィルケに尋ねると、ヴィルケは肩をすくめ、歩き疲れていたナイツケもクルーゼもレムケ軍曹も同じ仕草をした。というのも、第七九師団は軽装備歩兵師団、つまり動物に牽引させて動く集団で、そこにいた動物というのはラバと兵隊だけだったからだ。ラバの役目は重い荷物を引きずること、兵隊の役目は歩くことと戦うことで、まるで電撃戦というのが師団の組織図に白目をのぞかせたことがないかのようだった。ナポレオンの時代みたいにさ、とヴィルケは言った。前進、退去、強行軍、いや、いつも強行軍だな、とヴィルケは言い、それから、ほかの仲間の兵士と同じように地面に寝そべったまま、いったいどこのどいつが森に火をつけていやがるんだ、俺たちは絶対に違う、だろう？　と言うと、ナイツケは、そうさ、俺たちじゃないと言った。クルーゼとバルツも同じことを言い、軍曹のレムケも、違う、我々はあっちの村に火をつけたり、その左か右にあるこっちの村を砲撃したりしたが、森はやってない、と言うと、部下たちは頷いて、誰もそれ以上のことは言わず、ただ森の火を、火が薄暗い島をオレンジがかった赤い島に変えていくのを見つめるばかりだった。もしかするとラデンティーン大尉の大隊かもしれない、と誰かが言った。連中はあのあたりに来ていたし、森のなかでレジスタンスを見つけたんだろう。たぶん工兵部隊だったんじゃないか、と別の誰かが言ったが、本当のところ彼らは何も、その周囲にいるドイツ兵の姿も、その地区で抵抗するソ連兵の姿も見ていなかった。彼らが見ていたのはただ、輝く青い空の下、黄色い海のなかにある黒い森だけで、突然、何の前触れもなく、彼らはまるで小麦でできた巨大な劇場のなかにいて、森がその円形劇場の舞台であり前舞台であるかのように、いっさいを貪る、美しい炎がそこに現われた。

ブーフ河を越えたあと、師団はドニエプル河を越え、クリミア半島に入った。ライターはペレコプとペレコプ近郊のいくつかの村で戦い、それらの村の名前を知ることはなかったが、舗装されていないその村々の道路を、死体をどけながら、年寄りと女子供は家に入って外には出てくるなと命令しながら歩いた。ときどきめまいを覚えた。ときどき、急に立ち上がると、目の前が暗くなり、隕石の雨のような粒状の点だらけになっているのに気がついた。だがその隕石はとても奇妙な動き方をした。あるいは動かなかった。動かない隕石だった。ときどき、ライターは敵陣を落とすために、仲間の兵士とともに無鉄砲に身を投じることがあった。そのために彼は向こうみずで勇敢だと評判を呼んだが、彼が求めていたのはただ自分の心に平和をもたらしてくれる弾丸だけだった。ある晩、彼は気がつくとヴィルケと自殺について話していた。

「キリスト教徒はマスターベーションはするが自殺はしないな」とヴィルケは言い、ライターは眠りにつく前にその言葉の意味を考えた。ヴィルケの冗談の裏に真実が隠されているような気がしたのだ。

しかし、だからといって自分の決意は変えなかった。第三一〇連隊と、とりわけライターの大隊が重要な働きをしたチェルノモルスキーの戦いで、彼は少なくとも三度、命を危険にさらした。一度目はチェルニショワとキーロフスクとチェルノモルスキーを結ぶ地点にある、キーロフスク郊外の煉瓦造りの砲台を攻撃したときで、その砲台は砲兵隊のたった一度の一斉射撃も持ちこたえられそうになく、まるで子供が建てたものを別の子供が守っているかのように貧しさと無邪気さを露呈していたので、ライターはそれを見るなりひどく動揺した。中隊は追撃砲の弾がなかったので、急襲して占拠することにした。志願者が募られた。最初に進み出たのはライターだった。直後にフォスが続いたが、この兵士もやはり勇敢だったというか自殺志願者で、さらに三人の兵士が続いた。襲撃はあっという間だった――ライターとフォスが砲台の左側の壁に沿って進み、あとの三人が右側を進んだ。あと二十メートルというところまで近づいたとき、砲台から銃撃があった。右側を進んでいた三人は地面に伏せた。フォスはためらった。ライターは走り続けた。頭から数センチのところを弾丸がかすめるうなりが聞こえたが、屈まなかった。むしろ彼は、自分の命を終わらせようとしている少年たちの顔を見ようとあがいて背伸びをしたようだったが、何も見えなかった。別の弾丸が右腕をかすめた。誰かに背中から押し倒されるのを感じた。それはフォスで、彼は無鉄砲ではあったが、まだある種の常識を保っていた。

しばらくのあいだ、ライターはフォスが自分を地面に突き倒したあと砲台のほうに這って進んでいくのを見ていた。石を、雑草を、野生の花を、自分を置き去りにしていくフォスの蹄鉄のついた靴底を見、フォスが立てる小さな砂埃を見、僕にとっては小さいが、とライターは思ったが、フォスが東から西へ這っていくあいだ、北から南へ地面を横切っていく蟻の行列にとっては小さくはない。それから彼は起き上がって、フォスの身体越しに砲台めがけて銃撃を始めた。自分の身体の近くでふたたび弾丸のうなりが聞こえるなか、まるで散歩しながら写真でも撮っているかのように銃撃を続けながら歩いていき、やがて右側の壁から攻め込んだ兵士たちが次々に投げた手榴弾がひとつ、またひとつと砲台に届き、砲台はついに爆発した。

ライターが二度目に死にかけたのは、チェルノモルスキーを占拠したときのことだった。第七九師団の全砲兵隊が堤防に集結し、その後二つの主要な連隊が攻撃を開始した。そこはチェルノモルスキーをエフパトーリア、フルンゼ、インカマン、セヴァストポリと結ぶ道路が始まる地域で、起伏はほとんどなかった。最初の攻撃は阻まれた。予備軍として待機していたライターの大隊は、第二波の攻撃のときに出撃した。兵士たちが有刺鉄線を乗り越えて走るあいだ、標的を探していた砲兵隊はソ連兵の機関銃が潜んでいるところを突き止め、徹底的に撃ち込んでいった。走りながら、ライターは突然、ほんの一瞬のうちに病気にでもなったかのように汗をかき始めた。今度こそ死ぬんだ、と彼は思い、海が近いせいでなおさらその思いが強まった。最初、兵士たちは空き地を横切り、それから野菜畑に出た。そこには小屋があり、小さすぎて、釣り合いのとれていない窓の一つから白い髭の老人が彼らを見ていた。老人が顎を動かしていたので、何かを食べているのだとライターは思った。

野菜畑の反対側には舗装していない道路があり、その少し向こうでソ連兵が五人がかりで大砲を引きずっていた。ライターたちはその五人を殺して走り続けた。ある者たちは道なりに走り続け、ほかの兵士たちは松林に入っていった。

林のなかで、ライターは落葉のなかに人影を見つけて立ち止まった。ギリシアの女神像だった。あるいは彼にはそう思えた。髪を束ね、背は高く、無表情だった。汗びっしょりになったライターは震え始め、手を伸ばした。大理石かただの石なのかは分からなかったが、冷たかった。木々の枝に隠れた場所は彫刻を置くにはふさわしくなかったので、像がこんなところにあるのは何やら奇妙だった。短くて苦しいその一瞬、ライターは像に何か尋ねるべきだと思ったが、何も思い浮かばず、彼の表情は苦悶に歪んだ。それからライターは走り始めた。

林を抜けたところは渓谷で、そこからは、海と港、そして海沿いの遊歩道のようなものが見え、道路沿いには樹木やベンチや白い家やホテルか療養所のような三階建ての建物が見えた。木々は大きく黒々としていた。丘のあいだからは燃え上がる家が見え、港では、ミニチュアのように小さな人々の一団が船に乗ろうとひしめいていた。空は抜けるように青く、海は波ひとつなく穏やかだった。左のほうではジグザグに下る道沿いに、彼の連隊の先頭が姿を現わすいっぽう、何人かのロシア兵が逃げていき、残りは両手を挙げて、黒ずんだ壁の魚倉庫の並びから出てきた。ライターと一緒にいた兵士たちは、五階建ての白塗りの新しい建物が二つ建っている広場に向かって丘を下った。広場に着くと、いくつかの窓から銃撃を受けた。兵士たちは樹木の陰に隠れたが、ライターはまるで何も聞こえなかったかのように、一方の建物のドアのところまで歩き続けた。壁一面には、老いた水夫が手紙を読んでいるところを描いた壁画が飾られていた。手紙の文面の何行かは鑑賞者にもはっきりと見えたが、キリル文字で書かれていたのでライターには分からなかった。床のタイルは大きくて緑色だった。エレベーターがなかったので、ライターは階段を上り始めた。最初の踊り場に着いたとき、銃撃を受けた。姿がちらりと見え、その後右腕に刺すような痛みを感じた。彼は上り続けた。ふたたび銃撃を受けた。彼は立ち止まった。出血はほとんどなく、痛みも我慢できる程度だった。きっと僕はもう死んだんだ、と彼は思った。その後、死んではいない、頭に撃ち込まれるまでは倒れてはだめだ、と彼は思った。部屋のひとつに向かっていき、ドアを蹴り飛ばした。テーブルがひとつ、椅子が四脚、皿がぎっしり詰まっていて、その上に本が何冊か積まれたガラスの食器戸棚がひとつ見えた。部屋には女が一人と小さな子供が二人いた。女はとても若く、怯えた目で彼を見た。何もしないよ、と彼は言い、後退しながら微笑もうとした。それから別の部屋に入ると、頭を丸刈りにした二人の軍人が両手を挙げて降伏した。ライターは彼らのことを見もしなかった。別の部屋からは、飢えているのか、あるいは少年院にいるような連中が出てきた。ある部屋で、開いた窓のそばで古いライフルを二丁見つけると、それを通りに放り投げ、仲間の兵士たちに撃つのをやめるよう合図を送った。

ライターが三度目に死にかけたのはそれから数週間後、セヴァストポリを攻撃したときのことだった。今回の進軍は撃退された。ドイツ軍が防衛線を張ろうとするたびに、街の砲兵隊は砲弾を雨あられと降らせた。街の郊外にあるロシア側の塹壕のそばでは、ドイツ兵とルーマニア兵のばらばらになった死体が山と積まれていた。幾度となく白兵戦になった。突撃大隊が塹壕まで達し、そこにロシアの水兵を見つけて、五分間戦ったのち、一方の軍が後退した。しかしその後、さらに多くのロシアの水兵が「万歳《ウラー》!」と叫びながら現われて、戦闘は再開された。ライターにしてみれば、その埃っぽい塹壕に水兵がいることは、自分を解放する不吉な予兆に満ちていた。奴らの一人に僕は殺されるだろう、間違いない。そして僕はもう一度、バルト海か大西洋か黒海の底に沈むのだ。結局のところ、あらゆる海はひとつの海で、海の底では海藻の森が僕を待っている。そうでなければ、僕はただ単に消える。それだけのことだ。

ヴィルケに言わせれば、それは気狂い沙汰だった。いったいどこからロシアの水兵が出てくるんだ？　ロシアの水兵が、奴らが本来いるべきところの海と船から何キロも離れたそんなところでいったい何をしているんだ？　シュトゥーカがロシア艦隊のあらゆる船を沈めてしまったとか、黒海が干上がっちまったわけじゃないだろうな、とヴィルケは夢想した。そんなことを彼はもちろん信じていなかった。だが、このことはライターだけに話した。ほかの兵士たちは、自分たちの見たことや自分たちに起きたことをすべて、当たり前のことのように受け入れていたのだ。ある攻撃ではナイツケと中隊の仲間が何人か死んだ。ある晩、塹壕でライターは思いきり背伸びをして星を眺め始めたが、彼の視線はどうしてもセヴァストポリのほうにそれていった。遠くに見える街は、赤い口をぱっくり開けたり閉じたりしている黒い塊だった。兵士たちはそれを骨の粉砕機と呼んでいたが、その晩、ライターにはそれが機械ではなく、神話的な存在の生まれ変わり、呼吸するのに苦労している生き物に見えた。レムケ軍曹は身を屈めるように命じた。ライターは高いところから彼を見下ろし、ヘルメットを脱いで頭をかき、もう一度ヘルメットをかぶろうとした寸前に撃たれた。崩れ落ちながら、もう一発の弾丸が自分の胸腔に撃ち込まれるのを感じた。レムケ軍曹の姿がぼんやりと見えた――次第に大きくなっていく蛾のようだった。そこから五十メートルほど離れたところに砲弾が数発落ちてきた。

二週間後、ライターは鉄十字勲章を授かった。ある大佐がノヴォセリフスケの野戦病院で彼に勲章を渡し、握手を求め、チェルノモルスキーとムィコラーイウでの彼の働きについて驚くべき報告書があると言って去っていった。ライターは、弾が喉を貫通していたため話すことができなかった。胸腔の傷はもう治りかけていた。その後まもなくクリミア半島からウクライナのクリヴィー・リフにあるもっと大きな病院に移され、そこで喉の手術をもう一度受けた。手術後、普通に食べたり、前のように首を動かしたりできるようになったが、話すことはできないままだった。

彼の治療にあたった医師は、ドイツに戻るよう賜暇を出すべきか、それとも、そのころセヴァストポリとケルチを包囲していた元の師団に戻らせるべきか迷った。冬が訪れ、ソ連側の反撃がドイツ戦線の一部を崩したため決定は遅れ、結局ライターはドイツに帰されることもなければ、自分の部隊に復帰することもなかった。

とはいえ、病院にずっと留まっているわけにもいかず、第七九師団の三人の負傷者とともにドニエプル河沿いのコステキノ村に送られた。そこはブジョンヌイ・モデル農場と呼ばれたり、ドニエプル河の支流である小川が流れていることで〈甘い小川〉とも呼ばれた。その川の水の甘さと清らかさはその地方では珍しかった。それはともかく、コステキノは村とさえ言えなかった。そこにあるのは、丘の麓に散らばっている何軒かの家、崩れかけた古い木の囲い、壊れかけた二つの穀物倉庫、そして列車が通る町に通じているが、冬になると雪と泥で通行できなくなる舗装されていない道だった。村のはずれには使われていないソフホーズがあり、五人のドイツ人がもう一度そこを再開させようとしていた。家屋のほとんどは空き家で、何人かが語ったところによれば、村人はドイツ軍の侵入前に逃げたとのことであり、別の証言によれば、村人は赤軍にむりやり徴集されたとのことだった。

最初の二、三日、ライターは、農場の事務所か、村で唯一の煉瓦とコンクリート造りの、共産党の本部だったかもしれない建物で眠ったが、コステキノに住んでいる数少ないドイツ人技術者や回復期の患者たちとの共同生活はたちまち耐えがたいものになった。そこで彼は、たくさんあるが誰も使っていない丸太小屋の一つに移ることにした。一見すると、丸太小屋はどれも同じに見えた。ある晩、煉瓦造りの家でコーヒーを飲んでいるとき、ライターは村人たちの姿が見えないことについて別の意見を耳にした――村人たちはむりやり軍に徴集されたのでもなければ逃げたのでもない。村が空っぽなのは、特別行動部隊《アインザッツグルッペ》Cの派遣部隊がコステキノを通り、村にいるユダヤ人を全員、物理的に排除したことが直接の原因なのだ。ライターは話すことができなかったので何も質問しなかったが、翌日はすべての家をさらに注意深く調べることに費やした。

どの家を見ても、前の住人の出自や宗教を示すような痕跡は見当たらなかった。結局、〈甘い小川〉のそばにある一軒に落ち着いた。そこで過ごした最初の夜、悪夢に襲われて何度も目が覚めた。しかしどんな夢を見たかは思い出せなかった。彼が眠っていたベッドは一階にあって、幅は狭かったがふわふわで、そばには暖炉があった。二階は屋根裏部屋のようなところで、そこにもベッドが一つと、船の丸窓のような小さなまるい窓があった。大きな箱に本が何冊か入っていて、ほとんどはロシア語だったが、何冊かは驚いたことにドイツ語の本だった。東ヨーロッパのユダヤ人の多くがドイツ語を話すことを知っていたので、やはりこの家に住んでいたのはユダヤ人だろうと彼は想像した。ときどき、夜中に悪夢を見て叫び声を上げ、目を覚ますと、ベッドの脇にいつも置いてある蠟燭を灯した。毛布をよけてベッドに座り、蠟燭の光のなかで踊る物体を眺めたり、何の救いもないと感じながら長いあいだじっとしていると、寒さで身体がだんだん凍えていった。ときどき、朝方に目が覚めたとき、横になったまま泥と藁でできた天井をじっと見つめながら、この家には、よく分からないがどこか女性的なところがあると思った。

すぐ近くに、コステキノ出身ではないが、古いソフホーズで働こうとやってきたばかりのウクライナ人が住んでいた。ライターが家を出るとき、そのウクライナ人たちは帽子をとってわずかに会釈をした。最初の数日、ライターは挨拶に応えもしなかった。だがその後、遠慮がちにではあるが、片手を挙げて、まるで別れを告げるように彼らに挨拶をするようになった。ライターは毎朝〈甘い小川〉に出かけた。ナイフで穴を掘り、鍋を沈めて水を汲むと、冷たくても気にせずその場で飲んだ。

冬が来ると、ドイツ人たちは皆、煉瓦造りの建物に閉じこもり、ときどき明け方まで酒盛りをした。彼らのことを思い出す者はなく、まるで前線の崩壊とともに彼らの存在も消えてしまったかのようだった。ときどき兵士たちは女を求めて外に出た。彼らのあいだで交わることもあったが、誰も何も言わなかった。ここは凍った楽園だ、と第七九師団の昔の仲間がライターに言った。ライターが何を言っているのかまったく分からないという顔をすると、彼はライターの背中を軽く叩き、哀れなライター、かわいそうに、と言った。

あるとき、ライターは丸太小屋の隅にある鏡で久しぶりに自分の姿を映してみたが、自分だと分かるのに時間がかかった。もつれた金色の髭が生えていて、髪は長く伸びて汚れ、目は乾いてうつろだった。何てことだ、と彼は思った。それから喉の包帯を外した。傷は癒えて悪化していないように見えたが、包帯は汚れ、血がこびりついて固くなっていたので、暖炉に捨てることにした。そのあと、包帯の代わりになるものを見つけようと家中を探し回っていたとき、ボリス・アブラモヴィッチ・アンスキーの手記と暖炉の後ろの隠し場所を見つけたのだ。

隠し場所はいたって単純だったが、いたって巧妙でもあった。料理用ストーブの役割も果たす暖炉には、人が屈んで入り込めるだけの広い入口と奥行きがあった。暖炉の幅は一目で分かるが、奥行きがどのくらいあるのかは、煤で汚れた壁が絶妙なカムフラージュになっていたので、外から見ただけでは分からなかった。入口の一番奥にある隙間、わずかな隙間だが人が座って膝を立てたまま、暗闇に紛れることのできる隙間があることは見た目では分からなかった。この隠れ場所が完璧に機能するには二人の人間が必要だ、とライターは丸太小屋の孤独のなかで考えた――一人がなかに隠れ、もう一人はスープ鍋を置いて暖炉に火を熾し、何度も火をかき立てるわけだ。

何日ものあいだ、この問いがライターの頭のなかを占めていた。それを解決すれば、人生やものの考え方、かつてボリス・アンスキーあるいはボリス・アンスキーがとてもよく知っていた人物を苦しめた絶望の度合いがもっとよく分かるだろうと思ったのだった。何度か暖炉のなかから火を熾そうとした。一度だけうまくいった。水の入った鍋をかけたり、サモワールを燃えさしのそばに置くのは不可能な作業だと分かったので、つまるところ、隠れ場所を作った人は、いつか誰かが隠れるときには別の誰かがそれを手伝うことを前提に作ったのだと結論を出した。救われる者と救う者、とライターは思った。生きる者と死ぬ者。夜が来たら逃げる者と、あとに残って犠牲になる者。ときどき、午後になると、ライターは隠れ場所にボリス・アンスキーの手記と蠟燭だけを持って入り、夜が更けるまでそこにいて、手足がしびれて身体が凍えてしまうまでずっとそれを読みふけっていた。

ボリス・アブラモヴィッチ・アンスキーは、一九〇九年、コステキノの、兵士ライターが今住んでいるその家で生まれた。村のほとんどの住民と同じく両親はユダヤ人で、ブラウスの行商で生計を立てていた。ドニプロペトロウシクや、ときおりオデッサで父親が卸値で買ったものを、その地方にある村ならどこでも売っていた。母親は雌鶏を育て、卵を売り、小さいながらもよく手入れされた畑があったので野菜を買う必要はなかった。ボリスは一人っ子だったが、聖書に出てくるアブラハムとサラのように歳がいってから生まれた子供だったので、両親は大喜びだった。

ときどき、アブラム・アンスキーは友達と集まると、そのことを冗談の種にして、自分の息子は甘やかされすぎているので、まだ小さいうちに生贄にすべきだったと思うことがあると言った。アブラム・アンスキーが次のように言って話をしめくくると、正統派のユダヤ教徒は眉をひそめるか、あるいは眉をひそめるようなふりをしたが、ほかの者たちは大声を出して笑った。でも息子を生贄にするかわりに、雌鶏を生贄にしたんだ、雌鶏だよ！　雌鶏！　羊でもなく長男でもなく、雌鶏だ！金の卵を産む雌鶏だよ！

十四歳のとき、ボリス・アンスキーは赤軍に志願した。両親との別れは感動的だった。最初に父親がさめざめと泣き出し、次いで母親が泣き始め、最後にボリスが両親の腕に飛び込んでやはり泣き出した。モスクワまでの旅は忘れがたかった。道中、彼は信じられないような顔をいくつも目にし、信じられないような会話か独白のようなものを耳にし、楽園の始まりを告げる信じられないような布告を壁に読んだ。地方一帯を父についてブラウスを売りに行った二度の旅を除けば、自分の村を出るのは初めてのことだったので、歩きながらであれ列車に乗ってであれ、道中に出会ったものはすべて、彼に鮮烈な影響を及ぼした。モスクワに着くと新兵の登録所へ行き、ヴランゲリとの戦いに志願しようとしたが、ヴランゲリはもう敗北したと言われた。そこでアンスキーはポーランドとの戦いに志願したいと言ったが、ポーランドはもう負けたと言われた。そこでアンスキーはクラスノフかデニーキンと戦いたいと叫んだが、デニーキンもクラスノフももう敗れたと言われた。そこでアンスキーは、それなら白系コサック人かチェコ人かコルチャークかユデーニチか連合軍を相手に戦いたいと言ったが、彼らは全員敗北したと言われた。お前の村はニュースが届くのが遅いんだな、と彼らは言った。そしてこう言った。坊や、お前はどこの出身なんだい？　アンスキーはドニエプル河沿いのコステキノだと答えた。するとパイプをふかしていた年老いた兵士が名前を尋ね、ユダヤ人かと尋ねた。アンスキーは、そうです、ユダヤ人ですと答えて老兵の目を見た。そのとき初めて、彼が片目で腕が一本ないことに気がついた。

「俺にもユダヤ人の仲間がいたな。ポーランド遠征のときだ」

と老人は煙を吐きながら言った。

「その人の名前は?」とアンスキーは訊いた。「知り合いかもしれません」

「お前はソビエトにいるユダヤ人を全員知ってるのかい、坊や?」と片目で片腕の老兵は訊いた。

「いえ、そんなわけありません」とアンスキーは赤くなりながら言った。

「ドミトリー・ヴェルビツキーという名前だった」と片目の男は自分のいる隅のほうから言った。「ワルシャワから百キロのところで死んだよ」

それから片目の老兵は身体をもぞもぞ動かし、首元までマントにくるまるとこう言った。俺たちの司令官はコロレンコという名前で、彼も同じ日に死んだのさ。すると、超音速の速さでアンスキーはヴェルビツキーとコロレンコの姿を思い描き、コロレンコがヴェルビツキーをからかっているのが見え、コロレンコがヴェルビツキーの陰口を言っているのが聞こえ、ヴェルビツキーの夜の思考に、コロレンコの欲望に、二人の曖昧でうつろいやすい希望に、彼らの確信と乗馬に、彼らが去っていった森と彼らが越えていった氾濫原に、夜の野外の騒音と、兵士たちが朝ふたたび馬に乗る前に交わす理解不能な会話に入り込んだ。村々と農地が見え、いくつかの教会と地平線に巻き上がるぼんやりとした噴煙が見え、ついに二人が、ヴェルビツキーとコロレンコが死んだ日、完全に灰色の日、まったくの灰色で、絶対的な灰色で、まるで一千メートルの長さの雲がその土地を止まることなく永遠に通り過ぎていくかのような灰色の日にたどり着いた。

一秒と続かなかったその瞬間、アンスキーは兵士になどなりたくないと思ったが、まさにその瞬間、登録所の下士官が用紙を一枚彼に渡し、サインするようにと言った。すると彼はもう兵士だった。

続く三年間は遠征の連続だった。シベリアと、ノリリスクの鉛鉱山に行き、石炭の鉱床を探してオムスクから来た技術者を護衛しながらツングースカ河流域を巡り、ヤクーツクからレナ河を北極海まで北上し、北極圏を越え、技術者と神経科医の一団に同行してノヴォシビルスク諸島の島々まで行き、そこで二人の技師が発狂した。一人は穏やかな種類の狂人だったが、もう一人は危険な種類の狂人だったので、神経科医の指示でその場で始末しなければならなかった。医師の説明によれば、その類の狂人は手の施しようがなく、あの目のくらむような、頭を混乱させるような真っ白な風景のただなかにいるのではなおさらだった。その後、彼はオホーツク海で行方不明になった探検隊に糧食を運ぶ補給部隊に同行したが、補給部隊も数日後に行方不明になり、結局、探検隊のための備蓄は彼らが食べた。その後ウラジオストクの病院に行き、その後アムール河に、その後無数の鳥が飛来するバイカル湖畔を見、そしてイルクーツクの街を見、最後にカザフスタンで盗賊を追ったあと、モスクワに戻って別のことに従事した。

そしてこの別のこととは、読書をして美術館巡りをし、読書をして公園を散歩し、読書をして偏執狂的なまでにあらゆる類のコンサートや演劇の集い、文学や政治絡みの講演会に足を運ぶことであり、これまでに蓄積してきた経験に応用することができる有益な教えをそこから数多く引き出した。そしてエフライム・イワノフと知り合ったのもこのころのことで、そのSF作家とはモスクワの文学カフェのなかでも最高の文学カフェ、というか実際にはそのカフェのテラスで出会ったのだった。離れた席にいたイワノフは建物の三階にまで届く巨大なオークの木の枝の下でウォッカを飲んでいて、二人は友達になった。そのわけは、ひとつにはアンスキーの一風変わった考えにイワノフが興味を覚えたからで、もうひとつは少なくともそのとき、アンスキーがそのSF作家の作品に無条件かつ無制限に賞賛の意を示したからだった。イワノフは、自分の作品を分類するための公式かつ世間的な呼び名として、幻想作家と呼ばれるよりもSF作家と呼ばれるのを好んでいた。当時アンスキーは、革命はたちまち世界中に広まるだろう、なぜなら革命がもたらす進歩や幸福の可能性を見通したり直観的に感じたりすることができないのは愚か者かニヒリストだけだからだと考えていた。最終的に、とアンスキーは思った。革命は死を廃止するだろう。

イワノフが、それは不可能だ、死というものは記録にないほどの大昔から人間とともにあったのだからと言うと、アンスキーは、そう、まさにそのことなんです、そのことこそが肝心なんです、と答えた。死を廃止する、死を永遠に廃止する、未知のものに身を沈めて別の何かを見つけようとすることが、と彼は言った。廃止、廃止、廃止。

イワノフは一九〇二年から党員だった。当時はトルストイやチェーホフ、ゴーリキーのように書こうと、つまり彼らを剽窃しようとして短篇小説を書いていたが、大して成功しなかったので、しばらく考えたのち（ある夏の夜、一晩中）、オドエフスキーとラジェーチニコフのように書くという狡猾な結論に至った。オドエフスキーが五〇パーセント、ラジェーチニコフが五〇パーセント。結果はまずまずだった。ひとつには、読者が読者につきもののあの記憶力の欠如ゆえに哀れなオドエフスキー（一八〇三年に生まれ、一八六九年に死んだ）と哀れなラジェーチニコフ（一七九二年に生まれ、オドエフスキーと同様一八六九年に死んだ）のことを忘れていたからで、またひとつには、毎度鋭い文芸批評はそうしたことを推測することもなければ、模倣した作家とのつながりを指摘することもなく、何も気づかなかったからである。

一九一〇年、イワノフは大作を期待される前途有望な作家と呼ばれるようになっていた。だが、模倣するひな型としてオドエフスキーとラジェーチニコフはもはや可能性がなく、イワノフの創作は立ち往生したというか、見方によっては沈没してしまい、瀕死の状態で試みた新しい混成物——ホフマン好きのオドエフスキーとウォルター・スコットのファンであるラジェーチニコフをゴーリキーという人気上昇中のスター作家と混ぜ合わせた——でさえも彼を救い出すことはできなかった。自分の物語はもう誰の興味も惹かないのだと彼は認めざるをえず、彼の経済状態と、そして何より彼の誇りに大きな打撃を与えた。

十月革命が起きるまで、イワノフは科学雑誌や農業雑誌の校正者として、電球販売人や弁護士事務所の助手として散発的に働きながら、党の仕事を怠ることもなく、パンフレットの編集や印刷から用紙の手配、志を同じくする作家や旅に出ている仲間との連絡係まで務め、やるべきことを事実上すべてこなしていた。そしてそれをすべて不平ひとつこぼさず、昔からの習慣——モスクワのボヘミアンが集う酒場に毎日通い、ウォッカを毎日飲む——を変えることなくやり遂げた。

革命の勝利によって、彼の作家としての将来性や労働環境が改善されることはなく、むしろ逆だった。仕事は二倍に増え、往々にして三倍になり、ときには四倍になることもあったが、イワノフは不平も言わずに職務を遂行した。ある日、一九四〇年のロシアの生活を描いた物語を書いてくれないかと依頼された。イワノフは三時間で自身初のSF短篇を書き上げた。『ウラル山脈鉄道』というタイトルで、平均時速二百キロの鉄道に乗って旅をする少年が眼前を過ぎていくものを自分の声で物語るという内容だった——輝く工場、よく耕された農場、十階以上の高さの建物が二つか三つ建っている新しいモデルとなる村、そこを外国からやってきた陽気な代表団が訪問し、あとで自分たちの国で応用するためにそこで成し遂げられた進歩をしっかりと書き留めるのだった。『ウラル山脈鉄道』のなかで旅をする少年は祖父を訪ねるところだった。その祖父というのが赤軍の元兵士で、勉学にはふさわしくない年齢になって大学を卒業したあと、謎めいた複雑な調査に従事する研究所を指揮していた。明らかにもっと高齢であるはずなのに四十歳にも見えないような精力的なタイプの祖父に手を引かれて駅を出たとき、祖父は最近成し遂げられたいくつかの進歩について少年に話したが、所詮子供だった孫は、革命のことや白系や外国の介入との戦いの話をしてほしいとせがみ、所詮老人だった祖父は喜んでそうした。それだけの話だった。読者からの反応は、ひとつの事件と言えるほどだった。

最初に驚いたのは作者自身だったと言わねばなるまい。次に驚いたのは編集長で、彼は校正用に鉛筆を片手に短篇を読んだが、大した作品だとは思えなかった。雑誌の編集部には読者からの手紙が何通も届き、あの「無名のイワノフ」、あの「有望なイワノフ」、「未来を信じている作家」、「我々が勝ち取ろうとしている未来が間違っていないと思わせてくれる作者」の作品をもっと載せてほしいと書かれていた。手紙はモスクワやペトログラードからばかりでなく、はるか遠方の辺境にいて、祖父の姿に自らを重ね合わせた現役の兵士や政治活動家たちからも送られてきたので、弁証法的かつ方法論的かつ唯物論的ではあるが、少しも教条的ではないマルクス主義者で、善きマルクス主義者として、マルクスだけでなくヘーゲルとフォイエルバッハ（そしてカントさえ）も学び、リヒテンベルクを再読したときには心から笑い、モンテーニュとパスカルを読んだことがあり、フーリエの著作にも深い見識をもつ編集長は眠れなくなった。これまで雑誌に載せてきた幾多の優れた原稿のなかで（あるいは誇張せずに言えば、いくつかの優れた原稿のなかで）、このあまりに感傷的で科学的根拠を欠いた物語がソ連の市民たちをもっとも感動させたという事実が、彼にはどうしても信じられなかった。

何かが間違っている、と彼は思った。当然ながら、編集長の眠れぬ夜はイワノフの栄光とウォッカの夜で、イワノフは最初の成功を、まずはモスクワの最低レベルのぼろ家で、その後作家協会で祝うことにし、後者では、ヨハネの黙示録に出てくる四騎士のような四人の友人と夕食を囲んだ。それ以来、イワノフが依頼されるのはSFの短篇ばかりになり、彼は言ってみれば何気なく書いた最初の短篇を吟味して、その形式に変化をつけながらくり返し利用した。変化というのは、ロシア文学、化学、生物学、医学、天文学のいくつかの刊行物の豊かな財産から引っ張ってきたもので、彼はそうした資料を自分の部屋に、まるで高利貸が不払いの約束手形や信用状、期限切れの小切手を積み重ねるように積み上げていた。こうして彼の名前はソビエト連邦の隅々にまで知れ渡り、彼はやがて職業作家として自立した。すなわち、自分の本がもたらす収入だけで暮らし、大学や工場で催されるシンポジウムや講演会に出席し、彼の作品を文芸誌や新聞がこぞってほしがるという立場を得たのだ。

しかし、あらゆる物事は古びるもので、輝かしい未来という形式も、その輝かしい未来をつくるのに貢献したヒーローという形式も、（イワノフの物語では現在である）未来にそのあらゆる豊かさと共産主義の創造力を享受している少年（あるいは少女）という形式も古びた。アンスキーがイワノフと知り合ったころにはイワノフはすでにベストセラー作家ではなく、彼の小説や短篇はわざとらしいか耐えがたい代物だと大方の人に見なされていて、かつての熱狂をかき立てることはなくなっていた。だがイワノフは書き続け、出版し続け、自分の牧歌的な世界観によって毎月の収入を得ていた。彼の名前はソビエトの芸術家の公式リストに記載されていた。見たところは幸福な独身男であって、モスクワの高級地区の一軒家に広くて快適な部屋を持ち、もうそれほど若くない娼婦をときどき呼んで夜を過ごし、最後は女たちと歌って涙を流し、週に四度は作家や詩人の集うレストランで食事をしていた。

だが心のなかで、イワノフは何かが足りないと感じていた。

決定的な一歩、大胆な一撃。おざなりな微笑みを浮かべながら幼虫が蝶に変身する瞬間。そのとき若きユダヤ人アンスキーが現われた。彼には、途方もないアイデアとシベリアの幻影と呪われた土地への侵入と十八歳の若者だけがもちうる豊富で放埒な経験があった。イワノフもかつて十八歳だったことがあったが、アンスキーが語ったようなことは一度も経験したことがなかった。たぶん、とイワノフは思った。奴はユダヤ人で俺は違うからだ。彼はすぐにその考えを捨てた。たぶん奴が無知だからだ、とイワノフは思った。直情的な性格だからだ。人生を、ブルジョア的な人生をもつかさどる規範を軽蔑しているからだ、とイワノフは思った。そのあと、若手芸術家や似非芸術家が近くで見るとどれほど不快な存在であるかということについて考え始めた。マヤコフスキーのことを考えた。イワノフは彼を直接知っていて、一度か、たぶん二度は話したことがあり、彼の並はずれた虚栄心のことを、隣人愛の欠如や隣人への無関心、途方もない名声欲を内に秘めているらしい虚栄心のことを考えた。そのあと、映画スターかオペラ歌手のように称えられるレールモントフとプーシキンのことを考えた。ニジンスキー。グーロフ。ナドソン。ブローク（直接の知り合いだが耐えがたい奴だった）。芸術にとっては邪魔者だ、と彼は思った。奴らは自分たちが太陽ですべてを焼きつくしていると信じ込んでいるが、太陽ではない、ただ放浪する流星でしかなくて、奴らのことなど本心では誰も気にかけていない。辱めを与えてはいるが、焼きつくしてはいない。そして最後に辱めを受けるのはつねに彼らだが、そのとき彼らは本当に辱めを受け、踏みつけられ、唾を吐きかけられ、罵られ、不具にされ、徹底的に辱められ、懲らしめとなるように、たっぷり辱めを受けるのだ。

イワノフにとって真の作家、真の芸術家、創造者とは、そもそも、責任感があり、ある程度成熟している者のことだった。真の作家とは、いつ耳を傾け、いつ行動すべきかを知っていなければならなかった。それなりに日和見主義者であり、それなりに教養がなければならなかった。教養がありすぎると嫉妬や恨みを買う。日和見が過ぎると疑いを招く。真の作家とはそれなりに穏やかで、常識が備わっている人間でなければならなかった。大声で怒鳴ったり論争をけしかけたりしない。それなりに好感がもてて、余計な敵を作らずにいられる人物である。とりわけ、周りが声を張り上げないかぎり、声を張り上げたりしない。真の作家は、自分の背後に、作家協会、芸術家組合、文学労働者連盟、詩人協会が控えていることを知っておかなければならない。教会に入ったときに最初にすることは何だ？　とエフライム・イワノフは自問した。帽子を脱ぐ。十字は切らなくてもいいとしよう。そうだ、十字は切らない。我々は現代人だ。だがせめて帽子を脱ぐことくらいはできる！　だが若手作家たちときたら、教会に入るとき、たとえ最後には嘆かわしくも叩きのめされることになるというのに帽子を脱がない。しかも帽子を脱がないだけではない。笑い声を上げ、欠伸をし、ふざけ合い、屁をひる。拍手する奴までいる。

しかし、アンスキーが提供しなければならなかったものはあまりにも魅力的だったので、イワノフはしぶしぶながらそれを受け入れないわけにはいかなかった。その協定はどうやらSF作家の部屋で結ばれたらしい。

一か月後、アンスキーは党の一員になった。保証人はイワノフと、イワノフの元愛人で、モスクワの研究所で生物学者として働いているマルガリータ・アファナシエヴナだった。アンスキーの手記では、その日は結婚式になぞらえられている。作家たちのレストランでお祝いし、その後アファナシエヴナを引っ張ってモスクワの場末の酒場をはしごした。その夜さんざん飲んだ彼女はあやうく昏睡状態になりかけた。ある酒場でイワノフと彼らに合流した二人の作家が、失われた愛だの、もう二度と見つめ合うことのない眼差しだの、もう二度と聞くことのない優しい言葉だのと歌っているあいだ、アファナシエヴナは目を覚まし、とても小さな手でアンスキーのペニスと睾丸をズボンの上から摑んだ。

「あんたもいよいよ共産主義者というわけね」と彼女は彼の目を見ずに言うと、臍と首のあいだの漠然とした一点に視線を釘付けにした。「そこを固くしておかなきゃだめよ」

「本当?」とアンスキーは尋ねた。

「からかわないで」とアファナシエヴナのろれつの回らない声が言った。「あんたが誰だか分かってるわ。一目であんたが何者か分かったの」

「俺は何者?」とアンスキーは尋ねた。

「自分の欲望と現実を取り違えてるユダヤ小僧」

「現実っていうのは」とアンスキーはささやいた。「ときどき欲望そのものだ」

アファナシエヴナは笑った。

「それ、どうやって料理するの?」と彼女は言った。

「火から目を離さずにさ、同士」とアンスキーはささやいた。「たとえば、ある種の人たちを注意して見るんだ」

「誰?」

「病人だよ」とアンスキーは言った。「たとえば結核患者だ。医者からすれば、彼らは死にかけていて、それに議論の余地はない。だけど結核患者からすれば、ある夜、とりわけ長く感じるある夕暮れ時には、欲望は現実であり、その反対でもある。あるいは不能の男たち」

「何が不能なの?」とアファナシエヴナはアンスキーの性器を放さずに言った。

「性的不能だよ、もちろん」とアンスキーはささやいた。

「やだ」アファナシエヴナは叫び声を上げてせせら笑った。

「性的不能者というのは」とアンスキーはささやいた。「結核患者とだいたい同じ悩みを抱えていて、連中は性欲を感じている。時とともに現実に取って代わるだけじゃなくて、現実を圧倒する性欲」

「ねえ」とアファナシエヴナは尋ねた。「死んだ人も性欲を感じるの？」

「死者は感じない」とアンスキーは言った。「でも生ける屍には性欲がある。シベリアにいたとき、性器をもがれた猟師と知り合った」

「性器ですって？」アファナシエヴナはふざけるように言った。

「ペニスと睾丸だ」とアンスキーは言った。「ストローを使って小便をしていたよ、腰かけたり馬乗りになるみたいにひざまずいたりして」

「もういいわ」とアファナシエヴナは言った。

「ともかく、この男はもう若くもなかったんだが、週に一度、どんな天気の日でも自分のペニスと睾丸を探しに森に行ってたんだ。雪にはまっていつか死ぬに違いないって誰もが思っていたが、奴は必ず村に帰ってきた。ときには何か月も留守にすることがあって、いつも同じ報告を持って帰ってきたよ。見つからなかったとね。ある日、もう探しに行くのをやめにした。突然老け込んだように見えた。五十歳くらいのはずだったが、一夜にして八十歳くらいになってしまったみたいにね。俺の分遣隊は村をあとにした。四か月後にまたそこを通ったとき、自分のナニがない男がどうなったか訊いてみた。なんでも、結婚して幸せに暮らしているということだった。仲間の一人と俺は一目会いたかった。また森に長く逗留する準備をしている彼を見つけた。見かけはもう八十歳じゃなくて五十歳だった。いや五十歳にも見えなかったかもしれない。目や唇や、顎とか、顔の一部は四十歳に見えた。二日後に出発するとき、俺は思った。その猟師は自分の欲望で現実を圧倒することができた、そのことが何らかの形で、彼の周囲、村、村人たち、森、雪、失われたペニスと睾丸を変貌させたんだ、とね。彼が凍りついた針葉樹の林に囲まれて両足を思いっきり開いて、ひざまずいて小便をしている姿が目に浮かんだ。ナップザックに罠を詰めて、北に向かって、白い砂漠に向かって、白い強風に向かって、俺たちが運命と呼ぶものに気づきもしないで歩いていく彼の姿が目に浮かんだ」

「素敵な話じゃない」アファナシエヴナはアンスキーの性器から手を放しながら言った。「残念だけどわたし、歳をとりすぎて、いやっていうほどいろんなことを見てきたせいで、そんな話は信じられないわ」

「信じるかどうかじゃない」とアンスキーは言った。「理解するかどうかだ、そうすれば変わる」

その瞬間からアンスキーとイワノフの人生は、少なくとも見かけの上では異なる針路を進んだ。

若きユダヤ人は猛烈に活動した。たとえば一九二九年、二十歳のとき、モスクワ、レニングラード、スモレンスク、キエフ、ロストフで雑誌の創刊に参加した（彼の原稿はそのどれにも載らなかった）。彼は「架空の声の劇場」の創設メンバーとなった。フレーブニコフの遺作を出版するよう出版社にかけ合った。陽の目を見なかった新聞の記者として、トゥハチェフスキー、ブリュヘル両将軍にインタビューを行なった。マリヤ・ザミャーチナという、彼より十歳年上の女医で、党の幹部の妻を愛人にした。グリゴリー・ヤコヴィンというドイツ現代史の傑出した専門家と友情を結び、彼とはドイツ語とイディッシュ語について通りを歩きながら長々と語り合った。ジノヴィエフと知り合った。トロツキーの追放についての奇妙な詩をドイツ語で書いた。やはりドイツ語で『エフゲーニヤ・ボッシュの死に関する考察』という箴言集を著した。これはボリシェビキの幹部エフゲーニヤ・ゴトリボヴナ（一八七九―一九二四）の別名で、ピエール・ブルーエは彼女について以下のように述べている。「一九〇〇年に入党。一九〇三年にボリシェビキ。一九一三年に逮捕、流刑。一九一五年に脱獄してアメリカ合衆国に亡命、ピャタコフとブハーリンとともに活動し、国家の問題をめぐってレーニンと対立。二月革命ののち帰国、キエフ蜂起と内戦では指導的役割を果たす。四十六人の声明に署名。抗議のため一九二四年に自殺」。そして、フィンランド共産党の創設者の一人で、おそらく指導部の内紛によって同志に殺害されたイヴァン・ラジア（一八八七―一九二〇）を讃美する、粗野な、破格の語法に満ちた詩をイディッシュ語で書いた。未来派を読み、遠心分離派を読み、写象主義を読んだ。聖書とプラトーノフの初期の短篇を読み、ボリス・ピリニャーク（少しも好きになれなかった）とアンドレイ・ベールイを読んだ。ベールイの『ペテルブルク』には夢中になり、四日間徹夜した。「無」という単語で始まり、「無」という単語で終わる、文学の未来についての評論を書いた。同じ時期にマリヤ・ザミャーチナとの関係がこじれた。彼女には愛人がもう一人いて、その男は肺病の専門医で、結核を治す医者だったのだ！ ほとんどをクリミアで過ごし、マリヤは彼のことを、髭のない、白衣を着たキリストの生まれ変わりであるかのように説明し、一九二九年にアンスキーが見る夢にその白衣がふたたび登場するだろう。彼はモスクワ図書館で熱心に働き続けた。ときどき思い出しては両親に宛てて手紙を書いた。両親は愛情と郷愁と励ましをこめた返事を書き送り、ドニエプル河のかつての肥沃な大地にはびこる飢えと窮乏についてはいっさい触れなかった。一九一八年に『作家たちへの演説』を書き、一九一九年にミュンヘン・ソビエト共和国に参加して処刑されたグスタフ・ランダウアーというドイツの作家の最後の日々に基づく『ランダウアー』と題されたユーモラスで奇妙な小品を書く時間もあった。同じ一九二九年に出版されたばかりの小説、アルフレート・デーブリーンの『ベルリン・アレクサンダー広場』を読み、比類ない記念すべき傑作だと思った彼は、駆り立てられるようにしてデーブリーンの別の本を探し、モスクワ図書館で『王倫の三跳躍』(一九一五)、『ヴァツェック、蒸気タービンと戦う』(一九一八)、『ヴァレンシュタイン』(一九二〇)、『山・海・巨人』(一九二四)を見つけた。

アンスキーがデーブリーンを読んだり、トゥハチェフスキーにインタビューしたり、マリヤ・ザミャーチナとモスクワのペトロフ通りの自分の部屋でセックスしているころ、エフライム・イワノフは彼にとって最初の偉大な小説を出版し、その小説は彼に天国への扉を開いた。いっぽうで彼は読者の忠誠を取り戻し、もういっぽうでは、自分と同類だと見なしていたあの連中、作家たち、才能のある作家たち、トルストイとチェーホフの火を守っているあの連中、プーシキンの火、ゴーゴリの火を守っているあの連中が突然彼に注目し、初めて本当に彼に目を向け、彼を受け入れてくれて、イワノフは初めて彼らからの尊敬を勝ちえたのだった。

その当時、モスクワにはまだ完全に落ち着いてはいなかったゴーリキーは、イワノフに宛てて、イタリアの消印が押された手紙を書き送った。そこには創始者が上から訓戒を垂れるような雰囲気が認められたが、一読者からの親愛と感謝の念もまたひしひしと感じ取れた。

あなたの小説のおかげで、と彼は書いていた。私は……とても楽しい時間を過ごせました。あなたの本には……信仰、希望があるのです。あなたの想像力が……硬直しているなどとは言うべきでない。いや……絶対に言うべきではない。……ソビエトのジュール・ヴェルヌだと言う人たちもすでにいます。しかしよく考えてみれば、あなたは……ジュール・ヴェルヌよりも優れている。もっと……成熟した作家だ。……革命的な直観に導かれた作家だ。もっと……偉大な作家だ。ましてや……共産主義者であるとすれば。だが……ソビエト人としてはっきり言いましょう。プロレタリア文学は……今日の人間に語りかける。おそらく……未来にしか解決されないであろう問題をあらわにする。しかしそれは……未来の労働者ではなく……現在の労働者に向けられている……あなたがこれから書く本のなかであなたはこのことに……留意すべきではないでしょうか。

伝えられているように、スタンダールが『パルムの僧院』についてバルザックが書いた批評を読んで踊り出したのなら、イワノフはゴーリキーから手紙を受け取った嬉しさにとめどなく涙を流した。

満場一致の喝采で迎えられたその小説は『日没』といい、筋立てはきわめて単純だった——十四歳の少年が家族を捨てて革命軍に入る。すぐにヴランゲリの軍と戦う。戦闘の最中に少年は負傷し、仲間は彼を死んだものと思い去っていく。だがハゲワシが死体を餌にする前に宇宙船が戦場に降りてきて、致命傷を負ったほかの兵士と一緒に彼を連れ去る。その後、宇宙船は成層圏に突入し、地球の周囲を回り始める。怪我人たちは皆たちまち回復する。それから、とても痩せていてとても背の高い、人間というよりは海藻によく似た生物が、彼らに以下のような質問を投げかける。星はどのようにしてつくられたのか？　宇宙はどこで終わり、どこで始まるのか？　もちろん一人として答えられない。神が星をつくり、宇宙は神が望む場所で始まって終わります、と誰かが言う。その男は宇宙に放り出される。ほかの者は全員眠らされる。十四歳の少年が目を覚ますと、みすぼらしいベッドと、みすぼらしい自分の服が掛かっているみすぼらしいクローゼットのあるみすぼらしい部屋にいる。窓辺に行き、ニューヨークの都会の光景に目を見張る。しかし大都市での少年の冒険は、不運続きだった。ジャズ・ミュージシャンと知り合い、言葉をしゃべり、たぶん考えることもできる鶏の話を聞かされる。

「最悪なのは」とミュージシャンは言う。「地球の政府はそのことに気づいていて、そのせいで鶏の飼育場がたくさんあることだ」

鶏は食べるために飼育されている、と少年は反論する。ミュージシャンはそれこそ鶏が望んでいることだと答える。そしてこう結ぶ。

「くそったれのマゾヒスト鶏どもめ。奴らは俺たちの指導者のタマを押さえてるのさ」

少年はストリップ劇場で催眠術師をしている娘とも知り合い、恋をする。彼女は若者より十歳年上、つまり二十四歳で、彼を含めて愛人が何人かいるが、恋愛をすると催眠術師としての力が弱まってしまうと思っていたので誰とも恋をするつもりはない。ある日娘はいなくなり、少年は探し回るが見つからず、パンチョ・ビジャの部下だったメキシコ人探偵を雇うことにする。探偵には一風変わった持論がある――同時に存在している複数の宇宙にたくさんの地球があると信じていたのだ。催眠術を通じて人は複数の地球にアクセスできる。探偵に金を騙し取られていると思った少年は、捜索に同行することにする。ある晩、路地で叫び声を上げているロシア人の乞食に出会う。乞食はロシア語で叫んでいて、少年だけに彼の言葉が分かる。乞食はこう言っている――俺はヴランゲリの兵士だった、少しは敬意を払ってもらいたいね。俺はクリミアで戦った。セヴァストポリでイギリス船に乗って撤退したんだ。そこで少年は乞食に、自分が負傷した戦闘にいたかどうかを問いただす。乞食は少年を見て、そうだと言う。僕もだ、と少年は言う。そんなわけがない、と乞食は答える。二十年も前のことだぞ、お前はまだ生まれてもいない。

その後、少年とメキシコ人探偵は催眠術師を探しに西へ向かう。二人はカンザスシティで彼女を見つける。少年は彼女に、自分に催眠術をかけて、自分が死ぬはずだった戦場にもう一度戻してほしい、そうでなければ、自分の愛を受け入れて、もう逃げないでほしいと言う。催眠術師はどちらもできないと答える。メキシコ人探偵は催眠術に興味をもつ。探偵が催眠術師にある話を聞かせているあいだ、少年は沿道の酒場を出て夜空の下を歩き始める。少しして彼は泣くのをやめる。

少年は何時間も歩く。あらゆるものからすっかり遠ざかってしまうと、道端に影がひとつ見える。海藻のような形をした宇宙人だった。互いに挨拶する。言葉を交わす。会話はしばしば通じない。話題はさまざまだった――外国語について、国定記念碑について、カール・マルクスの最後の日々について、労働者の連帯について、地球の時間と星の時間で計測される変化の時について、舞台装置としてのアメリカ大陸の発見について、ドレが描いたような仮面の底知れぬ空虚について。その後、少年は宇宙人のあとについて道路を離れる。二人は小麦畑を歩き、小川を渡り、丘を登り、種をまいた畑を横切り、煙のくすぶる牧場にたどり着く。

次の章では彼はもう少年ではなく二十五歳の若者で、モスクワの新聞社で働き、花形記者になっている。若者は中国のどこかで共産党の指導者にインタビューする任務を与えられる。とてつもなく苛酷な旅になるぞ、と彼は警告される。北京に着いたら状況は危うくなっているかもしれない、中国人指導者の声明が外に公開されるのを嫌がる者は多いからな。こうした警告にもかかわらず若者は任務を引き受ける。次から次へと悲惨な目に遭ったのち、若者はついに中国人指導者が潜んでいる地下室にたどり着く。そのとき若者はインタビューをするだけでなく、彼の国外脱出にも手を貸そうと決意する。蠟燭の明かりに照らされた中国人指導者の表情はパンチョ・ビジャ配下の兵士だったメキシコ人探偵とそっくりである。中国人指導者とロシア人の若者は、ほどなくして地下室の不潔さのせいで同じ病に罹る。発熱し、汗をかき、しゃべり、うわごとを言い、中国人指導者は北京の街路を龍が低く飛んでいるのが見えると言い、若者のほうは戦闘が、たぶんただの小競り合いが見えると言い、万歳《ウラー》と叫び、仲間に攻撃を続けさせる。その後、二人はまるで死体のようにしばらく動かなくなり、脱出の日が来るまで耐え抜く。

二人とも三十九度の熱があったが、北京を横断し、脱出する。平原で二頭の馬と食糧が彼らを待っている。中国人指導者は馬に乗ったことがない。若者が乗り方を教える。旅の途中、二人は森を、そして巨大な山並みを越える。空に瞬く星々のきらめきは超自然的なほどだ。中国人指導者は自問する――星はどのようにしてつくられたのだろう？　宇宙はどこで始まりどこで終わり、どこで始まるのだろう？　若者がそれを聞いて、傷跡がまだ痛む脇腹の怪我を、暗闇を、旅をぼんやりと思い出す。催眠術師の目も思い出すが、彼女の表情は隠れていてころころ変わる。目を閉じれば、もう一度彼女に会えるだろう、と彼は思う。だが彼は目を閉じない。中国人と若者は雪に覆われた広大な平原に入っていく。馬は雪に足をとられる。中国人は歌う。星はどのようにしてつくられたのだろう？　限りない宇宙のただなかにいる我々は何者なのだろう？　我々に関して残るものは何なのだろう?

突然、中国人が落馬する。ロシア人の若者が中国人を診る。中国人は燃えている人形のようだ。ロシア人の若者は中国人の額に手を当て、それから自分の額に手を当て、熱が自分たち二人を焼きつくそうとしていることを知る。苦労して中国人を馬の背にくくりつけ、ふたたび出発する。雪に覆われたその平原はしんと静まり返っている。夜と、天空にかかる星々の歩みは終わる気配を見せない。遠くでは、巨大な黒い影が暗闇にさらに重なり合っているように見える。それは山脈だった。ロシア人の若者の頭のなかでは、数時間のうちに雪に覆われた平原で、あるいは山を越えている最中に死ぬ可能性が現実味を帯びてくる。内なる声が、目を閉じろ、もし目を閉じれば催眠術師の目が、そして愛しい顔が見えてくると言う。その声は、もし目を閉じればニューヨークの街路に戻れる、もう一度催眠術師の家に向かって歩いていける、その家の暗がりで彼女は肘掛け椅子に座ってお前を待っていると言う。だがロシア人は目を閉じたりせず、馬に乗って進み続ける。


『日没』を読んだのはゴーリキーだけではなかった。他の有名な人々も読んだ。その誰も作者に賞賛の念を伝える手紙を送ったりはしなかったが、彼らは有名だったばかりでなく記憶力もよかったので、作者の名前を忘れることはなかった。

アンスキーは目のくらむようなある種の高まりのなかで四人の名前を引いている。スタニスラフ・ストルミリン教授はそれを読んで当惑を感じた。作家のアレクセイ・トルストイはそれを読んで支離滅裂だと感じた。アンドレイ・ジダーノフはそれを読んで半分で放り出した。そしてスターリンはそれを読んで疑念を感じた。もちろん、善きイワノフの耳にこうしたことはひとつも届かず、彼はゴーリキーの手紙を額に入れて、日ごとに増えていく訪問者たちからよく見える壁に掛けておいた。

その間、彼の生活は大きく変化した。モスクワ郊外に別荘を与えられた。地下鉄では何度かサインを頼まれた。作家の集うレストランでは毎晩彼のためにテーブルをとっておいてくれた。彼と同じくらい有名な同業者たちとヤルタで休暇を過ごした。ああ、ヤルタの〈赤い十月ホテル〉(かつてはイギリスとフランスのホテルだった)の夜の集いの楽しかったこと!　黒海を臨む広々としたテラスで、オーケストラ〈青いヴォルガ河〉の奏でるメロディが遠くに聞こえ、見上げれば無数の星がきらめく暖かい夜、売れっ子の劇作家は機知あふれるフレーズを口にし、職人的小説家がまたとない名言でそれに応えた。あのヤルタの夜、気絶することなく朝の六時までウォッカを飲み続ける並はずれた女たちに、午後四時には文学について助言を求めてやってくるクリミア・プロレタリア作家協会の汗まみれの若者たち。

ときどき、ひとりでいるとき、それも鏡の前でひとりでいるときにしばしば、哀れなイワノフはこれが夢ではなくてすべて現実なのだということを確かめようとして頬をつねった。そしてたしかにすべて現実だった。少なくとも見かけのうえでは。黒い雷雲が彼の上に近づいていたが、彼はそれを長いこと求めていたそよ風、あまりに多くの悲惨と恐怖を自分の顔からぬぐい去ってくれる香気だと感じていた。

イワノフは何に怯えていたのか？　アンスキーは手記で自問した。身の危険を感じていたわけではなかった。彼は長年ボリシェヴィキとして逮捕や拘禁、流刑といったことを幾度となく経験していたし、勇敢な人間とは言えないまでも、彼が臆病で気骨のない人間だと言うのは真実ではなかった。イワノフの恐怖は文学的な性質のものだった。すなわち、彼の恐怖とは、あるよい（あるいは悪い）日に、ものを書くこと、とりわけ小説を書くことを人生の一部とすることに決めた人々の多くを苦しめる恐怖だった。駄目な作家なのではないかという恐怖。認められないのではないかという恐怖。しかし何よりも、駄目な作家なのではないかという恐怖。自分の努力と奮闘が忘却の淵に沈むことへの恐怖。自分の足跡が残らないのではないかという恐怖。薄い足跡を消し去ってしまう偶然と自然の力への恐怖。ひとりで夕食をとっていても誰も自分の存在に気づかないことへの恐怖。評価されないことへの恐怖。失敗と愚弄への恐怖。しかし何よりも、駄目な作家なのではないかという恐怖。永久に駄目な作家の地獄に住まうことへの恐怖。不条理な恐怖だ、とアンスキーは思った。何より、怯えている者がその恐怖をうわべで取り繕おうとするならば。それは駄目な作家からすれば、よい作家の楽園に住まうのはうわべだけだと言うのと同じことだ。そしてひとつの作品の価値（あるいはすばらしさ）というものはうわべによって決まるものだ。時代と地域によって変化するが、うわべとしての性質は、そのように見えるがそうでないもの、表面ばかりで深みのないもの、純然たる身ぶりで、そしてその身ぶりが意志と取り違えられることさえある。トルストイの髪、目、唇、トルストイが馬に乗って巡る露里《ヴェルスタ》、見かけの炎によって焼かれるタペストリーのなかで、トルストイに処女を奪われる女たち。

いずれにしても、大きな黒雲がイワノフに近づいていたが、彼はそういうものがあるとは夢にも思わなかった。イワノフにはこの段階になってもイワノフしか見えず、ロシア共産主義青年同盟文芸新報の二人の若者によるインタビューを受けている最中にもっともぶざまな姿をさらした。この二人が行なった数多くの質問のなかには、以下のようなものがあった。

共産主義青年同盟の若者――あなたはなぜ、最初の傑作、労働者層や農民層の支持を得たあの作品を六十歳近くになって書いたと思われますか？『日没』の構想を考えるのに何年かかりましたか？　これはあなたの円熟期の作品ですか？

エフライム・イワノフ――私はまだ五十九歳だ。六十歳になるにはまだ時間がある。思い出しておきたいのは、スペインのセルバンテスが『ドン・キホーテ』を書いたのは今の私と同じくらいの年齢だったということだ。

共産主義青年同盟の若者――あなたはご自分の作品がソビエトのSF小説界における『ドン・キホーテ』たりうるとお考えでしょうか?

エフライム・イワノフ――それに近いものがある。きっと、それに近いものがね。

つまり、イワノフは自分を幻想文学におけるセルバンテスと見なしていたのだった。ギロチンの形をした雲が見え、首筋に撃ち込まれた弾丸の形の雲が見えたが、実際のところ彼に見えていたのは、謎めいてはいるが欠かすことのできないサンチョを従えて馬に乗り、文学的栄光の大草原《ステップ》を進む自分の姿だけだった。

危険だ、危険だ、と帝政ロシアの農民は言っていた。危険だ、危険だ、とロシア革命前の富農は言っていた。危険だ、危険だ、と四十六人の声明の署名者たちは言っていた。危険だ、危険だ、とギリシア正教の死んだ司祭は言っていた。危険よ、危険よ、とイネッサ・アルマンドの幽霊は言っていた。しかしイワノフは耳がよいほうでもなければ暗雲や嵐が接近していることを予知できたわけでもなく、月並みである以上のことは求められなかったので、コラムニストや講演者として多かれ少なかれ月並みな諸国周遊を見事にこなしたのち、ふたたびモスクワの自分の部屋に閉じこもり、原稿用紙の束を積み上げて、タイプライターのリボンを交換し、その後アンスキーを探し始めた。遅くとも四か月後には新しい小説を編集者に渡したかったのだ。

そのころアンスキーは、ヨーロッパ全土、さらにはシベリアの最果てにまで届くようなラジオ放送の計画に従事していた。手記によれば、一九三〇年、トロツキーがソ連から追放され(実際は一九二九年に追放されたのだが、この誤りはロシアにおける情報の透明性の欠如が原因である)、アンスキーの気力は萎えていった。一九三〇年、マヤコフスキーが自殺した。一九三〇年、どんな無邪気な人間にも間抜けな人間にも、十月革命が失敗したことは明らかだった。

しかしイワノフは新しい小説を求めて、アンスキーを探した。

一九三二年、イワノフの新しい小説『真昼』が刊行された。一九三四年、『夜明け』という別の小説が出た。どちらの作品にも、地球外生命体、惑星間飛行、歪んだ時間、地球を定期的に訪れる二つかそれ以上のより進歩した文明の存在、これらの文明同士のしばしば詐欺的で暴力的な闘い、放浪する人物たちが多数登場した。

一九三五年、イワノフの小説は書店から引き上げられた。数日後、公式の通達により党からの除名が本人に伝えられた。アンスキーによれば、イワノフは三日間ベッドから起き上がれなかったという。ベッドの上には彼の三つの小説があり、どこに自分の追放を正当化する理由があるのか見つけようとして彼は何度となく読み返していた。悲しげなうめき声を上げ、幼少期の思い出に逃げ場を求めようとしたが無駄だった。胸がはりさけそうな悲しみを感じながら自分の本の背を撫で続けた。ときどき起き上がって窓辺に行き、通りを見つめたまま何時間も過ごした。

一九三六年、最初の大粛清が起きたときに彼は逮捕された。四か月を独房で過ごし、目の前に置かれた書類にすべて署名した。出獄すると、昔の文学仲間からペスト患者のような扱いを受けたので、ゴーリキーに手紙を書いて仲介に入ってもらおうとしたが、ゴーリキーは重病で、返事は来なかった。その後ゴーリキーは亡くなり、イワノフは葬儀に駆けつけた。ゴーリキーのサークルにいた若手の詩人と小説家が彼に気づいて近づいてきて、彼に向かって、恥ずかしくないのか、頭がおかしくなったのか、お前がいるだけで大作家の思い出が侮辱されるのが分からないのかと言い放った。

「ゴーリキーは私に手紙を書いてくれた」とイワノフは答えた。「ゴーリキーは私の小説を気に入ってくれたんだ。私が彼のためにできることはこれくらいしかない」

「同志、お前が彼のためにできることと言えばな」と詩人は言った。「自殺することとぐらいさ」

「そうだ、悪くないな」と小説家は言った。「家の窓から身投げすれば解決する」

「何を言うんだ？」とイワノフはすすり泣いた。

膝まで届きそうな革のジャケットを着た娘が近づいてきて、どうしたのかと尋ねた。

「こちらはエフライム・イワノフだ」と詩人が応じた。

「まあ、いやだわ」と娘は言った。「そいつを追い払って」

「無理だ」とイワノフは涙で顔を濡らして言った。

「なぜ無理なの？」と娘は言った。

「もう足が言うことをきかないんだ。一歩も歩けない」

少しのあいだ、娘は彼の目を見た。二人の若い作家に両腕を掴まれたイワノフにはこれ以上ないほどの寄る辺なさが漂っていた。結局、娘は墓地の外まで彼に付き添うことにした。だが通りに出てもイワノフはまだ自分の力で歩けなかったので、彼女は路面電車の駅まで付き添い、その後一緒に路面電車に乗ることにし（イワノフは泣きやまず、いつ失神してもおかしくないように見えた）、こうして別れのタイミングはどんどん先送りになっていき、彼女はイワノフが自宅の階段を上るのを手伝い、部屋のドアを開けるのを手伝い、ベッドに横たわるのを手伝ってやり、イワノフが涙と支離滅裂な言葉の洪水のなかで崩壊していくあいだ、彼女はイワノフの蔵書を吟味したが、それはかなり貧しい内容だった。そこにドアが開いてアンスキーが入ってきた。

娘の名前はナージャ・ユレニエワといい、十九歳だった。その晩、イワノフがウォッカを数杯あおってようやく眠りについたのち、彼女はアンスキーとセックスをした。場所はアンスキーの部屋で、その様子を見た者なら誰でも、二人は死まであと数時間しか残されていないかのように交わっていたと言っただろう。実際、ナージャ・ユレニエワはあの一九三六年にモスクワの多くの女性たちがしていたようにセックスをし、ボリス・アンスキーのほうは、まるであらゆる希望を失ったあとで突然唯一無二の真実の愛を見つけたかのようにセックスをした。二人のうちのどちらも死については考えてもいなかった（あるいは考えたくなかった）が、二人とも、まるで深淵の縁にいるかのように動き、四肢を絡ませ、語り合っていた。

明け方になって二人は眠りにつき、正午を少し過ぎたころアンスキーが目を覚ますと、ナージャ・ユレニエワはいなくなっていた。最初にアンスキーが味わったのは絶望だった。次が恐怖で、彼は服を着ると走ってイワノフの家に向かった。彼ならナージャ・ユレニエワを見つける手がかりを教えてくれると思ったのだ。イワノフは手紙を書くのに忙しくしていた。この件ははっきりさせなくては、と彼は言っていた。このもつれをほどかなくては、そうすれば俺はやっと救われるのだ。アンスキーは、どのもつれのことを言っているのかと訊いた。あのいまいましいSF小説に決まってるだろ、とイワノフは力のかぎり叫んだ。その声は爪のように悲痛な叫び声だったが、アンスキーやイワノフの真の敵に傷を負わせるような爪ではなくて、むしろ、飛びかかったあとで部屋の真ん中にヘリウムの風船のようにぶらさがっているような爪、自意識のある爪、どちらかというと散らかったその部屋で自分はいったい何をしているのか、机に向かっているあの年寄りは誰なのか、髪がぼさぼさのまま突っ立っている若者は誰なのかと自問し、空気が抜けて床に落ちる前にふたたび無に戻る動物‐爪だった。

「なんてこった、ひでえ大声を出しちまった」とイワノフは言った。

その後二人は、若いナージャ、ナデーシャ、ナジューシュカ、ナジューシュキナのことを話し始めた。イワノフは口を開く前に、彼らがセックスしたのかどうかを知りたいと思った。それから何時間行為に及んだのかを知りたかった。それからナジューシュカは経験豊富だったかどうかも。それから体位も。そしてアンスキーがそのすべての質問に淀みなく答えたので、イワノフは感傷的な方向に気持ちがそれてしまった。いまいましい若者どもめが、とイワノフは言った。なんていまいましい若者どもだ。ああ、雌ブタめ。汚らわしい二匹のブタめ。ああ、愛なんて。彼には見えるだけで触れることはできないそうした感傷的な側面について考えていると、イワノフは自分が裸で、感傷的な場所にいるのではなく、机に向かっていることを思い出した。正確に言えばロシア連邦共産党と襟に刺繍がある赤いローブだかガウンだかに身を包んで、首にはあるシンポジウムで知り合ったが作品を一つも読んだことのないおかまみたいなフランス人作家から贈られたシルクのネッカチーフを巻いている。だが、比喩的な意味では裸で、他のすべての前線、政治的、文学的、経済的な前線において裸であることを思い出し、この確信によって彼は憂鬱に沈んだのだった。

「ナージャ・ユレニエワは、きっと学生か詩人志望だな」と彼は言った。「俺を心底嫌ってる。ゴーリキーの葬儀のときに会ったんだ。あいつと二人のごろつきが俺を追い出した。彼女は悪い人間じゃない。ごろつきもな。きっと善良な共産主義者で、忠実で、真っ当なソビエト人だろう。いいか、俺は連中のことを理解している」

その後、イワノフはアンスキーにこっちに来いという仕草をした。

「もし奴らの好きにさせてたら」と彼は耳元でささやいた。「あのクソ野郎どもにあの場で一発撃ち込まれて、そのあと俺の死体は共同墓地まで引きずっていかれただろうよ」

イワノフの吐く息はウォッカとどぶの臭いがし、沼地のそばにある空き家の午後四時の夕暮れ時、病気の草をつたい、暗い窓を覆う夜気を思わせる、何かが腐ったような酸っぱい濃い息だった。ホラー映画だ、とアンスキーは思った。そこではすべてのものが動きを止める。敗北したことを知っているがゆえに動きを止めるのだ。

しかしイワノフは言った。ああ、愛か。そしてアンスキーも彼らしく言った。ああ、愛か。そんなわけで、続く二、三日のあいだ、アンスキーは一心不乱にナージャ・ユレニエワを探し、ついに、長い革のジャケットを着て、モスクワ大学のとある講堂で、孤児のように、意志の強い孤児のように座り、気取った男（だか何だか知らないが）が聴衆に目をやりながら、左手でくだらない原稿を支え持ち、記憶力がいいのは傍目にも明らかだったのでときたま演劇的で必要とは思えない仕草をして原稿に目をやりながら、大演説というか詩というか韻を踏んだ駄文を朗読するのを聴いている彼女を見つけた。

ナージャ・ユレニエワはアンスキーの姿が目に入るとそっと席を立ち、ソビエトのへぼ詩人（あまりにも無自覚で愚かで気取っていて意気地がなくて上品ぶっていて、まるでメキシコの抒情詩人のような、あるいはラテンアメリカの抒情詩人のような、あの哀れで虚弱でうぬぼれた現象）が、鉄鋼業について謳った彼の抒情詩を（ラテンアメリカの詩人たちが自分自身や時代や他者性について語るときのような過度の無知をさらけ出して）次々に繰り出している講堂を出た。彼女はモスクワの通りに出て、アンスキーはそのあとを追い、彼女に近づかずに五メートルほど後方をついていったが、その距離はさらに歩いていくうちに縮んでいった。アンスキーはこのときほど明快に——そしてこのときほど喜びをもって——カジミール・マレーヴィチが創始したシュプレマティスムと、一九二〇年十一月十五日にヴィテプスクで署名されたあの独立宣言の第一項を理解したことはなかった。「第五次元は打ち立てられた」。

一九三七年、イワノフは逮捕された。

彼はふたたび長時間にわたる尋問を受け、その後、明かりもない独房に入れられたまま忘れ去られた。尋問した側は文学のことは何も知らず、最大の関心は、イワノフがトロツキスト派の反対派メンバーと会合をもっていたかどうかを知ることだった。

独房に入れられているあいだ、イワノフはネズミと仲良くなり、彼はニキータという名前をつけた。夜になって、ネズミが出てくると、イワノフは長い時間ネズミと会話していた。想像のつくように、文学の話をしたわけでもなければもちろん政治の話をしたわけでもなく、それぞれの幼少期について話をしたのだった。イワノフは、しばしば思いを馳せていた母親のこと、兄弟のことをネズミに語ったが、父の話をするのは避けた。ネズミはささやくようなロシア語で、モスクワの下水溝や、下水溝から見える空のことを話した。空には、ゴミの屑が咲いているのか、不可解な燐光の作用によるものなのか、いつも星が見えるという。ネズミはまた、母親のぬくもり、姉妹の他愛のないいたずらについて語った。そうしたいたずらにニキータがどれほど笑ったか。それを思い出すと今でも、ネズミのその細い顔に微笑みが浮かんだ。ときどきイワノフはひどく落ち込むと、頬づえをついて、ニキータに自分たちはどうなるのかと尋ねた。

すると、ネズミは悲しげな戸惑った目でイワノフを見つめ、その目を見たイワノフは、この哀れなネズミが自分などよりもはるかに無垢であることを悟った。独房に入れられてから一週間後（イワノフにとっては一週間どころか一年が過ぎていたが）、彼はふたたび尋問を受けた。彼にいくつかの文書や書類に署名させるのに暴力を行使する必要はなかった。彼は独房には戻らなかった。まっすぐ中庭に連れていかれ、誰かに首筋に一発撃ち込まれ、その後、死体はトラックの荷台に積み込まれた。

イワノフが死んだところから、アンスキーの手記は混沌とし始め、ちょっと読んだだけでは支離滅裂だったが、その混沌のなかにもライターは構造と、ある種の秩序を見いだした。アンスキーは作家について語っている。彼は、可能な作家とは（「可能な」という単語が何を意味するのか説明はなかったが）、ルンペンと貴族階級の人々であると言っている。プロレタリアートの作家とブルジョアの作家は飾り役にすぎない、と彼は言う。彼はセックスについて語っている。サドと、十七世紀ロシアの謎めいた人物で、ドヴィナ河とペチョラ河に挟まれた地域における集団セックスの実践について（それぞれ対応する説明図も添えて）さまざまなものを書き残した修道僧ラピーシンを思い出している。

セックスだけ？　セックスだけ？　アンスキーはノートの余白に書きつけたメモでくり返し自問している。彼は自分の両親について語っている。デーブリーンについて語っている。同性愛とインポテンツについて語っている。セックスのアメリカ大陸、とノートにはある。レーニンの性的嗜好について冗談を言っている。モスクワの麻薬中毒者たちの話。病人の話。子供の殺人の話。フラウィウス・ヨセフスについて語っている。その歴史学者について語るときのアンスキーの言葉は憂鬱に染められているが、その憂鬱は偽りかもしれない。だが、誰もそのノートを読まないと知っているなら、誰に向かってアンスキーは偽っているのか？（もし神に向かって偽っているというのなら、アンスキーは神の存在にある種の親しみをもって接している。それはおそらく、神が彼のようにカムチャツカ半島で行方不明になったり寒さと飢えを経験したことがないからだ。）革命を成し遂げたものの、いまや（この部分はおそらく一九三九年に書かれている）蠅のように落下していくロシア系ユダヤ人の若者の話。第二回モスクワ裁判のあと、一九三七年に暗殺されたユーリー・ピャタコフの話。ライターが生まれて初めて目にする名前が出てくる。それから数ページ先でふたたびその名前が出てくる。まるで彼自身がその名を忘れてしまうのを怯えているかのように。名前、名前、名前。革命を成し遂げ、まさにその革命に呑み込まれるように消えていく者たち。だが、彼らが呑み込まれたのは同じ革命ではなくて別の革命であり、夢ではなくて夢のまぶたの裏に隠れている悪夢なのだ。

彼はレフ・カーメネフについて語る。その名前はライターがやはり知らない多くの名前とともに出てくる。そしてモスクワのさまざまな家を転々としていたころの話。アンスキーを助けてくれたと思われる友人たち。アンスキーは用心のため名前を数字に置き換えている。たとえば、「今日は5の家でお茶を飲みながら夜中過ぎまで語り合い、その後いとまを告げた、歩道には雪が積もっていた」。あるいは、「今日は9と一緒だった。7の話を聞く。それから話がそれて病気のこと、癌の治療法を見つけるのが果たしてよいことかどうか議論した」。あるいは、「今日の午後、地下鉄のホームで13を見かけたが、向こうは気づかなかった。僕は座ってうとうとしているうちに電車を何本か逃してしまったが、13は隣のベンチで本を読んでいた。透明人間の本。目当ての電車が来ると立ち上がって、満員だったのに本を閉じずに電車に乗った」。こんなのもあった。「僕たちの目が合った。蛇とまぐわう」。

そして彼は、自分自身には何の憐れみも感じていない。

アンスキーのノートに、一五二七年に生まれ、一五九三年に死んだイタリアの画家、アルチンボルドの名前があった。ジュゼッペかジョセフかジョセフォかヨセフスか、アルチンボルドかアルチンボルディかアルチンボルドゥスだったかもしれないが、ライターが初めて目にする名前で、その画家の絵を見たのはかなりあとになってからのことだった。寂しくなったり退屈したりすると、ジュゼッペ・アルチンボルドのことを考える、とアンスキーはノートに書いている（もっとも、四六時中逃げ続けていたアンスキーが退屈しているところを想像するのは難しいのだが）。そうすると、寂しさも退屈も、春の朝のように、沼のそば、岸辺から、葦から立ち昇る霧を消していく朝のかすかな足音のように消え去っていく。アンスキーはクールベについても言及していて、革命芸術家の模範と見なしていた。たとえば、あるソビエトの画家たちがクールベのことをマニ教的に理解しているのをばかにしている。彼はクールベの《法話からの帰り道》という絵を想像しようとする。この絵には酔っぱらった司祭や高位の聖職者たちの一団が描かれていて、官展《サロン》と落選展はこの絵を拒絶したのだが、そのことはアンスキーの見解では拒絶する拒絶者を不名誉に陥れている。《法話からの帰り道》の運命は、アンスキーにとって模範的で詩的であるだけでなく先見性があった――カトリックの富豪がその絵を買うが、家に着くやいなや燃やしてしまうのだ。

《法話からの帰り道》の灰はパリの空を舞うだけではない。若き兵士のライターは目に涙をためて読む。その涙は彼を傷つけ、目覚めさせもする。その灰はモスクワの空を、ローマの空を、ベルリンの空を舞いもする。アンスキーは、《画家のアトリエ》について書いている。画面の隅で読書をしているボードレールの姿は詩を表わしている、と彼は書いている。クールベとボードレール、ドーミエ、ジュール・ヴァレスとの友情について彼は書いている。クールベ（芸術家）とプルードン（政治家）の友情について書き、プルードンの良識ある意見をキジになぞらえている。権力のある政治家は誰でも、芸術のことになると怪物のごとく巨大なキジのようなもので、少しジャンプしただけで山を踏みつぶせるが、権力のない政治家は結局、村の司祭、実物大のキジにすぎない。

彼は一八四八年の革命のときのクールベを想像し、それからパリ・コミューンのときのクールベの姿を見る。そこでは大多数の芸術家と文人が不在であることによって（文字どおり）輝いていた。クールベは違った。クールベは積極的に参加して、弾圧ののち逮捕されてサント・ペラジーに投獄され、そこで静物画を描くことに専念する。国が彼に対して科した咎《とが》のひとつは、群衆を扇動してヴァンドーム広場の円柱を破壊したというものだったが、この点についてアンスキーはよく分かっていないのか、記憶が定かではないのか、噂を書いているだけである。ヴァンドーム広場のナポレオン記念碑、ヴァンドーム広場の単なる記念碑、ヴァンドーム広場のヴァンドーム円柱。

いずれにしても、ナポレオン三世の失脚後、クールベは自身が有していた公職によって、パリの記念碑を守る権限を与えられる。それ以降の出来事を鑑みると、このことは間違いなく、記念碑的な冗談だと受け取らなければならない。しかしフランスにしてみれば冗談どころではなく、彼は全財産を差し押さえられる。クールベはスイスに亡命し、その地で一八七七年に五十八歳で亡くなる。そのあと、ライターにはほとんど理解できないイディッシュ語で書かれた数行が続く。きっと痛みか苦しみが書かれているのだろう。その後、アンスキーは本題からそれていくつかのクールベの絵について書いている。《こんにちは、クールベさん》と呼ばれる作品は、アンスキーにとって、ある映画の冒頭を、牧歌的に始まるが少しずつホラーに変わっていく映画を連想させる。《セーヌ河畔のお嬢さんたち》は、アンスキーにはスパイか難破者の束の間の休息を思わせる。彼はこうも言っている。「地球外の惑星からやってきたスパイ」。そしてこうも言う。「他の肉体よりも早く衰える肉体」。そしてこうも言う。「病気、病気の感染」。そしてこうも言う。「抵抗しようとする意志」。そしてこうも言う。「どこで抵抗することを学ぶのか？　どんな種類の学校か大学か？」そしてこうも言う。「工場、人気のない通り、売春宿、牢獄」。そしてこうも言う。「未知大学」。そしてこうも言う。「セーヌ河が流れ流れていくあいだ、幽霊のような娼婦の表情は、もっとも美しい貴婦人か、アングルやドラクロワの絵筆から湧き上がるイメージ以上の美しさをたたえている」。

その後、支離滅裂なメモがあった。モスクワ発の鉄道の時刻表、クレムリンの上に垂直に落ちる灰色の正午の光、死者の最期の言葉、三部作の小説の背表紙、その小説のタイトルを彼は以下のように記している――『真の夜明け』、『真の夕暮れ』、『日没の震え』。その構成と筋立ては、イワノフの名前で出版された最後の三冊の小説――タペストリーの氷のビーム――にいくらかの秩序と威厳を与えることができたかもしれない。だがイワノフはそれらの小説を庇護しようとは思わなかっただろう。いやそうではないのかもしれない。たぶん僕はイワノフを誤解していた。僕があらゆる情報を握っているゆえに僕を密告しなかったのだから。密告してしまうのが一番楽なときに、彼がこの三つの小説の作者ではないと言うのが一番楽なときに、とアンスキーは考え、書いている。なのに彼はそうしなかった。彼を拷問した奴らが吐いてほしいと思っていたことをすべて、古い友達、新しい友達、劇作家、詩人、小説家たちの名前は吐いたのに、僕のことは一言も言わなかった。最後まで詐欺の共犯者だったのだ。

ボルネオでなら最高のペアになれたことだろう、とアンスキーは皮肉を込めて書いている。そしてイワノフが昔、自分に教えてくれた笑い話を思い出す。イワノフがそのころ働いていた雑誌の編集部のパーティー――モスクワに戻ってきたばかりのソビエトの人類学者たちのグループのために開かれた非公式なレセプション――で仕入れたものだった。半分は本当で半分は伝説のその笑い話は、フランスの科学者たちが入っていったボルネオの密林と山岳地帯を舞台としていた。数日間の行程ののち、フランス人たちは川の水源に到達した。そして川を渡ったあと、ジャングルのもっとも深いところで石器時代のままの生活をしている先住民を発見した。ソビエトの人類学者の一人で、太っていて体軀もよく、南方出身らしい髭を生やした男の説明によれば、フランス人たちはまず、当然のごとく、先住民は食人種かあるいはその可能性があると思い、身の安全のため、そして最初から誤解を避けるために、沿岸部に住む先住民のいくつかの言葉と、きわめて分かりやすい身ぶりを使って、人間の肉を食べるのかと尋ねた。

先住民たちは質問を理解し、きっぱりと否定した。フランス人たちからすれば、動物性蛋白質を欠いた食習慣などもってのほかだったので、彼らが何を食べているのか興味が湧いた。先住民はそれに答えて、狩猟はするが、高地のジャングルにはそれほど動物がいないからほとんどしない、でもそのかわり、木の実ならいろいろな方法で料理して食べると答えた。疑り深いフランス人たちが調べてみると、その木の実は蛋白質の不足を補うまたとない代用品であることが分かった。ほかにはジャングルのさまざまな果実と、植物の根や茎を食べていた。先住民は植物を育てていなかった。ジャングルが与えてくれるものはすでにあるし、与えてくれないものは永遠に手に入らないままだった。彼らは自分たちが生きる生態系と完璧に共生していた。彼らは小屋を建てるとき、床に使おうとある木の樹皮を剝いだが、それは実際、樹木が病気になるのを防ぐのに役立っていた。彼らの生活は掃除夫と変わらなかった。ジャングルの掃除夫だった。しかし彼らの言語はモスクワやパリの掃除夫のように下品ではなかったし、先住民たちは彼らのように大柄でもなく、筋骨隆々でもなく、彼らのような目つき、最下層の小作人のような目つきでもなかった。先住民は背が低く、華奢で、鳥のように優しい声で話し、よそ者には触れないようにし、フランス人とまったく違う時間の概念をもっていた。きっとそのせいだな、と大きな髭を生やしたソビエトの人類学者が言った。時間の概念が違ったせいで大惨事が起きたんだ。というのも、先住民と五日間にわたって一緒に過ごしたあと、フランスの人類学者たちは彼らと信頼関係が築けた、仲間、相棒、よき友人になれたと思い込み、先住民の言語や習慣に立ち入り始めた。そして彼らが発見したのは、先住民たちが誰かに触れるときには、それがフランス人であろうが同じ部族であろうが、相手の目を見ないということで、たとえば父親が自分の息子を撫でているとき、父親はいつも別の方向を見ようとしているし、幼い少女が母親の膝の上で丸くなるとき、母親は左右や空を眺め、少女のほうは物心がついていれば地面を見つめている。友達同士で植物の茎を採りに出かけるとき、二人は互いに顔を、つまり目を合わせるが、その日の収穫がうまくいって相手の肩を叩くときは、互いに目をそらすのだ。そして人類学者たちは次のことにも気づいてノートに書き留めた。先住民たちは握手をするとき横並びに立って、右利きなら右手を左の腋の下から通してだらんと垂らし、ほんの少しだけ握り合う。左利きなら左手を右の腋の下から通すのだ。そうしたら人類学者の一人が、とソビエトの人類学者は大笑いしながら言った。自分たちの握手の仕方を教えてやろうとしたわけさ、低地のもっと向こう、海のもっと向こう、太陽が沈むところのもっと向こうから来た者たちのやり方をね。身ぶりを交え、握手の相手にフランス人の人類学者をもう一人使って、パリではどんなふうに挨拶するかを教えたのさ。二つの手が握り合い、動いたりしなったりするあいだ、顔のほうは無表情だったり親しみや驚きの表情を浮かべたりするが、まっすぐに相手の目を見つめながら口を開いて、ボンジュール、ムッシュー・ジョフロアとか、ボンジュール、ムッシュー・デロルムとか、ボンジュール、ムッシュー・クールベと言う（とはいえ、そこにムッシュー・クールベがいるわけがないし、もしいるとしたらそれは理解に苦しむ偶然だ、とアンスキーのノートを読みながらライターは思った）。このパントマイムを先住民たちはおとなしく眺めていて、ある者は口元に笑みを浮かべ、またある者は深く共感するようなそぶりを見せ、忍耐強く、彼らなりに礼儀正しく寛大だったので、ついにその人類学者は彼らと握手をしようとした。

髭の男によれば、これは小さな村、ジャングルに隠れた小屋の集まりを村と呼べるとしてのことだが、そこで起こった話だった。そのフランス人は先住民の一人に近づいて手を差し出した。先住民の男は穏やかに視線をそらし、自分の右手を左の腋の下からのぞかせた。だがそのときフランス人は不意を突いて相手の手を、つまりは彼の身体ごとぐいと引っ張った。そしてぎゅっと握りしめて腕を上下に揺らし、驚いて喜んだふりをして言った。

「ボンジュール、ムッシュー・先住民」

彼は手を放さずに相手の目を見つめ、微笑みかけ、歯を見せて、満面の笑みを浮かべた。手を握ったまま、左手で相手の肩を軽く叩いてもみせ、ボンジュール、ムッシュー・先住民、と実に嬉しそうに言った。とそのとき先住民の男は身の毛もよだつ恐ろしい叫び声を上げ、何か一言発したのだが、フランス人たちもフランス人たちのガイドにも意味が分からなかった。この言葉を聞いたあと、別の先住民が、先ほどの先住民の手をまだ握っている教師役の人類学者に飛びかかり、頭を石でかち割って、ようやく人類学者は手を放したのだった。

その結果――先住民たちは蜂起し、フランス人たちは慌てて、死んだ仲間を残したまま、川の向こう側に退却した。逃亡の際の小競り合いで先住民側にも死者が出た。何日ものあいだ、人類学者たちは山で、そのあとはボルネオの海沿いの村の酒場で知恵を絞って、いったいどんな理由で温和な部族が暴力と恐怖に突如駆り立てられたのかを説明しようとした。あれこれ考えた末、健全でどこから見ても無邪気な握手によって「攻撃された」か「卑しい扱いを受けた」と思い込んだ先住民が発した言葉に手がかりがあるのではないかという結論に達した。

その言葉はダジジといい、食人または不可能性を意味するが、別の意味もいくつかあり、その一つは「私を犯す人」という意味で、叫び声のあとで発されたときには「肛門を犯す人」、あるいは「肛門を犯したあと私の身体を食べる食人種」という意味か、そのような意味になりうるが、さらに、「私に触れ（あるいは私を犯し）、（私の魂を食べるために）私の目を見る人」という意味にもなりえた。ともかく、フランスの人類学者たちは海辺で少し休んだあと、ふたたび山に入ったが、先住民たちには二度と会えなかった。

絶望を間近に感じると、アンスキーはアルチンボルドに戻った。彼はアルチンボルドの絵を思い出すのが好きだったが、その画家がどんな人生を送ったかについては、ほとんど何も知らなかったか、あるいは知らないふりをしていた。クールベのように絶え間ない激動の人生ではなかったことは確かだ。アルチンボルドのキャンバスのなかに、アンスキーは素朴という以外にふさわしい表現がない何かを見いだしていたが、その形容詞は学者やアルチンボルド作品の注釈者の多くが気に入るはずがなかった。

アンスキーはミラノの画家の技法を、幸福の擬人化だと感じた。うわべの終焉。人間以前の桃源郷《アルカディア》。もちろんすべての絵がそうだというわけではない。たとえば《料理人》は逆さまにもなる絵で、ある掛け方をすると、たしかにローストした肉を載せた金属製の大皿が描かれている。そこには子豚と兎が見え、おそらく女か若者が、料理が冷めないよう両手で皿に蓋をかぶせようとしている。だが、絵を逆さまに掛けると、兜と甲冑をつけた兵士の胸像になる。前歯が何本か欠けたその元傭兵は、満足げで大胆不敵な笑み、残忍な笑みを浮かべてお前を見ている。彼の眼差しは彼の笑みよりさらに残酷だ。まるでお前が思いもよらなかった何かを知っているかのように、とアンスキーは書いている。まるでホラー絵画だ。《法律家》（裁判官または高級官僚を描き、頭部は狩りの獲物で、身体の部分は書物でできている）もホラー絵画のようだった。だが四季を描いた作品は陽気そのものだった。すべてはすべてのなかに、とアンスキーは書いている。まるでアルチンボルドはたったひとつの、しかしまたとない重要な教訓を学んだかのようだ。

ここでアンスキーは画家の人生に関心がないわけではないことを証明するかのように以下のように記している。レオナルド・ダ・ヴィンチは一五一六年にミラノを去るとき、弟子のベルナルディーノ・ルイーニに何冊かのノートと数点のデッサンを残した。それをのちに、ルイーニの息子の友人である若きアルチンボルドが参照し、研究したかもしれない。悲しみに暮れたり打ちのめされたりしたとき、目を閉じてアルチンボルドの絵を思い浮かべる、とアンスキーは書いている。すると悲しみも失意も消え失せて、より強い風、ハッカの香りのする風が、突然モスクワの街路を吹き抜けていくような気がするのだ。

そのあとは、彼の逃避行についてのとりとめのないメモが続いた。自殺の長所と短所をめぐって一晩中議論する何人かの友人が出てくる。男が二人と女が一人で、自殺をめぐる議論の切れ目や小休止のあいだ、行方不明になった（実はすでに殺されていた）有名な詩人の性生活とその妻についても話が展開した。極貧にあえぎ、絶えざる辱めを受けたアクメイストの詩人とその妻の話だ。貧困と迫害から実に単純なゲームを思いつくカップル。セックスという遊戯。詩人の妻はほかの男と寝ている。ほかの詩人ではない。というのも詩人とその妻はブラックリストに載っていて、ほかの詩人たちは二人がハンセン病患者であるかのように避けているからだ。妻はとても美しい。アンスキーのノートのなかで一晩中語り合っている三人の友人たちはそのことに同意する。三人とも彼女を知っている。あるいはかつて見かけたことがある。美しすぎるくらいだ。圧倒的な美しさ。激しい恋に落ちている。夫である詩人もほかの女と寝ている。相手は女流詩人でもなければ、ほかの詩人の妻や姉妹でもない。というのもこのアクメイストは歩く毒物で、誰もが彼から逃げているからだ。そのうえとても美男とは言えない。それはありえない。醜男といっていい。だが詩人は、地下鉄で知り合ったり店で列を作ったりしている労働者の女と寝る。醜男ではあるが、ベルベットのようになめらかな舌の持ち主で、女の扱いはとても優しい。

友人たちは笑い合う。実際、その詩人は実に優れた記憶力の持ち主だったので、もっとも悲しい詩さえ暗唱することができた。若い労働者の女もそれほど若くない労働者の女も、それを聞くと涙をぽろぽろとこぼす。そのあと彼らはベッドに行く。詩人の妻は美しかったので記憶力がいいかどうかは問題ではなかったが、彼女の記憶力は詩人の記憶力よりも驚異的で、限りなく驚異的だったので、労働者であれ、休暇中の船乗りであれ、寡夫で大柄で人生も力も持て余している建築現場の監督であれ床をともにし、彼らはこのすばらしい女が現われたことは奇跡だと思った。彼らは乱交もした。詩人とその妻、そしてもう一人別の女と。詩人とその妻、そしてもう一人別の男と。たいていは三人だったが、四人や五人になることもあった。ときおり、予感に導かれてそれぞれの愛人を仰々しく儀礼的に紹介してみると、一週間後にはそれぞれ恋に落ち、二度と彼らに会いに来ることはなく、そうしたプロレタリアの小さな乱交には参加しなくなった。あるいは参加したかもしれないが、それは誰にも分からない。いずれにしても、こうしたことは、詩人が逮捕され、彼のことを誰も耳にしなくなって終わった。というのも彼は殺されたからである。

その後、友人たちは自殺について、その短所と長所について語り合った。やがて夜が明け、そのうちの一人、アンスキーはその家を去り、モスクワを去る。身分証も持たず、密告者の思うがままだった。そこで風景が、ガラス越しの風景が、風景のガラスが、舗装されていない道が、名前のない停車場が現われ、そこにマカレンコの本から逃げ出してきた若い放浪者たちが集まっている。せむしの若者たち、風邪を引いて鼻水を垂らしている若者たちがいて、小川があり固いパンがあり、アンスキーが危うく防いだ盗難未遂事件があった。もっとも、どのように防いだかについては書かれていない。とうとうコステキノの村が現われる。そして夜が訪れる。彼には馴染み深い風のざわめき。そしてアンスキーの母は家のドアを開けるが、息子のことが分からない。

ノートの最後の記述はそっけなかった。アンスキーが村に着いて数か月後に父親が死んだ。まるで息子の帰還を待ってからあの世に飛び込んだかのようだった。母親が葬儀を取りしきり、夜になって皆が寝静まったあと、アンスキーは墓場に忍び込み、しばらく墓石のそばに佇んでぼんやりと物思いにふけった。日中は屋根裏部屋で頭から毛布をかぶり、真っ暗にして眠った。夜になると階下に下りて、母親の眠るベッドのそばで、暖炉の火の明かりのもとで本を読んだ。最後の記述のひとつで彼は宇宙の無秩序について触れ、この無秩序においてのみ我々は存在しうると述べている。別の記述では、宇宙が死に、時間と空間が宇宙とともに死んだときには何が残るのだろうと自問している。ゼロ、無。でもそんなふうに考えてみて彼は笑った。あらゆる答えの背後にはひとつの問いが隠されている、とアンスキーはコステキノの農夫たちが言うのを思い出す。あらゆる確かな答えの背後には、さらに複雑な問いが隠されている。しかしその複雑さに彼は笑い、母親は息子が屋根裏部屋で、十歳の少年だったころのように笑っているのをときどき耳にする。アンスキーは異世界について考える。そのころヒトラーがポーランドに侵攻し、第二次世界大戦が始まる。ワルシャワ陥落、パリ陥落、ソ連への攻撃。無秩序においてのみ我々は存在しうる。ある夜、アンスキーは空が大きな血の海になっている夢を見る。ノートの最後のページには、ゲリラ兵たちに合流する道筋が引かれている。

暖炉の裏に一人だけ入れる隠れ場所が作られた理由はまだ謎だった。誰が作ったのか？　誰がそこに隠れたのか？

ライターはあれこれ考えたあと、アンスキーの父親が作ったのだということにした。この隠れ場所はおそらく、アンスキーが村に戻ってくる前に作られたのだろう。息子が戻ってから作られた可能性もあり、そちらのほうが筋が通っている。アンスキーが国家の敵であると両親が知ったのは息子が戻ってからのことだからだ。だがライターは直観的に、この隠れ場所はゆっくりと手をかけて、時間もかけて、アンスキーが戻ってくるよりももっと前に作られたものだと思い、そこから父親には予知能力があったか、痴呆の症状が出ていたのだと考えた。ライターはまた、この隠れ場所が使われた形跡はないと結論づけた。

もちろん、党の役人がアンスキーのあとを追って丸太小屋のなかまで嗅ぎ回った可能性も捨てきれなかった。捜索が行なわれているあいだ、アンスキーが暖炉の内部に隠れていたのはほぼ間違いない。しかし肝心なときに、特別行動部隊Cがやってきたときには誰一人、アンスキーの母親さえも隠れていなかった。彼はアンスキーの母親が息子のノートを安全な場所に隠しているところを想像した。そのあと、夢のなかで、母親がコステキノのほかのユダヤ人たちとともに出ていき、ドイツ軍による懲罰が待っているところに、我々のところに、死に向かっていくのを夢に見た。

夢にはアンスキーも出てきた。彼が夜の平原を歩いていくのが見えた。名もない人間になり、西を目指し、撃たれて死ぬところが見えた。

数日間、ライターはアンスキーを撃ち殺したのは自分だと思った。夜になると恐ろしい悪夢を見て、目が覚めると泣いていた。ベッドで丸くなったまま動かずに、村に雪が降る音に耳を澄ませていることもあった。自殺のことはもう考えなかった。自分は死んだものと思っていたので、自殺のことはもう考えなかった。朝起きるとまずアンスキーのノートの適当なページを開いて読んだ。そうしないときは雪の深い森を長い時間かけて散歩し、ウクライナ人たちが二人のやる気のないドイツ人に働かされている古いソフホーズまで行った。

村の大きな建物まで食べ物をもらいに行くと、まるで別の惑星にいるような気がした。そこはいつも暖炉に火が入っていて、スープがたっぷり入った大きな二つの鍋の湯気が一階に立ち込めていた。キャベツと煙草の匂いがして、仲間の兵士たちはシャツ姿か上半身裸という格好だった。ライターは、森の雪の上に尻が冷たくなるまで座り込んでいるほうがずっと好きだった。丸太小屋で暖炉に火を熾し、そのそばでアンスキーのノートを読み返すほうがよかった。暖炉から内気さと親しみをにじませた影に見られているかのような気がして、ときおり目線を上げて暖炉の内側を眺めた。喜びに身体中を震えが走った。アンスキー一家と暮らしている自分を思い描くこともあった。母親と父親、そして若いアンスキーがシベリアの道を歩いていくのが見え、最後には目を塞いだ。暖炉の火が小さな燠火になって暗闇のなかで輝き出すと、熱の残る暖炉の隠れ場所に注意深く身体を入れ、夜明けの寒さで目が覚めるまでしばらくそこにいた。

ある夜、クリミアに戻った夢を見た。クリミアのどこかは思い出せなかったが、クリミアだった。彼は、間欠泉のようにそこらじゅうから噴き出している煙に向かってライフルをぶっ放した。その後、彼は歩き出すと、赤軍の兵士の死体を見つけた。うつぶせで、まだ手に武器を持っていた。死体を引っくり返して顔を見ようと屈んだとき、かつて何度も怯えたように、その死体がアンスキーの顔をしているのではないかと怖くなった。軍服の上着を摑んで死体を持ち上げながら彼は思った。いやだ、いやだ、僕はこんな重みには耐えられない。アンスキーには生きてほしい、死んでほしくない。故意にではなく偶然だったとしても、気づかずにしたことだったとしても、彼を殺した奴にはなりたくない。すると、驚いたというよりもほっとしたことに、その死体は自分の顔、ライターの顔をしていることに気がついた。朝、その夢から覚めると、声がまた出るようになっていた。彼が最初に口にしたことは――

「僕じゃなかった、ああよかった」

一九四二年の夏が始まってすぐ、コステキノに兵士が何人かいたことを誰かが思い出し、ライターは元の師団に戻された。彼はクリミアに行った。ケルチに行った。クバン河の岸辺とクラスノダールの街路に行った。コーカサス地方をブデノフスクまでたどり、カルムイクの平原を大隊とともに回ったが、いつもアンスキーのノートを上着の下、狂人の服と軍服のあいだに入れて肌身離さず持っていた。砂埃を吸い込み、敵の軍隊は見えなかったが、ヴィルケとクルーゼ、レムケ軍曹が見えた。だが、最初見たときには彼らだと分からないほどの変わりようで、見た目ばかりでなく声まで変わっていた。たとえばヴィルケは、今では方言でしか話さず、ライター以外はほとんど誰も彼の言うことを理解できなかったし、クルーゼは声が変わってしまい、何年も前に睾丸を摘出したかのような声になっていた。レムケ軍曹はめったに怒鳴らなくなっていて、疲れているのか、長距離の移動で眠くなったかのように、たいていはささやくような声で部下に話しかけていた。いずれにせよ、レムケ軍曹はトゥアプセにむりやり進軍しようとしたときに重傷を負い、ブーブリッツ軍曹が代理を務めることになった。その後、秋が訪れ、ぬかるみと風が届いた。そして秋が終わるとロシア軍の反撃が始まった。

ライターの師団は第十一軍団ではなく第十七軍団所属になり、エリスタからプロレタルスカヤに退却したあと、マヌィチ河沿いにロストフまで上った。それから西へ退却を続け、ミウス河にぶつかると、そこに前線をふたたび立ち上げた。一九四三年の夏がやってきて、ロシア軍がふたたび反撃したため、ライターの師団はふたたび退却した。退却するごとに死者の数が増えていった。クルーゼは死んだ。ブーブリッツ軍曹も死んだ。勇敢なフォスはまず軍曹に、次いで中尉に昇進したが、そのフォスの指揮下で、死傷者の数は一週間も経たないうちに膨れ上がった。

ライターは、売りに出ている土地の一区画か農場か別荘でも見ている者のように死体を眺める癖がついた。その後、何か食べ物が入っていないかと死体のポケットを探る癖もついた。ヴィルケも同じことをしていたが、こっそりそうするのでなく鼻歌を歌っていた――プロイセンの兵士はマスを搔くが、自殺はしない。大隊にいる仲間の兵士のなかには彼らを吸血鬼と呼ぶ者もいた。ライターは気にしていなかった。休息の時間にはパンのかけらと、アンスキーのノートを軍服の上着の下から取り出して読み始めた。ヴィルケが隣に座ることもあったが、すぐに居眠りした。ライターはあるとき、そのノートは自分で書いたのかと訊かれた。ライターはあまりにばかばかしくて答える必要もないという顔で彼を見た。彼はあまりにばかばかしくて答える必要もないという顔で彼を見た。ヴィルケはまた同じことを尋ねた。ライターはヴィルケが寝言を言っているのだろうと思った。目は半開きで、髭は伸び放題で、頬骨や顎が顔から飛び出しそうに見えた。

「友達が書いたんだ」とライターは言った。

「死んだ友達だな」とヴィルケが寝言を言った。

「そんなところだ」と答えてライターは読み続けた。

ライターは砲兵隊の爆音を聞きながら眠るのが好きだった。ヴィルケも静かすぎる時間が長く続くと耐えられず、目を閉じる前に鼻歌を歌っていた。フォス中尉は逆に、寝るときは耳栓をしていて、なかなか目を覚まさず、見張りや戦闘に戻るにも時間がかかった。ときどき揺り起こしてやらなくてはならず、そんなときフォスは何事だと言って暗闇で拳を振り回した。だが彼はいくつも勲章をもらい、ライターとヴィルケはあるとき、師団の駐屯している兵舎まで一緒についていき、ドイツ国防軍の兵士が手にすることのできるもっとも栄誉ある勲章を彼がフォン・ベーレンベルク将軍からじかに胸につけてもらうのを目にした。それはフォスにとっては幸せな日だったが、そのころまでに連隊よりも兵力が落ちていた第七九師団にとってはそうではなかった。というのもその日の午後、ライターとヴィルケがトラックの横でソーセージを食べていたとき、ロシア軍の急襲を受け、フォスも彼ら二人もすぐに最前線に戻らなくてはならなかったからだ。大して抵抗もしないうちに彼らはふたたび後退した。退却の際、師団は大隊程度の規模になり、兵士の大部分は精神病院から脱走した狂人のように見えた。

数日間、兵士たちは中隊の秩序を維持しようとしながら、あるいは集団を作って偶然に合流したりばらばらになったりしながら、ひたすら西に進み続けた。

ライターはひとりで歩いた。ときおりソビエト軍の戦闘機の飛行中隊が飛んでいくのが見えた。ついさっきまで目のくらむほど青かった空が雲に覆われ、何時間も続く嵐が突然始まることもあった。丘の上からはドイツ軍の戦車の縦隊が東に進んでいくのが見えた。地球外文明の棺を見ているようだった。

彼は夜中に歩いた。日中はできるだけ隠れていて、アンスキーのノートを読んだり眠ったり、周りで育ったり燃えたりしているものを眺めて過ごしていた。ときどきバルト海の海藻の森を思い出して微笑んだ。ときどき妹のことを思い出して微笑んだ。家族からは何年も便りがなかった。父親から手紙をもらったことはなかったが、ライターは父親は字がうまく書けないからだと思っていた。母親は手紙をくれた。手紙には何と書いてあったっけ？　ライターは忘れてしまっていた。長い手紙ではなかったが、内容はまったく思い出せなかった。覚えているのは母の筆跡だけで、大きな震えるような文字で書かれ、文法の誤りがあり、飾り気がなかった。母親というのは手紙なんか書くものじゃないな、とライターは思った。いっぽう、妹の手紙はどれもちゃんと覚えていて、それを思い出してライターは微笑み、草むらに隠れてうつぶせになっているとだんだん眠くなっていった。手紙のなかで妹は自分のこと、村のこと、学校のこと、自分が着ている服のこと、そして兄のことを書いていた。

お兄ちゃんは巨人ね、と小さなロッテは言っていた。最初、こう呼ばれたことにライターは戸惑った。だがその後、小さな女の子にしてみれば、しかもロッテのように優しくて感受性の強い女の子にしてみれば、自分の背の高さは巨人に見えてもおかしくないと思った。お兄ちゃんの足音が森に響いています、とロッテは手紙に書いていた。森にいる鳥たちはお兄ちゃんの足音を聞くとさえずるのをやめるのです。畑で働いている人たちにもお兄ちゃんの足音が聞こえます。暗い部屋に隠れてる人たちにも聞こえてる。ヒトラーユーゲントの男の子たちはお兄ちゃんの足音を聞くと村の入口まで駆けつけてお兄ちゃんを待っているわ。何もかもが喜びです。お兄ちゃんは生きている。ドイツは生きている。等々。

ある日ライターは、知らぬ間にコステキノに戻っていた。村にいたドイツ人たちはもういなくなっていた。ソフホーズは無人で、数少ない丸太小屋から栄養失調の老人たちが顔を出し、震えながら、ドイツ人は村で働いていた技師やウクライナ人の若者を全員立ち退かせたのだと身ぶりで教えてくれた。その日、ライターはアンスキーの丸太小屋で眠り、我が家に帰ったとき以上に居心地よく感じた。暖炉に火を熾し、服を着たままベッドの上に身を投げ出した。だが、すぐには眠れなかった。アンスキーがノートに綴っていたうわべのことについて考え、自分自身のことを考え始めた。ライターはこれまでにないほど自由になった気がした。栄養状態は悪く、身体は弱っていたが、この自由への衝動、主体的な意志の衝動を可能なかぎり引き延ばす力がみなぎっている気もした。しかし、そのすべてはうわべでしかないのかもしれないと思うと不安を覚えた。うわべというのは、現実を、極限ぎりぎりの現実を支配する力のことだ、と彼はつぶやいた。それは人々の魂のなかに生きていて、人々の心や振る舞いのなかにも、意志の力や痛みのなかにも、人が物事を記憶したり、優先順位をつけたりする方法のなかにも生きている。うわべは実業家のサロンでも暗黒街でも増殖している。うわべは規範を打ち立て、自らの規範に立ち向かい(その混乱は血なまぐさいかもしれないが、だからといってうわべであることはやめない)、そして新しい規範を打ち立てる。

国家社会主義がうわべの絶対的な王国だ。愛することも、たいていはまた別のうわべだとライターは思案した。ロッテへの愛情はうわべではない。ロッテは僕の妹で小さくて、僕を巨人だと思っている。でも愛は、月並みな愛、恋人同士の愛、朝食と夕食がついて、嫉妬や金や寂しさがついてくる愛は芝居、つまりうわべだ。若さは力強さのうわべ、愛は平和のうわべだ。若さや力強さや愛や平和が僕に与えられることはありえない、とライターは心のなかでつぶやいてため息をついた。それにそんな贈り物を受け取るわけにはいかないのだ。アンスキーの放浪だけはうわべではない、とライターは考えた。十四歳のときのアンスキーだけはうわべではない。アンスキーは生涯を猛烈に未熟に生きた。なぜなら唯一で真実の革命もまた未熟だったからだ。その後ライターは眠りに落ちたが、夢は見なかった。

翌日、暖炉にくべる薪を探しに森に行き、村に戻ると、四二年の冬にドイツ人たちが住んでいた建物に好奇心からふと入ってみることにした。なかはうち捨てられて廃屋同然だった。鍋も米袋もなく、毛布もなく暖炉に火もなく、窓ガラスは割れ、よろい戸は外れていて、床はうっかり踏んだら靴底にくっついて離れないような泥か糞で汚れていた。壁には兵士が木炭でヒトラー万歳と書いていた。別の壁にはラブレターのようなものが残っていた。上階の壁や天井（！）にはコステキノで暮らしたドイツ人たちの日常風景が描かれていた。たとえばある一角には森が描かれていて、帽子からドイツ人だと分かる五人が薪を運んだり鳥を狩ったりしていた。別の隅には、セックスをしている二人のドイツ人を、両腕に包帯をした別のドイツ人が木の陰から見つめている様子が描かれていた。また別の隅には、夕食後に横になってくつろぐ四人のドイツ人と、その傍らに犬の骸骨と分かるものが描かれていた。最後の隅に描かれていたのはライター自身で、金色の長い髭を蓄えてアンスキー家の丸太小屋の窓から顔を外に出し、外では象とキリンとサイとアヒルが列を作って歩いていた。そのフレスコ画（あえてそう呼ぶならば）の中央に描かれているのは石畳の広場、コステキノに存在したことのない架空の広場で、女か女の幽霊が群れをなし、髪の毛を逆立てて悲鳴を上げながら走り回り、二人のドイツ兵はウクライナ人の若者たちの集団が、まだ何の形かは分からない石像を立ち上げようとしているのを監督していた。

子供が描いたかのような下手くそな絵で、遠近法もルネサンス以前のものだったが、各要素の配置に皮肉のようなものが認められることからすると、第一印象で感じるのよりもはるかに卓越したものが隠されているようだった。ライターは丸太小屋に戻りながら、あの絵を描いた奴は才能があるが、コステキノで四二年の冬を過ごしたほかのドイツ人たちと同じく頭がおかしくなってしまったのだろうと思った。彼はまた、自分が思いがけずあの壁画に描かれていたことについても考えた。あの画家はきっと、狂ったのは僕だと思っていたのだ、とライターは結論づけた。象を先頭にした列の最後尾にアヒルがいたせいでそう思ったのだ。あのころはまだ声が出なかったことも思い出した。また、あのころは暇さえあればアンスキーのノートを読み返し、言葉をひとつひとつ記憶しながら、何かとても奇妙な感覚を味わったことも思い出した。それは幸福感に近いこともあれば、空のように漠とした罪悪感に近いこともあった。そして彼は罪悪感と幸福感をともに受け入れ、ある夜にはそれらを足し合わせさえした。彼の突飛な足し算の結果は幸福感ではあったが違う種類の幸福感で、それは彼の胸を無慈悲に引き裂き、ライターにとっては幸福などではなく、自分はライターであるというだけのことだった。

コステキノに着いて三日目の夜、彼はロシア軍が村に侵攻してくる夢を見た。逃れようとしたライターは小川、〈甘い小川〉に飛び込んだ。〈甘い小川〉を泳ぎきるとドニエプル河にたどり着いたが、ドニエプル河には、ドニエプル河の両岸にはロシア兵が右にも左にもたむろしていて、河の真ん中に浮かび上がったライターを見ると彼らは笑って発砲した。発砲されたので彼は河に潜り、流れに身を任せて、息継ぎをするときだけ水面に顔を出し、また潜る、こんなふうにして何キロも河を泳ぎ、時には三分か四分か五分——世界記録だ——も息を我慢して、ようやくロシア兵のいる場所から離れたところまで流されたが、それでもライターはまだ潜ったままで、浮き上がって息継ぎをして、また潜った。川底はまるで石畳の道のようで、ときおり小さな白い魚の群れが目に入り、ときおり肉のない骨だけになった死体に出くわした。河の流れのところどころにあるその骸骨はたぶんドイツ兵かソ連兵のものだったが、着ていた服が腐って下流に流されてしまっていたのでどちらかは分からなかった。夢のなかではライター自身も下流に流されていて、ときどき、とくに夜になると水面に浮き上がって死体のふりをした。そうすれば、南に向かって絶え間なく流れる河に抱かれて浮かんだまま休んだり、五分くらいは眠ることもできたからだ。日が昇るとライターはふたたび潜り、ドニエプル河のゼリー状の川底に戻った。そうして何日も過ぎていった。ときどき街のそばを通るとそこの灯りが見え、灯りがなければぼんやりとしたざわめきが、病人が家具の位置を変えているときのような、家具を動かす音が聞こえてきた。またときどき軍のはしけの下をくぐり、夜の暗がりに兵士たちの凍える影が、波打つ水面に映し出される影が見えた。そしてある朝ついに、ドニエプル河は黒海に注ぎ、そこで河は死んだか姿を変えた。ライターは震える足取りで河岸というか海岸に近づいていった。その様子はまるで学生のようだった。彼が一度もなったことのない学生、休暇のさなかで頭も働かず、疲れ果てるまで泳いだあと砂浜に戻って突っ伏してしまう学生。だが、浜辺に座って広大な黒海を眺めているうちにぞっとして気づく。アンスキーのノート、軍服の上着の下にしまっていたノートはパルプのくずになってしまい、インクは永久に消え、小さなノートの半分は服から肌にくっついて、もう半分は穏やかな波の下に漂う粒子となってしまったことに。

その瞬間ライターは目を覚まし、できるだけ早くコステキノを出ていこうと決めた。音も立てずに着替え、わずかな持ち物を整えた。明かりも点けず、暖炉の火もかき立てなかった。その日のうちにどのくらい歩かなければならないかを考えた。丸太小屋を出る前に、アンスキーのノートを暖炉の隠し場所に注意深く戻しておいた。誰か他の人が見つけるだろう、と彼は思った。そしてドアを開け、用心深く閉めると、大股で歩いて村をあとにした。

数日後、ライターは自分が所属する師団の縦隊を見つけ、ふたたび忍耐と後退の単調な生活に戻ったが、やがてペルヴォマイシクの西方にあるブーフ河でソビエト軍に撃破され、第七九師団の残兵は第三〇三師団に組み込まれた。一九四四年、ライターと彼の大隊の兵士たちがロシアの自動車化旅団に追われてヤシに向かっているとき、青い土煙が真昼の空に立ち昇っているのが見えた。そして悲鳴や消え入りそうな歌声が聞こえ、すぐにライターが双眼鏡を覗いてみると、ルーマニア兵の一団が大慌てで、悪魔か恐怖にとりつかれたかのように畑を横切っていくのが見えた。彼らはライターの大隊が退却している街道に並行する舗装されていない道に入っていった。

ロシア軍が今にもやってきそうだったので時間に余裕はなかったが、ライターと仲間の兵士たちは何が起きたのか見に行くことにした。監視用に使っていた丘を下り、機関銃で武装した車両に乗って両方の道を隔てている荒れ地を渡った。ルーマニアの田舎の城のような建物が見えたが、ひっそりとしていて、窓は閉ざされ、石畳の中庭が厩舎まで伸びていた。その後、開けた場所に出ると、そこにはまだルーマニアの落伍兵が何人かいて、さいころで遊んだり、城にあった絵画や家具を荷車に積み込んでいた（そのあと自分たちで引いていった）。その一番奥には、おそらくその田舎の屋敷の大広間から引っ張り出してきたらしい巨大な十字架があった。大きな材木を組み合わせて作ったもので、暗い色のニスで仕上げてあった。黄色い土の上に立てられたその十字架に、裸の男が磔にされていた。ドイツ語が少し分かるルーマニア兵が、そこで何をしているのかと尋ねてきた。ドイツ兵たちはロシア軍から逃げていると答えた。奴らはじきに来る、とルーマニア兵たちは言った。

「ところで、あれは何だ?」とドイツ兵が十字架にかけられた男を指して言った。

「俺たちの軍団の将軍さ」と言いながら、ルーマニア兵たちは大急ぎで荷車に戦利品を積み込んだ。

「脱走するつもりなのか?」とドイツ兵の一人が尋ねた。

「そういうことだ」とルーマニア兵は答えた。「昨夜、第三軍団が軍を放棄することを決めた」

ドイツ兵は顔を見合わせた。まるで、ルーマニア兵を射殺するべきなのか、彼らと一緒に脱走すべきなのか分からないかのようだった。

「で、どこに行くつもりなんだ?」と彼らは尋ねた。

「西に向かう。俺たちの故郷だ」とルーマニア兵の何人かが答えた。

「よく考えたのか？」

「俺たちのことを邪魔する奴は殺す」とルーマニア兵は言った。

その言葉を追認するかのようにほとんどの兵士がライフルを構え、ドイツ兵たちに狙いをつける大胆な兵士さえいた。一瞬、一触即発の空気が生まれた。まさにそのとき、ライターは車両から降り、ルーマニア兵とドイツ兵の様子を気にも留めずに十字架とそこに磔にされた男のほうへ向かった。男の顔には乾いた血がこびりついていて、まるで前の晩に銃床で鼻を折られたかのようだった。目の周りは紫色で、唇は腫れていたが、それでもライターには相手が誰なのかすぐに分かった。それはエントレスク将軍だった。カルパティア山脈の城でフォン・ツンペ男爵令嬢と寝た男。ライターとヴィルケが秘密の通路からひそかに覗き見た男。着ていたものはおそらく、生きていたときに引きちぎられたのだろう、乗馬用の長靴のほかは何も身につけていなかった。エントレスクのペニスは、以前ライターとヴィルケが予想したところでは、勃起するとおよそ三十センチはある立派な一物だったが、それも今では夕方の風に力なく揺れていた。十字架の根元には花火の箱が置かれていた。エントレスク将軍が客をもてなすときに使ったものだった。火をつけても、青い小さな煙の雲が空にも届かないうちに消えるほどだったから、火薬が湿っていたのか古くて使い物にならなかったのだろう。ライターの後ろにいたドイツ兵の一人がエントレスク将軍のペニスについて一言つぶやいた。ルーマニア兵の何人かが笑い、すると十字架が突然磁気を帯びたかのように、全員が次々と十字架のほうに近づいた。

ライフルはもはや誰にも狙いをつけていなかった。兵士たちはライフルを農具のように抱えていて、深淵の縁を行進している疲れきった農民のようだった。ロシア軍が近づいてきているのは分かっていたし、ロシア兵たちを恐れていたが、一人として抗しきれず、最後に全員がエントレスク将軍の十字架に近づいた。

「どんな奴だった？」別に知りたくもなかったが一人のドイツ兵が尋ねた。

「悪い奴じゃなかった」とルーマニア兵が言った。

その後、皆揃って物思いに沈んだまま立ちつくした。うなだれる者、放心したような目で将軍を見つめる者。誰一人として、どうやって殺したのか尋ねようとは思わなかった。おそらく一撃を喰らわせたあと、地面に倒れた彼をなおも殴り続けたのだろう。十字架は血で黒く染まり、固まった血糊は蜘蛛のように黒っぽい色になって、黄色い地面まで届いていた。十字架から外してやろうと思いつく者は誰もいなかった。

「こんな奴にはなかなかお目にかかれないな」とドイツ兵が言った。

ルーマニア兵には彼の言ったことが分からなかった。ライターはエントレスクの表情を眺めていた。目は閉じていたが、かっと見開いているような印象を与えた。両手は銀色の大きな釘で木に固定されていた。一本の手に三本の釘。足には鍛冶屋で見るような太い釘を打たれていた。ライターの左では、まだ十五歳にもならないぶかぶかの軍服を着たルーマニア人の少年が祈りを捧げていた。ライターはここにはまだ誰かいるのかと訊いた。彼らによれば、自分たちのほかには誰もいない、第三軍団というか第三軍団の残兵はリタチの駅に三日前に着き、将軍はもっと安全な場所を西に探すかわりに自分の城に行ってみることにしたら、そこには誰もいなかったということだった。召使も食用になる動物もいなかった。将軍は二日間自室に閉じこもり、出てこようとしなかった。兵士たちは屋敷中をうろついて、酒蔵を見つけると、ドアを破った。なかにはためらう将校もいたが、そのうち全員酔っぱらってしまった。その夜、第三軍団の半分は脱走した。残った兵士たちは誰に強制されたわけでもなく、自分の意志で残ったが、それはエントレスク将軍が好きだったから、あるいはそれに似た感情があったからだった。近隣の村に盗みを働きに行った兵士もいたが、戻ってこなかった。中庭から将軍に向かって怒鳴り、指揮権をもう一度掌握して何をすべきか決定してくれと言う兵士もいた。だが将軍は部屋に閉じこもったままで、誰がノックしてもドアを開けようとしなかった。ある晩、酔った勢いで兵士たちがドアを蹴倒した。エントレスク将軍は肘掛け椅子に座っていて、枝付き燭台と大きな蠟燭に囲まれてアルバムを眺めていた。そのとき事件は起きた。最初、エントレスク将軍は乗馬用の鞭を振り回して自分の身を守ろうとした。だが兵士たちは空腹と恐怖で狂気にとりつかれていて、将軍を殺し、磔にした。

「こんなに大きな十字架を作るのは大変だっただろうね」とライターは言った。

「将軍を殺す前に作った」とルーマニア兵は言った。「どうして作ったのかは分からない。でも酒に口をつける前に作ったんだ」

その後、ルーマニア兵たちは戦利品を積み込む作業に戻り、ドイツ兵の何人かが手伝った。ほかのドイツ兵は酒蔵にアルコール類が残っていないかと屋敷を見て回ることにし、こうして十字架にかけられた男はふたたび取り残された。出発の間際になって、ライターは、ポペスクという男を知らないか、将軍といつも一緒で、おそらく将軍の個人秘書をしていたのだがと尋ねてみた。

「ああ、ポペスク大尉か」とルーマニア兵が頷いて言った。たとえカモノハシ大尉と言ったとしても同じような口ぶりだっただろう。「たぶんブカレストに戻っているんじゃないかな」

彼らが荒れ地に向かって進んでいくと、街道沿いに砂煙の雲が立ち昇り、ライターは、開けた場所の上を飛び回る黒い鳥が見えたような気がした。そこからエントレスク将軍が戦争の成り行きを眺めている。機関銃の横に乗ったドイツ兵の一人が笑いながら、ロシア兵たちはあの磔にされた男を見たらどう思うだろうな、と言った。誰も答えなかった。

敗北に敗北を重ね、ライターはとうとうドイツに戻った。一九四五年五月、二十五歳のときだった。森に二か月間身を隠したのち、アメリカ軍の兵士に降伏し、アンスバッハ郊外の捕虜収容所に送られた。彼はそこで久しぶりにシャワーを浴び、ちゃんとした食事をとった。

捕虜たちの半分はアメリカの黒人兵が建てた仮設小屋で眠り、残りの半分は巨大な野営テントで眠った。一日おきに外から人がやってきて、アルファベット順を厳しく守って捕虜たちの書類を確認していった。まず訪問者が外に机を出し、捕虜が列を作って並び、質問に答えていくのだった。その後、黒人兵が何人かのドイツ兵の助けを借りて三部屋からなる仮設小屋を特別に設け、今度はその仮設小屋の前に列ができた。その収容所にライターの知り合いは一人もいなかった。第七九師団とその後所属した第三〇三師団の仲間は、死んだか、ロシア軍の捕虜になったか、あるいはライターのように脱走していた。師団の残兵が保護領にあるピルゼンに向かったとき、ライターは混乱に紛れて勝手に離れたのだった。アンスバッハの捕虜収容所では誰とも関わりをもたないようにしていた。午後になると歌い出す兵士たちがいた。監視所からそれを見た黒人兵が笑っていたが、歌の内容はまったく分からないと見え、消灯時間まで歌わせていた。収容所の端から端まで、腕を組んで、何とも奇妙な話をしながら歩き回る兵士たちもいた。そのうちソ連と連合国のあいだで戦争が始まるぞと言ったかと思うと、ヒトラーが死んだときの状況を想像し始め、次は空腹の話題になり、ジャガイモがふたたびドイツを災厄から救うことになるだろうと語った。

ライターの簡易ベッドの隣には五十絡みの国民突撃隊の元闘士が眠っていた。髭は伸び放題で、いつも穏やかで小さな声でドイツ語を話し、周囲で起きていることにはまったく動じないかのようだった。日中はよく国民突撃隊の元闘士二人と雑談をしていて、散歩に行くのも食事をするのも一緒だった。だがライターはときどき、彼がひとりでいるときに、ポケットから引っ張り出した紙切れにこっそり鉛筆で何かを書きつけ、そのあと細心の注意を払ってしまい込むのを見ていた。あるとき、眠る前に、何を書いているのかと尋ねてみると、彼は自分の考えを書き留めようとしているのだと言った。なかなか難しいことだがね、と彼は言い足した。ライターはそれ以上何も訊かなかったが、それ以来、国民突撃隊の元闘士は毎晩、眠る前にライターと言葉を交わす口実を見つけるようになった。彼の話によれば、妻は二人の出身地であるキュストリンにロシア軍が侵攻したときに死んだという。でも、誰のことも恨んでいない、戦争は戦争だ、と男は言った。戦争が終わったらお互い赦し合ってまた新しく始めるのが一番だ。

どうやって始めるんですか？　ライターは知りたがった。ゼロから始めるのさ、陽気に、想像力を働かせてな、と男はのんびりとしたドイツ語でささやいた。男はツェラーという名前で、痩せて内気な男だった。いつもの国民突撃隊の元闘士二人と一緒に収容所のなかを歩いているのを見かけると、仲間との対比のせいなのか、彼の姿は威厳に満ちていた。ある晩、ライターは彼に家族はいるのかと尋ねた。

「妻がいる」とツェラーは答えた。

「でも奥さんは亡くなっている」とライターは言った。

「息子と娘がいた」と男は小声で言った。「でも二人とも死んでしまった。息子はクルスクの東方の戦闘で死んだ。娘はハンブルクの空襲でね」

「ほかに親戚は？」とライターは尋ねた。

「孫が二人、双子でね、女の子と男の子だ。でも娘と同じ空襲で死んだ」

「かわいそうに」とライターは言った。

「娘婿も死んだ。でも空襲じゃなくて何日か経ってからだ。妻と子供に死なれた悲しみから立ち直れなくて」

「ひどい話だ」とライターは言った。

「殺鼠剤を飲んで自殺したんだ」とツェラーは暗闇でささやいた。「三日間、とてつもない苦しみを味わって死んだ」

ライターは何と言うべきか分からなかった。眠かったせいもあるが、最後に聞こえたのは、戦争は戦争だ、何もかも全部、すべて忘れてしまったほうがいいんだ、とツェラーが言っている声だった。本当のところ、ツェラーはうらやましいほど落ち着き払った男だった。とはいえこの落ち着きも、新しい捕虜がやってきたときや仮設小屋で一人一人に尋問をする訪問者が戻ってきたときだけは乱された。三か月が過ぎてようやく、姓の頭文字がQ、R、Sで始まる者たちの番になり、ライターは兵士や文官と話す機会をもった。正面と横向きで立つようにと言われ、その後彼らは写真がたくさん挟み込まれているらしい書類のファイルから調査票を探した。そのあと、ライターは文官の一人に戦争中何をしていたのかと訊かれた。彼は第七九師団に所属してルーマニアに駐屯し、その後ロシアで数回負傷したと答えなくてはならなかった。

兵士と文官は傷を見せるようにと言い、ライターは服を脱いで見せた。文官の一人でベルリン訛りのドイツ語を話す男は、捕虜収容所では食事をきちんと食べているかと尋ねた。ライターは王さま並みに食べていると答え、質問をした男が通訳すると皆笑った。

「アメリカの食べ物は好きか？」と兵士の一人が尋ねた。

文官が通訳して、ライターは答えた。

「アメリカの肉は世界一うまい」

ふたたび笑いが起こった。

「そのとおりだ」と兵士は言った。「だがお前が食べているのはアメリカの肉じゃない。犬の餌だ」

（その発言を通訳するのはやめておいた）通訳者と兵士の何人かは、今度は笑いが止まらず床に転げ落ちた。黒人兵が怪訝そうな顔をしてドアのところに現われ、捕虜ともめているのかと尋ねた。彼らは黒人に向かって、ドアを閉めて出ていけ、もめごとなんかない、笑い話をしていただけだと言った。それから一人が煙草を取り出してライターに一本勧めた。あとで吸いますから、と言ってライターは耳の後ろに挟んだ。その後、兵士たちは急に真剣な表情になってライターの供述を記録し始めた。出生地、生年、両親の名前、両親の住所、そして少なくとも二人の親戚か友人の住所、等々。

その晩、ツェラーに尋問はどうだったかと尋ねられたので、ライターは何もかも話した。何年の何月に入隊したか訊かれたか？　はい。どこに徴兵事務所があったか訊かれたか？　はい。どの師団にいたか訊かれたか？　はい。写真はあったか？　ありました。写真は見たか？　見てません。個人的な尋問を終えるとツェラーは毛布をかぶり、眠ったように見えたが、少しすると暗闇でぶつぶつつぶやいているのが聞こえた。

一週間後に行なわれた次の訪問では、尋問者が二人収容所に来ただけで、列も作られず、尋問もなかった。捕虜を並ばせると黒人兵が列を点検し、このなかから十人ほどを引き離して、二台のトラックのところまで連れていき、手錠を掛けて乗せた。収容所の所長は、あの捕虜たちは戦争犯罪の容疑がかけられていると言うと、そのあと列を解散し元どおりにさせた。一週間後、訪問者たちは戻ってきて、T、U、Vの頭文字で始まる姓の者を調査したが、このときツェラーは明らかに神経質になった。優しい声音は少しも変わらなかったが、話すこととしゃべり方が変わった。言葉が唇からあふれるように出てきて、夜になると独り言が止まらなくなった。早口で、自分でもよく分からない抑制の利かない理由に駆り立てられるようにしゃべっていた。ライターのほうに首を伸ばし、肘をついて、ささやき、嘆き、輝かしいいくつもの場面を想像し始め、その場面をすべて一緒にすると、黒い立方体が積み重なった混沌とした絵になった。

日中は違った。ツェラーの姿はふたたび威厳にあふれていた。国民突撃隊の元闘士を除いては誰とも関わりをもたなかったが、ほとんど誰もが彼に敬意を抱き、上品な人物だと見なしていた。しかし、夜の長話を我慢していたライターには、ツェラーの顔つきが次第に険しくなっていくのが分かった。まるで彼のなかでは真っ向から対立する勢力同士で容赦のない闘いがくり広げられているかのようだった。この勢力とは何だったのか？　ライターには分からなかったが、どちらもたった一つのものから生じていて、それが狂気であることだけは感じ取った。ある晩、ツェラーは彼に、自分の名前はツェラーではなくザマーだ、したがって、次に訪問者たちがやってきたとき、アルファベット順の尋問に出頭する義務はないと言った。

その晩、ライターは眠くならなかった。満月の光が野営テントの布地越しに、靴下で濾過した熱いコーヒーのように漏れ出していた。

「俺の本当の名前はレオ・ザマーだ。お前に話したことのうち、いくつかは本当のことだが、ほかは違う」と、全身がかゆいかのように簡易ベッドのなかでもぞもぞしながら、偽のツェラーは言った。「俺の名前に聞き覚えがあるか？」

「ないです」とライターは言った。

「知らないのももっともだ。俺は有名人じゃないし、有名人だったこともないが、お前が故郷を離れているあいだ、俺の名前は悪性腫瘍みたいに成長して、今じゃ想像もつかないような書類にも俺の名前が載っている」ザマーはいつもの穏やかなドイツ語で話していたが、だんだん早口になっていった。「もちろん、国民突撃隊にいたというのは嘘だ。俺は戦った。戦わなかったなんて思わないでほしい。俺は戦った。生まれのいいドイツ人なら誰だってそうするように。だが俺が奉仕したのは別の舞台だった。軍隊のいる戦場ではなくて経済と政治という戦場だった。俺の妻はおかげさまでまだ生きている」ライターと彼は、野営テントを鳥の翼か鉤爪のように包み込んでいる光をしばらくのあいだ黙って眺めていた。長い沈黙のあと、彼はこう付け足した。「息子は死んだ。これは本当だ。かわいそうに。スポーツと読書が好きな頭のいい子だった。あれ以上の子は望めない。真面目で、運動が得意で、本が好きだった。息子はクルスクで死んだ。そのころ俺はドイツ帝国に労働者を供給する組織の副局長だった。その組織の本部は総督府から数キロ離れたポーランドの町にあった。

知らせを聞いて、俺は戦争を信じるのをやめにした。そのうえ妻には精神錯乱の兆候が出始めた。俺は誰にも自分みたいな状況になってほしくない。一番憎い敵にさえもね！　これからというときに息子は死んでしまった。妻は頭痛に絶えず苦しんでいる。そして俺は俺で、精いっぱいの努力と集中力を要求されるうんざりするほどの仕事。だが俺は几帳面な性格と粘り強さで切り抜けた。本当のところ、自分の不幸な境遇を忘れるために働いていた。その結果、ともかく俺は、働いていた国の組織の局長に昇進した。一夜にして仕事が三倍になった。それからはドイツ国内の工場に労働者を派遣するばかりでなく、俺たちがドイツ化しようとしていたら寂しい僻地、いつも雨ばかり降っているポーランドのあの地方のお役所仕事を維持しなければならなくなった。あそこでは毎日が灰色で、地面は煤の大きな染みで覆われているみたいで、誰ひとりとして文明的な楽しみを知らず、そのせいで十歳の子供でさえもアルコール依存症だった。信じられるか？　かわいそうな子供たち、野蛮で、さっき言ったように酒が好きで、サッカーが好きだった。

ときどき俺は、子供たちを執務室の窓から眺めていた。ぼろ切れで作ったボールを蹴って通りで遊んでいたが、走り方もジャンプも実に貧弱だった。酒を飲んでいるせいでしょっちゅう転んだり絶好のシュートを外していた。くどくど話すつもりはないが、要するに、殴り合いか蹴り合い、それか空っぽのビール瓶を相手チームの頭で叩き割って終わるようなサッカーの試合だったということだ。俺は窓から一部始終を見ていたが、どうしていいか分からなかった。どうすればあの疫病を終わらせられるのか、どうすればあの無邪気な子供たちの置かれた状況を改善してやれるのか。

告白するが、俺は孤独だった。ものすごく孤独で、とても寂しかった。妻を頼りにはできなかった。哀れな妻は、ドイツに、バイエルンに戻って姉と一緒に暮らしたいとすがるときぐらいしか、部屋の暗がりから出てこなかった。息子は死んでいた。娘は結婚してミュンヘンにいて、俺の悩みとは無縁に幸せに暮らしていた。仕事は山積みで、俺の同僚はますます神経を高ぶらせる。戦況はよくないうえに俺はもう関心をなくしていた。息子を失くした人間にどうやって戦争に興味をもてと？一言で言えば、俺の人生はいつまでも消えようとしない黒雲に覆われていたというわけだ。

そのころ俺のところに新しい指令が届いた。ギリシアからやってくるユダヤ人の集団を担当することになった。たしかギリシアから来たんだと思う。ハンガリーのユダヤ人だったかクロアチアのユダヤ人だったかもしれない。いや、そんなはずはない。クロアチア人はクロアチア人でユダヤ人を殺していたからら。セルビアのユダヤ人だったかもしれない。とにかく、ギリシアから来たということにしておこう。ギリシア系ユダヤ人を大勢乗せた列車が俺に送りつけられた。俺のところにだ！こっちは連中を収容する準備なんかまったくできていない。何の前触れもなく突然届いた指令だった。俺の組織には文民しかいなかったし、軍にもSSにも属していなかった。そういう問題に対処できる専門家もいなかった。俺はただドイツ帝国の工場に外国人労働者を派遣しているだけなのに、このユダヤ人たちをどうしろというんだ？結局、どうしようもないと俺は自分に言い聞かせ、ある朝、駅まで彼らを迎えに行った。地元の警察署の署長とその間際につかまえられた警察官を全員連れていった。ギリシアからやってきた列車は引き込み線に停まった。男、女、子供合わせて五百人のユダヤ人が引き渡され、俺は将校にサインを求められた。俺はサインした。それから車両に近づくと、耐えがたい臭いが漂っていた。俺はどのドアも開けてはならないと命じた。病気の感染源になりかねないからな、と俺は自分に言い聞かせた。それからある友人に電話をかけた。その友人がヘウムノの近くにあるユダヤ人収容所を管理している男に連絡を取ってくれた。俺は事情を説明して、ユダヤ人たちをどうしたらいいかと尋ねた。俺が働いていたあのポーランドの町にはもうユダヤ人は一人もいなかったってことだ。いるのは酔っぱらいの子供と酔っぱらいの女と一日中弱々しい太陽光線を追いかけてばかりの年寄りだけだったんだ。ヘウムノの男は、二日後にかけ直してくれ、信じられないだろうが、こっちも毎日解決しなきゃいけない問題が山積みなんだと俺に言った。

俺は礼を言って電話を切った。引き込み線のところに戻った。将校と鉄道機関士が俺を待っていた。二人に朝食をごちそうした。コーヒー、ソーセージ、目玉焼き、温かいパン。連中はブタみたいにがつがつ食べた。俺は食べなかった。頭では別のことを考えていた。命令で連中はその日の夜には南ヨーロッパに戻らなくてはならなかったので、列車を空にしてくれと言われていた。連中の顔を見て、俺はそうすると言った。将校は、自分に任せてくれれば護衛の力を借りて車両を空っぽにできる、そのかわり掃除には駅員の手を借りたいと言った。分かったと俺は言った。

作業に入った。車両のドアが開いた瞬間の臭いで、駅の便所掃除をしていた女までもが鼻に皺を寄せた。移動中に八人のユダヤ人が死んでいた。将校は生存者を並ばせた。どいつも健康そうとは言えなかった。俺は連中を閉鎖された皮なめし工場に連れていくように命じた。部下の一人をパン屋に行かせ、パンをあるだけ買ってユダヤ人たちに配るように言った。支払いは俺につけておけ、だが急いでくれと。それから事務所へ行って別の急ぎの用を済ませた。正午に連絡があって、ギリシアから来た列車は町を出たとのことだった。事務所の窓から例の酔っぱらいの子供たちがサッカーをしているのが見え、一瞬、自分も飲みすぎたような錯覚を覚えた。

午前中いっぱい、ユダヤ人たちがもう少し長くいられそうな落ち着き場所を探した。秘書の一人が、彼らを働かせてみたらどうかと言った。ドイツで？　と俺は訊いた。いえ、ここで、と彼は言った。悪くない考えだった。五十人くらいのユダヤ人に箒を与え、十人ずつの班に分けて、俺のゴーストタウンを掃除させるよう命じた。そのあともっと重要な案件に戻った。帝国内のいくつかの工場が少なくとも二千人の働き手を探していて、総督府からも俺宛てに、手の空いた働き手を見つけてほしいという内容の書状が届いていた。俺は何本か電話をかけた。五百人のユダヤ人の手が空いているんだがと言うと、ポーランド人かイタリア人の戦争捕虜がほしいと言われた。

イタリア人の戦争捕虜だって？　これまでイタリア人の戦争捕虜なんて見たためしがない！　そのうえ手の空いているポーランド人は全員行き先を手配してあった。俺のところにはぎりぎり必要な分の人数しか残っていなかった。そこでもう一度ヘウムノに電話をかけて、俺のところのギリシア系ユダヤ人たちに関心がないかどうかもう一度尋ねてみた。

「あんたのところに送られたってことは、何か理由があるんだろう」と金属的な声が答えた。「あんたがどうにかしたらいい」

「だがうちはユダヤ人収容所じゃない」と俺は言った。「しかるべき経験もない」

「あんたが責任者だ」と声は答えた。「何か疑問があるなら送り主に訊いたらいい」

「だがね」と俺は答えた。「送り主は、たぶんギリシアにいるんだが」

「だったらベルリンのギリシア担当に訊けばいい」と声は言った。

賢明な答えだった。礼を言って受話器を置いた。少しのあいだ、ベルリンに電話をかけるべきか否か考えた。外の通りに突然、ユダヤ人の掃除夫の一団が姿を現わした。酔っぱらった子供たちはサッカーをするのをやめ、歩道に上がって、まるで動物でも見ているようにユダヤ人たちを眺めた。町の警官に見張られて、最初のうち、ユダヤ人たちはうつむいて丁寧に掃いていたが、そのうち一人が顔を上げた。まだ十代の少年で、子供たちを見、そして例の悪ガキどもの一人の長靴の下に収まっているボールを見た。一瞬、俺は奴らが一緒に遊び出すんじゃないかと思った。掃除夫対酔っぱらい。だが警官が厳しく見張っていたので、少しするとユダヤ人の一団は姿を消して、子供たちはまた通りでサッカーの真似事を始めた。

俺はまた事務処理に没頭した。積送したジャガイモが、俺の管轄する地域から、最終目的地のライプツィヒまで行くあいだに行方不明になっていた。俺はその件を調査するよう指示を出した。俺はトラック運転手を信頼したことがない。ビーツの件も調べた。ニンジンの件も調べた。代用コーヒーの件も。町長に電話をつないでもらった。俺の秘書の一人が書類を持ってやってきて、その書類でジャガイモはちゃんと俺の管轄地域を、トラックではなく鉄道で出発したことが確かめられた。ジャガイモは牛か馬かロバか、ともかく何かの動物が引いた荷車に載せられて駅に着いたのであって、トラックで運ばれたわけではない。列車に積み込んだときの受領証の写しがあったが、失くなっていた。その写しを探せと俺は命じた。別の秘書がやってきて、町長が病気で寝込んでいると知らせた。

「重病なのか?」と俺は尋ねた。

「風邪です」と秘書は言った。

「だったら起こして連れてこい」と俺は言った。

一人になると、俺は哀れな妻のことを考え始めた。カーテンを閉めきった部屋のベッドでやつれた妻のことを、するととたんに俺はいらいらしてきて事務所のなかを歩き回った。じっとしたままでいると脳梗塞を起こしそうな気がしたからだ。そのときまた掃除夫たちの一団が、かなりきれいになった通りに戻ってきたのが見え、時間が反復しているような気がして俺は身体がこわばった。

だが、神の思し召しか、連中はさっきと同じ掃除夫ではなかった。問題は彼らがあまりに似すぎていることだった。だが見張りの警官は別人だった。さっきの警官は痩せて背が高く、姿勢よく歩いていた。今度の警官は太っていて背が低く、六十歳くらいだったが十歳以上老けて見えた。サッカーをしていたポーランド人の子供たちも俺と同じように感じたはずで、もう一度歩道に上がってユダヤ人たちに道をあけた。子供の一人が何か言った。窓にくっついていた俺は、その子供はユダヤ人を侮辱したんだろうと思った。俺は窓を開けて警官を呼んだ。

「メーネルトさん」俺は上から呼んだ。「メーネルトさん」最初、警官は誰に呼ばれているのか分からず、困ってあちこちを見回した。酔っぱらいの子供たちはそれを見て笑った。

「上ですよ、メーネルトさん、こっち」

ようやく警官は俺を見つけて気をつけの姿勢をとった。ユダヤ人たちは手をとめて待っていた。酔っぱらいの子供たちは全員、俺のいる窓を見上げた。

「あの洟垂れ小僧どもが俺の労働者たちを侮辱したら銃をぶっ放してください」と俺は皆に聞こえるように大声で言った。

「承知しました、閣下」とメーネルトが言った。

「ちゃんと聞こえましたか?」と俺は怒鳴った。

「はい、閣下」

「撃ちたいだけ撃てばいい、好きなように、いいですか?」

「何もかも承知しました、閣下」

そのあと窓を閉めて仕事に戻った。宣伝省からの通達を読み始めて五分と経たないうちに秘書の一人がやってきて、ユダヤ人たちにパンを配給したが、全員には行き渡らなかったとの報告を受けた。しかも、配るときに確認したところ、さらに二人死んでいたことが分かったという。ユダヤ人が二人死んだだと? 俺は素っ頓狂な声でくり返した。でも列車を降りた連中は自分の足で降りたんだろう! 秘書は肩をすくめた。死んだんですよ、と彼は言った。

「分かった、分かったよ。俺たちはおかしな時代に生きてるな、そう思わないか?」と俺は言った。

「二人とも老人でした」と秘書は言った。「もっと正確に言えば、一人は老人でもう一人は老婆です」

「で、パンは?」

「全員の分はありませんでした」と秘書は言った。

「何とかしなきゃならんな」と俺は言った。

「やってみましょう」と秘書が言った。「でも今日はもう無理です。明日ですね」

秘書の口調に俺は心底不愉快になった。身ぶりで出ていけと合図した。もう一度仕事に集中しようとしたが、できなかった。俺は窓辺に行った。酔っぱらいの子供たちはいなくなっていた。そのあたりをぐるりと一周してくることにした。冷たい空気に当たれば神経も鎮まるし身体の調子もよくなる。とはいえ火の燃えている暖炉と何時間でも読んでいられるいい本の待つ家にすぐに帰りたかった。出かける前に秘書に声をかけて、何か急ぎの用事があれば駅のバーにいるからと伝えた。通りに出て角を曲がると、町長のティッペルキルシュに出くわした。俺を訪ねてきたのだ。コートを着てマフラーで鼻まで覆い、セーターを重ね着して雪だるまのようだった。熱が四十度あったので来ることができなかったと町長は言った。

話を大きくするのはやめましょう、と俺は歩きながら言った。医者に訊いてみてくださいよ、と町長は俺の後ろから言った。駅に着くと、何人かの農夫が総督府のある東のほうから来るローカル鉄道の到着を待っていた。鉄道は一時間遅れていると教えられた。悪い知らせばかりだった。俺はティッペルキルシュとコーヒーを飲み、ユダヤ人のことを話した。それなら聞いていています、とティッペルキルシュは両手でコーヒーカップを摑みながら言った。真っ白でほっそりとした手に血管が走っていた。

一瞬、俺はキリストの手を思い浮かべた。描かれるに値する手だ。それから俺はどうすべきか尋ねた。元のところに送り返すんです、とティッペルキルシュは言った。鼻水の細い筋が垂れていた。指さして教えてやった。彼は何のことか分からないようだった。鼻をかんでは、と俺は言った。ああ、失礼、と彼は言って、コートのポケットを探って白いハンカチを取り出した。とても大きかったが、およそ清潔とは言えなかった。

「どうやって送り返したらいいんだろう?」と俺は言った。

「こちらに動かせる列車があるとでも? 仮にあったとしても、もっと生産的なものを積むべきじゃないでしょうか?」

町長は痙攣のようなものを起こして、肩をすくめた。

「働かせるんですよ」と町長は言った。

「そうしたら誰が彼らに食べさせるんですか? 町が面倒を見てくれるんですか? 無理ですよ、ティッペルキルシュさん。あらゆる可能性を検討してみましたが、別の機関に委託するしかないんです」

「でしたら、一時的にこの地方にいる農民それぞれに二人一組でユダヤ人を貸し与えたらどうでしょう」とティッペルキルシュは言った。「とりあえず何か解決策が浮かぶまでのあいだ」

俺は町長の目を見て声を落とした。

「それが法律違反だってことはあなたもご存じでしょう」と俺は言った。

「ええ」と彼は言った。「分かっています、あなたもご存じだ。でも我々の状況は決してよくないし、少しでも助けになってくれればありがたい話です。農民たちも反対するとは思えませんがね」と彼は言った。

「だめです、論外ですよ」と俺は言った。

だが俺はそのことを考え、考えているうちに、とてつもなく深くて暗い井戸に沈んでいき、どこから来るのか分からない火花に照らされて、生きていたり死んでいたりする息子の顔だけが見えた。

ティッペルキルシュが歯をがちがち鳴らす音で目が覚めた。具合が悪いんですか? と俺は尋ねた。町長は俺に答えようとしたができず、少しして気を失った。俺はバーから事務所に電話して車を一台よこしてくれと言った。秘書の一人によれば、ベルリンのギリシア担当と連絡がとれたが、向こうはいっさい責任を負わないとのことだった。車が来ると、バーの主人と農夫と俺とでティッペルキルシュを車に乗せた。運転手に、町長を家まで運んでから駅に戻ってくるよう命じた。待っているあいだ、暖炉のそばでさいころのゲームをした。エストニア出身の農夫が勝ち通しだった。正面に三人の息子がいて、農夫は勝つたびに、謎めいているというのでなければ、とてつもなく奇妙な言葉を発した。運命は死と同盟を結んでいる、と彼は言っていた。そして、まるで俺たち全員が彼に同情しなければならないみたいに、首を切り落とされた羊のような目をした。

その男は町で、とくにポーランド女たちのあいだでとても人気があったと思う。ポーランド女たちにとって、息子が三人とも大きくなって家を出ていた男やもめは恐れるに足りなかった。俺の知っているかぎりではかなり粗野なところのあるじいさんだったが、百姓によくいるような強欲な人間ではなかった。ときどき食べ物や着るものを女たちにプレゼントし、女たちはお返しに男の農場で夜を過ごす。まさにドン・ファンだ。少ししてゲームが終わると、俺はそこにいた人たちに挨拶して事務所に戻った。

もう一度ヘウムノに電話をかけたが、今度はつながらなかった。秘書の一人が、ベルリンのギリシア担当の役人から、総督府のSS本部に電話をするよう勧められたと言った。ずいぶん間の抜けたアドバイスだった。というのも、俺たちのいた町と周辺地域は、村も農場も含めて総督府から数キロのところにあったとはいえ、実際のところ行政上はドイツの大管区《ガウ》に属していたからだ。となるとどうすればいい？　その日はやることがあまりにたくさんあったので、別の案件に集中することにした。家に帰る前に駅から電話があった。列車はまだ着いていなかった。辛抱してくれ、と俺は言った。心のなかでは絶対に来ないと分かっていた。帰り道、雪が降り始めた。

翌日は早く起きて町の社交クラブに朝食をとりに行った。どのテーブルも空席だった。少し経つと、きちんとした格好をして髪を整え、髭も剃った俺の秘書が二人やってきて、前の晩にユダヤ人がもう二人死んだと報告した。死因は？　と俺は訊いた。二人とも知らなかった。ただ死んだのだった。今回は老人ではなく、若い女と生後八か月くらいの息子だった。

俺は打ちのめされ、うなだれて、コーヒーの黒く穏やかな表面に映る自分の姿を見つめた。たぶん凍死したんだろう、と俺は言った。昨日の晩は雪が降ったからな。その可能性もあります、と秘書は言った。すべてが俺にかかっている気がした。

「その宿を見に行こう」と俺は言った。

「どの宿です？」と秘書が驚いて言った。

「ユダヤ人たちのだよ」と俺はもう立ち上がって戸口に向かいながら言った。

想像したとおり、古い皮なめし工場はひどいにもほどがあった。見張りについていた警官さえもが愚痴をこぼしていた。秘書の一人の報告によれば、夜寒かったせいで見張りの順番がきちんと守られなかったという。見張りの件は警察の上役と話をつけるように言い、彼らのために毛布を持ってくるよう命じた。もちろんユダヤ人にもだ。秘書が全員分の毛布を見つけるのは難しいと俺に耳打ちした。努力しろ、少なくともユダヤ人の半分には毛布が行き渡るようにしてほしいと俺は言った。

「残りの半分は?」と秘書は尋ねた。

「仲間を思いやる気持ちがあるなら、毛布を一緒に使うだろう。そうでなければ、それは連中の問題だ。俺にはどうしようもない」と俺は言った。

事務所に戻ると、町の道路がいつになくきれいになっているのに気がついた。その日はいつもどおりに過ぎたが、夜になってワルシャワから電話があった。ユダヤ人問題局からで、そんな組織があることはそのときまで知らなかった。明らかに若者だと分かる声が、俺のところに五百人のギリシア系ユダヤ人がいるというのは本当かと尋ねてきた。そのとおりだと俺は答え、彼らの到着を誰も前もって知らせてくれなかったのでどうしていいのか分からないと付け加えた。

「手違いがあったようです」とその声は言った。

「そのようですね」と俺は言って黙り込んだ。

沈黙がしばらく続いた。

「あの列車はアウシュヴィッツで空にするはずだったんです」と若者の声が言った。「というか、そうだったと思いますが、はっきりとは分かりません。少しお待ちください」

俺は十分間、受話器を耳に当てて待っていた。そのあいだ、秘書の一人が書類を持ってやってきて俺はそれにサインし、別の秘書がその地域の牛乳生産量の低さに関するメモを持って入ってきて、また別の秘書がやってきて何かを言いかけたが、俺がしっと言って黙らせたので、秘書は紙切れに報告事項を書き留めた。ジャガイモはライプツィヒで盗まれました。盗んだのは栽培者本人です。俺はびっくり仰天した。というのも、そのジャガイモはドイツの農場で栽培されたもので、しかも作り手は、その地域に住み始めたばかりの、模範的な連中だった。

どうやって? と俺は同じ紙に書いた。分かりませんが、積荷書類を偽造した可能性があります、と秘書は俺の質問の下に書き加えた。

そうか、初めてのことじゃないだろう、と俺は思った。でも俺の百姓じゃない。それに連中が悪いとして、どうすればいい? 全員刑務所にぶち込むのか? それで何の得になる? 土地をほったらかしにしておくのか? 奴らに罰金を科して、今以上に貧しい暮らしをさせる? そんなことはできないと俺は強く思った。もっと調べてくれ、と秘書のメッセージの下に書いた。それからこう付け足した。よくやった。

秘書は笑みを浮かべて、片手を挙げ、唇を「ハイル・ヒトラー」と言うように動かしてつま先立ちで出ていった。そのとき若者の声が聞こえてきた。

「もしもし?」

「はい、どうぞ」

「いいですか、こういう状況なので当方にはユダヤ人を迎えに行く交通手段がありません。彼らは管理上、上シレジアに属していています。上司と話した結果、あなたご自身で処分なさるのが最適かつ最善であるという結論に至りました」

俺は答えなかった。

「よろしいですか?」とワルシャワからの声が言った。

「はい、承知しました」

「であれば、これで問題ありませんね?」

「そうですね」と俺は言った。それからこう付け足した。「ですが、この命令を文書でいただきたいのですが」電話の向こうでよく響く笑い声がした。俺の息子もこんなふうに笑ったかもしれない、と俺は思った。田舎の午後を、鱒がたくさんいる青い川を、両手いっぱいの草花の香りを思い起こさせる笑い声だった。

「バカなことを言わないでくださいよ」少しもおごったところのない声が言った。「こういう命令は文書にはしません」

その晩は眠れなかった。俺に求められているのはギリシア系ユダヤ人を俺自身の手によって俺の責任で処分しろということだと理解した。翌朝、事務所から町長と消防署長と警察署長と退役軍人協会の会長に電話をかけて、町のクラブに集まってほしいと伝えた。消防署長は雌馬が出産間近で行けないと言い出したが、俺はさいころのゲームではなくてもっと緊急の用件なんだと言った。彼は何のことか知りたがった。来れば分かると俺は言った。

クラブに着いたときには全員が揃っていた。テーブルを囲んで、馴染みのウェイターの笑い話を聞いていた。テーブルの上には焼き立てのパンとバターとジャムが載っていた。俺を見るとウェイターは口をつぐんだ。年寄りで、背は低く、ひどく痩せていた。俺は空いていた椅子に腰を下ろすとコーヒーを注文した。コーヒーが運ばれてきたところで、ウェイターに下がってくれと言った。その後、出席者たちに俺たちが置かれている状況を簡潔に説明した。

消防署長は、すぐにどこかの捕虜収容所の所長に電話をかけてユダヤ人たちを収容できるかどうか確かめるべきだと言った。すでにヘウムノにいる奴に相談したと説明しても、俺が言い終わらないうちに、上シレジアの収容所と連絡を取るべきだと主張した。議論はそういう具合に進んだ。皆、ある人物を知っている友人がいて、そのある人物は誰かと知り合いで、等々。連中には好きに話をさせておいて、俺は静かにコーヒーを飲み、パンを半分に割って片方にバターを塗って食べた。そのあと、もう半分にジャムを塗って食べた。コーヒーはおいしかった。戦争前のコーヒーとは違ったがおいしかった。食事を終えた時点で俺は口を開き、あらゆる可能性を検討してみたが、ギリシア系ユダヤ人を処分しろとの命令には逆らえないと告げた。問題は、どうやって処分するかです、と俺は言った。何か方法は浮かびませんか?

出席者たちは互いに顔を見合わせた。誰も口を開かなかった。とにかく気詰まりな沈黙を破りたくて、俺は町長に風邪の具合はどうかと訊いた。この冬は越せないかもしれません、と町長は言った。冗談を言っているのだと思って皆笑ったが、町長は真面目だった。それから畑のことが話題になった。二人の農場主のあいだで、ある小川が原因となって境界線をめぐるいさかいが起きていて、誰も納得のいく説明ができないのだが、その小川というのが一夜にして流れを変え、気まぐれにかつよく分からない理由で十メートルぐらい横にずれてしまい、このいまいましい小川を境界にして隣り合う二つの農場の所有権に影響を及ぼしていた。俺は行方不明になったジャガイモの積荷の調査のことも訊かれた。俺はその件については軽くあしらった。いずれ出てきますよ、と俺は言った。

午前中が半分過ぎたところで俺は事務所に戻った。ポーランド人の子供たちはもう酔っぱらってサッカーをやっていた。

そのあと二日間は何の決定にも至らずに過ぎた。ユダヤ人は一人も死ななかったし、秘書の一人はユダヤ人たちを使って五つの道路清掃班のほかに三つの庭師班を組織した。それぞれの班は十人のユダヤ人からなり、町の広場を清掃する以外にも、幹線道路沿いの土地で、ポーランド人は開墾したことがなく、俺たちも時間と人手が足りなくてやはり手をつけたことのなかった区画の草むしりをした。覚えているかぎり、俺はほとんど何もしなかった。

俺は途方もない倦怠感に襲われるようになった。夜になって家に戻ると、台所で寒さに震え、白い壁のどこか一点をぼんやり見つめながらひとり夕食を食べた。もうクルスクで死んだ息子のことを考えることもなかったし、ラジオをつけてニュースを聞いたり音楽を聴いたりすることもなかった。午前中は駅のバーでさいころのゲームをして、暇つぶしにそこに集まっている農夫たちの卑猥な冗談を、全部は分からなかったが聞いていた。そうして夢を見ているように無為のままに二日が過ぎ、さらにもう二日そうしていることにした。

だが仕事はたまる一方で、ある朝、もうこれ以上問題から逃げているわけにはいかないことに気づいた。俺は秘書に電話をかけた。警察署長にも電話をかけた。問題に対処するのに武装した警官を何人使えるかと訊いた。署長は、状況次第だが、もしもの場合には八人は可能だと言った。

「で、そのあと連中をどうしたらいいでしょうか?」と秘書の一人が尋ねた。

「今まさにそれを解決しようとしているんだ」と俺は言った。

警察署長には、出かけてもいいが、いつでも俺の事務所と連絡が取れるようにしておくようにと命じた。その後、俺は秘書を従えて通りに出ると、全員で俺の車に乗った。運転手は町の郊外に車を走らせた。一時間ほど田舎道や昔は馬車が通った道を走り回った。雪が残っている場所もあった。ここがぴったりだと思った農場があると車を停めて農場主に話をしたが、言い訳をひねり出されたり反対されたりするばかりだった。

俺はここの連中に優しくしすぎた、と心のなかでつぶやいた。そろそろ厳しいところを見せるときかもしれない。だが厳しくするのは俺の性に合わない。町から十五キロほど離れたところにくぼ地があるのを秘書の一人が知っていた。俺たちはそれを見に行った。悪くなかった。人里離れた場所で、松の木に囲まれ、黒っぽい土壌だった。くぼ地の底は厚い葉の茂みに覆われていた。秘書によると、春には兎狩りをしにここまで来る人がいるとのことだった。幹線道路からはそれほど離れていなかった。町に戻るとき、俺はもうどうすべきかを決めていた。

翌朝、警察署長を自宅まで迎えに行った。事務所の前の歩道には警官が八人集結していて、そこに俺の部下が四人（秘書が一人と運転手、そして事務員が二人）、さらにぜひとも参加したいという農夫が二人、志願して加わった。俺は全員に、てきぱきと行動し、事務所に戻ってきて出来事を報告するよう命じた。彼らが出発したとき、まだ太陽は出ていなかった。

午後五時に警察署長と秘書が戻ってきた。疲れているように見えた。すべて計画どおりに進んだと二人は言った。彼らは古い皮なめし工場に行き、道路清掃の二班を連れて町を出た。彼らは十五キロ歩いた。幹線道路から外れると、くぼ地に向かってのろのろ進んだ。そこで起こるべきことが起きた。混乱はあったのか？　どのくらい混乱したんだ？　混乱に支配されたのか？　と俺は訊いた。少し混乱がありました、と二人は沈んだ様子で答え、俺はその件を掘り下げないことにした。

翌朝、同じ作業がくり返されたが、若干の変化があった。志願者が二人から五人に増え、三人の警官は前日参加しなかった別の三人と交代していた。俺も部下を交代させた。別の秘書を行かせ、事務員は誰も派遣しなかったが、運転手はそのまま行かせた。

午後が半分過ぎた時点でさらに道路清掃の二班が姿を消し、夜になると、まだくぼ地に行ったことのない秘書と消防署長に命じて、ギリシア系ユダヤ人の道路清掃班を新たに四つ作らせた。夜になる前に俺はくぼ地付近を見回りに行った。事故というか事故のようなものがあり、俺たちの車が幹線道路から飛び出してしまった。俺はすぐに気づいたが、運転手は普段よりぴりぴりしていた。俺は何があったのかと訊いた。正直に話していいんだぞ、と俺は言った。

「分かりません、閣下」と運転手は答えた。「ちょっと変な気分なんです。あまり寝ていないからでしょう」

「眠れないのか？」と俺は訊いた。

「寝つけないんですよ、閣下、寝ようとしても寝つけなくて」

俺は心配しなくていいと言った。もう一度幹線道路に戻り、走り続けた。目的地に到着すると、懐中電灯を摑んであの幽霊のような道に入り込んだ。動物たちはくぼ地を取り囲む一帯から突然いなくなったようだった。この瞬間から、ここは昆虫の王国になると俺は思った。運転手はやや気おくれしながら俺のあとをついてきた。運転手が口笛を吹くのが聞こえたのでやめさせた。一目見たかぎり、くぼ地は最初に見たときと変わらなかった。

「穴は?」

「あっちのほうです」運転手は土地の奥のほうを指さして言った。

これ以上詳しく調べたくなかったので家に戻った。翌日、精神衛生上の理由から絶対に必要だと考えて要員交代をしたのち、志願者からなる分隊が作業に戻った。その週の終わりには道路清掃を担当する八つの班、つまり合計して八十人のギリシア系ユダヤ人が姿を消した。だが日曜日の休みを挟んで新たな問題が生じた。男たちは負担の重い作業に苦しめられていった。農場からの志願者は一時六人にまで増えたが、一人にまで減ってしまった。町の警官は神経が参っていると訴え、檄を飛ばしてみたものの、この精神状態でそれ以上のことを彼らに要求することはできなかった。事務所の連中は作戦に積極的に参加し続けることにためらいを見せたり、突然病気になったりした。俺自身の身体の具合も、ある朝髭を剃りながら気づいたが、危ない状態にあった。

それでも、連中にはもうひと踏ん張りしてくれないかと頭を下げた。そしてあの朝は、予定よりだいぶ遅れてから、もう二組の道路清掃班をくぼ地に連れ出した。待っているあいだは仕事が手につかなかった。働こうとしてもできなかった。午後六時、すでに暗くなってから彼らは戻ってきた。通りで歌う声が聞こえ、別れの挨拶をしている声が聞こえ、ほとんどの連中が酒を飲んで酔っぱらっているのだと分かった。俺は連中を責めなかった。

警察署長と秘書の一人と運転手が事務所にやってきた。俺はとてつもなく不吉な予感に包まれて彼らを待っていた。連中が椅子に座ったのを覚えている(運転手は戸口に立ったままだった)。そして、指示された作業がどのくらい、どの程度連中を疲弊させているかは彼らが口を開かなくても理解できた。何とかしなくてはならないな、と俺は言った。

その夜は家で寝なかった。町を静かに、車で一周した。運転手は、俺がプレゼントした煙草を吸いながらハンドルを握っていた。車の後部座席で毛布にくるまっているとき、知らぬ間に眠りに落ちていた。息子が叫んでいる夢を見た。前進、前進! どんどん前進!

目が覚めると全身がしびれていた。町長の家に着いたのは午前三時だった。最初、誰も出ないのでドアを蹴り倒そうかと思った。その後、よろよろした足音が聞こえてきた。町長だった。どなたです? と、イタチかと思うような声で町長は言った。俺たちは明け方まで話し合った。翌月曜日、警官は道路清掃班を町の外に連れ出すかわりに、サッカー少年たちが現われるのを待っていた。全部で十五人の少年が俺のところに連れてこられた。

ちたちを町の公会堂に行かせてから、俺は秘書と運転手を連れてそこに向かった。連中をじかに見ると、おそろしく青白くて、がりがりに痩せていて、とにかくサッカーと酒を必要としていた。俺は哀れに思った。そこにじっと突っ立っていたのは子供というよりは子供の骸骨、捨てられたスケッチ、意志、そして骨だった。

全員分のワイン、それにパンとソーセージもあるぞと言った。反応はなかった。ワインと食べ物のことをくり返し、家族のために持って帰るものもあるだろうと付け足した。俺は少年たちの沈黙を肯定だと解釈し、五人の警官と十本のライフルと、報告によるといつも弾が詰まる機関銃と一緒にトラックに乗せてくぼ地に送り出した。その後、残りの警官たちには、国からしょっちゅう金を横領しているのを報告するぞと脅してむりやり参加させた四人の農夫に武器を持たせて付き添わせ、三つの道路清掃班をくぼ地に連れていくよう命じた。さらに、その日、ユダヤ人たちにはいかなる理由があっても古い皮なめし工場から出てはならないとの命令も下した。

午後二時、くぼ地にユダヤ人を連れていった警官たちが戻ってきた。駅のバーで食事をし、三時になるともう一度、さらに三十人のユダヤ人を護送していった。夜の十時には全員が戻ってきた。護衛の農夫たち、酔っぱらいの少年たち、そして少年たちに付き添い、武器の使い方を教えてやった警官たち。

何もかもうまくいきました、と秘書の一人が言った。少年たちは熱心に働きました、見たい者は見て、見たくない者は現場を離れ、すべてが終わってから合流しました。翌日、俺はユダヤ人たちのあいだに、彼らが滞在するのにおあつらえ向きの労働収容所に全員を移送しているところで、輸送手段がないので小さな班に分けているのだと噂を流した。それからポーランド人の母親のグループとも話をしたが、彼女たちを落ち着かせるのはそれほど難しくなかった。そしてユダヤ人たちが新しく二十人の班に分けられ、二度にわたってくぼ地に送られるのを事務所から確認した。

だが、雪がまた降り出したときにふたたび問題が発生した。秘書の一人によれば、くぼ地に墓穴を新しく掘るのは無理だった。無理なはずはないと俺は言った。要は墓穴の掘り方にある、垂直に深く掘らずに、水平に広く浅く掘っているせいだ。一団を招集してその日のうちにこの件を片づけることにした。現場に行ってみると、雪のおかげでユダヤ人たちは跡形もなく消えていた。俺たちは掘り始めた。少しすると、バルツという名の年寄りの農夫が、何かあるぞと叫んだ。俺は見に行った。たしかにそこには何かがあった。

「掘り続けますか?」とバルツは言った。

「バカ言うな」と俺は答えた。「覆い隠せ、元どおりにしておくんだ」

誰かが何かを見つけるたびに同じことがくり返された。元どおりにしておけ。覆い隠せ。別の場所を探して掘れ。いいか、何かを見つけるためじゃなくて、何も見つけないためだということを心しておいてくれ。だが俺の部下たちは次々に何かを見つけてしまい、そして俺の秘書が言ったとおり、実際くぼ地の底にこれ以上掘るところは残されていなかった。

それでも、最後には俺の執念が勝利した。俺たちは何もない場所を見つけ、俺は部下たちを全員そこに投入した。俺は言った。深く掘るんだ、どんどん下に、もっと下に向かって、地獄に着くまで掘るくらいの気持ちで掘れ。しかも俺は穴をプールくらいの広さにするよう命じた。夜になり、懐中電灯に照らされながら、俺たちはようやく作業を終えて、現場をあとにした。翌日は天気が悪く、ユダヤ人を二十人しかくぼ地に送れなかった。少年たちは今までになく酔っぱらった。ふらつく者もいたし、戻る途中に吐いたりする者もいた。少年たちを運んだトラックは、俺の事務所からそう遠くない町の中央広場で連中を降ろした。ほとんどはそこに残って、広場にあるあずまやの軒下で身体を寄せ合っていた。そのあいだも雪は降り続け、少年たちは酔いどれサッカーの試合を夢見ていた。

翌朝、五人の少年に肺炎特有の症状が見られ、残りも多かれ少なかれ作業を続けるのが困難な、悲惨な状態にあった。警察署長に命じて、少年たちを我々の部下と交代させようとすると、署長は最初ためらったものの、結局従った。その日の午後は八人のユダヤ人が処分された。俺には数が少なすぎて意味がないと思えたのでそう伝えた。たしかに八人でした、と署長は答えた。でも八百人いたような気がしました。署長の目を見て俺は理解した。

俺は、ポーランド人の少年たちが回復するのを待とうと言った。だが、俺たちにつきまとう悪運は、どれほど祓おうとしても俺たちを放っておく気にならないようだった。ポーランド人の少年の二人が高熱と闘った末に肺炎で死んだ。町の医者の説明によれば、少年たちは熱に浮かされながら、雪のなかのサッカーの試合や、ボールや選手が消えていった白い穴の出てくる幻覚を見ていたらしい。俺はお悔やみとして二人の母親に、ベーコンの燻製を少しと、ジャガイモとニンジンが入った籠を送った。そして俺は待った。雪は降るにまかせておいた。身体が凍りつこうが気にしなかった。ある朝、俺はくぼ地に出かけた。そこに積もった雪はやわらかくて、やわらかすぎるくらいだった。少しのあいだ、生クリームの巨大な皿の上を歩いているような感覚が続いた。くぼ地の淵に立って下を覗くと、自然が働いてくれたことに気がついた。すごいことだ。何の跡形もない、雪だけだった。その後、天気が回復してから酔っぱらいの少年班は仕事を再開した。

俺は檄を飛ばした。お前たちがいい仕事をしているおかげで、家族は食事に困らないし、いろんな可能性を手に入れた。連中は俺を見ても何も言わなかった。それでも連中の態度には、あの作業のいっさいが引き起こす無気力といや気が見て取れた。連中にとっては通りで酒を飲んでサッカーをしていたほうがよかったということは、俺には十分すぎるほどよく分かっていた。いっぽう、駅のバーでは、ロシア軍が近づいてきていることばかりが話題に上った。ワルシャワはまもなく陥落するだろうと言う者もいた。皆がそうささやいていた。でも俺にはそのささやき声が聞こえたし、また俺自身もささやき声で話していた。悪い兆候ばかりだった。

ある午後、酔っぱらいの少年たちが飲みすぎで次々に雪の上に倒れてしまったと報告を受けた。俺は連中を叱った。俺の言ったことを理解しているようには見えなかった。それでも構わなかった。ある日、ギリシア系ユダヤ人はあと何人残っているかと訊いた。三十分後、秘書の一人から、表が書かれた紙を一枚手渡された。その表には南から鉄道に乗って到着した五百人のユダヤ人についての詳細がすべて記されていた。旅の途中で死んだユダヤ人の数、古い皮なめし工場で死んだユダヤ人の数、俺たちが処分を担当したユダヤ人の数、酔っぱらいの少年たちが処分したユダヤ人の数、等々。まだ百人以上のユダヤ人がいて、俺たちは誰もが例外なく疲れ果てていた。警官も、志願者たちも、ポーランド人の少年たちも。

どうすればいい？　俺たちの手には負えなくなっていた。人間はある種の仕事にはあまり長く耐えられない、と俺は事務所の窓から、半分はピンク色でもう半分は下水溝の色をした地平線を眺めながら思った。努力したが無理だった。少なくとも俺にはもう耐えられなかった。警官たちも同じだった。十五人ならいい。三十人でもよかった。だが五十人を超えると、胃が引っくり返って目が回り出し、不眠と悪夢が始まった。

俺は作業を中止した。少年たちは通りでのサッカーに戻った。警官たちも通常の任務に戻った。農夫たちも農場に戻った。外部の人間はユダヤ人には関心がなかったので、俺は道路清掃班をもう一度働かせ、二十人程度を畑で働かせ、管理責任は農場主に負わせることにした。

ある夜、緊急の電話で叩き起こされた。今まで話したことのない上ガリツィアの役人からだった。俺はこの地域のドイツ人を撤退させる準備に入るようにと命じられた。

「列車がないんです」と俺は言った。「どうやって全員を撤退させるんです？」

「そちらが考える問題です」と役人は言った。

電話を切る前に、自分のところにいるユダヤ人たちをどうしたらよいかと尋ねた。返事はなかった。回線は切れていた。あるいは俺みたいな立場の別の人間に電話をかけなければならなかったのか、ユダヤ人のことには興味がなかったのかもしれない。朝の四時だった。もう寝てはいられなかった。妻に出発するぞと告げ、それから町長と警察署長を呼びに行かせた。事務所に着くと二人ともそこにいて、ろくに眠れなかった顔をしていた。二人とも怯えていた。

俺は二人を落ち着かせ、素早く行動すれば誰にも危険はないと言い聞かせた。皆を働かせることにした。夜明け前に、最初の避難民はすでに西に向かっていた。俺は最後まで残った。もう一昼夜を町で過ごした。遠くで大砲の音が聞こえていた。警察署長が証人だが、ユダヤ人たちの様子を見に行った。そして彼らにも出発するように告げた。それから警護に当たっていた二人の警官を引き揚げさせ、古い皮なめし工場にいたユダヤ人たちは運命の手に委ねた。それが自由だと俺は思う。

　俺の運転手は、ドイツ国防軍の兵士たちが立ち止まることなく通過していくのを見たと言った。俺は事務所に行ったが、何を探しているのか自分でもよく分からなかった。前日の晩は数時間ソファで眠り、燃やしておくべきものはすべて燃やしてあった。どこかの家の窓にポーランド人の女の頭が見え隠れしていたが、通りは人気がなかった。俺は事務所を出て車に乗り、出発したんだ、とザマーはライターに語った。

　俺は公正な行政官だった。自分の性分に従ってよいことをしたのだ。悪いこともしたが、それは戦争という災厄に強いられてのことだ。だが今ではポーランド人の酔っぱらい少年どもが口を開いて、自分たちの子供時代を台無しにしたのは俺だと罵っているんだ、とザマーはライターに言った。俺が？　俺が奴らの子供時代を台無しにしただと？　奴らの子供時代を台無しにしたのは酒だろうが！　奴らの子供時代を台無しにしたのはサッカーだろうが！　働きもしない怠け者のあの母親たちが奴らの子供時代を台無しにしたんだろうが！　俺じゃない。

「誰かが俺の立場にいたら」とザマーはライターに言った。「ユダヤ人は全員自分の手で処分しただろう。俺はそうしなかった。俺の性分としてそんなことはできない」

　ザマーが捕虜収容所のなかをぶらぶら歩き回るときに一緒だった男たちのうち、一人は警察署長だった。もう一人は消防署長だった。町長は死んだ、とある晩ザマーは言った。戦争が終わって少ししてからだ。肺炎だったよ。運転手は車が立ち往生したあと、道が交差するところで姿を消した。

　ときどき、午後になるとライターは遠くからザマーを見つめていて、ザマーのほうも横目で自分を見ていることに気がつくことがあった。彼の眼差しには、絶望と不安、そして恐怖と不信が透けていた。

「俺たちは何かをし、何かを口にする。そしてあとになってそれを心から後悔する」ザマーはある日、朝食の列に並びながらライターに言った。

　そして別の日にはこう言った。

「アメリカの警察が戻ってきて尋問を受けたら、俺は絶対に逮捕される。そうしたら人前で恥をさらすことになる」

　ザマーがライターと話すとき、警察署長と消防署長は、かつての上司の苦悩に巻き込まれたくないかのように脇によけ、数メートル離れたところにいた。ある朝、野営テントとトイレのあいだでザマーの死体が発見された。誰かに首を絞められたのだ。アメリカ兵が十人ほどの捕虜に尋問し、ライターもその一人だった。ライターは、その晩不審な物音は何も聞かなかったと言った。その後、死体は運び出され、アンスバッハの共同墓地に埋葬された。

ライターは捕虜収容所を出ることを許されるとケルンへ向かった。そこでは駅の近くの仮設小屋に住み、その後、装甲師団に所属していた元兵士とある地下室を共有した。その男は寡黙で顔の片側に火傷の跡があり、何日も食事をとらなくても平気だった。地下室にはもう一人、新聞社で働いていたという男がいて、彼は元兵士とは違って親切で話し好きだった。

元戦車兵は三十歳か三十五歳ぐらい、元新聞記者は六十歳ぐらいだったに違いない。だが二人ともときどき子供のように見えた。戦争中、新聞記者は、東部および西部戦線におけるドイツ装甲師団の英雄的な人生を称える一連の記事を書いていた。元記者はその切り抜きを保管していて、寡黙な元戦車兵はそれを読ませてもらう機会があった。ときどき彼は口を開いて言った。

「オットー、あなたは戦車兵の日常の本質を摑んでいますね」

記者は謙遜するように肩をすくめて答えた。

「グスタフ、私に対する最大の報いは、まさに元戦車兵の君が、私が少しも間違っていなかったと証明してくれたことだよ」

「あなたはどこも間違ってませんよ、オットー」と戦車兵は反論した。

「そう言ってくれて嬉しいよ、グスタフ」と記者は言った。

二人はときどき、街の瓦礫の除去作業をしたり、瓦礫の下から見つけたものがあればそれを売ったりして収入を得ていた。天気がいいと二人で田舎に出かけたので、ライターは一、二週間、地下室でひとりだった。ケルンに着いて最初の数日は、故郷の村に帰る列車の切符を手に入れようとした。その後、アメリカやイギリスの兵士が常連のバーの守衛の職にありついた。彼らはチップをはずんでくれ、ときどきちょっとした臨時の仕事を頼まれて、ある地区に空いている部屋を見つけたり、女の子を紹介したり、闇市をやっている連中と連絡をつけたりした。そういうわけで、ライターはケルンに残った。

日中は、書きものをしたり本を読んだりした。書くのは簡単だった。ノートと鉛筆があればよかったからだ。本を読むのは少し難しかった。公共図書館はまだ閉鎖されていて、たまたま見つけた数少ない書店（その多くは移動書店だった）で売っている本にはとても手の届かない値段がついていたからだ。それでもライターは本を読んだ。読んでいたのは彼だけではなかった。ときおり本から顔を上げると、周りも皆、本を読んでいた。あたかもドイツ人の頭のなかには本を読むことと食べることしかないかのようで、それは必ずしも正しくはないが、ときに、とりわけケルンにおいては真実であるように思われた。

いっぽう、セックスへの関心を著しく失ったことにライターは気がついた。まるで、戦争が男性ホルモンやフェロモンや性欲の蓄えを使い果たしてしまい、もう誰一人としてセックスをしたがっていないようだった。ライターの考えでは、セックスしているのはそれを仕事にしている娼婦と、占領軍の男と付き合っている女ぐらいで、彼女たちの場合も欲望は実際には別の何かを隠していた。それは無垢の劇場、凍りついた屠畜場、人気のない通り、そして映画館だった。ライターが目にする女たちは、恐ろしい悪夢から目覚めたばかりの少女のように見えた。

ある晩、シュペングラー通りのバーの入口で見張りに立っていると、暗闇から女の声が彼の名前を呼んでいた。ライターはあたりを見回したが、誰も見えなかったので、きっと娼婦だろうと思った。娼婦たちには奇妙な、しばしば理解しがたいユーモア感覚があるからだ。だが、ふたたび自分の名前を呼ばれたとき、バーによく顔を見せる女たちの声ではないことに気づいて、声に向かって何か用かと尋ねた。

「挨拶したかっただけよ」とその声は言った。

すると人影が見えたので、彼は急いで正面の歩道のところまで行き、声の主の腕を摑んで街灯の下まで引っ張っていった。自分の名前を呼んだ娘はとても若かった。何か用かと訊くと、わたしはあなたの恋人なのよと答え、分かってくれなくて正直悲しいわと言った。

「きっとわたし、すごく醜いのね」と娘は言った。「でもあなたがまだドイツの兵士だったら、そうじゃないっていうふりをするはずよ」

ライターは彼女をまじまじと見つめたが、どうしても思い出せなかった。

「戦争と記憶喪失は深い関係があるのよ」と娘は言った。

そしてこう付け足した。

「記憶喪失というのは、人が記憶を失って何も思い出せなくなること、自分の名前や恋人の名前も思い出せなくなることよ」

さらにこう付け足した。

「恣意的な記憶喪失もあるのよ。その人は何もかもを覚えている、というか自分では何もかもを覚えていると思っているけれど、たったひとつ、自分の人生で唯一大切な何かを忘れているのよ」

僕はこの娘を知っている。彼女の話を聞いているうちにライターはそう思ったが、どこで、どんな状況で知り合ったのかは思い出せなかった。そこで落ち着いて話を聞くことにし、何か飲まないかと尋ねた。娘はバーの入口に目をやって、少し考えたあと、それに応じた。二人は入口近くのテーブル席に座って紅茶を飲んだ。二人の給仕を担当した女はライターに、この小娘は誰かと尋ねた。

「恋人だよ」とライターは言った。

娘は女に微笑みかけて頷いた。

「とても感じのいい子ね」と彼女は言った。

「それにとても働き者なのよ」と娘は言った。

女は口をへの字にした。積極的な子ね、と言っているようだった。そして女は、いずれ分かるわ、と言ってそこを離れた。少しすると、客がやってくる時間になったので、ライターは黒い革のジャケットの襟を立てて持ち場に戻った。娘はテーブル席に座ったまま、ときどき本のページをめくったが、それ以外はずっと、店を埋めていく男女を眺めていた。少しすると、娘は紅茶を出してくれた女に腕を摑まれ、テーブル席が足りないからという理由で外に連れ出された。娘は親しみをこめてさよならと言ったが、女は答えなかった。ライターは二人のアメリカ兵と話していたので、娘は近づかないことにした。そのかわり通りを渡って、向かいの家の玄関先に座り、そこからバーのドアがせわしなく閉じたり開いたりする様子をしばらく眺めていた。

勤務中、ライターは横目で通りの向こうの家の玄関を見やり、ときどき猫の目がきらきらと暗闇から自分を眺めているような気がした。仕事がひと段落すると、その家の玄関先まで入り、彼女を呼ぼうとしたが、そのとき娘の名前を知らないことに気がついた。マッチの明かりをかざしてみると、娘は隅で眠っていた。マッチが指のあいだで燃えつきるまでのあいだ、ひざまずいて、数秒間、娘の寝顔を眺めていた。そして彼女のことを思い出した。

娘が目を覚ましたとき、ライターはまだ彼女の横にいたが、その場所は玄関先から、俳優の写真が壁に貼られ、人形と熊のぬいぐるみのコレクションが上に置かれたチェストのある、どこか女性的な雰囲気の部屋に変わっていた。とはいえ床には、ウイスキーの箱とワインの瓶が積まれていた。緑色のベッドカバーが首元までかけられていた。誰かが靴を脱がせてくれていた。とてもいい気持ちだったので彼女はまた目を閉じた。だがそのときライターの声が、君は昔、フーゴ・ハルダーがいた部屋に住んでいた子だねと言っているのが聞こえた。彼女は目を閉じたまま頷いた。

「君の名前を思い出せないんだ」とライターは言った。

娘は寝返りをうって、彼に背を向けて言った。

「あなたの記憶力ってどうしようもないわね、わたしの名前はインゲボルク・バウアーよ」

「インゲボルク・バウアー」ライターはその二つの言葉にまるで自分の運命が要約されているかのように発音した。

そして彼女はふたたび眠りに落ち、目が覚めたときにはひとりだった。

その朝、破壊された街をライターと歩きながら、インゲボルク・バウアーは、自分は鉄道駅の近くの建物で知らない人たちと一緒に住んでいると話した。父親は爆撃で死んでいた。母親と妹たちは、ベルリンがロシア軍に包囲される前に避難した。最初は田舎にある母の兄弟の家に身を寄せたが、想像とは違って田舎には食べ物がなく、娘たちはおじ連中やいとこたちにしばしば犯された。インゲボルク・バウアーが言うには、村人たちは街から来た者を身ぐるみはがして犯し、殺害したあと森に埋めていて、森にはそんな墓がたくさんあるとのことだった。

「君も犯されたの？」とライターは尋ねた。

彼女は犯されなかった。だが妹の一人が従弟の一人に、ヒトラーユーゲントに入って英雄として死にたがっている十三歳の少年に犯された。そのため母親は逃げ続けることを選び、自分の出身地であるヘッセン州ヴェスターヴァルトの小さな町を目指した。そこの暮らしは退屈で、それにとても奇妙だったわ、とインゲボルク・バウアーはライターに語った。町の人たちはまるで戦争が起きていないみたいに暮らしていたの。男の人たちはほとんど軍隊に入って前線に行っていたし、町は三回も空爆されていたのに。どれも大きな被害はなかったけれど、空爆は空爆よ。母親はビアホールで働き始め、娘たちは単発の仕事を見つけて事務所の手伝いをしたり、工場の欠員を埋めたり、使い走りをしたりした。妹たちは学校に行く時間もあった。

混乱が続いてはいたが、生活は退屈だった。平和が訪れたときにはインゲボルクはもう我慢ができず、ある朝、母と妹たちが外出している隙に、ケルンに旅立った。

「間違いないと思ったの」と彼女はライターに言った。「ここに来れば、あなたかあなたにそっくりな誰かに会えるって」

そしてそれが、おおまかに言えば、フーゴ・ハルダーを探していたライターに、彼女がアステカ族の物語を語って聞かせたときに二人が公園でキスをして以来、起こったことのすべてだった。もちろんライターは、知り合ったときのインゲボルクがまだまともだったのであれば、その後彼女の頭がおかしくなってしまったことにすぐに気づいた。そして彼女が病気であること、あるいは単にお腹をすかせているだけかもしれないことにも気がついた。

彼女を地下室に連れていき、一緒に住むことにしたが、インゲボルクはいつも咳をしていたので、きっと肺が悪いのだろうとライターは思い、新しく住む場所を探した。彼は壊れかかった建物の屋根裏部屋を見つけた。エレベーターはなく、階段は昇り降りする人々の重みでところどころ段が沈んでいたり、ぽっかり穴があいていたりして、建築材でできたその虚空には、今も爆弾の破片が見えるか、見えるような気がするのだった。それでも二人がそこに住むにあたって問題はなかった。インゲボルクの体重は四十九キロしかなかったし、ライターのほうは雲を衝く大男だったとはいえ、痩せて骨ばかり目立っていたので、階段は問題なく彼の体重を支えてくれた。ほかの間借り人にとってはそうはいかなかった。占領軍のために働いていた小柄で人のいいブランデンブルク出身の男は、二階と三階のあいだにあった隙間から落ちて首の骨を折った。そのブランデンブルクの男は、インゲボルクとすれ違うたびに親しげに挨拶し、ボタン穴に挿している花を毎回忘れずにプレゼントした。

夜、仕事に出かけるとき、ライターはインゲボルクに足りないものがないように気を配った。そうしないと、彼女がたった一本の蠟燭で階段を照らしながら外に出なければならなくなるからだった。とはいえ、実のところ、インゲボルクに（そして自分にも）足りないものはあまりにもたくさんあることが分かっていたので、その気配りもたちまち無意味なものになった。最初、二人の関係からセックスは除外されていた。インゲボルクはとても弱っていて、彼女がしたいことは話すことだけだった。あとはひとりでいるときに蠟燭が足りていれば本を読みたがった。ライターはときどき、バーで働いている若い女たちと関係をもっていた。およそ情熱的な交わりとは言いがたく、むしろその反対だった。まるでサッカーの話をするかのように、ときには煙草をくわえたまま、またはそのころ流行り始めていて、苛立ちを抑えるのに効くアメリカのガムを嚙みながらセックスをした。ガムを嚙み、そんなふうに個性を捨てて交わる行為は個性を捨てることとは程遠く、むしろ客観的な行ないで、屠畜場の動物のように裸になってしまうと、まるでそのほかのものはすべて芝居がかっていて受け入れられなくなってしまうかのようだった。

ライターはそのバーで働き始める前に、ケルンの駅やゾーリンゲンやレムシャイトやヴッパータールで他の若い女たちと関係をもっていた。相手は女工や農婦で、彼女たちは男たち（健康でありさえすれば）の精液を口で受けとめるのが好きだった。ときどき、午後になるとインゲボルクはライターにそのアヴァンチュール、彼女はそういう言葉を使ったのだが、その話をしてほしいとせがみ、ライターは煙草に火をつけて彼女に話して聞かせるのだった。

「ゾーリンゲンの女の子たちは精液にビタミンが含まれていると信じているのよ」とインゲボルクは言った。「ケルンの駅であなたがセックスした女の子たちもそう。彼女たちのことなら何でも分かるわ」とインゲボルクは言った。「わたしも一時期ケルンの駅をうろついていて、彼女たちと話をして、彼女たちみたいなことをしていたから」

「君も精液が身体にいいと思って知らない男を口でいかせたの？」とライターは訊いた。

「そう」とインゲボルクは言った。「でも健康そうな人だけよ、癌とか梅毒とかに罹っていなさそうな人」とインゲボルクは言った。「駅をうろついている農婦とか女工とか、行き場がなかったり家出したりした気狂い女とか。わたしたちはみんな、精液が貴重な栄養源で、あらゆる種類のビタミンのエキスがつまっているとか、風邪をひかないために一番よく効く方法だなんて信じていたの」とインゲボルクは言った。「夜になると、わたしはケルンの駅の隅っこで凍えながら眠る前に、このアイデアを、このばかげたアイデアを最初に思いついた農婦のことを考えたものよ。たしかに、毎日精液を飲めば貧血が治ると言う有名なお医者さんもいるけれど」とインゲボルクは言った。「でもわたしはその最初の農婦のことを、経験的に考えてこんなことを思いつくに至った絶望した女の子のことを考えるの。わたしの想像では、彼女は廃墟という廃墟を見つめながら、沈黙する街にめまいを覚えて、自分に向かって、これが街についてずっと思い描いていたイメージだとつぶやいているの。働き者で、微笑みをたたえて、頼まれることは何でも助けてあげて、それに好奇心もあって、通りや広場を歩き回って、心の底でずっと自分が暮らしてみたかった街の輪郭を再構成するの。あの夜のあいだ、わたしは彼女が死ぬところも想像していたわ。何の病気かは分からないけれど、死の苦しみが長すぎるわけでもなく、かといって短すぎるのでもない病気で死んだのだと。ペニスをしゃぶるのをやめて、自分自身のさなぎに、自分自身の痛みに包まれるのに十分な、それなりの長さの苦しみのなかで死んだのだと」

「そのアイデアがどうしてその子一人の頭に浮かんで、同じときにたくさんの女の人の頭に浮かばなかったと思う?」とライターは訊いた。「そのアイデアがどうしてその女の子に、農婦の頭に浮かんで、そんなふうにしてただでフェラチオしてもらえる知ったかぶりの男の頭には浮かばなかったと思うのかい?」

ある朝、ライターとインゲボルクはセックスをした。彼女の身体は熱っぽく、寝巻の下の脚は、ライターがそれまで見たどの脚よりも美しいように思えた。インゲボルクは二十歳になったばかりで、ライターは二十六歳だった。そのときから二人は毎日交わるようになった。ライターは窓際で座ってするのが好きで、インゲボルクが彼にまたがり、互いの目を見つめ合いながら、あるいはケルンの廃墟を眺めながら交わった。インゲボルクはベッドの上でするのが好きで、ベッドでは泣き叫んだり、身をよじったり、ライターの骨ばった肩に脚を載せて六回も七回も絶頂に達し、ねえあなた、愛する人、わたしの恋人、愛しい人、と彼を呼んだが、ライターはそれを聞くと恥ずかしくなった。そんな言葉はなんだかわざとらしく聞こえたし、そのころ彼は気取りや感傷主義や軟弱さやわざとらしさや仰々しさや不自然さや堅苦しさに宣戦布告していたのだが、彼は何も言わなかった。インゲボルクの目にかすかに浮かんだ哀しみは、快楽でさえも消し去ることはできず、彼、ライターはまるで罠にかかったネズミのように動けなくなってしまうのだった。

もちろん、二人はよく笑ったが、必ずしも同じものについて笑っていたのではなかった。たとえばライターは、隣に住むブランデンブルクの男が階段の隙間から落ちた話をとても面白がった。インゲボルクは、ブランデンブルクの男はいつも優しい言葉をかけてくれるいい人だったし、プレゼントしてくれた花のことが忘れられないと言った。するとライターは、善人を信用してはいけないよと忠告した。そういう人の多くは、戦争犯罪人で、公道に吊されていいような連中ばかりなんだから、と彼は言った。そのイメージはインゲボルクを震え上がらせた。毎日ボタン穴に飾ろうと花を買う人がどうして戦争犯罪人なの？

いっぽう、インゲボルクはもっと抽象的なことや状況を面白がった。インゲボルクはときどき、屋根裏部屋の壁に湿気が描く模様を見て笑った。漆喰や塗り直した外壁に、トンネルのようなものから出てくるトラックの長い列を見つけ、それをなぜかタイムトンネルと呼んだ。しょっちゅう屋根裏に入ってくるゴキブリを見て笑うこともあった。あるいは、街で一番高い建物の黒ずんだ格天井にとまってケルンの街を眺める鳥たちを見て笑った。自分の病気、名前のない病気さえ笑いの種になった（名前がないということが可笑しくて仕方なかった）。彼女は二人の医者に診てもらっていたが、一人はライターが働いているバーの客で、もう一人は白髪に白い髭の、芝居がかった張りのある声の老人だった。ライターは診察代としてウイスキーの瓶を一回につき一本渡したが、ライターによればおそらく彼も戦争犯罪人だった。この二人の医師は、インゲボルクが神経性の病気と肺の病気のあいだにいるという曖昧な診断を下した。

それはともかく、二人は一緒に長い時間を過ごした。とりとめもない話をしたり、ライターが机に向かって砂糖きび色の表紙のノートに最初の小説を書いているあいだ、インゲボルクはベッドに寝そべって本を読んだりした。部屋の掃除と買い物をするのはライターで、インゲボルクは料理を担当したが、これはかなりの腕前だった。食後の会話は一風変わったもので、しばしば長い独白になったり、つぶやきや告白になることもあった。

二人は本について語り合い、詩について語り合い（インゲボルクがライターにどうして詩を書かないのかと尋ねると、ライターは、詩というものはすべて、それがどんな形式に枝分かれしていても、小説のなかに含まれるし、含まれうるのだと答えた）、セックスについて語り合い（二人はできるかぎりのあらゆる方法でセックスをしたことがあり、というか少なくともそう信じていたので、新しい方法について議論したが、死しか思い浮かばなかった）、そして死について語り合った。年老いた婦人が現われるころ、たいてい食事は終わっていて、会話はしぼんでいき、ライターはプロイセンの貴族を気取って煙草に火をつけ、インゲボルクは木の柄のついた短い刃のナイフでリンゴの皮を剥いていた。

二人の声が小さくなっていき、しまいにはささやき声になることもあった。あるとき、インゲボルクはライターに、人を殺したことがあるかと尋ねた。一瞬考え込んだのち、ライターはあると答えた。数秒間、必要以上に長く、インゲボルクは彼をじっと見つめた。薄い唇、張り出した頬に沿って昇っていく煙草の煙、青い目、あまり清潔とは言えず、切ったほうがよさそうなブロンドの髪、田舎の若者らしい耳、耳とは対照的に高く立派な鼻、蜘蛛が這ったような額。何秒か前ならば、インゲボルクにもライターが戦争中に誰かを殺したことがあると信じられたかもしれないが、彼をまじまじと見たあとでは、何か別のことを言っているのだと確信した。彼女は誰を殺したのかと尋ねた。

「ドイツ人だ」とライターは言った。

空想にふけっていつも突飛な考えに及びがちなインゲボルクの頭のなかでは、殺されたのはあのフーゴ・ハルダー、彼女のベルリンの家のかつての住人以外に考えられなかった。彼女がライターにそう尋ねると、彼は笑った。違うよ、フーゴ・ハルダーは友達だ。その後長い沈黙が続き、そのあいだに夕食の残りはテーブルの上で凍ってしまったらしかった。ついにインゲボルクは後悔しているかと尋ね、ライターは手を動かしたが、それはどうとでもとれるような仕草だった。そのあと彼は言った。

「いや」

そして長い間を置いて言い足した。後悔することもあるし、しないこともある。

「知り合いだったの?」インゲボルクは小声で訊いた。

「誰のこと?」とライターは目を覚ましたかのように言った。

「あなたが殺した人よ」

「ああ」とライターは言った。「知ってたなんてもんじゃない。毎晩隣り合って眠ったし、たくさん話も聞かされた」

「女の人?」とインゲボルクは小声で訊いた。

「いや、女の人じゃない」とライターは言って微笑んだ。「男だよ」

インゲボルクも微笑んだ。そのあと彼女は、女を殺した男に惹かれる女がいるという話を始めた。たとえば娼婦たちのあいだで、あるいはどこまでも人を愛してしまう女たちのあいだで、女を殺した男が大いに尊敬されることについて。ライターから見ればそういう女はヒステリックだった。インゲボルクはそういう女たちを知っていると言い、彼女たちは言ってみれば賭博師のような連中、明け方に自殺するトランプ師か、あるいはギャングか中国人しか足を踏み入れない路地に隠れている安宿かホテルの部屋で自殺する競馬場の常連のような存在でしかなかった。

「ときどき」とインゲボルクは言った。「セックスのとき、あなた、わたしの首を摑むでしょ。そういうとき、あなたが女の人を殺したことがあるのかもしれないって考えることがあるの」

「女の人を殺したことは一度もないよ」とライターは答えた。

「そんなこと、考えたこともない」

一週間が過ぎてからまたその話題になった。

ライターは彼女に、アメリカの警察とドイツの警察が自分を探しているかもしれない、あるいは自分の名前は容疑者リストに載っているかもしれないと言った。僕が殺した男の名前は、ザマー、ユダヤ人殺しだったと彼は言った。だったらあなたは何も罪を犯してないじゃない、と彼女は言いかけたが、ライターは遮った。

「何もかも捕虜収容所でのことなんだ」とライターは言った。「ザマーが僕をどう思っていたかは知らない。でもあいつはしゃべり続けた。アメリカの警察が尋問しようとしていたから気が高ぶっていたんだ。用心のため名前を変えて、ツェラーと名乗っていた。でも僕はアメリカの警察がザマーを探していたとは思わない。ツェラーを探していたとも思えない。アメリカの連中にとって、ツェラーもザマーも何の容疑もかけられていない二人のドイツ市民でしかなかった。アメリカの連中はそれなりに名の知れた戦争犯罪人を、たとえば絶滅収容所に関わっていた奴らとか、SS将校とか、党の幹部クラスを探していた。ザマーは取るに足りない小役人だった。僕は尋問を受けた。彼について何か知っているか、ほかの捕虜のなかに敵がいると彼が言っていなかったかと訊かれた。僕は何も知らないと言った。ザマーが話していたのはクルスクで死んだ息子のことと、妻が患っていた片頭痛のことだけだと言った。僕は手を調べられた。若い警官たちで、彼らは捕虜収容所であまり時間をかけている余裕はなかった。でも奴らは納得しなかった。僕の名前をノートに書き留め、ふたたび尋問した。僕が国家社会主義ドイツ労働者党の党員だったのかどうか、ナチに知り合いがたくさんいるか、家族は何をしていてどこに住んでいるのかと訊いてきた。僕は誠実になろうと努め、包み隠さずに答えた。両親を探すのを手伝ってほしいと頼みさえした。その後、収容所は新しい捕虜が次々と到着するいっぽうで空いていった。でも僕は出られなかった。ある仲間が、ここの警備は名ばかりだと教えてくれた。黒人兵たちは頭では別のことを考えていて、僕たちにあまり注意を払っていなかった。ある朝、捕虜の移送のあいだに、僕はこっそり抜け出して、あっさりと外に出た。

しばらくのあいだ、いろんな街を放浪していた。コブレンツに行った。再開したばかりの鉱山で働いた。飢えを経験した。ザマーの幽霊が僕の影にぴったりくっついているような気がした。自分も名前を変えようと思った。そして最後にケルンにたどり着いて、これから先自分に何が起ころうと、それはすでに起きたことであって、ザマーの汚らわしい影を引きずり続けるのは無意味だと思った。一度逮捕されたことがある。バーで乱闘が起きたあとだ。MPがやってきて、僕たちの何人かは署まで連行された。警察はファイルに僕の名前がないか探したが、何も見つからず釈放された。

そのころ、バーで煙草と花を売っていたおばあさんと知り合った。僕はときどき煙草を一、二本買ってあげていて、店に入るのを止めたこともなかった。そのおばあさんは戦争中、占い師をしていたと僕に言った。ある晩、家までついておいでと言われた。レジーナ通りにある、大きいけれどやたらとものばかりあって歩くのもままならないアパートに住んでいた。部屋のひとつは洋服屋の倉庫みたいだった。どうしてそう見えたかはそのうち分かる。アパートに着くと、おばあさんは酒を二杯グラスに注いでテーブルにつき、トランプを出した。あんたを占ってあげるよ、と僕に言った。本がぎっしり入った箱があった。ノヴァーリスの全集とフリードリヒ・ヘッベルの『ユーディット』を手に取った記憶がある。本をめくっているあいだ、おばあさんは僕に、人を殺したことがあるね、とか何とか言い出した。同じ話だ。

「僕は兵士だったんだ」と僕は言った。

「戦争では何度も殺されかけたんだね、ここにそう出てる。でもあんたは誰も殺さなかった。それはいいことだ」とおばあさんは言った。

そんなことが分かるのか？　と僕は思った。僕が人殺しだなんてことが分かるのか？　もちろん、僕は自分が人殺しだなんて思ってはいなかった。

「名前を変えたほうがいい」とおばあさんは言った。「よく聞くんだ。あたしはSSの幹部を大勢占ってやったくらいだから自分が何を言っているのかは分かってる。イギリスの推理小説に出てくるようなバカな真似をしちゃいけないよ」

「何の話ですか？」と僕は尋ねた。

「イギリスの推理小説だよ」とおばあさんは言った。「まずアメリカの推理小説に影響を与え、そのあとフランスとドイツとスイスの推理小説に影響を与えたイギリスの推理小説の魔力のことだよ」

「バカな真似というのは？」と僕は訊いた。

「ドグマのことさ」とおばあさんは言った。「それを要約するとこういうことだ。殺人者はつねに現場に戻る」

僕は笑った。

「笑いごとじゃないよ」とおばあさんは言った。「あたしの言うことをよく聞くんだ、あたしはケルンであんたの価値を知っている数少ない一人なんだよ」

僕は笑うのをやめた。『ユーディット』とノヴァーリスの本を売ってくれないかと訊いてみた。

「持っていっていいよ、ここに来るごとに二冊ずつ持っていっていい」とおばあさんは言った。「でも今は文学よりもっと大切な何かに注意を払ったほうがいい。まず名前を変えなさい。現場には絶対に戻っちゃいけない。連鎖を断ち切るんだよ。分かったかい？」

「少し」と僕は答えたが、本当に分かったのは本を貸してくれるということだけで、それが嬉しくてたまらなかった。

それからおばあさんは、僕の母は生きていて毎晩僕のことを思っているし、妹も生きていて毎朝、毎昼、毎夕、毎晩、僕のことを夢に見ていて、巨人みたいな大股で歩く僕の足音が妹の頭のなかに響き渡っていると言った。父については何も言わなかった。

すると夜が明け始めた。おばあさんは言った。

「ナイチンゲールが啼くのが聞こえたよ」

それから僕を、古着屋の部屋みたいに服だらけの部屋に連れていくと、洋服の山を掘り返して、勝ち誇ったような表情で黒い革のジャケットを持って戻ってきて、僕に言った。

「これはあんたにぴったりだよ。前の持ち主が死んでからずっと、あんたを待っていたんだ」

僕はジャケットを受け取って着てみた。本当に僕のために作られたみたいにぴったりだった。

その後、ライターは老婆にジャケットの前の持ち主は誰だったのかと尋ねたが、この点についての老婆の返事はつじつまの合わない曖昧なものだった。

ゲシュタポの下っ端のものだったと言うこともあれば、自分の元恋人で、強制収容所で死んだ共産主義者のものだったと言うこともあり、またあるときなどは、そのジャケットの前の持ち主はイギリスのスパイだったと言うことすらあった。一九四一年にケルンの近くにパラシュートで落下した最初の（そして唯一の）イギリスのスパイで、ケルンの市民が蜂起する可能性があるかどうか偵察に来たんだよ。でもそのスパイの話を直接聞く機会のあったケルンの市民にとっちゃ、蜂起なんておよそ考えられないことだった。だってイギリスはそのころ、ケルン市民からも、ヨーロッパ中の人々からも負けているように見えたからね。もっとも、老婆によれば、このスパイはイギリス人ではなくてスコットランド人だったのだが、彼の言うことにまともに耳を傾ける者はなく、ましてや彼と知り合いになって彼が酒を飲むところを見た数少ない人々はなおさらだった（その男はコサックみたいに飲み、酒の強さは尋常ではなかった。目つきがいやらしくなり、横目で女の脚をじろじろ見ていたが、話していることはなんとかつじつまが合っていた。どこか冷たい上品さを漂わせていたからで、その男と付き合いのあった高潔な反ファシストのケルン市民は、そういうのは大胆不敵な男の特徴で、むしろ魅力的に見えると思っていた）が、いずれにしろ一九四一年にはまだ機が熟していなかった。

ライターが聞いた話では、その占い師の老婆はこのイギリス人スパイを二度だけ見たことがあった。最初は彼を部屋に泊めて占ってやったときだった。運はまだ彼の側にあった。二度目で最後のときには、そのイギリス人（かスコットランド人）は本国に戻ろうとしていたので、彼女は衣服とパスポート類を揃えてやった。スパイが革のジャケットを手放したのはそのときだった。だが別のとき、老婆はスパイの話を聞くのも嫌がった。夢だよ、と老婆は言った。空想、実体のないイメージ、やけになったばあさんの見た幻覚だよ。そして、その革ジャケットはゲシュタポの下っ端のもの、四四年の終わりと四五年の初めに高貴なケルンの街で（言ってみれば）立てこもった脱走兵たちの居場所を突き止めて鎮圧する任務を請け負った男のものだったという話をくり返した。

その後、インゲボルクの病状が悪化し、イギリス人の医師はライターに、その子は、その美しくて魅力的な子は、おそらく、もってあと二、三か月ですねと告げた。そのイギリス人医師は何も言わずに泣き出したライターを見つめるばかりだったが、実際、彼が見ていたのはライターというよりも、ライターが着ていたよくできた黒い革のジャケットで、まるで毛皮商人か皮革商人のような目でじろじろと眺めて値踏みし、ついに、ライターがまだ泣いているにもかかわらず、どこでそれを買ったのかと尋ねた。どこで何を？　とライターが訊き返すと、そのジャケットですよ、と医師は言い、ああ、ベルリンで、とライターはとっさに嘘をつき、戦争前にハーン＆フェルスターという店で買ったんです、と言った。すると医師は、その皮革職人のハーンとフェルスターは、あるいはその二人の跡継ぎはきっと、メイソン＆クーパーの革ジャケットをイメージしたのだろう、マンチェスターにある革ジャケットの製造会社で、ロンドンにも支店がある、一九三八年にライターが着ているのとそっくりの、袖も同じ、襟も同じ、ボタンの数も同じジャケットを売り出したのだと言った。ライターが肩をすくめ、ジャケットの袖で頬をつたう涙を拭いながら頷くと、心を動かされた医師は、一歩前に出て、ライターの肩に手を置き、自分もこういう革ジャケットを、ライターが着ているようなのを持っていた、ただ自分のはメイソン＆クーパー社ので、ライターのはハーン＆フェルスター社のものだが、手触りからすると、まるでどちらも同じもの、どちらもメイソン＆クーパー社が一九三八年に使った革で作られていて、真の芸術品で、もう二度と作ることができないような逸品に見えると言った（ライターは彼の言葉を信じた。医師は目の肥えた人物であり、黒い革のジャケットの愛好者であったからだ）。というのも、その医師の知るかぎりメイソン＆クーパー社は戦争中も店を続けていたのだが、メイソン氏は爆撃のあいだに命を落としたからだ。爆撃で死んだのではない、と医師は慌てて説明した。彼は心臓が弱くて、避難所までもちこたえられなかったのだ。あるいは爆撃の音、破壊音や爆発音か、もしかするとサイレンの唸る音が聞こえただけで死んでしまったのかもしれない。そんなことは誰にも分からないが、メイソン氏の死因が心臓発作だったことはたしかで、そのときからメイソン＆クーパー社は製造量ではなく品質がわずかに低下した。といっても品質なんて言い方は少し大げさかもしれないし、少し純粋主義的かもしれない、と医師は言った。メイソン＆クーパー社の革ジャケットの品質は当時もその後も非の打ちどころがなかったし、それは新しい型の革ジャケットの、こんな言い方ができるとすれば、細部というのでなければ精神的な部分に宿っているものでね、あの捉えどころのないものが一着の革ジャケットをひとつの職人芸にまで、歴史とともに歩みつつも歴史に抗って進む芸術的な製品にまで高めていたのだ、うまく説明できないのだが、と医師は言った。するとライターはジャケットを脱いで医師に手渡し、好きなだけご覧になってくださいと言うと、診察室にあった二つの椅子の一つに座って泣き続けた。医師は腕にジャケットを掛けたまま、そのときようやく革ジャケットの夢から目が覚めたようで、ライターを励ます言葉というか励ます内容になってほしい言葉を二言三言かけたものの、何をもってしてもライターの悲しみを軽くしてやることはできないと分かっていた。それからライターの肩にジャケットを掛けてやり、そしてふたたび、このジャケットは、ケルンの娼婦の通うバーの守衛のジャケットはどう見ても自分のとそっくりだと思い、一瞬、あれは少々着古してはいるが自分のものだとさえ思った。まるで自分のジャケットがクローゼットのなかからロンドンの通りに飛び出して、海峡と北フランスを渡り、もう一度彼に、その持ち主に、自堕落な生活を送っているイギリス人の軍医に、友達や友達の友達なら無一文の連中でもただで診てやっている医師に会うためだけにやってきたかのようだった。そして一瞬、この泣いているドイツ人の若者は嘘をついていて、ハーン&フェルスター社でジャケットを買ったことはなく、その黒い革ジャケットは正真正銘メイソン&クーパー社のもので、ロンドンで、メイソン&クーパー社で買ったものなのだとさえ思った。だが結局、医師は泣きじゃくるライターがジャケットを（実に独特の手触りで、実になめらかで、実に馴染みのあるジャケットを）着るのを手伝ってやりながら、人生というのは謎めいたものなのだ、と心のなかでつぶやいた。

続く三か月のあいだ、ライターはほとんどの時間をインゲボルクと過ごすことに費やそうとした。闇市で果物や野菜を手に入れた。彼女が読む本を手に入れた。料理を作り、二人が暮らす屋根裏部屋の掃除をした。医学の本を読み漁り、あらゆる種類の治療法を探した。ある朝、インゲボルクの二人の妹と母親が家にやってきた。母は口数が少なく礼儀正しかったが、妹たちのほう――一人は十八歳、もう一人は十六歳――は街のもっと面白い場所に出かけることばかり考えていた。ある日ライターは、ケルンでもっとも面白い場所はこの屋根裏部屋なのだと言って妹たちを笑わせた。インゲボルクといるときしか笑わなかったライターも笑った。ある夜、ライターは彼女たちを仕事場に連れていった。十八歳のヒルデはバーにやってくる娼婦たちを見下すような目で見ていたが、その夜、アメリカ人の若い二人の中尉と出かけ、翌日すっかり明るくなってから戻ってきた。母親はライターをぽん引きの真似をしていると言って責め立てた。

いっぽう、インゲボルクの性欲は病気のせいでひときわ強くなっていた。だが、屋根裏部屋は狭く、全員が同じ部屋に寝ていたため、朝の五時か六時に仕事から帰ってくるライターは自制していたが、インゲボルクはセックスをしたがった。お母さんは耳が聞こえないわけじゃないんだから絶対に聞かれてしまうと言い聞かせようとしたが、インゲボルクは腹を立て、もう私を愛していないのねと言った。ある午後、下の妹で十六歳のグレーテがライターを近くの廃墟のような地区に連れ出した。彼女は、姉はベルリンの精神科医や神経科医の往診を何度も受けたことがあり、どの医者も精神錯乱の症状が見られるとの診断を下したのだと言った。

ライターはグレーテを見た。インゲボルクに似ていたが、もっとふっくらとしていて背が高かった。実際、彼女はとても背が高く、まるで槍投げの選手のように見えた。

「父はナチだったの」と妹は言った。「インゲボルクも、あのころはね、ナチだったの。訊いてみて。ヒトラーユーゲントに入っていたのよ」

「つまり、君から見たら彼女は頭がおかしいということ?」とライターは言った。

「とにかく狂ってるのよ」と妹は言った。

少しして、ライターはヒルデから、グレーテがあなたのことを好きになりかけていると告げられた。

「つまり、君から見たらグレーテは僕が好きということ?」

「あなたにもう夢中なのよ」とヒルデは白目をむいて言った。

「そいつは面白い」とライターは言った。

ある朝、ライターは眠っている四人の女を起こしてしまわないよう静かに部屋に戻ってくると、ベッドにもぐり込み、インゲボルクの熱っぽい身体に自分の身体を押しつけた。その瞬間、インゲボルクに熱があることに気づき、彼の目に涙が溢れた。めまいのような感覚を覚えたが、その感覚は徐々にやってきたので、まったくもって不快というわけではなかった。

その後、インゲボルクの手が彼のペニスを摑んで愛撫し始めたのに気づき、ライターはインゲボルクの寝巻を腰のところまでまくり上げてクリトリスを探し当て、彼のほうも愛撫を始めた。そうしながらライターは別のことを、書きかけの小説のことを、プロイセンの海とロシアの河と、クリミアの沿岸部の海底に棲む慈悲深い怪物のことを考えていたが、ふと自分の手にインゲボルクの手が触れるのを感じた。彼女は二本の指をヴァギナに入れたあとその指で肛門を濡らし、今すぐ入れてほしい、アナルセックスをしたいとライターに頼んだ。いや、それは命令だったが、すでにライターは、ほとんど反射的に、考え込んだり、自分のすることがどういう結果をもたらすかよく考えたりもせずにその行為に及んでいた。ライターはアナルセックスをしたときにインゲボルクがどんな反応を見せるかをよく知っていたにもかかわらず、その夜の彼の意志は眠りこけた男の意志のようで、何も予見できず、その瞬間にだけ集中していたので、セックスの最中、インゲボルクがうめき声をあげているときに、部屋の隅から、影ではなくて一対の猫の目が立ち上がるのが見え、その目はさらに高いところに上がっていき、暗闇に浮かんで、その後、別の一対の目が高いところに上がって薄明かりのなかで静止し、インゲボルクがかすれた声でその目に向かって、寝てなさい、と命じるのが彼の耳に聞こえた。そのときライターはインゲボルクの身体が汗をかき始め、自分も汗をかき始めているのに気づき、熱を冷ますにはいいと思い、目を閉じて左手でインゲボルクの性器を愛撫し続けた。だが次に目を開けたときには五対の猫の目が暗闇に浮かび上がっていて、自分は夢を見ているに違いないと思った。猫の目が三対なら、つまりインゲボルクの妹たちの目と母親の目であればそれなりにつじつまが合うが、五対あるとすれば、妹たちがその夜それぞれの愛人を招いていたのでなければ、時間的にも空間的にもまったくつじつまが合わないからで、そんなことを彼は予想もしていなかったし、そんな可能性があるとも思えなかった。

翌日、インゲボルクは機嫌が悪く、妹たちと母親が何をしても何を言っても、自分に対する当てつけのように思った。そのときから張りつめた空気が漂うようになった。インゲボルクは本を読むことができなくなり、ライターは書くことができなくなった。ときどきライターはインゲボルクがヒルデに嫉妬しているような気がしたが、本当に嫉妬すべき相手はグレーテのはずだった。ライターは仕事に出かける前に、ヒルデが付き合っている二人の将校が正面の歩道から彼女の名前を叫んで口笛を鳴らすのを屋根裏部屋の窓から見かけることがあった。ヒルデと一緒に階段を下り、気をつけるように言ったことも一度ならずあった。心配しないで、とヒルデは答えた。

「わたしが何をされるって言うの？　爆弾でも落とされるわけ？」

そして彼女は笑い、ライターもその返事に笑った。

「せいぜいあなたがインゲボルクにしていることをされるくらいよ」とあるときヒルデは言い、ライターはしばらくのあいだその答えの意味を考え続けた。

僕がインゲボルクにしていること。愛すること以外にインゲボルクにしていることとは何だろう？

ついにある日、母親と妹たちは実家のあるヴェスターヴァルトの町に帰ることに決め、ライターとインゲボルクは二人きりの生活に戻った。これで静かに愛し合えるわね、とインゲボルクは言った。ライターは彼女を見た。インゲボルクは起き上がって部屋のなかを片づけていた。寝巻の色は象牙色で、彼女の足は骨ばっていてすらりと長く、寝巻とほとんど同じ色をしていた。その日からインゲボルクの体調はみるみるよくなっていき、イギリス人の医師に予告されていた忌わしい日が来たときには、それまでにないほど健康になっていた。

少ししてインゲボルクは仕立屋で働き始めた。そこでは古い服を新しい服に、昔流行った服を今流行りの服に作り替えていた。店には三台のミシンしかなかったが、進取の気性に富み、遅くとも一九五〇年には第三次世界大戦が始まると確信している悲観的な女店主の機知のおかげで、商売は繁盛した。最初、インゲボルクの仕事は店主のラープ夫人が用意した型紙に基づいて布を縫い合わせることだったが、小さな店のわりに膨大な仕事があったので、まもなく彼女は、流行りのブティックを訪ね、注文を取る仕事を任されるようになり、その注文を彼女自身が請け負った。

そのころ、ライターは最初の小説を書き上げた。彼は『リューディケ』というタイトルをつけ、タイプライターを貸してくれる人を探してケルンの路地をあてどなくさまよった。自分のことを知っている誰か、つまり自分がハンス・ライターであることを知っている誰かから貸してもらったり借りたりしないと決めていたからだった。彼はようやく、フランス製の古いタイプライターを持っている一人の老人を見つけた。その老人はタイプライターを人に貸す習慣はなかったが、相手が作家の場合はその限りではなかった。

老人が要求した額は高かったので、ライターは最初、ほかを当たろうかと思ったが、埃ひとつついていない、新品同様で、すべてのアルファベットの文字が紙の上に跡を残していくのを今か今かと待ち受けている現物を見て、払うだけの価値はあると思った。老人は前金で払ってほしいと言ったので、その日の夜、ライターはバーで、女の子たちに頼んで借金をした。翌日、老人のところに戻って金を見せると、老人は書き物机から帳面を取り出して名前を尋ねた。ライターはとっさに浮かんだ名前を告げた。

「ベンノ・フォン・アルチンボルディといいます」

老人は彼の目を見て、からかわないでくれ、本名は何だね、と言った。

「ベンノ・フォン・アルチンボルディですよ」とライターは言った。「もし僕がふざけているとお思いなら、出ていきましょうか」

少しのあいだ、二人は押し黙っていた。老人は焦げ茶色の目をしていたが、書斎の弱々しい明かりの下では黒く見えた。アルチンボルディの目は青く、老人にはそれが若い詩人の目に見え、疲れて、虐げられて、赤くなった目のように見えたが、若者の、ある意味で純粋な目だと思った。もっとも、老人が純粋さを信じなくなってかなりの時が過ぎていた。

「この国は」と老人は、あの日の午後、おそらくアルチンボルディとなったライターに語った。「純粋さと意志の名のもとにいくつもの国を深淵に突き落としてきた。君には分かるだろうが、私にとって純粋さや意志はまったくのたわごとだ。純粋さと意志のおかげで我々は皆、いいか、我々全員が、臆病者と殺し屋になってしまった、どちらも結局は同じものなんだが。今、我々は泣いて、悲しんで、知らなかったんだ！　気づかなかったんだ！　皆、ナチがやったことだ！　我々は違ったふうに振る舞えたはずだ！　と言っている。我々は嘆くことができる。我々は同情と哀しみを呼び起こすことができる。同情して許してもらえるなら、愚弄されても気にしないときている。我々が健忘症の長い休暇を始めるための時間はたっぷりあるだろう。私の言いたいことが分かるか？」

「分かります」とアルチンボルディは言った。

「私は作家だったんだ」と老人は言った。

「でもやめた。このタイプライターは父がくれたものだ。父は優しくて教養があって九十三歳まで生きた。根っからの善人だった。言うまでもないが、進歩を信じる人だった。哀れな父。進歩を信じ、そしてもちろん、人間にはもともと善が備わっていると信じていた。私も人間にはもともと善が備わっていると信じているが、それは何の意味もないことだ。殺人者だって本質的には善人だ。我々ドイツ人はそのことをよく知っている。それが何だ？　私は殺人者と一晩中飲み明かすこともできるし、一緒に夜明けを眺めながら、ベートーヴェンの曲を歌ったり、口ずさんだりするかもしれない。それが何だ？　殺人者が私の肩ですすり泣くかもしれない。そんなことは何でもない。殺人者になることは易しいことではない、そんなことはあんたにも私にも分かっている。生易しいことではない。純粋さと意志が、意志と純粋さが必要だ。ガラスの純粋さと鉄の意志。それに私だって殺人者の肩ですすり泣いたり、兄弟よ、同胞よ、逆境の同志よと甘い言葉をささやいたりするかもしれない。その瞬間、殺人者はもともと善人であるがゆえに善人だし、私はもともと愚か者であるがゆえに愚か者だし、我々は二人とも、我々の文化は感傷的になりがちであるがゆえに、感傷的だ。だがこうした場面が終わって私がひとりになるとき、殺人者は私の部屋の窓を開け、看護師の足取りで入ってきて、私の喉を切り裂き、最後の一滴まで血を絞り取るだろう。

かわいそうな父。私は作家だった。作家だったんだが、怠惰でありながら貪欲な私の脳が内臓を食べつくしてしまった。私自身のプロメテウスのハゲタカ、あるいは私自身のハゲタカのプロメテウス。ある日私は、自分が雑誌や新聞に優れた記事を寄稿したり、紙に印刷されるにふさわしい本さえも出版できるようになっていることに気がついた。しかし、どう頑張ってもいわゆる傑作と呼ばれるものに近づいたりその仲間入りをしたりすることはできないと分かっていた。あんたはきっと、文学というのは傑作だけで成り立っているのではなく、むしろマイナーな作品と呼ばれるものから成るのだと言うだろう。私だってそう信じている。文学が広大な森だとするなら、傑作というのは湖や巨木や変わった木、美しく雄弁な花、あるいは隠れた洞穴だ。しかし森には、ありふれた樹木や草や水たまりや寄生植物やキノコや野生の小花もある。私は間違っていた。本当のところ、マイナーな作品なんて存在しない。それはどういうことか。マイナーな作品の作者は誰彼ではないのだ。誰彼というのは存在する。それは間違いない。そして彼らは苦労して書いて新聞や雑誌に掲載してもらったり、紙に印刷されるにふさわしい本を出版することだってある。だがそういう本やそういう記事は、よく見れば分かることだが、彼らによって書かれてはいないのだ。

どんなマイナーな作品にも秘密の作者がいる。その秘密の作者は決まって、傑作の作者なのだ。そんなマイナーな作品を誰が書いたのか？　マイナーな作家が書いたように見える。この哀れな作家の妻が証言できる。彼女は夫が机に向かい、真っ白いページの上に身を屈めて、身をよじりながら紙の上にペンを滑らせていたのを見ている。疑う余地のない証拠に思える。だが妻が見たものは外側だけだ。文学の殻。うわべなのだ」と元作家の老人はアルチンボルディに語り、アルチンボルディはアンスキーのことを思い出した。「そのマイナーな作品を真の意味で書いているのは、傑作の名に唯一値する秘密の作家なのだ。

我らが善良な職人は書いている。良くも悪くもページの上に形作られるものに打ち込んでいる。彼の妻は夫の知らぬ間に夫を観察している。たしかに、書いているのは彼だ。しかし、もし妻にX線で透視する力があるとしたら、夫が本来の意味での文学的創造を実践しているのではなくて、催眠術の集まりに参加していることに気がついただろう。座って書いている男のなかには何もないのだ。つまり、彼自身のものは何もない。その哀れな男は読書に専心したほうがよほどましだ。読書は快楽であり、生きる喜び、あるいは生きる悲しみで、何よりも知識と数々の疑問だ。いっぽう、書くことはたいていの場合むなしい。書いている男のなかには何もない。つまり、その瞬間に妻が認めうるものは何もない。彼は書き取るように書いている。彼のまずまずの、そこそこの小説か詩集は、その不幸で哀れな男が信じているように、様式や意志の実践を通じてできあがったのではない。自分を隠すことを実践したおかげで完成したのだ。多くの本が、多くのすばらしい松があるべきなのだ。邪な視線から真に重要な本を隠すために。我らの不幸の忌まわしい洞穴、冬の魔法の花！

メタファーを許してくれたまえ。私はときどき興奮して現実離れしてしまうのだ。だが聞いてほしい。傑作でない作品はすべて、何と言うか、とてつもないカムフラージュを凝らした作品なのだ。私の想像では、あんたは兵士だった。だから私の言わんとするところは分かるだろう。傑作でない本はすべて、大砲の餌食、勇敢な歩兵隊、さまざまな方法で傑作の図式を再生産しているせいで犠牲として捧げられる作品だ。この真実に気づいたとき、私は書くのをやめた。だが私の頭は働くのをやめなかった。逆に、書いていないときのほうがよく働いた。私は自問した。なぜ傑作は隠されている必要があるのだろう？　どんな不思議な力が傑作を、秘密や謎で飾り立てるのだろう？

書くことが無意味だということはもう分かっていた。あるいは、傑作を書く用意があって初めて書くことに意味があるのだと。作家たちのほとんどは間違っているかふざけている。たぶん、間違うこととふざけることは同じことなのだろう。同じコインの裏表だ。本当のところ、我々はずっと子供のまま、にきびと静脈瘤と腫瘍がある染みだらけの怪物のような子供のままなのだが、結局のところ子供のままで、つまり我々は自分たちが生であるがゆえに生にしがみつき続けている。こうも言えるだろう。我々は芝居、我々は音楽だと。その証拠に、書くことをやめる作家はほとんどいない。自分たちが不死だと信じてふざけている。自分たちの作品を評価するときに自分たちを欺き、他人の作品についてもしょっちゅう誤った判断を下している。ノーベル賞で会おう、と作家たちは言う。それは地獄で会おうと言うのと同じことなのだ。

　一度、アメリカのギャング映画を観たことがある。あるシーンで刑事が悪党を殺すのだが、とどめを刺す前に、「地獄で会おう」と言うんだ。ふざけている。刑事はふざけていて、間違っている。死ぬ前に刑事を見て悪態をついた悪党もふざけているし、間違っている。もっとも悪党のおふざけと間違いの領域は限りなくゼロに近づいている。次の一発で死ぬのだから。その映画を撮った監督もまたふざけている。脚本家も同じだ。ノーベル賞で会おう。俺たちは歴史を作った。ドイツ国民は我々に感謝している。来るべき世代に記憶される英雄的な戦い。不滅の愛。大理石に刻まれる名前。ムーサの時間。ギリシアの散文の響きというような無邪気に見える一節さえもおふざけと間違いでしかない。

　おふざけと間違いはマイナーな作家にとっては目隠しであり、書くことの動機なのだ。こうも言える。つまり、将来の幸せという約束。とてつもない速さで育つ森、誰にも止められない森、アカデミーでさえも止められない、いや、逆にアカデミーは森が妨害されずに育つのを保証していて、（放浪者の飼育場である）企業や大学、公的機関やパトロン、文化協会や詩の朗読者、こういう連中のおかげで森は育ち、隠すべきものを隠し、こういう連中のおかげで森は再生産すべきものを再生産する。というのはその過程が不可欠だからなのだが、再生産されるものが何なのか、おとなしく映し出されているものが何なのか、決して明かされることはないのだ。

　あんたは盗作と言うだろうね。そう、盗作だ。すべてのマイナーな作品、マイナー作家のペンから生まれ出たすべての作品はどれかの傑作の盗作にほかならないという意味でね。少し違うのは、ここで我々は許容された盗作について話しているということだ。盗作はカムフラージュであり、我々をおそらく空虚に連れていく言葉遊びのようにごてごてした背景に包まれているのだ。

　端的に言おう。一番大切なのは経験だ。図書館通いをして経験が得られないとは言わないが、図書館に勝るのが経験なのだ。よく言われるように、経験は科学の母だ。私が若いころ、文章の世界で身を立てようとしていたときに、偉大な作家と知り合った。おそらく傑作を書いたことのある偉大な作家だ。もっとも、私からすれば彼が書いたものはすべて傑作だったがね。

名前は言わないでおこう。言ったところであんたのためにならないし、その作家の名前を知ることがこの話にどうしても必要だというわけでもない。その作家がドイツ人で、ある日ケルンに講演をしにやってきたということだけで我慢してほしい。もちろん私は作家がこの街の大学で行なった三度の講演すべてに足を運んだ。最後の講演会で私は最前列に座り、話を聴くというよりは（というのも作家は最初と二度目の講演で話したことをくり返していたからね）、作家を隅々まで眺めた。たとえば両手、精力的に動く骨ばった手を、そして七面鳥か羽のない雄鶏の首に似た老人の首、ややスラブ的な頬骨、血の気のない唇、誰かがナイフで切ってもそこからは血が一滴も垂れてこなさそうな唇、荒れた海のような灰色のこめかみ、そして何よりも彼の目、奥深い目で、頭を少し動かすと、出口のない二つのトンネルのように、建設途中で放り出された壊れかけの二つのトンネルのように見えることもある目を見つめてばかりいた。

言うまでもなく、講演が終わるとこの人物は地元の名士に取り囲まれ、私は握手をすることも、どれほど尊敬しているのかを伝えることもできなかった。時が過ぎた。この作家は死に、想像がつくだろうが私は彼の作品を読んでは読み返した。私が文学を捨てる日がやってきた。私は文学を捨てた。こうして歩み出したことで、心に傷を負うどころか自由になった。ここだけの話だが、童貞を捨てるようなものだった。文学を捨てて、つまり書くのをやめて読むだけにしたおかげで肩の荷が下りたのさ！

しかしそれは別の話だ。そのことについてはタイプライターを返してくれたときに話すことにしよう。しかし、この大作家が我が街を訪問してくれたときの思い出は私につきまとっていた。そうこうするうちに私は眼鏡工場で働くようになった。いい暮らしを送れるようになった。独身で金はあったし、毎週のように映画や演劇、展覧会に出かけ、英語とフランス語を学び、本屋に行って買いたいと思う本を買った。

苦労のない気楽な人生だった。だが大作家の訪問の思い出は私につきまとっていて、しかも、自分が三度目の講演しか覚えていないこと、彼の表情しか覚えていないことに突然気づいた。まるでその表情は私に最後まで言わなかった何かを言おうとしているようだった。だが何を言おうとしていたのだろう？ある日私は、医者をやっている友人にくっついて、今はここで言う必要のない理由から大学の死体安置所に行った。あんたは行ったことがないだろうね。安置所は地下室にあって、壁は白いタイル張り、天井は木でできた細長い部屋だった。真ん中は円形の壇になっていて、そこでは検視や解剖やその他の科学的な恐ろしい作業が行なわれていた。その次に小さな部屋が二つあって、そこは法医学の学部長ともう一人別の教授の部屋だった。両端には冷蔵室があって、そこに死体が、貧しい人たちや安ホテルで殺された身元不明の人たちの死体があった。

そのころ、私はこうした施設にどう考えても病的な関心を寄せていた。医者の友人が、親切にも詳しい解説をつけて見学させてくれるというので、私たちはその日最後の検視に立ち会いさえした。終わったあと、友人は学部長の部屋に行ったので、私は廊下でひとり彼が戻ってくるのを待っていた。学生たちは帰っていき、夕暮れ時の倦怠感のようなものが、毒ガスのようにドアの下から漏れ入ってきた。待つこと十分、冷蔵室のひとつから物音がして、私はぎょっとした。あの当時はそれだけで人は驚いたと言いきれるが、私はそれほど臆病ではなかったから、音のしたほうへ向かっていった。

ドアを開けると、一陣の冷たい風が私の顔にさっと吹きつけた。安置所の奥、移動式ベッドのそばで、一人の男が死体を安置するために壁面の扉を開けようとしていたが、当の壁穴というか壁龕というかその扉がどれほど力を込めても開かなかった。安置所の入口のドアのそばにいた私は、手伝おうかと声をかけた。男は身体を起こすととても背が高く、どうしていいか分からないという表情で私を見た。彼の眼差しに悲しげなものを感じたせいだろう、私は彼に近寄ろうとした。死体に挟まれて進みながら、心を落ち着かせようと煙草に火をつけ、男のそばまで行ったとき、私が最初にしたのはもう一本煙草を差し出すことだった。きっと、ありもしない仲間意識を押しつけようと思っていたのだろう。

死体安置所の職員は私に一瞥をくれただけだった。私は時間が逆戻りしたような気がした。男の目は、私がケルンでの一連の講演会に巡礼のように詣でた大作家の目とそっくりだった。正直に告白すると、少しのあいだ、自分の頭がまさにその瞬間おかしくなったのではないかと思ったほどだった。死体安置所の職員の声、大作家の親しみやすい声とは似ても似つかない声が私を窮地から救い出してくれた。男はこう言ったんだ。ここで煙草は吸えませんよ、とね。

何と答えていいか分からなかった。男は、煙は死体によくないんです、と付け加えた。私は笑った。男は説明を加えた。煙は死体の保存に有害だという意味です。私はそんなつもりはないという仕草をした。男は続けた。フィルターについて、湿度について説明し、純粋という言葉を口にした。私がもう一度煙草を差し出すと、諦めたように、吸わないんですと言った。ここではもう長いこと働いているのかと尋ねた。男は人間味のないちょっと甲高い声で、第一次世界大戦よりもずっと前からその大学で働いていると答えた。

「ずっと安置所で?」と私は訊いた。

「別の部署で働いたことはありません」と男は答えた。

「それは変だな」と私は言った。「でも君の表情、とくに君の目はどうしてもドイツの大作家の目を思い出させる」そこで私は作家の名前を口に出した。

「聞いたこともありませんね」という答えが返ってきた。

　別の時代だったらこの返事に腹を立てただろうが、神の思し召しで私は新しい人生を生きていた。私は彼に、死体安置所で働いていると真っ当な考え方をもつようになるのではないか、少なくとも人間の運命について独自の意見をもつようになるのではないかと言ってみた。男は、からかわれているのか、それともフランス語で話しかけられているのかというように私を見た。私は譲らなかった。あの枠を見ているとね、と私は腕を広げて安置室全体を見渡しながら言った。ある意味で人生の短さに思いを馳せるのに理想的な場所なんじゃないかと思ってね、人間の計り知れない運命とか、世俗的な努力の無意味さとか。

　恐怖に怯えながら私は悟った。私はまるで、その男があのドイツの偉大な作家であるかのように彼と話し、これは一度として交わしたことのない私たちの会話なのだと。時間がないんです、と男は言った。私は彼の目をもう一度見た。間違いない。私の崇拝する人の目だ。そして彼の答えはこうだった。時間がないんです。その答えはどれほどの扉を開け放ったことか！ その答えの向こうにどれほどの道が、突然、遮るものもなく、くっきりと伸びていたことか！

　時間がないんです、死体を残らず運んでしまわないと。時間がないんです、息をしないと、食べないと、飲まないと、眠らないと。時間がないんです、ギアに合わせて動かないと。時間がないんです、私はまさに生きているんです。時間がないんです、私はまさに死にかけているんです。あんたにはお見通しだろうが、もう質問はしなかった。私は壁の扉を開けるのを手伝った。死体をなかに入れるのを手伝いたかったのだが、私はこういう作業をするには不器用だったので、死体に掛かっていたシーツがずり落ちてしまった。私は死体の顔を見て、すぐに目を閉じると、頭を垂れて、男をひとりにしてやった。

　外に出ると、友人が死体安置所のドアのところから静かに私を観察していた。大丈夫か？ と彼は尋ねた。私は答えなかった。というより、どう答えてよいか分からなかった。たぶんこんなことを言ったと思う。何もかもが最悪だ。でも私が言いたかったのはそんなことではなかった。

　アルチンボルディがいとまを告げる前、紅茶を一杯飲んだあと、タイプライターを貸してくれた男はこう言った。

「イエス・キリストは傑作だ。泥棒はマイナーな作品だ。なぜ泥棒はそんなところにいる？ 無邪気ないくつかの魂が信じているように、磔刑を引き立たせるためじゃない。それを隠すためだ」

　タイプライターを貸してくれる人を探して街をあちこち巡っているうちに、アルチンボルディは屋根裏部屋に引っ越す前に地下室で一緒に暮らしていた二人の放浪者と再会した。

見たところ、不運な時代をともに過ごした仲間たちはほとんど変わっていなかった。元記者はケルンの新しい新聞社に仕事の口を探していたが、ナチでの過去ゆえに受け入れてもらえなかった。陽気でお人よしな性格は、災難が続くにしたがって消えていき、年相応の体調不良が現われ始めた。いっぽう、元戦車兵はエンジンの修理工場で働いていて、共産党に入党していた。

二人が地下室にいたときは喧嘩が絶えなかった。戦車兵は元記者がナチの党員だった過去と臆病な性格を責め立てた。元記者はひざまずき、声を張り上げて、そうだ、私は臆病だった、だがナチに、ナチと呼ばれるものに参加したことはないと誓った。書けと言われたことを書いていたんだ、解雇されたくなければ言われたことを書くしかなかったんだ、とか細い声で言ったものの、戦車兵は関心を示さず、さらに非難を浴びせ、故障して焼け焦げた戦車のなかで俺や俺みたいな仲間が戦っているあいだ、お前やお前みたいな連中はプロパガンダの嘘をおとなしく書き続け、戦車兵や戦車兵の母親、それに戦車兵の恋人たちがどんな気持ちでいるのかには目もくれなかったんだ、と反論の余地のない事実を付け加えた。

「このことは」と彼は言った。「絶対に許さないぞ、オットー」

「だが私のせいじゃない」と記者はうめいた。

「泣け、泣くがいいさ」と戦車兵は言った。

「私たちは詩を作ろうとしたんだ」と記者は言った。「時が過ぎるのを待って、そのあとに何が起きるのかを目撃するために生き続けたんだ」

「だったらもうそのあとに起きたことは見ただろう、汚らわしいブタ野郎め」と戦車兵は反論した。

ときどき、記者は自殺について口にした。

「それしかないと思う」アルチンボルディが二人を訪ねたとき、記者は彼に言った。「私はジャーナリストとしてはもう終わった。労働者としての可能性はこれっぽっちもない。地方公務員になろうとしたって、過去がつねにつきまとう。独立して働こうったって、何ひとつまともにできない。だからこのまま苦しみ続けても仕方ないと思うんだ」

「社会に対してお前の負債を支払うためだよ、お前の嘘を償うためだ」と戦車兵は叫んだ。食卓について新聞を読みふけっているふりをしていたが、本当は聞いていたのだ。

「グスタフ、君は自分が何を言ってるのか分かってない」と記者は反論した。「私の唯一の罪はな、何度も言ったように、臆病だったってことだ。その高いつけを払ってるんだ、私は」

「もっと高いつけを払えよ、オットー、もっと高いやつを」

二人と話している合間に、アルチンボルディは記者に、別の街に行けば、ケルンほど痛めつけられていない街に、顔見知りのいないもっと小さな街に行けば風向きも変わるだろうとほのめかした。記者にはそんな可能性は思いもよらなかったが、それ以降、彼は真剣に考え始めた。

アルチンボルディは二十日間かけて小説をタイプライターで打った。カーボン紙でコピーを作り、再開されたばかりの公共図書館まで行き、原稿を送るのにふさわしい出版社の名前を二つ探した。長い時間をかけて調べた結果、彼の好きな本を出している出版社の多くはもはや存在せず、経済的な理由や経営者の怠慢や無関心によるものもあれば、ナチによって閉鎖されたり、出版人が投獄されたり、連合国による爆撃で跡形もないものもあった。

彼がものを書いていることを知っている顔見知りの司書に何か手伝うことはあるかと訊かれたので、アルチンボルディは今も続いている文芸出版社を探していると答えた。司書は手伝いましょうと言ってくれた。彼女は少しのあいだ書類を眺めていたかと思うと、電話をかけた。それが終わるとアルチンボルディにリストを手渡した。そこには二十の出版社の名前が並んでいて、その数は彼が自分の小説をタイプで打つのにかかった日数と同じ数だったので、よい前兆に違いなかった。だが問題は、元の原稿とその複写が一つあるきりだったので、原稿を送る出版社を二つしか選べなかったことだった。その晩、バーの入口に立っているあいだ、そのリストを取り出してはじっくり眺めて考え込んだ。出版社の名前がこのときほど美しく、また風格をもち、希望や夢に満ちて映ったことはなかった。それでも、彼は分別をもって過度な期待に振り回されないようにしようと思った。元の原稿はケルンの出版社に自ら持ち込んだ。それには、もし出版してもらえなくてもアルチンボルディが自分で原稿を取りに戻り、別の出版社に送ることができるという利点があった。カーボン紙に複写した原稿はハンブルクの出版社に送った。そこは一九三三年までドイツの左翼系の本を出版していたが、その年ナチス政府によって閉鎖されたばかりか、出版人であるヤーコプ・ブービス氏は強制収容所に送られかけた。ブービス氏が一歩先んじて亡命しなかったら、実際に収容所行きとなっていただろう。

二つの原稿を送って一か月が過ぎたころ、ケルンの出版社が返事をよこした。貴殿の小説、『リューディケ』はたしかに否定しがたい長所を備えているが、残念ながら弊社向きではない、だが諦めずに次の小説を送ってほしい、という内容だった。インゲボルクに事情を説明する気になれず、その日のうちにアルチンボルディは自分の原稿を取り戻しに行ったが、その出版社ではどこに彼の原稿があるのか誰も知らず、かといってアルチンボルディは手ぶらで帰るつもりはなかったので、何時間も費やす羽目になった。翌日、ケルンの別の出版社に原稿を持ち込んだが、一か月半経って、最初の出版社とおおよそ同じ文言によって却下された。もしかすると多少の形容辞が、次の作品で幸運に恵まれますようお祈り申し上げますという文言が付け加えられていたかもしれない。

もはやケルンに残る出版社はあと一つとなった。その出版社はときおり小説や詩集や歴史書を出版していたが、図書目録の大半を占めるのは、庭の適切な手入れの仕方とか応急処置の正しいやり方とか廃屋から出た瓦礫の再利用の仕方といった日常生活に役立つ実践的なマニュアル本ばかりだった。助言社という名のその出版社は前の二社とは違い、出版人が自ら原稿を受け取りにやってきた。わざわざそうしたのは、その出版社では従業員が五人いるので人手不足ではなく、自分の出版社から本を出したがっている書き手の顔をじかに見たいという理由からだと彼はアルチンボルディに説明した。二人が交わした会話は奇妙なものだったとアルチンボルディは記憶している。出版人はギャングのような顔をしていた。まだ若く、アルチンボルディより少しだけ年上で、洒落たスーツを着ていたが、一晩で知らないうちに体重が十キロ増えたかのように、少し窮屈そうだった。

戦争中は空挺部隊に所属していた。だが一度も、落下傘で飛び降りる機会はなかったと彼は急いで付け加えた。軍歴としては、いくつかの戦域で、とくにイタリアやノルマンディーでのさまざまな戦闘に参加していた。アメリカ空軍による絨毯爆撃も経験したと言った。そして、それをやり過ごす秘訣を知っていると主張した。アルチンボルディは戦争中はずっと東方にいたので、絨毯爆撃が何のことか分からず、そう口にした。その出版人、ミヒャエル・ビットナーという名前だが、友人からはネズミと同じようにミッキーと呼ばれるのが好きというか嬉しいという彼は、絨毯爆撃というのは、敵の飛行機が山ほど、ものすごい数の、おびただしい数の飛行機が前線の特定の領域に、あらかじめ決められた区域に、草一本残らなくなるまで爆弾を落としていく攻撃のことだと言った。

「うまく説明できているかどうか分からないけどね、ベンノ」と彼はアルチンボルディの目を見据えて言った。

「あなたの言っていることはよく分かりますよ、ミッキー」とアルチンボルディは言いながら、目の前の男はうるさいだけでなく滑稽な奴だと思った。歴史の決定的瞬間に立ち会ったと思い込んでいる大げさな輩や哀れな人間がもっているあの滑稽さ、とアルチンボルディは思った。歴史なんていうものはただの娼婦で、その歴史には決定的瞬間なんていうものはなく、瞬間の増殖で、怪物性において競争している短い時間の増殖でしかないことを誰もが知っているというのに。

しかしミッキー・ビットナー、とても洒落た窮屈なスーツに身体を詰め込んだ哀れな男がやりたかったのは、絨毯爆撃が兵士たちに与えた影響とそれに打ち勝つために彼が自ら編み出した方策を聞かせることだった。騒音だ。最初にくるのが騒音だ。自分の塹壕か防御が十分でない場所にいる兵士は、突然騒音を耳にする。飛行機の音だ。でも戦闘機や戦闘爆撃機の素早い音ではない。もしこう言ってよければ、そういう音は低空飛行の音だ。そうではなくて、空の一番高いところから届く音、うなるような耳障りな音で、よくない知らせを運んでくる、まるで嵐が近づいてくるような、雲と雲がぶつかり合っているような音だが、問題は雲も嵐もないということだ。もちろん、兵士は上を見やる。最初は何も見えない。砲兵も上を見やる。何も見えない。機関銃掃射手、臼砲の操作兵、先発の偵察兵も上を見上げるが、何も見えない。装甲車や大砲を載せた車両の運転手も上を見上げる。何も見えない。だが用心のために運転手は車両を道の脇に寄せる。木の下に停めたり、カムフラージュのためにシートをかぶせたりする。その直後に最初の飛行機が姿を現わす。

　兵士たちはそれを見つめる。飛行機の数は多い。だが兵士たちはその飛行機は後方地域のどこかの街を爆撃しに行くものと思っている。街か橋か鉄道だ。飛行機の数は多い。あまりにも多くて空が黒くなる。でもきっとドイツのどこかの工業地帯を狙っているに違いない。全員が驚いたことに飛行機は爆弾を落とし、その爆弾は特定の地域に落ちる。第一波に続いて第二波がやってくる。すると騒音は耳をつんざくほどになる。爆弾が落ちて地面にクレーターのような穴を開ける。木立に火の手が上がる。茂み、ノルマンディーの主要な塹壕はなくなり始める。あらゆる生垣が吹き飛ばされる。段丘が崩壊する。兵士の多くは一瞬耳が聞こえなくなる。耐えられずに逃げ出す兵士も数人いる。その瞬間にはもう飛行機の第三波が決められた区域に爆弾を落としている。信じがたいかもしれないが、その騒音はどんどん大きくなる。音としか言いようがない。轟音、うなり、轟き、ハンマー音、とてつもなく甲高い音、神々の咆哮と呼んでもいい。だが音というのがあの名前のないものを指す簡単な言葉だ。機関銃掃射手は死ぬ。その死体の上に別の爆弾がまっさかさまに落ちてくる。骨と肉片があちこちに散らばって、そこには三十秒もするとまた爆弾が降ってくるだろう。臼砲の操作兵は蒸発している。装甲車の運転手は車を動かして避難場所を探そうとするが、その途中で爆撃を受け、さらに爆弾が二つ落ちてきて、車両と運転手は、鉄屑と溶岩のあいだの道の真ん中で、形のはっきりしないひとつの物体に変わり果てる。その後、第四波、第五波がやってくる。何もかもが燃えている。ノルマンディーというよりは月のようだ。爆撃機があらかじめ決められた領域に爆弾を落とし終えるころには鳥の鳴き声ひとつ聞こえない。実際、爆撃を受けた地域の隣、爆撃を受けずに済んだ右隣や左隣でも、鳥の鳴き声ひとつ聞こえない。

　すると敵軍が現われる。彼らにとっても、その鉄のような灰色をした、煙のくすぶるクレーターだらけの領域に入り込むのは恐怖を伴う体験だ。激しくえぐれた土地から、ときおり狂人の目をしたドイツ兵が立ち上がる。泣きながら降伏する兵士がいる。別の兵士たち、空挺部隊の兵士やドイツ国防軍の古参兵、ＳＳ歩兵大隊の兵士は発砲し、指揮系統を復活させて敵の進軍を食い止めようとする。そうした兵士のうちのわずかな者、もっとも手に負えない兵士たちは明らかに酒を飲んだ様子だ。そのなかに間違いなく、空挺隊員ミッキー・ビットナーがいる。なぜなら、どんな種類の爆撃にも耐えるための処方箋というのはまさしくこのことだったからだ。シュナップスを飲み、コニャックを飲み、火酒を飲み、グラッパを飲み、ウイスキーを飲み、強い酒なら何でも飲み、ほかになければワインも飲むこと。こうして騒音から逃れる、いや、騒音を脳の脈動や回転と勘違いするのだ。

その後、ミッキー・ビットナーはアルチンボルディの小説がどんなものか、最初の小説なのか、それともすでに文学作品を書いたことがあるのかどうかを知りたがった。アルチンボルディはこれが最初の小説だと言い、大まかにあらすじを話した。見込みはありそうです、とビットナーは言った。でも今年の出版は無理ですね、とすぐに付け加えた。それから、もちろん前払い金についての話はありません、と言った。そして、売り上げの五パーセントをお支払いします、またとない契約ですよ、と説明した。その後、ドイツでは昔ほど本は読まれていない、今は考えなくてはいけない実際的なことがもっとありますから、と明かした。そのときアルチンボルディは、この男は話したいから話しているだけなのだと、空挺部隊のクソ野郎ども、シュトゥデント将軍の犬どもは話したいから話していて、ただ自分の声を聞き、誰かにまだ首を吊されていないのを確かめるためなのだということが分かった。

数日間、アルチンボルディは、ドイツに本当に必要なのは内戦なのだと考えていた。

彼は、どう見ても文学のことを何も知らないビットナーが自分の小説を出版してくれるとは信じていなかった。神経が高ぶり、食欲がなくなった。ほとんど本も読まず、少し読むと頭が混乱してきて、読み始めるとすぐに本を閉じなくてはならなかった。身体が震え出し、外に散歩に出たくてたまらなくなった。セックスはたしかに続けていたが、行為の途中で別の星に行っていることがあった。雪の積もったその星で、彼はアンスキーのノートを暗記していた。

「あなたはどこにいるの?」そんなとき、インゲボルクはこう尋ねた。

愛する女の声でさえ、はるか彼方から聞こえてくるかのようだった。本を出すとも出さないとも、何の返事ももらえないまま二か月が過ぎた。アルチンボルディは出版社に出向いて、ミッキー・ビットナーと話したいと用件を伝えた。秘書は、ビットナー氏はただ今必需品の輸出入に専念しているため、出版社に出てくることはほとんどない、もちろん出版社は彼のものだが、ここにはめったに顔を出さないのだと言った。アルチンボルディは引き下がらず、ケルン郊外にあるビットナーの新しい事務所の住所を入手した。新しい事務所は十九世紀に作られた古い工業地区の、大きな木箱が積まれた倉庫の上にあったが、そこにも彼はいなかった。

そこには三人の元空挺隊員と、髪を銀色に染めた秘書が一人いた。空挺隊員たちによれば、ミッキー・ビットナーは今アントワープにいてバナナの輸送契約を結んでいるところだった。彼らは揃って笑い出したが、アルチンボルディは、笑われているのはバナナであって自分ではないと気づくのに時間がかかった。その後、空挺隊員たちは映画の話を始めた。彼らは熱狂的な映画ファンで、秘書も映画好きだった。それからアルチンボルディに、どの戦線にいたのか、どの部隊にいたのかと尋ねた。アルチンボルディは、自分は東部戦線にいて、ずっと東部戦線で、歩兵隊にいたが、最後の数年はラバや馬一頭見かけなかったと答えた。その反対に空挺隊員たちはずっと西部戦線にいて、イタリア、フランス、なかにはクレタ島で戦った者もいた。彼らには西部戦線の復員兵のそうしたコスモポリタン的な雰囲気、ルーレットをする人のような、夜どおし眠らない人のような、高級ワインの鑑定家のような、娼館に入ると娼婦を名前で呼ぶ人のような雰囲気があり、それは東部戦線の復員兵とは正反対だった。東部戦線の復員兵はむしろ生ける屍、ゾンビ、墓場の住人、目も口もない兵士のようだった。でも東部戦線の復員兵にもペニスだけはある、とアルチンボルディは思った。なぜならペニスは、性欲は、不幸にも、男が最初に失うべき欲望でありながら、男が失う最後の欲望だからだ。でも違う、人間はセックスを続け、セックスを続け、あるいはマスターベーションをする。それは結局同じひとつのことなのだが、それを最後の瞬間まで続ける。死体の山に埋まってしまって出られない兵士も、死体と雪の下で、標準的なシャベルで小さな穴を掘り、時間をやり過ごすために自分の身体を次第に大胆にまさぐっていったのだ。というのは、最初の瞬間の恐怖と驚きが消えてしまうと、残っているのは死への恐怖と退屈だけで、その退屈を埋めようとして彼はマスターベーションを始めた。最初はおずおずと、まるで女の園芸職人か羊飼いの娘を誘惑しているかのようだったが、その後は次第に意を決して、ついに絶頂に至った。そんなふうにして死体と雪の穴に十五日間閉じ込められたまま、食事を切り詰めながら欲望のおもむくままに過ごしていた。その欲望は兵士を衰弱させるどころか活力を取り戻させ、まるでその兵士が自分の精液を飲んでいたか、あるいは気が狂ったあとで新たな正気へと通じる忘れられた出口を見つけたかのようだったが、ついにドイツ軍が反撃してきてその兵士は発見された。そしてここに興味深いデータがある、とアルチンボルディは思った。というのは、腐臭を放つ死体の山と降り積もった雪のなかからその兵士を救出した兵士の一人が、あいつからは妙な匂いがする、つまり、汚れた臭いでも糞とか小便の臭いでもなく、腐った臭いやミミズの臭いでもない、いいか、あの生き残った奴からはいい匂いが、強烈な匂いかもしれないが、いい匂いがすると言ったのだ。安物の香水のような、ハンガリーの香水かジプシーの香水か、もしかするとヨーグルトのかすかな匂い、それか根っこのかすかな匂いかもしれない、だが一番強く匂うのはヨーグルトでも根っこの匂いでもなく、何か別の匂いだった。その匂いにそこにいた全員が、シャベルで死体を掘り返して後方に送り返したりキリスト教式に埋葬しようとしたりしていた者たちが驚き、その匂いは、モーセが紅海で為したように水を分けたので、立っているのがやっとだった件の兵士は移動することができた。だがどこへ？　誰にも知る由はないが、その兵士は前線から退いて、祖国の精神病院に送られたのは間違いない。

空挺隊員たちは悪い人間ではなく、その晩のうちに処理しなければならない仕事に加わらないかとアルチンボルディを誘った。アルチンボルディはバーでの仕事を失いたくなかったので、その仕事とやらは何時に終わるのかと尋ね、空挺隊員たちは夜の十一時にはすべて終わっているはずだと答えた。駅の近くのバーで八時に落ち合うことにし、出ていこうとすると秘書が目くばせをした。

そのバーは〈黄色いナイチンゲール〉という名前だった。空挺隊員たちが入ってきてアルチンボルディがまず気づいたのは、全員が彼のととてもよく似た黒い革のジャケットを着ていることだった。仕事というのは、貨車に積まれている米軍の携帯用コンロを降ろすことだった。貨車の隣の引き込み線にアメリカ人が一人いて、最初、彼らにまとまった額の金を要求し、紙幣を最後の一枚まで数えたあと、頭の鈍い子供に当たり前の禁止事項をくり返し言うかのように、降ろしていいのはその貨車からだけで別の貨車のはだめだ、ＰＫという印のついた箱だけを降ろすようにと警告した。

アメリカ人は英語で話し、空挺隊員の一人が心配するなと英語で答えた。その後アメリカ人は暗闇に消え、もう一人の空挺隊員がライトを消した小型の貨物トラックを運転してやってきて、貨車の鍵を開けて仕事に取りかかった。一時間もすると作業は終わり、二人の空挺隊員がトラックの前の座席に、アルチンボルディともう一人の空挺隊員が後部座席の、箱のせいで狭くなったスペースに乗り込んだ。彼らはところどころ街灯もないような裏道を通って、ミッキー・ビットナーが郊外に所有する事務所に向かった。そこでは秘書が熱いコーヒーの入った魔法瓶と、ウイスキーを一瓶用意して待っていた。荷物をすべて降ろすと、連中は事務所に入り、ウーデット将軍の話を始めた。空挺隊員たちはコーヒーにウイスキーを足し、歴史的な思い出話に花を咲かせた。今度もやはり幻滅した笑いが合間に入る男らしい思い出話で、まるで、俺はもう何もかも見たんだ、俺を騙すんじゃない、俺は人間の本性を、意志の絶え間ない衝突を知っている、俺の記憶は火の文字で書かれていて、それが俺の唯一の資本なんだとでも言うかのようで、そんなふうにして彼らはウーデットのことを思い出し始めた。ウーデット将軍、ゲーリングによって広められた誹謗中傷で自殺した空軍のエース。

アルチンボルディはウーデットが何者かよく知らず、あえて尋ねもしなかった。別の名前に聞き覚えがあるのと同じように、その名前にも聞き覚えがあるような気がしたが、それだけだった。空挺隊員の二人はウーデットをどこかで見たことがあり、賞賛をこめて彼について語っていた。

「ドイツ空軍最高の男だったな」

三人目の空挺隊員はそれを聞きながら、仲間が言っていることに納得しかねるように首を左右に振ったが、反論するつもりはないようだった。そしてアルチンボルディのほうはぞっとしながら聞いていた。というのも、第二次世界大戦中は自殺する理由はあり余るほどあったが、ゲーリングのようにくだらない男のつまらない言い草が自殺の理由になるはずがないと思っていたからだ。

「ということは、そのウーデットはゲーリングのサロンの陰謀が原因で自殺したということなのか?」と彼は訊いた。「ということは、そのウーデットは強制収容所や前線での大量殺戮や燃え上がる街のせいで自殺したのではなくて、ゲーリングに無能呼ばわりされたせいで自殺したということなのか?」

三人の空挺隊員は初めて彼を見るような目でアルチンボルディを見つめたが、それほど驚いた様子ではなかった。

「たぶんゲーリングは正しかったんだろう」アルチンボルディは手酌でウイスキーを少し注ぎ足し、秘書がコーヒーを入れようとすると手のひらでふたをして言った。「たぶんそのウーデットという奴はそもそも無能だったんだ」と彼は言った。「たぶんそのウーデットは本当に、あまりにも鈍くていらいらさせられる奴だったんだ」と彼は言った。「たぶんそのウーデットは、ヒトラーにケツの穴を掘られたほとんどのドイツ人と同じでおかま野郎だったんだ」

「お前はオーストリア人なのか?」と空挺隊員の一人が訊いた。

「いや、僕もドイツ人だ」とアルチンボルディは言った。

少しのあいだ、三人の空挺隊員は、彼を殺してしまおうかそれとも叩きのめしてやるかと自問しているかのように黙り込んでいた。アルチンボルディは確信に満ち、ときおり連中に怒りの眼差しを投げかけた。そこには多くのことが読み取れたが、恐怖だけは読み取れず、連中は攻撃的に反応することはしなかった。

「金を払っておけ」と連中の一人が秘書に言った。

秘書は立ち上がり、金属製のキャビネットを開けた。下のほうに小さな金庫があった。アルチンボルディが受け取った金はシュペングラー通りのバーでもらう給料の半月分だった。アルチンボルディは空挺隊員の緊張した視線を感じながら(ピストルか、少なくともナイフを隠し持っていると思われていたに違いない)、ジャケットの内ポケットに金をしまうと、ウイスキーの瓶がないかと目で探したが見つからなかった。どこにあるのかと彼は訊いた。しまったわ、と秘書は答えた。あなたったら飲みすぎよ、坊や。アルチンボルディはその坊やという言葉が気に入ったが、それでも引き下がらなかった。

「最後に一杯やって帰れよ、俺たちはやらなきゃいけないことがある」と空挺隊員の一人が言った。

アルチンボルディは頷いた。秘書はウイスキーをダブルで注いだ。アルチンボルディはゆっくりと味わいながら時間をかけて飲み、これも密輸品だろうと想像した。それから立ち上がり、二人の空挺隊員が出口まで見送った。外は暗く、どちらに向かっていけばよいかよく分かってはいたが、それでもその地区のいたるところにある穴やくぼみに足を突っ込む羽目になった。


二日後、アルチンボルディがミッキー・ビットナーの出版社にふたたび顔を出すと、前回と同じ秘書が彼のことを覚えていて、原稿なら見つかったと言った。ビットナー氏は自室にいた。秘書は彼に会いたいかと尋ねた。

「彼は僕に会いたがっているのですか?」とアルチンボルディは訊いた。

「そう思います」と秘書は言った。

数秒間、もしかするとビットナーは自分の小説を出版したがっているのかもしれないという考えが頭をよぎった。あるいは輸出入の方面で別の仕事を提供したくて会いたがっているのかもしれない。でも顔を見たら殴ってしまいそうだと思ったので、やめておきますと言った。

「幸運をお祈りします」と秘書は言った。

「ありがとう」とアルチンボルディは言った。

取り戻した原稿はミュンヘンの出版社に送った。郵便局に持っていき、帰宅したとたん、そういえばこのところほとんど何も書いていないことに気がついた。セックスのあとでインゲボルクにその話をした。

「時間の無駄ね」と彼女は言った。

「いつの間にか時間が過ぎていたんだ」と彼は言った。

その夜、彼はバーの入口で仕事をしながら、二種類の速さの時間について考えながら気晴らしをした。ひとつはとてもゆっくりと進む時間で、この時間のなかでは人間や物体の動きはほとんど感じ取ることができない。もうひとつはとても速く進む時間で、そこではすべてが、動かない物体ですら速さに輝きを放っている。前者の時間は楽園と呼ばれ、後者は地獄と呼ばれる。アルチンボルディが望んだのは、どちらにも住みたくないということだけだった。


ある朝、ハンブルクから手紙が届いた。差出人はブービス氏で、偉大な出版人だった。手紙には『リューディケ』を褒め称えるような言葉が、そこまでではなくとも、褒め称えていることが行間から読み取れる内容が書かれていて、この作品をぜひ出版したい、もちろん、ベンノ・フォン・アルチンボルディ氏がまだどこかの出版社と契約していなければの話だが、もしそうであれば大変残念である、というのもこの小説には多くの長所があり、ある意味で斬新で、つまるところ、ブービス氏はきわめて興味深く読み、この小説の出版にぜひとも打って出たいと思っている、とはいえドイツの出版界はこのような状況であり、出版の前払い金として提示できる額の上限はこれくらいである、それがはした金であり、十五年前であれば決して提示しない額であることは彼自身もよく分かっている、だがそのかわり、出版にあたっては手を尽くし、ドイツ国内のみならずオーストリアやスイスの良質な書店のどこででも流通させることを約束する、そうした国ではブービス社の出版物といえば民主的な書店主たちに記憶され、尊敬を集めていて、独立と厳格を掲げる出版のシンボルとなっている、とのことだった。

その後、ブービス氏はいつかハンブルクに立ち寄ることがあればぜひ弊社を訪問してほしいと乞いつつ、親しみをこめて手紙を結び、出版社の小冊子を同封していた。安手の紙ではあったが美しい書体で刷られたその小冊子には、今後出版される予定の二つの「すばらしい」本の告知が載っていて、ひとつはデーブリーンの初期作品集、もうひとつはハインリヒ・マンのエッセー集だった。

アルチンボルディがインゲボルクにその手紙を見せると、彼女はそのベンノ・フォン・アルチンボルディというのが誰のことか分からなかったので驚いた。

「僕のことだよ、もちろん」とアルチンボルディは言った。

「でもどうして名前を変えたの?」と彼女は知りたがった。

一瞬考えたあと、アルチンボルディは身の安全のためだと答えた。

「アメリカ軍が僕を探しているかもしれない」と彼は言った。

「アメリカとドイツの警察に尻尾を摑まれてるはずだ」

「戦争犯罪で?」とインゲボルクは訊いた。

「正義というのは盲目なんだ」とアルチンボルディは言い聞かせた。

「都合がいいときに盲目になるのよ」とインゲボルクは言った。「ザマーの汚点を世間にさらして都合がいい人がいるの? 誰もいないじゃない!」

「それは分からない」とアルチンボルディは言った。「いずれにしても、僕にとって一番安全なのはライターを忘れてもらうことなんだ」

インゲボルクは驚いた様子で彼を見た。

「嘘でしょ?」と彼女は言った。

「嘘じゃないよ」とアルチンボルディが言うと、インゲボルクは彼の言葉を信じた。だがその後、彼が出かけようとしたとき、満面の笑顔を見せて言った。

「あなたは有名になるに違いないわ!」

その瞬間まで、アルチンボルディは有名になるということについて考えたことがなかった。ヒトラーは有名だった。ゲーリングは有名だった。彼が愛情を抱いたり、懐かしく思い出すのは、有名というのではなく、何らかの必要を満たしてくれる人たちだった。デーブリーンは彼に慰めを与えてくれた。アンスキーは力を与えてくれた。インゲボルクは歓びをもたらしてくれた。行方知れずのフーゴ・ハルダーは彼の人生における軽さを表わしていた。どうしているかも分からない妹は彼自身の無垢さだった。もちろん、彼らは別のものにもなってくれた。ときに彼らは今挙げた特徴をすべて合わせたものにもなったが、それは名声ではなかった。名声というものは野心によるものでなければ、間違いと嘘に基づいていた。しかも、名声は減じていくものだった。名声に行き着くもの、名声に由来するもののいっさいは避けがたく減じていく。名声のメッセージは直截的だった。名声と文学は和解できない敵同士だった。

その日は一日中、なぜ自分は名前を変えたのだろうと考えていた。バーではハンス・ライターという名前で通っていた。ケルンで知り合った人々は、彼がハンス・ライターという名前だと知っていた。ザマー殺しでついに警察が自分を追跡することになれば、ライターという名前の手がかりに欠くことはない。それならなぜペンネームを使うのだ？　インゲボルクはたぶん正しいのだろう、とアルチンボルディは思った。たぶん心の底で、僕は自分がきっと有名になると思っていて、名前を変えることで将来危険が及ばないようにと最初の方策をとっているのだろう。でも、もしかするとこうしたことは全部、別のことを意味するのかもしれない。もしかすると、もしかすると、もしかすると……

ブービス氏からの手紙を受け取った翌日、アルチンボルディは返事をしたため、自分の小説はどこの出版社とも契約していないこと、ブービス氏の提示した前払い金が十分な額であることを伝えた。

数日後、ブービス氏から手紙が届いた。手紙のなかで彼は、直接会って契約の手続きに入りたいので、ハンブルクにぜひ来てほしいと書いていた。このところ私はドイツの郵便を信用できないのです。皆さんがおっしゃるような正確で間違いのないということが、とブービス氏は書いていた。それに最近、とりわけイギリスから戻って以来、自分が出す本の書き手とは全員と直接お会いすることにしているのです。

三三年になる前、と彼は書いていた。私はドイツ文学で将来有望な作家の本を数多く出版しました。一九四〇年、ロンドンのホテルにひとりでこもっていたとき、私が最初に本を出した作家のうち何人がナチ党員になったのか、何人がSSに参加したのか、何人が急進的な反ユダヤ主義の新聞で記事を書くようになったのか、何人がナチの官僚システムのなかで出世していったのかを数えて時間をやり過ごしていました。数えた結果、私は自殺しかけました。ブービス氏はそう書いていた。

自殺するかわりに、自分に平手打ちを喰らわすにとどめました。そのとき突然、ホテルの明かりが消えました。私は罵り声を上げながら平手打ちを続けました。誰かが私を見たとしたら、きっと気がふれたのだと思ったことでしょう。急に息苦しくなって、窓を開けました。すると私の目の前に夜の戦争の一大絵巻が広がったのです。私はロンドンが爆撃されていく様子を眺めていました。爆弾は河の近くに落ちていましたが、夜の暗闇のなかではホテルのすぐそばに落ちているように見えました。サーチライトの光の束が空をあちこち照らしていました。爆撃の音は次第に大きくなっていきます。ときどき小さな爆発音が聞こえ、防空気球の上から閃光が走ったので、実際そうでなかったとしても、ドイツ空軍の飛行機が撃墜されたのかと思いました。周囲で恐ろしい事態が起きているにもかかわらず、私は平手打ちを続け、罵り声を上げていました。この下司野郎、白痴め、阿呆め、間抜けめ、脳なしめ、愚か者め、見てのとおり、きわめて幼稚な、あるいは耄碌したような罵りの言葉を連呼していました。

そのとき、誰かがドアをノックしました。アイルランド人のとても若い客室係でした。私は頭がおかしくなりかけていたので、彼の顔にジェイムズ・ジョイスを見た気がしました。可笑しいですね。

「よろい戸を閉めなきゃいけねえよ」と彼はぶっきらぼうに言いました。

「何だって？」私は顔を真っ赤にして言いました。

「内側の戸だよ、それからとっとと降りるんだ」

彼が地下室に降りるよう命じているのだと分かりました。

「君、ちょっと待ってくれ」と私は言って、チップとして札を一枚手渡しました。

「旦那は浪費家だね」と彼は去り際に私に言いました。「でも今はさっさとカタコンベに降りるんだ」

「君が先に行きたまえ」と私は答えました。「すぐに追いつくから」

彼がいなくなると私はもう一度窓を開け、船渠で起きている火事を眺め始めました。そして、もうだめかと思いながらも危ないところで救われた命に涙を流したのです。

こうしてアルチンボルディは職場から休暇をもらい、列車に乗ってハンブルクに向かった。

ブービス氏の出版社は一九三三年までと同じ建物のなかにあった。両隣の建物は、通りを挟んだ向かいの建物と同様、爆撃で倒壊していた。出版社の社員のなかには、もちろんブービス氏のいないところでの話として、彼が個人的にこの街を、あるいは少なくともこの界隈を狙って空襲するように仕向けたのだと言う者もいた。アルチンボルディが会ったとき、社主のブービス氏は七十四歳だった。病弱で気難しく、けちで猜疑心が強く、文学にはほとんど、あるいはまったく関心のない商売人のように見えることもあったが、実際の彼はまったく違った。人もうらやむような健康を誇り、あるいはそのように見せていて、一度も病気をしたことがなく、どんなことにもつねに微笑みを浮かべようとし、子供のように信じやすく、けちではなかったものの、社員に気前よく給料を払うとは言えなかった。

出版社では、すべての仕事をこなすブービス氏のほかに、校正係が一人、総務担当が一人いて、彼女は広報の仕事も担当していた。それから秘書が一人、たいてい校正係と総務の手伝いをしていた。そして倉庫担当が一人いたが、彼は建物の地下にある倉庫にはほとんどいなかった。というのも、雨が降ると地下は浸水してしまうことがあり、倉庫係の説明したところによれば、しばしば地下の水面が上がって地下室に湿気の大きな染みを残し、本をひどく傷めるうえに、そこで働く人の健康にも害を及ぼすため、ブービス氏はしょっちゅう改装せざるをえなかったからだった。

出版社には以上の四人のほか、威厳のある女性が一人いて、年齢はブービス氏より少し上か、そうでなければほとんど同じに見えた。一九三三年まで出版社で働いていたマリアンネ・ゴットリープ女史で、出版社でもっとも信頼のおける社員だった。噂では、彼女はブービス氏とその妻をオランダとの国境まで車を運転して連れていき、その車は国境警察の取り調べを受けたが何も見つからず、二人はアムステルダムまで旅を続けたらしい。

ブービスと妻はどうやって検問をかわすことができたのか？誰もその謎の答えを知らなかったが、そのエピソードのさまざまな解釈のいずれも、手柄はつねにゴットリープ女史にあった。

一九四五年九月にブービスがハンブルクに戻ってきたとき、ゴットリープ女史の生活は困窮をきわめていた。妻を亡くしていたブービスは彼女を引き取って自分の家に住まわせた。彼女は少しずつ回復していった。まず正気を取り戻した。ある朝ブービスを見て、彼がかつての上司であることを思い出したが、何も言わなかった。そのころ政治的なことに関わって暮らしを立てていたブービスが夜になって役所から戻ると、夕食の支度ができていて、ゴットリープ女史は食卓の横に立って彼を待っていた。その日の夕食は、氏の亡命生活と夫人の死について語りながら、ロンドンのユダヤ人墓地でひとり寂しく眠る夫人を想って涙に暮れて終わったが、ブービス氏にとってもゴットリープ女史にとっても幸せな夜となった。

その後、ゴットリープ女史はいくらか健康を取り戻したおかげで小さなアパートに引っ越すことができた。そこからは、破壊された公園が、春になって自然の力で青々とよみがえるさまが見えたが、自然というものはたいてい人間の行動に無関心ではないだろうか、とブービス氏は懐疑的に述べていた。彼は、ゴットリープ女史のひとり立ちしたいという望みを尊重しつつもそれを共有することはなかった。少し経つと、何かせずにはいられないたちの彼女は、ブービス氏に仕事を見つけるのを手伝ってほしいと申し出た。そこでブービスは彼女を秘書として雇い入れた。しかしゴットリープ女史は、こうしたことについて決して語らなかったが、悪夢と地獄を見ていたため、しばしばよく分からない理由で体調を崩し、回復したときと同じようにあっという間に病気になってしまった。情緒不安定になることもあった。ときおりブービスはイギリス当局とある特定の場所で面会する用事があり、ゴットリープ女史は街のはずれまで彼を送っていった。あるいは、ハンブルクの役所に仕事を持ちかけようとしている偽善的で自責の念のないナチ党員との約束を彼のために取りつけたりもした。あるいは、眠気に襲われて、仕事部屋のデスクでこめかみをテーブルの吸い取り紙の上に載せてうつらうつらすることもあった。

こうしたことが重なったため、ブービス氏は彼女に、ハンブルクの古文書館に新しい仕事を見つけてやった。本やファイルなどの文書を整理する仕事で、ブービス氏はゴットリープ女史には馴染みの作業だろうと考えたのだった。いずれにしても、古文書館では奇妙な行動に比較的寛容だったことが幸いして、ゴットリープ女史の、ときに風変わりでときに常識的な振る舞いは同じ割合で続いた。彼女はまた、近くにいれば何かしら役に立てるだろうと思い、休む間も惜しんでブービス氏を訪ね続けた。ついにブービス氏は政治や市の利害関係にいや気がさし、ドイツに戻ってきた本当の理由、すなわち出版社を再開することに力を注ごうと決意した。

なぜ戻ってきたのかと尋ねられたとき、彼はしばしばタキトゥスを引用した。「これが祖国であるというのでなければ、恐るべき未知の海の危険を冒すのは措くとしても、いったい誰がわざわざアジアやアフリカ、あるいはイタリアを去ってゲルマーニアに向かうだろうか？　土地は荒涼として、気候は厳しく、暮らすにも眺めるにも悲しいのに」。それを耳にした人々は頷いたり微笑みを浮かべたりしたあと、内輪で感想を述べ合った。ブービスは俺たちの仲間だ。ブービスは俺たちを忘れていない。ブービスは俺たちを恨んでいない。彼の背中を叩くだけで何のことか理解していない者もいた。心苦しい表情を浮かべ、タキトゥスの言葉にどれほどの真実が宿っているかを語った者もいた。偉大なるタキトゥス、そして我らが善きブービスもまた偉大なのだ。もちろん別の次元において！

確かなことは、ブービスがラテン語を引いて語るとき、彼は書かれたことを文字どおりなぞっているということだった。イギリス海峡を渡ることは彼をいつも恐怖に陥れた。ブービスは船酔いで吐き気が止まらなくなると、たいてい船室を出られなくなった。したがって、タキトゥスが恐るべき未知の海について語るとき、その海はバルト海か北海という別の海を指しているにもかかわらず、ブービスは海峡を横断することと、その結果胃が荒れ、たいてい体調が悪化するという悲惨な状況のことを思っていた。同様に、タキトゥスがイタリアを去ることについて語るとき、ブービスはアメリカ合衆国のこと、具体的にはニューヨークのことを、ビッグアップルの出版業界で働かないかという栄誉ある申し出をいくつも受けたニューヨークのことを考えていたし、タキトゥスがアジアやアフリカに言及するとき、ブービスの頭をよぎったのはイスラエルの緊迫した情勢で、そこに行けば、言うまでもなく出版の領域で多くのことができるに違いないと思っていたし、旧友が多く住んでいたので、彼らに再会できたらと思っていた。

それでも、彼は「暮らすにも眺めるにも悲しいゲルマーニア」を選んだ。なぜなのか？　そこが彼の祖国だったからというのは間違っている。ブービス氏は自分がドイツ人であるとは思っていたが、祖国というものを嫌悪していて、彼の見方によれば、そういう主義主張のひとつのせいで五千万人以上が命を落としたのだ。彼がドイツに戻ったのは、ドイツには彼の出版社があったからというか、彼が出版社について、ドイツの出版社について抱いている考えが根づいていたからだった。ハンブルクに本社を置く出版社で、注文制を用いた販路によって全国の老舗書店とつながり、その店主の何人かとは顔見知りで、出張で赴いたときには書店の隅に座って一緒に紅茶かコーヒーを飲み、ビスケットやクーヘンでもかじりながら、厳しい時代だねと愚痴をこぼしたり、どうしてみんな本に関心をもたないのだろうと憂いたり、取次業者や紙の販売業者たちへの不満を漏らしたり、本を読まない国の将来を嘆いたり、要するに、とびきりすばらしい時間を過ごすのだ。それが終わるとブービス氏はようやく立ち上がり、たとえばイーザーローンの老書店主と固い握手を交わして別れ、そのあとボーフムに赴き、ボーフムの老書店主を訪ねる。彼は形見の品のように、売り物の形見の品ではあるが、ブービス社のロゴがついた一九三〇年か一九二七年に出版された本を大切にとってある。法律によって、もちろん「黒い森」法のことだが、その法に従って遅くとも一九三五年には焚書にせよとの命令が下っていたのだが、その老書店主は本への愛ゆえに隠し持つことを選んだのだった。ブービスはその気持ちが理解できたので（本の著者を含めたとしても、その気持ちが分かる人は、ほかにはほとんどいなかっただろう）、文学の向こう側だか文学のこちら側だかにいるという仕草で、言うなれば誠実な商人の仕草で、もしかするとヨーロッパの起源まで溯るかもしれない秘密を共有しているという商人の仕草で感謝の気持ちを表わした。その仕草はひとつの神話もしくは神話へと至る扉を開くものであり、その神話を支える二つの柱が書店主と出版人なのだ。気まぐれな航路を進んだり、計り知れない亡霊に捕らえられたりしている作家ではなく、書店主と出版人とフランドル派の画家が描いた曲がりくねった道こそがその神話を支えているのだ。

したがって、ブービス氏が政治にたちまちいや気がさして出版社を再開する決心をしたとしても不思議なことではなかった。心の底で彼が本当にやりたかったのは、本を印刷して売るという冒険だったからである。

しかし、司法当局によって返還された建物に戻ろうとする少し前のこのころ、ブービス氏はマンハイムのアメリカ人地区で、三十歳を少し過ぎた避難民の女性と知り合った。良家の出で、類まれな美貌を誇っていた。ブービス氏には女たらしの評判はなかったので、どういうわけかは分からないが、二人は恋人同士になった。この関係は彼に明らかな変化をもたらした。年齢を考えればそれ自体驚くべき彼の活力は三倍になった。生きる意欲は抑えきれなかった。新たな出版業で成功するという確信（もっともブービスは「新たな事業」と言う者がいれば必ず訂正させた。というのも彼にとっては昔からある同じ出版業で、長いあいだ否応なしに休業させられたあとで今ふたたび世に出るからだった）は伝染した。

出版社の再開を祝うレセプションには、ハンブルクの市当局や芸術家や政治家が一人残らず招待された。小説を愛好するイギリスの役人の代表団（残念ながら、彼らの多くは推理小説やジョージ王朝風の狐狩り小説、切手収集小説を愛好していたのだが）は言うに及ばず、マスコミはドイツのみならず、フランス、イギリス、オランダ、スイス、果てはアメリカ合衆国からも招かれていて、ブービスがいつものように愛情をこめて、私の恋人です、と彼女を公に紹介したとき、周囲には敬意の念と当惑が広がった。誰もが彼には四十代か五十代の、もっと知的な女性がお似合いだと思っていたし、ブービス氏の家系の伝統からして彼女はユダヤ人に違いないと思い込む者や、これまでの経験から、おふざけが好きなブービス氏がまたひとつ冗談を仕掛けたのだと考えたりする者もいたからである。しかし、パーティーのあいだに明らかになったが、ことは冗談ではなかった。彼女はユダヤ人ではなく一〇〇パーセントアーリア人であり、年齢も四十歳には届かず、三十歳を少し過ぎたばかりだったが二十七歳にしか見えなかった。そして二か月後、ブービスのおふざけというか冗談は、最高の栄誉とともに市のお歴々が参列する結婚式を挙げて既成事実となった。場所は再建中の古ぼけた市役所で、ハンブルク市長自らが執り行なった人々の記憶に残る立派な式だった。市長は機会をとらえてブービスを称える言葉を次々に並べ立てた挙句に、彼を放蕩息子にして模範的市民とまで持ち上げたのだった。

アルチンボルディがハンブルクに着いたとき、ブービス氏の出版社は彼が第二の目標として定めていた段階にはまだ達していなかったが（第一の目標は紙を切らさないこととドイツ中に販路を確保することで、残り八つはブービス氏のみが知っていた）、まずまずの滑り出しで、社主である氏は満足し、疲れを感じていた。

ドイツにはブービス氏の興味を惹く作家が現われ始めていた

が、実際には大して心を惹かれず、つまりそれほど心を惹かれたわけではなく、若いころに読んで今も殊勝に忠誠を誓っているドイツ語作家たちには遠く及ばなかったのだが、何人かの新しい作家は悪くはなかった。とはいえ彼らのなかに新しいデーブリーンや新しいムージルや新しいカフカ（ブービス氏は笑いを浮かべながらも、深い悲しみをたたえた目で、もし新しいカフカが現われたら私は恐れおののくね、と言った）や新しいトーマス・マンをわずかにでも見いだすことはできなかった（あるいはブービス氏自身が認めているように、彼には見いだすことができなかった）。目録の大半は相変わらず、言ってみれば出版社の無尽蔵の既刊書リストだったが、ドイツ文学の限りない若手の宝庫から新しい書き手たちもぽつぽつと現われ始めていて、フランス文学や英文学の翻訳ものも、ナチスによって長く続いた旱魃のあとでは、一定の売れ行きを保証してくれる忠実な読者、少なくとも出版しても損失を出さない程度の読者数を獲得するに至っていた。

ともかく、仕事のペースは激しくはなかったが堅実で、アルチンボルディが出版社を訪ねたとき最初に思ったのは、ブービス氏が忙しそうなので、自分の相手をする暇などないだろうということだった。だがブービス氏は、十分ほど待たせたあとで自分の仕事部屋に通してくれた。アルチンボルディはその部屋のことを生涯忘れはしないだろう。本棚はどれもいっぱいで、本や原稿が床の上に柱や塔を形成し、不安定なものは崩れてアーケード状になっていたのだ。それは戦争や不正義にもかかわらず豊穣で驚嘆すべき世界を映し出すカオスであり、またアルチンボルディが心から読みたいと願うすばらしい本の並ぶ図書館でもあった。大作家が直筆でサインをしてブービス氏に献呈した初版本、別の出版社がドイツ国内で再版した退廃芸術の本、フランスで出版された本、イギリスで出版された本、ニューヨークやボストンやサンフランシスコで出たペーパーバック、若くて金のない作家からすれば宝の山であり、最大級の富の誇示でもあり、ブービスの部屋をアリババの洞窟のようなものに変える神話的な名前のアメリカの雑誌の山。

お決まりの自己紹介が終わったあとでブービスから投げかけられた質問もまた、アルチンボルディには忘れられないものとなるだろう。

「君の本当の名前は？　もちろん本名じゃないだろう？」

「これが僕の名前です」とアルチンボルディは答えた。

ブービスが応じて言った。

「私を愚か者だと思っているのかね？　イギリスでもほかの場所でも、だてに何年も生きてきたわけじゃない。そんな名前は聞いたためしがないよ。ベンノ・フォン・アルチンボルディだって？　そもそもベンノという名前からして怪しい」

「どうしてですか？」とアルチンボルディは知りたがった。

「本当に分からないのか？」

「誓って言いますが、分かりません」

「ベニート・ムッソリーニがいるだろう！　君の頭はどこについてるんだ？」

その瞬間、アルチンボルディはハンブルクまでやってきたのは時間と金の無駄だったと思った。その日の晩にハンブルクからケルンまで夜行列車に乗って帰る自分の姿が目に浮かんだ。運がよければ明日の朝には家に着くだろう。

「ベンノという名前はベニート・ファアレスにちなんでつけられたんです」とアルチンボルディは言った。「ベニート・ファアレスが誰かはご存じだと思いますが」

ブービスは笑った。

「ベニート・ファアレスね」と彼は笑みを浮かべたままつぶやいた。「そうか、ベニート・ファアレスということなんだね？」やや声を大きくして彼は言った。

アルチンボルディは頷いた。

「聖ベネディクトゥスに敬意を表してつけられたと言うんじゃないかと思ったのでね」

「その聖人は知りません」とアルチンボルディは言った。

「私は三人知っているよ」とブービスは言った。「九世紀にベネディクト修道会を再編したアニアンの聖ベネディクトゥス。六世紀に自らの名前を冠した修道会を創設したヌルシアの聖ベネディクトゥス。『ヨーロッパの父』と呼ばれる人物だが、あまりにも危険な称号だとは思わんかね？　そしてモーロ人の聖ベネディクトゥスだ。黒人で、つまり黒人の血を引いていたということだが、十六世紀にシチリアで生まれ、そこで死んだフランシスコ修道会の修道士だ。三人のうち誰が好きかな？」

「ベニート・ファアレスです」とアルチンボルディは言った。

「アルチンボルディ君、それでは君の名字について聞こう。君の家族全員がそういう名字だと私が信じるとでも思っているのか？」

「それが僕の名前です」とアルチンボルディは言いながら、この不機嫌な小男が話している途中で、挨拶もせずに出ていこうとした。

「そんな名前は聞いたことがないんだよ」とブービスはむっとして答えた。「それなら、ジュゼッペ・アルチンボルドにちなんでつけられたとしよう。となるとそのフォンはいったい何なんだ？　ベンノ・アルチンボルディじゃだめなのか？　ベンノはゲルマン系であることをはっきりさせたいのか？　君はドイツのどこの出身なんだ？」

「僕はプロイセン出身です」アルチンボルディは立ち上がって出ていこうとしながら言った。

「少し待ちたまえ」とブービスはぶつぶつと言った。「ホテルに行く前に妻に会ってくれないか？」

「僕はどこのホテルにも行きません」とアルチンボルディは言った。「ケルンに帰ります。原稿を返していただけませんか？」

ブービスはまた笑った。

「あとでその時間はある」と彼は言った。

ブービスは呼び鈴を鳴らし、ドアが開く前に最後の質問をした。

「君は本当に自分の本名を言いたくないのか?」

「ベンノ・フォン・アルチンボルディです」とアルチンボルディはブービスの目を見据えて言った。

ブービスは拍手でもするかのように両手を広げてまた合わせたが、音は立てなかった。そのとき秘書がドアの隙間から頭をのぞかせた。

「この方をブービス夫人の部屋に案内してくれ」と彼は言った。

アルチンボルディは秘書を見た。金髪の巻き毛の若い女だった。もう一度ブービスのほうをふり返ると、彼はすでに原稿を読むのに没頭していた。彼は秘書のあとについていった。ブービス夫人の部屋は長い廊下の突き当たりにあった。秘書はドアをノックして、返事を待たずにドアを開けて言った。アンナさん、アルチンボルディ氏がお越しです。通してちょうだいと命じる声がした。秘書は彼の腕を掴むと部屋のなかに押し込んだ。その後、秘書は笑みを浮かべて立ち去った。アンナ・ブービス夫人は、灰皿とイギリス煙草の箱と金のライターとフランス語の本が載っているだけの、(とくにブービス氏の机と比べれば)ほとんど何もない机に向かって座っていた。アルチンボルディは、長い歳月が過ぎたにもかかわらず、彼女を見た瞬間に思い出した。フォン・ツンペ男爵令嬢だった。だが彼は口を開かず、少なくとも今は何も言わないでおくことにした。男爵令嬢は眼鏡を、アルチンボルディの記憶では昔はかけていなかった眼鏡を外し、彼をとても穏やかな目つきで眺めたが、まるでそれは彼女が読んでいた本か、あるいは考えていたことから頭を切り替えるのに苦労しているかのような目つきだった。あるいはそれが彼女のいつもの目つきだったのかもしれない。

「ベンノ・フォン・アルチンボルディさん?」と彼女は尋ねた。

アルチンボルディは頷いた。何秒かのあいだ、男爵令嬢は何も言わず、彼の顔をしげしげと眺めた。

「わたし、疲れているの」と彼女は言った。「少し散歩するのはいかが? よろしければコーヒーでも」

「いいですね」とアルチンボルディは言った。

建物の薄暗い階段を下りながら、男爵令嬢は気軽な口調で、あなたが誰だか分かったわ、あなたもわたしが誰だか分かったでしょうね、と言った。

「すぐに分かりましたよ、お嬢さま」とアルチンボルディは言った。

「ずいぶん昔のことよね」とフォン・ツンペ男爵令嬢は言った。「わたしは変わったわ」

「外見は変わりませんよ、お嬢さま」とアルチンボルディは彼女の後ろから言った。

「でもあなたの名前は覚えてないの」と男爵令嬢は言った。「あなたはわたしたちの家の女中の子供でしょう、それは覚えているの。あなたのお母さんは森の家で働いていた。でもあなたの名前は思い出せないの」

古い屋敷のことを話すときの男爵令嬢の口ぶりはアルチンボルディにとって愉快に思えた。森の家という呼び名は、おもちゃの家を、小屋を、避難所を、時の変化を受けない何かを、気まぐれで想像上の、でもたしかに愛すべき手つかずの子供時代に埋め込まれたままの何かを思い出させた。

「今、僕はベンノ・フォン・アルチンボルディといいます、お嬢さま」とアルチンボルディは言った。

「あら、そう」と男爵令嬢は言った。「とても素敵な名前を選んだわね。少しちぐはぐな感じもするけど、それなりに素敵だと思うわ」

散歩の途中にアルチンボルディが見たかぎりでは、ハンブルクの街路のなかには、荒廃したケルンの多くの街路よりも悲惨な状態のものもあったが、ハンブルクのほうが復興への努力にいくらか力が入っているように思われた。学校をさぼった女学生のように軽快な男爵令嬢と旅行鞄を背負ったアルチンボルディは歩きながら、カルパティア山脈で最後に会って以来、二人の身に起きたことを語り合った。アルチンボルディは戦争について細部には触れずに話し、クリミアについて、クバン河とソビエト連邦の大河について語り、話すこともできずにいた冬の数か月について語り、それとなくアンスキーのことを、名前は出さずにほのめかした。

男爵令嬢のほうは、アルチンボルディの強いられた旅と釣り合いをとるかのように自分自身の旅について語った。どれも自分から望んで求め、それゆえに幸せな旅で、ブルガリアやトルコやモンテネグロに出かけて異国情緒を堪能したことや、イタリアやスペインやポルトガルのドイツ大使館で出席したレセプションについて話した。そして、そのころ味わっていた楽しみを後悔しかけたこともあったが、あの享楽的な振る舞いを、知的見地からというよりも道徳的見地からと言ったほうがふさわしいかもしれないが、どんなに拒否しようとしても、当時のことを思い出すと自分の記憶は今も快楽に震えてしまうのだと打ち明けた。

「分かるかしら？　わたしの言っていることが分かる？」と夫人は尋ねた。そのとき二人はおとぎ話から出てきたかのようなカフェに入り、河と緑のなだらかな丘が見える大きな窓の近くに座ってカプチーノとスポンジケーキを楽しんでいた。

アルチンボルディは分かるとも分からないとも答えずに、ルーマニアのエントレスク将軍がその後どうなったのか知っているかと尋ねた。何にも知らないわ、と男爵令嬢は言った。

「僕は知っていますよ」とアルチンボルディは言った。「もしよろしければお話ししますが」

「いい話じゃないのは分かってるわ」と男爵令嬢は言った。

「違う？」

「どうでしょう」アルチンボルディは頷いた。「見方によってはとても悪く見えるし、それほど悪くなくも見えますね」

「あなたは会ったの？　彼に」と河のほうを見ながら男爵令嬢はつぶやいた。河ではそのとき二隻の船がすれ違うところだった。一隻は海に向かい、もう一隻は内陸に向かっていた。

「ええ、会いました」とアルチンボルディは言った。

「それならまだわたしには言わないで」と男爵令嬢は言った。「いずれそのときが来るから」

カフェのウェイターにタクシーを呼んでもらった。男爵令嬢は運転手にホテルの名前を告げた。フロントに行くと、ベンノ・フォン・アルチンボルディの名前で予約があった。二人はボーイのあとについてシングルルームに向かった。備え付けの家具のなかにラジオがあったことにアルチンボルディは驚いた。

「荷物を解いて」と男爵令嬢は言った。「それからもう少しこぎれいな格好をしてちょうだい。今夜は夫と食事に出かけるんだから」

アルチンボルディが整理棚に靴下やシャツや下着をしまっているあいだ、男爵令嬢はラジオをジャズ番組の放送局に合わせた。アルチンボルディはバスルームに入って髭を剃り、髪に水をつけてから梳かした。バスルームを出ると、部屋の明かりはナイトテーブルのスタンドを除いてすべて消えていて、男爵令嬢に服を脱いでベッドに入るように命じられた。彼はベッドに入って首元まで毛布で覆うと、心地よい疲労感に包まれながら、男爵令嬢が黒いショーツ姿で立ち上がり、ラジオのダイヤルを動かしてクラシック音楽番組の局を見つけるまでその姿を眺めていた。


ハンブルクには合計三日間滞在した。ブービス氏とは二度、夕食をともにした。一度目は自分のことを話し、二度目の席では名だたる出版人である彼の友人の何人かと同席したが、失礼なことを言ってしまうのを恐れてほとんど口を開かなかった。少なくともハンブルクにおけるブービス氏の親しい友人の輪のなかに作家はいなかった。銀行家、没落貴族、十七世紀の画家について論文を書いているだけの画家、フランス文学の翻訳家。そろって文化に通じていて、そろってインテリだったが、作家は一人もいなかった。

にもかかわらず、彼はほとんど口を開かなかった。

アルチンボルディに対するブービス氏の態度は様変わりしていた。彼はそれを男爵令嬢が口添えをしてくれたおかげだと考えていた。彼女には最後に本名を打ち明けていた。セックスの最中にベッドで告げ、もう一度くり返す必要はなかった。いっぽう、エントレスク将軍の身に起きたことを教えてほしいと言ったときの彼女の態度は奇妙で、ある意味で明快だった。アルチンボルディが、そのルーマニア人は敗走した部下たちに殺されたこと、殴打された挙句、十字架にかけられたことを話したあと、男爵令嬢が尋ねたのは、まるで第二次世界大戦のあいだ磔にされて死ぬのは日常茶飯事だとでも思っているかのように、アルチンボルディが見た磔の身体は裸だったのか、それとも軍服を着ていたのかということだけだった。アルチンボルディは、ほとんど裸だったが、間近に迫っていたロシア兵がそこに着いたとき、ルーマニア兵が残した置き土産が将軍であることが分かる程度には軍服の切れ端がまだ残っていたと答えた。だがロシア兵たちがそのルーマニア人のペニスの並外れた大きさをその目で確かめられる程度には裸で、でもこの場合、どう見ても誤解を招く事例なのだとアルチンボルディは言った。というのも、自分は何人かのルーマニア兵の裸を見たことがあり、彼らの持ち物は、言ってみれば平均的なドイツ人と全然変わらない。それに対してエントレスク将軍のペニスは、殴られた挙句に磔にされているので、萎えて痣までできていたにもかかわらず、平均的な大きさのペニス、ルーマニア人やドイツ人、あるいはフランス人のペニスと比べると二倍も三倍も大きかったからだ。

こう言ってアルチンボルディが口をつぐむと、男爵令嬢は勇敢な将軍にとってそのような死はふさわしいだろうと言った。そして、エントレスクは戦功をあげてはいたが、戦術家としても戦略家としても不運に見舞われてばかりだったのだと付け加えた。そのかわり愛人としては最高の人だった。

「ペニスの大きさが理由ではないのよ」と男爵令嬢は、ベッドで横にいるアルチンボルディが誤解するかもしれないことを明らかにしておこうとして言った。「あの人、動物に変身するような術を身につけていたの。おしゃべりをしているときはカラスよりも愉快で、ベッドでは巨大なエイに変身するのよ」

それに対してアルチンボルディは、エントレスクとその取り巻きがカルパティアの城に短期間滞在したときにわずかに観察したかぎりでは、カラスというのはむしろ彼の秘書であるポペスクのほうだと思うと言ったが、その意見を男爵令嬢はただちに否定し、あの男はわたしから見ればただのオウム、ライオンの後ろを飛び回るオウムなのだと言った。ただライオンのように鉤爪はなくて、もしあったとしてもそれを使うつもりはなく、誰かを引き裂く牙もない。あるのはただ、自分の運命に対するいくらか滑稽な感覚で、ある意味でバイロンの運命と運命に対する考えがこだまする運命と運命に対する考えなのだ。アルチンボルディは公共図書館で起こるあの偶然の出会いのひとつでその詩人を読んだことがあったが、たとえこだまという形であろうとも、その詩人とあの憎むべきエントレスク将軍を比較するなどもってのほかだと思った。さらに、運命に対する考え方は個人(哀れな個人)の運命と切り離すことのできるものではなく、その運命のなかにあるものだと付け加えた。運命という、取り返しがつかなくなるまでは理解しがたいものは、一人一人が自分自身の運命について抱いている考えなのだ。

それに対し、男爵令嬢は笑顔で返し、アルチンボルディがエントレスクと一度もセックスしたことがないのは明らかだと言った。それに誘われてアルチンボルディは男爵令嬢に、そのとおり、自分は一度もエントレスクと寝たことがない、でもそのかわり、将軍の有名なベッドの様子の目撃者だと告白した。

「わたしもいたんでしょう?」と男爵令嬢は訊いた。

「当たり」とアルチンボルディは初めて親しげな口調で答えた。

「あなたはどこにいたの?」と男爵令嬢は訊いた。

「秘密の部屋に」とアルチンボルディは答えた。

すると男爵令嬢は笑いが止まらなくなり、喘ぎながら、ベンノ・フォン・アルチンボルディなんていう名前をペンネームにするのももっともねと言った。アルチンボルディには彼女の言うことが理解できなかったが、快くそれを受け入れ、一緒になって笑い始めた。


こうしてアルチンボルディは非常にためになる三日間を終えたあと、通路にいたるまで眠っている人たちで足の踏み場もない夜行列車でケルンに帰った。すぐに屋根裏部屋に戻り、身を落ち着けると、インゲボルクにハンブルクから運んできたとびきりのニュースを伝えた。ニュースを二人で分かち合うと、あまりの喜びに満たされて二人は歌い出し、足元の床が抜けようが気にもせずに踊り始めた。そのあと二人は愛し合い、アルチンボルディはインゲボルクに出版社の様子を語って聞かせた。ブービス氏とブービス夫人、レッシングの文法的な誤りを正すことができ、ハンザ同盟びいきのためレッシングを軽蔑しているが、大好きなリヒテンベルクに関してはその限りでない校正係のウータ、ドイツにいる作家のほとんどと顔見知りだが、好きなのはフランス文学だけという総務兼広報担当のアニータ、文学研究者でアルチンボルディが興味を示した本を出版社から何冊か贈呈してくれた秘書のマルタ、まだ若いにもかかわらず、表現主義、象徴主義、デカダン派の詩人であった倉庫係のライナー・マリアの話をした。

ブービス氏の友人たちやブービス氏の作成する目録の話もした。そしてアルチンボルディはひとつ話を終えるごとに、インゲボルクと二人して、まるでどうしようもなくおかしな話をしているかのように笑い合った。その後、アルチンボルディは本格的に二作目の小説に取りかかり、三か月も経たないうちに完成させた。

ブービス氏が『無限の薔薇』の原稿を受け取ったとき、『リューディケ』はまだ印刷所にあったが、ブービス氏は原稿を二晩で読み終えると、ひどく心を揺さぶられ、妻を起こして、あのアルチンボルディの新しい本を出版するぞと言った。

「いい出来なの?」と夫人は夢うつつのまま身を起こさずに尋ねた。

「いいどころじゃない」とブービスは部屋を歩き回りながら言った。

そしてヨーロッパについて、ギリシア神話について、どこか警察の捜査にも似た何かについて、歩き回りながら話し始めたが、夫人はまた眠りに落ちてしまったので聞いていなかった。

ブービスはよく不眠症を患っていたが、それを最大限に利用する方法を知っていたので、その夜はずっと別の原稿を読み、収支決算書に目を通し、取次会社宛てに手紙を書こうとしたが、結局何も手につかなかった。朝の最初の光が差したとき、彼はもう一度妻を起こし、もし自分が出版社の社長でなくなっても、つまり自分が死んだときのことだとほのめかしながら、そうなっても絶対にあのアルチンボルディだけは手放すな、と約束させた。

「手放すなっていうのはどういう意味?」夫人はまだうとうとしたまま訊いた。

ブービスは答えるのに時間がかかった。

「守ってやれ」と彼は言った。

何秒かして、こう付け足した。

「出版人として、我々にできるかぎりあいつを守ってやってくれ」

この最後の言葉をフォン・ツンペ男爵令嬢は聞かなかった。また眠りに落ちてしまったからだ。少しのあいだ、ブービスは妻の、ラファエル前派の絵画のような寝顔を見つめていた。その後、ベッドの足元から立ち上がり、ナイトガウン姿のままキッチンに行き、イギリスにいたときオーストリア人の亡命作家が教えてくれたレシピのとおりに、チーズと酢漬けの玉ねぎを挟んだサンドイッチを作った。

「こういうのはすごく簡単に作れるし、元気が出る食べ物なんだ」とオーストリア人は言った。

簡単であるのは間違いない。しかもおいしい。不思議な味がして。だがちっとも元気を取り戻せないな、とブービス氏は思った。こういう食事を続けるなら鉄の胃の持ち主でなくては。もう少ししてから居間に入り、灰色がかった朝の光を入れようとカーテンを開けた。元気回復、元気回復、元気回復か、とブービス氏はサンドイッチを食べながらぼんやりと考えていた。チーズと酢漬けの玉ねぎを挟んだサンドイッチよりも元気を回復させてくれるものが必要だ。でもどこにあるのだろう? どこで見つかるのだろう? もし見つけたらどうしたらいいのだろう? その瞬間、裏手のドアが開く音が聞こえたので、彼は目を閉じ、毎朝やってくるメイドのやわらかい足音に耳を澄ませた。何時間でもそうしていたかった。像。そのかわり、サンドイッチをテーブルに残したまま、自分の部屋に行き、新しく一日の仕事を始めるために服を着替えた。

『リューディケ』は、好意的な寸評が二つと好意的ではない寸評が一つ出たのち、最終的に初版の三百五十部が売れた。五か月後に出た『無限の薔薇』は、好意的な書評が一つと好意的ではない書評が三つ出て、二百五部が売れた。アルチンボルディの三作目をあえて出そうという出版人はほかにいなかっただろうが、ブービスは三作目だけでなく四作目も五作目も、出版が必要なすべての本を出版するつもりだったし、アルチンボルディも彼を信頼していた。

その間、経済的な問題に関して言えば、アルチンボルディの収入は少し増えたが、ほんの少しだった。ケルン文化協会が街の二つの書店で開いた朗読会の謝礼を払ってくれたのだ。二つとも言うまでもなくブービスの顔馴染みの店主の店だった。どちらの朗読会も、とりたてて大きな関心を呼んだわけではなかった。一つ目の朗読会では『リューディケ』から数ページを選んで読んだが、聴衆はインゲボルクを入れて十五人で、朗読会が終わって本を買ってくれたのはたった三人だった。二つ目の朗読会では『無限の薔薇』から数ページを読んだが、聴衆はインゲボルクを入れても九人で、会場が狭かったことで気まずい思いはやや軽減されたものの、朗読会が終わったときその場に残っていたのは三人だけだった。そのなかにもちろんインゲボルクがいたのだが、彼女でさえ、あとでアルチンボルディに、自分も途中で出ていこうかと思ったと打ち明けた。

ケルン文化協会はさらに、最近できたばかりでまだ混乱しているニーダーザクセン州の文化機関と協力して、連続講演および朗読会も組んでくれた。オルデンブルクで賑々しく華やかに始まった講演旅行は、さまざまな町や村でも続いたが、町も村もどんどん小さくなり、神に見放されていき、作家など一人として訪れようと思ったことのない場所ばかりになっていった。最後はフリースラントの辺鄙な漁村で、アルチンボルディは思いがけなくそこでもっとも多くの聴衆を集め、ほとんど全員が、会が終わるまで席を立たなかった。

アルチンボルディの文章、創作過程、あるいはこの過程が穏やかに展開される日常は、強度および、適切な言葉がないゆえ我々が自信と呼ぶ何かを獲得していった。この「自信」とはもちろん、疑念が消えたことを意味するのではなく、まして作家が自分の作品に何かしらの価値があると信じていることを意味するのでもない。アルチンボルディは文学についてあるヴィジョン（ヴィジョンという言葉もまた大げさだが）をもち、それを、実に微妙な形でつながっている三つの小部屋に分けて把握していた。一つ目の部屋には、彼が読んだり読み返したりする本、驚異的で、ときに怪物的とも見なしている本が入っていて、それは例えば今もお気に入りの作家の一人であるデーブリーンの作品や、カフカの全集だった。二つ目の部屋には、二流の作家や、彼が群れと呼ぶ、基本的に自分の敵と見なしている連中の本が入っていた。三つ目の部屋には自分の本や将来書くつもりの本の計画が入っていたが、彼はそれをゲームのようなものともビジネスのようなものとも見なしていた。書くときに快楽を味わい、殺人犯を追う刑事に似た快楽を味わうかぎりゲームであり、自分の作品を出版することが、ささやかではあれバーの守衛としてもらう給料の足しになるかぎりはビジネスだった。

バーの守衛の仕事はもちろん辞めていなかった。慣れていたということもあるが、守衛の仕事のしくみが執筆のしくみとぴったり一致していたからだった。三作目の小説である『革の仮面』が完成すると、タイプライターを貸してくれて、アルチンボルディが『無限の薔薇』を贈呈した老人が手頃な値段でタイプを譲ろうと申し出た。その値段はおそらく、元作家である老人にとって、とりわけ貸す相手がほかにほとんどいなくなったことを考えれば手頃というだけであって、アルチンボルディにとっては、依然として贅沢品であることに変わりなかったものの、誘惑であることもまた確かだった。そこで数日のあいだそのことについて考え、何度か計算をした挙句、ブービスに宛てて手紙を書き、これから書く本の印税を前借りできないだろうかと初めて頼んでみた。手紙のなかで、なぜ金が必要なのかを説明したのはもちろんのこと、半年以内に次の原稿を渡すことを固く誓った。

ブービスからの返事はまもなく届いた。ある朝、ケルンにあるオリベッティ社の出張所から配達係が新品のすばらしいタイプライターを届けにやってきて、アルチンボルディは受領のサインをするだけでよかった。二日後に出版社の秘書から手紙が届き、社長の命令に従って貴殿宛てにタイプライターを購入したと書かれていた。タイプライターは出版社からの贈り物です、と秘書は書いていた。アルチンボルディは喜びのあまりめまいがするほどだった。数日間、出版社は僕を信じてくれている、と声に出して何度もつぶやいた。すぐそばを、人々が無言で、あるいは彼のように独り言を言いながら通り過ぎていった。それがあの冬のケルンでは日常の光景だった。

『革の仮面』は九十六部が売れ、大した数ではないな、とブービスは収支決算書に目を通しながら諦めたようにぼやいたが、だからといって出版社はアルチンボルディに対して支援を惜しまなかった。むしろ、そのころフランクフルトに出張しなくてはならなかったブービスは、その滞在を利用して日帰りでマインツへ行き、文芸批評家のロータル・ユンゲを訪ねた。彼は森と丘に近い、小鳥のさえずりが聞こえる郊外の小さな家に住んでいて、ブービスにとっては信じがたい光景だった。ほら、小鳥の鳴き声まで聞こえるよ、と彼がフォン・ツンペ男爵令嬢に言うと、彼女は目を大きく見開いて、満面の笑みを浮かべた。それはまるで、森とさえずる小鳥のいる村と、漆喰塗りの壁の、おとぎ話に出てくるような小さな二階建ての家——小さな家で、ブラックチョコレートの板のように見える横木が渡してあるホワイトチョコレートでできた家——にマインツのその場所で出会えるとは思っていなかったかのようだった。家の周囲には切り紙細工のような花と、数学的な正確さで手入れされた芝、足の下で音を立てる砂利の小径が貫く庭があり、誰かがその小径を歩いてくると神経あるいは末梢神経に障る音を立てるのだった。何もかもが製図用のからす口と三角定規とコンパスを使って作られたみたいだ、とブービスは男爵令嬢につぶやいてから、がっしりとした木のドアについている(豚の頭をかたどった)ノッカーをでドアを叩いた。

ロータル・ユンゲ本人が戸口に出てきた。もちろん訪ねる約束はしてあり、テーブルの上にはこの地方名産の燻製肉が載ったクラッカーと、蒸留酒が二本用意してあるのにブービス氏と男爵令嬢は気づいた。批評家は、身長が少なくとも一メートル九十センチはあって、頭をぶつけないように家のなかを歩いていた。太ってはいなかったが、痩せているわけでもなく、ハイデルベルク大学の教授らしい服装で、本当に親密な間柄でないかぎりネクタイは外さなかった。しばらくのあいだ食前酒を味わいながら、現在のドイツ文学シーン、ロータル・ユンゲが不発弾や地雷の処理班として慎重に動いている領域について話をした。その後、マインツの若い作家が妻を伴ってやってきて、ユンゲが書評を載せているフランクフルトの同じ新聞に寄稿している別の文芸批評家も到着した。一同は兎のシチューを食べた。マインツの作家の妻は食事中に一度だけ口を開き、男爵令嬢が着ている服はどこで買ったのかと尋ねた。パリよ、と男爵令嬢は答え、作家の妻はもう何も言わなかった。だがそのときから彼女の表情は、マインツの街が創設されたときから現在のその日までこうむってきた侮辱についての演説か覚書のようなものに変わった。彼女の渋い顔、あるいはしかめ面の総和はあっという間に、夫に対する純粋な恨みと潜在的な憎悪のあいだにある距離を光速で駆け抜け、その夫というのは彼女にとって、その席についている卑しむべき全員を代表していた。彼女のその表情に誰もが気づいたが、ヴィリーという名のもう一人の文芸批評家は別だった。彼の専門は哲学で、したがって哲学書についての書評を書いていて、彼の野望はいつの日か哲学書を出版することで、いわば三つの活動に従事していたので、同席していた人々の表情(あるいは心)に起きたことには気づかなかったのだ。

食事が終わると、一同は居間に戻ってコーヒーか紅茶を飲んだ。ブービスは、いらいらするようなそのおもちゃの家にそれ以上長居をするつもりはなかったので、ユンゲの全面的な了解を得てその時機を利用し、正面の庭と同じくらい手入れが行き届いているが、より広く、周囲の森を思う存分眺めることもできる裏庭に批評家を引っ張り出した。彼らはまずユンゲの書いたものについて語り合った。彼はブービス社から本を出したくてたまらなかった。ブービスは曖昧な言い方で、数か月前から新しいコレクションを出せないものかと悩んでいてね、と口にしたが、どんな性質のものになるかについては言葉を濁しておいた。そのあとふたたび新しい文学についての話になり、ブービスが出版した本や、ミュンヘンやケルンやフランクフルトやベルリンの同業者が出版している本、またチューリヒやベルンで確固たる地位を築いている出版社や、ウィーンに再興しつつある出版社にも話が及んだ。ついにブービスは、あくまで偶然を装って、たとえばアルチンボルディはどう思うかと訊いてみた。屋根の下を歩いているときのように用心深く庭を歩いていたロータル・ユンゲは最初、肩をすくめた。

「お読みになりましたか?」とブービスは尋ねた。

ユンゲは答えなかった。下を向いたまま、芝生をぼんやり眺めているのか、それとも美しさに見とれているのか、答えを言いよどんでいた。芝生は森との境界に近づくと手入れが行き届かなくなり、落葉や小枝が散らばり、それに昆虫もあちこちにいた。

「まだお読みでなかったら、遠慮せずおっしゃってください。彼の本を全部お送りしますから」とブービスは言った。

「読みましたよ」とユンゲは認めた。

「ではどう思われましたか?」と老練な出版人はオークの木のそばで立ち止まって尋ねた。その木があるだけで、ここでユンゲの王国が終わり極北の共和国が始まるのだ、と脅すように告げられているような気がした。ユンゲも数歩先で、残り少ない髪を木の枝に乱されるのを避けているのか、頭を半分ほど傾けた姿勢で立ち止まった。

「どうでしょう、分かりませんね」と彼はぼそっと言った。

そして、どういうわけか顔をしかめた。その表情にはどこかマインツの作家の妻を思わせるところがあったので、ブービスはきっと二人は兄妹に違いない、それなら作家とその妻が会食にやってきた理由もよく分かるとさえ思った。愛人同士という可能性もある、とブービスは考えた。愛人関係にある二人というのは、相手の癖、たいてい笑い方や考え方やものの見方といったものに影響されると言われているからだ。要するに、それらはあらゆる人間が死ぬまで背負い続けなくてはならない虚飾、もっともずる賢い人間として知られるシーシュポスの岩のようなものなのだ。そう、シーシュポス、アイオロスとエナレテーの息子にしてエピュラー(コリントスの古名)の創設者である善きシーシュポスはこの市《まち》を陽気な悪の巣窟に変えた。なぜなら彼は、彼の特徴であるあの敏捷さと、あらゆる運命の曲がり角にチェス・プロブレムを、あるいは解明すべき推理小説を見るあの知性と、微笑みと冗談とからかいと笑いとひやかしと嘲笑と悪ふざけとブラックユーモアとジョークと愚弄とあてこすりとパロディと機知とおふざけと戯れ言の才能でもって盗みを働こうとした、つまり、通りがかりの人々から持ち物を奪おうとしたからで、さらに隣人のアウトリュコスからも盗もうとした。この男も盗人で、シーシュポスは泥棒から盗む者は百年の許しが与えられるというありそうにない期待を抱いていたのかもしれない。しかもその娘、アンティクレイアに魅了されていた。アンティクレイアはとても美しく、魅力的だったが、このアンティクレイアには正式な恋人がいて、つまり、ラーエルテースとかいう男と婚約していて、この男はのちに有名になる。だからといってシーシュポスが尻込みすることはなく、シーシュポスは娘の父、盗人のアウトリュコスが片棒を担いでくれるのを当てにしていて、その盗人アウトリュコスのシーシュポスに対する崇拝の念は、まるで尊敬を集めている客観的な芸術家がより優れた才能のある芸術家に対して抱く敬意のように高まるばかりだったので、名誉を重んじる男であったアウトリュコスはラーエルテースと交わした約束に対して忠誠を誓っていたが、シーシュポスが自分の娘に始終ちょっかいを出すのを悪い目で見てはいなかったし、将来の娘婿に対する無礼や嘲りとも見ていなかった。その娘は最終的にラーエルテースと結婚したと言われているが、シーシュポスと一回か二回、または五回か七回、もしかすると十回か十五回かもしれないが交わったあとのことで、つねにアウトリュコスの計らいによるものだった。アウトリュコスはシーシュポスのような抜け目のない孫をほしがっていたので、シーシュポスと娘が交わることを望んでいて、そのうちのある一回でアンティクレイアは子を宿し、ラーエルテースの妻でありながら、九か月後には子供が、シーシュポスの子供が生まれることになる。その子供はオデュッセウス、あるいはユリシーズと名づけられ、現に父親と同じくらい抜け目のない性格だったが、父は息子のことを一度として気にかけたことはなく、これまでどおりの生活を続けていた。それは放蕩と饗宴と快楽の生活で、そのあいだに彼はメロペーと結婚した。メロペーはプレイアデスの星のなかでもっとも光が弱いのだが、それは人間と結婚したせいだった。卑しい人間、卑しい盗人、放蕩に目のくらんだ卑しいごろつき、シーシュポスの放蕩にはとりわけ、自分の兄弟であるサルモーネウスの娘テューローを誘惑したことが数えられるが、シーシュポスはテューローを気に入っていたわけではなく、またテューローがとりたてて性的魅力に富んでいたというわけでもなく、自分の兄弟を憎んでいたシーシュポスはただひどい目に遭わせてやりたかったのだ。そしてこの行為によってシーシュポスは死後、冥府で岩を山の頂上まで押し上げる罰を下される。岩は頂上からふたたび麓まで転がり落ち、そこからシーシュポスはもう一度山の頂上まで岩を押し上げる、すると岩はまたもや麓まで転がり落ち、それが永遠に続くのだ。その残酷な罰はシーシュポスが犯した悪事や罪の重大さとは釣り合わず、むしろゼウスの復讐だった。伝えられるところによれば、あるとき、ゼウスは自分がかどわかしたニンフを連れてコリントスに立ち寄った。そして実に賢いシーシュポスは、そのあとニンフの父であるアーソーポスがそこを通りかかったので好機ととらえ、死に物狂いで娘を捜している彼に、もしアーソーポスの力でコリントスに泉を湧かせてくれたら娘を誘拐した者の名前を教えようと申し出た。これはシーシュポスが悪い市民ではないこと、あるいは喉が渇いていたかもしれないことを示しているが、シーシュポスの申し出を受けたアーソーポスは透き通った水の泉を湧かせ、シーシュポスはゼウスの名を告げた。ゼウスは激怒してただちにシーシュポスを死神タナトスのもとに送ったが、シーシュポスは死神の手には負えなかった。シーシュポスは自らのユーモアと狡猾さを証明する見事な技を使ってタナトスを捕らえ、鎖につないでしまったからで、それほどの手柄を立てた者はごくわずか、本当にごくわずかだった。実に長いあいだ、タナトスは鎖につながれていて、その間、地上では一人の人間も死ぬことがなかった。それはすばらしい時代で、人間は人間でありながら、死の苦しみを免れていて、つまり時間の苦しみを免れていたので、いまや人間にはあり余るほどの時間があり、それはおそらく民主主義の本質的特徴なのだ。あり余る時間、過剰な時間、読むための時間、考えるための時間、そうしてついにゼウス本人が介入せざるをえなくなり、タナトスは解放され、そしてシーシュポスは死んだ。

しかしユンゲの歪んだ表情はシーシュポスとは何の関係もない、とブービスは思った。むしろ不快な顔面痙攣によるものだ。いや、それほど不快ではないが、かといって見ていて気持ちのいいものではない。そして彼、ブービスは、すでにそれをドイツの別の知識人の顔に見たことがあった。まるで戦争のあとでは、こうした知識人の何人かには精神的ショックとしてそのような症状が現われているのか、あるいは戦争のあいだ耐えがたいほどの緊張を強いられ、戦いが終わった今、この奇妙で無害な後遺症が残ったようにも見えた。

「アルチンボルディはどうですか？」とブービスはくり返した。

ユンゲの顔は丘の向こうで大きくなっていく夕暮れのように赤くなり、その後、森の常緑樹の葉のような緑色になった。

「うーん」と彼は言った。「うーん」そして、まるでそこからインスピレーションか雄弁か、その種の助けが何か得られるのを期待するかのように視線を小さな家のほうにさまよわせた。「率直に言って」と彼は言い、それからこう口にした。「正直な意見を言うとね……」そして最後に言った。「何と言ったらいいんだろう？」

「どんなことでも」とブービスは言った。「読者としての意見、批評家としての意見を聞かせてくれ」

「分かった」とユンゲは言った。「私は彼の本を読んだ。それは事実だ」

二人とも微笑んだ。

「だが私の印象では」と彼は続けた。「……つまりだね、彼はドイツの作家ではある。間違いなく、彼の散文はドイツ的だ。俗っぽさはあるがドイツ的だ。私が言いたいのは、彼がヨーロッパの作家とは思えないということなんだ」

「ではアメリカの作家かな？」とブービスは言った。ちょうどそのころ、フォークナーの小説の翻訳権を三作分買おうかと考えていたところだった。

「いや、アメリカじゃない、むしろアフリカの作家かな」とユンゲは言い、木の枝の下でまた顔をしかめた。「もっと厳密に言えば、アジアの作家だな」と批評家はつぶやいた。

「アジアのどこですか?」とブービスは尋ねた。

「分からないな」とユンゲは言った。「インドシナ、マレーシア、彼のもっともすばらしい文章はペルシア人のようだ」

「ああ、ペルシア文学か」とブービスは言った。実際はペルシア文学を読んだことはなかったし、ペルシア文学が何かも知らなかった。

「マレーシアだな、マレーシア」とユンゲは言った。

その後、ブービスが扱う別の作家について話が及び、批評家は彼らのほうに高い評価を与えたり関心を示したりした。その後、一同は赤い空が見える庭に戻った。ほどなくして、ブービスと男爵令嬢は、同席していた人たちの笑顔と親しみのこもった言葉に送られていとまを告げた。見送りに際して一同は車のところまで付き添ってくれたばかりか、通りに立って、ブービスの車が最初の曲がり角で見えなくなるまで手を振ってくれたのだった。

その晩ブービスは、ユンゲと彼の山小屋の奇妙な組み合わせに、驚いたふりをしつつ言及したあと、フランクフルトで常宿にしているホテルのベッドに入る少し前、男爵令嬢に、あの批評家はアルチンボルディの本が好きではないと話した。

「それがどうしたの?」と男爵令嬢は尋ねた。彼女は彼女なりに意見を持ち、出版人である夫を愛し、彼の意見を高く評価していた。

「どうかな」ブービスは下着姿で窓際に立ち、カーテンの小さな隙き間から外の暗闇を眺めながら言った。「実際、我々にとってはどうでもいいことだ。だが、アルチンボルディにとっては重要なことだ」

男爵令嬢は何か言葉を返したが、ブービス氏には聞こえなかった。外は真っ暗だ、と彼は思い、少しだけ、ほんの少しだけカーテンを開けた。何も見えなかった。ただブービス氏のますます皺が増えて鋭くなっていく顔と、ますます暗くなっていく闇だけが見えていた。

やがて、アルチンボルディの四作目の小説が出版社に届いた。『ヨーロッパの河川』というタイトルだったが、実際にはひとつの河、ドニエプル河についての話だった。言ってみればドニエプル河が物語の主人公で、他の河川はコロスだった。ブービス氏は自分の仕事部屋でそれを一気に読み、笑い声が出版社中に響き渡った。今回、彼がアルチンボルディに送った前払い金の額は、それ以前に支払ったどの前払い金の額よりも大きかったため、秘書のマルタはケルンに小切手を郵送する前にブービス氏の部屋に入り、小切手を見せながら、額が間違っていないかどうかを(一度ならず二度も)確認した。それに対してブービス氏は、そのとおり、合っているよ、いや違う、どっちだっていいじゃないかと答え、またひとりになると、金額というのはいつもおおよそのものでしかない、とブービス氏は思った。正しい額なんてものは存在しない、ナチスだけが正しい額を信じている。初等数学の教師たちが、セクト主義者だけが、ピラミッドの狂人たちが、徴税吏たち（神よ、奴らを始末してくれ）が、ただ同然で運命を読む数秘術者たちが正しい額を信じている。いっぽう、科学者たちはあらゆる数字というものがおおよそのものでしかないことを知っている。偉大なる物理学者たち、偉大なる数学者たち、偉大なる化学者たち、そして出版人たちは、人がつねに暗闇を手探りで移動しているのを知っている。

ちょうどそのころ、インゲボルクが定期検診で肺に異常があると診断された。インゲボルクは最初、あまり頭のよくない医者に処方された錠剤を不定期に飲むだけで、アルチンボルディには何も言わなかった。咳に血が混じるようになると、アルチンボルディはイギリス人の医師の診療所までインゲボルクを引きずっていき、彼女はただちにドイツ人の肺の専門医のもとに送られた。その医師は、戦後のドイツではよくある病気だった結核であると診断した。

専門医の指示に従って、アルチンボルディは『ヨーロッパの河川』で得た金で、バイエルン・アルプスにある町ケンプテンに居を移した。そこの冷たくて乾いた気候がインゲボルクの健康のためになるはずだった。インゲボルクは病気のため休職し、アルチンボルディはバーの守衛の仕事を辞めた。インゲボルクの体調は大してよくならなかったが、ケンプテンで過ごした日々は幸せではあった。

インゲボルクは、結核が原因では死なないという自信があったので、この病気を恐れてはいなかった。アルチンボルディはタイプライターを持っていき、一日八ページのペースで執筆し、一か月で五作目の小説を仕上げた。『分岐する《ビフルカリア》分岐《ビフルカータ》』というタイトルで、その名が如実に示すとおり、海藻をめぐる物語だった。アルチンボルディが一日にせいぜい三時間、ときには四時間しかかけずに執筆したこの作品のことでインゲボルクが驚いたのは、この本が書かれた速度、というかむしろアルチンボルディの巧みなタイピングだった。経験豊かなタイピストのようなその手慣れた様子は、まるでアルチンボルディがドロテア女史の生まれ変わりであるかのような、インゲボルクがまだ小さかったころ、なぜかはもう覚えていないが、ある日父と一緒に父の働いているベルリンのオフィスに行ったときに会ったことのある秘書の生まれ変わりであるかのような気さえした。

そのオフィスではね、とインゲボルクはアルチンボルディに言った。タイプライターのキーを休みなく叩いている秘書たちの列がとても細長い部屋にずらりと並んでいるの。緑色のシャツに茶色の半ズボンを穿いた使い走りの少年たちの一団がその部屋を絶え間なく行き来して、書類を届けたり、それぞれの秘書のそばにある銀メッキのトレイから清書した書類を集めたりしていたわ。どの秘書も違う書類をタイプしていたのに、とインゲボルクはアルチンボルディに語った。まるでどれも同じ内容をタイプしているか、同じ速さでタイプしているみたいに、そこにあるタイプライターはどれも同じ音を立てていたのよ。ひとつを除いてね。

それからインゲボルクは、秘書たちがそれぞれ座っているデスクが四列あったことを説明した。さらに、この四列を統轄するように、正面にデスクがひとつあり、主任のデスクのようだったが、実際、そこに座る秘書は何かの主任ではなく、単に最年長で、父が連れていってくれてたぶんそこで働いていたあのオフィスか役所で最古参の人だった。

そして彼女と父親がその部屋に入ると、彼女はタイプの音に惹きつけられ、父は娘の好奇心を満たしてやりたくなった。あるいは驚かせたくなったのかもしれない。その責任者のデスク、独立したデスクには（もちろん独立なんてしていないのよ、そこははっきりさせておくわね、とインゲボルクは念押しした）誰も座っていなくて、あの細長い部屋にいたのはものすごい速度でタイプライターのキーを叩く秘書たちと、列のあいだを動き回る半ズボンとハイソックス姿のあの少年たちだけで、部屋の奥、秘書たちが背中を向けているほうには、天井の高いところから大きな絵が掛けられていた。それはヒトラーが田園風景を眺めている絵で、ヒトラーには、顎、耳、髪の房のあたりにはどことなく未来派の雰囲気があったが、何よりもラファエル前派のヒトラーだった。天井から吊り下げられている照明は、父親の話では二十四時間点けっぱなしだったが、細長い部屋の端から端まで設置されている明かり取りの汚れたガラス窓を通して差し込む光とその照明の明かりはタイプを打つのにあまりにも弱すぎたばかりか、何をするにも弱すぎて、実際、何の役にも立っていなかった。ただそこに設置されていて、その細長い部屋と建物の外には空があって、人が歩いているかもしれないし、家もあるのだろうということを示していただけだった。秘書たちの列を端まで歩いたインゲボルクと父が反対方向にふり向いたちょうどその瞬間、大きなドアからドロテア女史が入ってきた。黒い服を着て、外の寒さには似合わないスリッパを履き、白髪をひっつめたその小柄な老女は、自分のデスクに座ると、まるで周りには自分とタイピストたちのほかには何も存在していないかのようにうつむき、その瞬間タイピストたちは一斉に、おはようございますドロテアさん、と言った。彼女たちはドロテア女史のほうは見もしないでタイプのキーを叩き続けていた。インゲボルクにはとても信じられないようなことで、それがとてつもなく美しいことなのかとてつもなく恐ろしいことなのかはよく分からなかったが、ともかく、合唱のような挨拶のあとで、彼女は、少女のインゲボルクは身動きができなくなった。それはまるで、稲妻に打たれたか、あるいはついに祈禱と秘跡とものものしい儀式が実際に行なわれている本物の教会に足を踏み入れたかのようだった。そしてその儀式はアステカ族の生贄から取り出された心臓のように痛み、脈を打っていて、その痛みの激しさに、彼女は、小さなインゲボルクは、身動きできなくなってしまったばかりでなく、まるで心臓を本当に取り出されてしまったかのように胸に手をやった。そのとき、ちょうどその瞬間、ドロテア女史が布の手袋を外し、透き通った自分の指に目をやることなくぴんと伸ばし、脇にあった書類か原稿に視線を釘付けにしてタイプを打ち始めたのだった。

　その瞬間、とインゲボルクはアルチンボルディに言った。音楽はどんなものにも宿るということが分かったの。ドロテア女史のタイピングはあまりに速くて、あまりに独特で、キーの打ち方にはドロテア女史らしさがあふれていたので、周りでは騒音というかやかましい音というか、一度に六十人以上のタイピストが立てるリズミカルな音というか、そういうものが聞こえていたのに、最年長の秘書のタイプライターが立てる音は同僚たちの立てる集合的な曲よりもはるかに際立っていて、かといって出しゃばるわけでもなく、むしろそれらの音と調和して、秩序を与え、戯れていた。ドロテア女史のタイプの音は明かり取りの窓まで届いているように思えることもあれば、床の高さを這い、半ズボンの少年たちや訪問客のくるぶしを撫でているように思えることもあった。ゆっくりとしたテンポになることもあり、そんなときドロテア女史のタイプライターは心臓のように、霧と混沌のただなかで脈打つ巨大な心臓のようにも思えた。だがそんな瞬間はめったになかった。ドロテア女史は速く打つのが好きで、彼女のタイプはたいていほかの人のタイプを上回る速さだった。それがまるでものすごく暗い森のなかに道を切り開いているみたいだったのよ、とインゲボルクは言った。ものすごく暗い、真っ暗な……

　ブービス氏は『分岐する分岐《ビフルカリア・ビフルカータ》』が気に入らず、最後まで読みもしなかった。それでも、今度こそあのロータル・ユンゲが気に入るだろうと考えて出版することを決意した。

　しかし、印刷所に送る前に男爵令嬢に渡し、率直な意見を聞かせてくれないかと言った。二日後、男爵令嬢は、読んでいる途中で寝てしまい、四ページ目から先に進めなかったと言ったが、そもそも美しい妻の文学的な判断力をそれほど信頼していなかったブービス氏がそれで怖気づくことはなかった。『分岐する分岐』の契約書を送ってまもなく、アルチンボルディから手紙が届き、そこにはブービス氏が支払うつもりの前払い金の額にまったく納得がいかないと書かれていた。一時間、河口の見えるレストランでひとり食事をしながら、ブービスはアルチンボルディの手紙にどう返事をすべきかと考えていた。手紙を読んで最初に感じたのは怒りだった。そのあとは笑った。最後は悲しくなったが、それはひとつには河のせいだった。その時刻になると河は古い金箔のような、金粉のような色合いになり、河もボートも丘も木立も何もかもが、粉々に砕け、それぞれがそれぞれの場所、異なる時間と異なる空間へと出発していくように見えるのだった。

永遠に残るものなど何もない、とブービスはつぶやいた。いかなるものもいつかは我々から離れていく。アルチンボルディの手紙には、『ヨーロッパの河川』のときと少なくとも同額の前払い金を期待すると書かれていた。たしかに彼は正しい、とブービス氏は思った。私がつまらないと思ったからといってあの小説の出来が悪いというわけじゃない、ただ売れ行きが悪くて私の倉庫の貴重な場所を奪うことになるだけなんだ。翌日、ブービス氏はアルチンボルディに、『ヨーロッパの河川』より少し多い額の前払い金を送った。

ケンプテンでの滞在から八か月後、インゲボルクとアルチンボルディはまたそこに戻ったが、今回、町は最初のときほど美しく感じられなかった。そのため、二日後、とても神経質になっていた二人は、山のなかにある村に向かう荷馬車に乗って町をあとにした。

村人は二十人足らずで、オーストリアとの国境がすぐそばにあった。二人はその村で、牛乳を売ってひとりで暮らしている農夫から部屋を借りた。その男は戦争中に二人の息子を、一人はロシアでもう一人はハンガリーで失い、妻は、彼の言葉によれば哀しみのあまりこの世を去ったというが、村人たちの話では、その農夫が断崖から妻を突き落としたということだった。農夫の名前はフリッツ・ロイベといい、間借り人ができて満足そうだったが、結核が簡単に感染する病気だと考えていたので、インゲボルクの咳に血が混じっているのを見てひどく心配した。いずれにせよ、彼とはあまり顔を合わせる機会がなかった。夜、牛を連れて戻ってきたロイベは巨大な鍋でスープを作り、ロイベと二人の間借り人は二、三日のあいだそれを食べた。腹が減ると、家の貯蔵室にも台所にもさまざまな種類のチーズとピクルスがあったので、それを好きなだけ食べることができた。パンは、ロイベが重さ二、三キロはありそうな大きな丸いのを村の女から買ったり、どこか別の村に立ち寄ったりケンプテンまで下りたりしたときに自分で運んだりした。

ロイベはときどき、火酒の瓶を開けて、インゲボルクとアルチンボルディと遅くまで話し込んだ。(彼にとって人口三万人以上の都市ならどこもそうだった)大都市について尋ね、インゲボルクがときどき悪意に満ちた返事をすると眉をひそめた。この夜の集いが終わると、ロイベは瓶にコルクを差し、食卓を片づけ、ベッドに入る前に、田舎暮らしに勝るものはないと言うのだった。そのころインゲボルクとアルチンボルディは、何か予感でもあるかのように、ひっきりなしにセックスをしていた。ロイベから借りた暗い部屋で交わり、ロイベが仕事に出かけたときは居間の暖炉の前で交わった。ケンプテンで過ごした数日も基本的に交わることに費やした。ある夜、村にいるとき、ロイベや村人たちが眠っているあいだに厩舎のなかで牛に囲まれて交わったこともある。朝起きたときの二人は戦闘から戻ってきたばかりのように見えた。二人ともそれぞれ別のところが痣だらけで、目の下には大きな隈があり、ロイベによれば、そういうのは都会で不健康な生活をしている輩の目に出る隈だった。

二人は元気を取り戻すために黒パンにバターを塗って食べ、大きな椀で温かい牛乳を飲んだ。ある晩、インゲボルクは長いこと咳をしたあとで、農夫に妻の死因を尋ねた。哀しみのせいだ、とロイベはいつものように答えた。

「変ね」とインゲボルクは言った。「村ではあなたが奥さんを殺したって聞いたわ」

ロイベは陰口を言われていることをよく知っていたので、驚いてはいないようだった。

「もし俺が殺したんなら、今ごろ逮捕されてるさ」とロイベは言った。「人殺しは遅かれ早かれ刑務所に行くんだ、真っ当な理由があって殺したとしても」

「そうは思わないわ」とインゲボルクは言った。「人を殺しても、奥さんを殺したって刑務所に行かない人はたくさんいるわ」

ロイベは笑った。

「そういうことがあるのは小説のなかだけさ」と彼は言った。

「あなたが小説を読むとは知らなかった」とインゲボルクは答えた。

「若いころには読んだもんさ」とロイベは言った。「あのころは時間を無駄にしてよかったのさ、親は二人とも生きていたしな。ところでどうして俺が女房を殺したことになるんだ？」火がぱちぱちはぜる音だけが聞こえる沈黙が長く続いたあと、ロイベは尋ねた。

「谷底に突き落としたっていう話よ」とインゲボルクは言った。

「どの谷だ？」とロイベは言った。会話がどんどん楽しくなっていた。

「知らないわ」とインゲボルクは答えた。

「この辺りには谷がたくさんあるんでね、奥さん」とロイベは言った。「〈迷える羊の谷〉に〈花の谷〉、それから〈影の谷〉（いつも影に包まれているからそういう名前がついたんだ）、そして〈クロイツの子供たちの谷〉がある。それに〈悪魔の谷〉に〈処女の谷〉、〈聖ベルナルドの谷〉、〈石板の谷〉、ここから国境検問所まで百以上の谷があるんだよ」

「知らないわ」とインゲボルクは言った。「そのどれかよ」

「だめだ、どれかなんてだめだ。どれかひとつでなきゃ。具体的なのを。だってもし俺が女房をどこかの谷に突き落として殺したって言うんなら、殺してないっていうのと同じじゃないか。どこかの谷でなきゃ、どれかなんてだめだよ」ロイベはくり返した。「だってさ」と長い沈黙のあとで彼は続けた。「谷底は、春に雪が解けると水が流れて川底になって、そこに投げ捨てられたものや落ちたものや、誰かが隠そうとしたものは何もかも谷間まで運ばれるんだ。谷に落ちた犬も迷子になった子牛も木片もね」ロイベはほとんど消え入りそうな声で言った。「で、近所じゃほかに何を言ってる?」とロイベは少しして尋ねた。

「それだけよ」とインゲボルクは彼の目を見て言った。

「連中は嘘をついてる」とロイベは言った。「口をつぐんで、そして嘘をつく。もっとほかに話すことがあるのに、黙っていて、嘘をつく。動物みたいだな。そう思わないか?」

「いいえ、私にはそんなふうには見えないわ」とインゲボルクは言ったが、実際はわずかな村人とほとんど話したことがなかった。誰も彼も自分の仕事に忙しく、よそ者を相手に時間を無駄にするほど暇ではなかった。

「だが、そうは言ったって」とロイベは言った。「俺の生活についてあんたに教える時間はあっただろう?」

「ものすごく表面的にね」とインゲボルクは言い、その後、声を立てて皮肉な高笑いを放ち、そのせいでまた咳をした。

咳が聞こえるあいだ、ロイベは目を閉じていた。

彼女が口元からハンカチをよけると、血の染みが、まるで満開の大輪の薔薇のようについていた。

その晩、セックスをしたあとで、インゲボルクは村を出て山に続く道を歩いていった。雪は満月の光を反射しているように見えた。風はなく、寒さもしのげる程度だったが、インゲボルクは分厚いセーターと上着とブーツとウールの帽子を身につけていた。最初のカーブで村が視界から消え、そこから目に入るのは松の並木と、夜になると増殖する山だけになり、何もかもが真っ白で、世俗に何の期待もしていない尼僧のように見えた。

十分後、アルチンボルディはびくっとして目が覚め、インゲボルクがベッドにいないことに気がついた。服を着て、浴室と台所と居間を探したあと、ロイベを起こしに行った。ロイベはぐっすり眠っていて、アルチンボルディは何度も揺り動かさなくてはならなかったが、ようやく農夫は目を開け、恐ろしい目つきでアルチンボルディを見た。

「僕だ」とアルチンボルディは言った。「妻がいなくなったんだ」

「探しに行きな」とロイベは言った。

アルチンボルディはロイベの寝巻きをちぎれそうなほど強く引っ張った。

「どこから手をつけていいか分からないんだ」とアルチンボルディは言った。

その後、彼は部屋に戻り、ブーツを履いて上着を羽織り、階下に下りると、ロイベがいた。髪はぼさぼさだったが、出かける支度ができていた。村の中心に着くと、ロイベは懐中電灯を渡し、二手に分かれたほうがいいと言った。アルチンボルディは山に続く道を取り、ロイベは谷のほうへ降りていった。

道の曲がり角に着いたとき、アルチンボルディは叫び声が聞こえた気がした。彼は立ち止まった。また叫び声がして、峡谷の底から聞こえているようだったが、アルチンボルディはロイベの声だと分かった。ロイベはインゲボルクの名前を大きな声で呼びながら、谷に向かって歩いていた。もう二度と会えないかもしれない、とアルチンボルディは寒さに震えながら思った。急いだせいで手袋もマフラーも忘れてしまい、国境検問所まで登っていくにつれて両手と顔は凍りつき、感覚がなくなった。ときどき立ち止まっては手に息を吹きかけたり、手を擦り合わせたりした。顔をつねってみたが、何も感じなかった。

ロイベの叫び声はだんだん間隔が開き、ついに聞こえなくなった。アルチンボルディは気が動転し、インゲボルクが道端に座り込んで、道の両脇に開けている断崖を見つめている姿を見た気がしたが、近づいてみると、ただの岩だったり、強風で倒れた小さな松の木だったりした。途中で懐中電灯が消え、上着のポケットにしまったが、雪の斜面に放り投げてもよかった。ともかく月が道を照らしてくれたので、懐中電灯はいらなかった。自殺と事故の両方の可能性が頭をよぎった。道をそれて、雪が固いことを確かめた。膝まで沈むところもあった。隘路にもっと近づくと、腰まで沈んだ。インゲボルクが何も見ないで歩いていくところを思い浮かべた。谷に近づいていく。踏み外す。落ちる。同じことを自分でもやった。だが月の光は道を照らしてくれるだけだった。谷の底は真っ暗なまま、ぼんやりとした黒い闇に包まれて、そこにはっきりしない物体のシルエットが見えた。

道に戻り、登り続けた。ある瞬間、汗をかいていることに気がついた。毛穴から熱い汗が噴き出してきて、急速に冷たい薄い膜に変わり、それがもっと熱い汗によって取り除かれる……とにかくもう寒くはなくなった。もう少しで国境検問所に着くというところで、インゲボルクの姿が見えた。木のそばに立って、空をじっと見上げている。インゲボルクの首、顎、頬骨が白い狂気に触れられたかのように輝いていた。アルチンボルディは駆け寄って彼女を抱きしめた。

「ここで何をしているの?」とインゲボルクは訊いた。

「怖かったんだ」とアルチンボルディは言った。

インゲボルクの顔は氷のかけらのように冷たくなっていた。頬にキスをし続けると、彼女は腕をすり抜けた。

「ねえ、星を見て、ハンス」とインゲボルクは言った。

アルチンボルディは言われるままに空を見上げた。満天の星空だった。ケンプテンで夜に見えるよりもっと多くの星が、ケルンでもっとも晴れた夜に見えるよりもっと多くの星が見えた。すごくきれいな空だね、とアルチンボルディは言って、彼女の手を取り、村まで引っ張っていこうとしたが、インゲボルクはふざけているかのように木の枝にしがみついて行きたがらなかった。

「ハンス、わたしたちがどこにいるか知ってる?」と彼女は笑いながら訊いたが、その笑いはアルチンボルディには氷の滝のように響いた。

「山にいるんだよ」と彼は答えて、彼女の手を握ったまま、もう一度抱きしめようとしたがかわされた。

「わたしたちは山にいるわ」とインゲボルクは言った。「でも過去に囲まれてもいるの。あの星すべてのことよ。分かるわよね、あなたは賢いから」

「分かるって、何を?」とアルチンボルディは訊いた。

「星を見て」とインゲボルクは言った。

彼は空を見上げた。たしかにたくさんの星があった。その後、インゲボルクのほうを見て、肩をすくめた。

「僕はそんなに賢くないんだ」

「あの光はどれも死んでいるのよ」とインゲボルクは言った。「あの光はどれも何千年も何百万年も昔のものなの。過去のものなのよ。あの星が光を放ったとき、わたしたちはまだ存在していなかったし、地球上に生命はなかったし、地球すら存在していなかった。あの輝きはものすごく古いものなのよ。過去なの。わたしたちは過去に囲まれてる。もう存在していないもの、思い出のなかにだけ存在しているか、今あそこにあるとされるものがわたしたちの上で山や雪を照らしていて、わたしたちはそれを避けられないのよ」

「古い本も過去だよ」とアルチンボルディは言った。「一七八九年に書かれて出版された本は過去だし、それを書いた人も印刷した人も最初に読んだ人も、本が書かれた時代ももう存在していない。でも本は、その本の最初の版は今もここにある。アステカのピラミッドみたいにね」とアルチンボルディは言った。

「初版本もピラミッドも嫌いよ、それに残忍なアステカ族も嫌い」とインゲボルクは言った。「でも星の輝きにはめまいがするの。泣きたくなるのよ」とインゲボルクは狂気で濡れた目で言った。

そして、アルチンボルディの手をよけるような仕草をして、国境検問所に向かって歩き始めた。そこは木造二階建ての小屋で、煙突から黒くて細い煙の渦がうっすらと立ち昇り、夜の空で溶けていた。そこが国境であることを示す標識が旗竿から下がっていた。

小屋の横には壁のない納屋があり、小さな車が停まっていた。明かりは点いていなかったが、きちんと閉まっていない二階のよろい戸の隙間から蠟燭の弱々しい光が漏れていた。

「何か温かいものをもらえないか行ってみよう」とアルチンボルディは言って、ドアを叩いた。

返事はなかった。もう一度、今度はもっと強く叩いた。国境検問所には誰もいないようだった。ポーチの外で待っていたインゲボルクは、胸の上で両手を交差させ、顔は雪と同じような色にまで白くなっていた。アルチンボルディは小屋の外をぐるりと回った。裏手の薪置き場の横に、かなり大きな犬小屋があったが、犬は見当たらなかった。正面のポーチに戻るとインゲボルクはまだ立ったままで、星を見ていた。

「国境警備隊は出かけてしまったんだろう」とアルチンボルディは言った。

「明るいわ」インゲボルクは彼のほうを見ずに言ったので、アルチンボルディには星の輝きのことを言っているのか二階に見えた明かりのことなのか分からなかった。

「窓を割るよ」と彼は言った。

地面に何か固いものが落ちていないかと探したが、何もなかったので、木製のよろい戸を外してから、肘で窓ガラスを割った。その後、慎重にガラスの破片を取り除いたあと、窓を開けた。

部屋のなかに滑り込むと、濃厚で、重い臭気が鼻をついた。小屋の内部は、暖炉から出ている消えかかった燃えかすを除いて真っ暗だった。暖炉の横のソファに、上着のボタンを外し、両目を閉じた国境警備隊員がいた。まるで眠っているように見えたが、眠っているのではなく、死んでいた。一階の寝室にある簡易ベッドにもう一人を見つけた。白髪で白いTシャツを着て、同じ色の長い下着を穿いていた。

二階には、外からは蠟燭が灯っているのが見えたが、誰もいなかった。ベッドと机と椅子と、本が何冊か、ほとんどがカウボーイ小説だったが本が並んだ小さな棚があるだけの部屋だった。少し急いで、だが注意深く、帚と新聞を探し出し、先ほど割ったガラスの破片を掃いて新聞紙に載せ、窓のあったところから素早く外に向かって落とした。そうすることで、窓を割った犯人が——窓は外からではなく内側から割られている——死んだ二人のどちらかであるかのように見えた。その後、何にも触れずに外に出てインゲボルクの肩に手を回し、そんなふうに二人が肩を寄せ合いながら村に戻っていくあいだ、宇宙のあらゆる過去が二人の頭上に降り注いでいた。

翌日、インゲボルクはベッドから起き上がれなかった。熱が四十度あり、午後にはうわごとを言い始めた。昼ごろ、彼女が眠っているとき、アルチンボルディは救急車が国境検問所のほうに走っていくのを部屋の窓から見た。それからまもなくしてパトカーが通り過ぎ、およそ三時間後、救急車はケンプテンの方角に死体を乗せて下りてきた。だが、パトカーは夜の六時になるまで戻らず、もう日が落ちてから村に入ると、車を停めて、警察官が住民の何人かをつかまえて話を聞いた。

ロイベが働きかけてくれたのか、アルチンボルディもインゲボルクも尋問を受けずにすんだ。午後になって、インゲボルクがうわごとを言い始め、その晩ケンプテンの病院に運ばれた。ロイベは二人に付き添わなかったが、翌朝、アルチンボルディが病院の入口脇の廊下で煙草を吸っていると、ロイベが、着古してはいるがどことなく威厳のあるウールの上着にネクタイ、手製のように見える編み上げ靴という格好で現われた。

二人は何分かのあいだ会話を交わした。ロイベは、村ではインゲボルクの夜の逃避行のことは誰も知らない、何か聞かれても黙っていたほうがいいとアルチンボルディに言った。その後、患者（と彼は言った。患者だと）はちゃんとした治療を受けているのかと訊いたが、その口ぶりから、ほかでもない病院の食事や投与されている薬のことを聞いているに違いなかった。そしてあっという間に帰った。一言も言わずに、アルチンボルディの手に安手の紙にくるまれた包みを残していき、なかには毎晩彼の家で食べているのと同じチーズの大きなかけらとパン、二種類のソーセージが入っていた。

アルチンボルディは空腹を感じなかったので、チーズとソーセージを見たときは吐き気がこみ上げてきた。でも食べ物を捨てたくなかったので、インゲボルクのナイトテーブルの引き出しに入れておくことにした。夜になると彼女のうわごとがふたたび始まり、アルチンボルディのことが誰だか分からなくなった。夜明けに血を吐き、レントゲンを撮るために運び出されるとき、ひとりにしないで、こんな惨めな病院でわたしを死なせないで、と叫んだ。そんなことはさせないよ、とアルチンボルディは廊下で約束した。悶え苦しむインゲボルクは担架に乗せられて看護婦たちに運ばれていった。三日後、熱は下がり始めたが、インゲボルクの機嫌の変化のほうはもっと顕著だった。

彼女はアルチンボルディにほとんど話しかけなくなり、話すときは、外に連れ出してと要求するためだった。同じ病室に肺を病んだ女性がもう二人いたが、たちまちインゲボルクとは不倶戴天の敵になった。インゲボルクによれば、自分がベルリン出身だから妬まれているとのことだった。四日が過ぎると看護婦たちはインゲボルクに辟易していたが、ある医者には、彼女がまっすぐな髪を背中に垂らしてベッドにおとなしく座っていると、まるでネメシスの化身のように見えたほどだった。退院許可が出る前日、ロイベはふたたび病院に顔を出した。

病室に入ると、彼はインゲボルクに二言三言尋ね、数日前にアルチンボルディに渡したものとそっくりの小さな包みを渡した。そうしたきり、あとは椅子に座って固まったまま黙り込み、ときどきほかの病人やその見舞客に興味深げな目を向けていた。帰り際、アルチンボルディに、二人きりで話したいんだがと言ったが、彼はロイベと話したい気分ではなく、病院の食堂に向かうかわりに、廊下で立ち話を始めたので、もっと静かな場所で話せると思っていたロイベは面食らった。

「いや、俺が言いたかったのはだね」とロイベは言った。「奥さんの言ってることは間違ってないってことだ。俺は女房を殺した。谷に突き落としたんだ。〈処女の谷〉だ。実はよく覚えていない。〈花の谷〉だったかもしれない。でも俺は女房を谷に突き落として、突起や岩にぶつかって落ちていくのを見ていた。そのあと目を開けて彼女を探した。下にいた。薄い石のあいだに血の染みがついていた。長いことそれを見つめていた。

それから谷に下りて女房を担いで上まで運んで登ったが、もう重みがなくて、まるで小枝の束を担いでいるみたいだった。家の裏手からなかに入った。誰にも見られなかった。丁寧に洗って新しい服を着せて、ベッドに寝かせた。どうして誰も体中の骨が折れていることに気づかなかったかって？　俺は女房が死んだと言った。死因は？　と訊かれた。俺は、哀しみのせいで死んだと答えた。人が哀しみで死ぬときは、骨が全部折れて体中疵だらけで頭蓋骨も粉々に砕けるんだ。それが哀しみってものだ。俺は一晩かけて棺桶を作って、次の日に埋葬した。そしてケンプテンで書類を処理した。役人がよくあることと受け止めたとは言わない。何かおかしいと疑った者もいた。怪しんでいる顔をいくつも見た。でも俺は何も言わず、女房の死亡届けは受理された。そして村に戻ってこれまでどおりの生活を続けた。永遠にひとりで」と彼は長い間を置いてささやいた。「そうするのが当然だからな」

「なぜ僕に話すんだ?」とアルチンボルディは言った。

「インゲボルクさんに話してもらうためさ。奥さんに知っておいてほしいんだ。彼女のために俺はあんたに話してる。彼女に知ってもらうためだ。いいだろう?」

「分かった」とアルチンボルディは言った。「話しておくよ」

インゲボルクが退院すると、二人はケルンに汽車で戻ったが、そこには三日しかいなかった。アルチンボルディはインゲボルクに母親を訪ねたいかと尋ねた。インゲボルクは、自分としては母親にも妹たちにももう二度と会うつもりはないと答えた。旅を続けたいわ、と彼女は言った。翌日、インゲボルクはパスポートの取得手続きをし、アルチンボルディは何人かの友人から金を融通してもらった。二人はまずオーストリアに、その後スイスに滞在し、スイスからイタリアへ移動した。放浪する恋人たちのようにヴェネツィアとミラノを訪れ、二つの街のあいだにあるヴェローナに立ち寄り、シェイクスピアが泊まった下宿屋に泊まり、シェイクスピアが食事をした店で、今は〈トラットリア・シェイクスピア〉という名のトラットリアで食事をし、シェイクスピアが瞑想したり主任司祭とチェスをしたりした教会にも行った。シェイクスピアも彼らと同じくイタリア語を話さなかったからだが、もっともチェスをするにはイタリア語も英語もドイツ語も、ロシア語すらも必要なかった。

そしてヴェローナには見るべきものがほかにほとんどなかったので、ブレシア、パドヴァ、ヴィチェンツァ、そしてミラノとヴェネツィアを結ぶ鉄道沿いの町を巡り、その後マントヴァとボローニャに滞在し、ピサで三日間、狂ったようにセックスをして過ごし、チェーチナと、エルバ島の向かいにあるピオンビーノで海水浴をして、その後フィレンツェを訪れ、ローマに入った。

二人はどうやって生計を立てていたのだろう？　もしかするとアルチンボルディはシュペングラー通りのバーの守衛の仕事で多くを学んでいたので、ちょっとした盗みに手を出したのかもしれない。アメリカ人観光客からものを盗むのは簡単だった。イタリア人から盗むのは少し難しかった。もしかすると、アルチンボルディは出版社にまた前払い金を要求して送ってもらったのかもしれないし、もしかするとフォン・ツンペ男爵令嬢が自ら、かつての使用人の妻の顔を見てみたいと思って手渡しに行ったかもしれない。

いずれにせよ待ち合わせは公共の場所で行なわれ、姿を見せたのはアルチンボルディ一人で、彼はビールを飲んで金を受け取り、礼を言って立ち去った。あるいは男爵令嬢は、二週間たっぷり肌を太陽にさらして小麦色に焼いたり長い時間泳いだりしたセニガッリアの城から長い手紙を書いてそんなふうに夫に説明したのかもしれない。インゲボルクとアルチンボルディは海水浴はしなかった。あるいはもう一度生まれ変わったときのためにとっておいた。というのもインゲボルクの体調は夏が終わりに近づくにつれて悪化し、山に戻るとか病院に入るとかいった可能性は話し合いがもたれることなく却下されたからだ。九月の初め、ローマで過ごしていた二人は、砂漠の砂か砂丘のような黄色の半ズボンを穿いていたが、その姿はまるで初期キリスト教徒のカタコンベに迷い込んだドイツアフリカ軍団の亡霊のようで、そのがらんとしたカタコンベでは、どこか近くの排水溝からぽたぽた水滴の垂れる音とインゲボルクの咳だけが聞こえていた。

しかし二人はすぐにフィレンツェに向かい、そこから徒歩かヒッチハイクでアドリア海を目指した。そのころ、フォン・ツンペ男爵令嬢はミラノのある出版人に招かれてミラノにいて、ロマネスク様式の大聖堂に何から何までそっくりのカフェからブービスに宛てて手紙をしたため、迎えてくれた人々について、彼らがブービスにも来てほしがっていたこと、さらに、知り合ったばかりのトリノの編集者たちのことを報告した。一人は年寄りで、とても陽気で、ブービスのことに話が及ぶたびに私の兄弟と呼んだ。もう一人はまだ若く、左翼で、とてもハンサムで、出版人も世界を変えることに貢献しなくてはと言っていた。また、そのころ男爵令嬢はパーティーに次ぐパーティーで何人ものイタリアの作家と顔見知りになり、そのうち何人かは翻訳すれば面白いに違いない本を書いていた。もちろん男爵令嬢はイタリア語を読むことができたが、毎日のせわしない活動が何らかの形で読書を妨げていた。

毎晩のようにパーティーがあった。パーティーがないときはホスト役がわざわざ機会を用意してくれた。四台か五台の車でミラノを離れ、誰かの別荘があるバルドリーノというガルダ湖畔の村に出かけることもあった。デゼンツァーノのどこかのトラットリアで踊っているうちに夜明けを迎えることもしばしばあった。疲れきってはいるが陽気な彼らは、何の騒ぎかと引き寄せられて夜を明かした(あるいは起きたばかりの)地元の人々の好奇心に満ちた目にさらされていた。

だが彼女はある朝、ブービスから電報を受け取り、アルチンボルディ

ボルディの妻がアドリア海に面した人里離れた村で死亡したと知らされた。男爵令嬢はなぜかはよく分からないまま、まるで自分の姉妹を亡くしたかのように泣き出し、その日のうちにミラノを発ちその人里離れた村に向かうつもりであるとホスト役の人々に伝えたが、肝心の村が彼女の持っているイタリアの旅行案内に出ていなかったため、鉄道かバスかタクシーのどれを使ったらいいかよく分からなかった。トリノ出身の左翼の若い編集者が車で連れていってあげますと申し出ると、この男と多少の情事をもっていた男爵令嬢は、トリノの男が面食らうほど大いに感謝した。

その旅は、二人が通り過ぎる風景に応じて、でたらめで伝染しやすいイタリア語で歌われる挽歌にも哀歌にもなった。亡くなった家族や親戚（男爵令嬢のもトリノの男のも）、そして行方不明になった友人たちの、そのなかには知らないうちに死んでいた者もいたが、果てしなく続く彼らの名前をおさらいした挙句、疲れきった二人は謎めいた村にようやく到着した。しかし、妻に死なれたドイツ人のことを尋ねるだけの力は残っていた。網を修理したり船に槙皮《まいはだ》を詰めるのに忙しい無愛想な村人たちは、たしかに数日前にドイツ人の夫婦がやってきたが、その直後、妻が溺れ死んでしまい、男のほうはひとりで発ったと言った。

その人はどっちへ行ったの？　彼らは知らなかった。男爵令嬢と編集者は村の司祭に尋ねてみたが、彼もやはり知らなかった。墓堀人にも尋ねたが、二人がすでに聞いた内容がお経のようにくり返された。ドイツ人の男は少し前にいなくなり、ドイツ人の妻はその墓地には埋葬されていない。なぜなら溺死して死体が見つかっていないからだと。

夕方、村を発つ前に、男爵令嬢はこの地域一帯を見渡せる山に登ろうと言い出した。暗黄色の木立のあいだを走るジグザグの小道が、雨でふくれた風船のような鉛色の小さな森に消えていくのが見え、オリーブの木と斑点に覆われた丘が見え、斑点はゆっくりととまどいながら移動していき、この世のもののようには見えたが、耐えがたいものに思えた。

長いこと、アルチンボルディから音沙汰はなかった。『ヨーロッパの河川』は予想に反して売れ続け、第二刷が出た。まもなくして、『革の仮面』にも同じことが起きた。新しいドイツ文学について書かれた二つの評論にアルチンボルディの名前が登場したが、その書き手は何か自分が悪ふざけにひっかかっているのではないかと半信半疑なのか、いつもついでに言及する程度だった。若い世代にアルチンボルディの読者がぽつぽつと出てきた。マージナルな読み、大学生の気まぐれだった。

彼が姿を消して四年後、ブービスはハンブルクで『遺産』の分厚い原稿を受け取った。五百ページを超える長さの小説で、修正や加筆の跡が多数見られ、ページの余白には長文の、場合によって判読不能のメモが付け加えられていた。

小包はヴェネツィアから発送されていて、原稿に同封されていた短い手紙によれば、アルチンボルディは庭師としてそこで働いているとのことだったが、ブービスは冗談だろうと思った。イタリアの都市で庭師の仕事を見つけるのは易しいことではないし、ヴェネツィアではなおのことと思ったのだ。ともかく、この出版人は即答した。その日のうちに返事を書いて、どの程度の額の前払い金がほしいのかと尋ね、印税を、四年間に少しずつではあったが貯まっていた「貴殿の」印税を送るにあたり、もう少し正確な住所を知らせてくれないかと願い出た。アルチンボルディの返事はさらに簡潔なものだった。カンナレージョ地区の住所が書かれていただけで、十二月も終わりに近づいていたので、ブービスさんも奥さまもよい年をお迎えくださいという紋切り型の文句で結ばれていた。

ヨーロッパではどこも寒い日が何日か続いたちょうどそのころ、ブービスは『遺産』の原稿を読んだ。テクストは支離滅裂だったが、ブービスがアルチンボルディに託していた期待にすべて応える内容だったので、最終的には大変満足のいくものだった。この期待というのは何だったのだろう？　ブービスには分からなかったし、分かろうが分かるまいがどうでもよかった。アルチンボルディの善き文学的な仕事に対する期待、つまり三流作家が学んでできるようになることでもなければ、物語る力、その力は『無限の薔薇』が出て以来確信しているが、それに対する期待でもなく、硬化したドイツ語に新しい血を注入する力、ブービスの考えでは二人の詩人と三、四人の小説家がそれを成し遂げていて、アルチンボルディはそのなかに入っていると考えていたが、そうした力に対する期待でもないことはたしかだった。そういうことではなかった。では何なのか？　ブービスには分からなかったが、予感があったし、分からないからといって少しも問題はなかった。その理由は、それを知ったときにその問題が始まりそうな気がしたからだった。彼は出版人であり、神の道は実に計り知れないものである。

男爵令嬢はそのころ愛人とともにイタリアにいたので、ブービスは妻に電話をかけ、アルチンボルディを訪ねるようにと言った。

自分で赴きたいのはやまやまだったが、歳月は無為に過ぎたりはせず、ブービスはもはやそれまでのように旅をすることはできなかった。そんなわけで、ある朝ヴェネツィアにやってきたのは男爵令嬢で、自分より少し若いローマ出身のエンジニアを伴っていた。その男はハンサムでほっそりとしていて、肌はこんがりと焼け、あるときは建築家と呼ばれ、またあるときは博士と呼ばれていたが、実際はただの土木技師、道路工事の技師だった。彼はモラヴィアの熱烈な読者でもあり、男爵令嬢がその小説家と知り合う機会になればと、モラヴィアが催した夜会に彼女を連れていった。小説家の広々としたアパートからは、夜になってスポットライトが一面を照らし出すと、円形競技場か、もしかすると神殿だったかもしれないが、その廃墟、墳墓と石を眺めることができ、そうしたものを同じ光が混乱させようとも覆い隠そうともしていて、モラヴィアの招待客たちは笑ったり涙をこぼしそうになったりしながら、小説家の広々としたテラスからそれらを眺めたのだった。その小説家に男爵令嬢は感銘を受けず、あるいは少なくとも愛人が期待していたほどには感銘を受けなかった。愛人にとってはモラヴィアは黄金の文字で書いていたからだ。男爵令嬢はそれからの何日か、モラヴィアのことを、とりわけ夫からの手紙を受け取って、モラヴィア好きの土木技師を伴って冬のヴェネツィアに旅立ったあと、考え続けることになった。ヴェネツィアで二人は〈ホテル・ダニエリ〉に部屋を取り、男爵令嬢はすぐにシャワーを浴びて服を着替え、しかし朝食は食べずに、美しい髪は乱れたまま、説明のつかないほど急いでひとりで出かけていった。

アルチンボルディの住所はカンナレージョ地区のトゥルロナ通りにあった。男爵令嬢は勘を働かせて、その通りが鉄道の駅か、もしかするとティントレットが生涯働いたマドンナ・デロルト教会からそう遠くないと考えた。そこでサン・ザッカリアで水上バスに乗り、物思いにふけりながら大運河に心を奪われ、その後駅の正面で降りて、モラヴィアのとても魅力的だった目と、もはや思い出せなくなったことに突然気づいたアルチンボルディの目について思いを巡らしながら道を訊ねて歩き始め、そして二人の人生、モラヴィアの人生とアルチンボルディの人生がいかに違うものかを考えた。一人はブルジョアで良識があるが、時代とともに歩み、それでも、(自分のためではなく、観客のために)ある種の、繊細で時代を超えた冗談をおしみなく与えていた。もう一人は、とくに前者と比べると基本的にはルンペンで、ゲルマンの野蛮人で、ブービスが言うように、絶えず発光している芸術家であり、モラヴィアのテラスから見える光をまとった廃墟を生涯見ることはないだろうし、モラヴィアのレコードを聴くこともなければ、モラヴィアがしていたように友人や詩人や、映画作家、翻訳家や学生や、貴族やマルクス主義者たちに囲まれて夜の散歩に出かけることもないだろう。モラヴィアはいつも優しい言葉をかけ、知的な洞察力を発揮し、適切なコメントを加えたものだが、アルチンボルディはと言えば、自分自身を相手に長々と話し続けているだけだ、そんなことを考えながら男爵令嬢はリスタ・ディ・スパーニャ通りを歩いてサン・ジェレミア広場まで行き、その後グーリエ橋を渡り、ペスケリア河岸に下りた。幼いころ、屋敷に仕えていたときの、あるいは兵士としてロシアの大地を裸足でさまよい歩いていたときのわけの分からない独り言。夢魔の住まう地獄、と男爵令嬢は思った。そのとき、なぜだか分からないが、ベルリンで過ごした彼女の青春時代に、変質者たちのことを、とくに田舎から来た女中たちは夢魔と呼んでいたことを思い出した。女中たち、目を大きく見開いて、驚いたふりをしている娘たち、家族を残して金持ちの住む地区の大きなお屋敷に出かけ、長々しい独り言をつぶやき続けることで明日を生きることができた娘たち。

でも、アルチンボルディは本当に自分自身に向けて独り言を言い続けているのかしら？　男爵令嬢はゲットー・ヴェッキオの通りに入りながら思った。それとも誰かの前でモノローグを続けているのかしら？　もしそうだとしたら、その誰かとは誰？　死者？　ドイツの悪魔？　プロイセンの名門のお屋敷で働いていたときに見つけた怪物？　アルチンボルディ少年が母親に連れられて働きに来た屋敷の地下室に棲んでいた怪物？　フォン・ツンペ男爵の所有していた森に隠れていた怪物？　泥炭地にいた幽霊？　漁師の村々を結ぶ険しい街道沿いの岩場にいた霊魂？

ただのたわごとよ、と男爵令嬢は思った。彼女は一度として幽霊やイデオロギーを信じたことがなかった。自分の肉体と他人の肉体の存在だけを信じていた。そのあいだに、新ゲットーの広場を横切り、その後、橋を渡ってオルメシーニ河岸まで行き、左に曲がり、トゥルロナ通りに着いた。そこには古い家が並び、アルツハイマーの老人のようにそれぞれが寄りかかって支え合っている建物があり、家や迷路のような路地がごちゃごちゃと寄り集まっていた。遠くから声が聞こえ、心配げな声や威厳をもってそれに答える声がした。男爵令嬢はようやくアルチンボルディの家の入口までたどり着いたが、彼の住む部屋が何階にあるのか、通りからも建物の内部にいても、三階なのか四階なのかが分からなかった。たぶん三階半だったのだろう。

アルチンボルディがドアを開けた。髪は長く伸びてもつれ、髭が首元まで覆っていた。ウールのセーターを着てだぶだぶのズボンを履いていたが、ズボンはあちこち土で汚れていて、水と石しかないヴェネツィアではあまり普通のことではなかった。彼はすぐに男爵令嬢だと気づいた。そして彼女は部屋のなかに入るとき、かつての使用人が、自分の匂いを嗅ごうとしているのか、鼻の穴をふくらませていることに気がついた。なかには漆喰の仕切りで隔てられた小さな部屋が二つあり、やはりとても小さかったが新しい浴室もあった。食堂とキッチンとして使われている部屋には窓がひとつだけあり、センサ運河に注ぐ水路に面していた。部屋のなかは暗い薄紫色で、アルチンボルディのベッドと衣服のある二つ目の部屋ではもうすでに黒く変色していた。田舎の黒、と男爵令嬢は思った。

その日とその次の日、二人は何をしたのか？　おそらく話をし、交わったのだろうが、前者よりも後者のほうが多かった。確かなのは、その夜、男爵令嬢は〈ホテル・ダニエリ〉には戻らなかったということで、土木技師は煩悶した。彼はヴェネツィアで起こる謎めいた失踪事件を描いた小説を読んだことがあった。行方不明になったのは、とりわけ女性観光客、肉体的に隷属させられた女たち、ヴェネツィアのぽん引きのリビドーによって欲望を鎮められた女たち、主人の正妻と同居している奴隷の女たち、方言で話し、洞穴から出るのは野菜や魚を買いに行くときだけという髭の濃い太った女たち、ネアンデルタール人の男と結婚したクロマニヨン人の女たち、オクスフォードかスイスの寄宿学校で教育を受け、〈影〉を待ちながらベッドに足を縛りつけられた女たちだった。

しかし、確かなのは、男爵令嬢がその夜戻らなかったことと、土木技師がダニエリのバーで少々酔っぱらい、警察には行かなかったということだった。ひとつには、笑い者になるのを恐れていたからで、またひとつには、ドイツ人の愛人が、頼みも尋ねもせずに我を通すたちの女だと直感していたからでもあった。そしてあの夜、何の〈影〉も現われなかったが、男爵令嬢は質問を、決して多くはなかったが質問をした。そしてアルチンボルディが尋ねてみようと思ったことにも答えるつもりだった。

二人は庭師の仕事について話した。彼が庭師をしているのは本当で、ヴェネツィア市が管理する数少ないがよく手入れされた公園や、個人（あるいは弁護士）が豪邸に所有している内庭で仕事をもらっていた。その後、二人はふたたび交わった。その後、寒い気候について、アルチンボルディがその寒さを毛布にくるまって追い払おうとしていることについて話した。その後、二人は長いキスを交わしたが、男爵令嬢はどのくらい女と寝ていないのかを尋ねないことにした。その後、ブービスが本を出している何人かのアメリカの作家について話をした。彼らは定期的にヴェネツィアを訪れていたが、アルチンボルディは一人も知らず、読んだこともなかった。その後、行方不明になった男爵令嬢の従弟、不幸なフーゴ・ハルダーと、アルチンボルディがようやく会うことのできた彼の家族について話をした。

そして男爵令嬢が彼に、どこで、どんな状況で、どのようにして家族に会えたのかと尋ねようとしたとき、アルチンボルディはベッドから起き上がり、聞いてくれと言った。そして男爵令嬢は聞こうとしたが、何も聞こえなかった。沈黙だけがあった。完全な沈黙だった。その後、アルチンボルディは言った。これだよ。沈黙なんだ。聞こえるかい？　そして男爵令嬢は、沈黙は聞こえない、聞くことができるのは音だけだと言おうとしたが、気取って聞こえると思い、何も言わなかった。そしてアルチンボルディは裸のまま、窓辺に近づいて窓を開けると、外に身を乗り出した。まるで運河に身投げしようとするかに見えたが、彼はそうしようとしたのではなかった。そしてふたたび身体を戻すと、こっちに来て見てごらんと言った。そして男爵令嬢はやはり裸のまま起き上がり、窓辺に行き、ヴェネツィアの上に雪が降り積もる様子を眺めた。

アルチンボルディが最後に出版社を訪れたのは、『遺産』のゲラを校正者とともにチェックして、元の原稿に百ページほど加筆したときのことだった。ブービスに会ったのはそれが最後で、彼は数年後、アルチンボルディの小説をさらに四冊出版してから死ぬことになる。また、男爵令嬢とも、少なくともハンブルクで会ったのはそれが最後となった。

そのころブービスは、ドイツ連邦共和国とドイツ民主共和国のドイツ人作家たちが続けている、大規模でしばしば無意味な論争にどっぷり浸かっていた。彼の出版社には知識人たちが次々に立ち寄り、手紙や電報が届き、夜になるとたまに急ぎの電話がかかってきたが、たいてい意味のない内容だった。出版社には精力的な雰囲気が漂っていた。だが、ときどきすべてが停止し、校正者は自分とアルチンボルディのためにコーヒーを淹れ、本の装丁を担当する新しく入った女の子のために紅茶を用意した。というのも今では出版社は成長し、従業員の数も増えていて、隣のデスクにはスイス人の若い校正者がいたからだが、この青年がいったいどうしてハンブルクに住んでいるのか誰も知らなかった。男爵令嬢は自室を出て、広報担当の女性も部屋から出てきて、ときには秘書も部屋から出てきて、話題は何であれ、たとえば最近見た映画とか、ダーク・ボガードについて話し始めた。その後、総務担当の女性やマリアンネ・ゴットリープまでもが校正者たちの働いている広い部屋で笑い転げ、その笑い声が響き渡れば、ブービスまでもがカップを手にそこに姿を見せ、ダーク・ボガードの話題にとどまらず、政治や、ハンブルクの新しい当局がやりかねない詐欺にも話が及び、あるいは倫理観のない何人かの作家の話になったりもした。その作家たちは自ら盗作を認めて笑いながらも、恐怖と侮辱の入り交じる表情をのんきな仮面で隠している剽窃者たちで、そうした作家たちはどんな名声でも横取りするつもりで、このことが死後の名声を、それがどんな死後の名声であっても与えてくれるという確信をもっている。そのことに校正者たちとそれ以外の従業員たちは大笑いし、ブービスの諦めたような笑いをも引き起こした。死後の名声が、最前列に座った人しか聞いていない寄席演芸の笑い話であることを彼ら以上によく知る者はいなかったからだ。その後、書き間違いの話になった。そういった間違いの多くは、かなり昔にパリで出版されたある一冊の本に集められていた。その本は文字どおり『間違いの博物館』というタイトルで、ほかにも誤植探しの達人マックス・ゼンゲンが編んだ本がある。そして校正者たちは言うが早いか、そうした本(フランス語の『間違いの博物館』でもゼンゲンのものでもなかった)を手にとったのだが、アルチンボルディからはその本のタイトルは見えなかった。彼らは大声で、養殖真珠のセレクションを読み上げ始めた。

「かわいそうなマリー! 馬が近づいてくる音が聞こえるたびに、それが私だと思うんだね」。シャトーブリアン『モンバゾンの公爵』。

「波に飲まれた船の乗組員は二十五人の男から成り、あとには数多くの寡婦が悲惨な状態で取り残された」。ガストン・ルルー『囚人船』。

「神の助けがあれば、太陽はふたたびポーランドを照らすだろう」。シェンキエヴィッチ『大洪水』。

「さあ行こう！　ピエールは涙を拭うための帽子を探しながら言った」。ゾラ『ルルド』。

「公爵は、自分の先に立って進むお供を従えて現われた」。アルフォンス・ドーデ『風車小屋だより』。

「背中で腕を組み、アンリは友人の小説を読みながら庭を散歩していた」。ロニー『大異変』。

「彼は片目で読み、もう片方の目で書いていた」。アウバック『ラインの岸辺』。

「死体は待っていた。静かに、検視を」。オクターヴ・フイエ『運命のお気に入り』。

「ウラジーミルは心臓が呼吸以外の何かの役に立つとは思わなかった」。アルツィバーシェフ『死』。

「この名誉の剣は私の人生でもっとも美しい日だ」。オクターヴ・フイエ『名誉』。

「わたしはだんだん目が見えなくなっているんだよ、と哀れな盲女は言った」。バルザック『ベアトリクス』。

「彼は首をはねられ、生きたまま埋められた」。アンリ・ズヴェダン『モンゴメールの死』。

「彼は蛇の手と同じくらい冷たい手をしていた」。ポンソン・デュ・テライユ。ここでは書き間違いがどの作品のものなのか示されていなかった。

マックス・ゼンゲンの選集では、作品名も作者も載っていない以下のものが際立っていた。

「死体は自分を取り囲む者どもを非難がましく見つめていた」。

「致命的な弾丸を受けて死んだ男に何ができるだろうか？」

「都市の郊外にはつねに孤立して歩き回る熊の群れがいた」。

「不幸なことに、婚礼は二週間遅れ、そのあいだに新婦は隊長と逃亡して八人の子供をもうけた」。

「三、四日の小旅行は、彼らにしてみれば毎日のことだった」。

その後、さまざまな意見が述べられた。たとえばスイス人は、シャトーブリアンの文はまったく意外だ、とりわけ性的な意味合いが感じられるからと言った。

「相当に性的よね」と男爵令嬢は言った。

「シャトーブリアンが書いたと思うと信じがたいわ」と校正者が口を挟んだ。

「まあ、馬に言及したからにははっきりしていますね」とスイス人は意見を述べた。

「かわいそうなマリー！」と広報担当が言ってその話は終わった。

その後、ロニーの『大異変』に出てくるアンリの話になった。ブービスによればキュビスムのテクストであるという。あるいは、装丁係によれば神経症を、そして、読む行為を表わすのにもっともふさわしい表現だという。それというのも、アンリは背中で腕を組んで本を読んでいただけでなく、同時に庭を散歩してもいたからだ。スイス人によれば、散歩しながら読書することはときにとても気持ちがよいとのことだった。そこにいた人のなかで、歩きながら本を読むことがあるのは彼だけだった。

「こんな可能性もあるわ」と校正者は言った。「アンリは手に本を持たないで本を読める装置を発明したのよ」

「でも」と男爵令嬢は尋ねた。「どうやってページをめくるの？」

「簡単なことですよ」とスイス人が言った。「ストローか金属製の小さな棒を口で動かすんです。もちろんそれは読書装置の一部で、きっとお盆とリュックサックを足したような形をしているはずです。さらに覚えておかなくてはならないことは、アンリは発明家で、つまり、客観的な人間の範疇に入るわけですが、彼は友人の小説を読んでいる。それは責任重大です。というのは、その友人はアンリが小説を気に入ったかどうかを知りたがるでしょう。そしてもし気に入ったら、大いに気に入ったかどうかを知りたがるでしょう。そしてもし大いに気に入っていたとしたら、アンリがその小説を傑作とみなすかどうかを知りたがるでしょう。そしてもしアンリが傑作だと思うと認めたら、フランス語で書かれた小説のなかで最高傑作かどうかを知りたがるでしょう。やがて哀れなアンリは耐えられなくなる。アンリには間違いなく、そのふざけた装置を首から胸にぶらさげて庭を行ったり来たりするよりほかにもっとやることがあるからです」

「いずれにしてもその文からは」と広報部長は言った。「アンリは読んでいる本が好きではないということが分かるわね。不安なのよ。友人の本が大成功を収めるとは思えなくて、友人が書いたのはゴミだという明白な事実を認めたくないの」

「でもどうしてそれが分かるの？」校正係は知りたがった。

「ロニーがわたしたちに示している方法から分かるわ。背中で組んでいる手。これは懸念、集中よ。立って歩きながら読んでいる。これは既成事実を前にした抵抗なの。神経質になっている」

「でも読書機械を使った行為が彼を救っているわ」と装丁係が言った。

その後、ドーデのテクストが話題に上った。この文はブービスに言わせれば書き間違いの事例ではなく、作家のユーモアのセンスを示すものだった。『運命のお気に入り』の話にもなった。オクターヴ・フィエ（一八二一年サン＝ロー―一八九〇年パリ）は、当時大成功を収めた作家で、リアリズム小説にも自然主義小説にも敵対した。彼の作品はもっとも恐ろしい忘却に、このうえなくみじめな忘却に、しかももっとも本人にふさわしい忘却の淵に落ちていた。彼の書き間違い、「死体は待っていた。静かに、検視を」は、ある意味で自分が書いた本の運命を予言している、とスイス人は言った。

「そのフィエ（**Feuillet**）と、フランス語の**feuilleton**という言葉とは何の関係もないのよね?」と老マリアンネ・ゴットリープ女史が尋ねた。「その言葉は新聞の文芸欄と新聞の連載小説の両方を指していた気がする」

「たぶん同じことでしょう」とスイス人は謎めいた言い方をした。

「連載小説（feuilleton）という言葉は間違いなく、連載小説の第一人者フィエの名前から来ている」と、見栄を張ったブービスは、確信があったわけではないがこう言った。

「でも私が一番好きなのはアウバックのだわ」と校正係は言った。

「きっとドイツ人ね」と秘書が言った。

「うん、そのフレーズはいい。『彼は片目で読み、もう片方の目で書いていた』。これならゲーテの伝記にあってもおかしくないですね」とスイス人が言った。

「ゲーテには口を出さないで」と広報担当が言った。

「そのアウバックはフランス人だったかもしれないわ」と、フランスに長く暮らしていた校正係が言った。

「あるいはスイス人かも」と男爵令嬢が言った。

「『彼は蛇の手と同じくらい冷たい手をしていた』はどう?」と総務担当が言った。

「アンリ・ズヴェダンのほうが好きですね。『彼は首をはねられ、生きたまま埋められた』」とスイス人が言った。

「まるっきりおかしな文章ではないわ」と校正係は言った。

「まず首を切る。切ったほうは相手が死んだと思うけれど、さっさと死体を処分しなきゃならない。墓穴を掘り、死体を放り込み、土をかけて覆い隠す。でも相手は死んでいなかった。相手はギロチンにかけられてはいなかった。首を切られたというのはこの場合、喉を切られたという意味かもしれないわ。被害者は男か女か分からないけど、男だということにしましょう。彼の首を切る、というか彼の首を切ろうとする。大量の血が出る。被害者は意識を失う。襲いかかった側は彼が死んだと思う。そのあと被害者が目を覚ます。土が出血を止めていたわけ。生き埋めにされたってこと。ほらね。そういうことよ」と校正係は言った。「意味が通るでしょう?」

「いいえ、意味が通らないわ」と広報担当は言った。

「たしかに、意味を成していないわね」と校正係は認めた。

「意味らしいものがないわけではないわ」とマリアンネ・ゴットリープが言った。「この世には奇奇怪怪なことが起きているから」

「でもこれではつじつまが合わないの」と校正係が言った。

「マリアンネさん、応援してくれなくていいから」

「分からなくはないとは思うけどな」とアルチンボルディが言った。笑いが止まらなかった。「僕が好きなのはそれじゃないけどね」

「君のお気に入りはどれだい?」とブービスは言った。

「バルザックのだ」とアルチンボルディは言った。

「ああ、あれはすばらしいわ」と校正係は言った。

スイス人がふたたび読み上げた。

「わたしはだんだん目が見えなくなっているんだよ、と哀れな盲女は言った」。


『遺産』の次にアルチンボルディがブービスに渡した原稿は『聖トマス』だった。これはある伝記作家による偽の伝記という体裁で、伝記の対象になった人物はナチ政権の大作家だった。批評家たちのなかにはこの人物にエルンスト・ユンガーの姿を見ようと躍起になった者もいたが、当然のことながらユンガーではなく、言ってみれば架空の人物にすぎなかった。そのころアルチンボルディは、ブービスの知ったかぎりではまだヴェネツィアに住んでいて、たぶん庭師の仕事も続けていたのだろう。とはいえ、出版人が定期的に送る前払い金や小切手だけで書くことに専念できたはずである。

しかし、次の原稿はギリシアの島、イカリア島から届いた。アルチンボルディは海を背にした岩だらけの丘に小さな家を借りていた。まるでシーシュポスの最後の風景のようだ、とブービスは思い、そのことを手紙に書いた。手紙ではいつものように、次に自分が読むことになる原稿が無事に到着したと伝え、また、アルチンボルディが選べるように、送金方法を三つ提案した。

アルチンボルディからの返事にブービスは驚いた。手紙のなかで彼は、シーシュポスは一度死んだあと、法の策略によって冥界から逃げ出したのだと書いていた。ゼウスが死神タナトスを放つ前、シーシュポスは死神がまっさきに自分を捕らえに来ると分かっていたので、妻に対して、葬儀のしきたりに従わないようにと言い含めた。そうしてシーシュポスが冥界に着くと、ハデスは彼を非難し、またあらゆる冥界の神々も当然ながら烈火のごとく怒り、天に向かって、というか冥界の天に向かって叫び声を上げ、髪をかきむしった。シーシュポスはしかし、非があるのは自分ではなく妻であると述べ、妻を懲らしめに行くため、地上に戻る特別な許可を求めた。

ハデスは考えた。シーシュポスの提案はもっともであり、彼に対し、しかるべき復讐を果たすに足る三、四日間のみ有効な保釈期間を認め、いささか遅いとはいえしきたりどおり葬儀を進めるように手配した。シーシュポスはむろん、その機会に乗じてふたたび地上に戻った。そこで幸せに暮らし、地上でもっとも狡猾な男としてではなく、老齢を迎え、肉体が言うことをきかなくなってようやく地獄に戻った。

何人かが指摘していることだが、岩を運ばせる罰にはひとつだけ目的があった。シーシュポスを忙しくさせておいて、彼が詭弁を思いつくのを防ぐという目的だ。しかし思いもよらない日にシーシュポスは何かを思いつき、地上に戻ることになるだろう、そうアルチンボルディは手紙を締めくくっていた。

イカリア島からブービスに送られた小説は『盲目の女』というタイトルだった。この小説では、思ったとおり、自分が盲目だとは知らない女と、自分たちに予知能力があるとは知らない予知能力のある探偵たちのことが書かれていた。やがて、島からハンブルクにさらなる原稿が届くようになった。『黒海』は戯曲というか演劇的な長い台詞で書かれた小説で、黒海が夜が明ける一時間前に大西洋と会話を交わすという内容だった。『レタイア』は、彼の小説としてはもっともあからさまにセックスを扱い、自分が女神のなかでもっとも美しいと信じているレタイアの物語を第三帝国のドイツに移したもので、彼女は夫オレノスとともに石像に変えられてしまうという結末だった(この小説はポルノ小説とのレッテルを貼られたが、裁判で勝利したのち、アルチンボルディの本としては初めて五刷まで売り切れた)。『宝くじ売り』は、ニューヨークで宝くじを売っている身体の不自由なドイツ人の生涯を描いたものだった。そして『父』は、息子の視点から父を回想したもので、息子が二十歳の一九三八年に猟奇殺人鬼になり、一九八四年に謎めいた最期を迎えるまでの父の行動がつづられる。

アルチンボルディはイカリア島にしばらく住んだ。その後、アモルゴス島に住んだ。それからサントリーニ島に住んだ。そしてシフノス島、シロス島、ミコノス島に住んだ。それから、ヘカトンベまたはスペレゴという名で、ナクソス島の近くにあるとても小さな島に住んだが、ナクソスには一度も住まなかった。その後、島を去り、大陸に戻った。そのころ、彼はブドウやオリーブ、大きくて乾燥したオリーブを食べていたが、その味と固さは土の塊に似ていた。白いチーズと、ブドウの葉に包んで売られている山羊の燻製チーズを食べていたが、その臭いは周囲半径三百メートルに届くほどだった。ワインに浸してやわらかくするしかないほど固い黒パンを食べていた。魚とトマトを食べていた。イチジク。水。水は井戸から汲んだ。軍隊で使うようなバケツと缶を持っていき、それに水を満たした。泳いでいたが、海藻の少年はすでに死んでいた。それでも泳ぎはうまかった。ときどき潜水もした。それ以外のときは低木の繁る丘の斜面に日が沈むまで、あるいは日が昇るまでひとりで座っていた。彼自身は考え事をしていると言っていたが、実際には何も考えていなかった。

彼がブービスの死を知ったのは、すでに大陸に戻ったあとで、メソロンギのテラスでドイツ語の新聞を読んでいたときだった。

タナトスは隅々まで知っているハンブルクの街にやってきた。ブービスは仕事場でドレスデン出身の若い作家の本を読んでいて、とてつもなく滑稽な内容に笑いで身を震わせていた。広報担当によれば、彼の笑い声は待合室と総務室に、さらに校正室、会議室、閲覧室、トイレ、そしてキッチン兼食料庫として使われている部屋に、果ては一番離れた社長夫人の部屋にまで届いた。

突然、笑い声がやんだ。出版社にいた誰もが、どういうわけかその正確な時刻が午前十一時二十五分だったのを覚えている。少ししてから、秘書がブービスの部屋のドアを叩いた。返事はなかった。邪魔をしてはいけないと思い、秘書はそれ以上ノックするのはやめた。少し経って電話をつなごうとした。ブービスの部屋では誰も受話器を取らなかった。急ぎの電話だったので、秘書は何度かノックしてからドアを開けた。ブービスは床一面に美しく散らばった本のなかに突っ伏していて、死んではいたが満ち足りた表情を浮かべていた。


遺体は火葬され、遺灰はアルスター湖に撒かれた。未亡人となった男爵令嬢が出版社の指導的立場に就き、出版社を売却するつもりがないことを宣言した。ドレスデン出身の若い作家の原稿は忘れ去られたが、この書き手はすでにドイツ民主共和国で検閲によるトラブルを起こしていた。

その記事を読み終わると、アルチンボルディはもう一度読み直し、その後さらにもう一度読み直したあと、震えながら立ち上がり、メソロンギの町を歩き始めた。バイロンの思い出に満ちたこの町を、まるでバイロンが歩き回る以外には何もしなかったかのように、端から端まで、宿屋から酒場まで、路地から小さな広場まで歩き回ることしかしなかったかのように。バイロンが熱病にかかって動けなかったとき、歩き、見て、物事を認識したのはタナトスだったことはよく知られている。タナトスはバイロンを探しに来ただけでなく、観光もしたのだ。タナトスこそが、地上にいるもっとも偉大な旅行者なのだから。

その後、アルチンボルディはお悔やみの言葉を書いた葉書を出版社に送るべきかどうかを考えた。書くべき文言まで想像した。だがその後、そんなことをしても無意味だと思い、何も書かず、何も送らなかった。


ブービスが死んで一年以上が経ち、アルチンボルディはふたたびイタリアで暮らし始めていたが、彼の最新作『帰還』の原稿が出版社に届いた。フォン・ツンペ男爵令嬢は読む気になれなかった。彼女は原稿を校正者に渡し、三か月後に出版する準備を進めるよう命じた。

その後、原稿が入っていた封筒に書かれていた差出人の住所に電報を打ち、翌日ミラノ行きの飛行機に乗った。空港を出て、ヴェネツィア行きの列車にちょうど間に合うように駅に着いた。夕方、カンナレージョ地区のトラットリアでアルチンボルディに会い、最新作の前払い金とそれまでの本で稼いだ印税として小切手を渡した。

かなりの金額だったが、アルチンボルディは何も言わずに小切手をポケットにしまった。その後二人は話を始めた。ポレンタを添えたヴェネツィア風鰯のフライを食べ、白ワインを一本空けた。二人は立ち上がり、最後に会ったときに堪能した雪の日のヴェネツィアとはすっかり変わったヴェネツィアを歩いた。男爵令嬢は、あれ以来ここには来ていないのと言った。「僕が来たのもついこのあいだだ」とアルチンボルディは言った。

二人は、話すことをそれほど必要としていない二人の旧友同士に見えた。暖かい秋が始まったばかりで、寒さをしのぐのに薄手のセーターがあれば十分だった。男爵令嬢はアルチンボルディがまだカンナレージョに住んでいるのかを知りたがった。アルチンボルディはそうだと答えたが、トゥルロナ通りではなかった。

彼には南に行く計画があった。

何年ものあいだ、アルチンボルディの家、彼の所持品は、衣服と五百枚の白紙、そのとき読んでいる本が二、三冊入ったスーツケースと、ブービスに贈られたタイプライターだけだった。スーツケースは右手に持ち、タイプライターは左手に持った。服は少し古くなると捨てた。本は読み終わると他人にやるか、どこでも構わずテーブルに置いていった。長いことコンピュータを買おうとしなかった。ときどきコンピュータを売っている店に足を運び、機能について店員に尋ねたりもした。だが最後の瞬間になるといつも、貯金が心配になった農夫のように店をあとにした。ついにノートパソコンが登場した。そのとき彼はようやくパソコンを買い、たちまち巧みに操るようになった。ノートパソコンにモデムが組み込まれるようになると、アルチンボルディは新しいパソコンに買い替え、インターネットに接続して、珍しいニュースやもう誰も覚えていない名前や忘れられた出来事を調べて何時間も過ごすことがあった。ブービスからもらったタイプライターはどうしたのか？　崖の上から岩の隙間に向かって放り投げたのだ！

ある日インターネットを検索していると、ヘルメス・ポペスクという男に関するニュースを見つけた。その男がエントレスク将軍の秘書だとすぐに分かった。アルチンボルディは、その将軍の磔にされた死体を、一九四四年、ドイツ軍がルーマニアの国境から退却するときに偶然目にしていた。アメリカの検索エンジンでポペスクの伝記的情報を見つけた。ポペスクは戦後、フランスに移住していた。パリでは亡命ルーマニア人のサークルに頻繁に顔を出し、とりわけ、何らかの理由でセーヌ左岸に住んでいる知識人と顔馴染みになった。しかしポペスクは少しずつ、彼の言葉を借りれば、こうしたすべてがばかげたことだと気づく。ルーマニア人たちは腹の底から反共産主義者で、彼らはルーマニア語で文章を書き、彼らの人生は挫折を運命づけられ、その挫折感を慰めてくれるのは宗教的秩序か性的秩序の弱々しい光線なのだ。

ポペスクはやがて実践的な解決方法に出会う。巧みな動き

（不条理に支配された動き）によって、彼は怪しげな商売に、ならず者、スパイ行為、教会、労働許可が混じり合う商売に入り込んだ。金が届いた。両手いっぱいの金。しかし働き続けた。不法滞在のルーマニア人を管理した。そのあとはハンガリー人とチェコ人。そのあとはマグレブ人。ときどき毛皮のコートを着て、幽霊のように、むさ苦しい部屋に行って連中に会った。黒人たちの臭いにむかつきをおぼえたが、嫌いではなかった。こいつらは本当の人間じゃない、というのが口癖だった。その臭いがコートに、サテンのスカーフに染みつくのをひそかに期待していた。彼は父親のように微笑んだ。ときどき泣くことさえあった。ギャングに対しては人が変わった。控えめな態度が特徴だった。指輪や首飾り、光りもの、少しでも金《きん》が入っている装飾品は身につけなかった。

財を成し、その後、さらに財を成した。ルーマニア出身の知識人が彼に会いに来ては金を無心した。出費がかさんでね、赤ん坊のミルク代、家賃、妻の白内障の手術があるんだ。ポペスクは眠って夢を見ているかのようにして聞いていた。彼らが望むものを何でも与えてやったが、ひとつ条件があった。彼らの煩わしい話をルーマニア語では書かせず、それをフランス語で書かせたのだ。あるとき、エントレスクの配下にあったルーマニア第三軍団の、手足を切断された大尉が会いに来た。

大尉がやってくるのが見えると、ポペスクは子供のように椅子から椅子へと飛び移った。テーブルの上に乗ると、カルパティア地方の民俗舞踊を踊った。角で小便をするふりをすると、液体が何滴か垂れた。彼に足りなかったのは、絨毯の上ではしゃぎ回ることだけだった！　手足を切断された大尉も真似ようとしたが、障害のある身体（片足と片腕がなかった）と虚弱（貧血だった）のためにできなかった。

「ああ、ブカレストの夜よ」とポペスクは言った。「ああ、ピテシュティの朝よ。ああ、奪還されたクルージュよ。ああ、トゥルヌ・セヴェリンの空っぽの執務室。ああ、バカウの乳搾りの娘たち。ああ、コンスタンツァの未亡人たちよ」

その後、二人は腕を組んで、エコール・デ・ボザールのすぐそばのヴェルヌイユ通りにあるポペスクのアパルトマンに向かった。二人は話し続け、飲み続け、手足を切断された大尉は、間違いなく英雄的ではあったが不運続きでもあった自分の人生について仔細に語って聞かせる機会を得た。ポペスクは涙を拭いながら話を制し、大尉もエントレスクの磔の処刑を目撃したのかと尋ねた。

「そこにいた」と手足を切断された大尉は言った。「我々はロシアの戦車で逃げた。砲兵隊は全滅だったし、弾がなかったのだ」

「そうか、弾がなかったのか」とポペスクは言った。「で、あなたはそこにいたのですか？」

「そこにいた」と大尉は言った。「祖国の聖なる大地で戦っていた。指揮を執っていたのは何人かのみすぼらしい格好の兵士で、その時点で第三軍団は師団程度の規模まで縮小していた。補給部隊も偵察兵も医者も看護婦もいなくて、文明的な戦争を思い出させるものは何もなかった。いたのは疲れきった男たちだけ、日に日に増えていく気狂い兵士の分遣隊だけだった」

「そうか、気狂い兵士の集団か」とポペスクは言った。「で、あなたはそこにいたのですか？」

「まさにそこにいた」と大尉は言った。「我々は皆、待っていたのだ。我々はエントレスク将軍に従っていた。我々は皆、待っていたのだ。アイデアを、説教を、山を、輝ける洞窟を、雲のない青い空に稲妻が走るのを、突然の稲妻が走るのを、情け深い言葉を」

「そうか、情け深い言葉か」とポペスクは言った。「で、そこでその情け深い言葉を待っていたのですか？」

「乾天の慈雨のように」と大尉は言った。「私は待っていたし、大佐も待っていた。我々と一緒に行動していた将軍も待っていた。髭も生えていないような若い中尉も待っていた。気狂い兵士たちも、軍曹も、三十分もすれば脱走を始める兵士たちも、乾いた土地でライフルを引きずって脱走していく兵士たちも、西なのか東なのか、北なのか南なのか、どこを目指しているか分からないまま姿を消した兵士たちも、正確なルーマニア語で遺作となる詩を、母親に手紙を、もう二度と会えない恋人に涙で濡れたメモを書きながら残っていた兵士たちも」

「そうか、手紙とメモ、メモと手紙か」とポペスクは言った。「あなたも抒情的な気分になったのですか？」

「いや、私には紙もペンもなかった」と大尉は言った。「私にはやるべきことがあった。部下がいたし、何かをしなければならなかったが、何をすべきかよく分からなかった。第三軍団は田舎の屋敷の周囲に駐軍していた。家というよりは城だったな。私は無傷の兵士を厩舎に、病気の兵士は別の馬小屋に落ち着かせなければならなかった。穀物倉庫には気狂い兵士たちを入れて、もし気狂い兵士たちの狂気が狂気を超えて狂気でなくなるようなことがあれば火を放てるよう適切な措置をとった。私は大佐と話をして、この田舎の屋敷には食糧が何もないことを伝えなければならなかった。すると大佐は私の将軍と話さなくてはならなくなり、病気だった私の将軍は階段を上り、城の二階に行って、エントレスク将軍に、もうこれ以上はもたない、私たちはもはや腐敗しかけている、撤収して無理にでも西に向かったほうがいいと伝えた。しかしエントレスク将軍は、ドアを開けることもあったが、返事をしないこともあった」

「そうか、返事をしたりしなかったりだったのか」とポペスクは言った。「で、あなたはそのとき起きたことすべてを目にしたのですか？」

「目にしただけじゃない、耳でも聞いていた」と大尉は言った。「私と、第三軍団のうちの三つの師団の将校たちはあっけに取られ、どうしていいか分からなかった。泣いている者もいたし、洟をすすっている者もいたし、犠牲と功績によって世界の導き手であるに違いないルーマニアの苛酷な運命を嘆いている者もいたし、爪を嚙んでいる者もいるという具合で、全員が意気消沈、すっかり気落ちして、何もやる気が起こらず、ついに予感していたことが起きた。私はそれを見ていない。気狂い兵士たちの数が正気の兵士たちの人数を上回ったのだ。奴らは穀物倉庫から飛び出した。何人かの下士官は十字架を作り始めた。私の将軍だったダニレスク将軍は八人の部下を従えて、もう出発したあとだった。夜明けに、誰にも何も言わずに杖にすがって北に向かったのだ。いっさいが起きたとき、私は城にいなかった。一度も使われなかった防御壁を用意しながら、何人かの兵士と一緒にいた。塹壕を掘っていたら骨が出てきたのを覚えている。病気に罹った牛だ、と兵士の一人が言った。人間の死体だ、と別の一人が言った。犠牲の羊だ、と最初の兵士が言った。いや、人間の死体だ。掘り続けろ、と私は言った。気にするな、掘り続けろ。だが私たちが掘っていた場所からはもっとたくさんの骨が出てきた。これはいったいどういうことだ？　と私は怒鳴った。なんて変な土地なんだここは！　と大声で叫んだ。兵士たちは城の周りに塹壕を掘るのをやめた。騒ぎが聞こえたが、何が起きているのかを見に行くだけの気力がなかった。兵士の一人は、仲間が食糧を見つけて祝っているのだろうと言った。あるいはワインかもしれない。ワインだった。酒蔵は空っぽにされ、全員分のワインがあった。その後、塹壕のひとつに腰を下ろして、頭蓋骨をじっと見つめていると十字架が見えた。気狂い兵士たちの一団が城の中庭を運び歩いている巨大な十字架が。我々が掘っているところはどうやら墓地のようだし、たぶん墓地だろうから、塹壕を掘ることはできないという知らせとともに私たちが戻ったときには、すべてが終わっていた」

「そうか、すべてが終わっていたのか」とポペスクは言った。「磔にされた将軍の身体は見ましたか？」

「見た」と大尉は言った。「我々は全員それを見た。エントレスク将軍が今にも息を吹き返して我々のしたことを非難し始めるような気がしたので、全員出発し始めた。私が出発する前に、やはり逃亡中だったドイツ軍の哨戒隊がやってきた。ロシア軍が二つ先の村にいるが、住民を捕虜にはしていないと私たちに言った。その後ドイツ兵たちは出発して、少しあとに、我々も進んだ」

ポペスクは今度は何も言わなかった。

二人とも少しのあいだ黙り込んでいた。その後、ポペスクはキッチンに行き、大尉のためにステーキ肉を焼き始め、キッチンから、焼き具合はレアかウェルダンのどちらがいいかと訊いた。

「ミディアムレアだ」と大尉は、まだあの忌まわしい日の思い出に浸りながら言った。

その後、ポペスクは大きなステーキにペッパーソースを添えて出し、肉を小さく切ってやった。大尉は上の空で礼を言った。食事のあいだは誰も話をしなかった。ポペスクは電話をかけるからと言って、何秒か席を外した。戻ってくると、大尉は肉の最後のひと切れを味わっているところだった。ポペスクは満足げに微笑んだ。大尉は何かを思い出そうとしているのか、どこかが痛むのか、手を額にやった。

「もししたいのならげっぷしてもいいですよ、善き友よ」とポペスクは言った。

大尉はげっぷをした。

「こういう肉を最後に食べたのはいつですか?」とポペスクは言った。

「何年も前だ」と大尉は言った。

「うまかったですか?」

「ああ」と大尉は言った。「とはいえ、エントレスク将軍の話をするのは、長いあいだ鍵が掛かったままのドアを開けるようなものだったがな」

「気を楽にしてください」とポペスクは言った。「周りには同国人たちしかいないんだから」

同国人たち、と複数形が使われたことで大尉はぎょっとしてドアのほうを見たが、明らかに部屋にはその二人しかいなかった。

「レコードをかけましょう」とポペスクは言った。「グルックでもどうですか?」

「聞いたことのない作曲家だな」と大尉は言った。

「バッハにしますか?」

「ああ、バッハは好きだ」と大尉は目を半分閉じながら言った。

ポペスクは、戻ってくるとコニャックのナポレオンをグラスに注いで出した。

「何か不安なことはありますか? 何か気がかりなこととか、話したいこと、私に何か手伝えることはありませんか?」

大尉は口を開きかけたが、その後閉じて首を横に振った。

「いや、何もいらないよ」

「何も、何も、何も」肘掛け椅子にゆったりと座っていたポペスクはくり返した。

「骨だ、骨」と大尉はつぶやいた。「なぜエントレスク将軍は、周囲が骨だらけの城に我々を駐留させたのか?」

沈黙。

「きっと自分が死ぬと分かっていて、自分の家で死にたかったんでしょう」とポペスクは言った。

「どこを掘っても骨が出てきたんだ」と大尉は言った。「城の周りは人骨であふれていた。塹壕を掘れば必ず手の骨や腕の骨や頭の骨が出てきたんだ。あそこはいったいどんな土地なんだ? あそこで何があったんだ? それに気狂い兵士たちの十字をあそこから見たとき、どうして旗のように波打っていたのか?」

「目の錯覚ですよ、きっと」とポペスクは言った。

「分からない」と大尉は言った。「私は疲れた」

「そうです、あなたは疲れているんですよ、大尉、目を閉じては」とポペスクは言ったが、大尉はすでにかなり前から目を閉じていた。

「私は疲れた」と彼はくり返した。

「ここにいるのはあなたの仲間たちです」とポペスクは言った。

「長い道のりだった」

ポペスクは黙って頷いた。

ドアが開いて二人のハンガリー人が入ってきた。ポペスクは目を向けもしなかった。三本の指、親指と人差し指と中指を使って、口と鼻のすぐ近くでバッハのリズムを追っていた。ハンガリー人は黙ってそれを見つめ、合図を待っていた。大尉は眠り込んでいた。レコードが終わると、ポペスクは立ち上がり、足音を忍ばせて大尉に近づいた。

「見下げ果てた野郎だな」と彼はルーマニア語で言ったが、荒っぽい言い方ではなく、思慮深い口調だった。

彼はハンガリー人たちに合図を送って、近づくよう命じた。大尉の両側にそれぞれがついて、大尉を持ち上げ、ドアまで引きずった。大尉はますます大きくいびきをかき始め、彼の義足が外れて絨毯に落ちた。ハンガリー人たちは大尉を床に寝かせ、もう一度はめようとしたが無駄だった。

「下手くそめ」とポペスクは言った。「俺にやらせろ」

ポペスクは一瞬にして、人生でほかのことをしたことがないのではないかというほど巧みに義足を元の場所に取りつけ、その後、調子づいてついでに義手も調べた。

「途中で落ちないようにしろよ」と彼は言った。

「心配いりません」とハンガリー人の一人が言った。

「いつもの場所まで?」

「いや」とポペスクは言った。「こいつはセーヌ河にでも投げ込んだほうがいい。二度と浮かんでこないようにしろよ!」

「もちろんです」と、先に話したほうのハンガリー人が言った。

その瞬間、手足を切断された大尉が右目を開けて、しゃがれ声で言った。

「骨、十字架、骨」

もう一人のハンガリー人が優しくまぶたを閉じてやった。

「心配するな」とポペスクは笑った。「奴は寝てる」

何年も経って、財産をかなり貯めこんだころ、ポペスクはアスンシオン・レイエスという名の中央アメリカ出身の女優に恋をし、この類まれな美女と結婚した。(フランス映画であれ、イタリア映画であれ、スペイン映画であれ)ヨーロッパ映画におけるアスンシオン・レイエスのキャリアは短かったが、彼女が開いたパーティーと彼女が出席したパーティーの数は文字どおり数えきれないほどだった。ある日、アスンシオン・レイエスは彼に、それほどの財産があるのなら自分の祖国のために何かをしてほしいと言った。ポペスクは最初、彼女がルーマニアのことを言っているのだと思ったが、それがホンジュラスのことだとあとになって気がついた。そこで、その年のクリスマスに妻とテグシガルパに旅立った。その街は、奇抜なものやコントラストを賛美するポペスクの目に、明瞭に区別された三つのグループというか一族のように映った。国民の大多数である先住民、病人、そして実際は混血《メスティーソ》だがいわゆる白人と呼ばれている人々で、彼らが権力を握っている少数派だった。

誰もが感じがよく、堕落していて、暑さと栄養のある食事のせい、あるいは栄養のある食事が欠けているせいで、悪夢へと向かっている人々だった。

ひと儲けできそうだ、と彼はすぐに気づいたが、ホンジュラス人は、ハーヴァード大学で教育を受けた者も含めて、盗み、それも暴力的な強奪に向かいがちだったので、ポペスクは当初の考えを忘れようとした。しかし、アスンシオン・レイエスが譲らなかったので、二度目のクリスマス旅行の際、唯一信頼を置いていたホンジュラスの教会の権威に接触した。いったん接触が終わり、テグシガルパの何人かの司教や大司教と話す機会を持ったのち、ポペスクは経済のどの分野に投資しようかと考えてみた。その国で唯一機能し、利益を生んでいた分野はすでにアメリカの手に握られていた。しかし、ある晩、大統領と大統領夫人との夜会の最中に、アスンシオン・レイエスはまたとないアイデアを思いついた。テグシガルパにパリのような地下鉄があったら素敵だわ、と思ったのだ。ポペスクは何かに怖気づくような性格ではなかったし、このうえなく突飛なアイデアにも利益を見通す力があったので、ホンジュラス大統領の目をじっと見つめ、私が建設を請け負っても構わないと言った。誰もがその計画に熱狂した。ポペスクは仕事に取りかかり、金をもうけた。大統領も大臣も秘書も利益を得た。経済的には教会にも恵みがあった。セメント工場ができ、フランスとアメリカの企業と契約が結ばれた。死者が何名か、行方不明者が数名出た。長々しい前置きが十五年以上続いた。ポペスクはアスンシオン・レイエスといることで幸せを見いだしたが、やがてそれを失い、離婚した。テグシガルパの地下鉄のことは忘れた。パリの病院で穏やかに眠っているとき、死が突然彼を襲った。

アルチンボルディはドイツの作家とはほとんど付き合いがなかった。理由はいろいろあったが、ひとつには、ドイツの作家が海外に出かけたとき常宿にするホテルが彼の泊まるようなホテルではなかったからだ。とはいえ、ある著名なフランスの作家と知り合ったことがあった。彼より年長で、文芸評論で名声と評判を勝ち得ていたこの作家は、アルチンボルディに、行方をくらましたヨーロッパの作家が避難している館があると教えてくれた。このフランス人作家も行方をくらました作家だったので、何の話をしているのかは心得ていた。そこでアルチンボルディはその館を訪問することにした。

独り言を話す運転手がハンドルを握るおんぼろのタクシーに乗って二人がそこに着いたのは夜だった。タクシーの運転手は同じことを何度も言い、悪態をつき、また同じことをくり返し、自分に腹を立てていたので、アルチンボルディはついに耐えられなくなり、黙って運転に集中してくれないかと言った。老文芸評論家はどうやら運転手の独り言を気にしていないらしく、アルチンボルディがタクシー運転手を、しかも村でたった一人の運転手を怒らせたのだと言わんばかりに、非難めいた眼差しをうっすらと彼に向けた。

行方不明の作家たちの住む館は、木々や花が植わった広大な庭に囲まれていて、白く塗られた鉄製のテーブルやパラソルやデッキチェアが両脇に並んだプールまであった。館の裏手にある、樹齢数百年のオークの木陰にはペタンクのできる場所があり、その向こうは森だった。二人が着いたとき、行方不明の作家たちは食堂にいて、夕食をとりながらテレビでニュース番組を見ていた。作家の数は多く、ほとんどがフランス人で、そのことにアルチンボルディは驚いた。フランスにこれほど多くの行方不明作家がいるとは想像もしていなかったからだ。だが何より気になったのは女性の数だった。年配の女性ばかりが大勢いた。きちんとした服装の、上品とさえ言える者もいれば、明らかに見捨てられた状態の者もいた。汚れたガウン、スリッパ、膝までの長い靴下、化粧っ気はなく、白髪は自分で編んだに違いない毛糸の帽子に押し込まれていて、きっと詩人だろう、とアルチンボルディは思った。

テーブルは、少なくとも形だけは、白衣を着た二人の使用人によって整えられていたが、食堂は実際のところ自由なビュッフェ式になっていて、作家たちはそれぞれ自分のトレイを持って自分の食べたいものを取っていた。我々の小さなコミュニティはどうだい？　たまたまそのとき、食堂の奥で作家の一人が失神したか何かの発作に襲われ、二人の使用人が蘇生させようとしていたために文芸批評家は笑いながら小声でアルチンボルディに尋ねた。アルチンボルディはまだ意見を言うには早いと答えた。その後、空いているテーブルを探し、ゆで卵と子牛のステーキに添えてマッシュポテトとほうれん草か何かを皿に盛った。飲み物は、濃厚で土の味のするその地方のワインを小さなグラスに一杯注いだ。

食堂の奥では、失神した作家を白衣を着た二人の若者が蘇生させようとしていて、二人の使用人と五人の行方不明の作家がそれを眺めていた。食事が終わると、文芸評論家は滞在手続きをするため、アルチンボルディをフロントに連れていった。誰もいなかったのでテレビが置いてあるホールへ行った。そこでは何人かの行方不明作家たちがうとうとしていて、テレビではアナウンサーが、フランスの映画界とテレビ界の有名人たちの恋愛のもつれや流行について話していたが、アルチンボルディにはその多くが初めて耳にするものばかりだった。その後、文芸評論家はアルチンボルディを寝室に案内した。小さなベッドと机、椅子、テレビ、クローゼット、小型冷蔵庫、シャワー付きの浴室がある質素な部屋だった。

窓は庭に面し、庭の照明はまだ点いたままだった。花と湿った草の香りが部屋に漂ってきた。遠くで犬が吠えているのが聞こえた。アルチンボルディが点検しているあいだ、戸口に立っていた文芸評論家は部屋の鍵を渡しながら、ここにいても幸せは見つからないかもしれないが、そんなものがあるなんて私は信じちゃいないがね、平和と静けさだけはきっと見つかるはずだよと言った。その後、アルチンボルディは文芸評論家と一緒に、一階にある彼の部屋まで下りてみた。その部屋はアルチンボルディに充てられた部屋と、家具や大きさだけでなく殺風景な様子までそっくりだった。文芸評論家もここに来たばかりだと皆は言うだろうな、とアルチンボルディは思った。本はなく、脱ぎ散らかした服もなく、ゴミも私物もなく、彼の部屋とどこも違いがなかったが、唯一の例外はナイトテーブルの上の白い皿に載ったリンゴだった。

彼の考えを読んでいるかのように、文芸評論家はアルチンボルディの目を見た。途方に暮れた眼差しだった。僕が何を考えているか彼は分かっている、そして彼も今、同じことを考えていて、僕の考えがまとまらないように彼も考えがまとまらないのだ、とアルチンボルディは思った。実際、二人の眼差しは当惑というよりは哀しみをたたえていた。でも白い皿の上にリンゴがある、とアルチンボルディは思った。

「そのリンゴは夜になると香りがする」と文芸評論家は言った。「明かりを消すときだ。ランボーの『母音』のように香るんだ。だが最後にはすべてが沈む」と文芸評論家は言った。「痛みに沈む。あらゆる雄弁さは痛みなのだ」

分かります、とアルチンボルディは言ったが、何も分かっていなかった。その後二人は握手して、文芸評論家はドアを閉めた。まだ眠くなかったので（アルチンボルディは少ししか眠らなかったが、ときには十六時間ぶっ通しで眠ることもできた）、館のさまざまな付属施設を散歩しに行った。

テレビのあるホールには、三人の行方不明作家しかいなかった。三人ともぐっすり眠り込んでいて、テレビに映っている男は殺される寸前らしかった。アルチンボルディはしばらくその映画を見ていたが、やがて退屈したので誰もいない食堂へ行き、その後廊下をいくつか渡り、ジムかマッサージルームのようなところに着いた。そこでは白いTシャツとズボン姿の若い男がベンチプレスをしながらパジャマ姿の老人と話をしていて、二人はアルチンボルディが入ってくると横目でちらりと見て、彼がいないかのようにそのまま話を続けた。ベンチプレスの男は館の使用人らしく、パジャマの老人は行方不明の作家というよりも、忘れられてしかるべき作家、才能がなく運がなく、たぶん生まれる時代を間違えた典型的なフランスの作家に見えた。

裏口から館を出ると、照明に照らされたポーチの端にある揺り椅子に二人の老婆が並んで座っているのが見えた。一人は浅瀬の川底を流れる小川の水のように優しい歌うような声で話していて、もう一人は押し黙ったままペタンクのコートの向こうに広がる森の暗闇を見つめていた。話をしている老婆は自分の詩のなかで語ることができず、語るべきことをたくさん抱えた抒情詩人のように見え、押し黙ったほうの老婆は意味のないフレーズや意味のない言葉に疲れた高名な小説家のように見えた。話をしているほうの老婆は、子供っぽいとは言わないまでも若作りな服装だった。黙っているほうの老婆は、安手のガウンにスニーカーにジーンズという格好だった。

アルチンボルディがフランス語で挨拶をすると、老婆たちは揃って彼を見た。一緒にいかがと誘うように微笑みかけてきたので、アルチンボルディはそれに応じた。

「この館ではこれが初めての夜かしら?」と若作りの老婆が訊いた。

彼が答える前に、物静かな老婆が口を開き、いい季節になってきたから、この分ならすぐに半袖のシャツを着られるようになるわねと言った。アルチンボルディはそうですねと言った。若作りの老婆は、自分の手持ちの服を考え直してみたのか、笑いを浮かべてから、仕事は何をしているのかと訊いた。

「小説家です」とアルチンボルディは言った。

「でもあなたはフランス人ではないわね」と物静かな老婆が言った。

「そのとおり、僕はドイツ人です」

「バイエルンのご出身?」と若作りの老婆が知りたがった。

「いつだったかバイエルンに行ったことがあるけれど、すばらしいところだったわ。何もかもロマンティックで」と若作りの老婆が言った。

「いえ、僕は北部の出身です」とアルチンボルディは言った。

若作りの老婆は寒気がするかのようなそぶりをした。

「ハノーファーにも行ったわ。あちらかしら?」

「だいたいそんなところです」とアルチンボルディは言った。

「あそこの食べ物はひどかったわ」と若作りの老婆が言った。

その後、アルチンボルディが二人の仕事について尋ねると、若作りの老婆は昔ロデーズで美容師をやっていたのだが、結婚してからは夫と子供が働かせてくれなくて、と答えた。もう一人の老婆はお針子だったが、仕事について話すのは嫌いだと言った。なんておかしな女たちだ、とアルチンボルディは思った。二人に別れを告げて庭に入り、館から次第に離れていった。館の明かりはまだところどころ点いていて、新しい訪問客を待っているかのようだった。あてもなく歩いていたが、夜と田舎の匂いを楽しみながら正面の入口に着いた。木製のドアはきちんと閉まっていなかったので誰でも入ることができた。横に、文芸評論家と一緒に着いたときには気づかなかった看板が掛かっていた。看板にはそれほど大きくない黒っぽい文字で、〈メルシエ・クリニック　療養所兼神経医療センター〉と書かれていた。文芸評論家は自分を精神病院に連れてきたのだとすぐに分かったが驚かなかった。少しして館内に戻り、階段を上って自分の部屋に行き、スーツケースとパソコンをまとめた。出発する前に文芸評論家に会おうと思った。ノックしたが返事がなく、彼は部屋に入った。

文芸評論家は熟睡していた。部屋の明かりは全部消されていたが、カーテンを引いていない窓から正面のポーチの明かりが差し込んでいた。ベッドはほとんど乱れていなかった。文芸評論家はハンカチに包まれた一本の煙草のように見えた。かなりの歳だな、とアルチンボルディは思った。その後、音を立てずに館を出た。ふたたび庭を横切ったとき、白い服の男が敷地の脇を全速力で走り、森との境界で木々の幹の影に身を隠すのが見えたような気がした。

クリニックの外の道路に出てようやく歩調を緩め、息を整えようとした。舗装されていない道は、森となだらかな丘を抜けるように走っていた。ときどき一陣の風が吹いて木の枝を揺すり、彼の髪が乱れた。風は熱を帯びていた。あるところで橋を渡った。村のはずれに着くと犬が吠え始めた。クリニックまで乗ったタクシーが駅前の広場に横づけしているのを見つけた。運転手はいなかったが、車の脇を通り過ぎると後部座席で人影が動いて、ときどき悲鳴を上げているのが分かった。駅の入口は開いていたが、切符売り場はまだ閉まっていた。ベンチでは、三人のマグレブ人が座って話をしながらワインを飲んでいた。頷き合って挨拶を交わし、アルチンボルディは線路に出た。列車が二台、格納庫のそばで止まっていた。駅の待合室に戻ってみると、マグレブ人の一人はいなくなっていた。反対側に座って切符売り場が開くのを待った。その後どこかに行く切符を買って村をあとにした。

アルチンボルディの性生活は、住まいを構えたさまざまな街の娼婦との付き合いに限られた。金を要求しない娼婦もいた。初めのうちは要求したが、アルチンボルディの姿が風景の一部になっていくとやがて要求しなくなり、あるいは必ずしも要求しなかった。そのことがときどき誤解を生み、暴力的に解決された。

このころ、アルチンボルディがそれなりに途切れることなく連絡を取り続けていたのはフォン・ツンペ男爵令嬢ただ一人だった。やりとりはたいてい手紙で行なわれたが、ときおり男爵令嬢がアルチンボルディの住んでいる都市や町に出向くこともあり、もう打ち明ける秘密も大してなくなった元恋人同士のように仲良く腕を組んで長々と散歩した。その後、アルチンボルディは男爵令嬢を、その都市や町で最高級のホテルまで送り、二人は頬にキスをして別れ、あるいはその日がとりわけ憂鬱であれば抱き合ってから別れた。翌日、男爵令嬢は朝一番に、アルチンボルディが起きてホテルまで迎えに来るはるか前にいなくなっていた。

手紙では様子が違っていた。男爵令嬢はかなり年齢を重ねてからも営みを続けていたセックスについて語り、次第に痛々しく弱々しくなっていく愛人たちについて語り、十八歳のときのように笑って楽しく過ごすパーティーについて語った。アルチンボルディが聞いたことのない、だが男爵令嬢によれば当時ドイツとヨーロッパでは有名だった人々について語った。もちろんアルチンボルディはテレビを見なかったし、ラジオも聞かず新聞も読まなかった。壁の崩壊を、その晩ベルリンにいた男爵令嬢の手紙で知った。ときどき、男爵令嬢は感傷に負けて、アルチンボルディにドイツに戻ってきてほしいと頼んだ。もう戻ってきている、とアルチンボルディは返事を送った。もうドイツを出ていかないでほしいの、と男爵令嬢は書いた。もっと長くいて。あなたは有名人なのよ。記者会見も悪くないわ。あなたにはちょっと荷が重いかもしれないけれど。でもせめて知名度のある新聞の文化部の記者に独占インタビューを受けるとか。そういうのは僕の最低の悪夢のなかだけにしてほしいね、とアルチンボルディは手紙に書いた。

ときどき二人は聖人について話した。というのも、激しい性生活を送る女によくあるように、男爵令嬢には神秘主義的な傾向があったからだが、このかなり純粋な傾向は美学的な方法で、あるいは中世の祭壇画や彫刻の収集家の衝動を通じて解消された。二人は一〇六六年に死んだエドワード懺悔王について、自分の王の指輪を施しとして、ほかならぬ福音記者ヨハネに与えた人物について話した。聖ヨハネはもちろん、数年後、聖地出身の巡礼者を通じてそれを返すことになる。二人はペラギアあるいはペラヤというアンティオキアの踊り子について話した。この踊り子はキリスト教を学ぶときに、名前を何度も変え、そのうち自分を男として通すようになり、数えきれないほどの人格をまとうようになったが、それはまるで正気か狂気の発作により、自分の舞台は地中海全体で、自分のたったひとつの迷宮的な演技はキリスト教であると決めたかのようだった。

歳とともに、いつも手書きだった男爵令嬢の筆跡は震えるようになっていった。ときおり判読不能の手紙が届いた。アルチンボルディには、どうにかいくつかの言葉が読みとれただけだった。賞、名誉、栄誉、候補者。誰の賞なのか、彼の賞、男爵令嬢の賞？　どう考えても彼の賞だった。というのも男爵令嬢は彼女なりにきわめて謙虚な人間だったからだ。また別の手紙ではこのように読み取れた。業績、出版、出版社の光。それはハンブルクの光で、全員が出払っていて、彼女と秘書だけが残っているとき、秘書は彼女が階段を下りて通りに出るのを助け、そこでは霊柩車に似た車が待っているのだった。しかし男爵令嬢はいつも立ち直り、そうした瀕死の手紙のあとにはジャマイカやインドネシアから絵葉書が届き、男爵令嬢はもっとしっかりとした筆跡で、アルチンボルディが地中海から出たことがないのを承知で、アメリカ大陸やアジアに行ったことがあるかと尋ねていた。

　ときおり、手紙の間隔が開くことがあった。アルチンボルディは住所を変えると、それは頻繁にあることだったが、新しい住所を書いて送った。ときどき、彼は夜になると突然、死を思って目が覚めたが、手紙でそのことに触れるのは避けた。いっぽう男爵令嬢は、アルチンボルディよりも年齢が上だったからかもしれないが、しばしば死について語り、かつての知り合いで今は亡き人々、かつて愛したが今は亡き人々、ただの骨か灰の塊になってしまった人々、一度も知らずに終わったが、できることなら自分の腕に抱いてあやしたり育てたりしてみたかった亡き子供たちに言及した。そんなとき、彼女の頭がおかしくなりかけていると思う者もいたかもしれないが、アルチンボルディには彼女がつねに精神の均衡を保っていて、正直で誠実であることが分かっていた。実際、男爵令嬢はめったに嘘をつかなかった。すべては彼女が土埃を巻き上げながら、友人たちと連れ立って田舎にある自分の一族の別荘に来ていたころから明らかだった。ベルリンでの無知で高慢な輝ける青春時代、アルチンボルディは彼女を遠くから、家の窓から、彼女が友人たちと笑いながら車から降りてくるのを眺めていた。

　あるとき、当時のことを思い出したアルチンボルディは、従弟のフーゴ・ハルダーについて何か知っているかと尋ねてみた。男爵令嬢は、何も知らない、戦争が終わってから、フーゴ・ハルダーについては何も知らされていないと答えた。アルチンボルディは少しのあいだ、二、三時間だったかもしれないが、本当は自分がフーゴ・ハルダーなのだという空想にふけった。また別のときには、アルチンボルディの本の話になった。男爵令嬢は、自分はあなたの本を一冊も読んだことがない、あなたが書くような「難しい」、「暗い」小説はめったに読まないからと打ち明けた。そのうえ、歳とともにこの読書習慣は定着し、七十歳になってからの彼女の読書の領域はファッション雑誌かニュース雑誌に限られていた。アルチンボルディは、読みもしないのにどうして自分の本を出版し続けるのかと尋ねたが、それはむしろ形だけの質問で、彼にはその答えが分かっていた。男爵令嬢は、（a）それがよいものだと分かっているから、（b）ブービスがそのように指示したから、（c）自分が出版している本を読む出版人はほとんどいないからだと答えた。

　この点に至ると、ブービスが死んだとき、男爵令嬢が出版社の陣頭指揮を取ることになると思った者はまずいなかったと言わざるをえない。彼女は出版社を売却し、誰でもそれが彼女の一番の趣味だと知っている愛人との情事と旅行に専念するものと思われていた。しかしながら、男爵令嬢は出版社の手綱を握り、出版社の質は少しも落ちることはなかった。それは、彼女が自ら善き読者に囲まれていることを知っていて、また純粋に経営者としても、それまで誰も彼女に見いだしたことのなかった素質を発揮したからだった。一言で言えば、ブービスの事業は成長し続けていた。ときどき男爵令嬢はアルチンボルディに、半ば冗談、半ば本気で、あなたがもっと若かったら、あなたをわたしの遺産相続人に指名するでしょうねと言った。

男爵令嬢が八十歳になると、この問題はハンブルクの文学界でいよいよ深刻なものになった。彼女が死んだらブービスの出版社を誰が継ぐのだろう？　誰が正式な彼女の相続人として指名されるのだろう？　男爵令嬢は遺言を書いたのだろうか？　彼女はブービスの資産を誰に遺すのだろう？　親戚はいない。最後のフォン・ツンペが男爵令嬢だった。ブービスの側は、イギリスで死んだ最初の妻を除いて、家族は全員、強制収容所に消えていた。ブービスも男爵令嬢も子供はいなかった。兄弟姉妹もいとこも（もはや死んでいたであろうフーゴ・ハルダーを除いて）いなかった。姪や甥も（フーゴ・ハルダーに子供がいないかぎり）いなかった。男爵令嬢は出版社以外の財産をすべて慈善事業に寄付するつもりで、NGOの風変わりな代表が何人か、ヴァチカンやドイツ銀行を訪れる者のように彼女の執務室を訪れているという噂がささやかれた。出版社を相続できる候補者も少なくなかった。もっとも話題になったのは、『ヴェニスに死す』のタージオ似で水泳選手のような体つきの二十五歳の若者だった。詩人で、かつゲッティンゲン大学助教授でもあった彼を、男爵令嬢は出版社で刊行する詩のコレクションの編者として登用していた。しかしすべては結局、憶測の域を出なかった。


「わたしは絶対に死なないわ」と、あるとき男爵令嬢はアルチンボルディに言った。「でなければ九十五歳で死ぬの。それは死なないのと同じことよ」

二人が最後に会ったのは、イタリアの幽霊のような街でのことだった。フォン・ツンペ男爵令嬢は白い帽子をかぶり、杖を使っていた。彼女はノーベル賞の話をし、また行方不明の作家について苦々しく語った。彼女はそれをヨーロッパ的というよりもアメリカ的な因習、慣習、あるいは悪ふざけと見なしていた。アルチンボルディは半袖のシャツを着ていて、彼女の話に注意深く耳を傾けていたが、それは耳が遠くなりかけていたからだった。彼は笑った。


そして我々はついにアルチンボルディの妹、ロッテ・ライターに至る。

ロッテは一九三〇年に生まれ、兄と同じように金髪で青い目をしていたが、背は兄ほど伸びなかった。アルチンボルディが戦争に行ったとき、ロッテは九歳で、一番の願いは、兄が賜暇を与えられて、胸に勲章をたくさんつけて家に戻ってくることだった。ときどき兄の声を夢のなかで聞いた。巨人の足音。ドイツ国防軍で一番大きな長靴、あまりに大きいので、彼のために特別に誂える必要があったその長靴を履いた大きな足が野原を踏みしめる。池もイラクサも何のその、両親と彼女が眠る家に向かってまっすぐに。

目が覚めると、あまりに大きな悲しみに襲われて、彼女は必死に涙をこらえた。また、自分も戦争に行く夢を見ることもあった。その挙句、戦場で弾丸を浴びた兄の死体を見つけるのだ。ロッテはときどき、こういう夢を見たと両親に打ち明けた。

「ただの夢だよ」と片目の女は言った。「そんな夢を見るんじゃないよ、子猫ちゃん」

一方、片足の男は、たとえば死んだ兵士の顔について、どうだった？　どんなふうだった？　眠っているようだったか？と細かく尋ね、ロッテはそれに答えて、うん、そうだったわ、まるで眠っているみたいだったと言い、すると父親は違う違うと首を振って言った。だったら死んでいないんだよ、ロッテ。死んだ兵士の顔っていうのはな、どう説明したらいいかな、いつだって汚いんだ。まるで一日中激しい仕事をして、一日が終わると顔を洗う時間もないみたいに。

しかし、夢のなかの兄の顔はいつもすばらしく清潔で、悲しげだが決然とした表情を浮かべ、まるで死んでいるにもかかわらず、まだ多くのことができるかのようだった。ロッテは心の底で、兄にはどんなことでもできると信じていた。そして彼の足音を聞こうとつねに注意を払っていた。ある日、大男の足音が村に近づいてくる、家に近づいてくる、畑に近づいてくる、彼女はそこで待っていて、兄は、戦争は終わったよ、帰ってきたよ、もうここを離れない、この瞬間から何もかもが変わるんだと言う。でもいったい何が変わるのだろうか？　それは分からなかった。

ところで戦争はちっとも終わらず、兄の一時帰宅も次第に間隔が開いていき、やがて帰ってこなくなってしまった。ある晩、母親と父親が息子の話をし始めた。娘がベッドで褐色の毛布を鼻のところまで掛け、目を覚まして両親の話を聞いているとは知らず、二人は息子がもう死んでいるかのように話していた。だが、ロッテは兄がまだ生きていると知っていた。彼女は巨人は決して死なないと思っていたからで、あるいは死ぬとしても、それはとても歳をとってからのことだった。あまりに歳をとると、死んだのかどうか気がつかず、家の戸口か木の下に腰を下ろして眠り始めると、もうそのときには死んでいるのだ。

ある日、一家は村を離れなければならなくなった。両親によれば、戦争が近づいているのでそうするほかなかった。ロッテは、戦争が近づいているのなら、兄も近づいているはずだ、太った女の人の体内で胎児が生きているように、兄も戦争の内部で生きているのだからと思った。彼女はハンスがすぐ近くに姿を現わすに違いないと考えたので、自分が連れていかれないように隠れてしまった。両親は何時間も探し回った挙句、夕方になって片足の父親が森に隠れている娘を見つけ、引っぱたいて引きずり出した。

海沿いに西に向かって遠ざかっていくあいだに、二つの縦隊とすれ違った。ロッテは大きな声で自分の兄を知っているかと尋ねた。最初の縦隊はあらゆる年齢の人々、父親くらい歳をとった人や十五歳の少年で構成されていた。なかには軍服が半分ちぎれた兵士もいて、目的地に行きたそうな者は誰もいなかったが、ロッテの質問には皆礼儀正しく答えてくれて、君のお兄さんのことは知らないし見たこともないと言った。

二つ目の縦隊は幽霊たち、墓場から出てきたばかりの死者や、灰色や緑青色の制服を着て鋼のヘルメットをかぶった亡霊たちから成っていた。皆の目には見えなかったが、ロッテだけは彼らの存在が見えて、ロッテはもう一度同じ質問をくり返した。これに対して何人かの奇妙な格好の人たちが答えてくれて、ああ知ってるよ、ソビエトで会った、臆病者みたいに逃げ回っていたな、とか、ドニエプル河で泳いでいるのを見たが、その後溺れ死んだんだよな、当然だよな、とか、カルムイクの大草原《ステップ》で喉が渇いて死にそうだと言わんばかりに水をがぶ飲みしているのを見た、とか、ハンガリーの森に隠れているところを見た、どうやったら自分のライフルで自殺できるか考えていたな、とか、墓地のはずれで見たな、あの弱虫野郎、墓地に入ろうともせず、歩き回っていて、夜になって墓地から身内がいなくなってやっと、あのおかま野郎、うろうろ歩き回るのをやめて、鋲が打ってある長靴をはげ落ちた赤い煉瓦の塀に引っ掛けてよじ登ると、鼻と青い目を向こう側、死者のいる側にのぞかせたんだが、そこにはグローテ家、クルーゼ家、ナイツケ家、クンツェ家、バルツ家、ヴィルケ家、レムケ家、ノアック家の者が眠っていて、慎み深いラデンティーンと勇敢なフォスがいた。そのあと奴は大胆になって、塀の上に登ると、長い足をぶらぶらさせてそこにしばらく座ってた、そのあと舌を出して死者を愚弄して、そのあとヘルメットを脱いで、両手でこめかみを強く押さえ、そのあと目を閉じて泣きわめいたのさ、とか、そんなふうに幽霊たちはロッテに語りかけ、笑いながら生者の縦隊のあとを行進していった。

その後、ロッテの両親は同じ村の多くの人たちと一緒にリューベックに少しのあいだ留まった。だが彼女の父親はロシア兵たちはここまで来るからと言って、家族を連れて西に向かって歩き続けた。やがてロッテは時間の感覚がなくなり、昼間は夜のようで、夜は昼間のようで、昼間と夜が何にも似ていないこともしばしばあり、何もかもが目のくらむ明るさとフラッシュの連続のようになった。

ある晩、ロッテはラジオを聞きながら影を見た。影のひとつは父親だった。もうひとつの影は母親だった。別のいくつかの影には彼女の知らない目と鼻と口がついていた。ニンジンのような口、むけた唇、湿ったジャガイモのような鼻。皆、頭と耳をハンカチと毛布で覆っていて、ラジオでは男の声がヒトラーはもう存在しない、つまり死んだと言っていた。でも存在しないことと死ぬことは別物よ、とロッテは考えた。それまで彼女の初潮は遅れていた。しかしその日の朝、出血が始まり、具合がよくなかった。片目の母親はロッテに、普通のことだよ、遅かれ早かれどんな女にもあることなんだからと言った。わたしの巨人のお兄ちゃんはもう存在しない、でもそれは死んだということじゃない、とロッテは思った。影は彼女の存在に気づかなかった。ある影はため息をついた。泣き始める影もあった。「俺の総統《フューラー》、俺の総統」と彼らは声を上げずに泣いていた。まるで月経がまだ始まっていない女のようだった。

父親は泣いていなかった。母親は泣いていて、涙がよいほうの目だけから流れ出ていた。

「彼はもう存在しない」と影は言った。「もう死んだ」

「兵士のように死んだ」と影のひとつが言った。

「もう存在していない」

その後、一家は片目の母親の兄が住んでいるパーダーボルンへ行った。だが家は避難民でいっぱいで、彼らもそこに身を落ち着けた。片目の母親の兄は行方不明だった。近所の人によれば、大きな誤解があるのでなければ、もう二度と彼に会えないだろうということだった。しばらく施しを受けて生活し、イギリス兵が恵んでくれるものでしのいだ。その後、片足の父親は病気になって死んだ。彼の最後の願いは、軍功を称えて自分の村に埋葬してほしいということだった。片目の母親とロッテは、ええ、そうします、約束しますと言ったが、遺体はパーダーボルンの共同墓地に放り込まれた。心を配る時間がなかったのだが、ロッテはあのときこそまさに心配りを、心遣いを、行き届いた配慮をすべきときだったのではないかと思っていた。

避難民たちはその地を去り、片目の母親は兄の家に残った。ロッテは仕事を見つけた。その後、学校に通った。それほど長い期間ではなかった。また仕事に戻った。仕事を辞めた。また少しだけ学校に通った。別のもっとよい仕事を見つけた。学校にはそれきり戻らなかった。片目の母親は恋人を見つけた。その年老いた男は、ドイツ帝国の時代とナチ時代は役人で、戦後のドイツでもふたたび役人となっていた。

「ドイツの役人というのはな」とその年老いた男は言っていた。「そうそう簡単に見つかるもんじゃない。ドイツでもな」

彼の利口さのすべて、彼の知性のすべて、彼の抜け目のなさのすべてがそこに要約されていた。たしかに彼にとってはそれで十分だった。片目の母親はもうそのころ、ソ連側になった自分の村に戻ろうとは思わなくなっていた。もう一度海を見たいとは思わなくなっていた。戦争で行方不明になった息子の運命がどうなったのか、それほど関心を示さなくなった。ロシアで眠ってるんだろうね、と、諦めたように厳しい顔で言った。ロッテは家を留守にするようになった。最初はイギリス人の兵士と付き合った。その後、彼が別の場所に赴任すると、パーダーボルンの男の子と付き合うようになったが、彼の家は中流階級で、息子が金髪の厚かましい小娘と付き合っているのを好ましく思っていなかった。というのも、ロッテはその当時世界中で流行っているダンスは何でも踊れたからだった。ロッテにとって大切だったのは幸せでいること、そしてもちろん男の子のことも大切で、彼の家族は問題ではなかったので、付き合いを続けたが、彼が大学に行って勉強するようになり、そこで二人の関係は終わった。

ある晩、兄が現われた。ロッテが台所で服にアイロンをかけていると、足音がした。ハンスだわ、と彼女は思った。ドアをノックする音が聞こえ、開けに走った。兄は彼女が妹だと分からなかった。ロッテがすでに一人前の女になっていたからで、あとで彼女にもそう話したのだが、妹のほうは何かを尋ねる必要もなく、兄を長いこと抱きしめた。その晩は夜明けまで語り合い、ロッテは自分の服ばかりでなく、きれいな服全部にアイロンがけする時間があった。何時間か過ぎると、アルチンボルディはテーブルに頭を載せたまま眠り込み、母親が肩を叩いてやっと目を覚ました。

二日後、兄は去り、すべていつもどおりの生活に戻った。そのころ片目の母親は、役人ではなく修理工と付き合っていて、自分で商売をやっているこの陽気な男は、占領軍の車両やパーダーボルンの農家や工場主のトラックを修理して大いに儲けていた。男が言っていたとおり、もっと若くてきれいな女を見つけることもできただろうが、彼は吸血鬼のように血を吸ったりしない、正直で働き者の女が好きだった。修理工の作業場は大きく、片目の母親に頼まれて彼はロッテのためにそこの仕事を見つけてやったが、ロッテはそれを拒んだ。母親がその修理工と結婚する直前、ロッテはその作業場でヴェルナー・ハースという工員と知り合った。ともに相手のことが気に入り、喧嘩をすることもなかったので、二人は付き合い始め、最初は映画に、その後はダンスホールに出かけるようになった。

ある晩ロッテは、兄が自分の部屋の窓の向こうに現われて、どうしてママは結婚するのかと訊かれる夢を見た。知らないわ、とロッテはベッドから答えた。お前は絶対結婚するなよ、と兄は言っていた。ロッテが頷くと、兄の頭は消え、曇った窓ガラスと巨人の足音の響きだけが残された。しかし、母親が結婚したあとでアルチンボルディがパーダーボルンへ行ったとき、ロッテはヴェルナー・ハースを紹介し、二人は気が合ったようだった。

母親が結婚すると、二人は修理工の家で暮らすようになった。修理工の見方によれば、アルチンボルディは詐欺か盗みか密輸で生きているごろつきに違いないとのことだった。

「百メートル離れてたって、密輸をやってる連中の臭いは分かるさ」というのが修理工の口癖だった。

片目の母親は何も言わなかった。ロッテとヴェルナー・ハースはそのことについて話し合った。ヴェルナーからすれば密輸をやっているのは修理工だった。彼は国境で交換用の部品を密輸したり、本当は修理が終わっていない車を修理済みだと言ってしょっちゅう偽ったりしていた。ヴェルナーはいい人で、いつも誰にでも優しい言葉をかけてくれる、とロッテは思っていた。そのころロッテは、ヴェルナーも自分も、一九三〇年か一九三一年ごろに生まれた若者たちは誰も幸せになれない運命なのだと思い始めていた。

ヴェルナーは、ロッテにとって何でも打ち明けられる相手だった。彼は何も言わずに彼女の話に耳を傾け、その後一緒に映画に出かけてアメリカやイギリスの映画を見るか、踊りに行った。ヴェルナーが壊れかけのオートバイを買い、暇な時間に自分で修理してからは、週末を利用して二人で郊外に出かけることもあった。こうしたピクニックのために、ロッテは黒パンと白パンのサンドイッチを作り、クーヘンを少し用意し、ビールは三本以内にした。ヴェルナーも水を入れた水筒や、キャンディーやチョコレートを持ってくることがあった。森のなかを歩き回り、食事を済ませたあとは地面に毛布を広げ、手をつないで眠り込むこともしばしばだった。

郊外に出かけたときにロッテが見る夢は不安を誘うものばかりだった。死んだリスや死んだ鹿、死んだ兎が出てきたり、茂みでイノシシを見たような気がして、ゆっくり近づき、枝をよけてみると大きな雌のイノシシが地面に横たわって死にかけていて、その周りでは何百匹ものイノシシの仔が死んでいるという夢だった。そんな夢を見たとき、ロッテははっと飛び起きたが、横でヴェルナーがすやすや眠っている姿を見ると心が落ち着いた。ベジタリアンになろうかと考えることもあった。そのかわり、煙草を吸うようになった。

そのころ、パーダーボルンでは、ドイツならどこでもそうだったように、女が煙草を吸うのは普通のことだった。だが、パーダーボルンに限っては、散歩をしているときや仕事に向かう途中のように、外で吸っている者はほとんどいなかった。ロッテは外でも吸っていた。朝一番に一本目の煙草に火をつけ、バス停まで歩いていくあいだに、すでに二本目の煙草を吸っていた。いっぽう、ヴェルナーは煙草は吸わなかった。ロッテに強く勧められていたが、彼女を喜ばせるためにできたことといえば、彼女の煙草を何度かふかすことくらいで、煙でむせかけた。

ロッテが煙草を吸い始めたころ、ヴェルナーは彼女にプロポーズした。

「きちんと考えてみないと」とロッテは言った。「でも一日や二日じゃないわ。何週間か何か月か」

ヴェルナーは、好きなだけ時間をかけていいとロッテに言った。彼は彼女と添い遂げるつもりで、そういうことはじっくり考えて決めるのが重要だと分かっていた。そのときからロッテはヴェルナーとあまり出かけなくなった。ヴェルナーがそれに気づいて、ロッテにもう自分のことが好きではないのかと尋ね、ロッテがあなたと結婚するべきかを考えているのよと答えたとき、彼はプロポーズしたことを悔やんだ。以前のように頻繁にピクニックにも出かけなくなり、映画にも踊りにも行かなくなった。そのころロッテは、街にできたばかりの配管工場で働いている男と知り合い、この男と付き合うようになった。この男はハインリヒという名の技師で、実家は工場の本社があるデュイスブルクにあったので、街の中心部に下宿していた。

付き合い始めてすぐ、ハインリヒはロッテに、自分は結婚していて子供もいるが、妻に愛情はなく、離婚するつもりだと言った。ロッテは彼が結婚していることは気にならなかったが、子供好きだったため、たとえ間接的であれ子供を傷つけるのはひどいことだと思ったので、子供がいることを気にしていた。それでも二か月ほど付き合いを続けた。ときどきロッテはヴェルナーとも話した。ヴェルナーは新しい恋人とはうまくいっているかとロッテに尋ね、ロッテは、うまくいっているわ、ごくごく普通よと答えた。しかしついにハインリヒに妻と離婚するつもりがないことに気づき、ロッテは彼との関係に終止符を打った。それでも、ときどき一緒に映画に行ったり、夕食を食べに行くことはあった。

ある日、仕事を終えて外に出ると、ヴェルナーが通りでオートバイに乗って彼女を待っていた。このときヴェルナーは結婚の話や好きかどうかといった話はせず、カフェでコーヒーをおごり、その後彼女を家まで送った。二人は徐々にまた一緒に出かけるようになり、片目の母親と修理工は喜んだ。子供がいなかった修理工は、ヴェルナーを真面目な働き者だと評価していた。ロッテを小さいころから苦しめた悪夢の回数はたちまち減り、ついにロッテは悪夢を見ることも夢を見ることもなくなった。

「きっとわたしも皆と同じように夢を見ているのよ」と彼女は言った。「でも幸運なことに、目が覚めると何も覚えていないの」

あなたのプロポーズはもうじっくり考えたわ、とロッテがヴェルナーに伝え、彼との結婚を受け入れたとき、ヴェルナーは泣き出し、今この瞬間ほど幸せだと感じたことはない、と声を詰まらせながら打ち明けた。二か月後、二人は結婚した。レストランの中庭で催された結婚パーティーの最中、ロッテは兄のことを思い出し、その瞬間、たぶん飲み過ぎたせいだが、兄を婚礼に招待したのかどうか確信がもてなかった。

新婚旅行はライン河畔の小さな温泉場へ行った。その後、それぞれの仕事に戻り、それまでとまったく変わらない生活を送った。ヴェルナーとの生活は、一部屋しかない家での暮らしではあったが、気楽なものだった。夫は彼女を喜ばせることばかりしてくれた。土曜日は映画に行き、日曜日はオートバイで郊外に出かけるか、踊りに行った。平日の仕事はきつかったが、ヴェルナーはなんとかやりくりして家のなかのあらゆることで妻を助けていた。ヴェルナーにできなかったのは料理だけだった。月末にはたいていプレゼントを買ってくれた。またはパーダーボルンの中心街まで妻を連れていき、靴でもブラウスでもスカーフでも選ばせてくれた。金が足りなくならないように、ヴェルナーは作業場で残業をしたり、修理工には言わずに農家のトラクターやコンバインの修理を自ら引き受けた。大した稼ぎにはならなかったが、そのかわりソーセージや肉や小麦粉をもらえた。おかげでロッテの台所はまるで食糧庫のようで、二人は新たな戦争に備えているかのようでもあった。

ある日、何の病気の兆候もなく修理工が死に、ヴェルナーが作業場を継ぐことになった。親戚が何人かやってきて、遺産の一部を要求したが、片目の母親と弁護士がすべて取り仕切り、田舎者たちは少しばかりの金に何がしかを加えたもので満足していなくなった。そのころにはヴェルナーもすっかり太り、髪も薄くなり始めていた。肉体労働は減ったものの、責任を伴う仕事が増えたせいで前よりも無口になった。二人は修理工の家に引っ越した。その家は大きかったが、作業場の真上にあったので、そのせいで仕事と家の境界が曖昧になり、ヴェルナーはいつも働いているような気がしてならなかった。

ヴェルナーは、心の底では修理工が生きていてくれたらと思っていた。あるいは、ロッテの母親が作業場の経営を誰か別の人間に任せてもいいと思っていた。もちろん、仕事が変わったことでいい面もあった。その夏、ロッテとヴェルナーはパリで一週間を過ごした。ロッテは旅が好きだったので、クリスマスには母親も一緒にコンスタンツ湖に行った。パーダーボルンに戻ると、さらに新しいことが起こった。二人のあいだで初めて子供を作ろうという話になったのだ。それまでになく家計の状態がよかったにもかかわらず、冷戦や核戦争の危機があったため、二人のどちらもその気にならなかったのだった。

二か月にわたり、そのような一歩を踏み出すことによって生まれる責任をめぐって、どちらかというと活気のない話し合いが続いたが、ある朝、食事のときにロッテが妊娠していることを告げ、それ以上話し合うことはなくなった。子供が生まれる前に車を買い、一週間以上休暇を取った。南仏、スペイン、ポルトガルに行った。ロッテは帰りにケルンに寄ろうと言い出し、二人は唯一知っている彼女の兄の住所を探した。

以前、アルチンボルディがインゲボルクと住んでいた屋根裏部屋があった場所には新しいアパートが建っていて、そこの住人は誰も、アルチンボルディの特徴をもつ若者のことを、背が高くて金髪で、骨ばった元兵士の大男のことを覚えていなかった。

帰りの道中の半分、ロッテは腹を立てているのか黙り込んだままだったが、そのあと街道沿いのレストランに立ち寄って食事をし、今回訪れたいくつかの都市の話を始めると彼女の機嫌はかなりよくなった。子供が生まれる三か月前、ロッテは仕事を辞めた。出産は正常で長くはかからなかったものの、赤ん坊の体重は四キロ以上あり、医師たちは逆子だと診断した。しかし最後の瞬間に赤ん坊が向きを変え、頭から出てきたのでうまくいった。

赤ん坊は片目の女の父親の名前をとってクラウスと名づけられたが、ロッテは兄と同じハンスという名にしようかと考えた時期もあった。でも名前なんてそれほど大した問題ではないわ、大事なのは人柄だから、とロッテは思った。クラウスは最初から祖母にも父親にもかわいがられたが、赤ん坊を一番愛していたのはロッテだった。子供を見ていると兄に似たところを見つけることがしばしばあり、兄の生まれ変わりのように感じていた。しかしそれはミニチュアの兄で、そのころまでに兄といえば桁外れに大きいという特徴ばかり思い出していたロッテには愉快なことだった。

クラウスが二歳になったとき、ロッテはふたたび妊娠したが、四か月後に流産してしまった。もうそれ以後子供が産めなくなってしまったので、何か処置に問題があったに違いない。クラウスはパーダーボルンの中流階級の子供らしい子供時代を送った。ほかの子供たちとサッカーをするのが好きだったが、学校ではバスケットボールをやっていた。一度だけ目元に痣を作って帰宅した。本人の説明によれば、同級生が祖母を片目だとからかったので喧嘩したということだった。成績はふるわなかったが、機械なら教室にあるものでも大いに興味を示し、作業場で父の雇う修理工が働いているのを何時間も飽きることなく眺めていた。風邪はほとんど引かなかったが、ごくたまに病気になると高熱を出し、うわごとを言い、誰も見たことのないようなものを見た。

十二歳のとき、祖母がパーダーボルンの病院で癌で死んだ。モルヒネを絶え間なく投与していたため、クラウスが見舞いに行くと、祖母はアルチンボルディと間違えて、息子よと呼びかけたり、生まれ育ったプロイセンの村の方言で話しかけたりした。ときどき片足の祖父の話をした。彼がドイツ皇帝に忠実に仕えていた時代のこと、背が低かったため、一メートル九十センチ以上の男だけが入隊できたプロイセンのエリート連隊に所属できず、それをいつまでも悔んでいたことを話して聞かせた。

「背は低かったけれど、勇敢さでは負けなかった。それがお前の父親だよ」と、祖母は満ち足りたモルヒネ中毒者の笑顔を浮かべて言った。

クラウスはそのときまで伯父の話を聞いたことがなかった。祖母が死んだあと、ロッテに伯父のことを訊いてみた。実際のところ、それほど興味があったわけではなかったが、悲しかったので、話を聞いたら気が紛れると思ったのだ。ロッテは久しく兄のことを考えていなかったので、クラウスに訊かれてある意味で驚いた。そのころ、ロッテとヴェルナーは何も予備知識のない不動産事業に手を出していて、損失を出しそうで怯えていた。したがってロッテの答えは曖昧だった。彼女が息子に話したのは、あなたの伯父さんはわたしより十歳上だとか、彼の生計の立て方は若い人には全然参考にならないとか、もう何年も家族は伯父さんの行方を知らない、なぜならこの世から姿を消してしまったのだから、といったことだった。

もっとあとになってロッテはクラウスに、わたしが小さいとき、兄は大男だと思っていたけれど、女の子はよくそんなふうに考えることがあるの、と語った。

また別のときに、クラウスは父ヴェルナーに伯父のことを尋ねてみた。ヴェルナーは、お前の伯父さんは感じのいい人で、とても観察力があり、どちらかというと物静かなタイプだったと言ったが、ロッテは、兄はいつも物静かだったわけではなく、戦争で体験した大砲や臼砲の轟音や機関銃の連射音のせいで物静かになってしまったのだと言った。クラウスが、自分は伯父さんに似ているのかと訊くと、ロッテはええ、そっくりよ、二人とも背が高くてほっそりしている、でもあなたのほうが兄よりもっと金髪だし、たぶん目の色も兄よりもっとくっきりとした青ね、と答えた。その後、クラウスは伯父のことを尋ねるのをやめ、生活は片目の祖母が死ぬ前のように続いた。

ロッテとヴェルナーの新しい事業は期待どおりの成果を上げられなかったが、損失は出ず、むしろ少しばかり利益を上げたものの裕福になったわけではなかった。作業場は最大限に稼働していたので、誰一人として商売がうまくいっていないとは言えなかったに違いない。

十七歳のとき、クラウスは警察沙汰を起こした。学業に励むタイプではなかったので、両親は息子を大学へ行かせるのは諦めていたが、十七歳のとき、友人二人と共謀して自動車を盗み、その後、医療用品の小さな工場で働いているイタリア人の少女に対する暴行事件に関わった。クラウスの二人の友人は法律上は成人に達していたので、刑務所に一定期間収監された。クラウスは四か月間少年院に入れられ、そのあと両親の家に戻った。少年院では修理作業場で働き、家電製品なら冷蔵庫からミキサーまであらゆるものを修理できるようになった。家に戻ると父親の作業場で働くようになり、しばらくのあいだは問題を起こさなかった。

ロッテとヴェルナーは、息子が元のレールに戻ってくれたと思い、互いを安心させようとした。十八歳のとき、クラウスはパン屋で働いている少女と付き合うようになった。だがこの交際は、ロッテの見立てによれば、少女が必ずしも美人でなかったことが理由で三か月しか続かなかった。その後、両親はクラウスの新しい恋人と顔を合わせることはなくなったが、それは息子に恋人がいないか、あるいは自分たちには分からない理由で息子が恋人を家に連れてくるのを避けているからだという結論に達した。このころクラウスは酒を覚え、一日の仕事が終わるとパーダーボルンのビアホールに出かけ、作業場の若い工員たちと酒を飲むようになった。

金曜か土曜の夜には一度ならずトラブルを起こした。ほかの若者との喧嘩とか公共施設の破壊行為といったよくある内容で、ヴェルナーはそのたびに罰金を払って警察署に引き取りに行った。ある日クラウスは、パーダーボルンは自分には小さすぎると考え、ミュンヘンに行った。ときどきコレクトコールで母親に電話をかけてきて、両親はどうでもいい内容の会話に付き合わされたが、それでもロッテは案外気持ちが落ち着くのだった。

数か月が過ぎて、ロッテは息子に再会した。クラウスは、ドイツにもヨーロッパにも未来はないからアメリカで運試しするしかない、金が少し貯まったらすぐに行くつもりだと言った。作業場で数か月働いたあと、キールから、ニューヨークが最終目的地であるドイツ船に乗った。息子がパーダーボルンを発つとき、ロッテは泣いた。息子はとても背が高く、弱々しくは見えなかったが、彼女は息子が新大陸で幸せをつかめないような予感がして、やはり涙を流した。新大陸の人間は、息子と違って背が高くなく、息子と違って金髪ではないが、抜け目がなく、どちらかというとたちが悪く、社会の屑で、信用ならない連中だからだった。

ヴェルナーが息子を車でキールまで送っていった。パーダーボルンに戻ってくると、彼はロッテに、立派で頑丈そうな船だったから沈没することはない、それにクラウスの仕事はウェイターをしたり、ときどき皿洗いをやるくらいだから、危ないことは何もないと言った。しかし、そうした言葉を聞いてもロッテは気が休まることはなかった。何しろ彼女は「苦しみを長びかせたくないから」という理由でキールに見送りに行くのを拒んでいたほどだった。

クラウスはニューヨークで下船すると、母親に宛てて自由の女神の絵葉書を送った。このご婦人が僕の味方になってくれるよ、と裏に書いた。その後何か月かのあいだ、息子から音沙汰はなかった。そして一年以上が過ぎた。ようやく新しく葉書が届き、アメリカの市民権を申請中で、いい仕事に恵まれていると書かれていた。ジョージア州メイコンの消印が押されていた。ロッテとヴェルナーはそれぞれ手紙を書いて、体調はどうか、金に困っていないか、この先どうするつもりなのかと質問攻めにしたが、クラウスからの返事は来なかった。

時が経つうちに、ロッテとヴェルナーは、息子は巣から飛び立って元気にしているのだと考えるようになった。ときどきロッテは、息子がアメリカ人と結婚して日当たりのよいアメリカらしい家に住み、テレビに映るアメリカ映画と同じような生活をしているのだと想像した。しかしロッテの夢のなかで、クラウスのアメリカ人の妻には顔がなく、いつも背中から眺めていた。したがってロッテには彼女の髪、クラウスのよりも少し暗い金髪と、日焼けした肩と、ほっそりとしてはいるが弱々しいわけではないウエストが見えるばかりだった。クラウスの顔は、深刻な、あるいは何かを待ち構えているような表情だったが、妻の顔は一度も見えず、息子に子供がいるところを想像しても、子供の顔もやはり見えなかった。実を言うと、クラウスの子供たちは背中からも見えなかった。どこかの部屋にいることは分かったが、姿は見えなかったし、声も聞いたことはなく、子供というのがそもそも長いあいだ静かにしていられないことを思えばおかしな話だった。

夜になると、ロッテはクラウスの生活のことを考えたり想像したりしているうちに眠ってしまい、息子の夢を見ることがあった。アメリカの家ではあるが、ロッテにはアメリカの家のように見えない家が見えた。家に近づいていくと鼻を刺すような臭いがした。最初は不快だったが、そのあとで考えた。クラウスの奥さんはインド料理を作っているに違いないわ。そして実際、何秒かのうちに、その臭いはエキゾチックな匂いに、いずれにせよいい匂いに変わった。その後、自分がテーブルについているのが見えた。テーブルの上には水差し、空っぽの皿、プラスチックのコップ、フォークしか載っていなかった。だが何よりロッテが気になったのは、誰がなかに入れてくれたのかということだった。どれほど思い出そうとしてもだめで、それが彼女をひどく苦しめた。

ロッテの苦しみは、黒板の上でチョークが立てる不快な音のようだった。まるで子供がわざと黒板でチョークをこすっているような音だった。いや、もしかするとチョークではなくて爪かもしれない。あるいは爪ではなくて歯かもしれない。時が経つにつれ、クラウスの家の悪夢と呼んでいたこの悪夢をくり返し見るようになった。ときどき、朝方ヴェルナーが食事の支度をするのを手伝いながら彼女は言った。

「いやな夢を見たの」

「クラウスの家の悪夢か？」とヴェルナーは訊いた。

するとロッテは彼を見ずに、ぼんやりした表情のまま頷くのだった。ロッテもヴェルナーも、クラウスがいつか自分たちに金の無心をしてくるのではないかとひそかに期待していたが、年月ばかりが過ぎていき、クラウスはアメリカ合衆国のどこかに消えて、もう取り返しがつかないような気がした。

「クラウスみたいな奴だったら」とヴェルナーは言った。「今ごろアラスカにいてもおかしくないな」

ある日、ヴェルナーは病気になり、医者から仕事を止められた。経済的に問題はなかったので、経験豊かな修理工の一人に作業場を任せ、ヴェルナーとロッテは夫婦でもっぱら旅行を楽しむことにした。ナイル河を船で下り、エルサレムを訪れ、レンタカーでスペイン南部を走り、フィレンツェとローマとヴェネツィアを周遊した。だが、彼らが最初に選んだ目的地はアメリカ合衆国だった。二人はニューヨークに向かい、その後ジョージア州メイコンに行った。クラウスが住んでいた家が黒人ゲットーの隣にある古いビルの一室であったことが分かり、二人は悲しみに沈んだ。

その旅のあいだ、夫婦がそれまで一緒に見た数多くのアメリカ映画の影響と思われるが、二人は探偵を雇うのが一番ではないかと思いついた。アトランタで一人の探偵に面会を申し込み、事情を説明した。ヴェルナーは英語が多少分かり、アトランタの元警官だというその探偵には気取ったところは少しもなかった。彼は二人を事務所に座らせたまま英独辞典を買いに行き、走って戻ってくると、まるで何事もなかったかのように話を続けた。そのうえ、二人から金を騙し取ろうという気もないようだった。二人が入ってくるなり彼は、アメリカの市民権を得たドイツ人を探すのは、これだけ時間が経っていると、干し草小屋に落ちた一本の針を探すようなものですからとあらかじめ釘を差した。

「名前を変えている可能性もありますね」と探偵は言った。

しかし二人は諦めず、一か月分の報酬を払い、探偵はドイツに調査結果を送ると約束した。一か月後、パーダーボルンの二人のもとに一通の大きな封筒が届き、経費の内訳と調査報告書が同封されていた。

結果——成果なし。

探偵は、クラウス（住んでいたビルの管理人をやっていた）と知り合いだった男を突き止め、その男を通じて、クラウスに仕事を斡旋していた別の男までたどり着いたが、クラウスはアトランタを出ていくとき、その二人のどちらにも自分の行き先を告げなかった。探偵は別の線から調査を続けることを提案していたが、そのためにはさらに報酬が必要だった。ヴェルナーとロッテは話し合った結果、いろいろお世話になりありがとうございます、差し当たってこの件につきましては終わったものと致したく、と返事を出した。

数年後、ヴェルナーが心臓病で亡くなり、ロッテはひとりになった。ほかの女性なら、そうした状況に置かれたら立ち直れないだろうが、ロッテはいささかも運命に屈したりせず、腕をこまねいているかわりに毎日の生活を二倍にも三倍にも忙しくした。投資で利益を生み続けたり作業場を動かしたりしたばかりでなく、残された資金を元手に別の事業を始め、それも成功させた。

仕事が、過剰な仕事がロッテを若返らせたようだった。いつも何かに首を突っ込み、じっとしていなかったので、従業員には嫌われ出したが、彼女は気にもしなかった。必ず六日か九日以内と決めた休暇では、イタリアかスペインの暑さを求め、砂浜で日光浴をしながらベストセラーを読みふけった。知人と出かけることもあったが、たいていはひとりでホテルを出て、通りを渡って砂浜に行き、少年に金を払ってデッキチェアとパラソルを据えてもらった。昔のようなバストではなかったが、気にせずビキニのトップを外したり、ウエストのあたりまで水着を下ろしたりして、太陽が降り注ぐ下で昼寝をした。目が覚めるとパラソルを調節して影を作り、読書を再開した。ときどき、デッキチェアとパラソルを貸し出している少年が近くに来ると、ロッテはチップをやり、ホテルからキューバリブレや氷をたっぷり入れたサングリアのピッチャーを運ばせた。夜は夜で、ホテルのテラスに座ったりホテルの一階にあるディスコに行ったりした。客層はだいたい彼女と同い歳くらいのドイツ人やイギリス人やオランダ人で、カップルが踊るのをひとしきり眺めたり、六〇年代初頭の歌を折よく挟むバンドの演奏に耳を傾けたりした。遠くから見たロッテは、美しい顔立ちをした少々肉付きのよい婦人で、どこかよそよそしいが上品な雰囲気と、言葉では説明しがたい哀しみをたたえていた。寡夫や離婚経験者からダンスや海辺の散歩に誘われると、ロッテは微笑みを浮かべ、ありがとう、でも遠慮するわ、と答えたが、そんなときの彼女は田舎の少女に戻り、上品な佇まいは消えて哀しみだけが残った。

一九九五年、メキシコのサンタテレサという土地から電報が届いた。クラウスが刑務所にいるというのだ。電報の発送人はビクトリア・サントラヤというクラウスの弁護人だった。ロッテは大きなショックを受け、事務室を飛び出すと上階の自室に上がり、ベッドに潜り込んだが、もちろん眠れるはずもなかった。クラウスは生きている。それが彼女にとってもっとも重要なことだった。電報に返信し、自分の電話番号も知らせた。四日後、コレクトコールを受けるかどうかを尋ねる交換手と話をしたあと、英語でゆっくりと一語一語発音する女の声が聞こえてきたが、ロッテは英語が分からなかったので何を言っているのか理解できなかった。最後に女の声がドイツ語のような言葉で、「クラウス、元気」と言った。その後、「通訳者」という言葉が聞こえた。その後、ドイツ語のような言葉、というかビクトリア・サントラヤはドイツ語だと思って口にした言葉が続いたが、ロッテには分からなかった。そして電話番号を英語で何度か言われ、英語の数字は難しくなかったので、彼女は紙に書き留めた。

その日、ロッテは仕事を取りやめにした。作業場には英語のできる工員が何人かいたので、ロッテを助けてくれたかもしれないが、彼女は秘書養成専門学校に電話をかけ、英語とスペイン語をマスターしている若い女性と契約したいと言った。秘書養成専門学校はお探しの条件の者なら用意できると伝え、必要な時期はいつかと尋ねた。ロッテは大至急だと答えた。三時間後、まっすぐで明るい栗色の髪をした、ジーンズ姿の二十五歳くらいの若い女が作業場に現われ、しばし修理工たちと談笑してからロッテの事務所に上がっていった。

その娘はイングリッドという名で、ロッテは息子がメキシコで刑務所に入れられていること、メキシコ人の女性弁護士と話す必要があるのだが、相手は英語とスペイン語しか解さないことを説明した。話し終えたあと、ロッテはもう一度何から何まで彼女に説明しなければならないのかと思ったが、イングリッドは頭の切れる女だったので、その必要はなかった。彼女は受話器を取ると、番号案内にかけてメキシコとの時差を調べた。その後、弁護士に電話をかけ、十五分ほどスペイン語で彼女と話したが、ときどき分からないところがあると英語に切り替え、会話中も手帳にメモを取り続けた。最後に彼女は「またお電話します」と言って、受話器を置いた。

ロッテは机に向かったままで、イングリッドが電話を終えたときには最悪の事態を覚悟していた。

「クラウスは、サンタテレサという、メキシコ北部にあるアメリカ合衆国との国境の街で捕まっています」と彼女は言った。「でも元気で怪我もないそうです」

ロッテが逮捕された理由を訊く前に、イングリッドは、紅茶かコーヒーでも飲みませんかと言った。ロッテは紅茶を淹れようとキッチンに立ちながら、イングリッドがメモを見直しているのをじっと眺めていた。

「複数の女性を殺した罪で捕まっています」紅茶を二口飲んでから、イングリッドは言った。

「クラウスはそんなことはしないわ」とロッテは言った。

イングリッドは頷き、弁護士のビクトリア・サントラヤは金が必要だと言っていると伝えた。

その晩、ロッテは実に久しぶりに兄の夢を見た。アルチンボルディが短パン姿で麦藁帽子をかぶり、砂漠を歩いているのが見えた。見渡すかぎり砂ばかりで、砂丘が地平線まで続いていた。ロッテは彼に向かって何かを叫んでいた。行かないで、このあたりを歩いてもどこにも行けないわ。だが、アルチンボルディはますます遠ざかっていき、あの不可解で厳しい土地で永遠に行方知れずになりたいかのようだった。

「不可解で、しかも、厳しいところなのよ」とロッテは彼に言っていたが、そのとき初めて、自分が子供に戻っていることに、森と海のあいだにあるプロイセンの村に暮らす少女になっていることに気がついた。

「違うよ」とアルチンボルディは彼女の耳元にささやくように言っていた。「この土地は退屈で退屈で仕方がないんだ……」

目が覚めたとき、ロッテは一刻も早くメキシコに行かなくてはならないと思い知った。イングリッドが正午に作業場にやってきた。ロッテは事務所の窓ガラス越しに彼女を見た。例によって、イングリッドは数人の修理工と談笑していた。ガラス越しにくぐもって聞こえる彼女の笑い声は、さわやかでだらしないように思えた。しかし、ロッテの前に来るとイングリッドはもっと真面目に振る舞った。弁護士に電話をかける前に二人で紅茶を飲み、ビスケットをかじった。ロッテは丸一日何も口に入れていなかったので、ビスケットはちょうどよかった。それにイングリッドがいることで元気づけられた。イングリッドは賢明で、気取ったところがなく、冗談を言うタイミングを心得ていて、真面目であるべきときには真面目になれた。

弁護士に電話をかけたとき、ロッテはイングリッドに、サンタテレサにはロッテが自ら出向き、解決すべき問題をすべて解決するつもりだと伝えるように指示した。弁護士はたった今ベッドから引っぱり出されたような眠そうな声で、イングリッドに住所をいくつか教え、電話を切った。その午後、ロッテは自分の弁護士のもとを訪ね、事情を説明した。弁護士は何か所かに電話をかけ、ロッテにはメキシコの弁護士は信用ならないから気をつけるようにと忠告した。

「それは分かってるわ」とロッテはきっぱりと言った。

弁護士は、銀行の送金手続きを行なう際の一番よい方法についても教えてくれた。その夜、イングリッドの家に電話をかけて、メキシコに自分と一緒に行く気があるかと尋ねてみた。

「費用はもちろんわたしが払うのよ」とロッテは言った。

「通訳として？」とイングリッドは訊いた。

「通訳でも翻訳でも付き添いでも、何でもいいのよ」とロッテは不機嫌になって言った。

「行きます」とイングリッドは言った。

四日後、二人はロサンゼルス行きの飛行機で旅立った。そこからツーソン行きの飛行機に乗り継ぎ、ツーソンからサンタテレサまではレンタカーで行った。面会がかなってクラウスに会えたとき、息子は開口一番、老けたね、と言ったので、ロッテは恥ずかしくなった。

歳月は無駄には過ぎないのよ、とでも言ってやりたいところだったが、涙がこぼれて言葉にならなかった。弁護士、イングリッド、ロッテ、クラウスの四人はコンクリートでできた部屋にいて、床や壁にはところどころ湿気で染みができていた。木製のように見える樹脂製のテーブルは床にねじで固定されていて、細長い木の板でできた二つのベンチもやはり床に固定されていた。イングリッドと弁護士とロッテは一方のベンチに座り、クラウスはもう一方のベンチに座っていた。手錠は掛けられていなかったし、ひどい扱いを受けている様子は見られなかった。最後に会ったときと比べてクラウスが太ったことにロッテは気がついたが、もう何年も前のことだったし、当時クラウスはまだ少年だった。弁護士がクラウスが罪を問われている殺人事件をすべて列挙したとき、ロッテはこの人たちは頭がおかしくなってしまったのだと思った。頭がまともな人ならそんなにたくさんの女性を殺せるわけがありません、とロッテは弁護士に言った。

弁護士は微笑み、サンタテレサにはきっと頭がまともではない誰かがいて、それを実行しているのだと言った。

弁護士の事務所は街の高級地区にあり、住まいも同じマンションにあった。入口が二つあったが、塗り直した壁が三つか四つ余分にあるだけで、同じ一つのアパートだった。

「わたしもこういうところに住んでいるんです」とロッテは言ったが、弁護士には分からなかったので、イングリッドが弁護士に分かるように、修理工の作業場のことや作業場の上階のことを説明してやった。

弁護士の勧めで、二人はサンタテレサで一番よいホテルである〈ホテル・ラス・ドゥーナス〉に泊まった。だが、イングリッドの説明によれば、サンタテレサには砂丘《ドゥーナス》らしきものは周囲百キロを含めても見当たらないということだった。最初ロッテは部屋を二つ取ろうとしたが、イングリッドが一つでいい、そのほうが安く済むと言って説得した。ロッテは何年も前から寝るときは一人だったので、最初の二、三日は眠るのに時間がかかった。暇つぶしに音を消してテレビをつけ、ベッドから見ていた。ある人たちが別の人たちに向かって、言葉を使ったり、大げさな身振りをつけたりして、おそらく重要な何かを説得しようとしていた。

夜はテレビ伝導師が出てくる番組が多かった。メキシコ人のテレビ伝導師を見分けるのは簡単だった。浅黒い顔をして大汗をかき、着ているスーツもネクタイも、きっと新品なのだろうが、古着屋で買ったようなものに見えた。そのうえ、彼らの説教は往々にしてより感動的で、見応えがあり、観覧者の数も多かった。そして聴衆は麻薬中毒者のように、おそろしく不幸な人々に見え、アメリカのテレビ伝導師を見ている聴衆とは大違いだった。アメリカのテレビ伝導師は、メキシコと同様、身なりはひどかったが、少なくとも安定した仕事に就いているように見えた。

きっと、あの人たちは白人で、たぶんドイツ人かオランダ人の血を引いていて、わたしに近い人たちだからなのだろう、とロッテはメキシコの国境で過ごした夜に思った。

テレビをつけたままでようやく眠りにつくと、アルチンボルディの夢を見た。兄は巨大な火山性の砂岩に座り、衣服はぼろぼろで、片手に斧を持ち、悲しげに彼女のほうを見つめていた。たぶん兄さんは死んだんだわ、とロッテは夢のなかで考えた。でもわたしの息子は生きている。

二度目にクラウスに会った日、ロッテはつとめて優しい口調で、ヴェルナーはずいぶん前に亡くなったと伝えた。クラウスは表情を変えずに頷きながら聞いていた。いい人だったよな、とクラウスは言ったが、刑務所の仲間の話をするのと同じくらい無関心な様子だった。

三度目に会った日、イングリッドが待合室の隅で目立たないように本を読んでいるあいだ、クラウスは伯父のことを尋ねてきた。伯父さんがどうなったのかは分からないわ、とロッテは言った。だがクラウスの質問に驚いた彼女は、サンタテレサに着いて以来、兄さんの夢ばかり見るの、とつい打ち明けてしまった。クラウスはどんな夢なのかと尋ねた。ロッテが夢の内容を説明すると、クラウスも、自分も以前から伯父が夢にしょっちゅう出てくる、しかも、あまりいい夢ではないのだと打ち明けた。

「どんな夢を見たの?」とロッテは訊いた。

「ひどい夢だ」とクラウスは答えた。

その後、クラウスは笑みを浮かべ、二人は別の話題に移った。

面会時間が終わると、ロッテとイングリッドは車で町を一周した。一度、市場に行って、インディオの民芸品を買った。ロッテは、こういう民芸品は中国かタイで作られたものに違いないと言ったが、イングリッドは気に入って、ニスが塗られていないうえ、色づけもされていない、とても素朴だが力強い小さな素焼きの人形を三つ買った。父と母と息子の組み合わせで、このお人形さんたちが幸運を運んでくれますよ、と言ってロッテにプレゼントした。ある朝、二人はティファナのドイツ領事館へ行った。車で行くつもりだったが、弁護士からは、二つの街を結ぶ飛行機が一日一便出ているからそれに乗るといいと勧められた。ティファナでは、観光名所の真ん中にあるホテルに泊まったが、騒々しくて、ロッテからすれば観光客には見えない客ばかりがいた。その日の午前中、ドイツ領事と面会することができ、ロッテは息子の件を説明した。領事はロッテの予想に反し、経緯をすべて把握しており、領事の説明によれば領事官がすでにクラウスと面会を済ませているとのことだったが、この点は弁護士が断固否定していた。

たぶん、弁護士は面会の件を知らないのでしょう、と領事は言った。あるいは彼女がクラウスの担当になる以前の話かもしれませんし、クラウスが彼女には言わないことを選んだのかもしれません。そのうえ、クラウスは事実上アメリカ市民で、それが問題を難しくしているんです。こういう場合は慎重に取り扱わないといけませんから、と領事は結び、ロッテが息子の無実を保証したところで何の役にも立たなかった。いずれにしても領事がこの件に介入していたので、ロッテもイングリッドも安心してサンタテレサに戻った。

滞在の最後の二日間は、クラウスとの面会も電話もかなわなかった。弁護士は刑務所内の規定で認められていないと説明したが、ロッテはクラウスが携帯電話を持っていて、ときには一日中、刑務所の外部と連絡を取っていることを知っていた。とはいえ、文句を言って騒ぎを大きくしたくなかったし、弁護士に反論する気も起きなかったので、その二日間は街を散策することに費やした。街は今までになくくだらない雑多な要素の寄せ集めに見え、関心も失せた。ツーソンに出発する前に彼女はホテルの部屋にこもり、息子に宛てて長い手紙を書いて、自分が出発したあとで弁護士に渡してもらうことにした。ロッテはイングリッドを連れて、まるで歴史的な建物を訪れるかのようにして、クラウスがサンタテレサで住んでいた家を外から見に出かけた。そのカリフォルニア風の家は存外に悪くなく、外観もよかった。その後、クラウスが経営していた中心街のコンピュータ販売店に向かった。弁護士が言っていたとおり、店は閉まっていた。その店舗はクラウスが所有していて、彼は裁判の前に釈放されると確信していたので、誰かに貸すつもりはなかったのだ。

ドイツに戻ると、ロッテは急に、想像よりもはるかに疲れる旅だったことに気がついた。何日かはベッドから出られず、事務所にも顔を出さなかったが、電話が鳴ると、メキシコからではないかとすぐに受話器を取った。そのころ見た夢のひとつで、温かい感じのする優しい声が彼女の耳元で、あなたの息子はやっぱりサンタテレサの女性連続殺人事件の犯人かもしれないとささやいた。

「そんなことあるわけないじゃない、バカバカしい」と彼女は叫び、すぐに目が覚めた。

ときどき電話をかけてくるのはイングリッドだった。話は弾まず、イングリッドは身体の調子はどうかと尋ね、クラウスの件について最新の情報を知りたがった。メキシコの弁護士とはEメールでやりとりするようになり、ロッテが修理工の一人を使って翻訳させることで、言語の問題は解決していた。ある午後、イングリッドが家にプレゼントを持ってやってきた。それは独西辞典で、ロッテは大げさに感謝の言葉を述べたが、心の底では少しも役に立たない代物だと思っていた。だが、それから少しして、弁護士に渡されたクラウス事件の書類を開いて写真を見ているときに、イングリッドからもらった辞書を取り出して単語をいくつか引いてみた。数日後、驚いたことに自分に語学の才能が生まれつき備わっていることに気がついた。

一九九六年、ロッテはサンタテレサにふたたび赴き、イングリッドに同行を求めた。イングリッドはそのころ、建築家ではないが、建築家のアトリエで働いている若い男と付き合っていて、ある晩、ロッテを夕食に招待した。若い男はサンタテレサの事件に興味を示したので、ロッテは一瞬イングリッドが恋人を連れていきたがっているのではないかと思った。だが、イングリッドは、彼はまだ恋人ではないから、自分はひとりでロッテに同行するつもりだと言った。

一九九六年に開かれるはずだった裁判は、ぎりぎりになって延期された。ロッテとイングリッドはサンタテレサに九日間滞在し、その間できるかぎりクラウスを訪ね、車で町を巡り、ホテルの部屋に閉じこもってテレビを見ていた。ときどき、夜になるとイングリッドは、ホテルのバーで飲んでくるとか、ホテルのディスコで踊ってくると言って出かけていったが、ロッテはひとりで部屋に残り、テレビのチャンネルを変えた。イングリッドはいつも英語の番組をつけていたが、ロッテはメキシコの番組を見るのが好きで、そうすることが息子に近づくひとつの方法なのだと思っていた。

二度ほど、イングリッドは朝の五時過ぎに部屋に戻ってきたことがあったが、二度ともロッテはまだ起きていて、テレビをつけたままベッドの足元かソファに座っていた。ある晩、イングリッドがいないときにクラウスが電話をかけてきた。そのときロッテは、クラウスが砂漠のはずれにあるあのひどい刑務所から脱走したのだ、とまず思った。クラウスはいつもの口調で、というかむしろリラックスした口調で、元気かいと尋ねてきたので、ロッテは元気よと答えたものの、そのあと何を言ったらいいのか分からなくなった。自制心を取り戻すと、どこから電話をかけているのかと訊いた。

「刑務所からさ」とクラウスは言った。

ロッテは時計を見た。

「いったいどうしてこんな時間に電話をかけさせてもらえるの?」

「誰も何もさせてくれはしないよ」とクラウスは笑って言った。「携帯電話からかけているんだ」

そのときロッテは、クラウスが携帯電話を持っていると弁護士に言われたのを思い出した。その後、しばらく別の話をしていたが、クラウスが夢を見たと言い出し、口調が変わり、もはや穏やかな口調ではなくて低く響くような声になっていた。それを聞いたロッテは、ドイツで役者が詩を朗読するのを聞いたときのことを思い出した。どんな詩だったのかは思い出せなかったし、おそらく古典の詩だったのだろうが、役者の声は忘れられなかった。

「どんな夢を見たの？」とロッテは言った。

「分からない？」とクラウスは言った。

「分からないわよ」とロッテは言った。

「だったら言わないほうがいいな」とクラウスは言って電話を切った。

ロッテは衝動的に、すぐに息子に電話をかけ直して、話を続けようとした。だが、電話番号を知らないことに気づき、何分か躊躇したのち、そのような時刻に電話をかけるのは失礼だと分かってはいたが、ビクトリア・サントラヤに電話をかけた。弁護士がようやく電話に出ると、ロッテはドイツ語とスペイン語、それに英語混じりでクラウスの携帯電話の番号を知りたいのだと説明した。長い沈黙のあと、弁護士は数字をひとつひとつ区切って伝え、ロッテが正確に書き留めたかどうかを確認してから電話を切った。

いっぽう、ロッテには、その「長い沈黙」は複数の問いをはらんでいるように思えた。弁護士はクラウスの電話番号がメモしてある手帳を探しに行くために受話器を置いたりせず、受話器の向こうで押し黙ったまま、おそらく考え込むような姿勢のまま、電話番号を教えるかどうかを決めたのだ。とにかく、ロッテにはあの「長い沈黙」のあいだに、弁護士の息遣いが、おそらく、弁護士が二つの可能性のあいだで葛藤しているのが聞こえた。そのあと、ロッテはクラウスの携帯電話にかけてみたが、話し中だった。十分待ってもう一度かけたが、やはり話し中だった。夜のこんな時間にクラウスはいったい誰と話しているのかしら、とロッテは思った。

翌日、面会に訪れたとき、ロッテは電話が話し中だったことには触れず、何かを尋ねたりもしなかった。クラウスはクラウスで、いつもと同じくよそよそしく、冷淡で、まるで逮捕されているのが自分ではないかのようだった。

いずれにせよ、ロッテは二度目のメキシコ訪問で、最初のときのように途方に暮れる思いをせずに済んだ。刑務所での待ち時間に、囚人を訪ねてきた女たちと話をすることもあった。ロッテは言葉を覚えた。女たちが赤ん坊を連れているときには、かわいい子《ボニート・ニーニョ》ですね、素敵な子《リンド・チャマコ》ねと声をかけた。囚人の母親や祖母がショールで顔を半分隠して、無表情にも諦めたようにも見える顔で列に並んで開門時間を待っているときには、いいおばあちゃん《フェナ・ビエヒータ》ですね、優しいですね《シンパティカ・ビエヒータ》と声をかけた。滞在三日目に、ロッテもショールを買った。イングリッドと弁護士の後ろを歩いているあいだ、涙がこぼれてくるときがあり、そんなときにはショールが顔を隠してくれて、少しだけ自分の空間をもつことができた。

一九九七年、ロッテはメキシコに戻った。イングリッドはいい仕事を見つけたために彼女に付き添えず、今回はひとりで旅に出た。ロッテのスペイン語は、精を出したおかげでかなり上達し、弁護士とは電話でも話せるようになっていた。メキシコには無事到着したが、サンタテレサに着いてすぐビクトリア・サントラヤと会ったときに彼女が見せた表情と、その後必要以上に長く抱擁されたことで、何か奇妙なことが起きているのだと気づいた。裁判は、まるで夢のなかで起きているかのように進行し、二十日間の審理が続き、クラウスは四件の殺人について有罪を宣告された。

その晩、弁護士は車でロッテをホテルまで送ってくれたが、その後帰ろうとしないので、ロッテは、弁護士には何か言いたいことがあるのだが、どう伝えたものかと考えあぐねているのだろうと思った。そこで、疲れていたしさっさとベッドに潜って眠りたかったが、弁護士をバーに誘ってみた。並木道の大通りを走る車のヘッドライトが見える大きな窓のそばで飲んでいると、ロッテと同じくらい疲れているように見えた弁護士はスペイン語で罵りの言葉を吐き始めた。あるいはロッテにはそのように聞こえ、その後、はばかることなく泣き出した。この人は息子のことが好きなんだわ、とロッテは思った。ロッテがサンタテレサを発つ前、ビクトリア・サントラヤは、裁判は不正だらけだからきっと無効になるでしょう、と言った。いずれにしても上告します、と彼女は約束した。帰りの道中、砂漠を車で走っているとき、ロッテは息子のことを考え、そして弁護士のことを考え、実に奇妙だったが実に自然に、二人はお似合いのカップルだと思った。

一九九八年、判決は無効とされ、第二審の日程が決められた。ある晩、パーダーボルンからビクトリア・サントラヤに電話をかけて話しているあいだ、ロッテは唐突に、息子とのあいだに何かあるのかと尋ねた。

「ええ、あります」と弁護士は言った。

「で、あなたはつらくて耐えられないということはないの?」とロッテは訊いた。

「あなたほどつらくないですよ」とビクトリア・サントラヤは言った。

「どういうことかしら」とロッテは言った。「わたしはあの子の母親だけど、あなたには選ぶ自由があるわ」

「愛に選ぶ自由はないのよ」とビクトリア・サントラヤは言った。

「で、クラウスはあなたに応えてくれるの?」とロッテは訊いた。

「彼と寝てやっているのはわたしなんですよ」とビクトリア・サントラヤはぶっきらぼうに言った。

ロッテにはどういうことなのか分からなかった。だが少し経ってから、ドイツと同じようにメキシコでも囚人には結婚相手や恋人が刑務所に滞在する権利が認められているということを思い出した。ロッテはそのことを取り上げたテレビ番組を見たことがあった。囚人が妻と過ごす部屋はあまりにもわびしかった、とロッテは思い出した。女たちは部屋を少しでもきれいにしようと努力していたが、花やハンカチを使ったところで、個性のないわびしい部屋が安っぽい売春宿のわびしい部屋に変わるだけだった。しかも、それはドイツのまともな刑務所だったわ、とロッテは思った。刑務所はぎゅうぎゅう詰めではなかったし、清潔だったし、機能的で。サンタテレサの刑務所で結婚相手と過ごす部屋がどんなものか、ロッテは考えたくもなかった。

「あなたが息子のためにしてくれていることはすばらしいと思うわ」とロッテは言った。

「とんでもない」と弁護士は言った。「クラウスが与えてくれるものは何にも代えがたいんです」

その晩、ロッテは眠る前に、ビクトリア・サントラヤとクラウスのことを考え、二人が揃ってドイツかヨーロッパのどこかにいるところを想像してみた。ビクトリア・サントラヤがクラウスの子供を身ごもって大きなお腹をしているのが見えたところで、ロッテは赤ん坊のように眠りについた。

一九九八年、ロッテは二度メキシコに渡り、合計四十五日間サンタテレサに滞在した。裁判は一九九九年まで延期された。ロサンゼルス発の飛行機でツーソンに着いたとき、レンタカー代理店の職員が、ロッテの年齢を理由に車を貸すのを拒んだため、二人はもめた。

「歳はとっているけれど、運転はできるわ」とロッテはメキシコのスペイン語で言った。「それにこれまで一度も事故を起こしたことなんかないのよ」

話がつかないまま午前中を半分無駄にしたあと、ロッテはタクシーを呼び、それに乗ってサンタテレサへ向かった。運転手の名はスティーヴ・エルナンデスといい、スペイン語を話した。砂漠を横断しているあいだ、運転手はメキシコには何の用で来ているのかと訊いた。

「息子に会いに来たの」とロッテは言った。

「今度来るときには」と運転手は言った。「息子にツーソンまで迎えに来てくれるように言うんだね。そうすればもっと安く済むんだから」

「ぜひともそうしたいわ」とロッテは言った。

一九九九年にメキシコに戻ったときは、弁護士がツーソンまで迎えに来てくれた。その年、ロッテは運がなかった。パーダーボルンの商売はうまくいかず、作業場と建物、それに自分の家まで売ろうかと真剣に考えていた。身体の調子も悪かった。診察してもらった何人かの医師はどこも悪いところを見つけられなかったが、ロッテはときどき、とても簡単な作業さえできないような気がした。天気が悪くなるたびに風邪をこじらせ、ときには高熱を出してベッドから出られない日が何日も続いた。

二〇〇〇年はメキシコに行けなかったが、毎週弁護士と電話で連絡を取り、クラウスに関する最新情報を知らせてもらった。電話で話さないときはメールで連絡を取り合っただけでなく、自宅にはファックスを置き、女性殺人事件について新しい資料を受け取った。メキシコに行かなかったその年、ロッテは健康に気を配り、次の年には旅ができるように体調を整えた。ビタミン剤を飲み、理学療法士を雇い、週に一度は中国人の鍼療法師を訪ねた。新鮮なフルーツと野菜をたっぷり使った特別メニューを続けた。肉をやめ、魚を食べるようにした。

二〇〇一年になると、ふたたびメキシコへの旅の準備ができるようになったが、ロッテの健康状態はどれほど気をつけたところで以前のようには戻らなかった。そしてロッテの精神状態も、このあと見ていくように改善しなかった。

フランクフルトの空港でロサンゼルス行きの便を待っているあいだ、ロッテは書店に入り、本を一冊と雑誌を二、三冊買った。彼女は、どういう意味であれ善い読者ではなかった。ときどき本を買ったとしても、たいていは引退した俳優や映画に出なくなって久しい俳優が書いた本だったり、有名人の伝記だったり、あるいはテレビ司会者が書いた本で、一見面白い逸話がたくさん載っていそうで、実際にはひとつもそういう逸話がないような本ばかりだった。

今回はうっかりして、というか乗り継ぎ便を逃さないよう急いでいたために、『森の王』という本を買った。著者はベンノ・フォン・アルチンボルディという人物だった。百五十ページほどのその本は、片足の男と片目の女、そしてその夫婦のあいだに生まれた二人の子供、泳ぐのが好きな長男と、その兄を崖まで追いかける妹をめぐる話だった。飛行機が大西洋を横断するあいだ、ロッテは自分の小さいころの話を読んでいることに気がついてはっとした。

奇妙な文体だった。文章は明晰で、ときどき透明になることもあったが、次々に展開する物語はどこにも行き着かなかった。ただ子供たちとその両親、動物、隣人がいるだけで、そして結局のところ、あるものと言えば自然だけだった。沸騰する大鍋のなかで形を少しずつ失い、やがてすっかり姿を消してしまう自然だけだった。

乗客が眠っているあいだ、ロッテは自分の家族や家や隣人や庭の話でないところは飛ばして、もう一度その小説を読み返してみた。そして読み終えたとき、作者、すなわちベンノ・フォン・アルチンボルディという人物が自分の兄であることは間違いないことが分かった。もっとも、作者が自分の兄と話をした可能性もあったが、ロッテがすぐにそれを否定できたのは、その本のなかには、兄なら絶対に誰にも話さなかったはずのことが書かれていたからだった。もっとも、兄は書くことで世界中に語っているのだが、ロッテはそこまでは気づかなかった。

本の見返しのページに作者の写真は載っていなかったが、作者の生まれた年は、兄が生まれたのと同じ一九二〇年だった。これまでの作品一覧も載っていて、すべて同じ出版社から刊行されていた。さらに、ベンノ・フォン・アルチンボルディの作品が十二の言語に翻訳されていること、何年か前からノーベル賞の候補に上がっていることも知った。ロサンゼルスでツーソンまでの乗り継ぎ便を待っているあいだ、アルチンボルディの本がもっとないかと探してみたが、空港の書店にあるのはエイリアン、さらわれた人たち、未知との遭遇、空飛ぶ円盤の発見といったSFものばかりだった。

ツーソンでは弁護士が待っていて、サンタテレサまでの移動中はもっぱら裁判をめぐって話をした。弁護士によれば、裁判はかなり前から行き詰まっていて、それは悪いことではないらしかったが、ロッテにしてみれば行き詰まっているのはむしろ悪いことだったので、どういうことか分からなかった。しかし弁護士に反論したくなかったので、風景を眺めることにした。車のウィンドウは下りていて、砂漠の空気、甘ったるくて熱っぽい空気は、飛行機の長旅が終わってからロッテがたまらなくほしかったものだった。

着いたその日に刑務所へ行くと、一人の老婆が自分のことを覚えていてくれたのでロッテは嬉しかった。

「あんたに会えてあたしの目が喜んでるよ」と老婆は言った。

「モンチータ、元気だった？」と、ロッテは老婆を長いこと抱きしめながら言った。

「見てのとおりだよ。相変わらずつらいことばかりでね」と老婆は答えた。

「息子というのはいつまでたっても息子なのよ」とロッテは格言めいた言い方をして、二人はふたたび抱き合った。

クラウスは相変わらずよそよそしく冷淡だった。少し痩せたようだったが、がっしりしたところは以前と変わらず、ほとんど分からない程度の不機嫌そうな表情も十七歳のころと変わらなかった。話題に上ったのはどうでもいいことばかりで、ドイツのこと（ドイツに関することにクラウスはまったく興味がなさそうだった）、ロッテの旅のこと、作業場のことだったが、弁護士が刑務所の職員と話があるといって席を外したとき、ロッテは旅の途中に読んだアルチンボルディの本のことを話した。クラウスは、最初のうちは興味なさそうにしていたが、ロッテがハンドバッグから本を取り出して線を引いた箇所を読み始めると、クラウスの表情が変わった。

「読みたいなら貸してあげるわ」とロッテは言った。

クラウスは頷いてすぐに本を掴もうとしたが、ロッテは離さなかった。

「その前にメモを取らせて」とロッテは言うと、手帳を取り出し、出版社の連絡先を書き留めた。その後、本をクラウスに渡した。

その晩、ロッテはホテルでオレンジジュースを片手にビスケットをかじり、テレビのチャンネルをあちこち変えてメキシコの深夜番組を眺めていた。すでに夜も更けたころ、ハンブルクにあるブービス社に長距離電話をかけた。ロッテは社長と話がしたいと言った。

「ブービス夫人ですね」と秘書は言った。「夫人はまだ出社しておりません。のちほどかけ直していただけますか？」

「分かりました」とロッテは言った。「またあとでお電話しますと言ってから、一瞬躊躇して付け加えた。「ベンノ・フォン・アルチンボルディの妹のロッテ・ハースから電話があったとお伝えください」

そうして電話を切ってからホテルのフロントにダイヤルし、三時間後に起こしてくれるように頼んだ。服も脱がずに眠りに落ちた。廊下から物音が聞こえた。テレビはつけっぱなしだったが、音は消してあった。巨人の墓がある墓場の夢を見た。墓石が割れ、巨人が片手を出し、その後、もう片方の手も出し、次いで頭が、土がたくさんこびりついた長い金髪でふち取られた顔が出てきた。フロントからの電話が鳴る前に目が覚めた。テレビの音量を元に戻し、部屋を動き回ったり、アマチュア歌手が出ているテレビ番組を横目で眺めたりした。

電話が鳴ると、ロッテはフロント係に礼を言い、もう一度ハンブルクに電話をかけた。同じ秘書が電話に出て、社長は出社していると言った。ロッテが何秒か待つと、おそらく高等教育を受けたであろう女性の、よく通る声が聞こえてきた。

「あなたが社長ですか？」とロッテは言った。「わたしはベンノ・フォン・アルチンボルディの妹、つまりハンス・ライターの妹です」と告げたあとは、何を言ったらよいのか分からなかったので黙っていた。

「もしもし？　大丈夫ですか？　わたくしに何かできることがあるかしら？　メキシコからお電話くださったと秘書が申しておりましたわ」

「ええ、メキシコからかけています」とロッテは泣き出しそうになりながら言った。

「メキシコにお住まいですか？　メキシコのどちらからおかけですか？」

「わたしはドイツに住んでいます。パーダーボルンです。自動車修理工場を経営していて、土地を少し持っています」

「なるほど」と社長は言った。

そのときになってロッテは、なぜかは分からないが、おそらく社長が驚いたそのそぶりや質問の仕方から、話している相手が自分よりも年上、つまりとても年老いた女性であることに気がついた。

するとこらえていた思いがあふれ出し、ロッテは何年も兄に会っていないこと、息子がメキシコで逮捕されたこと、夫は亡くなり、自分は再婚しなかったこと、必要と絶望にかられてスペイン語を学んだこと、まだスペイン語でつまずいていること、母は亡くなり、たぶん兄はまだそれを知らないということ、作業場を売ろうとしていること、兄の本を飛行機のなかで読んで死ぬほど驚いたこと、砂漠を越えているときに兄のことばかり考えていたことを話した。

その後、ロッテはごめんなさいと言い、その瞬間、自分が泣いていることに気がついた。

「いつパーダーボルンにお戻りかしら?」と社長が尋ねるのが聞こえた。

そして、

「住所を教えてくださる?」

そして、

「あなたは混じりけのない金髪の、すごく色白の女の子で、お母さまがお屋敷に働きに来るときにときどきあなたを連れていらしたわよね?」と訊く声がした。

ロッテは思った。どのお屋敷のことだろう? わたしが覚えているわけないわ。でもそのあと、村人たちが働きに行っていた唯一の屋敷、フォン・ツンペ男爵の旧家のことを考え、そしてその屋敷のことを、母親と一緒にそこに出かけて、埃をはたいたり、掃除をしたり、枝付き燭台を磨いたり、床にワックスをかけたりするのを手伝ったことを思い出した。だが何か言う前に、社長がこう言った。

「お兄さんがどうしているか、すぐにお知らせします。お話しできてよかったわ。ではまた」

そして電話は切れた。メキシコにいるロッテはまだ受話器を耳に当てたままだった。聞こえてくるのは、まるで谷底で響くような音だった。谷底に真っ逆さまに落ちていくときに聞こえる音。

ドイツに戻って三か月経ったころのある晩、アルチンボルディが姿を現わした。

ロッテはもう寝ようとしていたところで、寝間着を着ているときにブザーが鳴った。インターホンで、どなたですか? と訊いた。

「僕だよ」とアルチンボルディは言った。「君の兄貴だ」

その晩、二人は夜が明けるまで話し込んだ。ロッテはクラウスのことと、サンタテレサという街で女性が殺されていることについて話した。クラウスの夢について、刑務所から自分を救い出してくれるという巨人が出てくる夢について話し、でもあなたはもう巨人には見えないわね、とアルチンボルディに言った。

「僕が巨人だったことはないよ」とアルチンボルディは言いながら、ロッテの家の居間や食堂を歩き回り、自分の本が十冊以上きれいに並べられた棚のそばで立ち止まった。

「どうしていいか分からないの」とロッテは長い沈黙のあとで言った。「もう力が出ないのよ。何も分からないし、分かったところで怖くなるだけ。何の意味もないわ」とロッテは言った。

「疲れてるだけさ」と兄は言った。

「歳だし、疲れてる。孫がほしいの」とロッテは言った。「いくつなの？」

「あなたも歳ね」とロッテは言った。

「八十歳を超えたよ」とアルチンボルディは言った。

「自分が病気になってしまう気がするの」とロッテは言った。

「あなたがノーベル賞を取るって本当？」とロッテは尋ねた。

「クラウスが死ぬかと思うと怖いわ。態度の大きい子なの。いったい誰に似たのかしら？　ヴェルナーはああじゃなかったのに」とロッテは言った。「お父さんもあなたもそうじゃないのに。どうしてお父さんのことを書くとき、片足の男って書くの？　どうしてお母さんは片目の女なの？」

「そうだったからさ」とアルチンボルディは言った。「忘れてしまったの？」

「ときどき忘れてしまうことがあるのよ」とロッテは言った。

「刑務所はひどいところよ。本当にひどいところだわ」とロッテは言った。「といってもしばらくすれば慣れるのよ。病気に罹るようなものね」とロッテは言った。「ブービス夫人はわたしに優しかったわ。ちょっとしか話さなかったけれど、とても優しかった」とロッテは言った。「わたし、彼女に会ったことがあるのかしら？　どこかで知り合ったのかしら？」

「ああ」とアルチンボルディは言った。「でも小さいころのことだから覚えていないんだ」

その後、彼は指先で自分の本に触れてみた。さまざまな種類の版があった。ハードカバー、ペーパーバック、ポケット版。

「覚えていないことがたくさんあるのよ」とロッテは言った。「いいことも、悪いことも、最悪のことも。でもいい人たちのことは絶対に忘れないわ。出版社の女性はとてもいい人だった」とロッテは言った。「たとえ自分の息子がメキシコの刑務所で腐っていてもね。いったい誰が息子の心配をしてくれるの？　わたしが死んだら誰が思い出してくれるの？」とロッテは言った。「息子には子供がいない。友達もいない。何もないのよ」とロッテは言った。「あら、夜が明けてきたわ。紅茶かコーヒー、それかお水でも飲む？」

アルチンボルディは腰を下ろして足を伸ばした。関節がぽきぽきと音を立てた。

「あなたが全部やってくれる？」

「ビールがほしい」と彼は言った。

「ビールはないわ」とロッテは言った。「あなたが全部やってくれる？」


フュルスト・ピュックラー。

もし君がおいしいアイスクリームを、チョコレートやバニラやイチゴのアイスクリームを食べたいのなら、フュルスト・ピュックラーを注文するといい。君のところには三種類の味のアイスクリームが運ばれてくるだろう。でもどんな味でも持ってきてくれるというわけではなくて、チョコレート、バニラ、イチゴの三種類と決まっている。それがフュルスト・ピュックラーなんだ。

アルチンボルディは妹を残し、メキシコへの直行便に乗ろうとハンブルクに向かった。翌日の朝まで次の便がなかったので、知らない公園に散歩に行った。広々とした公園で、樹木が植えられ、敷石の歩道が伸び、子供を連れた女たちやローラースケートを履いた若者たち、自転車に乗った学生もいた。彼はバーのテラス席に腰を下ろした。テラスはバーからはかなり離れたところにあり、まるで森の真ん中にあるようだった。彼はそこで本を読み始め、その後サンドイッチとビールを注文し、代金を払った。その後、フュルスト・ピュックラーを注文し、テラス席ではその場で代金を支払わなければならなかったので会計を済ませた。

彼以外にそのテラス席にいたのは、三つ離れたテーブル（がっしりとして、優美で、盗むのが難しそうな鋳鉄のテーブル）のかなり高齢の紳士だけだった。アルチンボルディほどの歳ではなかったが、雑誌を読みながらカプチーノを飲んでいた。アルチンボルディがアイスクリームを食べ終えようとしたとき、その紳士はおいしかったかと訊いた。

「ええ、おいしかったですよ」とアルチンボルディは言って微笑んだ。

その紳士は、この友好的な微笑みに誘われたのか、勇気づけられたのか、椅子から立ち上がってひとつ離れたテーブルに腰を下ろした。

「自己紹介をさせて下さい」と彼は言った。「私はアレクサンダー・ピュックラー侯爵です。何と申したらよいのか、このアイスクリームを作ったのは私の先祖でして、実に聡明なピュックラー侯爵《フュルスト・ピュックラー》、偉大なる旅人で博学で、主たる趣味は植物学と庭園でした。もちろん彼は、こんなことを考えたとすればですが、自分が書いたり出版したりした数多くの小品のいずれかによって歴史に名を残すと考えていました。その小品というのは、ほとんどが旅行記で、といっても必ずしも人の役に立つような旅の記録ではなく、小さな本なのです。ですが今でも魅力的で、とても、何と申したらよいのか、とても明晰な本なのです。要するに、このうえなく明晰で、その本を読むと、彼のそれぞれの旅の最終目的は、ある庭園を調べることだったのではないか、ときには忘れ去られ、神の手から離れ、運命に流されていく庭園、もっとも、そのすばらしさを我が高名な先祖は茂みと怠惰のなかに見いだすことができたわけですが、そうした庭園を調べることだったのではないかと思えるのです。彼の、何と申したらよいのか、植物学についての博学ぶりが目につくのは確かですが、彼の遺した本はすばらしい観察の賜物で、それを通じて、彼の時代のヨーロッパについておおむね正しい知見を得られるのではないでしょうか。しばしば揺れ動くヨーロッパ、その嵐はある一族の城の端まで、ご存じでしょうが、ゲルリッツ近郊の城まで届くこともあったのです。もちろん、私の先祖も嵐とは無縁ではありませんでしたし、それは、何と申したらよいのか、人間につきものの浮き沈みとは無縁でなかったのと同じことです。したがって、彼は文章を書いては出版し、そして彼なりに、つましくはありますが、きれいなドイツ語の散文で不正に対して声を上げていたのです。死後の魂がどこに行くのかということに関心はなかったと思いますが、それについても何ページかは書いています。関心があったのは威厳について、そして植物についてのことでした。幸福については一言も書きませんでしたが、私が想像するに、彼は幸福をとても私的な何か、たぶん、何と申したらよいのか、厄介で捉えどころのないものだと見なしていたからでしょう。優れたユーモアのセンスをもっていましたが、彼の本を読めばそれに矛盾するページは容易に見つかるでしょう。また、彼は聖人でも勇敢な人間でもありませんでしたが、きっと死後の名声のことを、胸像や騎馬像、あるいは図書館に永久に保存される二つ折りの書物のことを考えていたはずです。三色のアイスクリームに自分の名前をつけたことで歴史に名を残すとは夢にも思っていませんでした。それは保証します。さて、あなたはどうお考えですか？」

「どう考えていいか分からないな」とアルチンボルディは言った。

「植物学者のピュックラー侯爵のことを覚えている人はいません。模範的な庭師のことを覚えている人はいませんし、その作家の書いた本を読んだ人もいません。でも、誰もが人生のある瞬間にフュルスト・ピュックラーを味わったことがある。春と秋にはとくに食べたくなり、しかもおいしいのです」

「どうして夏ではないのですか？」とアルチンボルディは尋ねた。

「夏にはちょっと甘ったるいのです。夏はミルクを使ったアイスクリームよりもシャーベットのほうがいいですね」

突然、公園の照明が点ったが、一瞬だけ真っ暗闇になった。まるで誰かが、ハンブルクのいくつかの地区に真っ黒いマントを放ったかのようだった。

紳士はため息をついた。七十歳を越えているに違いなかった。そして言った。

「後世への伝わり方は実に謎めいています。そう思いませんか？」

「ええ、たしかに。そう思います」とアルチンボルディは言いながら立ち上がり、ピュックラー侯爵の子孫に別れを告げた。

少しあとで彼は公園を出て、翌朝メキシコに旅立った。

初版への注記

『２６６』は、著者の死後一年以上経って初めて出版された。すると当然、私たち読者の手元に届くテクストと、もしもロベルト・ボラーニョが生き長らえていたなら世に出ていたであろうテクストは、どの程度厳密に一致するのかという疑問が湧いてくる。だがそれに対する答えは私たちを安心させてくれる。すなわち、ボラーニョが亡くなったときに遺された小説は、彼が構想していたものに限りなく近いのである。ボラーニョがまだ生きていたらさらに本書の執筆に取り組んでいたであろうことは確かだが、それでもせいぜいあと二、三か月というところだろう。彼自身は小説の完成が近づいていることを明らかにしていたが、脱稿の予定日は大幅に過ぎていた。いずれにせよ、この小説の土台のみならず構造全体がすでにできあがっていて、その形、大きさ、内容の全体は、今見られるのとほとんど同じなのだ。

ボラーニョが亡くなったとき、『２６６』の壮大な計画は、それぞれが五つに分かれた部に対応する五つの連作小説へと形を変えたとされる。生前最後の数か月のあいだ、ボラーニョはこの考えにこだわったが、彼が当初の計画を果たせるか否か次第に確信が持てなくなっていたことは確かだ。だがこの意図には、実際的な判断（ちなみにそれは、ボラーニョの得意とするところではなかった）が働いたと見るほうが妥当だろう。日ごとに迫り来る死を前にして、ボラーニョは、常識を超える長大な作品、しかも完全には仕上がっていない小説を一冊出版するよりも、短いかあるいは中くらいの長さの小説を五つ、別々に出すほうが、出版社にとっても遺族にとってもより負担が少なく、より多くの利益をもたらすだろうと考えたようだ。

だが、テクストを読み終えると、この小説は当初の計画どおり一つの作品とするほうがふさわしいように思える。『２６６』を構成する五つの部はそれぞれ独立したものとして読むことができるが、どの部も複数の要素（くり返し現われるモチーフの繊細な網目）を共有しているばかりでなく、そこには一貫した意図が窺える。五つの部を包摂する、相対的に「開かれた」構造を正当化することにこだわる必要はない。しかも、先行する『野生の探偵たち』の場合に比べれば、問題ははるかに小さい。もし『野生の探偵たち』（一九九八）が死後に出版されていたとしたら、それが未完であることについてあらゆる種類の憶測を呼ばなかっただろうか。

五つの部から成る『２６６６』を一巻本として出版する（作品の読みの大枠がいったん確立されたら、その後それぞれの部を別々に出版して、小説の開かれた構造が可能にし、示唆してもいる組み合わせを認める）という決断をよしとするもう一つの考え方がある。短篇の名手であり、見事な中篇小説をいくつも手掛けているボラーニョは、『２６６６』の執筆に取り組み始めたころ、野心においても長さにおいても『野生の探偵たち』をはるかに凌ぐ、壮大な計画を抱いていることを常に誇らしげに語っていた。『２６６６』のスケールは、すべての部についてのもともとの構想、構想に生命を吹き込む、危険を顧みない意志、および全体性を求める常軌を逸した熱意と切り離すことができない。この点については、『２６６６』に出てくる一節を思い出す必要があるだろう。小説の登場人物であるアマルフィターノが、本好きの薬剤師との会話のなかで、（メルヴィルの『代書人バートルビー』やカフカの『変身』を引き合いに出しつつ）短く完璧な小説の評価が高まることで、より野心的で大胆な大作（『白鯨』や『審判』）が顧みられなくなることについて思いをめぐらせ、失望の色を隠さない。

なんと悲しいパラドックスだろう、とアマルフィターノは思った。いまや教養豊かな薬剤師さえも、未完の、奔流のごとき大作には、未知なるものへ道を開いてくれる作品には挑もうとしないのだ。彼らは巨匠の完璧な習作を選ぶ。あるいはそれに相当するものを。彼らが見たがっているのは巨匠たちが剣さばきの練習をしているところであって、真の闘いのことを知ろうとはしないのだ。巨匠たちがあの、我々皆を震え上がらせるもの、戦慄させ傷つけ、血と致命傷と悪臭をもたらすものと闘っていることを。

次がタイトルの問題である。謎めいた数字、２６６６（実際には年号）は、小説の異なる部がそれぞれあるべき場所に収まるための消失点として働いている。この消失点がなければ、小説全体が不均衡で未完成となり、意味を欠いたまま宙吊りになってしまう。

『2666』に関する多くのメモの一つでボラーニョは、作品のなかには「隠された中心」が存在し、それが小説のいわば「物理的中心」の影に隠されていることを指摘している。この物理的中心が、いくつかの理由から、メキシコとアメリカの国境の街シウダー・フアレスの忠実な投影であるサンタテレサの街と考えることができる。小説の五つの部は最後にはその地に収斂するのだ。驚くべき背景となる犯罪がその地で起きる（そしてそこには、小説の登場人物の一人が言うように、「世界の秘密」が隠されている）。「隠された中心」について言えば……それは2666そのもの、小説全体が依拠する年号を象徴するものではないだろうか。

ボラーニョが『2666』の執筆に費やしたのは生前最後の数年間だった。だが、小説のコンセプトとアイデアはもっと早い時期に生まれていた。その萌芽は、著者による過去のさまざまな作品、とりわけ『野生の探偵たち』（物語がソノラ砂漠で終わるのは偶然ではない）のあとに出版されたものを遡ることによって見いだせるだろう。いずれそれらの萌芽を詳細に検討するときが来るはずだ。さしあたりここでは、*Amuleto*（一九九九）に見られる例を一つ挙げれば十分だろう。それは実に多くのことを語ってくれる。*Amuleto* を読み返すと、2666という年号の意味を知るための、まぎれもない手がかりが得られる。主人公アウクシリオ・ラクチュール（『野生の探偵たち』のなかですでに造形されている人物）は、ある夜、メキシコシティのゲレロ区に向かって歩いているアルトゥーロ・ベラーノとエルネスト・サン・エピファニオのあとを追ったときの様子を伝えている。二人は通称「男娼たちの王」を探している。以下は彼女が語ったことである。

そして私は二人のあとを追いました。ブカレリ通りからレフォルマ通りに向かって、二人は軽い足取りで歩いていき、それからレフォルマ通りを信号が青に変わるのを待たずに渡り、二人の長い髪がなびくのが見えました。その時間、レフォルマ通りを、夜にしては強すぎる風が吹いていたからで、レフォルマ通りは、街の架空の息が通る透明なチューブ、長いくさび形の肺に変わりました。それから二人と私はゲレロ通りを下り始めましたが、彼らの足取りはそれまでよりいくらか遅くなり、私のほうは前より少し足取りを速めました。その時間、ゲレロ通りは何よりも墓地に似ているのですが、一九七四年や一九六八年の墓地ではなく、一九七五年（アウクシリオ・ラコンテの話が語られている年）の墓地でもなく、二六六六年の墓地、死者か生まれる前の胎児のまぶたの裏で忘れ去られた墓地のようであり、それは何かを忘れようとして結局すべてを忘れてしまう片方の目の熱のない液体に浸されていました。

本書に収められたテクストは、小説の五つの異なる部の最終バージョンに相当する。ボラーニョは、どの作品のファイルを最終的なものと見なせるかを、きわめて明確に指示していた。それでも、起こりうる書き落としを補ったり誤植を修正したりするために、またボラーニョの最終的な意図に近いものを見つけるために、初期の草稿が見直された。だがこうして綿密に検討した結果、さして新しい光が投げかけられることはなく、そのテクストが間違いなく最終的なものであることに疑いを残す余地はいささかも残らなかった。

ボラーニョは周到な作家だった。彼はテクストを残すにあたって何種類かの草稿を作ると、多くの場合一気に書き上げ、あとで入念に推敲した。その意味で『2666』の最終バージョンは、わずかな例外を除き、申し分なく明瞭かつ明確である。言い換えれば、熟考されている。些細な修正を施したり、明らかな誤植を訂正する機会もほとんどなく、この作家の「弱点」や「偏愛」の扱いに自信があり、場数を踏んで熟達した、だがとりわけ共犯者であるはずの編集者に、手を入れさせる余地を残していないのだ。

最後に次のことを紹介しておきたい。『2666』に関するボラーニョの覚書のなかに、こんなメモがある。『2666』の語り手はアルトゥーロ・ベラーノだ」。また、別の場所でボラーニョは、「『2666』の終わりのために」として、こう付け加えている。「友人たちよ、これで終わりだ。僕はすべてを成し遂げ、すべてを生きた。泣く力があれば泣いてしまうだろう。皆とはこれでお別れだ。アルトゥーロ・ベラーノより」。

それでは、ごきげんよう。

イグナシオ・エチェバリア
二〇〇四年九月

訳者あとがき

「ジャン＝クロード・ペルチエが初めてベンノ・フォン・アルチンボルディを読んだのは、一九八〇年のクリスマスのことだった。」『2666』の書き出しは、第一部の登場人物の一人であるペルチエの若き日の決定的な読書体験について語っている。全体を見せない淡々とした語り口が、かえってアルチンボルディの作品と出会ったときの興奮と歓びを読者に想像させ、鮮やかに印象づけるのだ。ロベルト・ボラーニョの作品は、何よりもボルヘスに似て、本の本と言えるほど書物への言及が多く、書物に対するフェティッシュな愛に満ち溢れている。そして書物が備える不思議さや可能性を再認識させてくれる。だから、『2666』がこの一文から始まったとたん、読者は書物の世界に誘われる予感に心を揺さぶられ、物語に引き込まれてしまう。少なくとも訳者の場合はそうだった。

しかしこの一文が、謎の作家アルチンボルディを追い求める旅と、メキシコ北部の架空の街サンタテレサで起こる女性連続殺人事件を軸とした、邦訳では二段組で九〇〇ページ近い長さの壮大な物語の幕開けでもあるとは誰が予想できるだろうか。物語が進むにつれ、読者は、すでに邦訳のある『通話』や『野生の探偵たち』とは大きく異なる物語が展開していくことに目がくらむ思いをすることだろう。

『2666』を成す五つの部は、それぞれ性格の異なる魅力的な物語となっている。第一部では、ヨーロッパの四人の批評家たちがアルチンボルディ研究を通じて出会い、友情を深め合い、三角関係（さらには四角関係）に陥りながら、アルチンボルディの目撃情報を手がかりにメキシコを訪れるまでが語られる。四人の交流の影で、アルチンボルディの存在はしばしば忘れられながらも、物語を推し進める謎として機能する。印象的なことのひとつは、イタリア、スペイン、フランス、イギリスの研究者がいずれもドイツ文学者であり、彼らにマイナー志向性があることだ。このマイナー志向性というのはボラーニョ自身にも当てはまるだろう。四人のうちモリーニを車椅子生活者に設定したことは、彼らの関係や行動にメリハリをつけるうえで非常に効果的であるとともに、そこには死を早めることになった重い病を抱えていたボラーニョ自身が投影されているようでもある。またとりわけこの部では、ボラーニョが得意とする電話による会話が物語に活気を与えている。ただ、舞台がメキシコに移ると次第に、『通話』ではまだ使われていなかったメールが日常的ツールとなるのは、グローバル化の時代が訪れたことを意味し、そのグローバル化が生んだ矛盾が第四部で描かれるおぞましい事件の背後にあると見ることもできる。だとすれば、この小説はきわめてアクチュアルな問題に取り組んでいることになる。

第二部では、第一部で批評家たちの案内役として登場したチリ人哲学教授アマルフィターノに焦点が当てられ、彼がサンタテレサにやってきた経緯と、この街での奇妙な生活が綴られている。実はアルチンボルディの翻訳者でもある彼はなぜ、一人娘ロサを連れてメキシコの砂漠の街サンタテレサへやってきたのか。奔放な妻をエイズで失った彼は、かつてバルセロナ自治大学で哲学を教えていたが、知人のつてでサンタテレサ大学に職を得る。このノマド的人生を送る彼の経歴が読者に紹介されるいっぽう、娘と一緒に暮らす街に漂う不穏な空気をそれとなく伝える描写がなされている。第一部後半で女性連続殺人事件のことを知った読者は、このあたりから不安を募らせるだろう。アマルフィターノがバルセロナから送った本のなかに見覚えのない一冊がある。彼はそれをデュシャンに倣って洗濯ロープに吊すが、ここで〈レディメイド〉の模倣として吊されるガリシアの詩人ラファエル・ディエステの本は実際に存在する。本書のなかで実在または架空の本が何冊も登場するなかで、これは本物である。

第三部では、アフリカ系アメリカ人記者のフェイトがアメリカすなわち〈北〉から国境を越えてメキシコすなわち〈南〉のサンタテレサにボクシングの試合の取材に行き、そこで偶然、女性連続殺人事件のことを耳にする。北から南に向かうというベクトルはアメリカ文学において繰り返し用いられ、ビートニク世代はそれを旅として実践した。カルロス・フエンテスが『老いぼれグリンゴ』で描いたアンブローズ・ビアスの旅もまさしくこのベクトルに基づいていた。内戦を終えた秩序の国から内戦さなかの混沌の国へというわけである。ボラーニョはそのパターンを踏襲しているが、主役となるのはアフリカ系のフェイトで、白人ではない。しかも、ハーレムやブラックパンサー（創立者の一人として登場するバリー・シーマンにはモデルが存在する）を登場させることで、もうひとつのアメリカ、アメリカのなかの〈南〉を浮かび上がらせるのだ。そして挫折したアメリカ自体が抱える矛盾を先に見せておいてから、フェイトをメキシコに赴かせる。しかも彼はもともとスポーツ記者ではなく、ボクシングよりも社会に関心を抱いている。初めて訪れた隣国の街で女性連続殺人事件のことを知り、強い興味を示すのもそのためだろう。この第三部はアメリカ人の目で見たメキシコ社会と異文化体験の記録にもなっているが、フェイトが黒人であることによってひとひねりされている。

第四部ではついに、本書における不安と恐怖の源ともいえるサンタテレサでの女性連続殺人事件に焦点が当てられる。数え切れないほどの被害者の名前が次々と並べられ、彼女たちのプロフィールがボルヘス風の事典的な要約によって語られていくが、この部で使われている情報の多くは、ボラーニョが、友人のメキシコ人作家でこの事件を扱ったノンフィクション『砂漠のなかの骨』の著者であるセルヒオ・ゴンサレス・ロドリゲスとのメールのやりとりによって得られたものだという。興味深いのは、セルヒオ・ゴンサレスが実名で作中に登場するものの、実は（第四部よりもあとの時代を扱った）第三部で殺されているらしいという点である。これは極端な例だが、現実を微妙にずらすというのは現実と虚構の境目を曖昧にするボラーニョならではの手法である。

ところで、この部では、殺された女性の多くが働いていた場としてマキラドーラが出てくる。アメリカとメキシコの国境沿いに建つ多国籍企業の下請けをする製品組立工場のことで、ボラーニョは架空のマキラドーラをいくつも登場させているが、そのひとつに日系企業の〈アイウォ〉がある。これも名前をずらしてあるようだが、サンタテレサのモデルとなった街シウダー・フアレスにおける女性連続殺人事件を下敷きに『ボーダータウン』という映画を撮ったグレゴリー・ナヴァ監督が指摘するように、日系企業の傘下にあるマキラドーラは少なくなく、その意味でわれわれ日本人も無関心ではいられないだろう。事件は現在も未解決であり、この部でも捜査は行なわれるが犯人が捕まりながらも事件は続発する。第三部に登場する女性記者グアダルーペ・ロンカルのせりふは、問題の核心を突くと同時に困難さを表わしてもいる。「この連続殺人事件のことなんか誰も気に留めていないけれど、そこには世界の秘密が隠されている」と彼女は言うのだ。

第五部では、いよいよアルチンボルディの謎が解け始める。ハンス・ライターという名前のドイツ人青年がなぜアルチンボルディと名乗るようになったのか。まずそこに至るまでの彼の生い立ちが、一種の教養小説として語られる。その後、成長した彼が従軍した第二次世界大戦の模様や逃避行の迫真性には驚かされるが、それ以上に驚かされるのはボラーニョ流の諧謔やひねりに満ちていて、たんなる戦記ものを超え、彼の力量を示す見事な文学になっていることだ。とりわけハンス・ライターが、喉に大怪我を負い、前線を離れてウクライナの村で療養していたときに見つけたユダヤ系ロシア人アンスキーの手記と、ここでさらに入れ子状に語られるロシア人SF作家イワノフの物語のくだりでは、文学における剽窃行為とでも言うべきものがまるで手品のトリックを明かすように語られる。この箇所はさらに、剽窃行為の批評にもなっていて、ほかにも随所に見られるボラーニョの批評意識が形をとったものと言えるだろう。なお、アンスキーの手記のなかには、ハンス・ライターの後年のペンネームのヒントが隠されている。

だが、最後にアルチンボルディの妹のロッテが登場し、一人の女性、一人の母親としての人生に焦点が当てられるあたりは、読者がもっとも意表をつかれる箇所かもしれない。さらにそのあと、ロッテの一人息子すなわちアルチンボルディの甥の正体が明かされて、アルチンボルディがなぜメキシコを目指したかという第一部で投げかけられた謎が解ける仕掛けになっていて、そこから第一部へと物語がひとめぐりすることになる。独立していたはずの各部は円環という形で結ばれていたのである。

イグナシオ・エチェバリアが「初版への注記」で述べているように、本書の各部はそれぞれ独立した物語として読むこともできる。死を間近にしたボラーニョが、家族を養うためにそれを五冊の本にすることを考えたのも納得できる。だが、それらは実際には謎の作家の存在とサンタテレサでの連続殺人事件という二つの軸により、それぞれ自由のようでありながら緊密に繋がっているのであり、このことは未完こそが完成形であるという、『野生の探偵たち』にも見られたボラーニョの作品の特徴と見なすことができるだろう。開かれた作品としてどの部から読み始めても構わないと言えないこともないが、コルタサルの『石蹴り遊び』とは異なり、この小説はボラーニョが考えたとおり現在の順番にしたがって読むのがよさそうだ。

『通話』『野生の探偵たち』でも十二分に発揮されていたように、ボラーニョの作品の大きな魅力は横溢するユーモアにある。そのユーモアも知的なものからスラップスティックなものまでさまざまで、それが登場人物それぞれのイメージに陰影を与えてもいる。またそのユーモアは登場人物たちの会話や行動から生まれると同時に、語り手の口調から生まれるものでもある。読んでいるとときおり『ドン・キホーテ』を思い出すのは、彼らの行動がそれこそドン・キホーテ的であることだけでなく、セルバンテス的あるいはボルヘス的諧謔に満ちた語り口によるところが大きいようだ。

このユーモアが作品に浮力を与えることで、扱われている現実の重さに物語の流れが滞ることを防いでいる。それから、おそらく語りが叙事に偏らないための工夫でもあるのだが、ときおり挿入される実に美しい情景描写が物語に潤いを与えている。そこだけ切り取ればほとんど散文詩と言っていいほどの箇所にしばしば出くわすのは、ボラーニョが根は詩人だからなのだろう。第一部で語られるブレーメンでの雨上がりの街の美しさなど、記憶に残る情景描写には事欠かず、名場面集を作りたいほどだ。

『2666』の各部にはいくつか共通するテーマが見られる。具体的に挙げると、夢（悪夢）、精神病院、詩、小説、美術、映画作品への言及、料理のレシピ、実在の人物、作家自身の病気や健康状態、残された時間への言及などである。とりわけ時間をめぐる記述にはボラーニョ自身のオブセッションを認めることが可能かもしれない。

夢について言えば、各部の登場人物たちは、不安や恐怖が生んだと思われる奇妙な夢または悪夢をさかんに見るが、夢や悪夢が現実を浸食するという例はボルヘス、コルタサル、そしてボラーニョが *Los sinsabores del verdadero policía*（『真の警察の不愉快さ』）の献辞を捧げているプイグの作品にも見られ、ボラーニョがそれらを参照している可能性がある。

ボラーニョは文学とともに映画も愛したが、本書でも、日本のホラー映画『リング』からウディ・アレン、デヴィッド・リンチ、さらにはスナッフ・フィルムまでさまざまな作品が幅広く言及されている。それらの多くは芸術映画ではなくむしろB級映画で、いずれも脚色が施され、絶妙に改変されることにより、逆にいっそうリアリティを高めている。こうした映画も、小説にみなぎる不安感や恐怖を強化する働きをしていると言えるだろう。さらに映画のストーリーの改変ということで言えば、プイグの『蜘蛛女のキス』などが先行作品としてあるが、ボラーニョに霊感を与えているようだ。また、第三部ではロバート・ロドリゲスの無名時代のことが語られているが、デビュー作の『エル・マリアッチ』がアメリカとの国境地帯のメキシコを舞台にしていることを考えると、チカーノである彼が選ばれたわけが分かる。

また、複数の部で料理の名前やレシピが紹介されるのも読者を楽しませてくれる。第一部でロンドンを訪れたモリーニが、公園でメキシコの尼僧詩人ソル・フアナの料理の本を読む場面がある。一見冗談のようだが、この本は実在する。第三部に出てくる『バリー・シーマンとスペアリブを』は、実在の本のパロディである。そして第四部に登場する千里眼フロリータ・アルマーダのテレビ番組が実際にあるのかは分からないが、それらに共通するのは健康というテーマであり、晩年のボラーニョの関心が無意識のうちに投影されているのかもしれない。

ボルヘスが短篇に友人の作家ビオイ＝カサーレスを登場させたように、ボラーニョも同時代の作家たちをしばしば登場させている。第一部ではスペインの作家ハビエル・マリアスとエンリケ・ビラ＝マタス、第二部ではメキシコの作家フアン・ビジョーロ、グアテマラの作家ロドリゴ・レイローサ、スペインの詩人ペル・ジムフェレール、そして第四部では先に挙げたメキシコのセルヒオ・ゴンサレス＝ロドリゲスが登場する。このように実在の人物を登場させることはフィクションと現実を曖昧にする働きがあるが、もういっぽうで友人への挨拶もしくは目配せという意味もありそうだ。

作家自身の病気、健康状態、残された時間への言及は、第一部では車椅子姿のモリーニ、第二部の発狂の兆候としてのアマルフィターノの幻聴、第三部ではフェイトの吐き気、第五部ではインゲボルクの病などがある。これらはボラーニョの病へのオブセッションを表わしていると見るのは容易だろうが、印象的なのは、それぞれの部でしばしば脈絡なく発せられる「時間がない」という言葉だ。思わずどきっとしてしまうが、この謎めいた言葉によっても、本書はまさにボラーニョの文学的遺書と見ることができるだろう。

最後に本書の表題になっている2666について述べておこう。イグナシオ・エチェバリアが「初版への注記」で紹介しているとおり、それが *Amuleto*（『お守り』）という『野生の探偵たち』とほぼ同時期に書かれたボラーニョの別の小説に出てくることは確かだ。ほかにも、『野生の探偵たち』第二部で、アルチンボルディとその作品についてすでに何度か言及されているいっぽう、第三部では「26XX年」という数字について、主人公たちが追い求めていた女流詩人セサレア・ティナヘーロの口から謎めいた言葉が発せられる。

さらに、先行作品における小説『2666』への予言的な言及としては、『通話』のなかの一篇「芋虫」に、ソノラ州サンタテレサと殺人村ビジャビシオサに関する言及がある。また同じく短篇集 *Putas asesinas*（『人殺しの娼婦』）の一篇は、第四部の登場人物の一人ラロ・クーラと同名の人物が語り手となっている。昨年出た *Los sinsabores del verdadero policía*（『真の警察の不愉快さ』）には、『2666』のためのノートや習作的な文章が収録され、それこそ生成テクスト論の資料になりそうである。ボラーニョの試行錯誤の跡を見ることは興味深い。しかしそのような試行錯誤を経て彼は『2666』をぎりぎりのところでほぼ完成させたと思うと感慨もひとしおである。『2666』は誰が見ても壮大な作品であり、読み応えがあるが、文学的仕掛けに満ち、『白鯨』的な蘊蓄や脱線が豊富に見られるため、一度読んだだけでは読み取れないことも多いはずだ。それを知るためにも、また何度も驚きを味わうためにも、繰り返し読まれるべき小説である。

本書は、**Roberto Bolaño, *2666*** (**Barcelona, Anagrama, 2004**) の全訳である。翻訳にあたっては、この**Anagrama**版を底本とし、**Natasha Wimmer** による英訳（**New York, Picador, 2008**）を適宜参照した。訳出に当たっては、野谷が第一部の翻訳と第二、三部の手直しを、内田が第二、三部の下訳と第四部の翻訳を、久野が第五部の翻訳をそれぞれ担当した。本文中の引用箇所については、邦訳があるものはそれを参照したうえで、引用または文脈に合わせて訳出を行なった。具体的には、カルヴィン・トムキンズ『マルセル・デュシャン』（木下哲夫訳、みすず書房）、レオパルディ『カンティ』（脇功・柱本元彦訳、名古屋大学出版会）、ヴォルフラム・フォン・エッシェンバッハ『パルチヴァール』（加倉井粛之ほか訳、郁文堂）、タキトゥス『ゲルマーニア』（泉井久之助訳、岩波文庫）を適宜参照した。

今回の翻訳は文字どおりの大仕事だった。三年前に本書の翻訳の話が持ち上がって以来、白水社編集部の金子ちひろさんが〈チーム2666〉というネーミングで訳者の結束を図り、大黒柱としてチームを支えてくださった。さらに訳文について有益なコメントやアドバイスを数多くいただいた。共訳者の二人が奮闘してくれたことは言うまでもない。取り組んだ相手が原書で一一〇〇ページを超す大作であったにもかかわらず、怯むことなく果敢に翻訳を進めてくれたことで、こちらも大いに励まされた。また、白水社編集部の皆さんには、本書の刊行にあたり大変お世話になり、校正の段階では、東京外国語大学大学院博士課程の金子奈美さんの協力を得られ、大いに助けられた。それにしてもボラーニョの代表作であり、おそらく世界においても今世紀の代表作のひとつになるだろうと予想される小説を翻訳するまたとない機会を得られたことは、訳者たちにとり、このうえない幸運だった。

訳者を代表して　野谷文昭

二〇一二年九月

訳者略歴

野谷文昭（のや・ふみあき）
一九四八年生まれ
東京外国語大学外国語学研究科ロマンス系言語学専攻修士課程修了
東京大学名誉教授

主要訳書にガルシア＝マルケス『予告された殺人の記録』（新潮文庫）、バルガス＝リョサ『フリアとシナリオライター』（国書刊行会）、ボルヘス『七つの夜』（岩波文庫）、ボラーニョ『アメリカ大陸のナチ文学』『チリ夜想曲』（白水社）ほか多数

内田兆史（うちだ・あきふみ）
一九六八年生まれ
東京外国語大学大学院地域文化研究科博士後期課程単位取得退学
明治大学政治経済学部准教授

共訳書にボルヘス『序文つき序文集』（国書刊行会）

久野量一（くの・りょういち）
一九六七年生まれ
東京外国語大学大学院地域文化研究科博士後期課程単位取得退学
東京外国語大学大学院総合国際学研究院教授

訳書にボラーニョ『鼻持ちならないガウチョ』（白水社）、バスケス『コスタグアナ秘史』（水声社）、バジェホ『崖っぷち』（松籟社）など、共訳書にボルヘス『序文つき序文集』（国書刊行会）

2666

二〇一二年一〇月二〇日 第一刷発行
二〇二三年一月五日 第一一刷発行

著者 ロベルト・ボラーニョ
訳者© 野谷文昭 内田兆史 久野量一
発行者 岩堀雅己
印刷所 株式会社三陽社
発行所 株式会社白水社

東京都千代田区神田小川町三の二四
電話 営業部〇三（三二九一）七八一一
編集部〇三（三二九一）七八二一
振替 〇〇一九〇‐五‐三三二二八
郵便番号 一〇一‐〇〇五二
www.hakusuisha.co.jp
乱丁・落丁本は、送料小社負担にてお取り替えいたします。

誠製本株式会社

ISBN978-4-560-09261-3

Printed in Japan